한권으로 읽는
잃어버린
시간을 찾아서

한권으로 읽는

잃어버린
시간을 찾아서

마르셀 프루스트 지음

김창석 옮김

A la recherche du

emps perdu

국일미디어

성좌에도 이름을 붙이곤 하던 우리의 습성
그러기에 보병좌(寶甁座)와 산양좌 사이에 다리를
하나 놓자는 거요.
다리의 이름을 시간이라고 불러 봅시다.
다리 밑에 흐르는 별자리의 섬광이야
허(虛)에 깜박거리는 우리의 곡두라고 해 둡시다.

— 김창석 「나의 平均率」 중에서

잃어버린 시간을 찾아서

제 1 편

스완네 집 쪽으로

제1부 공브레(Combray)

전편(全篇)의 서곡이자 제1편의 서장이기도 하다.

1

오래 전부터 나는 일찍 잠자리에 들어 왔다. 때로는 촛불을 끄자마자 즉시 눈이 감겨서 '잠드는구나' 하고 생각할 틈조차 없는 적도 있었다. 그러면서도 반 시간 후, 잠이 들었어야 할 시각이라는 생각에 깨어 난다. 아직 손에 들고 있으려니 여기는 책을 놓으려고 하며, 촛불을 불어 끄려고 한다. 조금 전까지 읽고 있던 책에 대한 회상은 깜박한 사이에 단절된 것이 아니라, 다만 그 회상은 야릇한 모양으로 변한 것이다. 곧, 책에 나온 성당, 사중주(四重奏), 프랑수아 1세와 카를 5세(옮긴이: 1552년 2월, 전해 가을부터 북부 이탈리아에 진격했던 프랑스 군은 이틀 동안의 격전 끝에 독일 황제이자 스페인 왕인 칼 5세 군에 대패하여, 전선에 있던 국왕 프랑스와 1세는 포로가 되어 갖은 고초를 겪었음)와의 대결 등등이, 흡사 나 자신의 일처럼 생각되는 것이다. 이러한 생각은 깨어난 후

9

에도 얼마 동안 계속되는데, 그것은 나의 이성에 별로 어긋나지 않지만, 단지 비늘처럼 눈을 덮어 버려, 촛불이 이미 꺼지고 있는 사실을 알아채는 것을 방해한다. 다음, 그러한 여겨짐도 종잡을 수 없는 것으로 되어 버리기 시작한다, 마치 윤회전생(輪回轉生)하고 나서의 전생의 사념들처럼. 서적의 주제와 나는 서로 분리되어, 그 주제에 골몰하거나 말거나 나의 마음대로다. 나는 곧 시력을 회복하여 나의 주위가 캄캄한 데에 놀라지만, 그 어둠이 나의 눈에는 쾌적하고도 아늑하다. 아니, 나의 정신에, 어둠은 까닭 없는, 불가해한, 참으로 아련한 것처럼 되어서, 아마 더욱 쾌적하며 더욱 아늑한지도 모르는 일. 몇 시나 되었을까 하고 나는 생각해 본다. 열차의 기적 소리가 들려 온다. 그것은 멀리 또는 가까이, 숲속 새의 노래처럼 거리를 알리며, 나그네가 다음 역으로 서둘러 가는 적막한 들판의 넓이를 나에게 그려 보인다. 나그네가 걸어가는 오솔길은, 새로운 고장, 익숙하지 않은 행위, 아직도 밤의 고요 속에 뒤쫓아 오는 남의 집 등잔 밑에서 나누던 최근의 잡담이나 작별 인사, 머지않은 귀가의 기쁨 따위에서 일어나는 흥분 때문에, 그의 추억 속 깊이 새겨지리라.

나는 베개의 예쁜 볼, 토실토실하고 싱싱한 우리들 어린 시절의 볼과 같은 그 볼에 나의 볼을 살짝 댄다. 회중시계를 보려고 성냥을 긋는다. 오래지 않아 자정. 그것은 예컨대 이러한 시각이다, 병을 무릅쓰고 나그네 길을 떠나 생소한 여관에서 묵어야 했던 사람이 발작으로 깨어나, 문 밑에 먼동이 트는 햇살을 보고서 기뻐하는 시각. 고마워라, 이미 아침이다! 곧 하인들이 일어나겠지, 초인종을 울릴 수 있겠지, 도와주러 오겠지. 편해진다는 희망에 아픔을 참는 힘이 솟는다. 바로 이때, 발자국 소리를 들은 것 같다. 발소리가 다가왔다가 멀어진다. 문 밑의 광선이 사라진다. 자정인 것이다. 지금 가스등을 끈 것이다. 마지막 하인은 가 버렸다. 그리고 그대로 약 없이 밤새도록 괴로워해야 한다.

　나는 다시 잠든다. 그리고 나서는 이따금 잠에서 깨어나는 일이 있어도 잠시뿐, 판자가 말라서 갈라지는 삐걱대는 소리를 듣거나, 눈을 뜨고 어둠의 만화경을 응시하거나, 모든 게 잠겨 있는 잠을 의식에 비추는 순간적인 빛으로 맛보는 것 같은 매우 짧은 잠시뿐, 세간과 방, 그 밖에 여러 가지, 나도 그 한 부분에 지나지 않지만, 그러한 모든 게 잠겨 있는 잠의 무감각에 금세 합치고 만다. 그런가 하면, 잠자는 동안 두 번 다시 돌아오지 않는 어린 시절의 어느 시기로 쉽사리 돌아가, 그 무렵의 유치한 공포, 종조부가 나의 고수머리를 잡아당길 때에 느낀 공포와 같은 것을 다시 느낀다. 이러한 공포는 고수머리를 자르던 날 —— 이야말로 나로선 새 시대가 시작된 날 —— 이후 없어져 버린 것이다. 그런데 잠자는 동안 고수머리를 자르던 일을 망각하고 있다가, 종조부의 손에서 도망치려고 용케 잠에서 깨어난 순간에 그날의 일이 상기된 것인데, 그래도 나는 신중하게 베개로 머리를 푹 둘러싸고 다시 꿈나라로 돌아간다.

　때로는, 이브가 아담의 한쪽 갈빗대로부터 태어났듯이, 한 여인이 내가 잠자는 동안에, 바르지 못한 자세를 취한 넓적다리에서 태어나기도 한다. 그 여인은 바로 내가 맛보려고 했던 기쁨에서 이루어진 것인데, 나는 그 여인이 나에게 기쁨을 주리라고 상상한다. 나의 몸은 그 여인의 몸 안에서 나의 체온을 감촉하여서 그것과 합치려고 하다가 깨어난다. 내가 지금 막 헤어진 그 여인에 비하여 딴 인간은 매우 소원하게 생각된다. 나의 볼은 그녀의 입맞춤에 아직 뜨겁고, 몸은 그녀의 몸집 무게로 빡작지근하다. 종종 일어나는 현상이지만, 그것이 여태까지의 삶에서 알고 지내 온 여인 가운데 한 사람의 얼굴 모습을 하고 있을 때, 나는 그것을 다시 한 번 보고

11

싶은 일념에 심신을 집중시키려고 한다, 마치 숙망의 도시를 제 눈으로 보려고 길 떠나는 사람들, 몽상의 매혹을 현실 세계에서 맛볼 수 있다고 상상하는 사람들처럼. 차츰차츰 그녀에 대한 추억은 사라지고, 나는 어느 결에 내 꿈의 아가씨를 망각하고 만다.

잠든 인간은 시간의 실을, 세월과 삼라만상의 질서를 자기 몸 둘레에 동그라미처럼 감는다. 깨어나자 본능적으로 그것들을 찾아, 거기서 자기가 차지하고 있는 지점과, 깨어날 때까지 흘러간 때를 삽시간에 읽어 내는데, 종종 그것들의 열(列)은 서로 얽히고 끊어지고 한다. 잠 못 이루는 밤의 새벽녘, 평소에 잠자는 자세와 다른 자세를 취하고 독서하다가 잠들었을 때, 단지 팔의 위치가 올라가 있는 것만으로, 태양의 걸음을 멈추게 하거나 뒷걸음질치게 할 수 있으므로, 눈뜬 순간에는, 이미 일어날 시간인 줄 모르고서 지금 막 잠든 줄로 여길 때도 있을 것이다. 보다 바르지 못한 어긋난 자세, 예컨대 저녁 식사 후 팔걸이의자에 앉아 옅은 잠이 들기라도 하면 무질서한 세계에 빠져 대혼란은 극에 달하고, 마법 의자에 앉아 시간과 공간 속을 전속력으로 달려, 눈꺼풀을 뜬 순간, 어쩐지 딴 나라에서 몇 개월 전에 취침한 기분이 들기도 할 것이다. 그러나 나의 경우는 단지 침대에 눕고, 거기에다 잠이 푹 들어 정신의 긴장이 완전하게 풀리는 것만으로 족했다. 그것만으로도 나의 정신은 나의 몸이 잠들고 있는 곳을 종잡지 못한다. 그리고 오밤중에 눈 뜰 때, 내가 어디 있는지 모르기 때문에 첫 순간 내가 누군지조차 아리송할 때가 있다. 나는 동물 내부에서 꿈틀거리고 있는 것 같은, 극히 단순한 원시적인 생존감을 갖고 있을 뿐, 나의 사상은 혈거인(穴居人)의 그것보다도 더 빈곤하다. 그러나 이러한 때, 추억—지금 내가 있는 곳에 대한 추억이 아니고 지난날 내가 산 적이 있는 곳, 또는 가 본 적이 있는 것 같은 두세 곳의 추억—이 하늘의 구원처럼 이 몸에 하강하여, 혼자서는 빠져나올 수 없는 허무로부터 이 몸을 건져 준다. 나는 삽시간에 문명의 몇 세기를 뛰어넘는다. 그리고 첫째로 석유등잔, 다음에는 깃이 접힌 셔츠 따위들이 어렴풋이 눈에 비치는 영상에 의해서, 자아의 본래 모습이 점차로 꾸며져 나간다.

우리 둘레에 있는 사물의 부동성은, 모르면 몰라도 그 사물이 다른 어떤 것이 아니고, 그 사물 자체라는 우리의 확신, 다시 말해, 그 사물에 대한 우리 사고의 부동성에 말미암은 것이다. 어쨌든 내가 그런 모양으로 깨어날 때, 나의 정신은 내가 어디 있는지 알려고 애를 쓰는데, 좀처럼 성공하지 못하고, 모든 사물이, 고장이, 세월이, 어둠 속 나의 둘레를 빙빙 맴돈다. 지나치게 잔 나머지 옴짝달싹 못 하는 나의 육신은 그 피로의 정도에 따라서 사지의 위치의 표점을 정하고 나서, 벽의 방향과 세간의 자리를 추정하고, 몸이 누워 있는 방을 다시 구성해 이름붙인다. 육신의 기억, 갈빗대에, 무릎에, 어깨에 남아 있는 기억이, 지난날 육신이 누웠던 여러 개의 방을 잇따라 그려 보여 준다. 그러는 동안 육신의 둘레에는 눈에 보이지 않는 벽이, 상상된 방의 꼴에 따라 자리를 변경시키면서 어둠 속에 맴돈다. 그리고 나의 사념이 때와 꼴의 문지방에서 망설이며, 겨우 주위의 상황에 비추어 보아, 같은 집임을 확인하기에 앞서, 한편 나의 육신 쪽은, 방마다에 대하여, 침대의 종류, 방문의 위치, 창문의 햇살 구멍, 복도의 존재를, 내가 그 방에서 잠들었을 때나 깨어났을 때에 머리에 떠올랐던 사념과 함께 환기한다. 관절이 굳은 나의 옆구리는 제 방향을 알아채려고, 예를 들어 천개(天蓋) 달린 큰 침대 속에서 얼굴을 벽 쪽으로 돌리고 누워 있거니 상상해 본다. 그러자 곧 나는 '이런, 어머니가 잘 자라는 저녁 인사를 하시러 오지도 않았는데 잠들어 버렸구나!' 하고 마음속으로

13

중얼거린다. 이러한 나는, 몇 해 전에 돌아가신 할아버지 집에 있는 것이다. 나의 육신, 깔고 누웠던 옆구리는, 나의 정신의 결코 잊어버리지 않을 과거를 충실하게 간직하고 있어, 가는 사슬로 천장에 걸어 놓은 항아리 모양의 보헤미아 유리제 야등(夜燈)의 불꽃이라든가, 시에나산(産) 대리석의 벽난로를 상기시키는데, 그것은 콩브레의 나의 침실, 조부모 댁에서 지내던 먼 옛 나날, 정확하게 상기되지 않고 나에게는 어쩐지 현재의 일처럼 여겨진다. 그러나 곧 아주 말짱하게 잠이 깰 때는 보다 뚜렷하게 밝혀지리라.

그 다음, 다른 자세의 추억이 나타난다. 벽이 딴 방향으로 가 버려, 나는 시골에 있는 생 루 부인 댁, 나의 방에 있다. 아차! 벌써 10시는 되었을 것이다. 만찬이 끝났을 것이다! 저녁마다 생 루 부인과 함께 산책하고 돌아와서, 만찬복으로 갈아입기에 앞서, 잠시 눈을 붙이는데 너무 잔 것 같다. 왜냐하면 콩브레 시절 이후 많은 세월이 흘러갔기 때문이다. 콩브레에서는 산책으로부터 귀로가 아무리 늦어도, 창문 유리에 석양이 아직 붉게 비치고 있는 것을 보곤 하였다. 탕송빌에 있는 생 루 부인 댁에서 보낸 생활은, 그러한 생활과는 다른 생활로, 따라서 내가 경험하는 기쁨도 달라서, 밤에만 외출하여, 옛 어릴 적에 햇볕을 쬐며 놀던 그 길을 이번에는 달빛을 받으며 걸어간다. 그리고 만찬복으로 갈아입지 않은 채 내가 깜박 잠들어 버리는 방, 그것은 산책에서 돌아 오는 길에 밤 속에 홀로 켜져 있는 등대처럼, 그 램프의 불빛이 새어 나오는 걸 내가 멀리서 알아보는 그 방이다.

어렴풋하고도 소용돌이치는 이러한 상기는 항상 몇 초밖에 계속되지 않는다. 내가 있는 장소에 대한 상기의 짤막한 불확실함은, 자주 그 불확실함의 여러 원인을 따로따로 추측하는 판별력을 주지 않는다. 달리는 말을 우리가 구경하면서, 영사기가 나타내 보이는 연속적인 자태를 실제로 분리해서 판별할 수 없는 것과 마찬가지이다. 그러나 나는, 나의 생애에서 살아온 방들을, 때로는 이것, 때로는 저것을 상기하다가 드디어는 깨어남에 뒤따르는 긴 몽상 시간에 그러한 모든 방을 상기하게 되었다. 겨울의 방, 그것은 참으로 잡다한 것으로 엮어 만든 보금자리이다. 게다가 어디까지나 새의 기술을 본떠, 베갯잇, 이불깃, 숄의 끄트머리, 침대 가장자리, 『데바 로즈』지의 일부마저 함께 뒤범벅으로 섞어 바르고 만 둥우리 속에 머리를 처박고 잠자는 그러한 방이다. 혹한에 (마치 땅구멍 속의 지열의 따스함 안에 둥우리를 갖는 바다제비처럼) 바깥으로부터 떨어져 있는 것을 느껴, 그것이 기쁨이 되는 방, 혹은 밤새도록 벽난로 불을 꺼뜨리지 않고, 이따금 다시 불꽃이 이는 타다남은 장작의 훤한 빛이 반짝거리는, 연기 밴 따스한 공기, 이러한 공기의 커다란 외투를 두른 채 잠잔다. 그리고 이 외투는 촉지(觸知)되지 않는 침소와도 같은 것, 방 자체의 한가운데에 팬 따뜻한 동굴, 다시 말하자면, 창가에 가깝고 벽난로에서는 멀어 바깥 공기 때문에 냉랭한 모퉁이에서 얼굴을 서늘하게 하려고 불어오는 바람이 잘 통하는, 따라서 주위의 온도가 끊임없이 부동하는 방열지대(放熱地帶)라고도 할 수 있는 방, 이것이 겨울의 방이다 — 여름의 방, 그것은 후텁지근한 밤과 하나가 되기를 즐기는 방, 빠끔히 열린 덧문 너머로 달빛이 침대 다리까지 그 마법의 사다리를 던지는 방, 광선의 뾰족한 모[角]에서 산들바람에 한들거리는 곤줄박이처럼, 거의 한데서 자는 흥취가 나는 방이다 — 때로는 처음으로 묵는 밤까지 그다지 거북살스럽지 않았을 만큼이나 쾌적한 루이 16세풍의 방, 작은 기둥이 가볍게 천장을 버티고, 그것이 매우 우아하게 간격을 두면서 침대의 소재를 나타내어 침대에 여유를 주는 방 — 때로는 이와 반대로 넓이가 작은 데 비해 천장이 매우 높다랗고, 2층 건물만큼이나 높은 피라미드 모양으로 패고, 그 일부분에 마호가니가 덮여 있고, 첫 순간부터, 맡아 본 적이 없는 쇠풀 냄새에 속이 메스꺼워지고, 보랏빛 커튼의 적의와, 나 따위는 아랑곳없다는 듯이 큰 소리로 지껄이는 괘종의 오만한 무관심에 압도당하던 방, 게다가 거기에는 사각형 다리가 달린 기괴하고도 냉혹한 거울이, 방 한쪽 구석을 비스듬히 막고, 내 평소의 시야의 다사로운 충만 속에 날카롭게 파고들어 와 거기에 뜻하지 않은 적지를 이룩하고 있다. 이러한 방에서, 내가 눈을 치뜨고, 근심스레 귀를 기울이고, 콧구멍을 벌름거리고, 심장을 두근거리면서 침상에 누워 있는 동안, 나의 사념은 정확하게 방 그대로의 꼴이 되어, 그 거대한 깔때기 모양의 천장 꼭대기까지 가득 채우려고 여러 시간 동안 흩어지기도 하고, 위로 늘어나기도 하면서 몇몇 밤을 잠 못 이루어 괴로워하던 끝에, 드디어 습관이 커튼의 빛깔을 변경시키고, 괘종을 침묵시키고, 본체만체하는 인정머리 없는 거울에 연민의 정을 가르치고, 쇠풀 냄새를 깨끗이 쫓아 내진 못했을망정 그다지코 찌르지 않게 하고, 눈에 거슬리는 천장의 높이를 현저하게 감소시키는 것이었다. 습관! 능란한 솜씨지만 매우 느릿느릿한 이 지배인은, 우선 우리의 정신을 몇 주일 동안 임시 배치 속에 가두어 두는 것으로 시작한다. 그러나 어쨌든 습관을 찾아낸다는 것은 정신을 위해 다행한 일이다. 습관이라는 것이 없고, 단지 정신상의 수단으로 축소하면 주어진 방을 살 만하게 만들기란 불가능하기 때문이다.

그렇다, 나는 이제 말끔히 깨어나 있다. 몸을 마지막으로 뒤치고, 확실성을 주관하는 천사가 모든 것을 나의 주위에 정착시켜, 나를 나의 방안, 이불 밑에 누이고, 서랍 달린 옷장, 책상, 벽난로, 거리로 난 창문, 두 개의 방문 따위를 어둠 속에서 대략 제자리에 놓았던 것이다. 그러나 눈뜨는 순간의 몽롱한 상태로, 한순간, 영상이 또렷하게 그려지지는 않더라도, 적어도 눈에는 보이는 걸로 여겼던 그 여러 처소에, 내가 이미 있지 않다는 것은 알지만 소용없는 일이니, 기억에 흔들림이 생긴 것이다. 보통, 나는 금방 잠들려고 하지 않는다. 흘러간 옛 우리 집의 생활, 콩브레에 있는 대고모(옮긴이: 친할아버지의 사촌누이. 이 책에 등장하는 할머니, 할아버지, 종조부는 모두 모계임. 원문에 외가의 표명을 하지 않아 그대로 좇았음) 댁, 발베크, 파리, 동시에르, 베네치아, 그 밖의 고장에서 지낸 생활을 회상하거나, 여러 고장, 거기서 친지가 된 사람들, 그 사람들에 관해 보고 듣던 것을 회상하며, 밤의 대부분을 보내곤 한다.

콩브레에서는, 어머니와 할머니의 곁을 떠나, 잠 못 이룬 채 꼼짝 못 하고 있어야 할 침실이, 날마다 땅거미가 질 때부터 잠자러 갈 때까지의 기나긴 동안, 내 불안의 괴로운 중심이었다. 그러한 저녁, 너무나 처량한 나의 꼴을 보다 못한 집안 사람들은, 내 기분을 전환시키려고 환등(幻燈)을 보여 주는 약은 생각을 해내어, 저녁 식사 시간을 기다리는 동안, 그것을 내 방의 등잔에 마련해 주었다. 그러나 환등은, 고딕 시대의 일류 건축가와 그림 유리의 거장을 본떠, 투명하지 않은 사방 벽을, 촉지되지 않는 아롱진 광채로 다양다색한 초자연적 환상으로 바꾸어 버려서, 흡사 순식간에 너울거리는 그림 유리를 보는 듯, 거기에 가지가지의 전설이 그려졌다. 그러나 나의 슬픔은 더해만 갔으니, 방의 습관이 몸에 밴 덕분에 잔다는 고통을 빼놓고는 나에게 방이 견딜 만한 것이 되었다가, 그러한 변화만으로도 그 습관이 부서졌기 때문이다. 그런데 이제는 나의 방으로 생각되지 않고, 마치 기차에서 내려 처음으로 도착한 호텔 또는 산장의 방에 있는 듯, 나의 방에서 나는 불안해 하였다.

흉중에 엉큼한 계획이 가득한 골로(Golo)가 급격하고도 불규칙한 걸음으로 말을 몰아 골짜기의 비탈을 검푸른 빌로드 천으로 물들인 삼각형의 작은 숲에서 나타나, 간편한 준비에브 드 브라방(옮긴이: Genevieve de Brabant, 중세기의 황금전설의 여주인공. 골로는 그녀 남편의 집사)의 성 쪽으로 펄쩍펄쩍 뛰어간다. 이 성은 한 줄의 곡선으로 잘려 있는데, 이 곡선은 다른 것이 아니라, 환등의 홈 사이에 밀어넣는 틀에 끼워진 타원형 유리 원판의 윤곽이다. 곧 성의 한 부분만이 보이고, 그 앞쪽에 광야가 있고 거기에 푸른 띠를 두른 준비에브가 시름에 잠겨 있다. 성과 광야는 황색, 내가 그것을 보지 않고서도 어떤 색깔인지 알아냈던 것은, 원판을 틀에 끼우기 전에, 브라방이라는 이름의 적갈색 나는 울림이 그 색깔을 내게 똑똑하게 보여 주었기 때문이다. 골로는 잠시 멈추고, 나의 대고모가 큰 목소리로 읽어 대는 사설을 침울하게 듣고 나서, 알아모셨다는 표정을 짓는다, 어떤 유의 위엄을 잃지 않은 온순함과 더불어, 대본의 지시대로 동작하면서. 그 다음, 그는 처음과 마찬가지로 말을 몰아 사라진다. 그리고 무엇 하나 그 유유한 기행(騎行)을 막을 수 없다. 환등이 움직이기라도 하면, 골로의 말은 커튼 위를, 그 주름진 부분에서 부풀어오르기도 하고, 그 주름 사이로 내려가기도 하면서 계속해서 달려간다. 골로 자신의 몸도 타고 있는 말의 몸뚱이와 똑같은 초자연적인 성질을 띠고 있어서, 도중에서 부딪치는 온갖 물적 장애, 온갖 방해물을 모조리 처치하여, 그것을 제 몸의 뼈로, 내장으로 삼고 마는데, 설령 그것이 문의 손잡이일지라도, 당장 그 위로 옮아가, 그의 붉은 옷 또는 창백한 얼굴을 두드러지게 떠오르게 하지만, 언제나 한결같이 고귀한, 한결같이 우울한 그 얼굴은, 그러한 골격 정형에도, 조금도 고통의 기색을 보이지 않았다.

이러한 환등, 메로빙거 왕조(Mérovingiens)의 과거로부터 나온 것으로 생각되었던 환등, 그리고 나의 주위에 그처럼 옛 역사의 그림자를 나돌게 하였던 광화(光畵)를, 물론 나는 아름답게 여겼다. 하지만 자아로 가득 차서, 나 자신을 대하듯이 그다지 주의를 기울이지 않게 된 방 안에, 이러한 신비와 미가 들어왔음에 역시 뭐라고 말할 수 없는 불쾌감을 일으켰다. 감각을 둔하게 만드는 습관의 힘이 정지하고 보면, 나는 매사를 공연히 우울하게 생각하며 느끼기 시작하였다. 내 방의 이 손잡이만 해도 손으로 돌리지 않고서도 혼자서 스스로 열리는 것같이 생각되었던 점에서 나에게는 다른 여느 손잡이와도 다르게 보였을 만큼 그것을 다루는 데 무의식적으로 되어 있었는데, 이제는 그것이 골로의 영체(靈體)처럼 생각되었다. 그래서 나는 저녁 식사의 종이 울리자, 골로도 푸른 수염(옮긴이: 페로의 동화집에 나오는 인물로서 아내를 여섯 명이나 죽인 잔인하고 변태적인 남편)도 전혀 모르는 커다란 천장 램프가 집안 사람들이나 쇠고기 스튜와는 친숙한 표정으로, 저녁마다 빛을 던지고 있는 식당으로 부랴부랴 달려가, 준비에브 드 브라방의 불행으로 말미암아 더욱 그리워진 엄마의 팔 안으로 뛰어들었다. 그러는 동안에도, 골로의 죄악은 여전히 세심하게 나 자신의 양심을 반성시켰다.

저녁 식사 후, 슬프게도 나는 얼마 못 있다가 엄마 곁을 떠나지 않으면 안 되었는데, 엄마는 그대로 남아, 날씨가 좋을 때는 뜰에서, 나쁠 때는 다들 들어가는 작은 객실에서 다른 사람들과 이야기를 했다. 다들이라고 하지만, '맙소사, 시골에 와 있으면서 갇혀만 있다니' 하고 생각하시는 할머니는 빼놓고 하는 말이다. 할머니는 비가 몹시 오는 날 곧잘 아버지와 입씨름을 벌였는데, 그런 날 아버지는 나를 밖에 내보내지 않고, 책이나 읽으라고 방으로 몰아넣기 때문이었다. "그러면 못써요, 튼튼하고 씩씩한 애로 키우려면" 하고, 할머니는 한심스레 말하였다. "더구나 이 애에겐 체력과 기력을 길러 줄 필요가 있으니까." 아버지는 어깨를 추켜세우며 청우계를 살펴본다. 아버지는 기상학에 열심인 것이다. 어머니는 곁에서 그러한 아버지를 방해하지 않으려고 숨을 죽이고, 경의가 담뿍 실린 황홀한 눈길로 아버지를 보는데, 그렇다고 해서 뚫어지게 바라보는 게 아니라, 아버지의 뛰어난 마음의 신비성을 뚫고 들어가기를 삼가는 투이다. 그런데 할머니로 말하면, 어떤 날씨에도, 비가 억수같이 쏟아질 때도, 프랑수아즈가 젖을세라 버드나무 팔걸이의자를 재빨리 안으로 들고 들어오는 날씨에도, 소나기가 두드리는 인기척 없는 뜰로 나가, 흐트러진 반백 머리를 끌어올리며, 건강에 좋다는 비바람에 좀더 이마를 적시려 한다. "겨우 숨쉴 것 같구나!" 하고 할머니는 말한다. 그리고 물이 벌창한 뜰길을 배회한다 ― 이 뜰길은 자연에 대한 정서라곤 전혀 없는 풋내기 정원사가 마음 내키는 대로 마구 대칭형으로 낸 것이고, 아버지는 아침부터 이 정원사에게 날씨가 좋아질 것이냐고 묻곤 했다 ― 이 뜰길을 할머니는 신바람이 난 총총걸음으로 돌아다녔다. 그 걸음걸이는, 자둣빛깔의 치마에 흙탕물을 튀기지 않으려고 하는 무의식적인 소망에 표준을 맞추었다기보다 오히려 소나기에의 도취, 위생의 힘, 나에 대한 교육법의 어리석음, 뜰의 대칭적인 꾸밈 따위가 할머니의 마음속에 일으키는 여러 감동에 표준을 맞춘 것이어서, 결국 치마는 위쪽까지 흙탕물투성이가 되기 때문에, 그것이 언제나 할머니의 몸종의 절망과 두통의 원인이 되었다.

　저녁 식사 후 할머니가 그런 모양으로 뜰을 쏘다니지 못하게 하고 집안으로 들어오게 만드는 것이 한 가지 있었다. 그것은, 빙빙도는 산책 중, 벌레처럼 주기적으로, 작은 객실의 등불 맞은편으로 할머니가 돌아올 때, 마침 작은 객실에 있는 트럼프 놀이용의 탁자 위에 리큐어 술이 놓여 있고, 대고모가, "바틸드! 바깥양반이 코냑을 마시니 어서 와서 말려요!" 하고 외칠 때였다. 사실 대고모는 할머니를 놀려 주려고(할머니는 아버지의 가정에서 별난 성미를 굽히지 않았기 때문에, 온 식구로부터 놀림을 받았다), 할아버지에게 금기로 되어 있는 코냑을 몇 잔 마시게 해 왔다. 불쌍한 할머니는 방안으로 들어와, 남편에게 코냑을 입에 대지 말라고 애원한다. 할아버지는 난처한 표정을 짓다가 그대로 꿀꺽 들이켠다. 할머니는 한심하다는 듯 풀이 죽어, 그렇지만 미소지으며 다시 밖으로 나간다. 그도 그럴 것이, 할머니의 마음은 어찌나 순하고 겸허한지, 자기 몸이나 자기의 고통을 가볍게 여기는 심정과 남에 대한 애정을 살리려고 하는 심정이 그 눈길 속에 미소로 용해되어 있어서, 대개의 사람의 얼굴에서 보이는 것과는 달리, 그 미소는 할머니 자신으로서는 냉소이지만, 우리 모두에게는 눈의 입맞춤이라고 해도 무방한 것, 귀여워하는 사람들을 눈길로 열렬히 애무하지 않고서는 볼 수 없다는 투의 눈의 입맞춤이 담겨 있었던 것이다. 대고모가 할머니에게 끼친 괴로움도, 할머니의 보람 없는 간청의 광경도, 처음부터 한풀 꺾이고 들어가면서 할아버지한테서 술잔을 빼앗으려고 부질없이 애쓰는 그 약하디약한 딱한 꼴도, 나중에는 익숙하게 되어 드디어는 웃어대며 구경하게 되고 그것도 부족해 이번에는 적극적으로 재미있어하면서 귀찮게 구는 쪽을 편들고 말아, 저 자신으로는 조금도 귀찮게 굴고 있지 않다고 여기게까지 되는 그런 것이었다. 그러나 이런 것들은, 당시의 나에게는 그대로 보기에 진저리가 나, 때려 주고 싶은 마음까지 들었다. 하지만 "바틸드!

바깥양반이 코냑을 마시니 어서 와서 말려요!" 하는 소리를 듣자, 비겁한 점에선 이미 어른이었던 나는, 우리 모두가 한번 어른이 되고 나면, 눈앞에 비통한 것, 의롭지 못한 것이 나타날 때 곧잘 쓰는 수를 썼다. 말하자면 보고도 못 본 체하려고, 내 집의 맨 꼭대기, 공부방 옆에 붙은 지붕 밑의 작은 방으로 올라가 흐느껴 울었는데, 방안에는 붓꽃 냄새가 풍기고, 또한 벽의 돌 틈에서 나온 한 그루의 야생 까막까치밥나무가 빠끔히 열린 창을 통해서 꽃이 핀 가지를 들이밀어 향기를 풍기고 있었다. 어떤 특수한 용도를 위해서 마련된 이 방은, 그래도 낮 동안은, 루생빌 르 팽의 성탑까지 바라볼 수 있어, 오랫동안 나의 은신처 구실을 해 왔는데, 그 곳만이, 독서 · 몽상 · 눈물과 쾌락 같은, 남의 침범을 불허하는 고독을 요구하는 나의 몰두가 시작될 때마다, 항상 쇠를 잠그고 틀어박힐 수 있는 방이었기 때문이다. 아아! 나는 모르고 있었던 것이다, 그러한 오후나 저녁때의 쉴 사이 없는 산책 동안, 할머니의 마음을 슬프게 걱정시키고 있었던 것은 할아버지의 섭생의 사소한 빗나감보다는 더 큰 것, 곧 나의 의지의 결함, 허약한 체질, 더 나아가서는 그것이 나의 미래에 던지는 불안이었다는 것을. 그러한 산책 도중, 우리들 앞을 지나가고 또다시 지나가는 할머니를 보고 있노라면, 그 품위 있는 얼굴을 하늘 쪽으로 비스듬히 쳐들 때가 있었다. 그 주름진 거무스름한 뺨은 흘러간 무정 세월에 거의 가을밭 같은 연보랏빛으로 보였다. 외출할 때 그 뺨을 반 가량 올린 너울로 가렸는데, 추위 탓인지, 또는 어느 구슬픈 생각에 이끌려서인지, 본의 아니게 흘러내린 한 방울의 눈물이 언제나 그 뺨 위에 말라 가고 있었다.

잠자러 올라갈 때, 나의 유일한 위안은, 침대에 들어가 있는 나를 포옹해 주려고 어머니가 오는 일이었다. 하지만 이 밤인사도 잠시에 지나지 않고, 어머니가 금세 내려갔기 때문에, 어머니가 올라오는 발소리가 들려 오고 2층 방문의 복도에 밀짚으로 짠 조그마한 술을 늘어뜨린 푸른 무슬린 정원복 자락이 스치는 소리가 들려오는 순간은, 나에게 정말 숨막히도록 괴로운 순간이었다. 그것은, 그것에 뒤따라올 순간, 어머니가 나의 곁에서 떠나 다시 내려가는 순간을 알리고 있기 때문이었다. 그래서 어머니가 오기까지의 휴식 시간을 연장시키려고, 그토록 학수고대하는 저녁 인사가 될 수 있는 한 늦게 오기를 바라게 되었다. 때로는 나에게 입맞추고 나서 방문을 열고 나가는 엄마를 불러서, "한 번만 더 입맞춰 줘" 하고 말하고 싶었으나, 금세 엄마의 얼굴 표정이 험해질 것을 알고 있었다. 왜냐하면 나의 슬픔과 흥분을 그대로 보기가 딱해서, 입맞추러 올라와서, 이 화합의 입맞춤을 한다는 것은, 이러한 관습을 어리석은 짓으로 여기던 아버지의 마음을 언짢게 하였기 때문이고, 엄마 역시 이러한 요구나 습관을 될 수 있는 한 없애려고 마음먹고 있는 게 틀림없어서, 이미 방문까지 가 있을 때, 또 한 번의 입맞춤을 졸라 대는 버릇을 호락호락 그대로 받아 줄 리가 만무하다고 생각되었기 때문이다. 그리고 또 조금 전 엄마가 애정 깊은 얼굴을 나의 침대 쪽으로 기울여, 그 얼굴을 화합의 성체배령(聖體拜領)을 위한 면병처럼 나에게 내밀어, 나의 입술이 이 면병에 임하시는 엄마의 현존과 안면(安眠)의 힘을 퍼내려고 했을 때, 엄마가 가져다 준 평온도, 그것에 뒤이어 오는 엄마의 찡그리는 얼굴을 생각하면 모조리 망치고 마는 것이었다. 그러나저러나, 결국 엄마가 잠시 동안밖에 나의 방에 있어 주지 않는 이러한 저녁도, 저녁 식사 후에 손님이 있는 탓으로 나에게 저녁 인사차 올라와 주지 않는 저녁에 비하면 그래도 즐거웠다. 손님이라야 평소에 스완 씨에 한정되어, 지나가다 들르는 몇몇 모르는 사람을 빼놓고는, 이분이 콩브레의 우리 집에 오는 거의 오직 한 분, 때로는 이웃으로서 저녁 식사를 같이 하려고 (그렇지만 그 바람직스럽지 못한 결혼을 하고 난 이후로는, 우리 집에서 그의 아내를 초대하고 싶어하지 않아 매우 뜸해졌지만), 때로는 저녁 식사 후에 예고 없이 찾아오기도 하였다. 저녁때 집 앞에 있는 커다란 마로니에 아래 철제 탁자에 둘러 앉아 있을 때에, 뜰의 한구석에서 방울 소리가 난다. 그건 무진장으로 냉랭한 쇳소리를 내어 시끄럽기 때문에 집안사람들이 문에 들어오면서 한결같이 그 연결장치를 벗기고 '소리내지 않기'로 되어 있는 엄청나게 요란스러운 방울이 아니라, 달랑달랑 울리는 손님용 작은 종의 수줍어하는, 달걀 모양의 금빛 울림이어서, 우리 모두는 금세 "손님이구나, 누굴까?" 하고 서로 묻지만, 손님이 스완 씨밖에 있을 수 없다는 걸 잘 알고 있는 것이다. 대고모는 모범을 보이려고 애써 자연스러운 어조를 내어 큰 목소리로 말하면서, 그렇게 쑥덕거리는 게 아니다, 오신 손님에게 그보다 더한 불친절은 없으며, 또 손님은 자기가 들어서는 안 되는 이야기를 하고들 있는 줄로 여기고 만다고 말한다. 그리고 할머니를 척후로 파견시킨다. 할머니는 뜰을 또다시 도는 구실이 생긴 것을 항상 좋아해, 그때를 이용하여, 장미꽃을 조금이라도 자연 그대로의 모습으로 만들려고, 지나가는 길에 장미나무의 버팀나무를 슬그머니 뽑는다, 마치 이발사가 지나치게 반드르르하게 매만진 아들의 머리털에 손을 넣어 헝클어뜨리는 어머니처럼.

우리 일동은, 할머니가 가져다 줄 적군의 소식을, 우세한 공격자들의 틈에 끼여 망설이고 있기나 한 것처럼, 목이 빠지게 기다린다. 그러다가 할아버지가 말한다, "응, 스완의 목소리군." 사실 목소리밖에 알아듣지 못했다. 모기를 끌어들이지 않기 위해, 뜰 안을 가능한 한 어둡게 하고 있어서, 거의 불그스름한 갈색 머리털을 브레상(Bressant, 19세기 중엽의 배우. 머리 양옆을 길게 빗어 붙인 상고머리의 일종을 유행시켰음) 풍으로 깎은 넓은 이마, 그 밑에 매부리코에다 초록빛의 눈을 한 얼굴 모습 쪽은 분간하기 어려웠다. 나는 시럽을 가져오라고 일러서 짐짓 꾸미는 티 없이 자리를 뜬다. 할머니는 언제나 그처럼 꾸미는 티 없이 구는 게 싹싹하다는 의견이어서, 손님이 있을 때만 유별나게 티 내는 외양을 짓지 않는 게 중요하다고 여기고 있었다. 스완 씨는 나의 할아버지보다 아주 젊었지만, 두 사람은 퍽 친하였다. 할아버지는 지난날 스완 씨의 부친과 친구였다. 이 부친 되는 분은 훌륭한 인물인 동시에 약간 별난 분이어서 이따금 하찮은 일로 마음의 비약을 방해받아, 사고의 흐름이 달라지는 분인 듯싶었다. 나는 한 해에 여러 번이나 할아버지가 식탁에서 꺼내는, 그 부친 되는 스완이 밤이나 낮이나 간호하던 아내를 여읜 때의 태도에 대한 똑같은 일화를 들어 왔다. 그 무렵 할아버지는 오랫동안 이 친구분과 못 만나고 있었는데, 부음을 듣고는 이 친구분이 있는 콩브레 근방의 스완네 소유지로 달려가서, 입관에 입회하지 못하도록, 눈물 젖은 그를 잠시 동안 빈소 밖으로 데리고 나왔다. 두 사람은 햇볕이 보드랍게 쬐는 큰 정원을 몇 걸음 걸었다. 그러자 갑자기 스완 씨의 부친이 나의 할아버지의 팔을 잡으며 외쳤다. "아! 이런 좋은 날씨에 함께 산책하니 얼마나 유쾌합니까! 이 나무들이, 저기 아가위가, 그리고 아직 당신의 칭찬을 못 받은 이 못이 아름답지 않습니까? 시무룩한 기색이신데 왜 그러시지? 어떻습니까, 이 산들바람은? 아무렴, 뭐니뭐니 해도 살고 볼 일이지, 안 그렇습니까, 아메데 형장!" 그때 돌연히, 죽은 아내에 대한 추억이 머리에 다시 떠올라, 하필이면 이런 때 어떻게 명랑한 기분이 들었는지 알다가도 모를 일이어서, 결국엔 어려운 문제가 머리에 떠올랐을 때마다 버릇이 되고 있는 동작,

한쪽 손을 이마로 가져가, 눈과 코안경의 알을 비비는 동작으로 얼버무렸다. 그렇지만 아내를 여읜 데 대해서는 좀체 위로되지 않았다. 하지만 그 후 살아남은 이태 동안, 그는 나의 할아버지에게 말하곤 하였다. "이상해, 나는 죽은 아내를 자주자주 생각하지만, 웬일인지 한 번에 많이는 생각을 못 하거든요." 그 후부터 '자주자주 한 번에 조금씩, 스완의 부친식으로'라는 말이 할아버지의 상용 구절 중의 한 가지가 되어서, 아주 뜻이 다른 것에도 쓰이게 되었다. 만약에 내가, 가장 탁월한 재판관으로 삼고 그 판결이 나에게는 법규이며, 그 판결은 후에 가서도 나의 기분이 비난 쪽으로 기울기 쉬웠던 남의 과실을 용서하는 데 자주 이바지하였던 할아버지가, "뭐라고? 그분은 황금 같은 마음씨를 갖고 계셨던 분이야!" 하고 되풀이해서 말해 주지 않았더라면, 그러한 스완의 부친을 나는 괴물로 여겼을지도 모른다.

나는 어머니에게서 눈을 떼지 않았다. 나는 알고 있었다. 오래지 않아 일동이 식탁 앞에 앉으면, 그 저녁 식사가 계속되는 동안 나를 그대로 남아 있게 허락하지 않을 것이며, 나의 아버지의 뜻을 어기지 않으려고, 엄마가 일동 앞에서는, 내 방에서 한 것처럼 내가 여러 번 입맞추는 것을 허락하지 않을 것을. 그래서 나는 결심하였다. 이제부터 식당으로 옮겨 가서 일동이 식사하기 시작하려고, 그 시각이 다가오는 것을 피부로 느끼게 되면, 그 짧은 시간을 이용해서 그토록 짧고 은밀한 입맞춤에 대비하기 위해, 나 혼자 할수 있는 모든 것을 미리 해 두자. 내가 입맞추려고 하는 뺨의 위치를 내 눈으로 골라 두자. 미리 심기를 가다듬어, 입맞춤의 그 정신적인 발단의 덕분으로 막상 엄마가 입맞추게 해줄 때는, 주어진 그 순간을 조금이라도 헛되이 하지 않고 엄마의 뺨을 나의 입술에 느낄 수 있도록 만반의 태세를 갖추어 두자고. 흡사, 잠시 동안밖에 모델에게 포즈를 시키지 못하는 화가가, 팔레트의 준비를 게을리하지 않고, 적어 놓은 비망기에 의하여 기억을 더듬어서, 부득이한 경우에는 모델 없이 때울 수 있는 것은 모조리 사전에 그려 놓듯이. 그러나 이때, 저녁 식사를 알리는 방울 소리가 울리기에 앞서, 그것이 잔혹한 일인 줄도 모르고 할아버지가 말했다. "아가는 피곤해 뵈는걸, 방에 올라가 자려무나. 게다가 오늘 저녁은 식사가 늦구나." 또 할머니나 어머니만큼 세심 면밀하게는 집안의 규칙을 지키지 않는 아버지도, "그렇지, 어서 가서 자라"고 말했다. 나는 엄마에게 입맞추려고 했다. 그 순간, 식사를 알리는 방울 소리가 들려왔다. "그만두어라. 어서 어머니를 놓아라. 저녁 인사는 이걸로 족해요. 이런 꼴을 보이면 남들이 웃어요. 자아, 어서 방으로 올라가요!" 그래서 나는 종부성사(終傅聖事)도 받지 못하고 떠나지 않으면 안 되었다. 어머니가 나에게 입맞춰 주며, 자아, 어서 아가를 따라가라고 나의 마음을 상냥하게 보내 주지 않았기 때문에, 나의 마음은 어머니의 곁으로 되돌아 내려가고 싶어 죽겠는데, 내 마음의 경향과는 반대로, 그야말로 흔히들 말하는 표현대로 '남의 속도 모르고' 계단은 위로 나 있고, 그 계단을 나는 하나하나 올라가지 않으면 안 되었다. 언제나 구슬픈 마음으로 내가 발을 딛곤 하던 이 계단에서 일종의 니스 냄새가 풍겼고, 그 냄새는 내가 저녁마다 느끼는 특별한 슬픔을 흡수해 버려 굳히고 있었는데, 모르면 몰라도 이 냄새는 내 감수성을 가장 심하게 해쳤다. 그도 그럴 것이 이러한 후각의 상태에서는, 나의 이성은 이미 제 구실을 할 수 없었기 때문이다. 수면 중에 생긴 치통이, 물에 빠진 소녀를 계속해서 200번이나 건져 내려고 하는 노력이나, 몰리에르의 시구를 끊임없이 되뇌거나 하는 상태로밖엔 지각되지 않을 적에 눈이 떠지고, 이지(理智)가 그러한 비장한 구조나 끊임없는 시구의 반복의 착각을 없애 주고, 치통의 의식을 환기시켜 주었을 때, 실로 커다란 위안을 느끼는 법이다. 내 방으로 올라간다는 나의 슬픔이, 이 계단에서 나는 특유한 니스 냄새의 — 정신적인 침입보다 더 해로운 — 흡수에 의해서, 무한히 빨리, 거의 순간적으로, 흉측하고 거칠게 나의 몸 속에 들어왔을 때, 내가 느끼는 것은 그와 같은 위안과는 반대되는 느낌이다. 일단 방안에 들어가자, 출구를 모조리 막고, 덧문을 닫고, 이불을 헤치며 나 자신의 무덤을 파고 잠옷의 수의로 몸을 싸지 않으면 안 되었다. 그러나 철제 작은 침대 — 여름에는 큰 침대의 명주 커튼 안에서 자기가 무척이나 더웠기 때문에, 또 하나 들여 놓아 준 작은 철제 침대에 몸을 묻기에 앞서, 나는 반항의 충동을 느껴, 유죄선고를 받은 자가 쓰는 속임수를 쓰고 싶었다. 나는 어머니에게 몇 자 적어, 글월로는 말 못 할 중대사가 있으니 올라와 주십사 간청했다. 한데 나의 두려움은, 콩브레에 있는 동안, 나를 돌보는 소임을 맡고 있던 고모(옮긴이: 대고모의 딸로서 이름은 레오니)의 식모인 프랑수아즈가 나의 쪽지를 전해 주는 걸 거부하지나 않을까 하는 것이었다. 손님이 있을 때 어머니에게 쪽지를 전한다는 건 프랑수아즈로서는, 극장 문지기가 무대에 나가 있는 배우에게 글월을 건네는 일과 똑같이 불가능하지 않을까 하고 나는 의심스러웠다. 프랑수아즈로 말하면 할 수 있는 것과 할 수 없는 것에 대하여, 이해할 수 없고도 쓸데없는 구별을 바탕삼은, 오만하고도 풍성한, 세밀하고도 강경한 법전을 소유하고 있었다(그 때문에, 이 법전은 영아 학살이라는 잔인한 법규와 나란히, 염소 새끼를 그 어미 젖 속에 넣고 끓이거나, 동물의 넓적다리 힘줄을 먹는 일을 지나친 동정심으로 금하는 고대 법전의 모습을 띠고 있었다). 우리가 내린 어떤 분부를 막무가내로 하지 않겠다고 프랑수아즈가 갑자기 고집부리는 것으로 미루어 판단해 보건대, 이 법전은 프랑수아즈의 주위 사람들이나 마을의 하녀살이 중의 어떠한 것도 그녀에게 암시해 줄 수 없었던 사회적인 복잡성과 사교계의 세련성을 미리 알고서 꾸며진 듯싶었다. 따라서 누구나 다 그녀의 마음속에는 곡해하기 쉽고도 우아한 아주 오래 된 프랑스의 과거가 있다고 생각하지 않을 수 없었다. 마치, 옛날 궁정 생활이 영위되던 흔적이 남아 있는 오래 된 저택을 이웃해서 화약 제조소가 있고, 테오필 성자의 기적 또는 네 아들 에몽(옮긴이: Aymon, 중세기의 무훈시에 나오는 네 명의 기사)을 나타낸 정묘한 조각의 주위에서 노동자가 일하는 공장지대 안에, 그러한 옛 프랑스의 과거가 있듯이. 이 법전의 조문에 의하면, 프랑수아즈가 나 같은 하찮은 인물을 위하여 스완 씨 면전에서 엄마를 방해하러 간다는 건 화재가 난 경우라면 몰라도 그렇지 않고서는 거의 있을 수가 없는 일이며, 오늘 저녁과 같은 특별한 경우에는, 그 조문에 공표되어 있는 것이라고는 부모에 대한 존경 — 예를 들어 망자·사제·왕에 대한 것과 똑같은 존경 — 뿐만 아니라, 손님으로 맞은 남에 대한 존경이라는 한마디로 요약되고 있었는데, 그러한 존경을 책에서 읽었다면 아마 나는 감동했을는지도 몰랐으나, 프랑수아즈의 입으로부터 들으면, 프랑수아즈가 그것을 말하는 데 짐짓 꾸미는 장중하고도 감동어린 말투 때문에 나는 번번이 약이 올랐다. 더구나 오늘 저녁은, 프랑수아즈가 저녁 식사에 성스러움을 부여하고 있는 탓으로, 그 의식을 어지르기를 거부할 것이 뻔하여, 나는 더 약이 올랐다. 그러나 나는 형편이 내게 유리하게 주저없이 거짓말을 하여 프랑수아즈에게 말하기를, 엄마에게 쪽지를 쓰려고 한 것은 전혀 내가 아니다, 나와 헤어질 때, 나보고 찾아보라고 부

탁한 물건에 관하여 대답을 잊지 말고 써 보내라고 한 것은 엄마
다, 그러니 이 전언을 엄마에게 전하지 않는다면 엄마는 아마 크게
역정낼 것이라고 했다. 지금 생각하니, 프랑수아즈는 내 말을 곧이
듣지 않았나 보다. 왜냐하면 우리들보다 훨씬 강한 감각을 갖고 있
는 원시인처럼 프랑수아즈는 우리들로서는 포착할 수 없는 징후에
서, 이쪽이 숨기려고 하는 어떠한 진실도 금세 판별하였기 때문이
다. 프랑수아즈는 5분 남짓 봉투를 물끄러미 보았다. 마치 용지의
조사와 서체가, 곧 내용의 성질을 알려 주고, 법전의 몇 조에 비추
어 봐야 하는가를 그녀에게 가르쳐 주기라도 하듯이. 그리고 나서
프랑수아즈는, '이러한 자식을 둔 부모는 얼마나 불행할까!' 라고
말하는 듯한 단념하는 모양으로 나가 버렸다. 그녀는 잠시 후 돌아
와서, 다들 아직 아이스크림을 드시고 있는 중이니, 이런 때 여러
분 앞에서 쪽지를 전달하기가 급사장으로서는 불가능하다. 그러나
식후의 양칫물 그릇이 나올 무렵에는, 엄마에게 쪽지를 전달하는
방법을 발견할 것 같다고 말했다. 곧 나의 불안은 씻은 듯 사라졌
다. 이제는 아까처럼 어머니와 헤어진 후 내일까지 못 만나는 것과
는 다르다. 나의 작달막한 낱말은, 아마 어머니의 마음을 언짢게
하면서(그리고 이러한 술책이 스완의 눈에 나를 우스꽝스럽게 보
이게 할 것이므로, 거듭 어머니의 마음을 언짢게 하면서), 그래도
적어도, 상대의 눈에 보이지 않는 나를, 황홀해져 있는 나를, 어머
니와 같은 방안으로 들여 보내 주려 하고 있는 것이다, 어머니의
귀에 나의 일을 말하려 하고 있는 것이다, 조금 전까지 적의를 품
고서 나를 들여 보내 주지 않던 식당에서, 나를 멀리하고 혼자서
맛보았기 때문에, 그 '대추' 든 아이스크림도, 식사 후의 양칫물
그릇도, 건강에 해롭고도 극도로 한심한 쾌락을 함유하고 있는 성
싶었는데, 지금은 그 식당이 나에게 열리고 있는 것이다, 그리고

나의 몇 줄의 글을 읽는 동안 나에게 우의를 기울이는 엄마는 마치 무르익은 과일이 터진 껍질 사이로 단물을 내듯, 자식을 생각하는 진정을, 이 도취된 나의 마음속에까지 분출시켜 던져 주려 하고 있는 것이다. 지금 나는 이미 엄마와 분리되어 있는 것이 아니다, 경계가 무너지고 다사로운 한 줄기 줄이 우리들을 연결시키고 있는 것이다. 게다가 그뿐이랴, 엄마는 필연코 와 줄 것이다!

만약 스완이 나의 쪽지를 읽고 그 목적을 알아챘다면, 이제 막 느낀 고뇌를 처음부터 조소하겠지, 하고 그때 나는 생각하였다. 그런데 그와는 반대로, 한참 후에 가서 내가 알게 된 바로는, 비슷한 고뇌가 스완의 삶의 긴 세월을 괴롭혀 와서, 필시 스완만큼 나의 심정을 이해해 줄 사람도 따로 없었던 것이다. 스완의 고뇌란, 자기가 가 있지 않은, 자기가 따라갈 수 없는 환락가에 사랑하는 사람이 있는 것을 느끼는 고뇌인데, 이를 그에게 알게 만든 것은 연정이고, 또 이러한 고뇌는 연정과 일종의 숙명으로 연결되고 연정에 의해서 고뇌가 독점되어 특수화된다. 그러나 나의 경우처럼, 연정이 아직 삶 속에 나타나기에 앞서 고뇌가 마음속에 들어오기라도 하면, 그 고뇌는 연정을 기다리는 동안 막연히, 한가롭게, 정해진 목적 없이, 어느 날은 어느 감정에, 다음 날은 다른 감정에, 어떤 땐 자식으로서의 애정에, 어떤 때는 벗에 대한 우정에 따라 떠돈다. 그리고 프랑수아즈가 쪽지는 전달될 것이라고 나에게 일러 주려고 돌아왔을 때, 나는 처음으로 생생한 경험의 기쁨을 맛보았는데, 스완은 이미 그러한 헛기쁨을 자주 경험해 왔던 것이다. 그것은 우리가 어떤 무도회, 특별한 야회나 또는 연극의 첫 공연을 위하여, 사랑하는 여인이 와 있는 저택 또는 극장에 이르러, 바깥을 배회하면서, 그 여인과 이야기하는 기회를 절망적인 기분으로 엿보고 있는 현장이, 그곳에 그 여인을 찾으러 온 그 친구나 친척에게 들켰을 때, 그 사람의 호의로 주어지는 헛기쁨이다. 그 사람은 우리를 알아보고 허물없이 다가와서 거기서 뭘 하고 있느냐 묻는다. 그리고 이쪽이 꾸며 대어, 그 사람의 친척 되는 어느 여인 또는 그 사람의 친구 되는 어느 여인에게, 급한 용건이 있기 때문이라고 말할 것 같으면, 상대방은 그런 것쯤 쉬운 일이라고 다짐하고는 이쪽을 현관으로 데리고 가서, 5분 안에 찾는 여인을 보내 주마고 약속한다. 우리는 얼마나 그 사람을 고맙게 여길까—이 순간에 내가 프랑수아즈를 고맙게 여긴 것처럼—호의에 가득 찬 이 중개인을. 이 중개인은, 상상도 못 할, 복마전같이 생각되었던 이 환락의 장소를 그 한마디로 우리 마음에 견딜 수 있는, 인간다운 것, 거의 상서로운 것으로 여기게까지 해준다. 이때까지, 이 환락 가운데서, 적의에 찬, 타락한, 그러나 감미로운 소용돌이가, 사랑하는 여인으로 하여금 우리를 비웃게 하면서 멀리멀리 그녀를 데리고 가는 줄로만 여겨 왔던 것이다! 우리에게 말을 건네 온 그녀의 친척, 그분도 또한 이 잔혹한 신비경에 환히 통달한 분이므로, 그분을 통해서 판단하건대, 잔치에 초대받은 다른 사람들도 그다지 심하게 악마적인 요소를 갖고 있을 리가 만무한 것이다. 애인이 미지의 환락을 맛보려 하고 있는, 그 가까이 갈 수 없는 동시에 지옥 속 같은 시간에 뜻하지 않은 틈이 나 그곳으로 우리는 뚫고 들어가는 것이다. 그 가까이 갈 수 없는 시간을 일각일각 구성하고 있던 순간의 하나가 눈앞에 있는 것이다. 그것은 다른 순간과 마찬가지로 현실적인 순간, 애인이 거기에 얽혀 있기 때문에 우리에게 그만큼 더 중대한 한순간일지도 모르는 것이다. 우리는 그 순간을 마음속에 그리며, 그것을 자기 것으로 갖는다. 거기에 참여한다. 아니, 그 한순간이야말로 우리가 거의 창조한 것이다. 그것은 우리가 아래층 현관에 있는 것을 애인에게 알리려 하는 그 순간인 것이다. 그리고 그 친절한 친구가 우리에게 "물론 그분은 좋아서 내려오실 겁니다! 저런 곳에 지루하게 있는 것보다 당신과 함께 이야기하는 게 그분으로서도 더 즐거울 것입니다"라고 말한 이상, 아마이 환락의 다른 순간도, 이 한순간과 매우 다른 본질로 되어 있는 것이 아닐 것이며, 뛰어나게 감미로운 것을 갖고 있는 것도 아닐것이며, 우리가 그처럼 심하게 스스로 괴로워하지 않으면 안 되었을 것을 실은 하나도 갖고 있지 않았을는지도 모르는 것이다. 아아! 스완은 일찍이 그 쓰디쓴 경험을 통해서 알고 있었다, 달갑지 않은 놈팡이가 환락이 한창 무르익어 가는 판에까지 따라오는 것을 느끼고 암상이 난 여인에 대해서는, 제삼자의 호의 따위는 무력하다는 것을. 흔히 제삼자는 혼자서 내려오니까.

어머니는 안 왔다. 그리고 나의 자존심(어머니가 나에게 찾던 물건은 어떻게 되었는지 알려 달라고 부탁한 것으로 되어 있는 꾸민말이 거짓말이라고 하지 않았으면 좋겠다는 나의 자존심)에는 아랑곳없이, 어머니는 프랑수아즈로 하여금 나에게 이렇게 말하게했다. "회답은 없어요." 그 후 나는 이러한 회답을 '으리으리한 호텔'의 접수계원이나 도박장의 하인들이, 어느 가련한 아가씨에게가져다 주는 것을 종종 들었는데, 아가씨는 깜짝 놀라, "뭐라구요, 그분이 아무 말도 하지 않았다구요, 그럴 리 없어요! 아무튼 편지는 확실히 전해 주셨죠. 그럼 좋아요, 좀더 기다려 보죠." 그리고나서 아가씨는, 이따금 접수계원이 아가씨를 위하여 켜 주려고 하는 보조 가스등을 한사코 필요없다고 하면서 그곳에 죽치고 앉아서, 접수계원과 심부름꾼 사이에 드문드문 오가는 날씨 이야기를멍하니 듣고 있을 뿐. 접수계원이 문득 시간을 깨닫고, 갑자기 심부름꾼을 재촉하여 손님의 음료를 얼음에 채우러 보낸다. ─그러한 경우와 마찬가지로, 나는 프랑수아즈가 탕약을 만들어다 드릴까요, 이대로 곁에 남아 있어 드릴까요 하는 제의를 거절하고 프랑수아즈를 부엌방으로 돌려보내고 나서, 잠자리에 들어가, 뜰에서 커피를 들고 있는 집안 사람들의 목소리를 듣지 않으려고 애쓰며 눈을 감았다. 그러나 몇 초가 지나자, 아까 엄마를 화나게 하는 위험을 무릅쓰면서까지 쪽지를 쓰고 엄마를 다시 한 번 만나는 순간에 이르렀다고 여겼을 만큼 엄마 곁에 가까이 갔기 때문에, 엄마를 다시 한 번 보지 않고서도 잠을 이룰 가능성을 내쫓아 버리고 있음을 깨달았다. 닥친 불행을 감수함으로써 고요가 얻어진다고 스스로 타이르면서도 마음의 동요는 더해 가 심장의 고동은 시시각각으로 고통스럽게 되어 갔다. 그러나 극약이 작용하기 시작해 우리의 아픔을 없애 주는 때처럼, 돌연 고뇌가 가라앉아 행복감이 나를 엄습했다. 엄마를 다시 보지 않고서는 잠들지 말자, 이후 두고두고 엄마와의 사이가 틀어질 것이 확실할망정 엄마가 자러 방으로 올라올 때, 기어코 입맞추리라고 결심했던 것이다. 고뇌가 끝나 처음으로 생긴 마음의 고요는 위험에 대한 기대, 갈망, 공포에 못지않게 야릇한 기쁨 속에 이 몸을 넣었다. 나는 소리나지 않게 창문을 열고 침대 발치에 앉았다. 아래층에 아무런 기척 소리도 들리지 않도록 거의 손가락 하나 까딱하지 않았다. 바깥의 삼라만상도 달빛을 흐트러뜨리지 않으려고, 무언의 주의에 응결하고 있는 성싶었다. 달빛은 사물보다 짙고도 치밀한 그림자를 사물 앞에 늘이어, 그 하나하나를 2배로 만들기도 하고 넓히기도 하면서, 지금까지 포개 놓았던 지도를 펼치거나 하듯, 풍경을 가늘게 펴는 동시에 확대하고 있었다. 움직이지 않고서는 못 배기던 것, 마로니에의 무성한 잎이 살랑거리고 있었다. 그러나 무성한 잎 전체에 이는 세밀한 살랑거림은, 보다 작은 티끌의 명암과 더할 나위 없는 섬세함을 이루고 있어, 다른 것에 전파되거나 다른 것과 용해되거나 하지

34

않고, 뚜렷이 구분되어 있었다. 어떠한 기척도 흡수하려고 하지 않는 이 고요 위에 멀고 먼 기적 소리, 틀림없이 마을의 건너편 끝에 있는 공원에서 오는 소리가 가늘게 들려 왔는데, 그 소리는 오직 피아니시모(pianissimo)의 효과로 그러한 원거리감을 내고 있는 것으로밖에 생각되지 않을 만큼 '완벽하게' 자세히 들려왔다. 마치 들릴까 말까 한 주조(主調)가 파리의 음악원 관현악단에 의해서 매우 정교히 연주되어 그 한 음부도 빼놓지 않고 다 듣고 있음에도 불구하고, 어쩐지 머나먼 연주실로부터 들려 오는 감이 드는 그러한 효과였다. 그리고 그 연주회의 단골 회원이던 아래층의 일동이 ─스완이 자리를 구해 주었을 때는 할머니의 두 여동생도 그 청중이었다 ─ 아마 트레비즈 거리(옮긴이: 콩브레의 거리 이름)를 아직 돌지 않았을 군대의 멀리 들려 오는 행진을 듣고 있기나 한 듯이, 그 멀리 들리는 소리에 귀를 기울이고 있었다.

지금의 내 경우는, 내 집안 사람들의 입장에서 본다면, 나에게 일어나는 온갖 결과 중에서 가장 중대한 결과를 갖는 경우 중의 하나라는 것을 나는 알고 있었다. 남이라면, 그러한 결과를 참으로 부끄러운 과실에서밖에 생길 수 없는 것이라고 생각했을 것이다. 게다가 남이 상상한 이상으로 실제로는 중대한 뜻을 갖는 결과인 것이었다. 그러나 내가 받고 있던 교육에 있어서는 과실의 경중이 다른 애들의 교육의 경우와 같지 않았으며, 지금에 와서 내가 이해하는 바로는 신경질적인 충동에 끌려 빠지는 점에 공통된 성질을 갖고 있는 과실을, 집안 사람들은 다른 어떠한 과실보다도(왜냐하면 모르면 몰라도 내가 특히 조심해서 지켜야 하는 과실은 따로 없었기 때문) 첫째로 삼는 습관을 갖게 만들었다. 그러나 당시에는, 신경질적인 충동이라는 낱말을 누구 한 사람 입 밖에 내는 이가 없었을 뿐만 아니라, 그러한 충동에 굴하는 것도 무리가 아니다. 아니 필시 그것에 저항하지 못하는 게 당연하다고, 나로 하여금 여기게 하던 그 충동의 원인에 대해서 뚜렷하게 말해 주는 이는 한 사람도 없었다. 하지만 나는 과실이라는 걸 잘 분간하였다, 반드시 그것에는 고뇌가 앞섰으니까. 그것은 그 뒤에 오는 엄한 벌에 의해서 과실을 알게 되는 것과도 같았다. 그리고 내가 지금 막 범한, 충동에 굴한다는 과실이, 전에 엄하게 벌받았던 다른 과실과는 비교도 안 될 만큼 중대한 것이긴 하나, 역시 같은 계통에 속해 있다는 것도 알고 있었다. 좀 있다가 어머니가 주무시러 올라올 때 내가 복도에 가서 서 있기라도 한다면, 그리고 복도에서 어머니에게 또 한 번 저녁 인사를 하기 위하여 그대로 일어나 있는 것을 어머니가 보기라도 한다면, 집안 사람들은 이제는 나를 집에 그냥 두지 않을 것이다. 내일 나를 학교의 기숙사로 보낼 것이다. 그건 확실하다. 하지만 좋다! 설혹 5분 후에 창 너머로 이 몸을 던지지 않으면 안 될지언정, 역시 그렇게 하는 편이 좋다. 내가 지금 바라는 것은 어머니다, 어머니에게 저녁 인사를 하는 거다. 이 욕망을 실현시켜 주는 길에 나는 너무나 깊이 들어갔다, 이제는 되돌아올 수 없다.

스완을 배웅하는 집안 사람들의 발자국 소리를 들었다. 그리고 대문의 방울이 스완이 막 나가고 있는 것을 알리자 창가로 갔다. 엄마가 아버지에게 왕새우가 맛있었느냐, 스완 씨가 대추 든 커피 아이스크림을 더 들었느냐고 물었다. "오늘 저녁 아이스크림은 그다지 신통치가 못했어요" 하고 어머니가 말했다. "다음 번에는 다른 향료를 넣어 보겠어요." ── "스완이 변한 모습이라니 뭐라고 해야 좋을지" 하고 대고모가 말했다. "마치 노인 같더구나!" 대고모는 스완을 언제나 옛날과 다름없이 젊디젊게 생각하는 버릇이 있었기 때문에, 항상 생각하고 있던 나이보다도 갑자기 더 든 것을 보고는 깜짝 놀랐던 것이다. 하기야 집안의 다른 사람들도 스완의 이상한 노쇠를 깨닫기 시작하고 있었다. 그것은 심한, 남에게 보이기에 부끄러운 홀몸으로 사는 이에게 흔히 있는 노쇠, 내일 없이 밝아 온 하루가 마치 텅 비고, 그 시간이 애들의 시중이나 걱정으로 나누어지는 일도 없이 헛되이 아침부터 중복되어 가기 때문에, 그러한 하루가 남들보다 더 길게 여겨지는 이에게 있기 쉬운 그 노쇠였다. "스완에게는 허다한 근심이 있는 거야, 바람기가 있는 계집을 아내로 맞았으니까, 그 계집이 샤를뤼스라던가 하는 사람과 좋아 지낸다는 건 콩브레 사람들이 다 아는 사실이고 마을의 웃음거리지." 그러자 어머니는 그래도 요즘 스완이 전보다 덜 우울해 보이지 않던가요 하고 주의를 끌어 보았다. "게다가 그분 아버님을 쏙 뺀 몸짓, 눈을 비빈다던가 이마에 손을 얹는다든가 하는 버릇은 덜하던데요. 요컨대 스완이 그 여인을 이젠 사랑하지 않는다고 저는 생각해요." —"물론 그렇지, 이제 스완은 그 여인을 사랑하지는 않아" 하고 할아버지가 대답했다. "오래 전에 이 문제에 관한 스완의 편지를 받은 일이 있었지, 서둘러 답장을 써 보내진 않았지만, 그것이 아내에 대한 감정, 적어도 연애에 대한 감정을 토로한 것이 틀림없었지. 그런데! 임자들, 그분에게 아스티산 백포도주에 대한 사례 인사를 안 치렀구먼" 하고 할아버지가 두 처제 쪽을 바라보며 덧붙였다. "어마, 우리가 사례 인사를 안 치렀다구요? 그럼 말해 두지만, 난 매우 미묘하고 완곡하게 치렀다고 생각해요" 하고 플로라가 대답했다. "암 그렇지, 너는 썩 잘 했어, 내가 감탄할 만큼" 하고 셀린이 말했다. —"그러는 언니 역시 썩 잘 하던걸." —"응, 친절한 이웃이라는 말이 내 입에서 나올 때는 나도 모르게 어깨가 으쓱했지." —"또 뭐라고, 그런 걸 가지고 사례 인사를 했다는 거야!" 하고 할아버지가 외쳤다. "그 말은 나도 확실히 들었지, 하지만 유감스럽게도 스완한테 하는 말인 줄은 나는 도무지 몰랐는걸. 스완 역시 하나도 이해 못 했을 거야, 틀림없이." — "그럴 리가, 스완은 바보가 아닌걸요, 틀림없이 알아들었을 거예요. 그렇지 않고, 술병이 몇 개더라, 값이 얼마더라, 그분에게 말할 순 없지 않아요!" 아버지와 어머니만이 남아 잠시 동안 앉아 있다가 아버지가 먼저 입을 열었다. "어때, 자러 올라가는 게 좋지 않을까?"

"글쎄요, 여보, 저는 졸리지 않은데요. 이상해라, 그 커피 아이스크림 같으면 먹은 분량이 적어서 이처럼 졸음이 안 올 리가 없는데. 식모 방의 등불이 켜져 있군요, 불쌍하게도 프랑수아즈가 저를 기다려 주는 모양이니, 코르사주 뒤의 혹을 벗겨 달래야지. 그 동안에 당신도 옷을 갈아입으시죠." 그러고 나서 어머니는 계단 위쪽으로 나 있는 현관의 창살문을 열었다. 이윽고 나는 어머니가 어머니 방의 창문을 닫으러 올라오는 소리를 들었다. 나는 소리 없이 복도로 나갔다. 심장이 너무도 세차게 두근거려 발이 앞으로 잘 나가지를 않았다. 그러나 적어도, 그것은 이미 불안의 고동이 아니고, 두려움과 기쁨의 고동이었다. 나는 보았다, 나선계단으로 돌린 빈 곳에 비치는 엄마의 촛불 빛을, 다음에는 어머니 당신을. 나는 달려들었다. 첫 순간, 어머니는 놀라서 나를 바라보았다, 영문을 알 수 없어서. 다음에 어머니의 얼굴은 성난 표정을 지었다. 나에게 말 한마디 건네지 않았다. 그렇다, 사실 어머니는 더 사소한 일로 며칠 동안 나에게 말을 건네지 않은 적도 있었다. 지금 어머니가 나에게 한마디라도 건네 준다면, 뒤이어 말을 꺼낼 기회를 나에게 주게 될 것이다. 그러한 기회를 얻는다는 것은 오히려 나에게 더욱 두려운 일이다, 왜냐하면 거기에 준비되어 있는 벌의 무거움에 비한다면, 지금의 침묵과 불화 쪽이 그래도 수월해 보였으니까.

당장 나올지도 모를 한마디는 해고하기로 작정한 하인을 대하는 침착성이며, 단 이틀 동안의 불화로 끝날 정도라면, 차라리 거절하리라 생각하고 있던 참에, 입대하게 된 아들에게 해주는 입맞춤 같은 것일 것이다. 그러나 이때, 옷을 갈아입으러 간 화장실에서 아버지가 올라오는 소리를 엄마가 들었다. 그래서 아버지가 내게 할지도 모르는 불호령을 피하기 위하여 노여움으로 숨이 찬 목소리로 엄마는 말했다. "달아나라, 달아나, 아버지께 들키기라도 해봐라, 미친 사람처럼 이 모양으로 기다리는 꼴을!" 그러나 나는 엄마에게 되뇌었다. "저녁 인사를 해주러 와." 아버지가 든 촛불이 이미 벽에 비치어 올라오는 것을 보고는 겁내면서도, 동시에 아버지가 가까이 오는 것을 위협 수단으로 사용하여, 엄마가 한사코 거절하기라도 하면, 아직 이런 꼴로 있는 나를 아버지가 보게 될 것이므로 그것을 피하기 위하여, '어서 빨리 네 방으로 돌아가거라, 나중에 엄마가 갈 테니' 하고 말하려니 기대하면서. 그러나 때는 이미 늦었다. 아버지는 우리 앞에 와 있었다. 나는 부지중에 아무에게도 들리지 않는 말로 중얼거렸다. "이젠 글렀구나!"

그런데 그렇지 않았다. 아버지는 '주의'에 구애받지 않고 '국제 공법' 같은 것은 염두에 없었기 때문에, 어머니와 할머니에 의해서 정해진 폭넓은 규약 중에서 나에게 승인되어 있는 허가 사항을 줄곧 인정하지 않곤 하였다. 전혀 우연한 이유에서, 아니면 이유 없이, 아버지는 선서 위반 없이는 나에게 금할 수 없으리만큼 상례로서 승인되어 있는 산책을 그때 가서 금지하거나, 또는 오늘 저녁에도 아까 아래층에서 나에게 한 것처럼 규정된 시각보다 훨씬 이르게, "자아, 어서 올라가 자거라, 말대꾸하지 말고!"라고 하거나 하였다. 그러나 또한 아버지는 주의(할머니가 품고 있는 뜻으로서의 주의) 따위를 가지고 있지 않아, 정확히 말하자면 고집불통이 아니었다. 아버지는 잠시 놀라 어처구니없다는 듯 나를 바라보다가, 어머니가 분명하지 않은 몇 마디로 사정을 설명하자, 곧 어머니에게 말했다. "그럼 함께 가구려, 마침 당신은 졸리지 않다고 했으니, 잠시 동안 이 녀석 방에 있어 주구려, 나는 무방하니까." ― "하지만 여보" 하고 어머니는 소심하게 대답했다. "제가 졸리든 졸리지 않든 정한 일은 고칠 수 없어요, 말씀대로 해보세요, 애 버릇이 나빠져요⋯⋯." ― "버릇이 문제될 건 없어" 하고 아버지는 어깨를 추켜세우며 말했다. "보구려, 이 녀석이 슬픈 모양이오, 풀이 죽은 듯이 보여, 이 애는. 너무 심하게 굴 건 없지! 병이라도 나보구려, 지나치게 심하게 군 게 되지! 이 녀석 방에는 침대가 두 개 있으니, 프랑수아즈에게 일러서 큰 것을 당신이 쓰게 준비시키구려, 그리고 오늘 밤은 이 녀석 곁에서 자구려. 자아, 그럼, 잘 자오, 나는 당신들처럼 신경질쟁이가 아니니까, 잠이나 자야지."

아버지에 대한 감사를 어떻게 표시해야 좋을지 몰랐다. 아버지는 그가 신경과민이라고 부르는 것에 아마 겁이 났는지도 몰랐다. 나는 손발 하나 까딱하지 못하고 서 있었다. 아버지는 우리들 앞에 아직 육중하게 서 있었다, 흰 잠옷을 걸치고, 신경통을 앓은 이후부터 하게 된, 보라와 장미빛의 캐시미어 숄을 머리에 친친 동이고, 전에 스완 씨가 내게 준 베노초 고촐리(옮긴이: Benozzo Gozzoli, 1420~1497. 15세기 피렌체의 화가)의 판화에 있는 아브라함이 그의 아내 사라를 향하여, 그의 아들 이삭과 작별하라고 이르는 그 몸짓으로. 이 일이 있은 지 오랜 세월이 흘러갔다. 아버지가 손에 든 촛불이 올라오는 것이 보인 그 계단의 벽은 이미 오래 전에 없어졌다. 나의 몸 안에서도, 언제까지나 계속되리라 믿고 있던 허다한 것이 허물어지고, 새로운 것이 지어져, 그것이 그 당시에 예상할 수 없었던 새로운 고통과 기쁨을 낳았고, 그와 동시에 옛 것은 이해하기 어렵게 되어 버렸다. "이 녀석하고 함께 가구려" 하고 아버지가 엄마에게 말하지 않게 된 지도 오래다. 그러한 시간이 또다시 내게 생길 가능성은 전혀 없을 것이다. 하지만 요즘, 귀를 기울이면 매우 똑똑하게 다시 들려 오기 시작한다, 아버지 앞에서는 기를 쓰고 참다가 엄마와 단둘이 되고 나서야 비로소 터져 나온 그 흐느낌이. 실제로, 그러한 흐느낌은 결코 멈추지 않았던 것이다. 그것이 지금 나의 귀에 다시 들리는 것은, 삶이 나를 둘러싸고 더욱 깊이 침묵하고 있기 때문에 그랬을 뿐이다, 마치 낮 동안에는 거리의 소음에 모조리 덮여, 이제는 못 울리게 되었는가 싶었던 수도원 종소리가, 저녁의 고요 속에 다시 울리기 시작하듯이.

엄마는 그날 밤을 나의 방에서 보냈다. 조금 전과 같은 과실을 범하고서는 집에서 내쫓김을 당할 수밖에 없다고 생각하고 있을 때에, 양친은 나에게 주었던 것이다, 착한 행실의 상으로 여태껏 받은 것보다 더 많은 것으로 생각되는 것을. 나에 대한 아버지의 행위에는, 이러한 은혜를 베풀 때조차도, 거기에 뭔가 독단적인, 엉뚱한 것이 있었는데, 이는 아버지의 행위의 특징으로, 보통 예정된 계획에서 나오는 것이라고 하기보다 그때 그때의 형편에서 나온다고 하는 편이 타당하였다. 나보고 자라고 2층 방으로 보낼 때, 아버지의 엄함이라고 내가 이름짓고 있던 것도, 어머니나 할머니의 엄함에 비한다면, 필시 그만 못한 것이었다. 왜냐하면 아버지와 나의 성질 차이는, 어떤 점에서 나의 그것과 어머니나 할머니의 그것과는 다름이 훨씬 커서, 그러한 성질로서는, 저녁마다 내가 얼마나 비참하였는가를 어머니나 할머니가 잘 알고 있는 그 사정을 아마 이때까지 짐작하지 못했을 테니까. 그러나 어머니나 할머니는 그 점 충분히 나를 사랑하고 있어서, 나의 고뇌를 면하게 해 줄 뿐만 아니라, 나의 민감한 신경질을 고치고 의지를 굳세게 하기 위하여 이 고뇌를 극복하는 것을 가르치려고 했던 것이다. 아버지에게 과연 그러한 용기가 있었는지 없었는지, 나는 모른다, 아버지에게는 내게 대한 또 다른 애정이 있었던 것이다. 그래서 아버지는 내가 슬퍼하고 있는 것을 이해하고는 즉시 어머니에게 말했던 것이다. "그럼, 가서 위로해 주구려"라고. 엄마는 그날 밤 내 방에 있어 주었다. 그리고 내 곁에 앉아, 내 손을 잡고, 꾸짖지도 않고, 우는 대로 내버려 두는 엄마를 보고, 이상한 일이 일어난 것을 알아챈 프랑수아즈가 "어머나, 마님, 웬일이죠, 도련님이 이처럼 우시니?" 하고 물었을 때, 내가 기대한 이상으로 실현된 이러한 시간을, 섣불리 마음에 가책을 주어 망가뜨리지 않게 하려는 듯, 엄마는 프랑수아즈에게 대답했다. "그게 말이야, 프랑수아즈, 이 애 자신도 모르지, 흥분했나 봐. 어서 큰 침대에 준비해 주어요. 그리고 당신도 올라가 자요." 이래서 처음으로, 나의 슬픔은 이제는 벌받을 죄로 간주되지 않았고, 일종의 무의식적인 병이라고 공인되어, 내게 책임 없는 신경증상으로 보이게 되었다. 나는 이제 눈물의 쓴맛에, 근심 걱정을 섞지 않아도 된다는 위안을 가졌다. 죄를 범하지 않고도 울 수 있었다. 그리고 또, 프랑수아즈의 면전에서 이처럼 어른 대접을 받게 된 것이 적지 않게 자랑스러웠다. 한 시간 전만 해도, 엄마는 내 방에 올라오는 것을 거절하고, 자지 않으면 안 된다고 매정한 말투로 프랑수아즈에게 대답시켰는데, 이제는 이 대접으로 나는 어른의 자리에까지 올라서, 대번에 이른바 고뇌의 사춘기, 마음껏 울어도 되는 시기에 도달했던 것이다. 나는 행복하지 않을 수 없었다. 그런데 나는 행복하지 않았다. 나는 다음과 같은 생각이 들었다, 엄마가 처음으로 나에게 양보한 것이다, 그 마음속은 얼마나 아플까, 이것은 나를 위해 품어 온 이상 앞에 엄마 쪽에서 보인 최초의 굴복이다, 그리고 그처럼 꿋꿋한 엄마가 처음으로 인정한 패배이다 하고. 또 이런 생각도 들었다, 내가 승리를 거두었다고 하더라도, 그것은 엄마에게 대항해서이며, 병이라든 가, 비애라든가, 또는 철부지가 이기듯이, 나는 엄마의 의지를 늦추고 이성을 구부러지게 하는 데 성공한 것이다, 그리고 오늘 밤은 새 시대의 시작이면서도 슬픈 날짜로서 남을 것이다 하고. 지금은 감히 엄마에게 말할 수 있다. "아니야, 괜찮아, 여기서 안 자도 돼요." 그러나 나는 알고 있었다, 오늘날 같으면 현실주의라고 일컫는 실제적인 슬기가, 엄마의 품 안에서 할머니의 열렬한 이상주의적 성질과 알맞게 중화되어 있다는 것을. 그리고 나는 알고 있었다, 일단 이런 언짢은 일이 일어난 이상, 적어도 나에게 이대로 마음이 진정되는 기쁨을 맛보게 하고, 아버지의 심정을 산란하게 하지 않는 편이 오히려 엄마에게는 바람직할 거라고. 물론, 어머니의 아름다운 얼굴은, 그토록 부드럽게 나의 손을 쥐고 눈물을 멈추게 하려고 애쓰던 그날 밤, 아직 젊음에 빛나고 있었다. 그런데 바로 나에게는 그런 일은 있을 수 없다는 생각이 들었다. 나의 어린 심정이 여태껏 몰랐던 그러한 서먹한 다정스러움보다, 오히려 화를 내는 편이 덜 슬펐으련만. 어떤 불경건한, 눈에 보이지 않는 손으로, 엄마의 영혼 속에 첫 주름살을 긋고, 첫 흰 머리칼이 생기게 한 것 같은 느낌이 들었다. 이러한 생각에 나의 흐느낌은 더해 갔다. 그때, 이때까지 나와 더불어 어떠한 감동에도 빠지는 일이 좀체 없었던 엄마가 대번에 감동에 사로잡혀 울고 싶은 것을 겨우겨우 참고 있는 것을 나는 보았다. 나에게 눈치채인 것을 느끼자 엄마는 웃으며 말했다. "어쩌나, 나의 귀여운 보배, 꼬마 카나리아야, 조금만 더 이러다가는 엄마까지 바보가 되겠구나. 자아, 아가도 엄마도 둘이 다 잠이 오지 않으니, 이대로 흥분하지 말고, 뭔가 해보자꾸나, 네 책을 하나 가져오자." 그러나 방에 책이 없었다. "할머니가 네 생일 선물로 준비한 책을 지금 꺼내오면, 네 기쁨이 덜해질까? 잘 생각해 보렴, 내일 모레 아무것도 받지 않아도 섭섭해 하지 않을래?" 나는 오히려 이편이 기뻤다. 그래서 엄마는 책꾸러미를 가지러 갔다. 포장지의 모양으로 보아서는 짧은 크기에 폭이 넓은 판(判)이라는 것밖에 짐작되지 않았으나, 언뜻 본 눈어림으로도, 설날에 받은 그림용 물감상자나 작년에 받은 누에보다 훨씬 좋은 물건인 듯싶었다. 그것은 『마귀의 늪』, 『프랑수아 르 샹피』, 『프티트 파데트』와 『피리 부는 사람』이었다. 나중에 안 사실이지만, 처음에 할머니는 위세의 시집, 루소의 책 한 권과 『앵디아나』(옮긴이: 이상 다섯 작품은 모두 조르주 상드의 소설)를 골랐었다. 곧 할머니는 무익한 독서를 봉봉이나 케이크만큼이나 건강에 해로운 것으로 생각하고 있었으나, 천재의 위대한 영감이라면, 어린이의 정신 자체에도, 대기나 바닷바람이 육체에 미치는 것에 못지않은 영향을 주어, 그러한 영향은 조금도 위험스럽지도 않으며 생기를 없애는 것도 아니라고 생각하고 있었다. 그런데 아버지는 할머니가 나에게 주려고 하는 책 이름을 알자, 정신 나간 짓을 한다고 거의 대들 것 같은 기세를 보였기 때문에, 할머니는 내가 선물을 못 받는 위험성이 없도록, 주이 르비콩트의 서점에 몸소 다시 가서(그날은 푹푹 찌는 날씨로 할머니가 돌아왔을 때 어찌나 숨을 헐떡거렸는지, 의사가 어머니에게 저렇게 몸을 지치게 내버려 두어서는 안 된다고 경고까지 했을 정도이다), 조르주 상드의 4권의 전원소설에 양보하고 왔던 것이다. "어멈아" 하고 할머니는 엄마에게 말하였다. "나는 말이다, 잘 쓰지 못한 것을 이 애에게 줄 마음이 좀체 나지 않는구나."

사실, 지적인 이익, 특히 안일과 허영심의 만족 밖에서 기쁨을 구하는 길을 가르치는, 훌륭한 성과를 가져다 주는 지적인 이익을 꺼낼 수 없는 것은, 할머니는 하나도 사고 싶지 않았다. 아무개에게 이른바, 실용적인 선물, 예컨대 안락의자나, 식기나 단장 같은 것을 보내야 할 때에도, 할머니는 '옛것'을 구하였다. 그러한 것들은 오랫동안 사용되지 않아서 그 실용성을 잃어버려 우리들의 생활의 필요에 봉사한다고 하기보다, 오히려 옛 사람들의 생활을 우리들에게 이야기해 들려줄 생각인 듯이 보이는 물건들이었다. 할머니는 가장 아름다운 풍경 또는 가장 아름다운 사적의 사진을 내 방에 놓고 싶어했다. 하지만 막상 그런 사진을 살 때, 설사 그것에 미적인 가치가 있어도 그 기계에 의한 표현법, 곧 사진술 속에서 금세 속됨과 실용성이 나타나는 걸 발견하였다. 할머니는 이리저리 궁리해 보았다. 그래서 설사 사업적인 속됨을 완전히 제거하지는 못할망정, 적어도 그 속됨을 감소시켜, 더 많은 부분을 예술로 바꾸어, 거기에 더 많은 예술적인 '농도'를 넣으려고 하였다. 곧 샤르트르의 대성당, 생클루의 대분수, 베수비오 화산의 사진 대신에 누군가 이름난 화가가 그 장소를 그리지 않았었느냐고 스완에게 문의하여서, 코로의 샤르트르 대성당, 위베르 로베르(옮긴이: Hubert Robert, 1733~1808. 프랑스의 화가)의 생클루의 대분수, 터너의 베수비오 화산과 같은 명화의, 예술적으로 한결 드높은 사진을 주려 했다. 그러나 사진사에게 걸작 또는 자연의 촬영이 금지되고, 대신에 위대한 예술가가 이것을 그렸다고 해도, 사진사는 그 예술 작품의 해설 자체의 복사에서는 역시 그 속된 입장을 취했을 것이다. 그러나 속됨에 양보하지 않을 수 없었지만, 할머니는 그래도 그것을 멀리하려고 애썼다. 할머니는 그 작품의 복사품이 없겠느냐고 스완에게 물었다. 그것도 될 수 있는 한 옛 복사를 좋아해, 복사 이상의 것, 예를 들어 오늘날에 와서는 볼 수 없게 된 원화에서 복사한(모르겐[옮긴이: Morghen, 이탈리아의 판화가]의 손으

45

로 된, 다 빈치의 「최후의 만찬」의 판화 같은) 걸작의 복제에 관심을 갖고 있었다. 말해 두어야 할 것은 다름이 아니라, 선물을 하는 식을 이런 투로 생각하는 결과가, 반드시 성공한 것은 아니라는 사실이다. 후미를 배경으로 삼은 것으로 여겨지는 티치아노(Tiziano, 1477~1576. 이탈리아의 화가)의 구도에 의하여 베네치아에 대해 내가 품었던 관념은, 단순한 사진으로부터 받은 관념보다 확실히 덜 정확하였다. 약혼한 젊은이들이나 늙은 부부가 할머니로부터 선물받은 안락의자를 첫 시험삼아 써 보는 순간에, 앉은 사람의 무게로 당장 망가진 예를, 집에서 대고모가 할머니에게 논고하려고 할 때, 일일이 셀 수 없을 만큼 많았다. 그러나 할머니로서는 과거의 달콤한 속삭임, 미소, 때로는 아름다운 공상이 아직도 그 나뭇결 사이에서 떠오르는 듯한 세간의 견고성을 지나치게 문제삼는다는 것이 속되게 생각되었을 것이다. 그러한 세간 중에서 어떠한 용도에 응하고 있는 것마저, 그것이 우리의 눈에 익지 않은 투로 사용되기라도 하면, 사용하기에는 너무 낡아 현대어에서 사라진 비유 같은 것에서 보이는 옛 말투처럼, 할머니를 기쁘게 하였다. 그런데 자연 할머니가 생일 선물로 준 조르주 상드의 전원소설은, 옛 가구처럼 이제는 시골에서밖에 볼 수 없는, 비유에만 남아 있는 한물 간 표현으로 가득 차 있었다. 할머니는 이러한 것을 고르고 골라서 사 왔던 것이다. 마치, 고딕풍의 비둘기집이 있다든가, 불가능한 과거에의 나그네 길의 향수를 주어 마음에 행복의 그림자를 던지는 것 같은 옛 것이 하나 있다든가 하는 가옥을 일부러 골라서 빌어 드는 것처럼.

엄마는 나의 침대 곁에 앉았다. 가지고 온 것은 『프랑수아 르 샹피』, 그 불그스름한 표지와 뜻 모를 제목(옮긴이: 『프랑수아 르 샹피』를 말함. 여기서 샹피는 옛 방언으로 '버린 아기' '아비 없는 아이'라는 뜻)은, 이 책에 뚜렷한 개성과 신비스러운 매력을 주고 있는 성싶었다. 나는 아직 본격적인 장편소설을 읽은 일이 없었다. 조르주 상드가 장편소설가의 전형이라고 남들이 말하는 걸 듣고는 있었다. 이런 것이, 이미 『프랑수아 르 샹피』 속에 뭐라고 형용 못 할 감미로운 것이 있을 걸로 상상하게 하였다. 호기심 또는 감동을 북돋우려고 하는 서술법, 불안과 애수를 자아내는 어조 따위는 다소 학식 있는 독자라면, 허다한 소설에 흔히 있는 것임을 알고 있는 것인데 — 새로 보는 책을, 비슷비슷한 것이 많은 한 개의 것으로서가 아니라, 그 자체 이외에 존재 이유를 갖지 않는 유일한 개성으로 생각하는 나에게는 — 그것이 『프랑수아 르 샹피』에 특유한 정수로부터 무럭무럭 피어오르는 하나의 요기같이 생각되었다. 그 나날의 일상사, 흔히 있는 것, 통용되고 있는 낱말 밑에 나는 뭔가 야릇한 어조, 억양이 있는 것처럼 느꼈다. 줄거리가 시작되었다. 그 줄거리는 당시 독서할 때 몇 장을 넘기는 동안에도 다른 것을 몽상하는 버릇이 자주 일어났기 때문에, 그만큼 나에게는 이해하기 어렵게 생각되었다. 또 이러한 방심 때문에 이야기 줄거리에 빈틈이 생기는데다가, 낭독하는 분이 엄마이고 보니, 연애 장면을 모조리 그냥 지나가곤 하였다. 따라서 물방앗간 아가씨와 소년과의 상호간의 태도에 일어나는 기묘한 변화, 그것은 움트는 사랑의 경과로만 설명되는 것인데, 그 변화가 깊은 신비의 자국을 남기고 있는 느낌이 들었다. 모르는 그 원인이, '샹피'라는, 처음으로 듣는 귀에 아주 부드러운, 미지의 이름 안에 있다고 내 멋대로 상상하였다. 소년이 어째서 그런 이름을 갖고 있는지 몰랐지만, 그 이름은 선명한, 다홍색의, 미혹적인 빛깔을 발하며, 소년을 감싸고 있는 느낌이 들었다. 어머니가 충실하지 못한 낭독자였다고 해도, 참된 감정의 억양이 있는 작품을 위하여서는, 그 경건하고도 소박한 해석, 아름답고도 부드러운 목소리 때문에, 역시 훌륭한 낭독자였다. 실제 생활에서, 어머니의 감동과 감탄을 야기시키는 것이 인간이고 예술 작품이 아닐 때에도, 어머니가 얼마나 공손하게 목소리, 몸짓, 말에서, 예를 들어 지난날 애를 잃은 모친의 심정을 상하게 할는지도 모르는 수선스러움이라든가, 노인에게 노령을 생각하게 할는지도 모르는 생일 또는 기념일에 대한 상기라든가, 젊은 학자에게 싱겁게 생각될는지도 모르는 살림살이 이야기를 얼마나 삼가려고 하는지 목격한다면, 감동어린 것이었다. 마찬가지로, 어머니가 할머니로부터 이 삶에서 무엇보다도 탁월한 것으로 삼도록 훈육받았으며, 또 한참 후에 가서야 내가 어머니에게, 서적에서는 똑같이 무엇보다도 탁월한 것으로 삼을 수는 없다고 가르쳐야 했던 그 자애, 그 정신적인 우월을 도처에 풍기고 있는 조르주 상드의 산문을 어머니가 읽을 때, 흘러나오는 힘찬 낱말의 물결을 막을 것 같은 잔재주나 선멋을 목소리에서 모조리 내쫓도록 주의하면서 어머니의 목소리를 위하여 씌어진 듯한 글, 말하자면 전부가 어머니의 감수성 장부에 기재되어 있는 듯한 글에 꼭 알맞은 자연스러운 애정, 풍요한 다정스러움을 마음껏 쏟아 넣었다. 그러한 글보다 이전에 존재하여, 글을 쓰게끔 암시했으나 낱말 자체에는 나타나 있지 않을 작자 내심의 억양, 그것을 어머니는 몸 속에 느끼고, 드디어 그 글을, 글에 필요한 가락에 실어서 유도하는 것이었다. 그러한 가락의 덕분으로, 읽어 가는 중에 동사(動詞) 시제(時制)의 온갖 생경함도 경감되어, 반과거나 정과거에는 자비로움이 있는 부드러움, 애정 가운데 있는 우수의 빛을 곁들이고, 끝나 가는 글을 시작해 가는 글 쪽으로 돌리고, 음절의 진전을 빠르게 하는가 하면 느리게도 하여, 음절의 장단이 다름에도 불구하고 그것을 균일한 리듬 속에 넣어, 그처럼 흔해 빠진 산문에 정서가 풍부한 일종의 생명을 불어넣었다.

양심의 가책이 가라앉아, 나는 어머니가 곁에 있어 주는 이 밤의 다사로움에 온몸을 내맡겼다. 나는 알고 있었다, 이러한 밤이 또다시 올 리가 만무한 것을. 그리고 이승에서의 가장 커다란 욕망, 이런 구슬픈 밤 시간에 언제까지나 어머니를 방에 모시고 싶은 욕망이란, 인생의 어쩔 수 없음과 만민의 소망과는 상반되는 것이어서, 오늘 밤같이 그것이 이루어진 것은 거짓말 같은 예외적인 일이 틀림없다고. 내일이면 나의 고뇌는 다시 시작되고 엄마는 이곳에 있지 않으리라. 그러나 고뇌가 진정되어 있을 때는, 이미 나에게 고뇌에 대한 이해가 없었다. 게다가 내일 밤은 아직 멀다. 나는 나의 마음에 들려 주었다, 그때까지 이리저리 궁리할 시간이 있을 것이다. 그러나 그 시간도 보다 더한 힘을 하나도 나에게 가져다 주지는 못할 것이다, 왜냐하면 나의 고뇌는 나의 의지로써는 어쩔 수 없는 것이므로, 오로지 그것과 나 사이를 가르고 있는 중간만이, 아직 고뇌를 잠시 모면할 수 있을 것 같은 감을 주고 있다고.

이렇듯 밤중에 잠에서 깨어나 콩브레를 회상할 때, 오랫동안 나에게는 몽롱한 어둠 한가운데 윤곽이 뚜렷이 드러난 반짝이는 일종의 담벼락 면밖에 떠오르지 않았는데, 그것은 번쩍하는 섬광 신호의 불꽃 또는 어떤 조명등이 건물의 한 모퉁이만을 비추고, 다른 부분을 칠흑 같은 밤 속에 그대로 잠그고 있는 것과 흡사했다. 그 반짝이는 한 모퉁이의 꽤 널따란 바닥에는 작은 객실, 식당, 무의식중에 나의 슬픔을 만들어 낸 스완 씨가 이르는 어두컴컴한 오솔길의 어귀, 그 자체가 매우 좁고도 일그러진 절두각추(截頭角錐)를 구성하고 있는 계단, 발 딛기도 무서운 첫 계단을 향할 때 지나가는 현관방이 있었다. 그리고 꼭대기에는 엄마의 출입문인 유리 끼운 문이 있는 작은 복도가 딸린 나의 침실. 한 마디로 말해, 언제나 같은 저녁 시각에 내가 보는 무대장치, 주위에 있을 수 있는 온갖 것으로부터 고립되어, 그만큼 어둠 속에 홀로 뚜렷이 드러나 있는 무대장치, 내가 옷 갈아입는 비극에 꼭 필요한(예를 들어, 옛 희곡의 머리말에 지방 공연을 위하여 씌어 있는 것처럼) 무대장치다. 회상에 있어서 콩브레는 마치 얇은 한 개의 계단으로 이어진 2층에 지나지 않았던 것 같기도 하고, 콩브레에는 마치 저녁 일곱시 시각밖에 없었던 것 같기도 하다. 사실을 말하자면, 묻는 이가 있다면, 콩브레에는 다른 것도 다른 시간도 있었다고 나는 대답할 수 있었으리라. 하지만 그런 것은 단지 의지에 의한 기억, 이지의 기억에 의해서 회상되는 것이며, 그 기억이 주는 과거에 대한 정보는 참된 과거를 무엇 하나 간직하고 있지 않기 때문에, 그것에 의지해 콩브레의 그 밖의 것을 생각하고 싶은 마음은 결코 갖지 않았으리라. 그러한 모든 것은 실제로 죽고 만 것이다, 나로서는.

영영 죽었는가? 그런지도 모른다.

이러한 것은 모두 우연에 달려 있다. 그리고 두번째의 또 하나의 우연, 곧 우리의 죽음이라는 우연은, 흔히 첫번째의 우연이 가져다 주는 은혜를 오래도록 기다리는 것을 우리에게 허락하지 않는다.

나는 켈트인의 신앙을 매우 옳다고 생각한다. 켈트인의 신앙에 의하면, 우리가 여읜 이들의 혼이 어떤 하등 동물, 곧 짐승이나 식물이나 무생물 안에 사로잡혀 있어, 우리가 우연히 그 나무의 곁을 지나가거나, 혼이 갇혀 있는 것을 손에 넣거나 하는 날, 이는 결코 많은 사람에게 일어나는 일은 아니지만, 그러한 날이 올 때까지 완전히 잃어져 있다. 그런데 그런 날이 오면 죽은 이들의 혼은 소스라치며 우리를 부른다. 그리고 우리가 그 목소리를 알아들으면 마술 결박은 금세 풀린다. 우리에 의해서 해방된 혼은 죽음을 정복하고 우리와 더불어 다시 산다.

우리의 과거도 그와 마찬가지다. 과거의 환기는 억지로 그것을 구하려고 해도 헛수고요, 지성의 온갖 노력도 소용없다. 과거는 지성의 영역 밖, 그 힘이 미치지 못하는 곳에, 우리가 꿈에도 생각하지 못했던 어떤 물질적인 대상 안에(이 물질적인 대상이 우리에게 주는 감각 안에) 숨어 있다. 이러한 대상을, 우리가 죽기 전에 만나거나 만나지 못하거나 하는 것은 우연에 달려 있다.

나에게서, 나의 취침의 비극과 그 무대, 그 밖의 것은 하나도 콩브레에 존재하지 않게 된 지 오랜 세월이 흘러간 어느 겨울날, 내가 집에 돌아오자, 어머니가 추워하는 나를 보고 내 습관과는 반대로, 차를 조금 들게 해주마고 제의한 적이 있었다. 나는 처음에는 거절했다가, 무슨 까닭인지 모르지만 생각을 고쳐 마시기로 했다. 어머니는 과자를 가지러 보냈다. 가리비의 가느다란 홈이 난 조가비 속에 흘려 넣어 구운 듯한, 잘고도 통통한, 프티트 마들렌(옮긴이: 아주 평범한 버터 케이크로서 틀에 넣고 구움)이라고 하는 과자였다. 그리고 이윽고 우중충한 오늘 하루와 음산한 내일의 예측에 풀죽은 나는, 마들렌의 한 조각이 부드럽게 되어 가고 있는 차를 한 숟가락 기계적으로 입술로 가져갔다. 그런데 과자 부스러기가 섞여 있는 한 모금의 차가 입천장에 닿는 순간 나는 소스라쳤다, 나의 몸 안에 이상한 일이 일어나고 있는 것을 깨닫고. 뭐라고 형용키 어려운 감미로운 쾌감이, 외따로, 어디에서인지 모르게 솟아나 나를 휩쓸었다. 그 쾌감은 사랑의 작용과 같은 투로, 귀중한 정수(精髓)로 나를 채우고, 그 즉시 나로 하여금 삶의 무상을 아랑곳하지 않게 하고, 삶의 재앙을 무해한 것으로 여기게 하고, 삶의 짧음을 착각으로 느끼게 하였다. 아니, 차라리 그 정수는 내 몸 속에 있는 것이 아니라, 그것은 나 자신이었다. 나는 나 자신을 범용한, 우연한, 죽음을 면하지 못하는 존재라고는 느끼지 않게 되었다. 어디서 이 힘찬 기쁨이 나에게 올 수 있었는가? 기쁨이 차와 과자의 맛과 이어져 있다는 것은 느낄 수 있었지만, 그런 것을 한없이 초월하고 있어서 도저히 같은 성질의 것이 아닌 듯싶었다. 어디서 이 기쁨이 왔는가? 무엇을 뜻하고 있는가? 어디서 파악하느냐? 두 모금째를 떠 마신다. 거기에는 첫 모금 속에 있던 것보다 더한 것이라고는 아무것도 없다. 세 모금째는 두 모금째보다 다소 못한 것밖에는 가져다 주지 않는다. 그만두는 편이 좋겠다. 음료의 효력이 감소되어 가는 성싶다. 내가 찾는 진실이 음료 속에 있지 않고, 나 자신 속에 있다는 건 확실하다. 음료는 내 몸 속에서 진실을 눈뜨게 했다. 그러나 어떠한 진실인지를 모르는 채 점차로 힘이 빠지면서 막연히 같은 표시를 되풀이할 뿐이며, 나도 이 표시를 해석할 줄 몰라서, 후일의 결정적인 해명에 도움이라도 될까 하여, 처음 그대로의 완전한 표시를 지금 곧, 나의 의향대로, 다시 한 번 요청하고 다시 한 번 되찾을 수 있기를 바라는 것이다. 나는 찻잔을 놓고 정신을 되돌아본다. 진실을 찾아내는 일이야말로 정신의 소임이다. 하나 어떻게? 심각한 불안정감, 정신이 그 자신의 능력을 초월한 영역에 발을 들여놓았을 때나, 탐구자 자체인 정신이 모조리 캄캄한 고장으로 되어, 거기서 탐구하지 않으면 안 되고 지식의 보따리가 하나도 도움이 되지 않았을 때의 심각한 불안정감. 탐구한다? 그뿐이랴, 창조하는 거다. 정신은, 아직 존재하지 않는 어떤 것에 직면하고, 정신만이 그것을 현실화시켜, 다음에 그것을 정신의 광명 속에 넣을 수 있는 것이다.

그리하여, 나는 자기에게 다시 묻기 시작한다, 도대체 그 미지의 상태는 무엇이었나, 아무런 논리적인 표시를 가져다 주지 않았지만, 그 명백한 행복감과 실존감으로 다른 온갖 잡념을 소멸시켰던 그 미지의 상태는 무엇이었냐고. 나는 그 상태를 다시 출현시키려고 애쓴다. 사고의 흐름을 거슬러 올라가 차의 첫 숟가락을 마신 순간으로 돌아간다. 동일한 상태를 발견하나, 새로운 광명은 없다. 나는 정신에게 더한 노력을, 도망쳐 가는 감각을 다시 한 번 붙잡아 데려오기를 요구한다. 정신은 감각을 다시 붙잡으려고 애쓴다. 이러한 정신의 비약이 아무것에도 안 깨지게, 나는 온갖 장애물, 온갖 잡념을 물리치고, 옆방의 기척에 귀를 막고 주의를 기울이지 않으려고 한다. 그러나 노력의 보람 없이 정신의 피곤만을 느껴 이번엔 반대로 지금까지 금했던 휴식을 시켜, 다른 것을 생각하게 하며, 첫 시도를 하기 전에 원기를 회복하도록 강요한다. 다음에 두 번째로 정신 앞에 허(虛)를 만들어, 그 첫 한 모금의 아직 새로운 맛을 또다시 정신에 직면시킨다. 그러자 나의 몸 안에, 깊은 심연에 빠진 닻처럼 끌어올려지기를 기다리고 있던 그 무엇이 움직이기 시작해, 떠오르려고 꿈틀거리는 것을 감촉한다. 그것이 뭔지 나는 모른다. 그러나 그것은 천천히 올라온다. 나는 그것의 저항을 느끼며, 그것이 지나오는 거리의 소란한 소리를 듣는다.

그렇다, 자아의 밑바닥에서 그와 같이 떨고 있는 것, 그것은 그 미각과 결부되어 그 미각의 뒤를 이어 자아의 거죽으로 올라오려는 심상(心像), 시각(視覺)의 추억임에 틀림없다. 그러나 그것은 너무나 멀리, 너무나 어렴풋이 파닥거린다. 뒤숭숭한 색채의 포착할 수 없는 회오리가 빙빙 돌면서 내는 무색의 반영(反映)을 나는 겨우 알아보지만, 그 형태는 식별할 수가 없고, 잔뜩 믿는 유일한 통역자처럼 그 반영에 대하여, 그것과 동시에 태어나고, 그것과 떨어질 수 없는 반려의 표시인 그 미각을 번역해 주기를 청하며, 그것이 어떠한 특수한 상황, 어떤 과거의 시기와 관련이 있는지 가르쳐 주기를 청할 수도 없다.

지금, 동일한 순간의 인력이 그처럼 멀리서 와서, 자아의 깊은 밑바닥에서, 이 옛 순간을 유인하며, 움직이며, 일으키려고 하였는데, 이 추억, 이 옛 순간은 과연 나의 맑은 의식의 표면까지 도달할 것인가? 나는 모른다. 이제 나는 아무것도 안 느낀다. 추억이 멈추고 다시 가라앉았나 보다. 그것이 다시 한 번 어둠 속에서 다시 올라오리라는 것을 누가 알랴? 열 번이나 나는 다시 시작해 가라앉은 추억 쪽으로 몸을 기울여야 한다. 그때마다, 온갖 어려운 소임, 중대한 일로부터 우리의 마음을 돌리게 하는 나태가 머리를 쳐들고, 그런 따위는 그만두고, 단지 수고 없이 되새기는 오늘의 권태나 내일의 욕망을 생각하면서 차라도 마시라고 권유한다.

그러자, 갑자기 추억이 떠올랐다. 이 맛, 그것은 콩브레 시절의 주일날 아침(그날은 언제나 미사 시간 전에는 외출하는 일이 없었기 때문에), 내가 레오니 고모의 방으로 아침 인사를 하러 갈 때, 고모가 곧잘 홍차나 보리수꽃을 달인 물에 담근 후 내게 주던 그 마들렌의 작은 조각의 맛이었다. 여태까지 프티트 마들렌을 보고도, 실제로 맛보았을 때까지는 아무것도 회상되지 않았던 것이다. 이유는 아마, 그 후 과자 가게의 선반에서 몇 번이고 보고도 먹어보지 않고 지내 왔기 때문에, 드디어 그 심상이 콩브레 시절의 나날과 떨어져, 보다 가까운 다른 나날과 이어져 있었기 때문인지도 모른다. 혹은 그처럼 오랫동안 기억 바깥에 버려진 그런 기억에서, 살아남아 있는 것이라곤 아무것도 없고, 모든 게 분해되어 버렸기 때문인지도 모른다. 사물의 형태 또한 — 근엄하고도 숫저운 스커트 주름에 싸여 그토록 풍만하고 육감적인, 과자의 작은 조가비 같은 모양(옮긴이: 마들렌 과자의 모양을 시골 아가씨의 엉덩이에 비유한 표현)도 — 없어지거나 잠들어 버리거나 하여, 의식에 또다시 결부될 만한 팽창력을 잃고 만 것이다. 그러나 옛 과거에서, 인간의 사망 후, 사물의 파멸 후, 아무것도 남지 않을 때에도, 홀로 냄새와 맛만은 보다 연약하게, 그만큼 보다 뿌리 깊게, 무형으로, 집요하게, 충실하게, 오랫동안 변함없이 넋처럼 남아 있어, 추억의 거대한 건축을, 다른 온갖 것의 폐허 위에, 환기하며, 기대하며, 희망하며, 거의 촉지되지 않는 냄새와 맛의 이슬 방울 위에 꿋꿋이 버티는 것이다.

그런데 레오니 고모가 나에게 준, 보리수꽃을 달인 더운 물에 담근 한 조각 마들렌의 맛임을 깨닫자(왜 그 기억이 나를 그토록 행복하게 하였는지 아직 모르고, 그 이유의 발견도 한참 후일로 미루지 않으면 안 되었으나), 즉시 거리에 면한, 고모의 방이 있는 회색의 옛 가옥이 극의 무대장치처럼 나타나, 이 원채 뒤에 나의 양친을 위해 뜰을 향해 지어진 작은 별채와 결부되었다(내가 여태까지 환기한 것은, 단지 이 별채의 잘린 면만이었다). 그리고 이 회색의 가옥과 더불어, 마을, 점심 전에 심부름을 가곤 했던 한 광장, 아침부터 저녁까지 어떠한 날씨에도 내가 쏘다니던 거리들, 날씨가 좋을 때만 다 같이 걸어간 길들이 나타났다. 그리고 마치 일본 사람이 재미있어 하는 놀이, 물을 가득 채운 도자기 사발에 작은 종이 조각을 담그면, 그때까지 구별할 수 없던 종이 조각이, 금세 퍼지고, 형태를 이루고, 물들고, 구분되어, 꿋꿋하고도 알아볼 수 있는 꽃이, 집이, 사람이 되는 놀이를 보는 것처럼, 이제야 우리들의 꽃이란 꽃은 모조리, 스완 씨의 정원의 꽃이란 꽃은 모조리, 비본 내[川]의 수련화 마을의 선량한 사람들과 그들의 조촐한 집들과 성당과 온 콩브레와 그 근방, 그러한 모든 것이 형태를 갖추고 뿌리를 내려, 마을과 정원과 더불어 나의 찻잔에서 나왔다.

2

콩브레······ 매년 부활제 전 주일에 이곳으로 오는 도중, 사방 100리의 거리를 두고 멀리 기차에서 바라보면, 그것은, 시가를 요약하며 대표하며, 먼 곳까지 시가를 위해 시가에 대해 이야기하는, 단 하나의 성당밖에 보이지 않는데, 막상 가까이 가 보면 들판 한가운데서 바람을 막으며, 높다란 우중충한 외투 둘레에 흡사 양치는 여인이 양들에게 그러듯이, 가옥들의 양털 같은 외색의 등을 꽉 그러안고 있다. 그처럼 온순하게 모여 있는 가옥을, 중세기 성벽의 유물이, 마치 르네상스 이전 미술가들의 그림에 있는 완전히 원을 그리며 여기저기를 둘러싸고 있다. 콩브레는 살기에 다소 쓸쓸한 마을이었다. 왜냐하면 가옥들이 이 고장에서 나오는 거무스름한 돌로 지어지고, 옥외의 계단이 밖으로 튀어나오고, 합각머리가 가옥 앞에 그림자를 떨구고 있는 집들이 나란히 선 콩브레 거리는, 해가 지기 시작하자마자 넓은 방의 커튼을 올리지 않으면 안 될 만큼, 어두워지기 때문이었다. 성자들의 엄숙한 이름이 붙은 거리(그 중의 대다수는 콩브레의 초기 영주들의 전기와 관계가 있었다), 곧 생 틸레르 거리, 고모의 집이 있는 생 자크 거리, 철책이 서 있는 생트 일드가르드 거리, 생 테스프리 거리, 이 거리에는 고모 집 정원의 작은 뒷문이 열려 있었다. 콩브레의 이러한 거리는 나의 기억의 일부에 지금도 남아 있기는 하나, 너무나 멀리 떨어져, 지금 나의 눈에 띄는 이 세계의 색채와는 너무나도 다른 색채로 색칠되어 있기 때문에, 실로 온 거리와, 광장에서 온 거리를 굽어보고 있는 성당은, 나에게는 환등의 투영도(投影圖)보다도 더 비현실적으로 보이며, 또 어떤 순간에는 이렇게도 생각된다. 곧 아직 생 틸레르 거리를 건너갈 수도 있고, 루아조 거리에 방 하나를 세들 수도 있다 ─그 거리의 옛 여관 '화살 맞은 새', 그곳의 환기창에서 올라오는 부엌 냄새가 지금도 이따금 나의 몸 안에 똑같이 간헐적으로, 똑같이 따뜻하게 일어나는 일이 있는데, 그 옛 여관의 방 하나를 세들 수도 있다 ─는 것은 골로와 친지가 되거나 준비에브 드 브라방과 이야기를 나누거나 하는 것보다 더욱 멋들어지고도 초자연적인 '피안'(彼岸)과 접촉하는 단서가 될 것이라고.

우리는 저녁 식사 전에 레오니 고모를 문안할 수 있도록 언제나 산책에서 일찍 돌아왔다. 계절의 첫 무렵 해가 짧을 때에는 생 테스프리 거리에 이르자, 우리 집의 창유리에 낙조의 반사가 아직 한 줄기 비치고, 십자가가 서 있는 언덕의 숲 뒤쪽에도 자줏빛의 띠 하나가 걸려 있어, 그것이 숲에서 멀지 않은 늪에 비치고 있었는데, 그 붉은색은 자주 매우 싸늘한 추위를 동반하여 나의 마음속에서 병아리를 굽고 있는 불의 붉은 기─산책에서 받은 시적인 기쁨에 뒤이어 맛있는 음식과 따스함과 휴식의 기쁨을 안겨 주는 불의 붉은 기─에 합쳐졌다. 여름에는 이와 반대로, 해가 아직 지지 않았을 때 우리는 돌아와서, 우리가 레오니 고모 방에 들어가서 문안하는 동안 그 햇빛은 서서히 기울어지면서 창에 스쳐, 좌우로 거둔 안쪽의 커튼과 그것을 묶는 끈 사이에 일단 멈추었다가, 갈라져 분리되고 여과되어, 옷장의 레몬나무 판에 잔 금박을 박으면서, 숲 밑의 풀에 비칠 때의 섬세함과 더불어 방을 비스듬히 밝혔다. 그러나 날에 따라 매우 드물게, 우리가 돌아왔을 때, 옷장이 그 한순간의 금박을 잃은 지 오래였는데, 그럴 때는 우리가 생 테스프리 거리에 도달해도, 창유리에 펼치는 낙조의 반사도 보이지 않으며, 십자가가 서 있는 언덕 숲 기슭의 늪도 그 붉은 기를 잃어버려, 때로는 벌써 유백색을 띠고 있어, 한 줄기의 긴 달빛이 넓어져 가면서 멀리까지 비쳐, 잔물결 사이사이에 갈라지면서 온 수면을 가로건너고 있었다. 그럴 때는 집 근처에 이르러, 우리는 대문의 돌층계 위에 그림자를 알아본다. 그러자 어머니는 우리에게 말하는 것이었다.

"어쩌나! 프랑수아즈가 우리를 기다리고 있네, 네 고모님이 걱정하시나 봐, 역시 너무 늦게 돌아왔지."

우리는 만사를 제쳐놓고, 레오니 고모 방에 올라가서 안심시켜, 고모가 상상하던 것과는 달리, 아무 일 없이 '게르망트 쪽으로' 갔다 온 것을 증명하였는데, 그야 물론, 고모도 우리가 이 방면을 산책하였을 때, 돌아올 시간을 다짐할 수 없는 것을 잘 알고 있었다.

"그것 봐요, 프랑수아즈" 하고 고모가 말한다. "게르망트 쪽으로 갔을 거라고 내가 말한 대로지! 아이 딱해라! 모두들 시장하시겠지! 모처럼 장만한 양의 넓적다리 고기도 오래오래 기다린 끝에 말라 비틀어지고 말았을 거야. 그래도 하는 수 없지, 이런 시간에 돌아오다니! 왜 하필 게르망트 쪽으로 가셨지!"

"하지만 나는 알고 계신 줄로만 알았지 뭐예요, 레오니" 하고 엄마가 말한다. "우리가 야채밭의 작은 문으로 나가는 걸 프랑수아즈가 본 줄로만 생각했거든요."

왜냐하면 우리가 산책하는 길은 콩브레 주변에 두 '방향'이 있는데, 이 두 방향이 상반되는 쪽에 있어, 어느 방향으로 가든지 같은 문을 통해 집에서 나가는 일이 없었기 때문이었다. 그 중의 하나, 메제글리즈 라 비뇌즈 쪽으로 가려면, 스완 씨의 소유지 앞을 지나가기 때문에, 이게 스완네 집 쪽으로라고도 불리고 있었다. 그리고 또 하나는 게르망트 쪽이었다. 메제글리즈 라 비뇌즈에 대해서는, 실은 나는 단지 그런 '방향'이 있는 것과, 낯선 사람들이 주일에 이 방면에서 콩브레 쪽으로 산책 오는 것밖에 몰랐는데, 그런 사람들은, 이 경우에는 고모 자신도, 우리 모두가 '전혀 알지 못하는' 사람들이기 때문에, 그런 기색만으로 '메제글리즈에서 온 듯싶은 사람들'로 간주되는 것이었다. 게르망트에 관해서는, 내가 더 많이 알기 위해서는 다른 날을 기다리지 않으면 안 되었는데, 그것도 먼 훗날의 일에 지나지 않았다. 나의 어린 시절을 통해, 메제글리즈가 나에게, 콩브레의 땅과는 전혀 닮지 않은 땅의 기복 때문에 아무리 멀리 가도 시야에서 도망쳐 나가는 지평선처럼 가까이 갈 수 없는 그 무엇이었다면, 게르망트는 그 '방향' 자체를 나타내는 언어, 현실적이라기보다 오히려 관념적인 언어 때문에, 적도라든가, 극이라든가, 동방이라든가, 이를테면 추상적인 지리학상의 표현으로밖에 나에게 나타나지 않았다. 그러므로 메제글리즈로 가는 데 '게르망트를 통해 가는 길을 잡는다'는 것이나, 또는 그 반대나, 서쪽으로 가는 데 동쪽을 통해서 가는 길을 잡는다는 것과 마찬가지로, 나에게 뜻없는 표현으로 생각되었을 것이다. 아버지는 늘 메제글리즈 방향을, 아버지가 보아 온 것 중에서 가장 아름다운 평야의 경치라고, 게르망트 방향을 내[川]의 풍경의 전형이라고 말하곤 하였기 때문에, 나는 그것들을 그런 모양으로 두 개의 실체로 생각함으로써 인간 정신만이 창조할 수 있는 그 결합, 그 단일성을 그것들에게 주고 있었다. 그 두 개 중 어느 쪽의 가장 작은 조각도 나에게 귀중하게 보이며, 제각기의 특수한 뛰어남을 나타내고 있는 성싶었다. 한편 그 두 곳의 신성한 땅의 어느 한쪽에 이르기 전, 그 안쪽으로 들어간 곳에 문제의 둘이 평야 경치의 이상과 내[川]의 풍경의 이상으로 자리잡고 있는 그전의 길은 어느 쪽도 한결같이 순전히 형이하적이어서, 문제의 둘에 비하면, 극예술에 열중한 관객의 눈에 보이는, 극장 주변의 작은 길 정도의 값어치밖에 없었다. 그러나 나는 특히 둘 사이에, 킬로미터로 나타내는 거리 이상의 것, 양쪽을 생각하는 나의 두뇌의 두 부분 사이에 있는 거리, 단지 멀어지게 할 뿐만 아니라, 떼어 놓는 동시에 또 하나의 면에 옮겨 놓는, 정신 안의 거리의 한 가지를 설치한 것이었다. 그리고 그 경계선은, 우리가 같은 날, 단 한 번의 산책을 하는데 결코 두 방향으로 간 적이 없이, 어느 날은 메제글리즈 쪽으로, 또 어느 날은 게르망트 쪽으로 가곤 한 습관이, 두 방향을 서로 멀게 떨어뜨리고, 쌍방을 서로 알 수 없게 하는, 말하자면 별개의 오후라는, 상호간 연락 없는 닫힌 항아리 속에 쌍방을 따로따로 가두어 놓았기 때문에 더욱 절대적인 것이 되었다.

메제글리즈 쪽으로 가려고 할 때, 우리는 (이 산책은 그다지 길지도 않고 오래 걸리지도 않아, 너무 일찍 나가는 일도 없고, 날씨가 흐려도 무방하여) 따로 어디라고 정하는 일 없이, 생 테스프리 거리 쪽으로 나 있는 고모 집의 대문을 통해 외출하였다. 우리 일행은 총포상의 인사를 받기도 편지를 통에 넣기도 하면서, 기름 혹은 커피가 떨어졌다고 말한 프랑수아즈를 대신해, 지나가는 길에 그 물건을 테오도르에게 주문하기도 하면서, 스완 씨네 정원의 흰 울타리를 따라 나 있는 길을 걸어 시가 밖으로 나갔다. 스완 씨네의 정원에 이르기에 앞서, 우리는 그 라일락꽃 향기가 낯선 손 앞에 나와 있는 것에 조우하였다. 라일락꽃들은 그 잎들의 싱싱한 초록빛의 조그만 하트형 사이에서, 이미 햇볕을 담뿍 받아, 그늘이 졌어도 반짝반짝 윤나고 있는 연보라빛 또는 흰 깃털 장식을, 호기심에서 정원의 울타리 위에 쳐들고 있다. 어떤 것은 문지기가 주거하고 있는, 사수(射手)의 집이라고 불리는 작은 기와집에 반 가량 가려져, 그 장밋빛의 미나레(옮긴이: minaret, 회교 사원의 첨탑.

프루스트는 라일락꽃이 페르시아에서 도래한 사실 때문에 이러한 비유를 쓰고 있는 것 같음)를 작은 기와집의 고딕풍 합각머리 위에 삐죽 내밀고 있다. 이 프랑스풍의 정원 안에, 페르시아 밀화(密畫)의 생생하고도 순수한 색조를 남기고 있는, 그런 젊은 우리(옮긴이: houri, 회교 천국에 사는 미녀)들에 비하면, 봄의 요정들도 비속하게 보였을 것이다. 그 호리호리한 허리를 껴안고, 그 향기로운 머리의 별 모양으로 금간 고수머리를 당기고 싶은 나의 욕구에도 불구하고 우리는 걸음을 멈추지 않고 지나갔다. 스완이 결혼한 이래로는, 우리 집 어른들이 탕송빌에 발걸음을 옮기지 않아서, 그 때문에 우리는 정원을 구경하는 줄로 생각되지 않으려고, 울타리를 따라 곧장 들판으로 나가는 길을 잡아들지 않고, 역시 들판으로 나가지만 멀리 도는 다른 길을 잡아, 너무 멀리 빠져 나갔다. 어느 날, 할아버지가 아버지에게 말했다.

"스완이 어제 말한 것이 생각나나, 아내와 딸이 랭스에 갔기 때문에, 그 틈에 파리에 가서 스물네 시간을 보낸다고 하지 않던가? 그 여인들이 저기에 없으니, 정원을 따라 가자구, 그만큼 가까우니."

우리는 잠시 울타리 앞에 걸음을 멈추었다. 라일락의 계절도 끝 무렵에 가까웠다. 그 어떤 것은 연보랏빛의 높다란 촛대 모양으로 아직 그 꽃의 섬세한 거품을 내뿜고 있었다. 겨우 일 주일 전만 해도, 잎이 무성한 어느 부분에도 향기 높은 거품이 물결처럼 부서지고 있었건만, 지금은 김빠지고 메마르고 향기 없는 거품이, 졸아들고 거무칙칙하고 시들어 있었다. 할아버지는 선대의 스완 씨의 부인이 죽은 날, 상주와 함께 한 산책 이후, 정원의 어디가 그대로 있고 어디가 변했는가를 아버지에게 일러 주었다. 그리고 이 기회를 타서 또 한 번 그때의 산책 이야기를 하는 것이었다.

우리 앞에 한련꽃을 가장자리에 두른 오솔길이 햇볕을 가득히 받으며 성관 쪽으로 가파르게 뻗어 있었다. 이와 반대로, 오른쪽 정원은 편편한 지면으로 펼쳐지고 있었다. 둘레의 높다란 수목들의 그림자에 그늘지어, 스완의 선대가 파 놓은 샘물이 어렴풋이 보였다. 그러나 인간에 의해서 가장 인공적으로 만들어진 것도, 역시 자연을 바탕삼아 가공되어 있는 것이다. 어떤 장소는 그 주위에 항상 자기의 왕국을 군림시키고, 정원 한가운데 먼 옛적의 낡은 자기의 깃발을 내건다. 마치, 그런 배치의 필연성에서 생겨나, 인간이 만든 것 위에 겹치는 고독이, 도처에 숨어서 주위를 점령한 중에서도, 인간의 온갖 간섭에서 떠나, 자기 존재를 과시하는 듯, 그런 모양으로 인공 못을 굽어보는 오솔길의 밑에는 빛의 명암이 비치는 수면의 이마를 감은 푸른 색깔의 미묘한 자연의 꽃관이, 물망초와 색비름의 두 줄기로 엉켜 짜지고, 한편 글라디올러스는, 왕자 같은 무관심으로 그 무수한 단검이 구부러지는 것에도 아랑곳없이 물에 발을 담근 미나리마름과 개연꽃의 영역에까지, 못을 다스리는 홀(笏)처럼 보이는, 보랏빛과 황색의, 찢어진 백합과 비슷한 그 꽃을 뻗고 있었다(옮긴이: 글라디올러스의 꽃을, 프랑스 왕의 꽃인 나리꽃에 비교해, 그 잎을 검으로, 꽃잎을 홀에 비유한 말)

　스완 아가씨의 출타는 — 베르고트를 친구로 삼아 여러 대성당을 구경 다니는 특권을 가진 아가씨가 오솔길에 뜻밖에 나타나, 맞부딪치는 근심도, 그녀와 알게 되어 멸시당하는 두려운 기회도 없어 — 나로 하여금, 이 처음으로 허락된 탕송빌의 관조를 흥미 없는 것으로 만들었는데, 반대로 할아버지나 아버지의 눈에는, 이 소유지에 안락함과 일시적인 즐거움이 가미된 듯이 보여, 마치 산악지방에 간 유람에서 구름 한 점 없이 갠 것처럼, 그날이 이 방향의 산책에 예외적으로 안성맞춤이 된 듯싶었다. 나는 할아버지나 아버지의 속셈이 맞지 않기를 바라 마지않았다. 기적이 일어나 스완 아가씨와 그 아버지가 아주 가까이 나타나, 우리를 피할 틈이 없어, 하는 수 없이 아가씨와 친지가 되기를 바랐다. 그래서 돌연 스완 아가씨가 있는 성싶은 표시처럼, 수면에 찌를 띄우고 있는 낚싯대 옆 풀 위에 광주리가 놓인 것을 언뜻 보았을 때, 나는 서둘러 할아버지와 아버지의 눈길을 다른 쪽으로 돌리게 했다. 하기야 스완이, 집에 잠시 동안 묵는 손님이 있기 때문에 집을 비우기는 곤란하다고 우리에게 말했던 것으로 보아, 그 낚싯대는 그 어느 손님의 것이었을지도 모른다. 오솔길에는 아무 기척도 들리지 않았다. 어느 나무인지 잘 모르나, 가지의 높이를 구분하면서, 눈에 보이지 않는 새 한 마리가, 하루의 짧음을 나타내려고 부심하여 길게 뽑은 한 가락으로 주위의 정적을 탐지하고 있었는데 고요 속에서 돌아가는 것은 한결같은 대꾸, 정적과 부동을 보다 더하게 울리는 메아리뿐이어서 더 빨리 지나치게 하려던 순간을 오히려 영영 멈추게 하고 만 듯한 생각이 들었다. 햇볕은 이제 움직이지 않게 된 하늘에서 너무나 쨍쨍 내리쬐어 그 주시에서 도망치고 싶을 정도였다. 그리고 잠자는 물은 곤충에 끊임없이 잠이 방해되어, 아마도 상상의 대소용돌이를 꿈꾸고 있는지, 코르크 찌를 보았기 때문에 일어난 나의 불안을 더하게 하였으니, 수면에 비친 넓은 하늘의 고요 위에 찌를 전속력으로 끌어들이고 있는 성싶었기 때문에, 찌는 거의 수직으로 막 잠겨 가고 있는 듯이 보였다. 이미 나는, 그녀와 친지가 되는 희망이나 두려움을 개의치 않고, 어서 빨리 물고기가 걸린 것을 스완 아가씨에게 알려야 한다고 생각하고 있었다 ― 그때 할아버지와 아버지가 나를 불러서 그 뒤를 좇아가야만 했다. 두 분은 들판으로 나가는 오솔길을 걷고 있다가, 뒤에 내가 없기 때문에 깜짝 놀란 것이다. 그 오솔길에는 아가위의 향기가 짙게 풍기고 있었다. 울타리는 노상에 설치된 가설 제단에 쌓아 놓은 아가위의 꽃더미 밑에 숨어 있는 한 줄거리의 작은 제단과 비슷한 꼴을 이루고 있었다. 그 밑에 해가 비쳐, 마치 그림 유리창 너머로 비쳐 오기나 한 듯, 땅 위에 빛의 모눈을 놓고 있었다. 아가위 향기는 내가 성모 마리아 제단 앞에 있는 것이 아닌가 여겨질 만큼 촉촉하고 그윽하게 감돌고, 꽃으로 말하면, 이 역시 성장(盛裝)하여 저마다 방심한 듯이, 광선처럼 가느다란 플랑부아양(옮긴이: flamboyant, 고딕풍의 한 양식으로 화염형의 장식)식 엽맥 무늬의 수술이 반짝이는 다발을 지니고 있었는데, 그것은 흡사 성당의 성소주랑(聖所柱廊)의 난간, 또는 그림 유리창의 가름 기둥에 구멍이 숭숭 뚫려 있는 엽맥 무늬, 딸기꽃의 새하얀 살에 피어나 있는 엽맥 무늬였다. 그것에 비하면, 저 찔레꽃, 2∼3주일만 지나면 산들바람에도 헤쳐지는 무늬 없는 붉은 비단 코르사주를 입고, 햇볕을 받으면서 이 시골길을 기어오르는 찔레꽃은 얼마나 소박하고 촌 아가씨 같으냐!

그러나 나는 아가위나무 앞에 멈추어 서서, 눈에 보이지 않으나 고정된 그 향기를 맡아 보기도, 어이해야 좋을는지 알지 못하는 나의 생각 앞에 그것을 가져오기도, 그것을 잃어버리기도, 그것을 다시 찾아내기도 하며, 아가위가 젊디젊은 환희와 더불어 어떤 악기의 음정처럼 뜻하지 않은 사이를 두고 여기저기 그 꽃을 배열하고 있는 리듬과 하나가 되려고 하였으나 허사였다, 아가위꽃은 무궁무진하게 같은 매력을 한없이 나에게 주기는 하였으나, 그 매력을 더 깊이 규명해 주지는 않았다, 마치 계속해서 백 번 연주하여도 더 깊이 그 비밀에 다가가지 못하는 그 멜로디처럼.

나는 잠시 꽃에서 비켜났다, 이어서 더욱 싱싱한 기운을 가지고서 그것에 가까이 가려고. 나는 울타리 뒤쪽, 가파르게 경사지어

들판 쪽으로 오르고 있는 비탈까지 올라가, 거기에 한동아리에서 떨어져 홀로 길 잃고 있는 개양귀비인 듯한 것, 같이 게으르게 뒤처지고 있는 두서넛의 수레국화인 듯한 것의 뒤를 쫓았다. 그것들은 이 비탈의 여기저기를 그 꽃으로 장식하고 있었다, 흡사 오래지 않아 곧 벽판(壁板) 위에 찬란하게 빛날 농촌풍 주제가 군데군데 나타나 있는 장식 융단의 가두리 장식이기라도 한 듯이(봄의 들판을 장식 융단에 비유한 묘사). 아직 듬성듬성한, 촌락이 가까운 것을 알리는 산재한 외딴집처럼 사이를 둔 그 화초들은, 밀의 물결이 부서지며 구름이 뭉게뭉게 이는 광대한 넓이를 나에게 알렸다. 그리고 외토리의 개양귀비가 그 동아줄 끝에 붉은 신호기를 올리고, 기름기 밴 검은 부표(浮標) 위에서 깃발을 펄럭이고 있는 것을 보자 나의 심장은 뛰었다, 마치 낮은 땅에서 배 목수가 수리하는 좌초한 쪽배를 흘끗 보자, 아직 보이지도 않는데 "바다다!" 하고 외치는 나그네처럼.

그 다음 나는, 바라보는 걸 잠시 동안 중지하고 나서는 더 자세히 감상할 수 있으려니 여기는 걸작 앞에 가듯이 아가위나무 앞에 되돌아왔다. 나는 아가위말고는 눈 밑에 두지 않으려고 두 손으로 병풍을 지어 보았지만 허사였다. 아가위가 나의 몸 안에 불러일으킨 감정은 내게서 떠나 아가위꽃에 들러붙으려고 하지만 헛된 수고로 돌아가, 애매하고도 모호한 채로 남았다. 아가위는 이 감정을 밝히려는 나를 도와 주지 않았는데, 그렇다고 나의 기대를 채워 주기를 다른 꽃에 구할 수도 없었다. 그때, 좋아하는 화가의 작품으로 지금까지 알고 있는 것과는 다른 작품을 보았을 때의 기쁨, 또는 연필로 그런 초벌 그림밖에 보지 않았던 그림의 완성품을 보여 주었을 때의 기쁨, 또는 피아노 연주만으로 듣던 곡이 다음에 오케스트라의 색채를 띠고 나타났을 때의 기쁨을 나에게 주면서, 할아버지가 나를 불러 탕송빌 울타리를 손가락질하며 말했다. "너는 아가위를 좋아하지, 이 장밋빛의 아가위나무를 좀 봐라, 정말 예쁘구나!" 과연 아가위꽃이었다. 그러나 그것은 장밋빛이었고 흰 것보다 더 아름다웠다. 그 한 그루의 장밋빛 아가위 역시 축제의 몸단장, 종교적인 축일인 유일한 참된 축제의 몸단장을 하고 있었다 — 참된 축제라고 한 것은, 그러한 축일은 세속적인 제전처럼 우연한 일시적인 기분에서, 축일에 알맞은 본질적인 것이나 특별한 것을 하나도 갖지 않은 특징 없는 날에 실시되는 법이 없기 때문이다 — 아니 참된 축제 때의 몸단장보다 더욱 화려한 몸단장을 하고 있었다. 왜냐하면 마치 로코코(옮긴이: 푸이 15세 시대의 건축·미술의 양식)식 울레트(옮긴이: houlette, 양치는 목동의 지팡이. 로코코식 울레트라 함은, 18세기의 귀부인들이 손에 들고 다니던 목녀 취미적인 지팡이로서 사치스러운 노리개)를 장식하는 명주술처럼, 장식되어 있지 않은 빈틈이 없도록, 가지에 다닥다닥 붙어 있는 꽃은 '빛깔 있는' 것으로서 따라서 콩브레의 심미학에 의하면 — 장밋빛 비스킷의 값이 가장 비싼, 성당 앞 광장의 '가게'라든가 카뮈 상점의 가격 척도로 판단한다면 — 최고의 것이었다. 나 자신도 으깬 딸기로 빛깔을 내주는 장밋빛 크림치즈 쪽을 더 높이 평가하였다. 이 꽃들은 그러한 먹음직스러운 음식의 빛깔 또는 큰 축일의 호사스런 몸단장의 그윽한 장식의 빛깔을 바로 택해서, 그 빛깔은 자신이 뛰어난 까닭을 나타내고 있기 때문에, 어린이들의 눈에 뚜렷이 아름답게 보이고, 그리고 그 때문에 설사 어린이들에게 그러한 빛깔이 조금도 맛있는 음식이 되지 않는 것, 또 재봉 직공의 손으로 골라지지 않았던 것을 알았을 때도, 어린이들로서는 다른 빛깔들보다 더 선명하고도 자연스러운 그 무엇인가를 늘 지니고 있는 것이다. 그렇기 때문에 나는 흰 아가위꽃 앞에 섰을 때처럼, 그러나 더 경탄하며 금세 느꼈다, 이 꽃들에 축일의 의향이 나타나 있는 것은, 인공에 의한 것도, 인위의 제작 기교에 의한 것도 아니고, 자연에 의한 것인데, 그 자연이 노상에 설치하는 가설 제단을 꾸미는 데 정성을 다하는 촌락 여상인의 고지식함과 더불어, 지나치도록 그윽한 색조와 촌스러운 퐁파두르(옮긴이: Pompadour, 루이 15세의 애첩으로 사치를 유행시켰음) 양식을 가진 이와 같은 장밋빛 꽃을 작은 관목에 채우면서 소박하게 축일의 의향을 나타내었다고. 나뭇가지의 위쪽에는, 흡사 레이스 종이로 싼 화분의 작은 장미나무, 그 꽃봉오리의 가느다란 화전(火箭)은 대첨례의 제단 위에서 반짝반짝 빛나는데, 그러한 작은 장미나무처럼, 약간 빛깔이 희미한 꽃봉오리가 수없이 무리지어 방긋이 피어나면서, 흡사 장밋빛 대리석의 컵 바닥처럼 붉은 핏빛을 보였는데, 아가위는 어디서나 장밋빛으로밖엔 싹트지 않고 꽃피지 않는 아가위 고유의 매우 강한 특성을, 활짝 핀 꽃 이상으로 뚜렷하게 드러내고 있었다. 울타리 속에 섞여 있지만, 집에 남아 있는 허드레 옷을 입은 여자들 사이에 끼여 있는 나들이옷 차림의 아가씨처럼, 산울타리의 다른 부분과는 다른 모습으로 '마리아의 달'을 위한 준비가 다 되어, 벌써 거기에 한몫 끼고 있는 듯한 싱싱한 장밋빛의 몸단장으로 미소지으면서, 이 가톨릭적이며 감미로운 관목은 빛나고 있었다.

울타리부터 정원 내부의 말리(茉莉), 팬지꽃, 마편초로 둘러쳐진 작은 길이 보였는데, 그러한 꽃들 사이에 꽃무가, 코르도바(옮긴이: Cordoba, 스페인 남부의 도시 이름. 여기서 나는 염소 가죽을 속칭 '코도반'이라 함)의 옛 가죽의 퇴색한 장밋빛을 띤, 향기로운 새 염낭을 벌리고 있었고, 한편 자갈 위에는 초록빛으로 칠한 살수관(撒水箸)이 감긴 것이 풀려 길게 뻗어, 뚫어진 구멍에서부터 다

채로운 작은 물방울의 수직선의 무지갯빛 부채를 꽃 위에 솟아올리면서, 꽃 향기를 축축이 적시고 있었다. 느닷없이, 나는 걸음을 멈추었다, 꼼짝 못 했다, 흡사 어떤 시각의 형상이 단지 우리의 시선에 말을 건네 올 뿐 아니라, 훨씬 깊은 지각을 요구하고, 우리의 온 존재를 수중에 넣고 마는 때처럼. 불그레한 금발의 소녀 하나가 산책에서 돌아오는 길인 듯 손에 원예용 삽을 든 채, 장밋빛의 주근깨가 뿌려진 얼굴을 쳐들며 우리를 바라보고 있었다. 소녀의 검은 눈이 반짝이고 있었지만, 강한 인상을 그 객관적인 여러 요소로 이끌기에는 당시는 물론 그 이후도 나의 힘으로는 벅찼으며, 더구나 눈빛의 인상만을 따로 떼어 놓는 이른바 '관찰력'도 없었기 때문에, 그 후 오랫동안 이 소녀를 상기할 때마다, 소녀가 금발이었기 때문에, 기억에 남는 눈빛이 금세 선명한 하늘빛으로 나타나곤 하였다. 따라서 아마도 소녀가 그처럼 검은 눈을 하고 있지 않았다면—하기야 그 검은 눈은 처음 보는 이에게 강한 인상을 주었지만—나의 공상일 뿐인 그 푸른 눈을 실제로 내가 연모한 만큼은, 유달리 연모하지 않았을는지도 몰랐다.

　나는 소녀를 유심히 바라보았다. 나의 첫 눈길은 단지 눈의 대변자라고나 할까 그런 것만이 아니라, 그 창문을 통해 불안스럽고도 어리벙벙한 온 감각이 몸 내밀고 있는 눈길, 그것이 바라보는 육체를 그 영혼과 함께 만지고, 나포하고, 이끌고 가려는 눈길이며, 그 다음의 눈길은, 할아버지나 아버지가 이 소녀를 알아채어, 나보고 조금 앞장서서 달려가라고 이르면서 나를 멀리 떨어뜨려 놓지나 않나 겁내고 있었기 때문에, 모르는 사이에 애원하는 눈길, 기어이 소녀의 주의를 끌어 나의 존재를 알리고자 하는 눈길이었다! 소녀는 할아버지와 아버지를 살펴보려고 앞쪽과 옆쪽으로 눈동자를 돌렸는데, 거기서 소녀가 받은 인상은 필시 우리가 우스꽝스러운 인간이라는 인상인가 싶었다. 왜냐하면 소녀가 얼굴을 돌리고 무관심한 건방진 모양으로, 자기의 얼굴을 할아버지나 아버지의 시야 안에서 벗어나게 하려고 옆으로 비켜섰기 때문이다. 그리고 할아버지와 아버지가 계속해 걸어가면서 소녀를 알아채지 못하고 나를 지나쳐 가는 동안에, 소녀는 눈길이 닿는 한 내가 가는 방향을 바라보고 있었다. 유다른 표정 없이, 나를 보는 모양도 없이, 그러나 한쪽을 물끄러미 바라보며, 내가 받은 좋은 교육이라는 관점에서 본다면, 아무래도 극심한 멸시의 표시로밖에 볼 수 없는 거짓 미소를 띠며, 그리고 그와 동시에 소녀의 손은 단정치 못한 시늉으로 흔들리고 있었는데, 공공연히 그런 손짓이 모르는 사람에게 보내졌다면, 내가 몸에 지니고 있는 예의범절의 작은 사전에서는 주로 무례한 의사의 뜻으로밖에 해석할 수 없는 것이었다.

"질베르트, 어서 이리 와요, 뭘 하고 있니" 하고 날카롭고도 허세 부리는 목소리로, 내가 여태껏 보지 못한 흰옷을 입은 부인이 소리쳤다. 그리고 그 부인으로부터 몇 걸음 떨어져, 굵은 무명 옷을 입은 낯선 신사 하나가, 얼굴에서 튀어나올 것 같은 눈을 유심히 내 쪽으로 돌리고 있었다. 그러자 소녀는 갑자기 미소를 거두고, 삽을 주워 들자마자, 내 쪽을 뒤돌아보지 않고, 온순한, 야릇한, 앙큼한 표정을 짓고 멀어져 갔다, 이러한 모양으로, 내 곁을 질베르트라는 이름이 지나갔다, 한순간 전까지만 해도 소녀는 막연한 형상에 지나지 않았는데, 지금은 이 이름에 의해 인격이 주어진 것이었다, 말하자면 부적처럼 주어진 이름, 이 부적이 언젠가는 나를 그녀와 만나게 해줄는지도 몰랐다. 이처럼 이 이름은 말리와 꽃무 위에 울리며, 초록빛으로 칠한 물뿌리개의 물방울처럼 살을 에는 듯이 시원하게 지나갔다. 이 이름은 또, 가로 건너온 — 그리고 외따로 분리된 — 맑은 공기 지대를 소녀의 삶의 신비로 적시어 무지갯빛으로 빛나게 하면서, 소녀와 함께 살고 여행하는 행복한 이들에게 소녀를 지명하고, 그 행복한 이들의, 소녀와의, 그리고 내가 들어가지 못하는 소녀의 삶의 미지와의 ― 나로서는 괴로운 ― 친밀성의 정화(精華)를 나의 어깨 높이에 있는 장밋빛 아가위 밑에 펼치고 있었다.

그날 이후, 게르망트 쪽으로 다니는 산책에서, 문학적 소질이 없는 것과, 유명한 작가가 되기를 단념하지 않을 수밖에 없는 것이 전보다 더 얼마나 가슴 쓰렸는지! 그 때문에 내가 느낀 슬픔이, 호젓한 곳에 홀로 가서 몽상에 잠겼을 때 나를 어찌나 고통스럽게 하였던지, 이 고통에 대한 일종의 억제가 스스로 발동하여 다시는 그런 비탄을 맛보지 않으려고, 나의 정신은 시나 소설에 대한 생각을 전혀 안 하게 되고, 재능의 결핍을 알고 나서 자신에게 기대하기를 그만둔 시적인 장래도 전혀 생각하지 않게 되었다. 그러자 그런 문학적인 전념에서 아주 떠나, 더구나 그것과는 아무 관계 없이, 느닷없이 한 지붕이, 돌 위에 보이는 태양의 반사가, 길의 냄새가 나에게 어떤 특별한 기쁨을 주어 발걸음을 멈추게 하였다. 또 내가 걸음을 멈춘 것은, 나보고 붙잡으러 오라고 초청하고 있는데도 아무리 노력해도 내가 발견 못 하는 그 무엇을, 내가 보고 있는 것의 건너편에 숨겨 두고 있는 성싶어서이기도 하였다. 나는 그 숨겨진 것이 눈길이 미치는 것 중에 있다고 느껴, 거기에 그대로 서서 꼼짝하지 않고, 눈을 크게 뜨고, 숨을 몰아쉬고, 눈에 비치는 것의 형상 또는 냄새의 건너편으로 나의 사념과 함께 가려고 애썼다. 그리고 할아버지의 뒤를 서둘러 쫓아가 산책을 계속하지 않으면 안 되었을 경우에도, 나는 눈을 감고서 그것들을 다시 발견하려고 노력

70

하였다. 나는 지붕의 선, 돌의 색조를 정확히 회상하려고 전념하였다. 그러자 그 까닭을 이해함이 없이, 나에게는 그것들이 충만해지고 스스로 막 열리고, 그 덮어 숨기고 있는 것을 나에게 내주는 것처럼 생각되었다. 물론 그것은 일찍이 내가 잃고 만 희망, 장래에 소설가가 될 수 있다, 시인이 될 수 있다는 희망을 되찾아 줄 수 있는 종류의 인상은 아니었다. 그도 그럴 것이 그 인상들은 지적 가치가 없는 특수한 어떤 대상, 추상적 진리와는 아무 관계도 없는 어떤 대상에 항상 결부되어 있었기 때문이다. 그러나 적어도 그 인상들은 나에게 까닭 모를 기쁨을, 일종의 풍요한 환상을 주어, 그럼으로써 한 거대한 문학 작품을 위한 철학적인 주제를 탐구할 때마다 반드시 내가 경험한 권태와 무력감을 위로해 주었다. 하지만 그런 형태와 냄새 또는 색채의 인상에 의해 나의 의식에 가해진 의무 — 다시 말해 그 인상들 뒤에 숨은 것을 인식하려고 애쓰는 것이 너무나 힘들어, 나는 곧 그 노력을 모면해 주는 동시에 그 노고에서 구해 줄 구실을 나 자신에게서 찾았다. 다행히 집안 어른이 나를 불렀다. 그러자 나는 느꼈다, 지금 내게는 이 탐구들을 유효하게 계속해 나가는 데 요긴한 잔잔함이 없다, 집에 돌아가기까지 다시는 이를 생각하지 않는 게 낫다, 이렇다 할 성과 없이 지나친 노고는 삼가는 게 낫다고. 그리고 나서는, 나는 형태 또는 냄새에 감싸여 있는 미지의 것에 다시는 관심을 두지 않았는데, 마음 한구석에는, 그런 미지의 것을 심상의 옷으로 보호해 고스란히 집에 데리고 오면 싱싱하리라는 안심이 있었다, 마치 혼자서 낚시질하러 가던 날, 싱싱함을 유지시키려고 풀의 배내옷으로 덮은 바구니에 넣어 가지고 돌아온 물고기처럼. 일단 집에 돌아오자, 나는 이미 다른 것을 생각하고 있었다. 그와 같이 내 정신 속에는(내 방안에 산책에서 따 온 꽃들 또는 남들이 내게 준 물건들이 놓여 있듯이)

햇빛의 반사가 놀고 있는 돌, 어느 지붕, 종소리, 풀 냄새 같은 각양각색의 심상이 쌓여 있어, 그 심상 밑에는, 내게 예감되었지만 의지 박약 때문에 발견되지 않고 만 현실이 죽은 지 오래였다. 그렇지만 한번은 이런 일이 있었다 ― 여느 때보다 멀리 가던 산책에서 돌아오는 도중에, 요행히 페르스피에 의사를 만났는데, 땅거미가 지기 시작할 때라, 의사는 마차를 질주시키고 있었으며, 우리 일행을 알아채고 우리를 함께 태워 주었다 ― 바로 그때 나는 같은 유의 인상을 받아 그대로 버리지 않고 좀더 깊이 생각한 적이 있었다. 나는 마차몰이꾼 곁에 앉아, 우리는 바람처럼 갔으니 의사가 콩브레에 돌아가기에 앞서서 마르탱빌 르 섹의 환자 집에 들러야 했기 때문이고, 우리는 그 집의 앞에서 의사를 기다리기로 했다. 어느 길 모퉁이에서 나는 느닷없이 다른 어떤 것과도 닮지 않은 유별난 기쁨을 느꼈다. 마르탱빌의 두 종탑이 언뜻 눈에 들어와, 그 두 종탑이 석양을 받고 있으며, 우리가 탄 마차의 움직임과 길의 굴곡에 따라 위치를 바꾸는 듯이 보였는데, 드디어 비외비크의 종탑이 눈 안에 들어와, 먼저 두 종탑으로부터 언덕과 골짜기에 의해 동떨어져, 멀리 더 높다란 고원에 자리잡고 있으면서도, 두 종탑 바로 근처에 있는 듯 보였던 것이다.

종탑의 모양, 선의 이동, 표면의 석양의 빛남을 눈으로 확인하며 마음에 적어 두면서, 나는 아직 인상의 밑바닥에 내가 이르지 못했다고 느껴, 뭔가가 이 움직임의 뒤, 이 밝음의 뒤에 숨어 있다, 종탑은 그 뭔가를 지니는 동시에 감추고 있는 듯싶다고 느꼈다.

그 종탑은 아주 멀리 있는 듯 보이고, 우리가 그것에 그다지 접근하고 있다고도 생각되지 않아, 잠시 후 마차가 마르탱빌의 성당 앞에 닿았을 때, 나는 깜짝 놀랐다. 아까 지평선에서 그 종탑을 언뜻 보았을 때 느꼈던 기쁨의 까닭을 나는 몰랐고, 또 그 까닭을 알아내려고 애쓰는 것도 매우 힘들게 생각되었다. 차라리 나는 석양에 이리저리 움직이는 종탑의 선을 머릿속에 간직해 두고, 그때는 다시 생각하고 싶지 않았다. 만약 굳이 생각이라도 한다면, 이 마르탱빌의 두 종탑도, 그 수목들, 지붕, 향기, 소리와 영영 합해져 버릴지도 모르지 않는가, 다시 말해 수목이나 지붕 같은 것은 거기서 내가 받았던 아리송한 기쁨 덕분에 다른 것과 구별해 왔는데, 그 기쁨 자체를 나는 아직 한번도 규명하지 않았으니 말이다. 의사를 기다리는 동안 나는 마차에서 내려 집안 사람들과 잡담을 했다. 그러고 나서 우리 일행은 다시 출발했다. 나는 다시 몰이꾼 곁의 자리를 잡았다. 다시 한 번 종탑을 보려고 머리를 돌렸다. 그 종탑은 잠시 후 길모퉁이에서 마지막으로 언뜻 눈 안에 들어왔다. 몰이꾼은 수다떨고 싶지 않은 듯 내가 거는 말에 좀체 답하지 않아, 따로 상대도 없어, 갑자기 나 자신을 상대삼아 나의 종탑을 상기해 보려고 하는 수밖에 없었다. 그러자 오래지 않아 종탑의 선과 석양 받은 겉이 마치 일종의 껍데기를 갖고나 있던 것처럼 찢어져, 그 안에 내게 숨겨 온 것이 약간 내게 모습을 나타냈다. 한순간 전에 나에게 없던, 어떤 사념, 머릿속에서 낱말의 꼴을 이룬 사념이 떠올랐다. 그러자, 그 종탑을 보고 방금 느꼈던 기쁨이 어찌나 커졌는지 일종의 도취에 사로잡힌 나는 이젠 다른 것을 생각할 수가 없었다. 바로 이 순간 우리는 이미 마르탱빌에서 멀리 와 있어서, 뒤돌아보니 종탑이 다시 보였으나 이번에는 새까맸다, 해가 벌써 지고 있어서. 이따금 길모퉁이가 내게 그 종탑을 감추곤 하다가, 마지막으로 또 한 번 종탑이 나타나더니, 마침내 더 이상 나는 그걸 보지 못했다.

마르탱빌의 종탑 뒤에 숨어 있는 게, 낱말의 형태로 내 눈앞에 나타나 나를 기쁘게 한 이상, 그것이 뭔가 미사여구와 비슷한 것임에 틀림없다고 생각한 건 아니지만, 그래도 의사한테서 연필과 종이를 빌려, 마음을 가라앉힐 겸 감흥에 따를 겸, 마차의 흔들림쯤이야 아랑곳없이 다음과 같은 단문을 썼다. 이 단문을 한참 후에 가서 찾아냈는데, 몇 자밖에 수정하지 않았다.

"그것만이 벌판보다 높게, 흡사 널따란 평야에 버려진 듯, 마르탱빌의 두 종탑이 하늘 쪽으로 솟아 있었다. 오래지 않아 우리는 그 종탑이 셋이 되는 것을 보았다. 빙그르르르 급회전하여 그 두 종탑의 맞은편에 자리잡으면서, 비외비크의 종탑이 뒤늦게 합쳐진 것이었다. 몇 분이 지나고 나서, 우리는 빨리 달렸는데, 그래도 세 종탑은 여전히 우리 앞쪽 멀리 있어, 벌에 내려앉아 옴짝달싹하지 않고 햇볕에 두드러지게 나타난 세 마리의 새와 같았다. 그러다가 비외비크의 종탑이 멀어지고, 그 본디의 거리로 돌아가고, 마르탱빌의 두 종탑만이 지는 석양에 비쳐 남았는데, 그 종탑의 경사면에 석양이 미소짓고 장난치는 것이 이렇게 먼 거리에서도 나에게 보였다. 여기까지 접근하는 데 이렇듯 오래 걸렸으니, 도달하려면 또 얼마가 걸릴까 생각하고 있는데, 돌연, 마차가 모퉁이를 돌고 나서, 종탑 밑에 우리를 내려놓는다. 그 종탑이 마차를 향해 어찌나 난폭하게 뛰어나왔던지, 마차는 하마터면 정면 현관에 부딪칠 뻔하다가 겨우 멈췄다. 우리는 가던 길을 다시 계속해 갔다. 조금 전에 이미 우리는 마르탱빌을 떠났고, 그 마을은 잠시 동안 우리를 배웅하다가 사라졌다. 그때 홀로 지평선에 남아서 멀어져 가는 우리를 바라보고 있던 마르탱빌의 두 종탑과 비외비크의 종탑은, 석양을 받은 그 꼭대기를 고별의 표시로 흔들어 대고 있었다. 때로는 하나가 비켜서, 다른 둘에게 우리의 모습을 좀더 오래 볼 수 있게 했다. 그러나 길의 방향이 달라지자, 종탑은 셋이 다 석양빛을 받아 금빛의 굴대처럼 선회하더니 내 시야에서 사라졌다. 그러나 잠시 후, 막 콩브레 근처에 이르렀을 때, 이미 해는 서천에 지고 있었는데, 마지막으로 다시 한 번 아주 멀리 종탑들이 보였다. 그것은 이제 벌의 얕은 선 위 하늘에 그려진 세 송이의 꽃으로밖에 보이지 않았다. 그것들은 또한, 이미 어둠이 내린 적막한 곳에 버려진, 전설에 나오는 세 아가씨를 생각하게 했다. 그리고 우리가 말의 구보로 멀어져 가는 동안에, 그것들이 소심하게 길을 찾으며, 우아한 실루엣을 어색하게 두어 번 머뭇머뭇하다가, 서로 다가붙자, 일렬로 겹쳐져서 미끄러지듯 뻗어, 아직 장밋빛의 하늘에, 가련하게도 단념한 듯한 단 하나의 시커먼 모습이 되어, 밤의 세계로 사라져 가는 것을 나는 보았다."

그 후 나는 이 글을 다시 생각해 본 적이 없었다. 그러나 이때, 의사의 마부가 마르탱빌 시장에서 사 온 닭을 언제나 바구니에 넣어 두는 그 마부석 구석에서 이 글을 다 썼을 때, 나는 매우 기뻐, 이 글 덕분에 종탑과, 종탑이 그 뒤에 숨기고 있는 것으로부터 완전히 내가 풀려난 듯싶은 느낌이 들어서, 마치 나 자신이 암탉이어서 막 알을 낳기나 한 것처럼 목청을 다하여 노래하기 시작했다.

이러한 산책을 하는 한나절 동안에, 내가 몽상할 수 있던 것은, 게르망트 공작 부인의 벗이 되는 것, 송어를 낚는 것, 비본 내에서 뱃놀이를 하는 기쁨이었고, 행복을 갈망하던 내가, 이러한 시간에 삶에서 구하던 것은, 삶이 항상 계속하여 행복스러운 오후로 이루어졌으면 하는 바로 이것뿐이었다. 그런데 집으로 돌아가는 도중 왼쪽에 한 농장이 내 눈에 들어오자 ―그 농장은 다른 두 농장에서 꽤 떨어지고, 반대로 다른 두 농장은 매우 가까웠는데, 이 떨어진 농장에서 출발하며 콩브레로 들어가려면 떡갈나무가 양쪽에 늘어서 있는 길로 접어들면 되었고, 길 한쪽은 쭉 목초지로 되어 있었으며, 모두 울타리를 친 작은 과수원의 부속지로서, 거기에는 사과나무가 같은 간격을 두고 심어져 있고, 그 사과나무는 석양을 받았을 때는 그 그림자로 풀밭에 일본풍의 묵화를 치는 것이었다 — 갑자기 나의 가슴이 뛰기 시작하였다. 나는 알고 있었으니, 반 시간도 채 못 되어 우리는 집에 도착하리라, 게르망트 쪽으로 나간 날에 늘 그렇듯이 저녁 식사가 늦어져서, 나는 나만의 가벼운 식사가 끝나자마자 자러 방으로 가라고 하리라, 그 때문에 어머니는 손님이 있기나 한 것처럼 식탁에 억류되어, 나의 침상에 잘 자라고 말하러 올라와 주지 않으리라는 것을. 내가 막 들어온 이 비애의 지대는 조금 전 기뻐 날뛰어 들어가던 지대와는 아주 거리가 멀었다, 흡사 놀 진 하늘에서 장밋빛 지대가, 금이 그어진 듯이 초록빛 지대나 검은 지대로부터 떨어져 있는 것처럼. 새 한 마리가 그 장밋빛 속에 날아가는 게 보인다, 그 끝에 막 닿으려고 한다, 검은 빛에 거의 닿을까 말까 하다가 이윽고 그 안에 들어가 버렸다. 조금 전까지 나를 둘러싸고 있던 욕망, 게르망트에 가고파, 여행하고파, 행복하게 되고파 하는 욕망에서, 지금 아주 밖으로 나와 있어서, 설령 그것이 성취된들 나는 하나도 기쁘지 않았을 것이다. 어머니의 팔 안에 안겨 밤새도록 울 수만 있다면, 이런 욕망 따위는 모조리 버려도 좋다! 나는 몸을 부르르 떨며, 근심스러운 눈을 어머니의 얼굴에서 떼지 않았다. 이 어머니의 얼굴은, 내가 벌써 머릿속에서 자기가 누워 있는 모습을 그리고 있는 방에 오늘 저녁 나타나지 않으리라, 나는 차라리 죽고 싶었다. 또 이 상태는 그 다음날까지 계속될 것이며, 그때 아침 햇살이, 창까지 기어 올라와 있는 한련(旱蓮)으로 뒤덮여 있는 역에 정원사의 사다리처럼 그 창살을 기대면, 나는 침대에서 뛰어나와 재빨리 뜰로 내려가겠지, 그 저녁 무렵에 또다시 어머니와 헤어지는 시간이 돌아올 것을 까맣게 잊고서. 이렇게 게르망트 쪽에서, 내 마음속에 뒤이어 일어나는 그런 마음의 상태를 분별하는 걸 배웠다. 그런 마음의 상태는 어떤 일정한 기간에 걸쳐서 내 마음속에 잇따라 일어나, 서로 하루를 나누게까지 되어, 발열 시간처럼 정확하게 한쪽이 나타나서 다른 한쪽을 내몰았다. 그런 상태는 서로 인접해 있기는 하지만, 각각 독립되어 있어 상호간에 연락기관이 없기 때문에, 한쪽의 상태에서 내가 욕망하던 것, 두려워하던 것, 혹은 성취한 것을, 다른 한쪽의 상태에서 내가 이해하기는 고사하고 상상조차 할 수 없었다.

그러므로 메제글리즈 쪽도 게르망트 쪽도, 나로서는 우리가 동시에 평행하게 보고 있는 갖가지 잡다한 생활 중의 한 가지, 가장 격변으로 가득 찬, 가장 이야깃거리가 풍요한 생활의―나는 정신 생활을 두고 말한다―여러 작은 사건과 결부되어 있다. 틀림없이 그 생활은 우리 몸 속에서 모르는 사이에 진행되며, 그 생활의 뜻과 양상을 우리를 위해 일변시켜 준 진리, 어떤 새로운 길을 우리에게 열어 준 진리의 발견을 위해, 우리는 오래 전부터 준비를 해왔던 것이지만, 이 준비는 의식 없이 해 왔었다. 그러므로 그러한 진리는, 그걸 우리의 눈에 보이게 된 날이나 순간에 비로소 존재하기 시작한다. 그 무렵 풀 위에 놀던 꽃들, 햇볕에 흘러가던 물, 말하자면 참의 출현을 둘러싸던 풍경은, 다 무심한 얼굴 또는 방심한 얼굴을 하고서 지금도 계속해 참의 추억을 동반하고 있다. 그야, 자연의 한구석, 정원의 가장자리는, 이 수수한 행인, 꿈꾸던 소년에 의해―마치 임금님이, 군중 속에 휩쓸려 들어간 전기 작자에 의해 그렇게 되듯―오랫동안 거듭 관조되었지만, 그렇다고 해서 이 관조자에게 선택받은 덕분에 자기들이 그 가장 단명한 특징을 잃음 없이 언제까지나 살아남으리라고는 생각하지 않았을 것이다. 그렇지만 머잖아 곧 들장미에 자리를 내주려고 산울타리 가를 따라서 감도는 그 아가위의 향기, 오솔길의 자갈을 밟고 가는 메아리 없는 발자국 소리, 수초에 부딪치는 냇물에 방울졌다가는 덧없이 부서지는 거품, 나의 감격은 그러한 향기·소리·형상을 유지하며, 몇 해를 건너뛰게 하는 데에 성공했던 것이다, 주위의 길은 사라지고, 그 길을 밟은 이들도 그 길을 밟은 이들에 대한 추억도 사멸했건만. 그렇듯 현재로까지 끌어당겨진 그 풍경의 한 조각은 때로는 모든 것에서 외따로 뚜렷하게 솟아나, 나의 사념 속에서, 꽃이 만발한 델로스(옮긴이: Delos, 에게 해에 있는 그리스의 섬. 그리스 신화에서는 이 섬에서 아폴론이 태어났다고 하며, 처음에는 뜬 섬이었던 것을 제우스가 고정시켰다고 함) 섬처럼, 지향 없이 표류하는데, 어떤 나라, 어떤 시대에서— 어쩌면 단지 어떤 꿈에서— 왔는지 내가 말할 수 없을 때가 있다. 그러나 나는 메제글리즈 쪽과 게르망트 쪽을 무엇보다도 내 정신의 혼의 깊은 지층, 아직도 내가 의지하는 견고한 지방으로 생각하지 않을 수 없다. 이 양쪽의 길에서 알게 된 것이나 사람만이 아직도 내게는 진실한 존재처럼 여겨지는 동시에 나에게 기쁨을 주는 것은, 그 양쪽의 길을 쏘다닐 무렵, 내가 그런 것을, 사람을 믿었기 때문이다. 창조하는 신념이 내 몸 속에서 고갈되어선지, 아니면 현실은 기억 속에서만 형성되기 때문인지, 오늘날 처음으로 내 눈에 들어오는 꽃이 내게는 참된 꽃으로 생각되지 않는다. 그 라일락꽃, 그 아가위, 그 수레국화, 그 개양귀비, 그 사과나무가 있는 메제글리즈 쪽과, 올챙이가 헤엄치는 개울, 수련과 미나리아재비가 있는 게르망트 쪽은, 내가 살고 싶어하는 고장들의 모습을 나를 위해 영원토록 이루어 놓았던 것이다. 그런 고장에서는 무엇보다도 먼저 낚시질가고, 보트놀이하고 고딕풍 보루의 폐허를 구경하고, 생탕드레 데 샹 성당이 그렇듯, 밀밭 한가운데 웅대한, 촌스러운, 낟가리처럼 금빛나는 성당이 있어야 한다고, 나는 까다롭게 생각한 것이다. 그리고 지금도 여행할 때, 들판에서 우연히 눈에 띄는 일이 있는 수레국화나, 아가위나, 사과나무는, 그것들이 내 과거의 지평에서 같은 깊이에 놓여 있기 때문에, 금세 내 마음과의 교감상태에 들어간다. 그렇지만 어느 고장에도 그 고장 고유의 무엇이 있기 때문에, 다시 한 번 게르망트 쪽을 보고파하는 욕망이 나를 사로잡았을 때, 설령 비본 내의 수련과 동일하게 아름다운, 그것보다 더 고운 수련꽃이 피는 냇가에 나를 데려갔더라도, 나의 욕망은 만족되지 않았을 것이다. 이는, 저녁 무렵 집으로 돌아가면서—그 후 연정으로 옮아가, 연정과 떼어 놓을 수 없게 되고 마는 그 고뇌가 나의 몸 안에 눈뜨던 당시—나의 어머니보다 더 아름답고 현명한 분이 있던들 그분이 내게 와서 잘 자라는 저녁 인사 해주기를 바라지 않았을 것과 매일반이다. 그렇다, 내가 행복하게 안심하고 잘 수 있는 데 필요하던 것은 어머니이며—그러한 안심은 그 후, 어떤 애인도 내게 줄 수 없었던 것인데, 왜냐하면 인간이란 애인을 믿고 있는 때마저 애인을 의심하는 것이어서, 애인의 마음을 손 안에 넣는다 해도, 내가 어머니와의 입맞춤에서는 아무런 속셈 없는, 남이 어떻게 생각할까 하는 거리낌 없는 온전한 입맞춤을 받았던 그런 모양으로는 되지 않기 때문에—또 어머니가 그 얼굴을 내 쪽으로 기울이는 것, 눈 아래에 뭔가 결점인 것처럼 생각되는 것이 있었지마는, 그것마저 다른 부분과 마찬가지로 내가 좋아하던 그 얼굴을 내 쪽으로 기울이는 것과 똑같이, 내가 다시 한 번 보고픈 것은, 게르망트 쪽, 그 떡갈나무의 오솔길 어귀에 붙은, 잇닿은 다른 두 농장에서 좀 떨어진 농장이 있는, 그 낯익은 게르망트 쪽이다. 또 해가 그 주위를 늪처럼 반사시킬 때, 사과나무 잎들이 뚜렷이 그림자를 떨어뜨리는 풀밭이다. 때때로 밤의 내 꿈속에서, 그 풍경에서 빠져 나온 인물이 거의 믿을 수 없을 만한 힘으로 나를 껴안고, 내가 깨어나자 그 그림자조차 찾아볼 수 없는 그 풍경이다. 하기야 메제글리즈 쪽이나 게르망트 쪽은 여러 가지의 인상을 한꺼번에 나에게 느끼게 하고 있다는 이유만으로, 그런 인상을 영영 풀리지 않게 내 마음속에 합치고 있어서, 장래에, 이 두 방향은 나로 하여금 이따금 기대에 어긋난 실망을 맛보게 했고, 허다한 과오마저 거듭하게 했다. 왜냐하면 한 여성이 나에게 아가위의 산울타리를 상기시키는 그것만으로 분별없이 그 여성을 만나고 싶어하거나, 여행하고 싶어하는 단순한 욕망만으로도 애정이 되돌아온 줄로 스스로 믿고, 상대방에게도 그렇게 여기도록 한 적이 자주 있었기 때문이다. 그러나 한편 그 때문에, 그리고 이 두 방향에 연결시킬 수 있는 오늘날 나의 어떤 것에 그대로 현존함으로써, 이 두 방향은 그런 인상에 토대, 깊이를 주며 다른 인상보다 한층 높은 차원을 준다. 또한 이 두 방향은, 그런 인상에 매력을, 나만이 아는 어떤 뜻을 덧붙이고 있다. 여름날 저녁, 잔잔한 하늘이 짐승처럼 으르렁거리고, 사람마다 뇌우를 원망할 때, 퍼붓는 빗소리를 통해서, 눈에 보이지 않는 곳에 그대로 남아 있는 라일락 향기를 들이마시며 홀로 황홀해지는 것도 메제글리즈 쪽 덕분이다.

이와 같은 상태로 아침이 올 때까지, 콩브레 시절의 일들, 잠 못 이루던 서글픈 밤들, 또한 한 잔의 차 맛에 의해—콩브레에 어울리는 말로 하면 '향기'에 의해서—최근 내게 그 심상이 돌아왔던 나날들, 또 이 작은 시가를 떠난 지 여러 해 후, 추억의 연합에 의해, 내가 태어나기 전, 스완이 치른 어느 사랑에 대해 알게 된 일들을, 우리의 절친한 벗들의 생애보다도, 때로는 몇 세기 전에 죽은 사람들의 생애에 대해서 더 쉽게 파악하는 수가 있는 세부에 걸친 정확성으로써, 그 편법을 모르고서는 떨어져 있는 시가와 시가 사이의 통화가 불가능했을 그 정확성으로써 골똘히 생각하는 경우가 자주 있었다. 서로 겹친 이런 추억이 이제는 한 덩어리를 이루고 있었지만, 그렇다고 해서, 그 추억들 사이에 ― 가장 옛 것과, 향기에서 생긴 가장 최근 것과, 그리고 어떤 사람이 나에게 얘기해 준 그 자신의 추억 사이에 ― 진정한 균열이나 단층은 없다 해도, 적어도 어떤 유의 암석이나 대리석 속에 있는 기원, 시대, '생성'의 다름을 나타내는 세맥(細脈), 잡다한 색채를 분간 못 하는 것은 아니다.

하긴 아침이 가까웠을 때, 내 깨어남의 짧은 몽롱 상태는 가신 지 오래였다. 내가 실제로 어느 방에 있는지 알고, 어둠 속에서 그 방을 내 몸둘레에 다시 짓고 ― 기억만으로 방향을 잡거나, 언뜻 눈 안에 들어온 희미한 빛을 표적삼아, 그 빛 밑에 유리창의 커튼이 있거니 여기면서 ― 마치 개장공사에서 창과 문의 크기는 그대로 두는 건축가나 실내장식가처럼, 그 방을 온통 다시 지어 가구를 갖추고, 거울을 다시 달고, 장을 본래 장소에 다시 놓고 있었다. 그러나 새벽 햇살이 ― 내가 햇살로 잘못 여겼던 커튼의 구리줄에 비치던 꺼져 가는 잉걸불의 반사가 아니라 ― 어둠 속에, 백묵으로 그은 듯한, 희고 곧은 첫 빗살을 그었는가 싶자, 창은 커튼과 함께, 내가 잘못 놓았던 문틈에서 사라지고, 한편, 창에 자리를 주려고, 내 기억에서 거기에 부주의하게 놓아 둔 사무용 책상은 벽난로를 앞쪽으로 밀어내고, 복도와의 사이의 벽을 밀어젖히면서 전속력으로 물러났다. 조금 전까지 화장실이 누워 있던 곳을 안마당이 차지하게 되고, 내가 어둠 속에서 다시 지었던 처소는, 깨어남의 소용돌이 속에 흘끗 보인 다른 처소들에 합류해 가고 말았다, 새벽 햇살이 손가락을 쳐들어 커튼 위에 그은 희끄무레한 표시에 쫓기어.

꽃피는 아가씨들 그늘에

제1부 스완부인의 주위
제2편의 무대는, 제1부는 파리, 제2부는 노르망디의 바닷가
발베크로 뚜렷하게 나뉘어 있다.

　무릇, 일생 동안에 몇 번인가 부닥치는 어려운 고비 중의 하나를
내가 막 넘어가려 하고 있었다. 그런데 고비에 부닥쳐 우리가 취하
는 방법은, 그때에 따라, 곧 나이에 따라 다르다고 하나, 우리의 성
격, 천성 — 사랑과 사랑하는 여인과, 그 여인의 결점마저 멋대로
창조하는 우리의 천성 — 이야 변하지는 않아서, 그럴 무렵에 우리
의 삶은 분할되어, 이를테면 천평칭(天平秤)에 각각 달려, 그 양쪽
접시에 고스란히 놓인다. 한쪽에는, 우리가 사랑하고 있지만 아직
이해하기까지엔 이르지 못한 존재, 하지만 제 몸이 없어선 안 될
존재라는 자만심을 품게 해서는 우리한테서 마음을 딴 데로 돌릴
위험이 있으니까 다소 아랑곳하지 않는 편이 오히려 꾀바른 수라
고 생각하는 존재, 그런 여인의 마음을 언짢게 하지 않으려는 소
망, 그 여인에게 지나치게 겸손하게 보이지 않으려는 소망이 놓인

다. 또 하나는, 그 여인 없이 견딜 수 있다는 점을 그 여인에게 믿게 하려고, 또는 그 마음에 들기를 단념한 지 오래이면서도, 아무래도 여인의 얼굴을 다시 보러 가지 않고서는, 앞서 경우와 반대로 진정되지 않을 것 같은 괴로움 — 단지 국부적이고도 부분적인 괴로움이 아니라 — 이 놓인다. 그런데 자만심이 놓인 쪽의 저울판에서, 나이와 더불어 심약한 탓으로 소모되는 대로 내버려둔 의지의 남은 소량을 덜고, 비애가 놓인 저울판에 점차 무거워진 육체적인 괴로움을 첨가할 것 같으면 스무 살 무렵에 보았던 씩씩한 해결 대신에 분동(分銅)의 무게로 쑥 내려가 우리를 쉰 살 난 사람으로 만들어 버리는 다른 결과가 생긴다. 그만큼 경우는 되풀이되어 가는 동안에 변해 가는 것이어서, 삶의 중간 또는 마지막에 이르자, 여러 의무에 억제되거나 몸이 여의치 못하거나 해서, 젊었을 적에는 몰랐던 습관이 나타나, 그것이 일방적으로 사랑을 복잡하게 만들어 내는 비통한 자기 만족을 갖는 기회가 허다한 것이다.

나는 질베르트 앞으로 보내는 편지를 쓰기 시작하였다. 우선 펜이 달리는 대로 노발대발을 기운차게 표현해 보았다. 그렇지만 아무렇게나 쓴 듯이 몇몇의 낱말을 구명부표(救命浮標)로 던져 놓고, 질베르트가 그것에 매달려 와서 화해에 이를 수 있도록 하는 수를 안 쓴 것은 아니었다. 그러나 잠시 후, 바람의 방향을 바꾸어 '다시는 절대로'와 같은 비관적인 표현을 부드럽게 하려고 다정스러운 글귀로 그녀에게 호소했다. '다시는 절대로'와 같은 글귀는 사용하는 당사자에겐 매우 감동적이지만, 그것을 읽는 상대방 여자에게는 아주 정떨어지는 말이다, 설령 그 여자가 거짓말로 알고 '다시는 절대로'를 '좋으시다면 오늘 저녁에라도'로 새겨 읽거나, 또는 곧이곧대로, 진심으로 사랑하지 않는 경우라면 전혀 아무렇지도 않은, 깨끗한 절교 통고로 믿는다 해도. 그러나 사랑의 미련이 남아 있는 동안에, 머잖아 곧 우리 마음에 생겨날, 사랑을 느끼지 않을 내일의 자신을 미리 알아채고, 선각자다운 행동을 하기가 불가능한 바에야, 어찌 사랑하는 여인의 지금의 정신 상태를 모조리 상상할 수 있겠는가? 자기가 그녀의 관심 밖에 있는 줄 알면서도, 아름다운 꿈을 즐기려고 또는 크나큰 비애를 달래려고, 그녀가 자기를 사랑한다면 아마도 입 밖에 냈을 여러 이야기를, 몽상 속에서 끊임없이 그녀와 나누어 온 상태에 있는 동안에 어찌 냉정하게 여인의 정신 상태를 모조리 상상할 수 있겠는가? 사랑하는 여인의 여러 생각이나 행동 앞에서는, 태고의 천연 과학자(과학이 이루어져서 미지의 세계에 조금씩 광명을 던지게 되기 이전의)가 천지의 현상 앞에서 어찌할 바를 몰랐던 모양으로 당황한다. 뿐만 아니라, 더 나쁘게는, 거의 인과율이 염두에 없어, 어느 현상과 또 하나의 현상 사이에 관계를 수립 못 해, 그 눈에는 세계의 광경이 꿈처럼 확실하지 않게 보이는 사람의 정신 상태에 비슷할지도 모른다. 그야 물론 나는 그런 지리멸렬에서 빠져 나와 원인을 찾아내려고 노력하였다. '객관적'이 되려고까지 애써, 그 때문에, 질베르트가 나에게 얼마나 소중한가, 내가 질베르트에게 얼마나 소중한가, 뿐만 아니라 나 이외의 사람들에게 질베르트가 얼마나 소중한가를 각각 비교하여 그 사이에 존재하는 부조화를 알려고 애썼다. 만약 이 부조화를 생략하면, 내 여자 친구의 단순한 우정을 정열의 고백으로 오해하고, 나 자신의 괴상하고도 천한 행동을, 아름다운 눈 쪽으로 이끌리는 때의 단순하고도 우아한 동작으로 잘못 알 위험성이 있었던 것이다. 그러나 너무 그 반대로 달림으로써, 질베르트가 나하고 만날 약속 시간을 지키지 않는 것을, 불쾌감이나 어쩔 수 없는 악의로 보는 지나친 생각을 나는 두려워하였다. 이 두 경우의, 똑같이 사물의 모습을 왜곡해 보이는 렌즈 사이에서, 사물을 본디 모습대로 보이는, 제삼의 렌즈를 찾아내려고 애썼다. 그 때문에 여러 계산을 해야 하였는데 그러는 동안 나의 괴로움은 다소 떨어져 나갔다. 나온 답에 따르려 해서인지, 아니면 바라는 답이 나오도록 계산해서인지, 아무튼 나는 안심하고 다음날 스완네 집에 가기로 결정했다. 그러나 안심은, 하기 싫은 여행 때문에 오랫동안 걱정해 오다가 역까지 나가서야 겨우 안 가기로 결심이 서서 트렁크를 풀기 위해 집으로 돌아가는 사람의 그것과 같은 투가 되었다. 또, 아직 망설이는 동안에, 차차 결심이 서겠지 생각하자(결코 결심하지 않기로 결정하면서 그런 생각을 생길 없게 만들지 않는 한) 우리 가슴에는, 막상 실행에 옮기면 생겨날 갖가지 정서가 세세하게 떠올라 뿌려진 씨앗처럼 자라나기 시작하게 마련이기 때문에, 나는 마음속으로 말했다, 다시는 질베르트를 만나지 않겠다고 계획해 본 것일 따름인데 마치 그 계획을 실행하지 않으면 안 되기라도 하는 것처럼 가슴아파하다니 참으로 어리석었구나, 결국은 그녀 집에 돌아갈 테니까 허다한 속셈과 고통스런 승인을 될 수 있는 한 아껴도 좋을 것이라고.

그러나 이 교우 관계의 회복은, 겨우 스완네 집에 도달하기까지밖에 계속되지 않았다. 그것은 나를 매우 좋아하는 우두머리 하인이 나에게, 질베르트 아가씨는 외출하셨다고 말했기 때문이 아니고(그녀를 보았다는 사람이 여럿 있어 외출이 사실인 것을 그날 저녁 안으로 나는 알았다), 그 말하는 투 때문이었다. "도련님, 아가씨께서는 외출하셨습니다. 결코 도련님께 거짓말을 하는 게 아닙니다. 도련님께서 알아보시겠다면 하녀를 불러 드리죠. 아시다시피 소인은 도련님을 기쁘게 해 드리기 위해선 할 수 있는 데까지 다하겠으며, 아가씨만 안에 계시다면 당장 도련님을 그 곁으로 모시겠습니다." 이런 중대한, 본의 아닌 말이야말로, 일부러 꾸민 연설이 숨기고 있는 뚜렷한 사실을, 적어도 그 요점을 뢴트겐 사진으로 보여 주는 것으로서, 내가 질베르트를 방문하고 귀찮게 군다는 인상을 그녀의 주위 사람들이 품고 있다는 증거였다. 그래서 우두머리 하인이 그런 말을 입 밖에 내자마자 금세 내 몸 안에는 증오의 불길이 활활 타올라, 질베르트 대신에 우두머리 하인에게 그 증오를 집중시켰다. 그는 내가 질베르트에게 품을 수 있었던 노기의 온 감정을 한몸에 받았다. 그런 말을 입 밖에 낸 탓으로 노기를 몽땅 그쪽으로 떨쳐 버려 남은 것이라고는 질베르트에 대한 연정뿐이었다. 그러나 동시에 우두머리 하인의 말은 당분간 내가 질베르트를 만나려고 해서는 안 된다는 점을 가리키고 있었다. 그녀는 확실히 나에게 편지를 써 보내 사과하려고 할 것이다. 그렇더라도, 그녀 없이 살아갈 수 있다는 증거를 보여 주기 위해, 당장엔 만나보러 가지 말자꾸나. 게다가, 한번 그녀의 답장을 받고 보면, 질베르트네 집에 자주 드나들지 않는 것도 얼마 동안은 이제껏보다 수월한 일이 될 것이다, 그도 그럴 것이 원하기만 하면 언제라도 다시 만날 테니까. 일부러 하는 이별을 될 수 있는 데까지 덜 쓸쓸하게 견디려면 어떻게 하면 좋을까. 그것은, 우리 둘 사이가 영원히 뒤틀어지지나 않을까 하는 불안, 그녀가 아무개의 약혼녀가 되어, 파리를 떠나, 어디론가 채여가 버리지나 않을까 하는 불안의 무시무시한 무거운 짐을 내 마음에서 떨쳐 버린 걸 느끼기만 하면 족하다. 그 다음날부터의 하루하루는, 전에 질베르트와 만나지 못하고서 지내야 하던 그 정월의 방학 주일과 비슷하였다. 그러나 그때는, 새 주일이 시작되기만 하면 질베르트가 샹 젤리제에 다시 올 것이고 전처럼 그녀를 만날 거라고 확신하고 있었다. 동시에 정월의 방학이 계속되는 한 샹 젤리제에 가도 헛걸음만 칠 뿐이라고 확실히 알고 있었다. 그래서 이미 오래 된 일이지만, 그 쓸쓸한 주일

동안, 나는 슬픔을 조용히 견뎌 냈다, 왜냐하면 그 슬픔에는 두려움도 희망도 섞여 있지 않았기에. 지금은 반대로, 이 희망이 거의 두려움과 마찬가지로, 나의 괴로움을 견딜 수 없는 것으로 만들었다.

그날 저녁 질베르트한테서 편지가 오지 않아서, 나는 그 소홀함을 용무 탓으로 돌리고, 다음날 아침의 우편물 속에 그녀의 편지가 있을 것을 의심하지 않았다. 아침마다 나는 가슴을 두근거리며 학수고대하다가, 질베르트가 아닌 다른 사람들의 편지밖에 오지 않거나, 또는 하나도 오지 않아 낙심하곤 하였다. 하나도 오지 않는 편이 그래도 덜 낙심되었다, 다른 여인의 우의의 표적이 질베르트의 무관심의 표적을 더욱 잔혹하게 보이게 하였기에. 마음을 가라앉히고 오후의 우편배달에 희망을 건다. 우편물의 수집 시간 사이에도 그녀가 인편으로 편지를 보내올지도 몰라 나는 감히 외출하지 못하였다. 그러다가 막상 그 시각에 이르러, 우편배달원도 스완네의 하인도 오지 않는 걸로 끝나자, 안심할 수 있다는 희망을 또 다시 다음날 아침으로 미루지 않으면 안 되었다. 그렇듯, 나의 괴로움이 오래 계속되지 않으리라 믿었기 때문에, 말하자면 나의 괴로움을 끊임없이 나날이 새로이 하지 않으면 안 되었다. 아마 비애는 같은 것일지 몰라도, 지금에 와서는 전날처럼, 처음의 비애의 정을 한결같이 연장시키는 대신에, 하루에 몇 번이고 새로운 감동을 품고서 비애가 다시 일었는데, 이 감동—일시적인, 온전히 육체적인 상태—이 어찌나 자주 되풀이되었던지 마침내 고착되고 말아서, 편지에 대한 기대로 인해 일어나는 불안이 진정될 사이도 없이 기대에 대한 새로운 이유가 돌발하기 때문에, 하룻동안에 단 1분만이라도 불안 상태에 놓이지 않는 순간이 없게 되었다. 게다가 이 불안을 한 시간도 견디기 힘들었다. 이와 같이 나의 괴로움은 지난날 정월 때보다 한없이 더 잔혹한 것이 되었다, 그도 그럴 것이 지금 내 마음속에선, 이 괴로움을 무조건 인종(忍從)하는 대신에 이 괴로움이 그치는 것을 보고 싶은 희망이 줄곧 있었기에.

그렇지만 나는 마침내 인종에 도달하고 말았다. 그때에 나는, 종국에 가선 그렇게 되고야 말 것이라고 깨닫고는, 나의 사랑 그 자체를 위하여, 그리고 질베르트가 나를 멸시할 것 같은 추억을 가슴에 간직하지 않기를 무엇보다 바랐기 때문에, 그녀를 영영 단념하였다. 그 후부터 그녀로 하여금 내가 실연한 분심(忿心) 같은 것을 품고 있지나 않은지 추측하지 못하게, 그녀가 만나는 날을 청해 오면 대개 승낙하고, 그날에 임박해서 가지 못하겠다는 편지를 쓰고, 만나고 싶지 않은 사람에게 말하듯 대단히 유감이지만, 하고 거절의 뜻을 써 보냈다. 아무래도 좋은 상대방에게 흔히 사용하는 이런 유감의 표현은, 사랑하는 이에게만 한해서 짐짓 꾸미는 무관심한 어조보다, 질베르트에게 내 무관심을 더 잘 납득시킬 거라고 나는 생각했다. 한없이 되풀이되는 행동에 의해, 말로 하기보다 더 효과 있게 내가 그녀를 만나고 싶어하지 않음을 증명할 수 있을 때, 아마도 그녀는 다시 나를 만나고 싶어할 것이다. 아니지! 허사일 거다. 그녀를 만나지 않고, 그러면서도 나를 만나고 싶어하는 뜻을 그녀의 마음속에 일게 하려고 함은 곧 그녀를 영영 잃고 마는 것이다. 왜냐하면 우선 나를 만나고 싶어하는 뜻이 그녀의 마음에 다시 생겨나기 시작하였을 때, 그 뜻을 오래 지속시키려면, 나는 곧바로 그것에 굴해선 안 되니까, 그러고 나서 가장 괴로운 시기가 그때 가서는 이미 지나쳐 가 버렸을 테니까. 그녀가 내게 없어선 안 될 존재임은 바로 지금이다, 그래서 나는 할 수만 있다면 다음과 같이 그녀에게 알려 주고 싶은 것이다, 곧, 오래지 않아 질베르트가 나를 만나 내 괴로움을 위로해 준들, 이 순간에 아직 존재한 괴로움도 그때에는 이미 없어졌을 것이며, 따라서 이 괴로움을 없애려는 타협, 화해와 재회의 동기도 끝났을 거라고. 또, 더 세월이 흘러간 후(나에 대한 질베르트의 사랑이 회복되어), 그녀에 대한 내 사랑을 아무런 위험 없이 그녀에게 고백할 수 있는 시기가 오더라도, 그녀에 대한 나의 사랑은 그처럼 오랫동안 떨어져 있는 것에 견디지 못해 없어졌을 테니, 질베르트는 내게 아무래도 좋은 사람이 되고 말 것이라고. 나는 이런 점을 알고는 있었으나 그것을 그녀에게 말하지 못하였다. 너무 오랫동안 만나지 않으면 질베르트를 사랑하지 않게 될 거라고 내가 우기기라도 하면, 필시 그녀 쪽에서는 빨리 그녀의 곁에 와 달라는 대답을 받고 싶어 그러는 거라고 여길 테니까. 그건 그렇고, 이런 이별의 선고를 나로 하여금 더욱 수월하게 한 것은(나의 부정에도 불구하고, 그녀를 만나지 못하게 하는 것은 내 의지이며, 다른 장애도 아니고 나의 건강 상태도 아닌 것을, 그녀가 똑똑히 알아차리게), 질베르트가 집에 있지 않고, 여자 친구와 바깥에 나가 식사 시간에 돌아오지 않을 것을 미리 안 다음에야 스완 부인을 만나러 간 덕분이다(그런 나에게 스완 부인은, 내가 그 딸을 만나기가 그처럼 어려웠던 시기, 그 딸이 샹 젤리제에 오지 않던 나날에 내가 아카시아 가로숫길에 산책하러 가던 그 시기의 스완 부인의 모습으로 되돌아가 있었다). 그렇게 하면 나도 질베르트에 대한 이야기를 듣거니와, 질베르트도 다음에 가서 나에 대한 이야기를, 더구나 내가 그녀에게 집착하고 있지 않은 증거를 보여 주는 말로 들을 것이라고 확신하였다. 괴로워하는 사람들이 다 그렇듯이, 나의 한심한 입장이 더욱 고약하게 될 수도 있었지만, 아직 거기까지는 이르지 않았다고 여기고 있었다. 그도 그럴 것이, 질베르트네 집에 자유롭게 드나들 수 있던 나는, 그 특권을 함부로 행사하지 않을 결심이지만, 고통이 참기 힘들 정도로 심해졌을 때, 이 특권을 버리기만 하면 그만이라고 늘 마음속으로 말하곤 하였기 때문이다. 나는 그날 하루밖에 불행하지 않았다. 아니 이는 너무 지나친 말이다. 시간마다(더구나 그녀와의 불화 직후의 몇 주간, 스완네 집에 다시 찾아가게 되기에 앞서, 나의 가슴을 조였던 그 불안스러운 기대가 이미 없어진 지금), 질베르트가 언젠가는 나에게 보낼 편지 — 아니면 그녀가 몸소 가져올지도 모른다 — 의 내용을 몇 번이나 입 속으로 중얼대었는가! 이런 가상된 행복의 부단한 환상이 나를 도와 실제 행복의 붕괴에 견디게 했다. 우리를 사랑하지 않는 여인에 대해서는, '행방불명'인 사람에 대해서인 것처럼 이미 아무런 희망이 없는 줄 안다고 해서, 계속해 기대하는 데 장애가 되는 게 아니다. 우리는 망보고 엿들으며 나날을 보낸다. 그 아들을 위험한 탐험 항해에 보낸 모친은 잠시도 빼놓지 않고, 그리고 아들이 물귀신이 된 확증을 얻은 지 한참 후에도, 어쩌면 기적적으로 구조되어 건강한 모습으로 이제 막 방안에 들어오지 않을까 상상한다. 그리고 이 기대는 기억력과 여러 생리 기관의 저항에 따라, 여러 해 걸쳐 아들이 이승에 없는 사실에 견디게 하여, 점점 망각시켜 살아나갈 수 있게도 하고 — 그렇지 않은 경우 그 생명을 잃게 한다. 또 다른 한편으로는 나의 비애는 그것이 오히려 내 사랑에 이롭다는 생각에 다소 위로되었다. 스완 부인을 찾아가면서도 질베르트를 만나지 않는 것이 가슴 쓰렸지만, 나에 대한 질베르트의 사고방식을 그만큼 개선해 나가는 셈이 된다고 느꼈다.

하기야 스완 부인네 집에 가기에 앞서, 그 딸의 부재를 확인하려고 늘 주의한 것은, 그녀와의 사이를 뒤틀어 버리겠다는 결심에서 나온 것인지도 모르지만, 마찬가지로, 그녀와 절교하려는 내 의지 위에 겹쳐 있으면서 그 의지가 너무나 냉혹한 것을 내 눈에 숨기고 있는 그 화해에의 희망에서 나온 것인지도 몰랐다(절대적인 힘이, 적어도 끊임없이 인간의 영혼 속에 작용한다는 것은 거의 없는 일로서, 인간 영혼의 유력한 법칙 중의 하나는 다른 여러 회상의 예기치 못한 쇄도를 통해서도 알아차리듯, 그것은 간헐성이다). 화해에 대한 희망이라고 하지만, 물론 나는 그것이 공상적이라는 것을 알고 있었다. 어느 생면부지가 전재산을 자기에게 남겨 줄지도 모른다고 생각하자 말라 빠진 빵만 있는 식탁에 떨어뜨리는 눈물이 덜 나오는 가난뱅이와도 나는 같았다. 현실을 견딜 만하게 만들려면, 우리는 누구나 마음속에서 뭔가 철없는 사소한 말을 이야기해야 한다. 그런데 내 희망은, 만약에 내가 질베르트를 만나지 않을 것 같으면 ─ 이별이 더 잘 실현되는 동시에 ─ 더 완전하게 그대로 남아 가는 것이다. 만일 그녀의 어머니 집에서 그녀와 얼굴을 맞댔다면, 우리 둘은 어쩌면 다시 돌이킬 수 없는 언사를 나눴을지도 모르고, 그 언사가 우리 둘의 불화에 못을 박고, 내 희망을 죽이고, 또 다른 한편으로는 새 불안을 만들어 내면서, 내 연정을 불러일으켜, 내 단념을 더욱 어렵게 하였을는지도 모른다.

오래 전에, 아직 질베르트와의 사이가 틀어지기 전에, 스완 부인이 내게 말했다. "질베르트를 만나러 오시는 것도 매우 좋지만, 이따금 '나'를 위해 와 주시면 더욱 기쁘겠어요. 나의 슈플뢰리(옮긴이: Choufleury, 알레비의 희극 「슈플뢰리께서는 댁에 계십니까」에서 나온 결말. '기대에 어긋나는 초대일'이란 뜻)에는 손님이 많아 지루하실 테니, 다른 날에 말예요, 저녁이면 언제라도 찾아오세요." 따라서 스완 부인을 만나러 가도, 오래 전에 와 달라고 그녀가 표명한 희망에 이제야 응하는 것으로밖에 보이지 않았을 것이다. 그리고 매우 느지막하게, 이미 어둠이 깔리고, 나의 양친이 저녁상 앞에 앉는 거의 그 시각에, 스완 부인을 방문하러 나갔는데, 질베르트를 못 만날 것을 알지만, 역시 가는 도중 그녀밖에 생각하지 않았다. 오늘날보다 더 어두웠던 파리의, 그리고 그 당시 외진 곳으로 간주하던 이 구역, 중심지에도 대로에 가로등이 없고, 전등을 켜고 있는 집도 드물던 이 구역에서는, 1층 또는 아주 낮은 중2층(中二層)에 설치된 살롱(예컨대 스완 부인이 평소에 손님을 접대하는 살롱)에 켜져 있는 전등이 길을 밝히고, 통행인의 시선을 끌게 하기에 충분하였다. 통행인은 그 빛을, 문 앞에 나란히 있는 멋들어진 쿠페(옮긴이: coupé, 2인승 사륜마차)에 결부시켜, 겉으로 보이나 속이 가려진 그 빛의 원인을 생각해 보는 것이었다. 통행인은 쿠페 중의 한 대가 움직이기 시작하는 걸 보자, 그 비밀스런 원인에 어떤 뜻밖의 변화가 일어난 줄 알고, 다소의 감동이 없지 않아 있었는데, 그것은 단지 마차몰이꾼이 말이 추위를 탈까 봐 때때로 말을 오락가락하게 했던 것이고, 고무바퀴가 말의 걸음걸이에 정적의 배경을 주어, 그 배경 위에 말굽 소리가 보다 분명하게, 보다 명료하게 드러났던 만큼 더욱 인상적이었다.

그 당시 어느 거리에서나, 아파트가 인도에서 그다지 높은 지면에 있지만 않으면, 통행인이 흔히 보던 '실내 화단'은, 이제 와서는 스탈(옮긴이: P. J. Stahl, 아동 문학가이자 출판인)의 새해 선물용 책의 사진판 삽화에서밖에 눈에 띄지 않는다. 거기에 보이듯, 그 당시 '실내 화단'으로 말하면, 오늘날 루이 15세풍의 살롱에도 드물게 보는 꽃꽂이 ─ 목 긴 수정유리 꽃병에 꽂는 한 송이 장미나 한 송이 일본 분꽃 ─ 와는 모난 대조를 이루어, 수북하게 식물을 모아 놓은데다가 배치에 두서가 하나도 없어 정물 장치에 대한 주부의 무관심, 더 나아가서는 식물학에 대한 주부의 한심스런 애정에 상응되는 성싶었다. 이 실내 화단은, 당시 저택에서, 켜 놓은 전등 ─ 어린이들이 날새기를 초조하게 기다려서 ─ 밑에, 정월 초

93

하루 아침, 새해의 여러 선물 가운데 놓여 있는 가지고 다니기 간편한 작은 온실, 다른 선물보다 가장 곱고, 거기에 심어져 있는 식물을 가꿔 주는 재미로, 겨울의 벌거숭이로부터 어린이의 마음을 달래 주는 온실을 더욱 큰 것으로 상기시켰다. 아니, 이 실내 화단과 가장 닮았던 것은, 이런 작은 온실보다 새해의 다른 선물, 아름다운 책에 그려져 있고 실물의 바로 옆에서 보이는 삽화의 온실이었다. 그 삽화의 온실은 어린이들에게 주어진 것이 아니고, 그 책의 여주인공인 릴리 아가씨에게 주어진 것인데, 그것이 어린이들 마음을 어찌나 황홀케 하였던지, 지금은 늙은이가 다 된 그들에게, 그 그지없이 행복했던 세월 중 겨울이 가장 아름다운 계절이 아니었던가 하는 생각마저 들게 한다. 그리고 분에 심은 잡다한 교목 너머로 — 이 교목들은, 거리 쪽에서 보면 불빛이 환한 유리창을, 앞서 말한 그림에 그려진 또는 실물인, 어린이 온실을 방불케 하였다 — 이 실내 화단의 안쪽에서, 발끝을 치켜들면서 넘어다보는 통행인의 눈에 대개 연미복 차림의 한 사내의 모습이 띄었는데, 가슴의 단춧구멍에 치자꽃 또는 카네이션을 꽂은 그 사내는 앉은 여인 앞에 서 있고, 사모바르(옮긴이: samovar, 러시아 전래의 물주전자) — 당시의 수입품 — 의 김에 호박빛이 된 살롱의 분위기에 감싸여, 둘의 모습이 흐리멍덩하여서 흡사 황옥(黃玉)에 새긴 두 음각같이 보였다. 그 김은 역시 오늘날도 사모바르에서 무럭무럭 나겠지만, 익숙해져서 누구의 눈에도 띄지 않게 되었다. 스완 부인은 이 '차'를 매우 좋아하였다. "늦은 저녁이면 언제라도 찾아오세요, 차 드시러" 하고 말하면서, 그녀는 그것으로 자기의 기발성을 나타내며 매력을 발산시키고 있는 줄로 여겼다. 그래서 그 순간에 슬쩍 영어의 억양을 풍기며 발음하는 이 말에 가냘프고도 감미로운 미소를 곁들여서, 듣는 상대방은 엄숙한 자세로 절하면서, 마치 그 말이 존경심을 일으키며 주의를 요구하는 특별한 어떤 중대사나 되기라도 하듯 유의해 들었다. 거기에는 위에서 말한 이유말고 또 하나의 이유가 있었는데, 이 이유 때문에 꽃들이 스완 부인의 객실에서 한갓 장식적인 성질만을 띠고 있는 것이 아니고, 또 이 이유는 시대에 관계 있지 않고, 어느 정도까지, 이를테면 오데트가 영위했던 옛 생활과 관계 있었다. 전의 스완 부인처럼 고급 창부이고 보면, 많은 시간을 정부들을 위하여 살아서, 곧 살림 차리고 살아서, 그 생활을 그녀 자신을 위하여 영위하도록 관리할 수 있다. 어엿한 여인의 집에서 눈에 띄는 것, 어엿한 여인에게도 중대성 있게 생각되는 것, 그것이 고급 창부에게는 무엇보다 소중한 것이다. 고급 창부의 하루의 절정은 그녀가 사교계에 나가려고 옷을 입을 때가 아니라, 한 사내를 위하여 옷을 벗을 때다. 그녀에게는 나들이옷의 경우와 마찬가지로, 실내복, 잠옷의 경우에도 멋이 있어야 한다. 다른 여인이 보석을 봐란듯이 빛내고 있으면, 그녀는 그녀대로 진주를 몸에서 떼지 않고 산다. 이런 유의 생활이 의무처럼 되어, 드디어는 은밀한 사치의 취미를 기르게 되고 만다. 곧 타산을 떠난 것이 되고 만다. 스완 부인은 그 사치스러운 취미를 꽃에까지 넓히고 있었다. 그녀의 안락의자 근처에는 떨어진 파름(옮긴이: Parme, 이탈리아의 도시)의 오랑캐꽃 또는 마거리트 꽃잎으로 수면이 가득한 수정유리의 커다란 물그릇이 늘 있었는데, 이것은 온 손님의 눈에, 그녀가 좋아하는 어떤 일, 예컨대 그때까지 혼자서 마시던 차 같은 유에 속하는 즐거움이 느닷없이 방해됨을 보여 주고 있는 것 같았다. 아니, 더 친밀한 더 불가사의한 즐거움이 방해된 것 같아, 손님은 거기에 봐란듯이 흩어져 있는 꽃잎을 보면서, 마치 독서의 내용을, 따라서 현재의 오데트의 사념을 보여 주듯 열린 대로 있는, 막 읽고 난 책의 표제를 보고 만 경우처럼, 어쩐지 사과의 말을 하고 싶어지는 것이었다. 그리고 그런 책보다 꽃이 더 살아 있는 존재였다. 스완 부인을 방문하러 들어가서, 객실에 그녀가 혼자 있지 않은 걸 깨닫거나, 또는 그녀가 누군가하고 함께 돌아와서 객실이 비지 않은 것을 언뜻 깨달아 거북살스러워지곤 하였는데, 그만큼 꽃이 객실에서 수수께끼 같은 자리를 차지하고, 엿볼 수 없는 주부의 생활의 시간에 관계되고 있어서, 오데트의 방문객을 위하여 마련되어 있는 게 아니라, 지금 막 그녀로부터 망각된 듯한 이 꽃들은, 여태까지 그녀와 뭔가 특별난 이야기를 하고 있었거나 앞으로 하려고 하던 것을, 찾아와서 방해하지나 않았을까 걱정시켜, 그 비밀을 해독하려고, 물에 용해되어 빛깔이 연해진 파름오랑캐꽃의 연보라색에 눈을 똑바로 정지시키지만, 그런 시도는 허사로 돌아가곤 하였다. 시월 하순경부터 오데트는 될 수 있는 데까지 찻시간에 착실하게 대어 돌아왔다. 그 당시 아직 이 차를 'five o'clock tea'(다섯시 차)라고 일컬었던 것으로, 베르뒤랭 부인이 살롱을 다섯시경에 연 것도 그 시각에만 방문하면 부인을 만날 가능성이 확실하였기 때문이라는 이야기를, 오데트가 전에 들었던 일이 있었다(또 오데트는 이 말을 되풀이하기 좋아하였다). 오데트도 저 자신 그런 살롱 형식은 같으나, 보다 자유스러운, 곧 그녀가 즐겨 하는 말마따나 'senza rigore'(엄하지 않은) 살롱을 갖고 있는 줄로 믿고 있었다. 따라서 그녀는 자신을 이를테면 레스피나스(옮긴이: Lespinasse, 1732~1776. 18세기 살롱의 재원)라고 여기고, 작은 무리의 뒤 데팡(옮긴이: du Deffand, 1697~1780. 교양이 풍부하고 재치가 뛰어난 당시 프랑스 사교계의 명성 여기서는 베르뒤랭 부인의 작은 동아리를 가리킴) 동아리로부터 가장 마음에 드는 사내들, 특히 스완을 빼냄으로써, 그것에 대적하는 살롱을 이룩한 줄로 믿고 있었다. 나도는 소문으로는 스완이 오데트의 뒤를 따라 베르뒤랭 부인의 살롱에서 탈퇴하여 물러났다고 하였는데, 새로 사귄 이들이어서 과거지사를 모르는 사람들에게 오데트가 그렇게 퍼뜨리기는 쉬웠는지 몰라도, 그녀 자신에게 그렇게 납득시키지는 못했을 것이다. 그러나 마음에 드는 배역이란 남들 앞에서 그걸 자주 맡아 하기도 하고 혼자서도 끊임없이 되풀이하는 것이기 때문에 사건에 대해 이야기할 때, 거의 잊어버리고 만 진상에 비춰 보는 것보다는, 있음직한 가공의 증거에 비춰 보는 쪽이 훨씬 수월하게 마련이다. 스완 부인이 바깥으로 나가지 않는 나날에는, 그녀가 첫눈같이 흰 크레이프 드 신의 실내복, 때로는 비단 모슬린의 긴 튀요타주(옮긴이: tuyautage, 둥근 주름을 잡은 옷) 차림으로 집에 있어, 그것은 마치 축제에 장밋빛 또는 흰색의 꽃잎을 뿌린 것처럼 보였는데, 오늘날에 와서는 겨울에 알맞지 않은, 매우 계절에 어긋난 것으로 보이리라. 그러나 그 얇은 천에 그 부드러운 색깔은 ─ 그 시대의 소설가들로 하여금 가장 멋있다고 말하게 하던 것이 '포근한 방석 속'이던 당시 살롱의, 문이란 문은 다 닫은 숨막힐 듯한 온기 속에서는 ─ 여인에게도, 아직 겨울인데도 이미 봄처럼 그 알몸을 담홍색으로 물들여, 여인 옆에 놓여 있는 장미꽃에도 똑같이 추운 모습을 주었다. 양탄자를 깔았기 때문에 소리가 안 나고, 안쪽에 들어앉아 있기 때문에, 주부는 오늘날처럼 손님이 들어오는 것을 알아차리지 못한 채, 벌써 손님이 그녀의 바로 앞에 와 있는데도 계속해 독서하기도 하여, 그런 일이, 그 당시에도 이미 유행에 뒤지던 옷들에 대한 추억 속에서 오늘날 우리가 다시 발견하는 소설적인 인상, 발각된 비밀스러운 일의 매력을 더하게 하였다. 스완 부인은 아마도 그런 옷을 아직 버리지 않았던 유일한 여인이었다. 그리고 그런 옷이 그것을 입은 여인을 소설의 여주인공의 풍모와 비슷하다는 감을 주는 것은 우

97

리의 대다수가 그런 옷을 본 적이, 앙리 그레빌(옮긴이: Henry Gréville, 여류 통속 소설가)의 몇 가지 소설 속에서밖에 없었기 때문이다. 오데트는 겨울이 시작되는 요즈음 객실에 커다랗고 색깔이 다양한 국화를 들여놓고 있었는데 전에 스완이 라 페루즈 거리에 있던 그녀의 옛 집에서 못 보던 종류였다. 그 국화에 대한 감탄의 정이 일어난 건, 그 슬픈 방문일 중의 어느 날, 내가 스완 부인을 만나고, 그 다음날 질베르트에게 "네 친구가 나를 찾아왔더라"고 말한 질베르트 어머니로서의 스완 부인을 감싸고 있는 신비로운 시를, 내 비애감에서 그녀의 주위에 민감하게 깨달으면서, 부인의 안락의자의 루이 14세풍의 비단처럼 희미한 장미 빛깔을 한, 그녀의 크레이프 드 신의 실내복처럼, 눈처럼 흰색을 한 사모바르처럼 금속 같은 빛깔의 붉은색을 한 국화들이 객실의 장식 위에, 매한가지로 풍요한, 마찬가지로 풍아한, 게다가 살아 있는, 하지만 며칠의 수명밖에 없을 걸로 보이는 현란한 색채의 장식을 겹쳐 놓고 있음을 목격하였을 때부터였다. 그러나 그 국화들이 11월의 어느 오후의 안개 속에서 낙양이 그토록 호화찬란하게 끓어오르게 하는, 같은 장밋빛 또는 같은 구릿빛을 띤 색조만큼 덧없지 않고 비교적 오래 가는 것에 나는 감동하였다. 그리고 스완 부인네 집에 들어가기 전에 언뜻 바라보았던 저녁놀이 사라져 갈 듯하면서 잠시 꽃들의 불타오르는 듯한 팔레트 안에 길게 늘어져 있는 것을, 방안에서 다시 목격하였다. 인간의 처소를 장식하기 위해 채색에 능란한 어느 화가의 손으로 변하기 쉬운 대기와 태양의 빛에서 떼어 낸 듯한 불꽃과도 같은 그 국화들은, 나의 심한 슬픔에도 불구하고, 이 찻시간 동안, 내 가까이 꽃과 낙양이 자아내는 친밀하고도 신비로운 광채에 번득이는 11월의 삽시간의 기쁨을 탐욕스럽게 맛보도록 나를 유인하였던 것이다. 아아, 내가 그 아름다운 광채의 뒤를 쫓아갈 수 있는 것은, 내 귀에 들어오는 회화에 의해서가 아니었다. 오가는 이야기는 놀과 꽃의 아름다움과 하나도 비슷하지 않았다. 코타르 부인한테, 꽤 시간이 지났는데도, 스완 부인은 "그러지 마세요, 늦지 않아요. 시계를 보지 마세요, 맞지 않으니까, 안 간답니다, 이렇게 서두르시니 볼일이라도 있으세요?" 하고 애교부리는 말투로 말하고서, 명함집을 손에 들고 있는 교수 부인에게 또 한 잔의 차를 권하였다.

"이 댁에서는 물러가기가 힘들어요" 하고 봉탕 부인이 스완 부인에게 말하자, 코타르 부인은 제 자신의 소감이 뜻밖에도 남의 입을 통해 표현되는 걸 듣는 데 깜짝 놀라 크게 소리쳤다. "그래요, 내가 보잘것없는 판단에서 늘 마음속으로 말하는 것도 바로 그래요!" 이 말투가 자기 클럽 사내들의 갈채를 받은 것으로 스완 부인이 이 애교성 없는 프티 부르주아 여인에게 그들을 소개했을 때, 그들은 크나큰 영광에 황송해 마지않는 듯 이 여인에게 한껏 인사말을 베풀었는데, 이 여인은 오데트의 빛나는 친지들 앞에서 '방어'라고 그녀가 일컫는 태세 ― 왜냐하면 아주 간단한 사물에 대해서도 고상한 말을 늘 쓰기 때문에 ― 는 짓지 않았더라도 겸손한 태도만은 지켰다. "이번으로 세 번이나 수요일에 우리 집에 안 오셨으니 너무하셔요" 하고 스완 부인은 코타르 부인에게 말하였다. "정말 그렇군요, 오데트, 만나 뵙지 못한 지 오랜 세월이 지났군요. 그 벌을 달게 받겠어요, 하지만 꼭 말해야 할 것은 다름이 아니고" 하고 몹시 수줍어하는 분명하지 못한 투로 덧붙였다(그도 그럴 것이, 의사의 아내지만, 류머티즘이나 신장염에 걸린 것을 완곡한 표현 없이 대담하게 말하지 못했을 테니). "사소한 사단이 잇달아 일어났답니다. 누구에게나 다 있는 일이죠. 더구나 내 경우엔 남자 하인 쪽에서 급변이 일어났지 뭡니까. 나야 뭐 다른 분 이상으로 심하게 지배욕에 물든 인간이 아니지만, 우리 집 바텔이, 아니 글쎄, 더 벌이 좋은 자리를 물색하는 눈치가 보여, 본보기를 보여 줄 겸 안 내쫓아 버릴 수 없었거든요. 그런데 그 하인을 내보낸 게 하마터면 우리 집 내각 총사직을 초래할 뻔했어요. 내 몸종마저 더 이상 있고 싶지 않다는, 호메로스풍의 장면이 벌어졌지 뭐예요. 어쨌든 나는 키(舵)를 꽉 쥐었지만, 앞으로 결코 내 정신에서 없어지지 않을 좋은 교훈을 얻었답니다. 이런 하인들의 이야기를 해서 지루하실 테지만, 그래도 하인의 재편성을 시행하지 아니할 수 없게 되고 보면, 얼마나 두통거리인지 나와 마찬가지로 잘 아시겠지요. 그런데 댁의 귀여운 따님이 안 보이는데요?" 하고 코타르 부인이 물었다. "공교롭게도 귀여운 그 애가 친구 집의 만찬에 가서요" 하고 대답하고 나서 스완 부인은, 나의 머리 쪽으로 머리를 돌리면서 "내일 당신한테 찾아와 달라고 그 애가 편지를 써 보냈을걸요" 하고 덧붙이고는, "그런데 댁의 애들은?" 하고 다시 교수의 아내에게 물었다. 나는 한숨 돌렸다. 내가 바라는 때는 언제라도 질베르트를 만날 수 있음을 증명하는, 스완 부인의 이런 말이야말로, 내가 구해 마지않아 찾아간 위안을 정확하게 나에게 주었던 것이다. 이를 구해 마지않아서, 스완 부인을 방문하는 것이 그 무렵 나에게 그토록 요긴하였던 것이다. "아뇨, 못 받았습니다. 오늘 저녁 내가 한마디 써 보내죠. 게다가 질베르트와 나는 서로 만나지 못하게 됐는걸요" 하고 나는 덧붙였다, 우리의 갈라짐을 뭔가 불가사의한 원인에 돌리려고 하면서. 이런 원인 덕분으로 여태까지 나는 아직 사랑의 환상, 내가 질베르트에 대해서 말하고 질베르트가 나에 대해서 말하는 다정스러운 투로 유지된 사랑의 환상을 품을 수 있었다. "아시겠지만 질베르트는 당신을 무척 좋아해요" 하고 스완 부인이 내게 말했다. "정말 내일 싫은 게 아니죠?" 듣자마자 희열이 가슴에 일었다. 막 마음속으로 말하였던 거다, '아무튼 괜찮겠지, 나한테 오라고 말하는 분이 질베르트의 어머니 자신이니까' 그러나 금세 나는 다시 슬픔에 빠졌다, 내가 다시 만나러 온 것을 보고, 질베르트가 나의 요즘의 냉담성을 가장이었다고 생각하지 않을까 겁이 나서, 또 그렇게 될 바에야 갈라져 있는 기간이 더 연장되는 편이 차라리 나아서. 이렇게 우리 둘이서 속삭이는 동안, 봉탕 부인은 정치가 아내들의 견딜 수 없을 정도로 지긋지긋함에 대해 불평을 늘어놓고 있었다. 왜냐하면 봉탕 부인은 모든 인간을 진저리 나는 가소로운 존재로 여기는 체하며, 또 남편의 지위를 대단히 유감으로 여기는 척하는 게 버릇이었기 때문이다.

"그럼 당신은 계속해서 쉰 명이나 되는 의사 부인들을 접대할 수 있단 말이군요" 하고 그녀는 코타르 부인에게 말하였는데, 코타르 부인으로 말하면 그녀와는 반대로, 누구에게나 상냥하며, 모든 의리를 존중할 줄 알았다. "참으로 덕성스러우셔라! 나도 관청엔 물론 감사해요. 그런데 말예요! 나로선 참기 어려워요, 너무해요, 공무원의 아내들이란 혀를 내밀지 않고는 못 배길 정도로 말예요. 우리 집 조카딸인 알베르틴이 나하고 같답니다. 그 애가 얼마나 방약무인한지 모르실 거예요. 지난 주, 우리 집에서 손님을 맞는 날에 재무부 차관 부인이 오셨는데, 그분이 자기는 요리에 정통하지 못하다고 말했답니다. 그러자 알베르틴이 생글생글 미소지으며 대꾸하는 말이, '그렇지만 부인, 부인은 요리에 정통하실 텐데요, 부인의 아버님께서 설거지꾼이셨으니까요'이지 뭐예요."

"어머, 그 이야기 마음에 들어요, 걸작예요" 하고 스완 부인이 말했다. "그래도 의사 선생님의 진찰일에는 아기자기한 가정의 분위기를 내야 합니다. 꽃이라든가, 책이라든가, 좋아하시는 물건들을 장식하고서요" 하고 그녀는 코타르 부인에게 권고하였다.

"얼굴에 한 대 철썩, 또 한 대 철썩, 그 애는 정면으로 그 부인을 혼내 주었어요. 그러면서도 내겐 아무것도 미리 알리지 않았거든요, 깜찍한 애랍니다, 원숭이처럼 꾀바르고요. 댁에서는 마음속으로 생각하는 바를 꾹 참을 수 있다니 다행이십니다. 나는 느끼는 생각을 숨길 줄 아는 분들이 부러워요."

"그러나 나는 그럴 필요가 없답니다, 숨기고 어쩌고 할 만큼 난 까다로운 성미가 아니라서요" 하고 코타르 부인이 부드럽게 대답하였다. "첫째로 내게는 댁처럼 그렇게 하는 권리조차 없어요" 하고 약간 목소리를 높여 덧붙였다. 회화 속에, 제 자신도 감탄받는 동시에 남편의 출세에도 도움이 될 것 같은 예민한 호의와, 재치 있는 아첨 중의 어떤 하나를 슬그머니 넣을 때마다, 그녀는 그런 숨은 뜻을 힘을 넣어 발음하고자 약간 목소리를 높이는 것이었다. "게다가 나는 교수에게 도움이 되는 일이라면 무엇이나 다 기쁘게 한답니다."

"그래도, 부인이 능하시니까 그래요. 아마 신경질이 아니신가 봐. 난 육군 장관 부인이 찌푸린 얼굴을 짓는 걸 보면, 금세 그 흉내를 내기 시작한답니다. 이런 성질을 갖다니 겁나요."

"아아, 그렇지" 하고 코타르 부인이 말했다. "나도 들은 일이 있어요, 그분의 얼굴이 심한 경련을 일으킨다는 이야기를. 누군가 매우 지위 높은 분으로 그와 똑같은 분을 바깥사람이 아는데, 당연한가 보죠, 그런 높은 이들이 서로 이야기할 때는……."

"이봐요, 또 있어요, 그 외무부의 의전과장, 곱사등이가 우리 집에 온 지 5분도 되지 않아서, 나는 번번이 그 등의 혹을 철썩 갈기고 싶어진답니다. 바깥양반의 말로는 그런 짓을 하면 자기가 파면 당한다고 합니다만. 빌어먹을 관청이 뭐람! 제기, 관청이 다 뭐냐! 나는 내 편지지에 이런 표어를 인쇄시키고 싶었답니다. 이런 말을 해서 아마 댁을 한심스럽게 생각하도록 했을 거예요, 댁의 인품이 온순하니까. 그래도 털어놓고 말하지만 약간 심술궂은 욕을 하는 것만큼 재미나는 것도 따로 없다나요. 이것 없이는 인생이란 매우 단조로워요."

그러고 나서 그녀는 계속해서 줄곧 관청에 대해 말했다, 흡사 관청이 올림포스 산인 듯. 회화를 다른 방향으로 돌리려고, 스완 부인이 코타르 부인 쪽을 보고,

"어머나, 댁이 아주 아름다워 보이네요? 레드펀 제품(Redfern fecit)인가요?"

"아니에요, 나는 로드니츠(Raudnitz) 제품의 열렬한 애호가랍니다. 게다가 이건 모양을 개조한 거예요."

"어마 그래요, 멋있는데요!"

"얼마나 줬을 것 같아요? ……아니죠, 첫 숫자를 바꾸세요."

"뭐라구요, 거저나 다름없군요, 공짜예요. 그 값의 세 배로 들었는데."

"역사란 그렇게 해서 씌어지죠" 하고 의사의 아내가 결론지었다. 그리고 스완 부인이 선물로 보낸 목도리를 스완 부인에게 보이며,

"보세요, 오데트, 알아보시겠어요?"

방긋이 열린 벽포 사이로 한 얼굴이, 자리를 어수선하게 하는 걸 겁내는 모양을 짐짓 농삼아 꾸미며 공손하게 나타났다. 스완이었다. "오데트, 내 서재에 나와 함께 있는 아그리장트 대공이 당신에게 경의를 표하러 가도 좋으냐고 묻는데, 뭐라고 대답해야 좋을까?"—"어서 오시라고 하세요" 하고 오데트는 의기양양하게 침착성을 잃지 않으며 말하였다. 이는 창부로서지만 멋있는 사내들을 늘 응대해 왔던 만큼 쉽사리 몸에 배어 있던 침착성이었다. 스

완은 그 허락을 전하러 나갔다. 그리고 그 사이에 베르뒤랭 부인이 객실에 들어와 있지만 않다면 대공을 데리고 아내 곁으로 돌아오는 것이었다.

그는 오데트와 결혼했을 때, 다시는 베르뒤랭 부인의 작은 동아리에 드나들지 않기를 그녀에게 부탁했었다(그러기 위해서 여러 가지 이유를 둘러댔지만, 이유가 없었더라도, 예외를 허용하지 않으며, 따라서 중개자들이 선견지명이 없는지 또는 무사무욕한지를 뚜렷이 드러나게 하는 배은망덕의 법칙에 따름으로써, 그 목적은 달성됐을 것이다). 오데트가 베르뒤랭 부인과 한 해에 서로 한 번씩 방문하는 두 차례 방문밖에 그는 허락하지 않았는데, 이런 행위는, 그토록 여러 해 동안 오데트를, 또 스완마저 친자식처럼 대접했던 마님에 대한 모욕에 분개한 베르뒤랭네의 신도 일부에겐 그 역시 묵과 못 할 짓으로 보였다. 그도 그럴 것이다, 이 작은 동아리 중에는, 오데트의 초대에 응하려고 아무 말 없이 이따금 야회에서 빠져 나오고, 그게 발각되는 경우엔 베르고트를 만나고 싶은 마음에서 그랬노라고 변명할 셈인 배신자도 있었지만(하기야 마님은 베르고트는 스완네 집에 드나들지 않는다, 그는 재능 없는 사람이라고 우겨 대었지만, 그녀의 입버릇을 빌려 말한다면 그를 끌어당기려고 무척 애쓰고 있었다), 다른 한편에 같은 수효의 '과격론자' 무리가 또한 있었기 때문이다. 아무개를 난처하게 만들고자 반대파에게 과격한 태도를 취하고 싶지만, 특수한 예의가 흔히 그 무리의 의향을 돌리는데, 이 '과격론자'들은 그런 예의를 몰라, 베르뒤랭 부인이 오데트와 빈틈없이 절교하기를 원하며, 오데트가 생글생글 웃으면서, "우린 분리 이후 마님 댁에 좀처럼 못 가요. 그래도 우리 집 바깥양반이 홀몸으로 지냈을 땐 가능했는데, 살림 차리고 보니 그리 수월하지 않군요…… 우리 집 스완은 사실 베르뒤랭 아주머니를 신뢰하지 않고, 또 내가 줄곧 드나드는 것도 그다지 안 좋아하거든요. 때문에 정숙한 아내로서 나 역시⋯⋯"라고 말하는 의기양양한 낯가죽을 벗기고 싶어하였지만, 뜻대로 되지 않고 말았다. 스완은 한 해에 한 번 허락한 야회에는 아내를 동반하고 갔으나 베르뒤랭 부인이 오데트 쪽으로 방문해 와 있을 때는 객실을 피하곤 하였다. 따라서 베르뒤랭 부인이 객실에 있는 경우, 아그리장트 대공 혼자 들어갔다. 게다가 대공 혼자만 오데트를 통해 베르뒤랭 부인에게 소개되었는데 오데트의 속셈은, 베르뒤랭 부인의 귀에 신분 낮은 손님 이름이 들리지 않고, 그 눈에 생면부지인 얼굴들이 허다하게 보여, 자기가 여러 귀족 명사에 둘러싸여 있는 줄로 믿게 하는 데 있었다. 그 속셈이 바로 맞아, 그날 저녁, 베르뒤랭 부인은 쓰디쓰게 남편에게 말하였다. "호감이 가는 주위 사람들! 반동파의 정화(精華)가 다 모였나 봐요!"

오데트는 베르뒤랭 부인에 관해서 사실과는 전도된 환상 속에 살고 있었다. 당시 베르뒤랭 부인의 살롱으로 말하면, 우리가 훗날에 보게 되는 진전의 징조라곤 하나도 보이지 않았다. 오합지졸이 너무나 많아서 최근에 획득한 소수의 빛나는 분자가 눈에 띄지 않을 성싶은 큰 파티를 아예 당분간 연기하고 그러고서 끌어당기는 데 성공한 열 명의 명사가 바탕이 되어 훌륭한 분자가 70배로 늘어나기까지 기다리는 편이 낫다고 생각되는, 그 일종의 포란기, 그런 시기에도 베르뒤랭 부인은 아직 이르지 못하고 있었다. 오데트가 계획을 착착 진행시키는 동안, 베르뒤랭 부인 쪽도 '사교계'를 궁극의 목표로 삼고 있었지만, 그 공격 지대가 아직 한정되어 있는 데다가, 오데트가 약간의 호기를 얻어 동일한 결과를 노리면서 이미 돌파하는 데 성공한 지대부터는 거리가 멀어서, 오데트 쪽은 베르뒤랭 부인이 고심해 짜고 있는 작전 계획을 까맣게 모르는 채 지내고 있었다. 남이 오데트보고 베르뒤랭 부인을 속물이라고 말했을 때, 그럴 리가 없다는 굳은 확신에서 오데트는 웃음을 터뜨리고는 말하였다. "그 반대예요, 첫째로 그분에게는 속물적 요소가 없어요, 그분에겐 친한 사람이 하나도 없어요. 또 공평히 말해, 그것이 그분에겐 속 편해요. 아니, 그분이 좋아하는 건 그 수요일, 그리고 뜻에 맞는 수다스러운 사람들이죠." 또 오데트는 남몰래 베르뒤랭 부인을 부러워하고 있었다(하기야 훌륭한 학교에 들어가 실제로 배워 왔다는 자신을 잃고 있지는 않았지만), 그 기교, 단지 존재하지 않음에 명암을 붙이고, 공허를 조각하는 기교, 정확히 말하자면, 허무의 기교에 지나지 않는 것, 하지만 베르뒤랭 부인이 그처럼 큰 중요성을 부여하고 있는 것, '손님을 모으는', '수를 아는', '손님을 모아 떼로 만드는', 방법에 정통한, '추어올리는', '표면에 나서지 않는', '연결선'의 소임을 맡아 하는 등등의(주부로서의) 기교를.

아무튼 스완 부인네 살롱에 와 있는 여인네들은, 자신의 살롱에서 떼어 놓을 수 없는 틀처럼 작은 동아리의 손님 전원에 둘러싸여 있는 것만을 늘 보아 온 마님의 모습이, 스완 부인네 살롱에 손님으로 나타난 것을 보고 강한 인상을 받았다. 더군다나 단지 한 안락의자가 주어진 데 지나지 않는데, 그 주위에 작은 동아리의 분위기를 불러일으키고, 요약하고, 압축하면서, 이 살롱에 깔려 있는 흰 모피와 마찬가지로 솜털이 많은, 논병아리의 털이 달린 외투에 포근하게 싸인 그 방문 모습이, 마님의 관록을 조금도 떨어뜨리지 않고, 이 살롱 한가운데 또 하나의 살롱을 두드러지게 나타내고 있는 베르뒤랭 부인을 보고 일동은 감탄해 마지않을 뿐이었다. 몹시 소심한 여인네들은 조심성에서 물러가고 싶어서, 처음으로 병석에서 일어난 회복기의 병자를 너무 피곤케 하지 않는 게 슬기롭다고 옆사람들에게 이해시키려 할 때처럼 복수 인칭을 쓰면서 말하였다. "오데트, 우리들 가 보겠어요." 코타르 부인은 마님한테서 세례명으로 불리어 남들의 부러움을 사고 있었다. "당신을 유괴해가도 좋겠지요?" 하고 베르뒤랭 부인이 그 코타르 부인에게 말하였는데, 추종자의 하나가 자기를 따라나오지 않고 그곳에 그대로 남아 있지나 않을까 하는 생각에 참을 수 없었기 때문이다. "어쩌나 이 댁이 친절하시게도 데려다 주신다고 했는데요" 하고 코타르 부인은 대답하였다, 봉탕 부인이 모자에 휘장 단 몰이꾼이 모는 자가용 마차로 데려다 주겠다고 한 제의를 승낙했던 것을, 더 유명한 여인에 아첨하기 위하여 잊어버렸다는 태도를 보이고 싶지 않아서. "정말이지 자가용 마차에 태워 주시겠다는 하는 친구분들의 호의가 나는 정말로 고마워요. 몰이꾼을 고용 못 하고 있는 나로서는 정말로 황송하죠." ─ "더군다나" 하고 베르뒤랭 부인은(봉탕 부인을 조금 알고 있고, 이제 막 수요일에 부인을 초대한 참이라 지나친 말을 하지 않으려고) 대답하였다, "크레시 부인 댁이 당신네 집 근처가 아니니까. 어머? 나 언제라야 스완 부인이라고 말하게 될는지." 스완 부인이라고 익숙하게 말 못 하는 척하는 게, 작은 동아리에서, 그다지 재치 없는 이들 사이의 한 우롱거리가 되고 있었다, "나는 크레시 부인이라고 부르는 게 입버릇이 되어 놔서요, 하마터면 또 틀릴 뻔했어요" 하고. 다만 베르뒤랭 부인만은, 오데트에게 말을 건넬 때, 실수이긴커녕 일부러 틀리는 것이었다. "무섭지 않으셔요, 오데트, 이런 외진 곳에 살면? 나 같으면 저녁 때 돌아오는 게 거의 불안해질 것 같아요. 게다가 습기가 많기도 해라. 바깥양반의 습진에 좋지 않을 거예요. 쥐야 나오지 않겠죠?" ─ "안 나와요! 별말씀을 다하시네요!" ─ "천만다행이에요, 그런 소문을 들어서요. 정말이 아니라서 안심예요, 쥐를 무지하게

107

무서워하니까, 사실이라면 댁에 두 번 다시 못 왔을 테니까. 또 만나요, 귀여운 분, 가까운 날에, 당신을 뵙는 게 참으로 기쁘니까. 어쩌면, 국화를, 바르게 꽂을 줄 모르시나 봐" 하고 그녀는 배웅하러 스완 부인이 몸을 일으키는 동안에 물러가면서 말했다. "이건 일본꽃이랍니다, 일본 사람이 하듯이 꽂아야 해요."—"나는 베르뒤랭 부인의 의견에 따르지 않겠어요, 만사에 그분이 나의 법칙이자 예언자이지만. 당신밖에 없어요, 오데트, 이처럼 훌륭한 국화를, 아니 오히려 현대식으로 말해 아름다운 국화를 찾아내는 분은" 하고 코타르 부인은 베르뒤랭 부인이 문을 닫자마자 편들어 말하였다. "베르뒤랭 부인께서는 남의 꽃에 대해 언제나 호의스럽지만은 않으니까요" 하고 스완 부인이 부드럽게 대꾸하였다. "단골집이 어디죠, 오데트?" 하고 코타르 부인은 베르뒤랭 부인에 대한 비평을 더 하지 못하게 물었다. "르메트르 상점인가요? 요전날 르메트르 상점 앞에서 장미 빛깔의 탐스러운 작은 관목에 홀렸답니다." 그러나 수줍음에서 그녀는 그 관목 값에 대해 자세하게 말하는 것을 삼가고, 다만 '좀처럼 골 내지 않는' 교수가 뜻밖에 장검을 빼어 휘둘러 그녀가 돈 가치를 모른다고 꾸짖었다는 말밖에 하지 않았다. "아뇨, 출입하는 꽃가게는 단지 드바크뿐이랍니다."—"나 역시" 하고 코타르 부인이 맞장구쳤다. "그러나 털어놓고 말해 라숌에 끌려 드바크를 배신한답니다."—"어머나! 라숌 가게로 가시다니, 드바크에 일러바치겠어요" 하고, 작은 동아리에 섞여 있을 때보다 더 홀가분한 느낌이 드는 자기 집에서는, 재치 있게 대화를 이끌어 나가려고 애쓰는 오데트가 대답하였다. "그런데 요즘 라숌 가게도 값이 정말 비싸졌어요. 지나친 가격이에요, 내 신분으로는 적당하지 않은 가격이거든요!" 하고 그녀는 웃으면서 덧붙였다.

이런 말이 오가는 동안 봉탕 부인은, 베르뒤랭네 집에는 가고 싶지 않다고 이제껏 백 번이나 말해 왔지만, 수요일에 초대받은 것이 기뻐서, 어떻게 하면 초대받는 날이 더 많아질 수 있을는지 셈하고 있는 중이었다. 그녀는 드나드는 손님이 한번도 빠지지 않고 와 주기를 바라는 베르뒤랭 부인의 속마음을 모르고 있었다. 한편 그녀로 말하면 거의 인기 없는 사람들 축에 속하였다. 이런 사람들은 어느 집의 여주인으로부터 '연달은 초대일'에 초대되었을 때, 가령 그 시각에 틈이 나고, 외출도 하고 싶고, 찾아가면 언제나 기뻐하는 줄 알고서 방문하는 사람들이 아니라, 예컨대 첫번째 야회와 세번째 야회를 자기의 결석이 주목될 것으로 상상하여 스스로 포기하고 두번째와 네번째까지 대기하거나 정확한 소식통으로부터 세번째의 야회가 특히 화려할 거라고 듣기라도 하면 거꾸로 순서를 바꿔, "공교롭게 지난 주는 틈이 없어서요"라고 핑계하는 사람들이다. 이러한 봉탕 부인은 부활제까지 수요일이 얼마나 있는지, 어떻게 하면 한 번 더, 더군다나 자진해서 온 것처럼 보이지 않고 갈 수 있는지 계산하고 있었다. 그녀는 코타르 부인에게 기대를 걸고, 어떤 단서를 얻어 내려고 같은 마차로 돌아가려고 하였다. "아니, 봉탕 부인, 벌써 몸을 일으키시네요. 그렇게 도망치시려는 표시를 지어서는 안 됩니다. 지난 주 목요일에 안 오신 죗값을 하셔야 해요⋯⋯. 어서 다시 앉으세요. 잠시 저녁 식사 때까지 어차피다른 방문이 없지 않으세요. 정말 부인은 요지부동이셔?"라고 스완 부인은 덧붙이고 과자 접시를 내밀면서, "어떠세요, 이 보잘것없는 것, 그다지 나쁘지 않답니다. 볼품은 없지만 잡숴 보세요, 어떤가" 하고 말했다. "웬걸요, 맛있어 보이네요" 하고 코타르 부인이 대답하였다. "댁엔, 오데트, 맛난 것이 떨어지는 적이 없군요. 상호를 물어 볼 필요도 없어요. 전부 르바테 상점에서 시켜오는 줄 아니까. 솔직히 말해 나는 더 절충적이랍니다. 프티 푸르(옮긴이: petit four, 비스킷의 일종)라든가, 여러 가지 설탕과자는 곧잘 부르본에 주문하죠. 그러나 찬 것은 거기 것 못써요. 찬 것이라면 바바루아즈(옮긴이: bavaroise, 설탕과 우유를 넣은 차)이건 소르베(옮긴이: sorber, 과일즙으로 만든 아이스크림)이건 르바테 상점이 잘 만들죠. 우리 집 바깥양반의 말마따나 'nec plus ultra'(최고다)죠."—"그러나 이건 집에서 간략하게 만든 거랍니다. 정말 안 드시겠어요?"—"저녁 식사를 못 할 것 같아서요" 하고 봉탕 부인은 대답하였다. "그러나 잠시 동안 다시 앉겠어요. 아시다시피 당신처럼 총명한 분과 이야기하기를 썩 좋아하니까요."—"나를 실없는 사람으로 생각하실는지 모르지만, 오데트, 트롱베르 부인이 쓴 모자를 어떻게 생각하셨는지 말씀해 주시지 않겠어요. 요즘 유행이 커다란 모자인 줄 잘 알지만요, 그래도 아무리 보아도 그건 좀 지나치지 않을까요? 그리고 요전날 우리 집에 왔을 때의 것에 비하면, 아까 것은 아직 현미경적이었어요."—"천만에요, 내가 총명하다니 별말씀을 다 하시네요" 하고 말하는 것을 바르게 처신하는 것으로 생각하며 오데트는 말하였다. "나는 요컨대 미련퉁이예요, 남의 말을 곧이듣고 하찮은 것은 두고두고 걱정하는" 하고 말하면서, 그녀는 자기 멋대로 생활하여 자기를 속이고 있는 스완과 같은 사내와 결혼한 것을 요즘 처음으로 무척이나 괴로워했다는 뜻을 암시하였다. 한편 아그리장트 대공은 '내가 총명하다니 별말씀을 다 하시네요'라는 말을 듣고서, 그 말에 반대할 의무를 느끼면서도 날렵한 응답의 재간이 없었다. "저런 저런" 하고 봉탕 부인이 소리질렀다. "당신이 총명하지 않으시다고요!"—"사실 나도 의심하였습니다" 하고 대공은 막대기를 붙잡는 기분으로 말하였다. "내 귀가 잘못 듣지 않았나 하고 말입니다."—"아니에요, 다짐하지만" 하고 오데트가 말하였다. "정말 나는 변변치 못한 프티부르주아에 지나지 않아요. 성마르고, 편견투성이고, 우물 안의 개구리고, 더구나 아주 무식하고요." 그러고서 샤를뤼스 남작의 소식을 물어 보려고, "그 남작을 만나 보셨나요?" 하고 대공에게 말하였다 — "당신이 무식하다고요!" 하고 봉탕 부인이 소리질렀다. "그럼 말예요, 공무원들의 사회를 보신다면 뭐라고 말씀하실까, 누더기 조각에 대해서밖에 말할 줄 모르는 그 각하들의 아내들을……! 이보세요 부인, 아직 여드레도 안 되지만 문교 장관 부인에게「로엔그린」을 문의해 보았어요. 그랬더니 그분의 대답이 '로엔그린? 아아! 그래그래, 폴리 베르제르 극장의 요번 레뷔 말이군요, 익살스럽기 짝이 없는 모양이죠'예요. 글쎄 부인, 그런 말을 듣고 속이 부글부글 끓어오르는 걸 어떻게 참겠어요, 따귀를 한 대 갈기고 싶어지더군요. 우락부락한 성미가 내게 좀 있으니까요. 여보세요, 어떻게 생각하시죠?" 하고 내 쪽으로 몸을 돌리면서 그녀가 말하였다. "내가 옳지 못한가요?" — "내 말 좀 들어 보세요" 하고 코타르 부인이 말하였다, "용서할 만해요, 그처럼 다짜고짜로 불쑥 질문받으면 누구나 다 조금은 뚱딴지 같은 대답을 하는 법이에요. 나도 그런 경험이 있거든요. 베르뒤랭 부인이 그 모양으로 단독직입적으로 우리를 당황케 하는 버릇이 있으니까요." — "베르뒤랭 부인에 관해 말인데" 하고 봉탕 부인이 코타르 부인에게 물었다. "수요일 그분 댁에 어떤 분이 오시는지 아십니까? …… 참! 지금 생각나네요, 돌아오는 수요일에 우리들이 초대받은 것이. 내주 수요일에 우리 집에서 저녁 식사 하시지 않겠습니까? 그러고 나서 함께 베르뒤랭 댁으로 갔으면 해요. 혼자 들어가는 게 겁나서요, 이유도 없이 그 훌륭한 부인만 보면 늘 겁이 나거든요." — "그건 말예요" 하고 코타르 부인이 대답하였다. "베르뒤랭 부인께 겁내는 것은 그분의 목소리 탓이에요, 안 그래요? 그야 스완 부인만큼 예쁜 목소리는 아무도 못 가졌지만 말예요. 그래도 베르뒤랭 부인의 말마따나, 한번 말이 입 밖에 나오자마자, 얼음은 금세 녹아 버리죠. 마음이 매우 상냥한 분이라서요. 그러나 나는 댁의 느낌을 잘 이해해요. 모르는 고장에 처음으로 발을 들여놓는 게 결코 유쾌하지 않으니까요."—"댁도 우리 집에서 함께 저녁 식사 해주세요" 하고 봉탕 부인이 스완 부인에게 말하였다. "식사 후 모두 함께 베르뒤랭 댁으로 갑시다, 베르뒤랭 댁의 손님을 빼앗으러. 그 때문에 마님이 나한테 눈을 부라리고 다시는 초대하지 않게 되더라도, 일단 그분 댁에 들어가고 나서는 우리들 셋이서만 그대로 이야기합시다. 그러는 게 가장 재미있을 것 같아요." 그러나 이 단언은 그다지 진실인 성싶지 않았다, 봉탕 부인이 다음과 같이 물었기 때문이다, "내주 수요일 그분 댁에 어느 분이 오시리라 생각하시죠? 무슨 일이 일어나죠? 손님이 너무 많지나 않을까요?"—"나는 말예요, 분명히 못 갈 거예요" 하고 오데트가 말하였다. "우리는 마지막 수요일에나 잠깐 얼굴을 비칠 거예요. 그때까지 기다리셔도 좋다면야……." 그러나 봉탕 부인은 이 연기 제안이 달갑지 않은 듯했다.

한 살롱의 정신적 가치와 그 멋은 보통 정비례하기보다 반비례하는데, 스완이 봉탕 부인에게 호감을 품고 있는 이상 다음의 사실을 믿지 않으면 안 된다, 곧 온갖 망신도 일단 뭇사람에게 받아들여지면, 그 결과로 당사자도 마음이 홀가분해져서 상대와 달게 즐기게 되고, 상대의 재치에 관해서도 그 밖의 여러 점에 관해서도 까다롭게 생각하지 않게 된다는 것을. 또 이것이 정말이라면 인간은, 하나의 민족과 마찬가지로, 독립을 잃는 동시에 그 문화뿐만 아니라 그 국어마저 사라져 가는 것을 보지 않으면 안 된다. 이런 방임의 결과 중 하나는 다음과 같은 경향을 더 심하게 띤다, 곧 우리가 어떤 나이를 지나자, 우리의 특유한 기지나 버릇을 칭찬하는 말이라든가, 그런 경지에 들어간 우리의 자유자재를 고무하는 말을 기분 좋게 느끼는 경향을 더 심하게 한다. 이 나이는 대예술가가 독창적인 천재들의 사회보다 자기에게 아첨하며 자기 말에 귀를 기울이는 제자들의 사회, 자기와의 공통점이라고는 겨우 자기의 가르침의 표면밖에 없는 제자들의 사회를 더 좋아하게 되는 나이이며, 사랑에 사는 주목할 만한 남성 또는 여성이 어떤 모임 자리에서 필시 하류의 인간이지만, 그 하는 말투가 엽색에 몸을 바친 생활이 어떤 것인가를 이해하고 그것을 칭찬하는 것같이 보여, 그래서 사랑을 하는 남성 또는 사랑을 하는 여성인 그들의 관능적인 경향을 기분 좋게 간질여 주는 경우, 그 사람을 모임 자리에서 가장 재치 있는 인간으로 여기게 되는 나이로, 그런 나이에 접어든 스완 역시, 오데트의 남편이 되어 버린 이상, 봉탕 부인의 입으로부터, 공작 부인들밖에 초대하지 않다니 쑥스러워요, 하는 따위의 말을 듣는 것을 좋아하게 되고(그런 말에서, 지난날 베르뒤랭네 시절에 하던 식과는 반대로, 봉탕 부인을 사람 좋은 여인이고, 매우 재담 잘 하는 속물이 아닌 여인으로 결론지으면서), 그녀가 알지 못하면서도 그래도 당장 '파악하여' 발라맞추기를 즐기며 재미있어서, 그녀를 '자지러지게 웃게' 하는 이야기를 들려주는 것을 좋아하게 되었다.

"의사 선생님은 당신처럼 꽃에 열중 안 하시나요?" 하고 스완 부인이 코타르 부인에게 물었다. "그럼요! 아시다시피 우리 집 바깥분은 학자이니까, 만사에 절제가 있어요. 그렇고말고요. 그런데 딱 한 가지 정열을 갖고 있지요." 즐거움과 호기심으로 깜찍하게 눈을 반짝이며, "뭐죠, 그게?" 하고 봉탕 부인이 물었다. "독서"

하고 간략하게 코타르 부인이 대답하였다. "어머나, 남편으로서는 너무 조용한 정열이군요!" 하고 봉탕 부인이 악마적인 웃음을 참으며 외쳤다. "우리 집 바깥분이 독서하고 있을 적엔 정말!" "그래서 부인, 그것 때문에 속상하는 일이 없으세요……?"—"있고말고요……! 시력 때문에. 이제는 우리 집 바깥양반이 집에 돌아와 있는지 보러 가야겠어요. 오데트, 가까운 날 댁 문을 다시 두드리러 오겠어요. 아아참, 눈에 관한 것인데, 베르뒤랭 부인이 최근에 사들인 사택이 전등으로 조명되리라는 걸 말씀드렸던가요? 이건 나의 사립탐정으로부터 입수한 것이 아니고 다른 데서 나온 거예요. 밀레라고 하는 전기업자로부터 직접 들은 소식이랍니다. 얘기해준 사람의 이름을 밝히는 게 내 버릇이랍니다! 광선을 부드럽게 새어들게 하는 갓이 달린 전등이 방마다 있게 된다구요. 아주 매력있는 호사지 뭡니까. 그리고 현대 사람들은 절대적으로 새로운 것, 설령 그것이 세상에 그것밖에 없는 것이라도 아무튼 새로운 것이라면 좋아하나 봐요. 나의 벗들 중 한 분의 시누이뻘 되는 분으로, 집에 전화를 설치한 분이 있거든요! 아파트 방에서 외출하지 않고서도 출입 상인에게 물건을 주문할 수 있다고 해요! 솔직히 말해나는 언젠가 그 기계 앞에서 말해도 좋다는 허락을 얻으려고 싱겁게 음모를 꾸몄다나요. 전화 앞에서 무척 말하고 싶어서요, 그러나내 집에 있지 않고 남의 집에 있으니까 더 그런가 보죠. 나는 내 처소에 전화를 갖고 싶지는 않은걸요. 첫 재미가 지나가면 그야말로 골칫거리가 될 거예요. 그럼, 오데트, 물러가겠어요. 다시는 봉탕 부인을 붙잡지 마세요, 나를 맡아 주셨으니까. 아무래도 떠나야겠어요, 별로 재미있지 못한 일이 생길지도 모르니까, 우리 집 바깥분보다 늦게 집에 도착할 것 같거든요!"

나 역시, 국화 속에 눈부시게 싸여 있는 듯한 느낌이 들었던 그 겨울의 즐거움을 다 맛보지 못한 채 돌아가야만 했다. 그러한 즐거움은 마침내 와 주지 않았고, 한편 스완 부인도 더 이상 뭔가를 기대하는 모양이 아니었다. 그녀는 '폐회'를 알리기라도 하듯이 하인들이 찻그릇을 가져가는 것을 내버려 두었다. 그리고 드디어 나에게 말하였다. "그럼 정말 가시겠어요? 그러면, good bye!" 그대로 남아 있을 수 있을지라도, 그 미지의 즐거움을 상봉 못 할 것이며, 또 나의 비애만 해도 단지 그런 즐거움이 결핍되어서만이 아니라는 느낌이 들었다. 그런 즐거움은 언제나 재빨리 처음의 시각으로 데려가는 시간의 규정 코스 위에 놓여 있지 않고, 오히려 나에게 알려지지 않은 어떤 지름길, 거기를 통해 갈라져 가야만 했을 어떤 지름길 위에 놓여 있지 않았을까? 그러나저러나 나의 방문 목적은 달성되었다. 질베르트는, 그녀가 집에 없을 때 그 양친 집에 찾아와서, 더군다나 코타르 부인이 끊임없이 되풀이하였듯이, 내가 '단김에, 처음부터, 베르뒤랭 부인을 정복했다'는 것을 알리라(왜냐하면 여지껏 '그만큼 남을 환대하는' 베르뒤랭 부인을 본 적이 없던 의사의 아내가 덧붙여 말했던 것이다. "두 분[베르뒤랭 부인과 나]은 다같이 갈고리 모양의 원자(옮긴이: atomes crochus. ① (데모트리토스·에피쿠로스의 원자론에서) 갈고리가 달린 원자(原子). ② 옛말로 두 사람 사이의 공감)를 갖고 계시군요"). 질베르트는 또한, 내가 다정하고 적당하게 그녀에 대해 말한 것을 알 것이며, 그녀를 만나지 않고서는 살아가지 못하는 나의 무능, 내가 최근 내 곁에서 그녀가 나타내던 권태의 기초로 여기던 무능이, 나에게 없는 것을 알리라. 나는 스완 부인에게 다시는 질베르트와 만날 수 없다고 말하고 말았다. 영영 다시 만나지 않겠다는 결심이라도 하고 있는 말투로 말하고 말았다. 그러니 질베르트에게 보내겠다고 한 편지도 그와 같은 뜻으로 이해될 것이다. 단지

나 자신에게 용기를 주려고, 며칠 동안의 짧은 마지막 노력을 계속한 데 지나지 않았다. 나는 중얼거렸다, '그녀와 만나는 약속을 거절한 걸 이번으로 마지막으로 하고, 다음 번은 승낙하자꾸나.' 이별의 실현을 덜 어렵게 하려고, 그것을 결정적인 것으로서 상상하기를 삼갔던 것이다. 그러나 그것이 결정적인 것이 되리라는 느낌은 충분히 갖고 있었다.

그해의 정월 초하루는 유달리 괴로웠다. 불행할 때 시기가 바뀌거나 기념일이 오거나 하면 다 그렇다. 그러나 만약에 그 불행이, 예를 들어 친한 사람을 잃었다는 데서 비롯한 거라면, 쓰라림은 단지 과거와 현재의 대조가 날카로움을 더하는 데 그친다. 나의 경우에는 거기에 희망, 이를테면 질베르트는 화해의 첫걸음을 내가 솔선하기를 바라 마지않았는데, 그것이 실행되지 않음을 알고, 주로 정월 초하루라는 구실을 기다려 오다가, '아니 왜 그러시죠? 나는 당신에게 빠졌어요. 둘이서 속속들이 털어놓고 말하게 와 주세요. 당신을 보지 않고서는 못 살겠어요'라고 나에게 편지 써 보내는 수밖에 없게 되어 있다는 허망한 희망이 곁들여져 있었다. 연말이 가까워 옴에 따라 그런 편지가 내 앞에 나타날 것 같았다. 허망일는지 몰랐다. 그러나 그 실현을 믿기에는 그것에 대한 소망과 욕구만 마음에 있으면 족하다. 병사는 전사하기까지, 도둑은 잡히기까지, 또 일반 사람은 죽기까지, 아직 가없는 유예 기간이 주어져 있는 줄로 확신한다. 이거야말로 개인을 ─ 때로는 대중을 ─ 위험에서가 아니라 위험에 대한 공포로부터, 실제로 위험한 신념에서 벗어나게 해주는 부적인데, 그것은 경우에 따라, 용감하지 않고서도 위험을 무릅쓰게 한다. 이런 유의, 근거 없는 안심이 화해나 편지를 기대하는 애인을 돕는다. 내가 화해나 편지를 학수고대하지 않으려면, 그런 것을 바라 마지않는 정을 끊어 버림으로써 족했다. 아직도 자기가 사랑하는 상대에게 얼마나 심한 냉대를 받는지 알아도, 상대로 하여금 어떤 일련의 생각을 — 그게 무관심일지라도 — 자기에게 기울이게 하고, 그런 정을 겉으로 나타내려는 뜻을 품게 하고, 필시 자기가 반감의 대상일지 모르나, 또한 끊임없는 배려의 대상일지도 모르는 내적 생활의 착잡함을 기인케 하고 있는 줄 생각하기 마련이다. 반대로, 지금 질베르트의 마음속에 일어나고 있는 것을 상상하려면, 몇 해 후 초하루에 내가 어떤 심정일까를 이번 정월 초하루부터 미리 알 수만 있다면 족했을 것이다. 몇 해 후 초하루에 가선, 질베르트의 배려도, 침묵도, 애정도, 또는 냉담도 거의 내 눈에 띄지 않은 채 지나가 버려, 어떠한 문제 해결도 구하려는 생각을 하지 않고, 또 할 수도 없으리라. 사람이 사랑을 할 때, 그것이 그 사람의 마음속에 모조리 담기기엔 사랑은 너무나 크다. 사랑은 사랑하는 상대 쪽으로 방사되어, 상대의 한 표면에 부딪혀 저지되어, 본래 방사점 쪽으로 퉁겨져 돌아온다. 그처럼 우리 자신의 애정이 퉁겨져 돌아오는 반동을 우리는 상대방의 감정이라고 일컫는데, 간 것보다 돌아온 것이 더 우리를 매혹시키는 것은, 간 것이 우리 자신에게서 나온 것임을 잊어버리기 때문이다.

정월 초하루는 질베르트의 편지가 오지 않은 채 24시간이 다 갔다. 늦게 온 연하장을 몇 장 받기도 하고, 우편물의 혼잡 때문에 늦게 배달되기도 하여, 정월 3일과 4일은 아직 희망을 걸어 오다가, 구름 사라지듯 사라졌다. 그러고 난 다음의 나날, 나는 울고 또 울었다. 물론, 내가 질베르트를 단념했을 때는 진정이 아니었으니, 새해에 그녀한테서 편지를 받을 것이라는 희망을 아직도 간직하고 있었기 때문이다. 그리고 그 희망이, 다른 새 희망이 싹트기도 전에 고갈된 것을 보고, 나는 흡사 다음 모르핀 약병을 입수하기도 전에 모르핀 약병을 비우고 만 병자처럼 괴로워하기도 하였다. 그러나 아마도 내 마음속에—또 이러한 두 가지 설명이 서로 모순되지 않는 것이, 유일한 감정도 때로는 반대되는 것으로 이루어지니까—오래지 않아 편지를 받을 것이라는 희망이 질베르트의 모습을 또다시 나에게 접근시켜, 그녀의 곁에 내가 있다는 기대, 그녀를 눈앞에 보는 것, 나와 같이 있을 때에 짓는 그녀의 태도 같은 것이 지난날 내 마음속에 일으킨 감정을 다시 만들어 내는지도 몰랐다. 금세 화해하게 되겠지 하고 생각하는 마음이, 누구나 처음에는 그토록 엄청나게 중대한 것일 줄은 미처 몰랐던 것, 곧 체념을 가로막고 있었던 것이다. 신경쇠약 환자는, 편지도 받지 않고, 신문도 읽지 않고서 침상에 누워서 쉬고 있으면 점점 신경이 진정될 거라고 타일러도 곧이들으려 하지 않는다. 그런 섭생은 오히려 신경을 악화시킬 뿐이라고 생각한다. 그와 마찬가지로, 사랑을 하는 사람들도 그런 경험이 처음이어서 반대 상태 가운데서 생각하기 때문에, 단념의 유익한 효능을 믿지 못한다.

심장의 고동이 심할 때 먹는 카페인의 분량을 줄이자 고동이 멈추었다. 그러자 나는 생각하였다, 질베르트와 사이가 거의 틀어지게 되었을 적에 느꼈던 불안, 또 그 후에 그런 불안이 되살아날 때마다 그 원인을, 다시는 여자 친구를 만나지 못한다, 만나더라도 그 심술궂은 기분에 시달릴 뿐이라고 근심하는 걱정 탓으로 돌리던 불안은, 어느 정도는 카페인의 탓이 아니었을까, 하고. 그러나 처음에 내가 상상한 판단이 틀렸고, 이 약이 그 불안의 원인이었더라도(이는 하나도 이상하지 않을 것이다. 사랑을 하는 남성에게, 가장 심한 정신적인 고통이, 같이 사는 여성의 육체적인 습관이 원인인 예가 흔히 있으니까), 불안은 그것을 마시고 나서 오랫동안, 트리스탄을 이졸데에게 결부시킨 그 미약(媚藥)과 같은 작용에 의한 것이었다. 왜냐하면 카페인을 줄이고 나니 거의 곧바로 나의 몸은 좋아졌는데, 슬픔의 진행은 멈추지 않았다. 이 독물의 섭취는 필시 슬픔을 만들어 내지는 않았더라도 적어도 그것을 더 심하게 할 수 있었기 때문이리라.

그런데 정월 중순이 가까워지고, 정월 초하루의 편지에 대한 기대도 실망으로 끝나, 그것에 따라 일어난 고통도 일단 가라앉아 버리자, 또다시 시작된 것은 '여러 명절'에 앞선 슬픔이었다. 그 슬픔 중에서도 아마 가장 잔혹하였던 것은, 그 슬픔의 의식적인, 자발적인, 무자비하고도 끈기 있는 장본인이 바로 나 자신이었다는 점이다. 질베르트와의 이별이 연장되어 감에 따라, 상대방의 냉담성이 아니라 나의 그것(그렇다고 해도 이는 결국 마찬가지이지만), 나 자신의 냉담성을 점점 만들어 내면서, 내가 고집한 유일의 일, 나와 질베르트의 교제를 불가능하게 만들려고 애쓰고 있는 것은 나 자신이었다. 내가 현재에 하고 있는 것뿐만 아니라, 그것에 따르는 미래의 결과를 뚜렷하게 통찰하면서, 계속해 열중하고 있는 것은, 나 자신의 마음속에서 질베르트를 사랑하고 있는 자아의 길고도 잔혹한 자살이었다. 가까운 시일 내에 내가 이미 질베르트를 사랑하지 않게 될 거라는 지레짐작뿐만 아니고, 또한 그렇게 되고 보면 이번에는 질베르트 쪽이 후회할 거다, 그리고 그때에 그녀가 나를 만나려고 해보는 시도도 오늘날의 그것과 마찬가지로 허사로 끝날 거다, 그도 그럴 것이 나는 이미 질베르트를 사랑하지 않을 거며, 꼭 다른 여인을 사랑할 거며, 그 여인에 마음 끌리고 있을 터이기 때문이어서 아무런 매력도 느끼지 않게 될 질베르트를 위해선 1초를 나누는 것조차 아까울 시간을 그 여인을 위해선 몇 시간도 애틋한 마음과 함께 학수고대할 것이라는 것을 나는 알고 있었다. 틀림없이 같은 그 순간에(그녀 쪽에서 화해의 정식 요청 또는 사랑의 결정적인 고백을 하지 않는다면, 이 두 가지 다 실현될 것

119

같지 않은 상태지만, 나는 다신 그녀를 만나지 않겠다고 결심했기 때문에), 이미 질베르트를 잃었으며 동시에 그녀를 더욱 사랑하고 있는 것 같은 이 순간에(내가 바라는 대로 그녀와 함께 온 오후를 보내면서, 아무것도 우리 둘의 우정을 위태롭게 하지 못한다고 믿어 마지않던 지난해보다, 그녀가 내게 어떤 존재인지 더욱 뼈에 사무치도록 느껴지는), 바로 이 순간에, 이와 똑같은 감정을 어느 날 다른 여인을 위하여 품을 거라는 생각은 밉살스럽기 짝이 없기는 하였다, 그런 생각은, 내게서 나의 연정과 번민을 앗아, 질베르트 밖으로 가져가 버리기 때문에. 나의 연정과 번민, 그 안에서 울며 불며, 질베르트의 모습을 정확하게 붙잡으려고 시도하고 있는 지금의 내가, 머잖아 곧, 그런 연정과 번민이 특별히 그녀에게만 속하는 게 아니라, 조만간에 누군가 다른 여인에게 나눠질 운명에 있음을 알아야만 했던 것이다. 그래서 ― 적어도 이것이 그때의 내 사고방식이었다 ― 우리는 항상 인간들에게서 분리되어 있기 때문에, 한 여인을 사랑할 때, 그 사랑이 그들 둘의 이름을 갖고 있지 않음을 느껴 그 사랑이 지금의 여인이 아니고, 다른 여인에 대하여 미래에 생길 수도 있고, 과거에 생겨났는지도 모른다고 느낀다. 또한 여인을 사랑하지 않을 때에, 사랑 속에 있는 그 모순을 철학적으로 운명이라고 여기고 체념하고 있기라도 한다면, 하고 싶은 대로 이야기하는 그와 같은 사랑을, 그때에 그 사람은 경험하지 못한 탓이고, 따라서 그것을 모르는 셈이다. 그러한 감각에 관한 인식은 간헐적이어서, 정상적인 현실의 감정을 되찾았을 때에는 이미 사라지고 없다. 질베르트 자신이 이대로 나를 도우러 오지 않고, 성장해 나가는 나의 무관심의 싹을 더 자라기 전에 싹둑 잘라 버리지 않는다면, 내가 이미 질베르트를 사랑하지 않게 되는 미래, 아직 뚜렷하게 상상 못 하나, 현재의 번민의 도움으로 대강 짐작할 수 있는 그 미래가, 점점 꼴잡혀 나가는 것, 그 도래가 절박하지 않더라도 적어도 불가피하다는 것 따위를 사전에 질베르트에게 알리는 시간적 여유는, 그야 아직 나에게 있기는 했다. 몇 번이나 질베르트에게 편지를 쓰려고 했으며, 몇 번이나 질베르트에게 말하러 가려고 했는가. '조심하십쇼, 나는 결심한 지 오래입니다. 내가 취하는 태도는 돌이킬 수 없는 태도입니다. 이번이 마지막입니다. 오래지 않아 당신을 사랑하지 않게 될 것입니다'라고 쓰고, 말하려 했는가. 그러나 무슨 소용이 있다는 것이냐? 잘못이 내게 있음을 미처 생각하지 않고, 내가 그렇지 않은 모든 것에 표명하고 있는 무관심을, 내가 무슨 권리로 질베르트를 책하겠다는 거냐? 마지막! 내게는 그것이 뭔가 가없는 것으로 생각되었다, 질베르트를 사랑하고 있어서. 그녀에게 그 마지막은, 예컨대, 망명하기에 앞서 작별 인사 하러 방문하겠으니 허락해 달라는 편지를 친구한테서 받았는데, 눈앞에 즐거움이 기다리고 있는 참인지라, 마지못해 사랑받고 있는 진저리 나는 여인에게 하듯, 그 방문을 거절하지 않으면 안 되었을 때와 같은 그런 인상을 주었을 것이 틀림없었다. 우리가 날마다 자유로이 처리하고 있는 시간이라는 것은 신축성이 풍부하다. 우리가 정열을 느낄 때 그것은 부풀고, 남에게 불어넣으려고 하면 줄어들고, 다음에는 습관이 그것을 메운다.

하기야, 내가 질베르트에게 말한들 허사였을 것이다, 내 말에 귀를 기울이지 않을 테니까. 우리는 말할 때 언제나 상상한다, 듣고 있는 건 우리의 귀, 우리의 정신이라고. 내가 입 밖에 낸 말은, 질베르트에게 도달하기에 앞서 소란스럽게 낙하하는 폭포를 꿰뚫고 가지 않으면 휘어져 버려서, 도저히 알아들을 수 없게 되고 괴상한 음으로 변해, 아무 뜻도 없는 것으로 질베르트의 귀에 다다르는 데 지나지 않았으리라. 낱말 속에 옮긴 참이란 곧바로 자기 길을 개척하는 것도 아니고, 티없는 명백성을 타고난 것도 아니다. 하나의 참이 그대로 낱말 속에 구현될 수 있으려면 웬만큼 시일이 흘러가야 한다. 그러므로 사리와 증거를 통틀어 무시하고, 주의가 상반되는 정당인을 국가에 대한 반역자로 마구 몰아 대는 정객은, 그 자신으로 말하면 남들이 전파하는 데 실패한 후에 거들떠보지 않게 되어 버린 돼먹지 않은 신념을 나팔 불어 대는 것이다. 그러므로 높다란 목소리로 읽어 대는 찬미자로서는 그 자체 안에 그 뛰어난 증거가 나타나 있는 것처럼 생각된 작품으로, 듣고 있는 사람들에게는 몰상식하고도 평범한 인상밖에 주지 못한 걸작이, 작자가 알수 있기에는 너무나 때늦을 무렵에 가서, 그들로부터 걸작이라고 일컬어지기도 하는 것이다. 마찬가지로, 사랑에서도, 장벽에 괴로움받는 사내가, 아무리 기를 써도 밖으로부터 그 장벽을 부술 수 없어 오다가, 실망 끝에 그 장벽에 사내가 무관심하게 될 즈음, 다른 쪽에서 온 노력, 전에 사내를 사랑하지 않았던 여인의 내심에서 이루어진 노력의 효과로, 전에 공격했으나 성공 못 하던 장벽이 돌연 함락되는 일이 있는데, 그때는 소 잃고 외양간 고치기다. 앞으로 올 나의 무관심과 그걸 예방하는 방법을 질베르트에게 알려 주러 가기라도 하였다면, 질베르트 쪽에서는, 나의 그런 행동으로 미루어 그녀에 대한 나의 사랑이나 요구가, 생각한 것보다 더 큰 것을 짐작하고, 나를 만나는 것이 더욱더 싫어졌을 것이다. 하기야, 이 사랑 때문에 줄곧 어지럽게 된 정신 상태에 의하여 내가 그녀보다 사랑의 종말을 더 잘 예측할 수 있었던 것은 사실이다. 그렇지만 설령 그런 경고를 질베르트에게 편지나 생목소리를 통해 한다고 해도 그것은 웬만큼 시일이 지나고 나서, 그녀가 나에게 그다지 실제로 불가결한 존재가 아니 되고, 현실에서도 또한 그렇다는 증거를 그녀에게 보일 수 있을 즈음에 이르러서야 했을 것이다. 공교

122

롭게도, 선의인지 또는 악의인지, 몇몇 사람들이, 내 부탁을 받고 하고 있는 줄로 여기게 하는 말투로, 나에 대한 것을 그녀에게 말했다. 코타르랑, 어머니 자신, 노르푸아 씨까지 어설픈 말을 입 밖에 내어, 내가 고심참담 끝에 막 성취시켜 놓은 희생을 몽땅 허사로 만들고, 사실과는 다른 인상을 주어서, 나의 신중성의 효과를 모조리 망쳐 놓고 만 것을 알 때마다, 나는 이중으로 짜증이 나곤 하였다. 첫째로, 그런 귀찮은 사람들이 나도 모르는 사이에 참견한 탓으로 수포로 돌아가 버린, 그 수고스러운, 그러나 이로운 자제를 그날부터 다시 시작할 수밖에 없어서였다. 게다가 이제는 내가 꿋꿋이 체념해 낼 수 있는 인간이 아니라 그녀가 상대하기를 수치스럽게 여기는 회견을 뒷구멍으로 책동하는 줄로 여기는 질베르트를 만난댔자 조금도 기쁘지 않았을 것이다. 나는 그런 사람들의 공연한 수다를 저주하였다. 그들은 흔히, 해치겠다는 또는 이바지하겠다는 의향 없이, 그저 지껄지껄하려고 지껄이고, 그것이 때로는 우리 쪽이 그들 앞에서 지껄지껄하지 않을 수 없거나, 그들이(우리처럼) 실없거나 하기 때문인데, 그러한 그들이 때맞게 우리에게 큰 해를 입힌다. 사랑의 치명적인 파괴 작업에서 그들이 맡아 하는 역할은 뜻밖에 작아, 예를 들어 한 사람은 지나친 친절 때문에 또 한 사람은 심술궂은 심사 때문에, 모든 게 순조롭게 되어 나가는 찰나에 만사를 망가뜨리는 버릇을 가진 두 인물에 비하면 아무것도 아닌 것은 사실이다. 그러나 이 두 인물을 뚱딴지 같은 코타르 부처에 대해서처럼 원망하지 못할 것이, 이 두 인물 중 후자는 내가 사랑하는 사람이고, 전자는 나 자신이기 때문이다.

그러는 동안에도, 스완 부인을 만나러 가는 거의 그때 그때마다, 스완 부인은 나에게 딸의 찻시간에 오라고 하기도 하고, 직접 딸에게 대답하라고 일러 주기도 하여, 나는 여러 번 질베르트에게 편지를 썼다. 그리고 그 편지 내용에서, 그녀를 설득시키려는 듯한 느낌이 드는 글귀를 삼가고, 주로, 철철 흐르는 나의 눈물에 보다 아늑한 강바닥을 파려고 애썼다. 왜냐하면 후회는 욕망과 마찬가지로 분석하기를 싫어하고, 만족하기를 원하기 때문이다. 따라서, 사랑을 하기 시작할 때 그 사랑이 뭔지 알려고 시간을 보내는 것이 아니고, 있을 법한 다음날의 밀회를 준비하는 데 시간을 보낸다. 그러면서도 단념할 때는, 그 비애를 알려고 애쓰지 않고, 그 비애의 원인이 된 여인에게 제 자신이 가장 다정스럽게 생각하는 말을 보내려고 애쓴다. 말할 필요가 있다고 느끼는 것, 상대에게는 통하지 않을 것을 말한다. 이를테면 자기 자신에게 말하는 것에 지나지 않는 것이다. 나는 다음과 같이 썼다. '이런 일이 일어나지 않을 것이라고 나는 믿어 마지않았습니다. 그런데 아아, 이제 와서는 그렇게 되기가 쉽군요.' 또 이렇게도 말하였다, '필시 앞으로는 당신을 뵙지 못할 겁니다'라고 짐짓 꾸민 냉정으로 보이지 않도록 거듭 조심하면서 말하였다. 그러나 그런 말은 그렇게 쓰고 있는 동안 나를 울렸다, 그것이 내가 믿고 싶었던 것을 표현하지 않고, 실제로 일어나려고 하는 것을 표현하고 있는 듯한 느낌이 들어서. 왜냐하면 그녀가 청해 올 다음 번의 만남 신청에, 역시 이번처럼 용기를 내어 굽히지 않고, 거절에서 거절로 거듭한 결과, 그녀를 만나고 싶지 않을 시기에, 점점 다다를는지도 몰랐기 때문이다. 나는 울었다. 그러나 언젠가는 그녀의 뜻에 맞는 인품으로 보일지도 모른다는 가능성 때문에, 그녀의 곁에 있다는 행복을 지금 희생시킬 용기를 되찾아, 그 희생의 감미로움을 맛보았다. 그런데 그 언젠가라는 날, 그녀의 뜻에 맞는 인품으로 보이는 그날이란, 내가 그녀에게 무관심하게 되는 바로 그날이 아닐까! 마지막 방문 동안, 질베르트가 마음속으로 그럴 셈이었듯이, 지금도 나를 사랑하고 있다는 가정 ― 싫증난 어떤 사람 곁에 있어야 할 때에 느끼는 갑갑증으로 내가 간주한 것은, 과민한 질투심 또는 지금 내가 취하고 있는 것과 비슷한 짐짓 꾸민 무관심에 의한 것에 지나지 않는다는 가정 ― 은 거의 사실이 아닌 가정이지만, 그 가정이 내 결심의 쓰라림을 덜어 주는 유일한 것이었다. 그때에 나는 이런 생각이 들었다. 몇 해가 지나, 우리 둘이 서로 잊어버리고 있다가, 내가 옛일을 회고하여, 지금 내가 쓰고 있는 이 편지가 조금도 진심이 아니었다고 그녀에게 말할 기회가 온다면, 그때에 그녀는 '뭐라구요, 당신이, 당신이 저를 사랑해 주셨다구요? 얼마나 제가 그 편지를 기다렸는지, 얼마나 밀회를 하고 싶었는지, 얼마나 그 편지가 나를 울렸는지, 당신이 알아주셨다면!' 하고 대답하리라고. 질베르트의 모친에게서 돌아오자마자, 곧바로 그런 편지를 쓰는 동안에 머리에 떠오르는 생각, 나는 이번에야말로 그런 오해를 풀어 주려고 하고 있다는 비장하기 그지없는 생각에, 또 아직 질베르트의 사랑을 받고 있다고 상상하는 기쁨에, 계속해 편지를 쓸 수 있었다.

그 어머니가 손님을 접대하는 날에 다과회를 여는 습관이던 질베르트가 공교롭게 그날 외출하지 않으면 안 되어, 그때에 내가 그 어머니의 '슈플뢰리'(Choufleury)에 갔을 적에, 내가 만나는 스완 부인은 언제나 어느 아름다운 드레스를 입고 있어, 어떤 때는 호박단, 어떤 때는 결이 굵은 비단, 어떤 때는 빌로드, 또는 크레이프 드 신, 견수자, 명주였는데, 그 입고 있는 품도 여느 때 집에서 입고 있는 평상복처럼 느슨하지 않고, 외출복 모양으로 꽉 짜인 옷으로, 그것이, 그런 오후, 그녀 집의 한가로움에 뭔가 활기 있고도 활동적인 느낌을 주고 있었다.

손님 한 사람을 배웅하고 돌아오면서, 또는 다른 손님에게 권하려고 과자접시를 들고 가면서, 스완 부인은 내 곁을 지나치며, 살롱의 혼잡을 틈타, 나를 따로 잠시 데리고 갈 때가 있었다. "질베르트한테서 특청을 받고 있는데, 다름이 아니고, 모레 점심에 당신을 초대해 달라는 거예요. 오늘 당신이 오실는지 확실하지 않아서, 오시지 않았다면 내가 편지를 써 보내려고 했지요." 나는 계속 견디었다. 그러나 이 저항도 점점 덜 괴롭게 되었다. 그도 그럴 것이 몸을 해치는 독물을 아무리 좋아한들, 어떤 필요 때문에 이미 얼마 동안 끊었을 때, 이제껏 몰랐던 안정을, 감동과 고뇌가 없는 생활을 소중히 여기지 않을 수 없기 때문이다. 자기가 사랑하는 여인을 다시 만나고 싶지 않다고 말을 하면서도 마음속으로는 전혀 딴판이라면, 다시 만나고 싶다고 말할 때 역시 마음속으로는 딴판일 것이다. 왜냐하면 물론 사랑하는 사람은 짧은 시일만 참게 되기를 바라지 않고서는, 다시 만나는 날을 생각하지 않고서는 떨어져 사는데 견딜 수 없기는 하나, 또 한편으로는 차츰차츰 가까워지면서도 끊임없이 연기되어 가는 만남을 날마다 몽상하는 편이, 나중에 시새움이 따를지도 모르는 현실의 만남보다 얼마간 덜 괴롭지 않을까 느끼기 때문에, 사랑하는 여인을 다시 만나게 될 거라는 소식이 그다지 달갑지 않은 충격을 주는 것이다. 그렇게 되고 보면 나날이 미루어 가는 건, 떨어져 있기 때문에 생기는 견디지 못할 불안의 결과가 아니고, 돌파구 없는 감동의 무시무시한 되풀이이다. 현실에서 사랑해 주지 않는 여인이, 몽상 속에서는 우리가 홀로 있을 때, 반대로 사랑의 속내 이야기를 해주는, 몽상에서 뜻대로 갖추어 가는 다루기 쉬운 회상 쪽이 실제의 만남보다 얼마나 더 좋은가! 우리가 원하는 말을 마음대로 시키지 못하게 된 여인, 새로운 쌀쌀함과 뜻하지 않은 억지를 우리에게 퍼부을지도 모르는 여인과 우리가 할 연기된 대화보다, 허다한 소망을 조금씩 섞어 가면서 바라는 그대로 아기자기하게 만들 수 있는 회상 쪽이 얼마나 더 좋은가! 사랑하지 않게 되자, 망각과 어렴풋한 회상이, 불행스러운 사랑에 열중하고 있을 때만큼 심한 고통을 일으키지 않음을 우리는 다 안다. 내가 그런 줄 모르고서 미리 선택한 것이 그런 망각의 잔잔한 안정이었다.

게다가 심리적인 격리와 고독의 이런 요법의 괴로움은 또 하나의 이유로 차차 덜해 간다. 그런 요법은, 그 괴로움이 치유될 때까지 사랑이라는 고정관념을 약화시키기 때문이다. 나의 사랑은 질베르트의 눈앞에서 나의 위신을 모조리 되찾고 싶어할 만큼 아직도 상당히 강하였다. 그 위신은 나의 고의적인 격리에 의하여 점점 더 커 가는 듯이 생각되었다. 따라서(귀찮은 인간이 간섭만 하지 않는다면), 다음에서 다음으로, 중단 없이, 시효도 없이 계속되는 나날, 그녀를 만나지 않는 고요하고도 슬픈 나날은 헛된 것이 아니라 소득이 있는 날들이었다, 결국 무익한 소득이지만. 왜냐하면 오래지 않아 나는 치유됐다는 선언을 받을 테니까. 습관의 한 양상인 단념은 어떤 유의 힘을 가없이 증가시킨다. 질베르트와의 사이가 틀어진 첫날 저녁 비애를 견디려고 했던 그처럼 빈약한 나의 힘은, 그 후 한없는 기운을 갖게 되었다. 단지, 언제나 길게 뻗어나간다고 생각되는 경향도 때때로 갑작스러운 충격에 끊어지는 수가 있는데, 우리는 며칠 동안 몇 달 동안 참아 왔는가를, 앞으로도 참을 수 있는가를, 알고 있으면 있을수록 자신의 불성실을 부끄러워 않고, 이 일시적 충격에 굴복한다. 또 흔히, 절약해 모은 푼돈으로 지갑이 불룩해져 갈 때, 단번에 죄다 탕진해 버린다. 이미 버릇이 돼 버리면, 그 결과를 기다리지 않고 치료를 그만둔다. 어느 날 스완 부인이 입버릇처럼 하는 말, 질베르트가 당신을 만나 볼 것 같으면 얼마나 기뻐할까라는 말을 다시 나에게 되풀이하면서, 이미 오래 전부터 내가 포기해 온 행복을 내 손이 미치는 곳에 놓아 주었을 때, 나는 그 행복을 맛보는 게 아직 가능함을 알고 깜짝 놀랐다. 내일을 기다리기가 힘들었다. 저녁 식사 전에 질베르트를 느닷없이 찾아가자고 나는 금세 결심하였다.

다음에 오는 만 하루를 참아 내는 데 도움이 된 것은 내가 세운 새로운 계획이었다. 모든 걸 잊고 질베르트와 화해하고 난 바에야, 애인으로밖에는 그녀를 만나지 않으리라. 그녀는 날마다 이승에서 가장 아름다운 꽃을 나에게서 받으리라. 또 스완 부인이, 지나치게 엄한 어머니가 될 권리야 없지만 날마다 꽃을 보내는 것을 나에게 허락하지 않기라도 한다면, 보다 값진 선물을 찾아내 덜 자주 보내자꾸나. 나의 양친은 값진 물건을 살 만큼의 돈을 나에게 준 일이 없었다. 생각해 낸 것은 레오니 고모로부터 물려받은 옛 중국의 커다란 꽃병, 어머니께서 날마다 예언하기를, 어느 때이고 프랑수아즈가 달려와서 "마침내 자리를 뜨고 말았습니다" 하고 말하여, 가뭇없이 될 거라고 말해 온 그 꽃병이었다. 그렇다면 차라리 팔아버려, 질베르트를 될 수 있는 데까지 기쁘게 해주는 편이 슬기롭지 않겠는가? 천 프랑은 받을 거라고 생각되었다. 나는 그것을 포장시켰다. 습관의 탓으로 이제껏 그것을 유심히 본 일이 없었는데, 그것을 내놓은 마당에는 적어도 그 값어치를 알게 된다는 이익이 있었다. 스완네 집으로 가기 전에 그 꽃병을 들고 나와, 마차몰이 꾼에게 스완네 집에 가자고 이르면서, 샹 젤리제를 거쳐 가라고 일렀다. 그 모퉁이에 아버지가 단골로 드나드는, 중국 골동품상이 있었다. 매우 놀랍게도 골동품상은 즉석에서 꽃병 값으로 천 프랑이 아니라 만 프랑을 주었다. 나는 넋을 잃고 그 지폐를 움켜쥐었다. 1년간 매일 질베르트를 장미와 라일락으로 만족시킬 수 있겠구나. 상점에서 나와 마차에 다시 올라타자, 스완네 사람들이 부아 근처에 살고 있기 때문에, 몰이꾼은 당연히 여느 때의 길을 통하지 않고 샹 젤리제의 큰길을 내려갔다. 이미 베리 거리의 모퉁이를 지나쳤을 때, 스완네 집 근처에서 집과는 반대 방향으로 멀어지면서, 질베르트가 느릿느릿하지만 침착한 걸음걸이로, 어느 젊은이와 나란히, 그 젊은이의 얼굴은 분간 못 했지만 함께 이야기하면서 걸어가는 것을 황혼 속에 언뜻 본 듯싶었다. 나는 마차를 멈추게 하려고 몸을 일단 일으켰다가, 금세 주저했다. 이미 두 산책자는 약간 멀어져, 그 느릿느릿한 산책이 긋는 두 줄의 부드러운 평행선은, 점점 엘리젠(옮긴이: élyséene, 그리스 신화에 나오는 '극락 세계의'라는 형용사. 샹 젤리제 큰길을 신화화한 것)의 희미한 어둠 속으로 녹아들어 가고 있었다. 이윽고 나는 질베르트의 집 앞에 이르렀다. 스완 부인이 나를 맞았다. "어쩌나! 질베르트가 섭섭해 하겠네" 하고 부인은 나에게 말했다. "집에 있지 않고 왜 나갔는지 모르겠네. 아까 돌아오더니 학교 강의가 아주 더웠다고 말하면서, 여자 친구 하나와 같이 바람 좀 쐬고 오겠다고 말하더군요." ─ "따님을 샹 젤리제 큰길에서 언뜻 본 것 같아요." ─ "그 애가 아닐 거예요. 어쨌든 애 아버지한테는 말씀 마세요, 이런 시각에 그 애가 외출하는 걸 좋아하지 않으니까. 그럼 'Good evening.'" 나는 나와서, 몰이꾼에게 오던 길을 되돌아가자고 일렀다. 그러나 두 산책자를 찾아내지 못했다. 어디에 갔을까! 저녁에, 그토록 절친한 모습으로, 도대체 뭘 소곤대고 있었을까?

나는 실망과 더불어 만 프랑을 안고서 집에 돌아왔다. 뜻밖의 큰 돈으로 질베르트를 아기자기하게 기쁘게 해 줄 수 있으려니 생각했는데, 이제는 그녀를 두 번 다시 만나지 않겠다고 결심하였다. 그야 물론, 중국 골동품상에 들렀을 때는, 앞으로 그녀가 나에게 만족해 하며 감사해 하여 만나 줄 거라는 희망을 가지면서 기뻐했었다. 그러나 만약에 내가 거기를 들르지 않았다면, 마차가 샹 젤리제 큰길로 접어들지 않았다면, 질베르트와 그 젊은이를 못 만났을지도 모른다. 이처럼 같은 사실에서 반대쪽으로 가지가 뻗어나가 불행이 생기고 그때까지의 행복을 없애 버리는 일이 있다. 나에게는 흔히 생기는 예와는 반대로 일어났다. 흔한 예로 사람은 기쁨을 바라 마지않지만, 그것을 손 안에 넣으려면 물질적 조건이 부족하다. '막대한 재산 없이 사랑을 한다는 건 괴롭다'고 라 브뤼예르도 말했다. 보통은 이 기쁨에 대한 욕망을 조금씩 소멸시켜 나가는 수밖에 없다. 나의 경우는 그와 반대로, 물질적인 조건을 획득했으나, 동시에 논리적 결과라고는 못 할망정, 적어도 첫 성공의 우연한 결과 때문에, 기쁨이 도망가고 말았던 것이다. 그 위에, 기쁨은 언제나 우리에게서 도망가는가 보다. 하기야 보통, 기쁨을 누릴 수 있는 것을 얻은 첫날밤은 그렇지 않다. 많은 경우, 얼마 동안은 계속해 무척 노력하고 희망을 건다. 그러나 행복은 영영 실현되지 않는다. 여러 경우를 겨우 극복해도, 자연은 싸움을 바깥에서 안으로 옮겨 점점 우리의 마음을 변하게 하여서 이제 막 소유하려는 것과는 다른 것을 탐하게 한다. 또 사태의 급변이 어쩌나 급속한지 우리의 심정이 변할 틈이 없더라도 자연은 그 점에 단념하지 않고, 여전히 뒤늦은, 보다 교묘한, 또한 매한가지로 유효한 방법으로 우리를 정복하려 대든다. 그러한 마지막 순간에 우리에게서 행복의 소유권을 채 간다. 아니 오히려 자연의 악마적인 속임수에 의해서 행복을 파괴하는 소임을 맡고 있는 것은 바로 이 소유권이다. 행위와 삶의 온 영역에 걸친 좌절을 가져다 준 끝에 자연이 만들어 내는 것은, 행복의 결정적인 불가능성, 행복의 심리적인 불가능성이다. 행복이라는 현상은 생기지 않거나, 또는 더 가혹한 반동을 야기하거나 한다.

나는 만 프랑을 호주머니에 간직했다. 이제는 아무 소용이 없는 금전이다. 게다가, 날마다 질베르트에게 꽃을 보내는 것보다 더 빨리 나는 그 돈을 써 버렸는데, 저녁이 닥쳐올 때마다 집에 그대로 있을 수 없을 만큼 비참한 생각이 들어, 좋아하지도 않는 여인들의 팔 안에 울려고 가곤 하였기 때문이다. 어떻게 해서든지 질베르트를 즐겁게 하려고, 내가 이제 바라지 않는 지금에 와서, 질베르트의 집에 다시 간다는 것은 자신만 괴롭히는 노릇밖에 되지 않을 것이다. 질베르트를 만나는 것은 어제만 해도 참으로 즐거웠을지 몰라도 이제는 만나는 것만으로는 족하지 않을 것이다, 온 시간을 그녀의 곁에 있지 않고서는 불안할 테니까. 한 여인이 아주 새로운 고뇌를 남성에게 줌으로써, 흔히 그런 줄 모르고서, 남성에 대한 자신의 세력을 늘리고, 동시에 남성의 마음에 여인에 대한 강한 욕구를 늘린다. 이런 해악을 우리에게 입힘으로써, 여인은 남성을 더욱더 농락하고, 더 강하게 속박하고, 동시에 남성도 이제껏 졸라매 놓은 것으로 안도감을 느껴 온 쇠사슬을 두겹 세겹으로 여인의 몸에 친친 졸라매게 된다. 아직 어제만 해도, 질베르트를 귀찮게 하는 줄 여겼다면 드물게 만나기를 청하는 것으로 나는 만족하였을 것이다. 그러나 이제 와서는 그 정도로는 만족하지 않고, 그 대신에 다른 조건을 내세웠을 것이다. 왜냐하면 이런 점에서 정반대되는 것은 사랑과 전쟁인데, 싸움이 일어난 후에, 상황이 더 싸움을 계속하지 않을 수 없는 경우엔, 지면 질수록 뒤싸움은 격렬해지고 악화되어 간다. 하지만 질베르트에 관한 나의 경우는 그렇지 않았다. 그러므로 나는 우선 그녀의 어머니 집에 다시 가지 않는 편이 낫다고 생각하였다. 물론 나는 계속해 생각하고는 있었다, 질베르트가 나를 사랑하지 않고 있다, 만나고 싶지 않으면 세월이 흘러감에 따라 그녀를 잊을 수 있다고. 그러나 이런 생각은, 어느 요법이 어떤 전환에 효력을 나타내지 못하듯이, 샹 젤리제 큰길을 느릿느릿한 걸음걸이로 멀어져 가는 질베르트와 젊은이의 두 줄의 평행선에 대해선 아무런 효능도 없어서, 몇 번이고 눈앞에 떠오르곤 하였다. 이 역시 하나의 새로운 탈로 나날이 약해질 것이다. 이를테면 하나의 새로운 심상으로, 언젠가는, 그것이 품고 있는 해로운 모든 요소가 말끔히 정화되어, 나의 정신에 나타날 것이다, 위험 없이 다루는 맹독이나, 폭발의 걱정 없이 담배에 불붙일 수 있는 소량의 화약처럼. 그러는 동안에도 나의 내부에는, 그 황혼 속의 질베르트의 산책을 여실히 상기시키는 해로운 힘과 온 능력을 기울여 대항하는 또 하나의 힘이 있었다. 다시 말해, 내 기억의 되풀이된 습격을 무찌르려고, 상상이 반대 반향으로 유효하게 작용하고 있었던 것이다. 이 두 가지 힘 중, 첫번째의 힘, 기억은, 물론 샹 젤리제 큰길의 그 두 산책자의 모습을 계속해서 내 머리에 떠오르게 하며, 겸해서 과거로부터 꺼내 온 불유쾌한 다른 심상, 예컨대 질베르트가 그 어머니에게서 나와 함께 집에 남아 있으라고 부탁받았을 적에 어깨를 으쓱 추켜세우던 모습 따위를 머리에 떠오르게 하였다. 그러나 두번째의 힘, 상상은 내 희망의 화포 위에서 작용하면서, 요컨대 매우 한정된 비약한 과거보다 훨씬 즐거운 전개를 가진 미래를 그려 내고 있었다. 질베르트의 그 뽀로통한 얼굴을 기억 속에서 다시 보는 한순간에 비하여, 그녀가 솔선하여서 우리 두 사람의 화해, 필시는 혼약까지 맺으려 나올지도 모른다고 궁리하는 시간이 얼마나 더 많았는가! 상상이 미래 쪽으로 돌리고 있는 이 힘 역시, 상상이 과거 안에서 퍼내고 있는 것은 사실이다. 질베르트에 의해서 두 어깨가 추켜세워진 나의 슬픔이 사라짐에 따라, 그녀의 매력에 대한 추억, 그녀를 내 쪽으로 다시 오게 하고 싶어한 추억도 역시 엷어질 것이다. 그러나 그런 과거의 죽음을 만나려면, 아직 앞이 요원하였다. 나는 미워해야 할 여자를 사실상 여전히 사랑하고 있었다. 남들이 나한테 머리 모양이 매우 좋다든가, 안색이 좋다고 말할 때마다, 나는 그녀가 그 자리에 있었으면 하였다. 그 무렵에 여러 사람들이 나를 초대하고 싶다는 뜻을 표해 오는 것이 성가셔서 초대한 집에 가기를 거절했다. 봉탕 부처가 그 무렵 아직 어린 소녀에 지나지 않던 조카딸과 함께 참석하기로 되어 있는 공식 연회에, 내가 아버지를 따라가지 않기 때문에, 집에서 한바탕 입씨름이 일어나기도 했다. 인생의 갖가지 시기는 그처럼 서로 중복된다. 오늘 아무런들 어떠랴만 내일 사랑하게 될 여인과의 만남을, 현재 사랑하고 있지만 앞으로 언젠가는 아무런들 어떠랴 할 여인 때문에, 건방지게 거절한다. 그때 만나는 것을 승낙했다면, 필경 좀더 빨리 나중 여인을 사랑하게 되었을지도 모른다. 따라서 다른 괴로움이 그 대신 들어설 것이 뻔하나 적어도 당장의 괴로움은 줄어들었을 것이다. 나의 괴로움은 점점 변화해 가면서 줄어들어 갔다. 나 자신의 밑바닥에서, 어느 날은 어느 감정, 다음날에는 다른 감정을 알아차리고 깜짝 놀랐다. 그것은 보통, 질베르트에 관한 어떤 희망 또는 어떤 두려움에 의해 느껴지는 감정이었다. 내 몸 가운데 내가 지니고 있는 질베르트에 관한 것이었다. 나는 다음과 같이 생각하지 않으면 안 되었을지도 모른다, 즉, 또 하나의 현실의 질베르트는 아마도 이런 질베르트하고는 전혀 다른 것이다, 내가 자기에게 두고 있는 미련을 전혀 모를 것이다. 내 생각을 한다 해도, 내가 자기를 생각하는 정도와는 비교도 안 될 만큼 적을 뿐만 아니라, 내가 스스로 만들어 낸 가공의 질베르트와 마주 대하여 오직 혼자서, 나에 대한 그녀의 진의는 무엇일까 궁리하다가, 결국 주의를 줄곧 내 쪽으로만 기울이고 있는 그녀를 상상하면서, 그런 그녀에게 나를 생각하게 하는, 그 정도에 비하여 현실의 그녀는 거의 나를 생각하고 있지 않을 것이라고.

  슬픔이 약해지면서 질질 끄는 이런 시기 동안에 상대방 여인 자신에 대한 끊임없는 생각에서 비롯하는 슬픔과 어떤 추억, 예컨대 여인이 우연하게 입 밖에 낸 심술궂은 언사라든가, 받은 편지에 써 보내온 구절이 상기시키는 슬픔을 구별해야 한다. 슬픔의 다양한 형태에 대해서는 금후에 일어나는 사랑의 기회에 묘사하기로 하고, 우선, 이 두 가지의 슬픔 중에서 첫번째 것이 두번째 것보다 훨씬 덜 잔혹하다고만 말하겠다. 그 이유는 우리 마음 안에 늘 살고 있는 여인에 대한 관념이, 우리가 지체없이 여인에게 씌우는 후광으로 아름다워지면서 마음속에 자주 즐거운 희망을 일으키지는 않는다 해도, 최소한 잔잔한 영구적인 슬픔의 자국을 새기기 때문이다(그 위에 주목할 점은, 어떤 질병에서 그 원인이, 계속되는 열이나 회복의 완만과는 동떨어진 데 있듯이, 우리를 괴롭히는 여인의 심상이 사랑의 슬픔을 더하게 하며, 질질 끌어 낫지 못하게 하는 여러 병발적 현상과 거의 관계없다는 것이다). 그러나 우리가 사랑하는 여인에 대한 관념이 보통 낙관적인 지성의 반영을 받는 일은 있어도, 그 심술궂은 언사나 적의를 담은 편지(질베르트한테서 단한번밖에 그런 편지를 받지 못했다) 같은 특별한 추억일 경우엔 그렇지 않다. 말하자면, 여자 그 자체는, 매우 국한된 그런 특수한 추억의 단편 속에, 더구나 우리가 여자의 보편적 관념을 전체적으로 여자에게서 만들어 내는 경우보다 월등한 힘을 가지고 존재한다고나 할 수 있다. 편지일 경우, 우리는 이것을 사랑하는 여자의 영상처럼, 그리움을 안고, 조용하고 차분히 바라볼 수는 없다. 뜻하지 않은 불행의 예감이 무서운 불안이 되어 가슴을 죄는 가운데, 우리는 편지를 열심히 읽는다. 이런 유의 슬픔의 형성은 다른 것인데, 외부로부터 우리에게 오고, 또 우리 마음속까지 들어오는 것은, 보다 잔혹한 괴로움의 길을 통해서이다. 우리가 예전 그대로의 모습인 줄 여기는 여인의 심상도 실제로는 우리 스스로 몇 번이고 다시 만들어 낸 것이다. 잔혹한 추억 쪽은, 다시 만들어 낸 심상과는 동시대가 아니라 다른 연대에 속하고, 잔혹한 과거의 한때를 속속들이 아는 드문 목격자들 중의 하나이다. 그러나 그런 과거는 — 과거를 뭇사람이 화해하는 낙원, 으리으리한 황금시대로 바꾸고 싶은 마음이 드는 경우를 빼놓고 — 계속해 존재하기 때문에 앞서 말한 그 특별한 추억, 그 편지 따위는 우리를 현실로 돌아오게 하고 그것에 따르는 갑작스러운 고통을 통해, 날마다 당치 않은 기대 속에 살아가는 동안에 우리가 얼마나 현실에서 멀어졌는가를 감지시킬 것이다. 그렇다고 해서, 그런 현실이 언제까지나 같은 모양으로 머물러 있는 것은 아니다. 하기는 이따금 그런 일이 일어나지만. 우리의 일생 중, 우리가 다시 만나려고 애쓴 적이 없으며 상대방 역시, 조금도 고의가 아닌 우리의 침묵에, 같은 침묵으로 아주 자연스럽게 응하는 여인이 다수 있다. 단지, 우리는 그런 여인들을 사랑하지 않았으므로 그녀들로부터 멀리 지낸 세월을 셈 속에 넣지 않았을 따름이다. 이 보기는, 앞서 말한 뜻을 약하게 할지도 모르지만, 우리가 고독의 효력에 관해 따질 때, 흔히 등한히 하기 쉽다, 예감을 믿는 사람이 예감이 맞지 않는 경우를 모조리 등한히 하듯이.

그러나 요컨대, 멀리 떨어져 있다는 것은 효력을 볼 수 있다. 다시 만나고 싶은 소망, 욕망이 현재 우리를 무시하는 상대방의 마음 속에 생기고 만다. 단지 시일이 걸릴 뿐이다. 그런데 시일에 관한 우리의 요구는, 마음의 변화에 관한 요구 못지않게 엄청나다. 우선 시일을 기다린다는 게 바로 쉬운 노릇이 아니므로 괴로움이 심해서 끝장보기를 서두르기 때문이다. 다음, 상대방의 마음이 변하기에 필요한 시일은, 우리 마음 역시 변하기에 그것이 필요하다. 따라서 우리가 세운 목적이 쉽사리 달성될 수 있을 때에, 그것이 이미 우리의 목적이 아닐 경우가 있다. 그 위에, 목적을 쉽사리 달성할 수 있을 것 같으나, 달성해도 그것이 자기에게 행복을 가져다주는 것이 아닐 때엔 행복이 아니다 하는 생각은, 일부의, 단지 일부만의 참을 포함한다. 행복은 우리가 그것에 무관심하게 되었을 때에 온다. 그러나 바로 그 무관심이 우리로 하여금 요구를 적게 만들어, 만일 이 행복이 그것이 매우 부족한 듯이 생각되던 시기에 와 주었다면 얼마나 좋았으랴 하고 회고하여 그렇게 여기게 한다. 인간이란 자기가 조금도 걱정하지 않는 것에 대해선 별로 까다롭지도 않고, 그다지 좋은 판단도 안 한다. 우리가 이미 사랑하지 않는 여인의 친절은, 그것이 우리의 무관심에 비해 과분하게 될망정, 우리의 애정을 일으키기엔 어림도 없을 것이다. 다정한 말, 밀회의 요청, 뿐더러, 그 뒤에 즉시 보여 주기를 바라 마지않았을 모든 것, 바라 마지않는 갈망 때문에 방해되어 생기지 않았던 것인지도 모르는 모든 게, 이전에 실현되었더라면 얼마나 기뻤으랴 생각한다. 따라서 우리가 그걸 즐길 수 없게 되었을 때에, 사랑하지 않게 되었을 때에, 뒤늦게 오는 행복은, 전에 그것이 없어서 우리가 그토록 참혹하던 그 행복과 똑같은 건지 확실하지 않다. 단 하나의 인간이 그 행복이 같은 건지 결정할 수 있을 것이다. 그 당시의 자아이다. 그런데 그 자아는 우리와 함께가 아닌 지 오래다. 그리고 예전과 동일한 것이거나 아니거나, 이런 행복이 사라지기엔, 이 자아가 다시 나타나기만 하면 족할 것이다.

뒤늦게 올, 그리고 그것에 내가 그다지 흥미를 느끼지 않게 될 꿈의 실현을 미래에 두고, 한편 내가 질베르트를 거의 몰랐던 시절처럼, 그녀가 내게 용서를 빌며, 나밖에 사랑하지 않았노라 고백하며, 결혼해 달라고 청해 오는 말과 편지를 지어 내곤 한 힘으로, 끊임없이 다시 만들어지는 일련의 감미로운 심상이, 이젠 아무런 활력도 없게 된 그 질베르트와 젊은이의 환상을 물리치고 내 마음속에 큰 자리를 차지하게 되었다. 이대로 갔다면 아마 나는 스완 부인한테로 돌아갔을 것이다. 그런데 나는 어떤 꿈을 꾸었다. 그것은 내 친구 중의 하나, 그렇지만 잘 모르는 사이의 하나가 나를 크게 오해한데다가, 내가 그를 오해하고 있는 줄로 여기고 있는 꿈이었다. 이 꿈에서 비롯하는 고통 때문에 갑작스럽게 깨어나, 아직 고통이 계속되는 것을 알고는 꿈을 다시 생각하며, 잠 속에서 본 친구가 누구였는지 생각해 내려고 애써 보았으나, 그 스페인풍의 이름은 이미 분명하지가 않았다. 요셉 같기도 하고 파라오 같기도 했는데, 드디어 나는 꿈을 판단하기 시작했다. 꿈을 판단하는 데 대개는 꿈속 인물의 외양을 참작하지 말아야 한다는 걸 나는 알고 있었다. 무식한 고고학자가, 어떤 성인의 몸 위에 다른 성인의 머리를 올려놓고, 그 고유성과 이름을 혼동하면서 수복한, 대성당의 파손된 성자들처럼, 꿈속 인물은 변장되거나 얼굴이 바뀌지거나 한다. 꿈속 인물의 고유성과 이름이 우리를 속일지도 모른다. 우리가 사랑하는 여인도 꿈에서는 단지 몸에 느껴지는 고통의 힘으로 알아차려질 것이다. 나의 수면 중에 젊은이로 나타나 부당한 오해로, 깨어난 나를 아직 괴롭히고 있는 인물은, 질베르트인 것을 나는 내 꿈으로부터 알았다. 그녀를 만난 마지막 날, 그 모친이 댄스 파티에 못 가게 하였을 때에, 진심으로 또는 가장으로, 야릇한 모습으로 웃으면서, 그녀에 대한 나의 선의를 믿는 것을 거부했던 일을 생각해 냈다. 연상에 의해, 이 추억은 나의 기억 속에 또 하나의 추억을 가져왔다. 오래 전, 나의 성의, 내가 질베르트의 좋은 벗인 것을 믿지 않으려고 했던 이는 스완이었다. 보람 없이 그에게 편지를 써 보내고 질베르트가 나의 편지를 가져와서, 똑같은 그 불가해한 웃음과 더불어 나의 손에 돌려주었다. 그녀는 그것을 당장 돌려주지 않았다. 그 월계수 덤불 위의 정경이 환하게 머리에 떠올랐다. 사람은 불행하게 되면 도덕적이 된다. 나에 대한 질베르트의 현재의 반감은, 그날 내가 그런 짓을 했기 때문에 이제 와서 삶이 내린 벌처럼 생각되었다. 그런 벌을, 사람은 길 건널 때 마차에 주의하거나 위험물을 피하거나 함으로써 피하는 줄 여긴다. 그러나 내부에서 오는 벌이 있다. 사고는 뜻하지 않았던 쪽에서 온다, 내부에서, 마음속에서. '좋다면 좀더 싸워도 좋아'라고 질베르트가 한 말은 나를 소름끼치게 했다. 샹 젤리제 큰길에서 함께 가는 걸 내가 목격했던 그 젊은이와, 아마도 그녀 집의, 내의류 두는 방에서, 그런 짓을 하고 있을 그녀를 상상했다. 그러므로 (얼마 동안) 내가 행복 속에 태연히 복거(卜居)해 왔다고 생각한 것도 미련하였거니와, 마찬가지로, 행복하게 되기를 단념한 지금, 적어도 마음이 편해지고, 앞으로도 그대로 편할 거라고 확신하려고 애쓰는 것도 미련한 짓이었다. 왜냐하면 우리 마음이 영원토록 남의 심상을 넣어 두고 있는 이상 끊임없이 깨어질지도 모르는 것은 단지 우리의 행복뿐만 아니라, 그 행복이 사라지고, 고통을 겪고 나서, 그 고통을 겨우 잠재울 때, 행복의 경우와 마찬가지로 우리를 속이고 덧없이 변하는 것은, 그 안정이다. 나는 마침내 안정을 되찾았다, 그도 그럴 것이, 우리의 정신 상태를, 욕망을 변형시키면서, 꿈을 기화로 우리 정신에 들어온 구름 역시 점점 개어 가기 때문이다. 영속과 지속이 보증되는 건 하나도 없다. 고통도 마찬가지이다. 그리고 사랑 때문에 괴로워하는 자, 어떤 병자에 대해 흔히 말하듯, 그들 자신이 자기 병을 고치는 의사이다. 위안은 고통의 원인이 된 이로부터밖엔 오지 않으며, 그 고통은 그 사람의 방사물이어서, 치료를 찾아내는

138

곳은 고통 속이다. 어느 시기가 오면, 고통 스스로가 혼자서 위안을 발견한다. 그도 그럴 것이, 사랑에 고민하는 이가 마음속으로 갖가지 고통을 겪음에 따라, 고통이 그에게 그리워하는 여인의 다른 모습을 보여 주기 때문인데, 어떤 때는 어찌나 가증스러운지, 그녀와 함께 즐기기 전에 우선 괴롭혀 줘야겠다고 생각해, 만나고 싶지 않기도 하고, 어떤 때는 어찌나 그리운지, 그리움에 그리움이 더해 가서, 자신이 외곬으로 그녀를 원하는 게 당연하다고 생각하기도 한다. 그러나 내 마음속에 되살아난 고통이 결국 가라앉기는 하여도 소용없었다. 이제는 스완 부인네 집에 드물게밖에 가지 않겠다고 마음먹었던 것이다. 왜냐하면 우선 실연한 이의 심중에, 끊임없이 뭔가를 기다리면서 살아가는 기대의 정이―스스로 깨닫지 못해도―스스로 변해, 보기에 동일하지만, 첫번째 상태에 뒤이어 그와 정반대인 두번째 상태를 나타내는 일이 있기 때문이다. 첫번째 상태는 우리 마음을 뒤흔들어 놓은 비통한 사건의 계속이며, 반사다. 그때에, 사랑하는 여인한테서 아무런 소식도 오지 않으면, 이쪽 자신이 교섭해 보고 싶어지고, 또 첫 교섭이 한번 잘못되면, 필경 다른 교섭도 착수하지 못할 것 같아 첫 교섭으로 어느 정도 성공할는지 잘 모르기 때문에, 뭔가 일어날지 모른다는 기대에는 그만큼 두려움이 섞인다. 그러나 오래지 않아, 알아차리지 못하는 사이에 원하여 온 기대는, 앞서 말한 바와 같이, 우리가 겪어 온 과거의 추억에 의해서가 아니고, 공상하는 미래에 대한 희망에 의해서 결정된다. 그때부터 기대는 거의 즐거운 것이 된다. 그러고 나서 첫 상태가 계속되면서 우리를 기대 속에 사는 데 익숙하게 한다. 마지막 만남 동안에 느꼈던 쓰디쓴 괴로움이 아직 우리 심중에 남아 있으나, 이미 그건 졸고 있다. 지금 우리가 뭘 구하는지 잘 안 보이는 만큼, 괴로움을 깨우려고 서두르지 않는다. 사랑하는 여인을 좀더 많이 소유하고픈 욕심은, 우리가 소유 못 하는 부분을 더 필요하게 할 뿐이고, 우리의 욕구는 만족을 바라는 데서 생기는 이상, 그런 부분은 기어코, 뭔가 환원되지 않는 것으로 되어 남을 것이다.

그 후 마침내 마지막 이유가 덧붙여져, 나는 스완 부인을 완전히 방문하지 않게 되었다. 뒤늦게 온 그 이유란, 내가 질베르트를 더욱 잊어버렸다는 게 아니라, 질베르트를 더 빨리 잊고자 애썼다는 것이었다. 물론 내 크나큰 괴로움이 끝나고 나서부터, 스완 부인네 집을 찾아가는 게 내 심중에 남은 슬픔을 위해 진통제도 되고 기분전환도 되었다. 또 이 두 가지 작용은 처음에는 내게 매우 귀중한 것이었다. 그러나 전자에 유효한 이유는 동시에 후자에 지장을 주었다. 곧, 그 방문에 질베르트의 추억이 촘촘히 섞여 있었다. 기분전환이라 하지만 질베르트의 현실 모습에 이젠 생기를 돋우지 못하는 감정, 질베르트와 아무 관계도 없는 사고, 흥미, 열정과 싸우는 기분전환이 아니었다면, 내게는 소용 없는 것이었을 것이다. 사랑하는 여인과 관계 없는 그런 의식의 뭇 상태는 그런 투로 들어와서 한 자리를 차지한다. 그것이 처음에 아무리 작은 자리일망정, 그때까지 영혼 전체를 차지해 온 연정에서 그만큼 자리를 빼앗은 셈이 된다. 그러한 사고를 기르고 자라게 애써야 한다. 그러는 동안, 감정이 이제 추억에 지나지 않게 되어서 쇠한다. 이렇게 해서 새로운 여러 요소가 정신 속에 들어와서 그 감정과 싸워, 점점 더 영혼의 자리를 앗아, 드디어 온 자리를 차지하게 된다. 나는 이거야말로 연정을 죽이는 유일한 방법이구나 생각하였다. 그리고 그것을 꾀할 만한, 또 아무리 시간이 걸려도 성공하고 말겠다는 확신에서 생기는 거라면 가장 잔혹한 고통마저 겪을 만한 젊음과 용기가 아직 내게 있었다. 지금 질베르트에게 써 보내는 편지에서 만나고 싶지 않은 이유로 내가 삼은 건, 그녀와 나 사이에, 뭔가 수수께 끼 같은, 완전히 가공적인 오해를 만들어 내, 그걸 암시하는 따위였다. 동시에 질베르트 쪽이 먼저 그것에 대한 설명을 청해 오기를 바라 마지않았다. 그러나 실상은, 가장 하찮은 서신 왕래에서마저, 상대방이 항의하도록 일부러 흐리멍덩한, 거짓의 비난 비슷한 글 귀가 씌어 있음을 알고 나서, 자기 쪽이 거래의 선수를 잡았노라 ― 쥐었노라 ― 기꺼워하는 수신자가 설명을 애원해 오는 일이란 매우 드문 법. 하물며, 사랑이 지극히 구변 좋고, 냉정을 꼬치꼬치 캐지 않는 가장 다정스러운 서신 왕래에서야 당치도 않다. 질베르 트는 꾸며 낸 오해를 의심하려고도 하지 않고 알려고 애쓰지도 않 았다. 그러다가 그것이 나로선 어떤 현실성을 띤 것이 되어 편지 쓸 적마다 그것을 언급하였다. 잘못 취한 이런 입장이나, 꾸민 냉 정의 태도에는 그것을 고집부리게 하는 마력이 있다. 질베르트한 테서 '그럴 리 없어요, 둘이서 잘 생각해 봅시다' 하는 대답을 받 으려고, '우리 둘의 마음이 맞지 않은 이후부터는'이라는 글귀를 너무나 쓴 탓으로, 드디어 나는 우리 둘의 마음이 실상 맞지 않는 것으로 확신하기에 이르렀다. '아니에요, 하나도 변하지 않았어 요, 이 정은 전보다 더 강해졌어요'라고 그녀가 말하는 걸 끝내 듣 고 싶은 마음에, '삶은 우리에 대하여 변했는지 모르오나, 우리 둘 이 품은 정을 지우지는 못할 것이옵니다'라고 늘 되풀이한 탓으 로, 삶이 실상 변해 버려, 우리 둘은 이미 사라진 정의 추억만을 간 직하게 될 거다, 하는 관념과 더불어 살게 되었다. 마치 신경질적 인 자가 병자인 체하다가 드디어 정말 병자가 되어 버렸듯이. 이제 는 질베르트에게 편지를 쓸 때마다, 공상으로 꾸며 낸 이 변화를 참조하였다. 질베르트는 답장에서 이 변화 문제에 계속해 침묵을 지키고 있어서, 차후로 그것이 암암리에 인정되어, 두 사람 사이에 존속해 나갈 성싶었다. 그러다가 질베르트는 묵인을 고집하지 않았다. 그녀 자신도 내 견해를 채택했다. 그리고 공식 연회의 축사에서, 초청한 국가원수가 막 사용한 어구를, 초청된 국가원수가 그대로 조금씩 빌려 말하듯, 내가 질베르트에게 '인생은 우리 둘 사이를 떼어 놓았는지는 모르오나, 우리 둘의 마음이 서로 통하던 시절의 추억은 남을 것입니다'라고 써 보낼 때마다, 그녀는 또박또박, '인생은 우리 둘 사이를 떼어 놓았는지는 모르오나, 우리 두 사람에게 영원토록 그리울 좋은 시절을 망각시키지는 못하겠지요'(왜 '인생'이 우리 두 사람을 떼어 놓았는지, 어떤 변화가 일어났는지 말하라고 하면 둘 다 당황했을 것이다)라고 대답했다. 나는 이제 그다지 괴로워하지 않았다. 그렇지만 어느 날 그녀에게 보내는 편지 중에서, 샹 젤리제의 보리과자 장수 할머니의 죽음을 알았노라고 말하면서, '이 소식에 당신은 가슴 아파하셨을 것입니다. 나는 이 소식에 갖가지 추억이 소용돌이쳤습니다'라는 말을 막 쓰고 난 나는, 살아 있는 것으로, 적어도 되살아날 수 있는 것으로 마지못해 계속해 생각해 온 그 사랑을, 마치 이미 망각해 버린 죽음에 관한 것처럼 과거형으로 내가 말하고 있는 것을 깨닫고는 넘치는 눈물을 막을 길 없었다. 다시 만나려는 의사가 없는 친구 사이의 서신만큼 눈물겨운 것도 따로 없다. 질베르트의 편지는, 내가 무관심하게 된 이들에게 쓰는 편지와 같은 섬세함이 있는 동시에, 비슷한 가식적 애정 표시를 내게 주었는데, 그녀한테서 그런 것을 받는 게 나로선 감미로웠다.

그리고 또, 그녀와의 만남을 거듭 거절함에 따라 점점 덜 고통스러워져 갔다. 그리고 그녀가 점점 덜 그리워짐에 따라, 내 고통스러운 추억도, 피렌체와 베네치아를 생각할 때에 느끼는 내 기쁨을 깨뜨릴 만큼의 힘이 없어졌다. 그렇게 되자, 이렇듯 만나려고도 하지 않으며, 벌써 거의 망각하다시피 한 한 소녀 곁에서, 전에 떠나기 싫어서 외교관 지망을 단념하고 칩거 생활로 들어갔던 생각을 하고, 나는 후회했다. 우리는 한 여자를 위해서, 자기의 생활을 꾸민다, 그리고 마침내 그곳에 그 여자를 맞아들일 수 있게 되자, 그 여자는 오지를 않는다. 그러면 그 여자는 우리에게서 죽어 버리고, 그 여자를 위해서만 마련했던 것 속에 자신이 갇혀 살게 된다. 베네치아가 내게는 너무 멀어서 열이 나게 하는 원인으로 양친에게 여겨졌다면, 적어도 발베크라면, 지치지 않고 수월하게 묵으러 갈 수 있었다. 그러나 그 때문에 파리를 떠나 그 방문을 단념하지 않으면 안 되었을 것이다. 아무리 드물게밖에 못 갔을망정, 이따금 스완 부인에게서 그 딸의 이야기를 들어 왔다. 게다가 지금은, 질베르트하고는 상관이 없는 까닭 모를 기쁨을 이 방문에서 발견하기 시작하고 있었다.

봄이 가까워 오고, 얼음의 뭇 성인첨례일(옮긴이: 4월 23, 24, 25일의 성인첨례일을 말함)과 부활제 전 주의, 진눈깨비 계절에, 추위가 되돌아왔을 때, 스완 부인이 집안에 있어도 몸이 얼 것 같다고 말하며, 모피를 두르고, 추위 타는 손과 어깨를, 흰 담비로 만든, 넓적하고도 큰 토시와 목도리의 희고도 눈부신 감 밑에 감춘 채로 손님을 응접하는 모습을 보는 일이 자주 있었다. 그 흰 토시와 목도리를 외출하고 돌아와서도 벗지 않아서, 불의 온기나 계절의 진행에도 녹지 않았던 어느 것보다 더 단단한 겨울눈의 마지막 덩어리처럼 보였다. 얼음같이 차디차나 벌써 꽃피고 있는 그런 주간의 온 진실을, 머잖아 내가 가지 않게 될 이 객실 안에서, 보다 황홀한 흰빛으로 내게 암시해 주던 게 따로 또 있었다. 예를 들면 '까마귀밥나무'(옮긴이: boule de neige, 직역하면 '눈뭉치'. 불두화) 꽃의 흰빛이 바로 그것이니, 잘게 가지런히 핀 꽃의 둥근 모양은, 성모의 잉태를 알리는 천사처럼 희고, 레몬과 같은 냄새에 둘러싸여 라파엘 전파(옮긴이: préraphaélite, 19세기 중엽, 영국에서 신중세주의 미술 운동으로 일어난 화파) 그림의 직선상의 관목처럼, 높다랗고 잎이 없는 줄기 꼭대기에 모여 있었다. 그도 그럴 것이 탕송빌 별장의 안주인인 스완 부인은, 아무리 쌀쌀해도 4월에 꽃이 안 피는 일은 매우 드물다는 사실을 잘 알고 있었고, 첫 봄기운이 들기까지는, 세상에는 비에 갇힌, 초목 없는 집들만 있는 줄 아는 도시 사람의 생각 같은, 그런 엄밀한 칸막이로 겨울이나 봄이나 여름이 구분되어 있지는 않다는 것도 잘 알고 있었기 때문이다. 나는 스완 부인이 콩브레 별장의 정원사가 보내오는 것만으로 만족해 했다고도, 또 '출입하는' 꽃장수의 주선으로 지중해 해안의 철 이르게 피는 것을 사들여 불충분한 계절의 환기(喚起)를 메우지 않았다고도 주장할 의사라곤 전혀 없고, 그 당시 난 그런 건 아랑곳도 하지 않았다. 단지 스완 부인이 손에 낀 빙설과 같은 토시와 나란히 있는 까마귀밥나무의 꽃이(이 집의 마님에게 아마도 이 꽃은, 베르고트의 충고에 따라, 그녀의 가구와 복장과 함께 「백색의 장조 교향곡」(옮긴이: Symphonie en Blanc Majeur, 테오필 고티에서의 시편 제목)을 만들어 내는 것이 목적이라고밖에 생각되지 않았겠지만) 나에게, 그 「성스러운 금요일의 마법」(옮긴이: l' Enchantement du Vendredi Saint, 바그너의 「파르시팔」(Parsifal)에 있는 악장)은 인간이 보다 착하면 해마다 볼 수 있을 자연계의 기적을 상징한다는 생각을 환기시키고, 또이름도 모르는 다른 초목들의 꽃관으로부터 풍겨나와 이전 콩브레의 산책에서 내 발걸음을 그토록 여러 번 멈추게 했던 시큼하고도 마음 호리는 향기를 내면서, 스완 부인의 객실을 탕송빌의 작은 가풀막 못지않게 순결하게 보이게 하며, 순박하게 잎사귀 없이 꽃피우며, 본디 그대로의 방향(芳香)을 넘쳐흐르게 하고 있어서 그것만으로도 나를 전원에 대한 향수에 젖게 하기에 충분하였다.

그러나 내가 그 작은 가풀막을 상기한 것은 역시 쓸데없는 짓이었다. 그 추억은 나를 유인하여 남아 있을까 말까 한 질베르트에 대한 연정을 더하게 할 위험이 있었다. 따라서, 지금은 스완 부인을 아무리 방문한들 괴로운 생각이 없음에도 불구하고, 더 간격을 두고서 방문해, 될 수 있는 한 만나지 않으려고 애썼다. 기껏해야, 내가 파리를 떠나지 않고 있는지라, 그녀와 함께 이따금 산책하는 걸 승낙하는 게 고작이었다. 좋은 날씨가 마침내 다시 와, 따뜻하게 되었다. 스완 부인이 점심 전 한 시간 남짓 외출하여, 에투아르근처, 시정아치들이 이름만 알고 있는 부자들을 구경하러 모여들기 때문에 당시 사람들이 '한푼 없는 집회소'라고 일컫던 장소에 가까운, 부아의 큰길을 산책하는 걸 아는지라, 나는 양친으로부터 일요일에는 — 일 주일의 다른 날에는 그 시각에 한가하지 못하여 — 양친보다 퍽 늦게 1시 15분에 점심을 들기도 하고, 그 전에 한 바퀴 돌고 와도 좋다는 승낙을 받았다. 나는 그 5월 동안 일요일을 하루도 빼놓지 않고 이용했다, 질베르트가 시골 친구집에 가 있었으므로. 나는 정오 무렵에 개선문에 닿는다. 큰길 어귀에서 목을 지켜, 불과 몇 미터밖에 안 되나, 스완 부인이 집에서 나오는 길에 지나가는 골목 모퉁이를 주시한다. 벌써 대다수의 산책자가 점심 먹으러 돌아가는 시각이라, 남은 이들의 수효는 뜸하고, 그 대부분이 멋쟁이 사교인들이다. 돌연, 작은 길 모래 위에, 정오에만 피는 더할 나위 없이 아름다운 꽃처럼, 화려하게 몸단장한 스완 부인이 천천히 나타나 그녀 둘레에 언제나 다른 복장을 꽃피웠는데, 특히 생각나는 것은 연보랏빛의 복장. 다음에 그녀를 둘러싼 광휘가 가장 완전한 순간에, 그녀는 드레스의 꽃잎이 우수수 지는 것과 잘 어울리게 넓은 파라솔 비단천을 기다란 꽃꼭지(Pédoncule) 위에 처들어 펼친다. 수행자들이 그녀를 둘러싼다, 스완, 그리고 오전 중 집으로 그녀를 만나러 왔거나 또는 길에서 만난 클럽의 네댓 명. 그들 검거나 회색인 온순한 덩어리는, 거의 기계적인 운동으로 오데트의 둘레에 정채(精彩) 없는 틀을 만들어 내, 혼자만이 눈을 크게 뜨고 있는 이 여인에게, 마치 창가로 다가가서 밖을 내다보듯이, 그 남자들 사이에서 앞쪽을 바라보는 듯한 인상을 주는 동시에, 인종이 다른 미지의 민족으로, 게다가 거의 전사(戰士)와 같이 힘찬 인간이 나타난 듯이, 그녀를 그 부드러운 색채 속에 드러내면서, 연약하면서도 씩씩한 모습으로 솟아나게 하고 있었다. 그 전사와 같은 힘 덕분에 그녀는 그 수많은 수행자를 혼자서 상쇄(相殺)하고 있었다. 좋은 날씨와, 아직 땀나게 하지 않는 태양으로 자못 상쾌한 듯이 미소지으면서, 작품을 완성시켜 남은 걱정이 없게 된 제작자와 같은 안심과 침착을 나타내면서, 확실히 자기의 몸차림이 ― 설령 비속한 통행인들에게 감상되지 않더라도 ― 더할 나위 없이 멋지다고 생각하면서, 자기 자신을 위하여 또 벗들을 위하여, 매우 자연스럽게, 과장된 몸짓으로 주의를 끌지도 않는 동시에 뚜렷이 드러나 보이지 않게 그 몸차림을 하고 있었다. 그리고 코르사주와 스커트에 맨 작은 고리를, 마치 그녀가 미처 알지 못하는 생물이기라도 한 듯, 또 그녀의 걸음에 따라오기만 하면, 그 특유의 리듬에 따라 멋대로 춤추게 내버려 두겠다는 듯이, 그녀 앞쪽에 가볍게 나풀거리는 것을 그냥 두면서, 내 앞에 왔을 때도 아직 펴지 않은 채로 손에 들고 있을 때가 많은 연보라 파라솔 위에 이따금 만족스러운 눈길을 파름 오랑캐꽃 다발이기라도 한 듯이 떨어뜨렸는데, 그 눈길이 어찌나 부드러운지, 이미 벗들에게가 아니고 무생물에 쏠리고 있었는데도 아직 미소가 활짝 피고 있는 듯하였다. 그처럼 그녀는 일종의 멋의 음정 같은 것을 가지고 있어서, 그걸로 몸차림 전체를 통일하고 있었다. 스완 부인에게 매우 친근하게 말을 건네는 사내들은, 하기야 문외한의 머리로 탄복하며 그들의 무지를 드러내는 면도 없지 않았으나, 그 음정의 간격과 필연성을 존중하여, 병자에게 특별한 조섭(調攝)을 시켜야만 하는 경우나, 어머니가 아들의 교육에 임하는 경우의 지배권, 권한 같은 것을, 그녀가 그 몸차림에 미치고 있음을 인정하고 있었다. 그녀를 둘러싼, 행인들도 눈에 보이지 않는 성싶은, 그 사내들의 아첨 때문에도, 그녀가 나타나는 시간이 늦기 때문에도, 스완 부인의 모습은, 그녀가 그처럼 느릿느릿 오전을 지내고 나서 곧 점심에 돌아가야 할 거실을 상기시켰다. 자기 집 뜰 안을 한가로운 걸음으로 걷는 때와도 같은 그 유유한 소요에 그녀의 거실이 가깝다는 게 알려지는 것 같았다. 마치 그 거실 안의 선선한 그림자를 아직 그녀 몸 둘레에 지니고 있는 듯하였다. 그러나 그 때문에 오히려 내게는 그녀의 모습에서 외기와 그 따스함만이 두드러지게 감각되었다. 왜냐하면 스완 부인이 성당의 의전과 예식에 깊이 정통해, 자연히 그 몸차림도 독특하고 필연적인 관계로 계절과 시간에 일치하고 있음을 나는 이미 아는지라, 그 날씬날씬한 밀짚모자의 꽃이나 드레스의 작은 리본이 정원의 꽃과 숲의 꽃보다 더욱 자연스럽게, 그대로 5월의 품안에 피어난 듯이 보였기 때문이었다. 그리고 나는 계절의 새로운 변화를 알아보기 위해서도, 그녀가 열어 펼친 파라솔 — 마치 실제의 하늘보다 가깝고, 둥글고, 온화하고, 빙글빙글 움직이는 푸른 또하나의 하늘 같은 — 그 파라솔까지 밖에 눈을 쳐들지 않았다. 왜냐하면 성당의 예식이, 설령 최고 예식이라도, 겸손하게 아침·봄·태양에 순종하는 걸 영광으로 삼고 있듯, 스완 부인 역시 그렇게 함을 영광으로 삼고 있었기 때문이다. 이렇듯 멋있는 부인이 아침·봄·태양의 존재를 무시하지 않으려고, 일부러 더 밝고 가벼운 천의 드레스를 택하고, 깃과 소매를 너부죽하게 넓혀, 목과 손목의 축축함을 상기시키는 정도이며, 또 누구나 다, 아무리 천한 사람들까지 알고 있는 따위의 평범한 사람들을 만나러 즐거이 자신을 낮춰 시골로 내려가는 고귀한 부인이, 그때 역시 그날에 어울리는 시골풍의 몸단장을 하는 걸 잊지 않는 그 노력을, 스완 부인이 아끼지 않았음에도, 아침이나 봄이나 태양 쪽은 그걸 별로 흡족하게 여기지 않는 것 같았다. 그녀가 나타나는 즉시 나는 인사한다. 그녀는 나를 멈추게 하고 미소지으며 'Good morning' 하고 말한다. 우리는 함께 몇 걸음 걷는다. 그녀가 성전(聖典)에 따라 옷을 입고, 마치 탁월한 슬기에 종사하는 대주교처럼 그 성전에 순종하고 있음은, 실은 그녀 자신을 위해서라는 점을 그때에 나는 이해했다. 왜냐하면 너무 따뜻해 가슴을 터놓거나 아주 벗어서, 처음에는 앞을 꼭 여미고 있으리라고 마음먹었던 재킷을 나에게 맡길 때, 청중의 귀에는 도저히 도달할 리가 만무하지만 작곡가가 모든 정성을 다 기울인 관현악의 한 부분처럼, 대개의 경우 눈에 띄지 않고 마는 무수한 기교가 가해져 있다는 사실을, 나는 그 슈미제트 속에서 발견하기 때문이다. 또 어떤 때는 내가 기쁘게 또는 정답게 오랫동안 바라본 것은, 내 팔에 걸친 그녀의 재킷 소매 안에 보이는, 우아한 세공, 말할 수 없이 고운 색깔의 끈, 연보랏빛 양단으로, 평소에 남들의 눈에 띄지 않는데도 겉으로 보이는 부분과 똑같이 섬세하게 가공되어 있어, 여지껏 아무도 본 적이 없어 오다가, 한 예술가가 여행의 우연으로, 두 개의 탑 사이에서 온 시가를 굽어보려고, 허락받아 대성당의 고층을 어슬렁어슬렁 올라가는 중에 처음으로 발견한 고딕 조각, 높이가 80피트나 되는 난간 뒷면에 감추어져 있으나 정면 대현관의 돋을새김과 똑같이 완벽한 기교가 가공되어 있는, 그 고딕 조각과 흡사하였다.

스완 부인이 마치 자택 정원의 작은 길인 듯이 부아의 큰길을 산책하고 있구나 하는 인상을 더욱 강하게 한 것은 ― 그녀의 '푸팅'(옮긴이: footing(영), 걸어 다니기. 건강을 위한 산책) 습관을 모르는 사람들로서는 ― 그녀가 마차도 딸리지 않고 걸어서 왔다는 사실이었다. 5월이 되자, 파리에서 옷차림이 가장 단정한 제복에다, 가장 공들인 말의 장구(裝具)를 달고, 용수철이 여덟 개나 있는 널찍한 무개사륜마차의 따뜻한 공기 속에, 그녀가 마치 여신인 양 유약하고 엄숙하게 앉아 지나가는 모습을, 길 가는 이들이 눈에 익도록 보아 왔던 것이다. 보행하고 있는 스완 부인의, 더욱이 따뜻함에 느릿느릿한 걸음걸이는, 어느 호기심에 진 것 같은, 의례 규칙에 멋들어진 위반을 범하고 있는 것 같은 느낌을 주었다, 흡사 군주가 아무하고도 한마디 의논 없이, 대연회가 벌어지는 도중, 감히 어떻다고 비난 못 하는 수행원이 약간 얼굴을 찡그리거나 말거나, 그 자리에서 나와 얼마 동안 다른 관객과 섞이면서 휴게실을 찾아가듯. 그런 모양으로, 스완 부인과 군중 사이에, 뛰어넘기 어려울 듯한 어떤 유의 호사의 장벽이 있음을 군중이 느꼈다. 포부르생 제르맹의 귀족 사회에 역시 그런 장벽이 있었는데, '빈털터리'인 사람들의 눈에나 상상에는 덜 인상적이다. 한푼 없는 이들은, 보다 수수하고, 프티 부르주아의 여인과 혼동하기 쉽고, 일반 대중에게서 그다지 멀리 동떨어져 있지 않은 귀부인 앞에선, 스완 부인과 같은 여인 앞에서 느끼는, 불평등과 뒤떨어짐의 감정을 느끼지 않으리라. 스완 부인과 같은 여인들은, 자기가 걸치고 있는 호화스러운 차림에, 한푼 없는 이들처럼 현혹되지 않을 것이며, 새삼 주의하지도 않을 것이 틀림없고, 그것에 습관이 되어 버린 탓으로, 다시 말해 그만큼 자연스러운 것, 필요한 것으로 여기게 되고 말아, 사치의 습관을 터득한 정도의 차이에 따라 남을 판단하기에 이른다. 따라서(그녀들이 눈부시게 차리며, 다른 여인들의 몸에서도 발견하는 호사는, 전적으로 물질적이어서, 남의 눈에 띄기 쉬우나, 얻기에 오래 걸리고, 보상하기도 어려운 것이기 때문에), 만일 그녀들이 한 통행인을 가장 낮은 계급에 넣는다면 같은 식으로 상대의 눈엔 그녀들이 가장 높은 계급으로 보인다. 곧, 이러니저러니 생각할 여지 없이 첫눈에 당장 그렇게 보인다. 이 무렵, 귀족 사회의 여인들에게 섞인 레디 이스라엘즈라든가, 후에 귀족 사회에 출입하게 된 스완 부인이라든가, 그런 여인들을 손꼽는 특별한 사회 계급, 포부르 생 제르맹 귀족 거리에 아첨하고 있는 이상 이 귀족 거리의 계급보다 낮으나, 포부르 생 제르맹에 속하지 않은 것보다는 높은, 이 중간 계급, 이미 부자들의 사회에서 벗어났으나, 여전히 부자이며, 게다가 융통성이 있어, 뭔가 어떤 목적, 예술사상 같은 것에 따르면서, 돈을 펴서 늘여 시적으로 아로새긴 특성 같은 게 있는, 미소지을 줄 아는 계급, 아마도 그런 계급은 적어도 이 무렵과 똑같은 성질, 같은 매력을 가진 채로는 이제 존재하지 않을 거다. 그 위에 이 계급에 속하던 여인들도, 나이와 함께 거의 누구나 다 아름다움을 잃었기 때문에, 그녀들이 화려하게 군림하던 세계의 첫 조건이었던 것을 오늘날 지니지 않을 거다. 그런데 스완 부인이 엄숙하게, 생글생글, 상냥하게 부아의 큰길을 걸어가면서, 그 느릿느릿한 걸음걸이 밑에 사회가 유전(流轉)해 가는 걸, 히파티아(옮긴이: Hypatia, ?~415. 고대 이집트의 여류 철학자)인 양 굽어본 자리는, 그녀의 고귀한 부귀의 정상부터인 동시에, 무르익고도 아직 풍취 있는 그녀의 여름의 영광스러운 절정부터이기도 하였다. 지나가는 젊은이들은 조심스레 그녀를 바라보았는데, 막연한 친교 관계이므로 그녀에게 인사해도 좋을는지 몰라(스완에게 꼭 한 번 소개되었던 정도여서, 알아보지 못할까 봐 두려워했던 만큼) 더욱 망설였다. 인사하려고 막상 결심하여도, 겁도 없이 도전적인 불경스러운 행동을 하여 침범 불가한 계급의 최상권(最上權)을 침해함으로써, 앙화를 초래하거나, 또는 신이 내리는 벌을 받게 되지나 않을까 걱정이 되어서, 그 결과 앞에서 전전긍긍하였다. 그들의 모처럼의 인사도, 스완을 위시한 오데트의 추종자에 불과한, 절하는 인형들로 하여금, 그 태엽을 감았다가 놓아 주었을 때와 같은 동작을 시켰을 뿐이었다. 스완은 포부르 생 제르맹에서 배운 우아한 애교를 보이면서, 초록빛 가죽으로 테두른 실크 해트를 쳐들었는데 그 태도에는 예전과 같은 무관심이 섞여 있지 않았다. 예전의 무관심 대신에 지금은(그가 어느 정도까지 오데트의 편견에 젖어 버리고 만 듯이) 그다지 옷차림이 좋지 못한 사람에게 답례해야만 하는 귀찮음과, 그의 아내가 그토록 많은 사람을 알고 있다는 만족이 뒤섞여 있어, 이 혼합된 감정을 수행하는 멋쟁이들에게 다음과 같은 말로 표현하였다, "또 하나! 정말이지, 오데트가 어디서 저런 사람을 찾아냈는지 모르겠는걸!" 한편 스완 부인은 이미 눈앞에서 멀지만 그대로 가슴을 두근대고 있는 겁먹은 젊은 이에게 머리를 까딱거려 답례하고 나서, 나를 돌아보며 "그럼" 하고 말하였다. "끝장? 앞으로 질베르트를 만나러 안 오시겠네? 내가 예외라니 고마워요, 나까지 '떨어뜨려'(옮긴이: dropiez, 영어 drop에다 프랑스어 동사 반과거 어미 변화형을 붙여 만든 조어)면 망신이니까. 나는 당신을 만나고 싶어요. 당신이 딸에게 준 감화도 고마웠어요. 그 애도 아주 섭섭해 하겠지요. 그래도 당신을 폭군이라고 책망하지는 않겠어요, 이번에는 나까지 만나고 싶지 않다고 하실는지 모르니까!"—"오데트, 사강이 당신에게 인사하오" 하고 스완이 아내에게 주의시켰다. 실제로 사강 대공이 연극과 서커스의 끝판이나 옛 그림에서 보는 것처럼, 말머리를 정면으로 돌리면서, 오데트에게 과장된 큰절을 보내 왔다. '여성'이라면, 설사 그의 어머니나 누이가 교제할 수 없는 여인일망정, 그 이름 앞에 머리를 수그리는 대귀족의 기사도적인 예절이 모조리 과장되어 나타난, 이를테면 우의적(寓意的)인 절이었다. 그리고 또, 파라솔이 지어내는, 투명한 액체 같기도 하고 빛나는 유약 같기도 한 그림자 속에서 그녀의 얼굴을 알아차리고 늦게 온 마지막 기사들이 스완 부인에게 절하였다. 그들이 큰길의 흰 양지 위에 말을 달려오는 장면은 흡사 영화 그대로였는데, 그들은 명문의 사교 구락부의 남성들로, 그 쟁쟁한 이름들 ― 앙투안 드 카스텔란, 아달베르 드 몽모랑시, 그 밖에 다수 ― 은 스완 부인의 절친한 벗들의 이름이었다. 시적 감정의 추억은 마음이 괴로웠던 추억보다 훨씬 긴 생명의 평균 지속 ― 상대적인 수명 ― 을 갖고 있으므로 질베르트 때문에 생긴 슬픔이 사라지고 나서도 오래도록, 5월이 되어 낮 12시 15분과 1시 사이의 시각을 어느 해시계의 지침면(指針面)에서 읽으려고 할 때마다, 등나무 시렁의 꽃 그늘처럼, 그녀의 파라솔 그늘에, 이처럼 스완 부인과 이야기를 주고받고 있는 내 모습을 상기하는 기쁨만이 남았다.

제2부 고장의 이름 — 고장
(발베크의 첫 체류, 바닷가의 아가씨들)

할머니와 함께 처음으로 발베크로 출발한 것은, 그로부터 두 해후, 내가 질베르트에게 거의 아주 무관심하게 되고 나서였다.

풍경의 변화가 심해지고, 험해지더니, 열차는 두 산 사이의 작은 정거장에 멈추었다. 협곡의 밑, 시냇물가에, 창에 닿을 듯 말 듯 흐르는 물 속에 가라앉은 듯한 한 채의 산지기 집이 보일 뿐이었다. 지난날 메제글리즈 쪽이나, 루생빌의 숲속을 혼자 떠돌아다녔을 적에 돌연 나타나 주기를 그토록 갈망하던 농가의 아가씨보다 더욱, 어느 고장에 태어난 인간에서 그 고장 특유의 매력을 느낄 수 있다면, 이때 이 집에서 나와, 떠오르는 해가 비스듬히 비치는 오솔길을 우유 항아리를 들고 정거장 쪽으로 오는 걸 내가 본 키 큰 아가씨야말로 바로 그것이었을 것이다. 높다란 산들이 다른 세계를 가리고 있는 골짜기에서, 그녀가 구경하는 사람이라곤, 잠시 동안밖에 정거하지 않는 이런 열차의 승객밖에는 결코 없을 것이다. 그녀는 열차 옆을 따라가면서, 깨어난 몇몇 승객에게 밀크 커피를 내밀었다. 떠오르는 해의 반사에 다홍색으로 물든 그 얼굴은 하늘보다 더 장밋빛이었다. 나는 그녀 앞에서, 우리가 아름다움과 행복에 대한 의식을 새롭게 할 때마다 마음속에 소생하는 그 살고 싶다는 욕망을 다시 느꼈다. 우리는 아름다움과 행복이 개성적이라는 것을 언제나 잊고 있다. 그리고 우리 마음에 들었던 얼굴이나, 우리가 경험한 갖가지 기쁨을 한데 섞어, 거기서 일종의 평균을 잡아 만들어 내는 하나의 인습적인 표준형을 정신 속에서, 아름다움이나 행복과 바꿔 놓아, 우리는 무기력하고도 김빠진 추상적인 심상밖에 갖지 못한다. 그런 심상에는 우리가 알았던 것과는 다른, 새로운 것의 그 성격, 아름다움과 행복에 고유한 그 특징이 없다. 이래서 우리는 삶에 대하여 염세적인 판단을 갖고 그것을 옳다고 가정하는데, 왜냐하면 아름다움과 행복을 빠뜨리고, 그것의 단 하나뿐인 원자조차 들어 있지 않은 합성으로 바꾸어 놓고서, 아름다움과 행복을 셈속에 넣은 줄로 여기고 있기 때문이다. 따라서 새로운 '명작'이라고 말들 하는 것을, 어떤 문학가는 읽기도 전에 권태로워 하품을 한다. 지금까지 읽어 온 명작의 일종의 합성물로 상상하기 때문인데, 그러나 참된 명작이란 특수하고도 미리 알 수 없는 것, 그 이전의 걸작의 총화로 이루어지는 게 아니고, 이 총화를 완전히 동화시켜도 아직 발견하기에는 충분하지 못한 어떤 것으로 이루어진다. 왜냐하면 참된 명작이란 바로 이 총화 밖에 있기 때문이다. 이런 새로운 작품을 인식하자, 조금 전까지 싫증낸 문학가도 거기에 그려져 있는 현실에 흥미를 느낀다. 이와 같이, 내가 혼자 있을 때 사념이 그리는 아름다움의 모델과는 딴판인 이 아름다운 아가씨는, 그 즉시 나에게 어떤 유의 행복감(우리가 행복감으로 맛

154

볼 수 있는 유일한 형식, 항상 특수한 형식이다), 그녀 곁에서 살면 실현될 것 같은 행복감을, 나에게 주었던 것이다. 그러나 여기에도 역시 '습관'의 일시적 정지가 상당히 많이 작용하고 있었다. 그녀의 면전에 있던 게 생생한 일락을 맛볼 능력 있는, 완전한 상태에 있던 나라는 존재였기 때문에, 그런 때 나타난 우유 파는 아가씨가 덕을 본 것이다. 평상시 우리는 자기 존재를 최소한으로 축소하고 살아, 우리의 능력의 대부분은, 해야 할 것을 알며, 또 우리의 다른 능력의 도움을 필요로 하지 않는 습관에 의지하고 있기 때문에, 잠들어 있다. 그런데 이 여행길의 아침은 내 생활의 관례(慣例)의 중단, 장소와 시간의 변화 같은 것이, 다른 능력의 도움을 불가결하게 만들었다. 방안에 죽치고 있기를 좋아하며 아침 일찍 일어난 적이 없는 나의 습관은 흠을 드러내고, 그 흠을 메우기 위해 나의 모든 능력이 달려와 서로 안간힘을 다 써 서로 경쟁하여―모두가 물결같이 고르게 평상시보다 수준을 높여―가장 저급한 것에서 가장 고상한 것으로, 다시 말해 호흡·식욕·혈액 순환에서, 감수성·상상력으로 높아진 것이었다. 이 아가씨가 다른 여인들과 비슷하지 않다고 나로 하여금 믿게 함으로써, 이 고장의 야생의 매력이 아가씨의 매력에 운치를 덧붙이고 있는지 모르나, 아무튼 그녀가 이 고장에 매력을 덧붙이고 있음은 사실이었다. 단지 이 아가씨와 함께 계속해 시간을 보내고 시냇물가, 젖소 있는 곳까지, 열차 있는 곳까지 함께 가고, 줄곧 그녀 곁에 있고, 그녀에게 속셈이 알려졌음을 느끼고, 그녀의 마음속에 내 자리를 차지할 수 있다면, 삶이 얼마나 즐거운 것으로 보이랴. 그녀가 농촌 생활의 매력과 이른 아침의 매력을 나에게 가르쳐 줄 것이다. 나는 밀크 커피를 가져오라는 손짓을 그녀에게 했다. 아가씨의 주목을 받고 싶었다. 그녀는 나를 보지 않았다, 그래서 불렀다. 큰 몸집 위의 그 안색은 어찌나 금빛나는 장밋빛이었는지 빛나는 그림 유리창을 통해 보는 것 같았다. 그녀는 이쪽으로 되돌아왔다. 나는 그녀의 얼굴에서 눈을 떼지 못하였는데, 그것이 점점 커졌다, 그것은 아주 가까이까지 다가와서, 눈앞에 보이고, 금빛과 붉은빛이 눈부시나, 뚫어지게 볼 수 있는 태양과 같은 것이었다. 아가씨는 내 몸에 날카로운 눈길을 던졌는데, 그때 승무원이 출입문을 닫고, 열차가 움직이기 시작했다. 나는 아가씨가 역을 떠나 다시 오솔길로 접어드는 모습을 보았다. 이제는 환하게 밝은 아침이었다. 나는 여명에서 점점 멀어져 가고 있었다. 나의 감격이 이 아가씨에 의해 일어났는지, 또는 반대로 나의 감격에 의해서, 이 아가씨를 가까이 보았을 적에 기쁨의 대부분이 일어났는지, 어찌 되었든 간에, 아가씨는 내 기쁨과 아주 엉겨 버려, 아가씨를 다시 보고픈 내 욕망은, 무엇보다 먼저 이 감격의 상태를 소멸시키고 싶지 않다는, 이 감격에 저도 모르게 참여하고 있는 존재와 영영 작별하고 싶지 않다는 정신적인 욕망이 되었다. 그것은 단지 이 상태가 쾌적한 것이었기 때문만이 아니다. 그것은(현을 더 강하게 팽팽하게 하고, 신경을 더 빠르게 흥분시킬 때, 다른 음색, 다른 안색이 생기듯) 이 상태가 내가 보고 있는 것에 다른 색조를 주고, 배우처럼 나를 한없이 즐거운 미지의 세계로 끌고 갔기 때문이다. 열차가 속도를 내기 시작하는 동안에도 아직 이 아름다운 아가씨를 눈길로 좇아가고 있었는데, 그 모습은, 내가 알고 있는 삶과는 다른, 뭔가 가두리를 단 것으로 분리된 삶의 일부분 같아, 거기서는 객체가 일으키는 감각도 이제는 여느 감각이 아니고, 지금 거기서 나와 이전 삶으로 돌아가는 것이 자살처럼 생각되었다. 적어도 이 새로운 삶과 연결되어 있다고 느끼는 감미로움을 계속해 갖고자 하면, 아침마다 이곳에 와 이 시골 아가씨한테서 밀크 커피를 살 수 있도록 이 작은 정거장 근방에 살기만 하면 족했을 것이다. 그러나 어쩌랴! 내가 지금 점점 더 빨리 가는 쪽의 삶에는 아가씨가 영영 없을 것이다, 그러므로 반드시 언젠가는 이 같은 열차에 다시 타고 이 같은 정거장에 멈추게 되는 계획을 궁리 해 내지 않고서는, 나는 체념하고 앞으로의 삶을 받아들일 마음이 들지 않았다. 이 계획은, 이기적인, 작위적인, 실제적인, 기계적인, 나태한, 원심적인, 우리의 정신 경향에 힘을 돋우어 주는 데 다소 도움이 되기는 하였다. 우리의 정신은 금세 노력을 회피하여, 즐거 운 인상을 갖고 있어도, 그것을 보편적인 공평한 방법으로 자기 마 음속에 심화시키려 들지 않는다. 한편 우리는 그런 인상을 언제까 지나 계속해서 생각하고 싶어하기 때문에, 정신은 그런 인상을 미 래 속에서 상상하며, 그것을 소생시킬 수 있을 환경을 능란하게 준 비하는 쪽을 택한다. 그러나 그때에 가서는, 이미 인상의 본질에 대하여 알려 주는 거라곤 하나도 없고, 정신은 단지 우리에게 인상 을 우리 내부에서 다시 만들어 내는 수고를 감면해 주고, 밖에서 새로 그것을 받아들이고자 하는 희망을 줄 뿐이다.

어떤 시가의 이름, 베즈레 또는 샤르트르, 부뤼주 또는 보베라는 이름은, 단지 그것만으로, 그 시가의 중심이 되는 성당을 지적하는 데 쓰인다. 그렇게 자주 부분적 어의로 해석해 나가다가는 — 아직 가 보지 못한 고장에 관한 경우 — 나중에는 그 이름 전체를 한 틀 에 넣어 버리게 된다. 그리고 나서는 그 이름에 시가의 — 아직 가 보지 못한 시가의 — 관념을 넣으려 해도, 그 이름은 — 거푸집처 럼 — 한결같은 조각물을 짜내게 되며, 똑같은 양식인 일종의 대성 당을 시가의 이름에서 만들어 내게 될 것이다. 그런데 발베크라는, 거의 페르시아풍의 이름을 내가 읽은 것은, 어떤 철도역, 구내 식 당의 위, 푸른 게시판에 쓰인 흰 글자에 의해서였다. 나는 역을 발 걸음도 가볍게 지나 거기에 이르는 큰길을 건너, 단지 성당과 바다

157

를 볼 셈으로 모래밭을 물었다. 상대는 내가 말하려는 뜻을 이해 못 하는 모양이었다. 발베크 르 비외(옮긴이: 옛 발베크), 곧 발베크 앙 테르(옮긴이: 뭍의 발베크)에는 해변도 항구도 없었다. 물론, 전설에 있듯이 어부들이 기적의 그리스도를 발견한 것은 그야 바다 안에서였다. 그 발견은, 나에게서 몇십 미터 되는 곳에 있는 성당의 그림 유리창 한 장에 이야기되고 있는 그대로였다. 본당과 탑의 석재를 따 온 자리야 물론 파도치는 절벽이었다. 그 때문에 나는 그림 유리창 밑에 밀려왔다가는 거품으로 사라지는 물결을 상상해 왔는데, 그 바다는 50리 이상 떨어진 발베크 플라주(옮긴이: 발베크 해안)에 있었다. 그리고 그 둥근 지붕과 나란히 있는 종탑은, 낟알이 쌓이고 새들이 선회하는 노르망디의 험한 절벽과 같다고 쓴 것을 읽은 적이 있어서, 그 밑에 늠실거리는 물결의 마지막 거품으로 젖어 있는 걸로 늘 상상했는데, 지금 보니 그것은, 두 전차 선로의 분기점이 있는 광장에 서 있고, 그 맞은편에는 카페가 있고, 거기에 금빛 글자로 '당구'(撞球)라는 낱말이 씌어 있었다. 종탑은 가옥들을 배경삼아 뚜렷이 드러나 있는데, 그 가옥들의 지붕 사이에는 돛대 하나 섞여 있지 않았다. 그리고 성당은—카페와, 내가 길을 물어 보지 않을 수 없었던 통행인과, 다시 되돌아가려는 정거장과 더불어 나의 주의력 안에 들어오면서—그 밖의 모든 것과 일체가 되어, 이 늦은 오후의 한 우발적인 사건의 산물에 지나지 않는 듯 생각되고, 이 시각에 하늘에 부풀어오른 부드러운 그 둥근 지붕은, 집집의 벽난로가 잠기는 그 같은 빛에, 그 껍질이 장밋빛과 금빛으로 녹을 듯이 무르익고 있는 한 알의 과일과도 같았다. 그러나 성당 현관의 깊숙한 창문 앞, 성모의 양쪽에서, 나에게 경의를 표하는 듯이 기다리고 있는 사도들을 보았을 때, 그 주조된 상을 이미 파리의 트로카데로 미술관에서 보았으므로 금방 알아챘는데, 그때 나는 오로지 조각이 지니는 영원의 의의에 대해서밖에 생각하고 싶지 않았다. 친절해 보이는, 코가 납작하고, 온화한 얼굴, 등을 구부린 이 사도들은 화창한 날의 할렐루야를 노래하면서 환영하는 듯한 몸짓으로 앞으로 나오는 것만 같았다. 그러나 자세히 보니 그들의 표정은 죽은 사람의 그것처럼 요지부동이었고, 이쪽이 그 둘레를 돌지 않으면 변화하지 않았다. 나는 속으로 말하였다. 여기다, 이게 발베크 성당이다. 그 영광을 자랑하고 있는 듯이 보이는 이 광장은 발베크 성당을 소유하는 세계에서 단 하나의 장소이다. 이제껏 내가 본 것은 이 성당의 사진이었다, 그리고 이 성당 현관의, 그 유명한 사도들과 성모의 복제품뿐이었다. 지금 여기에 있는 건 성당 자체이며 조각상 자체이다. 바로 그것들이다. 그것들, 다시 말해 유일한 것이다, 그 이상의 것이다.

또 어쩌면 그 이하일지도 모른다. 예컨대 한 젊은이가, 시험이나 결투가 있는 날, 제시된 문제나 쏜 탄알이, 자기가 실력을 뽐내고 싶었던 학식이나 용기를 생각할 때 하찮은 것으로 생각되듯이, 이 성당 현관의 성모를, 전에 보았던 복제품 따위에서 초월시키고, 복제품이 당할지도 모르는 재앙에서 격리시켜, 설령 복제품이 없어지더라도 이것만은 완전히 이상적으로 남아, 보편적인 가치를 갖게 되리라고 생각해 온 나의 정신은, 이제껏 정신의 내부에서 여러 번 조각한 바 있는 이 성모상이, 지금 뚜렷하게 돌의 외관을 지닌 실물로 환원되어, 내 팔이 닿는 한 자리를 차지하고, 선거 포스터와 내 단장 끝과 경쟁하고, 광장과 연결되고, 거기서 뻗어 나간 큰 길과 이어지고, 카페와 합승 마차 사무소의 눈길을 피할 수 없어서, 그 얼굴에 석양빛의 절반을 — 이윽고 몇 시간 후에는 가로등 빛의 절반을 — 받고, 나머지 절반을 어음 할인소의 출장 사무실에 양보하고, 이 은행 지점과 함께 사이좋게 과자 제조업자의 부엌에

서 나는 악취에 절어 있는 것을 보고 적이 놀랐는데, 실물인 조각
상은 끝끝내 '개체'로서의 속박에서 벗어나지 못하여, 가령 내가
그 돌 위에다 이름을 낙서해 놓고 싶어했다면, 이웃집들과 똑같은
매연으로 그을은 그 몸 위에, 그것을 씻어 낼 힘도 없이, 내가 쓴
백묵 자국과 내 이름 글자를, 구경 오는 모든 찬미자에게 보이게
되는 것은, 이 유명한 성모 자체이며, 여태껏 내가 보편적 실제성
과 신성불가침한 아름다움을 지닌 것으로 경모해 온 유일(이라는
말은, 단 하나밖에 없다는 뜻인데)한 발베크의 성모 그 자체이며,
내가 그 키를 재고 주름살을 셀 수 있는 돌로 된 작은 노파로, 성당
과 함께 변해 버린 그 모습을, 지금 내 눈앞에 드러내고 있는 것은
그토록 오랫동안 보고 싶어해 온 불멸의 예술 작품이었던, 그 성모
자체였다. 시간이 지나자 정거장에 되돌아가야 하였다. 거기서 할
머니와 프랑수아즈를 기다리다가 함께 발베크 해안에 이르지 않으
면 안 되었다. 나는 발베크에 관해서 읽었던 것과, 스완이 한 말
'정말 좋지요, 시에나 못지않게 아름답지요'를 상기해 보았다. 그
리고 이 실망을 이때의 고약한 몸 상태, 피로, 주의력의 산만, 유연
성의 탓으로 돌리면서, 아직 다치지 않은 시가가 그 밖에 얼마든지
있고, 머지않아 필경, 진주의 빗속을 걷듯, 캥페를레 시가를 축이
는 시원한 물방울 소리 속에 들어갈 수도 있을 것이고(옮긴이: 캥
페를레(Quimperlé)라는 고장의 이름에는 '진주로 꾸민'
(emperlé)이라는 뜻이 포함되어 있음) 또 퐁 타방 시가가 잠겨 있
는 초록빛 도는 장미색 물의 반영을 건너갈 거라고(옮긴이: 퐁 타
방(Pont-Aven)이라는 고장의 이름에는 '다리'(pont)라는 뜻이
포함되어 있으므로 이런 비유를 사용하고 있음) 생각하면서 스스
로 위안삼으려고 하였다. 그러나 발베크로 말하면, 한번 거기에 들
어오고 만 지금, 엄밀히 밀봉해 놔야 했던 이름을 방긋이 열어 놓

고 만 듯이 그때까지 그 속에 살고 있던 심상을 모조리 내쫓아 버리는 출구를 조심성 없이 열어 놓아, 이 틈을 타서, 전차, 카페, 광장의 통행인, 어음할인소의 지점 같은 심상이 외부의 압박과 공기의 압력에 어쩔 도리 없이 밀려, 제각기 철자 안으로 몰려들어와서, 철자는 그 심상들로 인하여 다시 막혀, 지금은 그것을 페르시아풍 성당 현관의 틀로 삼아, 이후 그것들이 그 내용에서 없어질 것 같지 않았다.

그때, 둑의 거의 끝머리에 이상한 반점 하나가 움직이는 게 보이더니, 대여섯 명의 소녀들이 이쪽으로 걸어오는 것을 보았는데, 발베크에서 낯익은 어떤 사람들과도 다른 그 모양과 맵시는, 한 무리의 갈매기가 어디선지 모르게 날아와서, 바닷가 위를 ― 뒤떨어진 것들은 푸르르 날아 앞선 것들을 따라잡으면서 ― 보조를 맞추며 산책하는 듯하고, 또한 그 산책의 목적이 무엇인지, 새의 정령(精靈)과 같은 아가씨들로서는 빤하겠지만, 그녀들의 눈에 비치지 않은 해수욕객들로서는 아리송하게 보였다.

이 낯선 아가씨들 중의 하나는, 손으로 자전거를 앞으로 밀어 가고, 다른 둘은 골프 '채'를 들고 있었는데, 그녀들의 괴상한 분장은 발베크의 다른 아가씨들의 옷차림과 뚜렷이 대조를 이루고 있었다. 발베크의 아가씨들 중에도 그야 물론 스포츠에 열중하는 이가 있기는 하나, 그 때문에 특별한 옷차림을 하지는 않았다.

그때는 신사 숙녀들이 날마다 바닷가의 둑을 한 바퀴 돌아 막 돌아오는 시각, 음악당 앞의 그 엄숙한 의자의 열 가운데 거만하게 앉은 지방 재판소장의 부인이 손안경의 무자비한 포화를 그 신사 숙녀들 위에 퍼붓고, 마치 그들이 어떤 흠을 가지고 있어, 그 사소한 점까지 검열하지 않고서는 못 배기듯, 안경 너머로 쏘아보고 있는 시각, 곧 그들 자신도 배우에서 비평가로 되어 이 의자에 앉으러 와서, 그들 앞에 줄지어 지나가는 사람들을 평하는 차례가 되는 시각이었다. 둑을 따라 걷고 있는 사람들은 마치 배의 갑판에 있기라도 하듯 하나같이 몹시 몸을 흔들거리며(왜냐하면 그들은 한쪽 다리를 쳐드는 동시에 무의식적으로 한쪽 팔을 흔들고 눈을 두리번거리고, 어깨를 똑바로 펴고, 몸의 오른쪽에서 한 동작을 그 즉시 왼쪽의 균형 동작으로 상쇄하고, 그 얼굴을 빨갛게들 하고 있었으니까), 같은 쪽에서 걷고 있는 사람들이나 반대쪽에서 걸어오는 사람들과 부딪치지 않게, 슬그머니 상대를 바라보고, 그러면서도 상대를 거들떠보지도 않는 것처럼 하려고 보고도 안 본 체하면서, 그러다가 상대에게 부딪치거나 충돌하거나 하는 것은, 서로 겉으로 경멸을 나타내나 그 속으로는 서로 상대에게 비밀스런 호기심을 품고 있기 때문이고, 군중에 대한 그러한 애정—따라서 공포—은, 남들을 기쁘게 하려는 때에도, 놀라게 하려는 때에도, 멸시하는 걸 나타내려는 때에도, 모든 인간에게 가장 강한 동기 가운데 하나이다. 고독자에게 생애의 끝까지 계속될 만큼이나 절대적인 칩거도 그 근본은 군중에 대한 상규에 벗어난 애정일 때가 흔한데, 그것이 다른 어떤 감정보다도 강해서, 외출할 때 문지기, 통행인, 불러세운 마차몰이꾼 따위한테 흠앙을 얻지 못하자, 앞으로는 그들에게 안 보이는 게 낫다, 그 때문에 외출을 필요로 하는 어떠한 활동도 단념하는 편이 낫다고 생각하기에 이르는 것이다.

　어떤 생각에 골몰하면서, 그것을 좇아서 걷는 사람도 몇몇 있었는데, 스쳐 가는 사람들의 조심스러운 비틀걸음같이 주위와 조화되지 않는 그 발작적인 동작, 방황하는 눈길은, 마치 그때의 사고의 움직임을 표출하는 듯하였는데, 그런 모든 행인들 속에 섞여서,

내가 아까 언뜻 본 소녀들은, 흠잡을 데 없는 육체의 유연성에서 비롯하는 자유자재한 몸짓과 다른 인간에 대한 솔직한 멸시와 더불어, 앞으로 곧바로 주저없이 어색함 없이 걸어오는 품이, 그 사지마다 다른 지체와 완전히 독립해 있는 가운데, 바라는 바의 동작을 정확하게 실행하면서, 동시에 몸의 대부분은 왈츠를 잘 추는 이의 그 놀라운 부동성을 유지하고 있었다. 어느덧 아가씨들은 내게서 멀지 않은 곳에 와 있었다. 저마다 서로 다른 모습이지만 하나같이 저마다 아름다움을 지니고 있었다. 그러나 사실을 말하자면, 나는 조금 전부터 흘깃흘깃 보며 감히 똑바로 바라보지 못해, 아직 그녀들의 하나하나의 개성을 분간 못 하였다. 르네상스의 어느 그림에 보이는, 아라비아인풍의 동방 박사처럼, 곧은 코, 거무스름한 살갗으로 다른 아가씨와 대조를 이루고 있는 한 아가씨를 빼놓고, 아가씨들 중 하나는 엄하고도 끈질기게 보이면서도 웃음치는 한 쌍의 눈으로, 또 다른 아가씨 하나는 두 볼의 장밋빛이 쥐손이풀의 꽃을 상기시키는 그 구릿빛의 색조를 띠고 있는 것으로 겨우 나에게 구분되었을 뿐이고, 또 이런 특징도, 아직 그 중의 어느 것은 이 아가씨보다 저 아가씨에 구분해 제각기 풀리지 않게 비끄러매지 못(이런 신기한 앙상블이 매우 다양한 모습으로 전개되고 갖가지 색조를 접근시키면서, 그리고 악절이 줄이어 지나가는 순간에는 뚜렷하게 들리지만 금세 잊어버려 하나하나 따로 떼어서는 인식할 수 없는, 그런 음악의 경우처럼 뒤섞이면서 펼쳐져 가는 순서에 따라), 흰 달걀 모양의 얼굴, 검은 눈, 초록빛 눈이 줄지어 나타나는 걸 보았을 때, 그것이 조금 전 나에게 매혹을 가져다 준 것과 동일한 것인지 여부를 몰라, 다른 아가씨들한테서 따로 떼어 낸 확정된 아무개 아가씨에게 그것을 돌릴 수가 없었다. 이처럼 한계를 잃어버린 시각에 ― 이 젊은 아가씨들 사이의 구별이야 오래지 않아 가려지겠지만 ─ 그 무리를 통해, 일종의 조화가 있는 파동 같은 것, 무리를 지어 흘러가 아름다움의 연속적인 이동감이 전파되어 올 뿐이었다.

이 젊은 아가씨들이 한결같이 아름다운 벗들로만 동아리를 짠 것은, 아마도 인생에서의 우연만이 아니고, 그녀들이(그 태도로 보아 대담하고 변덕스럽고 매서운 성미가 충분히 드러나 있었다) 우스꽝스러운 것과 보기 흉한 것에는 극도로 민감하면서도, 지적 또는 정신적인 면의 매력을 느낄 줄 몰라서, 같은 나이 또래의 친구들 중에서 사색하기 좋아하거나 또는 감수성이 풍부한 경향 때문에, 소심하고 소극적이고 굼뜬, 곧 이 아가씨들이 틀림없이 '역겨운 성질'이라고 부르고 있을, 그러한 성격을 겉으로 드러내는 아가씨들에 대하여 자연히 염오감을 느끼고, 그러한 것을 멀리하기 때문일 것이다. 그뿐 아니라, 싫어하는 성질들을 멀리하는 한편, 이 아가씨들은 그와는 반대로 맵시, 날램, 육체의 멋이 혼합된 다른 아가씨들에게 마음 끌려 동아리 짓고 있던 것인데, 그런 형태하에서가 아니고서는 매력 있는 성격의 빤한 모습, 함께 보내는 즐거운 시간의 장래성을 상상할 수 없었던 것이다. 또한 아마도, 이 아가씨들이 속해 있는 계급, 그것이 어떤 계급인지 명확하게 말할 수 없지만, 그 계급의 진화가 다음과 같은 단계에 이르고 있었던 것인지도 몰랐다, 곧 부유와 여가 덕분에, 또는 민간에까지 어느 정도 유포되어 있는 스포츠의 새로운 습관과 아직 지적인 훈련이 따르지 않는 육체적 훈련의 습관 덕분에, 어느 사회 환경이, 아직 고뇌의 빛을 보이는 표정을 추구하지 않는 조화스럽고도 다작인 조각의 유파와 비슷해, 자연히 아름다운 다리, 아름다운 허리, 건강하고도 침착한 얼굴, 민첩하고도 꾀바른 모습을 갖춘 아름다운 육체를 다량으로 생산하는 진화의 단계에. 그리스의 해안에서 볕 쪼이는 조각상처럼 저기, 바다 앞쪽으로 내가 보고 있는 것은, 인체미의 고귀하고도 고요한 전형이 아니었던가?

빛을 내는 혜성처럼, 둑을 따라 나아가는 젊은 아가씨의 동아리는, 주위의 군중이 그녀들과는 종류가 다른 인간으로 구성되어 있어, 그 인간의 어떠한 고뇌도 그녀들의 마음속에 연대감을 눈뜨게 할 수 없다는 생각을 품고 있기라도 한 듯, 군중을 거들떠보지도 않는 모양으로, 말하자면 혼자서 움직이기 시작한 기계가 동행인을 피하려고 멈출 리가 만무한 기세로, 사람을 멈추게 하고는 어거지로 길을 비키게 하고, 그녀들이 그 존재를 인정하지 않으려니와 몸에 스치기조차 싫어하는 노신사가, 겁 많고 노발대발하는, 그러나 부랴사랴 우스운 꼴로 도망칠 때, 그녀들은 서로 얼굴을 보고 웃는 것이었다. 그녀들은 그 동아리가 아닌 것에 대하여 멸시의 외양을 꾸미지 않고 있었다, 마음속에서 우러나오는 멸시로 충분하였다. 그러나 하나의 장애물을 보고서는, 깡충 뛰거나 발 모아 뛰어넘으며 재미있어 하지 않고서는 그냥 지날 수가 없었다, 그도 그럴 것이 그녀들은 넘칠 만큼 젊음으로 가득 차 있었기에. 젊은 시절에는 우울하거나 다소 몸이 아프거나 할 때도, 그날의 기분보다 나이의 어쩔 수 없음에 따라 젊음을 발산시키지 않고서는 못 배겨, 뛰어넘기 또는 미끄럼타기의 기회를 놓칠세라 성실히 참가하여, 뛰어난 묘기에 변덕 섞인 우회(迂廻)로, 그 느릿느릿한 걸음을 — 쇼팽의 가장 우수적인 악절처럼 — 중단하다가 계속하다가 한다. 어느 늙은 은행가의 부인이 남편을 여러 자리 중 어느 좌향에 앉힐까 망설이다가, 둑길 쪽에 면하고, 음악당에 의해 바람과 햇볕이 가려져 있는 접의자에 앉혔다. 늙은 남편이 거기에 편히 자리잡은 것을 보고 나서, 남편에게 읽어 주어 심심풀이시키려는 신문을 사러 그녀가 그 곁을 떠나고 있는 참이었다. 그녀가 늙은 남편을 혼자 두고 가는 이 짧은 시간이 5분을 넘는 일은 한번도 없었는데, 그것이 늙은 남편에겐 몹시 오래 된 것 같았으나, 이것저것 시중에 몸을 아끼지 않는 동시에 그 점을 숨기고 있는 부인은 아직도 다른 사람들처럼 살아갈 상태에 있다, 보호자가 전혀 필요없다는 느낌을 늙은 남편이 갖도록, 자주 그렇게 혼자 두었던 것이다. 악사들이 자리잡는 단이, 그의 머리 위에 한번 넘어 봄직한 자연의 도약대를 형성하고 있어, 이를 향해, 아가씨 동아리 중의 연장자가 주저없이 달려오더니, 대경실색하는 노인 위를 뛰어넘었고, 그 날쌘 발이 노인의 해군용 모자를 스치고 말아, 다른 아가씨들, 특히 인형 같은 얼굴에 초록빛 눈을 한 젊은 아가씨는 크게 재미있어 하며, 그 눈은 그런 행동에 대한 감탄과 통쾌감을 나타냈는데, 나는 거기서 약간의 겁, 다른 아가씨들에겐 없는 부끄러워하는 동시에 허세부리는 수줍음을 알아본 듯했다. "저 영감 불쌍해 차마 못 보겠어, 뻗은 것 같아" 하고 아가씨 중 하나가 쉰 목소리로 반은 비꼬는 투로 말했다. 그녀들은 더 걸어가다가 문득 길 한복판에서 걸음을 멈추고, 교통 정지가 되는 것도 아랑곳없이, 마치 날아오르는 순간에 군집하는 새들처럼 이마를 살며시 모으고, 부정형(不整形)으로 밀집한 전례 없는, 그칠 줄 모르고 지저귀는 집합 대형을 이룬 다음, 바다 위의 둑을 따라, 그 한가로운 산책을 계속하였다.

지금, 그녀들의 매력 있는 얼굴 모습은 이제 분명하지 않은, 뒤섞인 것이 아니었다. 나는 그 얼굴들을(하나하나의 이름은 모르지만) 저마다 나누고 정리할 수 있었다, 예컨대 늙은 은행가의 머리 위를 뛰어넘은 키 큰 아가씨랑, 바다의 수평선에 불룩한 장밋빛의 볼과 초록빛 눈을 뚜렷이 드러내고 있는 키 작은 아가씨랑, 다른 아가씨들 사이에서 눈에 띄게 곧은 코를 한 거무스름한 안색의 아가씨랑, 병아리 주둥이처럼 원호(圓弧)를 그린 조그마한 코를 중심으로 달걀 모양의 흰 얼굴, 갓난애에게 흔한 얼굴을 한 아가씨랑, 또 펠르린(옮긴이: pèlerine, 여성용의 짧은 케이프)을 입은 몸집 큰 또 하나의 아가씨랑(이 펠르린은 이 아가씨에게 초라한 모양을 주어, 멋있는 맵시를 너무나 망치고 있어 금세 머리에 다음과 같은 설명이 떠올랐다. 곧, 이 젊은 아가씨의 양친은 상당히 훌륭한 집안 출신임에 틀림없어 보였는데, 그 초연한 자존심을 발베크의 해수욕객들과 그 자제들의 의복의 우아스러움보다 더 높이 평가하고 있어서, 하층민이 보아도 지나치게 수수하게 보일 것 같은 복장으로 그 딸이 둑을 산책하고 있어도 절대로 아랑곳하지 않는 것이다 하고), 검은 '폴로'(옮긴이: polo, 테 없는 부인용 모자)를 눌러 쓰고 생글생글 웃음짓는 반짝거리는 눈에, 윤기 없는 통통한 뺨을 한 아가씨들이었는데, 이 마지막 아가씨는 허리를 어색하게 좌우로 흔들며 자전거를 밀고 오다가, 내 곁을 지나칠 때, 너무도 거센 목소리로 어찌나 고약스런 곁말을 쓰는지(그 곁말 중에서 그래도 나는 '제멋대로 사는 거야'라는 듣기 거북한 말을 귀로 분간했다), 나는 그녀의 동료인 펠르린의 아가씨를 보고 세운 가설을 버리고, 도리어 이런 아가씨들은 다 자전거 경주장에 드나드는 대중에 속하고, 자전거 선수의 아주 어린 정부임에 틀림없다고 결론지었다. 어쨌든 내 추측의 어느 것에도, 그녀들의 품행이 좋다는 가정은 나오지 않았다. 첫눈에 ─웃으면서 서로 얼굴을 바라보는 모양이나, 윤기 없는 뺨의 아가씨의 끈질긴 눈길이나 ─그녀들의 품행이 좋지 않다는 것은 알고도 남음이 있었다. 게다가 할머니가 너무나 세심한 주의로 나를 항상 감시해 왔기 때문에, 우리가 하지 말아야 하는 제반사는 인간에게 공통된다고 믿어 와서, 노인에게 존경심이 없는 젊은 아가씨라도, 팔십 노인의 머리 위를 뛰어넘는 것보다 더 유혹적인 쾌락이 있다면, 역시 멈칫하고 내닫던 달음박질을 멈

167

출 줄로 생각했던 것이다.

그녀들은 이제 하나하나 구별되기는 하지만, 동아리의 정신과 자만심에 생기 있는 그 눈길들이 벗에게 쏠리거나 통행인에게 쏠리거나에 따라, 어떤 때는 내부에 절친함을, 어떤 때는 외부에 건방진 무관심을 잠깐잠깐 드러내면서, 서로 상대의 눈길과 상응하고 있는 의기상투, '별개의 동아리'를 만들어 언제라도 함께 산책할 만큼 친밀하게 맺어져 있다는 그 의식, 그런 것이 그녀들의 하나하나 독립된 몸 사이에, 그 몸들이 나란히 천천히 나아가는 동안에, 따스한 동일한 그림자, 하나의 동일한 대기처럼, 눈에 보이지 않으나 조화스러운 하나의 유대를 형성하고, 그녀들이 인파 속에 유유자적하게 굽이쳐 가는 행렬을 군중 속에서 구별되게 하면서도, 동시에 그녀들의 몸을 부분적으로 굳게 결합된 하나의 전체로 만들고 있었다.

자전거를 밀고 가는 뺨이 통통한 거무스름한 아가씨의 곁을 지나칠 때, 한순간 나는 그녀의 웃음치는 곁눈질과 마주쳤는데, 그것은 이 소부족의 생활을 가두어 숨기고 있는 인간미 없는 세계, 이 나에 대한 관념 따위는 아무래도 자리잡을 수 있을 것 같지도 않으려니와 다다르지도 못할 가까이 갈 수 없는 미지의 세계 속에서 보내진 것이었다. 그 동아리와 얘기하는 데 정신 나간, 폴로 모자를 푹 내려쓴 이 아가씨가, 그 눈에서 방사된 검은 광선이 나와 마주치던 순간에 과연 나를 보았을까? 보았다면 그녀의 눈에 내가 어떤 모양으로 비쳤을까? 어떠한 세계의 속에서 그녀가 나를 분간하였을까? 이를 말하기가 어렵기는, 이를테면, 망원경 덕분에 이웃 별에 어떤 특수한 징후가 보였다고 해서, 거기에 인류가 서식하고 우리를 조망한다고 결론짓기가, 우리를 조망하고 어떤 생각을 품었는지 결론짓기가 어려운 거나 마찬가지일 것이다.

그와 같은 아가씨의 눈이 반짝반짝 빛나는 동그스름한 운모(雲母)에 지나지 않는다고 생각한다면, 우리는 구태여 탐욕스럽게 그녀의 생활을 알려고 하거나 그 생활을 우리와 결부시키려고 하지 않을 것이다. 그러나 우리는 반사하는 그 작은 원반 속에 반짝거리는 것이 단지 원반의 물질적인 구성 때문만이 아니라는 걸 느낀다. 그것은 우리가 잘 모르는 것, 빛을 내는 당사자만이 알고 있는 인간이나 장소에 관하여 — 내게는 페르시아 낙원의 선녀보다 더 매력 있는 이 어린 선녀가 들을 건너 숲을 지나, 페달을 밟으면서 나를 데려다 주었을지도 모르는 경기장의 잔디, 경주로의 모래 따위에 관하여 — 품고 있는 관념의 검은 그림자, 그녀가 돌아가려는 집의 그림자, 그녀가 작성하는 또는 남이 그녀를 위하여 작성한 계획의 그림자라고 느낀다. 특히 욕망, 동감, 반감, 비밀스런 끊임없는 의지를 간직한 그녀 자체라고 느낀다. 그 눈 속에 있는 걸 내 것으로 소유 못 한다면, 이 자전거 타는 아가씨를 소유 못 하리라는 걸 나는 알고 있다. 따라서 내게 욕망을 불어넣고 있는 건 그녀의 온 삶이다. 괴로운 욕망이었다, 그도 그럴 것이 그것은 실현할 수 없는 것인 동시에 나를 도취시키는 것인 걸 느꼈기 때문이며, 이제껏 나의 삶이던 것이 돌연 나의 온 삶임을 그치고, 내 앞에 펼쳐져 내가 메우고 싶어 안달이 나는 공간, 이 아가씨들의 삶으로 이루어진 공간의 한 작은 부분에 지나지 않게 되고 말아, 이 신장(伸張), 이 제 자신의 증가, 곧 행복이 막막하게 보였기 때문이다. 또 틀림없이, 나와 그녀들 사이에 아무런 공통된 습관 — 아무런 공통된 관념 — 도 없다는 것이 그녀들과 사귀거나 그녀들을 기쁘게 해주는 걸 더욱 어렵게 만들고 있는 게 틀림없었다. 그러나 또한, 한 미지의 삶에 대한 내 영혼의 갈망 — 메마른 땅의 맹렬한 갈증과도 같이, 이제껏 한 방울의 물도 받아 본 일이 없던 만큼 더욱더 탐욕

169

스럽게 천천히 맛보며 완전히 빨아들이고 말 것 같은 갈망 — 이,
포만의 뒤를 이어 내 마음에 나타난 것은 그녀들과 나 사이에 아무
런 공통점이 없다는 그 차이 탓이기도 하고, 아가씨들의 성질과 행
위를 구성하고 있는 것 가운데에 내가 알거나 갖거나 한 요소가 하
나도 들어가 있지 않다는 의식 탓이기도 하였을 것이다.

　반짝거리는 눈을 한 그 자전거 타는 아가씨를 내가 어찌나 바라
보았던지 그녀는 눈치챈 듯 가장 키 큰 아가씨에게 뭔가 한마디 했
는데, 내게는 들리지 않고, 상대는 그 말에 웃었다. 사실, 이 거무
스름한 아가씨는 내가 가장 마음에 들어한 아가씨가 아니었다, 왜
냐하면 그녀가 가무잡잡하다는 바로 그 이유 때문이고 또 탕송빌
의 작은 가풀막에서 내가 질베르트를 본 이래로, 금빛 살갗에 다갈
색 머리칼의 아가씨야말로 여전히 나에게는 가까이할 수 없는 이
상이었기 때문이다. 그러나 질베르트 역시 그녀가 베르고트와 친
하고, 그와 함께 여러 대성당을 구경하러 간다는 그 후광으로 둘러
싸인 아가씨로서 나의 눈에 비쳤기 때문에 유달리 그녀를 사랑했
던 것이 아니던가? 그와 같은 식으로, 이 가무잡잡한 아가씨도, 나
를 바라보아 준 것을 알아보았다(그 때문에 우선 그녀와 사귀는 문
에 들어서기가 더 쉬울 거라는 희망을 품었다)는 점으로 나 스스로
기뻐할 수는 없겠는가. 왜냐하면 그녀가 나를 다른 아가씨들에게
소개해 줄 테니까, 노인의 머리 위를 뛰어넘은 무자비한 아가씨에
게도, "저 영감 불쌍해 차마 못 보겠어" 하고 말하던 잔혹한 아가
씨에게도, 저마다 매력으로 남의 마음을 이끌어 떠나지 못하게 하
는 다른 아가씨를 차례차례 다 소개해 줄 테니까. 그렇건만 내가
언젠가는 이 아가씨들 중 아무개의 벗이 되리라는 가정, 벽에 비치
는 햇살처럼 모르는 사이에 깜박깜박 나의 위에 장난치면서 때때
로 뜻 모를 눈길로 강하게 나를 때리는 그 눈이, 언젠가는 기적적

인 연금술로, 필설로 형용 못 할 그 눈의 구조 사이에, 나라는 존재에 대한 관념이라든가, 나 자신에 대한 우정을 살그머니 들여보내 주리라는 가정, 그녀들이 바닷가를 따라 펼치는 화려한 행렬 속에 언젠가는 나 자신이 참가해 그녀들 사이에 끼리라는 가정, 이런 가정은 어느 행렬을 묘사한 고대의 기둥머리 조각이나 벽화 앞에 서서, 그것을 구경하는 내가 그 행렬의 성스러운 여인들에게 사랑받아 그녀들의 행렬에 낄 수 있다고 여기는 것과 마찬가지로, 해결 못 할 모순을 품고 있는 듯 생각되었다.

따라서 이 젊은 아가씨들과 친지가 된다는 행복은 실현될 수 없는 것이었을까? 그렇다, 내가 이런 유의 행복을 단념하는 건 이번이 처음이 아니었다. 발베크에 와서만도, 마차가 전속력으로 지나치면서 영영 나에게 단념하게 한 그 수많은 미지의 아가씨들을 상기해 보기만 해도 그렇다. 또 그리스의 숫처녀들로 구성되어 있는 듯이 고귀하게 보이는 작은 동아리가 나에게 주는 쾌락도, 그 동아리가 뭔가 노상을 지나가는 둔주(遁走) 같은 요소를 갖고 있는 데서 온 것이었다. 자주 만나는 사이에 어떠한 여성도 그 흠을 드러내고 마는 일상 생활의 닻줄에서 우리를 어거지로 풀어서 우리를 미지의 나라로 출범시키는 이 낯선 이들의 덧없음은, 우리를 끊임없는 추적 상태에 놓아 상상이 다시는 멈추지 못한다. 그런데 이런 상상에서 우리의 쾌락의 겉옷을 벗기는 건, 쾌락을 쾌락 자체에 돌리는 것, 곧 쾌락을 무에 이르게 하는 것이다. 예컨대 내가 홍등가 뚜쟁이의 주선으로 이 아가씨들을 만났다고 치고 — 내가 뚜쟁이를 멸시하지 않는 점은 이미 다른 곳에서 보았을 터 — 그토록 많은 명암과 아련함을 그녀들에게 주고 있는 요소에서 그녀들을 끌어내었다면, 그녀들에게 그토록 매혹되지 않았을 것이다. 상상력이 하나의 목적을 만들어 내자면, 그 대상에 이르는 가능성이 확실하지 않다는 안타까움에 안달하고 있어야 한다. 그런 상상의 목적을 뒤좇는다는 것은, 그 밖의 다른 목적을 우리한테 숨기고, 삶에서 투철한 사고 대신에 관능적인 쾌락에 빠지게 하여, 쾌락의 참된 모습을 알게 함을, 쾌락의 참된 맛을 감득하게 함을, 쾌락을 그분수에 그치고 말게 함을 방해한다. 물고기가 식탁에 마련되어 있는 것을 처음 보면, 그걸 우리 손으로 잡기에 여러 가지 술책과 수단이 필요한 줄로 생각되지 않으나, 낚시질 나간 오후 무료하게 보내는 동안, 투명하게 흔들리는 하늘빛 유동체 속에, 은빛 비늘이 반짝, 확실하지 않은 것의 그림자가 슬금슬금 소용돌이치면서 수면에 드러날락 말락 하게 나타나려면, 우리와 물고기 사이에 그 소용돌이가 끼여 있어야 한다.

이 젊은 아가씨들은 또한 해수욕장의 생활에 특유한 그 사회적인 균형의 변화의 혜택을 받고 있었다. 일상의 사회 환경에서, 우리의 값어치를 엿가락 늘이듯 늘이거나 크게 하는 온갖 특권이 여기서는 눈에 띄지 않게 되어 가뭇도 없는 것이다. 그 반면에 그러한 특권이 있을 줄로 우리가 함부로 추측해 보는 인간이 허위의 세도를 펴 나간다. 그래서 낯선 여인들이나, 이날 젊은 아가씨들이 내 눈에 비교적 수월하게 퍽 중요한 위치를 차지하게 되고, 그 반대로 내가 가질 수 있는 위치가 그녀들에게 인정되지 않았다.

그러나 작은 동아리의 산책은, 중요성으로 보아서, 이때까지 언제나 나의 마음을 혼란케 해 온 둔주, 지나가는 여인들의 무수한 둔주의 하나의 요약에 지나지 않는다고 하면, 지금 이곳을 지나가는 아가씨들의 이 둔주는 부동에 가까울 만큼이나 느릿느릿한 동작으로 되돌아간 둔주였다. 그런데 이와 같이 느린 추이에서는, 얼굴들은 다시는 소용돌이에 휩쓸리지 않고 잔잔하고도 분명히 확실해지는데도, 그 얼굴들은 역시 나에게 아름답게 보여, 빌파리지 부인의 마차에 몸을 싣고 달렸을 때에 그처럼 자주 생각했듯이, 좀더 가까이 가서 잠시 멈추고 바라본다면, 얽은 살갗, 납작코, 신통하지 못한 눈, 찌푸린 미소, 보기 흉한 몸매 같은 세밀한 점이, 여인의 얼굴과 몸 안에서 내가 틀림없다고 상상했던 아름다운 것을 없앨 거라고 여기던, 그런 생각을 나로 하여금 품지 못하게 하였다. 몸의 아름다운 선이나 흘깃 본 생기 있는 안색만으로도 충분히, 추억이나 선입견으로서 내가 항상 내 가운데 갖고 있는 황홀한 어깨, 감미로운 눈길과 성실하게 결부되곤 했기 때문에, 달리는 순간에 재빨리 목격하는 상대를 신속히 판단한다는 건, 마치 너무 빨리 읽어서, 한 음절의 낱말에 대해서도 이것을 다른 낱말들과 판별할 틈 없이, 씌어 있는 낱말 대신에 기억에 떠오르는 딴 글자를 붙이는 때와도 같은 오류를 범하게 된다. 그런데 이번에는 그렇지 않았다. 나는 그 얼굴들을 유심히 잘 보았던 것이다. 그 얼굴 하나하나를, 그렇다고 그 옆얼굴 모습을 사방에서 본 건 아니고, 드물게 정면에서 보았을 뿐이지만, 어쨌든 두셋의 꽤 다른 견지에서 바라보아, 처음 보았을 때에 눈대중으로 해 본 선과 색깔의 갖가지 추측의 수정, 검토, '교정'을 할 수 있었고, 또 차례차례 변하는 표정을 통해 어떤 변하지 않는 질료 같은 것이 그 안에 존속하고 있음을 볼 수 있었다. 그래서 나는 확신을 갖고 혼자 말할 수 있었다, 파리에도, 발베크에도, 또 여태까지 내 눈을 멈추게 하던 지나가는 여인들을, 그녀들과 더불어 걸음을 멈추고 얘기할 수 있었다고 생각되는 가장 바람직스러운 가정 밑에 두는 경우에도, 나와 친지가 되지 않은 채로 그 모습을 나타내다가 사라져 가는 이 젊은 아가씨들만큼, 나에게 한없는 애석의 정을 느끼게 하고 도취될 것 같은 우의의 정을 품게 한 존재는 따로 없었다고. 여배우 중에도, 시골 아가씨 중에도, 종교 단체가 경영하는 여기숙사의 아가씨들 중에도, 그토록 아름답고, 그토록 많은 미지의 것에 젖은, 그토록 매우 귀중한, 그토록 아닌게아니라 정말 가까이 못 할 것같이 생각되는 존재를 본 일이 없었다. 이 젊은 아가씨들이, 이 세상의 미지의 행복, 이 세상의 가능한 행복, 참으로 감미롭고 참으로 완벽한 본보기였으므로, 이상적 아름다움이 주는 더없이 신비로운 행복은, 어떠한 실수도 일어나지 않는 절대적 조건 속에서 맛보기는 불가능할 것 같다는 오로지 지적인 이유를 따지면서 나는 절망을 느꼈다. 우리는 아름다움이 가져다 주는 신비스런 행복을 바라면서도, 바라지도 않던 여인들에게서 쾌락을 구함으로써―오데트를 접하기에 앞서, 스완이 번번이 그것을 거부했지만―바라 마지않은 아름다움을 소유 못 하는 애석의 정을 달래기 일쑤여서, 결국 또 하나의 참다운 쾌락이 뭔지 모르는 채 죽어 버린다. 물론 현실에 미지의 쾌락이란 있을 수 없어, 가까이하면 그 신비로움은 꺼지고 오로지 욕망의 투영, 욕망의 신기루밖에 남지 않을 것이다. 그러나 이런 경우에도, 나는 그것을 자연계의 법칙의 필연성 탓으로 돌리고―만약에 자연계의 법칙이 이 젊은 아가씨들에게 적용된다면, 다른 모든 여인들에게도 적용될 것이다―대상의 결함 탓으로 돌릴 수는 없었을 것이다. 왜냐하면 이 대상은 내가 뭇 대상 중에서 특별히 택한 것이어서, 식물학자의 자신만만함과 더불어, 이 젊디젊은 아가씨의 꽃들보다 진귀한 꽃의 종류의 집합을 따로 발견할 수 없다는 점을 알고 있기 때문이다. 바로 이 순간에 이 젊디젊은 꽃들은 해안 절벽 위의 정원을 장식하는 펜실베이니아 장미의 덤불과도 유사하게 그 화사한 생울타리로 내 앞에 파도의 선을 가리고 있었는데, 그 아름다운 꽃들 사이에 기선이 오가는 항로가 끼여 있고, 그 기선이 하나의 꽃줄기에서 또 하나의 줄기로 이어져 있는 수평선 위를 어찌나 느리게 미끄러져 나가는지, 배의 몸체가 벌써 지나간 지 오래

된 꽃부리의 그 속에 늦잠죄고 있는 게으른 나비 한 마리가, 배가
향해 나아가고 있는 꽃의 첫 꽃잎과 뱃머리 사이에 아직 나 있는
조그마한 틈이 한낱 한 조각의 하늘빛으로 물들기까지 기다려 날
아가도, 반드시 배보다 앞서 그 꽃에 다다를 수 있을 만했다.

　오래지 않아 생 루의 체류 마지막 날이 닥쳐왔다. 나는 아직 그
젊은 아가씨들의 모습을 바닷가에서 다시 보지 못했다. 생 루는 오
후에 거의 발베크에 있지 않아서, 나를 위하여, 그녀들에 대한 것
을 생각하고, 그녀들한테 나를 접근시키는 기회를 만들어 내는 노
력을 할 수 없었다. 저녁때, 그는 한결 자유스러운 몸이라서 변함
없이 자주 나를 리브벨에 데리고 갔다. 이런 레스토랑에는, 공원이
나 열차 안에서처럼, 평범한 외관에 싸여 있으면서, 우연히 이름을
물어 보면, 그것이 우리가 상상한 모양으로 있으나마나 한 신참자
가 아니라, 우리가 자주 소문에 듣는 알려진 장관 또는 공작임에
틀림없다는 사실이 드러나 적잖이 놀라는, 그런 이름난 사람이 몇
몇 있는 법이다. 이미, 두세 번인가, 리브벨의 레스토랑에서 생 루
와 나는, 손님들이 다 돌아가기 시작할 무렵에 한 식탁에 앉으러
들어오는, 큰 키에, 근육이 매우 튼튼한, 이목구비가 고르고, 희끗
희끗 세기 시작한 수염에, 그 꿈꾸는 듯한 눈이 공간에 몽상을 그
리듯이 열심히 허공을 뚫어지게 바라보는 이가 있는 것을 보았다.
언제나 혼자서 늦게 저녁 식사 하러 오는 이 아리송한 이가 누군
지, 어느 날 저녁 주인에게 우리가 물어 보니까, "뭐라구요, 유명
한 화가 엘스티르를 모르셨나요?"라는 그의 대답. 스완이 한 번
그 이름을 내 앞에서 입 밖에 낸 일이 있었는데 무슨 얘기 끝에 나
왔는지 통 기억이 나지 않았다. 그런데 추억의 누락이, 독서 중 문
장의 한 부분에 누락이 있을 때같이, 때로는 불확실성이 아니라,
일관된 정확성을 부화시키는 데 도움이 되는 일이 있다. "그분이

라면 스완의 벗이고, 매우 유명한 뛰어난 예술가죠" 하고 내가 생
루에게 말했다. 그러자 곧, 엘스티르는 위대한 예술가다, 유명한
사람이다라는 생각, 다음에 엘스티르가 우리를 다른 손님들과 혼
동하여 그 재능에 대한 우리의 열광을 알아채지 않고 있다는 생각
이, 생 루와 나의 가슴속을 전파처럼 지나갔다. 그가 우리의 감탄
의 정을 전혀 모르는 것도, 우리가 스완과 친지라는 것도, 우리가
해수욕장에 와 있지 않았다면, 틀림없이 그토록 안타까운 것이 아
니었을 것이다. 그러나 감격을 잠자코 견디어 내는 나이에 아직 이
르지 않았고, 또 여기선 우리를 알아주지 않는구나 하는 숨막힐 것
같은 기분에서, 우리는 둘이서 서명한 쪽지를 썼는데, 내용은, 당
신에게서 몇 걸음 안 되는 곳에 앉아 식사하고 있는 두 사람이, 당
신의 재능에 대한 열렬한 애호자이며, 당신의 벗인 스완의 친지이
기도 하다고 밝히고, 우리가 당신에게 찬사를 표하는 것을 허락해
달라고 하였다. 급사 하나가 이 서신을 저명 인사에게 전하는 일을
맡았다.

　유명하다고 하나, 엘스티르는, 이 레스토랑의 주인이 주장하는
만큼 이 무렵에는 아직 유명하지 않았고, 그렇게 되기는 아마 몇
해 지나서였다. 그러나 이 레스토랑이 아직 일종의 농원에 지나지
않았을 무렵부터 이곳에 살아온 그는, 예술가들의 촌락을 이곳에
만드는 개척자의 한 사람이었다(하기야 그런 예술가들은 수수한
차양이나 대기 중에서 모두 식사를 하던 이 농원이 유행계의 하나
의 중심이 되자 다들 다른 곳으로 이주해 버렸고 엘스티르 자신도
요즘 리브벨에 들르곤 하는 건, 이곳에서 멀지 않은 곳에 함께 살
고 있는 그의 아내가 부재중이기 때문이었다). 그러나 위대한 재능
은 아직 인정되지 않은 때에도 어떤 감탄스러운 현상을 필연적으
로 일으키는데, 예컨대 이 농원의 주인만 해도, 여행길에 들르는

영국 부인으로, 엘스티르가 지내는 생활에 대해 여러 가지로 알고 싶어 질문하는 이가 한두 사람이 아닌 것과 엘스티르가 외국인한 테서 받는 편지의 수로 보아 그의 재능을 분별할 만하였던 것이다. 그 당시 주인은, 엘스티르가 제작 중에 방해되는 걸 싫어하고, 달 밝은 밤중에 일어나서, 모델 소년을 바닷가로 데리고 가서 알몸으로 포즈를 취하게 하는 따위를 주목했던 것이다. 그러한 수많은 노력이 헛되지 않았으며, 유람객들의 감탄의 정이 부당하지 않았던 것을, 이 주인이 옳다고 생각하였던 것은, 리브벨의 어귀에 서 있는 나무 십자가를 엘스티르의 어느 화면에서 알아보았을 때였다. "과연 그것이다" 하고 그는 깜짝 놀라 되뇌었던 것이다, "네 조각이 그대로 있군! 아무렴! 여간 힘들지 않았겠는걸!"

그런 그였으나 엘스티르가 이쪽에서 보낸 서신을 읽고, 그것을 호주머니에 넣고 계속해 식사하고, 가지고 온 짐을 가져오라고 부탁하기 시작하고, 떠나려고 일어나는 동작을 보고 있는 중에, 우리의 교섭이 필시 그의 마음을 언짢게 한 줄로 여겨, (아까는 이쪽을 주목하지 않고 그가 떠나지 않을까 그처럼 걱정하였는데) 지금은 그가 알아채지 않게 이쪽에서 떠나고 싶을 지경이었다. 우리는 어떤 중대한 한 가지, 틀림없이 가장 중요한 것일는지도 모르는 것에 생각이 미치지 않았다, 그것은 엘스티르에 대한 우리의 감격, 그 성실성을 의심하는 사람이 있다면, 우리는 그 사람을 용서하지 않았을 것이고, 과연, 그 성실성의 증거로, 우리가 기대 때문에 이따금 숨이 막히고, 이 위대한 분을 위해서라면 어떠한 어려운 일도 모험도 마다하지 않을 결심인 것을 표시하였을 감격이, 우리가 상상하는 것처럼 참된 감탄의 정이 아니라는 점이었다, 그도 그럴 것이, 우리는 아직 한번도 엘스티르의 그림을 본 적이 없었기 때문에. 우리가 감정의 대상으로 삼고 있었던 것은, 작품이 아니라 어쩌면 '위대한 예술가'라는 속 빈 관념이며, 그의 작품을 우리는 아직 모르고 있었던 것이다. 우리의 감정의 대상은, 기껏해야 공허한 감탄, 신경의 틀, 알맹이 없는 감탄의 감상적인 뼈대, 이를테면 어른이 되면 없어지고 마는 어느 기관처럼 어린 시절에 붙어 있어서 떨어지지 않는 그 무엇이었다. 우리는 아직 어렸던 것이다. 그 동안에 엘스티르는 문까지 막 이르고 있었는데, 그때 휙 방향을 바꾸어 우리 쪽으로 왔다. 나는 뭐라고 형용키 어려운 기쁜 두려움에 사로잡혔다. 몇 해 후였다면 그런 정을 느끼지 못했을 것이다, 왜냐하면 나이와 동시에 역량이 줄어드는 한편, 항간의 습관이 스며들어, 이런 종류의 감동을 느끼게 할 만큼 이상한 기회를 야기시키는 모든 사념을 빼앗기고 말기 때문이다.

우리한테 와서 우리의 식탁 앞에 앉으려고 하면서, 엘스티르가 건네오는 말 중에, 여러 번이나 나는 스완에 대한 말을 끼어 넣었는데, 그것에 그는 한마디도 대꾸하지 않았다. 나는 그가 스완을 모르는 것이 아닐까 여기기 시작했다. 그래도 그는, 나에게 발베크에 있는 그의 아틀리에에 찾아오라고 했다. 생 루에게 하지 않고 나에게 한 이 초대는, 엘스티르가 스완과 친분이 있었더라도, 그 스완의 소개만으로는 필시 얻지 못했을 것이라고 생각되는 것으로 (그도 그럴 것이, 무사무욕한 정의 영역은 남성의 삶에서 우리의 생각과는 달리 넓은 자리를 차지하고 있기 때문에), 특히 내가 그것을 얻은 것은, 내가 예술을 좋아하는 인간이라고 생각하게 하는 몇 마디를 했기 때문이었다. 엘스티르는 나한테 호의를 아끼지 않았는데, 생 루의 호의가 프티 부르주아의 상냥함보다 나은 정도로, 엘스티르의 호의는 생 루의 그것보다 나았다. 위대한 예술가의 호의에 비하면 대귀족의 호의라는 건, 아무리 매력이 있더라도 배우의 연기나 거짓 꾸밈처럼 보인다. 생 루는 나의 마음에 들기를 바라고, 엘스티르는 남에게 주기를, 자기를 주기를 좋아하는 것이다. 그가 소유하고 있는 모든 것, 사상, 작품, 그 밖에 그가 대수롭지 않게 여기는 것을, 그는 그것을 이해하고 있는 듯싶은 사람에게는, 상대가 누구든 기꺼이 주었을 것이다. 그러나 자기가 견딜 수 있는 사교권(社交圈)이 없기 때문에, 고독 속에 살면서, 사교계 사람들은 태깔 부린다느니 교양이 없다느니 하고, 관헌(官憲)은 반역 정신이라 일컫고, 이웃들은 광기라고 부르고, 가족은 이기주의니 거만이니 하고 말하는, 그 야성인의 성격을 간직하고 있었다.

틀림없이 엘스티르도 처음에는, 그의 참된 값어치를 몰라주거나 그의 감정을 상하게 하는 사람들에게 제작의 방법을 통해, 멀리서 그가 호소하는 걸, 그에 대하여 더욱 고상한 관념을 품게 하는 걸 고독 속에서도 기쁘게 생각했을 것이다. 아마도 그 무렵에, 남들에게 무관심해서가 아니라, 남들을 좋아하기 때문에 혼자 살았을 것이다. 그리고 내가 다른 날 더욱 사랑스러운 기색을 띠고 질베르트 앞에 나타나려고 일단 그녀를 단념했던 것처럼, 엘스티르도 어느 사람들을 염두에 두고, 그들 쪽으로 돌아가고자, 그 자신의 돌아감 없이, 사람들이 그를 사랑하기를, 탄복하기를, 입에 오르내리기를 바라서 제작하였을 것이다. 단념은 언제나 처음부터 온전한 것이 아니다. 설령 병자, 수도사, 예술가, 영웅의 단념이라 할지라도, 처음에는 그때까지의 옛 심정으로 그것을 결심하는 것이고, 단념이 우리에게 반응을 미치는 건 나중이다. 그러나 어떤 사람을 염두에 두고 작품을 제작할 의사를 품었더라도, 막상 그것을 제작하는 경우, 그는 사회에서 멀리, 그것에 무관심하게 되고, 그 자신을 위하여 살았던 것이다. 고독의 실행이 고독을 좋아하는 성향을 가져다준 것이다. 마치 큰 것에는 처음부터 공포를 느껴 손대지 못하고, 작은 것부터 먼저 어울리고 나서, 거기서 빠져 나와 큰 것에 일치하는 일이 있듯이. 큰 것을 알기에 앞서 우리가 염려해야 할 것은, 그 큰 것과, 그것을 알자마자 금세 중단되고 마는 어떤 기쁨을 어느 정도까지 타협시킬 수 있느냐는 점이다.

엘스티르는 우리와 오랫동안 이야기하지 않았다. 나는 2~3일 내로 그의 아틀리에에 가 보자고 마음속으로 정하고 있었는데, 이날 밤의 다음날, 할머니를 모시고 카나프빌의 절벽 쪽 둑 끝까지 갔다가 돌아오는 길에 바닷가로 수직으로 통하는 작은 길의 모퉁이에서, 우리는 젊은 아가씨와 엇갈렸다. 어거지로 외양간에 끌려 돌아가는 가축처럼 머리를 수그린 그 아가씨는 골프채를 손에 들고서, 억지 쓰는 한 여인 앞을 걸어갔는데, 보아하니 그 여인은 아닌게아니라 아가씨의, 아니면 아가씨의 친구의 '영국인 가정 교사' 인 듯하여 홍차보다는 오히려 진을 좋아할 듯싶은 붉은 안색에다가, 씹는 담배를 씹은 검은 자국이 입아귀에 줄을 긋고, 희끗희끗하지만, 아직은 숱이 많은 수염 끝을 그 검은 자국이 갈고리처럼 늘이고 있는, 호가스(옮긴이: Hogarth, 1697~1764. 영국의 풍자 화가)가 그린 초상화 「제퓌로스」와 비슷하였다. 그 앞을 가는 아가씨는, 검은 폴로 모자를 쓰고, 움직이지 않는, 뺨이 통통한 얼굴에 웃음짓는 눈을 하고 있던, 그 작은 동아리의 아가씨와 비슷하였다. 그런데 지금 돌아가고 있는 이 아가씨도 역시 검은 폴로 모자를 쓰고 있지만, 이전의 아가씨보다 더 예뻐 보이고 콧날이 더 곧아 보이고, 그 밑의 측면도 더 탐스럽고 살이 통통하게 보였다. 그리고 또, 이전의 아가씨는 창백한 거만스러운 아가씨처럼 내 눈에 보였는데, 이번 아가씨는 온순하게 길든 계집애 같고, 안색도 장밋빛으로 보였다. 그렇지만 같은 자전거를 밀고 있는 걸로 보거나, 같은 순록(馴鹿) 장갑을 끼고 있는 걸로 보거나, 그 차이는 필시 그녀를 바라보는 나의 위치, 상황의 다름에서 오는 것일 거라는 결론에 이르렀다. 왜냐하면 발베크에, 얼굴이 뭐니뭐니 해도 그토록 닮고, 복장에 동일한 특징을 그처럼 모은 아가씨가, 따로 또 하나 있다는 건 거의 있을 수 없는 일이니까. 아가씨는 내 쪽으로 눈길을 흘깃 던졌다. 그러고 나서 며칠 동안, 바닷가에서 작은 동아리를 다시 보았을 때도, 더 나중에 가서 한 동아리를 구성하는 모든 아가씨들과 사귀게 되었을 때도, 그녀들 중의 누가 ─ 그녀들 중에서 가장 그 아가씨와 비슷한 자전거의 아가씨마저 ─ 과연, 사실상, 그 저녁, 바닷가 끝머리의 작은 길 모퉁이에서 내가 보았던 아가씨, 하지만 그 행렬 속에서 처음으로 내눈에 띄었을 때와는 약간 달랐던 그 아가씨였는지, 그것을 확신케 하는 절대적인 방법이 나에게 없었다.

이 오후부터, 그 이전에 특히 키 큰 아가씨를 염두에 두었던 나였으나, 이날 오후부터 나의 마음을 차지하기 시작한 것은 골프채를 든, 시모네 아가씨로 추측되는 그녀였다. 다른 아가씨들과 걷는 도중에, 그녀는 자주 걸음을 멈추어, 그녀를 매우 우러러보고 있는 성싶은 벗들의 걸음도 어쩔 수 없이 멈추게 하곤 하였다. 나는 지금도 그런 모양으로 정지한 모습, 그 '폴로' 밑에 반짝거리는 눈을 한 그녀가 환하게 보인다 ─ 바다를 배경삼아 그 영사막 위에 비치는 실루엣, 투명하고도 푸른 공간과, 그때부터 흘러간 때에 의하여 내게서 격리된 모습, 나의 추억 속에 비치는 아주 얇은 한 가닥의 첫 영상, 이후 지나간 세월 속에 내가 자주 투영하던 얼굴의, 그리워 추구된, 그러다가 망각된, 그러다가 다시 찾아낸 영상, 그리고 내 방에 있는 어느 젊은 아가씨를 보고, 나에게 자신도 모르게 '그 아가씨!'라고 마음속으로 외치게 할 수 있었던 그 모습이.

그러나 아직 이때에 내가 가장 알고 싶어하던 것은, 아마도 쥐손이풀꽃의 안색을 한 초록빛 눈의 아가씨인지도 모른다. 게다가 만약에 그 아가씨가 없었다면, 일정한 어느 날에, 내가 보고 싶어하는 아가씨가 누구든 간에, 그것이 한 동아리의 다른 아가씨라면, 족히 나를 감동시켰을 것이다. 나의 욕망도, 한 번은 오히려 아가씨들의 하나에 이끌리고, 또 한 번은 오히려 또 하나에게 이끌리며, 계속해서─첫날, 나의 눈에 흐리멍덩하게 비치던 모습처럼─그녀들을 집합시키고, 따로 떼어 놓고, 그리고 또 그녀들이 자랑삼아 구성하고 있는 성싶은 공동 생활의 활기 있는 작은 무리를 그녀들한테서 따로 만들어 내기도 하였다. 그녀들 중의 한 아가씨의 벗이 됨으로써─세련된 이교도, 아니면 야만인 중에 섞인 조심성 있는 기독교도처럼─건강, 무의식, 일락, 잔혹, 지성의 결핍, 즐거운 소란을 다스리는 젊디젊은 모임에, 나는 얼마나 들어가고 싶었는지.

내가 엘스티르와 만나 얘기한 일을 듣고, 엘스티르와 친해짐으로써 내가 지적인 이익을 얻을 수 있는 걸 기뻐하던 할머니는, 내가 아직 꾸물대고 그를 방문하지 않는 것을 몰상식하고도 실례되는 짓이라고 여기고 있었다. 그러나 나는 작은 동아리밖에 염두에 없고, 또 그 젊은 아가씨들이 둑을 지나가는 시각이 확실하지 않아, 감히 멀리까지 가지 못했다. 할머니는 또한 나의 맵시에도 놀라고 있었다. 그도 그럴 것이, 여태까지 트렁크의 밑바닥에 내버려 두었던 옷가지를 갑작스럽게 내가 생각해 내었기 때문이다. 나는 날마다 다른 옷을 입고 새 모자와 새 타이를 보내 달라고 파리에 편지도 써 보냈다.

조가비나 과자 또는 꽃을 파는 예쁜 아가씨의 얼굴이 우리의 사념 속에 선명한 빛깔로 그려지는 것이, 바닷가에서 보내는 한가하고도 화창한 나날의 목적으로서 아침부터 우리의 마음을 즐겁게 해주는 매일이라면, 발베크와 같은 해수욕장의 생활에 하나의 커다란 매력이 더 생긴 셈이 된다. 그러면 그런 나날은, 그것만으로, 하는 일 없이도, 일하는 나날처럼 방심하지 않는, 바늘 끝처럼 따끔따끔한, 자석처럼 이끄는 힘이 있는 나날이 되고, 오래지 않아 사블레(옮긴이: sablé, 파삭파삭한 과자의 일종), 장미꽃, 조가비를 사면서, 꽃 위에 보이는 빛깔처럼 순수하게 보이는 아름다운 빛깔을 여인의 얼굴 위에서 보고 즐기려는, 가까운 순간 쪽으로 가볍게 가슴이 꿈틀거리는 나날이 된다. 그리고 적어도, 이 물건 파는 귀여운 아가씨들에게, 우선 말을 건넬 수 있으니까, 초상화를 앞에 놓고 있듯이, 한갓 시각이 제공하는 이외의 다른 방면을 상상으로 꾸며 보거나, 또 그녀들의 생활을 머릿속으로 만들거나, 그 매력을 과장하거나 하지 않으면 안 되는 것을 모면한다. 더구나 그녀들에게 말을 건넨다는 바로 그것 때문에, 어디서 몇 시에 그녀들을 만날 수 있는지를 알 수 있다. 그런데 작은 동아리의 아가씨들에 관해서는, 나에게 추호도 그렇게 안 되었다. 그녀들의 습관을 통 모르는 나는, 그녀들의 모습이 눈에 띄지 않는 날이 있을 때, 어째서 나타나지 않는지 원인을 몰라서, 그날 나타나지 않은 것이 무슨 정한 일인지, 하루 걸러서밖에 보이지 않는 것인지, 날씨 탓인지, 아니면 통 보이지 않는 날이 여러 날 있어 그런 것인지, 여러 가지로 궁리해 보았다. 그녀들의 벗이 된 나를 지레 상상하여서 그녀들에게 말한다. '저어, 요전 날엔 나오시지 않았습니까?' — '그래요, 토요일이었으니까, 토요일은 우린 나오지 않아요, 왜냐하면……' 토요일은 슬프게도, 아무리 용을 써도 소용없다는 것, 바닷가를 사방팔방으로 쏘다녀도, 과자 가게 앞에 앉아 버티어도, 에클레르(옮긴이: éclair, 과장의 일종)를 먹는 체하여도, 골동품점에 들어가도, 해수욕, 연주, 한사리, 낙양, 밤의 시각을 기다려도, 보고 싶은 작은 동아리를 볼 수 없다는 것을 알기가, 얼마간이라도 그처럼 간

단하였다면 오죽이나 좋았으랴. 그런데 불행한 날은 아마도 한 주
에 한 번 돌아오는 게 아닌가 보다, 그날이 반드시 토요일만도 아
닌가 보다. 날씨 상태가 그날에 영향을 미치는 것 같기도 하고, 동
시에 아주 관계없는 것 같기도 하다. 우연의 일치에 속지 않았다는
확증, 우리의 예측이 틀리지 않으리라는 확증이 얻어지기까지, 무
자비한 시련의 대가를 치르고 얻는 그 열렬한 천문학의 어떤 법칙
을 찾아낼 수가 있기까지 인내심 많은 동시에 냉정한, 얼마나 허다
한 관찰을, 이런 미지의 세계의 표면상 불규칙한 운동에서 그러모
으지 않으면 안 되는 것인가! 오늘과 같은 요일에는 아직 한번도
그녀들을 보지 못한 점을 생각해 내면서, 그녀들이 오지 않을 것이
라고, 바닷가에 우두커니 있어도 소용없다고, 나는 혼자 말한다.
그리고 바로 그때 나는 그녀들의 모습을 알아보는 것이다. 그 반면
에, 그 아가씨들의 성좌의 돌아옴을 법칙으로 정확하게 맞춘 셈치
고, 그 계산에 따라 목을 길게 빼고 있는 날엔, 그녀들이 나오지 않
는다. 그러나 그녀들을 그날 볼 것이냐 못 볼 것이냐 하는 이 첫 불
안에, 차후 영영 못 볼 것이 아니냐 하는 더욱 중대한 불안이 겹치
는 날이 오고야 마니, 요컨대 그녀들이 미국으로 떠나갈지 파리로
돌아갈지, 나로선 통 모르는 바라서. 내가 그녀들을 사랑하기 시작
하기엔 이것만으로 족하였다. 우리는 한 인간을 좋아할 수 있다.
그러나 연정을 마련하는 그 비애, 다시 어쩔 수 없는 정, 안타까운
불안을 터지게 하는 데 필요한 건—또 아마도 정열이 근심스레
껴안으려 하는 것이, 상대 인간보다 오히려 이와 같은 눈앞의 대상
인지도 모르지만—그것은 불가능성의 위험이다. 연정의 행로에
서 차례차례 되풀이되는 이런 영향이, 벌써 이토록 내게 작용하여
(하기야 이 힘은 대도시의 생활에서 일어나는 일이 많다. 예컨대
우리가, 공휴일을 모르는 여공 아가씨들이 우연히 그 일터에서 나

오는 걸 보지 못하는 날 안타깝게 걱정하는 경우 같은), 적어도 내 연정의 행로에서 되풀이되었다. 어쩌면 그런 영향은 연정에 불가분한 것인지도 모른다. 첫 연정의 특징이던 것이, 아마도 추억, 암시, 습관에 의하여 전부 다음 연정에 덧붙여지고, 우리의 삶이 차례차례 경과하는 시기를 통해, 그 가지각색의 외양에 보편적인 특징을 주는 것인지도 모른다.

그녀들을 만날 수 있을 것 같은 시각에 바닷가로 나가려고 온갖 구실을 짜내었다. 한번은 점심을 먹는 동안에 그녀들이 눈에 띈 일이 있어서, 그 다음날 그녀들이 지나가기를 둑에서 한없이 기다려 뒤늦게 점심 먹으러 간 적도 있었다. 식당에 앉아 있는 잠시 동안에도, 눈으로 유리창의 푸른색을 흘깃흘깃 보기도 하고, 다른 시간에 그녀들이 산책하는 경우에도 그것을 놓칠세라 후식이 나오기 전에 일어나기도 하고, 상서롭게 생각하는 시각에 할머니가 그들이 지나갈 때까지 나를 앉힐 때, 그것을 심술부리는 짓인 줄 모르는 할머니한테 화내기도 하였다. 앉은 의자를 비뚜로 놓고서 수평선을 넓게 보려고도 애썼다. 그러다가 우연히 그녀들 중 하나의 모습이 눈에 띄기라도 하면, 그녀들이 다 동일한 특별한 본질을 나누어 가지고 있기 때문에, 마치 내 면전에, 내가 열렬히 갈망하던 꿈, 그렇지만 퍽 고집부려 나에게 저항하던 꿈, 조금 전까지 아직 내 머릿속에밖에 존재하지 않던(하기야 영구히 거기에 괴어 있는 것이지만) 꿈의 한 가닥이 무시무시한 환각 속에 던져져 빙빙 도는 걸 보는 듯한 느낌이 들었다.

나는 그녀들 전부를 사랑하면서, 그 중의 아무도 사랑하지 않았다. 그러면서도 그녀들과 만날 가능성이 내 나날의 유일한 감미로운 요소이며, 그것만으로 내 마음속에 희망이 생겨났다. 온갖 장애물을 부수고 말겠다는 희망, 동시에 그녀들을 만나지 못했을 때에는, 그 후에 자주 분노가 따르는 희망이었다. 이런 순간에, 이 젊은 아가씨들은 내 눈에서 할머니의 존재를 가렸다. 그녀들이 머무르고 있음직한 고장에 가기 위해서는 어떠한 여행이라도 금세 내 마음에 들었을 것이다. 다른 일을 생각하고 있거나 여기고 있을 때나, 무사무념으로 있거나 생각하고 있을 때나, 나의 사념은 기꺼이 그녀들에게 가 있었다. 그러나 그런 줄 모르고서 그녀들을 생각하고 있을 때, 다시 말해 한층 더 무의식적으로 생각하고 있을 때 그녀들은 나에게 푸르고도 기복이 심한 바다의 파동이자, 바다를 배경삼은 행렬의 단면이었다. 앞으로 그녀들이 있다고 하는 어떤 시가에 가더라도, 내가 다시 보기를 바라는 것은 바다였다. 어떤 사람에 대한 가장 배타적인 사랑은 항상 다른 것에 대한 사랑이다.

나의 할머니는 내가 지금 골프와 테니스에 매우 흥미를 가지고 있기 때문에, 할머니가 가장 위대한 줄로 알고 있는 예술가의 일을 구경하며 이야기 듣는 기회를 놓쳐 버리고 있는 것에, 다소 소갈머리 없는 견해에서 생긴 듯한 멸시의 정을 봐란듯이 나타냈다. 멸시의 정을 받고 있는 내가 전에 샹 젤리제에서 예감했고, 그 후로 더 잘 실감했던 것은, 한 여인을 사모한다는 건, 우리가 단지 그 여인에다 우리 영혼의 한 상태를 투사하는 것에 지나지 않는다는 것, 따라서 중요한 것은 여인의 값어치가 아니고, 우리 영혼 상태의 깊이라는 것, 그리고 한 평범한 아가씨가 우리에게 주는 감동은, 우리 자신 속의 가장 내밀한 부분을 —뛰어난 사람과 얘기할 때 또는 그 사람의 작품을 감탄의 정과 더불어 감상할 때에 그것이 우리에게 주는 기쁨보다 더욱 개인적인, 더욱 심오한, 더욱 본질적인 우리 자신의 부분을 —우리 의식에 도달시킬 수 있다는 점이었다.

드디어 할머니의 주장에 따르지 않을 수 없게 되었는데, 엘스티르가 사는 곳이 둑에서 꽤나 먼, 발베크의 새 거리 중 한 곳에 있어서 더욱 더 가기 싫었다. 한낮의 더위에 해안길을 달리는 전차를 어쩔 수 없이 탄 나는, 내가 고대 키메르인(Cimmérien)의 왕국, 마르크(Mark) 왕의 조국, 또는 브로셀리앙드(옮긴이: Brocéliande, 원탁기사 이야기의 요술사 메를랭(Merlin)과 요정 비비안(Viviane)이 살았던 브로타뉴의 숲) 숲의 고적에 있다고 생각하려고, 눈앞에 펼쳐지는 건물의 싸구려 사치를 보지 않으려고 애썼다. 그런 건물 사이에서, 엘스티르의 별장이 모르면 몰라도 가장 사치스러워 보기에 흉한 것 같았다. 그런데도 그가 그것을 빌려 든 것은, 발베크에 있는 가옥으로 넓은 아틀리에를 그에게 제공할 수 있는 단 하나의 가옥이기 때문이었다.

역시 눈을 딴 데로 돌리면서, 나는 그 가옥의 정원을 건넜는데, 거기에 ― 파리 교외의 어느 부르주아의 가옥에도 있는 것 같은 소형의 ― 잔디가 있고, 점잖은 정원사의 작은 석상, 모습이 비치는 유리공, 추해당(秋海棠)으로 가장자리를 두른 화단이 있고, 녹을 지붕삼은 정자 아래에는 흔들의자가 철제 탁자 앞에 나란히 있었다. 그러나 그런 시가의 추함의 첫인상을 받은 후에 일단 아틀리에 안에 들어서자마자 나는, 벽 밑에 두른 널조각의 초콜릿빛의 쇠시리에도 주의하지 않았다. 나는 완전한 행복감을 느꼈다. 아틀리에에 있는 온갖 습작에 둘러싸임으로써, 내가 여태까지 현실의 온전한 광경에서 떼어 내지 않았던 허다한 형태의 기쁨으로 가득 찬, 시적인 한 인식에까지 스스로 높아지는 가능성을 느꼈기 때문이다. 그리고 엘스티르의 아틀리에에는, 이를테면 세계의 새로운 창조의 실험실 같은 감을 주었다. 거기, 여기저기에 놓여 있는 여러 가지 직사각형의 화폭 위에, 그는, 우리가 보는 온갖 것을 그리면서, 그것이 빠진 카오스(chaos)에서 그것을 꺼내서, 이쪽에는 모래 위에 라일락빛의 물거품을 부수는 노도를, 저쪽에는 한 척의 배의 갑판 위에 팔꿈치를 괴고 있는 흰 면직 옷을 입은 젊은이를 나타내고 있었다. 젊은이의 윗도리와 튀는 물결은, 그 윗도리가 이제는 아무도 입지 못하는 것이며, 그 물결이 이제는 아무도 적시지 못하는, 말하자면 그 물질성에서 떠난 것인데도, 아직도 그 자체로서 계속 존재하고 있다는 사실에 의해, 이미 하나의 새로운 존엄성을 획득하고 있었다.

내가 아틀리에 안에 들어갔을 때, 창조자는 손에 화필을 쥐고, 지는 해의 모양을 끝마치는 중이었다.

사방의 창문에는 거의 모두 차일이 내려져 있어서 아틀리에 안은 상당히 시원했고 한낮의 햇살이 눈부시고 변하기 쉬운, 그 장식을 벽에 붙이고 있는 한 곳을 빼놓고는 어두컴컴하였다. 단지 하나, 겨우살이 덩굴로 가두리를 한 직사각형의 작은 창만이 열려, 좁은 정원 너머로 거리에 면하고 있었다. 그래서 아틀리에의 대부분을 차지하는 공기는 한덩어리가 되어 어둑하고 투명하고 올이 촘촘하였는데, 그 덩어리의 여기저기 난 금에, 빛이 새어들어온 곳은, 축축하고 반짝거려, 마치 표면이 이미 깎아 닦아져, 거울같이 번쩍거리거나 무지갯빛으로 빛나는 수정 덩어리 같았다. 나의 청으로, 엘스티르가 계속해서 그리고 있는 동안, 나는 하나의 그림 앞에 멈추었다가, 또 하나의 그림 앞에 멈추면서, 그 어두컴컴한 속을 빙빙 돌았다.

나를 둘러싼 대다수의 그림은 그의 것 중에서 내가 가장 보고 싶었던 것들이 아니었다. 내가 보고 싶었던 것은, 그랑 호텔 객실의 탁자 위에 흩어져 있는 영국의 미술 평론지가 논하고 있듯이, 그의 제1기와 제2기의 수법, 곧 신화적인 수법과 그가 일본의 영향을 받았던 수법에 속하는 것으로, 이 두 가지 수법의 훌륭한 대표작이 게르망트 부인의 수집품 중에 있다는 소문이었다. 물론 지금 그의 아틀리에에 있는 것은 거의 이곳 발베크에서 취재한 바다의 그림뿐이었다. 그러나 내가 거기서 분별해 낼 수 있었던 것은, 그 그림의 하나하나의 매력이, 표현된 사물의 일종의 메타모르포즈(métamorphose, 變形)에 있다는 점이며, 이는 시에서 메타포르(métaphore, 暗喩)라고 불리는 것과 비슷하고 '아버지이신 천주'께서 삼라만상에 이름을 붙임으로써 그것을 창조하셨다고 하면, 엘스티르는 사물에서 그 이름을 없애 버림으로써, 또는 다른 이름을 줌으로써 그것을 다시 만들고 있다는 점이었다. 사물을 가리키는 이름씨는 우리의 참된 인상과는 아무 관계 없는, 이성의 개념에 호응하는 게 상례이고, 이성은 그 개념에 일치하지 않는 모든 것을 우리의 인상에서 없애 버린다.

이따금, 발베크 호텔의 내 창가에서, 아침에 프랑수아즈가 빛을 가리고 있는 덮개를 벗길 때, 또 저녁에 생 루와 함께 출발하는 시각을 내가 기다리고 있을 때, 햇살의 효과로, 바다의 한 곳, 특히 우중충한 부분을 난바다 쪽으로 여기거나 또는 거기가 바다에 속하는지 하늘에 속하는지 모르는 채 뭔가 푸르면서도 유동하는 지대를 기쁨과 더불어 바라보거나 하는 일이 있었다. 그럴 때 나의 이성은 금세 내 인상에 없었던 갈림을 각각의 요소 사이에 다시 세웠다. 따라서 파리의 내 방에서, 뭔가 언쟁 같은, 거의 소동이 아닌가 싶은 소리를 들으면 그것을 그 원인에다가, 예컨대 바퀴 소리를 울리면서 다가오는 마차와 결부시켜 보다가, 내 귀가 분명히 들은, 날카롭고 귀에 거슬리는 고함 소리도 나의 이성은 그 소리가 바퀴에서 나지 않는다는 것을 알고 있기 때문에, 나는 금세 고함 소리를 삭제해 버렸다. 그런데 자연을 있는 그대로, 시적으로, 우리가 바라보는 순간, 그러한 드문 순간으로 엘스티르의 작품은 제작되어 있었다. 지금 이 아틀리에에서 그가 옆에 놓고 있는 바다의 화면에 나타난, 그가 가장 빈번하게 사용하는 암유적인 기법의 한 가지는, 물과 바다를 비교하면서, 그 사이의 모든 경계를 삭제하는 기법 바로 그것이었다. 같은 화폭 속에 묵묵히 지칠 줄 모르게 되풀이된 그런 비교가, 그 화폭에 다양하고도 힘찬 조화를 가져오고, 이 조화야말로 엘스티르의 그림이 어떤 유의 애호가한테 일으키는 감격의 원인, 때로는 명백히 깨닫지 못하는 원인이었다.

이런 종류의 암유적인 기법을, 엘스티르가 감상자에게 깨닫게 하려고 애쓴 흔적이 보인 것은, 가령 카르크튀이 항구를 그린 화면인데, 작은 시가를 그리기 위해서는 바다에 관한 명사(옮긴이: terme, 名辭. 논리학 용어로 개념을 언어로 나타낸 기호)밖에, 바다를 그리기 위해서는 그 시가에 관한 명사밖에 사용하지 않은 기법으로 된 그 그림은, 그가 며칠 전에 끝낸 것으로, 나는 이날 오랫동안 그 화면을 바라보았다. 그 가옥들이 항구의 일부를 가리고 있는 건지, 항내의 수리장을 가리고 있는 건지, 아니면 이 발베크 지방에 흔히 있듯이, 물굽이로 되어 뭍에 깊숙이 들어가 있는 바다 자체를 가리고 있는 건지, 어쨌든 간에 그 가옥들의 지붕이, 시가를 세우고 있는, 앞으로 나온 작은 곶의 건너편에, 몇몇 돛대를 (마치 가옥들 위에 굴뚝이나 종탑이 있듯이) 비죽 내밀고, 그 돛대가 그것이 속해 있는 선체를, 뭔가 시가의 일부분 같은, 뭍의 건축물 같은 것으로 보이게 하고, 그 인상을 더욱 강하게 하는 것은, 선창가를 따라서 정박한 배들이 열을 지으면서도 어찌나 밀집하고 있는지, 그 안의 배와 배에 있는 사람들이 담소하고 있을 정도로 밀집해, 배의 갈림도 물의 틈도 분간 못 할 만큼 수많은 어선 무리 때문에, 도리어 그것이 바다에 속해 있지 않은 것처럼 보이고, 예를 들어 크리크베크의 여러 성당의 먼 모습만 해도, 그것을 시가 없이 보기 때문에, 사면이 바다로 둘러싸이고, 태양과 파도의 먼지가 이는 가운데, 설화석고(雪花石膏)로 물거품으로 부풀어올라 물에서 빠져 나온 듯이 보이고, 또 일곱 색깔 무지개의 띠를 두른, 비현실적인 신비스런 한 폭의 화면을 구성하고 있는 듯 보이는 그림이었다. 이 화가는 해안의 전경에서는, 뭍과 대양 사이에 뚜렷한 경계, 절대적인 한계를 알아보지 않도록 눈을 익숙하게 할 줄 알았다. 배를 바다로 밀고 있는 사람들이 모래 위를 달리고 있는 동시에 물결 속에 달리고 있는데, 그 모래는, 물에 젖은 것처럼 축축해 벌써 그 선체를 비치고 있었다. 바다 자체도 정연하게 빛깔이 짙지 않고 모래톱의 고르지 않은 기복에 따라 다르고, 그 모래톱을 원근법에 의한 점경물(點景物)이 더욱 복잡하게 저미고 있기 때문에, 난바다에 있는 한 척의 배가 조선소의 공사에 반쯤 가려져, 시가 한가운데를 항행하고 있는 듯 보였다. 암벽 사이에서 작은 새우를 채집하고 있는 여인네들은, 물에 둘러싸여 있기도 하고 바위들의 원형의 장벽 뒤 옴폭 들어간 곳이, 해면과 똑같은 수준(뭍에 가장 깊숙이 들어가 있는 양쪽의), 바닷가의 수준으로 낮았기 때문에, 배와 물결이 곤두박질하는 바다의 동굴, 신기하게 그곳만이 파도 가운데 열리고 파도가 피해 가는 바다의 동굴 속에 있는 것 같았다. 바다가 뭍에 들어가고, 뭍이 이미 바다가 되어 수륙 양서의 인간이 사는 항구의 인상을 이처럼 온 화면이 자아내고 있지만, 바다의 요소가 도처에 힘차게 넘치고 있어, 암벽의 가장자리, 선창의 어구 같은 바다가 설렁거리는 곳에, 어떤 자는 고기잡이에서 거기로 돌아가고, 어떤 자는 고기잡이하러 거기서 나오는 시가의 창고, 성당, 가옥들이 수직으로 고요하게 서 있는 앞에, 예각으로 굽은 배의 기울어짐과 어부들의 근육의 알통으로 보아, 그 어부들이 고물 위에 심하게 흔들리고 있는 게 짐작되고, 숙련되어 있지 않으면 땅 위로 나가떨어질 만큼, 맹렬하게 잽싸게 날뛰는 동물의 잔등이에 있는 것 같은 느낌을 자아내었다. 산책자의 한 무리가 너절한 마차같이 흔들리는 쪽배를 타고 쾌활하게 난바다로 나간다. 까불어 대지만 조심성 있는 수부 하나가 고삐를 쥔 듯이 그 쪽배의 키를 잡고, 펄럭거리는 돛을 조종하고, 각 승객은 한쪽의 무게가 지나쳐 배가 뒤집힐까 봐 제자리를 잘 지키고, 그런 모양으로 양지바른 들을 건너, 언덕을 부리나케 뛰어내려가면서 그늘진 경치 안으로 달려간다. 파동이 높았던 직후이지만 화창한 아침이다. 그리고 바다 곳곳에 태양과 서늘함을 즐기면서 요지부동하게 보이는 배들의 잔잔한 안정에는, 어젯밤의 폭풍의 강한 활동을 우선 없애려는 기색이 아직 보이는데, 그런 부분의 해상은 아주 잔잔해, 배의 반영이 선체보다 거의 더욱 견고하며 더욱 실물답게 보여서, 오히려 선체가 일광의 효과로 증발되고, 그러한 선체를 증발시키고 있는 바다의 여러 부분도 배경 화법에 의하여 서로 겹치고 있다, 아니 오히려, 마치 바다의 부분이 아닌 것 같다. 왜냐하면 그 부분 사이에, 물에서 빠져 나온 성당, 그리고 시가를 배경삼은 배와 그 부분의 다름만큼의 상이가 있었기 때문이다. 이어서 이성이 작용하기 시작하여 거기에 있는 것에서 하나의 공통 요소를 만들어 낸다. 한 곳은 폭풍의 자국에 검으나, 더 멀리 있는 모든 것이 하늘과 한 색으로 하늘과 마찬가지로 윤나고, 또 한 곳에는 태양과 짙은 안개와 물거품으로 어찌나 희고, 어찌나 치밀하고, 어찌나 육지적이고, 어찌나 가옥들과 분간 안 되는지, 뭔가 돌둑 또는 눈 덮인 들이 연상되는데, 게다가, 여울에서 빠져 나오면서 콧바람을 불어 대는 마차와도 같이, 한 척의 기선이 급경사로, 게다가 물 없이 올라가는 걸 보고 놀라고 있다가, 잠시 후, 단단한 고원의 높고도 울퉁불퉁한 넓이 위에, 이번에는 수많은 쪽배들이 흔들리고 있는 걸 보고는, 그런 가지각색의 양상을 띠면서 거기에 있는 모든 게 역시 동일한 바다임을 이해한다.

엘스티르와 나는 아틀리에의 안쪽, 맞은편에 거의 촌스러운 좁은 길 같은 골목길이 있는 뜰에 면하고 있는 창가에 가 있었다. 늦은 오후의 시원한 공기를 호흡하기 위해서였다. 나는 작은 동아리의 젊은 아가씨들한테서 멀리 있는 것으로 여겼고, 마지못해 할머니의 소원에 순종해 엘스티르를 만나러 가기로 한 것이, 그녀들을 만나는 희망을 한 번만 희생시키는 줄로 여겼다. 찾는 것이 어디에 있는지 모르고, 우리를 초대한 장소를 딴 이유로 오랫동안 피하는 일이 있다. 염두에서 떠나지 않는 바로 그 존재를 거기서 만나리라고는 꿈에도 생각하지 못하기 때문이다. 아틀리에의 바깥, 바로 그 옆의 그러나 엘스티르의 집으로 통하지 않는 시골길을 나는 멍하니 바라보고 있었다. 돌연 거기에 나타난 것은 작은 동아리 중, 자전거를 끌고 다니는 아가씨가 그 검은 머리칼 위에 통통한 뺨까지 폴로를 푹 내려쓰고 쾌활하고도 약간 고집센 눈을 하고서 총총걸음으로 걸어왔다. 그리고 감미로운 미래의 약속에 기적적으로 가득한, 이 행운의 좁은 길의 수목 밑에서 그녀가 엘스티르한테 친한 친구 사이의 미소로 인사를 보내는 것을 보았다. 그 인사는 나를 위해, 우리의 수륙 양서 지대의 세계를, 이제껏 도달하기가 불가능하다고 판단했던 지대를 잇는 무지개다리였다. 그녀는 화가에게 손을 내밀려고 가까이 오기까지 했는데 걸음을 멈추지 않았다. 나는 그 턱에 조그만 사마귀가 있는 걸 보았다. "이 아가씨를 아시나요?" 하고 나는 엘스티르에게, 이분이 나를 그녀에게 소개할 수도, 그의 집에 그녀를 초대할 수도 있으리라는 것을 이해하면서 말했다. 그러자 촌스러운 환경 속에 조용한 이 아틀리에에 갑자기 다사로움이 더해져 가득 차게 되었다. 마치 어느 집에서 한 어린이가 이미 만족하고 있는데, 그 위에, 후하게 준 좋은 물건과 고귀한 분들이 수북이 준 선물에 싸이면서, 으리으리한 다과회가 자기를 위해 준비되고 있는 것을 알았을 때처럼. 엘스티르는 그녀의 이름이 알베르틴 시모네라는 것과, 그녀의 벗들의 이름도 대 주었다. 그가 거의 망설이지 않도록 내가 그 벗들의 특징을 꽤 정확하게 그려 보였던 것이다. 그녀들이 어떤 사회 계급에 속해 있는지에 대해서 나는 잘못 생각했던 것인데, 그러나 그것은 발베크에서의 여느 잘못 생각과는 같은 뜻이 아니었다. 말을 타는 상인의 아들을 거침없이 왕자로 생각해 왔다. 그런데 공업계와 실업계에 속하는 매우 부유한 프티 부르주아 계급의 그 아가씨들을 내가 수상한 사회 환경 속에 배치해 왔던 것이었다. 프티 부르주아 계급이란 처음부터 내 관심 밖의 계급이었다. 나에게는 그것은, 천민 계급의 신비도, 게르망트 같은 상류 사교계의 신비도 없는 것이었다. 바닷가 생활의 눈부신 공허에 어리둥절해진 나의 눈에 의해서, 그녀들에게 지레 어떤 현혹할 매력이 부여되지 않았다면, 그녀들이 대상인의 딸들이라는 사실만으로는, 아마도 나는 신비를 품지 않은 그런 관념을 정복하려고 들지 않았을 것이다. 프랑스의 부르주아 계급이 매우 변화무쌍한 인간 조각의 신기한 아틀리에와 얼마나 비슷한가를, 나는 새삼 감탄하지 않을 수 없었다. 얼굴의 윤곽에 얼마나 뜻하지 않은 형, 얼마나 독창적인 것, 이목구비에 얼마나 또렷한 선, 얼마나 산뜻함, 얼마나 천진스러움이 있는지! 이런 다이애나들과 요정들을 생겨나게 한 탐욕스런 부르주아 영감들이, 나에게는 가장 위대한 조각가들처럼 생각되었다. 어쩌면 그 작은 동아리의 젊은 아가씨들은 우리가 아는 그 공증인 같은 가정과 극히 친한 사이가 아닐지도 모른다는 생각이 이때 퍼뜩 떠올랐는데 이런 생각의 근거도, 젊은 아가씨들의 사회적인 변신을 깨달을 만한 틈을 아직 내가 갖기 전부터(그도 그럴 것이, 이런 모양으로 어떤 착오가 발견되거나, 어느 인물에 관한 개념이 변경되거나 하는 건 화학 반응처럼 순식간이니까), 내가 처음에 자전거 선수나 권투 선수의 정부들로 잘못 생각했던 그녀들의 언뜻 보기에 불량한 아가씨 같은 그 얼굴 뒤에 벌써 자리잡고 있었던 것이다. 그러나 알베르틴 시모네가 어떠한 아가씨인지 나는 아직 거의 몰랐다. 그녀도, 어느 날에 가서 나에 대하여 그녀가 어떠한 인간이 될 것인지 몰랐을 것이 틀림없었다. 바닷가에서 내가 들은 적이 있던 시모네(Simonet)라는 이름도 써 보라고 하면, 나는, 그 가족이 철자에 n자가 하나밖에 없는 것을 중히 여기고 있다는 것을 꿈에도 생각 못 하고 n을 둘 붙였을 것이다. 사회 계급이 낮아짐에 따라 속물 근성은 하찮은 것에 집착한다. 하찮은 점으로는 귀족 계급의 특권 의식 이상이 아닐지 모르지만, 애매한 점, 가지각색으로 특이한 점으로는 그 이상이어서, 훨씬 더 사람을 놀라게 하는 게 있다. 시모네(Simonnet) 가문에, 크나큰 실패, 혹은 더 나쁜 일을 한 사람이 있었나보다. 어쨌든 시모네 집안 사람들은 n자가 둘 붙여 쓰이면 핀잔을 받은 것처럼 번번이 화를 냈나 보다. n을 둘 아니라 하나만 가진 유일한 시모네 집안이라고 자랑해 왔나 보다, 마치 몽모랑시 가문이 프랑스 최초의 남작 가문이라고 자랑하듯이. 내가 엘스티르에게 그 젊은 아가씨들이 발베크에 살고 있느냐고 물으니까, 그녀들 중의 몇이 그렇다고 대답했다. 그 중 한 아가씨의 별장이 바닷가 끝머리, 바로 카나프빌의 절벽이 시작되는 곳에 있다는 것이다. 그 아가씨가 알베르틴의 벗이라니까, 내가 할머니와 함께 있었을 때 만났던 아가씨가 알베르틴이라고 믿을 만한 이유가 더 커진 셈이었다. 물론 바닷가로 뻗은 깎아세운 듯한 작은 길이 많고, 다 같은 각도를 하고 있으므로, 그것이 어느 것이었는지 정확하게 구별할 수는 없었을 것이다. 정확하게 상기해 보려고 해도, 그 순간에 중요한 시각이 흐리멍덩했다는 경우가 있다. 그렇지만 알베르틴과, 그 벗의 집으로 들어간 그 젊은 아가씨가 한 인간, 다시 말해 같은 인물이라는 건 실제상으로 확실하였다. 그래도 그 후에 경쾌한 골프복 차림의 거무스름한 아가씨가 나에게 보인 수많은 영상이 아무리 서로 달라도 겹쳐져 있어서(왜냐하면 그것들이 모두 동일한 그녀에게 속해 있는 것을 이제는 알기 때문에), 내 기억의 실을 거슬러 올라가면, 이 동일이라는 구실에 이르러, 지하의 연락길을 통해 가듯이, 동일한 인물에서 떨어지지 않은 채 그 모든 영상을 하나하나 통과할 수 있는데, 다만 한 가지, 할머니와 함께 있던 날 엇갈린 아가씨까지 거슬러 올라가려고 하면, 다시 한 번 자유스런 대기에 나가지 않으면 안 되는 것이다. 거기서 다시 만나는 아가씨가 알베르틴이라는 것이 나에겐 확실했다, 벗들과 어울려 산책하는 도중에, 바다의 수평선 위에 비쭉 나오면서, 벗들 사이에 자주 걸음을 멈추던 그 알베르틴이라는 것이 나에겐 확실했다. 그러나 이런 모든 영상이 어디까지나 할머니와 함께 산책하는 날에 보았던 또 하나의 영상과는 격리되어 있는 까닭은, 나로선 내 눈에 강렬하게 비친 순간에 동일한 아가씨로 생각되지 않았던 것을, 회상하여 억지로 동일하다고 할 수 없기 때문이다. 확률의 계산이 내게 아무리 다짐을 준다 할지라도, 바닷가로 나가는 작은 길의 모퉁이에서 그처럼 대담하게 나를 유심히 바라보던 통통한 볼의 그 아가씨, 내가 그 순간에 사랑받았을지도 모르는 그 아가씨와, 재회라는 낱말의 엄격한 뜻으로는 나는 영영 재회 못 했던 것이다.

이러한 원인에 덧붙여, 그 위에, 처음 나를 얼떨떨하게 한 집합적인 매력을 저마다 얼마간 지니고 있는 그 작은 동아리의 가지각색인 젊은 아가씨들 사이에서의 내 눈의 망설임이, 나중에 생긴, 알베르틴에 대한 나의 가장 큰 연정 ─ 두번째의 연정 ─ 의 시기에

196

서마저 그녀를 사랑하지 않는다는 극히 짧은 때를 가진, 일종의 간헐적인 자유를 나에게 남긴 것이 아닐까? 결정적으로 그녀의 위에 시선이 멈추기까지 그녀의 모든 벗들 사이를 배회했기 때문에, 나의 연정은 종종 알베르틴과 그녀의 영상 사이에 어떤 종류의 '빛의 유희'가 들어갈 여지를 남겨, 그 때문에 나의 연정은, 초점이 고르지 못한 조명처럼, 그녀에게 쏠리기에 앞서, 다른 아가씨들의 위로 이리저리 옮길 수 있었다. 내가 가슴에 느낀 애달픔과 알베르틴의 추상 사이의 관계가 나에게 불가피한 것으로 생각되지 않아서, 이런 애달픔을 다른 아가씨의 영상과 일치시킬 수도 있었을 것이다. 그런 경우, 순식간의 번개처럼, 나는 현실을 소멸시킬 수 있었다. 그 현실은 질베르트에 대한 나의 연정에서처럼(이 연정을 나는 내적인 한 상태로 인식해, 내가 사랑하는 여인의 특수한 성질, 특이한 성격, 그 여인을 나의 행복에 없어서는 안 될 것으로 만들고 있는 온갖 요소가 내게서 추출되는 것으로 생각했던 것이다), 단지 외적인 현실만이 아니라, 내적인 순수한 주관적인 현실이기도 하였다.

"그녀들 중 하나가 아틀리에 앞을 지나가다 잠깐 들르지 않은 날이 없답니다" 하고 엘스티르가 말했다. 그 말을 들으니, 할머니가 찾아가 보라고 일렀을 때 곧 방문했더라면, 이미 오래 전에 알베르틴과 친지가 되었을 것을 하고 생각한 나는 매우 낙심하였다.

그녀는 멀리 가서, 아틀리에에서는 이제 그 모습이 보이지 않았다. '둑 위로 가서 그 벗들과 합치는구나' 하고 나는 생각했다. 거기에 엘스티르와 함께 있게만 된다면 그녀들과 친지가 될 것이었다. 나는 여러 구실을 꾸며 대어 나와 함께 바닷가를 한 바퀴 산책하러 가자고 그에게 권했다. 조금 전에 젊은 아가씨가 작은 창틀 안에 나타나기 이전 같은 침착성을 잃어버린 나는, 그때까지 겨우

살이 덩굴 밑에 그처럼 아름다웠던 작은 창도 이제는 보기에 무미하였다. 엘스티르는, 나와 함께 몇 걸음 걸어도 좋기는 하나, 그리고 있는 일부분을 먼저 끝내야 한다고 말하면서, 나에게 안타까움이 섞인 기쁨을 주었다. 그리고 있는 것은 꽃이었다. 그러나 내가 바라는 꽃이 아니었다. 내가 그에게 그려 달라고 하고 싶었던 것은, 인물 초상보다도 꽃의 초상으로, 그것도 내가 그 앞에서 그토록 자주 헛되이 탐구해 보았던 것의 모습을 — 흰 아가위, 장밋빛의 아가위, 수레국화, 사과나무 꽃을 — 그의 천재의 계시를 통해 배우고 싶어서였다. 엘스티르는 그림을 그리면서 나에게 식물학의 얘기를 하기 시작하였는데 나는 거의 듣지 않았다. 이제는 그 자신만으로는 충분하지 못하였다. 그는 단지 젊은 아가씨들과 나 사이에 필요한 중개자에 지나지 않았다. 조금 전까지, 그의 재능은 그에게 야릇한 위세를 갖추게 하였는데, 그 위세도, 지금은 그가 나에게 소개해 줄 작은 동아리의 눈앞에서 나 자신에게 그 얼마간을 수여하는 한에서만 값어치가 있을 뿐이었다.

그의 일이 어서 끝나기를 기다리며 나는 아틀리에 안을 오락가락하였다. 벽 쪽으로 겹겹이 쌓인 많은 습작을 손이 닿는 대로 집어 구경하였다. 그러다가 엘스티르 생활의 꽤 오래 된 시대의 것으로 생각되는 수채화 하나를 햇빛에 내놓았는데, 그것은 어떤 유의 작품이 가져다 주는 그 일종의 유다른 황홀감을 일으키게 했다. 그런 작품은 상쾌한 제작일 뿐만 아니라, 또는 매우 특이한, 매우 매력 있는 주제를 다룬 것으로 우리는 그 그림의 매력의 일부를 그 주제의 까닭으로 돌린다. 그리고 그 매력은 자연 안에 이미 구체적으로 실재하고 있어, 화가는 단지 그것을 찾아내, 관찰하고, 재현하면 그만인 그런 것이다. 이와 같은 대상이 화가의 해석 밖에 아름답게 존재할 수 있다 함은, 이성에 박해당한, 인간 본래의 물질주의를 우리 마음에 만족시키고, 미학의 추상 관념에 대항하는 힘으로써 이바지한다. 그것은 ― 곧 그 수채화 ― 예쁘지 않으나, 신기한 타입의 젊은 여인의 초상인데, 버찌색의 비단 리본으로 가두리를 한 중산 모자와 상당히 비슷한 머리수건을 쓰고 있다. 미텐(옮긴이:mitaine, 손가락 둘째 마디까지 노출시키는 부인용 장갑)을 낀 양 손의 하나에 불붙인 궐련을 끼고, 또 하나에는 햇볕을 피하기 위한 밀짚으로 된 수수한 가리개인, 일종의 커다란 정원 모자를 무릎 높이까지 쳐들고 있다. 여인의 곁에는, 탁자 위에 장미꽃이 가득한 꽃병. 흔히, 그리고 이번 경우가 바로 그렇지만, 이런 작품의 특이성은, 특히 작품이 첫눈으로 보아서 뚜렷하게 알아차리지 못하는 특수한 상황에서 제작되었다는 점에 있다. 예를 들어, 한 모델 여인의 이색적인 분장이, 가장 무도회의 변장인지, 또는 다른, 가령 화가가 기분 내키는 대로 입힌 것 같은 한 노인의 붉은 외투가, 교수 또는 참사관으로서의 가운인지, 아니면 추기경의 홍의(紅衣)인지, 잘 분간할 수 없을 때가 있다. 지금 내가 보고 있는 이 초상의 인물이 띤 모호한 특성은, 역시 잘 이해되지 않으면서도 그 인물이 반쯤 분장한, 옛날의 젊은 무대 배우라는 점에 있었다. 짧으나, 부푼 머리칼 위에 얹힌 중산 모자, 흰 셔츠의 앞쪽에 벌어진 안자락 없는 빌로드의 웃옷 따위가, 그것이 유행했던 시대와 모델의 성별을 알쏭달쏭하게 만들었기 때문에 이곳에 있는 습작 중에서 가장 밝은 그림이라는 사실밖에는 내가 보고 있는 그림이 무엇인지 잘 모른다. 그리고 그림이 나에게 주는 기쁨도, 엘스티르가 아직 꾸물대고 있어서 젊은 아가씨들과 만나는 기회를 놓치고 말지 않을까 하는 걱정 때문에 흐려질 뿐이었다. 그도 그럴 것이 해가 이미 기울어져 작은 창문 속의 아래쪽에 있었으므로. 이 수채화 속에는, 단지 사실대로 인정되는 것, 그 장면의 효용 때문에 그려진 것이 하나도 없었다. 다시 말해 여인이 그걸 입지 않으면 안 되었기 때문에 복장이, 꽃을 꽂아 놓기 위해 꽃병이 있는 식으로 그려진 게 하나도 없었다. 꽃병의 유리는 그 자체의 아름다움으로 사랑받고, 물은 마치 그 유리 자체 속에 갇혀 있는 듯하고, 카네이션 줄기는, 물같이 투명한, 거의 똑같은 유동성을 지닌 것 속에 잠그고 있는 것 같다. 여인의 옷도 그 자체로 독립된 아름다움, 그 여인의 자매 같은 아름다움을 갖고서 여인의 몸을 두르고 있다. 그리고 모르면 몰라도 옷 같은 공예품도 아름다움에서, 암고양이의 털이나, 카네이션의 꽃잎이나, 비둘기의 깃과 마찬가지로 섬세하고, 보기에 풍취 있고 선명한 색채가 풍부하여, 그런 자연의 미묘한 창작물에 대적할 수 있을 것 같다. 가슴받이의 흰빛은, 싸라기눈같이 촘촘한 올에다가, 그 경박한 주름이 은방울꽃의 방울처럼 작은 방울을 늘어놓아, 방의 밝은 빛의 반사가 별같이 반짝거리는데, 린넨에 수놓은 꽃다발처럼 거기만이 도독하고 미묘한 명암을 나타내고 있다. 윗도리의 빌로드는 무지갯빛으로 빛나고, 여기저기 비죽비죽한 데가, 저며진 데가, 복슬복슬한 데가 있어, 그것이 꽃병 속 카네이션의 헝클어짐을 연상시킨다. 그러나 특히 느껴지는 점은, 재능 있는 연기보다 어떤 유의 관객의 환락에 마비된, 퇴폐한 관능이 제공하는 자극적인 매력 쪽을 틀림없이 중히 여기고 있을 것같이 보이는 젊은 여배우의 이분장이, 어떠한 부도덕한 것을 나타내고 있었든 엘스티르가 아랑곳하지 않고, 오히려 그러한 애매하고도 야릇한 특징에 마음 끌린 그가, 마치 심미적인 한 요소나 되는 듯이, 일부러 그것을 드러나게 하고 강조하려고 온갖 노력을 기울였다는 것이다. 얼굴의 선을 좇아서, 성별이 약간 사내애 같은 아가씨의 얼굴로 스스로 가려지는 듯한 점까지 이르다가, 꺼지고, 좀 있다가 다시 나타나, 오히려 행실이 고약한, 몽상가의, 여자 같은 젊은이일지도 모른다는 암시를 주면서, 다시 그것이 도망가, 그대로 이해할 수 없는 것으로 되어 버린다. 꿈꾸는 듯한 애수에 젖은 눈매의 특징도, 방탕과 극의 세계에 어울리는 액세서리로 도리어 강조되어, 보는 사람을 덜 혼란시키는 것이 아니었다. 게다가 그 눈의 표정은 짐짓 꾸민 것이 틀림없다고 생각되고, 도발적인 의상을 걸치고 애무에 몸 맡기려고 하고 있는 듯이 보이는 이 젊은 인물은, 남모르는 감정과, 말 못 할 슬픔을 담은 그런 공상적인 표정을 지어 그 의상을 돋보이게 하는 것에 십중팔구 자극적인 흥분을 느끼고 있다고도 생각되었다. 초상 아래쪽에 씌어 있었다. '미스 사크리팡' 1872년 10월. 난 감탄의 정을 참을 수 없었다. "허어, 그건 하찮은 것이죠, 젊었을 때의 엉터리 그림이죠. 바리에테 극장의 레뷔를 위한 의상이었어요. 다 오래 된 일이죠."—"누가 모델이 되었습니까?" 나의 이런 질문에 엘스티르의 얼굴에는 한순간 놀라는 기색이 나타났다가 금세 무관심한, 방심하는 외양을 꾸몄다. "자아, 어서 그 캔버스를 이리 주시죠" 하고 그는 말했다. "안사람이 들어오는 소리가 들리는군요. 그야 물론 중산 모자를 쓴 이 젊은 인물은 나의 생활과 아무 관계도 없어요. 하지만 안사람에게 지금 이 수채화를 보일 필요는 없지요. 그 시대의 연극의 재미나는 재료로서 보존하고 있을 뿐이죠." 그러고 나서 수채화를 뒤로 감추기에 앞서 아마도 오랫동안 그것을 보지 않은 것이 틀림없는 엘스티르는 주의 깊은 눈길을 거기에 쏟았다. "머리 부분밖에 남겨 둘 수 없어. 아래쪽은 정말 서툴게 그렸어, 손 좀 봐, 마치 초보자의 솜씨야" 하고 그는 중얼거렸다.

"혹시 갖고 계시다면 미스 사크리팡의 작은 초상화의 사진을 한 장 받고 싶은데요. 그런데 그 이름은 뭐가 그렇죠?"—"엉터리 소가극에서 그 모델이 맡아 한 역의 이름이죠."—"하지만 나는 그 여인을 추호도 모릅니다. 보아하니 나와 아는 사이로 생각하시는 모양이지만." 엘스티르는 침묵했다. "설마 스완 부인은 아니겠지요, 결혼하기 전의" 하고 나는 사실과의 우연한 갑작스러운 부딪침을 느끼고 말했다. 이런 우연한 부딪침은 극히 드물지만, 사후에 예감설이라는 것을 성립시키는 데 필요한 어떤 유의 기초를 주기에 충분하다, 단 그 예감설을 파훼(破毁)하는 모든 오류를 망각하도록 주의한다는 조건으로. 엘스티르는 대꾸하지 않았다. 그건 확실히 오데트 드 크레시의 초상화였다. 그녀는 여러 가지 이유로 그 초상화를 보존하고 싶지 않았던 것이다. 그 이유의 몇 가지는 너무도 명백하다. 다른 이유도 있었다. 오데트가 얼굴 모습을 다듬으면서, 얼굴과 몸매를 창조해 나가기 시작한 시기 이전의 초상화라는 이유였다. 그 후, 그녀가 창조한 멋들어진 선을, 미용사, 재봉사, 그녀 자신이 —몸가짐, 말하기, 미소짓기, 손을 놓기, 눈길을 보내기, 생각하기의 투에서— 존중하게 되었다. 황홀스럽도록 아름다운 아내가 되고 난 오데트의 '결정판'이라고 할 수많은 사진보다, 스완이 그 방안에 놓아 둔 한 장의 작은 사진, 팬지꽃을 장식한 밀짚모자 밑에 더부룩한 머리칼이 나오고, 야윈 얼굴 모습에, 마르고 밉상으로 보이기까지 하는 젊은 여인의 작은 사진 쪽을 더 좋아했다면, 이는 연정에 시들한 사내의 타락한 취미임에 틀림없다.

게다가 그 초상화, 스완이 좋아하던 사진과 마찬가지로, 오데트의 얼굴 모습이 아름답고도 당당한 새로운 형으로 조직되기 이전의 그 초상화가, 설령 조직화 이전의 것이 아니고 그 이후의 것이었더라도, 엘스티르의 시각은 그런 형을 망가뜨리기에 충분했을 것이다. 타고난 예술적 재능이란 원자의 배합을 분리하는 힘, 또 반대의 순서에 따르며 다른 형에 응하면서 원자를 집합하는 힘을 가진, 극도의 고열과 같은 작용을 한다. 여인이 얼굴 모습에 가한 인공적인 조화, 날마다 외출하기에 앞서, 모자의 기울음, 머리칼의 윤택, 눈매의 활기를 고치면서, 거울 속에 그대로 있나 없나 주의 깊게 들여다보고 그대로 있는 걸 확인하는 그 인공적인 조화, 이것을 위대한 화가의 일별이 순식간에 부숴 버리고, 그 대신에 그 내심이 지닌 그림과 여인에 대한 어떤 이상을 충족시키려고 여인의 얼굴 모습을 다시 조립한다. 마찬가지로, 어느 연령에 이르자, 흔히 위대한 탐구자의 눈은, 사물간의 관계를 성립시키는 데 필요한 뭇 요소를 도처에서 발견하게 되고 또 그런 관계만이 그의 흥미를 끌게 된다. 마치 까다롭게 굴지 않고 손에 닿는 연장이나 악기로 만족하는 장색이나 연주자가 군말 없이, 이건 안성맞춤이구나 하고 말하는 것과 매일반이다. 따라서 다음과 같은 일이 있었다. 전에, 가장 고귀한 미인의 전형이던 뤽상부르 공주의 사촌 누이가, 당시 새로웠던 예술에 열중해, 자연주의파의 대가에게 자신의 초상화를 그려 달라고 부탁한 일이 있었다. 그런데 그 화가의 눈은 당장 도처에서 흔히 보는 걸 발견해 냈다. 그 결과로 화폭에 나난 건 귀부인 대신에 심부름하는 계집애의 모습이고, 배경삼았다는 것이 기울어진, 보랏빛의 널따란 장식이고 보니, 피갈의 광장을 연상시킬 만한 것이었다. 그러나 이토록 극에까지 가지 않더라도, 대화가가 그린 여성의 초상화는, 여인의 까다로운 성미 — 예컨대 여성이 늙기 시작하자 제 딸의 자매이거나 제 딸의 딸같이 보이게 하려고, 그대로 젊은 자태인 것을 보이려고, 거의 계집애 같은 옷차림으로 촬영케 하거나, 경우에 따라 자기 곁에 '옷을 멋없게 입은' 딸을 있게 하거나 하는 까다로운 성미 — 에 만족감을 주려고 하지 않을 뿐더러, 반대로 여성이 감추려고 기를 쓰는 약점을 두드러지게 했다. 이런 약점은, 열병 환자의 안색, 다시 말해 초록빛 도는 안색처럼 '성격'을 나타내어 그만큼 더 화가의 마음을 끌지만,

일반 서민 감상자에게는 환멸을 주기에 족하여서, 여인이 자랑스럽게 뼈대로 버티고 있는 이상, 여인을 약분할 수 없는 유일무이한 형태로 싸서, 다른 인간의 구름 위 권역 밖에 놓고 있는 이상을, 감상자의 눈앞에서 분쇄한다. 완벽한 모습으로 군림하던 특유한 전형에서 추방되어 실권한 지금에 와서는 하찮은 여인에 지나지 않아, 그 우월성에 하나도 신용이 안 가고 만다. 이제껏 우리가 이런 전형 안에 넣어 왔던 게, 오데트의 아름다움뿐만 아니라, 그 개성, 그 본인과의 일치까지 넣어 와서, 그녀한테서 이런 전형을 벗겨 낸 초상화를 앞에 놓자 우리는, '보기 흉하게 그렸군!' 하고 외치고 싶어질 뿐만 아니라, 또한 '조금도 닮지 않았는걸!' 하고 내뱉고 싶어지는 것이다. 우리로서는 그것이 그녀라고 믿기 어렵다. 같은 인간이라고 인정되지 않는다. 그렇지만 언젠가 본 적이 있다고 확실히 느껴지는 한 인간이 거기에 있다. 그러나 거기에 있는 인간은 오데트가 아니다. 그 인간의 얼굴, 몸, 모습을 우리가 잘 알고 있는 것이다. 그런 게 우리에게 상기시킨다. 이런 모양으로 서 있는 적은 한번도 없는 여인, 여느 때의 자세에게 이렇듯 괴상하고도 도발적인 아라베스크를 그린 적이 전혀 없는 여인이 아니라 엘스티르가 그려 온 모든 여인들, 그녀들이 설령 아무리 별나더라도, 그가 이와 같이 정면으로 서게 하기를, 활 모양으로 흰 발을 스커트 밖으로 비죽 나오게 하기를, 동그란 큰 모자를 손에 들게 하기를 좋아한 여인을 모자에 덮여 있는 무릎 높이에, 정면으로 보인 다른 얼굴의 둥근 면에, 잘 어울리게 대응하고 있는 여인을. 요컨대 천재가 그린 초상화는, 여인의 교태와 아름다움에 대한 여성의 제멋대로의 개념 같은 것이 정의한 전형을 분해할 뿐만 아니라, 또한 초상화가 설령 옛것이라도, 시대에 뒤진 의상을 입히고 실물을 찍은 사진 모양으로, 그 실물을 예스럽게 보이는 것만으로 그치는 게 아니다. 초상화에서, 시대를 나타내는 것은 여인이 입은 옷의 투뿐만 아니라, 도리어 화가가 그린 투이다. 이 투, 곧 엘스티르의 초기의 투는, 오데트로서는 가장 견딜 수 없는 출생 증명서였다. 왜냐하면 당시의 그녀의 사진처럼, 그것은 그녀를 알려진 고급 창부 족속의 말석에 등록시켰을 뿐만 아니라, 또한 그녀의 초상화를 이미 망각 또는 역사에 속하는 사라진 허다한 모델에 의하여 마네 또는 휘슬러가 그린 수많은 초상화 가운데 하나로 동시대의 것으로 하였기 때문이다.

엘스티르를 그의 집으로 배웅하는 동안, 그의 곁에서 묵묵히 이런 생각을 새김질하면서, 나는 그의 모델의 근본에 관해서 지금 막 머리에 떠오른 발견에 넋을 잃었다가, 이 첫 발견이 두번째의 발견, 화가 자신의 근본에 관한 발견으로 나를 이끌어 더욱 어리둥절하게 했다. 그가 오데트 드 크레시의 초상화를 그렸다는 발견. 이 천재, 이 현자, 이 은자, 훌륭한 회화(會話)를 구사하며 만사를 굽어보는 철학자가, 지난날 베르뒤랭네 집 출입을 허락받은 어리석고도 타락한 화가였다는 것이 과연 있을 수 있는 일인가? 그에게 물었다, 베르뒤랭네를 알고, 그 당시 비슈(Biche) 씨라는 별명으로 불리지 않았느냐고. 그는 당황하지 않고, 그렇다고 대답했는데, 그 투가, 그런 사실 같은 건 그의 생활의 이미 옛것이 되어 버린 부분에 속한다는, 나의 마음속에 야릇한 환멸이 일어나고 있는 것을 알아채지 못하는 듯, 그러나 눈을 쳐드는 순간, 그는 내 얼굴에서 환멸을 알아보았다. 그의 얼굴에 불만의 표정이 떠올랐다. 우리는 이미 그의 집에 거의 이르고 있었는데, 지성과 심성이 덜 뛰어난 사람이었다면 이때 단지 무뚝뚝한 작별 인사를 하고, 그 후 나하고 만나기를 피했을지도 몰랐다. 그러나 엘스티르가 나에게 취한 태도는 그렇지 않았다. 진정 거장답게 ― 순수한 창조의 견지로서는, 거장이라는 낱말의 뜻에서, 한낱 거장인 것은 그의 유일한 결점인지도 몰랐다, 왜냐하면 예술가가 정신 생활의 진실 속에 완전하게 살려면 본래 고독해야 하고, 그 제자들에게도 자아를 아껴야 하기 때문에 — 젊은 사람들의 가장 좋은 참고로, 설령 그것이 자기에 관한 것이거나 남들에 관한 것이라도, 온갖 경우에서, 거기에 지니고 있는 진실의 부문을 꺼내 주려고 애쓰고 있었다. 따라서 그는 그 자존심의 앙갚음이 될 것 같은 말보다 나에게 교훈을 줄 수 있는 말을 택했다. "아무리 현자라도" 하고 그는 말했다. "그 젊음의 어느 시기에, 후에 가서 생각만 해도 불쾌한, 될 수만 있다면 그런 추억을 기억에서 말살해 버리고 싶은 말을 했거나, 생활을 했거나 하지 않았던 인간이란 한 사람도 없지요. 그러나 그건 별로 후회하지 않아도 좋아요, 왜냐하면 현자가 된다는 건 만만치 않은 수도여서, 먼저 자기가 어리석은 또는 밉살스러운 화신(化身)을 두루 거치지 않고선 그 마지막 화신을 얻지 못하기 때문입니다. 명문 출신의 자손으로, 중학 시절부터 가정 교사가 정신의 고귀성과 심적인 아취를 교육시킨 젊은이들이 있다는 건 나도 압니다. 그들은 나이 들어 과거를 돌이켜보았을 때, 아마도 거기서 떼어 버릴 것이 하나도 없을 것이며, 그들이 말한 것을 다 터놓고 떠벌리고 그것에 서명할 수도 있겠죠. 그러나 그 실은, 그들은 정신이 가난한 사람들, 공리공론자의 무력한 자손이며, 그 예지는 소극적이자 열매를 맺지 못하는 불모지입니다. 예지는 남한테 받는 게 아니고, 아무도 대신해 주지 못하는 나그네길, 아무도 도와 주지 않는 여정을 걸은 후에 제 자신이 발견하는 거죠, 왜 그런고 하니, 예지는 사물을 보는 견지이니까. 당신이 감탄해 마지않는 생활, 고귀하다고 생각되는 태도도 가정의 부친이나 교사에 의해서 마련된 게 아니라, 처음에, 생활의 주위를 지배하고 있는 악덕이나 평범함의 영향을 받아 아주 판판인 출발점에서 일어난 것입니다. 그것은 투쟁과 승리를 나타냅니다. 첫발을 내디딘 시기의 우리 모습이 이제 알아볼 수 없게 된 것은, 아무튼 불쾌한 것이었다는 걸 나는 알아요. 그렇지만 그 불쾌한 모습이 부인당해서는 안 될 것이, 이야말로 우리가 진실하게 살아왔다는 표적이자, 우리가 영위한 생활과 정신의 법칙에 따라, 만인에게 공통된 생활의 뭇 요소에서, 예컨대 화가라면 아틀리에의 생활에서, 예술가 동아리의 생활에서, 그 생활을 능가하는 그 무엇을 얻어 냈다는 표적이니까." 우리는 문 앞에 이르렀다. 나는 젊은 아가씨들과 친지가 못 되고 만 것에 실망하였다. 그러나 결국 언젠가는 그녀들을 다시 만나게 되리라는 가능성이 있게 되었다. 다시는 나타나는 걸 못 보리라 여겼던 수평선에, 지금은 그녀들이 다만 지나가 버리는 것이 아니었다. 그녀들의 둘레에, 그 커다란 소용돌이, 그녀들에게 가까이 갈 수 없다는, 영구히 도망간 건지도 모른다는 생각이 불러일으킨 불안에 기운을 돋우어, 끊임없이 활동하는, 동요하는 절박한 욕망의 번역에 지나지 않았으며, 우리들 사이를 떼어 놓았던 그 커다란 소용돌이가 이제 일어나지 않았다. 그녀들에 대한 욕망, 일단 그것이 가능하다는 것을 알자마자, 실현을 미루어 온 다른 욕망들의 곁에, 그것을 휴식시켜 남겨 둘 수 있게 되었다. 엘스티르와 작별하고, 나는 혼자가 되었다. 그러자 홀연히, 이제까지의 실망에도 불구하고, 머릿속에 하나하나 선명하게 떠오른 것은, 이런 사태가 생기리라고는 꿈에도 생각지 못했던 가지가지의 우연, 엘스티르가 바로 그 아가씨들과 친지였다는, 아침까지만 해도 아직 나한테는 바다를 배경삼은 한 폭의 그림 속의 인물에 지나지 않던 그 젊은 아가씨들이, 나를 알아보고, 더더구나 대화가와 함께 있는 나를 알아보았을 뿐더러, 이 화가가 지금은 그녀들과 친지가 되고 싶어하는 나의 욕망을 알고 있음은 물론이려니와 틀림없이 나의 욕망을 거들어 주리라는 우연이었다. 이런 모든 것이 나한테 기쁨의 원인이었건만, 이 기쁨이 그대로 숨어 왔던 것이다. 이 기쁨은 이를테면 자기가 있는 것을 알리려고, 남들이 떠나 버리고 우리가 혼자 있게 되기를 기다리는 손님과 같은 것이었다. 남들이 떠나자 우리는 그 손님의 모습을 알아채고, 자아, 당신하고만 있게 되었습니다, 들어 봅시다 하고 그에게 말을 시킬 수 있다. 때로는, 이런 기쁨이 우리한테 들어오는 시각과 우리가 기쁨 속에 들어갈 수 있는 시각 사이에, 많은 시간이 지나가, 그 동안 우리가 많은 다른 사람들과 만나야 하기 때문에, 그 손님이 기다리지 못하지나 않을까 걱정한다. 그러나 그 손님은 참을성이 많다, 지치지 않고 기다려 준다. 다른 사람이 다 가 버리자마자, 우리는 금세 그 손님과 대면한다. 때로는 우리 쪽이 도리어 어찌나 피곤한지, 우리의 기력 없는 사고 속에, 우리의 나약한 자아만을 유일한 처소, 실행의 유일한 기반으로 삼는 추억이나 인상을 붙잡아 둘 만한 힘이 없을 것 같은 생각이 드는 일이 있다. 그럴 때 우리는 후회하리라. 왜냐하면 현실 세계의 티끌 속에 마법의 모래가 섞이는 날, 일상 생활의 비속한 어떤 사건이 어쩌다가 정열적인 동기가 되는 날밖에, 생존은 거의 흥미롭지 못하기 때문에. 이런 날에는 가까이 갈 수 없는 세계의 어느 곳이 홀연히 몽상의 빛 속에 온 모습을 나타내 우리의 삶 속에 들어오고 그때에 우리는 잠에서 깨어난 듯 삶 속에서 똑똑히 본다, 꿈속에서밖에 보지 못하리라고 여겨 온 아주 열렬하게 몽상하던 사람들을.

나는 막 끝난 다과회를 생각하면서, 엘스티르의 주선으로 알베르틴 곁으로 안내되기에 앞서 내가 다 먹었던 커피 에클레르와 노신사에게 준 장미꽃을 상기하면서, 이를테면 모르는 사이에 그때그때의 형편에 따라 우리가 택하는 세부, 특수하고도 우연한 배열

208

에 따라서 우리가 첫 대면의 그림을 구성하는 세부를 하나하나 상기하면서 돌아왔다. 그런데 몇 달 후 내가 알베르틴과 친지가 된 첫날의 일을 그녀에게 말하였을 때 놀랍게도, 에클레르, 남에게 준 꽃 같은, 내게만 중대한 것이라고는 말할 수 없으나, 나밖에 깨닫지 못한 줄로 여기던 여러 가지를, 그녀가 모조리 상기시켜서 이 첫 대면의 그림이 나에게만 존재하고 있지 않았던 것을 이해하는 동시에, 이 그림을 나 자신보다 더 멀리에서, 다른 견지에서 보는 것 같은 인상을 받았다. 이와 같이, 나밖에 깨닫지 못한 줄 여긴 여러 가지가 꿈에도 생각지 못한 형태로, 알베르틴의 사념 속에 옮겨 씌어 있는 걸 발견했다. 이 첫날, 내 방에 들어가서 다과회에서 가져온 추상을 살펴볼 수 있을 때, 요술쟁이의 공놀리기가 얼마나 용케 실행되었는가, 또 바닷가에서 그토록 오랫동안 뒤쫓던 아가씨와는 아무런 관련 없이, 요술사의 능숙한 솜씨로 그 아가씨로 바뀐 한 아가씨와 잠시 동안 어떻게 담소하였는가를 알아챘다. 하기야 그럴 줄 미리 짐작은 했다, 바닷가의 젊은 아가씨는 내 마음속에서 만들어진 존재였기 때문에. 그럼에도 불구하고, 엘스티르와의 얘기하면서, 내가 그 아가씨를 알베르틴과 동일시하였기 때문에, 이 현실의 알베르틴에 대하여, 나는 상상의 알베르틴에게 바친 사랑의 약속을 지키려는 도덕적인 의무감을 스스로 느끼고 있는 것이었다. 이는 대리인을 통해 약혼한 다음에 중매 든 여인과 결혼해야 한다는 의무감을 느끼는 격이다. 그리고 또 바른 태도나 '빈틈없이' 보잘것없는 말씨나, 타는 듯이 붉은 관자놀이 같은 추상이 진정시켜 주기에 족한 안타까움은 적어도 일시적으로 내 생활에서 사라졌을망정, 그 추상은 내 몸 속에 다른 유의 욕망, 당장에는 오누이 사이의 애정과 비슷한, 부드러운, 하나도 고통스럽지 않은 욕망을 야기시켜서, 이 새로운 아가씨의 어렴성 있는 태도와 수줍음,

209

뜻밖의 고분고분함이 내 상상력의 헛된 운행을 중지시키는 동시에 감동어린 감사의 정을 우러나오게 하여, 이 아가씨를 꼭 껴안고 싶은 욕구를 끊임없이 느끼게 하면서, 언제인가 결국, 이 역시 위험한 욕망이 될 가능성이 없지 않았다. 그 위에 기억은 금세 상호간의 관계없는 필름을 이것저것 찍기 시작하고, 거기에 찍힌 장면 사이의 어떠한 관계도, 어떠한 연속도 인멸하기 때문에, 기억이 전개하는 필름의 수집 안에서는, 최신의 것이라고 해서 반드시 그 전 것을 망치지는 않는다. 내가 말을 건네던 평범하고도 애처로운 알베르틴의 맞은편에, 바다를 배경삼은 신비스러운 알베르틴을 나는 보았다. 이제 와서는 어느 쪽이나 추상, 곧 그림이며, 두 쪽이 다같이 사실 같지 않았다. 이 첫 소개의 오후 일의 끝맺음으로 말하면, 눈 밑의, 뺨 위에 나 있는 조그만 사마귀를 내가 상기하려고 하자, 엘스티르의 아틀리에 앞을 알베르틴이 떠나갔을 때, 그 창 너머로 내가 보았던, 턱 위의 사마귀가 상기됐다. 요컨대 그녀를 볼때마다, 나는 번번이 사마귀가 하나 있는 것을 주목했지만, 나의 헤매는 기억은, 나중에 상기할 때 어느 때는 이리로 어느 때는 저리로 그 사마귀를 알베르틴의 얼굴 위에서 끌고 다녔던 것이다.

시모네 아가씨가 내가 알고 있는 누구하고도 그리 다르지 않은 아가씨인 줄 알면서 어지간히 실망하기는 하였으나 발베크 성당앞에서의 환멸이, 캥페를레에 가고 싶어하는, 퐁 타방과 베네치아에 가고 싶어하는 욕망을 막지 못했듯이, 그래도 나는 마음속으로, 알베르틴 자체가 내가 바라 마지않던 그대로의 됨됨이가 아닐망정, 적어도 그녀를 통해, 작은 동아리의 그녀의 벗들과 친지가 될수 있지 않을까 생각했다.

그래도 처음엔 계속 실패하리라 생각했다. 그녀가 앞으로도 매우 오랫동안 발베크에 그대로 있을 터이고, 나 역시 그래, 지나치게 그녀를 만나려 하지 말고 우연히 만나는 기회를 기다리는 편이 최상책이라고 생각했기 때문이다. 날마다 만나고 보면 오히려, 그녀가 멀리서 내 인사에 고개만 끄떡하고 마는 두려움이 많아지니, 그렇게 되는 경우, 무언의 인사만이 온 계절을 통해서 날마다 되풀이될 뿐, 그 이상 나아가지 못하리라.

그런 지 며칠 후, 비가 온 뒤라서 거의 냉기가 도는 어느 아침, 둑 위에서 한 아가씨가 내게로 가까이 왔다. 챙 없는 작은 토케 모자를 쓰고 머프를 끼고 있었다. 엘스티르네 모임에서 보았던 모습과 아주 달라 이 아가씨를 같은 사람으로 알아보기가 정신적으로 불가능한 조작일 성싶었다. 그렇지만 내 정신은 그것에 성공했다. 그러나 잠시 놀란 후라, 이 잠시 놀란 나의 기색을 알베르틴이 알아차렸나 보다. 한편 그녀는 전번에 나에게 강한 인상을 준 '뱀뱀이'(Donnes façons)를 상기시키면서, 그때와는 반대의 놀라움을, 거친 말투와 '작은 동아리' 다운 아니꼬운 태도를 내게 느끼게 했다. 게다가 내가 보고 있는 각도가 달라선지, 토케를 쓰고 있어선지 아니면 홍조가 늘 있는 것이 아니라서인지, 관자놀이는 그 얼굴을 보는 시각을 안정시키는 중심점 구실을 그만두고 있었다. "날씨도 고약해라!" 하고 그녀는 나에게 말했다, "발베크의 끝없는 여름이란 말은 결국 굉장한 허풍이야. 이곳에서 아무것도 하지 않나요? 카지노의 댄스홀에도 골프장에도 당신이 안 보이니, 승마도 안 하시고. 매우 심심하시겠네! 온종일 바닷가에서 어슬렁대다간 바보가 되지 않을까요? 아아, 그렇군, 볕 쬐기를 좋아하시나 봐? 한가하시겠네. 당신은 나하고는 아주 판판인가 봐, 스포츠라면 무엇이고 난 다 좋아하니까! 소뉴의 경마에 안 가셨죠? 우리들은 트람(옮긴이:tram, 지선의 작은 기차)으로 경마장엘 갔어요, 그야 물론 그런 타코(옮긴이:tacot, 낡은 차)에 타는 것이 당신한테는 재미

없겠지만! 두 시간이나 걸렸지 뭐예요? 나의 베칸(옮긴이: bécane, 자전거의 속칭)이라면 세 번 왕복했을 텐데." 생 루가 시골의 지선 철도의 작은 기차를 수없이 우회하기 때문에 '토르티야르'라고 아주 천연스럽게 불렀을 때 탄복했던 나는, 알베르틴이 역시 '트람', '타코'라는 낱말을 수월하게 말하는 데 겁이 덜컥 나 버렸다. 사물의 명칭을 부르는 식에 능숙함을 느껴, 나의 열등을 확인하고 업신여기지 않나 걱정되었다. 이 지선을 가리키는 데 작은 동아리가 가지고 있는 동의어의 풍성함은 이제껏 아직 내가 알아채지 못한 점이었다. 말할 때, 알베르틴은 머리를 까딱하지 않고, 콧구멍을 좁히고, 입술 끝만을 움직였다. 그 때문에 느릿느릿하고 콧소리 나는 음조의 구성에, 아마도 시골 사람의 유전, 영국적인 태연스러움의 연소한 선멋, 외국인 가정 교사의 교육, 비후성 비염 같은 것이 들어가 있는 것 같았다. 이 발성법은, 그녀가 상대방과 더욱 친해짐에 따라 금세 중지되어 자연히 본디의 천진스러운 투로 되었는데, 아직은 듣기에 따라 귀에 거슬리기도 하였다. 그러나 이 발성법은 특유한 것이어서 나를 매혹시켰다. 그녀를 만나는 일 없이 며칠이 지날 때마다, 몸을 똑바로 하고, 머리를 까딱하지 않고 코맹맹이 소리로 '골프장에도 당신이 안 보이니'라고 한 말을, 나는 속으로 되풀이하며 흥겨워하였다. 그럴 때, 이만큼 바람직스러운 사람은 없다고 생각하였다.

그날 아침, 우리는 쌍쌍들, 둑의 여기저기에 흩어져 있다가 몇 마디를 교환할 때에만 접속선이나 중지선을 설치하고, 그러다가 따로따로 떨어져서 저마다 서로 다른 산책을 다시 시작하는 쌍쌍들 중의 한 쌍이 되었다. 알베르틴의 부동 자세를 이용해 그녀의 사마귀가 어디에 자리잡고 있는지 명확히 알고자 했다. 그런데 소나타 중에서 나를 황홀케 했던 뱅퇴유의 한 악절이, 나의 기억을 안단테에서 피날레로 방황케 하다가, 드디어 어느 날, 악보를 입수하여, 스케르초 안에서 그 악절을 찾아내, 처음으로 추상 속에서 악절을 본디의 장소에 고정시킬 수 있었듯이, 어떤 때는 뺨 위로 어떤 때는 턱 위로 상기했던 사마귀를, 마침내 코 밑, 윗 입술 위에 영구히 고정하게 되었다. 이와 같은 일은 암기하고 있는 시구의 경우에도 일어나 발견하리라곤 꿈에도 생각지 않은 작품에서 그 시구에 부딪쳐 놀란다.

이때에, 태양과 바닷바람에 익은 금빛으로, 동시에 장밋빛으로 빛나는 아가씨들의 아름다운 행렬이 풀려, 그 화려한 장식의 전체를 바다 전면에, 갖가지 형태의 변화로 자유롭게 전개시키려는 듯, 알베르틴의 친구 아가씨들이 아름다운 각선에 날씬한 허우대로, 그러나 서로 다른, 그 종아리의 모습을 나타내, 바다 가까이 따라, 평행선상을 걸어, 우리 쪽으로 점점 커지며 다가왔다. 나는 알베르틴에게 잠시 동안 같이 가도 무방하냐고 물었다. 공교롭게 알베르틴은 손을 흔들어 친구들한테 인사하는 것으로 그쳤다. "그대로 가게 하면 나중에 친구분들이 불평할걸요" 하고 나는, 그녀들과 함께 산책하고 싶은 심사에서 그녀에 말했다.

골프채를 든, 이목구비의 균형이 잘 잡힌 한 젊은이가 우리 곁으로 다가왔다. 바카라(옮긴이: baccara. 카드 놀이의 일종)에 열중해서, 재판소장 부인의 심한 분개의 대상이 되고 있는 젊은이였다. 감동을 나타내지 않는 쌀쌀한 외모, 명백히 그런 점에 최상의 품위가 있는 줄 생각하는 태도로, 그는 알베르틴에게 인사했다. "골프 치고 오는 길이군요, 옥타브?" 하고 그녀가 물었다. "잘 되던가요? 점수는?" —"말 마세요, 엉망입니다"라는 그의 대답— "앙드레도 거기 있던가요?" "네, 그 아가씨는 77점이었죠" "어쩌면, 기록인데" —"나는 어제 82점이었는걸요." 그는 오는 만국 박람회(1900년)의 기구에서 어지간히 중대한 소임을 맡아 하기로 되어 있는 매우 부유한 실업가의 아들이었다. 이 젊은이도 그렇거니와, 젊은 아가씨들 동아리의 다른 남자 친구들의 극소수에서, 복장, 옷 입는 투, 여송연, 영국풍의 음료, 말 따위에 관한 지식이 세밀한 점에 나는 놀랐는데 — 이 젊은이도 그런 지식의 훨씬 세밀한 세부까지 정통해, 학자의 겸손한 침묵에 맞먹는 거만한 정확성에까지 이르고 있었지만 — 거기에 지적인 교양의 뒷받침 없이 따로따로 발달해 있는 꼴불견에 더욱 놀랐다. 형편에 알맞게 야회복 또는 잠옷을 선정하는 데는 아무 망설임이 없지만, 어떤 낱말을 어떤 경우에 사용하는지의 가부에는 분별이 없어 심지어 프랑스어의 아주 간단한 문법마저 무시해 버렸다. 이 두 가지 교양 사이의 어울리지 않음은, 발베크의 토지 가옥 소유자 조합장인 그의 부친의 경우에도 같았을 게 틀림없었다. 왜냐하면 최근 벽이란 벽에, 그가 붙이게 한 선거민에 대한 공개장에서 '나는 그 점에 관해 시장에게 얘기하려고(옮긴이: en causer, 문법상으로 '말하려고'(en parler)가 옳음) 시장을 면회하고자 했습니다. 시장은 나의 정의의 불만을 들으려고조차도 하지 않았습니다'라고 그가 말하고 있었으므로. 옥타브는 카지노에서 보스턴(옮긴이: 보스턴 왈츠, 왈츠의 일종), 탱고 같은 모든 경연에서 입상한 바 있었다. 때문에 젊은 아가씨들이 그 '춤의 상대 남성'과 가상이 아니라 정식으로 결혼하는, 이런 '해수욕장'의 환경에서는, 그가 원하기만 한다면 화려한 결혼을 할 수도 있었을 것이다. 그는 얘기하면서 급한 용무를 끝마치는 허락을 구하는 듯이 "실례합니다" 하고, 알베르틴에게 말하면서 여송연에 불을 붙였다, 그도 그럴 것이 그는 '아무것도 하지 않고 그대로 있을' 수가 없었으니까. 하기야 하는 일이라곤 아무것도 없었지만. 빈틈없는 무위는, 정신의 분야에서나, 육체와 근육

214

을 움직이는 생활에서나, 과도한 노동과 똑같은 결과를 가져다 주게 되는 것으로, 옥타브의 사색 깊은 듯한 이마 밑에 상주하고 있는 지성의 공허로 말하면, 그 잔잔한 외모에도 불구하고, 사물을 생각하려고 해도 머리에서 나오는 게 없는 안타까움을 그에게 주는 결과가 되어 버려 과로한 철학자에게 흔히 생기듯이 밤에도 그를 잠들지 못하게 한 것이었다.

이 젊은 아가씨들의 남자 친구들과 아는 사이가 되면, 더욱더 그녀들과 만날 기회가 많을 것이라고 생각한 나는, 그에게 소개되기를 막 부탁하려고 했다. 그러나 "엉망입니다"를 연발하면서 젊은이가 떠나자마자, 나는 그것을 알베르틴에게 말했다, 이와 같이 해서 요 다음 번에 소개한다는 생각을 그녀의 머리에 불어넣으려고 생각한 것이었다. "뭐라구요" 하고 그녀는 큰 소리로 말했다, "저런 보잘것없는 젊은이에게 당신을 소개할 수는 없어요! 이곳은 보잘것없는 사람들이 득실거리죠. 저런 사람들은 당신과는 아무래도 얘기 못 해요. 저 사람은 골프에 매우 능숙하죠, 그게 전부예요. 나는 잘 알아요, 당신과는 전혀 어울리지 않는다는 걸."—"그대로 가게 하면 나중에 친구분들이 불평할 거요" 하고 나는, 그녀들과 합치러 같이 가자고 하기를 기대하면서 말했다. —"괜찮아요, 내가 없어도 무방하니까." 우리는 블로크와 마주쳤다. 그는 속뜻이 있는 간사한 미소를 내게 보내는 동시에, 그와 아는 사이가 아닌 알베르틴, 또는 '친지가 아니고서도' 알고 있는 알베르틴이 있기 때문에, 약간 당황하는 듯, 눈에 거슬리는 엄격한 동작으로 머리를 깃 쪽으로 움츠렸다. "뭐라는 이름이죠, 저 야만인은?" 하고 알베르틴이 내게 물었다. "어쩌자고 인사하는지 모르겠어, 나를 알지도 못하는 주제에. 그래서 답례하지 않았어요." 나는 알베르틴에게 대답할 겨를이 없었다, 우리 쪽으로 곧장 걸어와서 "얘기 도중에 실례" 하고 블로크가 말했기 때문에. 블로크가 이어 말했다, "그러나 나는 내일 동시에르에 간다는 걸 자네에게 알리고 싶었네. 더 이상 내가 지체하면 실례가 되니까. 생 루 팡 브레가 나를 어떻게 생각할지 걱정인걸. 내가 2시 열차를 타겠다는 점을 말해두네. 더 이상은 자네 마음대로 하게나." 그러나 나는 알베르틴과 다시 만나는 일과 그녀의 친구 아가씨들과 친지가 되려고 애쓰는 일밖에 머릿속에 없어서, 동시에르, 이는 그녀들이 가는 곳이 아니며, 내가 거기에 가면, 그녀들이 바닷가에 나타나는 시각이 지난 후라야 돌아오게 되니까, 마치 지구의 끝머리에 있는 것 같이 생각되는 고장이었다. 나는 블로크에게 못 가겠다고 말했다. "그럼, 나 혼자 가지. 아루에(옮긴이: Arouet, 볼테르를 가리킴) 선생의 익살맞은 12음철 구격(十二音綴句格)의 두 시구에 따라, 생 루에게

    '나의 의무가 그의 의무 여하에 따르지 않음을 알라,
    그가 저버리고 싶으면 저버리려무나, 나는 끝내 지키리'

라고, 말해 그의 성직 지상주의를 기쁘게 해주겠네."

"상당히 예쁘장한 분이라는 걸 인정하지만" 하고 알베르틴이 나에게 말했다. "나 저런 사람은 싫더라!"

나는 블로크가 미남자라고는 꿈에도 생각지 않았는데, 듣고 보니, 그런 성싶었다. 약간 두드러진 이마에, 심한 매부리코, 비상하게 총명한, 그리고 그 총명을 확신하고 있는 듯한 풍모, 이런 점으로 보기 좋은 얼굴을 하고 있었다. 그러나 알베르틴의 마음에 들 수 없는 얼굴이었다. 아마도 어느 정도, 알베르틴의 약점, 작은 동아리의 냉혹성, 감수성의 결핍, 그녀에게 어울리지 않는 것에 대한 신랄함 때문인지도 몰랐다. 그리고 그 후에, 내가 두 사람을 소개

216

했을 때, 알베르틴의 반감은 줄지 않았다. 블로크가 속해 있는 환경으로 말하면, 사교계에 대하여 해 대는 우롱과, 그렇지만 '당사자'인 인간이 지니고 있는 예절바름에 대한 만강(滿腔)의 경의 사이에, 사교계의 풍습과는 다른, 어쨌든 유별나게 고약하고도 세속적인 냄새를 물씬 나는 일종의 특별한 절충법을 어느덧 만들어 내었다. 그는 남에게 소개되었을 때 회의적인 미소와 과장된 존경을 동시에 나타내어 머리를 숙이고, 상대방이 남자라면 "뵙게 되어 반갑습니다"라고 말하곤 하였는데, 그 목소리는 하고 있는 말을 우롱하는 듯하며, 그 자신은 자기가 상스러운 놈이 아닌 인간에 속한다는 것을 의식하고 있는 것이었다. 관습에 따르면서 동시에 이것을 우롱하는(정월 초하루에 "Je vous la souhaite bonne et heureuse"[새해에 복 많이 받으십쇼]라고 말하듯이)(옮긴이: 옳게 말하면 'Je vous souhaite une bonne et heureuse année인데 'année'를 생략하고 그 대신 막연하게 인칭 대명사 라(la)를 앞에 써서 숨은 뜻을 풍기는 속된 말) 회화의 첫 순간부터, 총명하고도 꾀바른 태도로, 그는 '교묘한 궤변을 늘어놓는' 것이었는데, 그 내용이 자주 진실로 가득하여서, 그것이 알베르틴의 '신경을 건드리는' 것이었다. 이 첫날, 그의 이름이 블로크라고 말하니까, 알베르틴이 외쳤다, "십중팔구 그럴 거라고 생각했더니 역시 유태인이었군. 고약한 냄새가 나는 족속은 대개 그들이라니까." 설상가상으로, 블로크는 더 후에 가서, 또다시 알베르틴을 성나게 하고 말았다. 지식인의 대다수가 그렇듯이, 그는 단순한 것을 단순하게 말할 수가 없었다. 매사에 재치를 뽐내 보려는 형용사를 찾아내고서 보편화하였다. 이 점이 알베르틴을 진저리 나게 하였다. 그녀는 자기가 하는 일에 남이 귀찮게 간섭하는 것을 몹시 싫어하였는데, 발목을 삐어 가만히 있을 때, 블로크가 말했다. "그녀는 긴 의자에 누워 있도다, 하지만 그 존재는 어디든지 있으니, 광막한 골프장과 어딘지 모르는 테니스 코트에 동시에 오락가락하기를 그치지 않는 도다." 이것은 '문학'(옮긴이: 베를렌의 『시법』(詩法)의 마지막 시구 '기타는 다 문학'을 인용)에 지나지 않았지만, 움직이지 못한다고 말하면서 초대를 거절한 상대방과의 사이에 일어날지도 모르겠다고 알베르틴이 느끼는 지장 때문에, 이런 말을 하는 젊은이의 얼굴과 목소리에 반감을 품기에 족했을 것이다.

나는 알베르틴과 단둘이 남았다. "좀 봐요" 하고 알베르틴이 말했다, "나 지금 당신이 좋아하는 모양으로 머릴 땋았어요, 이 머리채를 보세요. 이런 꼴을 다들 놀려 대지만, 누구를 위해 내가 이렇게 하는지 아무도 몰라요. 우리 아주머니도 놀려 대겠지, 역시. 그래도 나는 그 까닭을 말하지 않을래." 나는 알베르틴의 볼을 옆으로 보았다. 전에는 자주 창백하게 보였는데 이와 같이 보니, 맑고 윤택해서, 겨울의 어느 날 아침, 일부분에 햇볕이 든 돌이 장밋빛의 화강암인 듯하고도, 기쁨을 발산하고 있는 듯이 보이던 그 광택을 띠고 있었다. 이때 알베르틴의 볼을 보고 느끼는 기쁨도 그와 같이 생생하였으나, 그러나 이 기쁨은 다른 욕망 쪽으로, 산책의 욕망이 아니라 입맞춤의 욕망 쪽으로 나를 이끌었다. 나는 남들이 말하는 그녀의 계획이 정말인지 물어 보았다. "정말예요" 하고 그녀가 말했다, "오늘 밤, 나 당신의 호텔에 묵어요, 그리고 좀 감기든 것 같으니까, 저녁 식사 전에 침상에 들래. 내 저녁 식사를 침대 곁에서 구경하려면 오세요. 식사 후 당신이 좋아하는 걸 하며 놀기로 해요. 내일 아침 역에 와 주면 기쁘겠는데, 그래도 이상하게 보일까 봐 걱정이야. 앙드레에겐 말하지 않았어요, 그 애는 약으니까. 다른 애들한테는 말했으니까 역에 나올 테지. 그래서 아주머니

218

한테 누가 고자질이라도 하면 매우 시끄러울 거야, 그러나저러나 오늘 밤은 함께 보낼 수 있어요. 이 사실만은 아주머니도 전혀 모르실 테지. 앙드레에게 인사하러 갈래. 그럼 나중에. 일찍 와요, 둘이서 오래오래 놀 수 있게" 하고 그녀는 미소지으며 덧붙였다. 이말을 들으니, 내가 질베르트를 사랑할 무렵보다 더 먼, 사랑이 한갓 외면뿐이 아니고 실현이 가능한 실체처럼 생각되었던 시절까지 나는 거슬러 올라갔다. 샹 젤리제에서 만나던 현실의 질베르트는, 내가 혼자가 되자 금세, 내 마음속에서 되찾아내는 그녀와 다른 여성이 되었는데, 지금 내가 날마다 만나는 이 알베르틴, 부르주아의 편견으로 가득 차고, 그 숙모에게는 모든 것을 솔직하게 털어놓는 듯싶은 현실의 알베르틴 속에 상상의 알베르틴, 내가 아직 그녀와 친지가 아니었을 무렵, 둑에서 나를 몰래 훔쳐보는 듯한 느낌이 들던 알베르틴, 멀어져 가는 내 모습을 보면서 마지못해 발길을 돌린 듯하던 알베르틴이 느닷없이 떠올라서 하나로 합쳐졌던 것이다.

나는 호텔에 돌아가 할머니와 함께 식사했다. 마음속에 할머니가 모르는 비밀을 느꼈다. 알베르틴으로서도 같은 입장인지라, 내일 그녀의 벗들이 그녀와 같이 있을 때, 우리 둘 사이에 어떤 새로운 것이 일어났는지 모를 것이며, 봉탕 부인도 조카딸의 이마에 입맞출 때, 그녀들 둘 사이에, 나라는 존재가, 남몰래 나를 기쁘게 할 목적으로 땋아 늘인 머리채의 형태로 있는 것을 모를 것이다. 그 조카딸과 인척 관계이며, 상사와 경사를 같이 한다는 사이라는 것 때문에 이제까지 그처럼 봉탕 부인을 부러워하던 나, 이 내가 지금은 알베르틴한테 그 숙모 이상의 존재가 되고 만 것이다. 그 숙모 곁에 있어도, 알베르틴이 생각하는 것은 나다. 잠시 후 무슨 일이 일어날지 나는 잘 몰랐다. 어쨌든 그랑 호텔, 오늘 밤이 이제는 공허하다고는 생각되지 않았다. 이것들 안에 나의 행복이 포함되어 있었다. 알베르틴이 차지한, 골짜기 쪽으로 면한 방에 올라가려고, 나는 승강기를 부르는 벨을 눌렀다. 승강기의 좌석에 앉는 따위 같은 사소한 동작마저 내 마음과 직접 관계가 있기 때문에 즐겁기 한량없었다. 기계를 올리는 줄에서도, 올라온 몇 층계 속에서도, 나는 내 환희로 물질화된 장치나 계단밖에 보지 않았다. 그 장밋빛의 몸이라는 귀중한 실체를 숨기고 있는 방에 이르는 거리는 복도를 몇 걸음 걷기만 하면 되는 거리였다. 그 방은, 거기서 앞으로 어떤 더할 나위 없이 즐거운 행위가 벌어진들, 통지 못 받은 숙박객에게, 다른 모든 객실과 똑같이 시치미떼어, 그 상비 객실의 외양을 유지할 것이며, 가구들도 어떤 현상을 목격한들 집요하게 침묵 지켜, 굳게 쾌락을 보관해, 결코 그 비밀을 남에게 밝히지 않으리라. 층계참에서 알베르틴의 방까지의 몇 걸음, 이제 아무도 멈추게 할 수 없는 몇 걸음을, 나는 더할 바 없는 기쁨과 더불어 신중하게, 새로운 원소에 잠겨 있듯이, 앞으로 나아가면서 천천히 행복을 옮기고 있는 듯, 그와 동시에, 전능이라는 생면부지의 감정과, 예전부터 내 소유였던 유산을 이제야 받으러 들어간다는 감정을 품으면서 디뎠다. 그러자 느닷없이 생각났다, 의심한 것이 내 잘못이다, 그녀가 자리에 들어가 있을 때 오라고 나에게 말하지 않았느냐. 빤한 일, 나는 기쁨에 어쩔 줄 몰라, 가는 도중에 서 있는 프랑수아즈를 하마터면 넘어뜨릴 뻔했다. 나는 눈을 번쩍거리며 알베르틴의 방으로 달려갔다. 나는 알베르틴을 그 침상 속에서 발견했다. 목이 환히 드러난 흰 내의가 그녀의 얼굴 균형을 바꿔 놓아, 얼굴이 침상 또는 감기 또는 식사 때문에 충혈되어 더욱 장밋빛으로 보였다. 몇 시간 전, 둑 위, 바로 옆에서 보았던 그녀의 안색을 생각했다. 그 생생하게 윤기 나는 볼의 풍미를 마침내 막 맛보려는 참이었다. 나를 기쁘게 하려고 다 풀어 가볍게 땋아 늘인 검고 기다란 머리채의 한 가닥이 뺨 위를 위에서 아래로 가로지르고 있었다. 생글생글 웃는 낯으로 나를 빤히 보고 있었다. 그녀의 옆, 창문 속 골짜기가 달빛에 환하였다. 내 눈에 들어오는 알베르틴의 적나라한 목, 지나치게 장밋빛인 두 볼이 어느새 나를, 도취(다시 말해, 이승의 현실을 이제 현실 속이 아니라, 내가 억제하지 못한 감각의 분류 속에 던지고 만), 나라는 존재 속에 유전(流轉)하는 광대무변하고도 파괴할 수 없는 삶과, 이에 비해 너무나 빈약한 외적 세계의 삶 사이의 균형이 깨어지고 만 듯한 도취 속에 빠뜨리고 말았다. 창 속의 골짜기 곁에 보이는 바다, 메느빌의 첫 절벽의 불룩한 젖가슴, 달이 아직 중천에 올라 있지 않은 하늘, 이 모든 것이, 나의 동공(瞳孔)으로서는 깃보다 더 가볍게 휴대할 수 있을 것같이 보여, 동공이 눈꺼풀 사이에서 저항하면서 팽창해, 다른 수많은 무거운 짐, 세계의 온 산을 그 동공의 섬세한 표면에 들어올리려고 하는 것을 나는 느꼈다. 내 눈동자의 구체(球體)는, 수평선의 구상(球狀)을 갖고서도 이제는 충분히 가득 차지 않았다. 내 가슴을 부풀게 하는 광대무변한 호흡에 비하면, 자연이 내게 가져다 줄 수 있는 어떠한 생명도, 나에게 얇게 보이며, 바다의 숨결도 너무나 짧게 생각되었다. 입맞추려고 알베르틴 쪽으로 몸을 기울였다. 죽음이 이 순간에 나를 엄습하기로 되어 있었던들 그건 내게 관계없는 것으로, 아니, 있을 수 없는 것으로 생각되었을 것이다. 왜냐하면 목숨이 내 밖에 있지 않고, 내 안에 있었으니까. 한 철학자가 내게 말하기를, 그대는 먼 어느 날 죽으리라, 자연의 힘은 —그 숭고한 발 밑에 그대 따위야 한 알의 티끌에 지나지 않는 그 자연의 힘은 —그대가 죽은 후에도 영속하리라, 그대가 죽은 후에도, 그 둥그렇게 불룩한 절벽, 그 바다, 그 달빛, 그 하늘은 여전히 존속하리라고 했다면 나는 연민의 미소를 금치 못했을 것이다. 어찌 그것이 가능할 것인가, 어찌 이승이 나보다 더 영속할 수 있을까 보냐, 이 몸이 이승 안에서 사멸되지 않는 이상, 이승이 이 몸 가운데 포함되어 있는 이상, 이승이 이 몸을 채우기는커녕 이승 아닌 다른 수많은 보물을 쌓아 놓을 빈 자리를 이 몸에 느끼면서, 한구석에 하늘, 바다와 절벽을 건방지게 내던지고 있는 이 몸인데? "아서요, 초인종을 울릴까 보다" 하고 알베르틴, 내가 입맞추려고 덮쳐오는 걸 보고서 빽 소리쳤다. 그러나 나는 생각해 보았다, 숙모가 알지 못하게 적당히 조처하면서, 젊은 아가씨가 남몰래 젊은이를 오게 한 건, 아무것도 하지 않기 위해서가 아니다, 하기야 기회를 이용할 줄 아는 인간은 대담하게 일을 치러 성공한다고. 흥분 상태에 놓인 나에게, 알베르틴의 동그란 얼굴은, 야등(夜燈) 때문인 것처럼 내적인 불에 밝아지면서, 또렷또렷하게 두드러진 모양으로, 보매 움직이지 않는 듯하나 어지러울 지경으로 회오리치는 바람 속에 휩쓸리는, 미켈란젤로가 그린 「일월성신의 창조」의 뭇 얼굴들처럼, 활활 타는 천체의 회전인 양 빙빙 돌고 있는 듯이 보였다. 이 미지의 과일이 갖는 냄새, 맛을 막 보려는 참이었다. 요란스럽게 길게 찌르릉거리는 소리가 들렸다. 알베르틴이 젖 먹던 힘을 다 내어 초인종을 울렸던 것이다.

제 3 편
게르망트 쪽

I

새벽녘 새들의 지저귐까지 프랑수아즈에겐 무미건조하게 들렸다. 하녀들이 뭐라고 조잘거릴 때마다 프랑수아즈는 소스라쳤다. 하녀들이 오락가락하는 발소리에 귀가 띄어, 저것들이 뭘들 하나 하고 속이 답답해 하였다. 말하자면 우리가 이사를 온 것이다. 물론, 먼저 살던 '7층'에서 하녀들이 덜 소란스러웠던 것은 아니다. 그러나 프랑수아즈는 그녀들과 잘 아는 사이였고, 그 오락가락하는 기척을 정다운 것으로 들어 왔다. 그런데 지금 여기서는 정적에까지 조심스럽게 신경을 곤두세웠다. 이제껏 우리가 살아온 집이 면해 있던 큰 거리의 시끄러움과는 달리 새로 이사 온 곳이 조용했기 때문에 행인이 부르는 샹송이(약한 목소리일 때도 오케스트라의 주제처럼 멀리서도 똑똑하게 들려), 타향살이 신세가 된 프랑수아즈의 눈에 눈물을 글썽거리게 하였다. 그러므로 우리가 살아온 집이 세상에서 가장 훌륭한 집이라고 단언하면서, 콩브레의 관습에 따라 눈물을 흘리면서 이삿짐을 꾸리고 나서, '도처에서 존경받던' 집을 떠나지 않으면 안 되었을 적에, 프랑수아즈가 상심하는 꼴을 내가 비웃었다 할지라도, 그 반면에, 옛것을 쉽사리 버리는 만큼이나 새것에 동화하기가 쉽지 않은 나는, 그녀의 정신적 영양으로 필요한 존경의 표시를, 아직 우리를 잘 알지 못하는 문지기한테서 받지 못하는 가옥에 입주해, 거의 의기소침 상태에 빠져 있는 것을 보자, 이 할멈이 친근하게 느껴졌다. 프랑수아즈 혼자만이 나를 이해해 줄 것 같았다. 프랑수아즈의 수하에 있는 젊은 종복은 아무리 봐도 그렇지 못할 것 같았다. 콩브레풍과는 영 딴판인 젊은 종복은, 세간을 새로 이사 온 집으로 옮겨 들이고 다른 거리에 이사 오고 하는 것이, 마치 보고 듣고 만지는 사물의 신기함이 여행하는 듯한 휴식을 만끽하는 휴가라도 누리는 것 같았다. 그는 시골에 온 기분으로 들떠 있었다. 유리창이 잘 닫히지 않는 열차 안에서 걸린 '고뿔'이나 되는 듯이, 코감기마저 시골을 구경하고 왔다는 상쾌함을 그에게 가져다 주었다. 자주 여행하는 주인을 모시는 일이 그가 늘 품어 온 소망인지라, 재채기할 적마다, 조촐한 일자리를 비로소 얻었다고 좋아 하였다. 따라서 나는 이 젊은 종복에게 일고의 가치도 두지 않고, 곧장 프랑수아즈에게로 갔다. 이사 올 때, 아무래도 좋았던 내가, 프랑수아즈의 눈물을 비웃었던 보답으로, 할멈은 나의 쓸쓸함에 얼음장 같은 쌀쌀한 태도를 보였는데, 할멈도 나와 같은 심정을 한몫 하고 있었기 때문이다. 신경질적인 사람들의 이른바 '감수성'이라는 것은, 그들의 이기심을 키운다. 그들 자신의 심신이 여의치 못함에 점점 더 깊은 주의를 기울이면서도 남들이 심신의 여의치 못함을 봐란듯이 보이는 데는 참지 못한다. 제 몸이 당하는 아무리 작은 고통이라 한들, 주위 사람이 모르는 체 넘겨 버림을 묵과하는 법이 없는 프랑수아즈가, 내가 괴로워하니까 머리를 돌리고 말아, 나는 내 고통을 불쌍히 여겨 주는, 아니 단지 알아 모셔 준다는 것을 목격하는 기쁨마저 갖지 못하였다. 내가 새로 이사 온 집에 관해 이러니저러니 입을 열려고 하자마자, 프랑수아즈는 제 버릇대로 태도를 취하였다. 게다가 이사의 소동으로 아직 '열'이 안 떨어져 있던 내가, 막 소 한 마리 꿀꺽 삼킨 왕뱀(boa)처럼, 멀뚱멀뚱한 눈이 '소화'해야 할 우라지게 긴 옷장 때문에 지근지근 관자놀이가 아프도록 오목하게 들어가 있는데도, 이사 온 지 이틀 후, 프랑수아즈가 떠나온 지 며칠 안 된 집에 잊어 두고 온 옷가지를 찾으러 가야 했을 때, 돌아오더니 뜬구름과도 같은, 여심의 간사스런 투로 말하기를, 이전 큰 거리에선 숨이 탁탁 막힐 것 같더라, 찾아가는 데 여러 번 길을 잃어 아주 '쩔쩔맸다', 그런 불편한 계단은 처음 보았다, '나라 하나' 떼어 준들, 백만금을 준들 — 이는 터무니없는 가정 — 거기에 돌아가 살까 보냐, 모든 것이(다시 말해, 부엌과 복도에 관해) 이번 집 쪽이 잘 '배치'되어 있다고 하지 않는가. 그러니 말할 때가 왔나 보다. 이 집은 — 나의 할머니의 건강이 매우 안 좋아, 그 이유를 할머니한테 말하지 않고서 좀더 맑은 공기가 필요해 우리 식구가 이사해 온 곳 — 게르망트네 저택에 속하는 아파트였다.

어느 나이에 이르면, 사물의 이름은, 우리가 그 이름 속에 부어 넣었던 알 수 없는 것의 형상(形像)을 우리에게 보이면서, 그와 동시에 실재(實在)의 고장을 우리에게 가리켜, 우리에게 형상이 실재와 다름없음을 확인하지 않을 수 없게 만들어, 우리는 이름이 내포하지 못하나 이름과 떼어 놓지도 못하는 혼을 찾아 한 시가로 나가게까지 되는데, 은유적인 그림에서 그렇게 하듯이, 이름이 개성을 부여하는 것은, 시가나 강 따위뿐만 아니라, 이름이 갖가지 색과 꼴로 알록달록하거나, 불가사의로 가득 채우는 건 물질적인 세계 뿐만 아니라 사교의 세계 역시 마찬가지다. 그러고 보면, 온 숲에 숲의 신령이, 물에는 물의 신령이 있듯, 성관마다 저택마다 이름난 궁궐마다, 그 내실 마나님, 그 선녀를 갖게 마련. 때로는, 그 이름 속에 몸을 숨긴 채, 우리 공상 중에 사는 선녀는, 우리 공상의 삶이 변하는 대로 그 모습을 달리 한다. 이와 같이, 내 마음속에서 게르 망트 부인을 둘러싸고 있는 분위기는 여러 해 동안, 환등의 사진면 의 반사, 성당의 그림 유리창의 반사에 지나지 않아 오다가, 이와 는 영 다른 꿈이 거품 이는 급류의 습기로 젖게 되자, 그 빛깔이 퇴 색하기 시작하였다.

그렇지만 우리가 그 이름에 상응하는 실재 인물에 가까이 가면 선녀는 사라지게 마련이니, 그때에 그 인물에 이름이 빛을 반영하 기 시작하여, 그 인물에 선녀다운 티가 하나도 남지 않기 때문이 다. 그래서 우리가 그 인물 곁에서 멀어지면 선녀는 소생할지 모르 나, 그 인물 곁에 그대로 남으면 선녀는 영영 죽고 말아, 마치 멜뤼 진(옮긴이: Mélusine, 토요일마다 다리가 뱀으로 변했다는 켈트 신화에 나오는 선녀. 뤼지냥 가문의 조상이라고 함) 선녀가 사라 지는 날 소멸하게 되어 있는 뤼지냥 가문처럼, 그 이름과 함께 가 뭇없어진다. 그러자 연달아 다시 칠한 빛깔 밑에, 애당초 우리가 영영 사귀지 못할 낯선 여인의 아름다운 초상화를 드디어 발견했 는지도 모를 이름은, 지나치는 한 여인과 아는 사이인지를, 그 여 인에게 인사해야 옳은지를 분간하는 데 참고하는 한낱 신분 증명 사진에 지나지 않게 된다. 그러나 흘러간 어느 해에 느낀 한 감각 이—거기에 취입한 여러 예술가의 음성과 양식(樣式)을 보존하는 음악의 녹음기같이—그 당시 우리 귀에 울려 온 별다른 음색 그 대로 그 이름을 우리에게 들려주는 것을 기억에 가능케 한다면, 든

기에 변함없는 이름인데도 우리는 동일한 철자가 우리한테 연이어 나타내고 온 꿈의 여러 가지를 서로 떼어 놓는 거리를 느낀다. 잠시 동안은 그림 그리는 데 쓰는 작은 튜브에서 짜내듯이, 옛 봄에 듣던 지저귐에서, 여지껏 서투른 화가처럼, 한 폭의 캔버스에 펼친 우리의 온 과거에, 비슷비슷한 의식적인 기억과 관습적인 색조를 주면서, 그 나날을 상기한 셈으로 있던 그 나날의 신비스런, 싱싱한, 잊어버린, 바로 그 음색을 뽑아 낼 수 있다. 그런데 이와 반대로, 과거를 이루는 각 순간은, 본디 그것을 지어내고자, 이제는 우리가 모르는 당시의 색채를 유일한 조화 속에 사용했던 것이다. 예를 들어, 어떤 우연 탓에, 몇 해 후인 오늘에 이르러 게르망트라는 이름이, 페르스피에 따님의 혼례날에 내가 감촉한 그대로의 소리, 오늘날의 울림과는 아주 다른 울림을 다시 띠면서, 젊은 공작 부인의 부푼 깃장식을 빌로드처럼 윤나게 한, 너무나 부드러운, 너무나 빛나는, 너무나 신기한 그 연보랏빛과, 꺾지 못할 협죽도꽃이 다 핀 듯한 하늘빛 미소에 맑게 반짝이는 그 두 눈을 나에게 돌려준다면, 그 옛 색채는 아직도 나를 황홀하게 만들 것이다. 그 당시 게르망트라는 이름이야, 산소 또는 다른 기체를 넣은 작은 기구(氣球)와도 같아, 이걸 터뜨려 함유물을 발산시키기라도 하면, 어떤 때는 햇살을 날아가게 하고, 어떤 때는 햇살을 성구실(聖具室)의 붉은 모직 융단 위에 펼쳐, 장밋빛에 가까운 쥐손이풀꽃의 눈부신 혈색과, 축제의 고귀함을 간직하는 희열 속에, 이를테면 바그너풍의 다사로움을 거기에 씌우는 비의 전조, 광장의 한 모퉁이에서 불어 오는 바람으로 살랑거리는 아가위 향기 섞인, 그해의 콩브레의 공기를 나는 호흡한다. 그러나 갑자기 본디의 실체가 꿈틀거려, 오늘날 죽고 만 철자 가운데, 그 꼴을 다시 잡아 아로새김을 감촉하는 이런 드문 순간을 빼놓더라도, 실용의 목적으로밖에 이름을 아주 사용치 않는 일상 생활의 어지러운 회오리 속에, 마치 너무나 빨리 빙빙 돌아 회색으로 보이고 마는 일곱 색깔의 팽이처럼, 이름씨가 온 빛깔을 잃었다 한들, 그 대신에, 몽상중, 우리가 과거에 되돌아가고자, 우리 몸을 끌어 넣고 있는 부단한 움직임을 늦추고자, 멈추고자 하면서, 곰곰 생각해 볼 때, 여지껏 흘러간 생애 중에, 단 하나 이름이 연달아 보인 여러 빛깔이, 점차로 나란히, 동시에 서로 분명하게 따로따로 나타남을 다시 본다.

나의 유모가 ─ 누구에게 경의를 표시하려고 작곡했는가, 아마도 오늘날에 이른 나 자신과 마찬가지로 모르고서 ─「게르망트 후작 부인께 영광 있으라」라는 옛 노래를 부르면서 나를 잠재웠을 적에, 또는 그런 지 몇 해 후, 게르망트 노원수(老元帥)가 샹 젤리제에서 걸음을 멈추고 "그 녀석 귀염둥" 하고 말하며, 호주머니용 봉봉 상자에서 초콜릿 봉봉을 꺼내 주어 내 유모의 가슴을 자랑으로 부풀게 했을 적에, 그 게르망트라는 이름이 내 눈에 어떤 모양으로 드러났는지, 그야 물론 지금의 나로선 모르겠다. 나의 첫 어린 시절이야 이미 내 몸 안에 없고, 외적인 것이니, 태어나기 전에 생긴 일들처럼, 남의 얘기를 통해 알 따름이다. 하지만 그 후, 이 동일한 이름이 내 사념 속에 연이어 일고여덟 가지 다른 모습을 띠기에 이르렀다. 처음 무렵 모양들이 가장 아름다웠다. 나의 몽상은 점점 버틸 수 없게 되어 가는 장소를 현실 때문에 어쩔 수 없이 포기해 버려, 좀 뒤쪽으로 새로 자리잡다가, 끝내는 더 뒤쪽으로 물러서지 않으면 안 되었다. 이와 같이 게르망트 부인이 변하는 동시에, 그 처소, 내 귀에 들려 와서는 내 몽상을 수정하는, 이렇고저렇고 하는 말에 해마다 풍요해져 가는 그 이름에서 역시 생겨난 처소도 변하곤 하였다. 그 처소는 구름 또는 호수의 표면처럼 반사경이 된 그 돌 속까지 나의 몽상을 반영하였다. 그 높은 데

올라가서 대감과 그 정실부인이 신하들의 생사를 좌우하던 성탑(城塔), 오렌지빛 광선의 띠에 지나지 않는 두께 없는 성탑은 ― 수많은 화창한 오후, 내가 양친과 함께 비본 내(川)의 흐름을 따라 산책하던, '게르망트 쪽'으로 이르는 길 끝에 ― 공작 부인이 나에게 은어 낚시질을 가르쳐 주기도 하고, 부근을 둘러친 낮은 벽을 장식하고 있는 보랏빛과 불그스름한 꽃송이 이름을 일러 주던 곳, 맑은 물이 콸콸 흐르는 땅으로 변하고 말았다. 그리고 이곳이야말로, 여러 시대를 거치는 사이 황금빛으로 물들고 꽃장식을 한 성탑같이, 호기로운 게르망트 가문이, 나중에 노트르 담 드 파리와 노트르 담 드 샤르트르가 솟아오른 하늘 둘레가 아직 텅 비어 있었을 무렵, 벌써 프랑스를 짓눌러 서 있던 세습(世襲)의 땅, 시정 그윽한 영지였다. 그 무렵 대홍수를 피해 아라라트(Ararat) 산 꼭대기에 머물렀던 노아의 방주(方舟)처럼, 하나님의 진노가 진정되었는지 살펴보려고 걱정스런 얼굴을 창에 기대는 장로들과 의인(義人)들이 서성거리는 대성당의 본당, 그들이 앞으로 지상에 번식할 식물과 동물을 넘치도록 가져와서, 소 몇 마리가 탑에까지 도망쳐 나와 그 지붕 위를 한가롭게 거닐면서 샹파뉴 평야를 멀리 내려다보는 대성당의 본당이 아직 랑(Laon)의 언덕바지에 놓여 있지 않았을 무렵. 날이 저물어 보베 시가를 떠난 나그네가, 가지친 시커먼 대성당의 익면(翼面)이, 석양의 금빛 영사막에 편 채, 맴돌면서 뒤따라옴을 보지 못했을 무렵. 이 게르망트, 이는 소설의 장면처럼, 나로서는 상상하기 힘든, 그만큼 오히려 더 육안으로 판별하고픈 공상의 풍경, 역에서 20리 남짓한 곳에, 갑자기 문장(紋章)의 허다한 특성으로 스며들게 되는 실제의 땅과 길 한복판에 낀 공상적인 풍경이었다. 나는 그 이웃 여러 고장 이름을 마치 파르나스(Parnasse) 또는 헬리콘(Helicon) 기슭에 자리잡고 있는 고장인 듯 떠올리고 보니, 그 이름은 신비스런 현상이 발생하는 데 필요한 — 지형학상의 — 물질적 조건인 듯이 귀중하게 생각되었다. 나는 콩브레 성당의 그림 유리창 밑부분에 그려져 있는 여러 문장을 눈앞에 그려 본다. 그 동네 도처에, 세기에 걸쳐, 온갖 영주권(領主權)의 표시가 가득하였다. 그것은 이 혁혁한 명가가 결혼이나 구입을 통해 독일, 이탈리아와 프랑스의 도처에서 긁어모은 영토의 표시다. 북방의 광대한 땅, 남방의 강력한 도시들이 이곳에 와서 뭉쳐 게르망트 가문을 이루고, 그 물질성을 잃고서, 하늘빛 들판에 녹색 무늬의 탑과 은빛 성곽을 우의적으로 새기고 있다. 나는 게르망트 가문의 유명한 벽포(壁布) 얘기를 들은 적이 있기 때문에, 실드베르(Childebert)가 자주 사냥하러 갔다는, 유서 깊은 숲 기슭, 전설적이고도 맨드라미 빛의 이 기명 위에, 그 푸르고도 좀 거친 중세기풍의 벽포가 구름처럼 뚜렷이 드러나 보이는 것만 같았다. 이 땅의 신비로운 안쪽, 그 몇 세기 전의 원경에 들어가, 여행하듯이 숨은 비밀을 찾아내려면, 이 고장의 종주(宗主)이자 호상의 귀부인, 게르망트 부인에게 파리에서 잠시 가까이하는 것만으로도 될 성싶었다. 마치 부인의 얼굴과 말씨가 수목이 무성한 숲과 내의 풍토색 짙은 매력이나, 그 가문의 기록고문서에 실린 옛 관습과 마찬가지로 예스런 특성을 지니고 있음에 틀림없기라도 한 듯이. 그러나 그 무렵 나는 생 루와 친지였다. 그가 내게 들려준 얘기로는 성관이 게르망트라고 불리게 됨은 그 가문이 그것을 차지한 17세기부터임에 지나지 않았다. 게르망트 가문은 그때까지 근처에 거주했고, 그 칭호를 그 고장에서 따지 않았던 것이다. 게르망트 마을은 성관에서 이 이름을 받았으며, 성관을 향하여 세워졌고, 또 마을이 성관의 전망을 망치지 않도록, 그 당시의 봉건적인 강제력으로 길들의 선을 긋고, 가옥들의 높이를 제한하였다는 것이다. 그 벽포로 말하면, 부셰(옮긴이: Boucher, 1703~1770. 프랑스의 화가)가 그린 것인데, 게르망트네의 어느 예술 애호가가 19세기에 사들여, 애호가 자신이 그린 보잘것없는 사냥 그림과 나란히, 값싼 붉은 무명과 주사우단을 친 매우 추악한 객실에 놓여 있었다. 이런 드러내기를 통해, 생 루가 성관 안에 게르망트라는 이름과 관계없는 요소를 들이밀어서, 나는 건축물의 돌 공사를 오로지 철자의 울림에서만 계속해 발굴할 수가 없게 되고 말았다. 그러자 그 호수 속에 비치던 성관이 이 이름 밑바닥에 지워지고, 게르망트 부인 둘레에 그 처소로 나타난 건, 파리에 있는 그 저택, 게르망트네 저택이었는데, 그 이름들이 투명감을 가려서 어둡게 만들 방해물은 하나도 없었기 때문에 그 이름처럼 투명하였다. 성당이라는 낱말이 단지 성전을 뜻할 뿐만 아니라, 또한 신자의 모임도 뜻하듯이, 이 게르망트네 저택도, 공작 부인과 생활을 함께 하는 모든 사람들을 포함하고 있었지만, 이러한 친지들을 내가 눈으로 본 적이 없어서 나로선 저명하고도 시적인 이름이 많았으며, 이들 역시 단지 이름에 지나지 않는 이들하고만 사귀는 인간들뿐이기 때문에, 요컨대 공작 부인의 주위에, 기껏해야 멀어짐에 따라 엷어지는 광대한 무리[暈]를 펼치면서, 오로지 부인의 신비를 더욱 크게 하고 그것을 지키는 구실을 할 뿐이었다.

부인이 베푸는 연회에서, 내가 초대 손님으로서 공상하는 건 털끝만한 육체도, 털끝만한 수염도 없는, 어떤 신도 신지 않은, 싱거운 말을 입 밖에 내지 않는, 또는 사리에 맞는 자못 인간다운 독창적인 말도 입 밖에 내지 않는 이들뿐이라서, 이들의 이름이 일으키는 소용돌이는 게르망트 부인이라는 작센 자기인 작은 상(像)의 둘레에, 물질적인 것을 들이밀기로는 도깨비의 향연이나 유령의 무도회보다 적어, 유리로 된 그 저택에 진열창의 투명성을 간직하고 있었다. 그 후 생 루가 나한테 그의 백모의 예배실 전속 사제(禮拜室專屬司祭)와 정원사에 관한 일화를 이야기했을 때, 게르망트네 저택은 — 옛적에 루브르가 그랬을는지 모르듯 — 파리 한가운데, 괴상하게 여전히 효력이 있어서, 공작 부인이 아직도 봉건적 특권을 행사하는 옛 법 덕분에, 상속받아 소유하는 땅으로 둘러싸인 일종의 성관으로 되었다. 그러나 이 마지막 처소마저, 우리 식구가 게르망트네 저택의 한옆에 있는, 부인의 아파트와 이웃한 아파트 중 하나에서 빌파리지 부인과 나란히 살게 되자 사라지고 말았다. 이는 아직 몇몇 남아 있을지 모르는 예스런 주택 중의 하나, 현관 앞쪽 넓은 마당에 — 민주주의의 밀물이 가져온 충적물(沖積物)인지, 아니면 갖가지 생업이 영주의 주위에 몰려 있던 좀더 옛 시대의 유물인지 — 가게 뒷방, 일터, 뿐만 아니라 건축 기사의 심미적 노력도 철저하지 못한, 대성당의 측면에 기생하고 있음을 목격하는 그것들처럼, 구두가게 또는 옷 수선 가게, 닭 치고 꽃 키우는 문지기 겸 헌신 파는 가게 따위가, 그 옆쪽에 자리잡고, 그 안쪽 '저택을 이루는' 안채에 '백작 부인'이 계셔, 이분이 말 두 필이 끄는 구식 사륜마차에 몸을 실어, 문지기 오두막의 작은 정원에서 빠져나온 성싶은 한련화 몇 송이를 모자에 꽂고서(거리에 있는 귀족 저택마다 명함을 놓고자 이따금 내리는 시중꾼을 마차몰이꾼 옆에 데리고) 외출할 때, 지나치는 문지기 애들에게, 가옥의 채용자들인 부르주아들에게 미소를 분명치 않게 보내거나 손을 약간 흔들어 인사하거나 하다가, 그 건방진 싹싹함과 만민은 평등하다는 교만한 태도에 어리둥절하기도 하는, 예스런 주택 중의 하나였다.

우리 식구가 살러 온 집에서, 안뜰 안쪽에 사는 귀부인은 우아하고도 아직 젊은 공작 부인이었다. 이분이 바로 게르망트 부인, 또 프랑수아즈 덕분에 나는 꽤 빨리 저택에 관한 정보를 들었다. 까닭인즉 게르망트네 사람들이(프랑수아즈는 이를 아래쪽·밑쪽이라는 말로 자주 가리켰다) 프랑수아즈의 마음을 끊임없이, 프랑수아즈가 엄마의 머리칼을 매만져 꾸며 주는 동안에 아무래도 참지 못하는 금단의 일별을 슬쩍 안마당으로 던지면서, "저런저런, 수녀두 분이네, 필시 아래쪽에 가나 봐요"라든가, 또는 "어머나, 부엌 창가에 탐스런 꿩들, 어디서 생겼는지 물어 보나마나, 공작께서 사냥하고 온 거지요" 하고 추론하는 아침부터, 나의 잠자리를 정돈하는 동안에 피아노의 소리, 샹송의 메아리를 듣고서, "아래쪽에 손님이 왔나 봐요, 흥겹네요" 하고 결론을 내리고서, 지금은 백발이 성성한 머리 밑, 단정한 얼굴에 젊은 시절의 생생하고도 얌전한 미소를 짓는 동시에, 콩트르당스(옮긴이: contredanse, 네 사람이 한 조를 짜서 추는 춤, 카드리유)에 나오듯 순식간에 그 얼굴 모습을, 그때 그때의 순서에 맞도록 멋있게 섬세하게 화사하게 꾸며 대는 밤에 이르기까지 사로잡고 있었기 때문이다.

그러나 게르망트네의 생활이 프랑수아즈의 관심을 가장 생생하게 일으켜 더할 나위 없는 만족과 또한 더할 나위 없는 불만을 준 순간은 정문의 두 문짝이 활짝 열리며 공작 부인이 사륜마차에 올라타는 바로 그 찰나였다. 이 찰나는 대개 우리 집 하인들이 점심이라고 일컫는, 아무도 방해 못 하는 엄숙한 유월절과 같은 의식을 마치고 난 지 얼마 되지 않은 때인데, 이 의식 동안 하인들을 부리는 것은 절대 '금기'(禁忌)여서, 나의 아버지조차 초인종을 누르지 못했으니, 하기야 아버지는 한 번을 울리건, 다섯 번을 울리건 하인들은 그 소리에 아랑곳하지 않고, 이 금기를 범한대도 헛수고, 또한 아버지로서도 후에 큰 손해가 없지 않음을 알고 있었다. 왜냐하면, 프랑수아즈는(늙어 가면서 무슨 일에 관해서나 머리를 쳐드는 기회를 놓치지 않았음) 필연코, 그 후 종일, 작은 붉은 설형

(楔形) 문자로 뒤덮인 얼굴 모습을 아버지한테 나타내서인데, 그 글자는 좀 판독하기 어렵긴 하나, 프랑수아즈가 푸념한 기나긴 기록과 그 불만의 심오한 이유를 밖으로 펼치고 있었기 때문이다. 게다가 프랑수아즈는 무대 옆을 향해서 대사를 말하듯, 우리 식구가 뭐가 뭔지 분간 못 하는 말을 늘어놓는 것이었다. 프랑수아즈는 이를—우리 식구들은 실망시키는 '분한', '분개시키는' 말로 여기고 있었는데—우리 식구한테 하는 말로는 '독송미사'의 성스런 나날을 지내고 있다고 하였다.

초기 그리스도 교회에서처럼, 미사를 거행하는 사제이자 신도의 한 사람이기도 한 프랑수아즈는, 마지막 의식을 끝내자, 포도주의 마지막 한 잔을 들이켜고, 목에서 냅킨을 벗어, 붉은 액체와 커피 묻은 입술을 닦으면서 접어 고리 속에 넣고, 열심인 체하려고, "자아, 마님, 포도를 좀더 드시죠, 맛있는데요"라고 말하는 '그녀의' 젊은 시중꾼에게 수심에 잠긴 눈으로 고마워하고 나서, 곧 '이 비참한 부엌 안'이 너무 덥다는 구실 밑에 창을 열러 갔다. 그리고 창의 손잡이를 돌려 바람을 쐬는 동시에 프랑수아즈는 교묘하게 안마당 안쪽에 무관심한 일별을 던지면서, 공작 부인의 외출 채비가 아직 다 되어 있지 않다는 확증을 거기서 슬쩍 훔쳐 내고, 말을 매단 마차를 멸시와 열기가 넘치는 눈으로 잠시 보다가, 이 한순간의 응시를 일단 지상의 사물에 돌렸다가, 하늘 쪽으로 쳐들었는데, 그러기에 앞서, 대기의 다사로움과 해의 뜨거움을 감촉함으로써 하늘이 맑게 개었다는 사실을 환히 알고 있었다. 그리고 프랑수아즈는, 콩브레의 부엌 안에서 꾸르르꾸르르 울던 비둘기와 똑같은 비둘기들이, 봄마다 보금자리를 지으러 오는, 바로 내 방의 굴뚝 꼭대기, 지붕의 한 모퉁이를 물끄러미 바라보았다.

"아아! 콩브레, 콩브레" 하고 프랑수아즈는 한탄하였다(프랑수아즈가 이 기도를 올리는 데 실은 거의 노래하는 듯한 가락은 순아를 여인과 같은 그 얼굴과 마찬가지로, 남부 태생임을 의심케 하고, 그녀가 비탄에 잠겨 그리워하는 고향이 살러 온 고장이 아니었는지 의심케 할지도 모른다. 그러나 잘못 생각인 것이 어떤 지방도 그 '남부'가 없는 곳이 없기 때문이고, 또 남부 지방 주민의 특징인 장단의 감미로운 온갖 조옮김을 발음하는, 사부아[Savoie] 사람과 브르타뉴 사람을 얼마나 자주 만나는가!). "아아! 콩브레, 언제나 너를 다시 본다더냐, 가여운 땅! 언제나 네 아가위꽃과 라일락꽃 아래 물새 소리와, 어느 누가 속삭이듯 졸졸대는 비본 내의 흐름 소리를 들으면서, 편안한 나날을 보낼 수 있단 말이냐. 우리 도련님이 쉴새없이 울려 대는 저 지긋지긋한 초인종 소리를 안 듣고 말이야. 좌우간 나를 저 빌어먹을 복도를 온종일 뛰어다니게 해야 직성이 풀리는 거야. 그토록 나를 볶아 대면서도 도련님은 내 걸음이 빠르지 않다는군. 그러니 초인종이 울리기도 전에 내 귀가 그 소리를 알아들어야 하는 거야. 또 1분이라도 늦어 보라지, 도련님은 화가 머리끝까지 올라 있거든. 이 몸의 팔자라니! 그리운 콩브레야! 어물어물하다간 어쩌면 내가 죽고 나서, 돌처럼 무덤 구멍이에 던져질 때라야 너를 다시 보겠구나. 그렇게 되고 보면, 네 예쁘고도 새하얀 아가위꽃 냄새도 영영 못 맡겠지. 하지만 말이다, 죽음의 잠 속에서도, 내 생전에 나를 괴롭히던 저 따르릉 소리가 들리겠지."

그러나 프랑수아즈의 넋두리는 안뜰 한구석에 터 잡은 재봉사의 아는 체하는 소리에 중단되었다. 이 재봉사로 말하면, 전에 우리 할머니가 빌파리지 부인을 찾아가던 날 매우 마음에 든 그 사내로, 프랑수아즈의 호감을 적잖게 끌고 있었다. 우리 아파트의 창문이 열리는 소리를 듣자 머리를 쳐들어, 그는 벌써부터 아침 인사를 하려고 이웃의 주의를 끌고자 애쓰고 있었다. 프랑수아즈의 색시 때 매력은, 나이와 불만과 화덕의 더위로 둔해진 우리 집 늙은 식모의 부루퉁한 얼굴을 한껏 광을 내어 쥐피앙 씨 쪽으로 돌리는 것이었다. 신중함, 친근감과 수줍음을 애교 있게 두루 섞어, 프랑수아즈는 그 재봉사에게 우아한 인사 몸짓을 해 보였지만, 소리를 내서 답례하지는 않았다. 왜냐하면 안마당을 바라보아 엄마의 분부를 어겼을망정 감히 창 너머로 수다떨 만큼 분부를 무시할 용기야 없을 테니까. 프랑수아즈의 의견에 의하면, 그랬다가는 마님에게 '날벼락'을 맞을 것이 뻔하였다. 프랑수아즈는 쥐피앙에게 두 필의 말을 매단 사륜마차를 가리키면서 '훌륭한 말이군요!'라고 말하는 시늉을 하였는데, 실은 '얼마나 늙어 빠진 말이람!' 하고 중얼거렸을 뿐이었다. 특히, 쥐피앙이 자기에게 낮은 목소리로 소곤소곤하면서도 잘 들리게 입에 손을 가져다 대고서 다음과 같이 대답하려는 것을 알고 있었기 때문이다. "댁 역시 원하신다면야 못 갖겠어요. 게다가 더 훌륭한 것도 말이오. 한데 저런 따위를 원하시지 않으니까."

그러자 프랑수아즈는 '취미는 저마다 다르게 마련, 우리 집안은 검소를 첫째로 삼는다오'라는 뜻에 가까운, 겸손하고도 어물어물하는, 좋아서 어쩔 줄 몰라하는 듯한 몸짓을 한 뒤에, 엄마가 올까 봐 창문을 닫았다. 원한다면 게르망트네보다 더 많은 말을 가질 수 있다는 이 '댁'은 우리 식구를 두고 하는 말이었는데, 그러나 쥐피앙이 프랑수아즈를 보고 '댁'이라 한 말은 옳았으니, (프랑수아즈가 쉴새없이 기침을 해 대어 온 집안이 그 감기에 걸릴까 봐 전전긍긍했을 때, 감기 들지 않았노라고 약올리는 냉소와 더불어 우겨대는 그 자존심과 같은) 순전히 사사로운 만족을 느끼는 경우를 제외하면 — 어떤 동물과 식물이 일체(一體)가 되어, 동물이 먹이를 잡아서 먹고 소화한 후에, 완전히 동화할 수 있는 찌꺼기를 받아 먹고 자라는 식물처럼 — 프랑수아즈는 우리와 공생(共生)하고 있기 때문이다. 적반하장 격으로 우리 가족의 미덕, 재산, 생활 상태, 지위 등등을 가지고 프랑수아즈의 자존심의 사소한 만족을 고심해 만들어 내는 소임을 맡아 하는 게 우리 식구였다. 프랑수아즈의 자존심은 — 식사 후 창가에서 공기를 한 모금 호흡함을 용인하는 옛 관습에 따라, 점심이라는 의식을 자유로이 거행한다는, 물건을 사러 가서 거리를 잠시 거닌다는, 일요일에 그 조카딸을 만나러 외출한다는, 인정된 권리에 덧붙여 — 그 삶에 없어서는 안 될 만족의 일부를 이루고 있었다.

따라서 프랑수아즈가 이사 온 지 며칠 동안 — 나의 아버지의 명예로운 직위를 아직 아무도 모르는 가옥 내에서 — 코르네유의 극중에서 보는, 또는 약혼녀나 고향을 애타게 그리워한 끝에 자살하고 마는 병사의 붓끝으로 표현되는, 그런 강한 뜻으로서의 '상심'(傷心), 프랑수아즈가 스스로 말하는 '울증'(鬱症)에 걸려서 의기소침했던 것이 이해가 되리라. 프랑수아즈의 답답증은 바로 쥐피앙에 의해 재빨리 씻은 듯 낫고 말았으니, 쥐피앙이 프랑수아즈에게, 만일 우리 식구가 말을 소유하기로 결심하였다면, 프랑수아즈가 느꼈을 기쁨, 이와 똑같이 생생하고도 더욱 품위 있는 기쁨을 당장 마련해 주었으니까. '참 좋은 분이야, 쥐피앙 같은 이들이야말로(하고 프랑수아즈는 이미 알고 있는 낱말에 새 낱말을 기꺼이 동화시키면서) 충직한 분들이지, 얼굴에 그렇게 씌어 있거든' 하고 생각하였다. 실상 쥐피앙은, 우리네가 마차와 말을 소유하지 않았지만 그러기를 원하지 않기 때문이라는 점을 모두에게 이해시킬 수도 가르칠 수도 있었다.

이 프랑수아즈의 친구는 관청에 일자리가 생겼기 때문에 자기 집에 있는 일이 드물었다. 그는 처음엔 나의 할머니가 그 딸인 줄 알았던 '계집애'와 함께, 조끼를 지었는데, 나의 할머니가 빌파리지 부인을 찾아갔을 때에는, 아직 애송이지만 벌써 스커트를 썩 잘 지을 줄 알던 그 계집애가 부인복 재봉사가 된 후로는 그 솜씨가 빛을 잃고 말았다. 이 계집애는 처음에 부인 의상점에서 '잔손질', 밑자락 장식을 깁는 일, 단추 달고 주름잡는 일, 갈고리 단추로 허리띠를 맞추는 일에 종사하다가, 금세 두번째 견습 여공 자리에 올라갔다가, 첫번째 자리에 올라가, 상류 사회의 부인네들 중에서 단골이 생기자, 제 집, 곧 이 안마당에 있는 가게에서, 대개 견습 여공으로 부리는 전 의상점의 동료 아가씨 한둘과 함께 일하게 되었다. 그렇게 되자 쥐피앙은 있으나마나 한 존재가 되고 말았다. 계집애는, 지금은 다 컸지만, 간혹 조끼 일도 있을 것이다. 그러나 동료 아가씨들이 돕고 있어 아무의 손도 필요치 않았다. 따라서 백부인 쥐피앙은 직장을 구하였다. 처음에는 정오에 마음대로 집에 돌아오다가, 그때까지 그가 보좌만 하던 사람의 후임자로 결정되고부터는, 저녁 식사 전에는 못 돌아오게 되었다. 그가 그 일을 '전임'하게 된 것은, 요행히 우리네가 이사 온 지 몇 주일 후였다. 그래서 쥐피앙의 친절은, 그토록 견디기 힘든 이사의 처음 무렵을 프랑수아즈가 그다지 심한 고통 없이 넘기는 데에 많은 도움을 주기에 충분한 시간이 있었다. 하기야 그가 이와 같이 '가정의 영약'으로서 프랑수아즈에 대하여 거둔 효용을 무시하는 바는 아니지만, 내가 보기에 쥐피앙의 첫인상이 그다지 마음에 들지 않았음을 말하지 않을 수 없다. 멀리서 보면 살찐 뺨과 혈색 좋은 안색이 좋은 인상을 주었을지 모르나, 몇 걸음 거리에서는 다정다감한 듯한, 슬픈 듯한, 꿈꾸는 듯한 눈길에 넘치는 두 눈은 얼굴의 효과를 아주 망치면서, 중병을 앓고 있는 사람 또는 애통한 초상을 막 치른 사람을 연상시켰다. 그는 물론 그런 사람이 아니었을 뿐더러, 입을 열자마자(지껄이는 말투는 완전무결하였지만) 오히려 냉랭하고 빈정거리길 잘 하였다. 그의 눈길과 말투 사이의 이런 어긋남에서 호감이 가지 않는 어떤 허위가 생겨났는데, 이것에는 그 자신도, 마치 모든 이가 예복을 입은 야회에 홀로 짧은 저고리 차림인 손님처럼, 또는 전하에게 대답 말씀을 올려야 할 입장에 놓였는데, 정확히 뭐라고 말해야 좋을지 몰라 우물쭈물 엉뚱한 말로 난처함을 피하는 사람처럼 당황함을 느끼고 있는 성싶었다. 쥐피앙의 말투에는 ─순전한 비교이기 때문에─반대로 매력이 있었다. 아마도 눈을 통한 얼굴의 이런 범람에 맞장구치려는지(그의 사람됨을 알고 나서는 그 눈을 주목하지 않게 되었다) 과연 나는 곧 그에게서, 드문 지성, 십중팔구 아무 교양 없이, 단지 서둘러서 읽어 낸 단 몇 권의 책 덕분에 더할 나위 없이 교묘한 언어 구사의 묘법을 터득한, 또는 동화하고 있다는 뜻으로서, 내가 여지껏 만난 중 가장 문학적인 천성을 판별하였다. 내가 아는 사람들 중 가장 천부의 재질이 있는 이들은 요절해 버렸다. 그러니 나는 쥐피앙의 목숨도 오래 못 갈 거라고 확신해 마지않았다. 그에게는 선량함, 연민의 정, 극히 섬세한 정, 다할 나위 없는 너그러움이 있었다.

프랑수아즈의 생활에서 그가 맡아 한 소임은 오래지 않아 없어도 무방한 것이 되고 말았다. 프랑수아즈는 그 소임을 다른 사람으로 보충할 줄 알았다. 출입 상인이나 딴 집의 하인이 우리 집으로 물건이나 우편물을 가져왔을 때마저, 프랑수아즈는 온 사람을 거들떠보지 않는 체하고, 단지 초연한 태도로 의자를 가리키고 나서, 하던 일을 계속하면서도, 온 사람이 엄마의 회답을 기다려 부엌에서 보내는 몇 분을 어찌나 능란하게 이용하였는지 '이 집에 없는 건, 우리네가 그것을 원치 않기 때문이다'라는 확신을 머릿속에 분명하게 새기지 않고서 돌아가는 이가 거의 없다시피 하였다. 하기야 우리네가 '약간의 금전'(생 루가 부분관사라고 일컫는 용법을 모르는 프랑수아즈인지라, avoir d' argent이나, apporter d' eau라고 하는데)(옮긴이: 옳은 용법은 avoir de l'argent)을 가지고 있다는 것은, 다시 말해 우리네가 재산가임을 남에게 이토록 알리고 싶어한 것은, 이는 부유밖에 없는 부귀, 미덕 없는 부유가 프랑수아즈의 눈에 세상에서 가장 좋은 것으로 보였기 때문이 아니고, 부귀 없는 미덕이란 그녀의 이상이 아닌 지 오래였기 때문이다. 부귀란 그녀로서는 미덕의 필수 조건 같은 것으로, 미덕도 부귀 없이는 값어치나 매력이 없었을 것이다. 프랑수아즈는 이 두 가지를 거의 가려 내지 못하다가, 드디어는 하나에 또 하나의 특성을 돌려, 미덕 속에 뭔가 안락함을 요구하고, 부귀 속에 뭔가 신앙심을 일으키는 힘을 인정하기에 이르렀다.

일단 꽤 빨리 창문을 닫고 나자(그렇지 않으면 엄마가 '이루 상상 못 할 욕설을 늘어놓았을' 것이다) 프랑수아즈는 한숨을 땅이 꺼지도록 내쉬면서 부엌의 식탁을 정돈하기 시작하였다.

"라 셰즈 거리에도 게르망트라는 저택이 있던데요" 하고 시중꾼이 말을 꺼냈다. "그 댁에서 내 친구 하나가 일했죠. 마차몰이꾼 조수로. 그리고 내 친지 중, 그렇다고 친구가 아니라, 그 처남이지만, 게르망트 남작 댁의 사냥개를 돌보는 하인과 같은 연대(聯隊)에 종사하던 이가 있기도 해요." '아무러면 어때, 우리 아버지도 아닌데'(Et après tout allez-y donc, c' est pas mon père!)라고 덧붙인 시중꾼은 그해의 샹송의 후렴을 곧잘 콧노래하듯이, 새 농지거리를 얘기 속에 뿌리는 버릇이 있었다.

프랑수아즈는 벌써 나이 든 여인의 눈의 피로와 더불어, 게다가 머나먼 허공 속에 콩브레의 전경(全景)을 보고 있는지라, 이 말 속에 숨은 농을 분간 못 했지만, 농이 있음에야 틀림없을 것이라 생각하였으니, 앞뒤의 말과 연결이 없었고, 익살꾼으로 통하는 그가 힘주어 내던진 말이었으니까. 그래서 프랑수아즈는 호의 있는 현혹된 외양으로, '언제나 저렇다니까, 우리 빅토르는!' 하고 말하듯이 미소지었다. 게다가 프랑수아즈는 기뻐하였으니, 이런 유의 재치 있는 말을 듣는다는 것은, 모든 계급의 인사들이 그것을 위해서라면 서둘러 몸치장도 하고, 감기도 마다 않는 상류 사회의 품위 있는 기쁨에 미칠 수야 없지만, 좀 비슷한 데는 있다는 것을 알고 있었기 때문이다. 그리고 또 프랑수아즈는 이 시중꾼을 영혼의 벗으로 짜장 믿고 있었는데, 공화정체가 성직자에 대하여 취하려는 가공할 조치를 그가 매번 노기충천해서 비난하였기 때문에 속을 터놓을 수 있는 친구라는 생각까지 하고 있었다. 그러나 프랑수아즈는 다음과 같은 사실을 미처 몰랐던 것이다. 우리들의 가장 가증스러운 적은, 우리들을 반박하고 설복시키려 드는 자들이 아니라, 우리들을 슬프게 하는 소문을 지어내거나 과장하는 자들, 그리고 그러한 소문에다가 그럴듯한 외관을 조금도 부여하지 않는 사람들이라는 사실이다. 그러한 외관이라도 있다면 우리의 고통도 덜할 수 있어서, 의기양양한 고약한 놈이라고 우리에게 말함으로써 우리를 약올리려는 자에게, 오히려 약간의 존경심마저 품을지 모른다.

"공작 부인은 그 댁의 친척이겠지" 하고, 프랑수아즈는 안단테부터 곡조를 다시 시작하는 이처럼, 라 셰즈 거리의 게르망트네로 화제를 되돌리면서 말하였다. "누가 말해 주었는지 잊어버렸지만, 그 댁의 한 분이 공작 댁의 사촌 누이하고 결혼하였다더군. 아무튼 같은 '핏줄'이야. 게르망트네는 큰 가문이니까!" 하고 공손히 덧붙이며, 이 가문의 위대성을 친척들의 수효와 혁혁한 이름의 광채

위에, 마치 파스칼이 종교의 진리를 이성과 성서의 권위 위에 세웠듯이 기초 잡았다. 왜냐하면, 이 두 가지에 대하여 '큰'이라는 낱말밖에 가지고 있지 않아, 프랑수아즈에겐 두 가지가 한 가지로밖에 형성하지 않은 것 같았기 때문이고, 따라서 프랑수아즈의 낱말은 어떤 보석같이 군데군데 흠이 나, 이것이 프랑수아즈의 사념에까지 검은 그림자를 내고 있었다.

"콩브레에서 100리 남짓한 곳, 게르망트에 성관을 소유하는 댁이 공작 부인 댁이 아닐까, 그렇다면 알제(Alger)의 사촌 누이와 일가일 거야."(어머니와 나는, 이 알제의 사촌 누이라는 분이 누구일까 오랫동안 생각해 보았는데, 드디어 프랑수아즈가 알제라고 하는 이름은 실은 앙제(Anger) 시가를 두고 하는 말인 것을 알았다. 먼 데 있는 것이 가까운 데 있는 것보다 더 잘 알려지기 쉽다. 프랑수아즈는 알제라는 이름을 정월 초하루에 우리네가 받는 보기 흉한 대추야자 열매 때문에 알고 있었는데, 앙제라는 이름은 모르고 있었다. 프랑수아즈의 말은 프랑스어 자체처럼, 특히 그 지명학[地名學]처럼 오류투성이였다) "공작 부인 댁의 우두머리 급사에게 이에 대해 말해 보려고 했지…… 그런데 그 사람 이름이 뭐라더라?" 하고 예의상 질문을 하듯이, 프랑수아즈는 자문하고 나서 자답하였다. "아아 그렇지! 앙투안이라고 하더군" 하고 앙투안이 칭호라도 되는 듯 말하였다. "이에 대해 말해 줄 수 있는 이가 이 사람밖에 없거든. 그런데 이 우두머리 급사의 꼴 좀 보소. 진짜 신사, 유식한 체하는 품이, 혓바닥이 빠졌는지 지껄이는 걸 까맣게 잊어버리고 만 것 같아. 말을 걸어도 회답조차 하지 않거든" 하고 프랑수아즈는, 세비녜 부인처럼 '회답하다'라는 문자를 덧붙여 말하였다. "그러나" 하고 프랑수아즈는 멀쩡한 거짓말로 이어 "냄비 속에 익히는 것을 잊지 않는 한, 난 남의 일에 간섭하지 않아. 아무튼 그 사람은 가톨릭 신자가 아니지. 게다가 용감한 사내가 아니고 말야"라고 하였다(이 평가를 듣고서는 프랑수아즈가 용맹에 관한 의견을 변경하였다고 여길지 모른다. 콩브레 시절 프랑수아즈의 의견에 의하면, 용맹은 인간을 야수로 만든다고 하였으니까. 그러나 의견은 하나도 변하지 않았다. 용감한 사람은 단지 부지런한 사람이라는 뜻에 지나지 않았다). "남들의 말로는 그 사람은 또한 까치처럼 도둑질을 잘 한다는군. 하지만 항상 남의 험구를 곧이 믿어야 쓰겠어. 공작 부인 댁에서는 하인들이, 문지기집의 고자질에 나가 버린다는군, 문지기 내외가 여간 샘이 많지 않아서 공작 부인한테 머리를 쳐든다나 봐. 하여간 그 앙투안이 진짜 위선자로, '앙투아네스'도 그 점으론 제 서방을 당하지 못한다고 말할 수 있겠지" 하고 덧붙이는 프랑수아즈, 앙투안이라는 이름에서, 이 우두머리 급사의 마누라를 가리키는 여성 명사를 찾아내는 데, 문법상의 창작을 하는 중, 틀림없이 수사(chanoine)와 수녀(chanoinesse)를 무의식적으로 회상하였나 보다. 프랑수아즈가 그렇게 말한 것은 그리 큰 잘못이 아니었다. 지금도 노트르담 근처에 샤누아네스(Chanoinesse)라는 거리가 있는데(수사들만이 살던 것을 미루어 보건대), 옛날의 프랑수아즈들이 붙인 이름 같고, 프랑수아즈는 실제로 그녀들과 동시대의 사람이었다. 게다가 몇 마디 끝에 곧, 이 여성 명사를 만드는 식의 새로운 보기를 들었다. 프랑수아즈가 "그러나 확실한 일인데, 게르망트의 성관은 공작 부인의 것이라우. 그리고 그 고장에선 그분이 여면장(女面長)님이지. 대단하지."

"과연 대단하군요" 하고 종복은, 비꼼을 분별 못 하면서 자신 있게 말하였다.

"아니, 정말 대단하다고 생각하나? 하지만 말야, 저이들로서는 면장이나 여면장이 된다는 게 대수롭지 않은 일이야. 만에 하나라

243

도 게르망트의 성관이 내 것이라면, 파리에 좀처럼 나오지 않을 거야. 그렇지만 주인님과 마님처럼 신분 좋은 분들이, 언제라도 가고자 하면 마음대로 갈 수가 있어 아무도 말리지 않는데, 콩브레에 안 가시고 이 비참한 시가에 남아 계시다니 무슨 생각이 있으시겠지. 부족한 게 아무것도 없는데 어쩌자고 귀향하시지 않는지 모른다니까. 죽을 때까지 기다리시려나? 나 같으면 먹을 양식만 있고, 겨울에 몸 따뜻하게 해줄 장작만 있다면, 벌써 옛날에, 콩브레에 있는 오빠네 오막살이에 갔을 거야. 거기선 적어도 사는 느낌이 들지. 사방을 둘러봐야 이런 가옥들이 눈에 띄지 않고, 고요하기 짝이 없어, 밤중에 20리 밖에서 개골개골 우는 개구리 소리가 들려올 정도니."

"그거 참 좋군요, 가정부님" 하고 젊은 종복은, 마치 곤돌라에서의 생활이 베네치아 특유의 것인 것처럼, 개구리가 운다는 특징이 콩브레 특유의 것이듯이 감격하여 외쳤다.

게다가, 시중꾼보다 우리 집에 고용된 지가 얼마 되지 않은 종복은, 그 자신에게는 별로 흥미롭지 않으나 프랑수아즈로서는 흥미 있는 얘기를 곧잘 하였다. 또 식모로 대우할라 치면 무시무시하게 상을 찡그리는 프랑수아즈 쪽에서도, 프랑수아즈를 가리키는 낱말로 '가정부님'이라는 존칭을 쓰는 종복에게, 이류 황족이 자기한테 '전하'라고 불러 주는 마음씨 착한 젊은이들한테 느끼는 유별난 총애를 베풀고 있었다.

"적어도 모두가 다 제가 하는 일과 어느 계절에 사는지 알거든. 이곳처럼 부활절이 되어도 성탄 무렵같이 앙상한 미나리아재비도 보지 못하는 곳과는 달라. 또 내 늙어 빠진 골격을 일으킬 적에만 가느란 삼종 소리를 분간해 듣는 것도 아니고. 거기서는 세 번다 들려, 작은 종이지만 말야. 그때마다 '저어기 우리 오빠가 들에서 돌아오네'라고 들리고, 저물어 가는 해도 보이고, 지상의 행복을 위해 종소리가 나고, 등잔불을 켜기 전에 따로 일을 할 여유도 있지. 여기선 낮이구나 하면 밤이 돼, 잠자리에 들어가 뭘 하고 사는지 짐승처럼 통 모른다니까."

"메제글리즈 쪽도 매우 아름다운 곳인 모양이죠, 가정부님" 하고 젊은 종복은, 좀 추상적인 방면으로 잡아든 얘기대로 끌고 나가면서, 동시에 우연히 우리 식구가 식탁에서 메제글리즈 얘기를 한 바를 떠올리면서 한마디 참견하였다.

"어머! 메제글리즈" 하고 말하면서 프랑수아즈는, 이 메제글리즈의, 콩브레, 탕송빌이라는 이름을 남이 입 밖에 낼 적마다, 그 입술에 반드시 넘쳐흐르는 미소를 지었다. 이 이름들이 프랑수아즈의 심신의 일부를 이루고 있어서, 이를 바깥에서 만나거나 얘기 중에 듣거나 하면, 이를테면 교단 위에서 설마하니 그 이름이 굴러떨어져 들리리라 생각 못 했던 현시대의 아무개 시인이나 인사를 암시할 적에 교사가 교실 안에 불러일으키는 쾌활함과 퍽 가까운 기쁨을 느꼈다. 이 기쁨은 또한, 그 고장이 남들하고는 아무 인연이 없다는 것, 같이 놀이하고 온 옛 소꿉동무들이라는 데서 기인하기도 하였다. 그래서 물어 보는 그들에게, 그들의 재치를 발견하기나 한 듯이 미소지었던 것이다. 왜냐하면 그들의 질문에서 허다한 제 자신을 되찾았기 때문에.

"옳은 말씀, 당신 말대로 메제글리즈는 수려한 곳이지" 하고 프랑수아즈는 화사하게 웃으면서 이어 말하였다. "그런데 말야, 어디서 어떻게 메제글리즈 얘기를 주워들었지?"

"어디서 어떻게 메제글리즈 얘기를 주워들었냐구요? 잘 알려진 곳인 걸요. 얘기해 주던데요, 귀가 아플 정도로요" 하고 종복은, 우리에게 관계되는 무슨 일이 남들에게 어느 정도로 중대한지를 객관적으로 확인하려 할 때마다, 그 일을 불가능하게 하는 보고자의 죄스러운 얼버무림으로 대답하였다.

"아무렴! 거기서 말야, 화덕 밑에 쭈그리고 있기보다 벗나무 밑에 있는 편이 좋은 만큼이나 좋지."

프랑수아즈는 욀라리에 대해서마저 착한 여인으로 얘기하였다. 왜냐하면 욀라리가 죽고 나니, 프랑수아즈는, 제 집에 먹을 것이 다 떨어져, '굶어 뒈지게 된' 주제꼴에, 어쩌다 부자의 선심 덕분에, '아니꼽게 구는' 건달을 싫어했듯이, 욀라리를 그 생존시에 싫어했던 것을 까맣게 잊어버리고 말았기 때문이다. 욀라리가 이레마다 나의 고모에게서 '잔돈푼을 우려 내는' 솜씨가 참으로 귀신 같았던 것을, 이제 프랑수아즈는 가슴아파하지 않았다. 이 고모에 관해서 프랑수아즈는 언제나 입에 침이 마르도록 찬사를 늘어놓았다.

"그럼 그 무렵 콩브레에 계시던 댁이 우리 댁 마님의 사촌 시누댁이었나요?" 하고 젊은 종복이 물었다.

"아무렴, 옥타브 마님 댁이지. 아아! 정말 성녀 같은 분이셨어. 그 댁엔 필요한 것이 언제나 다 있고, 좋은 것, 맛있는 것이 지천으로 있고, 정말 친절한 마님이셨어, 자고 새끼도, 꿩도, 무엇이나 조금도 아끼지(프랑수아즈는 동사 'plaindre'를 라 브뤼예르와 마찬가지로 '아끼다'라는 뜻으로 사용하였다) 않으시고, 하루에 대여섯 분이나 손님이 와도 번번이 고기가 모자라는 적이 없고, 그 고기도 상등품이고, 백포도주와 적포도주도 있고, 필요한 것은 다 있으니까 친척이 와서 몇 달을 몇 해를 묵든 간에 다 마님의 비용(옮긴이: dépens, 소송 비용)이었지(이 비난은 조금도 우리의 비위를 거스르지 않았다. 왜냐하면 프랑수아즈가 'dépens'이라는 낱말이 법률 용어에 제한되지 않고 단지 '비용'이라는 뜻만으로 사용하던

246

시대에 속했으니까). 정말이지, 그 댁에서 허기진 배를 안고 그대로 나온 사람은 하나도 없지. 주임 사제님께서도 여러 번이나 진정으로 말씀하셨지. 주님 곁에 갈 것이 뻔한 여인이 있다면, 그분이야말로 거기에 낀다고 말야. 가여운 마님, 그 작은 목소리로 '이봐요, 프랑수아즈, 알다시피 나는 아무것도 못 먹지만, 내가 먹고 있는 거나 매한가지로 모두에게 맛나게 해드려' 하시던 말씀이 지금도 귀에 들리는 것 같아. 물론 마님 자신을 위해서 하신 말씀이 아니지. 겉으로 보아 그분은 한 꾸러미 버찌만큼도 무게가 안 나갔으니까. 그만한 무게도 없어서, 그분은 내 말에 귀도 안 기울이시고, 의사의 진찰도 영영 안 받으시려고 했지. 아아! 거기선, 위장 속에 처넣듯이 음식을 빨리 먹지 않아도 무방했지. 하인들이 양껏 먹는 걸 좋아하셨거든. 여기선, 오늘 아침만 해도 빵껍질을 털어 버릴 틈도 없었다니까. 만사가 그저 재빨리 돌게 하지."

프랑수아즈는 특히 아버지가 드시는 토스트 빵의 비스코트(옮긴이: 누렇게 구운 딱딱한 빵, 보존식으로 일종의 건빵)에 성이 나 있었다. 잘난 체하려고, 또 자기를 '쫓아내기' 위해서, 아버지가 비스코트를 드시는 줄로 확신하고 있었다. "아무렴요" 하고 젊은 종복이 찬동하여, "난 그런 일을 본 적이 없거든요"라고 말하였다. 마치 세상 만사를 다 두루 보기나 한 것처럼, 가슴속에 천 년간의 경험이 쌓여 있는데, 온 나라와 온 관습에 걸쳐 살펴본들 비스코트라는 것의 한 조각도 보이지 않기라도 한 듯이 종복이 말하였다. "그렇고말고" 하고 우두머리 급사가 중얼거리며, "하지만 다 달라지겠지. 캐나다에서 노동자들이 동맹 파업을 일으켰다고 하니까. 요전날 저녁 장관이 주인님한테, 그 때문에 20만 프랑을 벌었다고 하더군." 우두머리 급사의 마음속에는 뇌물받는 일을 비난할 생각이 조금도 없었으니, 그 자신이 청렴결백하지 않아서가 아니라, 모든 정치가들을 수상쩍게 여겨, 독직죄 따위야 조무라기 도둑질만큼도 무겁지 않은 죄악으로 보였기 때문이었다. 이 역사적인 실토를 과연 정확히 들었는지를, 우두머리 급사는 다시 생각해 보지도 않았거니와, 범죄자 자신이 독직을 나의 아버지에게 털어놓았는데도 아버지가 장관을 문 밖으로 내쫓지 않았다는 있음직하지 않는 일에 놀라워하는 기색도 없었다. 그러나 콩브레의 철학은, 프랑수아즈에게 캐나다의 동맹 파업이 비스코트 사용에 영향을 주었으면 하는 희망을 품지 못하게 하였다. "세상이 이 세상대로 있는 한, 우리 하인배를 종종걸음 치게 하는 상전이 있을 테고, 상전의 변덕을 받아 주는 하인배가 있겠지"라는 프랑수아즈의 말. 이 영원한 종종걸음의 이론에도 불구하고, 점심의 길이를 재는 데 십중팔구 프랑수아즈와 똑같은 자를 쓰지 않는 어머니가 벌써 15분 전부터 말하고 있었다. "뭣들 하는 거지. 식탁에 앉은 지 두 시간이나 넘었는데." 그래서 어머니는 머뭇거리며 서너 번 초인종을 울렸다. 프랑수아즈, 종복, 우두머리 급사는 초인종 소리를 부르는 소리로 듣지 않고, 얼른 대령하려는 눈치는 보이지 않고, 마치 음악회가 다시 계속되기 전에 휴식 시간은 몇 분밖에 없구나 하고 느낄 때에, 악기를 조절하는 소리 정도로밖에 들리지 않는지, 귓등으로 듣고 있었다. 그 때문에 초인종이 다시 울리기 시작하여 더욱더 집요해지자, 우리 집 하인들도 그 소리에 주의를 돌리기 시작하다가, 앞서 소리보다 좀더 세게 울리는 초인종 소리를 듣고서야, 더 한가히 있을 여유가 얼마 남지 않은 것을, 일에 다시 착수할 때가 가까웠음을 알아차리면서, 한숨을 내쉬며 제자리로 잡아들어, 종복은 문 앞에 담배 피우러 내려가고, 프랑수아즈는 우리 식구에 대해, 예를 들어 '그분들 좀 화나셨나 봐' 하고 잠시 반성한 후, 7층에 있는 제 방에 제 옷가지를 챙기러 올라가고, 우두머리 급사는 내

248

방에 편지지를 달래러 와서, 사사로운 편지를 재빨리 써서 부치는 것이었다.

게르망트네 댁의 우두머리 급사의 거만한 태도에도 불구하고, 프랑수아즈는 이사 온 지 며칠 안 되어 나한테, 게르망트네가 아주 옛날의 권리 덕분에 이 저택에 사는 것이 아니라, 최근에 임대해 들었다는 일, 저택의 측면에 나 있는(내 눈으로 보지 않았지만) 정원이 어지간히 비좁아 이웃해 있는 정원들과 비슷비슷하다는 것을 일러 줄 수 있었다. 그래서 드디어 나는 거기에 봉건 시대의 교수대도, 방비가 된 방앗간도, 비밀실도, 기둥 있는 비둘기장도, 빵 굽는 너절한 화덕도, 10의 1 세금을 물건으로 거두는 광도, 감옥도, 고정된 다리나 오르내리는 다리, 곧 가교(假橋)도, 하물며 다리 건너가는 통행세 징수소도, 다리를 내렸다 올렸다 하는 전철기(轉轍機)도 성벽에 건 현장이나 석표(石標)도 보이지 않는 것을 알았다. 그러나 발베크의 물굽이가 그 신비성을 잃어버려, 나로서는 지구상에 있는 다른 어떤 염수(鹽水)의 수량과도 바꿀 수 있는 하찮은 부분이 되고 말았을 적에, 이거야말로 휘슬러가 은빛 도는 푸른빛의 조화로움 속에 그린 유광색(乳光色)의 물굽이라고 말하면서, 엘스티르가 대번 나에게 그 개성을 돌려주었던 것처럼, 게르망트라는 이름, 그 이름부터 생겨난 마지막 처소가 프랑수아즈의 입방아 밑에 산산조각이 나는 것을 보았을 즈음, 아버지의 옛 친구가 어느 날, 공작 부인에 관해 언급하면서 우리한테 다음과 같이 말하였다. "공작 부인은 생 제르맹 귀족 동네에서 최고 자리를 차지하시죠. 생 제르맹 동네의 첫째가는 집입니다." 생 제르맹 귀족 동네의 첫째가는 살롱, 첫째가는 집이지만, 내가 공상해 온 갖가지 처소에 비하면 보잘것없는 것이었다. 그렇긴 하나 이 집에는 역시, 마지막 것임에 틀림없겠지만, 소박하면서도 뭔가 그 본질에서 떠나 저편에 어떤 비밀스런 구분이 있었다.

그래서 나에겐, 게르망트 부인의 '살롱'에서, 그 벗들 중에서 그녀의 이름의 신비성을 찾아내는 능력이 더욱더 필요했던 것은 아침에 도보로 외출하거나, 오후에 마차로 외출하는 그녀의 모습을 보았을 때, 그 사람됨에서 그 이름의 신비성을 찾아내지 못해서였다. 그야 이미 콩브레 성당에서, 게르망트 부인은 번개 속에 모습을 바꿔, 게르망트라는 명문의 빛깔과 비본 냇가의 오후를 느끼게 하는 빛깔과는 딴판의 양 볼을 갖고서, 벼락맞은 내 몽상 대신에 내 앞에 나타난 일이 있다. 마치 신령 또는 요정인 몸이 백조나 버들의 모습으로 탈바꿈한 후로는, 자연의 법칙에 따라 물 위에 몸 가볍게 미끄러지고, 또는 부는 바람에 나풀거리듯. 그렇지만 이런 반영이 사라지고, 내 눈이 거기서 떠나자마자 저녁놀의 장밋빛과 초록빛의 반영이 노질에 부서졌다가 원형으로 다시 형성되고 만다. 그리고 내 사념의 적막 속에서는 이름이 금세 그 얼굴의 추억을 스스로 순응시키고 말았던 것이다. 그런데 지금은 자주, 그녀를 창가에서, 안마당에서, 거리에서 보곤 하였다. 그래서 적어도 나는, 그녀 속에 게르망트라는 이름을 꼭 맞추어 넣을 수도 없고, 이 여자야말로 게르망트 부인이라고 생각하기가 어쩐지 어려워지면, 내 지력이 요구되는 행동의 끝까지 가지 못하는 내 정신의 무력함 탓으로 돌렸다. 그러나 그녀, 우리네의 이웃인 그녀도 같은 잘못을 범하고 있는 듯싶었다. 아니 도무지 무관심하여, 나만큼도 마음에 두지 않고, 그것이 잘못인 줄 꿈에도 모르고 과오를 범하고 있는 듯싶었다. 그러므로 게르망트 부인은, 남들과 같은 한 여인이 된 줄 여기면서, 평범한 여인이 몸에 걸치면 그녀와 동등할 수 있는, 어쩌면 능가할지도 모르는 의상의 우아함에 동경해 마지않는 듯, 유행을 좇는 데 급급함을 그 옷에 드러내 보이고 있었다. 부인이

거리에서 멋진 옷차림을 한 여배우를 감탄과 더불어 물끄러미 바라보고 있는 것을 목격한 일도 있다. 그리고 아침, 걸어서 외출하기에 앞서서, 그 속으로 가까이 갈 수 없는 생활을 지나가는 사람들 속으로 끌고 다니면서 그들의 속됨을 뚜렷이 눈에 띄게 하면서도, 행인들의 의견이 자기를 재판하는 법정이라도 되는 것처럼, 그녀가 거울 앞에서, 아무런 저의도 냉소도 없는 확신을 품고, 열심히, 암상난 듯이, 자랑스러운 듯이, 궁중(宮中)의 연극에서 시녀 역을 맡아 하기로 승낙한 왕비처럼, 그녀보다 지체가 낮은 멋진 여인이라는 역을 연기하는 것을 언뜻 엿볼 수 있었다. 그리고 신화에 있듯이 고귀한 태생을 망각하고서, 너울이 잘 걸려 있는지 거울 속을 들여다보고, 소매를 반듯하게 매만지고, 외투를 바로잡기도 하는 부인의 꼴이, 마치 전신이 신령인 백조가 동물인 백조의 동작을 다하고, 부리 양쪽에 그린 눈을 지니고도 못 보고, 신령인 몸을 망각하고서, 백조인 양, 누름단추 또는 우산에 냅다 달려드는 듯하였다. 그러나 처음으로 보는 시가의 양상에 낙심한 나그네가, 거기 미술관을 찾아다니다가, 거기 시민과 사귀다가, 도서관에 가서 공부하다가 어쩌면 시가의 매력을 파악할지 모른다고 생각하듯, 나는 만일 게르망트네 댁에 드나들게 된다면, 부인의 벗들 중의 하나가 된다면, 부인의 생활 속에 섞인다면, 그때에야 비로소 이 여성의 이름이 오렌지빛 꾸러미에 싸서 남들에게 숨기고 있는 진정한, 객관적인 것, 그것을 알 수 있을 줄로 생각하였다. 드디어 나의 아버지의 친구분이 게르망트네의 환경은 생 제르맹 귀족 동네에서 아주 별다른 어떤 것이라고 말했기 때문이다.

게르망트네 댁에서 영위되고 있으리라 내가 추측하고 있는 생활은 경험과는 다른 샘에서 흘러나와 아주 별다른 것임에 틀림없을 것 같아, 나는 공작 부인의 야회에, 내가 전에 교제하던 이들, 현실 사람들의 참석을 상상도 할 수 없을 정도였다. 왜냐하면 별안간에 본성을 변경할 수 없으니, 이들이 거기서 내가 알고 있는 것에 비슷비슷한 얘기를 할 테고, 이들의 짝도 아마도 같은 인간이 쓰는 말로 대답하기에 스스로 지체를 낮출 테고, 야회가 진행되는 동안, 생 제르맹 귀족 동네의 첫째가는 살롱 안에, 내가 경험한 때와 똑같은 때가 흘러가겠는데, 이는 있을 수 없는 일이었기 때문이다. 사실, 내 정신은 어떤 장애에 부딪쳐 어찌할 바를 몰랐는데, 예수 그리스도의 한 몸이 성체(聖體)의 빵 안에 계시다 함도, 내 방에까지 아침마다 가구를 터는 소리가 들려 오는, 센 강 오른쪽 둑 위에 있는 변두리 지역의 이 첫째가는 살롱보다는 아리송한 신비로 생각되지 않았다. 그러나 나를 생 제르맹 귀족 동네에서 격리시키고 있는 경계선은 오로지 관념적인 것이기 때문에 오히려 실존적인 것으로 생각되었다. 게르망트네 댁의 신바닥 닦는 깔개, 나와 마찬가지로, 게르망트네 댁의 현관 문이 열린 채 있던 어느 날, 그것을 보신 어머니가 몹시 해졌다고 하신 신닦기 매트가, 이 적도(赤道)의 반대쪽에 깔려 있는 것을 보았을 적에, 나는 그것만으로 이미 귀족 동네에 들어와 있음을 감지하였다. 그러니, 내가 우리네 부엌의 창 너머로 이따금 언뜻 볼 수 있는 만큼의, 게르망트네의 식당, 붉은 주사우단을 드리운 가구들이 놓인 어두컴컴한 화랑(畵廊) 같은 게 어찌, 나에게, 생 제르맹 귀족 동네의 신비스런 매력을 띠고 있는 듯이, 본질적으로 생 제르맹의 일부를 이루고 있는 듯이, 지리학상으로 거기에 자리잡고 있는 듯이 보이지 않겠는가. 그 식당에 초대받았다 함은 생 제르맹 귀족 동네에 갔다는 것, 거기 분위기를 호흡하였다는 것이며, 식탁 앞에 앉기에 앞서 게르망트 부인과 나란히, 화랑에 있는 가죽 씌운 소파에 앉아 있는 이들은 모두 생 제르맹 귀족 동네의 인사들인데? 그야 물론 생 제르맹 귀족 동네 아닌 어느 다른 곳의 야회에서, 굳이 연상하려 하면 번갈아 마상(馬上) 시합이나 공유 사냥터의 모습을 띠는 이름에 지나지 않는 이런 인간들 중의 하나가, 멋부리는 속된 사람들 가운데 위엄 있게 뻐기고 있음을 이따금 볼 수 있을 것이다. 그러나 이곳 생 제르맹 귀족 동네의 첫째가는 살롱, 어두컴컴한 화랑에서는 이들밖에 없었다. 이들은 귀중한 재료로서, 전당(殿堂)을 버티고 있는 기둥들이었다. 자주 드나드는 끼리의 모임에서까지, 게르망트 부인이 회식자로 택하는 이들은, 오로지 이들 중에서다. 음식 차려 놓은 상보 둘레에 모인 열두 손님은, 샌트 샤펠 성당의 황금의 사도상같이 성탁(聖卓) 앞, 충성스런 상징적인 기둥들이었다. 저택 뒤, 높다란 벽에 둘러싸인 정원, 여름이면 게르망트 부인이 저녁 식사 후 거기로 리큐어 술과 오렌지 주스 따위를 날라오게 하는 정원의 좁다란 끝머리로 말하면, 밤 9시와 11시 사이 — 가죽 씌운 소파와 똑같이 위대한 힘을 부여받은 — 거기 철제 의자에 앉자, 대번에 생 제르맹 동네에 특유한 산들바람을 호흡하지 않고서야, 마치 아프리카에 가 있지 않고서도, 사하라 사막에 있는 피귀그(Figuig)의 오아시스에서 낮잠 자는 것이나 매한가지로 있을 수 없는 일이라고, 어찌 내가 생각하지 않겠는가? 어떤 사물이나 인물을 따로 구별하거나, 분위기를 조성할 수 있는 건 공상과 신념밖에 없다. 아아, 생 제르맹 귀족 동네의 이런 그림 같은 경치, 자연스러운 사소한 일들, 지방색 짙은 진품, 예술 작품, 십중팔구 그 가운데 내 발을 영영 들여놓지 못하리. 그러니, 난바다에서(영영 뭍에 닿을 희망도 없이) 치솟은 회교 사원의 긴 첨탑인 듯, 첫눈에 띤 야자수인 듯, 이국의 산업이나 수풀의 한 조각이라도 바라보듯이, 물가에 놓인 낡은 신닦개 매트를 보고 가슴을 설레면서 만족했던 것이다.

그러나 나로서는 게르망트네의 저택이 그 현관 어귀에서 시작되었지만, 공작의 판단으로는, 저택에 딸린 터가 훨씬 넓게 뻗어 있음에 틀림없는 게, 공작은 가옥의 임차인을 모조리, 놈들의 이견 따위야 안중에 두지 않아도 무방한 소작인, 상놈, 국가의 재산을 훔친 취득자로 생각하여 아침마다, 창가에서 잠옷 바람으로 수염 깎고, 날씨가 덥거나 춥거나에 따라 내의 바람, 파자마 바람, 긴 털이 숭숭 난 희귀한 빛깔의 스코틀랜드 모직물인 윗도리 바람, 입고 있는 윗도리보다 더 짧은 밝은 빛깔의 팔르토(옮긴이: paletot, 짤막한 외투) 바람으로 안마당에 내려온다. 그리고는 말구종 중 하나에게 새로 사들인 말의 고삐를 잡아 눈앞에서 달리게 하였다. 한두 번 말이 쥐피앙 가게의 진열창을 박살내, 쥐피앙이 그 변상을 청구하여 공작은 분통을 터뜨렸다. "공작 부인이 이 가옥 안과 구역 안에서 베푸는 여러 은혜를 고려하지 않고서, 놈이 우리에게 뭣을 요구하다니 더러운 짓이군" 하고 게르망트 씨는 말하였다. 그러나 쥐피앙은 공작 부인이 어떤 '은혜'를 베풀어 주었는지 전혀 모르겠다는 태도로 한 걸음도 양보하지 않았다. 하기야 게르망트 부인은 은혜를 베풀긴 베풀었지만, 만인에게 고루고루 베풀 수는 없는 노릇이라, 한 사람에게 거듭한 은혜의 기억은, 또 한 사람에게는 은혜를 그만두게 하여 받지 못한 불만을 더욱더 일으키게 하는 이유가 되기도 한다. 은혜라는 견지를 떠나 다른 견지에서도, 공작의 눈에 이 구역은 — 실로 넓은 지역에 걸쳐 — 그 안마당의 연장, 그 말이 달리는 더 넓은 경기장 주로(走路)로밖에 비치지 않았다. 새로 사들인 말이 맨몸으로 어떻게 달리는가 보고 나서, 말을 수레 앞에 달아 고삐 잡은 말구종을 마차에 따라 달리게 하여, 눈앞에서 근방 거리를 여러 번 왕복시키면서, 공작은 알록달록한 옷차림으로, 입엔 여송연, 뒤로 젖힌 머리, 번쩍거리는 외알 안경이라는 의젓하고도 거드름부리는 자세로 보도 위에 떡 버티고 서 있다가, 마차몰이꾼 자리에 올라타 손수 말고삐를 잡아 몰아 본 후, 새 마차를 타고 정부를 만나러 샹 젤리제로 행차하는 것이었다. 게르망트 씨는 안마당에서 제 계급 사회와 얼마간 연관 있는 두 쌍의 내외에게 인사하였다. 한 쌍은 그의 사촌뻘 되는 부부인데, 노동자 내외처럼 집에 남아서 자녀를 돌보는 일이라곤 없었다. 날마다 아침부터 아내는 아내대로 '스콜라'(옮긴이: Schola, 처음은 성악 가수를 양성하다가 후에 일반 음악 학교가 됨)에 대위법(對位法)과 둔주곡법(遁走曲法)을 배우러, 남편은 남편대로 아틀리에에 목각이나 가죽 세공을 하러 나갔기 때문이다. 또 하나의 부부는 노르푸아 남작 부처로, 아내는 의자를 빌려 주는 여인처럼, 바깥양반은 장의사의 일꾼같이 늘 검은 옷을 입고, 날마다 여러 성당에 가려고 외출하였다. 이 부부는 우리네와 아는 사이인, 전직 대사의 조카뻘 되는 사람인데, 바로 이 때문에, 나의 아버지가 계단의 둥근 천장 밑에서 대사를 만나, 대사가 어디서 나왔는지 이해가 가지 않던 일이 있었다. 왜냐하면 아버지는 그토록 유력한 인물, 유럽의 가장 저명한 인사들과 관계를 맺어 와서, 속빈 귀족 명사들에게 아주 무관심하게 보이던 이가, 알려지지 않은, 성직자를 옹호하는, 편협한 이런 귀족들과 교제하고 있을 리가 만무하다고 생각되었기 때문이다. 이 부부는 이 아파트에 산 지 얼마 되지 않았다. 바깥양반이 게르망트 씨와 인사말을 나누고 있는 중에, 쥐피앙이 그에게 한마디 건네기 위해서 안마당으로 나왔는데, 칭호를 확실히 몰라서 그만 '노르푸아님'(Monsieur Norpois)이라고 불렀다.

"뭐! 노르푸아님(옮긴이: 귀족의 칭호인 de나 le를 빼놓은 결례를 탓하는 말)이라구, 허어, 정말 놀랐는걸! 참으시오! 오래지 않아 이놈이 당신을 노르푸아 동무라고 부를 거요!" 하고 게르망트 씨는 남작 쪽을 돌아다보면서 외쳤다. 쥐피앙이 자기를 '존귀한 공작님'(Monsieur le Duc)이라고 부르지 않고, '님'이라고 부르는데 품어 온 울분을 마침내 발산할 수 있었던 것이다.

어느 날, 게르망트 씨는 나의 아버지의 전문 분야에 관련되는 일에 대하여 문의해 볼 일이 생겨, 정중하게 아버지에게 자기 소개를 하였다. 이웃으로서의 조력을 아버지한테 여러 차례 부탁하게 된 후부터, 어떤 일을 골똘히 하는 아버지가, 아무도 만나기 싫어하면서 계단을 내려오고 있는 모습을 언뜻 본 공작은, 당장에 외양간의 일꾼들을 팽개치고, 안마당에 나오는 아버지에게로 달려와서, 옛날 왕의 시중꾼들에게 물려받은 시중들기 좋아하는 습성으로, 아버지의 외투 깃을 바로잡아 주고, 아버지의 손을 잡아 제 손 안에 꼭 쥐고는, 궁인(宮人)의 파렴치와 더불어, 귀중한 살에 아낌없이 접촉시키고 있음을 보이고자 쥔 손을 애무까지 하면서, 몹시 못마땅해 도망치는 것밖에 염두에 없는 아버지를, 이를테면 줄에 매어 마차 통용문의 바깥까지 끌고 나오는 것이었다. 또 하루는, 부인과 함께 마차에 몸을 싣고 외출하려는 찰나 우리와 엇갈렸을 때, 그는 우리에게 예의 바른 절을 하였다. 그는 부인에게 내 이름을 일러 주었음에 틀림없지만, 그것이 뭐 부인에게 내 이름이나 내 얼굴을 상기시킬 만한 행운이었을까? 게다가 단지 가옥의 임차인 중 하나로서 지명되는 것이 얼마나 너절한 소개냐? 이보다 유력한 소개는, 나의 할머니를 통해 찾아와 달라는 뜻을 말해 온 바로 빌파리지 부인, 내가 문학을 지망하고 있는 줄 알고서, 찾아오면 몇몇 작가를 만날 것이라고 덧붙여 말해 온 빌파리지 부인의 아파트에서 공작 부인을 상봉하는 것이었을 거다. 그러나 아버지는 내가 사교계에 드나들기에 아직 어리다고 여기는 동시에, 내 건강 상태를 늘 걱정하여, 새삼스러운 외출의 쓸데없는 기회를 나에게 주고 싶어 하지 않았다.

게르망트 부인의 종복들 중 하나가 프랑수아즈와 곧잘 수다떨어서, 공작 부인이 자주 가는 살롱의 이름 몇몇을 대는 소리가 내 귀에 들렸지만, 그 살롱들을 내 머릿속에 그려 내지는 못하였다. 그 살롱들도 그녀의 삶의, 내가 그녀의 칭호를 통해서밖에 보지 못하는 삶의 일부가 되자마자, 상상조차 할 수 없는 것이 아니었나?

"오늘 밤에 파름 대공 부인 댁에서 그림자 놀이(les ombres chinoises) 대야회가 있지만" 하고 종복이 말하였다. "우리는 못 가죠, 5시에 마님께서 샹티이행 열차를 타시거든요. 오말 공작 댁에서 이틀 가량 지내시려고요. 몸종하고 시중꾼만 따라가죠. 나는 이곳에 그대로 있고요. 그리 만족하지 않을걸요, 파름 대공비께선, 그분은 네 번이나 공작 부인님께 편지를 보내셨거든요."

"그럼 당신네는 게르망트 성관에 못 가시나요, 올해는?"

"거기 못 가는 건 이번이 처음일 거예요. 공작님이 신경통에 걸려 의사가 거기에 난방 장치가 다 되기 전에는 못 간다고 금해서요. 전에야 해마다, 우리네는 정월까지 거기에 있었죠. 만일 난방 장치가 되지 않으면, 아마 마님께서는 칸에 있는 귀즈 공작 부인 댁에 며칠 동안 가시겠죠, 아직 확실하진 않지만."

"그리고 당신네는 극장에 가시나요?"

"이따금 오페라 극장에 가죠. 때로는 파름 대공 부인이 잡아 둔 정기 야회에도 가고요. 이 야회는 여드레마다 있는데 듣고 보는 게 아주 시크한가 봐요. 연극도 가극도 다 있고요. 우리 댁 마님은 정기 흥행의 좌석을 예약하기 싫어하시지만, 그래도 어떤 때는 마님의 친구분의 칸막이 좌석, 또 어떤 때는 다른 친구분의 칸막이 좌석에 가시는데, 대개는 게르망트 대공 부인, 공작님의 사촌뻘 되는 분의 부인의 특별 좌석에 가시죠. 이분은 바비에르 공작의 누이시죠만…… 아니, 쉬지도 않으시고 그냥 위층으로 올라가십니까?"

하고 종복은, 게르망트네와 일체이면서도, '상전'이라는 것에 일반적인 정치적 관념을 품고 있어서, 프랑수아즈도 어느 공작 댁에서 일하는 여인인 듯이 정중한 예의를 표하였다. "퍽 건강하시군요, 마님."

"아이구! 이 빌어먹을 다리가 없다면야! 평지라면 아직 잘 달리건만(평지는 안마당이라든지, 거리라든지, 프랑수아즈가 걸어다니는 것이 싫지 않은 곳, 다시 말해 평탄한 지면이라는 뜻이었다), 이런 극악스런 계단이고 보니. 안녕, 어쩌면 오늘 밤 뵙게 될지 모르지만."

공작(duc)의 아들은 공자(prince)라는 칭호를 지니는 예가 많고, 부친이 죽을 때까지 간직한다는 얘기를 종복이 들려주어 프랑수아즈는 이 사람과 더욱더 수다떨고 싶었다. 확실히 귀족 예찬은, 귀족에 대한 반항 정신을 섞는 동시에 또 이를 받아들이면서, 대대손손 프랑스의 흙에 재배되어, 인민의 마음속에 깊이 뿌리박혀 있음에 틀림없다. 왜냐하면, 프랑수아즈에게 나폴레옹의 천재라든지 무선 전신이라든지를 얘기해 봤자 그 주의를 끌 수 없어, 벽난로의 재를 끌어내는거나 이부자리를 까는 동작을 잠시도 느리게 하지 못하나, 이런 습명(襲名)의 특수성을 듣거나, 게르망트 공작의 차남은 올레롱 공자라고 부르는 게 관례라는 말을 듣기만 해도, 프랑수아즈는 '그거 멋있네요!'라고 외치고, 그림 유리창 앞에 서 있듯이 잠시 멍청히 서 있기 때문에.

프랑수아즈는 또한, 아그리장트 대공의 시중꾼이 편지를 공작 부인한테 자주 가져오는 관계로 이 시중꾼하고 아는 사이가 되어, 그의 입을 통해, 사교계에 생 루 후작과 앙블사크 따님의 결혼 얘기가 파다하고, 결혼이 거의 결정됐다는 것을 들어 알고 있었다.

게르망트 부인이 그 삶의 흐름을 옮겨 붓는 그 별장, 그 칸막이 좌석은 그녀의 아파트 못지않게 신비스러운 장소로 생각되었다. 파름 게르망트 바비에르 드 귀즈라는 칭호는 게르망트 부인이 방문하는 별장 생활을 다른 모든 생활과 구별하여, 부인의 마차 바퀴 자국이 그 저택에 연결시키는 나날의 잔치였다. 이런 별장 생활 속에, 이런 잔치 중에 게르망트 부인의 삶이 연이어 존재한다고 나에게 일러 준들, 나에게는 이런 삶이 하나도 뚜렷하지 않았다. 별장 생활이나 잔치가 각각 공작 부인의 삶을 다르게 한정하고 있긴 하나, 단지 그 삶의 신비성을 바꿨을 뿐, 하나도 새어나오지 않고, 칸막이로 보호되어, 병 속에 갇힌 채, 만인의 삶의 물결 한가운데 오로지 두둥실 떠돌고 있음에 지나지 않았다. 공작 부인이 사육제(謝肉祭) 무렵 지중해 근방에서 점심을 먹기도 하나, 귀즈 부인의 별장 안에 한하였다. 거기서 파리 사교계 여왕은 두 겹으로 누빈 흰 피케(piqué)의 드레스 차림으로 수많은 대공 부인 가운데, 남들과 똑같은 한 손님에 지나지 않아서, 그 때문에 나에게는 더욱 감동적이고, 마치 춤의 스타가 제멋대로 발 가는 대로 동료 발레리나들의 자리를 하나하나 차지해 가듯 새로워져서 더욱 그녀다웠다. 게르망트 부인이 그림자 놀이를 구경한다면 파름 대공 부인의 야회, 연극과 가극을 구경한다면 게르망트 대공 부인의 칸막이 좌석 안에서뿐. 우리는 한 개인의 몸 속에 그 삶의 온갖 가능성, 그가 아는 이들, 그가 막 헤어지고 온 이들 또는 만나러 가려는 이들의 추억을 국한시키기 때문에, 만약에 프랑수아즈의 입을 통해, 게르망트 부인이 파름 대공 부인 댁에 점심 먹으러 걸어서 갈 거라고 듣고 나서, 정오 무렵, 살빛 견수자(絹繻子)의 드레스 차림인 부인이, 석양의 구름과도 같은 색조의 얼굴을 쳐들고 자택에서 내려오는 모습을 보았다면, 그때 내 눈앞에는 조가비 속에서, 장밋빛 진주모처럼 윤이 나는 조개에 끼인 것처럼, 그 작은 부피 속에 담겨 있는 생 제르맹 귀족 동네의 온갖 환락이 보이는 것이었다.

나의 아버지가 근무하는 부서에 A. J. 모로라는 벗이 있었는데, 이분은 동명인 다른 모로와 구별하고자, 항상 마음을 써서 이름 앞에 그 두 머리글자를 붙여, 모두에게 간단히 A. J.라고 불리는 이였다. 그런데 까닭을 모르나, 이 A. J.가 오페라 극장의 축제 야회의 입장권을 입수해 아버지에게 보냈다. 처음 보고서 환멸을 느낀 후로는 다시 보러 가지 않던 베르마가 「페드르」의 1막에 출현하기로 되어 있는지라, 할머니는 그 입장권을 아버지한테서 얻어 나에게 주었다.

사실을 말하자면, 몇 해 전 그토록 내 마음을 설레게 했던 베르마의 목소리를 듣게 되는 이번 기회를 그다지 소중히 여기지 않았다. 또 이전에 건강과 안정을 뿌리치고서까지 좋아했던 것에 대한 나의 무관심을 확인하자 한 가닥 우수의 정이 없지도 않았다. 까닭인즉, 나의 상상력이 예상한 현실의 몇몇 조각을 가까이 관망했으면 하는 소망이 그 무렵보다 식은 것도 아니고, 단지 나의 상상력이 이제는 그 귀중한 조각을 위대한 여배우의 대사 낭독법 중에 두지 않고, 지난날 베르마의 연기 속에, 그 비극적인 예술 속에 두고 왔던 나의 내적인 신념을, 엘스티르를 방문한 후로, 옮겨 놓았던 곳이 몇몇의 장식 융단, 몇몇의 현대 그림 위에 옮겨 놓았기 때문이다. 그러니 내 신념, 내 소망은 이제 베르마의 대사 낭독법이나 동작에 끊임없는 예찬을 올리지 않게 되고, 내 마음속에 지니던 그 '복사체'도 점점 빛을 잃고 말아, 마치 생명을 유지하려면 끊임없이 양분을 줘야만 하는, 고대 이집트의 사망자들의 또 다른 '복사체, 곧 미라'처럼 시들고 말았다. 베르마의 예술은 보잘것없는 딱한 꼴이 되고 말았던 것이다. 심오한 영혼이 조금도 없는 예술이 되고 말았던 것이다.

아버지가 준 입장권을 이용해, 내가 오페라 극장의 큰 계단을 올라가는 참에, 내 앞의 한 사내를 언뜻 보고서, 풍모가 비슷해 처음에는 샤를뤼스 씨인 줄 알았다. 극장의 고용원에게 뭔가를 물어 보려고 그가 머리를 돌릴 때 나는 잘못 본 것을 알았지만, 그래도 그 낯선 사내의 옷차림뿐만 아니라, 그를 기다리게 하는 개찰원과 좌석 안내원에게 말하는 투로 미루어 보아, 나는 그를 샤를뤼스와 동등한 사회 계급의 사람이라고 직감하였다. 왜냐하면, 개성의 특징에도 불구하고, 이 무렵에는 아직도, 이 귀족 계급의 멋부리는 부유한 온갖 사내들과, 은행계나 실업계의 멋부리는 부유한 사내들 사이에는 현저한 다름이 있었으니까. 재벌계의 한 사람이 수하 사람에 대하여 거만하고 딱딱거리는 말투로써 제 멋을 부리는 줄 여기는 것을, 미소 띤 온화한 대귀족은 겸허와 인내의 외양을 지어, 여느 관객들 중의 하나인 체하는 것을 수양 높은 자의 특권으로 간주하여 이를 실행에 옮기고 있는 듯하였다. 이와 같이 그의 몸 속에 지니고 다니는 특수한 작은 세계의 넘기 힘든 문지방을 호인다운 미소 밑에 감추고 있는 것을 보고서, 유복한 은행가들의 아들들은 하나같이 십중팔구 하찮은 인간으로 여겼을 것이다, 만일 최근에 발행된 그림 든 잡지에 초상이 실린 오스트리아 황제의 조카, 마침 이 무렵 파리에 와 있는 작센 대공과 놀랍도록 닮은 것을 알아채지 못하였다면. 나는 그가 게르망트네 사람들과 각별한 사이임을 알고 있었다. 내가 개찰원 앞에 이르자, 작센 대공, 또는 그인 듯싶은 사내가 미소지으면서 하는 말이 들려 왔다. "좌석 번호를 모르겠군요. 내 사촌 누이뻘 되는 분이 자기 칸막이 좌석을 물어 보면 된다고 해서요."

그는 역시 작센 대공이었던 모양이다. 그가 '나의 사촌 누이뻘 되는 분이 자기 좌석을 물어 보면 그만이라고 해서요'라고 입으로 말했을 적에 머릿속으로 그의 눈이 보고 있던 이는, 아마도 게르망트 공작 부인(그렇다면 부인이 그 사촌 동서의 칸막이 좌석 안에서 상상할 수 없는 그녀의 삶의 몇 순간을 보내고 있는 모습을 이번 기회에 엿볼 수 있겠는데)이었을 것이다. 그래서 미소 띤 독특한 그 눈길과 소박한 몇 마디는, 올지 모르는 행복과 확실치 않은 위세가 번갈아 뒤를 잇는 촉각으로써(추상적인 공상이 미치지 못할 만큼이나) 내 마음을 애무하였다. 적어도, 개찰원에게 이 몇 마디를 건네면서, 그는 내 일상 생활의 평범한 하루 저녁에, 새로운 세계 쪽으로 트인 우발적인 통로를 이어 놓았다. 칸막이 좌석이라는 낱말을 입 밖에 낸 후에 그에게 지시된 복도, 그가 잡아든 복도는 축축하고 갈라져, 바다 동굴로, 물의 요정들이 있는 신화 왕국으로 통해 있는 듯하였다. 내 눈앞에 야회복 차림의 신사가 멀어져 가고 있을 뿐이지만, 나는 형편없는 반사 망원경을 다루듯, 정확히 그에게 초점을 맞추지 못해, 그가 작센 대공이며 게르망트 공작 부인을 만나러 가고 있다는 생각을, 그의 몸 곁에 배회시키고 있었다. 또 그는 혼자지만, 그의 몸 바깥에 있는 만져지지 않는 거대하면서도 환등처럼 단속적인 이 생각은, 그리스 용사 곁에 머무르면서도 다른 사람들의 눈에 띄지 않는 신령처럼, 앞장서 그를 인도하고 있는 성싶었다.

정확히 머리에 떠오르지 않는 「페드르」의 시구를 생각해 내려고 애쓰면서 내 자리에 앉았다. 내가 암송해 본 시구를 가지고서는 필요한 운각(韻脚)의 수가 모자랐는데도, 이를 세어 보려고도 하지 않아서, 균형 잃은 것과 고전 시극 사이에 공통된 운율이 하나도 없는 것 같았다. 이 기괴한 시구를 알렉상드랭(옮긴이: Alexandrin, 시격(詩格) 중의 하나. 십이운각시체(十二韻脚詩體))으로 고치려고 여섯 음절을 없애야 한다고 해도 나는 별로 놀라지 않았을 것이다.

그러나 돌연 그 시구를 떠올리니, 인간답지 않은 세계의 설명 못할 거칠음이 신기하게도 없어졌다. 그러자 곧 시구의 음절이 알렉상드랭의 운율을 차지하고, 나머지 것은 수면에 꺼지는 거품처럼 쉽사리 가볍게 떨어져 나갔다. 내가 악전고투하던 그 거대한 여분이 사실은 단 하나의 운각에 지나지 않았던 것이다.

아래층 앞자리의 표를 매표소에서 몇몇 팔고 있었는데, 이를 사서 입장하는 이들이야 속물 또는 좀처럼 가까이서 볼 기회가 없는 인사들을 유심히 보고 싶어하는 호기심 많은 이들이었다. 과연, 여기서 공공연하게 구경할 수 있는 것이, 평소에 숨겨 오는 실제 사교 생활의 단편임에 틀림없었다. 왜냐하면 파름 대공 부인이 그 친지들에게 칸막이 좌석, 2층 앞자리, 1층의 칸막이 특별석을 배당하고 있어, 관객석은 마치 살롱 같아 제각기 자리를 바꾸기도 하고, 여기저기 절친한 여인 곁에 앉기도 하였기에.

내 곁에는 평범한 이들이 있었는데, 그들은 예약 입장자들을, 모르는 주제에 누군지 아는 체하고 싶은 마음에 커다란 목소리로 그 이름을 불러 대기도 하였다. 또 평범한 이들은 덧붙여 말하되, 이 예약 입장자들은 저희 살롱에 얼굴을 내밀듯 와 있다고 했는데, 그 속은 상연되는 희곡에 주의를 기울이지 않는다는 뜻이었다. 그러나 일어나고 있는 현상은 그와 반대다. 베르마를 듣고자 무대 앞 좌석에 자리잡은 천재적인 학도는, 낀 장갑을 더럽히지 말 것, 우연히 이웃한 관객을 방해하지 말 것, 화목하게 잠시 지낼 것, 덧없는 눈길을 간헐적인 미소로 뒤좇을 것, 관람석에서 언뜻 본 친지의 눈길과 마주쳐도 불손한 태도로 피할 것만을 생각하다가, 당황과 주저 끝에 인사하러 가려고 결심하고서 그 곁에 이르는 찰나, 세 번 징소리가 울려 나와, 홍해(紅海) 속의 히브리인처럼 남녀노소의 넘실거리는 물결을 헤치며 밀어닥치는 이들의 옷들을 찢고 신발을 짓밟아 소스라쳐 깜짝깜짝 몸을 곤두세우거나 말거나 부랴부랴 제자리에 도망쳐 온다. 한편 사교계의 인사들은 칸막이 벽을 걷어치운 높다란 작은 살롱 안, 또는 나폴리풍 설비의 붉은 좌석에 겁내지 않고서, 우유 탄 홍차를 마시는 작은 카페 안에 있기라도 하듯(발코니로 된 특별실의 뒤) 좌석에 있기 때문에 — 오페라 예술의 전당을 버티고 있는 둥근 기둥의 금빛 주신(柱身)에 무심히 손을 대고서 — 그들의 좌석 쪽으로 종려나무와 월계수 잎을 내밀고 있는 모양으로 조각된 두 얼굴이 자기들에게 바치고 있는 분에 넘치는 명예에 감동되지 않고 있기 때문에, 오직 그들만이 희곡을 구경할 정신의 여유가 있었을 것이다, 단 그럴 만한 지성이 있었다면.

처음에 어렴풋한 어둠밖에 없다가, 언뜻 눈에 보이지 않는 보석의 빛, 이름난 두 눈의 인광(燐光)이라 할까, 아니면 검은 배경에 뚜렷이 드러난 앙리 4세의 큰 메달이라 할까, 오말 공작의 기울인 옆얼굴이 눈에 띄었는데, 이 공작에게 모습이 보이지 않는 한 귀부인이 소리쳤다. "공작님 외투를 벗겨 드리죠." 이 말에 공작이 대답하였다. "아니 이거, 죄송해서, 앙브르사크 부인." 그녀는 그런 막연한 사양에 아랑곳없이 외투를 벗겨, 이와 같은 영광 때문에 여러 사람의 선망을 한 몸에 받았다.

그러나 칸막이 좌석 안은, 거의 어디나, 저승에 살고 있는 흰 신령들이 우중충한 벽에 몸을 기대고 숨어서 눈에 띄지 않은 채 있었다. 그렇지만 구경거리가 진행됨에 따라 어렴풋이 인간의 형상인 그들의 모습이, 융단 벽포로 수놓인 어둠 속에서 하나 둘씩 몽롱하게 빠져나와, 밝은 쪽으로 나앉아서, 그 반라(半裸)의 몸을 떠올리면서도, 모두가 하나같이 명암이 교차되는 수직선 위에 머물러 있는 그 가운데서, 화려한 거품처럼 너울거리는 가벼운 깃털 부채 뒤에서 넘실대는 파도를 따라서 움직이는가 싶은, 진주로 꾸민 진보랏빛 머리 밑에 환한 얼굴이 드러나 있었다. 다음에, 아래층 앞자리, 투명하고도 어두컴컴한 왕국에서 영영 격리된 인간계가 비롯하였는데, 명계의 평평한 수면 여기저기에, 물의 신령들의 맑고도 반짝거리는 눈들이 경계선 구실을 하고 있었다. 왜냐하면 물가에 놓인 보조 의자, 아래층 앞자리 괴물들의 형태가 단지 광학(光學)의 법칙에 따라, 입사각(入射角)의 대소에 따라서 그 여신들의 눈들 속에 그려져 있었으니까, 마치 아무리 유치한 영혼이라도, 우리의 영혼과 비슷한 혼을 지니고 있지 않음을 알고서, 우리가 미소나 눈길을 보내는 걸 주책없는 짓이라고 판단하는, 외부 현실의 두 부분 ― 광물과, 우리하고는 관계가 없는 인간들 ― 의 경우에 일어나듯이. 이와 반대로, 그들의 영역 이쪽에서는 찬란한 바다의 아가씨들이, 낭떠러지의 우툴두툴한 곳에 매달린 털보 트리톤(옮긴이: Triton, 그리스 신화에 나오는 반인 반어의 해신)이나, 또는 반들반들한 자갈에 파도가 실어다 준 미끄러운 해초를 붙인 것 같은 머리에다 눈이 수정알 같은 바다의 반인 반신(半人半神) 쪽을 끊임없이 돌아다보며 미소짓곤 하였다. 아가씨들은 이따금 그들 쪽으로 몸을 기울여 봉봉 과자를 내밀곤 하였다. 이따금 물결이 방긋이 열려, 늦게 온 생글거리는 새 네레이데스(옮긴이: 바다의 요정)가 부끄러운 듯이 교태를 지으며 들어와서 어둠 속에 꽃을 피우곤 하였다. 그러다가 막이 내리자, 그녀들을 수면에 이끌었던 지상의 현묘한 소요를 귀담아듣고 싶은 마음 없이, 각양각색인 그녀들이 단번에 수중으로 잠겨 어둠 속에 사라지고 말았다. 그러나 가까이 갈 수 없는 선계의 여신들이 인간의 짓들을 엿보려는 가벼운 조바심에 이끌려, 그 문턱에 얼굴을 내밀고 있는 그 모든 은신처 중 가장 유명한 것이, 게르망트 대공 부인의 칸막이 특별석이라는 이름으로 알려진 어둑한 어둠의 덩어리였다.

수하 신령들의 놀이를 멀찌감치서 통솔하는 거룩한 여신인 양, 대공 부인은 산호초처럼 붉은, 옆면으로 놓인 소파의 약간 안쪽, 거울인 듯싶은 흐릿한 폭넓은 반사경 곁에 제멋대로 앉아 있었는데, 그 반사는 눈부신 바다의 수정 속에, 한 줄기의 광선이 깎아 세운 듯 영롱하게 파 놓은 어떤 단면을 연상시켰다. 바다의 꽃이 피는 계절인 듯, 깃털이자 화관(花冠)인, 새 날개처럼 솜털이 많은 희고도 커다란 꽃이 대공 부인의 이마에서 그 한쪽 볼을 따라 내려오고, 예쁘장한, 사랑스럽고도 생기 있는 유연성과 더불어, 꽃이 볼의 곡선을 따르면서, 알시옹(옮긴이: alcyon, 바다 위에 마련한 둥우리에 알을 낳고 그것을 까려고 물결을 잔잔하게 한다는 전설의 물새) 둥우리의 아늑함 속에 몸 둔 장밋빛 알처럼 얼굴을 반쯤 숨기고 있는 성싶었다. 대공 부인의 머리칼 위에, 눈썹까지 내려왔다가 도로 올라 목 높이에 내려오면서, 남쪽 바다에서 따는 흰 조가비에 진주를 섞어 짠 헤어네트가, 파도에서 조금 전에 나온 바다의 모자이크처럼 널리고, 이따금 그늘에 잠겨 들어가나, 잠겨도, 그 속에서, 인간 존재임을 대공 부인의 눈에 반짝거리는 움직임으로 드러내고 있었다. 대공 부인을 반음영(半陰影)의 다른 그리스 전설 시대의 아가씨들보다 훨씬 윗자리로 놓는 아름다움은, 하나같이 육체적이고 포괄적으로 그 목덜미에, 어깨에, 팔에, 허리에 새겨져 있는 것이 아니었다. 그러나 그 모습의 우아한 미완성의 선은, 보이지 않는 허다한 선의 정확한 시발점, 불가피한 시초로, 어둠에 비친 이상의 한 가닥 스펙트럼인 듯이, 그녀의 몸 둘레에 자아내는 선의 길이를 늘여 보지 않을 수 없었다.

"저이가 게르망트 대공 부인이라우" 하고, 내 이웃 여인이 같이 온 사내에게 '대공 부인'(princesse)이라는 p를 거듭 발음해, 그런 칭호가 우스꽝스럽다는 표시를 하면서 말하였다. "저인 진주를 아끼지 않나 봐. 내가 저만큼 갖는다면 저 꼴로 과시하지 않겠어요, 꼴사납거든요."

그러나 관객석에 누구누구 왔나 살피려고 두리번거리는 이들은 대공 부인을 알아보자, 마음속에 아름다움의 정당한 옥좌가 솟아오름을 느꼈다. 실상, 뤽상부르 공작 부인이나 모리앙발 부인이나 생 퇴베르트 부인이나 그 밖의 여러 귀부인이나, 그 얼굴임에 틀림없다고 확인케 하는 것이라야, 언청이 위쪽에 달린 커다란 붉은 코라든지, 잔털이 난 주름살투성이의 뺨 같은 것이었다. 하기야 이런 풍모도 주목을 끌기에 족하였으니, 글씨와 마찬가지로 관례의 가치밖에 없기 때문에, 당당하고도 이름난 성함을 넌지시 읽게 하였기 때문이다. 그러나 또한 이런 얼굴은, 밉상이란 것은 귀족의 어떤 표적으로, 품위만 있다면 귀부인의 얼굴이 밉건 곱건 대수냐는 생각을 품게 하고 말았다. 그러나 이름 글자 대신에 화포의 아래쪽에, 그 자체로서도 아름다운 형태, 곧 나비나 도마뱀이나 꽃 한 송이 같은 것을 그린 몇몇 화가들처럼, '아름다움이야말로 서명(署名) 중에서 가장 고귀한 것일지도 모른다'라고나 하듯이, 대공 부인이 칸막이 좌석 한 귀퉁이에 표해 놓고 있는 것은 그 아름다운 자태와 얼굴 모습이었다. 왜냐하면, 여느 때도 절친하게 지내는 이들밖에 극장에 데리고 오지 않는 게르망트 부인의 참석은, 귀족 사회에 정통한 이들의 눈에, 그 칸막이 특별석이 그려내 보이는 그림의 가장 훌륭한 진짜 증명서로 보여, 이를테면 뮌헨과 파리에 있는 저택에서 보내는 대공 부인의 특별한 일상 생활의 한 장면을 떠올리게 하였기 때문이다.

우리의 상상은 수록된 곡과 다른 것을 늘 연주하는 고장난 오르그 드 바르바리(옮긴이: orgue de Barbarie, 손잡이를 돌려서 연주하는 수동 풍금) 같아서, 내 귀가 게르망트 바비에르 대공 부인

267

에 관한 얘기를 들을 적마다, 16세기의 한 작품의 추억이 내 마음 속에 노래하기 시작하였다. 그런데 부인이 연미복 차림의 뚱보에게 얼음 봉봉을 내밀고 있는 중임을 본 지금, 나는 그런 연상에서 벗어나야 하였다. 물론 나는 그녀나 그 초대객들이나 다 남들과 같은 인간이라고 단정한 것은 아니었다. 그들이 거기서 하는 짓들이 단지 놀이에 지나지 않고, 그들의 실제 생활 행위의 서막으로서(실제 생활의 중요한 부분을 영위하는 곳은 이곳이 아님에 틀림없다) 내가 모르는 의식으로 그들이 동의하여, 봉봉을 내밀고 또 이를 거절하는 체하는 꾸밈, 마치 번갈아 발가락 끝으로 우뚝 서서 스카프 둘레를 빙그르르 도는 발레리나의 걸음처럼 미리 정해진 뜻없는 몸짓을 하고 있음을 나는 잘 알아차렸다. 누가 알랴? 봉봉을 내미는 순간에 어쩌면 여신이 그 비꼬는 말투로(그녀의 미소가 보였으니까), '봉봉을 원하시나요?' 하고 말했는지. 그런들 대수냐? 여신이 반인반신(半人半神), 오래지 않아 실제 생활을 다시 영위할 때까지 둘이 다 마음속에 요약하고 있는 숭고한 사념이 뭔지 알고서, 이 놀이에 응하여 똑같이 숨은 뜻이 있는 듯한 퉁명스러움과 더불어 '아뇨, 버찌 쪽이 좋지요'라고 대답하는 반인 반신에게 건네는 이런 말에, 메리메풍이나 또는 메이야크(옮긴이: Meilhac, 1831~1897. 프랑스의 극작가)풍인, 고의적인 퉁명스러움을 나는 그윽한 세련됨으로 생각했을 것이다. 그리고 나는, 내게는 평이한 것이자, 메이야크 같으면 거기에 마구 넣었을 것이라고 추측되는 것, 시와 크나큰 사념이 결여되어서, 유독 우아한 것, 관습적으로 우아한 것, 그 때문에 더 숨은 뜻이 있고도 교훈이 되는 「신진 여배우의 남편」(옮긴이: mari de la Débatante, 메이야크와 아레뷔가 함께 만든 희극) 장면과 똑같은 탐욕과 더불어 이 대화에 귀를 기울였을 것이다.

268

"저 뚱보는 가낭세 후작이죠" 하고 내 이웃 사내가 아는 체 말했는데, 등뒤에서 수군거리는 이름을 잘못 들었던 것이다.

팔랑시 후작은 내민 목, 갸웃한 얼굴, 외알 안경 안쪽에 붙은 동그란 큰 눈을 뜨고서, 투명한 그늘 안에 유유히 눈길을 오락가락, 수족관의 유리칸막이 너머, 호기심 많은 관객 무리를 모르는 체, 아래층 앞자리의 관객들 따위야 안중에 없는 것 같았다. 이따금 후작은 정중히, 헐레벌떡, 고색창연히 눈길을 멈췄는데, 관객은 후작이 어디가 아파서 그런 건지, 잠들어 있는 건지, 유영(遊泳)하고 있는 건지, 알을 낳고 있는 중인지, 아니면 단지 숨만 헐떡헐떡 쉬고 있는 건지 보고도 몰랐을 것이다. 그 특별석에 자못 익숙한 태도와, 대공 부인이 그에게 봉봉을 내밀 적에 취한 무관심한 태도 때문에, 후작만큼 나에게 선망의 정을 부추긴 이도 따로 없었다. 대공 부인이 그에게 봉봉을 내밀면서 금강석같이 잘린 고운 눈빛을 그에게 던진 그 순간에, 화합과 우의의 정이 금강석의 굳음을 유동체로 만들고 있는 성싶지 않았던가. 그러다가 눈이 휴식을 취하게 되자, 순전히 물질적인 아름다움, 한낱 광석의 광채로 되돌아가, 가느다란 반사를 돌리기만 하면 아래층 뒷자리 깊숙이까지, 그 신성의, 수평의, 찬란한 불을 방화하고 있지 않은가. 그렇지만 이제 베르마가 연기하는 「페드르」의 막이 올라가기 시작해서 대공 부인은 특별석의 앞쪽으로 나왔다. 그러자 대공 부인 자신이 무대의 한 출연 인물인 듯이, 다른 광권(光圈)을 통과하는 동시에, 그 몸치장의 빛깔뿐더러 또한 그 물질마저 변하는 것을 보았다. 이미 물의 세계에 속하지 않는, 물기 없어져 보이게 된 칸막이 특별석에, 대공 부인이 네레이데스의 탈을 벗고서 자이르 또는 오로스만(옮긴이: Orosmane, 둘 다 볼테르의 희곡 「자이르」에 나오는 인물)으로 분장한 혁혁한 비극의 여배우처럼 희고 푸른 터번을 두르고 나타났다. 다음에 대공 부인이 맨 첫 줄에 앉았을 때, 그녀의 두 볼의 장밋빛 진주모를 아늑히 보호하고 있는 알시옹의 둥우리가, 실은 유연하고도 번쩍거리는, 부드럽기가 빌로드 같은, 낙원의 거대한 새였음을 나는 보았다.

이러는 사이, 허술한 옷차림에 못생기고 작달막한 여인이 불꽃 튀기는 눈을 하고, 두 젊은이를 데리고 들어와서, 내 자리에서 몇 걸음 안 되는 자리에 앉는 참에 두 눈은 게르망트 대공 부인의 특별석에서 돌려지게 됐다. 드디어 막이 올랐다. 연극과 라 베르마에 대하여, 세계의 끝까지 가서라도 관찰하고 싶은 비상한 현상을 놓칠세라, 마치 천문학자가 혜성 또는 일식을 세밀하게 관측하고자 아프리카나 서인도 제도에 설치하러 가지고 가는 감도가 강한 사진 건판처럼 나의 정신을 잔뜩 긴장시키던 지난날, 몇 점의 구름(배우들의 좋지 않은 기분, 관객 중의 뜻하지 않은 사건)이 최고도의 강도로 일어나 구경거리를 망치지 않을까 전전긍긍하던 지난날, 그 상연물을 위해 제단으로서 바쳐진 극장에 안 가고서는 도저히 최고의 조건으로 관람할 수 없는 줄로 알았던 것이다. 거기에 라 베르마가 선정한, 카네이션을 단 개찰원들, 허술한 옷차림의 사람들로 가득 찬 아래층 뒷자리 위로 내민 칸막이 좌석의 아래쪽, 라 베르마의 사진이 든 프로그램을 파는 여자들, 거리의 작은 공원의 마로니에, 그 당시 나와 인상을 같이하고, 같이 속내 이야기를 하여, 나의 인상과 떼어 놓을 수 없을 것 같은, 비록 조그만 부속품일지라도, 붉고 작은 장막 밑에 나타나는 그녀의 모습과 일체를 이루고 있는 성싶었던 것이다. 「페드르」, '고백의 장면', 라 베르마는 지난날의 나에게는 일종의 절대적인 존재였다. 일상 경험의 세계에서 멀리 위치하여, 그 스스로 존재하고 있어 이쪽에서 저쪽으로 가지 않으면 안 되었고, 내가 될 수 있는 한 깊이 그 속으로 파고들어갔더라도, 내 눈과 영혼을 아주 크게 벌렸더라도 조금밖에 흡수하지 못했을 것이다. 그러나 삶은 얼마나 나에게 쾌적하였던가! 내가 보내는 생활의 하찮음이야, 옷을 입거나, 외출 채비를 하는 따위의 때와 마찬가지로 하나도 대수롭지 않았으니, 저편에 엄연히, 접근하기 힘든, 모조리 소유하기 불가능한, 더욱 견실한 현실, 「페드르」와 라 베르마의 대사의 어조가 있었으니까. 연극의 극치에 관한 몽상으로 포화 상태에 빠진 채(그 당시 낮의 어느 순간에, 또 어쩌면 밤의 어느 순간에, 내 정신을 분석하였다면, 그러한 몽상의 상당량을 뽑아 낼 수 있었을 것이다), 나는 축전되어 가는 전지와도 같았다. 그러다가 병중, 내가 그 병으로 죽으리라 생각했던들, 라 베르마를 구경하러 가지 않고서 못 배기는 지경에 이르고 말았을 것이다. 그런데 지금, 멀리서 보면 창공의 한 조각 같으나, 가까이 가 보니 사물을 평범하게 보는 시계 안에 들어오는 언덕처럼, 그 모든 것이 이미 절대의 세계를 떠나 버려, 이제 다른 것들과 똑같은 것, 내가 거기에 있기 때문에 인식되는 것에 지나지 않았다. 배우들도 나의 친지들과 똑같은 본질로 된 이들, 「페드르」의 시구를 되도록 잘 낭송하고자 애쓰는 이들이며, 그 시구 역시 온갖 몽상에서 분리된, 숭고하고도 개성적인 정수를 형성하지 못하는 시구, 그러나 다소나마 뛰어난 시구라서, 그 시구가 섞여 있는 프랑스 시의 방대한 전체로 되돌아갈 채비가 된 시구였다. 고집 세고 부지런한 내 소망의 대상이 이미 존재하지 않더라도, 그 반면에 해마다 모습을 바꾸면서도, 위험을 꺼리지 않고서 나를 갑작스런 충동으로 이끌어가는 부단한 몽상, 이 몽상에 쏠리기 쉬운 성미가 여전히 존속하고 있는 만큼, 나는 더욱더 심각한 실망을 느꼈다. 병중, 어느 저택에 있는 엘스티르의 한 폭 그림, 고딕풍의 벽포를 보고자 외출하던 어느 저녁 역시, 내가 앞으로 베네치아로 떠날 예정인 날에나, 라 베르마를 구경하러 가던 날에나, 또는 발베크에 가던 날에나 어찌나 비슷비슷하였는지, 나는 미리, 몸소 치르는 희생의 현재 대상이 얼마 안 가서 나의 관심 밖으로 밀려나리라는 것, 당장에야 잠 이루지 못하는 수많은 밤과 허다한 고통스런 발작을 무릅쓰고 보고 싶어하나, 그쯤에 이르러서는 저택 근처를 지나가면서도 그 그림, 그 벽포를 구경하러 들르지 않을지도 모르리라는 것을 느꼈었다. 그 대상의 무상(無常)으로 말미암아 내 노력의 덧없음을 느끼는 동시에, 피로함을 남이 지적해 주면 피로를 두 곱으로 감촉하는 신경 쇠약 환자처럼, 노력이 의외로 컸음을 느꼈었다. 어쨌든 그때까지 나의 몽상은, 몽상에 이어질 수 있는 모든 것을 돋보이게 하는 버릇이 있었다. 항상 어느 쪽으로 방향을 돌려, 동일한 꿈의 둘레에 집중되는 가장 관능적인 욕망 속에서마저, 첫 동기로서, 한 이념, 내 목숨을 바쳐도 아깝지 않은 한 이념을 인식할 수 있으려니와, 그 이념의 중심에, 콩브레의 정원에서 오후에 하던 독서 중에 빠진 몽상 가운데서 본 것처럼, 극치라는 관념이 있었던 것이다.

이제 나는, 아리시(Aricie), 이스멘(Ismène), 이폴리트(Hippolyte, 세 인물 다 「페드르」에 등장함)의 어조와 연기 속에 주목했던 애정이나 분노의 올바른 의도에 대하여 지난날과 똑같은 관대성을 갖지 못하였다. 이 배우들 ─ 지난날과 같은 배우들 ─이 한결같은 영리함과 더불어, 어떤 때는 그 목소리에 쓰다듬는 듯한 억양이나 미리 계산된 모호함을 띠게, 어떤 때는 그 동작에 비극적인 넓이 또는 애원하는 듯한 감미로움을 깃들이게 하고자 애쓰지 않아 그런 것이 아니다. 그들의 어조는 그 목소리를 '조용히, 밤꾀꼬리처럼 노래하라, 쓰다듬듯 하여라' 하고 억제하기도 하고, 아니면 그와 반대로 '노발대발하라' 하고 명령하는 때는 그 목소리에 달려들어 제 광란 속에 휩쓸어 가려고 애쓰기도 하였다. 그러나 순응하지 않는 목소리는, 어조와는 엉뚱하게 여전히 그 형이하(形而下)의 결점과 매력, 평소의 속됨과 선멋을 지니는 타고난 목소리 그대로 남아 있어, 따라서 암송된 시구에 따라 정서가 달라지는 법 없이, 음향의 현상인지 사회의 현상인지 뭔지 모르는 앙상블(ensemble)을 벌이고 있었다.

마찬가지로 이 배우들의 동작은 그 팔이나 페플럼(옮긴이: péplum, 소매가 없는 여자용 윗옷)에게 '위엄 있어라' 하고 말하고 있었다. 그러나 사지는 이 말에 순응하지 않고, 어깨와 팔꿈치 사이에, 맡은 역을 전혀 알지 못하는 이두근(二頭筋)을 멋대로 설치게 하여, 일상 생활의 따분함을 나타내고, 라신의 섬세한 명암 대신에, 근육의 연결만을 계속해 드러내고 있었다. 그들이 쳐든 옷자락은, 낙하의 법칙에 직물의 무의미한 유연성만이 저항할 뿐 수직으로 다시 떨어지고 있었다. 이 순간, 내 곁에 있는 키 작은 여인이 외쳤다.

"박수도 안 치네! 저 꼬락서니 좀 봐! 너무 늙었어, 별수없지. 저렇게 되기 전에 그만둬야 했을걸."

이웃 사람의 '쉬쉬' 소리에 키 작은 여인과 같이 있는 두 젊은이가 그 여인을 침묵시키려고 애서, 그 여인의 분노는 이제 눈 속에서만 활활 타고 있었다. 하기야 그 분노는, 성공에, 명성에 보낼 수밖에 없었으니, 막대한 돈을 번 라 베르마지만 남은 거라곤 빚밖에 없었으니까. 늘 사무상 또는 교제상의 회합의 약속을 하면서, 이를 이행 못 하니, 그녀는 파리의 온 거리에 약속을 취소하는 사과장을 지참한 심부름꾼을 달리게 하고, 한번도 묵으러 가지도 않고서 미리 아파트의 방을 계약하고, 개를 씻기 위해 향수탕을 마련하고, 곳곳의 지배인에게 위약금을 지불하기도 하였다. 더 이상 돈을 낭비할 길도 없었을 뿐더러 클레오파트라만큼 음탕하지도 않아서, 그녀는 세계의 여러 왕국과 지방의 도시에서, 속달 우편을 부치거나 마차를 빌리거나 하는 것으로 있는 돈을 탕진하는 방법을 찾아 냈을 것이다. 그런데 그 키 작은 여인은 좋은 기회를 갖지 못했던 여배우로, 라 베르마에게 극심한 증오를 품어 왔던 것이다. 라 베르마가 이제 막 무대에 나왔다. 그러자, 기적, 어젯밤에 아무리 애써도 헛되이 익히지 못하였다가 다음날 아침에 눈뜨니 모조리 암기하고 있는 학과처럼, 또한 기억의 열렬한 노력이 떠올리지 못하다가, 그들에 대해 생각하지 않은 때, 언뜻 눈앞에 생전의 모습 그대로 되살아나는 고인의 모습처럼, 내가 그토록 그 정수를 파악하려고 열심히 애썼을 때는 도망하던 라 베르마의 재능은, 지금, 잊은 지 몇 해 후, 이 무관심한 시간에 명백한 힘과 더불어 내 마음에 감탄의 정을 받아들이지 않을 수 없게 하였다. 지난날, 이 재능을 외따로 떼어놓고자, 나는 이를테면 내가 보고 들은 것에서 배역 자체를, 「페드르」를 맡아 하는 모든 배우에 공통된 배역을 공제하였고, 또 배역을 떼어 버려, 나머지로 베르마 부인의 재능만을 모을 수 있도록 사전에 머리를 짜냈다. 하지만 내가 배역 밖에서 알아차리고자 애쓰던 그 재능은 오로지 그 배역과 하나를 이루고 있었다. 이와 같은 위대한 음악가일 경우에도(피아노를 연주할 때의 뱅퇴유의 경우가 이의 좋은 보기일 것이다) 그 연주는 방청자로 하여금 연주자가 과연 피아니스트인지 전혀 모를 만큼 뛰어난 피아니스트와 하나를 이루니(여기저기 빛나는 효과를 거두는 손가락의 노력의 묘기나, 어떻게 감상해야 할지 모르는 방청자가 유형(有形)의 현실 중에서 재능을 발견한 줄로 여기는 가락의 확산 따위를 느끼게 하지 않아서) 그 연주는 연주자가 해석한 것으로 가득 차, 어찌나 투명하게 되었는지 방청자의 눈에 연주자의 모습이 보이지 않

고, 걸작으로 향해 나 있는 창문에 지나지 않기 때문이다. 아리시
의, 이스멘의, 이폴리트의 목소리와 몸짓을 위엄 있는 또는 섬세한
가두리처럼 둘러친 의도를 나는 뚜렷하게 판별할 수 있었다. 그런
데「페드르」의 그것은 내부에 감추고 있어, 내 정신은, 거기에 깊
숙이 흡수되어 있어서 흘러나오지 않는 그 보배, 그 효과를, 용케
어조와 동작에서 잡아 뽑지도, 한결같은 그 표면의 단일성에서 이
해하지도 못하였다. 아리시나 이스멘의 대리석 같은 목소리에 스
며들 수 없었기 때문에 넘치는 눈물이 목소리 위에 흐르고 있음이
보였는데, 정신에 저항하는 무생물의 한 방울의 찌꺼기도 남기고
있지 않은 라 베르마의 목소리는 여분의 눈물을 그 목소리 둘레에
서 가려 내지 못하게 하고, 마치 물질적인 특성이 아니라 영적인
뛰어남을 칭찬하는 말로, 저이는 아름다운 목소리를 가진 사람이
라는 호평을 받은 위대한 바이올리니스트의 악기처럼, 고루고루
섬세하게 도야(陶冶)되고 있었다. 그리고 고전적인 풍경화에 사라
진 요정 대신에 생기 없는 샘 하나가 있듯이, 뚜렷하고도 구체적인
의도는, 제 것으로 만든, 차갑고도 야릇한 맑음을 지닌 음색의 어
떤 뛰어난 질로 변하고 있었다. 시구 자체가 입술 밖으로 소리나게
하는 것과 똑같은 배출력(排出力)으로, 넘치는 물에 떠내려가는 나
뭇잎처럼, 그녀의 가슴 위로 쳐들리는 듯이 보이는 라 베르마의 두
팔. 그녀가 천천히 이루어 왔던 무대 위의 자세, 그녀가 앞으로도
수정해 나가려니와, 동료들의 동작 속에 그 흔적이 엿보이는 따위
의 추리와는 다른 깊음을 가진 여러 추리로, 그 본디의 의사를 잃
은 채, 일종의 빛나는 방사(放射) 속에 녹아들어 가면서 풍요하고
도 복잡한 갖가지 요소를「페드르」라는 배역의 둘레에 파닥거리고
있으니, 매혹된 관객이 이를 예술가의 성과로 생각지 않고 타고난
재주로 여기는 여러 추리로 이루어진 자세. 흐늘거리거나 한결같

게 몸에 붙어 있는 품이 살아 있는 것같이 보이며, 나약하고도 추위를 잘 타는 고치처럼 고뇌 둘레에 실을 토해 축소시키는, 절반은 이단적이고 절반은 장세니스트(옮긴이: Janséniste, 엄격을 주지로 삼는 종파)적인 고뇌를 통해 짜진 듯이 보이는 그 흰 너울 자체. 이런 모든 것은, 목소리도 자세도 동작도 너울도, 시라는 이념의 이 화신(化身)(이 화신은 인간의 육체와는 달리, 불투명한 장애물이 아니라, 정화[淨化]되고 영화[靈化]된 옷)의 둘레에서 보충의 겉모양에 불과한 영혼을 숨기는 대신에 오히려 영혼을 더 찬란히 빛내어, 영혼이 이에 동화되고, 그 속에 퍼져 있는 겉모양에 지나지 않았으며, 또한 반투명하게 된 갖가지 실체의 몇 겹의 흐름, 그 몇 겹을 꿰뚫고 나오는 갇힌 중심의 광선을 더욱 다양하게 굴절시키고, 광선을 둘러싼 불꽃에 스머든 물질을 더욱 광대하게, 더욱 보배롭게, 더욱 아름답게 하는 흐름에 지나지 않았다. 이와 같이 라 베르마의 연기는 라신 작품을 둘러싼, 역시 천재의 입김으로 생기발랄해진 제2의 작품이었다.

사실을 말하면 내 인상은 옛 인상보다 쾌적하였으나 다른 것은 아니었다. 다만 연극의 천재라는, 추상적이자 틀린 선입관에 대립시키지 않았을 뿐이고, 연극의 천재란 바로 그것임을 이해하였던 것이다. 처음으로 라 베르마를 구경했을 적에 내가 기쁨을 못 가졌다면, 이는 그 이전 샹 젤리제로 질베르트를 만나러 갔을 때처럼, 너무나 큰 소망을 품고 구경하러 갔기 때문이라는 생각이 곧 들었다. 어쩌면 이 두 실망 사이에는 그런 유사뿐만 아니라, 더욱 깊은 다른 유사가 있었을 것이다. 현저한 특성을 지닌 인물이나 작품(또는 연기)에서 받는 인상은 특수하다. 우리는 '아름다움', '양식의 넓이', '감동'이라는 관념을 지니고 있어서, 부득이한 경우, 이를 하찮은 재능이나 단정한 얼굴에서 언뜻 본 듯한 착각을 일으키기도 하나, 주의 깊은 정신은 눈앞에 하나의 형태, 정신이 그것과 지적인 대등을 소유하지 못하는 하나의 형태, 거기서 미지의 것을 끄집어내야 하는 형태가 집요하게 어른거림을 본다. 정신은 날카로운 소리를, 기이하게 울어 대는 가락을 듣는다. 정신은 생각해 본다. '아름다움이냐? 내가 느끼는 바가 감탄의 정이냐? 이게 빛깔의 풍요함이냐, 고귀함이냐, 힘이냐?' 하고. 그러자 이에 다시 응하는 것은 날카로운 목소리, 신기한 질문의 가락, 모르는 인간에서 비롯하는 횡포한 인상, 빈틈없이 물질적이라서 그 안에 '연기의 넓이'를 위해 남아 있는 빈 자리가 조금도 없는 인상이다. 또 이 때문에 정성을 다 들여 귀담아듣는 경우, 가장 심하게 우리를 실망시킬 것임에 틀림없는 것은 짜장 아름다운 작품이니, 우리 관념의 수집품 중에 개성적인 인상에 대응할 만한 것이 하나도 없기 때문이다.

이게 바로 라 베르마의 연기가 나에게 보인 점이었다. 그 대사의 어조야말로 확실히 고귀하고 총명한 어조였다. 이제야 나는 폭넓은 시적인 힘찬 연기의 값어치를 이해하였다기보다, 신화와 아무 관계 없는 뭇 별에, 마르스(옮긴이: mars, 로마 신화의 군신인 동시에 화성), 베누스(옮긴이: Venus, 미의 여신인 동시에 금성), 사투르누스(옮긴이: Saturnus, 유피테르, 플루토, 넵투누스, 유노, 세레스, 베스타의 부친인 동시에 토성)라는 이름을 붙이듯, 그것에 이런 칭호를 붙이는 데 시인하였다고나 할까. 우리는 한 세계에서 또 하나의 세계를 감촉하고, 생각하고, 이름을 붙이고, 그 두 세계 사이에 서로 부합하는 다리를 걸 수 있으나, 그 헤아리지 못할 간격을 메우지 못한다. 처음으로 라 베르마의 연기를 구경하러 간 날, 한마디의 대사라도 놓칠세라 귀기울여 듣고 나서, '우아한 연기', '독창성'이라는 관념에 이를 결부시키는 데 다소 난처해, 잠시 덧없는 기분을 치르고 나서야 박수를, 지붕아 날아가라 하고 터뜨려, 마치 그 박수가 내 인상에서 생겨난 것이 아니고, '드디어 라 베르마를 구경하였도다'라고 생각하는 기쁨, 선입관에 이어진 듯한 감이 들던 때, 내가 넘어야 했던 것은, 다소 이런 간격, 이런 단층이었다. 그리고 개성적인 인물이나 작품과 미의 관념 사이에 있는 차이는, 개성적인 인물이나 작품이 우리에게 감지하게 하는 것과 그것에 대한 애정이나 감탄의 정 사이에도 깊게 존재한다. 그러므로 개성적인 인물이나 작품을 알아보지 못한다. 나는 라 베르마를 구경함에(내가 질베르트를 사랑할 무렵, 그녀를 만났을 적에 그랬듯) 기쁨을 맛보지 못했던 것이다. '감탄할까 보냐'라고 나는 속으로 중얼거렸던 것이다. 그렇긴 하나 그때에 나는 여배우의 연기를 깊이 연구하기에 여념이 없었고, 그것에만 골몰했었고, 거기에 포함되어 있는 것을 모조리 받을 수 있게 힘껏 내 사념의 창문을 열려고 애썼다. 이제야 나는 그것이 바로 감탄임을 이해하였다.

요즘 아침마다, 그녀가 외출하는 시간을 앞질러, 나는 멀리 돌아서, 그녀가 보통 내려오는 거리 모퉁이에 숨어 있으러 가서, 그녀가 곧 통과할 거라는 생각이 들었을 때, 반대 방향을 보면서, 방심한 얼굴로 되올라가다가, 그녀와 같은 높이에 이르자마자, 그녀를 만나리라고는 천만 뜻밖인 듯이 그녀 쪽으로 눈을 돌렸다. 처음 며칠 동안, 나는 꼭 그녀와 만날 수 있도록, 집 앞에서 기다렸다. 마차 통용문이(내가 기다리고 있지 않은 수많은 사람을 지나가게 하면서) 열릴 적마다, 그 흔들림은 내 마음속에 퍼져 진동을 계속하다가 한참 후에야 진정되었다. 왜냐하면 아는 사이가 아닌 이름난 여배우에게 열중한 나머지 극장의 배우 출입문 앞에 '학다리'(옮긴이: le pied de grue, 학이 한 곳에 오래 서 있듯이, 꼼짝 않고 오래 서서 기다리는 것을 말함)하러 가는 이도, 막 나타나려고 하는 중죄인이나 위인을 욕하거나 찬양하려고 모인 격노한, 또는 심취한 군중도, 감옥이나 궁전 안에서 나오는 기척을 들을 적마다, 여지껏, 이 귀부인의 나타남을 기다리고 있을 때의 나만큼, 마음속에 심한 동요를 못 느꼈기 때문인데, 간소한 몸차림이면서도, 그녀는(살롱이나 관객석에 들어갈 때의 걸음걸이와도 아주 다른) 우아한 걸음걸이로서, 아침 나절의 산책을 — 나에게는 산책하는 이는 세상에 그녀밖에 없었다 — 맵시의 모든 시(詩), 더할 나위 없이 섬세한 장신구, 화창한 날씨의 극히 신기한 꽃으로 만들 수 있었다. 그러나 사흘 후, 문지기한테 내 술책을 들키지 않으려고, 더 멀리, 공작 부인이 보통 지나가는 어떤 모퉁이까지 갔다. 그 극장의 야회가 있기에 앞서, 날씨가 좋을 때는 자주 이와 같이 점심 전에 잠깐 외출하고, 비가 올 때는 해가 반짝 나자마자 나는 몇 걸음 걷으려고 내려가다가, 햇살에 금빛으로 변한, 아직 물기 있는 보도 위, 태양이 무두질하여 황금빛으로 되어 가는 안개 이는 네거리의 선경(仙境)에 가정 교사 뒤를 따르는 한 여학생 또는 흰 소매 단 우유 배달 아가씨가 오는 것을 언뜻 보자, 나는 꼼짝하지 않고서, 벌써 미지의 삶 쪽으로 뛰어가려는 내 가슴에 손을 가져갔다. 아가씨(때로는 그 뒤를 내가 따라가기도 한)가 모습을 감춰 다시 나타나지 않는 거리, 시각, 문을 잘 기억해 두려고 하였다. 다시 만나는 노력을 하기로 결심하면서 내 마음속에 품은 그런 영상들의 덧없음은, 다행히 내 기억에 깊이 새겨지는 일이 없었다. 병약한들, 아직 한 번도 일을 시작하거나 책을 쓰기 시작하거나 하는 용기를 갖지 못했던들 뭐가 대수로우냐는 느낌이 들어, 그다지 쓸쓸하지 않고, 대지가 더욱더 살기 좋은 것으로, 삶이 더욱더 경험하기 재미난 것으로 생각되었다. 파리의 거리거리가, 발베크의 모든 길처럼, 내가 그토록 메제글리즈의 숲속에 솟아오르게 하고 싶던 그 미지의 미녀들로써 도처에 꽃피우고 있는 까닭인데, 그 미녀들은 저마다 그녀만이 채워 줄 수 있을 것 같은 일락적인 욕망을 선동하였다.

　오페라 극장에서 돌아오자, 나는 며칠 전부터 다시 보고 싶어해 온 아가씨들 중에, 다음날부터는, 경쾌한 금발을 높이 땋아 올린, 키 큰 게르망트 부인의 모습을, 사촌 동서의 특별석에서 내게 보낸 미소 속에 약속된 애정과 함께 보탰다. 프랑수아즈가 일러 준 대로, 공작 부인이 걷는 길을 내가 따라가겠지만, 그 전전날 목격한 두 아가씨를 다시 만날 수 있게, 학과와 교리 문답에서 나오는 것을 놓치지 않도록 애쓰리라. 그러나 그 동안, 이따금, 게르망트 부인의 반짝거리는 미소, 그것이 내 마음에 일으키는 감미로운 감각이 다시 왔다. 내가 하고 있는 바를 잘 모르는 채, 나는 그것을(이제 막 받은 보석류의 단추가 옷에 어떤 효과를 내는지 그것을 여인이 바라보듯이) 오래 전부터 품어 온 낭만적인 관념, 알베르틴의 냉담, 지젤의 너무 이른 출발, 또 그 이전, 질베르트와 고의로 너무 질질 끈 소원함 때문에 내 마음속에서 사라졌던 것(가령 한 여인의 사랑을 받는다든가, 그 여인과 동거 생활을 한다는 생각)과 나란히 놓고자 하였다. 다음에 거리에서 본 두 아가씨의 하나하나의 모습을 그런 관념에 접근시켜 보다가, 그 즉시 나는 공작 부인의 추억을 그것에 맞추려고 하였다. 이런 관념에 비하면 오페라 극장에서의 게르망트 부인의 추억은 눈부신 빛을 내는 혜성의 긴 꼬리 곁의 작은 별만큼이나 미미하였다. 게다가 나는 게르망트 부인을 알기 오래 전부터 이런 관념을 잘 알고 있었다. 그런데 추억 쪽은 그와 반대로, 내가 불완전하게 소유하였고, 때로는 잊어버리기도 하였다. 이 기억이 다른 아름다운 여인의 모습과 마찬가지로 나의 내부에서 잠시 떠다니다가, 그보다 훨씬 먼저 생겨난 나의 낭만적인 생각과 조금씩 독특하고도 결정적인 ― 다른 모든 여인의 모습을 배

제한―연합을 하게 되는 데에 필요했던 시간, 그것을 가장 똑똑히 회상하던 바로 이 몇 시간 동안에 나는 그 회상이 어떠한 성질의 것이었는지를 생각해 보아야만 하였다. 그러나 그때에는 그것이 장차 나에게 얼마나 중요하게 될 것인지를 몰랐다. 다만, 나의 마음속으로 하는 게르망트 부인과의 첫 밀회로서 그 회상은 즐거웠던 것이다. 그것은 최초의 스케치, 인생 그 자체에서 직접 그린, 그것만이 진정한 것, 그것만이 현실적인 게르망트 부인이라고 말할 수 있는 유일한 스케치였다. 똑똑히 마음에 두려고는 않고, 그것을 잘 유지했던 몇 시간은, 어쨌든 그 회상은 즐거운 것이었음이 분명하다. 왜냐하면 아직 이때에는 자유롭게, 서두르지 않고, 지치지 않고, 필연적인 것이나 불안한 것을 섞지 않고, 내 사랑의 상념이 그 회상과 맺어져 갔기 때문이다. 이윽고, 이러한 생각들에 의하여 회상이 결정적인 것으로 굳어 감에 따라서, 그것은 더욱 강한 힘이 생기기 시작했지만, 회상 자체는 막연한 것이 되고 말았다. 그리고 얼마 안 가서 본래의 모습은 찾아볼 수 없게 되고 말았다. 그리고 막연한 몽상 속에 그것을 완전히 변형시키고 말았을 것이다. 왜냐하면 게르망트 부인을 만날 적마다, 내가 상상하던 것과 현재 보고 있는 것 사이에 뚜렷한 거리를 느꼈기 때문이다. 그 거리는 그때 그때에 따라서 같지는 않았지만. 날마다 게르망트 부인이 거리 한 모퉁이에 나타나면, 그 훤칠한 키, 가벼운 머리털 밑에 밝은 눈이 있는 얼굴, 내가 보고 싶던 모든 것을 똑똑히 볼 수 있었다. 그러나 또, 그로부터 몇 초 후에, 일부러 만나러 온 체하지 않으려고 일단 눈길을 돌렸다가, 공작 부인 앞에 갔을 때에 얼른 쳐다보면, 눈에 띄는 것은, 바깥 공기 탓인지 뾰루지 탓인지 모를, 얼굴의 붉은 반점이었다. 그 뾰로통한 얼굴이 「페드르」에서 본 밤의 친절과는 너무나 동떨어진 시무룩한 고갯짓으로, 아무래도 그녀에게는 못마땅한 듯싶은, 내가 날마다 꼬박꼬박 놀란 듯한 표정으로 하는 인사에 대답하곤 하였다. 그렇긴 하나, 며칠 동안, 두 아가씨의 추억은 게르망트 부인의 추억과 내 애정 관념이 지배권을 차지하려고 어울리지 않는 힘을 갖고서 싸운 끝에, 드디어 후자가 대개의 경우, 마치 혼자서 떠오르듯이 되살아 나오게 되어, 그러는 사이에 두 경쟁자는 스스로 사라지고, 결국 자발적으로, 의향대로 좋아서 하듯이, 애정에 관한 나의 모든 사념을 게르망트 부인의 추억 쪽으로 옮기고 말았다. 나는 이제 교리 문답의 아가씨도, 우유 배달 아가씨도 머리에 떠오르지 않았다. 그렇지만 나는 이제 일부러 거기에 보러 갔던 것, 극장에서 미소 속에 약속된 애정도, 금발 아래의 옆얼굴과 밝은 얼굴도(이는 멀리서만 그렇게 보였을 뿐), 거리에서 다시 발견하기를 원치 않았다. 지금 나는 게르망트 부인이 어떤 모양을 한 분인지, 뭘로 그분인가 알아보는지를 말로써도 할 수 없을 게, 그녀 풍체의 전체 중, 얼굴 모습이 옷과 모자처럼 날마다 다르기 때문이다.

어찌하여 어느 날, 푸른 두 눈 언저리에 균형 있게 나눠진 매력에, 그 안에 코의 곡선이 흡수되고 만 듯한, 부드럽고도 반들반들한 얼굴이 보랏빛 카포트(옮긴이: capote, 외투에 달린 두건)를 쓰고 정면으로 다가오는 것을 보고서, 즐거운 충동으로, 게르망트 부인을 언뜻 보지 않고선 못 돌아가는 줄 알았는가? 또 어찌하여 어느 날, 뭔가 이집트의 여신같이, 날카로운 눈으로 가로지른, 붉은 한쪽 뺨에 따라, 새부리 같은 코가 바다의 푸른빛 토케 밑에, 옆얼굴로 지름길에 나타나는 걸 보고서, 어제와 똑같은 동요를 느꼈으며, 똑같은 무관심을 가장하여 똑같이 멍하니 눈을 딴 데로 돌렸는가? 한번은 내가 본 것이 새부리가 있는 여인일 뿐만 아니라, 거의 새와 같은 여인이었다. 게르망트 부인의 옷도 토케도 다 모피로 만들어, 한 조각의 천도 보이지 않아서, 두툼한, 고른, 담황갈색의 부드러운 새털이 짐승의 털 같기도 한 독수리처럼, 자연히 털이 나 있는 성싶었다. 이 타고난 깃털 한가운데, 작은 머리는 새부리처럼 구부러뜨리고, 튀어나온 눈은 찌르는 듯 날카롭고도 푸르렀다.

어느 날, 내가 게르망트 부인을 언뜻 보지 못한 채 몇 시간 동안 거리를 이리저리 산책하다가, 느닷없이, 귀족적이자 평민적인 이 가구(街區)에 있는 두 저택 사이에 끼여 있는 우유 가게 안에서, '프티 스위스'(옮긴이: petit-suisse, 크림으로 된 생치즈)를 보여 달라고 있는 중인 맵시 있는 여인의 낯설고 아리송한 얼굴이 뚜렷이 드러났을 때, 누군지 분간할 사이 없이, 다른 어느 모습보다 재빨리 나에게, 닥쳐온 번개처럼, 공작 부인의 시선이 나를 쏘았다. 또 한번은 그녀를 언뜻 보지 못하고서, 정오 종소리를 들으니, 더 기다려 보았자 헛수고일 줄 알고, 쓸쓸히 집으로 돌아가는 길로 접어들어 실망에 잠긴 채, 멀어져 가는 마차를 멀거니 바라보다, 퍼뜩 한 귀부인의 마차의 승강구에서 했던 목례가 나에게 보낸 것인 줄 깨닫고, 느슨하게 풀린 창백한 얼굴 모습 또는 반대로 팽팽한 생기 있는 얼굴이, 동그란 모자 또는 깃털 장식 밑에, 내가 그녀라고 알아보지 못한 것으로 여기던 낯선 여인의 얼굴을 지어낸 그 귀부인이, 게르망트 부인이었고, 인사를 받고서도 답례조차 하지 않았음을 깨달았다. 또 때로는 집에 들어가는 길에 문지기 방의 모퉁이에서, 공작 부인을 만나기도 하였는데, 남의 눈치를 살피는 듯한 눈초리를 내가 몹시 싫어하는 밉살스런 문지기가 그녀에게 큰절을 하고 있는 중이었으며, 또한 틀림없이 '고자질'하고 있는 참이었다. 왜냐하면 게르망트네 집의 모든 사용인은 창문의 커튼 뒤에 숨어서, 들리지 않는 대화를 부들부들 떨면서 엿들었는데, 그 결과로 공작 부인은 '문지기 녀석'이 팔아 넘긴 아무개 하인의 외출을 금지하였으니까.

게르망트 부인이 보이는 얼굴, 옷차림의 전체 속에 어떤 때는 좁게, 어떤 때는 넓게, 끝없이 변하는 상대적인 넓이를 차지한 얼굴이 연이어 다른 모양으로 나타나는 까닭에, 나의 연정은 그 육신과 의상 변화의 모든 부분의 어느 점에도 붙일 수 없을 뿐더러, 날에 따라 자리를 바꾸는 육신과 의상을 그녀가 변경하거나 거의 온통 새롭게 하더라도 내 마음의 동요야 달라지지 않았으니, 그것들로, 새 옷깃이나 낯선 뺨으로 내가 감촉하는 이, 언제나 게르망트 부인이었기 때문이다. 내가 사랑하고 있는 이, 그것은 이 모든 걸 움직이는 눈에 안 보이는 인간, 그 반감이 나를 슬프게 하고, 그 접근이내 마음을 뒤집어엎고, 그 삶을 내 손 안에 교묘하게 잡아 그 벗들을 내쫓고 싶어하고 있는 그녀였던 것이다. 그녀가 푸른 깃털을 곧바로 세우건 또는 불 같은 안색을 보이건, 그 행위는 내 눈에 중대성을 잃은 적이 없었다.

나는 정말 게르망트 부인을 사랑하고 있었다. 내가 천주님께서 구할 수 있을지도 모르는 최대의 행복은, 천주님께서 부인에게 온갖 재앙을 내리시어, 망하게, 인망을 잃게, 나와 부인 사이를 떼어놓고 있는 모든 특권을 빼앗아, 거처하는 집도, 인사해 주는 사람도 없이 되어, 부인이 내 보호를 구하러 오게 하는 데 있었다. 나는 부인이 그렇게 하는 장면을 상상해 보기도 하였다. 뿐만 아니라 대기 또는 나 자신의 건강 상태 변화가, 옛 인상들이 적혀 있는 잊혀진 어떤 두루마리를 내 의식 속에 가져오는 밤에도, 마음속에 갓생겨난 갱신력을 이용하는 대신, 여느 때는 알아차리지 못한 사념을 마음속에서 판독하는 데 그걸 사용하는 대신, 마침내 일에 착수하는 대신에, 나는, 비참의 구렁텅이 속에 떨어진 공작 부인이, 형편이 바뀐 결과로 유력한 재산가가 된 나한테 애원하러 온다는, 순전히 허무맹랑한 곡절이 많은 소설을, 쓸데없는 말과 몸짓에 지나지 않는, 표면상 파란이 심한 투로, 꾸며 대기를, 소리 높이 지껄여 대기를 좋아하였다. 이와 같이 형편을 공상하는 데, 내 집에 공작 부인을 맞이하면서 할 말을 소리내어 지껄이는 데 몇 시간을 보냈어도, 사태는 여전히 그대로였으니, 나는 아뿔싸, 실제로는, 갖가지 우월점을 모조리 한 몸에 모으고 있을지 모르는 여성을 바로 사랑해 마지않는 여인으로 택하고 말아, 그 때문에 나는 그 눈에 아무런 위엄도 보일 수가 없었다. 왜냐하면 공작 부인은 귀족 아닌 최대 재산가에 못지않게 재산가였으니까. 이분을 유행계의, 이를테면 만인의 여왕으로 삼는 그 개인적인 매력을 셈속에 넣지 않더라도.

아침마다 일부러 부인과 엇갈리게 가는 것이 그녀의 마음을 언짢게 하는 줄 나는 느꼈다. 그러나 2~3일 그렇게 하지 않고 꾹 참는 용기가 내게 있었더라도, 내게는 크나큰 희생으로 생각되었을 이 근신은 어쩌면 게르망트 부인의 눈에 띄지 않거나, 알아채지 못했거나, 알아챘더라도 내 의사와는 관계 없는 무슨 지장의 탓으로 돌리거나 했을 것이다. 실상 나는 나 자신을 도저히 불가능한 처지에 빠뜨리지 않고서는, 그녀의 길목을 지키지 않고는 못 배겼을 것이다. 해후상봉해서 잠시나마 그 주의의 대상이 되고픈 욕구, 그 인사를 받는 인물이 되고자 하는 끊임없이 되살아나는 욕구가, 부인의 마음을 언짢게 한다는 슬픔의 정보다 강했으니까. 나는 당분간 멀리 가지 않으면 안 되었을 것이다. 그런데 그럴 만한 용기가 나에게 없었다. 그렇게 하자고 이따금 생각하긴 하였다. 그래서 가끔씩 프랑수아즈에게 여행 가방을 꾸리라고 하였다가, 잠시 후 풀라고 이르곤 하였다. 구식으로 보이지 않으려는 마음과 모방의 정령(精靈)은 아주 자연스럽고도 아주 몸에 익숙한 표현 형식을 해치게 마련이라 프랑수아즈는 딸의 용어에서 표현을 빌려, 이러는 나를 딩고(옮긴이: dingo, 오스트레일리아산 들개, 곧 미치광이를 말함)라고 말하였다. 프랑수아즈는 이런 꼴의 내가 마음에 들지 않아, 내가 늘 '이리 흔들 저리 흔들한다'라고 말하였으니, 현대인과 대적하고 싶지 않을 때, 생 시몽의 어구마저 사용하였으니까. 게다가 내가 주인답게 말하는 것이 프랑수아즈의 마음에 더욱 들지 않은 것도 사실이었다. 그러는 것이 나에게 자연스럽지 않으며 어울리지 않음을 프랑수아즈도 알고 있어, 이를 번역하여 말하기를 '의사가 거기에 따르지 않는다'라고 하였다. 나는 게르망트 부인을 가깝게 하는 방향으로밖에 길 떠나는 용기가 없었을 것이다. 이는 불가능한 일이 아니었다. 부인에게 말 건네고 싶은 사념의 단한 가지라도 결코 부인에게 도달 못 하리라 느끼면서 아침 나절 거리를 외로이 창피스럽게, 언제까지나 아무런 진전이 없을 것 같은 그런 제자리 돌기의 산책을 하고 있느니보다, 게르망트 부인한테서 멀리 떨어진 곳, 그러나 부인이 사람을 사귀는 데 까다로운 걸 아는 그녀의 친지인 아무개, 나를 존중하고, 나에 대한 것을 부인에게 말할 수 있고, 또 내가 바라는 바를 부인한테서 얻어 주지 못할망정, 적어도 부인에게 이를 알릴 수 있는 아무개에게 가는 편이 ─아무튼 부인에게 이러저러한 전언을 맡아 해줄지를 그 사람과 의논할 수 있을 테니까, 이것만으로도 외롭고도 묵묵한 내 몽상에, 입 밖에 내는 말의 활동적인 새 형태, 거의 하나의 실현, 하나의 진전을 줄 것이니 ─과연 더욱더 부인 가까이 있게 되는 셈이 아닐까? '게르망트네 사람들'의 신비로운 생활을 누리면서, 그 일원인 부인이 뭣을 하고 있는지, 이는 끊임없는 내 몽상의 대상이었는데, 공작 부인의 저택이나 그 야회에 무상 출입하여, 부인과 긴 대화를 나눌 수 있는 아무개를 지렛대라도 쓰듯이 사용하면서 간접으로나

마 거기에 끼여든다면, 이는 아침마다 거리에서 바라보는 것보다 거리는 멀지만 더욱 효과 있는 접촉이 아닐까?

생 루가 나에게 보이는 우정이나 흠앙이 내 분수에 맞지 않는 것 같아, 나는 여지껏 그것에 무관심하였다. 이제 와서 돌연 그것을 소중히 여겼다. 생 루가 우정이나 흠앙을 부인에게 누설해 주었으면, 그렇게 하도록 생 루에게 부탁할 수 있다면 오죽 좋으랴 생각하였다. 그도 그럴 것이 사람은 연정을 품게 되자마자, 자기가 소유하는 아무리 사소한 특권이라도 상대가 모르는 거라면, 사랑하는 여인에게 모조리 늘어놓고 싶어하니까, 마치 일상 생활에서 실격자들과 진저리나는 사람들이 그렇게 하듯. 상대 여인이 그런 특권을 몰라주는 걸 안타까워하다가, 눈에 안 띄는 바로 이런 뛰어난 능력을 여인이 알고 더 좋아할지 모른다고 생각하여 자위하려고 애쓰게 마련이다.

생 루는 그의 말같이 군무에 매여선지, 아니면 오히려 애인과 벌써 두 차례나 파경에 이를 뻔하여 비탄에 빠져 있어선지, 파리에 못 온 지 오래였다. 그는 여러 차례 나한테, 그 주둔지에 자기를 찾아와 주면 참으로 기쁘겠다고 말한 적도 있거니와, 그가 발베크를 떠난 지 이틀 만에, 이 친구한테 받은 첫 편지 봉투에서 이 주둔지의 지명을 읽고 나는 큰 기쁨을 느끼기도 했던 것이다. 그 고장은 광막한 풍경이 연상될 만큼 발베크에서 그다지 먼 곳이 아니고, 갠 날에, 멀리 끊어졌다 이어졌다 하는 음향의 안개 같은 것이 자주 나부껴 ─ 늘어선 미루나무가 구불구불 굴곡지어 눈에 안 보이는 내의 흐름을 그려 내듯 ─ 연습 중인 연대의 위치 이동을 나타내고, 거리와 광장의 대기마저, 일종의 씩씩한 음악적 진동을 계속하게 되어 짐수레나 시내 전차의 아주 평범한 음향까지도, 조용해진 후까지 환각에 익숙해진 귀에 사라져 가는 나팔 소리처럼 메아리치며 지나가는, 넓은 들판에 둘러싸인 귀족적이자 군대적인 작은 도시 중의 하나였다. 파리에서 그다지 멀지 않게 위치하여 급행을 타면 그날로 어머니와 할머니 곁으로 되돌아가 내 침대에서 잘 수 있었다. 이 점을 깨닫자마자 나는 벅찬 욕망에 시달려, 파리에 돌아오지 않고서 그 시가에 숙박하겠다는 결심을 할 만한 기력도 없었거니와, 그렇다고 짐꾼이 내 가방을 합승 마차까지 들어다 주는 것을 막을 만한 기력도 없이, 그 뒤를 따라가다가 집에서 자기를 기다릴 할머니도 없는 나그네가 자기 짐을 감시할 때처럼 멍청해져서 하고 싶은 생각을 그만둔 후에 도리어 자못 분별이 있어 보이는 인간처럼, 얼른 마차에 올라서, 기병대 병영이 있는 거리 이름을 마부에게 일러 주었다. 이날 밤, 생 루가 내 짐을 푸는 호텔에 자러 와서 이 미지의 시가와 처음 접촉하는 불안을 덜어 주리라 나는 생각하였다. 위병 하나가 생 루를 찾으러 가고, 내가 11월 바람에 메아리치고 있는 이 거대한 배 앞, 위문소에 기다리고 있으려니, 벌써 저녁 6시 무렵이라, 잠시 정박한 어느 이국 항구에 상륙하듯, 그 안에서 두 사람씩 비틀거리면서 쉴새없이 많은 사람들이 거리로 나오고 있었다.

생 루가 외알 안경을 가슴 앞에 대롱거리게 하면서 춤추듯 달려왔다. 나는 그가 놀라 기뻐하는 모양을 보고 싶어서 이름을 알리지 않았던 것이다.

II

제1장
할머니의 와병/베르고트의 발병/공작과 의사 할머니의 쇠약/그 죽음

산책자들이 붐비는 틈에 끼여, 우리는 가브리엘 거리를 다시 건넜다. 할머니를 벤치에 앉히고 나서 합승마차를 찾으러 갔다. 할머니, 가장 하찮은 인간을 판단하려고 번번이 그 마음속에 나 자신을 놓아 보던 할머니, 이 할머니가 지금은 내 앞에 닫히고, 바깥 세계의 일부가 되고 말아서, 나는 근처를 지나가는 행인들에 대해서보다도 더욱 그 건강 상태에 대해 내가 생각하는 바를 할머니한테 침묵하지 않을 수 없었고, 내 불안을 숨기지 않을 수 없었다. 건강 상태에 대해 할머니한테 속속들이 말할 수 없는 것은 남에게 그러지 못하는 것이나 마찬가지였다. 내가 어려서부터 늘 할머니에게 시키던 근심과 슬픔을 이제 막 할머니가 내게 반환하고 있는 것이다. 할머니는 아직 죽지야 않았다. 벌써 나 혼자였다. 게르망트네 사람들, 몰리에르, 작은 핵심(옮긴이: 베르뒤랭 부인네에 드나드는 사

교 인사들을 가리킴)에 관한 우리의 대화에서 할머니가 했던 암시마저 근거도 이유도 없는 가공적인 양상을 띠었다. 왜냐하면 그 암시가, 내일이면 존재하지 않을지도 모르는 인간, 그 인간으로서는 그런 것이 아무 뜻도 없는 허무 ─ 그것을 이해하기가 불가능한 ─ 머지않아 할머니가 그렇게 될 허무에서 나왔기 때문이다.

"못 하겠다는 말은 아니지만, 나하고 약속이 없었고, 번호표도 안 가지셨으니, 게다가 오늘은 진찰일도 아니고, 댁의 단골 의사가 있을 테고. 그 의사가 진찰 입회에 부르지 않는 한 내 멋대로 대리할 수 없습니다. 이건 의사가 지킬 의무론의 문제라서……."

내가 합승마차에 신호하였을 때, 나의 아버지와 할아버지의 친구라고 해도 무방한, 아무튼 두 분과 아는 사이로, 가브리엘 거리에 사는 이름난 E 교수를 만나 퍼뜩 생각이 나는 김에, 나는 그가 집에 들어가려는 순간 그를 멈추게 하였던 것이다, 이분이라면 할머니를 위해 좋은 조언을 해주리라 생각하여서. 그러나 서둘러, 배달된 편지를 받고 난 그는 나를 따돌리려 하여, 나는 그와 같이 승강기를 타고 올라가면서 말할 수밖에 없었다. 그는 승강기의 단추를 자기가 조종하게 맡기라고 부탁하였다. 그것이 그의 한 가지 버릇이었다.

"아닙니다, 선생님. 지금 바로 할머니를 진찰해 주십사 부탁하는 게 아니고 내 말의 뜻을 나중에 이해하실 테지만, 할머니는 여기 와 진찰받을 용태가 아니시라, 반 시간쯤 지나 우리 집에 왕진하러 오시기를 부탁합니다, 그때쯤 할머니가 집에 돌아가 계실테니."

"댁에 간다? 못 가요, 그런 생각은 하지도 마시오. 나는 이제부터 상공 장관 댁에 가서 식사한다오, 그 전에 한 군데 방문해야 해서 곧 옷을 갈아입으려는 참이오. 설상가상으로 옷이 좀 헐어 놔서, 또 하나는 훈장을 달 단춧구멍이 없고. 부탁이니 승강기의 단

추에 손대지 마시오. 당신은 그걸 조종할 줄 모르오, 만사 신중이
제일이지. 그 단춧구멍이 아직 나를 지체시키고 있는 중이오. 그러
나저러나 댁과는 절친하니 만일 할머니께서 지금 곧 오신다면 진
찰해 드리지. 미리 말해 두지만 딱 15분 동안만이오."

나를 의심쩍어하는 눈으로 보면서도, E 교수가 손수 운전하여
내려다 준 승강기에서 나오자마자, 나는 부리나케 되돌아왔다.

죽음의 시각은 일정하지 않다고 우리는 곧잘 말한다. 그러나 그
런 말을 할 때, 우리는 그 시각을 뭔가 막연하고도 머나먼 공간에
자리잡고 있는 것처럼 상상하고, 죽음의 시각이 이미 시작한 하루
와 어떤 관계를 가지며, 죽음 — 또는 우리를 부분적으로 차지하는
그 첫 점령, 일단 점령하고 나선 영영 우리를 안 놓는 — 이 그렇게
막연치 않은 오늘의 오후에, 시시각각이 뭣에 쓰이는지 미리 정해
있는 이 오후에도 생겨날지 모르는 것을 뜻할 수 있다고는 생각지
않는다. 사람은 한 달 동안에 요긴한 분량의 좋은 공기를 취하러
산책하고 싶어한다. 입고 나갈 외투를, 부릴 마차몰이꾼을 고르는
데 망설인 끝에, 합승마차에 오르니, 하루가 그들 앞에 다 있는 셈
이다. 짧다, 한 여성 친구를 맞이하러 그때에 대어 집에 돌아와 있
고 싶기 때문이다. 그래서 그 다음날도 좋은 날씨이기를 바라 마지
않을 것이다. 그런데 다른 평면을, 뚫고 들어갈 수 없는 어둠 가운
데를 지나 그대에게 걸어오던 죽음이, 바로 이날을 골라 몇 분 후
에 마차가 거의 샹 젤리제에 닿는 순간을 노렸다가 나타난다는 것
을 알아채지 못한다. 여느 때 죽음을 사사로운 특이성으로 여겨,
공포에 시달리는 이들은 어쩌면 이와 같은 죽음 — 이와 같은 죽음
과의 첫 접촉에 — 그것이 눈에 익은, 친한, 일상적인 겉모양을 걸
치고 있기 때문에, 뭔가 안도감 같은 것을 느끼리라. 죽기 직전에
맛난 점심을 먹고, 건강한 사람들과 똑같이 외출한다. 무개사륜마

차로 돌아오니 첫 발작이 겹친다. 할머니의 병환이 아무리 중하다고 해도, 우리가 6시에 샹 젤리제에서 돌아오니, 결국 여러 사람은 좋은 날씨에 무개사륜마차로 지나가는 할머니한테 인사하였다고 말할 수 있었을 것이다. 콩코르드 광장 쪽으로 걷고 있는 르그랑댕도 우리에게 모자를 들어 인사하다가, 놀란 모양 걸음을 멈추었다. 아직 일상 생활에서 벗어나지 않았던 나는, 르그랑댕이 감정을 잘 품는 사람임을 상기시키며, 할머니한테 답례했는지 물어 보았다. 나를 경박한 인간이구나 생각해선지, 할머니는 '그게 어떻다는 거냐? 대수롭지 않다' 라고 말하는 듯이 손을 쳐들었다.

　그렇다, 조금 아까 내가 합승마차를 찾는 동안, 할머니는 가브리엘 큰길의 벤치에 앉아 있다가, 잠시 후 무개사륜마차를 타고 지나갔다고 말할 수 있었을 것이다. 그러나 그것이 과연 사실이었나? 벤치는 어느 길가에 떡 버티고 있기에 — 벤치도 어떤 균형의 조건에 복종해야 하나 — 에너지가 필요없다. 그러나 산 인간이 떡 버티고 있으려면, 벤치나 마차 안에 몸을 기대고 있더라도, 우리가 기압을 지각하지 못하는 것과 마찬가지로(기압이 사방팔방에 작용하기 때문에) 여느 때 느끼지 못하는 힘의 긴장이 필요하다. 만약 우리 몸 속이 텅 비어 공기의 압력에 그대로 견디어 나가야 한다면, 우리는 죽기 직전의 한순간 아무것도 중화하지 못하는 무서운 중압을 느낄지도 모른다. 마찬가지로 질병과 죽음의 심연이 우리 몸 속에 열리고, 외계나 우리 자신의 육체가 반항하는 데에 대해, 우리에게 이미 아무런 저항력이 없을 때, 그때에는 근육의 신축을 견디고, 뼛속까지 짓밟는 전율을 견디고, 평소에는 단지 물체의 소극적인 자세에 불과하다고 생각하는 형상으로 꼼짝 않고 몸을 버티는 일조차도, 고개를 똑바로 세우고 시선을 한 곳에 고정시키려면, 생명적인 에너지가 필요하며, 극심한 소모를 강요하는 투쟁이 되는 법이다.

　그래서 르그랑댕이 놀란 표정으로 우리를 바라본 것은, 그때의 다른 통행인과 마찬가지로, 마차 안 의자에 앉아 있는 듯 보인 할머니가, 그에겐 심연에 낙하하며, 굴러떨어지며, 절망적으로 방석에 매달려 급강하하는 몸을 겨우 저지하면서, 머리칼을 흩뜨리고, 초점 잃은 눈, 이미 그 눈동자가 뚜렷하게 반영 못 하는 여러 영상의 내습에 대적할 수 없는 것같이 보였기 때문이다. 할머니는 내 옆에 있지만, 벌써 미지의 세계에 빠져 그 속에서 입은 타격의 흔적이 아까 내가 샹 젤리제에서 보았을 때 할머니의 몸에 나 있었으니, 할머니의 모자며 외투가, 할머니와 격투한 눈에 안 보이는 천사의 손으로 엉망이 되어 있었다.

　이때부터 나는, 할머니의 발작 시기가 전혀 기습이 아니라, 어쩌면 오래 전부터 예감해 와 그 대기 중에 살아오지 않았나 생각하였다. 아마 할머니는 이 치명적인 순간이 언제 올지, 이와 비슷한 의심을 품으면서 사랑하는 여인의 정숙성에 대해 몰상식한 희망과 부당한 의혹을 번갈아 가지는 애인들과 마찬가지로 확신 없는 할머니는 몰랐을 것이다. 그러나 끝내 정면으로 엄습해 온 이런 중병이, 병자를 죽이기 훨씬 전부터 그 몸 안에 거처하지 않는 예가 드물거니와, 또 이런 시기에 '상냥한' 이웃이나 집주인처럼 꽤 빨리 자기 소개를 하지 않는 예가 드물다. 야기되는 고통보다도 그것이 목숨에 결정적인 제한을 강요한다는 기묘한 신기함에 의하여, 그 것은 가공할 친지다. 이 경우에, 인간이 죽는 제 모습을 보는 건, 죽음의 순간뿐만 아니라, 또한 여러 달, 때론 몇 해 전부터 죽음이 추악하게 우리 몸 안에 거처하러 온 때부터다. 병자는 '생면부지'와 아는 사이가 되고 그것이 머릿속을 오락가락하는 걸 듣는다. 물론 그 모습을 눈으로 봐 아는 사이가 아니라, 그것이 한결같이 내는 기척을 듣고 알아 그 습성을 짐작한다. 고양 놈일까? 어느 아침, 기척이 안 들린다. 놈이 떠났구나. 아휴! 제발 영구히 떠나 주었으면! 저녁, 놈이 다시 왔다. 뭘 기도하느냐? 진찰하는 의사는 귀여움받는 애인처럼 질문을 받아, 장담하나, 믿을 만하기도 하고, 의심쩍기도 하다. 게다가 의사란 애인 역할이기보다 오히려 심문받는 하인 역할인 것이다. 요컨대 제삼자에 불과하다. 우리를 저버리는 것이 아닌지 의심하면서 우리가 추궁하는 것은 목숨 자체이니, 이 목숨이 전같이 느껴지지 않는데도 여전히 목숨에 희망을 걸고, 그것이 마침내 우리를 버리는 날까지 미련을 두고 의혹 속에 지낸다.

나는 할머니를 E 교수네의 승강기에 모셨다. 그러자 잠시 후 E 교수가 와 주어 우리를 진찰실에 들여보냈다. 진찰실에 들어서자, 그는 서둘러야 할 판인데도, 그 거만한 태도를 바꿨다. 그토록 습관의 힘은 강하니, 그는 환자들에게 상냥히 구는, 더더구나 익살맞게 구는 습관이 있었다. 그는 할머니가 문학에 매우 소양 있는 분임을 알고 있고 또 그 역시 그리하여, 2~3분 동안, 그날 날씨같이 빛나는 여름날을 노래한 아름다운 시구를 인용하기 시작하였다. 할머니를 팔걸이의자에 앉히고, 그는 할머니가 잘 보이게 광선을 등지고 앉았다. 그의 진찰은 면밀해서, 내가 잠시 바깥에 나가 있어야 하였다. 다시 진찰을 계속하다가 마치자, 예정한 15분이 다 되려는데도 할머니한테 몇 가지 인용을 다시 시작하였다. 꽤 미묘한 농담마저 꺼내, 나는 그런 농담 따위야 다른 날 듣고 싶었는데, 의사의 유쾌한 어조에 완전히 마음이 놓였다. 그때에 나는, 상원 의장 팔리에르 씨가 여러 해 전 유사 발작을 일으켰다가, 3일 후 다시 정무를 보기 시작하고, 다소 먼 차기 대통령 입후보의 준비를 하여 정적들을 낙심시켰다는 소문을 상기하였다. 할머니의 급속한 회복을 믿는 마음은 내가 이 팔리에르 씨의 예를 상기하였을 때, 농담의 마무리로 E 교수가 터뜨린 명랑한 홍소에 의해서 현실로 되돌아오게 된 만큼 더욱 완전하였다. 그러고 나서 그는 시계를 꺼내 5분 늦은 걸 보고는 흥분하여 눈썹을 찡그리고 나서, 우리한테 작별 인사를 하면서 갈아입을 옷을 곧 가져오게 초인종을 울렸다. 나는 할머니를 먼저 가게 하고 문을 닫고 나서 교수한테 용태의 진상을 물었다.

"당신 할머님은 희망 없소"라고 그는 말하였다. "요독증(尿毒症)에서 생긴 발작이오. 요독증 자체는 꼭 죽을병이 아니지만 병상이 위태롭게 생각되오. 두말할 것도 없이 나의 오진이기를 바라오. 게다가 코타르가 있으니 댁에 명의가 있는 셈이오. 실례하오." 하고 그는 하녀가 교수의 검은 옷을 팔에 안고 들어오는 것을 보고 말하였다. "알다시피 상공 장관 댁에 가서 식사하고, 그 전에 한 곳에 방문해야 하니까. 암! 인생이란 당신 나이에 생각하듯 장미빛만은 아니라오."

그리고 그는 상냥하게 내게 손을 내밀었다. 나는 문을 다시 닫고, 하인에게 안내되어 할머니와 내가 응접실을 지나치자 큰 노성이 들려 왔다. 하녀가 훈장을 달 단춧구멍을 내는 것을 잊어버렸나보다. 그러려면 10분은 더 걸릴 것이다. 교수는 내가 회복할 희망이 없다는 할머니를 층계참에서 바라보는 동안 여전히 고함지르고 있었다. 인간은 누구나 외톨이다. 우리는 집 쪽으로 다시 떠났다.

해가 기울고 있었다. 마차가 우리 사는 거리에 닿기까지 쭉 따라가는 끝없는 벽을 햇살이 태우고 있었다. 벽 위에 석양이 던지는 말과 마차의 그림자가, 폼페이의 도기에 그려져 있는 장의차(葬儀車)처럼 불그스름한 바탕 위에 검게 뚜렷이 드러나 보였다. 드디어 집에 도착하였다. 나는 병자를 현관 안 계단 아래에 앉혀 놓고, 어머니한테 알리러 올라갔다. 나는 할머니가 현기증이 나 좀 편찮은 몸으로 돌아왔다고 어머니께 말하였다. 나의 첫 몇 마디에 어머니의 얼굴에는 극도의 절망, 그렇지만 이미 어찌나 단념한 표정인지, 몇 해 전부터 어머니가 언제 올지 모르는 종말의 날을 예상하여 마음의 준비를 해 왔음을 내가 알아챈 극도의 절망의 빛이 나타났다. 어머니는 나에게 한마디도 묻지 않았다. 나쁜 마음씨가 남의 고통을 과장하기 좋아하듯, 애정 때문에 어머니는 자기 어머니가 중병이라는 것, 특히 지능에 관계될지도 모르는 병환에 걸려 있다는 것을 인정하고 싶지 않은 성싶었다. 엄마는 부들부들 떨며, 눈물 없이 우는 얼굴로, 의사를 데리러 보내려고 달려갔다. 그런데 프랑수아즈가 누가 아프냐고 묻는 바람에, 어머니는 대답 못 하고, 목소리가 목에 걸렸다. 오열에 주름잡힌 얼굴을 지우면서 어머니는 나와 함께 달려내려갔다. 할머니는 아래에서 현관의 장의자에 누워 기다리다가, 우리의 발소리를 듣자마자, 몸을 일으켜 똑바로 서서, 엄마한테 쾌활하게 손짓하였다. 나는 할머니의 머리를, 감기 들지 않게 그런다면서 흰 레이스로 된 숄로 반쯤 둘러싸 버렸다. 어머니의 눈에 그 얼굴의 심한 달라짐, 비뚤어진 입을 보이고 싶지 않아서인데, 나의 조심은 소용없었다. 어머니는 할머니에게 가까이 가 주님의 손인 듯 그 손에 입맞추고, 몸을 받들어 승강기까지, 서투르게 다루다가 할머니를 아프게 할까 봐 두려워하는 걱정과, 이처럼 귀중한 것에 손을 댈 만한 자격이 없다고 스스로를 낮추는 겸손이 한데 뭉친 가없는 조심과 더불어 데리고 갔다. 그러나 한번도 어머니는 눈을 쳐들어 병자의 얼굴을 바라보지 않았다. 어쩌면 자기 꼴을 보고 딸이 걱정하지 않을까 생각하여 할머니가 슬퍼하는 것을 두려워해선가, 아니면 감히 똑바로 바라볼 용기가 너무나 없는 고통을 두려워해선가, 또는 존경해 마지않는 얼굴에 뭔가 정신적 쇠약의 자국을 뚜렷하게 보는 것이 불경한 짓이라고 여기는 나머지, 꺼려선가. 아니면 재치와 착함으로 빛나는 자기 어머니의 참된 얼굴을 두고두고 고스란히 마음속에 간직하고 싶어선가. 그와 같이 할머니는 반쯤 숄에 가려진 채, 어머니는 눈길을 딴 데로 돌리며 두 분은 나란히 올라갔다.

그 동안 제 눈길을 떼지 않고서 할머니의 변한 모습, 그 딸이 감히 보지 못한 할머니의 변한 모습을 알아챌 수 있는 한 인물, 할머니의 얼굴에 어리둥절하고도 무례하고도 흉조 같은 눈길을 비끄러매고 있는 한 인물이 있었다. 프랑수아즈였다. 프랑수아즈는 할머니를 진심으로 좋아하지 않은 것이 아니지만(프랑수아즈는 엄마의 차가움에 실망해 버려 약이 거의 머리끝까지 올랐으니, 엄마가 할머니의 팔 안에 울며 몸 던지는 걸 구경하고 싶었던 것이다), 항상 최악을 똑바로 주시한다는 버릇이 있었고, 서로 용납되지 않는 듯 보이면서도, 하나로 뭉칠 때는 도리어 강화되는 두 가지 특성을 어려서부터 간직해 왔다. 곧, 눈에 안 띈 체하는 게 더욱 인정미 있을 남의 육체상 변화를 보고 말았을 때의 인상이나 괴로운 공포를 감추려 하지 않는 대중의 무교양, 또 하나는 병아리의 목을 비틀 기회가 오기 전에 잠자리 날개를 잡아뽑는 촌여인의 무감각한 잔인성과 생물의 괴로워하는 육신을 보고 싶어하는 호기심을 감출 수 있는 수치심의 결여이다.

프랑수아즈의 빈틈없는 돌봄 덕분으로 할머니를 자리에 눕히자, 할머니는 매우 쉽게 말이 나와, 요독증을 일으킨 혈관의 작은 파열 또는 막힘이 틀림없이 극히 가벼운 것이었구나 알아차렸다. 그래서 할머니는 아직 겪어 본 적이 없는 가장 무서운 순간에 부닥친 엄마를 꼭 돕고 싶었다.

"글쎄, 애 어멈아" 하고 할머니는 어머니의 한 손을 잡고, 또 한 손으로 입가를 가리면서, 발음하기 어려운 낱말을 내는 데 아직 느끼는 곤란을 그 탓으로 돌리려 하며 말하였다. "네 어머니를 조금도 동정하지 않니! 소화 불량쯤 대수롭지 않다고 생각하는 모양이구나!"

그때에 처음으로 어머니의 눈은 할머니 얼굴의 나머지 부분을 안 보려고 하면서, 열심히 할머니의 눈을 쏘아보고 나서, 우리가 지킬 수 없는 거짓 맹세를 늘어놓으면서 말하였다.

"어머님, 곧 나으셔요, 딸인 제가 책임져요."

가장 강한 애정, 어머니의 병을 고치고야 말겠다는 의지와 생각을 거기에 담고 싶어, 자신의 목숨이 입술에서 넘쳐날 만큼 긴장하여, 공손하고 경건하게, 어머니는 사랑하는 할머니의 이마에 입을 맞추었다.

할머니는 이불이 접혀서 마치 모래톱처럼 되는 것을 싫어하였다. 이불은 항상 왼쪽 다리의 일정한 곳에 몰리기 때문에 그것을 들어올릴 기운이 없었다. 그런데 그 원인이 자신에게 있다는 것을 모른다. 날마다 자리를 잘못 깐다고, 애꿎은 프랑수아즈만 나무랐다. 밀물이 잇따라 날아오기 때문에(만약 둑을 쌓지 않으면) 순식간에 모래톱이 돼 버리는 후미의 모래처럼, 층을 이루는, 순모 이불의 거품 이는 파도를 경련적인 동작으로 이쪽으로 걷어차곤 하였다.

어머니와 나(우리의 거짓말을 예민하고도 무례한 프랑수아즈가 미리 간파하고 말았다), 우리는 할머니가 중태라는 것조차 말하기 싫었다, 마치 그렇게 말하면 적(있지도 않은)을 기쁘게 해주기라도 하듯, 그다지 중태가 아니라고 생각하는 것이 더욱 애정 깊은 짓인 듯. 요컨대, 나로 하여금 앙드레가 알베르틴을 정말로 사랑한다기엔 지나치게 동정하고 있구나 하는 추측을 하게 만들었던 것과 동일한 본능적 감성에서였다. 큰 위기에는 개인의 경우에도 집단의 경우에도 동일한 현상이 일어난다. 전쟁 때 나라를 사랑하지 않는 이는 그것을 나쁘게 말하지 않으나, 나라가 망하였다고 생각하고 나라를 불쌍히 여기고, 만사를 암담하게 본다.

　프랑수아즈는 잠도 자지 않고 아무리 고된 일이라도 해내는 능력으로 한없이 우리를 도와 주었다. 여러 밤을 계속해서 뜬눈으로 보낸 후 한숨 자러 가서 겨우 15분 동안 잠들었을까 말까 하는데 아무래도 프랑수아즈를 부르지 않을 수 없게 되었더라도, 고된 일을 마치 세상에서 가장 쉬운 일처럼 해내는 힘이 있는 데 기쁨을 느끼곤 하니까, 얼굴을 찌푸리기는커녕, 그 얼굴에 만족과 겸허의 표정이 나타났을 것이다. 다만 미사 시간과 아침 식사 시간이 됐을 때, 할머니가 설령 빈사 상태에 있더라도, 프랑수아즈는 늦지 않으려고 자취를 감추었을 것이다. 하지만 자기 일을 어린 종복에게 시킬 수도 없거니와 시키고 싶지도 않았다. 확실히 프랑수아즈는 콩브레로부터 우리 가족 한사람 한사람에 대한 의무에 대해 매우 드높은 이념을 몸에 지니고 왔다. 우리 집 하인 중의 하나가 우리에게 '의무를 저버리는 것'을 용서치 않았다. 이런 성미가 프랑수아즈를 무척 고상한, 무척 명랑하고 무척 유능한 교육적인 여인으로 만들어 버렸기 때문에, 우리 집에서는, 지금까지의 자기들 사고방식을 일변시키고 순화해, 장사치들에게서 구문을 받지 않게 되고, 이제까지는 아무리 일하기 싫어하던 인간이라도, 행여 상전이 힘들세라, 내 손에 든 조그만 꾸러미라도 받아 들려고 달려오게끔 버릇이 들지 않은 하인은 한 사람도 없었을 정도이다. 그러나 또한 콩브레에서—그리고 그것을 파리까지 가지고 왔지만—프랑수아즈는 제 일에 남의 손이 가는 것을 참지 못하는 습관을 붙였다. 도움을 받는 것이 모욕을 받는 것이나 마찬가지였다. 다른 하인들이 몇 주일 동안 아침 인사를 해도 프랑수아즈는 답하지 않고, 그들이 휴가로 떠날 때도 인사 한마디 안 하는 적이 있는데, 그 까닭을 짐작해 보건대, 프랑수아즈의 몸이 편치 않았던 날, 프랑수아즈의 일을 그들이 좀 대신하려고 했었다는 이유뿐이었다. 각설하고, 할머니가 중태인 이제 프랑수아즈의 일이 프랑수아즈의 것만으로 생각되었다. 본래 전문가인 그녀는 이러한 기회에 자기 소임을 호락호락 빼앗기고 싶지 않았다. 그래서 그 어린 종복은 소외되고 할 일이 없어서, 빅토르를 본받아서, 내 책상 속의 종이를 꺼내는 것만으론 만족하지 않고, 책장에서 시집까지 가져가기 시작하였다. 그는 그런 시집을 만들어 낸 시인들에 대한 감탄 때문에 하루의 절반을 시를 읽으며 보냈는데, 또한 틈나는 때, 고향 친구들에게 쓰는 편지를 갖가지 인용 시로 유약을 입히고자 읽기도 하였다. 물론 그렇게 해서 친구들을 깜짝 놀라게 할 생각이었다. 그런데 거의 의식 속에 일관성이 조금도 없어서, 나의 책장에서 찾아낸 시들이 누구다 다 아는 것, 그것을 옮겨 쓰기가 누워서 떡 먹기라고 생각하였다. 그래서 그가 깜짝 놀라게 할 셈인 시골 친구들에게 편지를 쓰면서, 마치 제 자신의 감상처럼 때가 되면 알리라 또는 안녕하신지 같은 라마르틴의 시를 섞곤 하였다.

할머니가 몹시 아파해 모르핀 주사를 맞게 하였다. 불행히도 모르핀은 아픔을 가라앉히는 한편, 단백의 분량을 증가시켰다. 우리가 할머니의 몸 속에 자리잡고 있는 병마에 가하려는 공격은 번번이 빗나가 버리고 그 충격을 받는 것은 가느다란 신음 소리로 간신히 아픔을 호소하는 할머니, 사이에 놓인 그 불쌍한 육체였다. 그리고 우리가 갖가지 아픔을 그 육체에 주어도 우리가 육체에 할 수 있는 좋은 결과로 상쇄되지 않았다. 절멸시키고픈 이 잔인한 병고에 우리의 손이 스쳤을까 말까, 도리어 그것을 악화시켰을 뿐, 어쩌면 병고에 사로잡힌 몸이 없어질 시각을 빠르게 하였는지도 모른다. 단백의 분량이 너무 심한 날, 코타르는 주저하다가 모르핀 주사를 주지 않았다. 이와 같이 하찮은 평범한 인간이라도, 곰곰 생각하는 짧은 순간, 한 치료법과 다른 치료법의 위험성을 고려하여 그 어느 쪽을 정할 때까지 마음속에 싸움이 벌어지는 짧은 순간에는, 인생의 다른 면에서는 참으로 속물이건만 전술에 관한 한 천재인지라 위급한 경우에는 잠시 궁리하고 나서, 작전상 가장 현명한 결단을 내리고 '동쪽으로 갓' 하고 호령하는 장군 같은 일종의 위대성이 있었다. 의학상, 요독증 발작을 억제할 희망이 다소 있더라도 신장을 약하게 하지 말아야 하였다. 그러나 한편, 할머니는 모르핀이 없으면, 그 고통은 견디기 어렵게 되고 말았다. 그런 때 할머니는 끊임없이 어떤 동작을 다시 시작하였는데 신음소리 없이 다하기 힘들었다. 예컨대, 아픔은 기관을 위협하는 이상(異狀)을 의식하고, 이 이상을 온전히 지각하기 위한 일종의 기관(器官)의 요구이다. 이 고통의 근원은 다른 사람들에게는 그렇지 않은 불쾌한 증상으로 식별할 수 있다. 자극적인 냄새의 연기로 자욱한 실내에서, 둔감한 두 인간이 들어와 일에 종사한다. 그런데 세번째 인간, 더욱 감각이 섬세한 인간은 끊임없는 동요를 드러낸다. 그 콧구멍은 될 수 있으면 안 맡으려는 냄새를 근심스레 킁킁거리며 쉴 새없이 맡고, 더욱 정확히 인지함으로써 불쾌한 후각에 익숙해지려고 할 것이다. 뒷에 정신 팔리면 심한 치통이 없어지는 것도 이 때문일 것이다. 할머니가 그와 같이 괴로워하였을 때, 땀이 넓은 연보라 이마에 흘러, 거기에 흰 머리털 타래를 붙이고 있었다. 우리가 방안에 없는 줄 여기면, '아아, 지긋지긋하구나' 하고 소리 지르다가도, 어머니를 언뜻 보고는 곧 얼굴에서 고통의 자국을 지우는 데에 모든 기운을 사용하거나, 또는 그와 반대로, 같은 불평소리에 어머니가 알아들었을지 모르는 것과 다른 뜻을 뒤늦게 주는 설명을 덧붙이면서 다시 되풀이하거나 하였다.

"아아, 얘 어멈아, 지긋지긋하구나, 다들 산책하러 가고픈 이런 좋은 날씨에 누워 있다니. 나는 너희들의 지시에 화가 나 울음이 나오는구나."

그러나 할머니는 눈에 나타난 신음, 이마의 땀, 사지의 경련(곧 억제되나)을 숨길 수 없었다.

"난 별로 아프지 않아, 누운 자세가 나빠서 앓는 소리가 나오는구나, 산발이 되고, 구역질나고, 옆벽에 부딪쳐서."

고통에 못박혀 침대의 발치에 있는 어머니는, 괴로워하는 이 이마와 병고를 숨기고 있는 이 육체를 뚫어지게 봄으로써, 드디어는 병고에 도달하여 그것을 손수 제거할 수 있기라도 한 듯 말하였다.

"아니죠, 어머님, 우리는 어머님을 이렇게 아프게 그대로 두지 않아요, 뭔가 찾아내고야 말 테니, 조금만 더 참으세요, 누워 계신 그대로 입맞추어도 괜찮죠?"

그러고 나서 침대에 몸을 기울이고, 다리를 굽혀 반쯤 무릎 꿇고, 그렇게 몸을 낮추어야만 비로소 어머니 자신의 정열적인 증여를 받게 하는 기회가 더 많기라도 한 듯, 어머니는 할머니 쪽으로 그 모든 생명을 얼굴 속에 성체기(聖體器) 안에 담아 바치듯이 기울이며, 입맞춤의, 오열의 또는 미소의 끌로 팠는지 모를 만큼 열렬하고도 비탄에 잠기고도 부드러운 보조개와 주름살로 돋을새김된 그 얼굴을 할머니한테 내밀었다. 할머니 역시 엄마 쪽으로 그 얼굴을 내밀려고 하였다. 그 얼굴은 어찌나 변했는지, 설령 할머니가 외출하는 기운을 가졌더라도 그 모자의 새털밖에 알아보지 못했을 것이다. 그 얼굴 모습은, 조각의 원형을 만들 때처럼, 다른 모든 것을 잊고, 우리가 모르는 어떤 모형이 되려고 애쓰는 것만 같

302

았다. 이 조각 일은 끝에 다다르고, 할머니의 얼굴은 작아지는 동시에 굳어 갔다. 그 얼굴을 횡단하는 혈맥은 대리석의 결보다, 더 꺼칠꺼칠한 돌의 결 같았다. 호흡하기 힘들어 늘 구부정한 동시에 피로에 굽힌, 표정이 추악한 거칠고도 오그라든 할머니의 얼굴은, 원시적인 거의 유사 이전의 조각에 있듯이, 거칠고, 보랏빛 도는 갈색 머리의 미개한 묘소지기 여인의 절망한 얼굴 같았다. 그러나 작업은 다 완료되지 않았다. 이제부터 얼굴을 깨뜨리고, 다음에 그 무덤 — 이 괴로운 긴장으로 간신히 지켜 온 —속에 내려야 한다.

속된 말로, '어느 성자께 매달려야 할지 모르겠다'(옮긴이: '어째야 좋을지 모르겠다'는 뜻)는 경우에 이르러 할머니가 기침하고 심하게 재채기하여, 전문의 X……에게 보이면 3일 안에 씻은 듯 낫는다고 단언한 친척의 권고에 따랐다. 세상 사람들은 그들이 아는 의사를 이런 투로 말하게 마련이니, 듣는 쪽은 프랑수아즈가 신문 광고를 곧이곧대로 믿듯 그 말을 믿는다. 전문의가 아이올로스(옮긴이: Aiolos, 그리스 신화에 나오는 바람의 신)의 가죽 부대처럼, 환자의 온갖 감기를 처넣은 가방을 들고 왔다. 할머니는 그의 진찰을 딱 거절하였다. 그래서 우리는 헛수고시킨 이 의사를 보기가 민망해, 멀쩡했는데도, 우리 모두의 코를 진찰해 보고 싶다는 그의 소망에 복종하였다. 그는 아무렇지 않은 것이 다 뭐냐고 주장하고, 또 복통이나 두통이나 심장병이나 당뇨병이나 다 콧병을 오진한 것이라고 주장하였다. 그는 우리 각자에게 말하였다. "이거 각막(角膜)을 꼭 다시 보고 싶은데요. 너무 지체하지 마시도록. 불침 몇 대로 깨끗이 고쳐 드리죠." 물론 우리는 그럴 리 없다고 생각하였다. 그렇지만 우리는 마음속으로 '그런데 뭘 고친다는 거지?' 하고 물어보았다. 요컨대 우리의 코는 다 병들어 있었다. 의사는 다만 그것을 현재형으로 말한 것이 틀렸을 뿐이다. 왜 그런고 하니, 그 다음날부터 그의 진찰과 임시 치료가 그 효험을 다했기 때문이다. 우리 각자는 다 코 카타르에 걸렸다. 그리고 그가 거리에서 북받치는 기침에 사지를 흔들어 대는 나의 아버지를 만나자, 무식한 놈이 자기 간섭 탓으로 병들었다고 여기지 않을까 하는 생각에 미소지었다. 아무려나 그는 우리가 이미 병들고 있는 바로 그 순간에 진찰하였던 것이다.

할머니의 병환이 여러 사람들한테 과도한 또는 부족한 동정을 나타나게 해, 이를테면 우연에 의하여 남들의 하나하나가 우리의 꿈에도 생각지 못한 상황 또는 우정의 사슬고리를 드러낸 만큼 우리는 놀랐다. 끊임없이 병태를 물어 보는 이들의 관심 표시는 병환의 중함을 우리에게 밝혔으니, 그때까지 할머니 곁에 있으면서 느끼는 애처로운 무수한 인상에서 병 자체를 따로따로 명확하게 분리해서 생각지는 않았던 것이다. 전보로 알려도 할머니의 자매는 콩브레를 안 떠났다. 그녀들은 뛰어난 실내 음악을 들려주는 예술가를 찾아내, 그러한 음악을 듣는 편이 병자의 머리맡에 있기보다 더욱 명상과 비통한 영혼의 앙양을 느낄 수 있다, 그리고 그러는 형식이 예사롭지 않게 보일 것이라고 생각하였다. 샤즈라 부인은 엄마에게 편지를 보냈지만, 약혼이 갑자기 깨져(파혼의 원인은 드레퓌스 사건이었다) 우리하고 영영 헤어졌다는 사람의 말투로 씌어 있었다. 그 대신 베르고트가 날마다 나와 함께 몇 시간 보내려고 와 주었다.

그는 허물없이 지내는 우리 집 같은 곳에 몇 시간 동안 놀러 오기를 좋아하였다. 전엔 그런 때 혼자서 막힘 없이 수다떨기 위해서였는데, 요즘은 얘기하기를 청하지 않으면 오랫동안 침묵을 지켰다. 그 역시 중병에 걸려 있었기 때문이다. 나의 할머니처럼 단백뇨 탓이라는 소문이었다. 또 어떤 이의 말로는 종기가 났다고도 하였다. 그는 눈에 띄게 쇠약해졌다. 우리 집의 계단을 오르는 데 힘들어 보였고, 내려갈 때는 더욱 쩔쩔맸다. 난간에 몸을 기대도 자주 비틀거려, 나는, 만일 그가 외출하는 습관과 그 가능성을 완전히 잃는 것을 두려워하지 않았다면 자기 집에 그대로 있었을 것이라고 생각하였다. 기력이 왕성한 그이, '턱수염 난 사내'를 내가 사귄 지는 그다지 오래지 않았다. 그러나 그는 이제 눈이 조금도 안 보였고, 그 말 역시 자주 분명하지 않았다.

그러나 동시에, 그와 반대로, 스완 부인이 그의 저작의 미미한 전파력을 돕던 시절에는 단지 문학 애호가에게만 알려진 그의 전작품이, 지금은 모든 사람의 눈에 크게, 힘차게 띄어, 일반 대중 사이에도 놀라운 신장력을 갖고 있었다. 물론 한 작가가 죽은 후에 겨우 유명해지는 수도 있었다. 그런데 베르고트는 아직 생존하여 아직 다다르지 않은 죽음 쪽으로 천천히 걸어가고 있을 때에, '명성' 쪽으로 나아가는 자기 작품의 걸음을 바라보고 있었다. 죽은 작가는 적어도 자신에게 어떤 무리함 없이 이름이 난다. 그 이름의 광채는 묘석에 멈춘다. 영원히 잠든, 귀먹은 몸이니, '영광'에 시달리진 않는다. 그러나 베르고트의 경우는 대조되는 것이 아직 끝나지 않았다. 그는 아직 살아 있으므로 소란에 시달렸다. 그의 몸이 아직 움직이고 있는 동안에 쓴 그의 작품은, 좋아는 하지만 그 터질 듯한 젊음과 시끄러운 명랑성 때문에 지겨워지는 아가씨처럼 깡충깡충 뛰면서, 날마다 그의 침대 발치까지 새 찬미자들을 끌어왔다.

그가 우리를 찾아 주는 방문은 내게는 몇 해 늦은 감이 있으니, 이제는 내가 그에게 전처럼 감탄하지 않기 때문이다. 이는 그의 명성의 커짐과 모순되지 않는다. 한 작품은, 아직 무명인 다른 작가의 작품이, 좀더 구미가 까다로운 사람들의 마음에, 거의 권위를 잃은 옛 작가 대신에 새로운 예찬을 불러일으키기 시작함이 없이는, 완전히 이해되고 승리하기란 드물다. 내가 여러 번 재독한 베르고트의 문장은, 나 자신의 사념이나 내 방에 있는 세간과 거리의 마차와 마찬가지로 내 눈에 명료하였다. 만사가 거기에선 쉬워 보이고, 늘 우리가 보는 그대로야 아닐망정, 적어도 습관으로 그것을 보듯 뚜렷하게 보였다. 그런데 한 신진 작가가 작품을 내기 시작했는데, 거기에는 사물과 사물 사이의 관계가 내가 그것을 잇는 관계하곤 매우 달라, 이 작가가 쓴 것을 거의 하나도 이해하지 못하였다. 예를 들어 그는 다음같이 말한다. "살수관은 아름답게 보존된 도로를 감탄하고 있었다.(이것은 알기 쉬워서, 나는 이 도로를 따라 미끄러지듯 갔다) 그 도로는 브리앙과 클로델에서 5분마다 떠난다." 그래서 나는 시가 이름을 짐작했었는데, 사람 이름이 튀어나왔기 때문에 뭐가 뭔지 몰랐다. 단지 나는, 문장이 잘못된 것이 아니라, 끝까지 따라갈 만큼 머리가 강하지도 민첩하지도 못한 내가 글렀다고 느꼈다. 나는 다시 내디며, 수족의 도움으로 사물 사이의 이런 새로운 관계를 볼 수 있는 곳까지 도달하려고 하였다. 매번, 문장의 절반 가까이 오자 나는 다시 쓰러졌다, 그 후 군대에 들어가 가로목(Portique)이라 일컫는 기계체조에서 그랬듯이. 그래도 나는 신진 작가에 대해, 체조가 서툴러 영점을 받는 어린이가 자기보다 재주 있는 다른 어린이 앞에서 느끼는 감탄의 정을 품었다. 이때부터 나는 베르고트를 그다지 감탄하지 않게 되고, 그 투명성에 뭔가 부족함이 있다고 생각하였다. 그린 이가 프로망탱이면 그린 것이 뭔지 잘 알아보고, 그린 이가 르누아르이면 그린 것이 뭔지 못 알아보던 시대가 있었다.

취미가 고상한 이들이라면 오늘날 르누아르를 18세기의 위대한 화가라고 말한다. 그러나 그런 말을 하면서, 그들은 '때'(temps)

를, 르누아르가 대예술가로서 인정받기까지 19세기의 세상에서도 많은 '때'가 필요했음을 망각한다. 이와 같이 알려지기 위하여, 독창적인 화가, 독창적인 예술가는 안과 의사 식으로 행한다. 그들의 그림이나 산문으로 행하는 치료는 늘 쾌적하지 않다. 치료가 끝나자, 의사는 '자아, 바라보시오' 하고 말한다. 그러나 세계(한 번만 창조되었던 것이 아니라 독창적인 예술가가 나타난 횟수만큼 자주 창조되어 온 세계)는 우리 눈에 옛 세계와 아주 다르게, 그리고 완전히 밝게 보인다. 여인네들이 거리를 지나간다, 지난날의 여인네와 다르다, 르누아르의 여인네들이기 때문이다. 우리가 지난날 여인네로 보기를 거절한 그 르누아르의 그림이다. 마차 역시 르누아르의 그림이다, 물도, 하늘도. 산책한 첫날, 숲이라기보다, 예를 들어 수많은 빛깔로 넘치는 바로 숲에 특유한 빛깔이 빠진 장식 융단 같이 보인 그 숲과 닮은 숲속을 산책하고 싶어진다. 지금 막 창조된 새롭고도 덧없는 우주란 이렇다. 이 우주는 한 독창적인 새로운 화가, 또는 새로운 작가가 격발시킬 다음 천지 이변이 일어날 때까지 존속할 것이다.

베르고트 대신으로 내 흥미를 끈 작가는, 내가 그것에 익숙지 않은, 관계의 지리멸렬 때문이 아니라, 긴밀하게 연결된 관계의 새로움 때문에 나를 지치게 하였다. 늘 같은 지점에서 내가 다시 넘어짐을 느끼곤 하는 것은, 이를 이해하는 데 들여야 할 노력의 동일함을 가리키고 있었다. 게다가 우연히 전에 한 번 내가 그 문장의 끝까지 작가를 따라갈 수 있었을 때, 내가 늘 본 것은, 전에 베르고트의 책을 읽으면서 느꼈던 것과 비슷한, 그러나 더욱 그윽한 익살스러움·진실·매력이었다. 그 새로운 작가에게 내가 기대한 것과 비슷한, 세계를 새롭게 보는 눈을 내게 가져다 준 이는 베르고트였고, 오래 된 일도 아니었다 하는 생각이 들었다. 그래서 호메로스 시대부터 더 이상 진전 없는 예술과 계속해 진보하는 과학 사이에 우리가 번번이 두는 구별에 어떤 진실이 있는지 의식하기에 이르렀다. 어쩌면 예술은 그 점에서 도리어 과학과 비슷하지 않을까? 독창적인 신진 작가마다 선배를 넘어 전진하는 성싶었다. 하지만 스무 해 안에 내가 피로 없이 오늘의 신진 작가를 따라갈 수 있을 때, 또 다른 신진이 나타나 그 사람 앞에서는 이 현재의 신진 작가가 베르고트의 뒤를 이어 물러가는 일이 없으리라고 누가 장담하겠는가?

나는 베르고트에게 신진 작가에 대해 얘기하였다. 그는 그 작가의 예술이 거칠고 안이하고 비었다고 내게 확언하였는데, 그보다, 그 작가를 만나면 분간할 수 없을 정도로 블로크를 꼭 닮았다고 말해 진저리나게 하였다. 그 후 블로크의 모습이 책장 위에 아롱거려, 나는 책 내용을 이해하려고 굳이 노력할 마음이 내키지 않았다. 베르고트가 나한테 그를 나쁘게 말한 것은, 그 성공을 시새웠기 때문이 아니라 그 작품을 몰랐기 때문인가 보다. 그는 거의 아무것도 읽지 않았다. 이미 그의 사념의 대부분은 두뇌에서 책 속에 옮겨져 있었다. 자기 책에 양분을 빼앗기고 만 듯이 그는 수척하였다. 생각하는 바를 거의 다 밖에 보이고 만 지금, 창작 본능이 다시 그를 활동하게 하지는 못할 것이다. 그는 앓고 난 사람의 식물적인 생활, 임신한 여자의 생활처럼 살고 있었다. 그의 고운 눈은 요지부동, 멍하니 부신 듯한 것이, 바닷가에 누워 아련한 몽상에 잠기며 오로지 작은 물결을 바라보는 사람의 눈 같았다. 그리고 또, 그와 이야기하는 데 이전만큼 흥미가 없었더라도, 그 때문에 나는 양심의 가책을 느끼지는 않았다. 그는 습관의 사람이라, 가장 간단한 습관도 가장 사치한 습관처럼 일단 몸에 배고 나면 얼마 동안 불가피하게 되었다. 처음 어떤 계기로 그가 우리 집에 왔는지 모르나,

그 다음 매일같이 온 것은 그 전날 왔다는 이유 때문이었다. 그는 카페에라도 가듯이, 남이 말을 걸어 오지 않고, 자기가 ─아주 드물게─ 말할 수 있는 점이 좋아서 집에 오곤 하였다. 그래서 이와 같은 부지런에서 어떤 결론을 꺼내고 싶었다면, 우리의 슬픔을 동정한 표적, 또는 나와 이야기하는 데 기쁨을 가진 표적을 찾아낼 수 있었을 것이다. 그러나 이런 부지런은, 병자에게 표하는 경의로 보이는 모든 것에 민감한 어머니를 감동시켰다. 그래서 날마다 어머니는 내게 말하였다. "특히 베르고트님께 사례하는 걸 잊지 마라."

우리는 남편의 직업상 방문의 무료 보충으로서, 코타르 부인의 방문 ─화가의 마누라가 포즈 잡고 나서 쉬는 사이에 차려 내는 간식처럼, 여인답게 분별 있는 배려─을 받았다. 그녀는 제 '시녀'를 보내 드리겠다, 만일 사내 종을 더 좋아하면 '맹활약하여' 찾아보겠다고 하였다. 우리가 사양하자, 그것이 '둔사'(遁辭), 그녀의 교제 사회에서 초대를 완곡히 거절하는 데 쓰는 거짓 구실을 의미하는 '둔사'가 아니기를 적어도 바란다고 그녀는 말하였다. 그녀는 우리한테 확언하기를, 집에선 환자 이야기를 한 적이 없는 교수가, 이번에는 자기 아내가 아프기라도 한 것처럼 우울해 하더라고 하였다. 그것이 사실이었다 할지라도, 아내한테 가장 부정한, 또 고맙게 여기는 남편의 말로서 침소봉대하였음을 후에 알게 될 것이다.

역시 유익한, 그리고 그 표현의 투(드높은 지성과 큰 마음과 드물게 보는 교묘한 표현의 혼합이었다)로 한없이 더욱 감동시키는 제의를, 뤽상부르 대공작 상속인이 내게 보내왔다. 나는 발베크에서 그 아주머니 중의 한 분인 뤽상부르 공주를 만나러 왔던, 당시 아직 나소 백작이었던 그와 친지가 됐던 것이다. 그런 지 몇 달 후에 그는 엄청나게 부유한(제분업을 크게 경영하는 대공의 외동딸이어서) 또 다른 뢱상부르 대공 부인의 아름다운 딸과 결혼하였다. 그런데 자녀가 없고 조카인 나소를 귀여워하던 뢱상부르 대공작은 그를 대공작의 상속자로 삼게 의회에서 인가받았다. 이런 유의 결혼이 다 그렇듯 재산의 출처는 결혼의 동인(動因)인 동시에 장애다. 내가 만난 사람들 중 가장 주목할 젊은이로서, 그 당시 이미 그 약혼녀와 침울하고도 빛나는 사랑에 열중했던 그 나소 백작을 나는 상기하였다. 할머니의 병환 중 끊임없이 보내 온 그의 편지에 나는 매우 감동되고, 엄마까지 감격해 할머니의 입버릇인 한마디를 슬프게 중얼거렸다. "세비녜 부인도 더 잘 말하지 못할 것이다."

엿새째 되는 날, 어머니는 할머니의 애원에 따라 잠시 곁을 떠나 쉬러 가는 척하지 않으면 안 되었다. 나는 할머니가 주무시도록 프랑수아즈가 움직이지 않고 방에 그대로 있어 주기를 바랐다. 나의 간청에도 불구하고 프랑수아즈는 방에서 나갔다. 프랑수아즈는 할머니를 좋아하였다. 하지만 그 명찰과 비관주의와 더불어 할머니를 회복될 가망 없는 병자로 판단하였다. 따라서 할머니한테 될 수 있으면 간호를 다 해주고 싶었을 것이다. 그러나 전기공이 왔다고 조금 아까 이르러 왔다. 그 사나이는 자기가 근무하는 전기상의 고참이자 주인의 처남인데, 오래 전부터 일하러 오곤 하는 이 집의 관계자, 특히 쥐피앙의 존경을 받는 전기공이었다. 할머니가 앓기 전에 이 전기공에게 일을 부탁했던 것이다. 나는 이 전기공을 돌려보내거나 기다리게 내버려 두거나 할 수 있을 성싶었다. 그런데 프랑수아즈의 의례 법전(儀禮法典)은 이를 용서하지 않아, 그러면 이 친절한 사람한테 결례가 되니, 할머니의 용태 따위야 이제 프랑수아즈의 셈속에도 들지 않았다. 15분 지나 화난 내가 프랑수아즈를 찾으러 부엌에 가 보니, 뒤쪽 계단 어귀에서 그와 담소하는 것을 발견했는데, 문이, 만일 우리 중의 하나가 오기라도 하면 이제 막 작별하려는 모양으로 보이게 열려 있어, 집안에 무시무시한 통풍이 들어오는 지장이 있었다. 따라서 프랑수아즈는 전기공과 작별했는데, 그래도 깜빡 잊은 안부, 그의 마누라와 매부를 위한 안부를 큰 목소리로 외쳤다. 결례하지 않는다는 콩브레 특유의 마음씀을 프랑수아즈는 대외 정책에서까지 보였다. 우둔한 사람들은 광대한 사회 현상이야말로 인간의 영혼을 더욱 깊이 통찰하는 절호의 기회라고 생각한다. 이와 반대로, 한 개인의 깊이 속에 내려가야만 이 사회 현상을 이해하는 기회를 얻는다는 것을 알아야 한다. 프랑수아즈는 콩브레의 정원사에게, 전쟁이란 죄악 중에서 가장 어리석은 죄악이야, 살지 않고선 아무것도 가치가 없어라고 수천 번 되풀이하곤 하였다. 그런데 러일 전쟁이 터지자, 프랑수아즈는 러시아 황제에 대해, 프랑스가 '동맹국이니까', '불쌍한 러시아 사람'—이라는 그녀의 말—을 도우러 참전하지 않았다고 해서 민망하였다. 늘 '우리를 위해 좋은 말씀을 해주신' 니콜라이 2세에 대해 이는 의리가 아니라고 생각했던 것이다. 같은 법전의 효력으로, 프랑수아즈는 '소화에 좋지 않은' 줄 알면서 쥐피앙이 주는 술 한 잔을 거절 못 하고, 또 할머니의 죽음이 아무리 절박해도, 많은 폐를 끼친 이 사람 좋은 전기공 옆에 몸소 가서 미안하다고 말하지 않으면, 일본에 대해 중립을 고수한 프랑스가 저지른 죄와 똑같은 파렴치를 자기도 범하는 것이라고 믿었던 것이다.

다행스럽게 우리는 프랑수아즈의 딸(몇 주일 동안 어디론지 떠나)을 떨쳐 버렸다. 콩브레에서는 집안에 병자가 생기면 '잠시 여행해 보세요, 공기가 변하면 식욕이 나서……' 따위의 틀에 박힌 권고를 하는데, 프랑수아즈의 딸은 이 말에 제멋대로 지어낸, 그녀로서는 거의 유일한 착상을 덧붙여서, 만날 적마다 지치지 않고, 마치 남들의 머릿속에 박듯 되풀이하였다. "그분은 처음부터 근본적으로 치료해야 좋았을걸." 치료가 근본적이기만 하면 그만이지, 이러저러한 치료법을 꼬집어 말하지 않았다. 프랑수아즈는 어떤가 하면, 할머니에게 약을 그다지 주지 않는 것을 보아 왔다. 프랑수아즈의 의견에 따르면 약이란 위를 상하게 할 뿐이니까, 약을 별로 쓰지 않는 걸 기뻐하였으나, 그 이상으로 창피스럽기도 하였다. 남부 지방에 프랑수아즈의 사촌 — 꽤 부유한 — 이 사는 데, 그 딸이 방년 스물세 살에 병들어 죽고 말았다. 딸이 죽기까지, 약이다, 여러 의사다, 온천장의 편력이다 하는 데 몇 해 동안에 양친은 파산하고 말았다. 그런데 그것이 프랑수아즈의 눈엔, 이 양친이 마치 경마말이나 별장이라도 소유한 듯, 일종의 사치로 보였다. 부모 쪽도 아무리 슬픔이 깊었을망정, 막대한 지출을 자랑삼았다. 그들에겐 이제 아무것도, 특히 소중한 보물인 딸도 없었으나, 좀더 부유한 이들만큼, 아니 그 이상 딸을 위해 힘썼노라고 되풀이하여 말하기를 좋아하였다. 자외선을 몇 달 동안 하루에 여러 번 불쌍한 딸에게 쐬게 했던 일이 특히 이 양친의 자랑거리였다. 부친은 비탄 중에도 일종의 영광으로 뽐내는 나머지, 제 딸에 대해 신세 망치게 한 오페라 극장의 인기 여배우의 얘기를 하듯 말하는 때도 있었다. 프랑수아즈는 이런 으리으리한 연출에 무감각하지 않아, 이에 비교하여 나의 할머니의 병환의 무대 장치가 좀 빈약하게, 시골의 작은 극장에서 상연되는 병환같이 생각되었다.

요독증의 여러 장애가 할머니의 눈에 온 적이 있었다. 며칠 동안 할머니는 전혀 보지 못하였다. 그 눈은 하나도 장님의 눈 같지 않아 그전대로였다. 할머니가 못 보는 걸 내가 알아챈 것은, 단지, 누가 문을 열고 들어와 인사하려고 손을 잡기까지, 할머니가 짓는 맞이하는 미소의 야릇함에서였다. 그 미소는 너무 일찍이 시작하여 입술 언저리에 스테로 판같이 인쇄되고, 게다가 정면에다 고정시 킨 채 어느 방향에서도 보이게 애썼으니, 미소를 조정하여, 순간과 방향을 가리키고, 초점을 맞춰, 이제 막 들어온 사람의 위치 또는 표정의 변화에 따라 갖가지로 변화시키는 눈의 도움이 이미 없었 기 때문이다. 그 미소는 방문객의 주의를 잠깐 딴 데로 돌릴 수도 있던 눈의 미소 없이 혼자였기 때문에, 그 어색함이 심한 거만으로 보여 과장된 애교의 인상을 주었다. 그러다가 시력이 완전히 회복 되고, 체내를 돌아다니는 독소는 눈에서 귀로 건너갔다. 며칠 동안 할머니는 귀머거리가 됐다. 누가 오는 기척이 안 들려서 누가 갑자 기 들어와 놀랄까 봐, 줄곧 할머니는(벽 쪽을 향해 누워 있었으나) 문 쪽으로 갑작스럽게 머리를 돌리곤 하였다. 그러나 그 목의 동작 은 서툴렀으니, 왜냐하면 소리를 보지 못할망정 적어도 눈으로 듣 는 이 능력 전환에 며칠 사이에 익숙해지지 않기 때문이다. 마침내 아픔은 줄었으나, 말의 분명하지 않음은 더하였다. 우리는 할머니 가 하는 말을 거의 다 되풀이시키지 않으면 안 되었다.

자기 말을 알아듣지 못하는 것을 깨달은 할머니는, 이제 단념해 버려 한마디도 하지 않고 옴짝달싹하지 않았다. 내가 곁에 있는 것 을 언뜻 보았을 때, 할머니는 별안간 공기가 부족한 사람처럼 펄쩍 뛰는 모양으로 나한테 말하려 하였으나, 이해할 수 없는 소리밖에 띄엄띄엄 나오지 않았다. 그러자 그 자신의 무력에 기가 죽어 할머 니는 머리를 다시 떨구고, 침대 위에 대리석 같은 엄숙한 얼굴, 이 불 위에 꼼짝하지 않거나 또는 손수건으로 손가락을 닦는 것 같은 온전히 육체적인 동작에 쓰는 두 손을 편편히 길게 뻗었다. 할머니 는 생각하려고 하지 않았다. 그러다가 부단히 흥분하기 시작하였 다. 끊임없이 일어나고 싶어하였다. 그러나 할머니가 그 풍증을 알아차릴까 봐 우리는 될 수 있으면 그러지 못하게 하곤 하였다. 할머니를 잠시 혼자 있게 한 어느 날, 나는 할머니가 일어서서 잠옷차림으로 창문을 열려고 하는 모습을 발견하였다.

발베크에서, 한 과부가 물에 투신하였다가 본의 아니게 구조됐던 날, 할머니는 나한테 말하기를(아리송하지만, 거기에 미래가 비치고 있는 성싶은, 우리의 유기적 삶의 신비 속에서 간혹 해독하는 전조 중의 하나였기 때문인지) 절망한 여인을 그 바라던 죽음에서 어거지로 구해 내 다시 팔자 사나운 신세에 돌려주는 것만큼 잔혹한 짓은 따로 없겠구나라고 한 바 있다.

할머니를 때맞게 붙잡으니까, 할머니는 어머니한테 거의 사납게 대들다가, 져 버려, 어거지로 팔걸이의자에 앉히고 나니, 소망함도 애석함도 없이 그 얼굴은 다시 태연하게 되고, 그 잠옷 위에 걸쳐 준 외투가 남겨 놓은 모피털을 꼼꼼히 없애 버리기 시작하였다.

그 눈초리는 아주, 자주 불안한, 하소연하는, 거친 빛으로 변하여, 이전의 눈길이 아니었고, 그것은 노망한 노파의 침울한 눈초리였다.

머리를 빗겨 드릴까요, 어쩔까요 하고 물은 끝에, 프랑수아즈는 드디어 머리 빗질을 청해 온 이가 할머니 쪽이라고 믿게 되고 말았다. 프랑수아즈는 빗, 솔, 로 드 콜로뉴(옮긴이: 화장수 이름), 화장옷을 가져왔다. 그리고 말하기를 "제가 빗겨 드려도 그것으로 아메데 마님이 지치실 리가 없어요. 아무리 약한들 모두 다 빗질쯤은 하게 하니까요"라고 하였는데, 다시 말하면, 자기 만족을 위해서 머리를 빗지 못할 만큼 인간이 약해지는 법은 없다는 말이었다. 그러나 내가 방에 들어섰을 때, 마치 할머니의 건강을 회복시키는 수술이라도 하고 있는 듯 기뻐하는 프랑수아즈의 잔혹한 두 손 사이, 빗살에 견디어 낼 힘이 없이 축 늘어진 늙은 머리털 밑의 머리가 시키는 자세를 유지하지 못해 기진과 아픔이 번갈아 뒤잇는 소용돌이 속에 와르르 무너지는 걸 나는 보았다. 나는 프랑수아즈가 빗질을 끝낼 순간이 가까이 왔음을 알아챘을 뿐만 아니라, 또 내 말에 순종하지 않을지도 몰라, '이제 그만 해' 하고 말하여 그녀를 재촉할 용기가 나질 않았다. 그 대신 나는, 잘 빗겨 드렸는지 할머니가 알아보시게, 프랑수아즈가 악의 없이 잔인하게 거울을 가까이 댔을 때 달려들었다. 여지껏 주의 깊게 모든 거울을 멀리해 놓았는데, 할머니가 꿈에도 상상 못 할 자신의 모습을 부주의로 보기 전에 손에서 때맞게 빼앗았음을 나는 기뻐하였다. 그러나 아! 잠시 후 내가 할머니 쪽으로 몸을 기울여 몹시 지친 그 아름다운 이마에 입맞추자, 할머니는 놀란 듯, 의심하는 듯, 화난 듯 나를 바라보았다. 나를 알아보지 못했던 것이다.

주치의의 말에 의하면 그것은 뇌충혈이 항진된 징후였다. 그것을 제거하지 않으면 안 되었다. 코타르는 주저하였다. 프랑수아즈는 '정혈'(淨血)용 흡각(옮긴이: 吸角, Ventouse, 종 모양의 작은 흡혈기(吸血器)이며, 피부에 접착시켜서 그 압력으로 피를 빨아들임)을 붙이는 것이 좋겠다고 잠시 생각하였다. 프랑수아즈는 그 효험을 내 사전에서 찾아보았지만 못 찾아냈다. 프랑수아즈가 '정혈'(clarifiées) 대신에 '방혈'(放血, scarifiées)이라고 옳게 말했더라도 이 형용사를 사전에서 찾기는 더 힘들었을 것이다. 왜냐하면 프랑수아즈가 그것을 찾아본 알파벳은 C도 S도 아니었기 때문이고, 실상 '클라리피에'라고 말하였으나 쓸 때에는(따라서 그렇게 글자로 쓰는 줄 알고 있었다) 에스클라리피에(esclarifié)라고 썼기 때문이다. 코타르는 큰 기대 없이 거머리 요법을 택해 프랑수아즈를 실망시켰다. 몇 시간 후 내가 할머니 방에 들어갔을 때, 할머니의 목덜미, 관자놀이, 귀에 검은 작은 뱀이 들러붙어 가지고 피투성이 된 머리털 속에 메두사(옮긴이: Méduae. 그리스 신화에 나오는 마녀, 두발은 뱀, 치아는 멧돼지의 이빨을 한 마녀, 보는자는 돌로 변함)의 그것처럼 꿈틀대고 있었다. 그러나 창백하고도 평화로운, 꼼짝 않는 할머니의 얼굴에서, 나는 예전대로 아름다운 눈이 크게 떠 있어 반짝이고 고요한 것을 보았으니(아마도, 입으로 말할 수 없거니와 운신할 수도 없어서, 피 몇 방울을 빨아 내는 덕분에 저절로 되살아날지도 모르는 자기 사념을 유일하게 맡기는 데가 눈이라서 병나기 전보다 더 지성을 짊어지고 있는), 그 부드럽고도 기름처럼 물기 많은 눈에 불이 붙어 활활 타자 병자 앞에 다시 얻은 우주가 비쳤다. 그 평온은 이제 절망의 예지가 아니라 희망의 예지였다. 병이 나아가는 줄 생각한 할머니는 조심성 있게 굴려고, 옴짝달싹하지 않고, 다만 내게 고운 미소로써 기분이 좋아짐을 알리고, 가볍게 내 손을 쥐었다.

할머니가 어떤 동물을 보는 걸 얼마나 싫어하며, 더욱이 그것에 닿는 걸 질색함을 나는 알고 있었다. 거머리를 참고 견디는 것은 그 뛰어난 효험을 고려하였기 때문임을 알아챘다. 그래서 프랑수아즈는 아이와 장난치고 싶을 적에 짓는 싱글벙글 웃음을 띠며 "어쩌나! 마님 위를 조그만 놈들이 달리네요"라고 되풀이하여 나를 화나게 하고 말았다. 게다가 그것은 할머니가 노망이라도 든 것처럼 병자를 무시하는 취급이었다. 그래도 할머니의 얼굴은 금욕주의자의 침착한 용기를 나타내어 들은 체도 하지 않았다.

하지만, 거머리를 떼어 내면 충혈이 재발하여 시시각각으로 중태에 빠졌다. 할머니가 이토록 위독할 때에 놀랍게도 프랑수아즈는 뻔질나게 자리를 떴다. 사실 프랑수아즈는 상복을 맞췄는데 재봉사 여자를 기다리게 하고 싶지 않았기 때문이다. 대다수의 여인의 삶에서는 만사가, 가장 큰 슬픈 일마저, 결국 가봉한 옷을 입어 보는 것으로 문제가 끝난다.

그런 지 며칠 지나, 내가 잠자고 있노라니까 한밤중에 어머니가 나를 깨우러 왔다. 중대한 상황에서, 깊은 고뇌에 뼈아픈 사람이 남들의 사소한 불쾌에도 마음 쓰는 다정스러운 주의를 보이며,

"잠을 깨워서 미안하다" 하고 어머니는 말하였다.

"자지 않았어요" 하고 나는 깨어나면서 대답하였다. 나는 성실하게 이 말을 하였다. 잠 깨기가 우리에게 가져다 주는 큰 변화는, 명료한 의식 생활로 우리를 끌어들인다기보다, 젖빛 바다 속에 잠기듯 우리의 지성이 휴식하고 있던 약간 부드럽게 새어든 빛의 기억을 우리로 하여금 잃게 하는 데 있다. 한순간 전 그곳을 유영(遊泳)하던 반쯤 너울 쓴 사교력은, 우리가 그것을 깨어 있음이라는 이름으로 지칭할 수 있기에 족하도록 뚜렷한 한 움직임을 우리 속에 끌어넣고 있다. 그러나 깨어나자 기억의 간섭을 받는다. 좀 있다가 우리는 이미 그런 것을 상기하지 않기 때문에 그것에 잠이라는 명칭을 부여한다. 깨어나는 순간에, 잠자는 이의 배후에서 그 잠의 전체를 비추는 찬란한 별이 반짝이는 때, 몇 초 동안, 그것은 잠이 아니라 생시였구나 하는 생각이 들게 한다. 알고 보면 그 빛과 함께 거짓된 삶을, 또 꿈의 여러 양상을 가져가면서, 깨어난 자에게 '나는 자고 있었다'는 생각을 갖게 하는 유성(流星)이다.

내게 충격을 줄까 봐 걱정하는 듯 매우 부드러운 목소리로, 어머니는 나한테 일어나기가 괴롭지 않으냐 묻고, 내 손을 어루만졌다.

"불쌍한 아가야, 네가 의지할 수 있는 건 이제는 네 아빠와 엄마밖에 없다."

우리는 방으로 들어갔다. 침대 위에 몸을 반원형으로 구부리고, 할머니가 아닌 다른 인간, 그 머리털을 뒤집어쓰고, 그 시트에 누운 일종의 동물이, 헐떡거리며, 신음하며, 경련하며, 이불을 흔들

어 대고 있었다. 눈꺼풀은 닫혀 있었는데, 탁하고, 눈꼽이 낀, 시각 기관의 어둠과 내부 고통의 어둠을 반영하는 눈동자의 한구석이 보이는 까닭은 그 눈꺼풀이 열려 있었기 때문이라기보다 꼭 감겨 있지 않았기 때문이다. 이런 온갖 몸부림도 보이지도 않고 알아보지도 못하는 우리한테 하는 것이 아니었다. 하지만 여기 몸부림치고 있는 것이 이제 동물에 지나지 않는다면, 나의 할머니는 어디에 갔나? 그렇지만 얼굴의 다른 부분과의 균형을 잃었으나, 그 구석에 그대로 기미가 있는 코의 형태와, 전에는 이불이 거추장스럽다는 것을 뜻하였으나 이제는 아무런 뜻도 없는 몸짓으로 이불을 뿌리치는 그 손은 역시 할머니의 것이었다.

엄마는 할머니의 이마를 적시려고 물과 초를 가져 오라고 나한테 부탁하였다. 할머니가 머리칼을 떨쳐 버리려고 하는 것을 보고, 이것이 할머니를 시원하게 하는 유일한 것이라고 어머니는 믿었던 것이다. 그때 마침 문가에서 내게 가까이 오라는 손짓이 있었다. 할머니의 임종이 가깝다는 소식이 금세 집안에 퍼져 있었다. 예외적인 일이 있을 때 하인들의 피로를 덜기 위해 고용하는 '임시 고용인' 중의 하나가 — 이런 이들이 오면 임종의 고통도 뭔가 잔치같이 되는데 — 게르망트 공작에게 바깥문을 열어 줘, 공작은 응접실에 남아, 나를 부른 것이었다.

"댁의 상사를 지금 막 들었습니다. 애도의 뜻을 표하고자 춘부장을 뵙고 싶은데요."

이런 판국에 아버지를 방해하기가 어렵다는 말로 나는 완곡하게 거절하였다. 게르망트 씨는 이를테면 여행을 떠나는 찰나에 찾아온 불청객이었다. 그러나 그는 예의를 표하는 데만 정신이 팔려 그 밖의 일이 보이지 않는 듯 막무가내로 객실에 들어가려고 하였다. 그에겐 늘, 아무개에게 경의를 표하는 작심을 하면 그 의례를 빈틈

없이 완수하고야 마는 버릇이 있어 놔서, 상대가 여행 가방을 꾸리
건 관을 마련하건 조금도 개의하지 않았다.

"디윌라푸아(옮긴이: 1839~1911. 프랑스의 의사)를 오라고 했
습니까? 그거 큰 실수군요. 나한테 그를 불러 달랬더라면 내 낯을
봐 와 주었을 텐데, 샤르트르 공작 부인의 부탁이야 거절하지만 내
부탁이라면 다 듣거든요. 그러니 나는 공주보다 더 뻐기죠. 게다가
죽음 앞에 우리는 다 평등하니까요" 하고 그는, 할머니가 그와 동
등하다는 것을 내게 납득시키기 위해서가 아니라, 아마도 디윌라
푸아에 대한 제 위력과 샤르트르 공작 부인보다 우월함에 관해 얘
기를 길게 늘어놓은 게 좋은 취미가 아님을 깨달았는지 덧붙였다.

하기야 그의 권고에 나는 놀라지 않았다. 게르망트네 집에서 이
디윌라푸아의 이름을, 적수 없는 '출입 상인'의 이름처럼(단지 좀
더 경의를 품고서) 늘 입 밖에 내고 있음을 나는 알고 있었다. 또
게르망트 가문 태생인 모르트마르 노공작 부인(공작 부인에 관해
서 거의 번번이 '……노공작 부인' 또는 정반대로 젊은 여인이며
날씬한 바토풍으로 '……작은 공작 부인'이라고 말하는지 이유를
알 수 없지만)은 병이 중태인 경우에 거의 기계적으로 눈을 깜박거
리면서 '디윌라푸아, 디윌라푸아' 하고 칭찬하였다. 마치 아이스
크림 장수가 필요하면 '푸아레 블랑슈'(옮긴이: 아이스크림 상점)
또는 비스킷이 필요하면 '르바테, 르바테'(옮긴이: 과자점 이름)
하듯. 그런데 나는 아버지가 지금 막바로 디윌라푸아를 불러오게
한 것을 미처 모르고 있었다.

이때, 할머니의 호흡을 좀더 편하게 해줄 산소 기구를 초조하게
기다리던 어머니가, 게르망트 씨가 있는 줄 모르고 응접실에 몸소
들어왔다. 나는 어디에다 그를 숨기고 싶었다. 그러나 이보다 더
중대한 것이 없다, 게다가 나의 어머니를 이 이상 기쁘게 하는 게

없을 것이다, 자기의 완전무결한 귀족으로서의 평판을 유지하는
데 불가결한 일이라고 확신한 그는, 내 팔을 사납게 붙잡고, 내가
'이보세요, 이보세요' 되풀이하며 강간에 맞서 저항하듯 뿌리치
는데도 불구하고, 나를 어머니 쪽으로 끌고 가면서, "나를 어머님
한테 소개하는 큰 영광을 베풀어 주시겠소?" 하고, 어머님이라는
낱말을 좀 떼어 발음하면서 말하였다. 소개되는 건 어머니한테 오
히려 명예가 된다는 생각에서 상황에 어울리는 얼굴을 꾸미면서
미소를 금치 못하였다. 나도 공작의 이름을 말할 수밖에 없었다.
그러자 즉시 그쪽에서 몸을 굽히고, 두 발을 마주치기를 개시하더
니 예의바른 인사를 하기 시작하였다. 그는 잡담에 들어갈 생각이
었으나, 고뇌에 빠진 어머니는 내게 빨리 오라고 말하고, 게르망트
씨의 언사에 대꾸조차 하지 않아, 손님답게 접대되기를 기대하던
그는 응접실에 혼자 있게 되어, 마침 이 순간에, 그날 아침 파리에
도착해 소식 듣고 달려온 생 루가 들어오는 걸 보지 않았다면 나오
고 말았을 것이다. "여어! 마침 잘 만났네!" 하고 공작은 조카의 소
매 단추를 거의 잡아 뽑듯 잡으면서, 응접실을 다시 건너가는 어머
니의 면전인 데도 개의치 않고 즐겁게 외쳤다. 생 루는 진정 슬퍼
했음에도 내게 대한 거리낌에 나를 보는 걸 모면했음이 유감스럽
지 않았나 보다. 생 루는 아저씨에게 끌려나갔다. 공작은 생 루에
게 말할 중대사, 그 때문에 동시에르로 출발했을 뻔했던 중대사가
있어서, 그런 수고를 덜게 된 기쁨이 이만저만이 아니었다. "이거
참! 안마당을 건너가면 자네를 이곳에서 만날 거라고 누가 말했던
들 엉뚱한 허풍으로 알았을 거야. 자네 친구 블로크라면 '익살스
러운 일인데' 하겠지." 그리고 그는 로베르의 어깨를 잡고 나란히
걸으면서 "아무래도 괜찮아(하고 그는 되풀이하였다), 어쩌다가
목매단 끈을 만졌다고나 할까, 운수 대통이야." 이는 게르망트 공

작이 교양이 낮은 탓이 아니다, 그 반대다. 그러나 그는 남의 처지에서 보지 못하는 인간, 그 점에서 대다수의 의사나 장의사의 일꾼과 비슷한 인간, 상황에 어울리는 근엄한 표정을 잠시 지은 다음 '매우 괴로운 순간입니다' 하고 말하고, 필요하면 포옹하거나 좀 쉬라고 권하고 나서, 임종의 고통이나 장례식을 다소 갑갑한 사교 모임으로밖에 생각지 않아, 거기서 잠시 쾌활성을 짓눌러, 눈으로는 자기의 사소한 용건을 말할 수 있는 이를, 아무개한테 자기의 소개를 부탁할 수 있는 이를, 또는 돌아가는 마차의 '자리를 제공'해 줄 만한 이를 물색하는 인간들 중의 하나였다. 게르망트 공작은 그를 조카 쪽으로 불어 민 '순풍'을 기뻐하면서도, 나의 어머니의 응대—그렇지만 매우 자연스러운—에 매우 놀라, 나의 아버지가 공손한 만큼이나 어머니가 불쾌하다고, 이따금 '정신 나가' 그런 때 남의 말조차 듣지 못하는 것 같다고, 여느 정신 상태가 아니라 좀 머리가 돌았다고, 후에 단언하였다. 그렇지만 그는, 내가 들은 바에 따르면, 그것을 얼마큼 상황의 탓으로 돌리고 싶어 해, 나의 어머니가 이 '일'로 큰 '충격을 받은' 모양이더라고 단언하였다고 한다. 그러나 그는 끝까지 다하지 못하고 뒤로 미룬 인사와 절의 나머지를 몽땅 여전히 사지에 가진지라, 장례식 전날, 내게 어머니의 기분을 전환시켜 보았느냐고 물어 보았을 만큼 어머니의 슬픔이 어떤 것인지 조금도 알아차리지 못하였다.

내가 모르는 사람이었는데, 수사(修士)로, 할머니의 시동생뻘 되는 분이, 그의 수도원장이 있는 오스트리아에 전보를 쳐, 예외의 은혜로 인가를 받았다고 하면서, 그날 왔다. 슬픔에 맥풀린 모습으로, 침대 옆에서 기도서와 묵상록을 읽으면서도 그 나사송곳 같은 눈은 병자에게서 떼지 않았다. 할머니가 의식 불명이었을 때, 이 수사의 슬픔을 보고서 가슴아픈 나는 그를 바라보았다. 나의 동정

321

에 그는 놀란 모양이었는데, 그때 괴상한 일이 일어났다. 그는 고통스러운 명상에 잠긴 사람같이 두 손을 합치고 그 위에 얼굴을 파묻었다. 그러나 내 눈이 다른 데로 가는 기미를 느끼자, 그가 손가락 사이에 작은 틈을 내는 것을 나는 보았다. 그리고 내 눈길이 그에게서 떠나는 순간에, 그의 날카로운 눈길이 그 손의 틈을 이용하여 나의 슬픔이 진정인지 관찰하는 것을 언뜻 보았다. 마치 고해소(告解所)의 어둠 속에 있듯 거기에 매복하고 있었다. 내가 그 꼴을 보고 있는 줄 알아채자 곧 방긋이 연 창살을 밀폐하고 말았다. 그 후 그를 다시 만났으나, 우리 사이에서 이 순간을 한번도 문제삼지 않았다. 그가 나를 몰래 살펴보는 것을 나는 조금도 눈치채지 못하였다는 묵계가 성립되었다. 수사나 신부에겐 정신병 의사와 마찬가지로 항상 예심 판사다운 데가 있다. 하기야, 아무리 친한 친구 사이라도, 서로 공통된 과거지사 중, 상대가 잊어버렸을 것이 틀림없다고 믿는 편이 마음 편안한 그런 순간이 있지 않을까?

의사는 모르핀 주사를 놓고, 호흡의 고통을 덜어 주려고 산소 기구를 부탁하였다. 어머니, 박사, 간호사가 그것을 손에 쥐고 있다가, 한 개가 끝나자마자 또 한 개를 그에게 건네 주었다. 나는 잠시 방을 나왔다. 다시 들어갔을 때, 눈앞에 한 기적 같은 것을 보았다. 소리를 내지 않고 끊임없는 속삭임으로 반주되어, 할머니는 긴 행복의 노래를 빠른 가락으로 유창하게 부르는 것 같아 그것으로 방안을 가득 채우고 있었다. 나는 금세 이해했는데, 그것은 아주 무의식적인 것, 조금 전의 헐떡임과 마찬가지로 이 역시 순전히 기계적인 것이었다. 아마도 약하디약한 운율 속에 모르핀이 가져다 준 얼마간의 안정이 반영되었나 보다. 특히 그것은 공기가 이미 기관지 속을 전혀 같은 투로 통하지 않아 호흡의 음역(音域)의 변화에서 생겼다. 산소와 모르핀의 이중 작용으로 거침없는 할머니의 숨결은 이제 가쁘지 않고, 식식거리지 않고, 생기 있고, 가볍게, 그윽한 흐름 쪽으로 스케이팅하듯 미끄럼타고 있었다. 이 노래 속에는, 갈대피리 속의 바람의 그것같이 알아차릴 수 없는 숨결에 뭔가 더 인간다운 한숨, 가까운 죽음에서 해방되어, 벌써 감각 없는 이들에게서의 고뇌 또는 행복의 인상을 주는 보다 인간다운 한숨이 섞여 있어, 벌떡 일어서 더 높이 올라 다음에 새삼 냅다 뛰어오르려고 가벼워진 가슴부터 산소의 추구(追求)로 다시 하강하는 이 긴 악장에, 한결 더 선율적인, 그러나 리듬에 변화 없는 억양을 덧붙이고 있었다. 그러다가 아주 높이 이르러 힘껏 지속하더니, 그 노래는 일락(逸樂) 속에 하소연하는 듯한 속삭임에 섞여, 이따금 아주 그치는 것 같았다, 마치 샘물이 마른 듯이.

프랑수아즈는 커다란 슬픔이 있으면, 그것을 겉으로 표현하고 싶은 쓸데없는 욕구를 느끼곤 하는데, 그토록 단순한 기술을 못 가졌다. 할머니를 전혀 희망 없다고 판단한 프랑수아즈는 그 인상을 우리에게 무척 알리고 싶었다. 그런데 "뭔가 걱정스러워요"라고 되풀이할 줄밖에 몰라, 양배추 수프를 너무 먹었을 때, "위에 얹힌 것 같다"고 말하는 투로 그렇게 말하였는데, 이 나중 것이, 그런 줄 몰랐을 테지만, 훨씬 자연스러운 말투였다. 표현이야 이렇듯 약하였으나, 슬픔은 그래도 매우 컸는데, 게다가 딸이 콩브레(그 파리지엔인 체하는 아가씨가 요즘 들어 건방지게 '벽촌'이라 부르고, 거기서 아가씨가 '촌뜨기'로 되어 감을 느끼고 있는 콩브레)에 억류되어, 프랑수아즈의 생각에 호화로운 것이 틀림없는 장례를 위하여 미상불 돌아오지 못할 것 같아, 더 컸다. 우리가 좀체 슬픔을 토로하지 않는 걸 알고서, 프랑수아즈는 어찌 되든 간에 한 주간 저녁마다 쥐피앙을 미리 초대하곤 하였다. 프랑수아즈는 쥐피앙이 장례식 시각에 틈이 없을 것을 알고 있었다. 그래서 적어도 그때의 모양을 돌아와서 '자초지종을 들려주고' 싶었던 것이다.

몇 날 밤 전부터 아버지, 할아버지, 사촌 되는 한 분이 밤샘을 하며 두문불출하고들 있었다. 그들의 연속된 헌신은 그들의 얼굴에 한 무관심의 가면을 씌우고 말았고, 또 이 임종자의 주위에 있는 길디긴 한가로움은 그들로 하여금 철도 열차 안에서 오래 지내는 데 빼놓지 못하는 그 잡담을 늘어놓게 하였다. 게다가 이 사촌(나의 왕고모의 조카)은 평소 존경받았고 또 그걸 받을 만한 분이었기에 더욱 나의 반감을 일으켰다.

중대사가 있으면 이분의 모습이 번번이 나타났다. 그리고 죽어가는 사람 곁을 어찌나 떠나지 않는지 송구해 마지않는 가족들은, 보기엔 튼튼하고, 목소리는 바스 타유(옮긴이: 바리톤과 베이스의 중간)이고, 공병(工兵) 같은 수염에 어울리지 않게 체질이 약한 분이라고 우겨 번번이 완곡한 표현으로 장례식에 오지 않도록 간원하곤 하였다. 아무리 큰 비탄 중이라도 남들을 생각하는 어머니인지라, 이런 경우에 이분이 번번이 귀가 아프도록 들어 왔던 것을 좀 다른 표현으로 말하리라, 나는 예상하였다.

"'내일' 안 오시겠다고 약속하세요. '병자'를 위해서 그렇게 하세요. 적어도 '저기'에 가지 마세요. 오지 마시라고 병자께서 부탁하셨거든요."

마이동풍. 여전히 첫번째로 이분은 '집'에 왔기 때문에, 다른 데서는 우리가 모르는, '조화(弔花) 사절'이란 별명으로 이분을 부르고 있었다. '만사', 하기 전에 이분은 항상 '만사를 모두 생각해 두었다.' 그래서 어디를 가나, '당신께는 새삼스레 고맙다는 인사를 드리지 않겠어요' 하는 말을 들을 만하였다.

"뭐라고?" 하고 요즘 귀가 멀어서, 지금 사촌이 아버지에게 한 말도 잘 알아듣지 못한 할아버지가 큰 목소리로 물었다.

"아무것도 아닙니다" 하고 사촌은 대답하였다. "오늘 아침 콩브레에서 온 편지를 받았다고 말했을 뿐입니다. 거긴 지독한 날씨라더군요, 여긴 거의 지나치게 따뜻한 햇볕인데."

"그래도 청우계는 매우 낮아"라는 아버지의 말.

"어디야, 날씨가 고약하다는 곳이?"라는 할아버지의 물음.

"콩브레입니다."

"허어, 그렇다면 놀랄 것 없지, 여기 날씨가 나쁘면 콩브레 날씨는 좋거든, 반대란 말이야. 아차! 콩브레라고 하니 생각나는데, 르그랑댕한테 알렸나?"

"그럼요, 걱정 마세요, 알렸습니다"라는 사촌의 말. 지나치게 짙은 수염 때문에 청동빛으로 보이는 그의 뺨은 그 일을 잊지 않았다는 만족감에 눈에 띄지 않게 미소지었다.

이때 아버지가 부랴부랴 뛰어가, 나는 좋건 나쁘건 무슨 일이 일어난 줄 알았다. 단지 디욀라푸아 박사가 막 도착한 것이었다. 아버지는 이제부터 무대에 나오려는 배우를 맞이하듯, 옆 객실까지 그를 맞이하러 갔다. 박사를 청해 온 것은 진찰 때문이 아니라, 공증인의 일 같은 사망 확인을 부탁하기 위해서였다. 디욀라푸아 박사는 과연 위대한 의사이자 뛰어난 교수였다. 하지만 그런 갖가지 역할을 썩 잘 한 이외에, 또 하나 40년 동안 독점해 온, 추리가(推理家), 어릿광대, 또는 연극의 아버지 역과 마찬가지로 독창적인 역할을 겸해 왔다. 죽어 가는 사람 또는 죽은 사람을 확인하러 가는 소임이었다. 그 이름이 벌써 그가 맡아 하는 소임의 위엄을 예시하여, 하녀가 '디욀라푸아님' 하고 알렸을 때, 우리는 몰리에르의 극중에 있는 착각에 빠졌다. 그 태도의 위엄에 눈에 안 띄게 우아한 몸매의 날씬함이 부합되고 있었다. 그 자체로선 지나치게 단정한 얼굴이 비탄스러운 장면에 어울리게 흐려 있었다. 품위 있는 검은 프록코트를 입은 교수가 부자연한 겉치레 없는 슬픔을 띠며 들어와, 거짓인 줄 빤히 들여다보이는 위안의 말을 한마디도 하지 않고, 더더구나 요령에 한치의 위반도 범하지 않았다. 죽음의 침대 곁에서는 이 사람이야말로 관록이 있고, 게르망트 공작 따위는 그 발에 입맞출 신분이었다. 할머니를 피로하지 않게, 또 주치의에 대한 예의상 극히 조심스럽게 잠깐 맥을 보고 나서, 낮은 목소리로 아버지에게 몇 마디 하고, 어머니한테 공손히 절하였다. 그때 아버지가 어머니한테 '디욀라푸아 교수님'이라 말하려다 겨우 자제하는 기미를 나는 느꼈다. 그러나 교수는 이미 머리를 돌려, 그런 귀찮음을 바라지 않아, 준 금일봉을 아무렇게나 받으면서, 세상에서 가장 아름다운 태도로 나갔다. 그는 금일봉을 보는 체도 하지 않았다. 그래서 그것을 그의 손에 확실히 쥐여 주었는지 우리가 잠시 의심했을 만큼 그것을 꺼지게 하는 데 요술쟁이 같은 날램을 몸에 갖추었는데, 그렇다고 그 때문에 비단 안감을 댄 긴 프록코트에 고상한 연민으로 가득한 잘생긴 얼굴을 한 이 위대한 입회 의사의 장중함이 조금이라도 상실되기는커녕 오히려 더하였다. 그 유유범범하고도 날랜 동작은, 이제부터 그를 기다리는 왕진이 백 군데라 할지라도 서두르는 모양을 보이고 싶지 않음을 나타내고 있었다. 왜냐하면 그는 요령 있고, 총명과 친절을 겸비한 이였다. 이 뛰어난 인물도 이제 고인이 되었다. 그에게 필적하는, 어쩌면 능가하는 의사나 교수도 많을 것이다. 그러나 학식, 타고난 용모, 높은 교양이 이 인물을 뛰어나게 한 그 '역할'은 유지해 갈 만한 후계자가 없기 때문에 이제는 존재하지 않는다. 어머니는 디욀라푸아 씨가 왔는지 알아채지도 못하였다. 어머니한테는 할머니밖에 존재하지 않았던 것이다. 나는 기억한다(여기서 이야기를 미리 하지만). 묘지에서, 어머니가 초자연적인 유령처럼 머뭇거리며 무덤에 가까이 가서, 이미 멀리멀리 날아간 이의 모습을 물끄러미 보는 듯하던 그 장소에서 아버지가 "노르푸아 영감님이 집에, 성당에, 묘지에 와 주셔, 그분으로서는 매우 중대한 위원회에 못 나가셨소, 한마디 인사하구려, 기뻐할 테니"라고 어머니한테 말해, 대사가 어머니 쪽으로 절했을 때, 어머니는 잠자코 눈물도 안 나는 얼굴을 공손히 기울이는 것이 고작이었다. 그 이틀 전—병자가 아직 임종의 침상에 있는 순간으로 되돌아가기에 앞서 다시 이야기를 미리 하지만—죽은 할머니를 기리며 밤샘하였을 때, 유령의 존재를 전연 부정하지 않는 프랑수아즈가 사소한 기척에도 겁나 '큰 마님인가 봐'라고 말하였다. 그러나 이 말이, 자기 곁에 가끔 모친이 있어 주기 원하여, 망자들이 유령으로 다시 나타나기를 바라 마지않던 어머니의 마음속에 일으킨 것은 공포 대신에 가없는 애정이었다.

임종시로 돌아오면,

"그 처제들이 전보를 보내 온 걸 아나?" 하고 할아버지가 사촌에게 물었다.

"네, 베토벤에 미친 이들 말이죠, 들었습니다. 기가 막힐 일입니다, 별로 놀랍지 않지만."

"불쌍한 마누라는 처제들을 무척 아꼈는데" 하고 할아버지는 눈물을 닦으면서 말하였다. "원망한들 무슨 소용이 있겠나. 늘 말해 왔네만, 머리가 돌았거든. 웬일이지 이제는 산소 호흡을 안 시키나?"

어머니가 말했다.

"그러면 어머님의 호흡이 다시 나빠지는걸요."

의사가 대답했다.

"아니죠, 산소의 효력은 아직 얼마 동안 지속하니 곧 다시 시작합시다."

의사가 한 그 말은 죽어 가는 이를 위해서가 아니라, 만일 좋은 효력이 계속될 것 같으면, 사람의 힘이 그 목숨을 위해 무엇인지 할 수 있다는 것을 의미하는 성싶었다. 산소의 휙휙거리는 소리가 잠시 그쳤다. 그러나 숨의 행복한 애가는 가볍게, 거칠게, 나오다 그치다가 다시 나왔다. 이따금 다 끝장나 숨이 끊어진 듯하였는데, 잠자는 이의 숨 속에 생기는 옥타브(octave)의 변경에서였을까, 아니면 생리적인 간헐, 마취의 효력, 질식의 진행, 심장의 쇠약에서였을까. 의사는 할머니의 맥박을 짚었는데, 그때는 이미, 마치 한 지류(支流)가 마른 흐름에 공물(貢物)을 가져다 주듯, 새 노래가 중단된 악절에 이어 솟아나왔다. 그러자 중단된 악절도 다른 장단을 타고 똑같이 무진장한 비약과 더불어 부활하였다. 누가 알랴, 할머니가 의식 못 하는 사이, 괴로움에 억눌린 행복하고도 다정한 상태가 오랫동안 압착된 가장 가벼운 기체처럼 지금 할머니한테서 발산되고 있는지? 할머니가 우리한테 말하고 싶은 것이 모조리 이와 같이 흘러나오듯, 참으로 장황하게, 열성 있게, 진심을 토로하여 우리한테 말하고 있는 듯하였다. 침상 발치에서, 이 단말마의 숨결에 경련을 일으키며, 소리내어 울지 않지만 이따금 눈물로 얼굴이 젖은 어머니는, 비바람에 매질되어 뒤집히는 나뭇잎처럼 무상무념 비탄에 잠겨 있었다. 할머니께 입맞추러 가려니까 그 전에 눈물을 닦으라고 내게 말하였다.

"하지만 내 생각으론 이미 보실 수 없으시지" 하고 아버지는 말했다.

"알 수 없죠" 하고 의사가 대꾸하였다.

내 입술이 할머니에게 닿았을 때, 할머니의 두 손이 움찔하였다. 반사작용이었는지, 아니면 어떤 애정은 사랑하기 위해서는 거의 감각이 필요하지 않다는 것을 무의식의 장막을 통해서 분간하는 민감성이 있는지, 할머니의 온몸에 긴 전율이 흘렀다. 갑자기 할머니는 몸을 반쯤 일으켜 자기 목숨을 방어하려는 이처럼 사나운 힘을 썼다. 프랑수아즈는 더 이상 그 모양을 볼 수 없어 울음을 터뜨렸다. 나는 의사가 한 말이 생각나 프랑수아즈를 방에서 내보내고 싶었다. 이때 할머니가 눈을 떴다. 나는 양친이 병자한테 몇 마디 하는 동안, 프랑수아즈의 울음을 감추려고 달려갔다. 산소 소리가 잠잠해지고, 의사가 침상 곁을 떠났다. 할머니는 돌아가셨다.

몇 시간 후, 프랑수아즈는 최후의, 그리고 아프지 않게, 아직도 희끗희끗 세었을 뿐 나이에 비해 고운 머리칼을 빗길 수 있었다. 그러나 이제, 거꾸로 머리칼은, 수많은 세월 동안 노고가 새긴 주름, 위축, 군살, 팽창, 오그라듦 따위가 가뭇없이 젊어진 얼굴에 늙음의 관을 씌우는 유일한 것이었다. 할머니의 부모께서 할머니에게 남편을 골라 주시던 먼 옛 시절처럼, 할머니의 얼굴은 순결과 순종의 섬세한 모습을 가지고, 양 볼에 세월이 조금씩 허물어 가던 순결한 희망과, 행복에 대한 꿈과, 순진한 명랑성마저 빛나고 있었다. 떠나간 목숨은 목숨의 환멸마저 휩쓸어 가고 말았다. 한 미소가 할머니의 입술에 남아 있는 듯 보였다. 죽음이, 중세기의 조각사처럼, 한 젊은 아가씨의 자태로 할머니를 죽음의 침상에 누이고 있었다.

제2장 알베르틴의 방문

　그날은 어느 가을의 일요일에 지나지 않았는데, 나는 이제 막 되살아나, 실존이 내 앞에 무염(無染) 상태로 있었으니, 따뜻한 날이 계속된 후, 아침 동안 차가운 안개가 자욱하다가 갠 것은 정오 무렵이었기 때문이다. 그런데 계절의 변함은 족히 세계와 우리 자신을 다시 창조해 낸다. 지난 날, 바람 소리가 굴뚝 속에서 났을 때, 들창을 때리는 소리를, C(ut)단조 교향곡(옮긴이: 베토벤의 제5교향곡「운명」)의 첫머리에 나는 그 현악기의 활 소리와 비슷하여 마치 신비로운 운명 쪽으로 끌려가는 감동과 더불어 들었다. 눈에 띄게 자연이 온통 변하면, 사물의 새로운 모습에 우리의 욕망도 조화되게 순응하면서 우리에게 그와 비슷한 변모를 준다. 안개는, 눈을 뜨자마자, 나를 화창한 날처럼 원심적인 인간이 되게 하지 않고, 이 일변한 세계 속에서 명상하기 좋아하고, 난로 앞을 좋아하고,

같이 자는 잠자리를 그리워하는 인간, 집에만 들어박히는 이브를 찾는 추위 타는 아담이 되게 하였다.

이른 아침 교외의 부드러운 잿빛 색조와 한 잔의 초콜릿 맛 속에 약 1년 전에 내가 동시에르에서 경험한 육체적, 지적, 윤리적 생활의 독창성을 모조리 맞추어 넣었다. 그리고 그 독창성은 초목 없는 언덕—그것이 안 보일 때에도 항상 거기에 있는—의 기다란 형태를 상징삼아, 내 속에서 다른 모든 즐거움과는 완전히 분리되어, 그 인상이 오케스트라처럼 서로 풍요하게 섞어 짜여서, 내 입으로는 도저히 남에게 설명할 수 없을 만큼 특색이 있기 때문에, 친구들에게조차 말할 수 없는 일련의 즐거움으로 되어 있었다. 이 견지로서는 이 아침의 안개가 나를 가라앉히고 만 새로운 세계는 이미 나를 아는 세계(그것이 그 세계에 더욱 진실성을 주는)이자 얼마 동안 망각해 온(그 때문에 그 세계의 싱싱함을 모조리 소생시키는) 한 세계였다. 그리고 나의 기억이 가진 안개의 경치, 특히 '동시에르의 아침'의 그것, 병영에서 지낸 첫날, 또는 생 루가 하루 숙박으로 나를 데리고 간 근교 별장의 경치를 바라볼 수 있었다. 그래서 새벽에 다시 눕기에 앞서 손수 커튼 올린 창에서, 첫 경치에는 한 기병이, 두번째 경치에는(못과 숲의 가느다란 경계에, 그 밖의 부분은 모두 한결같이 부연 액체와 같은 안개의 부드러움 속에 싸여 있는) 혁대를 한창 윤내고 있는 한 마차몰이꾼이, 마치 희미한 빛의 신비로운 어렴풋함에 익숙한 눈이라야 겨우 분간할까 말까 하는, 지워진 벽화에서 나타나는 쓸쓸한 인물처럼 나타났던 것이다.

이날 나는 침대에서 이러한 기억의 영상을 바라보고 있었다. 며칠 예정으로 콩브레에 간 양친의 부재를 이용하여, 이날 저녁 빌파리지 부인 댁에서 연주하는 소곡을 들으러 갈 셈이던 나는 그 시각을 누워서 기다리고 있었기 때문이다. 양친이 돌아와 있었다면, 아마 나는 감히 그렇게 하지 못했을 것이다. 어머니는 할머니에 대한 추억을 존중하는 마음씀에서, 애도의 표시가 자발적이며 진정에서 나온 것이기를 바랐다. 그 때문에 어머니는 내가 외출하는 걸 막지는 않았을 테지만, 못마땅히 여겼을 것이다. 의논하였다면, 콩브르에서 어머니는 쓸쓸히 '네가 하고픈 대로 해라, 다 컸으니 네가 해야 할 바를 알잖니' 하고 대답해 오지 않았을 테고, 나를 파리에 혼자 두고 온 것을 자책하며, 자기의 슬픔에 의하여 나의 슬픔을 판단하며, 어머니 자신은 스스로 거부한 심심파적을 나에게 시키고 싶었을 테고, 그리고 무엇보다 내 건강과 내 신경의 불안을 걱정하신 할머니라면 틀림없이 그런 심심파적을 내게 권했을 것이라고 스스로 납득시켰을 것이다.

아침부터 새로운 온수 난방 장치에 불을 지피고 있었다. 이따금 딸꾹질 같은 소리가 나는 불쾌한 소리는 나의 동시에르의 추억과 아무 관계가 없었다. 그러나 이 오후, 내 머릿속에서 이 소리와 동시에르의 추억이 유유히 만나 둘이서 일종의 친화력을 맺어 내어, 내가 이 난방 장치의 소리를(잠시 잊었다가) 다시 들을 적마다 내게 동시에르의 추억을 상기시키는 결과가 되었다.

이따금 승강기가 올라오는 소리가 들려 왔는데, 거기엔 두번째 소리가 따르고 있었다. 그것은 내가 바라는 나의 층에서 멎는 소리가 아니고, 승강기가 위층으로 계속 올라가기 위해 내는 아주 다른 소리였다. 그리고 그것은 내가 방문객을 기다리고 있을 때에 나의 층을 그냥 지나감을 뜻했기 때문에, 후에 내가 아무 방문객도 기다리지 않을 때에도 그 소리 자체의 고통스러운 울림으로 말미암아 버림의 선고처럼 귀청에 남았다. 지치고 단념한 듯이, 두어 시간 동안은 여전히 태곳적부터의 일을 계속하면서, 회색 햇빛이 진주

모빛 실을 잣고 있었다. 밝은 창가에서 일에만 골몰하여 여념이 없는 침모처럼 무관심한 낯선 여자와 마주 앉게 될 생각을 하면 정말 우울해졌다. 그때 갑자기, 초인종 소리도 없이, 프랑수아즈가 문을 열고 알베르틴을 방으로 안내하였다. 생글생글, 조용히 그 터질 듯이 통통한 몸 속에, 내가 그 후 한 번도 못 가 본 발베크에서 지낸 나날들을 싸서, 다가온 그 나날들을 내가 다시 삶을 계속할 수 있도록 준비해 가지고 알베르틴이 들어왔다. 우리가 우리와 관계 — 아무리 하찮은 관계일지라도 — 하던 이, 모습이 변한 이를 다시 만날 적마다, 그것은 참으로 두 시대의 대면이다. 그러기 위해 옛 애인이 일부러 친구로서 우리를 찾아올 필요가 없거니와, 우리가 어떤 유의 생활로 그날 그날 살아가는 데 사귄 사람이, 우리가 그 생활을 그만둔 지 겨우 1주일 후 파리에 찾아오는 것으로 족하다. 알베르틴의 묻고 싶어하는 얼굴의 거북스러워하는, 생글거리는 표정 하나하나에서, 나는 다음 같은 질문을 읽을 수 있었다. '빌파리지 부인은 안녕하신가요? 댄스 선생은? 또 그 과자점 주인은?' 그녀가 의자에 앉았을 때, 그녀의 등은 말하는 듯하였다. '저런, 여긴 낭떠러지가 없네요. 그러니까 발베크에서 그랬듯 당신 옆에 앉아도 좋죠?' 그녀는 '때'의 거울을 내게 보이는 마술 아가씨 같았다. 그 뜻으로 그녀는 좀처럼 만나지 않지만 전엔 가장 절친하게 지낸 사람들과 비슷하였다. 그러나 알베르틴은 그뿐만이 아니었다. 물론 발베크에서도, 우리의 매일의 만남에서, 그녀가 나날이 변모하는 걸 보고 놀란 적이 있다. 지금은 그녀를 알아보기 힘들었다. 가리던 장밋빛 안개가 걷혀, 용모가 조각상같이 우뚝 솟아나 있었다. 그녀의 얼굴은 달라졌다고 하기보다 드디어 한 얼굴을 가졌고, 몸이 성장하였다. 발베크에서는 그녀의 미래의 형태가 드러나 있지도 않았던, 그녀가 싸여 있던 깍지는 이제 흔적도 남아 있

333

지 않았다.

알베르틴, 이번에는 여느 때보다 일찍 파리에 돌아왔다. 보통 그녀는 봄에야 돌아와, 그래서 몇 주일 전부터 피기 시작한 꽃에 스치는 뇌우로 설렌 나는, 내가 품은 기쁨 가운데서, 알베르틴의 돌아옴과 아름다운 계절의 그것을 떼어 놓지 못하였다. 그녀가 파리에 있다고, 우리 집에 들렀다고 누가 일러주는 말만으로도 그녀가 바닷가에 피는 장미처럼 다시 보이는 것이었다. 하지만 그 당시 내 마음을 사로잡았던 것이 발베크에 대한 욕망이었는지 또는 그녀에 대한 욕망이었는지 잘 모르겠다, 어쩌면 그녀에 대한 욕망 자체도 발베크를 소유하려는 게으른, 비겁하고도 불완전한 형태였는지도 모르니까, 마치 한 사물을 물질적으로 소유함, 한 시가에 거주함이 그것을 정신적으로 소유함과 동등하였듯이. 그리고 또 물질적으로도, 그녀가 나의 상상력으로 흔들려 바다의 수평선 앞에 있지 않고, 내 곁에 부동 자세로 있을 때, 흔히 그녀는 내 눈에, 꽃잎의 흠을 안 보려고 또 바닷가에서 호흡하고 있다고 여기려고 눈을 감고 싶을 만큼 빈약한 장미꽃으로 보였다.

그 당시 몰랐지만, 단지 그 후에 일어날 일을 나는 여기서 그렇게 말할 수 있다. 여인을 위해 제 삶을 희생함이란, 우표, 오래 된 코담뱃갑, 그림과 조각 때문에 그렇게 하느니보다 물론 이치에 맞는다. 다만 이런 다른 수집의 보기는 우리에게 변화함을, 단 하나의 여인이 아니라 수많은 여인을 가짐을 예고해 줄 것이다. 한 아가씨가 바닷가와 하나가 되는 혼합, 한 아가씨가 성당 조각상의 땋아 올린 머리털과, 한 판화와, 꽃피는 아가씨들 중 하나의 모습이 그 속에 있을 적마다 좋아지는 어여쁜 그림 같은 갖가지의 매혹적인 혼합은 안전한 것이 못 된다. 여인과 아주 같이 산다면 그대로 하여금 그녀를 사랑하게 한 것이 흔적도 없어진다. 물론 분리되고

만 이 두 요소를 질투심은 다시 하나로 결합할 수 있다. 오랜 동거 생활 후에 내가 알베르틴에게서 흔해 빠진 한 여성밖에 보지 않게 되어 있더라도, 그녀가 발베크에서 좋아한 한 사람과의 어떤 정사가 머리에 떠오른다면, 바닷가와 부서지는 물결을 또다시 그녀에게 혼합시킬 수 있을 것이다. 단지 이 두번째 혼합은 다시는 우리 눈을 호리지 않고, 그것이 느껴지고 또 비통한 것이 되는 것은 우리 마음에서다. 이런 위험스런 꼴 밑에, 기적의 재생을 바라면 안 된다. 그러나 이는 수년 후의 일. 나는 여기서 낡은 쌍안경을 모으는데, 그것은 결코 상자 속을 충분히 채우지를 못하기 때문에 늘 비어 있는 자리가 새롭고 한층 진기한 쌍안경을 기다리듯이, 여자 수집을 할 수 있을 만큼 자신이 영리하지 못했던 사실을 후회하는 데에 그치리라.

그 별장 생활의 여느 해의 순서와는 달리, 이해 그녀는 발베크에서 바로 왔고, 그리고 또 발베크에도 여느 때보다 덜 오래 있었다. 나는 그녀를 보지 못한 지 오래였다. 그리고 그녀가 파리에서 교제하고 있는 이들의 이름조차 모르는 나는, 그녀가 나를 안 만나고 지낸 동안의 그녀에 대해서 아무것도 몰랐다. 그 동안이 꽤 길었다. 그러다가 어느 날, 알베르틴이 느닷없이 나타나곤 하였는데, 그 장밋빛의 출현과 말수 적은 방문은 그녀의 그 동안의 동정을 거의 알리지 않았으니, 그것은 그녀의 숨은 생활의 어둠 속에 잠긴 채로 있어, 내 눈도 그것을 간파하려 들지 않았다.

그런데 이번에는 몇 가지 표적 같은 것이 그녀의 생활에 뭔가 새로운 일이 일어났음을 가리키는 성싶었다. 매우 단순하게 추론하면, 알베르틴의 나이 무렵에는 급속하게 변한다고나 할까. 예를 들어, 그녀의 지성은 더 뚜렷하게 나타나, 내가 그녀한테, 소포클레스에게 '친애하는 라신'이라고 쓰게 해야 한다는 착상을 그녀가 기쓰고 우긴 날을 상기시키자, 그녀가 먼저 즐겁게 웃어 댔다. "앙드레가 옳았어요. 내가 바보였지"라는 그녀의 말, "소포클레스는 당연히 '님'이라고 써야 했지." 나는 그녀에게 대답하기를, 앙드레의 '님'이나 '친애하는 님'도, 그녀의 '친애하는 라신'이나 지젤의 '친애하는 벗'에 못지않게 우스꽝스럽지만, 요컨대, 라신 앞으로 소포클레스가 부치는 편지를 작성시킨 선생들이야말로 어리석다고 하였다. 알베르틴은 여기서 더 이상 나를 따르지 못하였다. 그녀의 눈엔 뭐가 어리석은지 안 보였던 것이다. 그녀의 지성은 방긋이 열렸을 뿐, 트이진 않았다. 그녀에겐 더 이목 끄는 새로움이 있었다. 이제 막 내 침상 곁에 앉은 이 아리따운 아가씨 속에 전과 뭔가 다른 것, 눈이나 표정으로 일상적인 의사 표시를 하는 선에서 포진(布陣)의 변화, 개변(改變)의 시작을 느꼈다. 발베크에서, 이미 멀리 지나가 버린 하룻밤, 우리들이 이 오후의 그것과는 반대되는 상대적인 한 쌍을 구성한 — 왜냐하면 그때 그녀는 침대에 누워 있었고 그 곁에 있었던 것은 나였기 때문인데 — 그날 밤, 내가 허무하게 패퇴(敗退)하던 때와 같은 저항은 사라지고 만 듯싶었다. 지금 그녀가 입맞추게 할는지 확인하고 싶으면서도 감히 그러지 못한 채, 떠나려고 그녀가 일어설 적마다, 나는 더 있어 달라고 하였다. 승낙 얻기에 쉽지 않은 노릇이니, 할 일이라곤 별로 없는 그녀였으나(있다면 밖으로 뛰어나갔을 터), 시간에 까다로운 사람인데다가 나에게는 데면데면하여서, 나와 함께 있기가 거의 즐겁지 않은 것 같았기 때문이다. 그렇긴 하나 매번, 시계를 바라본 다음, 그녀는 내 청에 다시 앉아, 내 곁에서 몇 시간을 보냈는데도 나는 그녀한테 아무것도 구하지 않았다. 내가 그녀에게 꺼낸 말은 조금 전한 얘기에 이어지는 것이고, 내가 생각하고 있는 것이나 바라는 것에 전혀 결부되지 않고 그대로 무한정 평행선을 유지해 나갔다. 말하는 것과 생각하는 바를 하나도 닮지 않은 걸로 만드는 건 바로 욕망이다. 시간은 촉박한데, 걱정하는 것과 동떨어진 화제에 대해 말하면서 시간을 벌고 싶은 모양이다. 입 밖에 내려는 언사에 이미 한 몸짓이 따르고 있을 때도(눈앞의 쾌락을 얻기 위해, 그 몸짓이 초래할 반응에 관하여 느끼는 호기심을 채우기 위해), 한마디 없이, 아무 허락도 구함 없이, 이 몸짓을 안 하였다고 가정하고 지껄였다. 확실히 나는 추호도 알베르틴을 사랑하지 않았다. 바깥 안개의 딸인 그녀는, 새 계절이 내 몸 안에 눈뜨게 한, 이를테면 요리 기술과 불멸의 조각 기술이 채울 수 있는 욕망의 중간에 있는 공상적인 욕망을 만족시킬 수는 있었다. 왜냐하면 그 욕망은 내 살에 다른 따스한 물질을 섞는 몽상을 시키는 동시에, 침상에 누워 있는 내 몸에 어떤 다른 몸을 어딘가에서 결합하는 일을 꿈꾸게 했기 때문이다. 고대의 기둥머리 조각처럼 고상하고도 평온한 지음새로 여성의 창조를 나타낸 발베크 대성당의 로마네스크 양식의 얕은 부조(浮彫)에, 이브의 몸이 아담의 허리에 발로 아슬아슬하게 잇닿아, 그 사나이의 몸과 거의 수직을 이루고 있는 그 모습처럼. 거기에서 신은 언제나 두 아기 천사를 시종으로서 거느리는데, 그 중에는 —날개로 날아다니는 여름 생물이 겨울이 되자 간신히 살아가듯이— 13세기에 여전히 살아남아서 그 비상(飛翔)을 계속하면서, 지친 모습이기는 하지만, 아직도 우아함을 간직하고 있는 헤르쿨라네움(옮긴이: Herculaneum, 나폴리에 가까운 로마 시대의 도시. 기원전 79년에 베수비오[vesuvius] 화산의 대분화로 매몰됨)의 큐핏이 정면에 하나 가득히 그려져 있다.

그런데 내 욕망을 성취하면서 이런 망상으로부터 벗어나는, 상대가 어느 예쁜 여인이건 무방한 쾌락을 얻는데 —끝없는 수다를 늘어놓으면서 내가 알베르틴한테 침묵한 유일한 생각이지만—

그녀의 환심을 살지도 모른다는 나의 낙관적인 가정의 근거가 뭐냐고 묻는다면, 그 가정은(잊고 만 알베르틴의 목소리의 특징이 그녀의 사람됨의 윤곽을 다시 그려 보이는 반면에), 그녀의 어휘에 없었던, 적어도 그녀가 지금 부여하는 어의로는 쓰지 않았던 몇몇 낱말의 출현에 있다고 대답했을 것이다. 그녀가 나에게 엘스티르는 바보라고 말하기에 내가 그렇지 않다고 외치니까,

"못 알아듣는군요" 하고 그녀가 웃으면서 대꾸하였다, "내가 하고픈 말은 이런 경우엔 그분은 바보였다는 거예요. 그분이 아주 뛰어난 인물이라는 거야 잘 알지만."

마찬가지로, 퐁텐블로의 골프장에 대해, 그것이 멋지다고 하기 위해서는 이렇게 말한다.

"아주 출중(une sélection)해요."

내가 겪은 결투에 관하여 나의 입회인을 두고 그녀가 '골라 낸 입회원이네요'라고 하였다. 그리고 내 얼굴을 물끄러미 보면서 '콧수염을 기르면' 더 보기 좋겠다고 털어놓았다. 또 지난해 맹세코 그녀가 몰랐던 말씨, 지젤을 만난 지 꽤 '기간'(laps de temps)이 지났다는 말씨가 나오고 보니, 바람직한 기회는 매우 많을 듯싶었다. 내가 발베크에 있었을 때 이미 알베르틴이, 부유한 집안 태생임이 금방 드러나는, 해마다 모친이 딸이 커 감에 따라 중대한 경우에 하나하나 제 보석을 주듯 딸에게 물려주는 말씨를 안 가졌다는 건 아니다. 어느 날, 선물을 받고 인사말로 그녀가 '황송해서 어쩌나'(Je suis confuse)라고 답했을 적에 이미 알베르틴이 어린애가 아님을 다들 느낀 적이 있다. 봉탕 부인은 그때 남편의 얼굴을 물끄러미 안 바라볼 수 없었고, 남편은 대답했었다.

"음, 이제 이 애도 열네 살이 되어 가니까."

알베르틴이 고약하게 화장한 어린 아가씨에 대해, '저 애가 예

쁜지 분간조차 못 하겠어, 얼굴이 연지투성이니'라고 말했을 때, 그 결혼 적령이 더 한층 눈에 띄었다. 요컨대 아직 어린 아가씨지만, 이미 그 환경과 계급에 어울리는 어엿한 여인의 품을 갖춰, 누가 점잔빼는 태를 짓기라도 하면, '눈뜨고 못 보겠어, 나도 저러고 싶어지니까'라든가, 누가 남의 흉내를 재미나 내기라도 하면, '흉내내는 사람이 흉내당하는 사람과 꼭 닮았으니 더 우습네'라고 말하였다. 이런 언사야 사교계의 보물에서 빌려 온 것들. 그런데 바로 알베르틴의 환경은, 예컨대 내 아버지가 남들이 매우 총명하다고 칭찬하는, 아직 사귀지 않은 동료의 아무개를 '아주 뛰어난 사람인가 봐'라고 말하는 뜻으로 '뛰어난' 것이라곤 못 할 것 같다. 골프장에 대한 '출중' 역시 시모네 집안에 안 어울리게 생각되었다. 다윈의 연구에 몇 세기 앞선 문장과, '자연의'라는 형용사가 어울리지 않듯(출중[sélection]에 자연[naturelle]이라는 형용사를 붙이면 '자연 도태'라는 뜻이 됨) '기간'은 더할 나위 없이 길조인 듯싶었다. 끝으로 알베르틴이 그 의견을 존중할 인물에 대해 만족스럽게,

"'내 생각으론'(à mon sens), 이것이 가장 나을 것 같아요……. 가장 좋은 해결, 우아스러운 해결이라고 판단해요"라고 말했을 때, 내가 아직 몰랐던, 하지만 온갖 희망을 내게 허락하기에 알맞은 격변이 이 아가씨에게 있었음이 내 눈에 또렷이 보였다.

그것은 전에 몰랐던 그녀의 지형(地形)의 변덕스러운 굴곡을 짐작하게 하는 매우 새로운, 매우 뚜렷한 암시여서, 나는 '내 생각으론' 하는 말에서 알베르틴을 끌어당겨, '판단해'에서 그녀를 침상에 앉혔다.

그다지 교양 없는 여성이 학식 높은 사내와 결혼한 경우, 그 지참금 안에 이와 같은 말씨를 넣는 일이 틀림없이 있다. 혼인 첫날

밤에 일어나는 변모에 이어, 찾아간 옛 여자 친구에게 수줍게 이야기하면서, 어떤 사람을 총명(intelligente)하다고 평하면서 엥텔리장트라는 낱말의 l을 두 번 울리기라도 하면, 듣는 이들은 그녀가 드디어 여자가 됐구나 하고 놀라움과 더불어 주목한다. 그러나 그것은 바로 변화의 표적이다. 이 새로운 말씨와 내가 알던 알베르틴의 용어 사이에 한 세계가 있는 성싶었다. 내가 알던 알베르틴의 가장 대담한 용어는 어떤 괴상한 사람을 보면, '별난 녀석이야'(C'est un type)라고 말하고, 노름하자고 하면, '잃을 돈이 없어'(Je n'ai pas d'argent à perdre), 또는 친구가 부당한 비난을 하면, '넌 정말, 대단하구나!'와 같은, 성모 찬가(Magnificat)와 별 차이 없이 예스러운 서민의 전통에 따라 이런 경우에 하는 말, 좀 화가 난 어린 아가씨가 '아주 자연스럽게' 사용할 권리가 있다고 확신하는 말(기도나 인사법과 마찬가지로 어머니한테 직접 배웠기 때문에)을 하였다. 이런 말은 전부, 봉탕 부인이 그녀한테, 유태인에 대한 미움과 흑인에 대한 존경과 동시에 일반 상식으로서 가르쳤던 것인데, 설령 부인이 명확하게 가르치지 않았더라도, 갓난 방울새가 어미 방울새의 지저귐을 본받아 거뜬히 지저귀게 되듯, 필시 혼자 깨쳤을 것이다. 아무튼, 이 '출중'은 내게 걸맞지 않았고, '판단해요'는 나를 고무하는 듯하였다. 알베르틴은 전 같지 않다. 따라서 전같이 행동하지 않겠지, 전같이 반항하지 않겠지.

나는 이제 그녀에게 사랑을 품고 있지 않을 뿐만 아니라, 또한 나에 대한 그녀의 있지도 않은 우정을 깨뜨릴까 봐, 발베크에서처럼, 두려워할 필요도 없었다. 오래 전부터 내가 그녀한테 매우 냉담하게 되었음에 추호의 의심도 없었다. 그녀로서는 내가 전혀 '작은 동아리', 지난날 내가 그토록 끼고 싶었고, 다음에 기꺼이 받아들여져 그토록 기꺼웠던 '작은 동아리'의 부원이 아님을 나는 알아차렸다. 그리고 이제 그녀가 발베크에서처럼 솔직하고 착한 모습도 없어서, 나는 그다지 거리낌을 안 느꼈다. 그렇지만 내게 결단시킨 것은 마지막 언어학상의 발견이었다고 생각한다. 내심의 욕망을 그 밑에 숨기는 화제의 띠 사슬에 새 고리를 계속해 덧붙이면서, 내가 알베르틴을 침상의 한구석에 앉히고 나서, 작은 동아리의 아가씨들 중의 하나, 다른 아가씨들보다 가늘지만 그래도 꽤 예쁘게 생각했던 아가씨에 대해 말하자, "그래요, 저 애는 작은 '무스메'('아가씨'라는 일본어) 같아요" 하고 알베르틴은 대답하였다. 명백히, 내가 전에 알베르틴을 사귀던 때, 그녀는 '무스메'라는 낱말을 몰랐다. 만사가 여느 진행에 따랐다면 그녀는 결코 이런 낱말을 몰랐을 것이고, 또 나로서도 그런 건 아무래도 좋았을 것이다, 더 이상 소름끼치게 하는 낱말이 없으니까. 이 낱말을 듣자 입 속에 큰 얼음 덩어리를 넣었을 때처럼 이가 시리다. 그러나 알베르틴같이 예쁜 아가씨가 말하면, 이 '무스메'조차 내게 불쾌하지 않았다. 그렇기는커녕, 그것은 외면의 깨우침이 아닐망정 적어도 내면 성장의 누설같이 생각되었다. 공교롭게 그녀가 식사에 때맞게 돌아가고, 나 역시 식사에 늦지 않게 일어나고 싶다면 그녀에게 작별 인사를 해야 할 시간이었다. 식사 차리고 있는 프랑수아즈는 기다리기를 싫어하며, 또 알베르틴이 양친이 안계실 때, 이토록 엉덩이 질긴, 매사를 지체시키는 방문을 한 것을, 그 법전 조문 중의 하나에 어긋난 것으로 생각하고 있음에 틀림없었다. 그러나 '무스메'라는 한마디 앞에 이런 사리가 운산되어 나는 서둘러 말하였다.

"난 조금도 간지럼 타지 않는 체질이라서, 당신이 한 시간 동안 나를 간질인대도 전혀 간지럽지 않을걸."

"정말!"

"다짐하지."

이 말이 욕망의 서투른 표현임을 그녀는 틀림없이 알아챘는데, 이쪽에서 감히 애원하지 못하나, 그 말끝으로 이쪽에 유익하다고 짐작되는 것을 제공하는 사람처럼,

"시험해 볼까요?" 하고 그녀는 여성답게 공손히 말했기 때문이다.

"하고 싶으면, 그러나 그러려면 당신도 침상에 아주 눕는 게 편할 걸."

"이렇게?"

"아니, 더 깊숙이."

"하지만 나 너무 무겁지 않을까요?"

그녀가 이 말을 끝내자마자 문이 열리고, 프랑수아즈가 램프를 들고 들어왔다. 알베르틴은 의자에 다시 앉을 틈밖에 없었다. 어쩌면 프랑수아즈가 문 밖에서 엿듣거나 열쇠 구멍으로 엿보기까지 하다가, 우리를 당황케 하려고 일부러 이 순간을 골랐는지도 몰랐다. 그러나 이런 가정을 할 필요가 없었다. 프랑수아즈는 그 본능으로써 넉넉히 눈치챌 수 있는 것을 구태여 눈으로 확인하기를 수치스럽게 여겼으니, 나나 나의 양친과 살아온 힘으로, 두려움·신중·경계심·꾀 따위가, 바다에 대해 수부가, 사냥꾼에 대해 사냥거리가, 병에 대해 의사나 병자가 지니는 일종의 본능적인, 거의 점(占)과 같은 정통을 우리에 대해 가지고 말았기 때문이다. 프랑수아즈가 알게 된 것은, 실지로 조사할 방법이라곤 도무지 없었던 고대인의 어떤 지식이 매우 우수하였다는 사실이 느끼게 하는 정도로, 남을 놀래고 아연케 만들었을 것이다(프랑수아즈가 가진 정보 역시 많지 않았다. 식사 때 우리 식구가 하는 잡담의 10분의 1도 못 되는, 우두머리 급사가 건성으로 들어 재빨리 수집하여 식기

실에 부정확하게 보고하는 터무니없는 이야기들이었다). 또한 프랑수아즈의 잘못된 생각은 정보 부족이기보다, 옛 사람들의 그것처럼, 플라톤이 신봉한 전설같이, 오히려 그릇된 세계관이나 선입감에서 비롯하고 있었다. 그와 같이 오늘날 아직 곤충의 습성에 관한 가장 위대한 발견이 실험실도 장치도 갖추지 못한 학자의 손으로 될 수 있는 것이다. 하인이라는 그녀의 처지에서 생기는 불리한 입장도 그 궁극적인 목적인 ─ 그리고 그 성과를 알림으로써 우리들을 당황하게 하는 데에 있다 ─ 기술에 필요한 지식 획득에 방해는 되지 않지만 속박은 그 이상으로 효과적이었다. 거기선 방해가 상상의 비약을 마비시키지 않을 뿐만 아니라 힘차게 그것을 돕기까지 하였다. 틀림없이 프랑수아즈는 예컨대 말투나 태도 같은 보조적인 것을 하나도 소홀히 하지 않았다. 프랑수아즈는(우리가 말하는 것이나 믿어 주기를 바라는 것을 결코 곧이듣지 않았는데), 같은 신분인 사람이 얘기한 것이라면 아무리 터무니없고, 동시에 우리의 마음을 상하게 하는 것이라도 의심의 그림자조차 없이 인정하여서, 우리의 확언을 듣는 태도가 불신을 나타내는 만큼이나, 제 주인을 위협해 온 사람 앞에서 제 주인을 '똥 같은 놈'이라 헐뜯어 많은 득을 보았노라고 그녀에게 얘기한 어떤 식모의 이야기를 알리는 그녀의 말투는(들떼놓고 이야기를 하면 꾸중도 듣지 않고 고약한 욕을 우리에게 퍼붓기에 안성맞춤이라서) 그것이 성서의 말씀이라도 되는 만큼이나 또렷또렷하였다. 프랑수아즈는 "내가 그 댁의 마님이었다면 약올랐을 거예요"라고 덧붙이기까지 하였다. 우리는 5층에 사는 그 부인에게 본래 그다지 호감도 안 가졌지만 사실 같지 않은 꾸민 이야기를 들을 때처럼, 그 시시한 예를 듣고 어깨를 으쓱했으나 허사였다. 주워섬기는 프랑수아즈는 결단코 이론의 여지가 없다는 격한 단언을 하듯이 단호한 말투로 말하였다.

그러나 특히, 작가가 군주의 압제나 작시법(作詩法)의 속박, 운율법이나 국가 종교의 엄격성으로 묶여 있으면, 정치적 자유나 문학적 무질서의 체제에서는 불필요한 집중력에 도달하는 수가 흔히 있듯이, 프랑수아즈는 우리한테 명료한 투로 대꾸할 수 없어 나서, 테이레시아스(옮긴이: Teiresias, 그리스 신화에 나오는 유명한 소경 예언자. 오이디푸스 왕이 제 어머니와 통혼했음을 말함)처럼 말하고, 또 글을 쓴다면 타키투스(옮긴이: Tacitus, 55?~115?. 고대 로마 제정기 시대의 역사가·웅변가·정치가(생략이 많은 글을 씀)처럼 기술했을 것이다. 프랑수아즈는 제 힘으로 직접 표현할 수 없는 것을 모조리, 우리가 자책 없이는 나무라지 못하는 글 속에, 글을 쓰지 않고서도, 침묵 속에, 물건을 놓는 그 방식 속에 담을 줄 알았다.

그러므로 다른 편지 가운데, 프랑수아즈가 보면 거북한 한 통, 예를 들어 프랑수아즈에 대해 좋지 않게 말해 보내는 이나 받는 이나 똑같은 속셈이구나 추측하게 하는 편지이기 때문인데, 그런 한 통을 부주의로 책상 위에 놓고 나갔다가, 저녁, 근심하면서 집에 돌아와 곧장 내 방으로 가 보니, 차곡차곡 정돈된 편지들 위에, 위험천만한 문서가 먼저 내 눈을 쏘는 게 아닌가. 물론 그것이 프랑수아즈의 눈에 안 띄었을 리 만무하거니와, 프랑수아즈의 손으로 맨 위에, 딴 것과 뚜렷하게 따로 눈에 띄게 놓았으니, 이는 하나의 말, 웅변이라, 문을 열자마자 외침이 귀에 들리듯 나를 소스라치게 했던 것이다. 프랑수아즈는 제가 나중에 등장하였을 때, 제가 다 알고 있다는 것을 구경꾼이 이미 알도록, 제가 없는 사이 꾸며 놓는 연출을 썩 잘 하였다. 무생물에 이와 같이 지껄이게 하는데, 어어빙(옮긴이: Irving, 1783~1859. 영국의 배우)이나 프레데릭 르

344

메트르(옮긴이: Frédérick Lema tre, 1800~1876. 프랑스의 배우)
에 맞먹는 천재적인 동시에 인내성 많은 기술을 가지고 있었다. 지
금 알베르틴과 내 위에 불컨 등잔을 쳐들어, 아가씨 몸이 이불 위
에 판 옴폭 들어간 곳을 비췄을 때, 프랑수아즈는 '죄를 밝히는 정
의'의 모습이었다. 알베르틴의 얼굴 모습은 이 조명에 본디의 매
력을 잃지 않았다. 발베크에서 나를 매혹시켰던 그 밝은 윤이 두
볼에 반짝반짝하였다. 이 알베르틴의 얼굴은 이따금 바깥에선 그
전체가 좀 푸르스름 창백하였는데, 그와는 달리, 등잔빛이 비쳐 감
에 따라, 아주 빛나게 고르게 물들어 탄력 있는 반들반들한 살갗이
되어, 어떤 꽃의 시들 줄 모르는 살빛에 비교할 수 있을 만하였다.
그렇기는 하나 프랑수아즈의 뜻하지 않은 침입에 놀란 나는 외치
고 말았다.

"뭐, 벌써 등잔이야? 빛이 세군!"

내 목적은 물론 나중 말로 내 혼란을 숨기고, 먼저 말로 내 늦음
을 변명하는 데 있었다. 프랑수아즈는 무자비하고 모호한 말로 대
꾸했다.

"불 '껄'까요?"

"끈다가 옳죠?" 하고 알베르틴은 내 귀에 속삭였는데, 그 허물
없는 민첩성을 통해, 나를 선생님인 동시에 공범자로 삼으며, 문법
상의 의문형이 어조에 심리상의 긍정을 넌지시 불어넣어 나를 기
쁘게 하였다.

프랑수아즈가 방에서 나가 알베르틴이 침상에 다시 앉았을 때,

"나 겁나는 게 뭔지 아오?" 하고 그녀에게 말하였다, "계속해서
이러다간 입맞추고 싶어 참을 수 없지 않을까 겁나오."

"불행중 다행이군요."

나는 이 꾐에 얼른 응하지 않았다. 다른 사람이라면 그것조차 부

질없는 것으로 생각했을 것이니, 알베르틴의 발음이 매우 육감적이고 감미로워서 말만으로도 그녀가 상대를 안고 있는 듯한 느낌이 들었기 때문이다. 그녀의 한마디가 은혜이며, 그 대화는 상대를 입맞춤으로 덮었다. 그렇지만 이 꾐은 내게 아주 쾌적하였다. 같은 또래의 다른 예쁜 아가씨가 한 것이었대도 역시 쾌적했을 것이다. 그러나 알베르틴이 지금 이처럼 손쉽게 됐다는 것, 이는 내게 기쁨 이상의 것을 느끼게 하는 동시에, 아름다움의 각인이 찍힌 갖가지 형상이 줄지어 눈앞에 떠올랐다. 나는 우선 바닷가 앞 바다만을 배경삼아 그린 알베르틴을 상기하였다. 그것은 나로서는 무대에서 눈에 비치는 모습, 정말로 출연할 여배우를 보고 있는지, 대역인 말단 여배우인지, 또는 단지 빛의 투영(投影)을 보고 있는지 모르는 환상 이상으로 실존이 아니었다. 다음에는 광선의 다발[光束]에서 진짜 여인이 뚜렷이 드러나 내게 왔는데, 그러나 단지 마법의 광경 속에서 추측한 만큼 현실 세계에서 손쉬운 여인이 전혀 아니라는 것을 내가 알아차릴 수 있도록 하기 위해서였다. 그녀를 만지고 포옹하기가 가능하지 않다는 걸, 다만 그녀와 담소할 수 있을 뿐, 옛 식탁에 올려놓은 먹을 수 없는 장식인 경옥(硬玉) 포도가 진짜 포도가 아니듯, 내게는 그녀는 한 여성이 아니라는 걸 알았었다. 그러다가 세번째 단계에 이르러, 내가 그녀에 대해 품었던 두번째 인식에서처럼 현실로, 게다가 첫번째 인식에서처럼 손쉬운 것으로 되어 그녀는 내 앞에 나타났다. 손쉽게, 그리고 오랫동안 그녀는 그렇지 않다고 내가 믿어 왔던 만큼 더욱 감미롭게, 삶에 대한(내가 처음 믿었던 것보다 한결같지도 단순하지도 않은 삶에 대한) 나의 지나친 지식은 일시적으로 나를 불가지론(不可之論)에 이르게 하였다. 뭘 단언하겠는가? 처음 그럼직하게 믿었던 것이 다음에 헛것임이 나타나고, 그러다가 세번째에 참이 되는데(더구나 알베르틴에 대한 내 발견의 끝머리에 이르지 않았던 것이다).
요컨대 삶을 통해 한 면에서 또 한 면으로 더욱 풍부한 것을 발견
해 나간다는 이 가르침에 로마네스크한 매력(리브벨에서 식사하는
동안, 생활이 잔잔한 얼굴답게 새긴 가면 한가운데에, 지난날 자신
의 입술을 대었던 용모를 다시 찾으면서, 생 루가 맛본 것과는 정
반대인 매력)이 없었을망정, 알베르틴의 뺨에 입맞출 수 있음을 아
는 일, 이는 나로선 입맞추는 기쁨보다 더 큰 기쁨이었다. 우리의
몸만을 차지하는, 왜냐하면 상대 여인은 한낱 살덩어리이니까, 그
런 여인을 소유하는 것과, 바닷가에서 그 친구 아가씨들과 함께 있
는 걸 어느 날 언뜻 보고, 별로 이렇다 할 일도 없었던 그런 나날이
었기에 다시 못 만나지 않을까 불안해 하던 아가씨를 소유한다는
것은 얼마나 천양지차인가. 삶은 쾌히 이 아가씨의 소설을 다 상세
히 누설하고, 그녀를 보기 위하여 시각 기관을, 다음에 다른 기관
을 빌려 주고, 또 육체적 욕망에, 그것을 백 배나 늘이며 복잡케 하
는 더 정신적이자 덜 물리는 욕망의 반주를 덧붙이는 것이다. 이런
정신적 욕망은 오로지 살덩어리를 잡으려 할 때는 마비 상태에서
빠져 나오지 못하고 육욕만을 멋대로 하게 내버려 둔다. 그러나 그
것은 거기서 추방되어 향수를 느끼는 추억의 세계를 모조리 소생
시키기 위해, 육체적 욕망 곁에 폭풍우같이 고조되어, 그것을 자극
하고, 비물질적인 현실을, 원하는 형태로 실현도 동화도 시키지 못
하고, 다만 이 욕망을 처음 만나는 여인의 두 볼, 그것이 아무리 싱
싱한들, 이름도 모르고, 비밀도 매혹도 없는 여인의 볼이 아니라,
내가 오랫동안 몽상해 온 여인의 볼에 입맞춤이란, 여러 번 보아
온 색채의 맛, 풍미를 아는 일이다. 한 여인을 보았다 하자, 바다를
배경삼아 윤곽을 그린 알베르틴처럼, 삶의 무대 장치 중의 한낱 그
림, 다음 이 그림을 떼어 내 몸 곁에 놓고, 실체경(實體鏡)의 렌즈

너머로 보듯, 조금씩 그 볼륨[量感]과 색채를 볼 수 있다. 좀 까다로운, 금세 소유되지 않는, 과연 소유할 수 있을지 당장 모르는 여인만이 관심의 대상이 됨은 이 때문이다. 왜냐하면 이런 여인을 사귀고, 가까워지고, 차지하는 일은, 바로 인간의 모습이나 크기나 돋을새김(浮彫)을 여러 가지로 변화시키는 일이요, 삶의 무대 장치 속에 그것이 원래의 실루엣처럼 얄팍한 것으로 되돌아갔을 때, 한번 더 다시 보아도 좋다는, 평가의 상대성을 가르치는 것이다. 처음 뚜쟁이 집에서 사귄 여인이 흥미를 못 끄는 건 그런 여인이 그대로 변하지 않기 때문이다.

한편 알베르틴은, 내게 특히 소중한 일련의 바다의 인상을 모조리 그녀의 둘레에 잇고 있었다. 나는 이 아가씨의 두 볼에서, 발베크의 바닷가 전체를 포옹한 것같이 생각되었다.

"정말 입맞춰도 무방하다면, 나중에 내가 택하는 순간에 하고 싶군요. 단지 그때 가서 허락한 걸 잊지 마시길. '입맞춤의 어음'이 필요해."

"거기에 나 서명해야 하나요?"

"하지만 내가 지금 곧 입맞춰도, 나중에 또 할 수 있을는지?"

"어음이라니 아이 재미나라, 나 이따금 어음을 떼어 드리죠."

"그럼 한마디 더 해줘요, 저어, 발베크에서, 내가 아직 당신과 친지가 아니었을 때, 당신은 흔히 냉혹하고도 교활한 눈초리를 했는데, 그때 무슨 생각을 하였는지 말해 줄 수 없을까?"

"어머! 나 하나도 생각 안 나요."

"이봐요, 가령, 당신 친구 지젤이 한 노신사가 앉아 있는 의자 위를 발을 모으고 뛰어넘던 날, 그 순간 뭘 생각했는지 상기해 봐요."

"지젤하곤 우리는 그다지 자주 어울리지 않았어요, 하기야 우리 동아리지만 절친하지는 않았거든요. 나 그애를 썩 교양 없이 구는 평범한 애라 생각했을 테죠."

"정말로 그뿐이야?"

그녀를 입맞추기에 앞서, 그녀와 사귀기 전에 그녀가 바닷가에서 나로 하여금 품게 한 신비로 새삼 그녀가 가득 차고, 전에 그녀가 살아온 고장을 그녀 가운데서 다시 발견할 수 있기를 바라 마지않았다. 내가 그것을 인식 못 하더라도, 그 대신에 적어도, 발베크에서의 우리의 생활의 온갖 추억, 창 밑에 부서지는 물결 소리, 어린이들의 고함을 살그머니 넣을 수 있었다. 하지만 안쪽으로 부드럽게 굽은 두 볼, 그 표면이 곱다란 검은 머리칼의 첫 주름 끝에 사라지고, 그 검은 머리칼은 물결치는 산맥인 양 달리다가, 가파른 봉우리를 쳐들어, 골짜기의 기복을 빚어 내고 있는 두 볼의 장밋빛 곱다란 곡선 위에 눈길을 슬며시 미끄러뜨리면서, '마침내, 발베크에서 성공 못 했던, 알베르틴의 두 볼이라는 미지의 장미꽃 맛을 보는구나. 우리가 생존하는 동안 사물이나 인간을 통과시키는 범위는 그다지 많지 않으니, 내가 모든 것 중에서 택한 이 꽃 같은 얼굴을 먼 틀에서 떼어 내어 이 새로운 평면 위에 데려다가, 마침내 그것을 입술로 인식한다면, 그것으로 어쩌면 내 생존을 어느 정도 완수하였다고 간주할 수 있지 않을까' 하는 생각을 나는 하지 않을 수 없었다. 내가 이러한 생각을 한 건, 입술을 통한 인식이 있음을 믿었기 때문이다. 이 살의 장미꽃 맛을 알게 되는구나 하고 내가 생각한 건, 섬게나 고래보다 다소 진화한 피조물인 인간이, 그래도 아직 중요한 몇몇 기관이 부족하고, 특히 입맞춤에 쓰이는 기관을 하나도 못 가짐을 꿈에도 생각해 보지 않았기 때문이다. 이 갖지 못한 기관을 인간은 입술로 보충하니, 뿔인 이빨로 애인을 애무하지 않을 수 없게 되었다 하기보단 좀더 만족한 결과가 나올지도 모르는 일. 그러나 식욕을 돋우는 것의 풍미를 입천장에 가져가는 게 직분인 입술은, 제 착오를 이해 못 한 채, 제 실망을 털어놓지 못한 채, 겉에 빙빙 돌아, 탐나지만 뚫고 들어갈 수 없는 볼의 담장에 부딪치는 걸로 만족하지 않을 수 없었다. 하기야 이 순간, 속살에 직접 닿거나, 더욱 노련하고 타고난 재능이 있었다 가정하더라도, 입술이야, 현재 자연이 파악 못 하게 하는 풍미를 더 잘 맛볼 수 없는 게, 왜냐하면, 입술의 먹을 거리를 발견 못 하는 이 비탄할 지역에 시각이나 후각이나 입술을 내버리고 간 지 오래라 입술 혼자이기 때문이다. 나의 눈길이 그녀에게 입맞춤을 제의했던 양 볼에 내 입술이 가까워지기 시작함에 따라, 눈길이 자리 옮기고 새 양 볼이 보였다. 아주 가깝게 확대경으로 보듯 언뜻 본 목은 굵다란 결을 보여, 얼굴의 성격을 일변시키는 튼튼함을 나타냈다.

사진의 최신 기법 — 가까이에서, 흔히 거의 탑 높이만큼 보이는 가옥들을 대성당의 밑에 눕히고, 연대를 움직이듯, 일렬로, 분산 대형으로, 밀집 대형으로, 연이어 같은 대건축물을 다루고, 조금 전에 그토록 떨어져 있는 피아체타(옮긴이: 산 마르코 대성당 앞, 대운하 근처에 있는 작은 광장)의 두 기둥을 접근시키고, 가까운 살뤼테(옮긴이: 성당 이름)의 둥근 지붕을 멀리하고, 또 창백하고 몽롱한 배경 속에 다리의 아치 밑, 창문의 포안(砲眼) 속, 앞면에 위치한 나뭇잎 사이에서 끝없는 지평선을 잡는 데 성공하여, 더 기운찬 색조로 같은 성당에 다른 성당의 공랑(拱廊)을 차례차례 갖다 놓는 — 을 써야 입맞춤과 비슷한 짓을 해 볼는지, 그것은 우리가 한정된 모양으로 여기고 있는 것에서 백 가지나 다른 것을 솟아오르게 하는데, 그 하나하나가 정당한 원근법에 상관되기 때문에 마땅하다. 한마디로 말하면, 발베크에서와 마찬가지로 알베르틴은 그때에 따라 자주 달리 보였는데, 지금 — 마치 만날 적마다 그 사람이 우리에게 보이는 배경의 변화와 색채의 변화 속도를 굉장하게 더하면서, 그것을 몇 초 안에 담아 한 인간의 개성을 다양화하는 현상을 실험상 재창조하여, 그 사람이 갖는 온갖 가능성을 그릇에서 꺼내듯 한가지 한가지 꺼내기를 내가 바라기라도 한 듯 — 내입술이 그녀의 볼에 닿는 짧은 도정에서, 열 사람의 알베르틴을 나는 보았다. 이 유일한 아가씨가 수많은 머리를 가진 여신같이 되어, 내가 가까이하려니까 저번에 본 그녀 대신에 다른 여인이 나타났다. 적어도 거기에 아직 닿지 않을 동안, 그 머리가 내게 보였고, 가벼운 향기가 그녀에게서 내게까지 풍겨 왔다. 그런데 아뿔싸! — 입맞추기 위해서는 우리의 콧구멍이나 눈은, 입술이 편리하게 만들어져 있지 않듯이 위치가 나쁘게 놓여 — 돌연, 내 눈은 그만 안보이고, 다음에 코가 짓눌려 아무 냄새도 나지 않아, 바라고 바란장미꽃의 맛을 더 이상 잘 알 수가 없어서, 이 못마땅한 표징에서, 드디어 내가 알베르틴의 볼에 입맞추는 중이라는 걸 나는 알았다.

전에 그처럼 준엄한 안색으로 거절했던 것을 지금 그녀가 이토록 쉽게 내게 허한 건, 누워 있는 게 나고 일어나 있는 게 그녀라는, 발베크의 그것과는 거꾸로의 장면(고체[固體]의 회전이라는 형태로)을 우리 둘이 연기하여, 사나운 공격을 피할 수 있거니와 쾌락을 제멋대로 유도할 수 있기 때문이었을까(이전의 이 안색과, 내입술이 가까워짐에 따라 오늘 그 얼굴이 지은 쾌락을 즐기는 표정의 차이는 필시 극미한 선의 편차에 지나지 않았으나, 그 빗나감속에 부상자의 숨통을 끊으려는 사람의 동작과 목숨을 구하는 사람의 동작, 훌륭한 초상과 너절한 그림 사이에 있는 차이가 있다고하겠다). 그녀의 태도 변화를 최근 몇 달 동안 파리나 발베크에서나를 위해 무심중 도와 준 어떤 은인 덕분으로 돌려 그 사람에게감사해야 함을 모르는 채, 우연히 우리가 놓인 위치 자세가 이 변

화의 주된 원인일 것이라고 나는 생각하였다. 그런데 알베르틴이
내게 들려준 이유는 달라, 다음과 같았다. "저어, 그때 발베크에
선, 내가 당신을 잘 몰라서, 당신이 못된 속셈을 품었는 줄 여겼을
거예요." 이 이유는 나를 당황케 하였다. 알베르틴은 틀림없이 진
정으로 그렇게 말하였다. 여성이란 한 남성 친구와 마주 앉은 동안
에, 그 사지의 움직임이나 그 몸으로 느끼는 감각 속에, 남이 자기
를 범하려는 계획을 하고 있지 않나 걱정하는 미지의 죄를 좀체 인
정하지 않게 마련이다.

아무튼, 최근 그녀의 생활에 일어난 변화가 뭣이건, 또 그 변화
가 발베크에선 나의 사랑을 몹시 싫어해 거절했건만 나의 일시적
이자 순 육체적인 욕망을 어째서 이토록 쉽사리 허락했는지 설명
해 주는 것이건, 이날 저녁, 그녀의 애무가 내 몸에 만족을 가져다
주자마자, 더 놀라운 일이 알베르틴에게 생겼다. 그녀는 나의 만족
을 알아챘을 것이 틀림없으니, 내가 만족해 하는 꼴이 그녀한테,
질베르트가 샹 젤리제의 월계수 숲 뒤에서 비슷한 순간에 품었던
반발과 상한 수치심의 작은 충동을 일으키지 않을까 걱정까지 하
였다.

정반대였다. 그녀를 침상에 눕히고 내가 애무하기 시작하자 벌
써, 알베르틴은 내가 알지 못했던 온순하고도, 거의 어린애 같은
단순한 태도를 지었다. 쾌락에 앞서는 순간이 그녀한테서 평소의
염려나 건방진 생각을 싹 없애, 그 점에서 죽음에 따르는 순간과
비슷하게, 얼굴 모습을 어린 시절의 순진함같이 젊어 보이게 하였
다. 틀림없이 그 재능이 느닷없이 활동하기 시작한 사람은 다 겸손
하게, 근면하게 매력 있게 된다. 특히 그 재능으로 우리에게 큰 기
쁨을 줄 수 있는 경우, 그 사람은 그것으로 그 자신도 행복하고, 더
욱 완전한 기쁨을 우리에게 주려고 한다. 그런데 알베르틴의 얼굴

의 이 새 표정에는 직업상의 무사무욕과 양심, 관대보다 더한 것, 일종의 관습적이자 갑작스러운 헌신이 있었다. 그녀 자신의 어린 시절에서 더욱 멀리, 그녀가 속하고 있는 종족의 젊음에 그녀는 돌아왔던 것이다. 오로지 육체상의 진정(드디어 얻은)밖에 더한 것은 아무것도 바라지 않던 나와는 달리, 알베르틴은 이 관능적인 쾌락에 정신상의 감정 없이 뭔가를 끝마친다고 생각하기가 여전히 야비스럽다고 느낀 듯하였다. 조금 전 그토록 서둘러 댔건만, 지금은, 입맞춤엔 사랑이 관련돼야 한다, 사랑은 다른 어떤 의무보다 강하다고 그녀는 생각하여선지, 내가 저녁 식사를 상기시켰을 때, 그녀는 말하였다.

"괜찮아요, 나 틈이 충분히 있는걸요."

그녀는 이제 막 한 일 후에 즉시 몸을 일으키기가 거북하게, 예의상 거북하게 생각된 듯싶었다. 마치 프랑수아즈가 목이 그다지 컬컬하지 않은데도, 쥐피앙이 권하는 포도주 잔을 예의바르게 기쁜 듯 받지 않으면 안 되었을 때, 아무리 급한 일이 있더라도 마지막 한 모금까지 마시고 곧 감히 자리를 못 떠났듯이. 알베르틴은 ― 또 이는 후에 보게 될 다른 이유와 함께, 내가 모르는 사이에 이 아가씨에게 욕망을 품은 이유의 하나였는데 ― 생 탕드레 데 샹 성당의 돌에 그 본(modéle)이 새겨져 있는 프랑스 시골 아가씨의 화신의 하나였다. 오래지 않아 그녀의 대천지 원수가 된 프랑수아즈한테서, 손님과 남에 대한 예절, 침상에 대한 예의와 존경심을, 나는 확인하였다.

나의 고모가 사망한 후 측은히 여기는 말투로 말해야 한다고 믿고 있는 프랑수아즈도, 자기 딸의 결혼 전 몇 달 동안, 딸이 약혼자와 산책할 때 사내의 팔을 잡지 않았다면 눈에 거슬렸을 것이다.

알베르틴은 내 곁에서 옴짝달싹 않고 말하였다.

"머리칼이 곱고, 눈도 곱고, 귀엽기도 해라."

저녁때가 된 것을 그녀에게 주의시키고 나서, "내 말을 곧이곧 대로 믿지 않습니까?" 하고 덧붙이니까, 그녀는 다음같이 대꾸했 는데, 아마 진실이었을 테지만, 그러나 단지 2분 전부터, 그리고 앞으로 몇 시간 동안만 그럴 테지만,

"나 늘 당신을 믿어요."

그녀는 나에 대해, 나의 집안, 나의 사회적인 환경에 대해 이야 기하였다. 그녀는 나에게 "나 당신의 부모님께서 매우 훌륭한 분 들과 사귀는 걸 다 알아요. 당신 로베르 포레스티에와 쉬잔 들라즈 의 친구시죠"라고 말하였다. 잠시 동안, 이런 이름이 뭔지 나는 하 나도 몰랐다. 그러다가 단번에 나는, 그 후 다시 만나지 않았던 로 베르 포레스티에와 샹 젤리제에서 같이 놀던 일이 기억났다. 쉬잔 들라즈로 말하면 블랑데 부인의 종손녀로, 지난날 내가 한 번 그녀 의 부모 집의 댄스 연습회에 가 본 적이 있고, 그 살롱에서 개최한 연극에서 말단 역을 맡아 한 적도 있다. 그러나 폭소와 코피가 날 까 봐 갈 마음이 나지 않아 그 후 만난 적이 한번도 없었다. 고작 나는 깃털이 달린 모자를 쓴 스완네의 여자 가정 교사가 전에 그녀 의 부모 집에 있던 일이 생각났을 뿐이었는데, 그것도 어쩌면 이 여자 가정 교사의 자매 또는 친구였는지도 몰랐다. 로베르 포레스 티에와 쉬잔 들라즈가 내 생활과 아무 관계도 없다고 나는 알베르 틴에게 대꾸하였다. "그럴지 모르지만, 어머님들은 관계하고 계셔 요, 어울리는 교제예요. 나 메신 거리에서 자주 쉬잔 들라즈와 엇 갈리죠. 그 애 시크해요." 어머님들은 봉탕 부인의 상상 속에서밖 에 사귀고 있지 않았으니, 봉탕 부인은 전에 내가, 시를 암송해 준 듯한, 로베르 포레스티에하고 같이 놀았음을 알고서, 우리 둘이 집 안의 교제로 맺어졌다고 결론지었던 것이다. 엄마의 이름이 나오

면 봉탕 부인은 꼬박꼬박 "그럼요, 그분은 들라즈네와 포레스티에네와 아는 사이랍니다" 하고 말해, 나의 부모에게 걸맞지 않은 좋은 점수를 준다는 소문이었다.

게다가 알베르틴이 가진 사교계에 대한 지식은 참으로 어리석은 것이었다. 그녀는 n자가 둘 있는 시모네(Simonnet) 집안이 n자가 하나 있는 시모네(Simonet) 집안보다 떨어질 뿐만 아니라, 또한 온갖 다른 사람들보다 떨어진다고 믿고 있었다. 아무개가 당신 집안이 아닌데 같은 이름을 가지고 있으면, 그를 멸시하는 큰 이유가 된다. 물론 예외는 있다. 두 시모네가(무슨 이야기이건 할 필요를 느끼는, 좀 기분이 들뜨는 모임 중의 하나, 예를 들어 묘지에 가는 장례 행렬 같은 데서 서로 소개되어) 같은 이름임을 알고는, 양쪽이 조금이라도 혈연 관계가 없을까 서로 호의 있게, 효과 없이, 찾는 일이 있다. 그러나 이는 예외다. 대다수의 인간이란 존경할 만한 이가 못 되지만, 우리는 그들을 모르거나 또는 염려하지 않는다. 그런데 동명이인이기 때문에 편지가 잘못 오거나 또는 거꾸로 이쪽에 올 것이 다른 데로 가거나 하면, 우리는 먼저 동명이인이 갖는 가치에 의혹을 품기 시작하는데, 흔히 의혹이 정당화된다. 우리는 혼동되기를 겁내, 동명이인에 대한 얘기가 나오면 불쾌하다는 표시로 얼굴을 찡그려 혼동을 미리 막는다. 신문에서 동명이인에게 붙인 제 이름을 읽자 이름을 빼앗긴 기분이 든다. 다른 사회인의 죄에 우린 무관심하다. 동명이인에겐 더 중하게 죄를 씌운다. 다른 시모네 집안에 품는 증오는 그것이 개인적인 감정이 아니라 유전적으로 내려온 것인 만큼 더욱 강하다. 두 세대 지난 후엔 조부모께서 다른 시모네 집안에 대해 짓던 모욕적인 찡그린 표정밖에 기억 못 한다. 아무도 그 이유를 모른다. 그것이 암살에서 비롯된 거라고 들어도 놀라지 않을 것이다. 자주 일어나는 일이지만,

조금도 혈연 관계 없는 한 시모네 아가씨와 한 시모네 젊은이 사이에 결혼이 맺어지는 날까지 그렇다.

알베르틴은 로베르 포레스티에와 쉬잔 들라즈에 대해 이야기할 뿐만 아니라, 두 몸의 접근이 적어도 그 초기에(후에 가서 이것이 같은 사람에게 특수한 배신과 비밀을 낳게 하기 전) 지어내는 속내 이야기의 의무감에서, 제 스스로, 제 가정과 앙드레의 숙부에 관해 한 이야기를 꺼냈는데, 그 이야기가 발베크에서 내게 한마디도 비치지 않던 것인데도, 그녀는 내 눈에 아직도 여러 비밀을 갖고 있는 모양으로 보이리라곤 생각지 않았다. 지금 같으면 가장 친한 벗이 뭔가 내 욕을 하더라도 금세 그걸 내게 고자질함을 그녀는 의무로 삼았을 것이다. 나는 그녀가 돌아가기를 고집했고, 그녀는 떠나고 말았으나, 나의 무례한 언행에 당황한 나머지 그녀는, 마치 짧은 저고리 차림으로 방문한 집의 마님이 방문자를 그대로 받아들이지만 역시 마음에 걸리듯, 거의 웃다시피 하면서 나를 용서하였다.

"웃는 거예요?" 하는 내 말에,

"웃는 게 아니고, 미소짓는 거예요" 하고 그녀는 상냥하게 대답하였다. "언제 또 만나죠?" 하고 그녀는, 우리가 막 한 것을, 그것이 보통 대관식으로 되어 있으니까, 적어도 친밀한 우정, 전부터 존재하여 우리가 발견하며 고백하지 않으면 안 된, 또 그것만이 우리가 막 탐닉했던 바를 설명할 수 있는 커다란 우정의 서곡으로밖에 인정하지 않는 양 덧붙였다.

"당신이 좋다 하니, 내가 가능할 때 당신을 오시게 하죠."

나는 감히 그녀에게 스테르마리아 부인을 만나는 미지수 때문에 모든 것을 뒤로 미루고 싶다고는 말하지 못하였다.

"갑자기 데리러 보낼지도 모르겠군. 난 예정을 세울 수가 없어 놔서. 저녁쯤 틈날 때 당신을 데리러 보내도 될까요?"

"오래지 않아 가능하다고 봐요, 숙모의 출입문하고 동떨어진 문을 쓰게 되니까. 하지만 당장은 안 돼요, 아무튼 내일 아니면 모레 오후에 들러 보겠어요. 나를 맞을 형편이 아니시라면 안 맞아도 좋으니까."

방문 앞까지 걸어가서, 내가 앞서 가려 않는 데에 놀란 그녀는 내게 뺨을 내밀었다. 이제는 우리가 입맞추는 데에 육체적인 추잡한 욕망을 느낄 필요는 조금도 없다는 듯이. 우리가 막 함께 가진 짧은 관계가 빈틈없는 본성과 심정의 선택이 이끄는 관계일 적이 적지 않으므로, 알베르틴은 우리 둘이 침상에서 나눈 입맞춤에, 중세기 음유 시인이 사랑시에서 읊조린 가사나 귀부인들한테 입맞춤이 그 표시였던 정을 즉흥적으로 덧붙여야 한다고 여겼던 것이다.

생 탕드레 데 샹 성당의 석공이 그 현관에 조각했을 성싶은 피카르디(옮긴이: 프랑스의 옛 지방, 아미앵의 수도)의 아가씨가 내 방에서 떠나자마자, 프랑수아즈가 한 통의 편지를 가져왔는데, 나를 기쁨으로 가득 채웠으니, 스테르마리아에게서 온, 수요일 저녁 식사를 허락한다는 내용이었다. 스테르마리아 부인한테서, 곧 내게는 현실의 스테르마리아 부인한테서라기보다, 알베르틴이 오기 전 내가 온종일 생각했던 여성한테서 온 편지. 사랑의 가공할 속임수는 우선 바깥 세상의 여인하고가 아니라, 우리 두뇌 안쪽의 인형과 놀게 하기 시작하는 데 있다. 하기야 이 인형만이 늘 우리 의향대로 되는 유일한 것, 우리가 소유할 유일한 여인으로, 상상력의 독단과 거의 같이 절대적인 추억의 독단이, 꿈에 본 발베크가 내게는 현실의 발베크와 달랐듯이 이를 현실의 여인하고 달리 함도 있을 수 있다. 괴로우려고, 현실의 여인을 이 인위적인 창조물에 조금씩 어거지로 닮게 하려고 우리는 애쓰게 마련이다.

알베르틴이 나를 지체시켜 빌파리지 댁에 도착했을 때 연극이
막 끝나고 있었다. 게르망트 공작과 공작 부인 사이에 이혼이 성립
됐다는 큰 소식을 쑥덕거리면서 흘러들어오는 손님들의 물결에 휩
쓸리고 싶지 않아, 나는 이 댁의 마님에게 인사할 수 있기를 기다
리면서, 두번째 객실 안 빈 안락의자에 앉아 있었다. 그때 첫번째
객실에서(아마 그녀는 거기 첫 줄 의자에 앉아 있다가), 위엄 있는,
큰 키에 풍만한, 검은 양귀비의 커다란 다발을 두드러지게 단 노란
공단의 긴 드레스를 입은 공작 부인이 갑자기 나오는 걸 보았다.
그녀를 보아도 내 가슴은 조금도 흔들리지 않았다. 어느 날 어머니
가 내 이마에 두 손을 대고(나의 마음을 상하게 하지 않을까 걱정
할 때 늘 하는 버릇대로), 나에게, "게르망트 부인을 만나려는 외
출일랑 계속하지 마라, 넌 집안의 웃음거리야. 게다가 봐라, 할머
니께서 병환이시니까, 너를 아랑곳하지 않는 여인을 길에서 매복
하는 따위보다 참으로 더 진지한 일이 네게 있단다"라고 말해, 단
번에, 가 있노라 상상하였던 먼 나라에서 되돌아오게 하여 눈을 뜨
게 하는 최면술사처럼, 또는 좋아라 하는 공상의 병을 고치고, 의
무와 현실의 감정에 되돌아오게 하는 의사같이, 너무나 긴 몽상에
서 나를 깨어나게 한 적이 있다. 그 다음날은 내가 단념한 이 병에
마지막 작별을 고하는 데 바쳤다. 나는 몇 시간 계속 울면서 슈베
르트의 「이별곡」을 노래했었다.

……잘 있으라, 야릇한 목소리는
나에게서 멀리 그대를 부른다, 천사들의 거룩한 누이여.

그리고 끝났다. 나는 아침의 외출을 그만두었다.

제 4 편
소돔과 고모라

I

하늘의 불에서 벗어난 소돔 백성의 후예인
암사내(hommes-femmes)들의 첫 출현

'계집은 고모라를 가지고 사내는 소돔을 가지리라'
— 알프레드 드 비니(옮긴이: 1792~1863. 프랑스의 시인 극작가, 소설가)

게르망트 공작 부처를 방문한 자초지종은 이미 이야기했거니와,
그날 다시(다시 말해 게르망트 대공 부인의 야회가 있던 날) 게르
망트 공작 부처를 방문하고자, 내가 오래 전부터 두 사람의 귀가를
엿보고 있었던 일, 그 감시 중 특히 샤를뤼스 씨에 관하여 한 가지
발견을 했던 일, 게다가 그 발견 자체가 매우 중대하여 여태껏 그
것에 필요한 장소와 여유를 갖기까지, 그 보고를 잠시 미루어 왔음
을 잘 아시는 바다. 앞서 말했듯이 그때 나는, 가옥 꼭대기에 썩 있
기 편하게 설치된 적절한 조망대, 브레키니 저택까지 올라가는 기
복 심한 비탈길, 프레쿠르 후작 소유인 차고 위 장밋빛 종루 장식
으로 인해 이탈리아풍의 흥취를 자아내는 비탈길이 환히 보이는
조망대를 떠났다. 공작 부처가 막 돌아오려 하고 있다는 생각이 들
자 나는, 그런 높다란 조망대에 있느니보다 계단에 매복하고 있는

편이 좋다고 생각했다. 고지의 체류지를 떠나는 게 좀 섭섭하였다. 그러나 지금 같은 점심 후 시각이고 보면 미련이 덜하였으니, 아침처럼, 브레키니 저택의 종복들이 손에 새털 비를 들고, 붉은 벽돌 버팀벽들 위에 재미나게 뚜렷이 드러나 있는 투명한 운모의 널따란 얇은 조각 사이를, 가파른 비탈을 향해 어슬렁어슬렁 올라가는 것이 멀리 화면의 점경(點景)의 미소한 인물로 보이는 일이 없었을 테니까. 지질학자의 관조(觀照) 대신에, 적이나 나는 식물학자의 관조를 본떠, 시집보낼 젊은 아가씨들을 봐란듯이 바깥에 내놓는 그 집요와 더불어 안마당에 늘어놓은 공작 부인의 작은 관목과 값진 식물을 계단의 덧문 너머로 바라보며, 올 성싶지 않은 곤충이 섭리에 의한 우연으로, 내맡겨 버려 둔 암술을 찾아오지 않을까 생각해 보았다. 호기심에 점점 대담해진 나는, 1층 창문까지 내려갔는데, 그 창문 역시 열린 채 덧문도 반쯤밖에 닫혀 있지 않았다. 그 때 외출하려는 쥐피앙의 기척이 분명하게 들려 왔는데, 쥐피앙 그는 커튼 뒤에 숨은 나를 발견할 수 없었다. 나는 그대로 서 있다가, 샤를뤼스 씨에게 보일까 봐 급히 옆으로 비켰다. 샤를뤼스 씨는 빌파리지 부인 댁에 가려고 안마당을 천천히 건너오고 있었는데, 배가 나오고, 한낮의 햇빛에 늙어 보이고, 머리칼이 희끗희끗하였다. 빌파리지 부인이 편치 않아(이는 샤를뤼스 씨하고 개인적으로 극도로 사이가 틀어진 피에르부아 후작의 병환을 걱정한 탓), 그 때문에 샤를뤼스 씨는 아마 난생 처음 이 시각에 남을 방문해야만 했던 것이다. 그도 그럴 것이, 게르망트네 사람들은 사교 생활에 보조를 맞추지 않고 그들 개인의 습관대로 사교 생활을 변경하였는데(끝까지 개인의 습관에 따라야 하며 사교계의 관습에 따르지 말지니라고 믿어 마지않은 결과, 사교계의 관습 따위 같은 무가치한 것을 개인적인 습관 앞에 꺾어 버리는 게 당연하다고 생각하기에 이르렀다 — 그러므로 마르상트 부인은 면회일을 정하지 않고, 아침마다 10시부터 정오까지 그 여자 친구들의 내방을 접대하였다), 남작도 그 가문의 일원답게 게르망트네의 그런 특이성을 지켜, 이 시각을 독서, 골동품 찾기 등등을 위해 남겨 두고, 오후 4시에서 6시 사이가 아니면 결코 남을 방문하지 않았다. 6시에 그는 자키 클럽에 가든가 부아에 산책하러 가든가 하였다. 잠시 후 나는 쥐피앙에게 들키지 않게 다시 뒤로 물러섰다. 오래지 않아 그가 관청에 나가는 시각이었다. 그는 저녁 식사 무렵에야 관청에서 돌아오곤 하였으나, 그 조카딸이 한 단골 손님의 드레스를 끝내려고 시골에 견습 여공들과 같이 가 있는 1주일 전부터는 반드시 그렇지만도 않았다. 다음에, 아무도 나를 볼 수 없다는 걸 깨닫자, 나는 결심을 굳게 해, 혹시나 기적이 일어나, 오래 전부터 상대를 학수고대하고 있는 처녀꽃에 저 멀리서 사자로 파견된 곤충의(거리의 뜻하지 않은 사건, 위험 등 수많은 장애를 넘어서) 거의 기대할 수 없는 방문을 못 보게 될까 염려가 되었기 때문이다. 그 벌레를 기다리는 암꽃의 태도는 수꽃 이상으로 수동적인 것이 아님을 나는 알고 있다. 수술은 벌레가 더 수월하게 안을 수 있도록 자연스럽게 방향을 바꾼다. 그와 마찬가지로 여기에 있는 암꽃은, 만약 벌레가 오면, 그 암술대를 요염하게 휘어, 벌레가 들어오기 쉽도록, 새침하면서도 정열적인 색시처럼, 표가 나지 않을 정도로 그 길을 줄여 준다. 식물계의 법칙 역시 더 높은 법칙의 지배를 받도록 되어 있다. 곤충의 방문, 곧 다른 꽃의 배주(胚珠)를 날라다 주는 일이, 흔히 꽃의 수태를 위해서 필요한 것은, 자화수정(自花受精), 자기의 꽃에 의한 수정이 동일 가족끼리 반복되는 결혼처럼, 퇴화나 불임을 초래하기 때문이다. 그와는 반대로, 곤충에 의하여 이루어지는 교배는, 같은 종족의 다음 세대에게 조상에게는 없었던 어떤 강건성(强

健性)을 가져다 준다. 그러나 이 진화가 지나치면, 그 종족이 무한히 커지는 경우도 있을 수 있다. 그렇게 되면, 마치 항독소(抗毒素)가 어떤 병을 막듯이, 갑상선이 우리의 비만을 억제하듯이, 패배가 교만을 벌하듯이, 피로가 쾌락을 보상하듯이, 또한 이번에는 수면이 피로를 풀어 주듯이, 자화 수정이라는 예외적인 행위가, 적당한 때에 이루어져서, 나사를 죄거나 재갈을 물리거나 하여, 함부로 일탈한 꽃을 정상 궤도로 되돌려 놓는다. 나의 사색은 뒤에서 말하게 되는 바와 같은 비탈길을 올라서, 이미 꽃의 노골적인 간계에서, 문학 작품의 무의식적인 어떤 부분에 걸쳐서 하나의 결론을 끌어내고 있었는데, 그때, 빌파리지 부인 댁에서 되돌아오는 샤를뤼스 씨의 모습을 보았다. 들어간 지 몇 분밖에 지나지 않았었다. 아마 그 친척인 노부인에게서 또는 단지 하인의 입을 통해, 빌파리지 부인의 병은 몸이 좀 거북했을 따름인데 경과가 썩 좋아졌다는 또는 완쾌했다는 것을 알았나 보다. 아무도 보는 사람이 없는 줄로 아는 이때의 샤를뤼스 씨는, 그 용모에서, 남하고 이야기할 때의 활기나 의지의 힘으로 유지하고 있던 평소의 긴장이 풀리고, 작위적(作爲的)인 활력이 감소되어 있었다. 대리석처럼 창백하고, 코가 당당한 그 섬세한 얼굴의 선에는, 이미 의지적(意志的)인 시선으로 그 조각적인 아름다움을 변형시켜 보일 만한 다른 의미가 부여되어 있지는 않았다. 한낱 게르망트네의 한 사람일 따름, 그대로 이미 팔라메드 15세로서, 콩브레의 작은 성당 안에 조각된 성싶었다. 그러나 한 가문 전체에 보편적인 그 용모의 특징이 그래도 샤를뤼스 씨의 얼굴 안에서, 보다 정신적인, 여느 때보다 더 부드러운 섬세함을 띠고 있었다. 지금 빌파리지 부인의 처소에서 나오는 그 얼굴 위에 아주 순진하게 펼쳐져 있는 게 보이는 이 온순함, 선량함이 평소에 그와 같은 거칠음, 기이한 불쾌감, 험구, 가혹함, 격하기 쉬운 성질과 거만으로 변조되고, 위장된 난폭성 밑에 숨어 있는 그에 대해 정말 안타까웠다. 눈부신 듯 태양에 눈을 깜작거리며, 거의 미소짓고 있는 듯 보였는데, 그와 같이 보인 안정되고도 자연스러운 그의 얼굴에서, 나는 무척 다정스럽고 무척 누그러진 것을 발견하여 샤를뤼스 씨가 지금 남이 보고 있다는 것을 안다면 얼마나 노발대발할지 생각해 보지 않을 수 없었다. 그도 그럴 것이 사나이다움에 그토록 열중하고, 그토록 자부하며, 온 남성이 썩어 빠진 여자같이 추악하게 보인다고 큰소리치는 이 사내가 나에게 생각하게 한 것, 갑자기 나에게 생각하게 한 것(그토록 그의 얼굴 모습, 표정, 미소가 일시적으로 그런 모습으로 보였다), 그것은 한 여성의 모습이었기 때문이다.

나는 그의 눈에 띄지 않게 다시 몸을 옮기려 하였으나, 그럴 짬도 필요도 없었다. 나는 뭘 보았는가! 그들이 이때까지 한번도 만난 적이 없던 이 안마당에서(샤를뤼스 씨는 오후 늦게밖에 게르망트 저택에 오지 않아, 그 시각에 쥐피앙은 관청에 가 있어서), 서로 마주 대면하여, 남작은 반쯤 감은 눈을 돌연 크게 뜨고 이상한 주의를 기울여 제 가게의 문턱 위에 있는 옛날 재봉사를 바라보는 한편 상대도 돌연히 샤를뤼스 씨 앞에 못박혀, 식물처럼 뿌리내린 듯, 얼떨떨한 모습으로 늙어 보이는 남작의 비대한 몸을 물끄러미 바라보고 있었다. 그러나 더욱 놀라운 일은, 샤를뤼스 씨의 태도가 변하자, 마치 어떤 비술법에 따르듯 쥐피앙의 태도 역시 곧 샤를뤼스의 그것에 어울리기 시작했다. 남작, 이번에는 그가 감촉한 인상을 감추려고 애쓰는 그 짐짓 꾸민 무관심에도 불구하고, 그 자리를 떠나기가 매우 섭섭한 듯 왔다갔다하며, 그 눈동자의 아름다움을 더욱 강조하려는 생각을 품고 있는 투로 허공을 쳐다보며, 잘난 체하는 소홀한, 우스꽝스러운 모양을 지었다. 그런데 쥐피앙, 내가 늘 보아 온 겸손하고도 선량한 모양을 당장 버리고 — 남작과는 아주 대조적으로 — 머리를 쳐들고, 상체에 거만스러운 자세를 취하고, 한쪽 주먹을 볼꼴사납게 건방지게 허리 위에 놓고, 궁둥이를 불쑥 내밀고, 조물주의 섭리로 뜻밖에 나타난 땅벌을 향하여 난초 꽃이 하는 듯한 교태스러운 자세를 지었다. 쥐피앙이 그처럼 보기 흉한 모양을 할 수 있으리라고는 미처 몰랐다. 그러나 또한 그가 오랫동안 되풀이해 온 듯싶은(하기야 쥐피앙은 처음으로 샤를뤼스 씨 앞에 있었지만), 두 벙어리의 이와 같은 장면에서 불시에 제 임무를 다할 수 있으리라고는 나는 미처 몰랐다 — 이러한 완벽함은, 우리가 외국에서 한 동포를 만나 금세 이심전심되어 스스로 양해에 이르는, 또 여태껏 한 번도 만난 적이 없이 그런 장면이 미리 설정되어 온 듯한 생각이 드는 때밖에 자연히 일어나지 않는다.

그런데 이 정경은 확실히 우스꽝스럽기만 한 것은 아니어서, 어떤 기이한 양상, 아니 자연 현상이라 해도 무방한 양상을 띠어, 그 아름다움이 점점 더해 갔다. 샤를뤼스 씨가 아무리 초연한 체하려고 해도, 멍하니 눈까풀을 내리감으려고 해도, 어쩔 수 없이 이따금 그 눈까풀을 올리지 않고는 못 배겨, 그때에 쥐피앙에게 주의 깊은 눈초리를 던졌다. 그러나(그는 아마도 이와 같은 정경은 이런 곳에서 한없이 끌 것이 못 된다는 생각을 했기 때문일 것이다. 그 것은 나중에 독자가 알게 될 이유 때문이라도 좋고, 또는 세상 만사가 한순간의 덧없는 것이라는 생각에서, 우리의 몸짓 하나하나가 과녁을 정확히 맞히기를 바라는 마음을 갖게 하고, 그 때문에 온갖 사랑의 정경을 그토록 감동적인 것으로 만든다는 이유 때문이라도 좋지만) 쥐피앙을 그와 같이 쏘아보는 샤를뤼스 씨는 매번, 그 눈초리에 어떤 말을 따라가게 조종하여, 그것이 그의 눈초리를 평소에 그다지 친하지 않은 남이나 모르는 남에게 돌리는 눈초리와 영 딴판인 것으로 만들고 있었다. 그는 유별난 주시로 쥐피앙을 뚫어지게 바라보았는데, 그 모양이 마치 다음같이 말하고픈 사람과 같았다. '실례를 용서하쇼. 당신 등에 긴 흰 실이 매달려 있는데요', 혹은 '내가 잘못 보았을 리 만무한데, 당신도 취리히 태생이죠, 골동품점에서 수차 만나 뵌 듯한데요.' 이와 같이 2분마다 같은 질문이 샤를뤼스 씨의 추파 속에서 쥐피앙한테 던져지고 있는 듯싶었다. 마치 같은 간격을 두고 한없이 되풀이하여 새 주제, 가락의 변화, 주제의 '반복'을 —과도하게 호화로운 준비와 더불어— 가져오려는 베토벤의 그 질문 많은 악절같이. 하지만 샤를뤼스 씨와 쥐피앙의 눈길의 아름다움은 그와 정반대로, 적어도 일시적으로는, 그 눈길에는 무엇인가로 유도할 목적이 없어 보이는 데에서 오는 것이었다. 이런 아름다움을 남작과 쥐피앙이 나타냄을 이 눈으로 보는 것은 처음이었다. 두 사람의 눈 속에 이때 해 뜬 것은 취리히의 하늘이 아니라, 내가 아직 그 이름을 알아맞히지 못하는 동방의 어느 도시의 하늘이었다. 샤를뤼스 씨와 재봉사를 붙잡을 수 있는 지점이 어느 곳이든 간에, 아무튼 그들의 협정은 맺어진 듯싶었으며, 그 불필요한 눈길은 이미 결정된 결혼에 앞서서 베풀어지는 잔치 같은, 의례적인 전주곡에 지나지 않는 듯싶었다. 그런 두 사람은 더욱 자연에 가까운 존재로 —또 이런 비유를 중복한다면, 몇 분 동안 유심히 살펴본 같은 한 인간이 연달아 인간에서 새〔鳥〕 인간으로, 물고기 인간으로 곤충 인간으로 보일 만큼 그 둔갑 자체가 극히 자연스러워— 마치 두 마리 새의 자웅 같아 수컷은 앞으로 나가려 하고, 암컷 —쥐피앙— 은 그런 술책에 이제 아무 시늉으로도 응하지 않고, 다만 그 새로운 벗을 놀라움 없이 바라볼 뿐, 수컷이 이미 첫발을 내디딘 이상, 그다지 마음내키지 않은 양으로 쏘아보는 쪽이 틀림없이 상대를 더욱 안타깝게 하는 유일한 유효책이라 판단해, 제 깃털을 닦음질하는 걸로 그쳤다. 그러다가 쥐피앙은 무관심인 체하는 것만으로는 족하지 않은 듯 보였다. 자기 꽁무니를 쫓아다니고, 욕정을 일으키게 할 만큼 상대방을 정복했다는 확신을 갖는 데에는 이제 단 한 걸음이 남았을 뿐이었다. 쥐피앙은 일하러 나가기로 결정하고, 정문을 통해 거리로 나갔다. 그렇지만 그가 거리로 나간 것은 두세 번 뒤돌아본 후였는데, 남작은 그 발자취를 거리에서 잃을까 봐 허둥지둥(잘난 체하고 휘파람 불면서, 그래도 문지기한테 '또 봅시다' 하고 잊지 않고 외쳤지만 문지기는 얼근하게 취해 가지고 초대한 손님들을 뒤쪽 부엌에서 접대하고 있느라고 그 소리를 듣지도 못했지만), 그를 따라잡으려고 씽씽 돌진했다. 샤를뤼스 씨가 큼직한 땅벌처럼 윙윙거리며 문을 지나가는 동안에, 다른 한 마리, 진짜 땅벌 한 마리가 안마당에 들어왔다. 과연 그것이, 난초 꽃이 그토록 학수고대한 땅벌, 그것 없이는 난초 꽃이 영영 숫처녀 그대로 있을 희귀한 꽃가루를 가져다 주는 땅벌이 아니었는지 누가 알랴? 하지만 나는 곤충의 뛰놀기를 뒤쫓는 데 방심할 겨를이 없었다. 그도 그럴 것이 잠시 후, 나의 주의를 더욱 부추기면서, 쥐피앙이(꺼내 놓았다가, 샤를뤼스가 나타난 탓에 얼떨결에 안 가지고 나간 꾸러미를 가지러 왔는지, 아니면 단지 더 자연스러운 이유 때문인지) 되돌아와 그 뒤를 쫓아 남작이 왔기 때문이다. 남작은 만사를 빨리 처리할 결심으로 재봉사한테 불을 빌려 달라고 했는데, 곧 알아차리고 "불을 빌려 달라고 하면서 여송연을 안 가졌군." 이때 환대의 법칙이 교태의 규칙을 이겨 냈다. "들어가시죠, 필요한 것을 다 드릴 테니" 하고 말하는 재봉사의 얼굴에 경멸 대신에 기쁨의 빛이 떠올랐다. 가게 문이 그들을 들여보낸 후 다시 닫혀, 나는 더 이상 아무 기척도 들을 수 없었다. 땅벌은 어느 틈에 가뭇없어져, 그것이 난초 꽃에 요긴한 곤충이었는지 알 길 없었으나, 매우 희귀한 곤충과 사로잡힌 꽃 사이에 기적적인 교합(交合)이 이루어질 가능성이 있음을, 이제 나는 의심하지 않았다. 한편 샤를뤼스 씨로 말하면 (이 두 가지를 나는 오로지 섭리의 우연으로서 — 그게 뭣이든 간에 — 비교해 본 것에 지나지 않아, 식물학의 어느 법칙을, 흔히들 동성애라고 매우 서투르게 부르는 것에 접근시키려는 과학적인 의도야 추호도 없다), 그는 수년 동안, 이 저택에 쥐피앙이 없는 시각밖에 오지 않다가, 빌파리지 부인의 편치 않음이라는 우연으로, 재봉사와 해후했고, 또 남작과 같은 종류의 남자들밖에는 모르는 염복(艶福), 나중에 보다시피, 쥐피앙과 동류인 인간이지만 훨씬 더썩 젊고 더 잘생긴 이들의 하나, 남작과 같은 유의 사내들과 이 지상에서 일락을 나누도록 숙명적으로 결정된 사내, 곧 노신사밖에 좋아하지 않는 사내를 쥐피앙과 함께 만나게 되는 행운을 얻은 것이었다.

하기야 내가 지금 여기서 말하는 바는, 몇 분 후에 가서 비로소 그렇구나 이해한 것이니 그토록 현실이라는 것에는 갖가지 속성이 더덕더덕 붙어 있어 가지고 한 상황이 그런 속성을 벗기지 않으면 현실은 눈에 잘 보이지 않는다. 어쨌든, 당장 나는 옛날 재봉사와 남작의 대화를 듣지 못하는 게 몹시 아쉬웠다. 그러자, 극히 얇은 칸막이로 쥐피앙 가게와 구분된 세 놓을 가게가 내 머리에 떠올랐다. 거기에 가려면 이 가옥에서 우리가 빌려 든 아파트까지 올라가, 부엌에 간 다음, 뒤층계를 따라 지하실까지 내려가서 그 지하실 안을 안마당의 넓이만큼 나가면 가구 장색이 몇 개월 전부터 목재를 넣어 두고, 앞으로 쥐피앙이 석탄을 쌓아 둘 지하실 위에 다다르고, 거기에서 쥐피앙 가게 내부로 통하는 몇몇 계단을 올라가면 그만이었다. 그러면 내가 가는 통로가 엄폐되어 아무의 눈에도 보이지 않을 것이다. 가장 신중한 방법이었다. 그러나 내가 취한 방법은 그렇지 않고, 벽가를 따라 안 보이게 애쓰면서, 청천 하늘 아래 안마당을 휭 돌았다. 들키지 않은 것이 내 분별보다도 우연의 덕분이라 생각한다. 지하실을 걸어갔다면 매우 안전하였지만, 그런 신중하지 못한 결심을 한 데 대하여, 뭔가 이유 같은 것이 있다면 그럴싸한 세 가지 이유가 생각난다. 첫째는 나의 초조함, 다음에는 몽주뱅에서 뱅퇴유 아가씨의 창문 앞에 숨어 엿본 정경의 아련한 추억, 사실 내가 간여한 이런 종류의 사건에는 항상 그 연출에 극도의 방심과 가장 진실하지 못한 성질이 있다. 마치 이러한 고백이 일부분은 은밀한 것이면서도, 위험천만한 행동의 보수일 수밖에 없었다는 듯이. 끝으로 그 유치한 성격 탓에 셋째 이유는 털어놓고 말하기 쑥스러운데, 그것은 무의식에서 결정된 것이라고 나는 생각한다. 생 루의 병법 원리에 따라서—그 원리가 사실과 모순됨을 차차 알게 되지만—보어 전쟁을 매우 상세히 경청한 이래, 나는 옛 탐험기와 여행기를 다시 읽게 되었다. 그런 이야기는 내게 열정을 주어, 나는 나 자신을 더 용감스럽게 하려고 그 이야기를 평소 생활에 적용하곤 하였다. 병 발작 때문에 여러 밤낮을 연이어 잠들지 못할 뿐만 아니라, 몸을 가누지도 마시지도 먹지도 못한 채 그대로 있지 않으면 안 되었을 때, 쇠약과 아픔이 어찌나 심한지 영영 거기서 벗어나지 못하겠구나 하고 생각하는 순간에, 나는, 모래톱에 쓰러지고서, 독초에 독오르고, 바닷물에 젖은 옷을 입은 채로 열에 덜덜 떨면서, 그래도 이틀 후에 기분 좋아져서 발가는 대로 걸어서 어떤 인간이든 상관없이 그 주변에 사는 주민, 어쩌면 식인종일지도 모르는 주민을 찾아간다. 그러한 경우를 생각하는 것이었다. 그들의 본보기가 나를 튼튼케 하고 희망을 돌려줘, 나는 잠시나마 의기 상실했음을 부끄러워하였다. 영국 군에 직면하면서, 밀림에 당도하기까지, 나무 하나 없는 평야의 곳곳을 횡단하지 않으면 안 되는 순간에 몸을 노출하기를 두려워하지 않던 보어인을 잊지 않아, '꼴사나울걸' 하고 나는 생각했다. '그들보다 소심하고서야, 작전 무대라야 고작 우리 집 안마당인데, 또 드레퓌스 사건 때 추호도 겁 없이 수차 결투했던 내가, 지금 겁내고 있는 칼이라야, 안마당을 멍하니 바라보는 일밖에 할 일이 없는 이웃들의 눈이라는 칼 한 자루인데.'

그러나 내가 세 놓을 가게 안에 들어서서, 쥐피앙 가게의 아주 작은 삐걱 소리도 나 있는 곳에서 들리는 걸 알아채, 이쪽 마룻바닥을 될 수 있는 한 삐걱대지 않게 하였을 때, 쥐피앙과 샤를뤼스 씨가 얼마나 신중하지 못했고 또 좋은 기회를 그들이 얼마나 사용했는가를 생각해 보았다.

나는 옴짝달싹도 할 수 없었다. 게르망트네의 마부가 아마 주인이 없는 틈을 타서 그랬겠지만 여태껏 차고에 넣어 두었던 사다리를 지금 내가 있는 가게 안에 슬쩍 옮겨다 두었다. 그래서 그 사다리에 올라가면 회전창(回轉窓)을 열 수 있어, 쥐피앙 자신의 방에 있는 것처럼 이야기를 들을 수 있었을 것이다. 그러나 나는 인기척 낼까 봐 겁났다. 게다가 그럴 필요가 없었다. 이 가게에 당도하기까지 몇 분 걸린 것을 유감으로 여길 필요도 없었다. 쥐피앙의 방에서 첫번째로 들려 온 것, 발음이 분명하지 않은 소리에 지나지 않은 것으로 미루어 보아 말다운 말이 아직 거의 입 밖에 안 나온 듯하였기 때문이다. 하기야 그 소리는 매우 거칠어서, 그보다 한 옥타브 높게 동일한 신음 소리로 응한 것이 아니었다면, 한 인간이 바로 내 옆에서 남의 목을 졸라 죽인 다음 가해자와 다시 깨어난 피해자가 범행의 흔적을 지우려고 목욕이라도 하고 있는 줄로 여겨질 정도였다. 그래서 나는 나중에 결론짓기를, 고통에 못지 않은 그 어떤 시끄러움이라는 게 있다. 그것은 쾌락이다, 특히 — 아이 밴다는 걱정, 『황금 전설』(옮긴이: 黃金傳說. 15세기 무렵에 발행된 성인 전기집[聖人 傳記集]. 남성이나 여성이나 한 쪽 성만으로도 애를 낳는 등, 있을 수 없는 사례가 적혀 있음)의 있을 법하지 않은 실례야 어쨌든 여기선 그런 걱정이 있을 리 만무하고 — 깨끗이 씻는다는 절박한 근심이 따르는 경우에. 결국 반시간쯤 후(그동안 나는 회전창으로 구경하려고 살금살금 사다리를 기어올라갔는데 그 창을 열지는 않았다), 대화가 시작됐다. 쥐피앙은 샤를뤼스 씨가 주려고 하는 돈을 막무가내로 거절하고 있었다.

30분 후에 샤를뤼스 씨는 방에서 나왔다. "어째서 그렇게 턱수염을 깎으셨죠" 하고 그가 아양떠는 어조로 남작에게 말했다. "참말 아름다운데, 멋진 턱수염이란!" — "제기랄! 메스껍군" 하는 남작의 대답.

이렇게 말하면서도 아직 남작은 문턱에서 주춤거리면서 쥐피앙한테 근방에 관한 일을 이것저것 물었다. "모퉁이의 군밤 장수에 대해 당신 아무것도 모르시나, 왼쪽 모퉁이가 아니라, 그놈은 소름 끼치지, 그놈이 아니라 바른쪽 모퉁이의 군밤 장수, 머리칼이 새까맣고 키 큰 놈 말이오? 또 맞은편 약방 주인, 자전거로 약을 배달하는 썩 귀여운 소년을 데리고 있는 약방 주인 말이오." 이런 질문은 아마도 쥐피앙의 감정을 상하게 한 게 틀림없으니, 배신당한 덩치 큰 요부처럼 분해서 몸을 젖히며 "보아하니 바람기가 심한가 보군요" 하고 대꾸했기 때문이다. 심통사나운, 싸늘한, 그리고 거만한 어조로 말한 이 비난은 틀림없이 샤를뤼스 씨의 가슴을 뜨끔하게 한 듯싶어, 그는 자기의 호기심이 상대에게 준 좋지 못한 인상을 지우려고 쥐피앙에게 뭔가를 간청했는데, 목소리가 너무나 낮아 무슨 말인지 분간 못 했으나, 아무튼 그들 둘이 가게 안에 더 오래 있기를 필요로 하는 것임에 틀림없었고, 그것이 재봉사를 감동시켜 그의 번민을 없애기에 족했으니 쥐피앙은 회색 머리칼 밑에 기름지고 충혈된 남작의 얼굴을, 자존심이 흡족히 채워진 사람의 사뭇 행복에 빠진 모양으로 뚫어지게 바라보며, 샤를뤼스 씨의 부탁을 들어주기로 결심하고, 예컨대 "엉덩이가 큰데!" 같은 실없는 지적 후, 뻐기는, 고마워하는, 감동어린, 싱글벙글하는 안색으로 남작에게 "응, 좋아 좋아, 큰 아가야!"라고 말했기 때문이다.

　"전차 차장의 얘기로 되돌아간다면 말이오" 하고 샤를뤼스 씨는 짓궂게 다시 말했다, "뜻밖에 돌아오는 길에 뭔가 흥밋거리가 생길지도 모르지. 실상, 한낱 장사치처럼 바그다드 거리를 돌아다니는 회교국 왕처럼, 어쩐지 마음에 드는 신기한 귀여운 이의 뒤를 밟고 싶은 적이 있지." 나는 여기서 전에 베르고트에 대해 했던 것과 같은 고찰을 했다. 베르고트가 법정에서 대답할 일이 있었다면, 그는 판사들을 설득할 만한 문구를 쓰지 않고, 그에게 고유한 문학적 기질에서 자연히 떠오르는, 또 쓰는 데 기쁨을 느끼는 베르고트 풍의 문구를 사용하였을 것이다. 마찬가지로 샤를뤼스 씨는 재봉사와 더불어, 제 버릇을 과장하며, 제 동아리의 사교인과 더불어 쓰는 말씨를 사용하였는데, 겁과 맞서려고 지나친 거만 쪽으로 치닫기 때문이고, 또 겁이 자제를 잃게 하여(그도 그럴 것이 우리는 자기와 같은 환경에 속하지 않은 사람 앞에서 당황하기 쉬워), 그의 성질, 게르망트 부인의 말마따나 과연 거만하고 좀 미친 것 같은 성질을 적나라하게 드러냈기 때문이다. "그 발자취를 잃지 않도록" 하고 그는 계속했다. "나는 가정 교사처럼, 젊고 잘생긴 의사처럼, 그 귀여운 이와 같은 전차에 올라타오. 귀여운 이(Petite Personne)라고 여성형으로 말하는 것은 문법을 따르기 때문이오(어느 대공에 대해서 말할 때 경칭으로 여성형을 써서, 전하께서 안녕하십니까?[Est-ce que Son Altesse est bien portante]라고 말하듯). 만일 귀여운 이가 전차를 갈아타면, 나도, 아마도 페스트 세균과 함께일 테지만, '갈아타기 표'라는 괴상한 것을 받는데, 그것은 하나의 번호야, 글쎄 이 '나'에게 주는 것이 꼭 1번이 아니라니 괘씸해. 그렇게 나는 서너 번까지 '차'를 갈아타오. 가끔 밤 11시에 오를레앙 정거장(오를레앙 시에 있는 역이 아니라, 현재 파리 시내에 있는 아우스터리츠의 전(前) 이름)에 다다르기도 해서 거기서 집에 돌아와야 하오! 오를레앙 정거장이라면 그래도 약과지! 한번은 사전에 말붙일 수도 없이 진짜 오를레앙까지 간 적이 있는데, 그 소름끼치는 차량 중의 하나에 올라타, 보이는 것이라곤 '그물 선반'이라고 하는 세모난 바구니 사이로, 연선(沿線)의 중요한 걸작 건물의 사진밖에 없더군. 빈자리가 없어 놔서, 내 앞에 역사적 건물로서 오를레앙 대성당의 '풍경 사진'밖에 없는데, 더구나 그것이 프랑스에서 가장 추한 성당이라, 마지못해 바라보고 있으려니까 안질을 일으키는 작은 렌즈 알 속에 그 성당 탑을 억지로 고정시키려 하는 듯 피곤해지더군. 오브레(옮긴이: Aubrais, 오를레앙 시 역의 바로 전 역의 이름)에서 그 젊은이와 같이 내렸는데 어렵쇼, 그의 가족이(나는 이 젊은이의 결점을 모조리 짐작하였으나 가족이 있다는 건 뜻밖이었소) 플랫폼에서 기다리고 있지 않겠소! 파리에 되돌아가는 기차를 기다리는 동안, 디안 드 푸아티에(옮긴이: 1499~1566, 생 발리에 백작의 딸(앙리 2세의 총애를 받아 앙리 2세는 그녀를 위해 아네[Anet] 성관을 지어웠음)의 집을 본 게 적이나 위안이었지. 디안은 내 조상인 왕족 중의 한 분을 호렸는데, 나라면 더 생기 있는 미녀를 택했을걸. 그러기 때문에 홀로 귀가하는 쓸쓸함을 풀기 위해, 나는 침대차의 보이, 보통 열차의 차장 따위와 사귀고 싶어질 거요. 뭐 그렇게 화내지 말게" 하고 남작은 결론지었다. "이런 것은 다 각자의 기호 문제야. 예를 들어, 사교계의 젊은이라고 일컫는 것들에 대해선, 나는 아무 육체적인 소유욕도 없고, 단지 한 번 살짝 손대 보지 않고선 직성이 풀리지 않는데, 그렇다고 그 몸에 손대는 게 아니라, 그 감수성의 금선(琴線)을 건드리고 싶은 거요. 젊은이가 이쪽 편지에 답장을 안 하는 일 없이 꼬박꼬박 회답을 써 보내고, 정신적으로 내 것이 되고 나면 내 마음은 가라앉는단 말씀이야, 적어도 그 후에 다른 젊은이한테 속썩지 않는 한, 내 마음은 가라앉을 거란 말씀이야. 꽤 묘하지, 그렇지 않소? 사교계의 젊은이들 말인데, 이곳에 오는 이들 중 친한 이가 없소?" — "없는데, 나의 아가. 그렇지, 있어요, 있어, 갈색 머리에, 키 큰, 외알 안경에, 늘 싱글벙글 뒤돌아보는." — "누굴 두고 하는 말인지 모르겠는걸." 쥐피앙은 그 풍모를 보충했지만 그래도 샤를뤼스 씨는 누군지 알 수 없었다. 옛 재봉사는 그다지 친하지 않은 이의 머리칼 색깔을 기억하지 못하는 사람들 — 뜻밖에 수많은 사람 — 중의 하나라는 걸, 샤를뤼스 씨는 몰랐기 때문이다. 그러나 쥐피앙의 이 같은 결점을 잘 알아 갈색을 블롱드로 대치한 나로서는, 그 초상이 샤텔로 공작과 똑같다는 생각이 들었다. "얘기를 서민이 아닌 젊은이들에게로 되돌리면" 하고 남작이 다시 말했다. "요즘 나는 어느 묘한 귀여운 녀석한테 머리가 돌아 버렸는데, 약디약은 프티 부르주아라서, 나한테 몹시 버릇없이 굴거든. 내가 굉장한 인물이며 녀석의 지위가 비브리오(옮긴이: Vibrio, 콜레라균과 같은 간상[桿狀] 세균의 일종) 정도밖에 못 되는 미미한 거라는 사실을 염두에 두지 않고 말씀이야. 그런 건 아무래도 좋아, 그 어린 나귀 녀석, 마음대로 울라지, 내 거룩한 주교 옷 앞에서." — "주교!" 하고 쥐피앙은, 샤를뤼스 씨가 막 입 밖에 낸 마지막 문구의 뜻을 몰라 주교라는 낱말에 어리둥절해 외쳤다.

"하지만 어쩐지 종교와는 걸맞지 않은 이야기 같은데요" 하고 그는 말했다 — "우리 가문에서 교황이 세 분이나 나왔소" 하고 샤를 뤼스 씨는 대꾸했다. "또 내겐 붉은 옷을 입을 만한 권리가 있는데, 내 외종조부인 추기경의 조카딸이 공작 칭호와 바뀐 추기경 자격을 내 조부에게 가져왔기 때문이지. 보아하니 당신은 은유라는 걸 통 모르고, 프랑스 역사에 관심이 없나 보군. 하기야" 하고 그는, 어쩌면 결론으로서보다 머리말로서 다음과 같이 덧붙였다. "젊은이들이 나를 피하는 거야 물론 두려워서, 단지 존경심이 그 입을 봉해 버려 나를 좋아하노라 소리치지 못하기 때문인데, 그런 젊은이들이 내게 매력을 가지기엔 그들이 높은 사회 신분을 가져야 하오. 더욱이 그들의 무관심한 체하는 가장은 그 속셈과는 달리 정말 역효과를 낼지도 모르고. 무관심한 체하는 어리석음이 길면 구역질이 나거든. 자네에게 가장 친근할 것 같은 계급에서 예를 들어 본다면, 내 저택을 수리했을 때, 전에 나를 묵게 해준 적이 있다고 해서 이번에도 나를 묵게 하는 영광을 차지하려 다투려고 하는 여러 공작 부인들 사이에 시샘이 일지 않도록, 나는 이른바 '호텔'에 가서 며칠 지낸 적이 있소. 내 방을 맡은 급사들 중 잘 아는 하나를 시켜, 차 문이나 여닫는 귀여운 '잔심부름꾼'(chasseur) 하나를 교섭해 보았는데 놈이 내 분부에 복종하지 않아. 그래 결국 짜증이 나, 내 의도가 순수하다는 걸 놈에게 보이려고, 단지 내 방에 5분 동안 이야기하러 올라오라고 어리석게 많은 액수를 객실 맡은 급사를 통해 보내 봤지. 놈이 오기를 기다렸으나 허탕. 그러자 어찌나 기분이 나쁜지 그 못된 어린놈의 상통이 보기 싫어 뒷문으로 드나들 정도였다 이 말씀이야. 나중에 안 일이지만, 놈은 내 편지를 한 통도 받은 일이 없지 뭐야, 가로챈 거야. 첫번째는 객실 맡은 급사한테 시샘을 받아서, 두번째는 낮 동안의 문지기가 엄해

374

서, 세번째는 야간의 문지기가 그 어린 종을 좋아해 디아나(옮긴이: diana, 달의 여신이자 사냥의 여신)가 일어나는 시각에 그 사냥꾼(chasseur)과 함께 누워 있었단 말씀이야. 아무튼 내 혐오의 정은 조금도 안 없어져, 설령 그 사냥꾼 놈을 사냥에서 잡은 고기처럼 은접시에 담아 가져온들, 나는 구역질 나 물리쳤을 거요. 이런 상서롭지 못한 얘기는 그만, 우린 진지한 것을 말했고, 이제 내가 바라는 바에 대한 타협이 우리 사이에 끝난 셈이지. 자네야말로 내게 큰 이바지를 해주겠지, 중개를 맡아 주니까. 암 아니지, 그 생각만 해도 어쩐지 기운이 나는걸, 하나도 끝나지 않았다는 느낌이 드는걸."

이런 장면의 시초부터, 샤를뤼스 씨가 마치 마술 지팡이에 닿기라도 한 듯이 오롯하고도 즉각적인 혁신이 일어나, 샤를뤼스 씨를 바라보는 내 눈을 뜨게 했다. 그때까지 나는 아무것도 몰라 보지 못해 왔다. 악덕(언어의 편의상 이렇게들 말하지만), 각자의 악덕은 인간이 그 존재를 모르는 한 눈에 보이지 않았던 신령처럼 각자에게 딸려 있다. 착함, 악랄, 이름, 사교상의 관계 따위를 쉽사리 드러내지 않으려니와 저마다 몰래 갖고 있다. 율리시스 자신도 처음에 아테네를 알아보지 못하였다. 그러나 초록은 동색이라 신들은 신들에게, 닮은 자는 닮은 자에게 즉각 지각되니, 샤를뤼스 씨 역시 쥐피앙에게 지각되었던 것이다. 여태껏 샤를뤼스 씨의 면전에서, 나는 임신한 여인 앞에 있는 멍청한 사내와 똑같은 태도였다. 사내는 여인의 부른 배를 알아채지 못하고, 여인이 미소지으면서 "네, 요즘 좀 피곤해서요" 하고 되풀이하는데도 주책없이 "어디가 아프시죠?" 하고 짓궂게 묻는다. 그러다가 누가 그에게 "그녀는 배가 불러"라고 말하자, 언뜻 여인의 배를 본 다음 그것밖에 눈에 보이지 않는다. 눈을 뜨게 하는 것은 이성이다. 우리에게서 한 착오가 없어지면 한 감각이 늘어난다.

　오랫동안 의심하지 않았던 상대인데, 어느 날 남들과 똑같은 그 개인의 한결같은 외면 위에, 옛 그리스 사람들에게 친숙했던 동성애라는 낱말을 적은 글자가, 그때까지 눈에 보이지 않는 잉크로 그어져 나타났다고 하는 샤를뤼스 씨와 같은 신사들의 경우를 이 법칙의 보기로서 친지들 중에서 상기하기를 좋아하지 않는 이들은, 자기 주위의 세계가 처음에는 알몸처럼, 곧 사정을 잘 아는 사람들에게는 잘 보이는 무수한 장식이 조금도 없는 것처럼 보이는 법이라는 사실을 납득하는 데에는, 인생에서 자기들이 자칫 실수를 범하게 되는 일이 얼마나 자주 있는지 상기해 보면 된다. 어떤 사내의 특징 없는 얼굴 위에, 화제삼고 있는 여인의 바로 오라비, 또는 약혼자, 또는 애인이라는 걸 짐작시키는 게 하나도 없어, '형편없는 잡년이군' 하고 말하려고 한다. 그런데 그때에, 운 좋게 이웃 남자가 귀띔해 준 한마디로 입 밖에 냈다면 큰일났을 말을 꿀꺽 삼킨다. 그러자마자, 벨사살 왕의 잔치 때, 벽에 나타난 신비스러운 메네(Mané), 데겔(Thécel), 베레스(옮긴이: Phares, 구약성서 다니엘서 제5장 참조)라는 말처럼, 그 여성의 약혼자, 형제, 애인, 또는 그 사람 앞에서는 이 여성을 '잡년'이라고 부르면 안 된다는 말이 나타나는 것이다. 그리고 이 새로운 유일한 관념만으로, 그 가족에 대해 가지고 있던 남은 관념에 보충이 실행되어, 관념 부대는 완전히 재편성되어 가지고 후퇴 또는 전진을 하기에 이른다. 그렇지 않고선, 샤를뤼스 씨의 몸 속에, 그를 남들과 다르게 하는 어떤 다른 것을 짝지어도, 예를 들어 반은 사람 반은 말인 괴물을 넣어도, 그것을 남작과 합체시키기 힘들어, 나는 그런 존재를 알아차린 적이 한번도 없었다. 그런데 이제 추상이 구상화되어, 마침내 이해된 존재는, 곧 눈에 보이지 않는 능력을 잃고 말아서, 새 인간으로의 샤를뤼스 씨의 변신이 어찌나 완벽한지, 그의 얼굴, 목소리의 대조뿐 아니라 또한 과거를 돌이켜보아 나와 그 사이의 교제의 변화도, 여태까지 내 정신에 지리멸렬하게 나타난 것이 모조리 이해하기 쉽게 되고, 뚜렷한 모습을 나타냈다. 마치 한 문구가 갈라진 글씨로 아무렇게나 씌어 있는 동안 아무 뜻도 없다가, 마땅한 순서로 활자를 짜 놓으면 하나의 사상을 나타내 다시는 잊혀지지 않듯이.

게다가 이제 알게 된 것은, 아까 빌파리지 부인 댁에서 샤를뤼스 씨가 나오는 것을 목격했을 때 왜 여인의 모습으로 보였는지 그 까닭이었다. 과연 한 여성이었다! 그는 다음과 같은 종족의 인간에 속해 있었다. 곧 그 기질이 여성적이라는 바로 그 때문에 사내다움을 이상으로 삼고, 실생활에서는 겉으로만 다른 남성과 닮은, 보기에 모순투성이 인간. 이 종족의 각자는 우주 만물을 보는 그 눈 속에, 눈동자의 결정면(結晶面)에 음각된 실루엣을 끼고 있다. 이 실루엣은 이들에게는 아름다운 님프가 아니라, 잘생긴 소년이다. 이 종족은 저주를 받아, 거짓말과 거짓 맹세 속에 살아가야 하는 종족이다. 왜냐하면 그들은 자기의 욕망이, 이 세상 모든 생물의 삶에서 최대의 즐거움인 욕망이, 벌받아야 할 수치스러운 것임을 알고 있기 때문이다. 그들은 자기의 신을 부인해야 하는 종족이다. 왜냐하면 그들이 비록 그리스도 신자일지라도, 피고로서 법정에 불려 나갔을 때, 그들은 그리스도와 그 이름 앞에, 그들의 생명 자체인 것을 억울한 누명으로서 변명해야 되기 때문이다. 어미 없는 아들, 어미가 있어도 그 어미한테 평생토록, 그리고 어미의 눈을 감겨 줄 때까지 거짓말을 해야 하니 결국 어미 없는 아들이다. 자주 인정받는 그들의 매력과 흔히 느끼게 하는 착한 마음씨가 아무리 우정을 불러일으켜도 결국 그들은 우정 없는 벗이다. 거짓말 덕택으로밖에 잘 자라지 않는 교제, 또 신뢰와 성실을 보이려고 해 보는 첫 충동이 상대한테 혐오와 더불어 거부되는 교제를 우정이라 부를 수 있겠는가? 상대가 공평하고도 동정 깊은 정신의 소유자가 아닌 한. 그러나 이 경우에도 인습적인 심리 때문에 그들에 대하여 당황해 하고, 고백된 악덕 때문에 그 상대에게는 가장 인연이 먼 하나의 애정을 유출시킬 것이다. 마치 어떤 판사들이 성도착자에 대해서는 살인을, 유태인에 대해서는 배신을, 원죄라든가 민족의 숙명이라든가에서 끌어낸 이유 때문에, 자칫 저지르기 쉬운 일이라고 가정하거나 너그럽게 용서하거나 하듯이. 끝으로—이 이론은 나중에 보다시피 변하지만, 적어도 이 당시 그들의 삶의 모순에서 내가 머릿속으로 그려 본 첫 이론에 따르면, 그리고 그들의 그런 모순이 그들의 살아 있는 눈앞의 곡두 자체로 그들의 시야에 숨어 있지 않았다면, 나의 이 이론부터 나오는 게 무엇보다 심하게 그들을 화나게 할 테지만—그들은 사랑이라는 것의 가능성을 거의 빼앗긴 애인들이다. 그 사랑의 희망이 그들에게 그처럼 큰 위험이나 고독을 견디는 힘을 주지만, 실현은 불가능하다. 왜냐하면 그들이 사랑하는 것은 바로 조금도 여자다운 구석이 없는 남자, 도착자가 아닌 남자, 따라서 그들을 사랑할 수 없는 남자이기 때문이다. 그래서 그들의 욕망은 영영 채워지지 않을 것이다. 돈으로 진짜 사내를 사지 않는 한, 또 그렇게 해서 사들인 성도착자를 상상력에 의해 진짜 사나이로 여기고 말지 않는 한. 그들의 명예도 죄가 발각되기까지의 덧없는 꿈에 지나지 않거니와, 자유도 일시적인 것, 지위도 안정되지 못한 것임은, 마치 전날 런던의 모든 극장에서 갈채 받고 모든 살롱에서 환영받았건만, 그 다음날 어느 싸구려 하숙에서도 내쫓겨 머리를 쉬게 할 베개 하나 못 얻어 삼손같이 맷돌을 돌리면서 삼손처럼

남녀 두 성은 따로따로 죽으리라

Les deux sexes mourront chacun de son côté

하고 읊조린 시인(옮긴이: 시문은 비니의 『삼손의 노염』 중의
한 구절, 여기서 암시하는 시인은 오스카 와일드를 말하고 있는
듯함)의 경우와 같이. 그들은 커다란 불행의 날은 예외로 치고, 왜
냐하면 이 날에는 마치 유태인이 드레퓌스 주위에 모였듯이 대부
분의 사람들이 희생자 주위에 모이기 때문이지만, 그것을 제외하
면 동류(同類)들의 동정에서 ─ 경우에 따라서는 그 교제에서도 배
척당한다. 동류들은 서로서로 거울 속에 비친 적나라한 자기들의
모습을 보고 혐오감을 일으킨다. 그 거울은 이미 그들의 자만을 용
납하지 않으며, 자기들 속의 인정하고 싶지 않은 온갖 결점을 폭로
하여, 그들이 사랑이라고 부르는 것이(그리고 그들은 사회적 감각
으로 시, 음악, 기사도, 고행 등이 사랑에 첨가할 수 있는 모든 것
과 재치 있게 결부시켰지만) 기실 그들이 택한 미의 이상에서 흘러
나오는 것이 아니라, 하나의 불치병에서 나온 것임을 그들에게 깨
닫게 한다. 또한 이 역시 유태인처럼(자기들 동족끼리만 사귀고,
항상 의례적인 말이나 천편일률적인 농담을 지껄이는 유태인을 제
외하고), 서로 피하고, 자기들과 가장 반대되는, 자기들을 싫어하
는 사람들을 떠받들고, 그들의 배척에 분노하지 않고, 그들이 어쩌
다가 친절을 베풀어 주면 좋아서 제정신을 잃는다. 그러나 또한 그
들에게 가해지는 도편추방(옮긴이: 陶片追放, 고대 그리스의 비밀
투표에 의한 추방 제도. 추방하려는 자의 이름을 도편에 적어서 투
표한 후 그것이 6천 표를 넘으면 추방했음)에 의하여 동류들과 서
로 모여서, 자기들에게 가해진 오욕(汚辱)이 마침내 이스라엘의 박
해와도 같은 박해에 의하여, 한 종족과도 같은 육체적·정신적인,

때로는 아름다운, 대개는 추악한 성격을 띠게 되어, 동류들과 왕래하는 데서(그 중에서 비교적 순수성을 잃고, 비교적 반대쪽 종족과 가장 잘 어울려 깊숙이 동화되어서, 겉으로는 비교적 도착이 적어진 자가, 언제까지나 도착이 강한 자에게 퍼붓는 온갖 비웃음에도 불구하고) 안식을 느끼고, 자기들의 존재에서 하나의 지주(支柱)마저 발견하는데, 그 결과 그들은, 자기들이 어떤 종족(그 종족의 이름을 받는 게 최대 모욕이다)임을 부인하면서도, 그 종족인 것을 용케도 숨기고 있는 이들의 가면을 기꺼이 벗기는데, 그것은 이들을 해치기 위해서라기보다(해치는 것도 마다하지 않으나) 자기 변명 때문이고, 또 의사가 맹장염을 찾듯이 역사 속에서까지 성도착을 찾아내려고 하면서, 동성애(Homosexualité)가 정상이던 시대에는 이상자가, 그리스도 이전엔 반기독교주의자가 없었던 일, 치욕만이 죄를 만들어 내는 걸 염두에 두지 않고, 마치 이스라엘인들이 예수가 유태인이었다고 말하며 뻐기듯, 소크라테스가 성도착자 중의 하나였음을 상기시키는 데에 기쁨을 갖는데, 왜냐하면 그 악습은 모든 설교에, 모든 본보기에, 모든 벌에 따르지 않고 너무나 특수하기 때문에, 가령 도둑질 · 잔인성 · 불성실 같은, 좀더 일반 사람에게 이해되는, 따라서 좀더 용서받는 여러 가지 악덕 이상으로 사람들의 혐오를 사는 하나의 선천적인 소질의 힘으로(그것에는 여러 가지의 높은 덕이 수반되는 수도 있지만) 사람들만 남겼기 때문이고, 이와 같은 소질을 가진 그들은 한 비밀 결사를 조직하는데, 로즈(loge)라는 비밀 집회소를 가진 프리메이슨보다 더 광범하고, 더 능률적이자 의심받는 이 결사는, 본래 기호 · 욕구 · 습관 · 위험 · 수련 · 지식 · 암거래 · 어휘 등등의 동일성에 바탕을 두고 생겨나서, 각 회원은 서로 사귀기를 바라지 않아도, 자연스러운 또는 묵계적(默契的)인 표시, 우연적인 또는 고의적인 표시에 의하여, 거지는 자기가 마차의 문을 닫아 주는 대귀족에게서, 부친은 그 딸의 약혼자에게서, 병을 고치고 싶어하는 자, 고해하고 싶어하는 자, 변호를 부탁하고 싶어하는 자들로 하여금, 그들이 믿는 의사·신부·변호사에게서 동류를 알아보게 하는 것이다. 그들의 비밀을 지키지 않으면 안 되는 한편, 다른 사람들이 의심쩍어하지 않는 상대의 어떤 비밀을 눈치채는 결과 가장 사실 같지 않은 파란만장한 연애 소설도 그들에겐 사실 같다. 왜냐하면 그 같은 시대착오적인 전기적(傳奇的)인 생활에서는 대사가 도형수(徒刑囚)의 친구이기도 하고, 대공이 공작 부인 댁에서 나오는 길로, 그 귀족 교육이 몸에 밴 네활개 치는 걸음걸이(소심한 상놈이 흉내 못 내는)로 거리의 깡패와 상의하러 가기 때문이다. 이런 그들은 인간 집단에서 버림받은 일부이지만 세력 있는 부분이라, 있을 것 같지 않은 곳에 뜻밖에 존재하여, 짐작 못 한 곳에 벌받지 않고서 대담하게 뻐젓이 있다. 도처에, 대중 속에, 군대 속에, 신전 안에, 감옥 안에, 왕좌 위에 동류가 있는 그들은, 요컨대 적어도 그 대다수는 다른 종족의 사람들과 친근하고도 위험스러운 친목 가운데 살면서 남들을 선동하며, 자기의 악습을 자기 것이 아닌 듯이 농지거리를 말하는데, 이러한 농지거리는 상대방의 무분별이나 잘못 때문에 쉽게 받아져 파렴치한 행위가 발각되어 그 조교사가 맹수에게 먹히는 날까지 몇 해씩 계속되는데 그때까지는 자기들의 생활을 숨겨야 하고, 보고 싶은 것을 보지 말아야 하고, 보고 싶지 않은 것을 보아야 하며, 사용하는 용어 중에서 형용사의 성(性)을 바꿔야 하는 이런 사회적 구속도 외적인 것이다. 그들의 악습이랄까, 남들이 붙인 이 부당한 호칭이 남에 대해서가 아니라, 자기 자신에게 가해지는 내적인 구속에 비하면 가볍기 때문에, 이것은 그들에게 하나의 악으로는 보이지 않는다. 그러나 어떤 무리는 더 실리적이고 더 바빠서, 거래하러 갈 시간이 없지만, 협동에서 생길 수 있는 생활의 단순화, 시간의 절약을 포기할 수가 없기 때문에, 두 사교 단체를 만드는데, 그 중 두번째가 주로 초록 동색들로 이루어져 있는 것이다.

가난하고 친척도 없고, 장차 유명한 의사나 변호사가 되겠다는 야심 외에는 아무것도 없는 시골에서 올라온 자들, 아직 그 머리에는 의견도 없고, 몸에는 예의도 배어 있지 않지만, 앞으로 카르티에 라탱(옮긴이: Quartier Latin, 파리의 센 강 남안 지구로서 대학 등 문화 시설이 많음)에 있는 자기의 조그만 방에, 그러한 유용하고 견실한 직업에 의하여 이미 '성공한' 사람들의 집에서 본 것을 그대로 복사한 것 같은 세간을 사서 비치하듯이, 육체도 그런 식으로 예절에 의하여 꾸미려는 자들에게는 이런 경향이 현저하다. 이러한 자들에게서는, 가령 그림이나 음악에 대한 소질이라든가, 소경이 될 소질처럼, 자신도 모르게 유전된 그들의 특수한 기호는 어쩌면 유일하게 오래 계속되는, 전제적인 힘을 지닌 독창성이어서, 그것은 어느 날 밤 같은 때에, 그들의 생애에 가장 유익한 사람들과의 모임, 다른 경우라면 그 말씨·사고 방식·옷차림·머리 모양 등을 모방할 정도인 유력한 이들과의 모임을 어기고 마는 일이 있다. 그들이 사는 동네에서, 동기생, 스승 또는 출세한 동향인 보호자들하고밖에 교제하지 않다가, 그 동네 안에서 동일한 특수 기호에서 접근해 오는 젊은이들을, 마치 어느 작은 시가에서 고등학교의 교사와 공증인이 둘 다 실내악이나 중세기의 상아 세공품을 좋아하기 때문에 맺어지듯 재빨리 발견한다. 그들의 직업에 그들을 이끄는 것과 똑같은 공리적인 본능, 똑같은 직업적 정신을 심심파적의 대상에도 적용하는 그들은, 예컨대 공부하는 기쁨, 교환의 이익과 강적에 대한 겁 때문에, 우표 시장처럼, 전문가들의 긴급한 상호 이해와 수집가들의 처절한 경쟁 의식이 동시에 지배한다. 하기야 그들이 회식하는 카페 안에서 아무도 그런 모임이 뭔지, 낚시 회원의 모임인지, 편집자들의 모임인지, 또는 앵드르 지방 출신자들의 모임인지 알 수 없을 정도로, 그들의 복장은 단정하고, 거동은 신중하고도 냉정하며 또한 수미터 떨어진 곳에서 단골 여자들로 하여금 법석을 떨게 하고 있는 젊은 시체(時體) '멋쟁이'들 쪽을 넌지시 곁눈질하는 정도로밖에는 보지 않는 것이다. 그리고 지금 눈도 들지 않고 훔쳐보면서 감탄하는 사람들은, 앞으로 20년은 지나야 겨우, 그 중 어떤 자는 아카데미에 들어가기 직전이고, 또 어떤 자는 클럽의 고참 회원이 될 무렵이면, 그 젊은이들 중에서 가장 매력적이었던 사람, 가령 머리가 희끗희끗하고 뚱뚱한 지금의 샤를뤼스 같은 사람도, 기실은 자기들과 동류였다는 사실을 알게 될 것이다. 하지만 다른 사교계에서, 다른 갖가지 외적 상징 밑에 낯선 표를 하고 있어서, 그 다름이 동류를 알아보지 못하게 했다. 그러나 이런 무리도 다소 진보했다. '좌익 단체'가 '사회주의자 연맹'과 다르듯, 또 멘델스존 연주 협회라는 게 스콜라 캉토룸과 다르듯, 어느 저녁, 이 카페의 다른 식탁에 과격주의자들이 모여, 남몰래 팔찌를 끼게, 때론 목 끝에 목걸이를 달게 하거나, 절박한 눈길로, 낄낄대는 웃음으로, 헛헛대는 웃음으로 응하며, 서로 애무하기 시작해, 학생 한 무리가 보다못해 부랴사랴 도망갈 정도인데, 한편 시중들고 있는 급사는 겉으론 공손하지만 내심 분개하여, 드레퓌스파들을 시중하는 저녁처럼, 수고한 값을 주머니에 넣는 이득이 없었다면 기꺼이 경찰을 부르러 갔을 것이다.

이와 같은 직업적인 조직에 대하여, 정신은 고독자의 기호를 대립시키는데, 한편으론 그 대립에 작위가 그다지 필요하지 않다, 그도 그럴 것이, 정신은 조직화된 악습과 잘못 이해된 사랑만큼 다른 것이 따로 없다고 여기는 고독자들 자체를 모방하는 데 불과하기 때문이지만, 그럼에도 불구하고, 약간의 작위는 있다고 해야 할 것이, 이런 다양한 계층이 적어도 여러 생리학적 형태에 호응하고, 병리학적이거나 단지 사회적 진화의 연속 단계에도 호응하기 때문이다. 그리고 결국 어느 날에 가서 고독자들도 때론 단순한 권태로, 때론 편의상 그 같은 조직에 섞이러 오지 않는 경우가 매우 드물다. 예를 들어 그때까지 가장 극성맞게 반대해 오던 이들이 자택에 전화를 놓거나, 이에나 가문의 사람들을 초대하거나 포탱(옮긴이: Potin, 서민들이 단골로 드나들던 식료품점)에서 식료품을 사거나 하게 되듯이. 하기야 그런 고독자들은 보통 그다지 좋은 대우를 받지 못한다. 왜냐하면 비교적 순수한 생활을 해 와서, 경험이 부족하고, 몽상의 포화 상태에서, 직업인들이 애써 말살하려는 그 여성화의 특수한 성격이 그들 몸 속에 아주 강하게 나타나 있기 때문이다. 또한 솔직하게 말하면, 이런 신참자들의 경우는, 여성이 단지 내적으로 남성과 결합되어 있을 뿐 아니라, 히스테릭한 경련으로 동요하고 있기 때문에, 무릎이나 손을 발작적으로 떨게 하는 날카로운 웃음 등으로 유난히 추해 보이는 법이다. 이렇게 되면, 눈 언저리가 거무스름하고 우울한 눈에다가, 물건을 잡을 수 있는 발이 있고, 스모킹에다가 검은 넥타이를 맨 원숭이만큼도 남성답지가 않다. 따라서 이 새 가입자들은, 좀더 때묻은 도착자들에게 위험한 친구로 단정 받기 때문에, 그들의 입회는 쉽지가 않다. 그렇지만 일단 받아들이고 나자, 그들은 장사와 큰 기업을 수월하게 하는 수단으로서 이 새 친구를 이용하는데, 그들 개인 생활에도 변화가 와, 그때까지 너무 값비싸 입수하지 못하거나 찾아내기조차 힘들었던 물품도 손쉽게 사들이게 되고, 혼자 힘으로 대군중 속에서 발견할 수 없었던 것을 넘치도록 소유한다.

그러나 이런 배출구가 아무리 많아도 어떤 이들, 특히 이 같은 악덕에 대한 정신적인 구속을 강하게 느낀 적이 없거나 또 이 같은 도착된 사랑을 실제보다 드문 현상이라고 생각하거나 하는 사람들 중에서 새 회원으로 뽑힌 이들에게는 사회적 구속은 여전히 너무나 무겁다. 이 같은 성향의 특례로서, 자기들을 여성보다 뛰어난 존재라고 자부하는 이들, 그 자부에서 여성을 멸시하며, 동성애를 위대한 천재와 영광된 시대의 특권으로 삼으며, 그 기호를 나누려고 애쓸 때, 모르핀 중독자가 모르핀을 나누려고 하듯, 그 경향을 지닌 듯싶은 상대에게 행하기보다, 마치 남들에게 시온주의, 병역 거부, 생 시몽주의, 채식주의와 무정부주의를 설교하는 전도자 같은 열성으로, 품위 있어 보이는 상대에게 대드는 이들에 대해선 당분간 언급하지 말자. 개중의 어떤 자는, 아침까지 자고 있는 얼굴을 몰래 보면 놀랄 만큼 여성적인 얼굴이다. 그만큼 표정이 일반적이고 여성 전체를 상징한다. 머리털 자체가 이를 증명한다. 그 곡선은 참으로 여성적이어서, 풀어지면 아주 자연스럽게 땋은 머리처럼 되어서 볼 위에 늘어지기 때문에 사람들은 젊은 여자, 젊은 아가씨, 아직 눈을 덜 뜬 갈라테아(옮긴이: Galatea, 그리스 신화에 나오는 해신 네레우스의 딸인데, 조각가 피그말리온은 자기가 만든 갈라테아 상에게 반하여, 아프로디테에게 빌자, 그녀에게 육신을 주어 그의 아내가 되게 했음)가, 자신이 갇혀 있는 남체(男體)의 무의식 속에서, 스스로 아무의 가르침도 받지 않고, 감옥에서 조금이라도 빠져나올 기회를 이용하는 법, 자기 생활에 필요한 것을 찾아내는 법을 그처럼 교묘하게 터득했다는 사실에 놀라는 것이다. 틀림없이 이 아름다운 얼굴을 가진 젊은이는 '나는 여자다'라고는 말하지 않는다. 이 젊은이가 만일 — 있을 수 있는 여러 이유 때문에 — 여인과 동거한다면, 그녀한테 자기가 여자임을 부

385

정하며, 사내들과 관계한 적이 결코 없노라 맹세할지도 모른다. 그가 파자마 차림에 홀랑 벗은 두 팔, 검은 머리칼 밑에 목을 드러내놓고 잠자리에 누워 있는 모습을 그녀가 본다고 가정하자. 그럼 파자마는 여인의 속옷이 되고, 얼굴은 예쁜 에스파냐 여인의 얼굴이 된다. 그 정부는 그녀의 눈에 행한 이런 속내 이야기, 말로, 아니 행위 자체로 얘기된 이상으로 진실된 속내 이야기, 행위, 자체가 (이미 그 비밀을 털어놓지 않았다면) 오래지 않아 그 비밀을 입증할 속내이야기에 질겁한다. 그도 그럴 것이 인간은 다 제 쾌락을 추구하고, 그다지 악습에 젖어 있지 않았다면 제 성과 반대인 이성 속에서 그 쾌락을 구하기 때문이다. 그런데 성도착자한테 악습이 시작되는 것은 관계를 맺을 때가 아니라(왜냐하면 수많은 이치가 그것을 명령하기 때문에), 여인들과 함께 쾌락을 누리는 때다. 우리가 예로 든 젊은이는 분명히 여자여서 욕정을 품고 그를 바라본 여인들은(특수한 기호가 없는 한) 셰익스피어의 희극에 나오는 여인들이 젊은이로 행세하고 있는 변장한 아가씨한테 실망하는 것과 똑같은 실망을 맛본다. 착오가 생기는 것은 똑같아, 성도착자도 이 점을 알아, 변장이 벗겨지자 상대 여인이 느낄 환멸을 짐작하고, 그리고 성에 대한 이 착오가 얼마나 시적 환상의 샘인지 느낀다. 게다가 까다로운 정부한테는(그녀가 고모라의 여인이 아닌 한), '나는 여자다'라고 고백하지 않는대도 아무 소용 없다. 하지만 그의 내부에 도사리고 있는 무의식적이면서도 눈에 보이는 여성이 덩굴 식물과도 같은 어떤 교활성, 민첩성, 집요성으로써 남성의 기관(器官)을 갈망해 마지않는다는 사실을 누가 알랴! 흰 베개 위에 굽이치는 저 머리털만 보아도, 밤에 만약 이 젊은이가 엄격한 부모에게서 빠져나온다면, 그것은 그의 의지든 아니든 여자를 찾아가는 것이 아님을 알 수 있다. 그 정부가 아무리 그를 벌주고 가두어

놓아도, 그 다음날 이 암사내는, 마치 둥근 잎 나팔꽃이 곡괭이나 갈퀴가 있는 곳에 그 덩굴손을 뻗듯 어느 사내와 어울리는 수단을 찾아냈을 것이다, 이 젊은이의 얼굴에서 볼 수 있는 — 일반 남성에게서는 볼 수 없는 — 보는 이를 감동케 하는 섬세한 아름다움, 우아함, 친절이 지닌 자연성 등을 감탄하는 우리가, 이 젊은이가 갈구해 마지않는 상대가 권투 선수라는 걸 듣고 안다 한들 어찌 한탄하겠는가. 이는 동일한 현실이 지니는 두 가지 모습인 것이다. 그뿐만 아니라 우리가 싫어하는 쪽이 둘 중에서는 보다 감동적이다. 모든 섬세한 아름다움보다도 더욱 감동적이다. 왜냐하면 이것은 자연의 무의식적인 놀라운 노력, 곧 성의 자기 인식을 나타내고 있기 때문이다. 성의 기만에도 불구하고, 사회의 어떤 최초의 오류가 그에게서 멀리 떼어놓은 것 쪽으로 탈출하기 위한 은밀한 시도가 드러나는 것이다. 어떤 사람들, 아마 가장 내성적인 어린 시절을 보낸 사람들은, 그들의 상대방에게 쾌락의 육체적인 종류에 대해서는 별로 개의하지 않는다 — 그들이 그것을 한 남자의 얼굴과 결부할 수만 있다면. 한편 다른 어떤 사람들, 아마 가장 세찬 관능을 지닌 사람들은 그들의 육신상 쾌락에 절대적인 국한을 둔다. 이들은 그 고백으로 일반 사회에 충격을 줄지도 모른다. 그들은 오로지 사투르누스의 위성(옮긴이: 베를렌의 『사투르누스의 시집』에, 고대 비법서에 따르면 불행의 몫, 우울증의 몫을 토성 밑에 난 사람들이 가장 많이 받아 불안하고도 병적인 상상력이 마음 속에 일어나 이성의 노력을 헛되게 한다는 내용의 글이 있음) 밑에서만 사는 경우가 비교적 적을 것이다. 왜냐하면 제1종의 사람들에게는 여자란 대화·교태·두뇌의 사랑에만 존재하지만, 제2종의 사람들에게서는 제1종의 인간에게서처럼 여성이 완전히 배척당하지는 않는다. 그러나 제2종의 사람들은 여성을 좋아하는 그런 여성을 원한다. 그러한 여성은 그들에게 한 젊은이를 갖게 할 수도 있고, 그 젊은이와 함께 맛보는 쾌락을 더해 줄 수도 있다. 그뿐만 아니라, 그들은 그와 같은 방법으로 한 남자를 상대할 때와 같은 쾌락을 그 여성에게서 얻을 수도 있다. 그러므로 제1의 사람들을 사랑하는 사람들에게, 질투는 그들이 한 남자에게서만 얻을 수 있는, 그리고 그것만이 그들에게 배신으로 여겨지는 쾌락에 의해서만 자극되는 수가 있게 된다. 왜냐하면 그들은 여성과의 사랑에는 흥미가 없고, 그 사랑은 오직 관습으로써 했을 뿐이며 또한 결혼의 가능성을 보류해 두기 위해서일 뿐이어서, 그 사랑이 주는 쾌락을 상상하는 일은 거의 없기 때문에, 그들은 자기가 사랑하는 남자가 여자하고의 사랑을 맛본다는 것은 도저히 참을 수 없는 일이다. 이와는 반대로, 제2의 사람들은 자기들이 여성과 함께 나누는 애욕으로 질투를 느끼게 하는 수가 흔히 있다. 왜냐하면 그들은 자기들이 그들과 맺는 관계에서, 여성을 좋아하는 그런 여성을 위해서 또하나의 여성 노릇을 하기 때문이니, 대체로 그 여성은 그들이 남자에게서 찾아내는 것과 비슷한 것을 그들에게 주는 것이다. 그 결과, 질투하는 벗은 그 사랑하는 남자가, 그에게는 거의 남자나 다름없는 여자에게 빠져 있다는 사실을, 동시에 또 그 남자가 자기를 거의 버렸다는 사실을 느끼고 애태운다. 왜냐하면 이러한 여자들이 볼 때, 그 남자는 제2의 남자가 이해할 수 없는 그 무엇, 일종의 여성이기 때문이다. 또한 일종의 어린애 같은 성격에서, 친구들을 곯려 주고, 부모의 마음을 상하게 하기 위해, 여자의 옷과 비슷한 옷을 고르거나, 입술을 빨갛게 칠하거나, 눈 언저리를 검게 칠하는 일에 열중하는 젊은 미치광이 이야기는 않기로 하자. 이런 무리들은 한쪽으로 밀어 놓자, 그들의 부자연한 외면치레에 대한 벌을 너무나 잔혹하게 진 나머지 신교도의 엄한 옷차림으로 고침으로써,

지난날 악마에게 홀려 범했던 잘못을 보속하려고, 한평생 헛되게 보내는 모습을 오래지 않아 볼 테니까. 한편 같은 악마에 홀린 포부르 생 제르맹의 젊은 여인들은 추문을 퍼뜨리며, 온갖 관습을 깨뜨리며 가족을 망신시키며 살아가, 재미로라고 하기보다 내리받이를 멈출 수 없이 굴러 내린 그 언덕을, 언젠가는 끈기 있게 되올라가야 하는데 영영 성공 못 하고 만다. 요컨대 고모라와 계약을 맺은 사내들 이야기도 뒤로 미루기로 하자. 그 이야기는 샤를뤼스 씨가 그들을 알게 될 때에 하게 될 것이다. 이런 변종 또는 별종에 속해 그 차례가 돌아오면 표면에 나타날 이들은 전부 뒤로 미루고, 당장은, 이 첫 진술을 끝맺기 위해 아까 언급하기 시작한 고독자들에 관해 한마디 하겠다. 그들은 그들의 악습을 실제 이상으로 예외적인 것으로 생각하여, 오랫동안, 단지 남들보다 더 오랫동안 그 실체를 모르고서 지니고 온 후, 그것이 뭔지 발견한 날부터 혼자 살아왔다. 자기가 성도착자인지, 또는 시인인지, 속물인지, 심술궂은지, 처음부터 아는 이가 아무도 없기 때문이다. 연애 시를 배우거나 춘화(春畵)를 구경하거나 한 중학생이, 그때에 동급생의 몸에 바싹 다가섰다면, 그는 단지 여성에 대한 욕망과 똑같은 정 속에서 동급생과 함께 깊이 통하고 있는 것으로 생각하였을 것이다. 그같은 중학생의 나이로, 어찌 자기가 대다수의 사람과 같지 않다고 여기겠는가? 설령 그가 느끼는 것의 실체를 라 파예트 부인, 라신, 보들레르, 월터 스콧을 읽으면서 분간하는 적이 있더라도, 아직 자기 자신을 관찰하는 힘이 부족해서 그가 자기의 특별한 것을 거기에 덧붙였다는 것도, 또 설령 감정이 같더라도 대상이 다르다는 것, 원하는 것이 남자인 로브 로이(옮긴이: Rob-Roy, 스콧의 동명 소설의 주인공)이지, 처녀인 디아나 버논(옮긴이: Diana Vernon, 로브 로이의 애인)이 아니라는 것을 알아채지 못하는 데. 그들의 대다수는 지성의 가장 밝은 시력에 앞서는 본능의 방어적인 신중성으로, 그 방의 거울이나 벽을 천연색 여배우 사진들로 메운다. '나는 세상에서 오직 클로에(옮긴이: Chloeé, 3~4세기경의 그리스의 롱구스(Longus)가 지었다고 하는 4부작으로 된 목가 이야기 『디프니스와 클로에』의 여주인공)만을 사랑하노라, 클로에는 성스럽고 금발이어라, 그 사랑으로 내 가슴 넘치노라' 같은 시를 짓거나 한다.

그렇다고 해서 오래지 않아 그들 속에서 되찾을 길 없이 되어 가는 하나의 기호를, 그 어린 시절의 금발의 곱슬머리가 곧 이어서 짙은 갈색으로 되듯, 그들의 삶의 시초에 놓아야 하는가? 여배우들의 사진이 위선의 시초 또한 다른 성도착자들에게는 혐오의 시초가 아닐지 누가 알랴? 그런데 여기서 말하는 고독자란 바로 그런 위선을 괴로워하는 이들이다. 아마도 또 하나의 다른 무리인 유태인의 예를 들어도, 교육이 그들에게 미치는 힘이 얼마나 약한 것인지, 또 어떠한 수를 써서 그들이 본래 성벽으로 되돌아가는지 설명하기에 부족할 것이다. 그들이 본래 성벽으로 되돌아가는 건, 어쩌면 자살 같은 단순하고도 끔찍한 짓을 하는 게 아니라(자살을 하는 이들은 미친 사람들이라, 아무리 남이 주의해도 막을 길 없으니, 몸을 던진 내에서 구해 내 본댔자, 독을 삼키거나 피스톨을 입수하거나 한다) 다른 종족 사람들의 이해나 상상을 초월한 생활로 되돌아가는 것이니, 단지 그런 고독자들에게 필요한 쾌락이 남들에게 이해 안 되고, 상상 안 되고, 미움받을 뿐만 아니라, 그 빈번한 위험과 끊임없는 치욕이 더욱 남들의 미움을 받을 것이다. 그들을 묘사하려면 아마도 길들이지 않은 동물, 길들였다고 하지만 그대로 야수의 성질을 잃지 않은 새끼 사자를 염두에 두지 않더라도, 적어도 백인의 쾌적한 생활을 견디지 못해 원시적인 생활의 위험이나 그 이해하기 힘든 기쁨 쪽을 택하는 흑인을 염두에 둘 필요가 있을 것이다. 남들에게나 제 자신에게나 거짓말할 수 없음을 자각하는 날이 왔을 때, 그들은 시골에 가서 살아, 그 괴상망측한 짓에 대한 공포 또는 유혹에 대한 두려움 때문에 동류자들(그다지 많지 않다고 믿으나)을 피하고, 부끄러움 때문에 일반 사람들을 피한다. 그들은 영영 참다운 육체적인 성숙에 이르지 못해, 우울에 빠져, 이따금 달 없는 일요일 산책에 나가 한 갈림길까지 오면, 거기에, 한마디의 상의도 없었건만, 이웃 성관에 사는 어린 시절의 친구 하나가 와서 기다리고 있다. 그래서 두 사람은 밤중 풀 위에서 말 한마디 없이 옛 장난을 되풀이한다. 한 주일 동안 두 사람은 서로 찾아가, 일어난 일에 대해 암시 없이, 아무 짓도 안 했고, 앞으로도 하지 않을 듯 긴치 않은 얘기를 나누는데, 단지 둘 사이에 좀 차가움, 비꼬기, 예민함과 앙심, 때론 미움 따위가 감돈다. 그러다가 이웃 친구는 말 타고 험한 나그네길을 떠나, 노새 타고 뾰족한 산봉우리를 오르고, 눈 속에 눕는다. 제 자신의 악습을 기질의 나약함이나 죽치기 좋아하는 소심한 생활 따위와 동일시하는 혼자 남은 친구는, 해발 수천 미터 높이에 제 몸을 해방시킨 그 친구 속에 이제 이 악습이 살아남지 못할 것이라고 깨닫는다. 과연 상대 친구는 결혼한다. 그렇건만 버림받은 사내는 낫지 않는다(후에 알듯 성도착자가 고쳐지는 경우가 있음에도 불구하고). 그는 아침 부엌에 나가 우유 배달하는 소년의 손에서 손수 신선한 크림을 받겠다고 우겨 대고, 끓어오르는 욕정에 심하게 흥분되면 정신 나간 나머지, 길가의 술 취한 자를 집에 올바로 돌아가게 하거나, 장님의 겉옷을 여며 주기까지 한다. 물론 어떤 성도착자들의 생활은 가끔 변한 듯해, 그 악습(이라고들 말하는)이 여느 습관에 나타나지 않는 적이 있다. 하지만 하나도 없어지지 않아, 숨은 보석은 다시 나온다. 어느 병자의 오줌량이 줄어든 때, 그것은 땀이 더 많이 나왔기 때문이고 배설이야 늘 하게 마련이다. 어느 날 이 동성애자는 그 젊은 사촌을 여읜다. 그리고 그 위로할 길 없는 비탄을 보면, 이 사랑 속에서 아마도 순결하면서도 육체의 소유보다 상대에 대한 존경을 유지하려고 더 마음 쓰는 이 사랑 속에서, 욕정이 진로를 바꾼 걸 우리는 깨닫는다. 마치 한 예산에서, 총계엔 아무 변경 없이 어느 지출이 다른 용도에 돌려져 있듯. 두드러기가 돋아나자 여느 증세가 잠시 씻은 듯 가시는 병자의 경우같이 젊은 친척에 대한 순수한 사랑은, 성도착자에게, 습관을 잠시 전이(轉移)로 바꿔 놓은 듯하지만 그 습관은 조만간 지금 대리를 맡아 치유된 듯한 병의 자리를 되찾으리라.

그러는 동안에 고독자의 이웃인 결혼한 친구는 다시 오게 된다. 부부를 식사에 어쩔 수 없이 초대한 날, 새댁의 아름다움과 그 남편이 아내에게 나타내는 다정함을 목격하고, 고독자는 과거를 부끄러워한다. 이미 임신한 새댁은 남편을 남겨 두고 일찍 돌아가야만 한다. 남편은 돌아갈 시각이 되자 친구에게 앞까지 배웅해 달라고 부탁해, 친구는 처음에 아무 의심도 머리에 스치지 않다가, 갈림길에 이르자, 오래지 않아 아비가 될 등산가에 의해 말 한마디 없이 풀 위에 넘어진다. 그러고 나서 만남이 다시 시작되는데, 그 새댁의 사촌 오빠가 멀지 않은 곳으로 이사 온 날까지 계속된다. 이제는 이 사촌 오빠가 남편과 함께 늘 산책한다. 그래서 이 남편은 버림받은 친구가 보러 와서 그에게 가까이하려고 하면 노기등등, 그 후 불러일으킨 불쾌감을 짐작할 촉각도 없는 데 대한 화풀이로 친구를 물리친다. 그렇지만 한번은 이 불성실한 이웃이 낯선 자를 보내 왔다. 그러나 너무 바빠, 버림받은 자는 낯선 자를 응접하지 못하고 말아, 무슨 목적으로 낯선 자가 왔는지 후에 가서야 안다.

그래서 고독자는 혼자 애타게 지낸다. 지금의 그에게는 근처 해수욕장의 역에 가서 어느 철도원에게 뭘 물어 보는 재미밖에 없다. 그런데 그 철도원도 승진해 프랑스의 다른 벽지에 부임해 버렸다. 고독자는 이제 열차 시간이나 1등실의 요금을 그에게 물으러 갈 수도 없어, 집에 돌아가 그리젤다(옮긴이: Griselda, 11세기 전설의 목녀[牧女]. 정절을 시험받아 오랜 동안 시련을 견디어 냄) 같이 탑 속에 들어앉아 몽상에 잠기기 전에, 바닷가를 서성거린다, 마치 어느 아르고노트(옮긴이: Argonaut, 이아손[Iason]의 통솔 밑에 수많은 그리스 영웅들이 황금의 양모피를 찾으로 콜키스 [Corchis]에 갔을 때에 탄 배)의 용사도 구출하러 오지 않는 기묘한 안드로메다처럼, 또 모래 위에서 죽어 가는 덧없는 해파리처럼. 혹은 열차의 출발 전 플랫폼에 맥없이 서서 승객 무리에게 눈길을 던진다. 그 눈길은 다른 종족의 사람들한테는 무관심한 비웃음받는 멍청한 것으로 보일 테지만, 실은 어느 곤충이 같은 종류의 곤충을 이끌기 위해 몸에 장식하는 반짝거리는 광채처럼, 또는 수태시켜 줄 곤충을 끌기 위해 어떤 꽃이 내는 꿀처럼, 그의 앞에 나타난 너무나도 희한한, 상대를 찾기가 매우 어려운 한 쾌락의 애호가, 곧 이 전문가와 더불어 기이한 말을 나눌 수 있는 — 거의 세상에서 찾아낼 수 없는 — 동류의 눈은 못 속인다. 이 희한한 언어에 기껏해야 플랫폼에 있는 누더기 입은 거지가 관심을 보이는 체할지 모르지만, 속으론 단지 물질적인 이득에만 관심이 있을 뿐이다. 콜레주 드 프랑스에서 범어(梵語)의 교수가 청강생 없이 떠드는 교실에, 강의를 들으러 온 얼굴을 하고서 실은 몸을 데우러 들어온 빈곤자들처럼. 해파리! 난초! 내가 본능에만 따르는 동안, 발베크에서 목격한 해파리가 구역질을 일으켰다. 그러나 미슐레처럼 박

393

물학과 미학의 견지에서 해파리를 볼 줄 알게 되자, 그것이 창공의 꽃장식같이 아름답게 보였다. 해파리는 투명한 꽃잎의 빌로드를 갖춘, 바다의 연보라 난초 같은 게 아닐까? 수많은 동물계와 식물계의 생물같이, 바닐라 엑스를 분비하는 식물같이 — 다만 이 식물은, 그 꽃의 내부에서, 수기관이 암기관에서 하나의 칸막이로 떨어져, 벌새나 작은 벌 종류가 꽃가루를 옮기든가 사람이 인공적으로 수정시키든가 하지 않으면 수태하지 못하지만 — 샤를뤼스 씨는 (이 경우에 수태라는 말은 정신적인 의미로 해석해야 한다. 왜냐하면 남성과 남성의 육체적 결합에서는 아무것도 생겨나지 않기 때문이다. 그러나 어떤 개인이 맛볼 수 있는 그 유일한 쾌락을 만날 수 있다는 사실, 또 '이 세상에서는 모든 생물'이 누군가에게 그의 '음악, 불꽃, 또는 향기'를 줄 수 있다는 사실은 시시한 일이 아니다) 특수하다고 부름받을 만한 인간 중의 하나였다. 그런 사람이 아무리 허다해도, 성적 욕구의 만족이 다른 사람의 경우에는 수월한데, 이 사람의 경우는 너무나 많은 조건의 우연한 일치에 달려 있어 조우하기가 힘들기 때문이다. 샤를뤼스 씨 같은 사람들에게는 (차차 나타날 테고 또 이미 독자가 예감했을지도 모르는 타협, 쾌락에 대한 욕구를 절반 만족으로 단념하고 마는 타협을 조건으로 하고), 상호적 사랑이란 것은, 일반인에게 일어나는 아주 큰, 때로는 넘을 수 없는 어려움을 제외하고도, 매우 특수한 어려움이 덧붙어, 일반인한테 항상 드물다고 하면, 그들한테는 거의 불가능한 일이 되어서, 만일 그들로서 정말로 행복한, 또는 자연이 그들에게 그렇게 생각하도록 하는 해후가 생긴다면, 그들의 행복은 정상인 애인의 그것보다 훨씬 좋은, 뭔가 비범한 것, 선택된 것, 필연성에 깊이 뿌리박은 것이 된다. 『로미오와 줄리엣』에 나오는 카풀렛 가문과 몬타규 가문의 증오 따위야, 전직 재봉사가 얌전하게 근무처에 나가려다가, 배가 불룩 나온 50대 사내 앞에서, 현혹되어 비틀거리기까지, 극복한 온갖 종류의 장애나, 사랑을 초래하는 보통 드문 우연에다 자연이 손질한 특수 선택의 난관에 비하면 아무것도 아니었다. 이 로미오와 줄리엣은 그들 사랑이 잠시의 변덕이 아님을 당연히 믿어 마지않는다. 그 사랑은 그들 기질의 조화에 의해 예정된 참된 구령(救靈)이며, 그들 자신의 기질에 의해 예정되었을 뿐만 아니라, 그들 조상의 기질에 의해 더 오랜 유전을 통해 예정되어, 그들을 합체하는 존재는 출생 이전부터 그들에게 속하고, 우리가 우리의 전생을 보낸 뭇 세계를 다스리는 힘에 비교할 만한 힘으로 그들 둘을 끌어당겼다고 하겠다. 샤를뤼스 씨는 나로 하여금, 과연 땅벌이 난초 꽃에 일종의 기적이라고 불러도 좋을 만큼 있음직하지 않은 우연의 덕분으로밖에 맞이하는 기회가 없던, 학수고대하던 꽃가루를 가져왔는지 여부를 구경하려는 주의를 딴 데로 돌리게 하였다. 그러나 내가 지금 막 목격한 것 역시 기적, 거의 같은 종류의, 그에 못지 않게 불가사의한 기적이었다. 이 해후 상봉을 이런 견지에서 주시하자마자 모든 게 거기에 아름다움의 낙인을 찍은 듯 보였다. 수꽃이 암꽃에서 너무 멀리 떨어져 있는 경우, 그 꽃은 곤충 없이는 수태 못 할 테니까, 곤충에게 그런 꽃의 수태를 맡아 시키려고 자연이 생각해 낸 더할 나위 없이 비범한 술책, 혹은 바람이 꽃가루의 운반을 떠맡은 경우, 꽃가루를 수꽃에서 더 쉽게 떨어지게 하고, 꽃가루가 지나가는 걸 암꽃이 더 손쉽게 붙잡게 해주며, 곤충을 이끌지 않아도 무방하므로 필요없게 된 꿀의 분비를 중지하며, 곤충을 이끄는 꽃잎의 광채마저 없애는 자연의 술책, 또 꽃이 자기에게 필요한 꽃가루(그 꽃 속에서밖에 열매를 맺지 않는 꽃가루)를 위해서만 피는 경우에 다른 꽃가루에 맞서 면역시키는 액체를 분비케 하는 자연의 술책도, 늙어 가는 성도착자에

게 애욕의 쾌락을 확보해 줄 숙명을 타고난 다른 도착자의 아변종
(亞變種)의 존재보다 더 불가사의하지는 않을 것 같았다. 곧, 모든
사내에게 이끌리는 것이 아니라 — 부처꽃과의 살리카리아
(lythrum salicaria)처럼 동질삼상(同質三像) 부정웅예화(不整雄蘂
花)의 수태를 조정하는 형상과 비슷한 대응과 조화의 현상에 의하
여 — 주로 자기보다 더 나이 든 사내들에게 이끌리는 이들이다.
이 아변종의 한 예를 쥐피앙이 이제 막 내게 보였는데, 이것은 그
래도 다른 것에 비해 아직 남들의 눈에 덜 띄는 일이고, 식물 채집
가적인 인간 채집가, 식물학자적인 정신학자라면, 희귀한 일이지
만, 관찰할 수 있는 일례로서, 연상의 사내 앞에 나약한 젊은이가
나타나는 경우가 있다. 이런 젊은이는 튼튼하고 배가 불룩 나온 50
대 사내의 제의를 기다려 다른 젊은이들의 제의에 무관심하다. 마
치 진짜 앵초의 짧은 암술대를 가진 양성화(兩性花)가 긴 암술대를
가진 진짜 앵초의 꽃가루를 기꺼이 받아들이지만 역시 짧은 암술
대를 가진 다른 진짜 앵초의 꽃가루로 수정하지 않으면 그대로 열
매를 못 맺듯이. 각설하고 샤를뤼스의 경우로 말하면, 나중에 안
일이지만, 갖가지 종류의 결합이 있는데, 그 중의 어떤 것은, 그 복
잡성, 거의 눈에 보이지 않는 순간적인 속도, 특히 두 배우의 접촉
이 없다는 점 등으로 해서 더욱더, 결코 맞닿을 수 없는 옆집 정원
에 핀 꽃의 꽃가루에 의하여 수태하는 꽃을 연상케 하는 것이었다.
사실 어떤 사람은 그를 자기 집에 오게 해서 한두 시간쯤 그가 멋
대로 지껄여 대고 있노라면, 어딘가에서 만났을 적에 타오르던 그
의 욕정은 충분히 진정되는 것이었다. 단지 말 건네는 것만으로,
결합은 적충류(滴蟲類)의 경우와 마찬가지로 간단히 되었다. 이따
금, 게르망트네의 만찬 후 내가 그에게 불려 갔던 밤에, 그가 내게
취한 태도에서 보이듯 욕망의 만족은, 남작이 방문자의 면전에 던

지는 사나운 꾸중 덕분에 이루어졌다. 마치 어느 꽃이 용수철 장치로, 무심코 들어와 당황하는 곤충에게 멀리서 성수를 뿌리듯. 욕망의 피지배자에서 지배자가 된 샤를뤼스 씨는, 불안이 싹 가셔 침착성을 되찾은 것을 느끼자, 당장 바람직하지 않게 된 방문자를 내쫓곤 하였다. 요컨대 성도착 자체는, 도착자가 여성과 유리한 관계를 갖고자 지나치게 여성에 가까워지는 데서 비롯하는데, 이 점으로 봐서, 양성화(兩性花)의 대다수가 수태를 못 하고, 다시 말해 자화수정(自花受精)으로 끝나고 만다는 한결 높은 법칙에 결부된다. 한 수컷을 찾는 도착자들이 흔히 자기와 똑같이 여성화된 한 도착자로 만족하는 건 사실이다. 그러나 상대가 여성에 속하지 않은 것으로 족하다. 여성의 배(胚)라면 그들 몸 안에도 있는데 사용할 수 없다. 이 같은 현상은 수많은 양성화에, 그리고 달팽이같이 제 스스로 수태하지 못하나 다른 양성 동물에 의해 수태할 수 있는 자웅동체의 동물에도 일어난다. 그러므로 도착자들은, 고대 동양이나 그리스의 황금 시대에 자신을 즐겨 연결시키는데, 더 오랜 옛적, 자웅 이주(雌雄異株) 꽃도 단성(單性) 동물도 존재하지 않던 시험 시대(試驗時代)까지 — 암컷을 해부해 보면 수컷 기관의, 수컷을 해부해 보면 암컷 기관의 어떤 잔존 기관이 현재도 그 흔적을 유지하고 있는 듯한 그 원시적 자웅 동체의 시대까지 — 거슬러 올라가려는지도 모른다. 내가 처음에 이해 못 한 쥐피앙과 샤를뤼스 씨의 몸짓도, 이제는, 다윈의 설에 의하면, 더 멀리서 보이도록 그 두상화서(頭狀花序)의 설상 화관(舌狀花冠)을 높이 쳐드는 이른바 복합화(複合花)로 곤충을 유인하는 식물의 몸짓에 못지않게 흥미 깊은, 또 곤충한테 길을 내주려고 수술을 뒤집거나 구부리다가, 곤충한테 세정수(洗淨水)를 뿌리거나 하는 부정 화주(不整花柱)를 가진 어떤 꽃처럼 흥미 깊은 것으로 생각되고 간단히 말해 지금 뜰 안으로 곤충들을 이끌고 있는 꿀 향기, 꽃부리의 화려한 광채와 비슷한 것으로마저 생각되었다. 이날부터 샤를뤼스 씨는 빌파리지 부인을 방문하는 시간을 바꾸지 않으면 안 되었는데, 다른 데서 더 편하게 쥐피앙을 만날 수 없어서가 아니라, 나한테 오후의 태양과 관목의 꽃이 그랬듯이, 아마도 그의 추억과 결부되어 있었기 때문이었나 보다. 게다가 그는 쥐피앙네 사람들을 빌파리지 부인, 게르망트 공작 부인, 그 밖의 훌륭한 단골들에게 소개했을 뿐만 아니라, 이들 중 몇몇 부인이 남작의 권유에 따르지 않거나, 단지 꾸물거리기만 해도 본때를 보이기 위해서, 또는 그를 화나게 하고, 그의 지배 계획에 반항했다고 해서, 남작의 호된 꾸지람을 들었기 때문에, 쥐피앙의 질녀인 젊은 자수가(刺繡家)를 단골삼았다. 남작은 거기서 그치지 않고, 쥐피앙의 자리를 점점 수입이 낫게 만들어 주다가, 나중에는 아예 비서로 앉혔으며, 우리가 뒤에 가서 보게 되는 바와 같은 생활 조건으로 안정시켜 주었던 것이다. "정말이지 행복한 사람이야, 쥐피앙은" 하고 프랑수아즈는 말하였다. 프랑수아즈는 남이 호의를 그녀에게 보이는지 남들에게 보이는지에 따라, 그 호의를 과장하든가 내리깎든가 하는 경향이 있었다. 하기야 이 경우 그녀는 과장할 필요도 부러움도 느끼지 않았다. 쥐피앙을 진심으로 좋아해서. "정말이지! 남작님은 좋은 분이셔" 하고 프랑수아즈는 덧붙였다. "착하시고, 신심 깊으시고, 더할 나위 없는 분이셔! 만일 시집보낼 딸이 내게 있고 돈 많은 상류 사회의 신분이라면, 눈 딱 감고, 남작님한테 시집보내지"—"하지만 프랑수아즈" 하고 어머니가 부드럽게 말하였다. "그러다간 그 딸에게 서방이 수두룩하게 생길 거야. 그 딸을 이미 쥐피앙한테 주겠다고 약속한 걸 잊었나 보지."—"아차! 어쩌나" 하고 프랑수아즈는 대답하였다. "그이도 여자를 빈틈없이 행복하게 해줄 사람인데. 부자인들, 아니면 비참하도록 가난뱅인들 타고난 성질을 어떻게 하지는 못 해요. 남작과 쥐피앙, 그들은 아주 똑같은 종류의 인간인걸요."

하기야 이때의 나는, 첫 진상(眞相)의 계시(啓示)를 보고, 드물게 선발된 결합의 선택적 성격을 너무 과장해서 생각하였다. 물론 샤를뤼스 씨와 동류인 사내들은 괴상한 놈이니, 왜냐하면 삶의 가능성에 양보하지 않는 한, 그는 주로 다른 종족의 사내의 사랑, 곧 여성을 좋아하는 사내(따라서 그를 좋아할 수 없는 사내)의 사랑을 찾으니까. 하지만 아까 내가, 마치 난초 꽃이 땅벌을 유인하듯 샤를뤼스 씨의 둘레를 도는 쥐피앙을 목격한 안뜰에서 생각한 바와는 반대로, 개탄할 이 같은 별난 존재들은 이 작품이 앞으로 나아가는 중에 보듯, 끝에 가서야 밝혀질 한 이유 때문에 만약 그가 인생의 여러 가지 가능성에 대하여 양보하지 않았다면, 따라서 「창세기」에 나오듯, 그 부르짖음이 하늘까지 오른 온갖 못된 짓을 온 소돔 주민이 했는지 여부를 가려 내고자, 주께서 두 천사를 뽑아(이를 반가워할 수밖에 없지만) 소돔 성문에 파견한 건 잘못된 처사니, 주께서는 이 소임을 한 소도미스트(옮긴이: Sodomist, 남색가[男色家])에게만 맡겨야 옳았을 것이다. 소도미스트라면 "쇤네는 6남매의 아비로, 두 첩이 있사옵니다"라고 변명해도, 불의 칼을 호의적으로 거두어, 처벌을 늦추지는 않았을 것이다. 그는 대답했을 거다. "그러냐, 그럼 네 마누라는 질투의 고통으로 괴로워하겠구나. 네가 그 두 첩을 고모라에서 골라 오지 않았더라도, 너는 네 밤을 헤브론의 목자와 지내지" 하고 나서 그는 당장 그 주민을 불과 유황의 비로 멸할 소돔 쪽으로 되돌아가게 했을 것이다. 그런데 이와 거꾸로 두 천사는, 지은 죄를 부끄러워하는 소돔 주민을 모조리 도망가게 내버려 두었다, 비록 그들이 젊은 사내가 눈에 띄자, 마치 롯의 아내처럼 되돌아보아도, 그녀처럼 소금 기둥으로 변하지 않고서(옮긴이: 구약성서 「창세기」 제19장 26절 참조), 따라서 그들에게는 숱한 자손이 생겼고, 그 자손에게는 이러한 몸짓이 버릇이 되었다. 마치 방탕한 여인이 진열장에 놓인 구두의 진열을 구경하는 척하면서 학생 쪽으로 머리를 돌리는 몸짓처럼, 이러한 소돔 백성들의 자손은 매우 많기 때문에, 창세기의 말을 인용할 수 있다면, '사람이 땅의 티끌을 능히 셀 수 있을진대 네 자손도 세리라'라고 할 수 있는데, 이처럼 수많은 자손이 지상에 살면서, 온갖 생업에 종사하고, 아무리 굳게 닫힌 클럽에도 들어가 있어서, 만약 한 소도미스트가 클럽에 입회가 부결되는 경우가 있다면, 그 부결은 대개 이미 회원이던 소도미스트들이 던진 반대표 때문이니, 그들은 자기들의 조상이 저주받은 도시를 떠나도록 허락한 거짓말의 유전을 받아, 약삭빠르게도 소도미(Sodomie)는 죄악이라고 비난한다. 그들은 언젠가 그 도시로 되돌아올 가능성은 있다. 아닌게 아니라 그들은 모든 나라에서 동양적이고, 교양 있고, 음악적이고, 비방하기 좋아하고, 매력적인 장점도, 견딜 수 없는 결점도 가진 하나의 식민지를 이루고 있다. 그러한 그들의 모습을 독자는 다음에 계속되는 페이지에서 더 철저히 규명된 모양으로 보리라. 그러나 저자는 이제 미흡하나마, 시온주의(Sionisme) 운동을 활발하게 했듯이 소돔주의(Sodomisme) 운동을 일으켜 소돔의 도시를 재건하는 따위의 몹쓸 과오를 미연에 방지하고 싶었다. 그런데 소도미스트들은 거기에 도착하기가 무섭게, 자기가 소돔 백성이 아닌 체하려고 그곳을 떠나서, 다른 도시에서 마누라를 얻고, 정부(情婦)를 두고, 게다가 그곳에서 그들은 온갖 적당한 오락을 찾아낼 것이다. 그들은 극한적인 필요에 쫓기는 날이 아니면 소돔에 가지 않을 것이다. 그때는 그들의 도시가 텅 비고, 기근이 이리를 숲에서 나오게 하는 계절일 것이다. 요컨대 모든 것이 런던이나 베를린이나 로마나 페트로그라드 또는 파리에서처럼 일어날 것이라는 말이다.

어쨌든 그날, 공작 부인을 방문하기 앞서, 나는 이토록 먼 앞일까지 생각해 보지 않고, 오로지 쥐피앙과 샤를뤼스의 결합에 정신이 팔려서, 땅벌에 의한 꽃의 수태를 그만 구경하지 못하고 만 일을 유감스러워 하였다.

II

제1장 마음의 간헐(間歇)

　나의 두번째 발베크 도착은 첫번째와는 매우 달랐다. 우선 호텔의 지배인이 몸소 퐁 타 쿨뢰브르까지 마중을 나와서 고객 대감에 대한 봉사를 주워섬겼다. 고객 대감이라니, 나를 귀족으로 대접하는 게 아닌가 생각했지만, 이 지배인이 잘못 알고 쓰는 용어로서, 티트레(옮긴이: titrée, 대감)란 단순히 아티트레(옮긴이: attitrée, 단골 손님)라는 뜻으로 쓴다는 것을 곧 알게 되었다. 게다가 이 사나이는 무슨 새 말을 배우면 전에 배운 말을 점점 틀리게 말하였다. "호텔 맨 꼭대기에 방을 잡아 두었습니다"라고 말했다. "부디" 하고 그가 말하기를, "실례를 어긴다(예의를 어긴다)고는 생각지 말아 줍쇼. 형편없는 곳에 방을 잡아 놔서 죄송하오나, 실은 시끄러울 것을 고려해서 그랬습죠. 거기라면 위에 아무도 없으니까, 트레팡(옮긴이: trépan, 착암기 ― ʼtympan, '귀청'이라는 뜻으로)

을 상하지 않습죠. 안심하십쇼, 창문은 탕탕거리지 않도록 닫게 하
겠습니다요. 그 소리만은 저도 못 참습죠"(이 마지막 말은 창문 소
리에 대해 늘 시끄러워하는 그의 마음이 아니라, 어쩐지 각 층의
하인들에게 까다롭게 구는 그의 태도로 여겨졌다). 그러나 방은 첫
번째에 묵던 그 방이었다. 여전히 높은 곳이지만, 나는 지배인의
뜻을 존중해서 그대로 올라왔다. 방이 추우면 불을 지피게 해도 되
겠지(의사들의 명령으로, 부활절이 오자 곧 떠나왔던 것이다), 그
러나 지배인은 천장에 픽쉬르(옮긴이: fixures, 피쉬르[fissure, 틈]
의 서투른 발음)가 없어야겠는데 하고 걱정이다. "무엇보다도 우선
불을 활활 태울 때에는, 먼저 것이 콩소메(옮긴이: consommée,
소비 — 콩쉬메[consumée, 소각]라는 뜻으로)될 때까지 늘 기다려
주십쇼. 왜냐하면 불길이 벽난로 선반에 닿지 않도록 하는 일이 중
요한데, 방을 좀 돋보이게 하려고, 그 위에 중국의 옛 도자기 '꽃
평'(옮긴이: 포스티슈[postiche]-꽃병[포티쉬, potiche]의 뜻으로)
을 놓았기 때문에, 그것이 금이라도 가면 큰일이니깝쇼."

　그는 셰르부르의 변호사 회장이 죽었다고 매우 침통해 하면서,
—"그분은 꽤나 루티니에(routinier, 고지식한 사람)였습죠"하고
운을 뗀다(아마 루블라르[roublard, 약은 사람]라는 뜻이리라). 건
성으로 듣고 있노라니까, 변호사 회장의 죽음은 오랜 데부아르(옮
긴이: déboire, 쓴 뒷맛) 생활 때문에 앞당겨졌다고 한다. 그러나
이것은 데보쉬(débauche, 폭음)라는 뜻으로 한 말인 듯싶었다.
"얼마 전부터 전 다 알고 있었습지요만, 그분은 저녁 식사 후에 객
실에서 사크루피르(s'accroupir, 웅크리다)하고 있게 되었습죠"(이
는 아마도 사수피르[s'assoupir, 졸다]했다는 뜻이리라). "최근에
는 몰라보게 달라져서, 그 분이라는 걸 몰랐다면, 얼른 보아서는
거의 르코네상(reconnaissant, 감사)할 수 없었습죠." (아마도 르코

네사블[reconnaissable, 식별]할 수 없었다는 뜻이었을 것이다.)

그에 반해서, 잘된 사람은 캉의 재판 소장이었는데, 이번에 레지 옹 도뇌르 3등 '크라바슈'(옮긴이: cravache, 채찍, 크라바트 (cravate, 훈장을 거는 띠의 잘못)를 받았다는 것이었다. "물론 자 격이야 있겠습죠만, 아무래도 거 뭡니까, 그 '무능'(옮긴이: impuissance, '성교 불능'이라는 뜻도 됨. puissance(능력)의 잘 못) 때문에 주어진 것 같더군입쇼." 어제 저녁의 『에콜 드 파리』에 도 또 그 훈장에 관한 기사가 실렸지만, 지배인은 아직 그 첫 '파 라프'(paraphe, 서명 끝의 장식 글자 —파라그라프[paragraphe, 절]라는 뜻으로)밖에 읽지 않았다. 신문에서는 카이요(옮긴이: Joseph Caillaux, 1863~1944. 당시의 프랑스 수상) 씨의 정책이 호되게 얻어맞고 있었다. "저 역시 신문이 옳다고 생각합니다요" 하고 그는 말했다. "카이요 씨는 우리들을 너무도 독일의 쿠폴 (coupole, 둥근 지붕) 밑에(지배하에, sous la coupe) 둔단 말씀입 니다요." 호텔 경영자 같은 인간이 말하는 이런 종류의 문제는 권 태롭기 짝이 없어 그만 들었다. 나는 발베크에 다시 오게 결심시켰 던 여러 심상을 생각하였다. 그런 심상도 이전의 심상과는 달랐다. 이번에 찾으러 온 심상의 풍경은 처음 것이 안개가 자욱한 것에 비 하여 빛나 선명한 것이었다. 그래도 역시 나를 실망시킬 게 틀림없 었다. 추억으로 선택된 심상은, 상상에 의해 형성되며 현실에 의해 허물어지는 심상과 마찬가지로 터무니없고, 편협하고, 파악하기 어렵다. 우리의 외부에서, 현실의 장소가, 몽상의 장면보다 오히려 기억의 장면을 더 잘 보존하고 있다고 할 이유는 하나도 없다. 게 다가 새 현실은, 출발시킨 욕망마저 망각시키고, 그런 욕망을 일으 킨 것을 미워하게 할지도 모른다.

나를 발베크로 떠나게 했던 욕망은 얼마간 다음 같은 원인에서

404

비롯하였다. 곧 베르뒤랭 부처가, 그 여러 신자들과 휴가를 이 해안에서 지내기로 해, 일부러 캉브르메르 씨의 성관 중의 하나(라 라스플리에르 성관)를 시즌 기간 중 세내기로 하고(나는 아직 베르뒤랭 부처의 초대를 이용한 적이 없었기 때문에, 한번도 파리에서 방문하지 못한 사과로 이 시골에서 찾아간다면 반드시 기쁘게 맞이할 거라고 생각되고), 또 거기에 퓌트뷔스 부인이 간다는 말을 듣던 날 밤(파리에서), 정신 나간 나는 부인이 그 하녀를 발베크에 데리고 가는지 알아 오도록 집의 어린 하인을 보냈다. 밤 11시였다. 문지기는 문 여는 데 오래 걸렸는데, 기적으로 내 심부름꾼을 내쫓지 않고 순경도 안 부르고, 사납게 접대했을 뿐, 알고 싶었던 것을 다 심부름꾼에게 일러 주었다. 그의 말에 따르면 과연, 그 하녀가 여주인을 동반하여, 처음에 독일의 약수터에 갔다가, 다음에 비아리츠에, 마지막에는 베르뒤랭네에 간다는 것이었다. 그때부터 나는 해야 할 일이 많음에 안심되었고 만족했다. 거리에서 미녀들의 뒤를 쫓는, 다시 만날 길 없는 짓을 하지 않아도 좋았다. 그날 밤, 베르뒤랭네에서 그 하녀의 여주인과 함께 식사할 것 같으면, 그것이 곧 그 '조르조네'에게 보내는 훌륭한 소개장이 되는 셈이다. 게다가 그녀는, 라 라스플리에르를 빌리고 있는 여러 부르주아뿐만 아니라 그 소유자하고도, 특히 생 루하고는 내가 친지임을 알고는, 어쩌면 내게 더 호감을 가질 것이다. 생 루는 멀리 있어 하녀한테 나를 소개시킬 수 없다고(하녀는 로베르의 이름을 모르니까), 나를 위해 캉브르메르네 앞으로 친절한 편지를 보냈다. 캉브르메르네 사람들은 매사에 내게 도움이 될 테고, 그 밖에도 르그랑댕 가문 출신인 며느리와 나는 재미나는 얘기를 할 거라고 생 루는 생각한 것이다. "지성 있는 여인이야" 하고 그는 보장했다. "별로 '결정적인' 것을 말하지 않을 테지만('결정적인' 것은 로베르가

405

'희한한' 것이라는 낱말 대신에 사용하는 것으로, 그는 5~6년마다 그 마음에 드는 표현어의 몇 가지를, 요점을 그대로 간직한 채 바꿔 보는 버릇이 있었다), 그래도 자연스러운, 개성 있는, 직관적인 여성이라, 적절한 말을 시기 적절하게 하네. 가끔 그녀는 '신여성인 체'하려고 신경질을 내 쑥 같은 소리를 하네만, 캉브르메르네만큼 구식인 가문도 없는 만큼 그것이 더욱 우스꽝스럽지. 그녀는 여전히 현대적이 아니지만 사귀어 볼 만한 사람이야."

로베르의 소개장이 닿자, 캉브르메르네 사람들은 로베르에 대하여 간접적으로 상냥함을 보이고 싶은 속물 근성에선지, 그 조카 중의 하나가 동시에르에서 로베르의 신세를 진 사례에선지, 아니 그것보다 십중팔구 선량함과 손님 접대를 좋아하는 가풍에선지, 여러 번 긴 편지를 보내 와, 내 숙소를 제공하고 싶다고, 또 혼자 있는 게 편하다면 여인숙을 구해 드리마고 말해 왔다. 내가 발베크의 그랑 호텔에 묵기로 되어 있다고 생 루가 거절하는 편지를 보냈더니, 그럼 내가 도착하는 즉시 찾아오기를 기다린다, 너무 지체하면 그들 쪽에서 반드시 데리러 가, 원유회에 초대하겠다는 대답이 왔다.

퓌트뷔스 부인의 몸종을 본질적으로 발베크의 고장에 연결시키는 것은 틀림없이 아무것도 없다. 나를 위해 일부러 오는 것도 아닐 테고, 마치 내가 전에 메제글리즈의 노상에 홀로 서서 헛되이 여러 번 욕심껏 불렀던 그 시골 아가씨처럼. 그러나 나는 여인에게서 그 미지수의 제곱근 같은 것을 꺼내려고 하지 않은 지 오래였고, 그런 미지수는 한번 그 여인에게 소개되면 흔히 가뭇도 없어진다. 어쨌든 내가 오래 가지 않았던 발베크에는 그 고장과 그 여인 사이에 필연적인 관계가 없으니까 적어도 현실감이 습관에 의해 말살되지 않을 거라는 이익이 있을 것이다. 이것이 파리에서라면 내 집에서건, 자주 드나든 방에서건, 여인을 상대로 한 기쁨은 잠시도 내게 새 삶을 향한 길을 열어 주는 듯한 곡두를 일상 사물 중에 줄 수 없다(왜냐하면 습관이 제2의 천성이긴 하나, 첫째 천성의 사나움도 매력도 없거니와, 첫째 천성에 대한 인식을 방해하기 때문이다). 그런데 이 곡두를, 새 고장에서라면 어쩌면 품을 것이다. 거기서 감수성은 한 줄의 햇살 앞에서도 생겨나고 또 그 갈망의 대상인 여인은 나를 완전히 열광케 할 것이다. 그런데 이 여인이 발베크에 못 오게 된 사정, 또한 이 여인을 오게만 한다면 아무것도 두려워하지 않게 된 사정은 나중에 판명된다. 그러므로 내 여행의 주된 목적은 이루지도 밀고 나가지도 못하게 되고 만다.

그런데 퓌트뷔스 부인은 시즌이 되어도 그렇게 빨리 베르뒤랭네로 오지 않을지도 몰랐다. 그러나 골라서 기다린다는 기쁨은 그것이 오리라는 것을 확신하면서, 그것을 기다리는 동안에, 도중에 상대의 마음에 들려는 노력이 귀찮아지거나, 사랑할 기력이 다하거나 하면, 결국 요원한 것이 되고 마는 수가 있다. 그뿐만 아니라, 발베크에, 첫번 때처럼 시적인 정신으로 간 게 아니었다. 이기주의는 순 상상 속에보다 추억 속에 많이 들어 있게 마련이다. 이번에는 명확히 미지의 미녀들이 많은 그런 장소에 있고 싶어 왔음을 나는 알고 있었다. 바닷가는 무도회에 못지않게 미지의 미녀들을 보여 준다. 나는 지레 호텔 앞, 둑 위의 산책을 게르망트 부인이 빛나는 만찬에 나를 초대시키는 대신에, 무도회를 여는 집 여주인의 파트너 리스트에 내 이름을 자주 끼여 주는 데 느낄 기쁨과 더불어 생각하였다. 발베크에서 여성과 사귄다는 것은 이전에 힘들었던 것에 비해 쉬울 것 같았다. 첫 여행 때에 없었던 교제와 의지할 데가 이제는 많았기 때문에.

나는 지배인의 목소리에 몽상에서 벗어났다. 그 정치담에 귀를 기울이지 않았던 것이다. 그는 화제를 바꿔, 재판 소장이 나의 도착을 들어서 알고 기뻐해, 오늘 저녁 내 방에 만나러 올 거라고 말했다. 이 방문을 생각하니 몸서리가 나서(피로감이 들기 시작해서) 뭔가 구실을 붙여 거절해 달라고 부탁하고(그러마고 약속해 주었다), 더욱 확실을 기하기 위하여 첫 밤은, 사용인들에게 나의 층을 지키게 해달라고 부탁했다. 지배인은 제 사용인들을 그다지 좋아하지 않는 듯하였다. "저는 항상 녀석들의 뒤를 뛰어다녀야 합지요, 다들 도무지 하나같이 이네르시(옮긴이: inertie, '기력이 없어서'라는 뜻으로 '무기력'을 말함)가 없어서 못쓰겠습니다. 제가 없으면 녀석들은 움직이질 않거든입죠. 엘리베이터 보이를 손님 방 앞에 전령으로 세우겠습니다요." 그 사내는 이제 '하인 우두머리'가 되었느냐고 나는 물었다. "아직 그렇게 고참은 못 됩지요" 하고 지배인이 대답하였다. "더 나이가 많은 동료들이 많습지요. 그들을 제쳐놓으면 불평이 생깁지요. 만사를 그라뉠라숑(옮긴이: granulation, 알갱이, 그라뒤아시용 [graduation, 눈매 매기기, 곧 순서대로]의 잘못)해야죠. 승강기 앞에 세우면 녀석의 압티튀드(옮긴이: aptitude, 소질―attitude, '태도'의 뜻으로)는 제법 훌륭합죠. 그건 저도 인정합니다요. 하지만 그런 자리에 오르기엔 아직 좀 어려서입죠, 다른 고참들과 콩트라스트(옮긴이: contraste, 대조, 콩트르발랑스[contrebalance, 균형]의 잘못)가 잡히지 않습니다요. 녀석은 좀 착실하지가 못합죠. 인간에겐 이것이 칼리테 프리미티프(옮긴이: qualité primitif, 원시의 특성―qualité primordiale, '첫째가는 특성', '가장 중요하다'의 뜻으로)입지요. 녀석도 좀더 날개(l'aile)에 추가 달리듯 정중히(틀림없이 '머리[téte]에 추가 달리듯 신중히'라는 뜻으로) 굴어야 합죠. 뭐 저만 믿으시면 됩니다. 저야 실수가 없으니깝쇼. 전

이래봬도 그랑 호텔의 지배인 임명장을 받기 전에는, 파이야르(옮긴이: 파리의 유명한 레스토랑의 주인) 씨 밑에서 잔뼈가 굵은 몸이니깝쇼."

이러한 비교는 나에게 깊은 인상을 주어, 나는 지배인에게 몸소 퐁 타 쿨뢰브르까지 와 준 데에 대해서 감사했다. "원 천만엡쇼! 앵피니(옮긴이: infini, 무한한, 앵핌[infime, 사소한]의 잘못) 일인걸입쇼." 하기야 이 인사는 호텔에 도착한 후에 했지만.

나의 전인간적인 전복. 초저녁부터, 피로 때문에 심장이 뚝딱거려 괴로운 것을 꾹 참으면서, 나는 구부려 천천히 신중히 신을 벗으려고 했다. 그러나 편상화의 첫 단추에 손을 대자마자, 뭔지 모를 신성한 것의 출현으로 가득 차 나의 가슴은 부풀어, 흐느낌에 몸 흔들리고, 눈물이 눈에서 주르르 흘러나왔다. 지금 막 나를 도우러 와서 영혼의 메마름을 구해 준 것은, 몇 해 전, 비슷한 슬픔과 외로움의 한순간에, 내[自我]를 하나도 갖지 않던 한순간에, 내 안에 들어와 나를 자신에게 돌려준 것과 같은 것, 나이자 나 이상의 것(알맹이를 담고 있으면서 알맹이보다 더 큰 그릇, 그리고 그 알맹이를 내게 가져다 주는 그릇)이었다. 나는 이제 막, 기억 속에서, 그 처음 도착하던 저녁 그대로인 할머니의, 피곤한 내 몸 위에 기울인, 부드러운, 염려스러운, 낙심한 얼굴을 언뜻 보았다. 그것은 여태껏 그 죽음을 애도하지 않음에 스스로 놀라며 뉘우치던 그 할머니, 이름뿐인 할머니의 얼굴이 아니라, 나의 진짜 할머니의 얼굴이었다. 할머니가 발작을 일으켰던 그 샹 젤리제 이후 처음으로, 나는 무의식적인, 따라서 완전한 추억 속에서 할머니의 산 실재를 되찾았다. 이런 실재는 우리의 사념에 의해 재창조되지 않는 한 우리에게 존재하지 않는다(그렇지 않으면 대규모 전투에 참가했던 인간은 전부 위대한 서사 시인이 될 것이다). 이렇듯, 매장한 지 1

409

년 이상이 지난 이제야 할머니의 팔 안에 뛰어들고 싶은 격한 욕망에 사로잡혀 ─ 사실의 달력을 감정의 달력과 일치시키는 걸 자주 방해하는 그 날짜의 틀림 때문에 ─ 처음으로 할머니의 죽음을 알았다. 그 사망 이래 자주 할머니에 대해 말하고 생각했지만, 배은 망덕한, 이기주의인, 냉혹한 젊은이인 나의 말이나 생각 밑에는 할머니와 닮은 것이라곤 하나도 없었다. 경망스럽고, 쾌락을 좋아하는 나, 병든 할머니를 익히 본 나는, 내 마음속에 할머니가 살아 계실 무렵의 추억을 가상상태(假想狀態)로밖에 품지 않았기 때문이다. 언제든지 생각해 봐도, 우리 영혼의 전체란 거의 가공의 가치밖에 없고, 거기에 포함되어 있는 보물의 명세서가 아무리 수많아도 그것을 전체로서 파악할 수 없다. 반드시 어딘가 한쪽에 이용 불가능이 있기 때문이다. 이 점은 또 상상의 보물에 관해 서나 현실의 보물에 관해서나 마찬가지로, 나의 경우 예컨대, 게르망트란 옛 이름에 관해서도, 더욱 중요한 할머니의 참된 추억에 대해서도 마찬가지다. 기억의 흐림에 심정의 간헐이 이어져 있기 때문이다. 우리의 내적인 기능의 소산 전부, 곧 과거의 기쁨과 슬픔 전부가 영구히 우리 것으로 소유되고 있듯이 생각된다면, 그것은 아마도 우리 육신의 존재 탓이다. 육신은 우리 영성(靈性)의 그릇인 듯싶으니까. 마찬가지로, 그런 기쁨과 슬픔이 도망친다고 또는 되돌아온다고 생각하는 것도 어쩌면 정확하지 않다. 아무튼 그런 것들이 우리 가운데 남아 있다고 해도, 대다수의 경우, 그것은 미지의 영역에, 우리에게 아무 도움도 안 되는 것으로 남아 있을 뿐이고, 그중에 가장 도움이 되는 것 역시 다른 갖가지 종류의 추억에 의해 역류되어, 본디 감정과의 동시성은 의식 속에 있을 수 없다. 그러나 기쁨이나 슬픔이 들어 있는 감각의 틈을 다시 잡는다면, 이번엔 그 기쁨이나 슬픔은 조화되지 않는 모든 것을 배척하여, 유일한 그것을 낳은 자아를 우리 가운데 정착시키는 힘을 갖는다. 그런데 아까 돌연 내게 복귀한 자아는, 할머니가 발베크에 이르자 웃옷과 신의 단추를 벗겨 주었던 그 먼 저녁 이래 존재치 않았던 것이라서, 할머니가 내 쪽으로 몸을 기울이던 그 순간에 내가 들러붙은 것은, 그 자아가 모르는 오늘 낮 동안의 하루라는 것의 뒤에가 아니라 — 시간에는 몇몇 다른 계열이 평행해 있기라도 하듯 — 시간의 연속을 중단하지 않은 채 극히 자연스럽게, 지난날의 발베크 도착 첫 저녁 후에 곧바로 이어져 있었다. 그토록 오랫동안 사라졌던 그 당시의 나는, 지금 다시 바싹 내 곁에 있어, 잠에서 덜 깨어난 사람이 도망쳐 가는 꿈을 좇으면서 그 꿈속의 기척을 몸 가까이 지각하는 줄 여기듯, 웃옷과 신을 벗겨 주기 직전에 할머니의 입에서 나온, 그렇지만 한낱 꿈에 지나지 않는 말까지 아직 귀에 들리는 것 같았다. 이제 나는 할머니의 팔 안에 뛰어들어 입맞추면서 할머니의 고통의 흔적을 지우려고 하는 존재에 지나지 않았다. 이런 존재를, 만일 내가 얼마 전까지 내 속에 계승했던 존재 그대로 상상했더라면, 나오기 어려웠을 테고, 마찬가지로 지금 만일 내가, 적어도 한 순간 이제는 내게서 떨어져 있는 본디 존재의 욕구나 기쁨을 다시 느끼려 한다면, 역시 노력이, 그것도 보람없는 노력이 필요했을 것이다. 나는 할머니가 실내복 차림으로 그렇듯 나의 편상화 쪽으로 몸을 기울여 주기까지의 한 시간 동안, 더위에 숨막힐 듯한 거리를 어슬렁거리며, 과자점 앞에서, 어서 빨리 할머니의 입맞춤을 받고 싶은 욕구에 더 이상 혼자 기다릴 수 없다고 얼마나 애타게 생각했는지 상기하였다. 이 동일한 욕구가 지금 되살아나, 나는, 이 몸이야 몇 시간이라도 기다릴 수 있건만 할머니는 영영 내 곁에 돌아오지 않는다는 사실을 알았다. 그 사실을 겨우 알게 된 것은, 당장이라도 찢어질 듯이 가슴이 메면서, 처음으로, 살아 있는, 진정한 할머니를 느낌으로써, 곧 그녀를 다시 찾아냄으로써, 영영 할머니를 잃고 말았음을 깨달았기 때문이다. 영영 잃고 말았다니, 나는 이해할 수 없었다. 단지 다음 같은 모순의 고통을 감내하려고 하였을 뿐, 곧 한편으로는 내가 익히 안 대로 내 속에 살아 있는, 이를테면 나를 위해 만들어진 한 인간의, 존재와 애정, 그리고 세계가 시작된 이후의 어떤 위인의 재능도 어떤 천재도 내 결점의 하나만큼도 못하다고 생각할 만큼이나 만사가 내 중심이던 애정, 또 한편으로는 이 지복(至福)이 분명히 되살아난 순간에, 허무가 그 애정을 사모하는 나의 심상을 지우며, 그 헌신적인 존재를 부수며, 과거로 거슬러 올라가, 우리 둘의 상호 인연을 없애고, 그 허무 속에서 확실성을 관통한 할머니의 죽음의 실감이, 되풀이되는 육체적 고통처럼 욱신거리고, 그것이, 거울 속에 보듯이 할머니의 모습을 되찾은 순간에, 할머니를, 마치 남의 곁에서처럼 우연히 내 곁에서 몇 해를 지낸 사람 같은, 전에나 앞으로나 나와 아무 관계없는 한갓 낯선 여인으로 만드는 모순의 고통을 감내하려고 하였을 뿐이다.

얼마 전부터 맛본 기쁨 대신에, 이때 맛볼 수 있는 것이 있다면, 그것은 단지 하나, 과거를 수정하면서 그때에 느꼈던 할머니의 고통을 덜어 드렸더라면 얼마나 좋았을까 하는 안타까움이었다. 그런데 내가 상기한 것은, 할머니의 실내복의 모양, 아마도 몸을 위해서는 좋지 않았을 테지만 나를 위해서 하는 고생이라면 오히려 기분 좋은 듯이 보이는 지친 할머니의, 적당한 것이자 거의 상징으로 된 그 실내복의 모습뿐만 아니라, 이제야 나의 추억은 점점 넓어져, 나의 아픔을 할머니의 눈에 보이며, 필요에 따라서는 어거지로 아픔을 과장해 보이면서, 할머니를 걱정시킨 다음에 내 입맞춤으로 없애는 줄 상상하고, 나의 그런 다정함이 나의 행복과 마찬가지로 할머니의 행복마저 만들어 낼 수 있다고 생각해 온갖 기회를 붙잡은 것을 상기하였다. 더 고약한 것은, 이제야 추억 속에서, 애정으로 돋보이는 기울어진 그 얼굴의 사면(斜面)을 다시 보면서, 적이나 그것이 기쁨의 빛을 띠고 있었더라면 오죽이나 좋았을까 후회하는 내가, 지난날 그 얼굴에서 무모하게도 아무리 작은 기쁨의 그림자마저 뿌리째 뽑으려고 지랄한 적이 있었으니, 예컨대 생 루가 할머니의 사진을 찍어 주던 날 그랬는데, 그날 넓은 테가 달린 모자를 쓰고, 어울리는 흐릿한 빛 속에 자세를 취하려고 할머니가 짓는 교태가 거의 우스꽝스럽고 유치해, 그대로 잠자코 있을 수가 없어 내가 마음을 상케 하는 몇 마디를 불쑥 중얼댔는데, 그것이 할머니의 신경을 건드려, 마음 언짢게 했음을 찌푸린 얼굴을 보고 알아챘던 것이다. 아낌없이 준 수많은 입맞춤의 위안을 영영 받을 수 없게 된 지금, 그 못된 중얼거림에 가슴 찢기고 있는 것은 나였다.

그러나 그 찌푸린 얼굴, 할머니의 가슴아픔은 영영 잊혀지지 않을 것이다, 아니 오히려 나의 가슴아픔이 영영 잊혀지지 않을 것이다. 왜냐하면 망자들은 우리 마음속에밖에 존재하지 않으니까, 그들에게 가한 심한 타격에 대한 추억에 사로잡혔을 적에 쉴새없이 이쪽을 때리는 건 우리 자신이기 때문이다. 이 아픔이 아무리 잔혹하더라도, 나는 힘껏 거기에 정신을 집중하였다. 이 아픔이야말로 할머니의 추억의 결과이자, 할머니의 추억이 내 속에 나타나 있다는 증거라는 걸 절실히 느꼈기 때문이다. 할머니가 이제는 고통을 통해서밖에 참말로 상기되지 않음을 나는 느꼈다. 그렇다면 할머니에 대한 기억을 고정시키고 있는 이 못이 더욱 단단하게 내 속에 박히려무나. 할머니의 사진(생 루가 촬영했었고, 내가 늘 간직하고 있는 사진)에, 떨어져 있어도 생생한 개성을 전하여 끝없는 조화로 맺어져서 마음에 남는 절친한 사람을 대하듯 말을 건네거나 기도를 하면서, 고통을 한층 누그러뜨리며, 그것을 아름답게 하며, 할머니가 단지 부재이고 잠시 눈에 띄지 않을 뿐이라고 생각하려곤, 나는 애쓰지 않았다. 나는 결코 그렇게 하지 않았다. 왜냐하면 단지 괴로워하고 싶었을 뿐만 아니라, 내가 받은 고뇌의 정직한 발생을 — 내가 단번에 뜻밖에 그것을 받은 상태 그대로 — 존중하고 싶었기 때문이다. 내 마음속에서 교차하는 생존자와 허무와의 그같이 이상한 모순이 다시 일어날 적마다, 나는 내 고뇌가 갖는 법도에 좇아 계속해서 그 고뇌를 받고자 하였다. 지금 이해되지 않는 이 고통스러운 인상에서, 어느 날 약간의 참을 끌어낼 수 있다면, 그것은 이성을 통해 그려지지도, 무기력에 의해 경감되지도 않는, 특이한, 우발적인, 이 고뇌에서밖에 있을 수 없으리라는 것, 아무튼 죽음 자체가, 죽음의 돌연한 계시가, 벼락처럼, 초자연적이고 비인간적인 기호에 따라, 둘로 갈라진 신비한 고랑을 내 몸 속에 파 놓았음을 알았다. (여태껏 살아오면서 할머니를 생각지 않은 망각으로 말하면, 거기서 참을 끌어내기 위해 그것에 집념하려고는 꿈에도 생각지 않았다, 왜 그런고 하니 망각 그 자체 속에는 부정밖에 아무것도 없고, 거기에는 삶의 진실을 재생할 수 없는 사념의 쇠약, 진실의 순간 대신에 인습적인, 이래도 저래도 무관한 심상을 존속하지 않으면 안 되는 사념의 쇠약이 있을 따름이다.) 그렇지만 한편, 생존 본능, 고통을 모면하려는 재간 있는 지성이, 아직 연기가 나는 폐허 위에 벌써 유익하고도 불길한 기초 공사를 시작하여선지, 나는 귀여워해 준 분의 판단을 이것저것 상기하며, 마치 할머니가 아직 판단을 가지고 있기라도 한 듯, 아직 할머니가 생존하고 있듯, 내가 계속해서 할머니를 위해 생존하고 있기라도 한 듯 할머니의 갖가지 판단을 상기하며 그 감미로움을 맛보았다. 그러나 겨우 잠들자마자, 내 눈이 바깥 사물에 닫힌 더욱 진실한 시간에 들어서자마자, 수면의 세계는(지성도 의지도 이 문지방에서는 잠시 얼어붙어, 나의 참다운 인상의 강함과 다툴 수 없었다), 신비하게 환해진 내장(內臟)의 반투명해진 기관(器官)의 심부 속에, 생존자와 허무의 재편성된 비통한 종합을 반영해 굴절시켰다. 수면 세계에서 내적 지각은 기관의 장애 밑에 있어서, 심장 또는 호흡의 리듬을 빨리 한다. 같은 분량의 공포, 슬픔, 후회도 혈관에 주사 놓아지면 백배나 더 강하게 작용하기 때문이다. 그러한 지하 도시의 대동맥을 돌아다니려고, 마치 여섯 갈래로 굽이치는 내부의 레테 강(옮긴이: Léthé, 저승의 5개 강 중의 하나, 망각(忘却)의 강)을 건너가듯 제 피의 검은 물결 위에 배를 띄우자, 장중한 숭고한 이들의 얼굴이 연이어 나타나, 가까이 와서는, 눈물 흘리게 하면서 떠나간다. 나는 어둑한 여러 현관 밑에 닿자마자 할머니의 얼굴을 찾아보았으나 헛일. 그렇지만 나는, 할머니가 얼마 안 남은 여명으로, 추억 속에 나타나듯 창백한 얼굴을 하고서 아직 살아 있는 걸 알고 있었다. 어둠이 커져 간다, 그리고 바람이. 나를 할머니한테 데려다 주기로 된 아버지가 오지 않는다. 단번에 숨이 막혀, 심장이 굳어진 듯한 느낌이 들었다. 몇 주일 전부터 할머니한테 편지 쓰는 걸 잊어버린 것이 이제 막 생각나서. 나를 어떻게 생각하실까? '맙소사' 하고 나는 혼잣말하였다. '얼마나 고생하실까, 그렇게 작은 방에 세 들고, 옛 하녀가 쓰는 작은 방에서, 홀로 시중하는 간호사가 있을 뿐, 몸도 마음대로 움직이지 못하시고, 늘 중풍기가 있으니까 단 한번도 일어나시려고 하지 않았으니! 돌아가신 후 내가 당신을 잊은 줄로 아실 거야. 얼마나 외롭고 버림받은 느낌이 드실까! 그렇지! 문안하러 달려가야 한다. 1분도 지체할 수 없다, 아버지가 오기를 기다릴 수 없다, 한데 어디지? 어째서 주소를 잊어버렸지? 적이나 아직 나를 알아봐 주셨으면! 어떻게 할머니를 몇 달 동안 잊어버렸단 말인가?' 캄캄절벽이다. 이래 가지고는 못 찾을지도 모른다, 바람이 앞으로 못 나가게 한다. 그런데 아버지가 내 앞에 어슬렁거린다. 나는 소리친다, "할머니는 어디 계세요? 주소를 일러 주세요. 용태는 좋으신가요, 아무것도 부족한 게 없으시겠죠?"—"암 없지"라고 아버지가 말한다. "안심해라. 간호사는 꼼꼼한 분이시다. 필요한 사소한 물건을 사 드릴 수 있을 만한 소액을 이따금 보내고 있단다. 네가 어떻게 됐느냐고 가끔 물어 보시지. 네가 책을 낼 거라고 말씀드렸지. 그러니까 기쁘신 모양이더라, 눈물을 닦으셨단다." 이때 나는, 할머니가 돌아가신 지 잠시 후에, 흐느껴 울면서, 내쫓긴 늙은 하녀처럼, 남처럼, 겸손한 태도로, "그래도 가끔 너를 보게 해다오. 여러 해 동안 나를 방문하지 않고 내버려 두면 못쓴다. 생각해 보렴, 너는 내 손자였어, 할머니란 손자를 못 잊어"라고 말했던 것을 상기한 느낌이 들었다. 그때 할머니의 유순한, 구슬픈, 부드러운 얼굴을 다시 눈앞에 보자, 나는 곧 할머니한테 달려가, 그때 대답해야 옳았을 말을 해드리고 싶었다, "좋아요, 할머니, 몇 번이고 바라는 대로 오겠어요, 내게는 세상에서 할머니밖에 없어요, 다시는 할머니 곁을 떠나지 않겠어요." 얼마나 나의 침묵은 할머니가 누워 계신 곳에 내가 가지 않게 된 여러 달 동안 할머니를 흐느껴 울게 했을까! 어떻게 생각하셨을까? 나 역시 흐느껴 울면서 아버지에게 말한다. "빨리, 어서, 할머니가 계신 곳에, 나를 데려다 줘요"라고. 그러나 아버지는 "하지만…… 네가 할머니를 알아볼지 모르겠다. 그리고 또 너도 알다시피, 할머니는 무척 쇠약하시고 약하셔, 이전 그대로의 할머니가 아냐, 만나 뵈는 게 오히려 고통스러울걸. 또 번지도 똑똑하게 생각나지 않고 말야."—"하지만 아버지는 아시죠. 죽은 사람들은 이미 살아 있지 않다는 건 정말이 아니라는 걸. 역시 정말이 아니군

416

요. 그런 말들을 하지만 할머니는 여전히 살아 계시니까." 아버지는 쓸쓸히 미소짓고, "아냐, 그런 일은 드물지, 아주 드물어. 아무튼 네가 가지 않는 편이 좋다고 생각해. 할머니는 아무것도 부족하시지 않아. 모든 게 질서 있게 나가니까." ― "그러나 할머니는 자주 혼자시죠?" ― "그렇다, 하나 그 편이 할머니한테 좋단다. 생각 안 하시는 편이 좋지, 생각하면 걱정하실 뿐이니까. 자주 걱정 끼쳤거든. 게다가 알다시피 무척 녹초가 되셨어. 네가 거기에 갈 수 있게 명확한 지시를 네게 해주마. 지금 가도 네가 할 일이 없을 테고, 간호사도 할머니를 보지 못하게 할 거야." ― "그렇지만 나는 이제부터 항상 할머니 곁에서 살려는데, 사슴들, 사슴들, 프랑시스 잠, 포크." 그러나 이미 나는 캄캄한 여러 굽이의 강을 건너, 생자의 세계가 열리는 수면에 다시 올라 있었다. 그래서 아무리 "프랑시스 잠, 사슴들, 사슴들" 하고 되풀이해도 이 낱말의 다음은 명료한 뜻과 논리를 내게 제시하지 못하였다, 아까 매우 자연스럽게 이해되었으나, 이제 뭔지 생각나지 않아서. 마찬가지로 아까 아버지가 말한 아이아스(옮긴이: Aias, 아킬레스의 무기를 얻고자 율리시스와 싸워 실패하고 미쳐서 자살한 희랍 영웅의 이름)라는 낱말이 어째서 일말의 의심도 없이 금세, '추위를 탈라 조심해'라는 뜻이 되었는지 역시 이해되지 않았다. 덧문을 닫는 것을 잊어버려, 틀림없이 대낮의 햇살이 나를 깨웠나 보다. 그러나 할머니가 지난날 몇 시간 동안 바라보았던 바다의 물결을 나는 오래 눈 밑에 둘 수 없었다. 무관심한 아름다운 파도의 새로운 심상은 오래지 않아 할머니가 이 파도를 보고 있지 않다는 관념으로 보충되었기 때문이다. 나는 파도 소리에 귀를 막고 싶었다, 지금 반짝거리는 빛으로 가득한 바닷가가 내 마음속에 한 공백을 파 놓아서. 아직 어렸을 때 내가 할머니를 잃어버렸을 적의 그 공원 산책길과 잔디처럼 눈에 보이는 게 다 나한테 '우리는 할머니를 못 보았네'라고 말하는 듯하여, 창백하고도 신성한 하늘의 원형 밑에서 나는 가슴이 억눌리는 느낌이 들었다, 마치 할머니가 안 계시는 수평선에 매달린 푸르스름한 거대한 종 속에 있듯. 아무것도 보지 않으려고, 나는 벽 쪽으로 얼굴을 돌렸다. 그러나 어쩌랴, 그 벽이 내게 맞섰다. 이 칸막이는 전에 우리 둘 사이에 아침마다 심부름꾼의 일을 해준 것이었다. 이 칸막이는 감정의 온갖 명암을 내는 바이올린처럼 다루기 쉬워, 할머니를 깨우게 하지 않을까 하는 걱정과, 이미 눈뜨고 계시다면, 못 듣지 않았을까, 또 안 일어나지 않을까 하는 염려를 그토록 명확하게 할머니에게 전달하고, 그 다음 곧, 제2악기의 응수처럼, 할머니의 오심을 알려 와 나를 안심시킨 것이었다. 나는 감히 그 칸막이에 다가서지 못하였다, 할머니가 친, 그 터치에 아직 진동하고 있는 피아노 같아서. 지금도 노크할 수 있다, 더 세게, 그러나 할머니를 깨나게 할 수 없고, 아무 대꾸도 안 들리고, 할머니가 다시는 안 와 주리라는 걸 나는 알았다. 만일 천국이라는 게 있고, 내가 거기서, 할머니가 천 가지 기적 중에서도 알아들을 그 작은 세 번의 노크를 그 칸막이에 할 수 있다면, '또 바스락거리지 마라, 생쥐야, 네가 초조한 줄 안다, 곧 가마' 라는 뜻의 그 다른 노크로 응해 줘, 아무리 오랫동안이라도 우리 둘에겐 길지 않을 영겁을 할머니와 함께 머문다면, 더 이상 하나님께 원할 것이 없었다.

지배인이, 식사하러 안 내려오시겠느냐고 물으러 왔다. 식당에서 무심코 나의 플라스망(옮긴이: placement, 일자리. 플라스[place, 자리의 틀린 말])을 살펴보다가 내 모습이 안 보이기에, 또 전처럼 호흡이 곤란해진 것이 아닌지 걱정되어 올라왔던 것이다. 대수롭지 않은 모 드 고르즈(옮긴이: maux de gorge, 후두염들. 말 드 고르주[mal de gorge, 후두염]의 틀린 말) 정도이길 바란다면서, 그 뭐 칼립튀스(옮긴이: calyptus, 위칼립튀스[yucalyptus, 진정제]의 틀린 말, 이것은 프루스트가 복용하였던 약의 이름임)라 나 하는 것으로 가라앉힌다는 말을 분명히 들었노라는 것이었다.

그는 알베르틴의 쪽지를 내게 주었다. 올해 발베크에 올 예정이 아니었는데, 계획을 변경해, 3일 전부터 이곳에 와 있다, 발베크에서 전차로 10분쯤 걸리는 이웃 역 마을에서 묵어 발베크에 있지 않지만. 여행으로 피곤할까 봐, 첫날 밤은 삼갔으나, 만나고 싶으니 형편 좋은 시간을 알려 달라는 내용이었다. 나는 그녀가 몸소 왔느냐고 물어 보았다, 그녀를 만나기 위해서가 아니라, 피하려고. "그러믄입쇼" 하고 지배인은 대답했다. "그리고 가급적 빨리 만나 뵙고 싶어하는 눈치던걸입쇼, 특히 손님께 네세시튀즈(옮긴이: nécessi- teuses, 곤궁한. 네세세르[nécessaire, 긴급한]의 틀린 말) 일이 없으시다면 말씀입죠, 말하자면" 하더니, 그는 "여기선 모두 손님을 끔찍이들 좋아한다 이겁죠, 결국" 하고 말을 맺었다. 그러나 나는 아무도 만나고 싶지 않았다.

그렇지만, 어제 이곳에 도착했을 때는, 해수욕 생활의 태평한 매력에 다시 사로잡힘을 느꼈다. 전과 동일한 말수 적은 엘리베이터 보이가 이번엔 멸시하는 외양 없이, 공손히, 반가운 듯 얼굴을 붉히고 승강기를 운전했다. 오르막 기둥을 따라 올라가면서, 전에 내 눈에는 미지인 호텔의 신비를 엿보게 했던 곳을 다시 가로질렀다. 아무 비호도 권세도 없는 여객으로서 호텔에 도착할 때, 제 방으로 돌아가는 단골 손님, 식사하러 내려가는 젊은 아가씨, 기묘하게 꼬불거리는 복도를 지나가는 하녀, 또 동반한 귀부인을 데리고 식사하러 내려가는 아메리카에서 온 젊은 아가씨 같은 이들이, 이쪽이 바라는 호의라곤 하나도 없는 눈길을 이쪽에 던진다. 그런데 이번 도착은 그와 반대로, 잘 아는 호텔을 올라간다는, 무척 아늑한 기쁨을 느꼈다. 마치 내 집에 있는 아늑함, 그도 그럴 것이 이번에는 모든 게 두번째라 습관의 작용이 완성되고, 사물 위에 겁내지 않아도 무방한, 허물없는 영혼이 옮겨져 있었기 때문이다. 이것이 새로운 장소였다면, 눈까풀을 뒤집기보다 더 오래 걸리는 더 까다로운 작용을 늘 되풀이하지 않으면 안 된다. 그래서 나는, 돌연한 심경의 변화가 나를 기다리는 줄 꿈에도 모르는 채, 생각해 보았다. 늘 다른 호텔에 가서 처음으로 식사를 해 보고, 각 층에 방문마다 앞에, 마법의 생활을 지키고 있는 듯한 무시무시한 용을 하나하나 습관이라는 칼로 죽여 나가지 않으면 안 되거나, 팔라스(옮긴이: palace, 호텔 같은 호화로운 건물)나 카지노나 해수욕장이 마치 광대한 산호초와도 같이 무리지어 함께 살게 하는 미지의 여인들에게 접근하지 않으면 안 되거나 하는 필요가 새삼 있겠는가?

나는 그 진저리나는 재판 소장이 그토록 서둘러 나를 보고 싶어한다기에 기쁨마저 느꼈다. 손을 씻으면서, 오랜만에 처음으로 그랑 호텔의 향기 짙은 비누의 그 특별한 냄새를 맡은 것만으로 나는 바닷가 생활의 첫날에, 먼저 짙푸른 파도의 연봉(連峰), 그 빙하, 그 폭포, 그 들어올림, 그 허술한 위풍을 상기하였다. 그 비누 냄새는 현재에도 지난 체류에도 동시에 속하는 듯, 넥타이를 갈기 위해서만 제 방에 돌아가는 특수한 생활의 매력을 여실히 나타내는 것으로서, 이 두 때의 사이에 감돌고 있었다. 침대의 시트가 너무 얇고, 가볍고, 넓어서 가장자리에 꼭 끼여 있지 못한 부분이 이불 둘레에 소용돌이 모양으로 감겨 부풀어 있는 것도 전 같으면 나를 침울하게 하였을 것이다. 그런데 그런 시트도 불편하게 가운데가 불룩 나온 돛의 둥근 형태 위에, 첫 아침의 영광스럽고도 희망에 가득 찬 해를 잠재웠다. 하지만 이 희망의 해는 끝내 솟아오르지 않았다. 밤새 끔찍하고도 신성한 존재가 되살아났던 것이다. 나는 지

420

배인한테 나가 달라고, 아무도 들여보내지 말아 달라고 부탁하였다. 그대로 누워 있겠다고 그에게 말하고, 특효약을 약국에 사러 보내겠다는 그의 제의를 거절하였다. 마음속으로 '칼립튀스'의 냄새 때문에 손님들이 불편하지 않을까 걱정하던 지배인은 내 거절에 마음이 놓였던지, 찬사와 충고를 해주었다. 곧 찬성으로선 '부 제트 당 르 무브망'(Vous êtes dans le mouvement, 시대에 뒤떨어지지 않으십니다 ─Vous êtes dans le vrai, '과연 지당한 말씀이십니다'라는 뜻으로)이었고, 또 충고는 다음과 같았다. '문에 손을 더럽히지 않도록 조심하십쇼, 열쇠 구멍에 기름을 앵뒤이르(옮긴이: induire, 도입, 주입[verser]의 잘못)시키는 결에 문에도 흘러나왔는지 모르니까요. 혹시 하인이 손님 방문을 두드리기라도 하면 노크가 룰레(옮긴이: roulé, 구르는)하고 말걸 입쇼. 아무렴요, 명령은 꼭 지키게 합죠, 저는 레페티숑(옮긴이: répétition, 복습 ─ 명백하게 같은 말을 반복하기 싫다는 뜻으로)을 좋아하지 않습죠. 그럼 정신이 나시게 묵은 포도주를 좀 드시면 어떠실깝쇼, 부리크(옮긴이: bourrique, 멍텅구리 ─ 틀림없이 barrique, '큰 통'의 뜻으로)를 창고에서 내오게 할 테니깝쇼. 전 마치 요나탕(Ionathan)의 머리(요카난, 곧 '요한'의 틀린 말. 살로메[salome]의 청으로 목이 잘린 '세례 요한의 머리'[마태복음 제14장, 마가복음 제6장 참조])처럼 은쟁반에 받쳐서 가져오는, 그런 짓은 않습니다요. 그리고 미리 말씀드립니다만 샤토 라피트(옮긴이: Château lafite, 보르도산[産] 포도주의 이름)는 아니라도, 그것과 거의 에키보크(옮긴이: équivoque, 모호한 ─ `équivalent, '가치가 같다'는 뜻으로)한 것입죠. 그리고 소화가 잘 되는, 조그만 혀가자미를 한 마리 튀겨 올립지요.' 나는 모두 사양했다. 다만 그 솔(sole)이라는 생선 이름이 여태까지 수없이 그 주문을 받았을 그의 입에서 소올(saule, 버드나무)처럼 발음되는 소리를 듣고 놀랐다.

지배인의 약속에도 불구하고, 잠시 후 캉브르메르 후작 부인의, 귀퉁이를 꺾은 명함을 가져왔다. 나를 만나러 와서, 노부인은 내가 방에 있는지 물어 보게 하고, 어제 저녁에 도착한데다 몸이 편치 않다는 것을 알고는 고집하지 않고(틀림없이 약국 또는 잡화 상점 앞에 멈추게 하는 것을 잊지 않고, 하인이 마차에서 내려, 상점에 들어가서 어떤 계산서의 액수를 지불하거나 필요한 물건을 산 후), 후작 부인은 말 두 필이 끄는 여덟 개 스프링이 달린 옛 사륜 마차를 타고 페테른에 돌아갔던 것이다. 후작 부인의 마차로 말하면, 발베크의 거리나, 발베크와 페테른 사이에 있는 해안의 작은 마을에서 그 굴러가는 소리가 자주 들리고, 그 화려함이 이목을 놀라게 하고 있었다. 출입 상인의 상점 앞에 그렇게 멈춘 것은 그런 긴 산책의 목적이 아니었다. 긴 산책의 목적으론, 후작 부인과 격이 맞지 않는 시골 귀족 또는 부르주아 집에서 개최하는 다과회 또는 원유회가 있었다. 그러나 후작 부인은 그 태생과 재산으로, 근방의 소귀족들 위에 높이 군림하고 있으면서도, 선량하고 싹싹한 분이라 초대해 주는 이를 실망시킬까 봐 이웃의 하찮은 사교 모임에까지 나갈 정도였다. 물론, 대개 무능한 가수의 목소리를 들으러 가기 위해 먼길을 가, 숨이 탁탁 막히는 작은 객실의 더위 속에 시달리고 또 이 지방의 귀족 마님이자 이름난 음악가로서 나중에 과장된 치하를 해야 하는 것보다는, 차라리 캉브르메르 부인으로서는 페테른의 훌륭한 정원, 작은 물굽이의 잔잔한 물결이 그 낮은 곳에 들어와서는 꽃들 가운데 꺼지는 정원을 산책하거나 앉아 있거나 하는 편이 훨씬 좋았을 것이다. 그러나 그녀는 초대해 준 집의 주인이 자기의 있을 법한 출석을 나발 불어 댄 것을 알고 있고, 초대해 준 이가 멘빌 라 탱튀리에르 또는 샤퉁쿠르 로르괴이외의 귀족 또는 진짜 부르주아라는 걸 알고 있었다. 그런데 이날같이 후작 부인이 외출하면서도 잔치에 출석하지 않는다면, 해안의 작은 바닷가에서 온 초대객 중의 아무개가 후작 부인의 사륜 마차 소리를 듣거나 보았을 테니까, 페테른을 떠날 수 없었노라는 핑계가 없어진 셈이었을 것이다. 한편, 초대해 주는 집의 주인들은 캉브르메르 부인이 그 신분에 어울리지 않는 이들의 집에서 개최하는 음악회에 자주 나가는 걸 보고서 그 당장이야, 후작 부인도 너무나 착하다, 저러다간 그 지위도 좀 떨어질 거야 하고 생각하지만 일단 자기 집에 초대한 마당에는 그런 생각이 싹 없어져, 제 다과회에 과연 와줄까 몹시 궁금해 하였다. 집주인의 딸, 또는 별장 생활을 하는 아마추어가 첫 곡을 노래한 후, 한 손님이, 시계방 또는 약방 앞에 유명한 사륜 마차가 멈추어 있는 걸 보았다고 알리기라도 하면(그것은 후작 부인이 마티네에 오는 도중이라는 틀림없는 표적) 며칠 전부터 가슴에 막혔던 불안이 얼마나 쑥 내려갔는지! 그러므로 캉브르메르 부인은(과연 얼마 안 있어 그 며느리와 마침 이 무렵 그녀의 집에 머무르고 있던 손님들을 데리고 들어와서, 여럿이 온 것을 사과했지만, 얼마나 기쁘게 환영받았는지), 그 집주인의 눈에 다시 돋보였다. 주인으로서는, 이 대망의 내방으로 보상된다는 것이 한 달 전부터 결심한 마티네의 개최에 대해 스스로 갖가지 법석과 비용을 각오한, 결정적인 은밀한 동기였음에 틀림없다. 후작 부인이 다과회에 나온 모습을 보자 그 집주인은, 지체 낮은 이웃들 집에 나가는 부인의 친절이 생각나지 않고, 그 가문의 오래 됨, 그 성관의 사치함, 르그랑댕네 출신인 며느리, 그 건방짐 등을 생각하는 것이었다. 젊은 며느리는 새침을 떨고 있기 때문에 시어머니의 좀 싱거운 우직함을 더욱 두드러지게 한다. 벌써 집주인은 『골루아』

423

지의 사교란에 실릴 짤막한 기사, 그 자신이 남몰래 집에서 만들어 보내는 기사, '브르타뉴의 일각에서 개최된 단란, 알짜 초호화판 마티네, 가까운 시일 내에 재회를 주인에게 약속시킨 후 산회(散會)됨'을 읽는 기분이다. 날마다 신문을 기다린다. 자기가 주최한 마티네의 기사가 아직 보이지 않아 걱정되고, 캉브르메르 부인이 수많은 다른 구독자들에게 초대되지 않고 자기에게밖에 초대되지 않았을까 봐 두려워한다. 드디어 축복된 날이 온다. '발베크에서 올해 시즌은 각별히 화려하다. 유행은 오후의 소연주회니 등등······' 고맙게도, 캉브르메르라는 이름의 철자는 과연 나 있다, 그러나 '함부로 인용해', 게다가 머리에 실려 있다. 그러니 초대할 수 없었던 이들과 시비되게 할지도 모르는 신문의 주책없음에 당황하는 듯한 얼굴을 할 수밖에. 그리고 캉브르메르 부인 앞에서는, 위선적으로, 누가 신의 없이 그런 소식을 보낼 수 있었을까요 하고 물어 볼 수밖에 없었다. 그 말에 후작 부인은, 호의 있게 귀족 마님 답게 말하였다. "귀찮으시겠군요, 하지만 나는 당신 댁에서 여러 분을 알게 되어 기쁠 뿐입니다."

내게 놓고 간 명함에, 캉브르메르 부인은 모레 마티네를 개최한 다고 흘려 갈겼다. 사실 이 초대가 단지 이틀 전이라면 아무리 사교 생활에 피곤해도, 그 정원에 옮겨진 사교 생활을 맛봄은 나한테 정말로 기쁨이었을 것이다. 페테른의 좌향(坐向)이 좋아, 그 정원 은 지면 일면에, 무화과나무, 종려나무, 장미나무의 묘목이 바다에 까지 나 있고, 그 바다는 자주 지중해의 고요와 푸름을 띠고, 그 위에 있는 개인 소유인 요트는 잔치가 시작되기에 앞서, 만의 건너쪽 바닷가로 중요한 초대객들을 모시러 가고, 초대객들이 다 도착하자 그 차일로 햇살을 막아 다과회 자리를 마련하고, 해가 지면 데리고 온 이들을 바래다 주려고 다시 떠난다. 즐거운 사치, 그러나 그만큼 비용이 들어 캉브르메르 부인은 갖가지 방법을 궁리해 그 수입을 늘려 보려고 애써 오다가 특히 페테른하고는 매우 풍취가 다른, 소유지 중의 하나인 라 라스플리에르를 처음으로 남에게 빌려 준 것도, 부분적으로 그런 생활의 경비를 준비하기 위해서였다. 그렇다, 이틀 전이라면, 새로운 무대에, 낯선 소귀족이 우글대는 그런 마티네는, 이른바 파리의 나의 '상류 생활'이라는 것을 일변시켰을 것이다! 그러나 이제 쾌락은 아무 뜻도 없었다. 따라서 한 시간 전에 알베르틴을 내쫓게 했듯이, 캉브르메르 부인에게도 사절하는 편지를 썼다. 고열이 식욕을 끊어 버리듯, 슬픔이 가슴속에서 욕망의 가능성을 싹 없애 버렸던 것이다······ 어머니는 내일 도착할 예정이었다. 어쩐지 어머니 곁에서 살 자격이 있을 것 같은, 어머니를 좀더 이해할 것 같은 생각이 들었다. 이제야 육친을 소홀히 한 파렴치한 생활은 비통한 추억의 파도에 가라앉아, 이 추억이 그 가시관으로 나의 영혼을, 어머니의 그것처럼 두르고 고상하게 만들었다. 나는 엄마의 슬픔도 그런 줄로 여겼다. 그런데 그렇지 않았다. 현실에서는 사랑하는 이를 잃자마자, 오랫동안, 때로는 영구히 우리의 목숨을 글자 그대로 없애는 듯한 슬픔이 있는데, 그것은 참된 슬픔이며, 엄마의 슬픔은 실은 그것이었고, 한편, 나의 슬픔같이 아무튼 일시적이고, 후에 가서 오듯이 빨리 사라지고 말아, 사건이 일어난 지 오래 가서야 지각되는 게 있는데, 그것을 다시 느끼려면 그것을 '이해'하는 게 필요했기 때문이다. 대다수의 사람이 품는 슬픔이 그것인데, 지금 나를 못 살게 구는 슬픔이 그것과 다른 것은 무의식적인 추억의 그 양상이다.

어머니의 슬픔같이 깊은 슬픔에 관해서는, 어느 날 그것을 알게 될 것이고, 이 이야기의 다음에 나오겠지만, 그것은 아까 같은, 내가 상상한 그런 게 아니다. 그렇지만, 오라토리오의 독창자로, 제

역을 잘 알 만한, 오래 전부터 적역자(適役者)가 마지막 순간에야 겨우 도착해, 말할 대목을 한 번밖에 읽지 않았으나, 막상 대사를 받아넘기는 순간이 오자, 아무도 제 지각을 눈치채지 못하게끔 능숙하게 숨기는 수를 알듯이 나의 슬픔은 아주 새로운 것임에도 불구하고, 어머니가 도착했을 때, 오래 전부터 변함없는 슬픔이라도 되는 듯한 언사를 나로 하여금 하게 했다. 어머니는 단지, 내가 할머니와 함께 묵었던 이 장소의 조망이(그렇지 않았는데) 슬픔을 불러일으킨 줄로 여겼다. 그러나 어머니의 슬픔에 비하면 셈속에도 들어가지 않지만, 아무튼 내 눈을 뜨게 한 괴로움을 나도 맛보았기에, 이때 처음으로 나는 어머니가 가슴에 품은 슬픔을 깨닫고는 소름끼쳤다. 할머니의 사망 후 어머니가 짓곤 하는 그 고정된, 눈물 없는 눈길(프랑수아즈가 어머니를 그다지 동정하지 않게 한 그것)이 추억과 허무의 불가해한 모순에 쏠려 있음을 처음으로 나는 깨달았다. 게다가 검은 너울만은 변하지 않으나, 이 새 고장에서 입는 다른 옷을 보면 볼수록, 어머니의 내부에서 이루어진 변모에 더욱더 놀라고 말았다. 쾌활성을 다 잃었다는 말로는 충분치 않다. 일종의 탄원의 상(像)으로 엉겨 주조된 듯한 어머니의 얼굴은, 너무 급작스런 동작을 하거나 너무 큰 소리를 내거나 하면, 눈앞에서 떠나지 않는 비통한 이의 존재를 다칠까 봐 겁내고 있는 성싶었다. 그러나 특히 축사(크레이프)로 된 외투를 입고 들어온 어머니의 모습을 본 순간, 나는 알아차렸다 ─파리에서 간파하지 못했던 것 ─내가 이 눈으로 본 것은 이제 어머니가 아니고 할머니였다. 마치 왕가나 공작 가문에서, 가장이 죽자 아들이 작위를 이어받아, 오를레앙 공작, 타랑트 대공 또는 롬 대공이라는 칭호에서, 프랑스의 왕, 트레모유 공작, 게르망트 공작으로 되듯이, 흔히 망자는 대(代) 바뀜에 의하여, 또는 더욱 깊은 원인 때문에, 자기와 비슷한 후계자이자, 단절된 목숨의 계승자가 되는 생자의 몸을 붙잡는다. 아마도 엄마의 경우처럼, 생모의 죽음이 딸에게 남기는 큰 슬픔이고 보면 그 슬픔은 한시바삐 제 속에 품은 번데기를 부수고, 또 한 존재의 탈바꿈과 출현을 촉진하나 보다. 또 여러 행정(行程)을 생략시키면서 단번에 여러 단계를 뛰어넘게 하는 이런 급변 없이는 또 하나의 존재는 더 느리게 강림할 수밖에 없었을 것이다. 아마도 망자를 추모하는 마음속에는 일종의 암시가 있고, 이것이 본래 몸속에 잠재하던 유사성을 얼굴 모습 위에 끌어내고 마는 게 틀림없고, 또 특히 우리의 더욱 특별하게 개성적인 기능이 정지하는 것이리라. (어머니의 경우는 그 부친에게서 이어받은 건전한 판단력과 남을 웃기는 쾌활함이 없어졌다.) 이와 같은 개성은 사랑하는 이가 살아 있는 동안은, 비록 상대방이 기분을 상할지라도, 기탄없이 겉으로 드러내서, 그 사람에게서만 물려받은 성격과 대항시켰던 것이다. 그러나 일단 사랑하는 이가 죽자 우리는 남이 될까 봐 꺼리고, 망자의 생시 모습이 그립고, 기왕의 성격에 섞여 있던 다른 것을 배척하고, 차후론 오로지 망자의 사람됨을 이어받아 간다. 그런 뜻에서(널리 듣는 애매하고도 틀린 뜻에서가 아니라) 비로소 말할 수 있다, 죽음은 헛되지 않다, 망자는 우리 위에 계속해서 활동한다고. 아니 망자는 생자보다 더욱 활동한다, 왜냐하면 참된 실재는 정신을 통해서밖에 확 트이지 않으며, 정신 작용의 대상이니까, 우리는 사색을 통해서 창조하지 않으면 안 되는 것밖에 참되게 알지 못하기 때문이다. 그것은 나날의 생활로 우리의 눈에 보이지 않는 것…… 마침내 망자에 대한 애도의 정을 숭배한 나머지, 우리는 망자가 아끼던 것을 숭배하고 싶어한다. 어머니는 할머니의 핸드백을 몸에서 떼어놓을 수 없었다, 그것이 사파이어나 다이아로 된 것보다 귀중한 것이 되고, 할머니의 토시가, 그리고 온갖 옷이 그러

427

해서, 두 분 사이의 겉모양의 비슷함이 강조되었을 뿐만 아니라, 할머니가 늘 지니고 있던 세비녜 부인의 『서간집』도 몸에서 떼어 놓을 수 없게 되어, 이 『서간집』의 원고를 준다 해도 어머니는 이 것과 바꾸지 않았을 것이다. 그런 어머니지만 전에는 할머니가 보 내 온 편지에 매번 세비녜 부인이나 보세르장 부인의 글이 빠짐없 이 인용되었다고 해서 할머니를 놀리곤 하였다. 내가 발베크에 도 착하기 전에 어머니에게서 받은 세 통의 편지 내용마다, 세비녜의 글이 인용되어 있었다, 마치 이 세 통의 편지가 어머니로부터 내게 온 게 아니라 할머니에게서 어머니한테 온 것처럼 어머니는 할머 니가, 날마다 편지에서 언급하던 바닷가를 구경하러 둑에 내려가 고파했다. 당신 어머니의 어떤 '날씨라도' 양산을 손에 들고, 검 은 옷차림으로, 소심하고도 경건한 걸음걸이로, 자기보다 먼저 그 리운 이의 발이 밟았던 모래 위를 걸어가는 어머니를, 나는 창에서 보았다. 그 모습은 물결이 되올릴지도 모르는 주검을 찾으러 가는 것 같았다. 어머니를 혼자 식사하게 내버려 둘 수가 없어, 나는 어 머니와 같이 내려가지 않으면 안 되었다. 재판 소장과 변호사 회장 의 미망인이 어머니에게 소개되었다. 어머니는 할머니와 관계되는 것이라면 무엇에나 민감하여, 재판 소장의 할머니에 대한 추억담 에 한없이 감동해 그것을 늘 기억하고 감사의 정을 잊지 않았으나, 그와 반대로 변호사 회장의 마누라가 고인에 대한 추억을 한마디 도 꺼내지 않아 분개하며 언짢아했다. 실제는 재판 소장이 변호사 회장의 마누라보다 더 할머니를 생각한 것이 아니었다. 한쪽의 감 동어린 말과 또 한쪽의 침묵은, 어머니에게는 대단한 차이지만, 망 자들이 우리에게 품게 하는 무관심을 나타내는 갖가지 투에 지나 지 않았다. 그러나 어머니는 그런 추억담, 나로서는 그 한마디만 들어도 어쩔 수 없이 가슴아픈 추억담 속에서 특히 감미로운 위안을 발견했나 보다. 할머니가 사람들의 마음속에 살아 있는 걸 증거하는 것이 다 그렇듯, 엄마한테 감미로운 위안이 되는 것이, 내게는(나를 위해 엄마가 염려해 주는 온갖 애정에도 불구하고) 가슴아프게 하는 것뿐이었다. 다음날부터 어머니는 날마다 바닷가로 앉으러 내려가서, 그 모친이 한 대로 정확히 하려고, 할머니의 두 애독서, 보세르장 부인의 『회상록』과 세비녜 부인의 『서간집』을 읽었다. 어머니로서는, 그리고 우리로서도, 세비녜 부인을 '재치 있는 후작 부인'이라고 부르는 걸, 라 퐁텐을 '호인'이라고 부르는 것에 못지않게 참을 수 없었다. 그러나 이제 그 『서간집』 속에서 '나의 딸아'라는 낱말을 읽을 때, 엄마는 그 모친이 말 건네 오는 목소리를 듣는 듯 여겼다.

방해되고 싶지 않은 그런 순례 도중, 어머니는 운 나쁘게, 바닷가에서 딸들을 동반한 콩브레의 한 부인을 만났다. 그분의 이름은 푸생 부인이었다고 생각한다. 그러나 우리들 사이에서는 그분을 '반드시 놀랄걸'이라는 별명으로밖에 부르지 않았다. 이 'Tu m'en diras des nouvelles'라는 말을 끊임없이 되풀이해서 그 딸들이 화를 입지 않도록 경고하곤 하였기 때문이다. 예를 들어 딸 중의 하나가 눈을 비비고 있으면, "정말 눈병이라도 나 봐라, '반드시' 놀랄걸"이라고 말하는 식으로. 부인은 멀리서 엄마에게 눈물에 젖은 긴 인사를 했는데, 그것은 애도의 표시가 아니고, 교양을 보이기 위해서였다. 콩브레의 넓은 정원 속에서 상당히 한적하게 사는 부인은 모든 게 항상 귀에 거슬려, 프랑스어의 낱말, 아니 사람의 이름마저 부드럽게 만들곤 하였다. 시럽을 붓는 은숟가락을 '퀴이예르'(Cuiller)라고 발음하기가 너무 딱딱하다고 생각했다. 그래서 '쾨이예르'(Cueiller)라고 말하였다. 「텔레마크」를 쓴 부드러운 시인을 거칠게 페늘롱(Fénelon)이라 부르면 난폭할까 봐 —

나 자신도 그런 줄 알면서 그렇게 불렀다, 친한 친구로 머리가 좋고, 착하고, 용감하고, 한 번 친하면 누구나 잊지 못하는 사내가, 베르트랑 드 페늘롱이라는 이름이라서 — 부인은, 악상테귀(ˊ)를 붙이면 뭔가 부드러운 맛이 난다고 생각해 항상 '페넬롱' (Fénélon)이라고밖에 말하지 않았다. 이 푸생 부인의 사위로, 부드럽지 못한 놈, 그 이름을 잊었지만, 콩브레의 공증인이던 사내는 공금을 가지고 도망가, 특히 나의 아저씨에게 상당히 큰 액수의 손실을 입혔다. 그러나 콩브레의 사람들의 대다수는 이 일가의 다른 사람들과 사이가 좋아서 조금도 쌀쌀하게 굴지 않고 푸생 부인을 동정하는 걸로 그쳤다. 부인은 손님을 초대하지 않았는데, 그 철책 앞을 지나갈 적마다 사람들은 걸음을 멈추고 그 녹음을 감탄했다. 그 밖의 것을 분간할 수 없는 채. 발베크에서 부인은 거의 우리에게 방해가 되지 않았다. 나는 딱 한 번 부인을 발베크에서 만났는데, 마침 그 딸이 손톱을 씹고 있었기 때문에 이렇게 타이르고 있었다, "정말 생인손이라도 앓게 돼 봐라, 반드시 놀랄걸."

엄마가 바닷가에서 독서하는 동안 나는 혼자 방안에 그대로 있었다. 할머니의 삶의 마지막 무렵과 그것에 관련 있는 모든 것, 둘이서 마지막 산책을 나갔을 때, 열려 있던 계단 문을 나는 상기하였다. 그런 것과 대조적으로 세상의 다른 것들은 거의 현실이 아닌 성싶고, 나의 괴로움은 그런 다른 것을 모조리 썩게 하였다. 마침내 어머니는 나를 억지로 외출시켰다. 그러나 한 걸음마다, 카지노의, 거리의, 처음 오던 날 저녁 할머니를 기다리면서 뒤게 트루앙의 기념비까지 갔던 거리의 잊었던 어느 외관이 맞싸울 수 없는 맞바람처럼 더 앞으로 가지 못하게 하였다. 나는 보지 않으려고 눈을 내리 감았다. 얼마간 기운을 다시 차린 다음, 나는 호텔 쪽, 아무리 오래 기다린들, 이곳에 처음 도착하던 저녁, 바깥에서 돌아온 할머니를 다시 보기가 차후로 불가능한 것을 알고 있는 호텔 쪽으로 되돌아갔다. 이번에 와서 처음으로 외출하여서 아직 보지 못한 수많은 하인들이 나를 유심히 바라보았다. 호텔의 문턱에서 제복 입은 한 젊은 보이가 챙 달린 모자를 벗어 절하고는 민첩하게 다시 썼다. 에메가, 나에게 경의를 표하도록, 그의 말마따나 '명령을 건네어' 두었나 보다. 그러나 이 순간에, 들어온 딴 사람한테도 그가 다시 모자를 벗는 걸 보았다. 실은 이 젊은이는 평생토록 챙 달린 모자를 벗고 쓰는 것밖에 몰라 빈틈없이 능숙하였던 것이다. 다른 일은 할 줄 모르지만 이 짓만은 뛰어나게 잘 하는 줄 스스로 알아서, 하루에 되도록 여러 번 이 짓을 완수하였고, 그 짓이 손님들에게 일반적으로 호감을 샀고, 또 접수 주임에게도 지대한 호감을 샀다. 접수 주임은 현관 보이를 고용하는 데 애를 먹어, 이 드문 인물을 고용하기까지 1주일도 못 되어 해고하지 않으면 안 되는 놈밖에 발견하지 못해, 에메가 크게 놀라 다음같이 말할 정도였다, "그렇지만 이 직업 따위는 공손하기만 하면 별문제가 없잖아, 그다지 어렵지 않을 텐데." 지배인은 또, 현관 보이에게 자기의 이른바 당당한 프레장스(présence, 출석)를 가져 주기를 바랐다. 그러나 이것은 부서에 나와 있어야 한다는 뜻보다는 오히려 프레스탕스(prestance, 위풍)라는 말의 착각일 것이다. 호텔 뒤쪽에 펼쳐져 있는 잔디밭은 군데군데 꽃핀 화단이 생기고, 또 첫 해에 있던, 그 날씬한 몸매와 신기한 머리칼의 빛깔로 입구의 외관을 장식하던 현관 보이가, 열대 관목 한 그루와 함께 제거되어서 변하고 말았다. 첫 해에 있던 현관 보이는 어느 폴란드의 백작 부인에게 비서로 고용되어 따라가 버렸다, 미모에 반한 고장 명사와 지위 있는 어느 이성에 의해 호텔에서 뽑힌 그 두 형과 타이피스트인 누나를 본받아. 단지 동생만 남았다, 사팔뜨기라서 아무도 원하지 않았다.

이 동생은 폴란드의 백작 부인과 다른 두 보호자가 얼마 동안 발베크의 호텔에 묵으러 왔을 때 무척 기뻐하였다. 형들을 부러워하면서도, 역시 사랑해, 그런 기회에 육친의 정을 기를 수 있었기 때문이다. 퐁트브로의 수녀원장도 그 때문에 수하 수녀들의 곁을 떠나, 모르트마르 가문의 동복, 루이 14세의 애첩인 몽테스팡 부인한테 후대를 나눠 받으려고 가는 습관이 있지 않았던가? 이 동생으로서는, 발베크에 온 지 첫 해라, 아직 나를 몰랐으나, 먼저부터 있던 동료들이 내게 말할 때 '님'자를 붙이는 것을 들어서 처음부터 의기양양하게 그 흉내를 냈다. 알려진 손님으로 판단된 사람에 관해 유식함을 보이고, 5분 전에 몰랐던, 그러나 실수 없이 하지 않으면 안 된다고 생각되는 예법에 따르는 게 의기양양하였던 것이다. 나는 이 호화로운 건물이 어떤 사람들에게 주는 매혹을 잘 납득하였다. 마치 극장처럼 설비되고, 수많은 단역들이 홍예틀 안에까지 있어 건물을 활기 띠게 하고 있었다. 손님은 일종의 구경꾼에 지나지 않았지만 끊임없이 연극에 휩쓸려 드는 듯싶었다. 그것은 마치 배우가 바닥이 넓은 한 무대에서 연극을 하고 있는 극장과는 달리, 관객의 생활이 호화로운 무대 한가운데에 펼쳐진 것만 같았다. 테니스를 치고 돌아오는 사람은 흰 플란넬의 윗도리 차림이라도, 접수 주임은 그에게 편지를 내주기 위해 은 장식줄을 붙인 푸른 연미복을 입고 있었다. 이 테니스를 치고 돌아온 사람이 걸어서 올라가기 싫으면, 승강기를 운전시키려고 역시 으리으리하게 차린 엘리베이터 보이를 곁에 있게 함으로써 역시 배우들에게 섞이고 말았다. 각 층의 복도에는 바다 위의 꽃인 시녀와 하인들의 비밀문이 숨겨져 있어서, 그런 여인들의 작은 방들에까지, 하녀의 미색을 찾는 사내들이 교묘한 우회로를 통해 드나들었다. 아래층을 지배하는 건 남성의 요소여서 색다른 젊음을 주체 못 하는 남자 하인들이, 이 호텔에서 일종의 유태교와 크리스트교 양교의 절충극 같은 것을 만들어 내어 그것을 영원한 무대에 일제히 상연시키고 있는 것 같았다. 그래서 그들을 보고 있으면, 라신의 시구가 어쩔 수 없이 머리에 떠올랐다. 물론 그것은 게르망트 대공 부인 댁에서, 보구베르 씨가 샤를뤼스 씨에게 인사하는 대사관의 젊은 서기관들을 바라보는 동안 내 머리에 떠오른 것과는 다른 시구, 이번에는 「에스더」의 것이 아니라, 「아탈리」의 것이었다. 왜냐하면 아래층의 홀, 17세기에서는 주랑(Portique)이라고 부르던 홀에는, 젊은 하인들이 '기라성' 같이 늘어서고, 특히 오후의 간식 시간에, 라신 극에 나오는 합창대의 젊은 이스라엘 아가씨들도 이랬을까 싶었기 때문이다. 그러나 그 중의 한 사람도 그 어린 왕자 조아스가 아탈리한테, "그럼 그대의 소임은 뭔가?" 하고 질문받을 때 생각해 내는 막연한 대답조차 해낼 것 같지 않았다, 그들은 그런 대답이 하나도 없었으니까. 기껏해야, 그 중의 아무개에게, 늙은 여왕처럼,

"도대체 이곳에 들어박혀 있는 분들은
뭣들을 하십니까?"

라고 묻는다면,

"의식을 화려케 하시라는 분부를 명심해
그것에 힘쓰렵니다."

고 대답하는 게 고작일 것이다. 이따금 그런 젊은 단역 중의 하나가 좀더 중요한 역을 맡아 하는 인물 쪽으로 갔다가, 이 젊은 잘생긴 단역은 합창대로 돌아온다. 그리고 명상적인 휴식 시간이 아닌

한, 다들 그 무익하고, 경건하고 장식적인 날마다의 대형(隊形)을 짰다 풀었다 한다. 그도 그럴 것이 '상류 사회에서 떠나는' 그 '외출일'을 빼놓고, 곧 성전의 문턱을 넘어서지 않는 한, 그들은 「아탈리」에 나오는 성직자들과 똑같이 성직자의 생활을 영위하기 때문이니, 화려한 융단을 깐 계단 밑에서 연기하고 있는 그런 '젊고 성실한 무리' 앞에서, 나는 내가 발베크의 그랑 호텔에 들어와 있는지 아니면 솔로몬의 전당에 들어왔는지 의아스러웠다.

나는 곧장 내 방으로 올라갔다. 사념은 줄곧 할머니의 병환의 마지막 나날, 그 고통에 이어져 있었다. 나는 그 고통을 몇 배로 확대하면서 내 몸 속에 되살아나게 하였다. 그리운 이의 고통을 비로소 제 몸 속에 다시 느꼈다고 여길 때, 연민의 정이 고통을 과장한다. 그러나 괴로워하는 병자의 의식보다, 이쪽에서 그것을 가엾게 생각하는 정 쪽이 훨씬 더 진상에 가깝지 않을까. 당사자는 그 삶의 비참함을 보지 못하나, 연민의 정은 그것을 보아 절망한다. 그렇지만 할머니가 죽기 전날, 의식의 맑은 순간에, 내가 거기에 있지 않음을 확인하고서, 엄마의 손을 잡고, 거기에 열 있는 입술을 댄 다음, "잘 있거라, 내 딸아, 영원한 이별이다" 하고 말했다는, 오랫동안 모른 사실을 만일 그때 알았다면, 내 연민의 정은 새로운 격발로 할머니의 고통을 앞질렀을 것이다. 그리고 어머니가 그처럼 그칠 사이 없이 뚫어지게 본 것은 아마도 이 추억이었나 보다. 다음에 감미로운 추억이 머리에 떠올랐다. 그분은 나의 할머니, 나는 그 손자다. 그분의 얼굴 표정은 나만을 위한 언어로 씌어 있는 성싶다. 그분은 내 삶의 전부이고, 남들은 그분을 통해서만, 그분이 내리는 판단을 통해서만 존재한다. 아니지 아냐, 우리 둘의 관계는 너무나 덧없어서, 언제나 우연히 다른 것에 덧붙어서 생길 수밖에 없었다. 그분은 이제 나를 모르고, 나는 두 번 다시 그분을 못 본다. 우리는 오로지 우리 둘만을 위해 태어난 게 아니었고, 그분은 남이었다. 나는 그런 남의 사진을, 생 루가 찍은 사진 속에서 보고 있는 중이었다. 알베르틴을 우연히 만난 엄마가, 할머니와 나에 대해 상냥한 말을 걸어 왔다고 해서, 그녀를 만나 보기를 내게 고집했다. 그래서 그녀와 만나는 약속을 하고 말았다. 나는 지배인한테 그녀가 오면 살롱에서 기다리게 하라고 일렀다. 지배인은, 오래 전부터 그녀와 그녀의 여자 친구들을 알고 있다. 그녀들이 '퓌르테 (pureté, 순결)를 안 나이'도 되기 훨씬 전부터 알지만, 호텔에 대해서 이러쿵저러쿵 지껄이기 때문에 도무지 호감이 안 간다, 그런 입방아를 찧는 것으로 보아 아무래도 '일뤼스트레'(illustrées, 저명한)한 인사들이 아닌 게 틀림없다. 남의 구설수에 오르지나 않을지 염려스럽다고 말했다. 나는 퓌르테라는 낱말이 퓌베르테 (puberté, 사춘기)의 뜻으로 쓴 말임을 쉽게 알아들었다. 일뤼스트레는 나를 더 당황하게 했다. 아마도 일레트레(illettrées, 무식한)와의 혼동이었나 본데 이 역시 레트레(lettrées, 유식한)와의 혼동이었을 것이다. 알베르틴을 만나러 갈 시간을 기다리면서, 한 그림을 너무 열심히 바라본 나머지 보고 있는 느낌이 안 나는 때처럼, 나는 생 루가 찍은 사진 위에 눈을 고정하고 있었다. 그러자 퍼뜩 나는 다시 '내 할머니다, 나는 그 손자다'라는 생각이 들었다. 마치 건망증에 걸린 사람이 우연한 제 이름을 생각해 내듯, 병자가 갑자기 성격을 바꾸듯. 알베르틴이 와 있다는 말을 하려고 프랑수아즈가 들어와서, 사진을 보자, "불쌍한 큰마님, 똑같네요, 볼의 사마귀까지, 후작님이 이 사진을 찍던 날, 큰 마님께선 병환이 중하셨어요, 그 전에 두 번이나 까무러쳤거든요. '특히 손자가 알지 못하게 해야 하네, 프랑수아즈' 하고 말씀하셨죠. 용케 병을 숨기시고, 여러분 앞에서 늘 명령하셨습니다. 단지 나만은 이따금 좀 정신이 멍하시구나 생각했답니다. 그러나 그런 모양은 잠시였죠. 그리고 이같이 나에게 말씀했어요. '무슨 일이 일어날지 모르니, 그 애도 내 사진을 가져야 해. 아직 한 장도 사진 찍게 한 적이 없으니.' 그래서 큰마님께서 저를 후작님에게 보내시어 사진을 찍어 줄 수 없겠느냐고 부탁해 보라고 하시고, 이런 부탁을 큰마님이 하신 것을 젊은 주인님한테 말하지 말라는 청도 하라고 하셨답니다. 그러나 승낙의 말을 전하러 돌아오니까, 큰마님은 너무 안색이 좋지 않기 때문에 사진 찍기를 꺼리셨습니다. '역시 사진 한 장 없는 건 나쁘지' 하고 말씀하시고는, 워낙 총명하시니까, 결국 챙이 내려진 큰 모자를 쓰시고, 옷차림을 썩 잘 매만지셨기 때문에 밝은 햇빛만 안 받으시면 감쪽같았습니다. 그래서 매우 만족해 하시면서 사진을 찍었습니다. 이미 그때 발베크에서 집에 못 돌아가실 줄 여기셨으니까요. 아무리 제가 '큰마님, 그렇게 말씀하시지 마세요. 큰마님이 그렇게 말씀하시는 걸 듣기 싫습니다'라고 해도 소용없었답니다, 그런 생각으로 꽉 차 계셨죠. 그럼요, 여러 날째 식사할 수 없으셨죠. 그러니까 젊은 주인님께 후작님과 함께 아주 멀리 식사하러 가도록 부추긴 거죠. 그 동안 큰마님은 식탁에 안 가시고 책을 읽는 척하셨는데, 후작님의 마차가 떠나자 곧 주무시러 올라가셨습니다. 역시 큰마님은 날마다 마님께 알려 돌봐 주러 오게 하고 싶어하셨죠. 그래도 아무 말 없다가, 깜짝 놀라게 할까 봐 근심하셨습니다. '애 어멈은 남편과 같이 그대로 있는 편이 좋지. 안 그래, 프랑수아즈'." 나를 바라보고 있던 프랑수아즈는 느닷없이 "몸이 불편하냐"고 나에게 물었다. 내가 아니라고 말하니까, "수다떠는 바람에 옴짝달싹 못 했네. 손님이 이미 왔을걸요. 나도 내려가야지. 그런 아가씨는 여기 올 사람이 못 돼요. 분주다사한 아가씨니까 떠나가 버렸는지도 모르지. 기다리는 걸 싫어하거든.

흥! 알베르틴 아가씨도 이제는 어엿한 손님이라니."—"틀린 생각이야, 프랑수아즈, 그녀는 여기 와도 무방한 어엿한 아가씨야. 그러나저러나 가서 오늘은 못 만나겠다고 일러 줘."

우는 꼴을 보인다면, 프랑수아즈가 나를 가엾게 생각해 얼마나 과장된 미사여구를 늘어놓았을까! 조심스럽게 나는 얼굴을 숨겼다. 숨기지 않으면 프랑수아즈의 동정을 받았을 것이다. 아니지, 내가 프랑수아즈를 동정했다. 이렇듯 우리는 불쌍한 하녀, 울음이 우리를 아프게라도 하듯, 아니 어쩌면 제 자신을 아프게라도 하듯, 우리가 우는 꼴을 차마 못 보는 하녀들에게 흉금을 털어놓지 않는다. 내가 어렸을 때 프랑수아즈는 말했다, "그렇게 울지 말아요, 그렇게 우는 걸 보기 싫으니까." 우리는 과장된 미사여구, 증언을 싫어한다. 우리의 잘못이다. 하지만 우리는 그렇듯, 불쌍한 하녀가, 도둑질했다고 해서(어쩌면 부당하게) 내쫓겨, 새파랗게 되어가지고, 마치 고발될 죄를 범하기라도 한 듯 갑자기 허리를 굽실굽실, 그 아비의 정직함, 그 어미의 지조, 할미의 교훈 따위를 내세우면서 늘어놓는, 시골의 감동적인 이야기나 전설에 가슴을 닫는다. 물론 이쪽의 눈물을 차마 못 보겠다고 하는 그 같은 하녀가 거리낌없이 이쪽을 폐렴에 걸리게 할지도 모르니, 아랫방을 쓰는 몸종이 통풍을 좋아하는데 윗방에서 그것을 막아서는 실례가 되기 때문이다. 다시 말해, 프랑수아즈처럼 사리 있는 하인들도, 해서는 안 되는 것을 의리에서 해, 결국 잘못을 저지르게 된다. 하녀들의 수수한 기쁨마저도 그 주인의 거절, 혹은 비웃음을 유발한다. 그것이 항상 하찮은 것, 고지식하게 감상적인, 비위생적인 것이기 때문이다. 그래서 그녀들은 말할지도 모른다, "한 해에 한 번밖에 청하지 않은 난데, 왜 허락하지 않을까" 하고. 그렇지만 주인 쪽은, 하녀들한테—또는 그들한테—위험스럽지도 어리석지도 않은 것이라면 더 여러 번 허락해 줄 것이다. 물론 무실을 고백하려고, "정 떠나라 하시면 오늘 저녁 나가겠어요" 하고 말하면서, 부들부들 떠는 불쌍한 하녀의 겸손함에는 아무도 대적 못 한다. 그래도 명예로운 고향 생활과 조상을 뽐내며, 빗자루를 왕홀(王笏)같이 쥐고, 제 직무를 비장하도록 밀고 나가며 가끔 눈물로 중단하며, 위엄 있게 몸을 일으켜 세우는 늙은 식모 앞에서는, 그 떠들어 대는 모친의 유산과 훌륭한 밭에 대한 과장되고도 허풍떠는 진부함에도 불구하고, 그대로 무심할 수 없게 마련이다. 이날, 나는 그런 정경을 상기하여, 아니 상상하여, 그것을 우리 집의 늙은 하녀에게 덧붙였다. 그러고 나서부터, 프랑수아즈가 알베르틴에게 아무리 나쁘게 굴어도 나는 프랑수아즈를 사랑했다. 그것은 간헐적이긴 하지만, 연민의 정에 뿌리를 내린 훨씬 센 유의 애정이었다.

물론 나는 하루 종일 할머니의 사진 앞에 그대로 있으면서 괴로워했다. 사진이 나를 괴롭혔다. 그렇지만, 저녁때 지배인의 방문은 나를 더욱 괴롭혔다. 내가 할머니에 대해 말하니까, 그가 애도의 뜻을 다시 표하였을 때, 다음 같은 말을 들었다(그가 즐겨 쓰는 낱말들은 틀리게 발음되었지만), "그것은 바로 할머님께서 촐도(옮긴이: 심코프, symecope, 생코프[syncope, 졸도, 실신]의 틀린말) 하신 날이었습니다. 곧 알려 드리려고 했지요, 다른 손님들이 계시니 이 집에 무슨 일이 있을까 봐서요. 당장 그날 저녁 안으로 떠나 주시기를 바랐습죠. 그러나 할머님께서는 말하지 말아 달라고 제게 부탁하시며, 다시는 촐도하지 않겠다, 다시 촐도할 것 같으면 그 즉시 떠나갈 테다, 고 제게 약속하셨습니다. 그런데 위층의 주임(각층마다 있는 우두머리 급사)이 다른 날 또 할머님께서 촐도하셨다고 보고해 왔습니다. 그러나 댁은 우리가 만족시키려고 애쓰는 단골 손님이시고, 또 아무도 불평해 오는 이가 없어서……" 그렇다면 할머니는 여러 번 졸도하였고 그것을 내게 숨겼던 것이다. 어쩌면 내가 할머니한테 가장 상냥하지 않았을 무렵, 그 무렵에 그토록 아프면서도, 내가 화나지 않게 일부러 좋은 기분인 체하며, 호텔에서 내쫓기지 않으려고 건강한 모습을 보여야 했던 것이다. 졸도라는 낱말은, 여느 때 이렇게 발음되면 뭐가 뭔지 결코 짐작 못 했을 테고, 다른 경우에 적용되면, 우스꽝스럽게 생각했을 테지만, 그러나 이 낱말은 참신한 불협화음의 새로움과 비슷한 기이한 새로움을 울리면서, 내 마음속에 가장 고통스러운 감각을 불러일으키는 힘을 가진 채 오래오래 남았다.

그 다음날 엄마의 청으로 모래 위에, 아니 모래 언덕 속에 잠시 길게 누우러 갔다. 모래 언덕이라면, 그 기복 밑에 숨겨져, 알베르틴과 그 친구 아가씨들의 눈에 띄지 않을 것을 알고 있어서. 내 눈까풀은 내리 감겨, 몇 줄의 광선밖에 들어오지 않고, 그 광선이 눈의 안쪽 벽에 고여, 온통 장밋빛이었다. 그러다가 눈까풀은 아주 감겼다. 그러자 내게 팔걸이의자에 앉은 할머니가 나타났다. 약하디약해 다른 사람에 비해 생기 없었다. 그렇지만 숨소리는 들려 왔다. 이따금 한 몸짓으로, 우리들, 아버지와 내가 말하는 것을 알고 있다는 표시를 보였다. 그러나 내가 아무리 할머니를 껴안아 입맞춰도 헛일, 그 눈 속에 애정의 한 눈길을 깨어나게 할 수도, 그 볼에 약간의 핏기를 띠게 할 수도 없었다. 혼이 빠진 듯, 나를 사랑하지 않는 듯, 나를 알아보지 못하는 듯, 어쩌면 나를 보지 못하는 듯하였다. 그 무관심의, 그 기가 죽음의, 그 잠잠한 불만의 비밀을 짐작할 수 없었다. 나는 아버지를 옆으로 끌고 갔다. "역시 그렇죠" 하고 나는 말했다. "할 말이 없죠, 할머니는 하나하나 정확히 알아들으셨습니다. 이것은 완전히 살아 있는 이의 모습입니다. 망자는 살아 있지 않다고 우기는 사촌을 오게 할 수 있다면! 할머니는 죽은 지 1년이 가깝도록 결국 여전히 살아 계십니다. 그런데 왜 나에게 입맞추려고 하시지 않을까?" — "보렴, 불쌍하시게도 머리가 축 늘어졌구나." — "하지만 당장이라도 샹 젤리제에 가고파하실 거야." — "정신 나간 소리!" — "정말 아버지는 그런 게 할머니의 몸에 해롭다고, 할머니를 더 죽게 할지도 모르는 일이라고 생각하시는군요? 할머니가 이제는 나를 사랑하지 않다니 그럴 리 없어요. 입맞춰도 소용없을까요, 다시는 영영 내게 미소지어 주시지 않을까요?" — "하는 수 없단다, 죽은 사람은 죽은 사람이다."

며칠 후 생 루가 찍은 사진을 찬찬히 바라보게 되었다. 사진은 프랑수아즈가 말한 것의 추억을 불러일으키지 않았다, 그 추억이 이제는 내게서 떠나지 않게 되어 내가 그것에 익숙해졌기 때문이다. 그러나 이 사진을 찍던 날의 그토록 아프던 할머니의 중태에 대한 비통한 관념과 마주 대하여, 사진은 또한 할머니가 몸단장했던 꾀를 아직 이용하면서, 그 꾀가 내게 들킨 이후에도 용케 나를 속여, 얼굴을 약간 가린 모자 밑에, 할머니가 어찌나 멋지게 어찌나 근심 걱정 없는 모양으로 보였는지, 나는 상상했던 것보다 덜 불행한 더욱 건강한 할머니를 생각해 보았다. 그렇지만 그 뺨은, 이미 골라잡혀 제 운명을 느끼는 짐승의 눈초리처럼, 뭔가 납빛 같은, 핏대 세운, 독특한 표정을 모르는 사이에 띠고 있어서, 그런 할머니는 사형 선고를 받은 모양, 본의 아니게 침울한, 무의식적으로 비참한 모양을 짓고 있었는데, 나는 그것을 간파하지 못했으나, 엄마한테는 이 사진을 두 번 다시 바라보지 못하게 하였다. 엄마에겐 이 사진은 그 모친의 사진이기보다, 오히려 그 모친의 병환의 사진, 병환이 난폭스럽게 할머니의 얼굴에 가한 모욕의 사진으로 보였던 것이다.

그 다음 어느 날, 나는 머지않아 만나겠다고 알베르틴에게 전해 줄 결심을 했다. 그것은 이른 더위가 찾아온 아침, 놀고 있는 어린이들의, 희롱하는 해수욕객들의, 신문팔이들의 천태만상의 외침이, 불의 화살, 톡탁톡탁 튀는 불티가 되어, 작은 물결이 하나하나와서는 시원함을 적시고 가는 뜨거운 바닷가를 내 머릿속에 그렸기 때문이다. 그때 물결의 찰랑거리는 소리에 섞여 교향곡 연주가시작돼, 바이올린이 바다 위를 헤매는 꿀벌 떼처럼 그 물결 소리속에 떨고 있었다. 그러자 곧 나는 알베르틴의 웃는 소리를 다시듣고 싶다는, 그녀의 여자 친구들을 다시 보고 싶다는 욕망을 느꼈었다. 그런 아가씨들의 모습은 물결 위에 뚜렷이 부각되며 발베크에서 뗄 수 없는 매력, 발베크에 특유한 꽃으로 내 기억 속에 남아있었다. 그래서 프랑수아즈를 알베르틴에게 보내 내주 만나자는한마디를 전하기로 결심했던 것이다. 그러는 사이, 찬찬히 밀물 들어오는 바다는, 파도가 부서질 때마다, 수정을 흘려서 멜로디를 완전히 덮었고, 악절은 마치 이탈리아의 대성당 꼭대기, 푸른 반암(班岩)과 물거품 모양의 벽옥(碧玉) 용마루 사이에 솟아 있는 현악기 든 천사들처럼 하나씩 따로따로 나타났다. 그러나 알베르틴이온 날은, 다시 날씨가 나빠져 선선하였다. 그리고 또 나는 그녀의웃음소리를 들을 기회도 없었다, 그녀는 매우 시무룩해서, "발베크도 올해는 지루해" 하고 말했다. "오래 있지 않을래요. 아시다시피 부활절부터 이곳에 와 있거든요, 한 달 이상. 아무도 없어요. 재미고 뭐고 없어요." 조금 전의 비와 시시각각으로 변하는 하늘에도 불구하고, 알베르틴을 데리고 에프르빌까지 간 다음, 왜냐하면 알베르틴은, 봉탕 부인의 별장이 있는 이 작은 바닷가와, 그녀가 '하숙한' 로즈몽드네의 별장이 있는 앵카르빌과의 사이를, 그녀의 표현에 따르면, 베틀의 북처럼 '왕복'하고 있었기 때문에 나는, 우리가 할머니와 함께 산책 나갔을 때 빌파리지 부인의 마차로 지나간 그 큰길 쪽으로 혼자 산책하러 갔다. 비치는 태양에 아직 안 마른, 여기저기 물구덩이는 주위를 진짜 늪같이 만들고, 진흙투성이가 되지 않고서는 한 걸음도 걸을 수 없었던 지난 할머니의 일이 생각되었다. 그러나 길에 나오고 보니 눈부셨다. 8월에 할머니와 같이 보았을 적에는, 사과나무 잎과 밭 같은 것밖에 보이지 않던 곳에, 지금은 눈에 보이는 한 만발한 사과꽃 계절, 게다가 그 사과나무들은 전대미문의 호사를 뽐내며, 아직 본 적이 없는 눈부신 장밋빛의 양단을 햇빛에 빛내면서, 자락을 더럽힐세라 조심하는 기색도 없이, 진흙 속에, 무도회의 옷차림으로 서 있었다. 바다의 먼 수평선은 사과나무들의 저쪽에 마치 일본 판화의 배경처럼 효과를 주고 있었다. 머리를 쳐들어 꽃들 사이에 화창한, 거의 세찬 푸름을 보이는 하늘을 바라보려 하자 꽃들은 사이를 틔워 이 낙원의 깊이를 나타내려는 듯하였다. 그런 푸른 하늘 밑, 산들바람은 솔솔 불면서, 그러나 아직 차가워서 붉게 물드는 꽃다발을 가볍게 흔들고 있었다. 푸른 박새들은 나뭇가지에 앉으러 와서 꽃 사이를, 마치 이 발랄한 아름다움을 기교적으로 만들어 낸 호사가, 이국 취미와 색채에 골똘하는 풍류가이기라도 한 듯 너그럽게 뛰고 있었다. 그러나 그러한 아름다움이 눈물이 나도록 가슴을 때린 것은, 그 세련된 예술적 효과를 아무리 과장하여도 자연스럽게 느꼈기 때문이었다. 그리고 그런 사과나무들이 프랑스의 한 큰길을 따라 들판 한가운데 농부처럼 서 있었기 때문이었다. 그러다가 햇살의 뒤를 이어 갑자기 빗발이 왔다. 빗발이 모든 수평선에 줄무늬를 넣고, 사과나무들의 줄을 회색망 속에 가두었다. 그러나 사과나무들은, 쏟아지는 소나기를 받아 얼음처럼 차가워진 바람 속에, 그 한창 꽃핀 장밋빛의 아름다운 모습을 그대로 계속해서 세우고 있었다. 그것은 어느 봄날의 낮이었다.

제4장 알베르틴의 방문
알베르틴 쪽으로 급선회/해돋이 무렵의 슬픔/
나는 즉시 알베르틴을 데리고 파리로 출발

 나는 결정적인 끊음을 위해 기회만을 기다렸다. 그래서 어느 날 저녁, 엄마가 그 외할머니의 여동생 중 한 분으로서, 거의 죽어 가는 병자를 문병하기 위해, 돌아가신 할머니가 그러기를 바랐듯이, 그 동안에 내가 바다 공기를 실컷 마시도록 나를 두고 그 다음날 콩브레로 떠나게 되었을 때, 나는 엄마에게, 변경할 수 없게 나는 알베르틴과는 결혼 안 하기로 결심했고, 그녀와 만나는 것도 머지 않아 그만둘 작정이라고 말해 버렸다. 이러한 말로, 떠나기 전날 어머니에게 만족을 줄 수 있음을 나는 기뻐하였다. 과연 어머니는 그것이 어머니에게도 생생한 만족임을 숨기지 않았다. 그래서 그 점을 알베르틴에게 해명하지 않으면 안 되었다. 그녀와 함께 라 라 스플리에르에서 돌아오는 길, 신도들의 아무개는 생 마르 르 베튀에서, 아무개는 생 피에르 데 지프에서, 아무개는 동시에르에서 내려, 찻간에 우리 둘만 남았을 때, 유별난 흐뭇함과 그녀로부터 떨어진 느낌이 든 나는, 드디어 이 화제를 꺼내기로 작심했다. 게다가 사실은, 지금 내가 사랑하는 건 발베크의 젊은 아가씨들 중의 하나, 다른 아가씨들처럼 요즘 이곳에 없지만 오래지 않아 돌아올 한 아가씨(물론 그 아가씨들 전부가 내 마음에 들었다, 그도 그럴 것이 처음 내가 이곳에 왔던 날처럼, 그 하나하나가 나머지 다른 아가씨들의 진수[眞髓]의 어떤 것을 지녀, 마치 특별한 겨레붙이 같았으니까), 곧 앙드레였다. 그녀는 며칠 안에 발베크에 다시 올 테니까, 어차피 곧장 나를 만나러 오겠지, 그때 내키지 않으면 그녀와 결혼하지 않고서 그대로 자유의 몸으로 있으려면, 그리고 지금부터 쭉 그녀를 완전히 내 것으로 만들어 놓고서 베네치아로 갈 수 있게 되려면, 내가 취할 방법은, 그녀에게 너무 수월하게 다닐 수 있는 체하지 말아야지, 또 이번에 그녀가 와서 함께 담소할 때, 나는 그녀에게 이렇게 말하는 거지. '몇 주일 더 일찍 못 만난 게 참으로 유감인데요! 당신을 사랑했을 텐데, 지금은 마음을 정했죠. 그러나 그건 아무래도 좋고, 우리는 자주 만납시다, 나는 또 하나의 사랑으로 침울하니까요, 그러니 나를 도와 위로해 주시기를' 하고. 나는 이런 대화를 생각하면서 마음속으로 싱글벙글하였다, 이런 투로 나가면 앙드레에게 내가 정말 그녀를 사랑하지 않는다는 착각을 줄 테니까. 그러면 앙드레는 내게 물리지 않을 거고, 나는 즐겁게 부드럽게 그녀의 애정을 이용해 나갈 테니까. 그러나 그러기 위해서는 서투르게 굴지 않고자 알베르틴에게 결국 진지하게 결말을 지을 필요가 있었고, 또 내가 그녀의 아가씨 친구 쪽에 헌신할 결심을 한 이상, 그녀는, 곧 알베르틴은, 내가 그녀를 사랑하지 않는 걸 잘 알 필요가 있었다. 이를 당장 그녀에게 얘기해야만 하였다, 앙드레가 하룻밤 사이에 올는지도 모르니까. 그런데 파르빌에 가까워지자, 나는 이제 돌이킬 수 없게 결정된 것을 오늘 저녁 말할 틈이 없을 거라는, 내일로 미루는 게 좋다는 느낌이 들었다. 따라서 나는 베르뒤랭네의 집에서 하고 온 만찬에 대해 그녀와 같이 이야기하는 것으로 그쳤다. 그녀는 외투를 입으면서, 기차가 파르빌의 바로 앞 정거장인 앵카르빌을 막 출발하는 순간에, 나에게 말했다. "그럼 내일, 다시 베르뒤랭, 잊지 마세요, 당신이 데리러 오기를." 나는 어지간히 무뚝뚝하게 대답하지 않을 수 없었다. "그러지, 내가 '그만두지' 않는 한, 그런 생활이 정말 시시하게 생각되기 시작하거든. 아무튼 거기에 우리가 간다면, 라 라스플리에르에서 보내는 내 시간이 절대로 헛된 시간이 되지 않게, 뭔가 내 흥미를 크게 끌 것, 공부의 대상이 되어, 내게 기쁨을 줄 만한 것을 베르뒤랭 부인에게 청하는 걸 생각해 봐야 해, 올해 발베크에서 별로 재미 못 봤거든." — "듣기 싫은 말이네요, 하지만 탓하지 않겠어요, 당신의 신경이 들떠 있으니까. 그 기쁨이란 뭐죠?" — "베르뒤랭 부인이 그 작품을 썩 잘 알고 있는 한 음악가의 곡을 내게 연주시키는 기쁨. 나 역시 그 작품의 하나를 아는데, 그 밖에도 여러 가지 있는 모양이라, 그 악보가 출판되었는지, 그것이 첫 무렵의 작품과 다른지, 꼭 알고 싶거든." — "어떤 음악가?" — "나의 귀여운 예쁜아, 네게 뱅퇴유라는 이름을 대어 준들, 헛수고일 거야?" 온갖 가능한 궁리를 아무리 머릿속에 굴려 본들 진실은 결코 머릿속에 들어오지 않다가, 뜻하지 않을 때 밖에서, 우리 몸에 무시무시한 침을 놓아 영구히 우리 몸에 상처를 입힌다. "당신이 얼마나 나를 웃기는지 몰라요" 하고 알베르틴은 일어나면서 대답했다, 기차가 멈추어 가고 있어서. "헛수고이기는커녕, 베르뒤랭 부인 없이, 나는 당신이 원하는 참고를 모조리 가르쳐 줄 수 있을걸. 나를 어머니같이, 언니같이 돌봐 준, 나보다 나이가 위인 여자 친구에 대해 얘기한 적이 있는데, 생각나세요, 그 여자 친구하고는 트리에스테(옮긴이: Trieste, 이탈리아의 유고슬라비아의 국경지대에 있는 항구)에서 나의 가장 좋은 해를 보냈다나요, 하기야, 몇 주일 안에 나 셰르부르에서 그 친구를 만나기로 되어 있고요, 거기에서 우리는 함께 여행 떠나요(좀 괴상야릇하죠, 하지만 내가 바다를 좋아하는 걸 아시죠), 좋아요! 이 친구예요(어머, 당신이 상상할지도 모르는 그런 종류의 여인이 전혀 아니라니까!), 보세요 참으로 야릇하죠, 그게 바로 그 뱅퇴유의 딸과 가장 사이좋은 친구라나요, 그러니 나 뱅퇴유의 딸도 거의 똑같이 잘 안다나. 나 그녀들을 언제나 내 두 언니라고밖에 부르지 않는다나. 당신은 나한테 음악에 대해 아무것도 모른다고 말했지만, 하기야 옳은 말씀, 당신의 귀여운 알베르틴도 그 정도의 음악에 대해 당신의 도움이 될 수 있다는 걸 유감없이 보여 드리겠어요." 우리가 파르빌의 정거장에 들어가고 있을 때에, 콩브레와 몽주뱅에서 이토록 멀리, 뱅퇴유가 죽은 지 이토록 오랜 후에 발음된 이러한 말에, 하나의 심상이 내 마음속에 활동하기 시작하였다, 참으로 오랜 세월 동안 마음속에 따로 품어 왔고, 지난날 그것을 저장하면서, 설령 그것이 해로운 힘을 가졌음을 내가 알아챌 수 있었더라도, 세월이 흘러가면 결국 그런 힘을 아주 잃을 거라고 믿었을 심상, 그것이 내 마음속에 생생하게 보존되어 왔다 ─마치 신들의 힘으로 죽음을 모면해 가지고 정한 날에 아가멤논의 살해자를 벌하고자 고국에 돌아온 오레스테스같이─ 나를 괴롭히기 위해서, 아, 그렇지, 누가 알랴? 할머니를 죽게 내버려 둔 나를 벌하고자, 아마도 그 심상은 영구히 거기에 파묻힌 듯하던 어둠의 바닥에서 별안간 솟아올라 복수자처럼 덤벼들었다, 인과응보인 가공할 새 생활을 내게 시작하게 하려고, 어쩌면 또한 악행이 한없이 낳은 불길한 결과를 내 눈에 뚜렷이 보여 주기 위해, 그뿐만 아니라 그 결과는 악행을 범한 사람들에 대해서뿐 아니라, 오호라! 그 몽주뱅의 아득한 옛날의 어느 날 오후, 덤불 뒤에 숨어서(스완의 사랑 이야기를 재미나게 들었을 때와 마찬가지로), 안다는 그 불길하고도 고난이 따르게 마련인 길을 위험스럽게도 나의 앞길에 넓혔던 나처럼, 기묘하고도 재미있는 광경을 구경했을 뿐인 인간, 구경했을 뿐이라고 생각했던 인간에 대해서도였다. 또 이와 동시에, 내 가장 큰 괴로움 속에서 나는 거의 자랑스러운, 거의 즐거운 느낌을 얻었는데, 그것은 받은 충격에 껑충 뛰어올라, 어떠한 노력을 해 본들 기어오르지 못할 점에 어쩌다 이른 사람의 느낌이었다. 사피즘(옮긴이: saphisme, 그리스의 여류 시인 사포[Sapho]와 그녀의 아름다운 제자들이 즐겼다는 고사에서 비롯한 낱말. 여자끼리의 동성애)의 전문 실행자인 뱅퇴유 아가씨와 그 여자 친구의 벗인 알베르틴, 그것은, 내가 여지껏 가장 큰 의심 속에 상상했던 것과 비교하면, 1889년의 만국 박람회에 나온, 한 가옥에서 또 하나의 가옥에 겨우 통화될 거라고 기대한 작은 통화관과, 오늘날 여러 나라를 연결하면서, 거리에, 도시에, 전원에, 바다에 통하는 전화 사이의 천양지차가 있었다. 그것은 이제 막 내가 상륙한 섬쩍지근한 미지의 땅(terra incognita)이자, 짐작하지 못한 번민의 새 국면의 전개였다. 그리고 우리를 휩쓰는 이 현실의 대홍수는, 우리의 소심하고도 자질구레한 추측과 비교하면 엄청난 것이긴 해도, 추측을 통해 예감되었던 것이다. 그것은 틀림없이 내가 이제 막 들은 것, 알베르틴과 뱅퇴유 아가씨의 절친한 사이 같은 것, 내 머리만으론 생각해 낼 수 없었을 것이지만, 전에 앙드레 곁에 있는 알베르틴을 보면서 내가 어쩐지 걱정되었을 때 어렴풋이 두려워하던 그 무엇이었다. 우리가 번민 속에 충분히 파고들지 않는 것은 흔히 창조적 정신의 결여 때문이다. 가장 가혹한 현실은,

번민과 동시에 어떤 아름다움을 발견하는 기쁨을 준다는 그 까닭은, 그런 현실은 우리가 의심치 않고서 오래 전부터 그대로 되새겨 온 사물에 새 뚜렷한 꼴을 주는 데 지나지 않기 때문이다. 기차는 파르빌에 정차하고 있었고, 또 그 안에 있는 여객이라곤 우리 둘뿐이라서, 역원이 "파르빌!"이라고 외친 것은, 그런 수고가 쓸데없다는 느낌을 통해, 그렇지만 그런 수고를 마치게 하는 습관, 꼼꼼함과 게으름을 동시에 불어넣는 습관을 통해, 더더구나 졸음 때문에 맥빠진 목소리였다. 내 면전에 있던 알베르틴은 목적지에 닿은 걸 알고서, 우리가 있던 찻간 안에서 몇 걸음 걸어나가 승강구 문을 열었다. 그러나 내리기 위해 그녀가 한 이 동작은 내 심장을 참을 수 없을 만큼 갈기갈기 찢었다, 마치 내 몸에서 두 걸음 되는 곳에 알베르틴의 몸이 차지하고 있는 듯한 독립된 자리와는 반대로, 이 공간적인 격리가, 엄밀한 제도사라면 우리 사이에 그것을 그려 넣어야 했을 테지만 실은 외관에 지나지 않기라도 하듯, 또 마치, 참된 현실에 따라서 사물을 바르게 다시 그리고자 원하는 사람으로서는, 지금 알베르틴을 내게서 좀 멀어진 데 놓을 게 아니라, 내 몸 가운데 놓지 않으면 안 되기라도 하듯. 내게서 멀어지는 알베르틴이 내 마음을 어찌나 아프게 했는지, 나는 그녀를 따라잡아, 필사적으로 그 팔을 잡아당겼다. "절대로 불가능할까" 하고 나는 청했다, "오늘 저녁 발베크에 와서 자는 건?" ― "사실상 안 돼요. 난 졸려서 쓰러질 것 같아요." ― "내게 도움이 되는데 한없이……." ― "그럼 좋아요, 이해가 안 가지만, 어째서 더 일찍 말하지 않았죠? 아무튼 난 남겠어." 알베르틴에게 다른 층의 방 하나를 정해 준 다음, 내가 내 방에 돌아왔을 때 어머니는 자고 있었다. 나는 창가에 앉아, 얇은 칸막이로 내게서 떨어져 있을 뿐인 어머니의 귀에 안 들리도록 흐느낌을 삼켰다. 나는 덧문을 닫을 생각조차 못해 눈을 쳐들자, 내 면전의 하늘에, 엘스티르가 석양을 보고 그렸던, 리브벨의 레스토랑에 있는 습작의 화면과 똑같은 어렴풋한 붉은 빛이 보였다. 나는 발베크에 도착한 첫날, 기차에서 이와 똑같은 것, 밤에 앞선 저녁의 심상이 아니었고, 실은 새 하루에 앞선 놀의 심상을 언뜻 보았을 적에 느꼈던 감동을 상기했다. 그러나 어떠한 새벽놀도 이제 내게는 새롭지 않으려니와, 내 마음속에 미지의 행복에 대한 소망을 불러일으키지 않으려니와, 오로지 그것들을 견디어 낼 기운이 이 몸에 남지 않을 때까지 내 번민을 끌 테지. 코타르가 앵카르빌의 카지노에서 내게 말했던 진상이 내겐 이제 털끝만한 의심도 남기지 않았다. 내가 알베르틴에 대해 오래 전부터 두려워했고, 막연히 의심해 온 것, 내 본능이 그녀의 전체에서 맡아 낸 것, 내 희망으로 조종된 추리력이 내게 점점 부인시키려 했던 것, 그것은 역시 사실이었다. 알베르틴의 배후에서 내가 보는 건 이제는 바다의 푸른 파도의 봉우리가 아니었고, 몽주뱅의 방이었다. 그 방에서 그녀는 뱅퇴유 아가씨의 팔에 안겨, 그것을 생소한 향락처럼 들리게 하는 그 웃음을 웃고 있었다. 그도 그럴 것이 그런 기호를 가진 뱅퇴유 아가씨가 알베르틴같이 예쁜이한테 어찌 그 기호를 만족시켜 달라고 조르지 않았으랴? 또 알베르틴이 그것을 싫어하지 않고 동의했던 증거는, 둘의 사이가 나쁘지 않고 오히려 둘의 친밀함이 그치지 않고 커 가는 이 점이다. 알베르틴이 로즈몽드의 어깨에 턱을 기대며, 생글생글 웃으며 로즈몽드의 얼굴을 빤히 쳐다보면서 그 목에 입맞춘 그 우아한 동작, 뱅퇴유 아가씨를 내게 상기시켰던 그 동작, 그리고 그것을 해석하려고, 한 몸짓으로 나타낸 같은 교태가 반드시 같은 성벽의 결과로서 생긴다는 걸 시인하기에 주저했던 동작, 누가 알랴, 알베르틴이 그 짓을 뱅퇴유 아가씨한테서 직접 터득하지 않았는지? 흐릿한 하늘이 점점 환해졌다.

여지껏 지극히 수수한 것, 우유 커피잔, 빗소리, 바람의 우렁찬 소리에 미소받지 않고선 눈뜬 적이 없었던 나, 그 나는 곧 밝아 올 하루, 그리고 그 다음에 올 나날이 이제는 미지의 행복을 가져다 주지 않으려니와, 내 고뇌의 연장을 가져오리라는 걸 느꼈다. 나는 아직 삶에 애착을 가졌는데, 거기서 기대할 것이 이젠 참혹한 것밖에 아무것도 없다는 걸 알고 있었다. 나는 승강기 쪽으로 달려가, 너무 이른 시간인데도, 야간 근무자의 소임을 하는 엘리베이터 보이를 벨을 울려서 불러, 알베르틴의 방에 가 달라고 부탁하고, 그녀가 방에서 나를 만나 준다면 전할 중대사가 있다고 알리라고 말했다. "아가씨 쪽에서 오시겠답니다" 하고 그는 대답하러 왔다. "곧 이곳으로 오십니다." 과연 오래지 않아 알베르틴이 실내복 차림으로 들어왔다. "알베르틴" 하고 나는 극히 낮은 목소리로 그녀에게 말하면서, 어머니하고는 이 칸막이(지금은 이 얄팍한 칸막이가 어쩔 수 없이 낮은 목소리로 속삭이게 해서 귀찮았으나, 지난날 할머니의 의사를 썩 잘 알아챌 수 있었을 때는, 이 칸막이는 일종의 투명한 음악 같았다)로밖에 떨어져 있지 않으니 어머니를 깨우지 않도록 목소리를 높이지 말라고 부탁했다, "이런 시각에 깨워 미안해. 다름이 아니고, 그대가 이해해 주도록, 그대가 모르는 일을 한 가지 얘기해야겠어. 내가 여기 왔을 때, 내가 결혼할 예정이던 여인, 나를 위해 모든 걸 버릴 결심을 한 여인과 헤어졌어. 그 여인은 오늘 아침 여행을 떠나기로 되어 있었지. 그래서 나는 1주일 전부터 날마다 생각해 봤지, 내가 돌아간다는 전보를 그 여인에게 치지 않을 만한 용기가 내게 있을까 하고 말야. 나는 그만한 용기가 있긴 있었지만, 어찌나 가슴아팠는지 죽어 버릴까 생각했어. 그 때문에 어제 저녁 그대에게 발베크에 묵으러 와 주지 않겠느냐고 부탁한 거야. 죽는 마당에 그대에게 영별(永別)을 말하고 싶어서" 하고 나서 나는 눈물을 펑펑 흘리며 나의 거짓을 꾸밈없는 것으로 만들었다. "어머 가엾어라, 그런 줄 알았다면 밤을 당신 곁에서 지냈을걸" 하고 알베르틴이 외쳤다. 이렇게 외치는 그녀의 머리에, 내가 어쩌면 그 여인과 결혼할지도 모르고 그렇게 되면 그녀쪽은 '훌륭한 시집'을 갈 기회를 놓친다는 생각이 떠오르기조차 하지 않았을 만큼 그녀는, 내가 그 원인을 감출 수는 있었지만, 그 실정의 생생한 느낌을 숨길 수 없었던 슬픔에 진심으로 감동했던 것이다. "그러고 보니" 하고 그녀가 말했다, "어제 라 라 라스플리에르에서 돌아오는 도중에 계속해서 당신이 안절부절못하며 슬퍼하는 것을 썩 잘 알아채, 나는 무슨 일인가 걱정했다나." 사실은, 내 슬픔이 시작되었던 것은 파르빌부터에 지나지 않았고, 신경질은 매우 달라, 다행히 알베르틴이 그것을 내 슬픔과 혼동하고 있지만, 내 안절부절못함은 아직도 앞으로 며칠을 그녀와 같이 살아야 한다는 권태에서 나온 것이었다. 그녀는 덧붙였다, "나 이제는 당신 곁을 안 떠날래, 이대로 쭉 여기 있을래." 그녀는 바로 — 그리고 그녀만이 내게 제공할 수 있는 — 이 몸에 아픔을 일으키는 독소에 대항하는 유일한 약을 내게 주었다. 하기야 이 약은 독소와 동위 원소, 하나는 달고 또 하나는 쓰나 둘 다 똑같이 알베르틴에게서 유래한 것이었다. 이때에 알베르틴 — 나의 아픔 — 은 내게 괴로움을 일으키기를 그치며, 나를 — 그녀, 약인 알베르틴은 — 회복기 환자처럼 눈시울이 뜨거워지게 하였다. 그러나 나는 그녀가 오래지 않아 발베크를 떠나 셰르부르에, 셰르부르에서 트리에스테에 가려는 것을 생각했다. 그녀의 이전 버릇이 다시 생겨나고 있는 것이다. 무엇보다 먼저 내가 바라는 바는, 알베르틴이 배를 타지 못하게 하고, 그녀를 파리에 데리고 가도록 애쓰는 것이었다. 물론 파리에서라면, 발베크에서보다 더 쉽게, 그녀가 그러기를 원한다면 트리에스테에 갈 수 있긴 하지만, 파리에 있으면 지켜볼 수 있을 거다. 그렇지, 게르망트 부인에게 부탁해서, 뱅퇴유 아가씨의 여자 친구에게 간접으로 작용해 그녀가 트리에스테에 체류하지 않도록, 다른 곳에서 직장을 갖도록 할 수 있을지 모른다, 그렇지, 내가 빌파리지 부인 댁에서, 아니 게르망트 부인 댁에서도 만난 적이 있는 그 아무개 대공 댁에 근무시킬 수 있을지 모른다. 이 대공이라면, 혹시 알베르틴이 이분 댁에 가서 그 여자 친구를 만나려 해도, 게르망트 부인의 예고로, 두 여인을 못 만나게 할지도 모른다. 물론 이렇게도 말할 수 있을 것이다, 곧 파리에서, 알베르틴에게 그런 기호가 있는 이상, 그녀와 더불어 그것을 실컷 만족시켜 주는 상대를 얼마든지 찾아낼 거라고. 그러나 질투의 움직임 하나하나가 특수하고, 하나하나가 그 감정을 불러일으킨 인간 — 이번 경우에는 뱅퇴유 아가씨의 여자 친구 — 에 의해 특징을 갖는다. 내 크나큰 걱정거리로 남아 있는 것이 뱅퇴유 아가씨의 여자 친구였다. 수수께끼 같은 정열과 결부시켜, 나는 전에 오스트리아에 대해서 생각했다, 왜냐하면 알베르틴이 그 나라에서 왔고(그녀의 숙부가 그곳 대사관 참사관이었다), 그 나라의 지리상 특징, 거기에 사는 인종, 그 사적, 풍경 같은 것을, 나는 지도나 사진첩에서 보듯이 알베르틴의 미소나 거동에서 주시할 수 있었기 때문인데, 그런 수수께끼 같은 정열을, 나는 지금도 여전히 그러나 표징의 전환을 통하여, 소름끼치는 영역에서 느꼈다. 그렇다, 알베르틴이 나온 데가 거기였다. 거기서는 어느 집에서나, 뱅퇴유 아가씨의 여자 친구건, 다른 여인이건 찾아낼 수 있는 것이다. 어린 시절의 버릇이 되살아나고 있는 것이다. 그녀들을 섣달 안으로 노엘을 위해, 그 다음 정월 초하루를 위해 모이겠지. 이 두 명절을 생각만 해도 나는 이미 슬펐다, 지난날 정월 방학 중 질베르트와 헤어졌을 때 느꼈던 슬픔의 기억이 무의식중에서. 긴 저녁 식사 후, 섣달 그믐날 밤의 밤참 후, 다들 명랑하게 생기 날 때, 알베르틴은 그곳 여자 친구들과, 그녀가 앙드레를 상대로 취하는 걸 내 눈으로 본 것과 똑같은 자세를 취하겠지, 그때는 앙드레에 대한 알베르틴의 우정이야 순진한 것이었지만, 누가 안다지, 이번 자세가 어쩌면 내 눈앞에 크게 비쳤던, 몽주뱅에서 그 여자 친구한테 뒤쫓긴 뱅퇴유 아가씨의 그 자세와 같은 짓이 아닐지? 뱅퇴유 아가씨에게 덮쳐들기에 앞서 그 여자 친구가 그 몸을 간질이는 동안 짓던 뱅퇴유 아가씨의 얼굴에, 지금 나는 알베르틴의 활활 타는 얼굴을 대치하고 보니, 그런 알베르틴이 도망치면서, 그러다가 몸을 내맡기면서, 괴상하고도 속 깊은 웃음을 지르는 것을 나는 들었다. 지금 느끼는 이 괴로움에 비하면, 동시에르에서 생 루가 나와 동반한 알베르틴을 만나, 그녀가 그에게 아양부리는 짓을 했던 날 내가 겪었던 질투 따위야 뭐가 대수로운가? 마찬가지로, 내가 스테르마리아 아가씨의 편지를 기다리던 날, 파리에서 그녀가 내게 주었던 첫 입맞춤의 초보를 어느 미지의 사내가 가르쳐 주었을까 곰곰이 생각하면서 겪었던 질투 따위야 뭐가 대수로운가? 생 루를 통해, 어느 젊은이를 통해 유발된 이런 질투는 아무것도 아니었다. 그 경우는, 기껏해야 연적(rival)을 두려워하는 정도고, 연적에게 이기자고 싸워 보기만 하면 그만일 것이다. 그런데 이번 경우 연적이 나와 비슷한 인간이 아니었고, 상대 무기도 달랐고, 나는 동일한 땅에서 싸울 수 없었고, 알베르틴에게 동일한 기쁨을 줄 수도, 그녀의 기쁨을 정확히 이해할 수도 없었다. 살아가는 데 우리는 어쩌다가 그 자체 하찮은 힘과 모든 장래를 맞바꾸려 드는 적이 가끔 있다. 나는 이전에 블라탱 부인과 친지가 되고자 삶의 모든 이익을 포기하려 했는데, 그녀가 스완 부인의 친구였기 때문이다. 오늘, 알베르틴이 트리에스테에 안 가기 위해서라면, 나는 온갖 괴로움을 참아 냈을 테고, 그래도 부족하다면, 그녀에게 그 괴로움을 지워, 그녀를 외따로 있게, 가두고, 그녀가 가진 몇 푼 안 되는 금전을 모두 빼앗아 무일푼이 사실상 여행을 불가능하게 만들도록 했을 것이다. 이전에 내가 발베크에 가 보고 싶었을 때, 출발을 서두르게 한 것은 페르시아풍 성당에 대한 소망, 새벽녘의 폭풍우에 대한 소망이었듯, 지금 알베르틴이 트리에스테에 갈지도 모른다는 생각에서, 내 심장을 갈가리 찢는 것은, 그녀가 거기서 노엘 밤을 뱅퇴유 아가씨의 여자 친구와 같이 지낼 거라는 점이었다. 왜냐하면 상상력은, 그 내용이 변하고, 그것이 감수성으로 바뀌더라도, 그 때문에 더 수많은 심상을 동시에 배치하지 못하기 때문이다. 뱅퇴유 아가씨의 여자 친구가 지금 셰르부르 또는 트리에스테에 없다, 그녀는 알베르틴을 만날 수 없다고 말해 주는 사람이 있다면, 나는 얼마나 감미로운 기쁨의 눈물을 흘렸을까! 내 삶과 삶의 장래가 얼마나 달랐을까! 그렇지만 이런 내 질투의 부위 진단(部位診斷)이 제멋대로임에도 불구하고, 알베르틴은 그러한 기호를 지니고 있는 이상 그것을 다른 여인들과 같이 실컷 만족시킬 수 있다는 걸 나는 알고 있었다. 하기야, 혹시 그러한 같은 아가씨들이 다른 데서 알베르틴과 만나기라도 한다면, 이토록 내 마음을 아프게 하지 않았을지도 모른다. 지금 이 적의에 찬, 불가해한 분위기가 발산되는 것은 트리에스테에서였고, 알베르틴이 거기서 즐길 것을 내가 느끼는 낯선 세계, 그녀 자신의 추억, 우정, 어린 시절의 사랑이 남아 있는 미지의 세계에서였고, 이분위기는 지난날 엄마가 내게 잘 자라고 말해 주기 위해 오지 않고서 낯선 손님들과 담소하는 목소리가 포크의 소리에 섞여 들려 온 콩브레의 식당에서 내 방까지 올라온 것과 같은 것, 스완으로서는, 오데트가 야회복 차림으로 불가해한 환락을 찾으러

간 그 집들을 가득 채웠던 것과 같은 것이었다. 지금 내가 트리에스테에 대해 생각하는 것은, 주민이 사색에 잠긴 듯하고, 석양이 금빛이고, 종소리가 구슬픈, 매혹적인 고장 쪽으로가 아니었고, 당장에 불태워 버려, 이 현 세계에서 없애고 싶은 저주받은 도시로서였다. 이 시가는 내 마음속에 빠지지 않는 못처럼 박혀 있었다. 오래지 않아 알베르틴을 세르부루아 트리에스테에 떠나게 내버려 두다니 생각만 해도 오싹하였다. 그렇다고 발베크에 그대로 있게 하는 것도 역시. 왜냐하면 내 아가씨 친구와 뱅퇴유 아가씨 사이의 친밀함의 폭로가 내게 거의 확실하게 된 지금, 알베르틴이 나하고 같이 있지 않는 시간에(그 숙모 때문에 내가 그녀를 만날 수 없는 온종일이 있었다), 블로크의 사촌 자매, 어쩌면 딴 여인들에게 몸을 내맡기고 있는지도 모른다는 생각이 들었기 때문이다. 오늘 저녁에라도 그녀가 블로크의 사촌 자매를 만날지도 모른다는 생각에 미칠 것 같았다. 그래서 그녀가 며칠 동안 내 곁을 떠나지 않겠다고 말하자, 나는 그녀에게 대답했다. "사실 나는 파리에 돌아가고 싶어. 나하고 같이 안 떠날래? 그리고 파리의 우리 집에 와서 얼마 동안 같이 살지 않겠어?" 어떤 대가를 치르더라도 그녀를 혼자 있지 못하게 하지 않으면 안 되었고, 적어도 며칠 동안, 그녀를 내 곁에 잡아 둬 확실히 그녀가 뱅퇴유 아가씨의 여자 친구를 못 만나게 하지 않으면 안 되었다. 실제로 나와 단둘이서 살게 될 거다, 왜냐하면 어머니는, 아버지가 할 예정인 시찰 여행의 틈을 이용해, 그 자매 중 한 분의 곁 콩브레에 며칠 가서 지내기를 바랐던 할머니의 의사에 따른다는 의무를 마치려고 콩브레에 가기로 되어 있었으니까. 엄마는 그 이모를 좋아하지 않았는데, 그분은 할머니한테 다정스럽긴 했어도 자매의 도리를 다하지 못했기 때문이다. 그러니 어른이 되어도, 어린이들은 그들에 대해 좋지 못했던 이들을 원한을 품고 상기한다. 그러나 내 할머니가 다 된 엄마는 원한을 품을 수 없었다. 엄마의 어머님이 보낸 삶은 엄마로서는 순수무구한 동심의 나날 같아, 거기서 엄마는 그 추억을 긷고, 그 추억의 다사로움이나 쓰라림이 엄마의 대인 행동을 결정하였다. 그 이모는 엄마에게 대단히 귀중한 어떤 자상한 설명을 해줄 수 있었을 텐데, 이제는 그러기도 어려울 것 같았다, 이모가 중태여서(암이라고 한다). 엄마는 아버지의 시중 때문에 더 일찍 만나 뵈러 가지 못한 것을 후회하여, 그 문병이라는 이유에서 겨우 또 하나의 이유를 찾아낸 것은 다름이 아니라 당신 어머님께서 했을 일을 자기가 한다는 것이었다, 곧 당신 어머님처럼, 내 할머니의 부친의 기일(忌日)에(이분은 매우 나쁜 아버지였다), 내 할머니가 꼬박꼬박 그 무덤 위에 바치던 꽃을 엄마가 바치러 가기로 하였다. 이와 같이 엄마는 반쯤 열려 가는 무덤의 문턱까지, 그 이모가 내 할머니에게 생전에 주려고 오지 않았던 다사로운 이야기를 가져다 주려고 하였다. 엄마가 콩브레에 있는 동안은 할머니가 늘 하고 싶어하면서도 딸의 눈을 거치기라도 하고 싶어했던 그런 일들이 많이 있어서 바빴을 것이다. 그래서 그 공사는 아직 착수되지 않았던 것이다. 그러나 엄마는 아버지보다 먼저 파리를 떠남으로써, 아버지를 침통한 애상(哀傷)에 빠뜨리지 말아야겠다고 생각하였다. 사실 아버지는 어머니와 슬픔을 나누고는 있었지만, 어머니만큼 깊은 비탄에 빠져 있지는 않았을 것이다. "어머나! 지금 그럴 수 없을 거예요" 하고 알베르틴이 대답했다. "그런데 어째서 당신은 그렇게 빨리 파리에 돌아가야 하죠, 그 여인이 떠났기 때문에?"—"그 여인이 본 적도 없는 이런 소름이 끼치는 발베크에 있느니보다, 내가 그 여인과 친해진 곳에 있는 편이 더 아늑할 테니까." 알베르틴은 나중에 바로 딴 여인이 존재하지 않고, 또 바로 지난 밤에 내가 아주 비관해 죽고

456

싶었던 게, 그녀가 경솔하게 뱅퇴유 아가씨의 여자 친구와 친하다고 누설했기 때문이라는 것을 깨달았을까? 가능하다. 그럴 법하게 생각되는 순간이 있다. 어쨌거나, 이 아침, 그녀는 그 딴 여인의 존재를 곧이들었다. "그렇다면 당신은 그 여인과 마땅히 결혼해야 해요" 하고 그녀가 말했다, "그러면 당신은 행복할 거예요, 또 그 여인도 확실히 행복할 거예요." 나는 그녀에게 다음같이 대답했다, 그 여인을 행복하게 만들 수 있다는 사념이, 실은 나를 자칫 결심시킬 뻔했었다, 최근, 장차 내 아내에게 많은 호사와 기쁨을 주고도 남을 막대한 유산이 내 손에 들어와, 나는 그 사랑하는 여인의 큰 희생을 하마터면 감수할 뻔했다, 그런데 그 여인이 내게 준 번민 직후에 알베르틴의 상냥함이 내 마음속에 불어넣은 감사의 정에 얼근히 취해, 마치 여섯 잔째의 브랜디를 따라 주는 카페 보이에게 기꺼이 한 재산을 주마고 약속하듯, 나는 그 여인에게, 장차 내 아내는 자동차와 요트를 가질 것인데, 이 점으로 봐, 알베르틴은 그토록 자동차 타기와 요트 타기를 좋아하니까, 내가 사랑하는 여인이 알베르틴이 아닌 게 무척 가엾은 일이다, 나는 그녀를 위해 완전무결한 남편이 되었을 텐데, 그러나 희망이 없지 않으니, 어쩌면 이제부터 즐겁게 서로 만날지도 모른다고 말했다고. 그렇기는 해도 술주정뱅이조차 주먹이 무서워서 통행인을 불러 세우기를 삼가니까, 질베르트 때처럼, 내가 사랑하는 것은 그녀, 알베르틴이라고 이가 빠져 말이 헛나오는 경솔한 말(그것이 경솔한 말이라면)을 하지 않았다. "그러니까 나는 자칫 그 여인과 결혼할 뻔했어. 그렇지만 감히 할 용기가 없었지, 젊은 여인을 나 같은 이처럼 병약하고 귀찮은 사람 곁에서 살게 하고 싶지 않아서."—"별말씀을 다 하시네, 다들 당신 곁에서 살기를 바랄걸, 다들 얼마나 당신의 환심을 사려고 애쓰는지 생각해 보시라구요. 베르뒤랭 부인 댁

457

에서는 당신에 대한 말뿐이지, 또 더욱 고급 사교계에서도 그렇다고 하던데. 그 여인은 그럼 당신에게 상냥하지 못했군요? 당신 자신에 대해 의심나는 느낌을 주다니. 알 만해요, 그 여인이 어떤 인간인지, 인정머리 없는 여인예요, 나 그런 여인이 싫어, 아이! 내가 그 여인의 처지였다면……." — "천만에, 아주아주 상냥한 여인이야, 지나치게 상냥할 정도로. 베르뒤랭네 사람들과 그 밖의 사람들로 말하자면, 내 안중에도 없어. 내가 사랑하는 그 여인을 제외하곤, 하기야 나는 그 여인을 단념했지만, 내겐 귀여운 알베르틴밖에 셈속에 들지 않아, 그녀밖에 없어, 나하고 그토록 많이 접촉한 여인은 — 적어도 첫 무렵에" 하고 나는, 그녀의 기를 꺾지 않도록, 또 요 며칠간 수많이 부탁할 수 있게 덧붙였다, "나를 좀 위로할 수 있는 여인은." 나는 막연히 결혼의 가능성을, 두 사람의 성격이 맞지 않을 테니까 실현될 것 같지 않다고 말하면서, 암시했을 뿐이다. 질투에 사로잡히자 하는 수 없이, 생 루와 '라셸 캉 뒤 세뇌르'의 관계나, 스완과 오데트의 관계의 기억에 항상 시달리는 나는, 내가 남을 사랑하게 되면 상대방의 사랑을 못 받게 된다, 오직 흥미만이 한 여인을 나에게 묶어 둘 수가 있다는 생각으로 기울기 일쑤였다. 오데트와 라셸의 본보기에 따라서 알베르틴을 판단함은 틀렸을지도 모른다. 그러나 판단하는 건 그녀가 아니라 나였다. 내 질투가 내게 너무나 과소 평가시킨 것은 나 스스로 품을 수 있는 감정이었다. 어쩌면 틀린 이 판단에서, 틀림없이 수많은 불행이 생겨나 그 불행이 오래지 않아 우리에게 덤벼들 것이다. "그럼, 파리로 가자는 내 초대를 거절하는 거요?" — "지금 내가 떠나는 건 숙모님이 찬성 안 하실 거야. 그리고 또 나중에 내가 가더라도, 그런 모양으로 당신 댁에 묵는 게 별나게 보이지 않을까? 파리에서 내가 당신의 사촌누이가 아닌 게 금세 들통날 테니." — "좋아! 우리 둘은 거의 약혼한 사이라고 해 두지. 아무러면 어때, 사실이 아니라는 걸 그대가 아는 바에야?" 잠옷에서 고스란히 나온 알베르틴의 목은, 힘차고, 금빛이고, 결이 거칠었다. 나는 그녀를 꼭 껴안았다, 어린 시절 내 가슴에서 결코 떼어놓을 수 없다고 믿은 어린애다운 슬픔을 가라앉히려고 어머니를 꼭 껴안았던 것처럼 순수하게. 알베르틴은 옷 갈아입으러 가려고 내 곁을 떠났다. 더구나 그녀의 헌신은 벌써 약해지고 있었다. 아까 그녀는 잠깐이라도 내 곁을 안 떠나겠다고 말했었다(그래서 그녀의 결심이 계속되지 않으리라는 것을 나는 잘 느꼈다, 우리 둘이 발베크에 그대로 있기라도 하면, 그녀가 오늘 저녁에라도 나 몰래 블로크의 사촌 자매를 만나지 않을까 두려워서). 그런데 벌써 그녀는 지금부터 멘빌에 갔다가 오후에 나를 보러 다시 돌아오겠다고 나에게 말했다. 어제 저녁 안 돌아가, 편지가 와 있을지 모르고, 게다가 숙모가 걱정하고 있을 테니까. 나는 대답했다, "그 때문이라면 엘리베이터 보이를 보내서 숙모님한테 그대가 여기 있다는 말을 전하고 그대 편지를 찾아오게 할 수도 있어." 그러자 상냥하게 굴고 싶지만, 굴복된 데 약이 올라, 그녀는 이마에 주름살을 짓다가 즉시 매우 상냥하게 "그렇군" 하고 말하고 나서, 엘리베이터 보이를 심부름 보냈다. 알베르틴이 내 곁을 떠난 지 일각도 지나지 않았는데 엘리베이터 보이가 와서 가볍게 문을 두드렸다. 내가 알베르틴과 담소하는 동안, 엘리베이터 보이가 멘빌에 갔다 올 틈이 있었다고는 생각되지 않았다. 그는 알베르틴이 그 숙모에게 편지를 쓴 것, 내가 바란다면 그녀는 오늘이라도 파리에 갈 수 있다는 것을 내게 알리러 왔다. 하기야 그녀가 구두로 엘리베이터 보이에게 그것을 전하게 한 건 잘못이었으니, 이런 아침인데도 불구하고 벌써 지배인의 귀에 그 말이 들어가, 미치다시피 된 그가 내게 와서 마음에 들지 않는 일

459

이라도 있는지, 정말 떠나는지, 적이나 며칠 기다릴 수 없는지, 오늘은 아무래도 바람이 걱정하는('걱정되는'이라는 뜻) 날씨라서 하고 물었기 때문이다. 나는 지배인한테, 꼭 알베르틴을 블로크의 사촌 자매가 산책하는 시간 안에 발베크에 없도록 하고 싶고, 특히, 그녀를 보호할 수 있는 유일한 친구인 앙드레가 발베크에 없기 때문이라는 것과, 발베크란 거기서 숨을 못 쉬게 된 병자가 설령 도중에 죽는 한이 있더라도 또 한 밤을 지낼 마음이 나지 않는 그런 곳이라고 일일이 설명하고 싶지 않았다. 하기야 나는 먼저, 마리 지네스트와 셀레스트 알바레가 붉어진 눈을 하고 있는 호텔 안에서 똑같은 청원에 맞서 싸워야 할 것이다(그뿐만 아니라 마리는 막았던 급류를 터놓은 듯한 흐느낌을 냅다 터뜨리고, 셀레스트는 좀더 성질이 느른하니까 마리에게 진정하기를 타이르다가, 마리가 아는 단 하나인, 이승에선 온 라일락꽃이 죽도다의 가사를 흥얼거리자, 셀레스트는 더 참지 못해 눈물의 홍수가 그 라일락꽃 빛깔의 얼굴에 살포되었다. 하기야 그녀들은 그날 저녁이 되자 나를 잊었다고, 나는 생각한다). 다음에 지방 철도의 작은 열차 안에서 남의 눈에 안 띄게 아무리 조심해도 소용없이, 나는 캉브르메르 씨와 부딪쳐, 내 여행 가방을 본 그는 창백해졌다, 모레의 모임에 내가 오기를 기대했기 때문이다. 그는 내 숨가쁨이 기후의 변화에 관계 있으니, 그 때문에 10월이 좋을 거라고 나를 납득시키려 들어 나를 성가시게 했고, 또 아무튼 '출발을 1주일 연기할 수 없겠느냐'고 물었는데, 그 숙맥 같은 말씨도 그렇거니와, 내가 격노한 것은, 실은 그가 내게 제의한 것이 나를 아프게 하였기 때문이다. 또 그가 그런 말을 찻간에서 지껄이는 동안, 정거장마다, 헤림발드나 비스카르 같은 노르만족 우두머리의 귀신보다도 더 무시무시하게 내 눈에 보일까 봐 겁나던 출현은, 초대되기를 조르는 크레시였고, 더

욱 무시무시한 것은, 나를 초대하고 싶어 안달이 난 베르뒤랭 부인
이었다. 그러나 이런 것은 몇 시간 후에 일어날 일이다. 나는 아직
거기까지 이르지 않았다. 나는 아직 지배인의 필사적인 하소연에
밖에 직면하고 있지 않다. 나는 지배인을 내쫓았다, 아무리 낮은
목소리로 수군거린들 엄마를 깨우고 말까 봐 겁이 나서. 나는 혼자
방에 남았다. 처음 도착했을 때 그토록 불행하게 생각되었던 천장
이 너무나 높은 이 방, 스테르마리아 아가씨를 그토록 다정다감하
게 생각하였고, 바닷가에 멈추는 철새들같이 알베르틴과 그 아가
씨 친구들이 지나가는 걸 엿보았던 방, 내가 엘리베이터 보이를 시
켜 그녀를 데리고 오게 하였을 때 그토록 돈담무심하게 그녀를 차
지했었던 방, 할머니의 착한 마음씨에 정통했으며, 그 다음에 할머
니의 죽음을 실감했던 방, 아침 햇살이 밑에까지 비치는 이 방의
덧문을, 내 손으로 열고서 처음으로 바다의 첫 지맥(支脈)을 언뜻
보았다(이 덧문을 알베르틴이 우리 포옹을 남이 못 보게 내 손으로
닫게 하였다). 나는 내 자신의 변화를 사물의 동일성과 대조하면서
뚜렷이 의식하였다. 그렇지만 우리는 인간을 대하듯 사물에 대해
익숙해지고, 또 퍼뜩 우리가 그 사물이 내포한 다른 뜻을 상기할
때, 다음에, 사물이 그 뜻을 모조리 잃어버리고 말았을 때, 그 사물
이 틀에 박힌 오늘날의 사건과는 매우 다른 사건들, 같은 유리 끼
운 책장들에 둘러싸여, 같은 천장 밑에서 행한 행위의 여러 가지
다름, 그런 다름이 내포된 마음과 삶의 변화, 그런 것은 무대의 변
함없는 확고부동에 의해 더욱 증가하며, 장소의 단일성에 의해 더
욱 강화되는 성싶다.

　잠깐 동안 두세 번 퍼뜩 이런 생각이 머리에 떠올랐다, 이 방과
이 책장이 있는 이 세계, 그리고 그 안에서 알베르틴이 극히 미소
한 것인 이 세계는, 어쩌면 한 지적인 세계, 곧 유일한 실존인 세계

이고, 나의 슬픔은, 소설을 읽을 때에 느끼는 슬픔 같은 것이라 단지 어리석은 자만이 그런 슬픔을 엿가락 늘이듯 삶 속에 연장하는 게 아닐까, 그러니 이 실존 세계에 도달하려면, 종이의 둥근 테를 뚫듯 내 괴로움을 돌파해 그 세계에 다시 들어가려면, 또 한 소설을 다 읽은 다음에 그 가공의 여주인공의 행동에 아랑곳하지 않듯이 알베르틴이 행한 것을 더 이상 개의치 않으려면, 어쩌면 내 의지의 작은 동작만으로 족하지 않을까, 하고. 게다가 내가 가장 사랑한 여인들도 그녀들에 대한 내 사랑과 꼭 들어맞는 적이 한번도 없었다. 내 그 사랑은 순수하였다, 왜냐하면 나는 나 혼자 그녀들을 보는 데, 나 혼자만을 위해 그녀들을 붙잡아 두는 데 만사를 제쳐놓았으니까, 어느 날 저녁, 그녀들을 기다리다 못해 흐느껴 울기도 했으니까. 그러나 그녀들은 나의 그 같은 사랑의 심상이었기보다는, 오히려 그런 사랑을 깨워, 그것을 열정의 결정에 가져간다는 특성을 지니고 있었다. 그녀들을 눈으로 보고, 그녀들의 목소리를 귀로 들었을 때, 나는 그녀들의 몸 안에서 내 사랑과 비슷한 것이나 내 사랑을 설명할 수 있는 것을 하나도 발견하지 못하였다. 그렇지만 나의 유일한 기쁨은 그녀들을 보는 것, 나의 유일한 걱정은 그녀들을 기다리는 것이었다. 마치, 그녀들과 아무 관계없이도 자연에 의해 부차적으로 그녀들에게 첨가된 어떤 힘, 그 힘, 의사전기(疑似電氣)의 기운이 내게 거는 작용으로서, 내 사랑을 북돋웠다. 즉, 나의 모든 행동을 인도하며 나의 모든 괴로움을 야기했다고 할 수도 있을 것이다. 그러나 그러한 것 중에서 여인들의 아름다움, 또는 지성, 혹은 착한 마음이 단연코 빼어났었다. 우리 몸에 전류가 통하듯, 나는 내 사랑에 감전돼, 그 사랑에 살고, 그 사랑을 느꼈으나, 한번도 사랑을 보거나 사색하기에 이를 수 없었다. 여성이라는 외관을 가진 이러한 사랑에서(하기야, 흔히 사랑을 동반하지만, 사랑을 구성하기에 부족한 육체적인 쾌락에 대해서는 잠시 미뤄 두기로 하고) 우리가 어둠의 신령에 대해서처럼 말을 거는 것은 여성에게 부차적으로 따르는 그러한 안 보이는 힘을 향해서다라는 사고 방식으로 나는 기울어지기까지 한다. 우리에게 필요한 은혜를 주는 게 그러한 눈에 안 보이는 힘이고, 실제의 기쁨을 발견하지 못한 채 그런 힘과의 접촉을 찾고 또 찾는다. 여성은 밀회하는 동안 우리를 그런 여신들에게 소개하는 거지 그 이상은 거의 하지 않는다. 우리는 봉헌물(奉獻物)로서, 보석을, 여행을 약속했고, 뜨겁게 사랑한다는 뜻의 틀에 박힌 말씨를 발음했고, 또 무관심하다는 뜻을 반대하는 상투어를 발음했다. 우리는 또 한 번의 밀회의 약속을, 권태 없이 동의하는 밀회의 약속을 얻기 위해 온갖 능력을 행사했다. 그런데 우리가 그토록 애쓴 것은, 여인이 상기와 같은 숨은 힘을 못 갖추었다면, 결국 그 여인 자체를 위해선가? 일단 그 여인이 떠나 버리면, 그 여인이 어떤 옷을 입고 있었는지조차도 아리송하려니와 그 여인을 유심히 보기조차 않았던 것을 깨닫는데.

시각(視覺)이란 우리를 속이는 감각! 알베르틴의 몸같이 지극히 사랑받는 인간의 몸마저, 몇 미터, 아니 몇 센티미터에 떨어져 있어도, 우리에게서 먼 느낌이 든다. 거기에 깃들인 영혼도 마찬가지다. 다만, 무엇인가가 사나운 힘으로써 우리 정신의 위치를 바꾸는 것이다. 그리하여 우리는 정신이 우리가 아니라 다른 존재를 사랑하고 있음을 알게 된다. 그런 때, 해체된 심장의 고동에 의해 극진히 사랑하는 이가 있던 데가 우리에게서 몇 걸음 되는 곳이 아니라 우리의 몸 안이라는 것을 느낀다. 우리의 몸 안, 다소 표면의 국부(局部) 속에서이다. 그러나 '그 여자 친구, 그것은 뱅퇴유 아가씨'라는 말은 '열려라, 참깨'였기에, 나 자신 그것을 찾아내기가 불가능했을 것이며 '열려라, 참깨'가 알베르틴을 산산조각 난 내 심장 깊숙이 들여보내고 말았다. 문은 그녀를 들여보내고 나서 다시 닫혀, 설령 내가 100년 동안 찾아본들 문을 다시 여는 방법을 알아내지 못하리.

이런 말을, 나는 아까 알베르틴이 내 곁에 있는 동안만은 잠시 듣지 않고 있었다. 심한 불안을 달래기 위해, 콩브레에서 어머니를 껴안았듯이 알베르틴을 껴안으면서, 나는 알베르틴의 순결을 거의 믿었다, 아니 적어도 내가 발견한 그녀의 악습에 대해 연달아 생각해 보지 않았다. 그러나 혼자된 지금, 말상대가 입 다물자마자 들리는 귓속울림처럼 그런 말이 다시 윙윙 울리기 시작하였다. 이제 나로서는 그녀의 악습은 의심할 여지도 없었다. 점점 솟아오르는 햇빛은 내 주위의 사물의 모양을 바꾸면서, 잠시 그녀를 위한 내 위치를 옮겨 놓는 듯, 다시금 나의 괴로움을 더 가혹하게 의식하게 했다. 이토록 아름답고, 이토록 애처롭게 시작되는 아침은 일찍이 본 적이 없었다. 햇빛에 밝게 빛나기 시작하지만, 아무런 흥미도 끌지 않는 풍경, 어제까지만 해도 찾아가 보고 싶은 욕망으로 나를 가득 채웠던 모든 풍경을 생각하면서, 나는 오열을 참을 수 없었다, 기계적으로 치러진 미사 봉헌, 아침마다, 내 생애의 끝까지, 모든 환희를 죽이면서 바쳐야 하는 피비린내나는 희생을 상징하는 것만 같았던 미사 봉헌식 진행 중에, 나날의 내 슬픔과 내 상처의 피로서 새벽마다 새로이 장엄한 축복을 받는 것만 같은, 태양의 황금 알이, 응결할 때의 농도 변화가 일으키는 균형의 파괴로 떠밀려서, 그림에서 보는 가시 모양의 불길에 싸여 막을 탁 찢고 나왔는데, 그 직전에, 그 막 뒤에서 등장과 내디딜 순간을 떨면서 기다리고 있다는 것을 느낄 수 있었건만, 이제 그 신비스러운 응고된 붉은 막을 그 빛의 파도 밑에 지워 버리고 말았다. 나는 나 자신의 울음소리를 들었다. 그러나 이 순간 뜻하지 않게 문이 열리더니, 가슴을 두근대는 내 앞에 할머니가 서 있는 것 같았다, 이미 겪은 바 있는 그 출현의 하나처럼, 그러나 그것은 오로지 잠 속에서만. 그럼 이번에도 모두 꿈에 지나지 않았나? 아뿔싸! 나는 말똥말똥 깨어나 있었다. "내 모습을 돌아가신 네 할머니와 비슷하다고 생각했나 보구나" 하고 엄마가 말했다 — 엄마였으니까 — 내 질겁을 진정시키려는 듯 부드럽게, 그리고 또 결코 아양떨기를 몰랐던 수수한 긍지의 아름다운 미소로 이 비슷함을 자백하면서. 조금도 감추지 않은 희끗희끗한 타래가 근심스러운 눈과 부쩍 늙은 두 볼의 둘레에 꾸불꾸불 흩어진 머리털, 할머니의 것을 그대로 입은 실내복 같은 것이 잠시 어머니를 알아보지 못하게 해, 내가 잠들어 있는 건지 아니면 할머니가 되살아난 건지 당황케 했던 것이다. 오래전부터 이미 어머니는, 내가 어렸을 때 눈에 익은 젊고도 잘 웃는 엄마이기보다 오히려 내 할머니를 닮아 있었다. 그러나 나는 그 점을 너무나 생각해 보지 않았다. 예를 들어, 오래 계속해서 독서할 때, 멍하니 시간이 흐르는 줄 깨닫지 못하다가, 단번에 주위에, 어제와 똑같은 시각의 태양이, 저녁놀을 준비하는 똑같은 조화, 똑같은 조응(照應)을 둘레에 깨우는 걸 보듯. 어머니가 나의 착각을 나 자신에 알린 것은 미소지으면서였다, 그도 그럴 것이 그 모친과 그토록 닮은 게 어머니에게는 기쁜 일이라서, "내가 왔다" 하고 어머니는 말했다, "잠결에 누가 우는 소리가 들리는 것 같아서, 그 소리에 깨어났다. 그런데 왜 그러니, 누워 있지 않고? 눈에 눈물이 글썽하구나. 무슨 일이냐?" 나는 팔 안에 어머니의 머리를 껴안았다. "엄마, 큰일났어, 내 마음이 잘도 변하는구나 하고 엄마가 생각할까 봐 겁이 나. 우선 어제 엄마한테 알베르틴에 대해 너무나 좋지 않게 말했는데, 엄마한테 말한 것은 실은 옳지 않았어." —

465

"그래서 어쩌겠다는 거냐?" 하고 어머니는 말하고 나서, 해돋이를 언뜻 보고, 그 어머니를 생각하면서 쓸쓸히 미소 짓고, 그러고 나서, 내가 언제나 정관하지 않는 걸 할머니가 애석하게 여기던 경치의 열매를 내가 안 놓치게, 내게 창을 가리켰다. 그러나 발베크의 바닷가, 방, 엄마가 가리키는 해돋이 뒤에, 나는 엄마의 눈에도 띌 정도의 절망감과 더불어, 몽주뱅의 방, 거기서 장밋빛, 큰 암고양이처럼 몸을 움츠린, 고집센 코를 한 알베르틴이, 어느 사이에 뱅퇴유 아가씨의 여자 친구 자리를 차지해, 음탕스러운 웃음을 터뜨리며, "흥! 본들 대수야, 더 좋지. 내가 감히 이 늙은 원숭이한테 침 못 뱉을 줄 알아?" 하고 말하는 몽주뱅의 방을 보았다. 창 너머로 펼쳐져 있는 경치 뒤에 내가 구경하는 것은 그런 정경이고, 앞 경치는 뒤 정경 위에 한 반사처럼 겹쳐진 우중충한 너울에 지나지 않았다. 과연 앞 경치 자체는 거의 비현실 같았고, 한 폭의 그림 같았다. 맞은편에 보이는, 파르빌 절벽의 돌출부에 있는, 우리가 전에 고리찾기놀이를 하고 놀았던 작은 숲은, 바다까지 경사를 이루고, 아직은 바닷물로 금빛 니스가 칠해져 가면서, 내가 알베르틴과 함께 그곳으로 낮잠을 자러 갔다가, 해가 지는 광경을 보면서 일어나던 그 시각처럼, 그 잎이 우거진 액자를 기울이고 있었다. 새벽의 자개 조각을 빈틈없이 깔아 놓은 수면에 장밋빛과 푸른빛의 형겊 조각처럼 아직 떠돌고 있는 찢긴 밤안개 속을, 몇 척의 배가 비스듬한 빛에 미소지으면서 지나갔는데, 그 비스듬한 햇빛은 저녁 무렵 그 배들이 돌아오는 때처럼 그 돛과 기울어진 돛대의 끝을 노랗게 물들이고 있었다. 왠지 으스스, 춥고 적막한 허깨비 같은 광경, 순 저녁놀만을 상기시키는 광경이라고 하지만, 그 저녁놀 광경도 실제의 저녁처럼, 내가 늘 보아 온 하루 시간의 순서를 따라서 저녁에 앞서 거기에 놓인 게 아니라, 끊기고, 삽입된 것, 몽주뱅의

466

가공할 심상보다 훨씬 단단하지 않은 것이었다. 그런데 몽주뱅 쪽은 그런 앞쪽의 저녁놀 같은 경치에 지워지지도, 덮어지지도, 감춰지지도 않는 심상 — 회상과 몽상의 시적인, 그러나 공허한 심상 — 이었다. "하지만 말이다" 하고 어머니가 말했다. "너는 나에게 알베르틴의 욕을 한마디도 하지 않았어, 그녀가 좀 성가시다, 결혼할 생각을 단념해 만족스럽다고 했을 뿐이야. 그처럼 울 만한 이유가 못 돼. 생각 좀 해봐라, 네 엄마는 오늘 떠나는데, 큰 늑대를 이런 상태로 내버려 두고 가는 게 얼마나 슬프겠나. 더구나, 불쌍한 아가야, 너를 위로해 줄 틈이 없구나. 내 짐이 다 꾸려져 있지만, 출발일이란 너무 틈이 없게 마련이니까." — "그런 일이 아니라니까" 하고 나서, 장래를 계산하며, 나의 의지를 신중하게 검토하며, 뱅퇴유 아가씨의 여자 친구에 대한 알베르틴의 그토록 오랫동안의 애정이 순결일 수가 없음을 이해하며, 알베르틴이 악습의 비전을 전수받았다, 아니 그녀의 온갖 몸짓을 봐도 알 듯이 그녀도 악습의 소질, 내 염려가 여러 번 예감했고 그녀가 결코 그 짓에 탐닉하기를 그치지 않았을(어쩌면 지금도 내가 거기에 없는 틈을 타서 탐닉하고 있을) 악습의 소질을 타고났음을 깨달은 나는, 어머니에게, 내가 어머니에게 끼치는 심려가 어머니를 통해 그대로 나에게 나타나는 것이 아니라, 그것이 단지, 공연히 엄격한 태도를 취하면 도리어 나에게 슬픔과 아픔을 준다는 점을 진지하게 걱정하는 그 태도로서 나타난다는 것, 그 태도는 가령, 콩브레에서 어머니가 내 곁에서 자는 것을 단념했을 때 처음으로 보여 준 것이며, 또 이제는 그것이 나에게 코냑을 마셔도 좋다는 허락을 내렸을 때의 할머니의 태도와 아주 비슷하다는 것을 알면서, 그러한 어머니에게 나는 말했다. "나는 엄마를 걱정시키려 해. 첫째 엄마가 원하듯이 여기 남지 않고, 나 엄마와 함께 떠나겠어. 그러나 이건 아직 아무것도 아냐. 이곳은 내 몸에 해로워, 돌아가는 게 좋아. 그리고 잘 들어요, 너무 상심 마시고. 저어, 나 거짓말했어, 어제 선의로 엄마를 속였어, 밤새워 곰곰 생각해 봤지. 꼭 해야 해, 당장 그것을 정합시다, 나는 지금 찡하게 알아차리니까. 다시는 변하지 않을 테니까. 그렇지 않으면 나 살아갈 수 없을 테니까, 나는 꼭 해야 해, 알베르틴과 결혼하고 말 테야."

제 5 편

갇힌 여인

제1부

아침 일찍, 얼굴을 아직 벽 쪽으로 돌린 채, 창문의 커다란 커튼 위쪽으로 새어드는 빛살이 어떤 빛깔인지 보지 않아도, 나는 이미 날씨를 알 수 있었다. 한길에서 맨 처음 들려 오는 소리가, 습기로 부드럽게 굴절되어 들려 오는지, 아니면 차갑게 밝아진 드넓은 아침의, 높게 울리는 공허한 공간을 화살처럼 떨면서 들려 오는지에 따라서 알 수 있는 것이다. 첫 전차의 바퀴 소리가 나면, 나는 전차가 비를 맞으며 떨고 있는지, 아니면 푸른 하늘을 향하여 출발하는지 분간한다. 또는 그 소리보다도 먼저 무엇인지 더 빠르고 날카로운 방사(放射)가 있어, 그것이 나의 수면 속으로 숨어들어 와서, 거기에 눈이 올 것을 예고하는 애수를 펼쳐 놓을지도 모른다. 또는 그것이 가끔 얼굴을 내미는 난쟁이에게 태양의 갖가지 찬가를 읊조리게 하면, 나중에는 그 노래가, 아직 덜 깬 채 미소 띠기 시작하는 나, 감은 눈꺼풀이 눈이 부셔질 채비를 하는 나를 위해서, 음악을 곁들인, 현기증이 날 것 같은 각성(覺醒)을 갖다 주는 듯싶다. 게다가 나는 이 무렵 외부 생활을 주로 내 방안에서 감지했다. 블로크가 밤에 나를 찾아왔을 때마다 이야기 소리가 들린다는 소문을 낸 사실을 나는 안다. 어머니가 콩브레에 있었고, 내 방에서 아무도 본 적이 없는 블로크인지라, 그는 내가 혼자말하는 걸로 결론지었다. 오랜 뒤에 가서야, 당시 알베르틴이 나와 동거한 사실을 안 블로크는, 남들 눈에 띄지 않게 알베르틴을 숨겼던 걸로 해석해, 그 무렵 내가 언제나 외출하기 싫어한 까닭을 드디어 알았노라고 말했다. 그는 잘못 생각했다. 하기야 그의 실수는 매우 있을 법한 생각이다, 현실이란 설령 필연적인 것이라고 할지라도 항상 빈틈없이 추측되는 게 아니기 때문이다. 남의 생활에 관해 어떤 정확한 세부를 알게 되면, 흔히들 거기서 금세 정확하지 않은 결론을 꺼내어, 이 새로 발견한 사실로써, 이와는 아무 관계 없는 것들까지 설명한 줄로 여긴다.

발베크에서 돌아와, 내 애인이 파리에서 나와 같은 지붕 밑에서 살게 되고, 그녀가 순양 여행(巡洋旅行)에 나서려는 의사를 단념하고 만 것, 내 방에서 스무 걸음 남짓한 복도 끝에 있는, 장식 융단을 드리운 내 아버지의 서재가 그녀의 방이 된 것, 그리고 밤마다 늦게, 내 곁을 떠나기에 앞서, 그녀가 혀를 내 입 속에 슬그머니 들이밀어, 그것이 마치 나날의 빵처럼, 자양 많은 음식(우리를 괴롭히는 육신이, 그 고통 때문에 일종의 정신적인 다사로움을 받았을 적의 거의 성스러운 품을 지니는 자양 많은 음식)처럼 되었던 것, 지금 그와 같은 것을 생각하면서 그것과 비교하여 금세 상기되는 것은, 보로디노 대위가 특별한 조치로 병사(兵舍)에 묵게 해준 밤이 아니라 ─ 이 호의도 결국 일시적인 불쾌감밖에 덜어 주지 못했다 ─ 아버지가 내 침대 곁의 작은 침대에 잠자도록 어머니를 보내준 그 밤이었다.(옮긴이: 제1편 『스완네 집 쪽으로』 참조) 이와 같이 삶이란, 피할 길 없어 보이던 고통에서, 뜻하지 않게 우리를 일단 해방시킬 필요가 생기면, 다른 상태로, 때로는 정반대의 상태로 그것을 행하기 때문에, 주어진 혜택의 동일성을 확인하기가 거의 모독처럼까지 생각되는 것이다.

아직 휘장이 닫힌 방의 어둠 속에 내가 이미 깨어나고 있는 줄, 알베르틴이 프랑수아즈의 입을 통해 알자마자, 그녀는 화장실 안에서 목욕하면서 조금도 망설이지 않고 소란을 피웠다. 그러면 흔히 지체치 않고, 나는 그 화장실에 잇달린 쾌적한 내 방의 욕실에 들어가곤 하였다. 옛날, 어느 극장 지배인이 수십만 프랑을 들여 옥좌(玉座)를 진짜 에메랄드로 반짝이게 하여, 프리마 돈나가 왕비 역을 맡아 한 일이 있었다. 그런데 러시아 발레가 우리에게, 단지 조명을 잘 조종하면 같은 정도로 으리으리하고도 변화무쌍한 보석을 마구 뿌리는 것을 알려 주었다. 이미 이 장식은 진짜보다 더욱 비물질적이지만, 그것보다 우아한 것은, 아침 8시에, 햇살이 욕실 안에 지어내는 장식으로, 이것은 우리가 정오 무렵에라야 일어나, 욕실에서 늘 보아 온 것과 달랐다. 바깥에서 들여다보이지 않도록 우리 두 욕실의 창문은 반들반들한 유리가 아니고, 구식의 인공 서리로 덮인 우툴두툴한 유리였다. 일광이 느닷없이 이 유리의 모슬린을 노랗게, 금빛으로 물들이고, 습관에 따라 오랫동안 이 몸 속에 숨어 온 옛 젊은이의 모습을 살그머니 드러내어, 마치 자연 한가운데 금빛의 잎이 무성한 나뭇가지 앞에 있기나 한 듯, 갖가지 추억으로 나를 도취케 하였다. 게다가 잎이 무성한 나뭇가지에는 한 마리의 새까지 있었다. 알베르틴의 지저귀는 노랫소리가 끊임없이 들려 왔기 때문이다.

　　상심은 어리석은 것,
　　상심에 귀기울이는 자는 더욱 어리석은 자.

　나는 알베르틴을 너무나 사랑하여서, 음악에 관한 그녀의 악취미에 즐겁게 웃어 버렸다. 하기야 이 노래는, 지난 여름 봉탕 부인을 황홀케 했던 것인데, 오래지 않아 이것이 어리석은 노래라고 말하는 것을 듣고 난 뒤로, 부인은 손님들이 있을 때는, 그 대신 다음과 같은 것을 알베르틴에게 노래시켰다.

　　이별의 노래는 심란한 샘에서 솟는다

　라는 것이 '아가가 귀에 못이 박히도록 되풀이 노래해 주는 마스네(옮긴이: Massenet, 1842~1912. 프랑스의 작곡가, 작품으로 「마농」이 유명)의 낡은 유행가'의 차례가 된 것이다.
　구름이 지나가느라고, 해가 이지러지자 잎이 우거진 수줍은 곧은 유리 칸막이가 빛을 잃어 다시 희끄무레하게 되어 가는 게 보였다. 두 화장실(알베르틴의 화장실은 나의 것과 똑같고, 욕실을 겸하였는데, 집 안의 반대쪽에 또 하나의 욕실이 있어서, 엄마는 내가 시끄러워할까 봐서 한번도 이것을 사용하지 않았다)을 격리하는 벽이 어찌나 얇은지, 우리 둘은 각자의 화장실에서 몸을 씻으면서 벽 너머로 이야기하고, 단지 물소리로밖에 중단되지 않는 수다를 계속할 수 있었다. 건물이 비좁고 방들이 인접한 호텔에 있을 법한, 그러나 파리에는 극히 드문 친밀 가운데.
　또 어떤 때는, 나는 누운 채 마음껏 오래도록 몽상에 잠겨 있기도 하였다. 내가 벨을 울리지 않고서는 절대로 내 방에 들어오지 말라는 분부를 내렸고, 침대 곁에 장치한 벨 단추가 불편한 장소여서 벨을 울리기가 몹시 오래 걸리고 찾기에 자주 지쳐 버리는 동시에 혼자 있는 데 만족해, 잠시 거의 다시 잠들어 버리는 적이 있기 때문이다. 하지만 알베르틴이 우리 집에 체류하고 있는 것에 전혀 무관심하였던 것은 아니다. 그녀를 그 여자 친구들에게서 떼어놓아, 나의 마음이 새로운 고뇌를 모면하게 된 것은 사실이다. 안온한, 거의 부동한 상태에 놓여서, 마음의 상처도 아물어 갈 듯하였다. 그러나 알베르틴이 가져다 준 이 평온도, 결국 기쁨이라고 하기보다 고뇌의 진정이었다. 이 평온이, 혹독한 고뇌 때문에 여지껏 닫혔던 수많은 기쁨을 나로 하여금 맛보게 하지 않은 것도 아니지만, 그러나 알베르틴 덕분에 그런 기쁨을 느끼기는커녕, 첫째로 나는 거의 그녀를 아름답다고도 여기지 않게 되는 동시에 함께 있고 보면 권태스러워, 내가 그녀를 사랑하지 않는다고 똑똑하게 느꼈기 때문에, 그와 반대로 알베르틴이 내 곁에 있지 않은 동안에 그 기쁨을 맛보았다. 그러므로 나는 잠에서 깨어나는 즉시 그녀를 불러오게 하지 않았던 것이다, 특히 날씨가 좋은 날에는. 먼저 언급한 바 있는 태양의 송가를 노래하는 나의 내부의 꼬마 인물 쪽이 그녀보다 더 많은 행복을 가져다 주는 것을 아는지라, 우선 얼마 동안 이 인물과 상면을 즐기는 게 예사였다. 한 개인은 허다한 인물로 형성되는데, 그 중에서 가장 표면에 나타나는 자라고 해서 반드시 가장 본질적인 자는 아니다. 이 몸에서 그 자들이 병으로 차례차례 쓰러지고 만 뒤에도, 끄떡없이 두셋이 남들보다 더 끈기 있게 살아 남을 터이고, 특히 두 개의 작품 사이나, 두 개의 감각 사이에 공통된 부분을 발견하고서야 비로소 행복을 느끼는 철학자 같은 것이 남으리라. 그러나 최후자가, 콩브레의 안경상이 그 진열창 안

473

에 놓고 있던 날씨를 알리는 인형, 해가 비치면 금세 두건을 벗고, 비가 올 듯한 날씨면 그것을 다시 쓰는 그 인형과 꼭 닮은 꼬마놈이 아닐는지, 나는 이따금 자문자답하였다. 이 꼬마놈이 얼마나 이기주의자인지 나는 잘 안다. 예를 들어, 내가 질식 발작에 걸려서 한 줄기의 소나기가 오면 발작이 가라앉을 것 같은데, 요놈은 아랑곳하지 않다가, 여삼추같이 기다린 첫 빗방울이 떨어지자 침울해지고, 속이 상한 듯 두건을 푹 내려쓴다. 반대로, 다른 모든 나의 '자아'가 사멸되고, 내가 단말마의 숨을 헉헉거리는 동안에 햇살 한 줄기가 막 비치기라도 하면 이 청우계 꼬마는 아주 생기가 나서 두건을 벗고 '야아! 드디어 화창하구나' 하고 노래하리라는 것을.

벨 단추를 눌러 프랑수아즈를 부른다. 『피가로』지를 펼친다. 이 신문사에 보냈던 기사, 이른바 기사라는 것은, 실은 지난날 페르스피에 의사의 마차 안에서 마르탱빌 종탑을 바라본 감상을 쓴 것을 최근에 다시 찾아내 약간 수정한 것에 지나지 않았는데, 실리지 않았나 훑어보고 결국 실리지 않은 것을 확인한다. 그리고 나서 엄마의 편지를 읽는다. 엄마는, 젊은 아가씨가 나와 단둘이서 사는 걸 괴상하고도 마음에 거슬리는 짓으로 여기고 있었다. 첫날, 발베크를 떠날 즈음에, 어머니는 내가 가련하게 보였고, 동시에 나 혼자 떠나보내는 것을 불안해 하던 차, 알베르틴이 우리와 함께 떠나는 것을 알고, 또 우리의 트렁크(발베크 호텔에서 나는 이 트렁크 곁에서 울며 밤을 지새웠던 것이다)와 가지런히 지선의 작은 열차에 알베르틴의 트렁크가 실리는 것을 보고 기뻐했을 것이 틀림없다. 알베르틴의 트렁크는 길쭉하고 검은 모양이 관 같아서, 그것이 우리 집에 삶을 또는 죽음을 가져다 주려고 하는 건지 나는 통 모르고 있었다. 그러나 나는 그 점을 생각해 보려고조차 하지 않고, 이 빛나는 아침, 발베크에 남게 되는 두려움도 가뭇없이, 알베르틴을 데리고 간다는 기쁨에 사로잡혔던 것이다. 어머니도 처음에는, 이 계획에 반대하지 않았던 것인데(모친이, 중상 입은 아들을 헌신적으로 간호해 주는 애인에게 감사해 하듯이, 나의 어머니는 알베르틴에게 상냥하게 말을 건네었다), 이 계획이 지나치리만큼 완전하게 실현되어, 또 더더구나 양친이 부재중인 집에서 젊은 아가씨의 체류가 길어진 이후론 반대하게 되었다. 이 반대, 그렇지만 나는 어머니가 나에게 그런 의사를 똑똑하게 표시했다고는 말할 수 없다. 전에 나의 신경질, 게으름을 감히 비난하기를 그만두었을 때처럼, 이때 어머니가 꺼린 것은 ─이때 나는 그런 줄 전혀 짐작도 못했고, 아니면 알아차리려고 하지 않았는지도 모르지만 ─ 내가 약혼하겠다고 말했던 아가씨에게 어떤 난점이 생겨, 나의 삶을 어둡게 할, 뒤에 가서 아내에 대한 나의 애정이 덜해질, 만에 하나라도 어머니가 세상 떠난 뒤, 알베르틴과 결혼하여 어머니를 슬프게 했다는 후회의 씨를 지금부터 뿌릴 위험성이 있다는 것이었다. 엄마는 나의 결심을 돌이킬 수 없을 것같이 생각해 차라리 나의 결심을 시인하는 외양을 꾸미는 쪽을 택하였다. 그런데 그 당시에 어머니를 만난 사람들은 한결같이, 생모를 잃은 슬픔에 덧붙여 끊임없는 근심에 싸인 모습이었다고 나에게 말했다. 이 정신의 긴장, 이 내심의 갈등 때문에 어머니는 관자놀이가 뜨거워져 머리를 식히려고 줄곧 창문들을 열곤 하였다. 그러나 나에게 '나쁜 영향을 줄까봐', 어머니가 나의 행복이라고 여기고 있는 것을 해칠까 봐 결정 짓지 못하였다. 어머니는 내가 알베르틴을 임시로 집에 두는 걸 금하는 결심조차 할 수 없었다. 누구보다도 이 일과 관계 깊은 봉탕 부인이, 이를 예의에 어그러진 것으로 여기지 않는 것을 보고, 어머니는 적잖이 놀랐는데, 이 봉탕 부인보다 더 준엄하게 보이기가 어머니는 싫었던 것이다. 아무튼 바로 이 무렵에 어머니는 콩브레로 떠나게 되어, 게다가 나의 왕고모가 밤낮 가리지 않고 어머니의 간호가 필요했기 때문에 몇 달 동안 콩브레에 있게 될지 몰라서(또 결국 그렇게 되었는데), 우리를 둘이만 있게 하지 않을 수 없게 된 것을 유감스럽게 여겼다. 콩브레에서는 르그랑댕의 선의, 헌신 덕분에 어머니는 만사가 수월했다. 르그랑댕이 나의 왕고모와 절친한 사이가 아니면서도 어떤 수고도 마다하지 않고, 파리에 돌아가기를 다음 주 또 다음 주로 미루었던 것은, 단지 첫째로, 왕고모가 그의 모친의 벗이었기 때문이고, 둘째로, 죽음을 선고받은 병자가 그의 간호를 좋아하여, 자기 없이는 배길 수 없다는 것을 느꼈기 때문이었다. 속물주의는 영혼을 망치는 중병이기는 하나, 국부적이어서 영혼 전체를 망치지는 못한다. 한편 나는 엄마와는 달리, 엄마의 콩브레행을 크게 기뻐하였다. 콩브레행이 없었다면, 뱅퇴유 아가씨에 대한 알베르틴의 우정(알베르틴에게 이것을 숨기라고 말할 수가 없어서)이 발각되지 않을까 두려워했을 것이다. 이것이 발각되는 날엔, 어머니의 입장에서는 결혼(하기야 결혼에 대해서는 아직 알베르틴에게 결정적인 말을 하지 말라고 어머니가 나에게 일러 왔으며, 또 나 자신도 이 결혼을 생각하기가 날로 더욱 견딜 수 없는 것이 되었지만)은 고사하고, 알베르틴이 얼마 동안 집에서 지내는 데에도 절대적인 장애가 되었을 것이다. 이처럼 중대한 이유를 엄마가 미처 몰랐기 때문에, 이를 빼놓고, 하나는 나의 할머니, 조르주 상드의 숭배자이자, 심정의 고귀성을 미덕으로 생각하는 이 할머니의 교훈적이며 해방적인 모방, 또 하나는 내가 끼친 나쁜 영향, 이 두 가지 결과로 인하여, 어머니는 전 같으면, 아니 오늘이라도 가령 파리 또는 콩브레의 벗들이라면, 그 행실을 엄하게 비난했을지 모르는 여인들에 대해서도, 내가 그 여인들의 영혼의 위대성을 어머니에게 칭찬하면, 나를 지극히 사랑해 주는 여인에게 크게 너그러웠기 때문에, 지금은 관대한 태도를 보였다.

어쨌든 예절 바름의 문제를 제외하고도, 나는 어머니가 알베르틴에게 견딜 수 없었을 것이라고 생각한다. 어머니는 콩브레나, 레오니 고모나, 모든 친척들한테서 매사에 꼼꼼한 습관을 이어받았는데, 알베르틴에게는 그런 관념조차 없었기 때문이다. 알베르틴은 문 하나 닫으려 하지 않고, 그 대신, 어떤 문이 열려 있으면 개나 고양이가 그렇듯이 서슴지 않고 들어갔을 것이다. 그녀의 좀 귀찮은 매력이란, 젊은 아가씨로서보다 이와 같이 가축으로서 집에 있다는 데 있다고 하겠는데, 방에 들어왔나 하면 나가고, 뜻하지 않은 곳에서 모습을 나타내고, 또 침대에 있는 내 곁으로 뛰어들어와 — 이는 나에게 크나큰 마음의 휴식이었다 — 거기에 자리를 정하자 꼼짝하지 않고, 인간처럼 폐를 끼치지 않았다. 그렇지만 그녀도 드디어 나의 수면 시간을 존중하게 되어, 내 방에 들어오려고 하지 않을 뿐만 아니라, 내가 벨을 울리기 전에는 기척을 내지 않게 되었다. 이런 규칙을 그녀에게 강요한 건 프랑수아즈다. 콩브레의 하녀들은 주인의 가치를 알고, 적어도 주인에게 하지 않으면 안 되는 것으로 판단한 것을 모조리 남들에게 이행시킬 줄 아는데, 프랑수아즈도 그런 기질이었다. 낯선 방문객이, 부엌일 하는 하녀와 나누어 갖도록 프랑수아즈에게 행하(行下)를 주려고 할 때, 주는 사람이 돈을 건네 줄 사이도 없이 프랑수아즈가 기민과 신중성과 기력을 평등하게 발휘하여 부엌일 하는 하녀에게 교훈을 하달하여서 부엌일 하는 하녀가 프랑수아즈한테 배운 대로, 끝까지 말하지 않는 우물쭈물한 말이 아니라, 똑똑하게 큰 목소리로 사례말을 하는 것이었다. 콩브레의 주임사제는 천재적 인물이 아닐망정, 그 역시 마땅히 해야 할 바를 알고 있었다. 사즈라 부인의 사촌 딸로 신교도가 있었는데, 이 주임 사제의 지도로 가톨릭으로 개종하여, 그

477

가족도 빈틈없는 태도로 사제와 사귀어 온 터였다. 그런데 메제글리즈의 한 귀족과 결혼 얘기가 생겼다. 신랑측의 양친이 가정 조사차 사제에게 써 보낸 편지가 꽤 건방지고, 그 내용에 아가씨가 신교도 출신인 것을 멸시하는 구절이 있었다. 콩브레의 주임사제가 이에 대해 어찌나 준엄한 답장을 보냈던지, 메제글리즈의 귀족은 평민이 고개를 숙이듯이 하여 백팔십도로 다른 두번째 편지를 보내, 그 아가씨와 백년가약을 맺게 되면 더할 나위 없는 행운이라고 간원해 왔던 것이다.

알베르틴에게 내 수면을 방해하지 않도록 한 것은 그다지 프랑수아즈의 공로가 아니었다. 그녀는 관례에 젖어 있었던 것이다. 알베르틴이 십중팔구 고지식하게 내 방에 들어가고 싶다거나, 나에게 뭘 부탁해 달라고 했을 게 틀림없는데, 이 말에 프랑수아즈가 묵묵부답, 또는 무뚝뚝한 대꾸를 해, 알베르틴은 풍습이 딴판인 낯선 세상, 위반을 엄두도 못 낼 생활 법칙에 지배되는 세상에 왔구나, 깨닫고 망연자실했다. 알베르틴은 이미 발베크에서 이 점을 예감했던 것인데, 파리에 와서는, 반항도 해 보지 않고, 아침마다 참을성 있게 내가 벨을 울리고 나서야 기척을 냈다.

프랑수아즈가 알베르틴을 훈도(薰陶)한 것은, 이 늙은 하녀 자신에게도 유익했다. 그 덕분에 프랑수아즈가 발베크에서 돌아온 뒤로 줄곧 땅이 꺼지게 내쉰 한숨이 차차 가라앉았기 때문이다. 장탄식의 원인인 즉 열차에 올라탈 즈음에, 그랑 호텔의 '여감독'에게 작별 인사를 하는 걸 까맣게 잊고 온 것을 깨달았는데, 그 '여감독'이란 각 층을 순시하고 있던 수염 난 여인으로 프랑수아즈와는 잘 모르는 사이면서도 비교적 그녀에게 친절했었다. 프랑수아즈는 기어코 되돌아가, 열차에서 내려 호텔에 다시 가서, 여감독에게 작별 인사를 하고 내일에야 떠나겠다고 우겨 대었다. 나는 분별심을 내어, 또 특히 발베크에 대한 갑작스러운 무서움 때문에 그렇게 못하게 했지만, 그 때문에 프랑수아즈는 열에 들뜬 듯한 병적인 심술에 걸리고 말아, 그것이 풍토의 변화만으로는 물러가지 않고서 파리까지 연장된 것이었다. 프랑수아즈의 '법규'에 따르면, 생 탕드레 데 샹 성당의 돋을새김에 나 있듯이, 원수의 죽음을 원하는 것도, 적을 죽이는 것마저도 법도에 어긋나지 않지만, 마땅히 해야 할 것을 하지 않거나, 답례하지 않거나, 짜장 버릇없는 여인처럼, 떠나기 전에 여감독에게 인사하지 않거나 한다는 건 흉악무도한 짓이기 때문이다. 여행하는 동안, 그 여인에게 작별 인사를 하지 않았다는 기억이 시시각각 되살아나, 프랑수아즈의 뺨은 소름이 끼칠 만큼 진홍으로 물들었다. 파리에 닿기까지 물 한 방울, 음식 한 조각 입에 대지 않았는데, 이것은 아마 우리를 징벌하려고 하기보다, 오히려 이 기억이 '위장 위에' 실물의 '무게'를 놓았기 때문일 것이다(사회의 어느 계급에도 저마다의 병리학이 있게 마련이다).

어머니가 날마다 나에게, 반드시 세비녜 부인을 인용한 편지를 써 보내 왔는데, 그 이유 중의 하나는 나의 할머니에 대한 추억이었다. 엄마는 다음과 같이 썼다. "사즈라 부인께서 비전(秘傳)인 아침 식사에 우리를 초대하셨는데, 가령 돌아가신 네 할머니 같으면, 세비녜 부인을 인용하여, 사교의 번거로움을 가져다 주지 않고서도 우리를 고독에서 구해 내는 식사라고 하셨겠지요." 나는 처음에 바보스럽게도 어머니에게 "이 인용을 보셨다면, 당신 어머님은 금세 당신인 줄 알아보셨겠지요"라고 답장을 써 보냈다. 인과응보로 3일 뒤 다음과 같은 답장을 받았다. "철없는 애야, '당신 어머님' 따위의 말버릇을 쓰려고 했다면 세비녜 부인의 이름을 빈 것은 적절하지 않아요. 세비녜 부인은 그 따님 그리냥 부인에게 했듯이, '그럼 할머니가 너한테 남이냐? 나는 한가족으로 생각해 왔는데 말이다'라고 너에게 대답했을 것이다."

그러는 동안에, 알베르틴이 제 방을 나오는지 또는 들어가는지 발소리가 나에게 들려 온다. 나는 벨을 울린다, 오래지 않아 앙드레가 운전사(모렐의 친구로, 베르뒤랭네가 빌려 준 운전사)와 함께, 알베르틴을 찾아오는 시각이기 때문이다. 나는 알베르틴에게 우리 두 사람의 결혼의 머지않은 가능성에 대하여 얘기해 왔지만, 그렇다고 명확하게 말한 적은 한번도 없었다. 그녀 자신도, 내가 "어떨는지 모르지만 가능할 거야" 하고 말하면, 겸허한 태도로, 우울한 미소와 더불어 머리를 설레설레 흔들면서 "천만에, 가능하지 않을 거예요" 하고 말하였는데, 그것은 '내가 너무 가난하다'는 뜻이었다. 그러자 장래의 계획에 관한 한 '하나도 확실치 않다'고 말하면서도, 당장은 될 수 있는 데까지 그녀를 기쁘게 해주고, 쾌적한 생활을 보내도록 노력하였는데, 아마 이 역시 그녀로 하여금 나와 결혼하고 싶어하게끔 무의식적으로 애쓴 것인지도 몰랐다. 그녀 쪽도 이런 온갖 사치를 웃어 대었다. "앙드레 어머니 같은 이가, 내가 그분처럼 부유하게 된 것을 보면 약이 오를걸요. 그분이 '말도, 마차도, 그림도' 소유한 부인이라고 불리는 신분이 됐으니 말야. 어머나, 그분이 그렇게 말하더라는 얘기를 당신에게 하지 않았나 봐? 정말, 그분 재미나요! 그림 따위를 말이나 마차와 동격으로 높이다니, 아이 깜짝이야."

나중에 알게 되지만, 바보스런 말버릇이 아직 남아 있음에도 불구하고, 알베르틴의 정신은 놀랄 만큼 성장하였다. 이는 나에게 아무래도 좋은 것이었다, 한 여인의 정신상의 탁월성 따위는 나의 관심 밖이었으니까. 단지 셀레스트의 신기한 재치만이 아마도 나를 기쁘게 했나 보다. 예를 들어, 알베르틴이 없다는 말을 듣고 이 틈을 타서, 셀레스트가 "침상에 하강(下降)하신 천상의 신이여" 하고 말하면서 나에게 다가오면 나도 모르게 잠시 웃고 말았다. "그런데 이봐요, 셀레스트, 어째서 '천상의 신'이지?" 하고 나는 묻는다. — "뭐라구요, 이 더러운 지상에 우글우글하는 인간들하고 티끌만치도 닮은 데가 있다고 생각하신다면, 그건 아주 틀린 생각입니다!" — "그런데 어째서 침상에 '하강하신' 거지, 보는 바와 같이 누워 있는데." — "누워 있는 게 결코 아니지요. 이 모양을 누가 누워 있는 걸로 보겠습니까? 하늘에서 잠깐 앉으러 오신 거죠. 지금 입으신 새하얀 잠옷, 목의 움직임, 비둘기 모습이 아니고 뭣이겠습니까."

알베르틴은 하찮은 것을 말하는 데도, 요 몇 해 전 발베크에서 보았던 어린 아가씨와는 아주 딴판인 표현을 하였다. 어떤 정치적 사건을 비난하는 데 "어마어마하다고 생각해"라는 말까지 쓸 정도였고, 또 이 무렵인지 확실치 않으나, 어떤 서적이 나쁜 글로 생각된다는 뜻을, 다음과 같이 말하는 버릇을 배웠다. "재미있군, 그러나 뭐라고 할까, '마치 돼지'가 쓴 것 같아."

내가 벨을 울리기 전에는 내 방에 들어가지 말라는 금지령(禁止令)을 그녀는 재미있어하였다. 그녀도 우리 집의 인용 버릇에 감염되고 말아, 여학교 시절에 연기한 극 중에서, 내가 그녀한테 좋아한다고 말한 작품을 사용하여, 늘 나를 아하수에로스(옮긴이: Assuérus, 구약성서 「에스더」에 나오는 페르시아의 왕) 왕에 비교했다.

부르심 없이 어전에 나타나는
괘씸한 자 모조리 죽음의 대가를 받으리.

아무도 이 엄명을 면치 못하니,

481

귀, 천, 남, 녀, 가리지 않고 죄는 모두 한가지.

이 몸 또한······
남들과 똑같이 이 법 밑에 있으니,
미리 알리지 않고 님의 앞에 나아가 말씀 올리고자 하면,
님께서 이 몸을 찾아오시든지, 아니면 나를 부르셔야 하지요
(옮긴이: 라신 작 『에스더』 제1막 3장).

육체상으로도 그녀는 변하였다. 꼬리가 긴 푸른 그 눈은—더 길어져—같은 꼴이 남아 있지 않았다. 빛깔은 같았는데, 그래도 액체상(液體狀)으로 되어 버린 듯싶었다. 그 때문에 그녀가 눈을 감자, 마치 커튼을 쳐서 바다가 보이지 않게 되는 듯한 느낌이 들었다. 밤마다 그녀와 헤어지고 나서 유달리 내가 상기하는 것은, 아마 그녀의 몸의 이런 부분일 것이다. 이와는 정반대로, 아침마다 그 머리털의 곱슬곱슬한 모양이, 마치 처음으로 보는 새로운 것인 양 오래도록, 한결같은 놀라움을 나에게 주었다. 그렇지만 젊은 아가씨의 생글생글 웃음 짓는 눈 위에 피는 검은 오랑캐의 곱슬곱슬한 관만큼 아름다운 것이 따로 있을까? 하기야 미소도 더욱 깊은 우정을 보여 준다. 하지만 꽃피는 머리털의 윤이 자르르 흐르는 작은 곱슬은 더욱더 육신과 관계 깊어, 보기에 육신을 잔물결로 변형한 것 같아 그 이상의 욕망을 자극한다.

내 방에 들어오자마자, 그녀는 침대로 뛰어올라, 때로는 나의 지성의 종류가 어떤 건지 밝혀 내려고 하다가, 격정에 사로잡혀 나와 헤어지느니 차라리 죽는 게 낫다고 진정으로 맹세한다. 그것은 매번, 그녀를 오게 하기에 앞서 내가 면도한 날이었다. 몸소 감촉하는 것의 이유를 분별 못 하는 여인들이 있는데, 알베르틴도 그러하

였다. 이런 여인들은 말쑥한 안색 때문에 기쁨을 느껴도, 그것을 장차 자기에게 행복을 바칠 것 같은 사내의 정신적인 장점으로 풀이하는데, 수염이 생겨나는 대로 내버려 둠에 따라 이 행복도 줄어들고 필연적인 것이 아니 될 수도 있다.

　나는 그녀에게 어디 갈 셈이냐고 묻는다. "앙드레가 뷔트 쇼몽 (Buttes-Chaumont) 공원(옮긴이: 파리 북동부에 있는 자연 공원)에 데리고 가려나 봐, 나 아직 가 본 적이 없으니까." 그녀의 허다한 말 중에서, 특히 이 말 속에 거짓말이 숨어 있는지 여부를 도저히 알아 낼 수가 없었다. 게다가 나는 앙드레가 알베르틴과 함께 간 곳을 숨기지 않고 말해 주는 걸로 믿고 있었다. 발베크에서, 내가 알베르틴에게 싫증났을 때, 내가 앙드레한테 다음과 같은 거짓말을 할 작정으로 있던 적이 있었다. "귀여운 앙드레, 좀더 일찍이 당신과 다시 만났더라면 당신을 사랑할 수 있어 오죽이나 좋았을까! 그런데 지금 내 마음은 딴 사람한테 매여 있단 말이야. 그래도 우린 자주 만나야지. 왜냐하면 딴 여인에 대한 나의 사랑이 큰 고통을 내게 주고 있으니, 당신이 나를 위로해 줄 테니까." 그런데 3주일이 지나자 이 거짓말이 정말로 되어 버린 것이다. 발베크에서 이 말을 들었다면, 앙드레는, 이 말은 실은 거짓말이고 내가 사랑하고 있는 건 자기라고 여겼을 터인데, 파리에 와서도 그녀는 그렇게 여기고 있는지도 몰랐다. 진실이란 참으로 전변무상한 것이어서 남들은 알아보기 힘들다. 아무튼 그녀가, 알베르틴과 둘이서 한 것을 숨김없이 나에게 얘기하리라는 걸 알고 있어서, 거의 날마다 알베르틴을 찾아와 달라고 부탁하고, 앙드레도 이를 승낙했던 것이다. 그러므로 나는 근심 없이 집에 남아 있을 수 있었다. 그리고 작은 동아리의 아가씨들 중 하나라는 앙드레의 영향력이, 내가 알베르틴한테서 원하는 것을 모조리 얻어 줄 것이라는 신뢰감을 나에게 주었다. 실상 지금에 와서는 앙드레야말로 내 마음을 진정시킬 수 있는 힘이 있다고 해도 과언이 아니었을 것이다. 한편 내가 질베르트 안내역으로(발베크에 다시 가는 계획을 단념하고 파리에 있던) 앙드레를 택하게 된 것은, 발베크에 있을 적에 그녀가 나에게 애정을 품고 있었다고 알베르틴이 얘기해 주었기 때문인데, 그와는 반대로 내가 그녀를 진저리나게 하지나 않았을까 하고 겁내던 무렵인지라 그 즈음에 그의 애정을 알았더라면, 나는 아마 앙드레를 사랑했을 것이다. "어쩌면, 몰랐군요?" 하고 알베르틴이 나에게 말했다, "그렇지만 우린 그것을 알고 놀려대었는데요. 게다가 앙드레가 당신의 말투, 따지는 투를 흉내내기 시작했는데 몰라봤군요? 특히 당신과 막 헤어지고 나서는 당신과 만났는지의 여부를 말로 할 필요가 없을 만큼 더 눈에 띄었지. 앙드레가 우리에게 왔을 때 만약 당신과 헤어지고 오는 길이라면 금세 알아보았거든요. 우리들은 서로 얼굴을 쳐다보고 웃어 대었다나. 마치 연탄 장수가 새까매 가지고서 자기는 연탄 장수가 아니라고 하는 것 같았어. 제분업자라면 제분업자라고 말하지 않아도, 몸이 가루투성이이고, 부대 멘 자국이 나 있지. 앙드레도 그랬거든요, 당신같이 눈썹을 움직이는 것이랑, 그 긴 목이랑, 뭐라고 해야 옳을지 모르겠네. 당신 방에 있던 책을 내가 들고 나와 밖에서 읽는다고 합시다, 그래도 남들은 당신 책인 줄 금세 알아요, 그도 그럴 것이 당신의 더러운 훈증제(燻蒸劑) 자국이 나 있으니까. 하찮은 일인데, 뭐라고 할까, 별게 아니지만 그래도 결국 만만치 않은 일이라고나 할까요. 아무개가 당신을 칭찬하거나, 당신을 존경하는 듯한 태도를 보이거나 할 때마다, 앙드레는 황홀해 하곤 했어요."

기어코, 나도 모르게 어떤 일이 준비되는 걸 막으려고, 나는 오늘날 뷔트 쇼몽 공원에 가는 걸 포기하고, 생 클루(파리 교외 산책지로 유명함), 아니면 다른 데 가 보라고 권하였다.

물론 나는 알베르틴을 티끌만치도 사랑하지 않았으며, 이 점은 나도 잘 알고 있었다. 사랑이란 아마도 어떤 감동 뒤에 영혼을 움직이는 소용돌이의 파급에 지나지 않는가 보다. 몇몇의 파급이, 발베크에서 알베르틴의 입으로부터 뱅퇴유 아가씨의 이야기를 들었을 때, 내 마음을 온통 움직여 놓았지만 지금은 그것도 정지되고 말았다. 나는 이제 알베르틴을 사랑하지 않았다. 그도 그럴 것이, 발베크의 열차 안에서, 알베르틴의 소녀 시절 얘기를 듣고, 아마 몽주뱅을 이따금 방문한 일이 있는지도 모르겠다고 느꼈을 때에 받던 고통이 이미 흔적도 남아 있지 않았기 때문이다. 이 점을 여러 가지로 궁리해 본 끝에, 지금은 그 고통도 나아 버렸다. 그러나 이따금 — 웬 까닭인지 모르나 — 알베르틴의 어떤 말투가 나로 하여금 상상케 하였다, 그녀는 아직 그다지 길지 않은 그 생애 동안에, 허다한 찬사와 사랑의 고백을 듣고, 게다가 기쁘게, 말하자면 육감과 더불어 그것을 받았을 게 틀림없다고. 그러므로 그녀는 무슨 말에도 '정말? 정말 그래?'라고 말하나 보다. 만약 그녀가 오데트 따위처럼, '그런 허튼 소리, 정말 그래?'라고 했다면 나는 근심하지 않았을 것이다, 이런 말투의 우스꽝스러움은, 여인의 정신의 어리석은 평범함으로 풀이되기 때문이다. 그러나 알베르틴이 '정말?' 하고 말할 때의 질문하는 태도는, 한편으로, 사물을 스스로 이해 못 하는 인간, 마치 남과 똑같은 능력을 갖고 있지 않기나 하듯이 남의 증언에 의지하려는 여인이라는 기묘한 인상을 주었다 (아무개가 '우리가 떠난 지 한 시간이 지났어' 또는 '비가 오는군' 하고 말하면, 그녀는 묻는 것이었다, '정말?'). 또 한편, 불행하게도 외계의 현상을 스스로 이해하는 능력이 없다는 사실이 '정말? 정말 그래?' 하는 입버릇의 진짜 원인일 리는 만무하였다. 오히려 이런 말버릇은, 그녀의 일된 사춘기부터, '당신처럼 아름다운 분을 본 일이 한번도 없습니다,' '당신을 매우 사랑합니다, 나는 무서운 흥분 상태에 놓였습니다'라는 말에 대한 대답인 듯싶었다. 이런 단언에 대하여, 아양 있게 승낙하는 듯한 겸허와 더불어, '정말? 정말 그래?'라는 대답이 나오곤 한 것인데, 이 말버릇은 지금, 나의 다음과 같은 단언에 대한 의문형의 대답으로밖에 알베르틴에게 사용되지 않았다. "이봐, 한 시간 이상이나 잤어." — "정말?"

알베르틴에게 전혀 사랑을 느끼지 않은 채, 둘이서 지내는 순간을 기쁨의 수효 속에 넣지 않고서도, 나는 그녀의 시간의 용도에는 여전히 걱정되었다. 하긴 내가 발베크에서 도망쳐 나온 것은, 그녀를 두 번 다시 어떤 사람들과 만나지 못하게 하려는 심산에서였으며, 그녀가 그들과 시시덕거리면서, 나를 웃음거리로 삼으면서 고약한 짓을 할까 보아, 발베크를 떠나, 그런 모든 나쁜 교제를 단번에 끊어 버릴 셈으로 약삭빠르게 기도했던 것이었다. 또 알베르틴도 강한 수동성의 소유자인지라, 망각하고 순종하는 능력이 풍부하여, 실제로 이런 관계가 단절되어 나를 괴롭히던 공포증이 났다. 그러나 공포의 대상이 확실치 않은 악이 여러 꼴로 변하는 만큼이나 공포도 갖가지 꼴을 띨 수 있다. 고뇌가 지나간 뒤, 질투가 아직 다른 사람들 속에 재현되지 않는 동안 나도 잠시 평온을 맛보았다. 그런데 만성적인 병은 사소한 계기로, 마치 바로 이 질투의 본질인 인간의 악습이 사소한 기회를 타서(잠시의 금욕 뒤에) 다시 다른 사람들을 상대로 발휘되듯이 재발하게 마련이다. 나는 알베르틴을 공범자한테서 별리시켜 나의 환각을 내쫓을 수 있었다. 하지만 설령 알베르틴에게 상대의 여인들을 망각시키고, 그 집착을 단절시킬 수 있었다고 해도, 그녀의 쾌락 취미는 이 역시 만성적이

어서 발동하기에는 단 한 번의 기회만 있으면 그만인지도 몰랐다. 그런데 파리는 발베크와 마찬가지로 많은 기회를 제공한다. 어떤 도시에 있더라도, 그녀는 상대를 찾을 필요가 없었다, 악습이 알베르틴의 몸 안에만 있는 게 아니고, 쾌락의 기회라면 다 좋다는 남들의 몸 안에도 있으니까. 한 여인의 눈길이 또 하나에게 금세 이해되어, 허기진 두 여인을 접근시킨다. 솜씨 좋은 여인이면 못 알아차린 체하면서, 5분쯤 지나서 눈치를 채고 옆골목에서 기다리는 여자에게 다가가서 두세 마디로 밀회 약속을 맺기는 누워서 떡 먹기다. 그녀의 마음인들 누가 알랴. 그리고 알베르틴에게는, 이런 짓을 계속하고자, 그녀의 마음에 들었던 파리의 모처에 가 보고 싶다고 나에게 말할 정도로 간단하였다. 그 때문에 그녀가 늦게 돌아오거나, 산책이 수상쩍을 만큼 오래 걸리거나 하는 것만으로, 어쩌면(육체적인 이유 따위는 전혀 개입시키지 않고 설명하기란 매우 쉬운 일일지 모르지만), 나의 고통은 당장에 되살아나, 이번에는 발베크의 것이 아닌 다른 표상(表象)에 결부되어, 그것을 나는 발베크의 표상과 마찬가지로 깨뜨려 버리려고(마치 일시적인 원인을 깨뜨려 버리기만 하면 타고난 악습도 깨뜨려 버릴 수 있기라도 한 듯이) 애쓰는 것이었다. 알베르틴의 변심(變心) 능력, 최근까지도 애정의 대상이었던 사람을 잊고, 사뭇 미워하기까지 하는 그녀의 힘을 공범자로 삼아, 내가 이 파괴 행위에 전념하고 있는 동안에, 그녀가 차례차례 쾌락을 나누던 생면부지의 상대방 여자에게 나는 가끔 심각한 고뇌를 주었지만, 그것은 주어 보았자 무익하다는 것을 나는 깨닫지 못했던 것이다. 왜냐하면 상대방 여자가 버림을 받아도 다른 여자가 갈마들고 하기 때문에, 그녀가 간단히 버린 여자들이 띄엄띄엄 계속되는 한 줄기의 길과 나란히, 나에게는 또 하나의 비정한 길, 단지 짧은 순간의 휴식으로 군데군데 조금씩 끊긴

길이 한없이 뻗어 나갈 테니까 말이다. 따라서 이마에 손을 대고 숙고해 보았다면, 내 고통은, 알베르틴 아니면 내가 죽지 않는 한 끝날 리가 만무하다는 것을 알았을 것이다. 우리가 파리에 도착한 첫 무렵, 앙드레와 운전사가 내 애인을 데리고 드라이브한 것에 대하여 나에게 보고해 보였지만, 나는 그래도 안심되지 않고, 파리 근교가 발베크의 근교 못지않게 잔혹한 곳으로 생각되어, 알베르틴을 데리고 며칠 동안 여행한 일까지 있었다. 그러나 어디를 가나 그녀의 아리송한 행동은 같아서, 그것이 고약스러운 것일 거라는 가능성은 하나도 줄어들지 않고, 감시만 더욱더 어려워질 뿐이어서, 그녀와 함께 파리로 돌아오고 말았던 것이다. 사실, 발베크를 떠나면서, 나는 고모라를 떠나, 알베르틴을 고모라에서 떼어 내는 줄 여겼던 것인데, 아뿔싸! 고모라는 세계의 사방 팔방에 산재해 있었던 것이다. 나는 거의 질투에서, 거의 이런 쾌락에 대한 무지에서(쾌락이란 매우 드문 것인데), 나도 모르는 사이에, 알베르틴 쪽이 번번이 들키지 않는 숨바꼭질을 하고 만 셈이었다. 나는 불쑥 그녀에게 물어 보았다. "그런데 말이야, 알베르틴, 언젠가 나에게 질베르트 스완하고 아는 사이라고 말한 적이 있는 것 같은데, 내가 잘못 생각한 것일까?"—"옳아요, 수업 시간에 말을 건네 왔어요. 프랑스의 역사 공책을 갖고 있다구요. 게다가 아주 싹싹해서, 나에게 그 공책을 빌려 주었다우. 나중에 수업 시간에 나도 그것을 돌려주었지만, 만난 건 그때뿐이야."—"내가 싫어하는 종류의 여인이던가?"—"천만에! 전혀, 정반대야."

그러나 이런 더듬어 살피는 듯한 잡담에 골몰하기보다는, 오히려 나는 산책하지 않고 축적해 온 기운을 자주 알베르틴의 산책을 상상하는 데 바쳐, 또 계획이 실행되지 않아 고스란히 보존되어 있는 열의와 더불어 알베르틴에게 말을 건네었다. 내가 어찌나 생트 샤펠 성당의 그림 유리창을 다시 보러 가고 싶다고, 그녀와 단둘이서 그걸 구경할 수 없는 것을 어찌나 섭섭하게 말했던지, 그녀는 애정 깊게 나에게 말하는 것이었다. "그처럼 그림 유리창이 마음에 든다면, 좀 기운을 내 봐요, 우리와 함께 가 보게. 당신의 채비가 다 될 때까지 기다려 드릴 테니까. 그리고 또 나와 단둘이 가는 게 좋다면 앙드레를 돌려보내면 그만이고. 또다시 올 테니까." 그러나 함께 외출하자는 이런 말에 나의 마음은 금세 가라앉아 버려 집에 남아 있어도 한결 안심이 되었다.

* * *

나에게 책을 낭독해 주지 않는 밤, 알베르틴은 음악을 들려 주거나, 나하고 장기나 잡담을 시작하거나 하였는데, 그러다가 나의 포옹으로 중단되곤 하였다. 우리의 관계는 지극히 단순하여서 참으로 아늑하였다. 생활이 공허하여서 알베르틴은 내가 그녀에게 요구하는 것이라면 일종의 서두름과 더불어 복종하였다. 이 아가씨 뒤에는, 마치 발베크에서 악단의 연주 소리가 울려올 즈음, 방 커튼 밑에 비치는 자줏빛 햇살의 배후에서처럼, 바다의 푸르스름한 파동이 진주모(眞珠母)인 듯 빛나고 있었다. 그녀는(마음속으로 나를 친근하게 생각하는 습관이 들어 버려, 이제는 숙모 다음으로 나를 그녀 자신과 가장 구별하기 어려운 인간으로 여기고 있는지 모르나), 과연 내가 처음으로 발베크에서 만난 그 젊은 아가씨, 편편한 폴로 모자 밑에, 고집 세게도 냉소적인 눈을 한, 아직 내가 모르던 아가씨, 물결 위에 윤곽을 나타낸 실루엣처럼 날씬하던 그 아가씨가 아니었나? 기억 속에 그대로 간직된 이런 초상을 다시 찾아낼 때, 지금 알고 있는 그 존재와 닮지 않았음에 놀란다. 습관이 날마다 어떠한 모형 제작의 작업을 완수했는지 우리는 이해한다. 파리의, 우리 집의 불가에 있는 알베르틴의 매력 속에는, 바닷가를 따라 벌어지던 꽃피는 아가씨들의 건방진 행렬이 내 마음속에 불어넣었던 욕망이 아직 살아 있었다. 라셀을 무대에서 물러나오게 한 뒤에도, 생 루가 무대 생활의 매혹을 라셀의 신변에서 감촉하였듯이, 내가 발베크에서 멀리 부랴사랴 데리고 와 우리 집에 가둬 버린 이 알베르틴의 마음속에도, 해수욕 생활에 있게 마련인 흥분, 사회적인 혼란, 불안스런 허영심, 방황하는 욕망 따위가 남아 있었다. 지금의 그녀는 새장 속에 어찌나 꼭 갇힌 몸인지, 그녀를 제 방에서 내 방으로 오도록 일러 보내지 않은 밤까지 있을 정도였다, 지난날 다들 그 뒤를 따랐으며, 자전거 타고 쏜살같이 달리는 걸 내가 많은 수고 끝에 따라잡던 그녀, 엘리베이터 보이에게 부탁해 보았지만 역시 나에게 데려올 수 없었고, 찾아올 가망이 거의 없으면서도 하룻밤을 새워 기다리던 그녀였는데. 지난날 알베르틴이야말로, 호텔 앞에서, 불처럼 따가운 바닷가의 위대한 여배우인 듯, 이 자연의 극장에 나갔을 때, 뭇사람들의 시새움을 일으키며, 아무에게도 말을 건네지 않으며, 줄줄 따라다니는 무리를 떠다밀며, 아가씨 친구들을 굽어보지 않았던가? 또 그처럼 갈망의 대상이던 이 여배우야말로 나 때문에 무대에서 물러나, 여기 우리 집에 갇힌 그녀, 누구의 욕망도 미치지 못하는, 차후 아무도 찾아낼 수 없는 그녀, 어떤 때는 내 방에 있고, 어떤 때는 제 방에서 데생이나 조각에 열중하고 있는 그녀가 아니었나?

아닌게 아니라 발베크에 머물기 시작했을 무렵, 그녀와 나의 생활은 평행선을 걷고 있는 것 같았는데, 그것이(내가 엘스티르를 찾아갔을 때) 서로 접근하다가, 둘의 관계가 깊어짐에 따라서, 발베크에서, 파리에서, 그리고 다시 발베크에서 마침내 밀착하고 말았다. 하기야 첫번째와 두번째 발베크 체류는 같은 별장으로 구성되고, 거기에서 같은 아가씨들이 같은 바다 앞에 나타나는 두 장면이지만 그 사이에 있는 천양지간! 두번째 체류 때에 나는 이미 알베르틴의 동아리, 각자의 얼굴에는 장점도 단점도 또렷이 새겨져 있어서, 내가 익히 아는 그 동아리 속에서 전에 별장의 문을 모래에 삐걱거리면서 나타날 때마다, 또 지나가는 결에 몸이 위성류(渭城柳) 가지에 스쳐 가지가 살랑댈 때마다 으레 내 가슴을 설레게 하던 그 싱싱하고 신비로운 미지의 여인들을 어찌 다시 찾아볼 수 있겠는가? 그녀들의 커다란 눈은 옴팡눈이 되고 말았지만, 이는 아마도 그녀들이 이미 어린애가 아니어서 그런지 모르려니와, 또한 로마네스크한 첫해의 여배우들, 내가 끊임없이 이것저것 캐어 보고 싶어한 넋을 빼앗는 여성들이 이제 신비의 존재로 보이지 않은 탓인지도 모른다. 그녀들은 나의 변덕에 순종하여 따르는, 한낱 꽃 피는 젊은 아가씨에 지나지 않아, 나는 꽃 중에서 가장 예쁜 장미 한 송이를 꺾었음에, 뭇손에서 이 꽃을 빼앗음에 적잖은 자랑을 느꼈던 것이다.

서로 이토록 판이한 발베크의 두 정경 사이에, 파리에서 지낸 몇 해의 간격이 있고, 이 몇 해가 흐르는 동안에 알베르틴의 여러 차례 방문이 간간이 있었다. 나는 삶의 갖가지 시기에, 나에 대하여 다른 위치를 차지하는 그녀를 보곤 하였는데, 그 위치가 차례차례 찾아오는 공간의 아름다움, 그녀를 만나지 않고서 지낸 두 번 다시 오지 않는 기나긴 때를 실감시켰던 것인데, 이 시간의 투명한 깊이 속에서, 내 눈앞에 있는 장밋빛 아가씨가 신비한 그림자를 띠면서 힘찬 돋을새김으로 형성되어 갔던 것이다. 그러나 이 돋을새김은 나의 알베르틴, 곧 시간 위에 잇따라 생기는 갖가지 영상의 누적으로 되어 있을 뿐 아니라, 내가 짐작조차 못 한 지성이나 감정의 커다란 장점, 성격상의 결함 같은 것의 누적으로 이루어져 있었다. 알베르틴은 그 장점이나 결점을, 그녀 자신의 발아(發芽), 증식, 어두운 빛깔을 한 그 육신의 개화기에, 그녀의 본성에 덧붙여, 전엔 있으나마나 한 이 본성을, 지금은 규명하기 어렵게 만들어 버렸다. 그도 그럴 것이 인간이란 ― 우리가 자주 그 사람을 꿈에 본 결과, 한 폭의 그림, 예컨대 베노초 고촐리(옮긴이: Benozzo Gozzli, 1420~1497. 이탈리아 화가)가 그린 초록빛 도는 배경에 뚜렷이 드러나는 인물처럼밖에 보이지 않게 된 사람들, 그 변화를 단지 그들을 바라보는 이쪽 위치, 거리, 또는 조명의 탓으로만 여기게 된 사람들마저 ― 우리들과의 관계로 변하는 동시에 그들 자신에게서도 변하기 때문이다. 이와 같이, 전에 단지 바다를 배경삼아 윤곽을 드러낸 모습에, 윤색이, 응결이, 양감(量感)의 증가가 일어났던 것이다.

그 위에, 나로서 알베르틴 속에 살아 있는 것은 해질 무렵의 바다뿐만 아니라, 이따금 달 밝은 밤에 모래톱에 조는 바다이기도 하였다. 사실 때때로, 내가 아버지 서재로 어느 책을 찾으러 가려고 몸을 일으키자, 그 동안 누워 있어도 좋겠느냐고 묻던 알베르틴이, 아침부터 오후에 걸친 바깥의 긴 산책에 지쳐, 내가 방을 잠시 비운 사이에, 돌아와 보면 잠들어 있는 적이 있고, 나는 그런 그녀를 깨우지 않았다. 일부러 꾸밀 수 없을 것 같은 자연스런 자세로 길게 내 침대에 누워 있는 그녀의 모습이란, 보기에, 꽃핀 기다란 줄기 한 포기가 거기에 놓여 있는 듯하였다. 또 과연 한 포기의 꽃핀 풀이었다. 이와 같을 때, 마치 그녀가 잠든 채로 식물이 되어 버린 듯, 나는 그녀의 부재(不在)였을 때밖에 갖지 못하는 몽상하는 능력을 그녀 곁에 있으면서 되찾는 것이었다. 그래서 그녀의 잠은 사랑의 가능성을 어느 정도 실현하였다. 혼자 있을 때, 나는 그녀를 생각할 수 있지만, 그녀가 나에게 결핍되어 그녀를 소유할 수 없었다. 그녀가 눈앞에 있으면, 그녀에게 말을 건네지만, 내 자신에게서 멀어져 그녀를 생각할 수 없었다. 그녀가 잠자고 있으면, 그녀에게 말 건네지 않아도 무방하고, 이제는 그녀가 나를 물끄러미 보지 않고 있음을 알고 있다. 더 이상 나 자신의 표면에 살 필요가 없어지는 것이다.

눈을 감고, 의식을 잃어 가는 동안에, 알베르틴은 내가 그녀를 알게 된 날부터 나를 실망시키던 그 갖가지 인간의 성격을 하나하나 벗어 갔다. 이제 그녀는 초목의 무의식의 생명, 내 생명과는 더욱 다르고 더욱 이상한 것임에도 불구하고 보다 나의 것이 된 생명에 생기가 나고 있을 따름이었다. 그녀의 자아는 둘이서 이야기할 때처럼, 마음속에 숨긴 사념이나 눈길의 출구를 통해 끊임없이 새어 나오지 않았다. 그녀는 바깥에 있는 온갖 자기를 불러들여, 그 육신 안에 도피시키고, 가두어 집약되어 있었다. 그 육신을 눈길 밑, 두 손 안에 안으면서, 나는 그녀가 깨어 있을 때에 느끼지 못하는 인상, 그녀를 오롯하게 소유한다는 인상을 받았다. 그녀의 목숨이 내 손 안에 놓여 있고, 가벼운 숨결을 새액새액 이쪽으로 내뿜고 있었다.

살살 부는 바다의 서풍처럼 훈훈하고도, 달빛인 양 몽환적(夢幻的)인, 이 살랑살랑 소리나는 신비로운 내쉼, 곧 그녀의 잠자는 기척에 내 귀를 기울인다. 잠들고 있는 한, 나는 그녀를 몽상할 수 있으면서도 그녀를 물끄러미 볼 수 있고, 또 잠이 더 깊이 들었을 때에는 그녀의 몸에 닿고 포옹할 수 있었다. 그런 때에 내가 느끼는 것은, 생명 없는 사물들, 곧 자연의 아름다운 것을 눈앞에 두는 때와 마찬가지로, 순수하고, 비물질적이고, 신비스런 애정이었다. 사실, 그녀가 좀 깊이 잠들어 버리자, 그녀는 금세 그때까지의 한낱 식물이던 존재를 그치었다. 그녀의 잠의 가장자리에서 몽상하면서, 나는 영영 물리지 않는, 한없이 완미할 수 있을 것 같은 일락을 느꼈는데, 그때에 그녀의 잠은 나에게 하나의 풍경인 듯싶었다. 그녀의 잠은 내 곁에, 고요한, 감미로운 관능을 유발하는 그 무엇, 마치 보름달 밤에 발베크의 해만이 호수처럼 고요해지고 나뭇가지들이 흔들릴 듯 말 듯, 사람들이 모래에 드러누워 한없이 썰물이 부서지는 소리를 듣고 싶어질, 그 무엇을 놓았다.

방안에 들어서면서, 나는 기척을 낼까 봐 문지방에 서 버린다. 귀에 들리는 것은, 단지 그녀의 입술에서 막 내쉬는 숨결, 간헐적이고도 고른, 썰물 같은, 그러나 더욱 잔잔하고 더욱 밋밋한 그 숨결뿐이었다. 내 귀를 이 숭고한 소리에 기울일 즈음에, 내 눈앞에 누운 아리따운 갇힌 여인의 온 인격, 온 생명이 그 소리 속에 압축되어, 소리 자체로 되어 버린 듯싶었다. 차들이 거리에 시끄럽게 지나간다. 그래도 그녀의 이마는 까딱하지 않고, 여전히 맑고, 숨결 역시 그대로 가볍게, 단지 필요한 공기를 들이쉬고 있을 따름이다. 다음에 나는 그녀의 잠에 방해되지 않을까 살펴보고 나서 조심성 있게 앞으로 나가, 침대 옆에 있는 의자에 앉아 있다가, 침대 위에 앉는다.

나는 알베르틴과 함께 담소하거나 놀거나 하면서 즐거운 밤들을 보냈지만, 잠자는 그녀를 물끄러미 보는 때만큼 감미로운 밤은 따로 없었다. 그녀가 수다를 떨거나 트럼프놀이를 하거나 하면서 배우도 흉내 못 낼 자연스러움을 보였다고 해도, 그녀의 잠이 나에게 보이는 것은 한결 더 깊은 자연스러움, 한결 드높은 자연스러움이었다. 장밋빛 얼굴에 따라 늘어진 그 머리털은 침대 위 그녀의 옆에 놓여, 이따금 흐트러진 머리칼 한 타래가 쪽 곧게, 엘스티르가 그린 라파엘풍 그림의 원경(遠景)에 곧게 서 있는, 희미하고 가냘픈, 달빛 속의 나무들처럼 원근 효과를 내고 있었다. 알베르틴의 입술이 닫혀 있는 반면에, 눈꺼풀은 내가 자리잡은 위치 때문에, 그녀가 정말 잠들어 있는지 의심할 정도로 조금도 안 합치고 있는 듯하였다. 그래도 감긴 눈꺼풀은 그 얼굴에, 눈에 의해 중단되지 않은 완전한 연속성을 주고 있었다. 눈길이 사라지는 동시에, 금세 그 얼굴에, 여느 때 없던 아름다움과 위엄을 띠는 사람들이 있게 마련이다.

나는 내 발 밑에 누운 알베르틴을 물끄러미 바라본다. 이따금, 그녀의 몸에, 무성한 나뭇잎이 불시에 이는 산들바람에 잠시 동안 파르르 떨듯, 가벼운 불가해한 흔들림이 지나간다. 그녀는 머리털에 손을 대고 나서, 뜻대로 되지 않아 다시 손을 가져가는데, 그 손짓이 어찌나 정연하고 고의로 보이는지, 나는 그녀가 깨어났거니 여긴다. 천만에, 그녀는 물러가지 않은 잠 속에 다시 조용히 빠진다. 그리고 나서 까딱도 하지 않는다. 가슴에 한쪽 손을 올려놓고, 그 팔을 축 늘어뜨린 품이 어찌나 어린애같이 천진난만한지, 어린애의 진지함, 그 순진함과 귀여움을 보고 터뜨리고 마는 킬킬댐을 나는 그녀를 보면서 참지 않을 수 없었다.

단 하나의 알베르틴 가운데 여러 알베르틴을 알고 있는 나는, 더 많은 여러 알베르틴이 내 곁에 누워 있는 걸 보는 느낌이 들었다. 여태껏 못 보던 모양으로 활같이 휜 눈썹이, 물총새의 보드라운 보금자리처럼 방울 모양의 눈꺼풀을 에워싸고 있다. 혈통, 격세 유전, 악습이 그 얼굴에 쉬고 있다. 머리의 위치를 바꿀 때마다, 그녀는 새로운 여인을 만들어 내는데, 흔히 내가 꿈에도 생각 못 한 새 여인이었다. 단 하나의 아가씨가 아니라, 무수한 아가씨를 소유하는 느낌이 들었다. 숨결은 조금씩 조금씩 깊어져, 그 가슴을 규칙적으로 들어올리고, 그 가슴 위에서는 물결치는 대로 흔들리는 쪽

배나 닻줄처럼, 마주 잡은 손이, 진주 목걸이가 같은 리듬으로 고
르게, 그러나 가슴과는 다른 모양으로 움직이기 시작하였다. 그러
면 그 잠이 한창이고, 의식의 암초가 이제는 깊은 잠의 난바다로
뒤덮여, 그 암초에 부딪힐 위험성이 없을 것 같은 느낌이 들어, 나
는 단호하게 소리 없이 침대 위에 올라, 그녀 곁에 몸을 눕히고, 한
쪽 팔로 그 허리를 안아, 뺨과 가슴에 입술을 붙이고 나서, 자유스
런 또 한 쪽 손을 그 몸의 온 부분에 올려놓으면, 그 손 역시, 진주
목걸이와 마찬가지로, 잠자는 여인의 숨결에 들어올려지고, 나 자
신도, 그 고른 움직임에 가볍게 흔들거렸다. 이래서 나는 알베르틴
의 잠이라는 배에 몸을 싣는 것이었다.

　그녀의 잠은 간혹 적잖이 불순한 기쁨을 맛보게 하는 적도 있었
다. 이를 맛보기에 나는 아무 동작도 필요없이, 마치 노(櫓)를 흐르
는 물에 내맡기듯 한쪽 다리를 그녀의 다리 위에 늘어뜨리고, 날면
서 조는 새가 단속적으로 날갯짓하듯, 가벼운 진동을 이따금 노에
가하면 그만이었다. 평상시에 보지 못하던 그녀 얼굴의 일면, 매우
아름다운 일면을 골라 물끄러미 바라본다. 아무개가 써 보내는 편
지가 모조리 비슷비슷하면서도 실제로 알고 있는 본인과는 딴판인
모습을 그려 내어서, 두번째의 인격을 구성하는 일이 있음을, 부득
이한 경우에는 이해한다. 그러나 그것에 비하면, 한 여인이, 다른
아름다움을 갖추어 그 때문에 딴 성격을 상상케 하는 또 하나의 여
인에, 마치 로지타와 도디카(옮긴이: Doodica, 이들 둘은 쌍둥이)
처럼 연결되어, 한쪽은 측면에서, 또 한쪽은 정면에서 봐야 한다
면, 이 아니 야릇한 일이냐. 그 숨결 소리는 점점 더 거칠어지면서
쾌감의 헉헉거림 같은 착각을 자아내어, 나의 쾌감이 극에 이르렀
을 때에, 그녀를 포옹하여도 그 잠은 중단되지 않았다. 이런 순간
에 나는 그녀를, 무언의 자연계의, 의식도 저항력도 없는 사물처럼

더욱 완전히 소유한 느낌이 들었다. 그러자 나는 그녀가 잠든 채 이따금씩 중얼중얼하는 말에 개의치 않았다, 그 말뜻이 내게 생소한 것은 물론이려니와 또 그 말이 가리키는 것이 생면부지의 누구이든 간에, 이따금씩 가벼운 전율에 생기 들어, 그녀의 손이 잠깐 잠깐 경련을 일으키는 게, 내 손 위, 내 뺨 위였으니까. 나는 여러 시간 동안 꼼짝하지 않고 물결이 부서지는 소리에 귀기울이듯, 이 해타산을 떠난 가라앉은 애정을 품고서 그녀의 잠을 음미하였다.

우리를 심히 괴롭힐 수 있는 사람들이 아니고서는, 긴장이 풀렸을 때에, 이와 같은 자연 못지않게 가라앉은 고요를 우리에게 주지 못하는 것인지도 모른다. 나는 우리 둘이서 얘기할 때처럼 그녀에게 대답할 필요가 없었다. 그녀가 얘기할 때에는, 내가 자주 그렇게 했듯이 묵묵부답으로 있을 수 있더라도, 한번 그녀의 수다를 듣고 나서는, 역시 이처럼 속속들이 그녀의 속으로 들어갈 수 없었던 것이다. 그녀의 청신한 숨결의, 이는 듯 마는 듯한 산들바람인 듯 마음 가라앉히는 살랑거림을 시시로 듣고, 각각으로 마음에 거두어들이고 있으려니, 하나의 생리적인 온 존재가 내 앞에 있으며, 그게 내 것이었다. 지난날 달 밝은 바닷가에 부동 자세로 누워 있을 적같이 나는 할 수만 있다면 언제까지나 그녀의 모습을 물끄러미 바라보며, 그녀의 숨소리에 귀기울인 채 있고 싶었다. 때때로 바다가 험악해지고 폭풍우가 해만에까지 느껴지는 듯하자, 나는 그녀의 몸에 내 몸을 바싹 대고, 그녀의 코고는 소리를 지나가는 바람 소리삼아 듣는 것이었다.

너무 더우면 그녀는 거의 잠들어 있으면서도 기모노를 벗어, 팔걸이의자에 내던지는 일이 가끔 있었다. 그녀가 잠들어 있는 사이, 나는 그녀가 받은 편지들이 모조리 이 기모노의 안주머니에 있다고 생각해 본다, 거기에 받은 편지를 늘 넣곤 하였으니까. 단 한 줄의 서명, 밀회의 약속 같은 몇 글자만으로도 거짓말을 증명할, 또는 의혹을 풀 단서가 될 것이다. 알베르틴의 잠이 어지간히 든 기색을 살피자, 나는 여지껏 오랫동안 몸짓 하나 없이 그녀를 물끄러미 바라보던 침상 발치를 떠나, 뜨거운 호기심에 사로잡혀, 이 여성의 비밀이 드리우지 않은 채 무방비 상태로, 팔걸이의자에 놓인 것을 감지하면서, 한 걸음 내딛었다. 아마도 이 걸음을 내딛는 것은, 잠자는 그녀를 꼼짝하지 않고 바라보고 있으려니 드디어 피곤해진 탓인지도 모르겠다. 이렇게, 알베르틴이 깨어나지 않을까 흘끔흘끔 뒤돌아보면서, 살금살금 팔걸이의자까지 간다. 거기서 멈추고, 오랫동안 알베르틴을 물끄러미 바라보던 것처럼 이번에는 기모노를 바라본다. 그러나(그리고 내 잘못인지도 모르지만) 나는 결코 기모노에 손대거나, 호주머니에 손 넣거나, 편지를 보거나 하지는 않았다. 결국, 아무래도 결심이 서지 않음을 알아차리자, 나는 다시 살금살금 거기서 떠나, 알베르틴의 침상 곁으로 돌아와 그녀의 잠자는 모습을 물끄러미 바라보기 시작한다. 어쩌면 나에게 허다한 일을 말해 줄지도 모르는 기모노가 의자의 팔걸이에 보이는데도, 한마디도 해주지 않는 그녀의 모습을.

바다 공기를 호흡하려고 발베크의 호텔 방 하나를 하루에 100프랑으로 빌려 드는 사람들이 있듯이, 나는 그녀를 위해서라면 더 많은 돈을 써도 당연하다고 여겼다. 왜냐하면 나의 뺨 가까이 그녀의 숨결이 감촉되고, 내 입으로 그녀의 입을 빙긋이 열면, 내 혀에 그녀의 목숨이 통하니까.

그러나 그녀의 잠자는 모습을 보는 기쁨, 그녀의 목숨이 팔팔하게 움직이는 것을 감촉하는 기쁨 못지않게 감미로운 이 기쁨에 또하나의 기쁨, 곧 그녀의 깨어남을 보는 기쁨이 와서 종지부를 찍었다. 그것은 그녀가 내 집에서 산다는 기쁨 자체이자, 그보다 깊어진 신비스런 기쁨이었다. 오후 그녀가 차에서 내려 돌아오는 것이 내 집이라고 생각하는 건 내게 즐거운 것임에 틀림없었다. 그러나 그보다 더욱 즐거웠던 것은, 그녀가 잠의 밑바닥에서 꿈의 계단의 마지막 몇 층계를 다 올라 의식과 생명의 세계에 소생하는 게, 바로 내 방안에서라는 것, 그녀가 잠시 '여기가 어디냐?' 하고 이상하다는 듯 주위에 있는 물건들을, 눈을 깜짝거리게 할까 말까 하는 전등빛을 보고, 내 집에서 깨어난 것을 확인하자, 아아 그렇구나, 자기 집이었구나 하고 스스로 대답할 수 있다는 사실이었다. 이 불확실함의 감미로운 첫 순간에, 나는 새삼 그녀를 더욱 완전하게 소유한 듯한 느낌이 들었다, 왜냐하면 외출에서 돌아왔을 때에 그녀가 곧장 자기 방으로 들어가는 것과 달리, 이 경우는 내 방이고, 알베르틴이 어디라는 걸 알아보자마자, 금세 내 방이 그녀를 사방으로 조여 포장하였는데, 그런데도 알베르틴의 눈에는 아무런 혼란의 빛이 보이지 않고, 잠자지 않았던 것처럼 잔잔하였기 때문이다. 잠에서 막 깨어난 망설임이 그녀의 침묵으로 나타났으나, 눈길에는 아무런 망설임도 보이지 않았다.

　말하는 기능을 회복하자, 그녀는 '나의' 또는 '나의 소중한'이라고 말하고, 그 다음에 나의 세례명 하나를 붙이곤 하였는데, 만약에 이 책의 작가와 같은 이름을 이야기꾼에게 붙인다면, '나의 마르셀', '나의 소중한 마르셀'이 되었을 것이다. 그때부터, 나는 가족 중에서 어느 친척 여인이 나를 똑같이 '나의 소중한'이라고 불러, 알베르틴이 나에게 말하는 감미로운 말에서, 세상에 단 하나라는 가치를 박탈하는 것을 허락하지 않았다. 그녀는 이 말을 하면서 약간 입을 삐죽 내밀었는데, 그것을 그녀 자신이 입맞춤으로 고치곤 하였다. 이와 같이 그녀는 조금 전에 삽시간에 잠들어 버린 듯이, 십시간에 깨어나고 마는 것이었다.

발베크에 머물기 시작할 무렵하고 지금하고는, 그녀를 보는 나의 눈도 달라졌지만, 그 중요한 원인은 시간 속에서의 나의 이동도 아니고, 또 지난날 바닷가에서 몸을 꼿꼿이 펴고 걸어가는 그녀를 비추던 햇빛과는 달리, 전등빛을 받으면서 내 곁에 앉아 있는 아가씨를 바라본다는 사실도 아니고, 또한 알베르틴의 정신이 사실상 풍요로워지고, 그녀 자신의 힘으로 진보했다는 사실도 아니었다. 더욱 긴 세월이 두 영상을 떼어놓았더라도 이처럼 빈틈없는 변화는 일어나지 않았을 것이다. 알베르틴이 뱅퇴유 아가씨의 친구들에 의하여 거의 길러졌다고 해도 과언이 아니라는 것을 내가 알았을 때, 본질적인 변화가 돌연 일어났던 것이다. 전에는 알베르틴의 눈 속에 불가사의를 본 줄 여기자 내 마음이 끓어올랐는데, 지금은 그 눈에서, 아니 눈만큼이나 마음속을 반영해, 어떤 때는 매우 온화하게, 그러다가 금세 뾰로통하게 되는 그 뺨에서, 불가사의를 모조리 추방해 버린 순간이 아니고서는 나는 행복하지 않았다. 내가 구해 마지않고, 거기에 이 내 마음을 쉬곤 한 모습, 그 곁에서라면 죽어도 좋다고 생각한 모습, 그것은 미지의 생활을 갖는 알베르틴의 모습이 아니라, 가능한 한 나에게 잘 알려진 알베르틴(바로 이 때문에 이 사랑은 불행하지 않고서는 계속될 수가 없었다. 왜냐하면 본래, 비밀에 대한 욕구가 내포되지 않은 사랑이었기 때문이다), 그것은 아득한 세계를 반영하는 것이 아니라, 단지 나와 함께 있기를, 나와 똑같이 되기만을 바라는 알베르틴 ─사실 그렇다고 생각되는 순간도 있었다 ─미지의 것의 영상이 아니라, 바로 나의 소유물의 영상으로서의 알베르틴이었다.

한 인간에 관한 고뇌의 한 시각, 그 인간을 간직할 수 있을까, 놓치지나 않을까 하는 불안, 거기서 어떤 애정이 생기는 경우, 이 애정은 이를 만들어 낸 심리적 동요의 흔적을 가져, 우리가 그 인간에 대하여 생각하였을 때마다 보아 온 것을 거의 상기 못 한다. 물결치는 바닷가에서 알베르틴을 목격한 나의 첫인상이, 그녀에 대한 내 애정 속에 얼마간 남아 있을는지는 모르나, 실제로, 이런 유의 사랑 속에, 그 힘 속에, 그 고뇌 속에, 그 평온함에 대한 욕망과, 마음 가라앉는 평화로운 회상 쪽으로 하는 도피 속에, 그 회상에 잠겨 사랑하는 여인한테 설령 이쪽이 모르는 밉살스러운 것이 있어도 전혀 알고 싶어하지 않는 그 기분 속에, 과거의 인상 따위는 작은 자리밖에 차지 못 하는 법이다 ─ 설령 과거의 인상을 간직하더라도 이런 사랑은 아주 다른 것으로 이루어진다!

때때로 나는 그녀가 집에 돌아오기 전에 불을 꺼 버리기도 한다. 캄캄한 어둠 속, 겨우 벽난로의 뜬 숯의 빛에 안내되어, 그녀는 내 곁에 눕는다. 내 손, 내 뺨만이 그녀를 알아볼 뿐, 내 눈, 달라진 그녀를 볼까봐 자주 겁내는 내 눈에는 그녀의 모습이 들어오지 않는다. 이런 소경의 사랑 덕분에, 아마도 그녀는 자기가 여느 때보다 더 다정스러운 애정에 잠겨 있음을 느꼈는지도 모른다.

나는 옷을 벗고 드러누워서, 침대 한구석에 앉은 알베르틴하고 놀이 또는 입맞춤으로 중단된 대화를 계속할 때도 있었다. 한 인간의 존재와 성격에 흥미를 품게 하는 단 하나, 곧 욕망에서, 우리는 제 자신의 본성에 끝까지 충실하기 때문에(설령 그 대신에 다른 여성을 차례차례 사랑하다가 번갈아 버리더라도), 한번은, 알베르틴을 '귀여운 아이'라고 부르면서 입맞추는 순간에 언뜻 거울에 비치는 내 모습을 보고 나서, 나 자신의 얼굴의 구슬프고도 정열적인 표정, 이제는 생각나지 않는 질베르트 곁에서 전에 이런 표정을 지었을 것이며, 또 앞으로 알베르틴을 망각하고 마는 때에 다른 여성 곁에서 이런 표정을 할는지도 모르는, 이 표정이 나로 하여금 생각

501

하게 했다, 곧 한 개인에 대한 고려를 초월하여(본능은 현재의 여성을 유일한 참된 것으로 생각하게 한다), 나는 뜨겁고도 고뇌로 가득 찬 헌신의 의무를, 여성의 젊음과 아름다움에 봉헌물(奉獻物)처럼 바치고 있다. 그렇지만 '봉헌물'로 젊음을 기리는 이 욕망이나 발베크의 갖가지 추억에 묻혀서, 이와 같이 알베르틴을 밤마다 곁에 두고 싶어하는 욕망 속에는, 이제까지의 내 생애에 없었던 무엇, 아니 내 생애에 전혀 새로운 것은 아닐지라도, 적어도 이제까지의 연애에는 없었던 그 무엇이 섞여 있었다. 그것은 머나먼 콩브레의 밤, 어머니가 내 침상에 몸 수그리고 입맞춤 속에 안정을 가져다 준 이래, 내가 한번도 느끼지 못했던 마음 가라앉히는 힘이었다. 만약에 이 당시, 누가 나한테, 너는 아주 선량한 인간이 못 된다, 더욱이 언젠가는 남한테서 기쁨을 빼앗으려고 할 거라고 말했다면, 나는 틀림없이 놀라자빠졌을 것이다. 나는 그 무렵 나 자신을 잘 모르고 있었던 것이 틀림없다. 왜냐하면 알베르틴을 나의 집에 머무르게 한다는 기쁨은, 적극적인 기쁨이라고 하기보다, 꽃피는 아가씨를 누구나 다 번갈아 맛볼 수 있는 세상에서 빼돌려 놓고 있다는 기쁨이어서, 그녀는 나에게 크나큰 기쁨을 주지 못하였을망정, 남들한테서 기쁨을 빼앗은 셈이 되었기 때문이다. 이걸 야심이다, 영광이다라고 한다면 나에겐 아무래도 좋았을 것이다. 더더구나 증오의 정을 느낄 수 있는 성미가 아니었다. 그래도 육체적으로 사랑한다는 게, 역시 나의 경우, 허다한 경쟁자에게 맞서는 승리를 누린다는 것이었다. 몇 번이고 되풀이 말해도 부족하지만, 그것은 무엇보다도 먼저 마음의 진정이었던 것이다.

알베르틴이 집에 돌아오기 전에, 내가 아무리 그녀를 의심하거나, 몽주뱅의 방에 있는 그녀를 상상해 보거나 하여도 소용없었다. 일단 그녀가 실내복 차림으로 내 팔걸이의자의 정면에 앉거나, 또는 자주 그렇게 하듯이, 내가 누워 있는 침대의 발치에 앉자마자, 나는 의심을 그녀의 마음속에 맡기곤 하였다. 마치 신자가 자신을 버리며 기도하듯이, 그녀에게 의심을 내주어 그것을 덜었던 것이다. 저녁 동안, 그녀는 내 침상에 깜찍스럽게 몸을 동그랗게 웅크리고, 커다란 암고양이처럼 나와 장난치는 적도 있었다. 좀 통통한 여성에게 특유한 가냘픔을 주는 아양떠는 눈매를 지으면서, 장밋빛의 예쁘장한 코끝을 더욱 좁히자, 고집 세게 보이는 활활 타는 얼굴이 되었다. 장밋빛 도는 밀랍(蜜蠟)과도 같은 볼에 긴 검은 머리칼 한 타래를 늘어뜨리고, 두 눈을 스르르 감으며, 두 팔을 벌리고 '어서 이 몸을 그대 뜻으로 해줘요' 하고 말하는 듯한 적도 있었다. 나와 헤어질 즈음에, 밤인사를 하러 그녀가 다가왔을 때, 나는 그 튼튼한 양쪽 목에, 거의 가족처럼 친근하게 된 그 다정스러움에 입맞추었는데, 나는 그때에 그 목이 좀더 햇빛에 거무스름하게 타고, 좀더 살결이 거칠어도 좋다고 생각하였다, 마치 이런 튼튼한 특징이, 알베르틴의 마음속에 있는 성실성과 어떤 관계가 있기라도 한 듯이.

"심술궂은 분아, 내일 우리하고 안 가시려우?" 하고 그녀가 헤어지기에 앞서 묻는다. — "어디 가는데?" — "그거야 날씨에 따라, 당신에 따라. 오늘 낮에 뭘 좀 쓰셨수, 여보? 못 썼다구요? 그럼, 산책에 나가지 않은 게 헛일이네요. 그런데 저어, 아까 내가 돌아왔을 때, 내 걸음걸이인지 알아들으셨수, 나인 줄 짐작하셨수?" — "물론이지, 내가 잘못 들을 성싶어? 아무리 수많은 발소리 사이인들, 우리 귀여운 바보아가씨의 걸음걸이를 못 알아들을 성싶어? 내 부탁이니, 자러 가기 전에 그 바보아가씨의 신을 내가 벗기게 해요, 나를 기쁘게 해줄 테니. 당신은 참말 귀엽구려, 새하얀 드레스 속에 장밋빛으로 물든 당신의 자태가."

이런 게 나의 대답이었다. 내 육감적인 표현 가운데, 나의 어머니나 할머니에게 특유하던 또 다른 표현도 알아볼 것이다. 왜냐하면 내가 점점 아버지를 비롯해 온 육친들과 닮아 왔기 때문인데, 아버지도 — 물론 나와는 전혀 다른 투로, 그도 그럴 것이 설령 같은 일이 되풀이된다고 해도, 그것은 번번이 큰 변화를 동반하기 때문에 — 날씨에 비상한 흥미를 갖고 있었다. 아니 아버지뿐만 아니라, 또한 레오니 고모와도 점점 닮아 갔다. 그렇지 않고서도, 나는 알베르틴을, 나의 감시 없이 혼자 내버려 두고 싶지 않다는 구실로, 당장 그녀와 함께 외출하게 되었을 것이다. 레오니 고모는 신앙이 독실한 분으로, 나와는 공통점이라고는 하나도 없다고 확신하고 있었다. 쾌락에 급급한 나하고는 반대로, 쾌락하고는 담을 쌓아 왔으며, 온종일 묵주를 헤아리며 보내는 이 광신자인 고모와는 보기에 운니지차였고, 또 문필 생활을 실현 못 함에 안달복달하던 나와는 달리, 고모는 가족 중에서 단 한 사람, 독서가 허송세월이나 '놀이'가 아니라는 것을 좀처럼 이해 못 하던 분이었다. 그래서 온갖 진지한 일을 금해, 오로지 기도로 성스러운 날을 지켜야 할 부활절 주일에도, 독서만은 무방하였던 것이다. 그런데 자주 나를 그대로 누워 있게 하던 것, 유다른 몸의 거북스러움에 그 원인이 있다고 나는 날마다 여겼지만, 그것은 한 존재였다, 알베르틴도 아니고, 내가 사랑하는 이도 아니고, 사랑하는 이보다 더 강한 힘을 나에게 휘두르는 한 존재, 내 몸 안에 이주하고, 질투에 불타는 나의 의혹을 이따금 침묵시키거나, 아니면 적어도 그 의혹이 근거 있는 것인지 살피러 나가는 것을 방해할 만큼 폭군적인 인물, 그것은 바로 레오니 고모였다. 내가 어찌나 극성스럽게 아버지를 닮았는지, 아버지같이 청우계를 살펴보는 것만으로는 만족하지 않고, 드디어 나 자신이 살아 있는 청우계가 되어 버린 것, 또 레오니 고모의 지배 밑에 놓여 방안에서, 경우에 따라 침상에서 날씨를 관찰하게 된 것만으로 충분하지 않았는가? 그런데 나는 지금, 알베르틴한테, 어떤 때는 어린 시절에 콩브레에서 어머니에게 내가 말했던 투로, 어떤 때는 할머니가 나에게 말했던 투로 얘기하는 것이었다. 인간이 어느 연령을 넘어서자, 자기의 어린 시절의 영혼과 죽은 선조의 영혼이, 그 부귀와 저주를 한 줌 가득히 우리에게 퍼부어, 우리가 현재 느끼고 있는 새로운 감정에 협력하려고 든다. 우리는 그들의 묵은 모습을 지우고, 새 감정에 녹여 부어 전혀 새로운 창조물을 완성하는 것이다. 이와 같이, 나의 가장 옛 시절에서 비롯하는 온 과거와, 또 그 저편에 있는 내 육친의 과거가, 알베르틴에게 품은 나의 불순한 사랑의 정에, 양친이 자식을 대하는, 동시에 자식이 양친을 대하는 다사로운 애정을 배합하고 있었다. 어느 시기에 이르고 보니, 우리는 멀리서 오셔서 우리 주위에 모여드시는 온 육친을 맞이해야만 하나 보다.

알베르틴이 순순히 신을 벗기 전에, 나는 그녀의 슈미즈를 살짝 걷어 본다. 탄력 있게 솟은 예쁘장한 두 유방은 어찌나 둥그스름한지 보기에 육체에 없지 못할 일부라기보다는, 두 알의 과실처럼 거기서 익는가 싶었다. 그녀의 아랫배는(남자의 경우라면 포장을 뜯는 전신상에 박힌 쐐기처럼 보기 흉할 곳을 가리듯이), 서혜부(鼠蹊部)에서 두 개의 화판(花瓣)으로 닫혀 있는데, 그 화판이 그리는 곡선은 일몰(日沒) 뒤의 지평선처럼, 조는 듯한 마음이 아늑해지는 수도원을 연상케 했다. 그녀는 신을 벗고 내 곁에 누웠다.

오, '남성'과 '여성'의 위대한 자태여. 거기에 '만물 창조'에 의하여 나뉜 것이 원초의 무구(無垢)와 찰흙의 겸손으로써 합치려 하고, 거기에 하와는 '남성' 곁에서 눈을 뜨자, 놀라서 복종한다, 마치 '남성'이 아직 외톨이로, 자기를 만드신 신 앞에서 눈을 떴을 때처럼. 알베르틴은 검은 머리 뒤로 올린 양 손을 깍지끼고, 볼록한 둔부, 늘어뜨린 다리는 고니의 목이 길게 뻗어 가다 다시 제자리를 구부리듯 구부러져 있다. 그녀가 고개를 완전히 돌리자(정면에서 보면 그처럼 착하고 아름다운 얼굴이) 레오나르도의 희화(戲畵)처럼 좁은, 보기 흉한 일면이 나타나, 여간첩 같은 심술·탐욕·음흉을 보는 느낌이 들었다. 집에 이런 간첩이 있다가, 이런 옆 모습으로 정체를 드러낸다면 나는 얼마나 소름이 끼쳤으랴. 나는 얼른 알베르틴의 얼굴을 손 안에 들어 정면으로 돌려 놓았다.

"여보, 나에게 약속해요, 내일 함께 외출하지 않거든 일하겠다구요" 하고 그녀는 슈미즈를 내리면서 말하였다. "그러지, 하지만 아직 실내복을 입지 말아요." 때로는 그녀 옆에서 잠들어 버리는 적도 있었다. 방이 어느새 싸늘해 장작이 필요하였다. 등 쪽으로 초인종을 찾아보지만 손에 닿지 않아, 구리로 된 창살을 두루 더듬어 보아도, 그 사이에 초인종이 매달려 있지 않았다. 그러자, 우리가 나란히 누워 있는 현장을 프랑수아즈에게 보이기 싫어, 침상에서 뛰어내리는 알베르틴에게 나는 말하였다. "그러지 마, 잠깐 침대에 다시 올라와요, 초인종을 찾지 못했으니."

보기에 감미롭고도 유쾌하며 순진스러운 순간, 하지만 거기에 꿈에도 생각지 못한 파탄의 가능성이 쌓여 있다. 그 때문에 온갖 생활 중에서 사랑의 생활이 가장 심한 대조를 이루어, 즐거운 순간 뒤에 뜻하지 않은 유황과 송진의 비가 내리기 시작하고, 우리가 그 불행에서 교훈을 꺼내는 용기도 없이, 곧바로 분화구의 옆에 집을 다시 지으면, 거기서 생겨나는 것이란 재, 비극적 결말밖에 없을 것이다. 한데 나는 행복이 영속하리라고 믿는 사람들처럼 태평무심하였다. 고뇌가 생겨나려면 바로 이 평온함이 필요했던 것이다—또 이 평온함이 간간이 고뇌를 진정시키러 돌아올 것이다—그 때문에 남성이 자기에 대한 한 여성의 호의를 자랑삼아 떠들어 대는 때, 남들에게 또 제 자신에게도 진실을 이야기하는 줄 여길 수 있는데 그러나 모든 것을 따져 보면, 그 관계의 한가운데, 남들에게 밝히지 않은 비밀의 형태로, 또는 질문이나 조사로 모르는 사이에 드러나는 식으로, 끊임없이 고통스런 불안이 흐르고 있다. 그러나 이 불안은 그 전에 평온 없이는 생기지 않았을 것이다. 생겨난 뒤에도, 고뇌에 견디고 결렬을 회피하려면 간헐적인 평온이 필요하기 때문에, 여인과의 동서가 알고 보면 남모르는 지옥이라는 사실을 숨기고, 그것이 단둘의 단란한 생활인 양 과시마저 하는 것도 역시 하나의 올바른 견해를 보여 주는 것이며, 인과(因果)의 일반적인 유대를 표현하고, 고뇌의 생산을 가능케 하는 양식 한 가지를 표시한다.

나는 알베르틴이 우리 집에 있으며, 내일 나 아니면 앙드레의 감시하에서가 아니고는 외출하지 못하게 되어 있는 것에 이제는 놀라지 않았다. 이런 동서의 습관, 나의 생활을 한정하여 그 내부에 알베르틴밖에 아무도 들어가지 못하는 이런 커다란 선, 또한(건축가가 공사에 착수하기 훨씬 전에 건축의 도면을 긋듯이, 아직 내가 모르는 차후의 생활의 미래 도면에 그어진) 현재의 것에 평행하여 그것보다 더욱 넓고도 머나먼 선, 이로 인해 나의 내부에는, 외딴 암자처럼, 나의 미래의 사랑의 다소 엄숙하고도 단조로운 양식이 초벌 그려졌던 것인데, 이런 것이 그려진 것은 실은 발베크의 밤, 작은 열차 안에서 알베르틴이 누구에게 양육되었는지 나에게 털어놓고 말한 뒤에, 내가 어떤 대가를 치르고라도 그녀를 어떤 영향에서 떼어 내, 며칠 동안 내 곁에서 떠나지 못하게 하고 싶어하던 그 밤의 일이었다. 그러던 나날이 뒤이어 지나가, 이런 습관은 기계적으로 되어 버렸다. 그러나 '역사가'가 원시의 제식(祭式)의 뜻을 발견하려고 하듯, 극장에도 가지 않을 만큼 몸을 가두고 있는 이 은둔 생활의 뜻을 묻는 사람이 있었다면, 나는 이렇게 대답했을 것이다(또 대답하고 싶지 않았을 것이다), 이 은둔 생활의 시초는 어느 밤의 불안이다, 내가 유감스러운 소녀 시절을 알아 버린 그 여성이, 설령 스스로 원하더라도 앞으로는 같은 유혹에 몸 맡길 가능성이 없다는 것을 나 자신에게 증명하고 싶었던 것이다라고. 나는 이제 그런 가능성을 좀처럼 생각하지 않았지만, 그래도 가능성은 막연히 나의 의식에 남아 있음에 틀림없었다. 그 가능성을 나날이 파괴한다 —또는 파괴하려고 애쓴다— 는 사실이야말로 별로 아름답지도 않은 볼에 하는 입맞춤이 감미로웠던 틀림없는 이유였다. 다소라도 깊은 육감의 즐거움 뒤에는 항상 위험이 있게 마련이다.

* * *

알베르틴이 베르뒤랭네 댁에 갈지도 모르며, 안 갈지도 모른다고 말하던 그 저녁의 다음날, 나는 아침 일찍 깨어나, 아직 몽롱한 가운데 강한 기쁨을 느껴, 그 기쁨 덕분에, 봄의 하루가 겨울 가운데 놓여 있음을 깨달았다. 밖에는, 사기 그릇 땜장이의 뿔피리나 의자 수선인의 나팔을 비롯하여, 갠 날에는 시칠리아의 목동으로 착각하기 쉬운 염소젖 장수의 피리에 이르기까지, 가지각색의 악기를 위하여 세분해서 쓰인 민요의 주제가, 경쾌하게 아침 공기를 편곡하여 '축제일을 위한 전주곡'을 자아내고 이었다. 청각이라는 영묘한 감각이 바깥 거리를 우리의 동반자로 데리고 와서, 그 온 선을 다시 그려, 거기를 지나가는 온갖 것을 꼴로 묘사하며, 우리에게 그 색채를 보인다. 빨가게, 우유가게의 철제 '커튼'은, 어젯밤 여성의 행복에 대한 온갖 가능성 위에 내려졌다가도, 지금은 젊은 여점원들에 대한 꿈을 향해 투명한 바다를 건너고자 출항 준비 중인 배의 도르래처럼 가볍게 말려 올라갔다. 내가 다른 거리에 살았다면 이 철제 커튼이 올려지는 기척이 나의 유일한 즐거움이었을 것이다. 하지만 내가 사는 거리에는 다른 여러 가지가 기쁨을 지어내어, 나는 그 중의 하나라도 늦잠 때문에 못 듣고 싶지 않았다. 귀족이면서도 서민적인 게 옛 귀족가의 신기한 점이다. 대성당의 정문에서 그다지 멀지 않은 곳에 흔히 여러 작은 가게가 있는 것처럼(그 가게의 상호가 성당 문에 남아 있는 일마저 있다. 예컨대 루왕 대성당의 정문 가 노천에 책 장수들이 책을 늘어놓고 팔았기 때문에, 이를 '책방 문'이라고 일컫듯이), 고귀한 게르망트 저택 앞에는, 갖가지 장사꾼이, 하긴 행상하지만, 지나가곤 하여 때로는 종교가 한창이던 옛 프랑스를 상기시켰다. 그도 그럴 것이, 근처의 작은 집집을 향해 소리치는 행상인의 재미난 외침 소리에, 극히 드문 예외를 빼놓고 노래다운 가락이 하나도 없었기 때문이다. 「보리스 고두노프」(옮긴이: Boris Godounov, 러시아의 작곡가 무소르그스키 작곡의 오페라)와 「펠레아스」(Pelléas)의 낭송(朗誦)—거의 감지 못 할 전조로 채색될까 말까 한 낭송—에 못지않게 노래답지 않은 것이었다. 그러면서도 한편, 그것은 미사 중에 신부가 찬송하는 성가를 연상시켰다. 거리의 정경은 이를테면, 이 미사의 소박한, 장사치풍의, 그렇지만 절반 의전풍(儀典風)의 대부(옮긴이: 對部, contre-partie, 음악 용어로서의 대부)일 따름이다. 내가 거기에 그토록 기쁨을 느끼게 된 것은, 알베르틴이 나하고 같이 살게 되고 나서였다. 그 외침 소리들이 그녀의 깨어남의 명랑한 신호인 듯 생각되었고, 또 외부 생활에 나의 관심을 쏠리게 하는 동시에, 소중한 존재가 내가 원하는 그대로 끊임없이 곁에 있어 준다는, 마음을 가라앉히는 효능을 더 잘 감지시켜 주었다. 거리에서 외쳐 파는 음식들 중에는, 나는 싫어하나 알베르틴의 입맛에 썩 맞는 것도 있어서, 프랑수아즈가 하인 아이를 시켜 사러 보내곤 하였는데, 아마 하인 아이는 서민 무리에 섞이는 걸 좀 부끄러워했는지도 모르겠다. 이 조용한 구역에서는(사물의 기척들도 이젠 프랑수아즈의 심술의 원인이 아니었고, 또 나로서는 즐거움의 씨가 되고 말았다), 그「보리스」의 극히 서민적인 음악, 하나의 가락이 억양을 거쳐 다른 가락으로 옮겨 가도 시초의 음조에 거의 변함이 없는 그 군중의 음악 ― 음악이라고 하기보다 차라리 군중의 말 ― 과 마찬가지로, 서민이 부르는 음송조(吟誦調)가 하나하나 다른 전조(轉調)를 나타내면서 똑똑하게 들려 왔다. 그것은 "경단고둥 사려, 경단고둥 한 봉지에 단돈 두 푼!" 하는 외침인데, 그 소리를 듣자이 보기 흉한 작은 고둥을 넣어서 파는 봉지 쪽으로 몰려들었다. 알베르틴이 없었다면, 같은 시각에 팔러 오는 달팽이와 마찬가지로, 나는 경단고둥 따위는 거들떠보지도 않았을 것이다. 달팽이 장수의 경우 역시 무소르그스키의 서정미가 없다시피 한 낭송을 상기시켰지만, 그뿐만이 아니었다. 이유인즉, 거의 '지껄이는' 투로, "달팽이 사려, 물이 좋습니다, 곱습니다"라고 한 뒤에 달팽이 장수는, 드뷔시가 음악으로 옮긴 마테링크풍의 애수와 흐리멍덩한 느낌을 담고, 「펠레아스」의 작곡가가 라모(옮긴이: Rameau, 1683~1764. 프랑스의 작곡가)풍을 띠는 비통한 피날레 중의 하나, '이 몸 패할 운명일망정, 이 몸을 이기는 이 그대일까?'에서처럼, 노래하는 우수를 담고서, "열두 개에 여섯 푼으로 사아려······" 하고 덧붙였기 때문이다.

달팽이 장수가 내는 매우 분명한 이 말이, 왜 얼토당토않은 가락, 멜리장드도 기쁨을 가져다 줄 수 없었던 옛 성에서 모든 얼굴을 어둡게 만든 비밀처럼 신비스러운 가락, 극히 간략한 말로 온 슬기로움과 숙명을 표명코자 하는 아르켈(Arkel) 노인(옮긴이: 「펠리아스와 멜리장드」에 나오는 알르몽드의 노왕[老王])의 사념처럼 심원한 가락으로 한숨짓듯 나왔는지 번번이 이해하기 어려웠다. 알몽드의 노왕, 또는 골로(옮긴이: Golaud, 「펠리아스」에 나오는 인물)가, '이건 또 무슨 일이냐. 남들이 괴상하다고 생각할 테지. 쓸데없는 사건이란 없나 보군'이라든가, '겁낼 것 없지…… 불쌍하게도 그 사람도 모두 다 그렇듯이 한낱 신비스런 여인이었지'라고 할 때의 점점 더 부드러워져 가는 그 목소리의 가락이야말로, 달팽이 장수가 하염없는 영탄조(詠嘆調)로 "열두 개에 여섯 푼으로 사아려……" 하고 되풀이하는 데 쓰는 가락이었다. 그러나 이 형이상적(形而上的)인 청승맞은 소리는 무한의 기슭에 소멸되어 갈 사이도 없이 날카로운 나팔 소리로 중단되었다. 이번엔 음식 장수가 아니고, 가극 각본의 대사는, "깎아요 개털, 잘라요 괭이털, 꼬리털도 귀털도 잘라아요"라는 것이었다.

그야 물론, 남자건 여자건, 장수마다 기발한 착상과 기지로, 내 침대에서 듣고 있는 이런 모든 음악의 대사 속에 곧잘 갖가지 다른 말을 넣기는 하였다. 그래도 한 낱말 가운데, 특히 그 낱말을 두 번 되풀이할 때에 넣는 의식적(儀式的)인 쉼은 끊임없이 예스러운 성당의 추억을 환기시켰다. 당나귀가 끄는 작은 수레에 몸을 싣고, 그 수레를 문전마다 세우고는 그 안마당으로 들어가는 헌옷 장수가 채찍을 손에 쥐고, 성가를 불렀다(옮긴이: psalmodier, '성시[盛詩]를 읊조리다, 넋두리하다'는 뜻도 됨). "헌옷, 헌옷 장수요, 허언……옷"(Habits, marchand d'habits, ha……bits)이라고 외치는 헌옷(Habits)이란 낱말의 마지막 두 음절 사이의 쉼은 성가에서 'Per omnia saecula saeculo……rum'(세세에 이르도록) 또는

'Requiescat in pa……ce'(길이 평안함에 쉬어지이다)라고 노래 하는 경우와 똑같은 쉼이었다. 하기야 헌옷 장수가 헌옷이 세세에 이르도록 가리라고 믿을 리 만무했고, 평안한 최후의 쉬어짐을 위하여 헌옷을 수의삼아 제공할 리 만무했지만. 아침 이 시각에 이르자 허다한 모티브가 교착하기 시작하여, 청과 장수 아낙네도 작은 수레를 밀면서, 연도(連禱)로 그레고리풍의 나눗쉼을 쓰고 있었다.

'A la tendresse, à la verduresse,
Artichauts tendres et beaux
Ar — tichauts'

(연해요, 파랗고 싱싱해요
연하고 깨끗한 엉겅퀴
어엉……겅퀴)

하기야 아낙네는 대송성가집(對誦聖歌集)도 모르려니와, 4는 사학(옮긴이: 四學, 중세에 7자유술[七自由術] 중 상위(上位)에 속하는 사학예(四學藝)로, 산술, 음악, 기하, 천문학을 말함)을, 3은 삼학(옮긴이: 三學, 중세의 7자유술 중 하위(下位)에 속하는 삼학예[三學藝]로, 문법, 수사, 논리학을 말함을 상징한다는 칠음(옮긴이: 七音, 아르티쇼 삼음[artichauts, 三音], 탕드르 보 사음[tendres beaut, 四音])도 모를 테지만.

화창한 나날에 어울리게 빛나는 남부 지방의 곡을 갈대 피리나 퉁소로 뽑으면서, 손에 소의 힘줄로 만든 채찍을 쥐고, 베레모를 쓴 작업복 차림의 사내가 집집 앞에 멈추곤 하였다. 개 두 마리를 데리고 염소떼를 모는 염소치기였다. 멀리서 오기 때문에 꽤 늦게서야 이 구역을 지나갔다. 아낙네들이 사발을 들고 아이들에게 기운을 줄 젖을 받으러 달려들 갔다. 그러나 이 기특한 목자의 피레네풍 가락에 벌써 칼갈이장이의 종소리가 섞였다. 그는 외치고 있다, "칼이나 가위나 면도날 가시오." 이에 맞서서는 톱날 세우는 장색도 당적하지 못하였다, 그도 그럴 것이 반주 없이, "톱날 세우려, 톱 고치려" 하고 외칠 따름이었으니까. 한편 땜장이는 훨씬 기세 좋게, 냄비, 솥 할 것 없이 땜질하는 가지가지를 주워섬기고 나서, 후렴을 부르는 게 아닌가.

땜, 땜, 땜,
마카담(옮긴이: macadam, 잘게 깨뜨린 돌을 깔아 만든 도로)
도 때우는
땜장이요,
밑을 갈아요,
구멍이면 막아요,
구멍, 구멍, 구머엉,

그리고 키 작은 이탈리아 사람들이 붉게 칠한 커다란 깡통을 들고, 거기에 번호─잃는, 따는─를 표시하고, 따르라기를 따르락대면서, "자아, 재미들 보시오, 마님네들, 산에 가야 범을 잡고 물에 가야 고기를 낚는다구요, 어서들 거시라구요" 하고 꾀고 있다.

프랑수아즈가 『피가로』지를 가져왔다. 한번 훑어보고서도 내 원고가 여전히 실리지 않았음을 알아차렸다. 프랑수아즈는 나에게, 알베르틴이 내 방에 들어가도 좋으냐 물어 봐 달라고, 알베르틴이 아무튼 베르뒤랭네 집을 방문하는 걸 단념하고, 앙드레와 둘이서 말 타고 잠시 산책한 뒤에, 내가 권한 대로, 트로카데로의 '특별

대 마티네'(la matinée extraordinaire)—오늘날에는 마티네 드
갈라(matinée de gala)라고 불리는데, 훨씬 경시되고 있다—에
갈 예정이라고 전해 달라고 했다고 말했다. 이제, 그녀가 베르뒤랭
부인을 만나러 간다는 그 소망—아마도 좋지 못한 소망일 것이다
—을 단념한 것을 알고서, 나는 싱글벙글하면서 "오라고 해!" 하
고 말하고 나서, 가고 싶은 데 가라지, 내겐 아무래도 무방하니까
하고 생각했다. 오후의 끝 무렵, 땅거미가 지기 시작할 즈음에 이
르러, 내가 틀림없이 침울한 생판 다른 인간이 되어, 알베르틴의
사소한 출입에도 신경을 곤두세우게 되리라는 것을 알고 있기는
하나, 이처럼 아침 일찍 더더구나 날씨 좋은 날엔 그런 건 개의치
도 않았다. 나는 돈담무심중에도 이 돈담무심의 원인을 금세 뚜렷
하게 의식하였는데, 그래도 돈담무심에는 변함이 없었다. "당신
깨어났으니, 방해되지 않을 거라고 프랑수아즈가 다짐해 주어서"
하고 말하면서 알베르틴이 들어왔다. 계제 나쁘게 창문을 열어 나
를 춥게 하지 않을까 알베르틴은 걱정하곤 하였는데, 그보다도 내
가 잠들어 있을 때에 들어오는 것을 더 크게 겁내었다. "들어와도
괜찮았죠" 하고 그녀는 덧붙였다, "당신한테

'죽음을 자청하는 무엄한 자는 어디 사는 누군고?'

하고 꾸중 들을까 봐 겁이 났어." 그러고 나서 그녀는 내 마음을
혼란케 하는 그 웃음을 웃어댔다. 나도 역시 농조로 대답했다.

"그와 같은 엄명을 내린 것은 그대 때문인가?"

그리고 그녀가 이 명령을 어길까 봐서 덧붙였다. "하긴 당신이

나를 깨웠다면 난 무섭게 화냈겠지만."—"알고 있어요, 걱정 말아요" 하고 그녀가 말했다. 나는 분위기를 누그러뜨리려고, 계속해 그녀와 함께 「에스더」의 장면을 연기하는 척하면서 덧붙였다—그동안 거리에서 외침 소리가 계속되고 있었는데, 우리 둘의 대화로 무슨 말인지 전혀 확실치 않게 되었다.

이 마음을 사로잡아 결코 싫증나지 않는, 뭔지 모르는 이 매력은
그대를 두고 따로 구할 길 없는 매력이어라.

(마음속으로는 '당치도 않지, 줄곧 싫증나게 하지' 하고 생각하고 있었다). 그리고 어젯밤 그녀가 한 말을 상기하여, 또 다음에 다른 일에도 내 말을 순순히 따르도록, 베르뒤랭네 방문을 단념해 준 것을 과장해 감사하면서, "알베르틴, 당신은 당신을 사랑하는 나를 신용하지 않고, 당신을 사랑하지 않는 사람들을 신용하나 봐" 하고 말했다(사랑하는 사람, 곧 뭔가를 알고자, 방해하고자 거짓말하는 게 유일한 특책인 사람을 신용하지 않는 게 마치 당연하기라도 한 것처럼). 그리고 나는 이런 거짓말을 덧붙였다, "요컨대 당신은, 내가 당신을 사랑하는 걸 믿지 않아, 이상하게도. 사실, 난 당신을 '썩 좋아'하지는 않지만 말야." 그러자 이번에는 그녀가 나밖에 믿는 사람이 없다고 하면서 거짓말하고, 다음에, 내가 그녀를 사랑하고 있는 줄 잘 알고 있다고 확언하였는데, 이는 그녀의 본심이었다. 하지만 이 확언에는, 나를 거짓말쟁이이며 염탐꾼으로 여기지 않노라는 뜻은 보아하니 포함되어 있지 않았다. 그리고 그녀는 마치 그렇게 하는 걸 깊은 애정에서 비롯하는 어쩔 수 없는 결과로 보았거나, 또는 그녀 자신을 그녀 스스로 나만큼 선량하지

않다고 생각했거나 하듯, 나를 용서해 주는 성싶었다.

"부탁이니 요전 날 했듯 말 위에서 재주부리는 짓만은 하지 말아요. 생각해 봐, 알베르틴, 만에 하나라도 어떤 사고라도 나면!" 나는 물론 알베르틴의 몸에 아무런 재앙도 일어나기를 바라지 않았다. 그러나 그녀가 말 탄 채, 어디론지 그녀의 마음에 드는 곳으로 훨훨 떠나 버려, 두 번 다시 집에 돌아오지 않는다면 얼마나 시원하랴! 그녀가 다른 곳에서 행복하게 살아 준다면, 그곳이 어디든 간에 내가 알 바 아니며, 만사가 얼마나 간단하랴! "어머, 잘 알고말고요, 그러면 당신은 48시간도 살아남지 못하고, 스스로 목숨을 끊겠지." 이런 모양으로 우리 둘은 거짓말과 거짓말을 주고받았다. 그러나 본심으로 말하는 진실보다 더 깊은 진실이, 성실성과는 다른 방법으로 표현되거나 예고되는 경우도 간혹 있다.

"바깥에서 나는 소리, 시끄럽지 않으세요?" 하고 그녀가 물었다. "난 듣기 좋지만, 당신은 그렇지 않아도 잠이 얕은데 말예요?" 나는 반대로 아주 깊이 잠드는 적도 있었다(이것은 이미 말한 바지만, 다음에 일어나는 사건 때문에 다시 적어 둔다). 특히 아침이 되고서야 잠들었을 때 더 깊었다. 이와 같은 잠은 —평균하여— 여느 때보다 네 배나 더 심신을 휴식시키기 때문에, 잠에서 막 깨어나자 네 배나 더 오래 잠잔 듯한 느낌이 들지만 실은 4분의 1밖에 안 되는 것이다. 그러니 열여섯 배나 되는 굉장한 착각, 그것은 깨어남에 많은 아름다움을 주고, 삶에 참된 일신을 가져다 주는 것, 음악에 비한다면, 안단테(andante)에서 8분음부(八分音符)가 프레스티시모(prestissimo)의 경우의 이분음부(二分音符)와 같은 길이가 되는 그 급격한 리듬의 변화에 해당하는 것, 각성 상태로는 경험 못 하는 것이다. 깨어났을 때의 삶은 거의 늘 동일하여, 나그네 길의 환멸도 이 탓. 꿈이란 과연 인생의 가장 조잡한 재료로 된 것인 듯싶으나, 이 소재는 '가공'되어, 반죽되어 ― 각성 상태에서와 같은 시간 제한 따위 없이, 듣도 보도 못 한 높이까지 아무런 방해 없이 뾰족하게 뻗어 올라 ― 그 본디의 꼴을 못 알아볼 만큼 새롭다. 이런 행복이 찾아들어 흑판에 그려진 듯한 나날의 일의 흔적이 잠이라는 칠판지우개로 머리에서 지워지는 아침, 내 기억을 되살리는 게 필요하였다. 잠 또는 발작으로 인한 건망증으로 잊어버린 곡절도, 의지력으로 되찾을 수 있는 게, 눈이 떠짐에 따라 또는 마비 상태가 사라짐에 따라 그것이 차차 되살아난다. 겨우 몇 분 사이에 여러 시간을 살아왔기에, 프랑수아즈를 불러서, 현실에 적합한 말, 그 시간에 어울리는 말을 하려고 하면서, 이가 빠져 말이 헛나와 '이봐요, 프랑수아즈, 벌써 저녁 5시가 됐는데, 어제 오후부터 모습을 보이지 않았군그래' 하고 입에 담지 않으려고, 내부의 자제력을 총동원하지 않으면 안 되었다. 또 내 꿈을 짓밟으려고, 용감히 꿈에 맞서서 제 자신을 속이면서, 한편 온 힘을 다하여 나를 침묵시키면서, 뻔뻔스럽게 정반대의 말을 하는 것이었다. "프랑수아즈, 벌써 10시지!" 아침 10시라고조차 말하지 않고, 단지 '10시'라고 하였는데, 그것은 이 엄청난 10시라는 말이 되도록 자연스러운 말투로 발음된 척하기 위해서였다. 그렇지만 여전히 비몽사몽간인 내가, 여지껏 생각하고 있는 바를 말하지 않고, 이런 말을 하는 데는, 마치 달리는 열차에서 뛰어내린 사람이 선로를 따라 얼마간 달려 용케 쓰러지지 않고 배기는 것과 같은 균형을 잡는 노력이 들었다. 열차에서 뛰어내린 사람이 얼마간 달리는 것은, 그가 지금 막 떠난 경역(境域)이 대속력으로 움직이는 경역이고, 움직이지 않는 지면과는 아주 달라서, 지면에 발 붙이기가 좀처럼 익숙해지지 않기 때문이다.

꿈의 세계가 각성의 세계와 다르다고 해서, 각성의 세계가 실답지 않다는 결론은 될 수 없다. 도리어 그 반대다. 수면의 세계에서는, 우리의 지각이 몹시 과중하여, 하나하나의 지각에 다른 지각이 겹쳐 부피가 쓸데없이 겹으로 되어, 소경으로 되고 말아, 깨어났을 때는 얼떨떨하여 뭐가 뭔지 판별조차 할 수 없다. 프랑수아즈가 왔던 거냐, 아니면 내가 부르는 데 지쳐서 프랑수아즈한테 갔던 거냐? 이런 순간, 하나도 드러내지 않는 유일의 수단은 침묵이다, 뭔가 자기와 관련된 사건을 조사한 판사에게 잡혀, 그 사건이 뭔지 아직 털어놓고 말해 주지 않을 때처럼. 프랑수아즈가 왔던 거냐, 혹은 내가 불렀던 거냐? 잠들어 있는 게 프랑수아즈고, 그녀를 막 깨운 게 나였나? 더구나 프랑수아즈는 내 가슴 속에 갇혀 있던 게 아니었나? 이 갈색의 어둠에서는 인간과 인간사이의 구별도 그 상호의 행위도 거의 존재치 않고, 현실은 고슴도치의 몸 속에서처럼 불투명하고, 거의 없는 것과 다름없는 지각은 어떤 종류의 동물의 지각을 상기케 한다고 해도 과언이 아니기 때문이다. 그런데 이와 같은 깊은 수면에 앞서는 의식 맑은 광기 속에도, 예지의 조각돌이 반짝반짝 떠다니고 텐(Taine)이나 조지 엘리엇의 이름이 머리에 떠오르는 수가 있다고 해도, 각성의 세계 쪽이 아침마다 이것을 계속할 수 있다는(꿈이 밤마다 계속되지 않는 반면에) 점에서 우월하다. 그러나 깨어남의 세계보다 더 현실적인 다른 세계가 있는지도 모른다. 깨어남의 세계만 하더라도 예술상의 혁명이 일어날 적마다 이 세계가 변혁되고, 그뿐더러 예술가와 무지한 바보를 구분하는 재능과 교양의 차이마저도, 예술의 혁명에 의해 동시에 번복되는 것을 우리는 목격하지 않았는가.

한 시간 더 잤을 때에는 흔히 몸이 마비되어, 수족의 사용법을 다시 생각해 내는, 말하는 법을 다시 배울 필요가 생긴다. 의지의 힘으로는 용케 되지 않을 것이다. 지나치게 자서 제 자신이 이미 없는 것이다. 깨어남은 기계적으로 감각될까 말까, 자각이 없는 게, 마치 철관(鐵管) 속에서 꼭지의 닫힘을 감각하는 것 같다. 해파리의 삶보다 더 활기 없는 삶이 뒤이어 와서, 설령 뭔가를 생각할수 있더라도, 기껏해야 바닷속에서 끌어내어졌거나 또는 도형장으로 돌아왔구나 하는 생각이 들 정도다. 하지만 그때에, 천상에서 '기억술'(mnémotechnie)의 여신이 몸을 굽히고, '밀크커피를 가져오게 하는 습관'이라는 형태로, 소생의 희망을 내밀어 준다. [하기야 기억의 돌연한 회복은 늘 그렇게 간단하지 않다. 서서히 깨어남 쪽으로 미끄러져 나가는 이 첫 몇 분 동안에는, 흔히 자기 곁에 갖가지 현실의 진실이 있어, 트럼프놀이에서 카드를 골라잡듯이 그 중의 하나를 택할 수 있다고 생각한다. 지금은 금요일 아침이고 산책에서 막 돌아온 길이다. 또는 바닷가에서 홍차를 마시는 시각이다 하는 투로. 잠잤다든가 잠옷으로 누워 있다든가 하는 생각은, 대개 맨 나중에 온다.] 이 소생은 곧바로 오지 않는다. 초인종을 울린 줄 알지만 실은 울리지 않고 정신 나간 말을 중얼거린다. 동작만이 사념을 되찾아 주어, 실제로 벨의 단추를 눌렀을 때라야 처음으로 느릿느릿, 그러나 똑똑하게 말하게 된다. "벌써 10시군. 프랑수아즈, 밀크커피를 갖다 줘요."

오오 기적! 프랑수아즈는, 비현실의 바다가 아직 나를 온통 잠그고 있는 것도, 내가 바다 밑에서 기를 쓰고 괴상한 질문을 해댄 것도 전혀 수상히 여기지 않았다. 프랑수아즈는 사실 "10시 10분입니다"라고 대답하였다. 이 말로 나는 정신 든 외양으로 보이고, 끝없이 내 마음을 흔들어대던 기괴한 대화를 들키지 않게 되었다(산과 같은 거대한 허무에 압도되어 목숨의 감각을 안 빼앗긴 나날에 한해서). 의지의 힘으로 나는 현실계에 복귀했던 것이다. 나는 아직 남은 잠의 부스러기를, 곧 이야기하는 방식에 현존하는 유일한 독창(獨創), 유일한 혁신을 즐기고 있었다. 각성 상태의 서술(敍述)은 아무리 문학적 기교로 미화된들, 아름다움의 원천인 그 별난 신비성을 품지 못하기 때문이다. 아편이 지어낸 아름다움을 이야기하기란 쉽다. 그러나 약 없이는 잠들지 못하는 버릇이 든 자가, 뜻하지 않게 자연스럽게 한 시간 잠든 것만으로도, 못지않게 신비하고도 더욱 신성한, 광대한 아침 풍경을 발견하리라. 잠자는 시각이나 장소를 바꾸어, 인공적으로 잠을 불러일으키거나, 혹은 그와 반대로 하루만 자연스런 잠에 되돌아오거나 하면 —수면제로 잠드는 버릇이 든 자로서는 이거야말로 가장 별난 잠이다— 정원사가 만들어 내는 카네이션 또는 장미의 변종보다 천 배나 많은 잠의 변종을 얻기에 이른다. 정원사는 감미로운 꿈과 같은 꽃들을 내는가 하면 또한 악몽과 같은 꽃들을 만들어 내기도 한다. 그런데 나는 어떤 잠버릇이 들자 홍역에 걸려 있거나, 또는 더 괴로운 일이지만, 발베크에 있을 때 나의 할머니(내 머리에 한번도 떠오른 적이 없는)가 죽는 줄 여기고 당신의 사진을 내가 받기를 바랐을 적에 내가 그만두시라고 놀렸기 때문에 할머니가 슬퍼하시고 있거나 한 생각이 들어 몸을 덜덜 떨면서 깨어났다. 눈을 떴지만, 나는 부랴사랴 할머니한테 '그건 오해십니다'라고 설명하러 가려고 하였다. 그러나 벌써 내 몸은 따뜻해지기 시작하였다. 홍역의 진단은 빗나갔고, 할머니는 내게서 멀리 가 버려, 이제 내 마음을 괴롭히지 않았다. 때로는 이 별난 잠 위에 돌연한 어둠이 달려들기도 하였다. 내가 산책의 발길을 뻗어 캄캄한 거리를 겁내며 걷고 있다. 배회하는 자들의 발소리가 들리고 있다. 돌연, 손님을 차에 태워 안내하는 일을 업으로 삼는 여인, 멀리서 보기에 젊은 마차몰이꾼처럼 보이는 그 여인들의 하나와 순경 사이에 입씨름이 일어났다. 어둠에 싸인 그 자리 위에 여인의 모습이 보이진 않았지만, 뭔가

지껄이고 있는데, 그 목소리에 나는 그 얼굴의 단아함과 그 육체의 젊디젊음을 느꼈다. 떠나기 전에 그 차에 타려고, 나는 어둠 속을 그녀 쪽으로 걸어갔다. 마차가 멀리 있다. 요행히, 순경과의 입씨름은 계속되었다. 나는 아직 정지한 마차를 따라잡았다. 거리의 이 근처는 가로등으로 환하였다. 마차의 안내 여인의 모습이 보이게 되었다. 여인임에 틀림없지만, 나이 들고, 몸집이 장대하고, 캐스켓(캡)에서 흰머리칼이 비쭉 나오고, 얼굴의 한 부분은 붉게 곪아 있다. 나는 거기를 떠나면서 생각하였다. '여성의 젊음이란 이런 건가? 과거에 만났던 여인을, 앞으로 갑작스럽게 다시 만났을 때, 이미 할머니가 되어 버리는 건가? 욕망을 부추기는 젊은 여인이란 연극의 배역 같은 건가, 초연의 여배우가 시들자 그 역을 신인에게 시켜야 하는? 그러나 그때에는 이미 같은 여인이 아니다.'

다음에 슬픔이 내 마음에 스며들어 왔다. 이와 같이 잠 속에는 마치 르네상스의 '피에타'(옮긴이: Pietá, 성모 마리아가 예수의 시체를 안고 슬퍼하는 모습을 그린 회화나 조각)처럼 수많은 피티에(pitié, 연민)가 있다. 그러나 피에타처럼 대리석에 조각되어 있지 않고, 그와 반대로 두루뭉수리하다. 그래도 그 나름의 효용(效用)이 있다. 그것은 깨어나 있을 때의 차디찬, 때로는 악의 찬 분별심 중에 너무나 망각하려고만 하는 일면, 사물에 대한 좀더 인간적인, 좀더 감동어린 한 견해를 상기시켜 준다는 점이다. 그러므로 나는, 프랑수아즈에게 늘 동정심을 간직하자고, 발베크에서, 스스로 세운 약속이 머리에 떠올랐던 것이다. 적어도 오늘 아침나절 동안, 프랑수아즈가 우두머리 급사와 다퉈도 화내지 않도록 애써 보자, 남들이 심술사납게 굴어대는 프랑수아즈에게 될 수 있으면 다정스럽게 굴어 주자. 오늘 아침나절만이다, 그리고 조만간에 좀더 안정된 기준을 내 손으로 설정하려고 노력해야 한다, 민중이 순 감정의 정책에 오래도록 통치를 맡기지 않듯이, 인간은 그 꿈의 추억에 오래도록 지배되지 않으니까. 이미, 꿈의 기억은 날아가기 시작하였다. 꿈을 묘사하려고 생각해 내고자 하면 할수록, 더 빨리 꿈을 도망가게 하였다. 이제 눈꺼풀은 눈 위에 굳게 봉해져 있지 않았다. 꿈을 다시 구성하려고 하면 눈꺼풀은 아주 열릴 것이다. 한쪽은 건강과 예지, 또 한쪽은 정신적인 기쁨, 이 두 가지 중 하나를 늘 택해야 한다. 나는 비겁하게도 늘 첫번 쪽을 택해 왔다. 하기야 내가 포기하곤 한 위험한 힘은 상상외로 위험스러운 것이었다. 연민의 정이나 꿈은 홀로 날아가지 않는다. 잠잘 때의 상태를 이렇게 저렇게 바꾸는 중에, 사라져 가는 것은 단지 꿈만이 아니라, 여러 날 동안, 간혹 여러 해 동안, 꿈꾸는 능력뿐만 아니라 잠드는 능력마저 잃고 만다. 잠은 하늘이 주신 은혜지만 불안정하여, 희미한 자극에도 운산(雲散)한다. 잠보다 고정된 습관은, 밤마다 친구인 잠을 일정한 장소에 붙잡아 놓고, 갖가지 충격에서 잠을 보호한다. 그런데 만일 장소를 옮기고 속박을 풀면, 잠은 수증기처럼 사라진다. 잠은 젊음과 사랑을 닮아, 잃으면 두 번 다시 찾지 못한다.

이런 갖가지 잠 속에서 아름다움을 지어낸 것은, 음악에서의 음정(音程)처럼 간격의 증감(增減)이었다. 나는 그 아름다움을 즐기곤 하였는데, 그 대신에, 이런 짧은 잠 속에, 파리의 몇 가지 행상이나 식료품의 동태가 완연히 느껴지는 외침 소리의 태반을 못 듣고 말았다. 그러므로 나는(이와 같은 늦잠의 버릇과, 라신이 묘사한 아하수에로스 왕의 가혹한 페르시아식 엄명이 이윽고 나에게 어떤 비극을 가져오게 되는지, 슬프게도, 예측 못 한 채), 이런 외침 하나하나도 빼놓지 않고 듣고자 일찍 일어나려고 애쓰곤 하였다. 알베르틴도 그런 외침 소리를 좋아한다는 것을 알게 되는 기쁨, 누워 있으면서 나 자신도 외출한 기분이 드는 기쁨에 곁들여,

내가 외침 소리 속에서 상징적으로 들었던 것은, 바깥의 분위기, 부산한 위험스러운 생활, 알베르틴을 내 감시 밑에 두고, 말하자면 감금을 외부에 연장한 울타리 안에서만 나돌아다니게 하는 그 부산한 위험스러운 생활, 거기서 내가 바라는 시각에 그녀를 떼어 내어 내 곁으로 돌아오게 하는 그 바깥 공기의 상징이었다.

그래서 나는 알베르틴에게 더할 나위 없이 진심으로 대답할 수 있었다. "천만에, 난 저 외침 소리가 듣기 좋거든, 당신이 좋아하는 걸 아니냐."—"굴 배가 왔어요, 굴이 왔어요."—"어머! 굴이 왔네, 무척 먹고 싶었는데!" 다행스럽게도 알베르틴은 절반은 변덕, 절반은 온순함에서 막 탐낸 것을 금세 잊어버려, 내가 굴이라면 프뤼니에 음식점에 가 먹는 게 더 맛이 있다고 말하기도 전에, 귀에 들려 오는 생선 장수 아낙네의 외침 소리에 따라 연달아 다른 것을 탐내었다. "작은 새우들 사쇼, 물 좋은 작은 새우요, 펄펄 뛰는 가오리도 있습니다, 펄펄 뛰는 — 튀김감으론 대구요, 튀김감으로 안성맞춤입니다 — 고등어가 있습니다, 싱싱하기가 하늘에서 막 떨어진 것 같은 고등어가, 갓 잡은 고등어가, 자아 마님들 보세요, 고등어가 있습니다, 썩 좋은 고등어가 — 신선한 홍합들 사려, 맛 좋은 홍합들 사시구려!" 나도 모르게 '고등어(옮긴이: maquereau, '포주, 뚜쟁이, 기둥서방'이라는 뜻도 있음)가 왔습니다' 하는 기별에 섬뜩하였다. 그러나 이 기별이 설마하니 우리 운전사를 가리키는 것은 아닌 성싶어, 나는 내가 매우 싫어하는 고등어라는 생선밖에 생각나지 않아서, 불안이 오래 계속되지 않았다. "저런 홍합이군요! 나 홍합을 먹었으면" 하는 알베르틴의 말. "이봐요, 발베크에서라면 맛있겠지만, 여기선 별 맛이 없지. 그리고 말야, 부탁이니 생각해 봐요, 코타르가 홍합을 두고 뭐라고 말했나." 그런데 다음에 온 청과 장수 아주머니가, 코타르가 더욱더

엄하게 금하던 것의 이름을 외쳐, 내 충고는 그만큼 더 공교롭게
되었다.

　　상추 사려, 상추요!
　　안 사도 좋아요, 보기만 하시구려.

　　그래도 알베르틴은, "아르장퇴유의 아스파라거스가 있습니다.
훌륭한 아스파라거스가 있어요"라고 외치는 청과 장수의 물건을
며칠 안으로 반드시 사게 하겠다는 내 약속으로, 상추를 단념하기
로 하였다. 뭔가 숨은 뜻이 있는 듯한 목소리, 가장 야릇한 것을 기
대시키는 듯한 목소리가 "통이요, 통!" 하고 넌지시 말하였다. 어
렵쇼 고작 통이군 하고 실망하나 하는 수 없는 게, 이 낱말이 거의
온통 다음의 외침 소리로 덮였기 때문이다. "유리, 유리⋯⋯장이
요, 창유리를 끼시오, 유리들 끼시오, 유리⋯⋯장이." 이 역시 그
레고리풍의 나눗셈이지만, 하지만 고물 장수의 외침 소리만큼은
교회 전례(敎會典禮)를 연상시키지 못하였다. 고물 장수의 외침 소
리는 교회의 전례 정식서(典禮定式書)에 빈번하게 나오듯이, 기도
도중에 갑자기 목소리를 중단하는 그 방식을 그런 줄 모르고 재현
하고 있었다. 신부는 'Praeceptis salutaribus moniti et divina
institutione formati, audemus dicere'(우리의 구원에 도움이 되
는 명에 따라, 천주께서 정하신 가르침에 따라, 감히 비옵나이다)
라고 낭송하는데, 마지막 'dicere'를 강하게 발음한다. 중세기의
신앙심 깊은 민중이, 바로 성당의 앞뜰에서, 소극(笑劇)과 풍자적
인 극(sotie)을 상연했듯이, 고물 장수가 불경한 심사 없이 시끄럽
게 느릿느릿 뇌까린 다음에, 7세기의 위대한 교황, 그레고리 1세
가 정한 발음법에 어울리게 마지막 음철을 거칠게 발음했을 때, 그

'dicere'가 연상되었다. "누더기랑, 고철들 파시오(이 두 마디는 성가처럼 느릿느릿 발음되고, 뒤따르는 두 음철도 마찬가지지만, 마지막 음철이 'dicere'보다 더 센 가락으로 끝난다), 포 라 — 팽 (peaux d'la-pins, 토끼 가죽)." — "라 발랑스(la Valence, 오렌지의 일종), 맛 좋은 발랑스, 싱싱한 오렌지." 수수한 부추마저 "자아 보기 드문 부추", 양파는 "내 양파? 단돈 여덟 푼"이라는 기세로, 자유의 몸, 알베르틴이 거기에 휩쓸려 허우적거렸을지도 모르는 사나운 물결의 메아리인 양 울려와, 'suave, mari magno'(유쾌하여라 대해에)의 쾌미를 띠었다.(루크레티우스의 「자연에 대하여」 중 한 구절. 그 다음 구절은 '바람 일어 파도 높을즈음, 뭍에서 남의 위험을 바라봄'임)

자아 당근 사아려,
한 다발에 단돈 두 푼.

"어머!" 하고 알베르틴이 환성을 울렸다, "양배추, 당근, 오렌지, 내가 먹고 싶은 것뿐. 프랑수아즈를 시켜 사게 해요. 당근의 크림조림을 만들라지. 그리고 나서 그걸 둘이서 다 먹어 봐요, 얼마나 즐거울까. 지금 들리는 소리가 모조리 맛난 음식으로 둔갑하다니." — "펄펄 뛰는 가오리 사려, 펄펄 뛰는!" — "저것 봐! 제발 프랑수아즈한테 차라리 가오리의 버터구이를 만들라고 해요. 맛있다나!" — "알아 모셨습니다. 그러니 어서 저리 가요. 그렇지 않으면 청과 장수나 생선 장수들이 외치는 것을 모조리 당신이 사 오라고 하겠는걸." — "좋아요, 나가죠, 하지만 다음부터 저녁 식사는 우리가 외침 소리를 듣는 것만으로 해요. 아이, 재미있어라. 그 '푸른 강낭콩, 귀여운 강낭콩, 자아 푸른 강낭콩 사려'라는 소리가 들려 오려면 아직 두 달이나 기다려야 하겠군요. 귀여운 강낭콩이라니, 그럴듯해요! 난 말예요, 비네그레트(옮긴이: vinaigrette, 초와 기름, 소금 등을 썩어서 만든 소스)를 질퍽하게 친 아주 귀여운, 아주 귀여운 강낭콩을 좋아해요. 마치 먹는 것 같지 않아요. 이슬처럼 산뜻하니까. 아이, 속상해! 아직 멀었으니. 그 하드 모양의 크림치즈처럼 말예요. '크림치즈, 크림치즈, 크림치즈, 맛 좋은 치즈!' 그리고 퐁텐블로(Fontainebleau)의 샤슬라(옮긴이: chassela, 황색의 고급 포도주) 포도주. '맛좋은 샤슬라'도 아직 멀었고." 나는 샤슬라의 계절까지 이대로 그녀와 함께 있을 온 때를 생각하니 소름이 오싹 끼쳤다. "이봐요, 나 외침 소리를 듣는 것만을 좋아한다고 했지만, 물론 예외도 있다우. 그러니까 르바테 과자점에 들러 우리 두 사람분의 아이스크림을 주문해도 괜찮겠지요. 아직 아이스크림의 계절이 아니라고 말하실지도 모르지만, 나 무척 먹고 싶은 걸 어떻게 한다지!" 나는 르바테 과자점에 들른다는 계획에 설렁했다. '괜찮겠지요'라는 말 때문에, 이 계획이 더욱 확실하고도 괴이쩍게 되었기 때문이다. 그날은 베르뒤랭네 집의 손님맞이 날이었는데, 스완이 르바테가 가장 잘 만드는 과자점이라는 걸 일러준 이후, 베르뒤랭네 사람들은 이곳에 아이스크림과 비스킷 종류를 주문해 왔던 것이다. "이봐요 알베르틴, 난 말야 아이스크림에 대해 왈가왈부하지 않겠어. 그렇지만 주문하는 건 내게 맡겨요, 나자신 그 과자점이 되는지 모르지만 말야, 하여간 생각해 보자구."—푸아레 블랑슈가, 르바테가, 리츠가 "그럼 외출하시는 거예요" 하고 그녀는 경계하는 듯이 말했다. 그녀는 늘 입버릇처럼 내가 더자주 외출하면 기쁘겠다고 말하곤 하였는데, 그러면서도 내가 집에 남아 있지 않을 성싶은 한마디라도 나오면, 그녀의 태도가 금세 불안해 하는 모양이 되어, 내가 자주 외출해 주면 참 기쁘겠다는 말도 아마 그다지 본심이 아닌 듯싶었다. "외출할지도 모르지, 안 할지도 모르고, 알다시피 난 사전에 계획을 세우는 적이 없으니까, 아무튼 아이스크림은 거리에 외치고 팔러 다니는 것이 아닌데, 왜 그게 먹고 싶지?" 이에 대한 그녀의 대답은, 그녀 속에 숨어 있던 풍부한 지성이나 취미가 발베크 이후 얼마나 급속히 발달해 왔는지 적실하게 나타내는 것이었는데, 그녀에 따르면 오직 나의 영향을 받고, 언제나 같이 생활했기 때문에 몸에 밴 말이라지만, 그러나 나 자신은, 대화 속에 절대로 문학적 표현을 쓰면 안 된다고, 어떤 미지의 사람에게 금지라도 당하고 있는 듯이, 절대로 입 밖에 낸 적이 없었던 듯싶은 말이었다. 아마도 우리의 미래는 서로 같지 않을 것이다, 나는 이런 예감마저 들었지만, 그것은 알베르틴이 기다렸다는 듯이 대화에 끼워 넣는 비유가, 완전히 문장조(文章調)의 비유여서, 나로서는 아직 잘 모르지만, 더욱 신성한 용도를 위하여 아껴 두어야 할 말로 여겨졌기 때문이다. 그녀는 말했다(그녀의 이 말에 뭐니뭐니 해도 깊이 감동했는데, 다음과 같이 생각했기 때문이다. '물론 나는 그녀처럼 말하지 않을 거다, 그러나 내가 없었다면 그녀 역시 이런 모양으로 말하지 않았을 거다, 그녀는 내 영향을 강하게 받고 있으니까, 나를 사랑하지 않을 리 만무하다. 그녀는 내 창작이다'). "외치고 다니는 장수의 음식을 내가 좋아하는 건, 광시곡(狂詩曲)처럼 들리던 것이 식탁에 나오자 성질이 변해 가지고 내 미각에 호소해 오거든요. 아이스크림은 어떤가 하면(당신은 틀림없이, 요즈음은 별로 유행하지 않는 그 모양, 여러 가지 건물 모양으로 생긴 틀에 넣어 얼린 그 아이스크림을 주문해 줄 것으로 알기 때문에 하는 말이지만), 신전, 성당, 오벨리스크(obélisque), 바위 등을 입 속에 넣을 적마다, 그림 있는 지도를 먼저 바라보고 나서, 내가 목구멍 속에서 그 지도의 딸기나 바닐라의 건물을 시원함으로 바꾸는 듯한 기분이 들거든요." 나는 좀 지나친 미사여구라고 생각하였다. 그러나 그녀는 내가 미사여구라고 생각한 것을 짐작하고는 계속해서 말하다가 비유가 썩 잘 됐을 때는 잠시 그치고 까르르 웃었는데, 그것은 매우 육감적인 웃음이어서 나에겐 잔혹스러웠다. "저런, 호텔 리츠에 가면 초콜릿이나 딸기 든 방돔 탑(옮긴이: 나폴레옹의 명령에 따라 파리의 방돔 광장에 세워진 탑)의 아이스크림이 있을지 모르는데. 있으면 그를 여러 개 사서 '시원함'을 칭송하여 길에 세운 봉납탑(奉納塔)이나 탑문인 체해야죠. 호텔 리츠에선 딸기의 오벨리스크도 만드는데, 그게 불타는 듯한 내 갈증 속에 점점이 세워지면, 난 그 장미 빛깔의 화강암을 목구멍 속에서 녹일 테예요, 그럼 오아시스보다 더 잘 갈증을 축여 줄 거예요(여기서 억제 못 하는 폭소가 터져나왔다. 미사여구로 용케 말하는 만족에선지, 또는 그처럼 연이어 비유로 표현하는 제 자신을 비웃어선지, 아니면 아뿔싸, 자기 몸 속에 실제로 누리는 쾌락과 동등한 뭔가 맛나고도 시원한 것을 감촉하는 육체의 일락에선지). 리츠의 아이스크림이 간혹 몽 로즈(옮긴이: Mont Rose, 스위스와 이탈리아의 국경에 있는 산)처럼 높다란 봉우리로 보이기도 해요. 마찬가지로 레몬 아이스크림일 경우, 건물 모양이 아니고, 엘스티르가 그린 산처럼 비쭉비쭉 거칠어도 나쁘지 않은데, 그때엔 너무 새하얗지 않고 좀 누르스름하여, 엘스티르가 그린 산 눈처럼 빛깔이 충충하고 희끄무레해야 볼품이 있답니다. 아이스크림은 그리 크지 않고, 소형이라도 무방해요. 그 레몬 아이스크림이 아주 작게 축척(縮尺)되어도 역시 산임에는 틀림없으니, 상상력이 그걸 본디의 크기로 확대하거든요, 마치 일본의 분재(盆栽)를 보듯, 작지만 역시 삼나무[杉木], 떡갈나무, 만치닐(옮긴이: mancenillier. 열대산의 독이 있는 나무)인 걸 잘 알아보듯이.

그래서 내 방에 작은 도랑을 만들고, 그 가를 따라서 분재를 몇몇 늘어놓고 보면, 어린애들이 길을 잃을 큰 숲이 강 쪽으로 비탈져 있는 듯한 느낌이 들겠죠. 그와 마찬가지로, 누르스름한 레몬 아이스크림 밑 언저리에, 내 눈에는 마차몰이꾼, 나그네들, 역마차 따위가 역연히 보이는데, 내 혀의 소임이란 그 위에 차가운 눈사태를 굴러뜨려 그걸 모조리 삼키는 데 있다나(그녀는 잔인한 쾌감과 더불어 그렇게 말해, 내 시새움을 일으켰다), 그리고 또" 하고 계속했다, "반암(斑岩)으로 된, 실인즉 딸기로 된 베네치아의 성당 기둥을, 하나씩 내 입술로 무너뜨려 나가다가, 남겨 둔 부분을 신자들 머리 위에 폭삭 떨어뜨리는 게 내 일이라나. 아무렴, 이런 건물들을 모조리 그 튼튼한 초석(礎石)에서, 슬슬 녹는 시원함이 벌써 꿈틀거리는 이 몸의 가슴 속으로 이동하고말고요. 그러나 이봐요, 아이스크림말고도, 약수의 광고처럼 침 마르게 하는 것도 따로 없나 봐요. 몽주뱅의 뱅퇴유 댁에 있을 때, 근처에 좋은 아이스크림 가게가 없었지만, 우린 곧잘 정원에서 프랑스 일주하는 셈치고 날마다 다른 약수를 마셨다나요, 따르자마자 잔 바닥에서 금세 흰구름이 뭉게뭉게 솟아올라 재빨리 마시지 않으면 가라앉아 가뭇없어지는 그 비시 약수 같은." 그러나 몽주뱅의 이야기를 듣는 게 고통스러워 나는 그녀의 말을 가로막았다. "싫증나시나 봐, 그럼 가 보겠어요." 발베크 이래, 이 어이한 변화냐, 그때에, 엘스티르라 한들 알베르틴에게 이처럼 풍부한 시정(詩情)이 있는 줄 짐작 못 했을 것이라고 생각한다. 그야 물론, 예를 들어 셀레스트 알바레의 시정에 비하면 개성으로나 기발함으로나 따르지 못하는 시정. 하지만 연정이란, 끝장났다는 생각이 들 때 역시, 편파적이게 마련이라서 내게 소르베의 그림 있는 지도 쪽이 더 마음에 들고, 이 비유의 약간 값싼 아름다움이 내겐 알베르틴을 좋아하는 하나의 이유,

또 내가 그녀에 대한 영향력을 갖는 동시에 그녀가 나를 사랑한다는 하나의 증거로 보인 것이다.

알베르틴이 나가 버리자, 나는 그녀가 줄곧 곁에 있다는 것이 나에게 얼마나 피곤한지 느꼈다. 생기 있게 움직이지 않고서는 못 배기고, 그 부산함으로 내 잠을 깨우고, 문을 연 채 내버려 두어 끊임없이 나를 춥게 하고, 나로 하여금 ─ 그다지 대단한 병으로 보이지 않음에도, 그녀와 함께 외출하지 않는 그럴듯한 구실을 꾸미려고, 동시에 누군가를 그녀에게 동반시키려고 ─ 날마다 셰에라자드 못지않은 솜씨를 부리지 않을 수 없게 한 알베르틴. 비슷한 솜씨로, 이야기 잘 하는 페르시아 여인은 죽음을 늦추었건만, 불행하게도 나는 내 죽음을 재촉할 뿐이라니. 이와 같이 인생에는 여러 상황, 내 경우처럼 사랑의 질투나, 몸이 약한 탓에 건강한 젊은 상대와 생활을 같이 못 하는 데에서 생긴 상황만은 아니지만, 그래도 동서 생활을 계속하든가 그전대로 별개의 생활로 되돌아가든가 하는 문제가, 거의 의학적인 방식으로 제기되는 상황이 있다. 두뇌의 휴식 혹은 심정의 휴식(나날의 과로를 계속하느냐, 아니면 별거하는 고민으로 되돌아가느냐) ─ 이 두 가지 휴식의 어느 쪽에 자기를 희생시켜야 옳은가?

* * *

나는 그날 어느 분의 죽음을 알고 깊은 슬픔을 맛보았다. 베르고트의 사망이었다. 독자도 알다시피 그는 앓은 지 오래였다. 물론 그가 앓은 병은 처음에 걸린 병, 자연의 병이 아니었다. 자연이란 꽤 단기간의 병밖에 주는 힘이 없나 보다. 그런데 의학이 병을 질질 끄는 기술을 그 장기로 삼았다. 약, 그것이 초래하는 소강 상태,

투약을 중지함으로써 재발하는 불쾌감, 그것이 병의 환영을 지어 내어, 환자의 참을성 많은 습관이 이것을 고질화하고 양식화하고 만다, 마치 어린애가 백일해를 앓고 난 뒤에도 오랫동안 규칙적으로 기침을 하듯이. 그러다가 약효가 줄어들고, 약의 분량이 늘어난다. 아무리 약을 더 써도 효험이 나지 않고, 그 대신에 불쾌감이 계속되는 탓으로 해를 주기 시작한다. 자연이 병에 그토록 긴 기간을 줄 리 만무하다. 의학이 거의 자연과 필적하게 어거지로 환자를 병상에 눕게 하고, 시키는 대로 하지 않으면 죽는다는 공갈로 약을 계속 사용하게 하다니 참으로 신기한 노릇이다. 이 지경에 이르러서는, 인공으로 접종된 병은 뿌리내려, 2차적인 병, 그러나 진짜 병이 되고 만다. 단지 다른 것은, 자연의 병은 낫는 대신에 의학이 만들어 낸 병은 결코 낫지 않는다는 점이다. 그도 그럴 것이 의학은 치유의 비밀을 모르기 때문이다.

베르고트가 두문불출한 지 여러 해였다. 그 위에 그는 사교계를 좋아한 적이 없었다, 아니 단 하루만 좋아한 다음에, 그 밖의 다른 것과 마찬가지로 사교계를 멸시해 버렸던 것이다. 그것도 그에게 독특한 투로, 곧 얻을 수 없기 때문에 경멸하는 게 아니라, 얻자마자 당장 경멸하는 투로. 매우 간소한 생활을 하여, 그가 어느 정도 부유한지 아무도 추측 못 하였고, 또 아는 사람이라도 역시 잘못 생각해 그를 인색하다고 생각했을 것인데, 실인즉 아무도 따를 수 없을 만큼 후했다. 특히 여인들에게, 좀더 뚜렷이 말하면 계집애들에게 후했는데, 사소한 일에 많은 금전을 받은 계집애들이 부끄러워할 정도였다. 그는 연정을 감지하는 분위기만큼 저술이 잘 되는 때가 없음을 알기 때문에 자기의 그런 행동을 스스로 묵인하고 있었다. '연정'이라고 하면 좀 과언이 될지 모르나, 육체 속에 약간 파고든 쾌락은 창작을 돕는다. 왜냐하면 다른 쾌락을, 예를 들어 사교의 쾌락 같은, 아무에게나 천편일률적인 것을 없애 버리기 때문이다. 그뿐만 아니라, 그 연정이 환멸로 끝장나도, 환멸이면 환멸 나름대로, 그것 없이는 침체할 뻔한 영혼의 표면을 역시 흔들어 놓고 간다. 따라서 욕망은, 작가를 우선 남들한테서 멀리하고, 남들에게 순응하는 것을 피하게 하고, 다음에 어느 나이가 지나자 멈추기 쉬운 정신의 기계에 얼마간 움직임을 주는 점에서 작가한테 무용지물이 아니다. 행복하게 되지 못할망정, 행복하게 됨을 방해한 갖가지 까닭, 갑작스럽게 뚫린 환멸의 창 없이는 눈에 보이지 않고 말았을 그 까닭에 대해 고찰하게 된다. 꿈이 실현되지 않는 건 다 아는 바라, 욕망이 없었다면 아마 아무도 꿈을 품지 않았을 것이다. 또 꿈을 품어 그것이 좌절하는 걸 보고, 좌절에 의해 가르침을 받는 것도 무익하지 않다. 그러므로 베르고트는 스스로 타이르고 있었던 것이다. "나는 계집애들 때문에 억만 장자 이상으로 돈을 낭비하지만, 그녀들이 주는 기쁨 또는 환멸 덕분에 글을 쓰고 돈벌이도 되는 거지." 이 이론은 경제학상 부조리하나, 이와 같이 그는 금전을 애무로 바꾸고 애무를 금전으로 바꾸는 데 어떤 즐거움을 발견한 게 틀림없었다. 나의 할머니가 돌아가셨을때, 우리는 피로한 노인은 휴식을 좋아한다는 사실을 알았다. 그런데 사교계에는 수다밖에 없다. 사교계의 수다는 어리석기 그지없지만, 그래도 여성이라는 것을 말살하여, 여성을 질문과 응답으로 바꾸어 버리는 힘이 있다. 사교계의 밖으로 나오자, 여성은 피로한 노인의 마음을 안온케 하는 것, 관조(觀照)의 대상으로 되돌아간다. 하여간 이제 와서는 이런 모든 게 하나도 문제가 아니었다. 베르고트가 두문불출한 지가 오래 되었다고 썼는데, 그는 방안에서 한 시간 남짓 일어나 있을 때도, 어깨 덮는 목도리, 여행용 모포 같은, 몹시 추울 적에 외출하거나 기차 타거나 할 적에 몸에 걸치는 것을 온몸에 두르고 있었다. 그의 방안에 들어가도 무방한 드문 친구에게 변명 삼아, 격자무늬의 솔이나 담요를 가리키며 쾌활하게 말하는 것이었다. "여보게, 어쩔 수 없네그려, 아낙사고라스(옮긴이: Anaxagoras, 500?~428? B.C. 그리스의 철학자)도 인생이란 나그네길이라고 말하지 않았나." 그는 이런 모양으로 서서히 식어 갔다, 열이 조금씩 지상에서 발산돼, 이윽고 생물도 없어지고 마는 지구의 미래상을 보이는 소형의 지구처럼. 생물이 없어지면 소생도 종말이니, 먼 미래 세대에까지 인간의 작품이 빛을 낸들, 역시 그러기엔 인간이 있어야 하기 때문이다. 가령 어떤 유의 동물이 습래하는 추위에 더 오래 버틴다 할지라도, 인간이 존재하지 않는 한, 베르고트의 명성이 그때까지 계속된다고 가정하여도, 삽시간에 영영 꺼지고 말리라. 마지막 살아남은 동물이 베르고트의 작품을 잃을 리 만무한 것이, 성신 강림날의 사도들처럼, 그 동물이 배우지 않고서 여러 민족 언어를 이해할 리가 만무할 테니까.

죽기 전 몇 달 동안, 베르고트는 불면으로 고생하였는데, 더 고약하게도, 잠들자마자 가위눌리어, 그 때문에 깨어나면 잠드는 걸 피하게 되었다. 오랜 세월을 두고 그는 꿈을, 악몽마저 좋아해 왔다. 꿈의 덕분으로, 또 각성 상태에서 눈앞에 보는 현실과 그 꿈이 상반되기 때문에, 나중에 깨어나는 찰나, 응 잤구먼 하는 깊은 감각이 나기 때문이다. 그러나 베르고트의 악몽은 그렇지 않았다. 그가 악몽이라고 말하는 경우, 전 같으면 그 머릿속에 일어난 불쾌한 일을 의미하였다. 그러나 지금은, 자기 몸 밖에서 들어오는 것처럼, 젖은 걸레를 쥔 손이 보인다. 심술궂은 여인이 그 손으로 그의 얼굴을 문질러 깨우려고 한다. 허리가 간지러워 참기 힘들다. 한 마차몰이꾼이 버럭 화가 나 — 베르고트가 잠결에 저놈의 마차 모는 솜씨가 서투르다고 중얼대어 — 미친 듯이 그에게 덤벼들어 그 손가락을 물고 으드득으드득 끊으려고 한다. 그리고 자는 동안에 주위가 충분히 어두워지자, 자연이 분장(扮裝) 없이, 머잖아 그 목숨을 빼앗을 뇌일혈 발작을 연습한다. 베르고트는 스완이 새로 든 호텔 현관에 차를 대고 내리려고 한다. 그러자 쓰러질 것 같은 현기증이 일어나 그 자리에 못박히고 만다. 문지기가 거들어 그의 몸을 내려 주려고 하나, 그는 앉은 대로 몸을 일으킬 수도 다리를 들 수도 없었다. 눈앞에 있는 돌기둥에 매달려 보고자 하나 몸을 지탱할 만큼 버틸 수 있을 것 같지 않은 것이다.

그는 몇몇 의사, 그의 왕진 부름을 받아서 자랑스럽던 의사들의 진찰을 받은 결과, 그 병의 원인이 지나치게 일함(그가 저술하지 않은 지가 20년인데), 과로의 탓으로 보였다. 의사들은 그에게 드릴 소설을 읽지 말기를(독서하고는 담을 쌓고 있는데), '생명에 불가결한' 햇볕을 더 이용하기를(자택에서 파묻혀 온 덕분에 그나마 요 몇 해 동안 비교적 건강 상태가 좋았는데), 더 영양분을 취하기를(영양분을 취한 결과 몸은 더 마르고, 악몽만 더 기승을 부렸다) 권했다. 의사 중의 하나는 남의 의견이라면 한사코 부정하고 짓궂게 구는 타고난 재능이 있었는데, 베르고트가 다른 의사들이 없는 기회에 그를 만나, 그의 기분을 상하지 않도록, 다른 의사들의 권고를 자기 의견인 양 꺼내자, 부정하기 좋아하는 의사는, 베르고트가 자기 마음에 드는 치료를 분부해 주기를 원하는 줄 여기고 당장에 그건 안 된다고 금했다. 금하는 이유도 대개가 임시변통으로 지어낸 이유여서, 베르고트가 구체적으로 명백한 이의를 말하자, 부정하기 좋아하는 의사는 같은 말 속에서 부득이 자신의 주장과도 모순되는 말을 지껄여 대기 시작하였지만, 그래도 새 억지를 써서 금지를 강경히 되풀이했다. 베르고트는 처음에 치료받았던 의사들 중 한 사람에게 다시 진찰받았다, 재치가 있노라고 자부하는 자로,

특히 문호 앞에서 그러했는데, 베르고트가 "그렇지만 X……박사가 말하던데 — 물론 오래 전 일이지만 — 이 약을 쓰면 신장과 뇌가 충혈을 일으킬지도 모른다고……" 하고 넌지시 말하자, 깜찍스럽게 미소짓고, 손가락을 올리며, "나는 사용하시라고 했지, 남용하시라고 말하진 않았는데요. 물론 약이란 약은 과용하면 쌍날의 칼이 되고 마니까"라고 잘라 말했다. 인체에는, 마치 마음에 도덕적 의무를 분별하는 본능이 있듯, 뭐가 몸에 유익한지 분간하는 본능이 있어, 의학 박사나 신학 박사의 면허장도 그 대리 노릇을 못한다. 냉수욕이 몸에 해로운 줄 아나, 그래도 냉수욕하기를 좋아한다고 하자. 그럼 수많은 의사 중에 반드시 냉수욕을 권장하는 자가 나타날 테지만, 그렇다고 냉수욕을 해도 무해하도록 해주는 건 아니다. 베르고트는 몇 년 동안 스스로 현명하게 금해 왔던 것을, 의사들에게 그 한 가지씩 해도 무방하다는 허락을 받았다. 그런 지 몇 주일이 지나, 옛 발작이 재발하고, 최근의 증상이 악화됐다. 쉴 새 없는 고통에 얼빠지고, 설상가상으로 짧은 악몽으로 토막토막난 불면증에 시달린 베르고트는 다시는 의사를 부르지 않고, 갖가지 수면제를 써 보아 효험을 보았지만 과용했다. 그 하나하나에 첨부한 효능서, 그가 신용하여 읽어 보는 효능서는 수면의 필요성을 강조하면서 모든 수면약은 유독하고(단지 이 효능서로 싼 병 속의 알맹이만은 예외로, 절대로 중독을 일으키지 않는다), 따라서 약이란 병 이상으로 해독을 끼친다고 완곡하게 설명해 놓고 있었다. 베르고트는 그런 약을 모조리 써 보았다. 어떤 것은 늘 쓰는 약과는 달라, 예를 들어, 아밀(amyle)과 에틸(étyle)에서 뽑아 낸 약이었다. 성분이 아주 다른 신약을 먹을 때, 반드시 미지의 것에 대한 감미로운 기대가 따르게 마련이다. 애인과의 첫 밀회에서처럼 가슴이 두근거린다. 신참자가, 아직 모르는 어떤 종류의 잠에, 꿈에 데리고 가 줄까? 지금 약은 몸 안에 있어 사고력을 지배하기 시작한다. 어떤 모양으로 잠들 거냐? 일단 잠들면, 어떤 기괴한 길을 통해, 어떤 봉우리로, 아직 답사되지 않은 어떤 심연 속에, 이 전능의 스승이 우리를 데리고 갈 거냐? 이 나그네길을 가는 사이 어떠한 새로운 감각의 무리를 알게 될 거냐? 불쾌감이냐? 지락이냐? 죽음이냐? 베르고트의 죽음이 뜻밖에 온 것은 그가 이와 같이 너무나 강한 친구 중의 하나(친구냐? 적이냐?)에 의지했던 그 다음날이었다. 그는 다음과 같은 상황에서 죽었다. 가벼운 요독증의 발작 때문에, 그는 안정하라는 지시를 받았다. 그런데 모 비평가가 페르 메르의 「델프트의 풍경」(네덜란드 미술 전람회를 위해 헤이그 미술관에서 대여한 것), 베르고트가 매우 좋아하는, 그리고 구석구석까지 잘 안다고 여기고 있는, 이 「델프트의 풍경」 속에 황색의 작은 벽(바로 이것이 생각나지 않았다)이 참으로 잘 그려져, 그것만을 따로 보아도 귀중한 중국의 미술품처럼 알찬 아름다움을 갖추고 있다고 썼기 때문에, 베르고트는 감자를 몇 알 먹고 나서, 외출해 전람회장에 들어갔다. 계단을 몇 층 올라가자마자 현기증이 일어났다. 그는 수많은 그림 앞으로 지나치면서, 이것저것 다 부자연한, 무미건조하고도 쓸데없는 예술이라는 인상을 받아 베네치아의 궁전, 아니 바닷가의 수수한 인가에 불어오고 흘러드는 바람과 햇볕만도 못하다고 생각했다. 마침내 페르 메르의 그림 앞에 왔다. 그의 기억으로는 더 눈부시고, 그가 알고 있는 뭇 그림과 더 동떨어진 것이었는데, 그래도 비평가의 기사 덕분에, 그는 처음으로 푸른 작은 인물이 몇몇 있는 것, 모래가 장미색인 것을 주목하고, 드디어, 황색인 작은 벽면의 값진 마티에르(matière)를 발견했다. 그의 현기증은 더 심해졌다. 그의 눈길이, 어린이가 노랑나비를 붙잡으려고 할 때처럼 이 값진 작은 벽면에 끌리고 있었다. '나도 이처럼 글을 썼어야 옳았지' 하고 그는 생각했다. '내 최근의 작품은 모조리 무미건조하단 말야. 이 황색의 작은 벽면처럼 채색감을 거듭 덧칠해서 문장 자체를 값진 것으로 했어야 옳았어.' 그러는 동안에도, 그는 현기증이 심함을 의식하고 있었다. 그의 뇌리에 하늘의 저울이 나타나, 그 한쪽 쟁반에 자기 목숨이 또 한쪽 쟁반에 황색으로 훌륭히 그려진 작은 벽면이 담겨 있는 게 보였다. 그는 자기가 무모하게도 작은 벽면 때문에 목숨을 희생했구나 하는 느낌이 들었다. '그렇지만 석간 3면에 나는 전람회의 기삿거리가 되고 싶지 않구나' 하고 그는 생각했다.

그는 마음속으로 되풀이했다. '차양 달린 황색의 작은 벽면, 황색의 작은 벽면.' 되풀이하면서 둥근 장의자 위에 쓰러졌다. 이 찰나 자기 목숨이 풍전등화와 같다는 생각이 그치고 낙관적인 기분이 들어 생각했다. '그 감자가 설익어 체한 거야. 대수롭지 않아.' 새 발작이 그를 넘어뜨렸다. 장의자에서 마룻바닥으로 굴러떨어졌다. 관람자들과 수위들이 우르르 몰려들었다. 그는 숨져 있었다. 영영 죽었나? 누가 그렇다고 단언할 수 있나? 물론, 심령술(心靈術)의 실험도 종교의 교리와 마찬가지로 영혼 불멸의 증거를 보이지 못한다. 단지 말할 수 있는 것은, 이승에서는 마치 전생에서 무거운 의무를 짊어지고 태어났거나 한 듯이 만사가 경과한다는 점이다. 이 지상에서 삶을 누리는 조건 속에는, 선을 행해야 한다는, 세심해야 한다는 의무, 예절바르게 굴어야 한다는 의무마저 느끼게 할 아무런 이유도 없고, 또 신을 믿지 않는 예술가로 말하면, 영영 알려지지 않을 한 화가, 고작 페르 메르라는 이름으로 알려져 있을 뿐인 한 화가가 학식과 세련된 솜씨를 다해 황색의 작은 벽면을 그려 냈듯이, 몇 번이고 되풀이해서 한 가지를 그려야 한다는 의무를 짊어지고 있다고 느낄 아무런 이유도 없다. 설령, 그 그림이 칭찬을 받은들 구더기에게 먹힌 그 몸엔 대수롭지 않을 것이다. 이러한 의무는 현세에서 상벌을 받는 게 아니며, 이 세계와는 동떨어진 세계, 선의, 세심, 희생에 기초를 둔 다른 세계에 속해 있는 성싶다. 인간은 그 세계에서 나와 이 지상에 태어나고, 아마도 머잖아 그 세계로 되돌아가 미지의 법도의 지배 밑에 다시 사는 게 아닐까. 그러나 이에 앞서, 인간은 이 지상에서 그 법도에 따른다, 왜냐하면 어떤 손이 적었는지 모르는 채, 마음속에 법도의 가르침을 지니고 있기 때문이다. 온 깊은 지성의 수고가 우리로 하여금 가까이 보이게 하는 이 법도, 단지 어리석은 자의 눈에만 보이지 않는 법도 — 아니 때로는 어리석은 눈에도 비치는. 그래서 베르고트가 영구히 죽지 않았다는 생각에도 일면의 진리는 있다.

베르고트라는 육신은 묻혔다. 그러나 장례식날 밤이 깊도록 책방의 환한 진열창에, 그 저서가 세 권씩 늘어놓여 날개를 펼친 천사처럼 밤샘하고 있는 게, 이제 이승에 없는 이를 위한 부활의 상징인 듯싶었다.

* * *

알베르틴의 생활을 돌이켜 생각해 보면, 그것은 이루 말할 수 없으리만큼 숱한 욕망으로 뒤덮여 있을 뿐만 아니라, 그 욕망은 금세 사라지고 다른 욕망으로 바뀌었는데, 그것이 서로 모순되기가 일쑤였다. 거짓말이 그걸 더욱 복잡다단하게 하고 있었음에 틀림없다. 예컨대 그녀가 "저기 저 아가씨 예쁘지, 골프를 썩 잘 치는 애라우"라고 말해서 내가 그 아가씨의 이름을 물으니, 그녀는 방심한, 무관심한, 초연한 태도 — 이 태도에는 늘 자유자재로 사용할 수 있는 여지가 있어, 그녀와 같은 족속인 거짓말쟁이는 누구나 다 어느 물음에 대꾸하고 싶지 않으면 반드시 이 태도를 취하고, 게다가 결코 실수하지 않는다 —를 지으면서 "글쎄! 뭐더라(하고, 나에게 대 주지 못하는 게 매우 유감스럽다는 듯), 이름을 듣지 못해서, 골프장에서 만났지만 뭐라는 이름인지 몰랐어"라고 대답했던, 우리 둘의 회화를 한 달 가량 뒤에 바로 잊어버려, 내가 다시 "알베르틴, 요전에 당신이 얘기했던 예쁜 아가씨를 알지, 골프를 썩 잘 친다는 아가씨 말야" 하고 내가 묻자, 그녀는 "응, 생각나. 에밀리 달티에 말이군, 그 애가 어떻게 됐는지 모르겠어" 하고 무심코 대답할 정도니까. 게다가 거짓말은 야전 진지(野戰陣地)처럼 방위하던 이름이 함락되자, 재회의 가능성으로 이동한다. "글쎄! 어디더라, 주소를 들은 적이 없어 놔서. 당신에게 일러 줄 만한 이가 누군지도 모르겠어. 천만에! 앙드레는 그 애를 알지도 못해, 그 애는 이제 깨져 버린 우리들의 작은 동아리에 들어 있지 않는 걸." 또 한번은 거짓말이 앙큼스런 고백처럼 들리기도 한다. "아이속상해! 만약 정기 수입으로 한 해에 30만 프랑만 있다면……" 하고서 그녀는 입술을 깨문다. "있다면, 알베르틴, 어쩔래?"—"당신한테 부탁할 테야" 하고 나에게 입맞추면서 말한다, "맡아 달라고 말야. 여기보다 더 행복스런 곳이 또 어디 있으려구?" 그러나거짓말인 줄 빤히 알면서도, 그녀의 삶이 뒤이어 변하고, 그녀의 최대의 욕망이 얼마나 삽시간에 달라지는지 믿지 못할 정도다. 한인물에게 열중하다가 3일 만에 그 인물의 방문을 싫어하기까지 한다. 그림을 다시 해 보고 싶다고 해서, 내가 화포랑 물감을 사 주기까지의 한 시간도 참지 못한다. 이틀 동안 그녀는 안달복달하여 거의 젖 떨어진 갓난애처럼 눈물을 글썽거리다가, 금세 말라 버린다. 인간, 사물, 그때 그때 하는 일, 예술, 고장에 대한 그녀의 감정의 이와 같은 변덕스러움은, 사실 만사에 그러하여서, 그녀가 설령 금전을 좋아했더라도 — 나는 이를 곧이듣지 않지만 — 다른 경우와 마찬가지로 오래도록 집착하지 못했을 것이다. 그녀가 "아이 속상해! 만약 정기 수입으로 한 해에 30만 프랑만 있다면" 하고 말하였을 때, 설령 좋지 못한 의사를 표명하였더라도, 그 의사는 오래 가지 못하고, 흡사 나의 할머니의 소유물이던 세비녜 부인의 책에서, 레 로셰(옮긴이: Les Rochers, 세비녜 부인의 성관)의 그림을 보고서, 거기에 가고 싶다든가, 골프의 아가씨 친구와 만나고 싶다든가, 비행기를 탄다든가, 숙모와 함께 성탄절을 보낸다든가, 또는 그림을 다시 시작한다든가 하는 의사와 마찬가지로, 그 의사에 오래도록 집착하지 못했을 것이다.

"결국, 우리 둘 다 배고프지 않으니, 베르뒤랭네 댁에 들러도 좋았을 걸, 마침 손님 대접하는 날이고 그 시각이니" 하고 그녀는 말했다. "당신은 그들에게 화내고 있지 않아?" — "하긴 그들에 대한 험구가 많지, 그래도 그들의 마음보는 그렇게 고약들 하지 않아요. 베르뒤랭 부인은 늘 나한테 친절했다우. 그리고 또 남들과 늘 틀어져 있을 수 있겠수. 그들에게 결점이 없는 건 아니지만 결점 없는 사람이 있겠수?" — "당신 옷차림이 그 댁에 갈 만한 차림이 못 되니, 집에 돌아가 갈아입어야 하고, 그러자면 너무 늦겠지." — "그렇군요, 옳은 말씀, 그대로 돌아갑시다" 하고 알베르틴은 대답했는데 나는 그 고분고분한 태도에 늘 어리둥절해지고 말았다.

우리 둘은 거의 교외 가까이 자리잡은, 그 무렵 상당히 인기 있던 큰 과자점에 들렀다. 한 부인네가 과자점을 나오는 참이라서 과자점 여주인에게 짐을 달라 했다. 이 부인네가 가 버리자, 알베르틴은 여주인의 주목을 끌려는 듯, 흘끔흘끔 그쪽을 쳐다보았는데, 여주인은 이미 문 닫을 시간이 가까운지라, 찻잔과 접시, 프티 푸르(petits fours) 등을 치우고 있었다. 그러다가 그녀는 내가 무엇이고 주문할 때에만 우리 쪽으로 가까이 오곤 하였다. 여주인은 가뜩이나 키가 큰데다, 우리의 시중을 들기 위해 서 있고, 한편 알베르틴은 내 곁에 앉아 있었기 때문에, 그때마다 상대방의 주의를 끌기 위해, 금빛 속눈썹이 난 그 눈을 안주인을 향해서 수직으로 드는 결과가 되었을 뿐만 아니라, 상대방이 바로 눈앞에 있기 때문에, 눈길을 비스듬히 하여 경사를 늦출 방법도 없어서, 그 눈을 더욱 치뜰 수밖에 없었다. 알베르틴, 그다지 머리를 들지 않고서도, 어처구니없이 위쪽에 있는 여주인의 눈에 미치도록 눈길을 쳐들지 않으면 안 되었던 것이다. 나를 꺼려선지 알베르틴은 눈길을 재빨리 내리깔곤 하다가, 여주인이 그녀에게 아무 주의도 기울이지 않으니까, 다시 시작하곤 하였다. 이꼴이야말로 가까이 갈 수 없는 여신한테 봉헌하는 헛된 애원의 눈길을 연달아 올림과도 같았다. 그러는 중 과자점 여주인은 옆에 있는 커다란 탁자밖에 정돈할 일이 남지 않게 되었다. 그러니 알베르틴의 눈길은 자연스럽지 않을 수밖에. 그런데도 여주인의 시선은 알베르틴 쪽으로 쏠리지 않았다. 나는 이 꼴에 놀라워하지 않았으니, 내가 이 여인과 아는 사이며, 이분이 결혼한 몸이면서도 샛서방이 여럿 있으며, 그런 뒷구멍 관계를 빈틈없이 감추고 있음에, 그 사람됨의 우둔함으로 보아 참으로 놀라자빠질 지경이었기 때문이다. 나는 과자를 다 먹기까지 세심하게 여주인을 바라보았다. 정돈에 여념이 없던 그녀는, 예의에 어그러진 점이 하나도 없는 성실은 알베르틴의 눈길에 대하여 거들떠보지도 않아 거의 예의에 벗어날 정도였다. 과자점 여주인은 정돈하고 있었다. 언제까지나, 곁눈질도 않고 치우고 있었다. 작은 숟가락이랑 과도 따위를 치우는 데에, 품을 덜기 위해서 이 키 큰 미녀에게가 아니라, 단순한 기계에게 맡겼다 해도, 흘끔흘끔 바라보는 알베르틴의 눈에서 그처럼 완전히 고립된 모습은 볼 수 없었을 것이지만, 그런데도 불구하고 그녀는 눈을 내리깔지도 않고, 방심하지도 않은 채, 오로지 자기 일에만 골몰하면서 그 눈을, 그 매력을 빛내고 있었다. 확실히, 만약에 이 과자점 여주인이 남달리 바보스런 여인이 아니었다면(바보라는 소문이었고, 나도 경험으로 이 점을 알고 있었다), 이 초연한 태도야말로 기교의 극치였음에 틀림없다. 아무리 바보스런 인간이 어리석기 짝이 없는 공허한 생활을 보내고 있더라도, 제 욕망이나 이해 관계에 상관되는 경우엔, 당장 그지없이 복잡한 톱니바퀴 장치에 자기를 적응시킬 수 있게 된다는 것을 나는 잘 안다. 그렇더라도 이 과자점 여주인과 같은 바보스런 여인에 대하여서는, 이런 상상이 지나치게 예민한 것인지도 모른다. 그녀의 어리석음은 사실 같지 않은 무례한 표현법까지 취하고 있었다! 단 한번도 그녀는 알베르틴을 바라보지 않았지만, 그녀의 눈에 알베르틴의 모습이 안 보일 리 만무하였다. 이런 무례한 표현법은 알베르틴에게는 좀 냉혹한 태도였는지 몰라도, 나는 마음속으로, 알베르틴이 이와 같은 교훈을 받는 동시에, 여인들이 그녀에게 주의를 기울이지 않는 경우가 흔히 있음을 알아차리게 된 것을 좋아라 했다. 우리 둘은 과자점을 떠나 다시 차에 올라, 이미 집에 돌아가는 길로 잡아들었는데, 그때 갑자기 나는, 그 과자점 여주인을 따로 데리고 가서, 만일을 위하여, 우리 둘이 이르렀을 때에 나가던 부인에게 내 이름과 주소를 일러 주지 말라고 부탁하지 않은 사실을 유감으로 생각했다. 나는 이 과자점에 자주 주문해 왔기 때문에 여주인은 내 주소를 잘 알고 있을 것이 뻔했던 것이다. 실상 이런 부탁은 그 부인에게 간접적으로 알베르틴의 주소를 알려 주는 결과가 될지도 모르는 부질없는 짓이었다. 그래서 이런 사소한 일로 되돌아가기엔 너무 시간이 걸릴 것 같았고, 그 어리석고도 거짓말 잘 하는 과자점 여주인 눈에, 내가 지나치게 수선떠는 꼴로 보일 것이라고 생각했다. 나는 단지, 앞으로 이레 안에, 거기로 간식하러 다시 가는 길에 이 부탁을 해야겠다, 또 인간은 말해야 할 용건의 절반을 번번이 잊게 마련이라서, 아주 간단한 일을 여러 번 나눠 하기도 귀찮다는 생각이 들었을 뿐이다.

한란계가 더위로 갑자기 올라가듯이, 그날 밤, 기후는 대번에 좋아졌다. 일찍 밝아 오는 봄의 아침들, 나는 곧잘 침대에서, 향기로운 공기 속을 달리는 전차 소리를 듣곤 하였는데, 그 공기에는 점점 더 열이 섞여, 정오의 응결과 밀도에 이르렀다. 내 방안은 거꾸로 서늘해, 끈적끈적한 공기가 세면대 냄새, 옷장 냄새, 장의자 냄새에 니스를 칠하듯 그것을 고립시켜 버리고 나니, 커튼과 푸른 양단의 안락의자에 광택으로 더욱 부드러운 윤을 내는 진주모(眞珠母)빛의 명암 속에, 이런 냄새가 수직으로 일어나, 별개의 얇은 조각을 나란히 세워 놓은 듯한 그 선명함을 감촉하는 것만으로도, 나는 내 상상력의 한낱 변덕에서가 아니라, 실제로 가능한 것이었기 때문에, 발베크에서, 블로크가 살던 곳과 같던 어느 교외의 신개지(新開地)에서, 햇볕에 눈부신 거리를 걷는 내 모습을 눈에 선하게 보았고, 또 내 눈에 들어오는 것은, 싱겁기 짝이 없는 도살장이나 흰 석재(石材)가 아니라, 내가 가고 싶으면 금세 갈 수 있는 시골의 식당, 거기에 닿는 즉시, 마노(瑪瑙)의 속처럼 희미한 빛을 내는 응고된 그늘 속에 매달려서 미묘한 줄무늬를 이루고 있는 한편, 프리즘 같은 유리의 나이프 받침은 거기서 무지갯빛을 내기도 하고, 또는 밀초를 먹인 식탁보 위 여기저기에 공작 꼬리와도 같은 눈알 무늬를 그리고 있는, 버찌나 살구의 설탕절임 냄새, 능금주 냄새, 그 뤼예르 치즈 냄새가 풍기는 식당이었다.

바람이 고르게 서서히 세계 일듯이, 한 대의 자동차가 창 밑에 지나가는 기척을 듣고 나는 즐거웠다. 그 가솔린 냄새가 났다. 이 냄새를 예민한 이들이(그들은 한결같이 물질주의자로 가솔린 냄새가 전원의 아취를 망친다고 여긴다) 유감스런 것으로 생각할지 모르고, 또 사실의 중요성을 믿는 나머지, 만일 인간의 눈에 더 많은 빛깔이 보이고, 코가 더 많은 향기를 맡을 수 있다면, 인간은 더 행복하게 되고, 더 숭고한 시를 지어낼 수 있을 것이라고 공상하는 이들, 그 나름대로 물질주의자인 어떤 사상가들도 못마땅한 것으로 생각할지 모른다. 그러나 사상가의 이런 공상은, 인간이 검은 옷 대신에 사치스러운 옷을 입었을 때, 인생이 더 아름답게 된다고 여기는 사람들의 소박한 생각을 철학적으로 가장한 것에 지나지 않는다. 그러나 나에게는(나프탈렌이나 쇠풀 같은 방충제[防蟲劑] 냄새가 그 자체로서는 불쾌한 것이지만, 발베크에 도착하던 날에 본, 바다의 순수한 푸름을 상기시켜 나를 흥분케 하듯이), 이 가솔린 냄새는, 생 장 드 라 에즈에서 구르빌(『소듬과 고모라』에서 프루스트가 공백으로 남겨 놓았던 부분임—플레이아드판 주)에까지 가곤 한 그 찌는 듯한 나날에, 자동차의 기관이 내뿜는 연기와 함께 끊임없이 희끄무레한 창공 속으로 사라져 간 냄새이자, 또 알베르틴이 그림을 그리던 그 여름의 오후 동안에 내 산책에 따르던 냄새였기 때문에, 지금 내가 어두컴컴한 방안에 있는데도, 내 좌우에 수레국화, 개양귀비와 분홍색 자운영의 꽃을 피워 전원의 냄새처럼 나를 황홀케 하였다. 그러나 아가위꽃 앞에 밀착된 채, 끈끈하고도 조밀한 요소에 사로잡혀, 생울타리 앞에 걸쭉하게 감도는 그 냄새처럼, 한정되고 고정된 냄새가 아니라, 그 앞쪽의 길은 뒤로 달아나고, 지형은 모습을 바꾸고, 성관이 달려오고, 하늘빛은 엷어지고, 갖가지 힘이 불끈 솟는 것 같은 냄새, 비약과 힘의 상징

같은 냄새, 발베크에서 유리와 쇠로 된 궤짝(자동차를 가리킴)을 타고 싶어했던 그 욕망을 새삼 불러일으키는 냄새이다 ─ 그러나 이번에는 너무도 친숙한 여자와 둘이서 친한 집을 방문하려는 것이 아니라, 새로운 고장에서 생소한 여자와 사랑을 하기 위해 차를 타려는 것이다. 이 냄새에는 지나치는 자동차의 경적이 늘 따르게 마련이어서, 나는 군대 나팔의 경우처럼, 그 경적에 말을 붙이곤 하였다. '일어나라, 일어나, 파리지앵, 들판에서 점심 먹자, 강에서 보트 타자, 예쁜 아가씨와 나무 그늘로 가자. 일어나라, 일어나.' 이러한 몽상이 나에게 어찌나 즐거웠던지, 내가 부르지 않는 한, 프랑수아즈건, 알베르틴이건, 어떠한 '소심한 자'도 '이 궁궐의 내전으로' 나를 방해하러 오지 못하도록,

    ……서슬 푸른 위엄이
    신하에게 자신을 보이지 않으려는,(옮긴이: 「에스더」 제1막 3
    장에서의 인용)

    이 '엄격한 계율'을 나는 스스로 기뻐해 마지않았다. 그런데 무대가 급전했다. 이번에는 이미 옛 인상의 추억이 아니었다. 요즘, 포르튀니의 푸른 바탕에 금빛 무늬 있는 드레스에 의해 상기된 옛 욕망이, 내 눈앞에 다른 봄을, 이미 잎이 무성한 봄이 아니라, 내가 이제 막 중얼거린 베네치아라는 이름 때문에 오히려 수목과 꽃들을 갑자기 헐벗긴 봄을 펼쳤다. 앙금이 여과(濾過)되어 그 본질로 환원된 봄, 더러운 흙이 아니라 맑고 푸른 물의 점진적인 발효에 의하여 조금씩 조금씩 길어지고, 더워지고, 꽃피어 나가는 그 나날을 나타내는 봄. 그 물은 봄다우면서도 꽃관을 쓰지 않고, 오직 그 물의 반사에 의해서만 5월에 응답할 수 있을 뿐, 5월에 의해 가공

되어, 우중충한 사파이어처럼 알몸을 드러낸 채 꼼짝 않고 반짝거리면서, 5월에 딱 들어맞는 푸른 물. 그리고 사계절이 꽃피지 않는 이 베네치아의 내해(內海)에 아무런 변화도 가져다 주지 않듯이, 근대라는 세월도 이 고딕의 도시에 아무런 변화도 주지 않았다. 나는 그런 사실을 머릿속으로는 알면서도 그것을 상상할 수가 없었다. 아니, 그것을 마음속으로 그리면서 내가 어렸을 적에 애타게 떠나고 싶어했기 때문에 도리어 나의 마음속에서 출발할 기력이 꺾이고 만 그 욕망을 가지고 나는 갈망하였다, 곧 내가 공상하는 베네치아와 대면(對面)하기를. 그 도막도막 끊긴 바다가, 대양(大洋)이라는 이름의 강이 굽이치는 듯한 그 구불구불한 흐름으로써 세련된 도시 문명을 둘러싸고 있는 모습을 바라보는 일. 그리고 그 문명은 푸른 띠에 의하여 외따로 떨어져서 고립적으로 발전하면서, 회화나 건축의 독자적인 유파(流派)를 이룩했던 것이다. 그것은 색깔 있는 돌로 만든 과일이나 새가 있는 우화(寓畫)의 정원, 바다 한가운데에 꽃피는 정원이다. 바다는 이 정원을 시원케 하고, 기둥머리의 힘찬 돋을새김 속에서 눈을 뜨고 있는 암청색(暗靑色)의 눈처럼, 빛의 반점(斑點)을 던져, 그 빛을 끊임없이 요동시키는 정원.

그렇다, 출발이다. 이제는 출발할 때다. 알베르틴이 이제는 나한테 화내지 않고 있는 듯이 보인 이후, 그녀의 소유도 다른 온갖 행복을 버릴 만큼의 행복으론 생각되지 않았다(행복을 희생함은 고뇌와 근심을 피하고 싶어서인데, 그런 고뇌와 근심이 이제는 진정되었기 때문이리라). 한때는 도저히 뚫고 나갈 수 없을 것 같았던 헝겊 씌운 둥근 테를 거뜬히 뚫고 말았다. 소낙비 잦은 날씨를 활짝 개게 하여, 청청한 미소를 되찾기도 했다. 이유 모르는 증오, 어쩌면 한없을 증오의 고통스런 신비도 가뭇없이 되었다. 이쯤 된 이상, 불가능한 것으로 알던 행복, 잠시 멀리한 행복의 문제를 다시 마주 대한다. 알베르틴과의 동거 생활이 다시 가능하게 된 현재, 알베르틴이 나를 사랑하지 않고 있기 때문에, 이 생활에서 불행밖에 나오지 않을 거라고 느꼈다. 그러니 차라리 그녀의 동의하에 화기애애한 가운데 그녀와 헤어지고, 이 화기애애함을 추억으로 길이길이 되씹는 편이 낫다. 그렇다, 이제야 이별할 때이다. 우선 앙드레가 파리를 떠나는 날짜를 정확히 알아내서, 그날에 알베르틴이 절대로 네덜란드로도, 몽주뱅으로도 가지 못하도록, 봉탕 부인에게 강력히 작용해야겠다. 〔우리가 연애 분석에 좀더 익숙하다면, 설령 여자를 둘러싼 싸움 때문에 죽도록 고통을 겪을망정, 경쟁자라는 평형추(平衡錘)가 있기 때문에 여자를 좋아하는 경우가 허다하다는 사실을 이해할 수 있을지도 모른다. 이 평형추가 없어지면 여자의 매력도 사라져 버린다. 이것을 예방하기 위한 뼈아픈 보기로서는, 사귀기 전에 과오를 범한 여자, 언제 옆길로 빠질지 모를 여자, 곧 연애가 계속되는 동안 끊임없이 다시 정복해야 하는 여자를 사내들은 특히 좋아한다. 이와 반대로 나중에 오는 보기, 전혀 드라마틱하지 않은 보기로서는, 여자에 대한 애정이 식어 간다는 것을 느낀 사내가 부지중에 자신이 끄집어낸 법칙을 적용하여, 확실하게 상대방을 계속 사랑할 수 있도록, 날마다 여자를 위험한 곳으로 보내어, 자기의 보호가 필요하게 만드는 일이다(이 보기는, 여자에게 무대에 나가지 말라고 요구하는 사내 — 하기야 그 사내도 여인이 무대에 섰기 때문에 사랑했지만 — 그런 사내들하고는 정반대이다).〕 이와 같이 해서 출발에 아무런 지장이 없게 되었을 때 오늘같이 화창한 날을 택하자 — 앞으로 많을 것이니 — 알베르틴에게 내가 무관심하게 되는 날, 수많은 욕망에 내 마음이 쏠리는 날을 택하자. 우선 그녀의 얼굴을 보지 않은 채 외출시켜야 하겠지. 그러고 나서 일어나, 부랴사랴 준비하고 한 자 적어 놓자. 이 시기에는 내 마음을 동요시킬 만한 장소에 그녀가 갈 리 만무하니까, 그녀가 못된 짓을 하지 않을까 여행 중에 걱정하지 않아도 무방할 테니—하기야, 지금은 그녀가 못된 짓을 하건 말건 내 알 바가 아닌 성싶었지만—이 기회를 이용하여 그녀를 다시 보지 않은 채, 베네치아로 떠나자.

나는 안내서와 시간표를 사 오라 부탁하려고 초인종을 눌러 프랑수아즈를 불렀다. 내가 어린이였을 때 역시, 베네치아 여행을 준비코자 이런 것을 사 오라고 한 적이 있었는데, 당시도 지금과 똑같은 강렬한 소망을 실현코자 했던 것이다. 나는 까맣게 잊고 있었으니, 그 뒤, 아무런 기쁨 없이 내가 이룬 소망, 발베크에 대한 소망이 있었음을, 또 베네치아 역시 눈에 보이는 현상인 바에야, 필설로 표현 못 할 하나의 꿈, 봄다운 바다로 현재화된 고딕 시대의 꿈, 다정하게 애무하는 듯한, 포착 불가능한, 신비스럽고도 어렴풋한 마술의 모습으로 이따금 내 뇌리를 스치는 하나의 꿈을 실현하는 일은 발베크의 경우와 마찬가지로 아마도 어려우리라는 것을. 초인종 소리를 알아들은 프랑수아즈가 들어왔다. "아이고 맙소사" 하고 프랑수아즈가 말하기 시작했다. "오늘따라 이렇게 늦게서야 초인종을 누르시다니. 어찌할 바를 통 모르겠네요. 오늘 아침 여덟시쯤, 알베르틴 아가씨가 나한테 가져오셨던 짐을 달라고 하지 뭡니까. 쇤네야 감히 안 된다고 못 하고, 도련님을 깨웠다간 욕을 한 바가지 받을까 봐 그러지도 못하고. 쇤네의 생각으론 좀 있으면 초인종을 누르시겠지 누르시겠지 하는 생각이 들기에, 아가씨에게 여러 말로 구슬려 보았습니다만 허탕. 아가씨는 마다하시고, 이 쪽지를 도련님께 드리라 하시고는, 아홉시에 떠나 버리시더군요." 그러자—인간이란 제 자신의 마음속을 이다지 모른단 말

548

인가, 나로 말하면 여태까지 알베르틴에 대해 아랑곳없다고 스스로 믿어 왔건만―내 숨구멍이 탁 막혀, 두 손으로 심장을 움켜잡자, 그 손은 알베르틴이 경편 열차 안에서 뱅퇴유 아가씨의 여자 친구에 관해 했던 폭로 이후론 겪지 못한 식은땀으로 갑자기 축축했다. "아아! 그래 잘 했어, 프랑수아즈, 고마워, 물론이지, 나를 깨우지 않기를 잘 하고말고, 잠시 혼자 있게 나가 줘, 조금 이따 부를 테니."

제 6 편
사라진 알베르틴
(일명 달아난 여인)

"알베르틴 아가씨가 떠나셨습니다." 번민은 얼마나 심리 분석보다 더 깊숙이 심리 상태 속에 파고드는 것인가! 조금 전, 자기 분석을 하면서, 이런 영별이야말로 내가 바로 바라는 바라고 믿었고, 또 알베르틴이 내게 주는 기쁨의 평범함을, 그녀의 방해 때문에 실현하지 못하는 수많은 욕망과 비교하면서(그녀가 내 집에 있다는 확신, 말하자면 나의 정신상 분위기의 압력이 내 감정의 앞면을 차지하게 해 왔으나, 알베르틴이 떠나 버렸다는 기별과 겨루어 보기조차 못 한 여러 욕망은 기별을 듣는 즉시 사라지고 말았다) 나는 자신의 두뇌가 예민하다는 생각도 하고, 이제 나는 그녀를 보고 싶지 않다, 이제 그녀를 사랑하지 않는다고 확신하고 있었다. 그러나 '알베르틴 아가씨가 떠나셨습니다'라는 한마디는 내 마음속에 더는 배겨 낼 수 없는 고통을 불러일으켜, 당장 그 고통을 가라앉히지 않으면 안 되었다. 죽어 가는 할머니에게 나의 어머니가 자상하고 다정했듯이, 사랑하는 자의 고통을 방관하지 못하는 그 심정으로, 나 자신에게 이렇게 타일렀다, "잠시만 참아라, 이제 곧 무슨 수를 써서 편안하게 해줄 테니, 안심해라, 이토록 네가 번민하게 내버려 두진 않으마." 그리고 아직 초인종을 울리기 전에, 알베르틴의 떠남은 내게는 대수롭지 않은 일, 아니, 은근히 바랐던 일인지도 모른다는 사실, 있을 수 없는 일로 내가 믿어 왔다는 사실을 어렴풋이 깨달으면서, 터진 상처 위에 바르기 위해, 나의 자기 보존 본능은 다음과 같은 생각 속에서 첫 진통제를 찾으려 했다, '하나도 대수롭지 않다, 어차피 알베르틴을 곧 돌아오게 할 테니까. 그 방법을 검토해 보자, 하지만 어쨌든 알베르틴은 오늘 저녁 안으로 돌아오겠지. 그러니 안달하지 말라구.' '하나도 대수롭지 않다'고, 나 스스로 내게 타이르는 것만으로 만족하지 않고, 나는 프랑수아즈한테도 그런 인상을 주고자 그녀 앞에서 괴로워하는 꼴을 보이지 않으려고 애썼다. 이토록 백팔번뇌를 느끼는 순간에도 내 사랑은 행복한 사랑, 상사불망(相思不忘)의 사랑인 듯이 보이게 하는 것, 특히 알베르틴을 싫어하여 늘 그녀의 성실성을 의심해 온 프랑수아즈의 눈에 그렇게 보이게 하는 일이 얼마나 중요한지 잊지 않아서.

그렇다, 방금 프랑수아즈가 이 방에 오기 전에는, 나는 이제 알베르틴을 사랑하지 않는다고 생각했다, 하나도 등한히 한 게 없이, 정확한 심리 분석가로서, 내 마음의 바닥을 잘 파악한 줄 여겼었다. 그러나 우리의 지성은, 그것이 아무리 명석하더라도, 그 지성을 구성하는 요소, 일반적인 형태인 기화 상태(氣化狀態)에서의 유리(遊離)를 가능케 하는 어떤 현상이 생겨, 그것이 응고하기 시작하지 않는 한 거의 짐작하지 못하는 여러 요소를 지각할 수 없다.

내 마음속을 똑똑히 보았다고 여겼던 것은 내 잘못이었다. 그러나 정신의 가장 섬세하고도 예민한 지각력도 내게 못 주었을 이 인식이, 고뇌의 돌연한 반응을 통해, 수정같이 결정(結晶)된 소금처럼, 엄하게, 빛나게, 이상하게 이제 막 내게 주어졌다. 나는 알베르틴을 늘 곁에 두고 있다는 강한 습관을 가졌다가, 느닷없이 '습관'의 새로운 한 얼굴을 보았다. 여태까지 나는 습관이라는 것을 특히 독창성과 지각의 의식까지 없애는 파괴력으로 여겨 왔다. 그런데 이제 나는 습관을 우리에게 얽매인 가공할 신령, 그 무미건조한 얼굴이 우리 마음속에 박혀, 만일 그것이 떨어지거나 우리에게서 등을 돌리거나 한다면, 여지껏 우리가 분간하지 않던 이 신령이 다른 어떤 것보다도 더 무시무시한 번뇌를 우리에게 입히고, 그러자 죽음만큼이나 잔혹스럽게 되는 신령으로 보였다.

가장 급한 것은 알베르틴이 써 놓고 간 편지를 읽는 일이었다, 그녀를 돌아오게 하는 방법을 찾아내고 싶어서. 그 방법이 내 손안에 있는 느낌이 들었다, 왜냐하면 미래가 아직 우리의 사념 속에만 존재하니까, 우리 의지의 마지막 개입으로 아직 변경할 수 있을 것 같아서. 하지만 동시에 나는, 미래에 내 것과 다른 딴 힘들이 작용하는 걸 목격했던 것을, 그런 힘에 맞서, 더 많은 시간이 내게 있었더라도 속수무책이었을지도 몰랐던 것을 상기하였다. 생겨날 일에 속수무책인 바에야, 아직 시각이 울리지 않았다 한들 무슨 소용이 있겠는가? 알베르틴이 집에 있었을 때, 내 쪽에서 먼저 헤어지자는 말을 꺼내기로 나는 당당하게 결심했던 것이다. 그래서 그녀는 떠나 버렸다. 나는 알베르틴의 편지를 펼쳤다. 다음과 같은 내용이었다.

"벗이여, 이제부터 쓰는 몇 마디를 직접 말씀드리지 못함을 용서하세요, 하오나 아무리 애써 보았으나 그만한 용기가 내게 없었을 만큼 나는 겁쟁이라, 늘 당신 앞에서 겁만 냈답니다. 말씀드려야 할 것은 다름 아니라, 우리 사이의 생활이 하기 어렵게 되었다는 사실이온데, 하기야 당신도 요전 날 저녁의 당신의 폭언을 통해 우리 사이에 뭔가 달라진 것이 있다는 사실을 아셨겠지요. 그날 밤은 그럭저럭 화해할 수 있었지만, 며칠 못 가서 돌이킬 수 없게 되겠지요. 따라서 우리가 서로 화해할 기회를 가졌으니까, 이대로 좋은 벗으로 헤어지는 편이 좋아요. 그러니까, 님이시여, 나는 당신에게 이 편지를 보내옵고 부탁하오니 내가 당신을 조금 슬프게 하더라도, 내 슬픔이 얼마나 큰지 생각하시어 용서하시기를. 나는 나의 아주아주 소중한 당신의 적이 되고 싶지 않거니와, 이 몸이 조금씩 조금씩 오래지 않아 당신한테 아무래도 좋은 인간이 되고 마는 것만으로도 너무나 가슴아플 거예요. 그래도 역시 내 결심은 변경하기 어렵사와, 이 편지를 프랑수아즈를 통해 당신에게 전하기 전에, 나는 프랑수아즈한테 내 짐을 꾸려 달라고 부탁하겠어요. 영원히 안녕, 이 몸의 가장 좋은 것을 당신에게 남기며. 알베르틴 올림."

이런 건 다 아무 의미도 없다고 나는 혼잣말을 했다. 우선 이건 내가 생각했던 것보다도 대수롭지 않다, 왜냐하면 그녀는 이런 생각은 추호도 없지만, 단지 내게 좀 큰 충격을 주어, 내가 겁을 먹고 다시는 자기를 들볶지 못하도록 하기 위해 이 편지를 썼을 것이 뻔하니까. 아무튼 알베르틴이 오늘 저녁 안으로 돌아와 있도록 서둘러 손을 써야겠다. 봉탕네 사람들을 내게서 금전을 갈취하기 위해 조카딸을 이용하는 수상쩍은 인간으로 생각하기는 좀 씁쓸한데,

그런들 어떠랴? 알베르틴이 오늘 저녁 이곳에 돌아와 있기 위해 설령 내 재산의 절반을 봉탕 부인에게 주게 된대도, 알베르틴과 내가 둘이서 즐겁게 살아가는 데 충분한 재산이야 남겠지. 이러는 동시에 나는 그녀가 탐내던 요트와 롤스로이스(Rolls-Royce) 자동차를 이날 아침 주문하러 갈 틈이 있을는지 계산해 보았다, 이제는 온갖 망설임이 사라져, 어제만 해도 그녀에게 그런 것을 사 주다니 이 아니 슬기롭지 못하냐고 생각했던 것을 까맣게 잊고서. 봉탕 부인의 동의만으로는 부족해서, 혹시 알베르틴이 숙모의 명령에 고분고분 순종하기 싫어 내 곁으로 돌아오는 조건으로 그녀가 차후로는 모두 자기 마음대로 하게 해달라고 요구한대도 좋지, 좋고말고! 어떠한 고통이 내게 닥쳐온대도, 나는 그녀가 멋대로 행동하게 내버려 두어야지. 하고 싶다면 혼자 외출하라지. 아무리 괴롭더라도 이승에서 가장 애착하는 것을 위해선 희생을 치를 각오가 있어야 할 거라고, 오늘 아침 내가 명확하고도 부조리한 추리 끝에 생각한 것에도 불구하고 알베르틴이 이 집으로 돌아와서 사는 일이 중요하니까. 다음에 나는 혼잣말했다, 그런데 이런 자유를 그녀에게 허락하는 것이 내게 아주 고통스러웠던가? 그렇다고 말하면 거짓말이다. 내게서 멀리 떨어진 곳에서 그녀가 나쁜 짓을 하게 내버려 두는 괴로움이, 내 집에서 나와 함께 있으면서 그녀가 지루해 하는 걸 느꼈을 때에 일어나는 슬픔에 비하면 아직 적을 거라고 이미 자주 지각했었다. 그녀가 어디에 외출하고 싶다고 내게 청하면, 틀림없이, 계획된 못된 놀이에 나가려 한다는 생각이 들어, 그녀를 하는 대로 내버려 두기가 끔찍했을 것이다. 그러나 '배나 기차를 타고, 한 달 가량 내가 모르는 고장에, 그대가 무슨 짓을 한들 내가 하나도 모를 곳으로 떠나구려' 하고 그녀에게 말하기는, 그녀가 내 곁을 떠나서, 여러 가지로 비교해 보면, 나를 더 좋아하게 되어

555

돌아오는 일을 행복하게 생각할 것이라는 상상을 할 수 있기 때문에, 그것은 싫은 일은 아니었다. 아무렴 그녀 자신 돌아오기를 틀림없이 원한다. 그녀는 그런 자유를 별로 강경히 요구하지 않으니, 날마다 새로운 즐거움을 알베르틴에게 마련해 주면서 이 자유에 나날이 어떤 제한을 쉽게 가할 수 있다. 아니지 아냐, 알베르틴이 바라는 것은 내가 지나치게 그녀의 비위에 거슬리는 짓을 하지 않는 것, 특히 — 지난날 오데트가 스완에게 그랬듯이 — 내가 그녀와 결혼하기로 결심하는 것, 이것이다. 결혼하고 나면, 그 자주성을 그녀가 그다지 애착하지 않을 테고, 우리 둘이 이곳에 남아 무척 행복하게 될 거다! 틀림없이, 그것은 베네치아행을 단념하는 일. 그러나 베네치아처럼 가장 가고 싶었던 도시라도 — 더구나 게르망트 공작 부인처럼, 만나면 즐거워지는 안주인이나 연극 구경 같은 재미도 — 우리의 마음이 몹시 괴로운, 좀처럼 끊을 수 없는 유대로 남의 마음과 맺어져 있을 때에는, 어쩌면 그토록 퇴색하여 시시해지고, 죽어 버리는 것인지! 게다가 이 결혼 문제에서 알베르틴이 빈틈없이 옳다, 엄마 역시 이런 지연을 우스꽝스럽다고 하셨으니까. 결혼, 오래 전에 했어야 옳았지, 꼭 해야 해, 그녀는 한마디도 언급하지 않았지만 편지를 쓴 것은 결혼 때문이야. 내가 원하는 만큼이나 그녀도 원하고 있을 게 틀림없는 것, 곧 그녀가 얼마 동안 이곳에 돌아오기를 단념한 것도 오로지 이 결혼을 실현하기 위해서이다. 그렇다, 그녀가 바라는 것은 이것이다. 이것이 그 행동의 의도이다 하고 나의 관대한 이성이 내게 말하였다. 그러나 그렇게 말하면서도, 항상 나의 이성이 처음부터 줄곧 같은 가정(假定) 위에 서서 생각하고 있었다는 사실을 나는 깨달았다. 그런데 나는 여지껏 끊임없이 확증되어 왔던 것은 다른 가정이라는 걸 지각하였다. 틀림없이 이 제2의 가정은, 알베르틴은 뱅퇴유 아가씨나 그 여자 친구와 친밀한 관계가 있었을 것이라고 단정해 버릴 만큼 대담한 것은 아니었다. 그렇긴 하지만, 우리가 앵카르빌 정거장에 들어간 순간에 이 무서운 소식에 내가 사로잡히고 말았을 때, 이미 두번째 가정은 확증되었었다. 이 가정에서 다음에 알베르틴이 이런 모양으로 내게 미리 알리지 않아 말릴 틈도 없이 내게서 떠나고 만다는 따위를 생각해 본 적이 한번도 없었다. 그래도 역시 이런 뜻하지 않은 삶의 큰 비약을 당하고 보니, 눈앞에 보인 현실이, 물리학자의 발견이라든가 범죄나 혁명의 이면을 캐는 예심 판사의 조사라든가 역사가의 의외의 발견물이 우리에게 드러내 보이는 현실과 마찬가지로 내게 아주 새로웠더라도, 이 현실은 내 두번째 가정 위에 세운 빈약한 예상을 넘었을망정, 역시 그런 예상을 실현하였다. 이 두번째 가정은 지성의 그것이 아니었고, 또 알베르틴이 내게 안기지 않았던 저녁, 창문을 여는 소리를 들었던 밤, 내가 품었던 까닭 모를 공포, 그 두려움은 이유 없는 것이었다. 그러나 — 이제까지 이미 수많은 삽화가 보여 주었듯이, 계속해서 더 잘 명백해질 테지만 — 진실을 파악하는 데 지성이 반드시 가장 치밀하고, 가장 강력하고, 가장 적당한 연장이 아니라는 것, 그만큼 더욱 먼저 지성으로 시작해야지, 무의식의 직관력이나 이미 다 된 예감에 대한 신뢰를 가지고 시작해서는 안 되는 이유이기도 하다. 우리의 마음이나 정신에 가장 소중한 것은, 추리나 추론에 의해서가 아니라 다른 힘에서 가르침을 얻는다는 사실을 서서히 하나하나의 사례를 통해서 우리로 하여금 깨닫게 하는 것이 인생 경험이다. 그리고 그런 때, 지성 자체가 그런 다른 힘의 우세를 깨달아, 스스로 그런 것 앞에 자리를 양보하고, 그 자체도 그 협력자가 되고 하인이 되기를 감수한다. 이야말로 체험적 신념. 내가 지금 직면하고 있는 뜻하지 않은 불행도 또한(알베르틴과 두 레스보스(Lesbos)의 여자

[옮긴이: 레스보스는 에게 해 동북부에 있는 섬으로서, 여기에 살았던 여류 시인 사포가 제자들과 동성애를 즐겼다고 한다. 여기서는 동성애를 하는 여자를 가리킴]하고의 친밀한 관계처럼) 허다한 표징(表徵) 속에서 읽어 내 벌써 나는 익히 아는 성싶었다. 이런 표징에서(내 이성이야 알베르틴 자신의 말을 근거삼아 부인하였지만) 그녀가 그렇듯 노예같이 사는 권태로움이나 지긋지긋함을 나는 판별했었고, 눈에 안 보이는 잉크로 그려졌듯이, 알베르틴의 쓸쓸하고도 온순한 눈동자 속에, 갑자기 불가해한 홍조로 빨개지는 두 뺨 위에, 거칠게 열리는 창문 소리 속에 나타났다고 생각되었던 수많은 표징! 물론, 나는 이런 표징을 끝까지 해석하며, 그녀의 돌연한 떠남이라는 생각을 명백하게 해 보려고 하지 않았었다. 알베르틴이 곁에 있다는 안정된 기분으로, 아직은 언제라고 결정되지 않은 시기에 내 쪽에서 준비하는 떠남, 즉 실제로는 존재하지 않는 시간에 그녀가 나가는 일, 오직 그것밖에 생각한 적이 없었다. 따라서, 단지 떠남이라는 것으로 생각하고 있는 줄로 착각하고 있었을 뿐이다. 마치 건강한 사람이, 막상 죽음이 가까우면 그 생각이 달라지는 게 뻔하지만, 건강한 동안 순 부정적인 사념밖에 받아들이지 않는 때 죽음을 생각해도 겁나지 않듯. 그리고 또 알베르틴이 그녀 자신의 의사로 떠날지도 모른다는 생각이 아무리 명백하게 아무리 똑똑하게 내 머릿속에 수차 떠오를 수 있었더라도, 이 떠남이 내게, 즉 현실적으로 무엇인지, 얼마나 독특하고 가혹한 미지의 것인지, 얼마나 생소한 불행인지 하는 따위도, 그때까지는 실감할 수 없었다는 사실이다. 이 떠남을, 설령 예상했더라도, 여러 해 동안 끊임없이 가상할 수 있었던들, 그런 생각을 전부 모아도, '알베르틴 아가씨가 떠나셨습니다'라고 내게 말하면서 프랑수아즈가 장막을 걷어올린, 상상도 못 할 지옥과는 그 강렬함이 비교도 안

되거니와 비슷하지도 않았다. 미지의 상황을 머릿속에 그려보는데 상상력은 이미 아는 요소를 빌리기 때문에 그려 내지 못한다. 그러나 감수성은, 그 가장 생리적인 것마저도 번개의 흔적처럼, 새로운 사건으로 특이하고도 오래 지워지지 않는 표징을 받는다. 그래서 나는 감히 설령 이 떠남을 예상했던들 그 실제 두려움을 상상하기가 불가능했으리라고는 생각하려고도 않고, 더구나 알베르틴쪽에서 내게 떠남을 알리고, 내가 그녀를 어르고 달래도 말리지 못했을 거라고, 고작 생각하였다. 이제 와서는 베네치아를 향한 욕망이 내게서 어쩌면 그토록 멀어졌는지! 지난날 콩브레에서, 게르망트 공작 부인과 가까워지고 싶은 욕망이, 엄마가 내 침실로 와 주기를 바라는 오직 그 한 가지 일만이 머리를 차지하는 시각이 왔을 때 그랬던 것과 마찬가지이다. 사실 어릴 적부터 내가 경험한 온갖 불안이, 새로운 고민이 부르는 소리에 응하여, 그것을 더욱 강하게 하고, 같은 질의 덩어리로 혼합하려고 달려와서 나를 질식시켰다.

두말할 것 없이, 이와 같은 이별이 가져다 주는 것을 어김없이 새겨넣는, 육체가 지닌 무서운 기능에 의하여, 그러한 고통을, 우리가 과거에 겪은 인생의 온갖 시기와 어떤 동시적(同時的)인 것으로 만드는 마음에 받는 육체적인 타격 ─물론 떠나는 체하여, 조건을 유리하게 하려는 속셈에서건, 정말로 영원히 가 버림으로써(영원히!) 상대방의 마음에 강한 타격을 주어 복수하기 위해서건, 또는(자기가 남기는 추억을 아름답게 하기 위해), 이미 짜인 느낌이 드는 권태와 무관심의 그물을 사납게 찢어 버리고 싶어서건, 상대방에게 강한 회한을 갖게 하고 싶은 여자가(사람이란 이토록 남의 고통을 도무지 아랑곳하지 않는 법이다) 다소 기대를 거는, 이와 같은 심정에 대한 타격 ─물론 이런 심정의 타격을 가능한 한 피하고 싶고, 탈없이 헤어지고 싶다. 그러나 탈없이 헤어지기란 매우 드문 일이다, 탈이 없다면 헤어지지 않을 테니까. 그리고 또 여자 쪽에서는 아무리 사내가 무관심을 나타내도, 자기가 싫어졌으면서도 같은 습관 덕분에 그녀에게 더욱더 강하게 사내가 매여 있다는 것을 막연하게 느끼고, 또 깨끗이 헤어지는 데 가장 중요한 것 중의 하나가 미리 경고하고 나서 떠나는 일이라고 생각한다. 그런데 여인은 경고하고 나서 그것이 장애가 될까 봐 걱정한다. 여인은 누구나 사내에 대한 자기의 힘이 크면 클수록 떠나 버리는 유일한 방법은 달아나는 일이라고 생각한다. 그래서 여왕이기 때문에 도망자가 된다. 물론, 그녀가 조금 전에 상대방에게 품게 한 권태와, 그녀가 떠났기 때문에 그녀를 다시 보고 싶어하는 미칠 듯한 갈망 사이에는, 천양지차가 있다. 그러나 거기에는, 이 작품 속에서 이미 주어진 이유나 더 나중에 가서 주어질 다른 이유말고도, 여러 가지 이유가 더 있다. 첫째 떠남은 상대방의 무관심 — 진짜거나 또는 그렇게 여긴 — 이 가장 클 때, 시계추의 진폭이 가장 커진 점에서 흔히 생긴다. 여인은 생각한다, '아냐, 이렇게는 더 계속 못 해' 하고 마침 사내가 그녀와 헤어질 이야기만 하고, 또는 헤어질 궁리만 하고 있는 것이다. 그런데 떠나는 건 여인 쪽이다. 그때, 시계추는 다른 극점으로 가서, 간격이 가장 크다. 순식간에 추는 이 극점으로 되돌아온다. 또 한 번 말하지만 갖가지 이유를 붙여 보아도, 이는 자연지사다! 가슴이 뛴다. 게다가 떠나 버린 여인이 이젠 더 이상 전에 우리와 함께 있었던 그 여인과 똑같지는 않다. 너무나 익히 안, 우리 곁에서의 그녀의 생활에, 앞으로 그녀가 반드시 가담할 갖가지 생활상이 갑자기 겹쳐진다. 아마도 그런 생활에 가담하고 싶어서 그녀는 내 곁을 떠났는지도 모른다. 그래서 가 버린 여자가 하게 될 생활의 이처럼 새로운 풍요가, 우리 곁에 있으면서 달아날 궁리만 했을 여자에게로 역류(逆流)해 온다.

우리와 그녀하고의 생활, 여자도 더는 참을 수 없었던 우리의 권태, 내 쪽의 질투와 하나가 되어, 또 거기서 끌어낼 수 있는 일련(一連)의 심리적 사실에(여러 여자에게 버림받은 남자는 각자의 성격이나 대강 상상할 수 있는 동일한 반응 때문에, 번번이 거의 같은 식으로 버림을 받는다. 말하자면 감기도 저마다 다른 식으로 들듯이, 배신도 저마다 독자적인 방식으로 당한다), 즉 그다지 이상하지도 않은 그런 사실에, 우리가 미처 몰랐던 일련의 사실이 호응하고 있었는지도 모른다. 그녀는 오래 전부터 편지나 구두로, 또는 심부름꾼을 시켜 어떤 남자나 어떤 여자와 연락을 취하고 있었는지도 모른다, 가령, 그녀가 X씨와 만나기로 약속한 전날에, 그가 나를 방문하도록 X씨와 미리 짰다면, 'X씨가 어제 왔더군' 하고 그녀에게 말함으로써, 그런 속도 모르고 이쪽에서 보내 주는 신호를 그녀는 기다리고 있었을지도 모른다. 얼마나 많은 가정이 가능하냐! 단지 가능성만 가지고 말하자면 말이다. 나는 아주 그럴듯한 진실을 꾸밀 수가 있었다. 그러나 단지 그것이 있을 법한 일이라는 뜻에서. 그래서 어느 날 내 애인 앞으로 온 편지를 잘못 알고 뜯어보았을 때, 그 편지는 암호와 같은 말로 "생 루 후작 댁에 가실 때에는 반드시 신호를 기다리십시오. 내일 전화로 미리 알려 주십시오"라고 적혀 있었기 때문에, 나는 일종의 달아날 계획이 아닐까 의심해 보았다. 생 루 후작이라는 이름은 여기서는 단지 다른 뜻으로 쓰인 것이 아닐까. 내 애인은 생 루라는 인물을 잘 몰랐지만, 내가 그에 대해 이야기하는 것을 들었기 때문이다. 그러나 아무리 보아도, 서명이, 언어의 형태로는 보이지않는 일종의 별명 같았다. 그런데 그 편지는 내 애인에게 온 것이 아니라, 이름이 다른 저택 안의 누군가에게 보내진 것을 누가 잘못 읽었던 것이다. 편지는 암호 따위가 아니라, 나중에 생 루가 내게 가르쳐 주었듯이, 실제로 그의 여자 친구인 한 미국 여성이 썼기 때문에 서투른 프랑스어로 씌어 있었던 것이다. 그리고 그 미국 여성이 어떤 글자를 별나게 쓰기 때문에, 그 괴상한 글씨체가 진짜 실명인 외국인의 이름을 별명으로 여기게 했던 것이다. 따라서 그날의 나의 의혹은 완전히 빗나간 것이었다. 그러나 나의 머릿속에서 이러한 모든 허위 사실을 결부시킨 지적인 뼈대 그 자체는, 사실의 매우 정확한 형태였기 때문에, 석 달 뒤에, 내 애인(그때는 나하고 평생을 같이 살기로 꿈꾸었을)이 떠나 버렸을 때에도, 내 머리는 전에 상상하던 것과 똑같은 방식으로 돌아가고 있었던 것이다. 지난번에 내가 오해했던 것과 같은 성질을 띤 편지가 또 왔다, 더구나 이번에는 분명히 암호 같은 뜻을 지니고서 말이다.

이 불행은 내 평생에서 가장 큰 것이었다. 그럼에도 불구하고, 내가 느낀 고뇌 그 자체보다도, 알베르틴이 원해서 찾아낸 이 불행의 원인을 알고 싶은 호기심 쪽이 아마도 더 강했다. 그러나 커다란 사건의 원인이라는 것은 큰 강의 근원 같은 것이어서, 우리는 단지 대지의 표면을 헤맬 뿐, 그것을 찾아낼 수는 없다. 알베르틴은 오래 전부터 도망칠 궁리를 하고 있었던 것일까? 아직 얘기하지 않았지만(그때에 그것은 프랑수아즈가 '뾰로통하다'고 일컬은 한낱 새침 부리기나 암상으로밖에 보이지 않았기 때문에) 나에게 안기지 않았던 날, 그녀는 참으로 슬픈 표정을 짓고, 유난히 몸이 굳어졌고, 사소한 일에도 목소리가 음울해지고, 동작이 둔해져서, 도무지 웃는 낯을 보이지 않았었다. 외부와 공모한 사실이 있었다는 확증이 있는 것은 아니다. 오랜 뒤에, 프랑수아즈는, 떠나기 이틀 전날에 그녀의 방에 들어갔을 때, 거기에는 아무도 없고, 커튼은 닫혀 있었지만, 방안의 공기 냄새나 들리는 소리로 보아 창문이 열려 있었던 것 같다고 나에게 말했다. 사실 그녀는 발코니에 있는 알베르틴의 모습을 보았었다. 그러나 그녀가 거기서 누구하고 연락을 하고 있었는지 하는 따위는 물론 모른다. 그뿐더러 창문을 연채 커튼을 닫고 있었다는 사실은, 내가 외풍(外風)을 꺼린다는 것을 그녀는 알고 있었다는 사실로써 설명이 가능하다. 닫은 커튼 정도로는 나를 외풍으로부터 완전히 막아 주지는 못할망정, 덧문이 그토록 일찍부터 열려 있다는 것을, 복도를 지나는 프랑수아즈의 눈에 띄지 않게는 할 수 있다. 아니다, 나는 그 전날, 그녀가 이곳을 떠날 궁리를 했다는 것을 증명할 만한 조그만 사실 한 가지를 알고 있을 뿐이다. 확실히 그 전날 그녀는 내 방에서 몰래, 거기 두었던 포장지며 짐 꾸리기 위한 헝겊을 잔뜩 가져다가, 이튿날 아침에 떠나려고, 그것으로 밤새껏 숱한 실내복이나 가운을 꾸렸다. 이것이 유일한 사실이자 내가 아는 전부이다. 전에 내게서 빌려 간 천 프랑을 그날 밤 반강제로 돌려준 사실은 그리 중요시할 수 없으니, 이런 일은 별로 특수한 일이 아니다, 그녀는 금전 문제에 대해서는 몹시 신경을 쓰는 편이었으니까 말이다.

그렇다, 그 전날 그녀는 짐 꾸리는 종이를 꺼내 갔으나, 떠날 결심을 한 것은 그 전날만이 아니었다! 왜냐하면 그녀를 떠나게 한 것은 슬픔이 아니라, 내 곁을 떠나서 이제까지 꿈꾸어 온 생활을 단념하려는 결심이고, 그것이 그녀로 하여금 슬퍼 보이게 했던 것이다. 슬퍼 보이는, 나에 대해서 사뭇 엄숙하리만큼 냉담한 태도, 마지막 날 밤, 마음에도 없이 그만 내 방에 늦게까지 있다가 — 늘 늦게까지 있고 싶어하는 그녀가 그런 말을 하는 바람에 나는 이상한 생각이 들었지만 — '안녕, 아가, 안녕, 아가'(Adieu, petit, adieu, petit) 하고 문에서 내게 말했을 때는 빼놓고 말이다. 그러나 그때 나는 그녀의 태도를 전혀 알아채지 못했었다. 프랑수아즈는, 다음날 아침 알베르틴이 그녀에게 떠나겠다고 말했을 때(하기야 그것은 피로 때문이라고도 설명되는 일이다, 그도 그럴 것이 그녀는 옷도 벗지 않은 채, 제 방이나 화장실에 없는, 프랑수아즈에게 가져다 달라고 부탁해야 하는 물건을 빼놓고 전부 짐 꾸리는 데 밤새웠으니까), 역시 어찌나 슬픈 모양이며, 어찌나 거동이 더욱더 어색하며, 어찌나 표정이 여느 때보다 굳어 있던지, '안녕, 프랑수아즈' 하고 그녀가 말했을 때, 쓰러지는 줄 알았다고 나에게 말했다. 이런 말을 듣고 보면, 간단한 산책 중에 아주 쉽사리 만나는 어떠한 여인보다도 덜 재미나고, 그녀 때문에 그런 여인들을 희생시켜야 하는 것이 원망스러웠던 여인이, 그러긴커녕 이제 와서는 천 배나 더 바람직스러운 여인이었음을 깨닫는다. 그도 그럴 것이, 이제 문제는 어떤 하나의 쾌락 —습관에 의하여, 필시 상대방의 평범성 때문에 거의 무(無)가 된—과 그 밖의 여러 가지 쾌락, 이쪽에서는 충분히 황홀해지는 매혹적인 쾌락 사이에 있는 것이 아니라, 이러한 여러 가지 쾌락과, 이런 것들보다도 훨씬 강한 그 무엇, 즉 고뇌에 대한 연민 같은 것 사이에 있기 때문이다.

아무튼 알베르틴은 오늘 밤 안으로 돌아오겠지 하고 자신에게 타일러, 그것으로 급한 고비를 넘기려 하고, 그것에 의지하여 여태까지 내가 지니고 살아온 신념(信念)의 삐기를 새로운 신념으로 붕대 감았다. 하지만 나의 자기 보존의 본능이 아무리 신속히 활동했다 해도, 프랑수아즈가 내게 말했을 때에는, 한순간 나는 고립무원(孤立無援)한 처지에 홀로 남겨진 것 같은 생각이 들었고, 그리고 알베르틴이 오늘 밤 안으로 돌아오리라는 것을 알고 있어도, 그 귀가를 여전히 나 자신에게 똑똑히 이해시킬 수 없을 때('알베르틴 아가씨께서 트렁크를 보내 달라는 분부를 하셨습니다. 알베르틴 아가씨가 떠나셨습니다' 하는 말 뒤에 이어지는 순간), 그때 느낀 고뇌는 언제까지나 그대로, 즉 알베르틴의 귀가가 멀지 않다는 사실을 내가 여전히 모르는 상태와 마찬가지로 되살아나는 것이었다. 그런데 그녀가 돌아와도 꼭 제 발로 돌아올 필요가 있었다. 어떠한 가정을 한대도, 이쪽에서 몸이 달아서 돌아와 달라고 애걸하는 태도를 보인다면 목적에 어긋나는 일이 된다. 물론 내겐 질베르트의 경우처럼 알베르틴을 완전히 단념할 만한 힘이 없었다. 내가 원하는 것은, 알베르틴을 다시 보는 자체 이상으로, 전보다 더욱 약해진 내 심장이 이제 견딜 수 없는 육신의 고통을 끝내는 데 있었다. 그리고 또, 일이나 다른 것에 관해 의욕을 갖지 않는 습관이 들어서, 나는 더욱 무기력한 인간이 되고 말았다. 그러나 특히 이번 고통은 여러 가지 이유 때문에 비길 데 없이 강하였는데, 그 중에서 가장 중요한 이유는 상대가 게르망트 부인이나 질베르트일 경우에는 나는 한번도 관능적인 쾌락을 맛보지 못했었기 때문은 아마도 아닐 것이며, 오히려 그녀들하고는 날마다 늘 만나지 않았고, 그럴 수도 없었으며, 따라서 그런 욕구도 없었기 때문에, 그녀들에 대한 내 사랑 속에, 습관이라는 거대한 힘이 비교적 적었기 때문인지도 모른다. 아마, 의욕을 가질 능력이나 고통을 견뎌 낼 수 없는 지금의 내 마음이, 꼭 알베르틴을 돌아오게 해야 한다는 단 하나의 가능한 해결밖에 찾아내지 못한 채, 반대의 해결(자발적인 단념, 점차적인 체념)은, 만일 질베르트의 경우, 과거에 나 자신이 선택한 것이 아니었다면, 내게는 현실적 인생에는 있을 수 없는 소설적인 해결로밖에는 여겨지지 않았을 것이다. 그러므로 이 또 다른 방식에 의한 해결책 역시, 같은 인간에 의해서 채택될 수 있다는 것을 나는 알고 있었다. 그도 그럴 것이, 나는 거의 전과 다름 없는 인간이었기 때문이다. 다만 시간이 그 소임을 다했을 뿐이다. 그 시간이 나로 하여금 나이를 먹게 하고, 그와 마찬가지로, 또한 시간이, 우리가 동거 생활을 하고 있을 때, 알베르틴을 항상 내 곁

에 있게 했던 것이다. 하지만 적어도, 알베르틴을 단념하지는 않는
다 해도, 질베르트하고의 사랑의 경험에서 나에게 남아 있는 것은,
돌아와 달라고 내 쪽에서 부탁함으로써, 그녀에게 우롱당하고 싶
지는 않다는 자존심인지라, 몸이 단 눈치를 채이지 않고, 그녀 쪽
에서 자발적으로 돌아와 주기를 바랐다. 때를 놓칠세라, 나는 일어
섰지만, 고뇌가 나를 만류하였다. 알베르틴이 떠난 이후, 일어서기
는 처음이었다. 아무튼 빨리 옷을 갈아입고, 알베르틴네 집 문지기
에게 알아보러 가야 했다.

뜻밖에 당한 정신적 충격의 연장인 괴로움은, 이윽고 형태를 바
꾸려 들고, 우리는 여러 가지 방책을 세우거나, 수소문을 하면서,
괴로움을 발산하려고 한다. 괴로움이 계속해서 무수히 변형해 주
기를 바란다. 이러는 편이 괴로움을 고스란히 그대로 가지고 있기
보다는 힘이 덜 든다. 괴로움을 안고 눕는 침대는, 매우 좁고, 딱딱
하고, 차갑게 느껴진다. 따라서 나는 다시 방바닥을 딛고 방안을
조심스럽게 걸어, 알베르틴의 의자랑, 그녀가 금빛 슬리퍼로 페달
을 밟던 자동 피아노랑, 그녀가 쓰던 물건들 중 단 하나도 눈에 띄
지 않도록 한 곳에 섰다. 그러한 모든 것이, 나의 기억이 가르친 특
수한 언어로 나에게 번역해 주고, 특수한 방식으로 읽어 줌으로써,
그녀가 떠났다는 사실을 다시 한 번 나에게 알리고 싶어하는 것만
같았다. 하지만 그러한 물건들을 눈으로 보지 않아도 나에게는 그
것이 똑똑히 보여, 이미 기운이 쏙 빠져, 겨우 1시간 전, 햇빛이 희
미하게 비치는 방안의 어스름 속에서, 그 반드러운 거죽이, 이제는
내게서 아스라이 멀지만, 그때에는 나로 하여금 열렬히 애무한 꿈
을 꾸게 했던, 파란 양단을 씌운 팔걸이의자에 나는 쓰러지듯이 주
저앉았다. 아! 그 순간까지, 알베르틴이 거기에 있었을 때밖에, 나
는 한번도 여기에 앉은 적이 없었다. 그만, 나는 더는 앉아 있을 수

가 없어서, 다시 벌떡 일어섰다. 이리하여 각 순간마다, 아직도 알베르틴의 떠남을 모르며, 이를 다시 알려 줘야만 하는, 우리를 구성하는 무수하고 미세한 '나'중의 어느 하나가 있었다. 알베르틴의 떠남을 아직 모르는 이런 존재, 이 모든 '나'에게, 방금 닥쳐온 불행 — 그들이 생판 남이라서, 나의 감수성을 빌리지 않고서도 괴로워했을 경우보다도 더 잔인했던 것 — 을 알려야 했다. 그 하나하나가 차례차례로 '알베르틴 아가씨가 트렁크를 보내 달라고 분부하셨습니다'(내가 발베크에서, 어머니의 트렁크 옆에 실리는 것을 본 적이 있는, 그 관처럼 생긴 트렁크), '알베르틴 아가씨가 떠나셨습니다' 하는 말을 처음으로 들어야만 하였다. 하나하나에게, 나는 나의 슬픔을 말해 주어야만 하였다, 결코 불행한 상황 전체에서 임의로 끌어낸 비관적 결론이 아니라, 외부에서 온, 우리가 선택한 것이 아닌, 특수한 인상의 간헐적이고도 무의식적 재생인 슬픔을. 이미 오래 전부터, 내가 다시 만나지 못했던 '내'가 몇인지 있었다. 가령(오늘 나는 이발소에 가는 날이라는 것을 잊고 있었다) 이발을 했을 때의 나였던 '나'. 나는 이 '나'를 잊고 있다가 그 도착이 나의 흐느낌을 터뜨리고 말았다, 마치 장례식에 죽은 여자를 잘 아는, 늙은 옛 하인이 왔을 때처럼. 그러다가 나는, 1주일 전부터, 이따금 나 스스로 고백하지 않던 까닭 모를 두려움에 사로잡혔던 일이 퍼뜩 머리에 떠올랐다. 그렇지만 그런 때 나는 "그녀가 느닷없이 떠나 버릴지 모른다는 상상에 머리를 썩이다니 소용없는 짓이야. 터무니없는 상상이야. 만일 내가 분별 있는 현명한 사람에게 이런 속내 이야기를 한다면(또 만일 시새움이 속내 이야기를 하는 걸 방해하지 않았더라면, 나는 마음의 안정을 찾으려고 그렇게 했을 테지만), 그 사람은 틀림없이 나보고 말할 거다, '자네 머리가 돌았나. 있을 수 없는 일이야' 하고(과연 우리 둘은 요즘 단 한

번도 싸운 일이 없었다). 까닭이 있으니까 떠난다. 떠나려는 사람은 그 까닭을 말한다. 이쪽에도 거기에 대답할 권리를 준다. 훌쩍 떠나지는 않는다. 아니지, 유치한 일이다. 터무니없는 유일한 가정이다"고 혼잣말하면서 따지곤 하였다. 그런데도 불구하고 날마다, 아침, 그녀의 모습을 다시 보면서 초인종을 울렸을 때, 나는 안도의 한숨을 땅이 꺼져라고 내쉬곤 했다. 그리고 프랑수아즈가 알베르틴의 쪽지를 내게 주었을 때, 이 있을 수 없는 일, 안심되는 논리상의 이유에도 불구하고 며칠 전부터 이를테면, 짐작했던 이 떠남에 관한 일임을 직감했었다. 탄로나지 않을 걸 알지만 그래도 불안한 살인범이, 그를 소환한 예심 판사가 가진 서류의 첫머리에 피해자의 이름이 적혀 있는 것을 언뜻 보는 때처럼, 절망 속에 자신의 명민(明敏)을 자랑하는 듯한 심정이었다.

* * *

그녀는 영영 돌아오지 않았다. 내가 전보를 친 지 얼마 안 되어 한 통의 전보를 받았다. 봉탕 부인에게서 온 것이었다. 세계는 우리 각자를 위해 한 번에 다 창조되지 않았다. 일생 동안에 짐작도 못 한 일들이 거기에 연이어 덧붙는다. 아아! 그 전보의 첫 두 줄이 내 마음속에 일으킨 건 결코 번뇌의 제거가 아니었다. "불쌍한 벗이여, 우리의 귀여운 알베르틴은 이제 이승에 없사와, 이 무서운 소식을 그토록 그 애를 아껴 주신 당신에게 전함을 용서하소서. 그 애는 산책 중 말에서 떨어져 나무에 부딪쳤습니다. 우리의 온갖 노력도 그 애를 소생시키지 못했습니다. 내가 그 애 대신 죽어야!" 아니지, 괴로움의 제거가 아니지, 몰랐던 괴로움, 그녀가 영영 안 돌아오리라는 걸 듣는 괴로움이지. 그러나 그녀가 아마도 안 돌아올 거라고 여태껏 수차 속으로 말하지 않았던가? 그렇다, 그렇게 속으로 말했었다, 하지만 이제야 잠시도 그것을 믿지 않았던 걸 깨달았다. 의혹에서 생겨나는 아픔을 참으려고 내게 그녀의 현존과 입맞춤이 요긴하였기에, 발베크 이래 늘 그녀와 같이 있는 습관이 들고 말았다. 그녀가 외출해 나 혼자 있을 때마저, 여전히 나는 그녀를 머릿속으로 포옹하곤 하였다. 그녀가 투렌에 가고 나서도 여전히 그랬다. 그녀의 정숙함보다 그녀의 돌아옴이 내게 더 간절하였다. 그래서 내 이성이 간혹 그녀의 돌아옴을 의심하였어도, 내 상상력은 그녀의 돌아옴을 머릿속에 그려 내기를 잠시도 그치지 않았다. 본능적으로 내 손을 목과 입술에, 그녀가 떠나고 나서도 여전히 그녀의 입맞춤을 받는 느낌이 든, 다시는 영영 그녀의 입맞춤을 못 받을 목과 입술에 가져갔다. 마치 엄마가 할머니의 임종 때, '불쌍해라, 그토록 너를 애지중지하신 할머니께서 다시는 입맞춰 주지 못하시는구나' 하고 나한테 말하면서 나를 애무해 주었듯이, 내 손을 목과 입술에 가져갔다. 앞으로 올 내 평생이 내 마음에서 뿌리째 뽑히는 느낌이 들었다. 앞으로 올 내 평생? 그럼 알베르틴 없이 살아가는 평생을 나는 이따금 생각해 보지 않았던가? 천만에! 그럼 오래 전부터 내 인생의 모든 순간을 죽을 때까지 그녀에게 바쳐 왔나? 아무렴! 그녀하고의 끊을 수 없는 미래를 알아차릴, 내다볼 수 없다가 그것이 방금 개봉되기 시작한 지금, 터진 내 마음속에 그것이 차지했던 자리의 크기를 똑똑히 느꼈다. 아직 아무것도 모르는 프랑수아즈가 내 방에 들어왔다. 격노한 얼굴로 나는 말했다. "무슨 일이야?" 그러자(우리 가까이 있는 현실과 다른 딴 현실을 같은 자리에 넣어 우리를 현기증이 날 정도로 어리둥절케 하는 낱말이 가끔 있다), "화내실 필요가 없어요. 기뻐하실 일이니. 알베르틴 아가씨의 편지가 두 통이나 왔어요."

나중에, 그때의 내 눈은 정신의 균형을 잃은 인간의 눈이었을 게 틀림없다고 생각했다. 나는 기쁘지도 의심쩍어하지도 않았다. 나는 제 방의 같은 자리를 장의자와 동굴이 차지한 걸 보는 사람 같았다. 이제 아무것도 현실로 생각되지 않아 땅바닥에 쓰러지는 사람 같았다. 알베르틴의 두 편지는 약간의 사이를 두고 쓰인 게, 죽게 된 산책을 하기에 앞서 쓰인 게 틀림없었다. 첫번째 편지의 내용.

"벗이여, 앙드레를 당신 집에 오게 할 의사를 일부러 알려 주시다니 나를 믿어 주시는 증거라고 사료되와 고마워요. 앙드레가 기쁘게 승낙하리라고 확신하거니와 그 애를 위해 매우 행복한 일이라고 믿어요. 재능이 풍부한 애니까 당신 같은 분과 같이 지내면 당신이 남에게 주는 훌륭한 감화력을 보람 있게 이용할 줄 알 거예요. 이는 매우 좋은 착상으로 그 애를 위해서나 당신을 위해서나 좋은 일이 거기서 생겨나리라 믿어요. 그러므로 만일 그 애가 와 주기를 꺼리기라도 한다면(그럴 리는 없겠지만) 내게 전보 치세요, 내가 그 애를 움직이는 일을 맡을 테니."

두번째 편지는 하루 뒤의 날짜였다. 사실 그녀는 두 편지를 약간의 사이를 두고 쓴 게 틀림없었다. 어쩌면 동시에 쓰고, 첫번째 편지를 하루 전 날짜로 했는지도 모른다, 그도 그럴 것이, 줄곧 나는 그녀의 의사야 오로지 내 곁에 돌아오는 데 있다는, 이 일에 직접 관계가 없는 어떤 사람, 상상력이 없는 인간, 평화 조약의 의정자나 거래를 하는 상인이라면 나보다 정세 판단을 더 잘 할 수 있을 것이라는 터무니없는 상상을 해 왔기 때문이다. 그 두번째 편지에 적힌 것은 다음과 같은 말뿐이었다.

"내가 당신에게로 돌아가기에는 이미 너무 늦었을까요. 혹시 아직 앙드레에게 편지를 써 보내지 않았다면, 내가 다시 그리로 돌아가면 안 될까요? 당신의 결정에 따르겠으니 한시 바삐 여부를 알려 주시기를 부탁하오며, 기다리는 초조한 마음이 어떠하온지 알아주시옵기를. 혹시 내가 돌아가도 좋다면, 곧 기차를 타겠습니다. 진정으로 당신의 알베르틴 올림."

알베르틴의 죽음이 내 번뇌를 싹 가실 수 있으려면, 그런 사고가 투렌에서 그녀를 죽였을 뿐만 아니라, 또한 내 몸 안에서도 그녀를 죽일 필요가 있었을 것이다. 내 몸 안에 그녀가 이토록 생생하게 살아 있었던 적은 한번도 없었다. 한 인간이 우리 몸 안에 들어오려면 꼴을 짓고, 시간이라는 틀에 맞추는 게 필요하다. 잇따른 순간에밖에 우리 앞에 나타나지 않는 인간은 그때마다 단지 그 사람의 한 모양을 보일 뿐, 사진 한 장씩밖에 생산하지 않는다. 한낱 순간의 모임으로 이루어짐은 존재로서는 큰 약점임에 틀림없다. 그러나 또한 강점이기도 하다. 그것은 기억에서 일어나는데, 어떤 순간의 기억은 그 뒤에 생긴 일을 다 모른다. 기억에 담아 둔 순간은 여전히 계속해 살아, 그것과 함께 사람의 모습이 나타난다. 그리고 또 순간이라는 부스러기는 죽은 사람을 살아나게 할 뿐만 아니라, 죽은 사람을 갖가지 모양으로 증가시킨다. 내 마음을 달래기 위해 내가 잊어버려야 할 것은 한 사람의 알베르틴이 아니라, 무수한 알베르틴이다. 어느 하나의 알베르틴을 잃은 슬픔에 내가 겨우 견딜 만하게 되자, 또 하나의 알베르틴과, 백이나 되는 알베르틴과 다시 시작해야 하였다.

그러므로 내 생활은 아주 변했다. 내가 혼자였을 때 내 생활을 다사롭게 만든 것은, 알베르틴 자체가 원인이 아니지만, 그녀와 평행하게, 전과 비슷한 순간의 부름에 호응하여 옛 순간이 끊임없이 재생하는 바로 이것이었다. 빗소리를 통해 콩브레의 라일락꽃 향기가 내게 되살아났다. 발코니 위 햇살의 움직임을 통해 샹 젤리제의 비둘기 무리가, 오전중 더위 속의 귀 아픈 소음을 통해 버찌의 청신함이, 바람 소리나 부활절의 돌아옴을 통해 브르타뉴나 베네치아에 가고픈 욕망이 내게 되살아났다. 여름이 와 낮이 길고 더웠다. 그것은 학생들과 선생들이 아침 일찍 공원에 와서 나무 그늘 밑에 앉아 마지막 시험 준비를, 한낮의 찌는 듯한 더위보다야 덜하나 벌써 메마르게 맑은 하늘에서 떨어지는 몇 방울의 냉기를 주워 모으려고, 오는 철이었다. 어두컴컴한 내 방에서, 이전의 그것과 똑같으나 이제는 괴로움밖에 내게 주지 않는 상기력을 가지고, 바깥, 무더운 대기 속에서 이미 기울어 가는 해가 가옥들과 성당들의 백면에 엷은 황갈색 물감을 칠하는 걸 나는 느꼈다. 그럴 적에 프랑수아즈가 들어와서 무심코 커튼의 주름을 흐트러뜨리기라도 하면, 알베르틴이 나에게 "이건 나중에 수리한 거군" 하고 말하던 때의 브리크빌 로르괴이외즈 성당의 새로 단장한 정면을 곱게 보였던 그 옛 햇살이 방금 내 몸 속에 낸 열상(裂傷)의 아픔 때문에 나오려는 비명을 나는 꿀꺽 삼켰다. 내 비통을 프랑수아즈에게 어떻게 설명해야 할지 몰라, "아아! 목이 타는데"라고 말했다. 그녀는 나갔다가 다시 들어왔으나, 어둠 속에서 쉴새없이 내 주위에서 작렬(灼裂)하는 눈에 안 보이는 수천 가지 기억 중 하나의 고통스러운 일제 사격에 나는 그만 얼굴을 획 돌렸다. 프랑수아즈는 능금주와 버찌, 발베크에서 농가의 젊은이가 마차 안에 있는 우리에게 가져다 주었던 능금주와 버찌를 이제 막 가져왔다, 이전이라면 그것을 보고 한낮인데도 어두컴컴한 식당에 나타난 무지개를 완벽하게 연상했을. 그러자 처음으로 레제코르 농가의 일이 머리에 떠올라,

572

발베크에서 알베르틴이 "틈이 없어요, 숙모님과 같이 외출해야 해요"라고 나에게 말한 날, 어쩌면 그녀는 여자 친구 중의 아무개하고 내가 보통 안 가는 줄 아는 어느 농가에 갔는지도 모른다, 그리고 내가 무턱대고 마리 앙투아네트에서 기다리는 걸 보고 그곳 사람이 "오늘 알베르틴 아가씨를 뵙지 못했는데요"라고 일러 준 그동안, 그녀는 여자 친구한테 "여기 있는 줄 모를 테니 방해되지 않아" 하고 나와 단둘이 외출하였을 때 사용한 것과 같은 말을 썼는지도 모른다는 생각이 들었다. 이 햇살이 더 보이지 않게 프랑수아즈에게 커튼을 닫으라고 일렀다. 그러나 햇살은 계속해서 내 마음을 괴롭히면서 기억 속에 스며들었다. "이건 내 마음에 안 들어요, 수복한 거니까, 그러나 내일 생 마르탱 르 베튀에 갑시다, 모레는 ……." 내일, 모레, 영원히 계속되는 동거 생활의 시작, 내 마음은 그쪽으로 뛰어들지만, 이제 그런 미래가 없다, 알베르틴이 죽었으니.

프랑수아즈에게 시간을 물었다. 6시. 이제야 고맙게도, 전에 내가 알베르틴과 불평하면서도 그토록 좋아하던 무더위가 가시고 있었다. 낮이 끝나 갔다. 하지만 내게 무슨 득이 있는가? 저녁의 시원한 공기가 이는 일몰이었다. 기억 속에, 돌아가기 위해 여전히 우리가 함께 가는 길 끝에, 지나온 마지막 마을보다 더 멀리, 우리가 함께 발베크에서 묵으려는 오늘 밤에는 도저히 당도할 수 없는 먼 역참(驛站) 같은 것이 보였다. 그때는 함께였건만, 지금은 이 같은 심연 앞에 급히 멈춰 서야 하다니, 그녀가 죽었기에. 이제는 커튼을 닫는 것만으론 부족해, 저녁놀의 그 오렌지색 띠가 안 보이게, 지금 죽어 없는 그 사람의 팔에, 그때 다정하게 안겨 있었던 나의 양 옆구리에서, 나무에서 나무로 서로 부르고 응답하는 눈에 안 보이는 새들의 지저귐을 안 들으려고, 나는 기억의 눈과 귀를 틀어

막으려 애썼다. 저녁 나뭇잎의 습기나, 당나귀 등에 앉아 길을 오르내릴 때에 느껴지는 감각을 피하려고 애썼다. 그러나 이미 그런 감각은 나를 사로잡아, 현재의 순간에서 멀리 나를 후퇴시켜, 알베르틴이 죽었다는 관념으로 나를 세차게 후려갈기는 데에 필요한 충동을 만들고 말았다. 아아! 결코 다시는 숲에 들어가지 않겠다, 수목 사이를 산책하지 않겠다. 그렇다면 넓은 벌판은 내게 덜 가혹할까? 알베르틴을 찾으러 갔다가 돌아오는 길 크리크빌의 벌판을 몇 번이나 건넜고 함께 돌아왔던가, 때로는 자욱한 안개가 우리에게 큰 호수에 둘러싸인 곡두를 준 안개 낀 날씨에, 때로는 달빛이 지상을 아름다운 경치로 만들며, 낮 동안 멀리만 있던 하늘을 눈앞에 있는 듯 보이게 하며, 전답과 숲을 하늘과 합친 채 오로지 하늘빛인 나뭇가지 무늬가 박힌 마노 속에 가둔 맑은 저녁에!

프랑수아즈는 알베르틴의 죽음을 기뻐했을 게 틀림없거니와, 예절과 요령 같은 짓으로 일부러 슬픈 체하지 않은 것은 옳다고 하겠다. 그러나 그녀의 예스러운 법전의 불문율과 무훈시(武勳詩)에서처럼 울기 잘 하는 중세기풍 촌여인의 전통은 알베르틴에 대한 미움과 욀라리에 대한 미움보다 더 케케묵은 것이었다. 그러므로 이 같은 어느 해질 무렵, 내가 괴로움을 빨리 감추지 못하였을 때, 그녀는, 전에 동물을 사로잡아 괴롭히는 데, 병아리의 목을 조르는 데, 또 바다가재를 산 채로 굽는 데, 그리고 내가 병들었을 때 제 손으로 올빼미에 입힌 상처라도 살피듯 내 나쁜 안색(그녀는 내 나쁜 안색을 보면 침울한 말투로 그것을 불행의 조짐처럼 알렸다)을 관찰하는 데 즐거움밖에 안 느끼는 예스러운 촌여인의 본능으로 내 눈물을 얼핏 보았다. 그러나 그녀의 콩브레 태생다운 나쁜 버릇은 남의 눈물이나 슬픔을, 플란넬 내복을 벗거나 내키지 않을 때에 먹거나 하는 일만큼이나 나쁜 결과를 가져오는 일이라 하여 결코 그냥 넘기지 않는다. "오오! 못써요, 도련님, 그렇게 울면 못써요, 병나겠어요!" 그리고 내 눈물이 멈추기를 바라면서, 그녀는 피바다를 보기라도 한 듯 불안해 하는 표정을 지었다. 공교롭게도 나는 그녀가 원한, 하기야 아마 본심이었을 비탄을 딱 그치고 냉담한 표정을 지었다. 어쩌면 알베르틴에 대해서도 욀라리의 경우와 마찬가지로, 알베르틴이 내게서 아무 득도 꺼낼 수 없게 된 지금, 프랑수아즈는 그녀를 그만 미워하였는지도 몰랐다. 그렇지만 프랑수아즈는, 내가 울고 있었던 주제에, 단지 내 집의 시시한 가풍에 따라서 '남에게 보이고' 싶어하지 않는다는 것을 잘 알아요 하는 말을 하고 싶어하는 것만 같았다. "울면 못써요, 도련님" 하고 이번엔 더 조용한 말투로, 동정을 표하기보다 오히려 제 통찰력을 나타내려고 말했다. 그리고 "할 수 없지, 그렇게 되게 마련이었으니까, 그 아가씨 지나치게 행복했거든, 불쌍하게도 그 아가씨 제 행복을 지각할 줄 몰랐지만" 하고 그녀는 덧붙였다.

여름날의 이 죽도록 긴 저녁은 도무지 저물 줄을 몰랐다. 건넛집의 희끄무레한 그림자가 하늘 위에다가 그 끈질긴 흰 빛으로 언제까지나 수채화풍 채색을 계속하고 있었다. 마침내 방안이 어두워지고, 나는 옆방의 가구에 부딪쳤지만, 계단의 문어귀는, 완전히 어두워진 줄로 여겼던 어둠 속에, 유리 끼운 부분만이 반투명으로 푸르스름하게 비쳐서, 꽃의 푸름, 곤충의 날개의 푸름, 만약 내가 그것을 강철처럼 날카로운 마지막 반사, 하루가 그 지칠 줄 모르는 잔인성으로 나에게 가하는 최후의 치명적 일격으로 느끼지 않는다면, 아마도 아름답게 느껴졌을 푸름을 보이고 있었다.

드디어 빈틈없는 어둠이 오기는 하였으나, 그래도 안뜰의 나무 근처의 별 하나가 눈에 띄기만 해도, 저녁 식사 뒤, 달빛이 깔린 샹트피 숲으로 마차 타고 간 우리 둘의 산책을 회상시키기에 충분하였다. 거리를 걸을 때마저도, 파리의 인공 조명 한가운데에서 달빛의 자연스러운 청정감을 벤치의 등받이에서 문득 발견하는 수가 흔히 있었다. 그 파리 위에, 달빛은 나의 상상 속에서 그 도시를 순식간에 자연 속으로 돌아가게 하여, 마음속에 그려지는 시골의 무한한 정적으로 알베르틴하고 같이 한 산책의 괴로운 추억을 크게 떠오르게 한다. 아! 밤은 언제 끝나려나? 하지만 새벽의 첫 냉기에 나는 부르르 떨었다, 그도 그럴 것이, 첫 냉기가 발베크에서 앵카르빌로, 앵카르빌에서 발베크로 우리 둘이 동틀 무렵까지 서로 몇 번이고 바래다 주었던 그 여름의 감미로움을 내 몸 안에 가져왔기 때문이다. 이제 나는 미래에 대해 한 가지 희망밖에 없었다 — 걱정보다 더욱 가슴 찢는 희망 — 그것은 알베르틴을 잊어버리는 일. 어느 때고 그녀를 잊으리라는 걸 나는 알고 있었다, 나는 질베르트를, 게르망트 부인을 곧잘 잊어버렸고, 할머니마저 썩 잘 잊어버렸다. 우리가 아직 사랑하고 있는 사람들마저도 잊는 것을 불가피한 일로 예감하는 것은, 이제는 사랑하지 않는 사람들에게서 마음을 완전히 떼어 버린 저 무덤의 망각처럼 평온한, 우리의 완전한 망각에 대한 가장 정당한, 가장 잔인한 형벌인 것이다. 사실을 말하면, 우리는 그것이 괴로움 없는 상태, 곧 무관심의 상태라는 것을 알고 있다. 하지만 그러했던 상태와 언젠가는 그렇게 될 상태를 동시에 생각하기는 불가능하기 때문에, 이윽고 영원히 나에게서 없어질 애무나 입맞춤이나 정다운 잠의 껍질에 대해서 절망과 더불어 생각하였다. 애정으로 가득 찬 추억의 거센 파도가, 알베르틴은 죽었다는 관념에 부딪쳐 산산조각 나, 상반되는 한사리의 충돌로 나는 압도되어, 가만히 있을 수가 없을 지경이었다. 나는 일어나다가 얼른 멈춰 그만 쓰러졌다. 아직 그녀의 입맞춤에 따뜻해져서 즐거운 마음으로 알베르틴의 곁을 떠나려 했을 적에 본 것과 같은 새벽이,

이제는 커튼 위에 불길한 칼날을 겨누고 있어, 그 싸늘한, 치밀하고 가혹한 흰 빛이 단도의 일격처럼 내 가슴을 찔렀다.

오래지 않아 거리의 소음이 나기 시작하고, 그 울림의 갖가지 변화로 메아리치는 더위가 끊임없이 올라가는 도수를 알았다. 그러나 몇 시간 뒤 버찌 냄새가 배어 있는 이 더위 속에서 내가 느낀 것은(어떤 약의 경우에 한 구성 물질을 극소량의 다른 것과 바꿔 넣어도, 강장제나 흥분제였던 것이 쇠약시키는 효과를 갖듯이), 이제 여인에 대한 욕망이 아니라 알베르틴의 떠남에 대한 번민이었다. 게다가 내 욕망의 온갖 추억에는 쾌락의 추억과 마찬가지로 반드시 그녀와 고뇌가 배어 있었다. 그녀가 있으면 성가실 것이라고 여겼던 베네치아에(가면 거기서 또 그녀가 그리워질 것이라고 막연히 느꼈기 때문이겠지만) 알베르틴이 없는 지금에 와선 가고 싶지도 않았다. 알베르틴이 내겐, 나와 온 사물 사이에 낀 장애물 같았는데, 그녀가 내게 온 사물을 담은 그릇으로, 온 사물을 한 그릇에서 받듯 그녀한테서 받을 수 있었기 때문이다. 이 그릇이 깨지고만 지금, 나는 온 사물을 잡을 만한 기운도 없거니와, 풀이 죽어, 무엇 하나 음미할 기분도 나지 않아, 매사에 등을 돌렸다. 그래서 그녀와의 이별도, 그녀가 있음으로써 내 앞에 닫힌 줄 알았던 있음직한 여러 쾌락의 분야를 하나도 열어 주지 않았다. 게다가 여행하는 데, 삶을 향락하는 데, 그녀의 존재가 내게 장애물로 보였던 것은 아마 사실이지만, 그것이 다른 여러 가지 장애를 가리고 있었을 뿐, 이제 와서는, 사라졌던 여러 가지 장애가 고스란히 다시 나타나기 시작했다. 말하자면 전에 친한 아무개가 찾아와 내 일이 방해되었다고 생각하면서도, 다음날 혼자 있어도 역시 일하지 않는 것이나 마찬가지다. 질병, 질투, 날뛰는 말 같은 것으로 해서, 우리가 죽음을 눈앞에 느낄 때에는, 그때야말로 생명이나, 일락, 이윽고 잃게 될 미지의 나라를 참으로 풍성하게 즐길 거다. 일단 위험이 지나면, 우리 눈앞에 다시 나타나는 것은, 그런 즐거운 것은 하나도 없는 한결같이 침울한 인생이다.

물론 이런 짧은 밤들은 오래 가지 않는다. 겨울이 다시 오겠지, 그러면 아주 일찍 먼동 트는 새벽까지 계속되는 그녀와 했던 산책의 추억들을 다시는 두려워하지 않아도 되겠지. 그러나 첫서리가, 그 얼음 속에 간직된 나의 첫 욕망의 싹, 오밤중에 그녀를 부르러 인편을 보내고 나서(이제는 영원토록 하염없이 들리기를 기다려야만 하는), 초인종 소리가 나기까지 그토록 시간이 지루하게 생각되었을 적에 튼 싹을 내게 다시 가져오지 않을까? 그것은 또, 안 오는 것이 아닐까 하고 그때 내가 두 번이나 생각했던 불안의 싹을 소생시키지나 않을까? 그 무렵에는 어쩌다가나 그녀를 만나곤 하였다. 하지만 당시 몇 주일이나 지나서, 내가 완전히 알고 싶어하지도 않았던 미지의 생활 한가운데에서 느닷없이 나타나곤 한 그녀의 방문 사이에 생긴 간격마저도, 나의 부질없는 질투가, 그처럼 끊임없이 중단되어 마음속에서 덩어리지지 않도록 안정시키곤 하였다. 그러한 간격, 그것은 그 무렵에는 마음을 안정시켜 주는 것이었던 만큼, 이제 와서 돌이켜보아, 내가 모르는 짓을 그녀가 할 수 있다는 사실에 태연할 수 없게 되면서부터, 특히 다시는 영영 그녀가 찾아오지 않을 지금, 그만큼 거기에는 번뇌의 자국이 나 있었다. 따라서, 그녀가 찾아와 주었기에 그처럼 즐거웠던 그 정월의 밤들이, 이제는 살을 에는 삭풍에 실어서 그 당시 내가 몰랐던 근심을 불어 보내어 서리 속에 보존된, 내 사랑의 첫 싹(그러나 해롭게 된)을 내게 다시 가져다 줄 것이다. 그리고 질베르트와 같이 샹젤리제에서 놀았던 후부터 나에게는 우울하기 그지없는 이 추운 계절이 다시 시작됨을 생각하면서, 한밤중까지 하염없이 알베르틴을 기다리던 눈 내리는 밤과 같은 매일 밤이 다시 온다는 것을 생각할 때, 환자가 폐를 위해서 자기의 몸을 걱정하듯이, 내가 정신적 견지에서 자신의 슬픔이나 자신의 마음을 위해서 가장 걱정한 것은 혹한의 도래였고, 아마도 겨울이야말로 가장 지내기 힘들 것이라는 생각이 들었다.

알베르틴의 기억은 모든 계절과 결부되어 있으므로, 그것을 없애려면 그런 모든 계절을 잊어버려야 했을 거다, 마치 반신불수가 된 노인이 다시 읽고 쓰기를 배우듯, 모든 계절을 시작부터 다시 체험할 각오로. 그러려면 나는 온 우주를 단념해야 했을 것이다. 단지 나는 속으로 말하였다, 나 자신의 진짜 죽음만이(그러나 불가능한 일) 그녀의 죽음에 대한 내 슬픔을 달랠 수 있을 거라고. 나는 제 자신의 죽음이라는 게 불가능하지도 이상하지도 않다는 걸 깜박 잊고 있었다. 죽음은 우리가 모르는 사이에, 긴급한 경우에는 우리의 뜻에 어긋날지라도, 날마다 어김없이 시행되고 있다. 그리고 나는, 자연도 그러려니와, 훨씬 더 관습적 질서인 인위적 상황이 계절 속에 끼워 넣는 온갖 나날의 반복 때문에 괴로워할 것 같다. 이윽고, 지난 여름에 내가 발베크에 갔던 시기가 다시 오겠지만, 아직 질투하고는 연관이 없는 알베르틴의 일거 일동에 불안을 안 느꼈던 그 무렵의 내 사랑이 최근의 그토록 별난 사랑이 되기까지에는, 어떠한 경로를 거쳤던가, 하도 우여곡절이 심해서, 알베르틴의 운명이 차차 변화하기 시작하다가, 마침내 종말을 고한 이 마지막 해가, 나에게는 한 세기만큼이나 알차고 변화 많은 광대한 것으로 보였다. 그리고 또, 훨씬 철 늦으나 더 예전의 나날에 대한 추억이 있다. 날씨가 궂은데도 모두들 외출해 버린 일요일, 비바람 소리가 이전 같으면 '다락방의 철학자'답게 그대로 있으라고 권고했을 쓸쓸하고 호젓한 오후 등. 알베르틴이 뜻밖에 찾아와서 처음으로 애무했는데, 그때 램프를 들고 온 프랑수아즈 때문에 애무가 중단된 그 시각이 다가옴을 어떠한 불안으로 볼 거냐, 이제는 이중으로 죽은 그 시각, 그때 적극적으로 호의를 보인 것은 알베르틴 쪽이어서, 내 애정이 당연히 많은 기대를 가질 수 있었던 시각이었건만! 그리고 더 나중에 온 계절에, 주방이나 기숙사가 예배당처럼 열리고, 금빛 먼지를 뒤집어쓴 채, 바로 가까이에서 친구들과 이야기를 나누면서, 우리에게 그 신화적인 생활에 대한 탐구욕을 주는 그 반여신(半女神)들로 거리를 장식하던 찬란한 밤들도, 내 곁에서, 반여신들에게 접근하는 데에 방해가 되던 알베르틴의 다정한 모습밖에 상기시키지 못하였다.

더구나, 순전히 자연스러운 시간의 추억에도, 그것을 어떤 독특한 것이 되게 하는 정신적 풍경이 으레 곁들여져 있는 것이다. 이탈리아의 하늘처럼 활짝 갠 어느 이른 봄의 화창한 날, 우연히 염소지기의 뿔피리 소리를 듣거나 할 때에는, 같은 이날이, 알베르틴이 어쩌면 레아와 두 젊은 아가씨하고 같이 트로카데로에 가지 않았을까 하는 걱정과, 그리고 또 프랑수아즈가 데리러 갔던 당시, 내게 성가시게 여겨졌던 아내라는 것이 지닌, 범속하게 여겨지기까지 했던 가정적인 다사로움을, 그 햇빛에 번갈아 섞어서 회상시킬 것이 뻔하다. 함께 돌아가겠노라는 알베르틴의 고분고분한 대답을, 프랑수아즈가 전화로 알려 왔기 때문에, 나의 자존심은 매우 흡족한 느낌이었다. 그것은 그릇된 생각이었다. 내가 우쭐해졌던 것은, 사랑하는 여자가 뭐니뭐니 해도 나의 것이고, 오직 나를 위해서만 살며, 비록 떨어져 있어도, 내가 그녀를 위해서 늘 염려를 안 해도, 나를 자기 남편, 자기 주인으로 여겨, 나의 신호 한 번에 돌아온다고 그 대답이 나로 하여금 느끼게 했기 때문이다. 그래서 그 전화 보고는, 멀리, 트로카데로 지역에서 발산되어 오는, 다사로운 것의 작은 조각이었고, 마치 거기에 내 행복의 원천이 있어서, 내 쪽으로 진통(鎭痛)의 분자, 청량제를 보내 와서, 겨우 정신의 즐거운 자유를 나에게 되돌려주었기 때문에—이제는 아무런 걱정 없이 바그너의 음악을 황홀하게 들으면서—초조도 열도 없이, 오직 알베르틴의 확실한 도착을 기다리기만 하면 그만이었던 것이다(초조함 속에 행복이 있었다는 사실도 모르고서). 그녀가 돌아온다는, 내 뜻에 순종해서 나의 것이 된다는 이 행복의 원인은, 자존심이 아니라 사랑 속에 있었던 것이다. 비록 50명의 여자가 내 분부를 지켜 내 한 번 신호에 트로카데로에서가 아니라 인도에서 돌아온들 지금의 나에게는 아무런 흥미도 없었을 것이다. 하지만 그날, 음악을 들으면서 혼자 방에 있는 동안, 나에게로 얌전히 돌아오는 알베르틴을 느끼며, 햇살 속에서 춤추는 먼지처럼 허공에 흩어져 있는, 다른 물질이 몸에 이롭듯이, 영혼에 이로운 물질 중 하나를 나는 호흡했었다. 반시간쯤 지나서 알베르틴이 돌아왔고, 그 다음, 돌아온 알베르틴과 같이 한 산책은, 확실성을 수반하고 있었기 때문에 나에게는 따분하게 느껴지기는 하였지만, 그 확실성이 있기에, 프랑수아즈가 그녀를 데리고 돌아간다는 전화를 한 순간부터, 거기에 계속되는 시간 속에 황금 같은 고요를 부어넣고 있었기 때문에, 똑같은 하루이면서 전혀 다른 다음날을 만들어 냈었는데, 그것이 전혀 별개의 정신적 기반을 가지고 있었기 때문이고, 그 정신적 기반 위에 참신한 하루를 지어내, 그때까지 경험했던 것과는 천양지차인, 한번도 상상할 수 없었던—우리가 살아온 나날의 연속 속에, 만약 그런 날이 없었다면, 어느 여름날의 평안을, 우리는 상상할 수 없었을 터이니까—하루를 첨가했었기 때문이다. 그 하루를 고스란히 상기한다는 말은 절대로 할 수 없는 것이, 이제 와서는 그 평온에, 당시 내가 느끼지 않았던 괴로움을 덧붙이고 있기 때문이다. 하지만 훨씬 뒤에 가서, 서서히, 반대 방향으로, 내가 알베르틴을 이토록 사랑하기 이전에 지나온 시간을 통과하여, 상처가 아문 나의 마음이 죽은 알베르틴에게서 고통 없이 자신을 분리할 수가 있었을 때에야, 비로소 알베르틴이 트로카데로에 남지 않고 프랑수아즈와 함께 장보러 나가던 날을 고통 없이 회상할 수가 있어서, 그때까지 내가 몰랐던 정신적 계절에 속하는 그날을 즐겁게 회상했다. 마침내, 이제는 고통을 곁들이는 일 없이, 그날을 고스란히, 도리어 실제로 경험할 적에는 너무 더워서 못 견디겠다고 생각했던 어느 여름의 나날을, 나중에는 거기에서 아름다운 금빛과 휘황한 하늘의 푸른빛만을 순수하게 추출하여 회상하듯이, 상기했다.

이리하여, 이 몇 해는, 이 몇 해를 몹시 괴로운 것이 되게 한 알베르틴의 추억에다가, 6월의 오후에서 겨울의 밤에 이르기까지, 바다 위의 달빛에서 집으로 돌아가는 새벽까지, 파리의 눈에서 생 클루의 낙엽에 이르기까지의 계절이나 시각의 잇달아 나타나는 색채나 갖가지 형태를 섞었을 뿐만 아니라, 또한 알베르틴에 대해 내가 차례차례로 품은 특수한 생각, 그러한 순간마다 내가 마음에 그린 육체적인 양상, 그 계절에 내가 그녀와 만난 횟수(그것이 잦았던 적도 뜸했던 적도 있었기 때문에), 기다리면서 느낀 불안, 어느 순간, 내가 그녀에 대해서 품었던 매력, 생겼다가는 사라져 버린 희망 따위도 섞고 있었다. 그 때문에, 추억에 얽힌 내 슬픔의 성질은, 첨가된 빛이나 냄새의 인상과 똑같이 변하고, 또 내가 살아온 태양력(太陽曆)마다 세월은 — 다만 그 봄들, 가을들, 겨울들조차도 그녀와는 떼어놓을 수 없는 추억으로 해서 이미 슬펐는데 — 일종의 감정력(感情曆)으로 보강되어 내 슬픔을 두 배로 하였다. 이 감정력에서 시간은 태양의 위치에 의해서가 아니라, 만남을 기다리는 마음에 의하여 정해지고, 해의 길이나 기온의 상승은 나의 희망의 강도, 친밀감이 더해 가는 형편, 그녀의 얼굴의 전반적인 변모, 그녀가 했던 여행, 다른 곳에서 그녀가 나에게 보낸 편지의 횟수와 문장, 돌아와서 빨리 나를 만나고 싶은 심정의 강약 등에 의해서 측정됐었다. 곧, 이러한 계절의 변화, 갖가지 날들이 제각기 다른 알베르틴을 떠오르게 하는 것은, 단지 비슷한 순간의 상기에 의해서만은 아니었다. 내가 사랑에 애타게 되기 전에도, 하나하나의 여자가 나를 다른 인간으로 만들었다는 사실, 다른 지각을 가지고 있었기 때문에 다른 욕망을 가졌고, 전날은 폭풍우와 절벽만 꿈꾸던 사람이, 만약 어쩌다 봄날이 무람없이 그의 반쯤 벌린 잠의 울타리 틈으로 장미 향기를 살짝 들여보내면, 단박에 이탈리아로 떠날 생각이 들어서 눈을 떴다는 사실을 상기해 주기 바란다. 사랑하고 있을 때조차도, 내 기분의 변덕이나 확신의 변동 여하에 따라서, 내 자신의 사랑의 시계(視界)가 어떤 날에는 작아지고, 어떤 날에는 한없이 커지고, 어떤 날에는 미소가 떠오를 만큼 아름답고, 어떤 날에는 폭풍우가 일 만큼 찌푸려지지 않았는가? 우리는 소유하는 것에 의해서만 존재하는 것이고, 현실적으로 눈앞에 있는 것만을 소유한다. 따라서 우리의 숱한 추억, 그때그때의 기분, 사념은 우리들 자신에게서 멀리 길을 떠나 버려서 어디에 있는지 안 보이게 되고 만다. 그렇게 되면 우리는 이제 그러한 것들을 우리의 존재인 이 전체 속에 넣을 수 없다. 하지만 그것이 다시 한 번 우리들 속으로 돌아오는 데에는 비밀 통로가 있다. 어느 날 밤, 이제야 거의 알베르틴을 아쉬워하는 생각도 잊은 채 잠들어 버렸다가 ─ 생각나는 일밖에 아쉬워하지 못하니까 ─ 잠이 깨어나는 결에 일련의 추억이 참으로 명확한 의식 속에 뒤섞여서 나타나, 내가 그것을 똑똑히 분간하는 적이 있었다. 그때에 전날에는 나에게 무(無)에 불과했던 것이 그토록 똑똑히 보인다는 사실에 나는 그만 울고 말았다. 그리고 또 갑자기, 알베르틴이라는 이름, 그 죽음의 의미가 달라졌다. 그녀의 배신이 갑자기 중대성을 회복하였다.

그녀를 생각하는 마당에, 그녀가 살았을 적에 내가 그 어느 하나를 유심히 살폈을 때와 똑같은 심상(心像)밖에 재료가 없는 지금, 어찌 그녀가 죽었다는 생각이 들겠는가? 비 오는 날, 초속력으로 자전거의 신화적인 바퀴 위에 몸을 구부리고 쏜살같이 달렸고, 또는 우리가 샹트피 숲으로 샴페인을 가지고 갔던 날 밤, 도발적으로 변한 목소리, 흥분 때문에 새하얘지고, 다만 볼 위만 발그스름하던 얼굴, 마차 안의 어둠 속에서 그 모양이 잘 분간되지 않아, 좀더 똑똑히 보려고 내가 달빛 쪽으로 가까이 가져갔던 얼굴, 이제 영원히 안 끝나는 어둠 속에서, 그 얼굴을 다시 한 번 보려고 해도 상기하려고 해도 헛일. 그러니 내 마음속에서 내 손으로 없애야 할 것은 하나의 알베르틴이 아니라, 수많은 알베르틴. 심상(image)마다 한 순간에 한 시기에 결부되어 있어서, 그 알베르틴을 상기하였을 때 나는 그 자리에 다시 놓이는 걸 느꼈다. 그런 과거의 순간은 결코 부동한 것은 아니다. 미래 쪽으로 — 그것 자체가 과거로 되고 만 미래 쪽으로 — 끌고 가는 움직임을, 우리 자신도 거기로 끌어 가면서 우리 기억 속에서 계속한다. 나는 비옷을 입은 알베르틴을 한 번도 애무한 적이 없고, 언제나 그 갑옷을 벗기를 바랐었는데, 만약 입은 채로 애무했다면 야영(野營)의 사랑, 나그네의 친근감을 맛볼 수 있었을까. 하지만 이제는 하는 수 없다, 그녀는 죽었다. 내가 모르는 체 하지 않았더라면 그녀가 남에게서 찾지도 않았을 쾌락을, 나에게 내미는 듯한 눈치를 보이던 날 밤, 나는 그녀를 타락시킬까 염려되어, 일부러 언제나 모른 체했는데, 지금에 와서, 그러한 쾌락이 내 몸 속에 불길같이 확확 달아오르는 욕망을 북돋우었다. 같은 쾌락을 맛보지 못했을 테고 그것을 내게 줄 여자는, 온 세상을 헤매고 다녀도 만날 수 없다, 알베르틴은 죽었으니까. 여기서 두 사실 중 하나를 골라서, 어느 쪽이 진실인지 결정해야만 할 것 같았다. 알베르틴의 죽음이라는 사실은 ─ 나로서는 내가 몰랐던, 투렌에서의 그녀의 생활이라는 현실에서 생긴 것이기에 ─ 알베르틴에 관한 나의 온갖 생각, 욕망, 회한, 감동, 분노, 질투 등과 모순되었다. 그녀의 생활의 일람표에서 따온 이러한 추억의 풍성함, 그녀의 산 모습을 상기시키는 이 무수한 감정은, 알베르틴이 죽었다는 사실을 믿어지지 않는 일로 만드는 듯싶었다. '무수한 감정'이라고 한 까닭은, 나의 애정을 간직한 나의 기억의 다양성을 나타내는 것이었기 때문이다. 알베르틴만이 순간의 연속인 것이 아니라, 나 자신도 마찬가지였다. 그녀에 대한 나의 사랑은 애당초 단순하지 않아, 미지의 것에 대한 호기심에 관능적 욕망이, 사뭇 가정적이라고 해도 무방한 다사로운 감정에, 때로는 무관심, 때로는 사나운 질투가 덧붙곤 했었다. 나는 한 남자가 아니라, 밀집한 인간의 행렬이고, 그때그때에 따라서 정열가, 냉담한 인간, 질투쟁이 ─ 여러 사람의 질투쟁이들로서, 그 중의 한 사람도 같은 여자에 대해서 질투하지 않는 ─ 가 있었다. 그리고 앞으로 언젠가는, 내가 바라지도 않은 마음의 쾌유가 찾아오는 것도 그 탓일 것이다. 이와 같은 집합체에서는 그 요소가 하나씩 모르는 사이에 다른 요소로 대치되고, 그것이 또 다른 요소에 의하여 배제되고 보강되다가 나중에는, 그것이 단 한 사람의 인간이라기엔 이해하기 곤란한 변화가 생긴다. 나의 사랑과 나의 성격의 복잡성이 내 고뇌를 다양화하여 여러 가지로 변모시키곤 하였다. 하지만 그 고뇌는 언제나 두 패로 갈라져 그 번갈음이 알베르틴에 대한 내 사랑의 생명을 만들어 내어 신뢰와 질투심 많은 의혹에 번갈아 종사했다.

* * *

　나의 상상은, 아직 우리 둘이서 바라보던 밤을 통하여, 그녀를
하늘에서 찾았다. 그녀가 좋아하던 달빛 저쪽으로, 그녀에게는 이
미 살아 있지 않다는 사실에 대한 위로가 되도록, 나의 애정을 그
녀에게까지 보내려고 애썼는데, 그처럼 아득한 사람에 대한 사랑
은 이를테면 종교 같은 것이어서, 나의 사념은 기도처럼 그녀에게
로 올라갔다. 욕망이 강렬하면 믿음이 생긴다. 나는 그것을 바랐기
에 알베르틴이 떠나지 않을 줄로 믿었고, 그러기를 바랐기에 그녀
가 죽지 않은 줄로 믿었다. 나는 강신술(降神術)에 관한 서적을 읽
기 시작해, 영혼 불멸의 가능성을 믿기 시작했다. 하지만 그것만으
로는 나에게는 불충분하였다. 내가 죽은 뒤에, 마치 영원히 이승과
비슷하기나 한 듯이, 본래 육신을 가진 그녀하고 다시 상봉해야만
했다. 나는 왜 '이승에서'라고 말하지? 나의 요구는 아직 더 까다
로웠다. 나는 죽음으로 영원히 기쁨을 빼앗기기가 싫었다, 하기야
죽음만이 우리에게서 그것을 빼앗는 것은 아니지만. 오히려 죽음
이 없으면 기쁨은 결국 둔해질 것이니, 이미 그것은 낡은 관습과
새로운 호기심의 작용으로 감퇴하기 시작했었다. 게다가, 비록 살
아 있었다 해도 알베르틴은 육체적으로도 조금씩 변화하고, 나는
하루하루 이 변화에 익숙해져 갔을 것이다. 하지만 나의 추억은 그
녀에 대해서 단지 순간적인 토막들밖에는 상기할 수가 없기 때문
에, 살아 있다고 해도 이미 전과는 달라졌을 그녀를 보고 싶어하는
것이다. 추억은, 과거에서 벗어날 수 없는 기억의 한정에 자연스럽
고도 자유로운 만족을 주는 기적을 바란다. 그렇지만 나는 고대 신
학자의 소박성을 가지고 이 살아 있는 피조물이 나에게 어쩌면 주
었을지도 모르는 설명을 했을 뿐만 아니라 극도의 모순으로, 그녀

가 생전에 늘 거부해 왔던 설명을 친절하게 한 것으로 상상하였다. 이리하여, 그녀의 죽음을, 일종의 꿈처럼 생각하고 있기 때문에, 나의 사랑은 그녀에게는 뜻밖의 행복이었을 것이다 하는 생각마저 들었다. 나는 죽음이라는 것에서, 단지 만사를 단순화하고, 정리하는 해결의 편의와 낙천적인 생각만을 끌어낼 수 있을 줄 알았다.

이따금 그다지 멀지 않은 데서, 저승이 아닌 데서 우리가 다시 결합할 거라고 상상하였다. 지난날 내가 아직 질베르트를 샹 젤리제에서의 놀이 친구로서밖에 사귀지 않았을 무렵, 저녁에 집에 돌아오자, 그녀에게서 사랑을 고백하는 편지가 오겠지, 그녀가 여기에 들어오겠지 하고 공상했듯이, 그때와 똑같은 욕망의 힘이 질베르트의 경우와 마찬가지로(결국 그때는 마지막 편지를 받았으니까 과히 안 틀렸지만) 자연의 법칙을 무시하여, 지금 또 내게 알베르틴한테서, 그녀는 승마의 사고를 당했으나 황당무계한 이유로(오랫동안 죽은 줄 알았던 사람들에게 가끔 일어나듯) 씻은 듯 쾌유되어서 지금 후회하여 영원히 나와 같이 살아가고 싶은 것을 지금까지 잠자코 있었다고 하는 편지가 올 거라는 공상을 하게 했다. 그리고—다른 일엔 멀쩡하게 보이는 사람들의 가벼운 광기가 어떤 것인지 잘 이해되는 동시에—나는 그녀가 죽었다는 확신과 그녀가 당장에 들어오는 걸 보고픈 끊임없는 희망이 내 몸 안에 공존함을 느꼈다.

이미 발베크에 당도했을 에메에게서는 아직 기별이 없었다. 나의 이 조사는 이차적인 문제를 겨냥한, 되는 대로 선택한 것이었다. 만약 알베르틴의 생활에 짜장 흠이 있었다면, 화장복 이야기를 하다가 알베르틴이 낯을 붉히던 때처럼, 우연이 내 머리에 떠오르게 하지 않았던, 가장 중요한 일을 수북이 간직하였음에 틀림없었다. 그러나 바로 그러한 일들은 내가 그걸 목격하지 못하였기 때문에 내게는 존재하지 않았다. 그런 지 몇 해 지나, 나는 그 일을 다시 구성해 보려고 애썼는데, 내 멋대로 그날을 이용한 것이었다. 만일 알베르틴이 여자를 좋아했었다면, 그녀의 생활에는, 내가 그 용도를 모르는, 그리고 알고 싶은 호기심이 치미는 날이 따로 얼마든지 있었다. 나는 에메를 발베크 이외의 여러 곳, 여러 도시로 보낼 수도 있었을 것이다. 하지만 바로 그런 나날은, 내가 그 용도를 알지 못하기 때문에 내 상상에 떠오르지 않아, 있으나마나였다. 사물, 인간이 내게 존재하기 시작하는 건 그것이 내 상상 속에서 개성적인 존재로 되는 때이다. 따로 비슷한 것이 수천 있었다면, 그것은 내게 다른 나머지를 대표하게 된다. 내가 오래 전부터, 알베르틴을 의심하면서 샤워를 할 때에 무슨 짓을 하였는지 알고 싶어 했던 건, 내가 여자에게 욕망을 품을 경우에, 그런 욕망을 채워 줄 수 있는 상대로서 수많은 젊은 아가씨와 몸종이 있다는 것을 알고 있었고, 그 소문도 귀가 아프도록 들었지만, 특히 내가, 갈봇집에 출입한다는 젊은 아가씨와 퓌트뷔스 부인의 몸종과 사귀고 싶어한 것이나 ―생 루가 내게 그 여자들 얘기를 해주었기 때문에, 내게는 이 여자들이 개성적으로 존재하여서― 같은 투다. 내 건강, 우유부단, 생 루의 말마따나 '다음날 미루기' 때문에 뭔가를 실현하려는 경우에 생기는 어려움이, 어떤 의혹의 밝혀 냄을 어떤 욕망의 완수처럼 하루하루, 다달이, 연년이 연기시켜 왔다. 그러나 그 의혹을 나는 기억 속에 간직하여 진실을 알아내고 말겠다고 잊지 않았는데, 이 의혹만이 줄곧 내 머리에서 떠나지 않았기 때문이고(다른 것들은 내 눈에 형태가 없어서 있으나마나였다), 또한 현실 가운데서 그것을 선택했던 우연 자체가, 내가 갈망한 참된 생활에 다소라도 현실적으로 접한 건 이런 의혹에서라는 보증이었기 때문이다. 그리고 또, 단 하나의 작은 사실이라도 잘만 골랐다면, 수천의 비슷한 사실에 관해 진실을 가르칠 일반 법칙을 정하는 데 실험자한테 족하지 않을까? 알베르틴은 내 기억 속에, 단지 그녀가 살아 있는 동안에 내 앞에 연이어 나타난 상태로밖에, 다시 말해서 세분된 시간처럼 존재하는 데 지나지 않아, 내 의식은 그러한 그녀를 하나(unité)로 복구하여, 한 인간으로 조립하면서 내가 일반적인 판단을 내리고, 내게 거짓말을 했는지, 여자를 좋아하였는지, 내게서 떠난 건 그런 여자와 자유롭게 어울리기 위해서였는지 알고 싶어한 것은 이 인간에 관해서다. 샤워를 담당한 여자가 털어놓은 말은, 어쩌면 알베르틴의 품행에 관한 내 의혹을 싹뚝 자를 수 있을 테지.

내 의혹! 아뿔싸! 그녀의 떠남이 내 과오를 드러내기까지는, 다시는 알베르틴을 못 보는 일은 대수롭지 않거니와 유쾌하기마저 할 거라고 여겼었다. 마찬가지로 그녀의 죽음은 이따금 그 죽음을 바라는 줄 여기거나 그게 나를 해방시킬 거라고 여긴 게 얼마나 잘못된 생각이었는지 내게 뼈아프게 가르쳐 주었다. 마찬가지로, 내가 에메의 편지를 받았을 때, 여지껏 알베르틴의 품행에 대한 의혹으로 너무 심한 고통을 느끼지 않았던 것은, 그것이 사실은 조금도 의혹이 아니기 때문이라는 걸 깨달았다. 내 행복, 내 인생은 알베르틴의 결백이 꼭 필요했기 때문에, 그녀가 그러리라 마음속으로 상정(想定)해 왔던 것이다. 이 믿음의 보호를 받으면서, 나는 위험 없이 나의 정신을, 형태만은 만들었지만, 믿어지지 않은 추측들과 우울하게 놀게 내버려 둘 수 있었다. '그녀는 여자를 좋아할지도 모른다', 마치 '나는 오늘 밤에 죽을지도 모른다'고 말하듯이, 나는 그런 생각을 하고 있었다. 사람들은 그렇게 생각한다, 하지만 그것을 믿지는 않고, 내일의 계획을 다 짜 놓고 있다. 알베르틴이 여자를 좋아했는지 아닌지 확실하지는 않다고 본심과는 달리 믿으면서, 따라서 알베르틴에 대해서 나쁜 생각을 갖게 할 사실치고, 내가 여태껏 여러 번 고려하지 않았던 것은 하나도 올 리가 없다고 믿으면서, 에메의 편지가 내 눈앞에 떠오르게 한, 남에게는 아무런 의미도 없는 그림을 앞에 놓고, 내가 전혀 예기치도 않았던, 여태 껏 경험한 것 중에서 가장 가혹한 고통을 느낄 수 있었던 것도 이 때문이었던 것이다. 그리고 이 번민은 이들 심상(心像), 결국은 알 베르틴 자신의 모습을 재료로 삼아, 분할할 수 없는 화학에서 말하 는 일종의 침전물(沈澱物)을 만들어 냈고, 여기서 내가 극히 상투 적인 방법으로 이만큼 구별한 에메의 편지 내용을 가지고는 도저 히 뭐가 뭔지도 알 수 없으니, 왜냐하면 그 속의 낱말 하나하나는, 그것이 새로이 자아낸 번민에 의하여 금세 변형되고, 영원히 착색 되었기 때문이다.

"배계(拜啓)!

더 일찍 글월 올리지 못한 점, 용서해 주십시오. 저에게 만나라 고 분부하신 분은 이틀쯤 집에 없었사와, 저에게 베푸신 신뢰에 보 답코자, 빈손으로 돌아가고 싶지 않았습니다. 마침내 (A아가씨)를 잘 기억하시는 분과 이야기하고 돌아온 참입니다. 〔얼마간의 교양 이 있었던 에메는 A아가씨를 이탤릭체로 쓰고 인용 부호(' ')로 묶 을 작정이었나 보다. 하지만 그는 인용 부호를 쓴다는 것이 소괄호 를 쓰고, 괄호 속에 무슨 말을 넣으려 할 때에는, 인용 부호에 넣는 다. 이와 비슷한 짓을 하는 프랑수아즈는, 하층 계급 사람들의 오 류는 흔히 ─ 하기야, 프랑스 말이 흔히 그랬지만 ─ 몇 세기씩 거 치다 보면 서로 뒤바뀐, 단순한 용어 바꿔 놓기에 불과한 수가 있 어서, 누군가가 우리 동네에 거주하였다(demeurait)고 하는 대신 에 남아 있었다(restait)는 말을 하고, 2분간 남아 있어도 좋다는 말

대신 거주해도 좋다는 말을 한다.]

그녀의 얘기에 따르면 도련님의 추측이 절대로 확실합니다. 첫째 알베르틴 아가씨가 목욕하러 오실 적마다 시중든 사람은 그녀였습니다. A아가씨는 나이가 위이고, 늘 회색 옷을 입는 키 큰 여인과 같이 자주 샤워를 하러 왔고, 샤워를 담당하는 여자는 그분의 성함은 모르지만, 자주 젊은 아가씨들을 뒤쫓는 걸 목격했기 때문에 잘 안다는군요. 그러나 그녀는 (A아가씨)와 사귀고 나서부터는 다른 아가씨를 거들떠보지도 않았다고 합니다. 그녀와 A아가씨는 번번이 탈의실을 닫은 채 오래오래 남아 있기가 일쑤이고, 또 회색 옷 차림의 부인은 나하고 얘기한 이에게 팁으로 적어도 10프랑을 주었다는군요. 그녀가 나한테 말했듯이, 그 사이에 구슬을 실에 꿰는 짓을 하지 않았다면 팁으로 10프랑이나 안 주었을 거라고 사료되옵니다. A아가씨는 또한 가끔, 손안경을 든, 피부가 아주 검은 부인하고도 왔답니다. 그러나 (A아가씨)는 더 자주 나이가 아래인 젊은 아가씨들, 특히 다갈색 머리칼의 아가씨하고 왔답니다. 회색 옷 차림의 부인을 빼놓고, A아가씨와 늘 동반하는 이는 발베크 사람이 아니고, 꽤 먼 데서 온 사람인 듯했다는군요. 그녀들은 결코 함께 들어오는 일 없이, A아가씨가 들어오시면 탈의실의 문을 열어 두라고 분부했다는데, 여자 친구를 기다려서이고, 나하고 얘기한 분은 그게 무슨 뜻인지 알더군요. 이분은 다른 일은 잘 기억하지 못해 상세한 것을 내게 얘기 못 했습니다, '워낙 오래 된 일이라서'요. 게다가 이분은 매우 조심성 있는 여인이고 또 A아가씨가 벌이를 두둑하게 해 주었기 때문에 함부로 꼬치꼬치 알려고 하지 않았던 거죠. 알베르틴께서 돌아가셨다는 말을 듣고 그녀는 진심으로 애처로워했습니다. 참으로 그처럼 젊은데 돌아가신 분으로서도 그 친구분들로서도 큰 불행입니다. 내가 더 이상 알아낼 것이 없다고 여기는 발베크를 떠나도 좋은지 도련님의 명령을 기다리겠습니다. 도련님께서 소생에게 시키신 이 작은 여행 동안에 날씨가 더할 나위 없이 좋아 유쾌한 만큼 새삼 감사의 말씀을 올립니다. 바닷가 계절은 올해 아주 유망합니다. 도련님께서 이번 여름에 왕림하시기를 다들 손꼽아 기다립니다.

이 밖에 더 드릴 만한 말씀은 없기에, 이만."

이런 말이 내 마음에 얼마나 깊이 들어왔는지 이해하려면, 알베르틴에 대해 품은 의혹이 부수적이자 아무래도 좋은 의문, 사소한 것에 대한 의문, 우리가 우리 자신이 아닌 뭇 인간에 대해 품는 유일하게 현실적인 물음, 냉정한 사념을 입고서 고뇌 · 허위 · 악덕과 죽음의 한가운데 걸어가게 하는 게 아니었음을 참작해야 한다. 그런 게 아니고 알베르틴에 대해, 그것은 본질적인 의문이었다. 다시 말해서 그녀는 그 본질에서 무엇이었나? 뭘 생각했는가? 뭘 사랑했는가? 내게 거짓말했는가? 그녀와의 내 생활은 오데트와의 스완의 생활처럼 비통한 것이었나? 그러니까 에메의 편지가 다다른 곳은, 그게 보통의 편지가 아니라 특수한 것이긴 하지만 —또 바로 그렇기 때문에— 알베르틴에서나, 내게서나 더 깊은 데였다.

드디어 나는 눈앞에, 회색 옷 차림의 부인과 함께 작은 길을 통해 샤워장에 이르는 알베르틴의 모습 안에서, 추억이나 알베르틴의 눈길 속에 갇혀 내가 상상하였을 때 두려워한 데 못지않게 신비롭고도 두렵게 생각되는 그 과거의 한 토막을 보았다. 틀림없이, 나 아닌 남들에겐 이런 사소한 일은 대수롭지 않게 보일 테지만, 알베르틴이 죽고 없는 지금에 와서 그녀의 입으로 부인시킬 수 없으므로, 일종의 개연성(蓋然性) 같은 것을 낳았다. 알베르틴의 과실이 사실이며, 그녀 스스로 인정한 경우(그녀의 양심이 그것을 죄

없는 짓으로 생각하건 비난받을 만한 짓으로 생각하건, 그녀의 육욕이 그것을 감미롭게 느끼건 시들하게 느끼건) 내가 그것과 떼어놓지 않은 그 형용키 어려운 두려움의 인상을 잃을 것 같다. 나 자신 여성에 대한 사랑에서, 알베르틴에게는 같은 일이 아니었을 테지만, 그녀가 느낀 것을 다소 상상할 수 있었다. 그리고 내가 그토록 자주 정욕을 품었듯이 그녀도 정욕을 품었고, 내가 그토록 종종 그녀에게 거짓말했듯이 그녀도 내게 거짓말하였고, 여러 젊은 아가씨에게 열중해, 내가 스테르마리아 아가씨에게 했듯이 그 아가씨나 다른 수많은 여인, 또는 시골에서 내가 우연히 만난 촌아가씨에게 열중하는 모습을 머릿속에 그리는 거야 물론 이미 번민의 시작이었다. 그렇다, 나의 모든 정욕이 어느 정도 그녀의 정욕을 이해하는 걸 도왔다. 그것은 이미 크나큰 번민이며, 욕망이 격렬하면 격렬할수록 더욱더 잔혹한 괴로움으로 변했던 것이다, 마치 이 감수성의 대수학(代數學)에서는 욕망은 같은 계수(係數)이나, 덧셈 기호 대신에 뺄셈 기호를 가지고 다시 나타나듯. 그러나 알베르틴으로서는, 내가 스스로 그것을 판단할 수 있는 한, 그녀의 그릇된 품행, 그것을 그녀가 어떤 의사로 내게서 숨기려 했건—그게 그녀에게 죄의식이 있다는 것을, 또는 나를 슬프게 할세라 염려하고 있다는 것을 짐작하게 했다—그녀는 욕망에 꿈틀거리는 상상력의 빛을 받으면서 마음껏 그것을 준비했던 것이다. 그래서 그녀의 난잡한 행실도 그녀에게는 인생의 다른 부분만큼이나 자연스러운 것으로 여겨졌던 것이다. 곧 그것은 쾌락이다. 그녀에게는 물리칠 용기가 없었던 쾌락, 나에게는 그녀가 내게 숨김으로써 피하게 하려고 애썼던 고통이지만, 인생의 여느 쾌락이나 고통과 별로 다름이 없는 쾌락이나 고통으로 여겨졌다. 그러나 내 쪽에서는 샤워실에 들어가서, 담당하는 여자에게 팁을 주는 알베르틴의 모습이 내 눈에 떠오른 것은, 아무런 예고도 없고, 나 자신은 그것을 미리부터 준비했던 것도 아니고, 전혀 외부, 에메의 편지에 의해서인 것이다. 〔그렇지만, 나는 지금 그녀를 더욱더 사랑한다, 그녀가 먼데 있기 때문에, 곧 우리가 머리로 생각하는 것이 있으면, 우리를 유일한 현실에서 격리해 여러 괴로움을 덜어 주고, 그것이 없으면, 사랑과 더불어 괴로움을 되살아나게 하기 때문이다.〕

확실히 회색 옷을 입은 부인과 함께 조용히 도착하는 모습에서, 그녀들 사이에 묵계(默契)가 다 돼 있음을 나는 알아챘다. 타락 행위를 암시하는 샤워장의 탈의실로 애욕에 탐닉하러 오는 습관, 참으로 교묘하게 은폐된 이중 생활의 구조를 내가 빤히 알아챘기에, 그러한 영상(映像)이 알베르틴이 저지른 죄에 대한 끔찍한 뉴스를 제공했기에, 그것은 당장 나에게 육체적 고통을 일으켜, 그것과 떨어질 수 없게 되었던 것이다. 그러나 즉시 고통은 그런 영상에 저항했다. 한 영상이라는 객관적인 사실은, 인간이 그것에 다가가는 때의 내적 상태에 따라 다르다. 그리고 고통은 도취와 똑같이 현실을 강력하게 변경한다. 그런 영상과 결합한 고통은 금세 그것을, 회색 옷 차림의 부인, 팁, 샤워, 알베르틴이 회색 옷 차림의 부인과 같이 유유히 도착한 거리를 나 아닌 남들에겐 아주 다른 무엇으로 만들어 버려, 내가 상상도 못 했던 거짓과 못된 품행에서 스며 나온 내 고통은 그 본질까지 단박 바꿔 버려, 이제 나는 그것을 땅의 광경을 비추는 빛 속에선 보지 못하였으니, 그것은 딴 세계의, 미처 모르는 저주받은 유성의 조각이자, 바로 지옥의 광경이었다. 발베크 전부가 지옥이었다. 에메의 편지에 따르면, 그녀가 종종 샤워장에 데리고 갔다는 계집애들이 있는 그 고장 일대가 다 지옥이었다. 전에 내가 발베크 지방에 있을 줄로 상상했던 신비스러운 것, 그것은 그곳에 가서 생활하면서부터는 일단 사라졌다. 그 뒤 바닷가를 산책하는 알베르틴의 모습을 보고, 그녀가 불량한 아가씨이 기를 은근히 바랐던 때에는, 그녀야말로 신비의 화신인 줄로 알고, 그녀와 교제하면 그것을 붙잡을 수 있으려니 생각했건만, 이제 그 러한 신비가 발베크에 관한 모든 것을 이토록 끔찍하리만큼 싸 버 리다니! 그 아폴롱빌(옮긴이: Apollonville, 이 명사 다음에 프루 스트가 손수 적은 '역명(驛命)을 기입할 것'이라 하는 말이 적혀 있음 – 플레이아드판 주)…… 같은 정거장 이름들은, 내가 저녁 베 르뒤랭네 별장에서 돌아가는 길에 들었을 때는 그토록 친숙하며 그토록 진정케 하는 것이었건만, 지금 알베르틴이 그 한 곳에 살았 던 일, 또 하나의 곳까지 산책했던 일, 종종 자전거를 타고 또 다른 곳에 갔을 일을 생각하니, 내 마음속에, 아직 모르는 발베크에 도 착하기에 앞서, 할머니와 함께 작은 기차를 타고 혼란 중에 느꼈던 첫 불안보다 더 심한 불안을 일으켰다.

외적인 사실과 영혼의 감정은 수많은 추측에 좌우되는 어떤 미 지의 것임을 우리에게 가르치는 것이 이런 질투의 능력 중 하나이 다. 그런 따위는 개의치 않는다는 단순한 이유 때문에, 우리는 사 물을, 또 남이 생각하는 바를 정확히 알고 있다고 여긴다. 그러나 질투하는 사람처럼 알고 싶은 욕망을 품자마자, 어지러운 만화경 으로 변해 아무것도 분별 못 한다. 알베르틴은 나를 속였는지, 누 구하고, 어느 집에서, 어느 날, 내게 이러저러한 말을 했던 날인지, 내가 낮에 그녀에게 이러저러한 말을 했던 기억이 나는 날인지 하 나도 모르겠다. 또 나에 대한 그녀의 감정이 어떠한 것이었는지, 이해 관계를 따지는 것이었는지, 애정이었는지도 통 모르겠다. 그 러다가 갑자기 어떤 하찮은 사건, 예를 들어 알베르틴이 그 이름이 재미있다고 말하면서 생 마르탱 르 베튀에 가고 싶어했던 일이 기 억 났다. 아마 거기에 살고 있는 어느 촌여인과 아는 사이였기 때문이었는지 모른다. 그런데 에메가 샤워를 담당한 여자한테서알아내어, 그 숨은 사실을 내게 가르쳐 주었던들 아무 소용도 없었을 것이, 알베르틴은 내가 그 사실을 알았다는 것을 영영 모를 테니까. 알베르틴에 대한 내 사랑 속에는, 알고 싶은 욕구보다 오히려 내가 알고 있는 바를 그녀에게 보이고 싶은 욕구 쪽이 더 컸다. 그도 그럴 것이, 그것이 우리 둘 사이에 있는 다른 착각의 경계를 넘어뜨렸으니까, 하기야 그 결과로써 그녀가 나를 더욱 사랑하게는 결코 못 했지만. 그런데 그녀가 죽고 나서는 이 두 욕구가 하나로 합쳐, 내가 알고 있는 바를 그녀에게 알리고자 하는 대화의 광경을, 내 모르는 바를 그녀에게 묻고자 하는 대화의 광경과 똑같이 생생하게 머릿속에 그려보려고 했다. 즉, 그녀를 곁에서 보고 상냥하게 대답하는 소리를 듣고, 두 볼이 다시 볼록해지는 모양을, 눈에서 깜찍스러운 빛이 사라지고 슬픈 기색을 띠는 모습을 보는, 즉 여전히 그녀를 사랑하고, 풀 길 없는 고독 속에 질투의 고통을 잊고 싶은 것이다. 내가 알게 된 바를 그녀에게 알릴 수가 없고, 내가 겨우 찾아낸 사실(그녀가 죽었기 때문에 찾아낼 수 있었지만)을 재료로 삼아, 우리들의 관계를 진실 위에 다시 세울 수도 없다는 고통에 찬 신비를 슬퍼하는 심정이, 그녀의 행실 중 가장 괴로운 신비와 바뀌어 있었다. 뭐라고? 이미 이승에 없는 알베르틴, 그 알베르틴에게 샤워실에서의 그 일이 발각되었다는 것을 그토록 알리고 싶어했단 말인가! 여기에서도, 우리가 죽음이라는 것에 대해서 고찰하려 들 경우에, 오직 삶밖에는 마음속에 그리지 못하는 무능의 한 결과를 볼 수 있다. 알베르틴은 이미 이승에 없다. 하지만 나에게는, 어디까지나 발베크에서 여자들과 몰래 밀회하면서도, 나를 감쪽같이 속여넘긴 줄로 알던 인간이었다. 우리가 자신의 사후에 일어날 일을 생각한 때에도, 거기서 상상하는 것은, 우리의 착각에 의한, 살아 있는 자기 자신이 아닐까? 요컨대, 이미 죽은 여자가 6년 전에 자기가 한 일이 발각되었다는 사실을 모른다고 해서 섭섭해 하는 일이, 언젠가는 죽을 우리가 100년 뒤에 세상이 자기에 대해서 열심히 왈가왈부해 주기를 바라는 일보다도 더 우스꽝스러울까? 전자보다도 후자 쪽에 한층 현실적인 근거가 있다고 할지라도, 나의 회상적인 질투에서 생기는 회한도 남이 후세의 영예를 바라는 것과 같은 착각에서 생겨난 것이다. 그러나 나하고 알베르틴이 돌이킬 수 없는 이별을 하고 말았다는 이 인상만이 커서, 잠시 그녀의 과오를 생각하는 마음을 잊기는 했지만, 결국은 그 과오에 후회 막급하다는 성격을 줌으로써, 더욱더 그것을 심각하게 만들었던 것이다. 나는 나밖에 없는 광막한 바닷가 모래 벌판에 서 있듯이 망연해서 어느 쪽으로 가도 그녀를 만날 방도가 없는 것이다.

다행히 기억 속에 때마침 어떤 일이 떠올랐다 ―추억이 하나하나 밝혀지는 이런 뒤죽박죽에는 위험스러운 것, 유익한 것, 온갖 종류의 것이 있으니까 ―마치 손수 만들려고 하는 물건에 도움이 될 연장을 찾아내는 장색같이, 나는 할머니의 한 말씀을 찾아냈다. 샤워를 담당한 여자가 빌파리지 부인에게 얘기했던 거짓말 같은 이야기에 대해 할머니가 다음과 같이 말한 적이 있다, "그이는 거짓말병에 걸린 여인 같다니까." 이 추억은 내게 큰 구원이 됐다. 샤워를 담당하는 여자가 에메한테 했던 말이 어느 정도 대수로울까? 첫째 그녀는 아무것도 직접 보지 못했던 만큼 더욱 그렇지. 별로 못된 생각 없이 여자 친구들과 샤워하러 오는 수도 있을 테고. 어쩌면 샤워를 담당하는 여자는 자랑하고 싶어 팁을 과장하였는지도 모르지. 전에 프랑수아즈가 한번은 레오니 고모께서 그녀 앞에서 '매달 100만 프랑쯤 펑펑 쓸 만한' 돈이 있다고 말했다고 우기는 걸 내 귀로 들은 적이 있는데, 이는 터무니없는 말이었고, 또 한

번은 레오니 고모께서 윌라리에게 천 프랑 지폐를 네 장이나 주는 걸 목격했다고 우겼으나, 50프랑짜리 지폐 한 장을 넷으로 접어 주었다고 해도 조금도 사실 같지 않았다. 그래서 나는, 여전히 알고 싶은 욕망과 괴로움에 대한 겁 사이에서 고민해, 그토록 힘들여 얻은 불쾌한 진상을 쫓아 버리려고 애쓰고, 차차 성공했다. 그러자 내 애정은 되살아났는데, 이 애정과 더불어, 알베르틴을 여의었다는 슬픔이 닥쳐와서, 질투심에 괴로웠던 아까보다 도리어 더 불행하였는지도 모른다. 그러나 이 질투는 발베크의 일을 생각하자 별안간 되살아났다, 전에 본 발베크의 식당의 영상(여태껏 한번도 나를 괴롭힌 적이 없었고 기억 중에서 가장 해롭지 않은 것으로 생각되어 왔건만), 저녁 무렵, 식당 유리창 너머로, 수족관의 휘황한 유리 상자 앞처럼, 그림자 속에 응집한 민가의 사람들, 어부나 마을 아가씨들이, 발베크에서는 아직 신기한, 이와 같은 사치, 비록 돈이 있다 해도, 이제까지는 인색과 전통 때문에 그녀들의 부모에게는 금지되어 온 사치를 향락하고자 밝은 데에 모여서 서로 몸을 비비대는(나는 그런 줄 몰랐지만) 타처의 아가씨들을 바라보고 있었는데, 그 부르주아 아가씨들 속에, 내가 아직 몰랐던 알베르틴도 거의 매일 밤 끼어 있었을 것이니, 그녀는 여기서 어떤 애송이 아가씨를 구슬려서, 조금 뒤에는 어두운 모래밭이나, 벼랑 밑의 호젓한 오두막에서 만나기로 되어 있던 것이 틀림없었다는 영상이 눈에 선했기 때문이다. 다음에 승강기가 내 방이 있는 층에서 서지 않고 위로 올라가 버리는 기척이 추방의 선고처럼 들려 와 슬픔이 되살아났다. 아무튼 내가 방문해 주기를 바라는 유일한 이는 영영 오지 않을 거다, 죽었으니까. 그럼에도 불구하고, 승강기가 내 방의 층에 멈추자, 내 가슴은 두근대고, 한순간 생각하였다, "한바탕 꿈이었는지도 모르지, 어쩌면 그녀가 온 거야, 초인종을 울리겠지,

돌아온 거야, 프랑수아즈가 노여움보다 공포에 질린 얼굴을 하고 방에 들어와(복수심보다는 미신 쪽이 강한 여인이라 산 사람보다 유령이라고 여기는 편이 덜 무서울 테니까) '도련님 누가 왔는지 절대로 못 알아맞혀요'라고 말하겠지." 나는 아무것도 생각지 않으려고 신문을 들었다. 그러나 현실의 고통을 못 느끼는 사람이 쓴 기사를 읽기가 힘들었다. 어느 하찮은 샹송에 대해 어느 기자가 '울린다'고 말하였는데, 알베르틴만 살아 있었다면 나는 그것을 환희에 찬 기분으로 들었을 것이다. 또 하나 훌륭한 문필가는, 기차에서 내리는 찰나에 갈채를 받았다고 해서 '잊지 못할' 경의를 받았노라 쓰고 있었는데, 나 같으면 지금 그 따위를 받았던들 잠시도 그 따위를 생각지 않았을 것이다. 또 한 문필가는 귀찮은 정치만 없다면 파리 생활은 '아주 즐거운 것'이 될 거라고 단언하였는데, 나로 말하면 정치가 없어도 이 생활은 오로지 지긋지긋할 뿐, 알베르틴을 다시 만나기만 한다면 정치가 있어도 즐거우리라는 걸 잘 알고 있었다. 사냥란 기자는 다음처럼 쓰고 있다(마침 5월이어서), "요새는 진짜 수렵가에게는 참으로 괴로운, 아니 고약한 계절이다, 아무것도, 사냥거리가 전혀 없기 때문이다" 그리고 '살롱' 기자는 "이 같은 전람회 개최의 방식을 보니, 커다란 실망, 무한한 슬픔을 금할 길 없다……." 내가 지금 느끼는 심정의 강도(強度)는, 진정한 행복이나 불행이 없는 사람들의 표현을 거짓되고 진실미가 없는 것으로 보이게 했으나, 한편, 아무리 먼 데서도, 노르망디나 니스나, 또는 냉수욕장이나, 또 라 베르마나 게르망트 공작 부인이나 사랑이나 부재(不在), 부정(不貞) 같은 것과 마음을 연결시키는 참으로 시시한 몇 줄은, 눈을 돌릴 겨를도 없이 갑자기 내 앞에 알베르틴의 모습을 보여 주어, 나는 또 눈물지었다. 게다가 나는 습관적으로, 이러한 신문을 읽을 수도 없었다. 신문을 펼치려는 동작만 해도, 알베르틴이 살았을 적에도 이런 동작을 했지, 그녀는 이제 살아 있지 않다 하는 생각이 나기 때문이다. 그래서 신문을 제대로 펼칠 힘도 없이 떨어뜨리고 만다. 하나하나의 인상은, 그것과 똑같은, 그러나 상처 입은 인상을 불러일으킨다. 알베르틴의 목숨이 거기서 단절되었기 때문이니, 그래서 그런 상처 입은 순간을 끝끝내 살아 갈 용기가 이미 없었다. 알베르틴이 조금씩 내 사념에서 떨어져 나가 마음의 중심을 벗어나서도, 아직 그녀가 거기에 있었을 때처럼, 그녀의 방에 들어가, 등불을 찾고, 자동 피아노 곁에 앉아야 하기라도 하면 느닷없이 아픔을 겪었다. 친밀한 작은 신들로 나눠진 그녀는 오랫동안 촛불, 문의 손잡이, 의자의 등, 그 밖에 훨씬 비물질적인 장소에 살았다, 마치 불면의 밤, 또는 내 마음에 든 여인이 처음 찾아왔을 적에 느끼는 흥분처럼. 그럼에도 불구하고 낮 동안 읽은, 또는 읽었다고 기억하는 약간의 글이 심한 질투로 내 마음속을 자극하는 적이 있었다. 여인의 부도덕한 행위를 역설하는 논문이 아니더라도, 알베르틴의 생활에 연결된 옛 인상을 가져다 주는 것이라면 충분했다. 그러자 늘 생각하는 습관으로 힘이 둔화되지 않은 잊었던 어떤 순간, 아직 알베르틴이 살아 있던 무렵으로 옮겨진 그녀의 과실은, 뭔가 더 가까운, 더 마음 아프게 하는 보다 끔찍한 빛을 띠었다. 그러면 나는 그 샤워를 담당하는 여자의 누설이 과연 거짓이었나 하고 다시 되풀이 생각해 보았다. 진실을 알아내는 좋은 방법은 에메를 니스에 보내, 봉탕 부인의 별장 근처에서 며칠 동안 지내게 하는 것일 거다. 만약 알베르틴이 여인이 여인과 지랄하는 기쁨을 좋아하였다면, 내게서 떠나간 게 그 짓을 오랫동안 못 했기 때문이라면, 자유의 몸이 되었으니 즉시 그 짓에 몰두하려 했을 터이고, 그녀가 잘 아는 고장, 내 집에서보다 더 편리하다고 생각했기에 간 고장에서 감쪽같이 하려고 했을 게 틀림없었다. 물론 알베르틴의 죽음으로 내 걱정거리가 조금도 변하지 않은 건 하나도 이상하지 않았다. 애인이 살아 있을 때에도, 우리가 사랑이라고 일컫는 것을 형성하는 사념의 대부분은 상대방 여인이 우리 곁에 있지 않은 시간에 생겨나니까. 그러므로 몽상의 대상으로 곁에 있지 않은 이를 갖는 습관이 있고, 그 대상이 몇 시간 동안밖에 곁에 있지 않아도, 이 몇 시간 동안이 이미 추억이다. 에메가 돌아왔을 때, 나는 그에게 니스에 가 달라고 부탁했고, 이와 같이 내 사념, 슬픔, 아무리 멀어도, 한 존재와 연결된 이름이 주는 흥분뿐만 아니라, 알베르틴의 행동을 알기 위해서 시키는 조사나 쓰는 돈에 의해서도, 이 한 해 동안의 내 생활은 사랑, 진실한 정사(情事)로 가득 찼다고 말할 수 있다. 그리고 그 정사의 상대는 죽은 여자였다. 예술가가 그 작품에 좀 정성을 쏟았을 경우 죽은 뒤에 뭔가를 남길 수 있다고 흔히들 말한다. 한 생명에서 전지(剪枝)된 일종의 접목(接木)이 다른 생명에 계승되어, 본래의 생명이 죽은 뒤에도 계속해서 사는 것과 마찬가지로.

예메는 봉탕 부인의 별장 근처에 숙박했다. 그는 어느 하녀와, 또 알베르틴이 자주 마차를 하룻동안 빌렸다는, 대차업(貸車業)을 하는 사내와 사귀게 되었다. 이들은 아무것도 눈치를 못 챘다. 두 번째 편지에서 에메는, 시가의 세탁소 계집애한테서 그 계집애가 세탁물을 배달하였을 때 알베르틴이 별난 투로 팔을 꽉 잡더라는 얘기를 듣고 보고해 왔다. "하지만 그 아가씨는 내게 더 이상 아무 짓도 안 하셨습니다, 라고 세탁소 계집애는 말합니다." 나는 에메에게 여비를 보냈는데, 그 돈은 동시에 그가 편지로 내게 준 아픔에 대한 대가이기도 하였다. 그렇지만 마음속으론 그 정도의 허물 없는 짓이야 타락한 욕망이 섞였다는 증거가 못 된다고 생각하면서 아픔을 진정시키려고 애썼을 때, 에메의 전보를 받았다, "중요한 일을 알아냄, 도련님을 위한 소식 많음, 자세한 것은 편지로."
그 다음날 편지가 왔는데 그 봉투를 보기만 해도 소름이 오싹 끼쳤다. 즉시 에메의 것인 줄 알아보았다, 그도 그럴 것이 아무리 비천한 인간이라도 반드시 그 부하로 삼고 있는 그 친숙한 꼬마, 살아 있으면서 동시에 종이 위에 마비된 채 누워 있는 것, 그 인간에게 특유한 필적을 거느리니까.

"처음에 세탁소 계집애는 아무 말도 하려 들지 않았고, 알베르틴 아가씨께선 단지 자기 팔을 꼬집었을 뿐이라고 단언하였습니다. 그러나 꼭 입을 열게 하려고 나는 그녀를 저녁 식사에 데리고 가서 술을 먹였습니다. 그러자 그녀는 나한테 얘기하기를, 해수욕하러 갔을 때 바닷가에서 자주 알베르틴 아가씨와 우연히 만났고, 알베르틴 아가씨께서는 아침 일찍 일어나 해수욕하러 가는 것이 습관이라, 그녀하고 바닷가에서 만나곤 하였는데, 나무가 무성해 남의 눈에 안 띄는 장소인데다가 그 시각엔 아무도 볼 수 없다고 합니다. 게다가 세탁소 계집애는 다른 계집애들을 데리고 와서 함께 해수욕을 한 다음에, 여기는 벌써 무더워서 나무 그늘도 해가 쨍쨍 쬐는지라, 계집애들은 풀 위에 누워서, 몸에 묻은 물기를 말리거나, 서로 애무하거나, 서로 간질이거나, 놀거나 했답니다. 세탁소 계집애가 털어놓은 바에 따르면, 이 계집애는 계집애 친구들과 장난치기를 무척 좋아해서, 알베르틴 아가씨께서 얇은 수영복만 입고 번번이 몸을 비비대는 것을 보고는, 수영복을 벗기고, 자기 혀로 그분의 목과 두 팔, 알베르틴 아가씨께서 내미는 발바닥까지 간질였다고 합니다. 세탁소 계집애도 옷을 벗고는, 둘이서 물속에 밀어넣기를 하였습니다. 이날 저녁 계집애는 더 이상 말하지 않았습니다. 하오나 분부에 순종하며 아무것이라도 기대에 어긋나지 않고자, 세탁소 계집애를 데리고 자러 갔습니다. 계집애는 알베르틴 아가씨께서 수용복을 벗었을 때 해드린 짓을 해줄까 나한테 물었습니다. 그리고 '그 아가씨께서 어찌나 팔딱팔딱 뛰는지 참 볼 만했다구요, 〈아이, 좋아라!〉하고 말할 정도로 극도로 흥분해서 나를 물었다니까'라고 앙큼하게 말했습니다. 나는 세탁소 계집애의 팔에 아직 남은 이빨 자국을 보았습니다. 그리고 알베르틴 아가씨께서 즐기신 기쁨을 알아 모셨습니다, 그도 그럴 것이, 이 계집애는 참으로 아주 능수능란한 여간내기가 아니거든요."

발베크에서 알베르틴이 뱅퇴유 아가씨에 대한 우의를 말했을 때 나는 몹시 괴로워했다. 하나 그때만 해도 나를 위로해 주는 알베르틴이 곁에 있었다. 그 뒤 알베르틴의 행실을 너무나 잘 알려고 했기 때문에 그녀가 떠나 버렸고, 프랑수아즈가 그녀가 떠난 걸 알려와 홀몸이 됐을 때, 나는 더욱 괴로워했다. 하나 그때만 해도 적어도, 내가 사랑했던 알베르틴이 내 마음속에 남아 있었다. 지금 그녀 대신에 — 내 예상과는 달리 죽음도 종결시키지 못한 호기심을 너무 깊이 작용시킨 죄로 — 내가 찾아내고 있는 것은 거짓말과 속임수를 거듭하는 다른 아가씨였다. 본디의 아가씨라면 그런 쾌락 따윈 한번도 누린 적이 없음을 내게 맹세하면서 내 마음을 부드럽게 달래 주었건만, 이 아가씨는 자유를 다시 얻은 도취에 빠져, 실신하기까지, 루아르 강가에서 새벽녘에 다시 만나는 그 세탁소 계집애를 물기까지, 또 '아이, 좋아라'(Ah! tu me mets aux anges, 직역하면 '너는 나를 천사로 만드는구나.')라고 세탁소 계집애한테 씨부렁거릴 정도로 쾌락에 미친 다른 아가씨였다. 다른 알베르틴이라지만 남들에 관해 쓰는 다르다는 낱말의 뜻으로서만 그런 게 아니다. 남들이 우리가 여겼던 바와 다르더라도, 이 다름은 우리에게 심각한 영향을 안 미치거니와, 직감의 흔들이[振子]는 안쪽으로 흔들린 만큼밖에 바깥으로 안 흔들리니까, 우리는 이 다름의

603

위치를 그 자체의 표면에만 정한다. 지난날 어느 여인이 여인을 좋아한다고 들어 알았을 때, 그렇다고 해서 그 여인이 아주 다른, 특수한 본질을 가진 여인이라곤 생각되지 않았다. 하지만 자기가 사랑하는 여인에 관해서는, 그럴지도 모른다는 생각 때문에 느끼는 고통을 모면하려고, 그녀가 한 짓뿐만 아니라, 또한 그녀가 그 짓을 하면서 느끼던 것, 하고 있는 짓을 어떻게 생각하였는지 알려고 한다. 그러자 고통의 밑바닥으로 점점 빠져 들어가, 신비와 본질에 이른다. 나는 나 자신의 밑바닥까지, 내 몸 속, 마음속까지, 목숨 잃을까 봐 괴로워하는 이상으로, 내 지성과 무의식의 온 힘이 협력하는 그 호기심으로 괴로워하였다. 그래서 내가 그녀에 대해 안 것을 모조리 지금 알베르틴의 깊은 밑바닥 속에 던졌다. 그리고 알베르틴의 악습의 사실이 내 몸 안에 이같이 들여보낸 고통은 훨씬 뒤에 마지막 소임을 내게 해주었다. 내가 할머니에게 주었던 아픔처럼, 알베르틴이 내게 준 아픔은 그녀와 나 사이의 마지막 유대여서 추억 자체보다 오래 남았다, 육신상의 모든 게 소유하는 에너지의 불멸을 가지고 아픔은 기억의 힘을 빌릴 필요조차 없어서. 그러니까 숲 속에서 달빛 아래 지낸 아름다운 밤을 잊어버린 사내가 그때 걸린 류머티즘으로 아직도 고생한다.

제 7 편
되찾은 시간

하기야 내가 콩브레 근방에서 지내면서 나의 평생 중 어쩌면 콩브레에 대해 가장 생각하지 않은 이런 체류에 꾸물대고 마냥 머물고 있을 필요야 없었을 테지만, 바로 그 체류에서, 내가 전에 게르망트 쪽에 대해 품었던 어떤 관념을 적어도 일시적으로 확인했었고, 또한 메제글리즈 쪽에 대해 품었던 다른 관념의 확인도 얻었었다. 나는, 콩브레에서 오후에 메제글리즈 쪽으로 가던 것과 정반대 방향으로 매일 저녁 산책하였다. 지금 탕송빌에서는 지난날 콩브레에서 다들 벌써 잠들던 시각에 저녁 식사를 하였다. 더운 계절 탓이고, 또 오후에 질베르트가 저택의 작은 성당 안에서 그림을 그려, 저녁 식사 2시간쯤 전에 산책하였기 때문이다. 지난날의 즐거움은 돌아오는 길에 자줏빛 하늘이 십자가 상이 서 있는 언덕을 테두리 치거나 비본 내에서 미역감거나 하는 것을 보는 것이었는데,

그와는 달리 이번 즐거움은, 해가 져서 외출하는 일이었는데, 그 무렵에 이미 마을에서는 돌아들 오는 양떼의 고르지 못한, 움직이는, 푸르스름한 삼각형밖에 못 만났다. 벌판의 절반에 땅거미가 지고, 그 다른 절반 위에는 벌써 달이 빛나 오래지 않아 그 전부를 다 비추었다. 질베르트가 나 혼자 나가게 하는 적도 있어, 나는 마법에 걸린 물결을 타고 나가는 쪽배처럼, 내 뒤에 그림자를 남기면서 걸어갔다. 그러나 대개는 질베르트와 함께였다. 이렇게 우리가 하는 산책길은 흔히 내가 어린 시절에 걸었던 길과 같았다. 그런데, 어째서 지난날 게르망트 쪽을 걸었을 때보다 더 강하게, 나는 도저히 글을 못 쓸 거라는 감을 느끼며, 또 그 느낌에, 콩브레에 대해 호기심이 그다지 많지 않았던 걸 알자, 내 상상력과 감수성이 약해졌구나 하는 느낌이 첨가되었는가? 지난 내 세월을 너무나 적게밖에 재생 못 하는 걸 보고는 슬펐다. 비본 내는 예선도(曳船道)가에 따라 보잘것없이 추하게 보였다. 내가 떠올린 것 속에서 물질적인 매우 큰 오류를 확인한 것은 아니다. 그러나 전과 다른 생활이 끼여 이 다시 건너가는 장소와 나를 떼어 놔 버려, 이 장소와 나 사이에는, 깨닫지 못하는 사이에 거기서부터, 추억의 가까운, 감미롭고도 전적인, 갑자기 탐이 생기는 인접이 없었다. 그 성질이 뭔지 틀림없이 잘 몰라선지, 이런 산책에서 조금도 못 느끼는 걸 보니 내 감수성이나 상상력이 어지간히 약해졌구나 하는 생각에 처량하였다. 나보다 더 나의 기분을 이해 못 하는 질베르트 역시, 나의 놀람을 나누면서 내 슬픔을 증가시켰다. "뭐라고요, 감회가 하나도 없으시다니" 하고 그녀는 말했다. "전에 오른 이 작은 가풀막을 걸으면서도?" 그러는 그녀 자신도 딴판으로 변해, 이제는 곱지 않게 보였고, 사실 조금도 아름답지 않았다. 걸어가는 동안에 경치가 변하고, 언덕을 올라간 다음에 비탈길을 내려갔다. 질베르트와 담소하는 게 내겐 매우 즐거웠다. 그렇지만 막히는 데가 없진 않다. 수많은 인간에겐 비슷하지 않은 상이한 층(層), 그 아버지의 성격, 그 어머니의 성격이 있고, 그 하나를 가로 건너간 다음에 또 하나를 건너간다. 하나 그 다음날 그 층의 순서가 거꾸로 된다. 그리고 마침내 그 배분이 어떻게 되는지, 결정은 어떤 게 하는지 모르게 된다. 질베르트는 정부가 너무나 자주 바뀌기 때문에 감히 동맹을 못 맺는 나라와 같았다. 그러나 사실 그건 잘못이다. 연달아 가장 자주 변하는 인간의 기억일지라도 그 인간 안에서 일종의 동일성을 수립하려 들고, 설령 서명하지 않더라도 기억하는 약속을 저버리지 않으려 한다. 질베르트의 지성은, 모친 쪽의 어리석은 점이 몇몇 있긴 했지만 매우 민활하였다. 산책하면서 나는 이 잡담 중, 그녀가 여러 번이나 나를 깜짝 놀라게 한 얘기를 나는 기억한다. 그 중의 하나는 다음과 같다. 그녀가 먼저 내게 말을 건네면서, "그다지 배고프시지 않다면, 또 아직 너무 늦지 않다면, 이 길을 왼쪽으로 접어들어 가다가 다음에 바른쪽으로 돌아가면, 15분도 채 못되어 게르망트에 닿아요." 이것을 바꿔 말하면, '왼쪽으로 돈 다음 오른쪽으로 접어들면, 당신은 촉지할 수 없는 곳에 닿을 거예요, 지상에서 그 방향에서밖에 ─ 내가 지난날 게르망트에 대해 알아낼 수 있을 거라고 믿었던 것, 또 어쩌면 어떤 뜻으론 나는 틀리지 않았다 ─ 곧 그 '쪽'에서밖에 알아내지 못하는 손에 안 닿는 머나먼 것에 도착할 거예요'라는 말이었다. 또 한 가지 내가 놀란 것은, '지옥의 문'인 양 지구 바깥에 있는 것으로 생각되었던 '비본의 수원'을 본 일인데, 그것은 단지 거품이 떠 있는 네모난 빨래터 같은 데에 지나지 않았다. 세번째는 질베르트가 다음같이 말했을 때였다. "원하시면, 오후 일찍 함께 출발해 가지고 메제글리즈를 지나 게르망트에 갑시다, 이 길이 가장 좋거든요." 이 말은, 내 어린 시절의 관념을 모조리 뒤집어 엎어 놔, 이 두 방향은 내가 여긴 바대로 못 합치는 게 결코 아니었다는 점을 가르쳐 주었다. 그러나 더욱 나를 놀라게 한 것은, 이 체류 중, 내 옛 세월이 조금도 생생하게 되살아나지 않으며, 콩브레를 다시 보고픈 생각은 그다지 안 나며, 비본이 보잘것없이 추하게 느껴지는 일이었다. 그러나저러나 내가 메제글리즈 쪽에 대해 품었던 상상을 질베르트가 내게 확인해 준 건, 저녁 식사 전에—그녀는 매우 늦게 저녁 식사를 했다—했던 이런 밤 산책 중 하나였다. 달빛이 뒤덮인 깊고도 완벽한 골짜기의 신비경으로 내려가는 찰나에, 우리 둘은 푸르스름한 꽃받침의 중심에 들어가려고 하는 두 마리의 곤충처럼 잠시 멈췄다. 그때 질베르트는, 아마도 단순히, 오래지 않아 떠나갈 손님을 섭섭해 하는 주부로서의 상냥함에서, 또 손님의 마음에 든 성싶은 이 고장을 구경시켜 더 잘 환대하고 싶어선지, 사교계의 여성답게 능숙하게, 감정의 표현 속에 침묵과 단순함과 절도를 이용하면서, 손님으로 하여금 손님이야말로 내 삶 중에서 늘 가장 소중한 분이었노라고 여기게 하는, 이런 말을 했다. 나는 쾌적한 대기와 호흡하는 산들바람에 가득 찬 다정함을 그녀에게 느닷없이 퍼붓듯 말했다. "요전날 당신은 가풀막에 대해 얘기하셨죠. 그 무렵 나는 얼마나 당신을 사랑하였는지!" 그녀는 대답했다. "왜 그 말씀을 내게 안 해주셨나요? 나는 그런 줄 꿈에도 몰랐네요. 나 역시 당신을 좋아했는데. 그리고 두 번이나 뚜렷하게 그 표시를 당신에게 했는데."—"언제요?"—"첫번은 탕송빌에서요, 당신은 가족들과 산책하셨고, 나는 돌아오는 길이었는데, 그렇게 귀여운 어린이를 처음 보았거든요. 나 말예요" 하고 그녀는 막연하고도 수줍어하는 모양으로 덧붙였다, "꼬마친구들과 함께 루생빌의 성탑 폐허에 자주 놀러 갔거든요. 아주 버릇없는 계집애였다고 생각하실 테지만.

그 안에서 온갖 계집아이와 사내아이가 어둠을 이용해 짝자꿍이를 했거든요. 콩브레 성당의 성가 합창단의 어린이이던 테오도르 말예요, 털어놓고 말해 그 애는 잘생겼더랬죠(썩 귀여웠고요!), 지금은 몰라보도록 밉상이 되었지만(지금 메제글리즈에서 약방을 내고 있어요), 그 사내아이는 이웃 마을의 온 계집애들과 거기서 놀았어요. 어른이 나 혼자 나가게 내버려 두었으니까 빠져 나오자마자 나는 거기로 달려갔지 뭐예요. 당신도 거기에 와 주기를 내가 얼마나 바랐는지 몰라요. 아주 잘 기억나지만, 내가 원하는 것을 당신이 알아채게 할 틈이 없어, 당신의 어른과 내 양친이 눈치채는 위험을 무릅쓰고, 지금 그 짓을 생각하면 부끄러울 정도로 그 뜻을 당신에게 표시했죠. 하지만 당신은 어찌나 심술사나운 얼굴로 나를 바라보았던지 난 당신이 나를 싫어하는 줄 알았어요."

느닷없이, 나는 진짜 질베르트, 진짜 알베르틴, 그것은 어쩌면, 하나는 장밋빛 아가위 생울타리 앞에서, 또 하나는 바닷가에서 첫 순간에 그 눈길 속에 마음을 털어놓았던 여인이었다는 생각이 들었다. 그리고 그 점을 이해 못 했던 나는, 오랜 후에 가서야 기억에 떠올랐고, 그녀들 쪽에서도, 그 사이에 내가 얘기한 여러 가지 때문에 이도저도 아니게 되어 처음만큼 솔직하지 않게 되고 말았으니, 내 서투름이 다 망치고 만 것이다. 생 루가 라셀을 상대로 실패한 것과 똑같은 이유로 나는 그녀들을 상대로 더 완전하게 실패했었다. ―솔직이 말해 그녀들과의 상대적인 실패는 덜 어리석었지만.

"두번째" 하고 질베르트는 이어 말했다, "여러 해가 지나, 내가 오리안 숙모 댁에서 우연히 당신을 만난 날의 전날, 댁 앞에서 마주쳤을 때죠. 난 당신을 단박 알아보지는 못했어요. 오히려 모르는 사이에 당신을 알아보았다고나 할까, 왜냐하면 탕송빌에서와 똑같은 갈망이 내 가슴속에 일어났거든요."—"그렇지만 그 사이에 샹 젤리제의 시절이 있었습니다."—"그래요, 그러나 그때 당신은 나를 너무 심하게 좋아해, 나는 뭣을 하거나 엄한 감시를 받는 느낌이 들어서." 나는, 그녀를 만나러 갔던 날에 그녀가 샹 젤리제 거리를 함께 내려가던 젊은이가 누구였는지 그녀에게 물어 볼 생각이 나지 않았다. 그날 두 그림자가 사이좋게 나란히 황혼 속을 걸어가는 걸 우연히 발견하지 않았더라면, 나는 그녀와 화해했을 거고, 그러면 혹 내 한평생이 변했을는지도 모른다. 만일 그 일을 그녀한테 물었더라면 그녀는 아마 사실을 말해 주었을 것이다, 알베르틴이 되살아난다면 말해 주듯. 그리고 과연 이미 사랑하지 않는 여인을 몇 해 후에 만난들, 이젠 이 세상에 없는 이나 마찬가지, 그 여인과 우리 사이엔 죽음이 가로놓여 있는 게 아닌가? 우리의 사랑이 이미 존재하지 않는다는 사실로 말미암아 과거의 우리는 이미 죽은 자가 되고 있으니까. 물어 본댔자 아마도 질베르트는 기억 못 할지도 모르고, 또는 거짓말을 할지도 모른다. 어쨌든 이젠 그런 건 내겐 알아볼 만큼의 흥미도 없었다, 내 마음이 질베르트의 얼굴보다 더 변해 버렸으니까. 이 얼굴은 이젠 내 마음에 거의 하나도 들지 않았고, 특히 나는 이제 불행하지 않았고, 재고해 본들, 젊은이와 어깨를 나란히 총총걸음으로 걸어가던 질베르트와 마주쳐서 그토록 불행하게 되어 '끝장이다, 그녀하곤 영영 만나지 않겠다'고 혼자 말했던 기분을 납득할 수 없었을 것이다. 그 먼 해, 내겐 긴 번민에 지나지 않았던 영혼의 상태에서, 아무것도 남아 있지 않았다. 삼라만상이 낡아지고, 모든 게 소멸하는 이승에서, 와르르 무너져 아름다움보다 더 빈틈 없이, 자취 없이 부서지는 것이 있다. 그건 '슬픔'이다.

그래서 여기서 그녀에게 샹 젤리제를 그녀와 같이 내려간 이가 누구냐고 물어 보지 않았던 것도 별로 놀라운 일이 아니었다, 그도 그럴 것이 '때'를 통해 도입된 이 같은 무관심의 예를 이미 너무나 보아 왔기에. 하지만 좀 뜻밖에도, 그날 그녀와 마주치기에 앞서, 내가 꽃을 그녀에게 사다 주려고 옛 중국의 도자기 꽃병을 팔았던 일을 질베르트에게 얘기하지 않았다. [나는 그녀에게 물었다. 그것은 사내 차림을 한 레아였다. 질베르트는 레아가 알베르틴과 아는 사이라는 걸 알고 있었으나 더 이상은 말할 수 없었다. 이와 같이 우리의 인생에서는 어떤 인간이 항상 어디선가 재회하고 우리의 기쁨과 고통을 준비하게 마련이다.] 사실 그 뒤에 닥쳐 온 세월 동안, 언젠가는 편한 마음으로 이 다정스러운 의도에 대해 그녀에게 얘기할 수 있겠지 하고 생각하는 게 유일한 위안이었다. 한 해가 다 지난 뒤에도 역시, 딴 마차가 내가 탄 마차에 하마터면 충돌할 뻔하였을 때, 죽지 않으려는 유일한 소원은, 그 일을 질베르트에게 얘기할 수 있으면 하는 바로 이것이었다. 나는 마음속으로 '서둘지 말자, 그 일을 말하기 위해 내 앞에 아직 인생이 있으니까'라고 말하면서 스스로 달랬다. 그리고 그 때문에 목숨을 잃고 싶지도 않았다. 지금은 그게, 말하고 싶지도 않거니와, 거의 우스꽝스러운 일로, '재미나는' 일로 생각되었다. "하기야" 하고 질베르트는 계속했다, "댁의 문전에서 당신을 우연히 뵈었던 날도, 당신은 콩브레에 계셨을 때와 모습이 그대로였어요, 조금도 변하지 않았어요!" 나는 기억 속에서 질베르트를 다시 보았다. 아가위 밑에 진 햇볕의 사변형(四邊形), 소녀가 손에 쥔 삽, 나를 쏘아보는 눈길을 그려 낼 수 있었다. 단지 거기에 곁들였던 무뚝뚝한 몸짓 때문에, 그때 그걸 깔보는 눈길로 여겼던 것이다, 내가 바라 마지않는 것은 계집애들이 알지 못하는 것, 단지 나의 외로운 욕망의 시간 동안, 내 상상 속에서 계집애들이 하는 것으로 생각되어서. 또한 거의 내 할아버지의 눈 밑에서, 그런 계집애 중의 하나가 그토록 쉽사리 신속하게 그런 암시를 대담하게 할 줄이야 미처 몰랐었다.

나는 질베르트에게, 내가 도자기 꽃병을 팔았던 날 저녁에 샹 젤리제의 거리를 같이 산책한 이가 누구였는지 물어 보지 않았다. 그당시의 외관으로 봐서 현실이었던 것이 내겐 아무래도 아주 좋은 게 되고 말았다. 그렇지만, 그게 누구일까 의심하면서도 얼마나 수많은 밤낮을 괴로워하며, 그것을 생각할 때마다, 아마도 이 동일한 콩브레에서, 지난날 엄마에게 밤인사를 하러 되돌아가지 못하기 때문에 겪은 이상으로 심장의 고동을 억누르지 않으면 안 되었던가! 우리의 신경 조직은 점점 노쇠한다고 하는데, 이는 어떤 신경병의 점차적인 감퇴를 설명하는 것이다. 그것은 단지 삶이 계속하는 동안, 지속하는, 우리의 항구적인 자아(moi)에 대하여서만 진실한 게 아니라, 결국 그런 계속적인 온 자아에 대하여서도 역시 그렇다고 하겠다.

그러므로 나는, 오랜 세월이 경과한 다음, 내가 썩 잘 떠올리고 있는 한 심상에 수정을 좀 가해야 했고, 이 조작은, 지난날 자기와 금발을 한 어떤 소녀와의 사이에 존재한다고 여겼던 넘을 수 없는 심연이 파스칼의 심연처럼 상상으로만 있던 것임을 내게 보이면서 나를 어지간히 기쁘게 했고, 또 여러 해가 지난 뒤에 그것을 완수하지 않으면 안 되는 탓으로 시적으로도 느꼈다, 루생빌의 수목 밑 길을 생각하자 욕망과 후회의 소스라침을 느꼈다. 그렇긴 하나 그당시 내가 온 힘을 기울여 바랐던 그 행복, 이젠 아무것도 내게 그것을 줄 수 없지만, 그 행복은 내 사념 안이 아닌 다른 데, 내 바로 곁인 현실에, 그토록 자주 얘기한, 붓꽃 냄새가 나는 작은 방의 창 너머로 보인 루생빌에 있던 걸 알고는 나는 기뻤다. 그런데 나는 아무것도 몰랐다! 결국, 질베르트는, 내가 산책 중에 수목이 스스로 방긋이 열려, 생기를 띠는 걸 보리라 믿어, 돌아갈 결심이 나지 않을 정도로 욕망했던 모든 것을 요약하고 있었다. 그 당시 그토록 뜨겁게 내가 원한 것을, 만일 내가 눈치 빨라 그녀를 만나러 가기만 했더라도, 그녀는 내 어린 시절에 벌써 그것을 맛보게 하였을지도 몰랐다. 그때 내가 여겼던 것보다 더 오롯하게, 질베르트는 그 시절 참으로 메제글리즈 쪽에 속해 있었던 것이다. 그리고, 내집 앞에서 우연히 마주치던 날에도, 그녀는 로베르가 갈봇집에서 사귀던 로르주빌 아가씨야 아닐망정(장차 그녀의 남편이 될 사람에게 바로 신원 조사를 부탁했었다니 이 아니 배꼽이 빠질 노릇이냐!) 나는 그녀의 눈길의 뜻을 전혀 잘못 보지 못했고, 그녀가 어떤 종류의 여인이었다는 것, 내게 지금 그랬었다고 고백한 대로의 여인이라는 것도, 잘못 보지 않았다. "다 머나먼 옛일이죠" 하고 그녀는 나에게 말했다, "로베르와 약혼한 날부터는 나 로베르밖에 염두에 없어요. 그리고 아시겠어요, 그 어린 시절의 풋사랑이 내게 가장 후회되는 것도 아니라나요……."

산책하는 도중, 또는 소나기를 긋는 동안 그저 잠깐 눈을 붙이는 곳으로밖에는 안 보이는 촌스러운 처소, 객실은 모두 우거진 녹음에 묻힌 정자처럼 보였는데, 어떤 방의 벽포에는 뜰에 핀 장미가, 또 어떤 방의 벽포에는 나무들 사이의 새들이 들어와서 우리의 벗이 되어 주는 — 서로 멀찍멀찍 떨어져 있어서, 정말 살아 있는 것이라면, 장미꽃은 꺾을 수 있고, 새들은 새장에 넣어 길들일 수 있을 만큼 — 하나하나의 간격이 넓은 옛날 벽포였기 때문에 — 처소, 오늘날처럼, 노르망디의 사과나무들이 모조리 달려와서, 그 실루엣을 일본화의 기법으로 은빛 배경 속에 떠오르게 하여, 침대에서 지내는 시간을 환상으로 채워 주는 그런 우아한 실내 장식 같은 것은 전혀 없는 촌스러운 처소의 내 방에서 온종일 시간을 보냈는데, 그 방은 정원의 아름다운 푸른 풀과 문간의 라일락꽃과, 물가에서 햇살에 반짝이는 큰 나무들의 초록빛 잎들과, 메제글리즈의 숲을 향하고 있었다. 처음에는 그러한 전체를 그저 아무런 생각 없이, '내 방의 창문에 이처럼 많은 초록빛이 들어오다니 아름답구나' 하는 생각만으로 즐겁게 바라보다가, 문득 광막무제(廣漠無際)한 초록빛 화면 속에, 오직 하나만, 단지 그것이 멀리 있다는 이유만으로, 다른 것하고는 다른 암청색으로 그려져 있는 콩브레의 성당 종탑을 알아보았다. 그것은 그 종탑의 한 표상(表象)이 아니라, 그 종탑 자체였으니, 그것은 나의 눈앞에 갖가지 장소와 뭇세월과의 간격을 두면서, 빛나는 초록빛 가운데, 사뭇 그것만 특별한 화조로 그려졌는가 싶으리만큼 우중충한 빛깔에 의하여, 나의 창문 유리에 새겨지고 말았다. 그리고 또 어쩌다가 방을 나설 때, 복도 끝(거기서부터 복도가 다른 방향으로 꺾이기 때문에)에, 별실인 작은 객실의 벽포가 새빨간 비단 띠처럼 보였다. 그것은 값싼 모슬린에 불과했지만, 빛깔이 빨갛기 때문에, 햇빛이 비치면, 금세 타오를 듯이 보이는 것이었다.

산책 중, 질베르트는 나에게, 로베르가 그녀에게 등을 돌리고, 다른 여인들의 곁으로 가려고 한다는 뜻의 말을 하였다. 과연 여러 가지가 그녀의 생활을 혼잡하게 만들고 있었다. 여인을 좋아하는 사내로서는 남성끼리의 우의가 귀찮듯이, 대다수의 가정 내에 아무짝에도 소용없는 물건들이 공연히 자리만 차지해서 쓸데없이 방해만 하듯이, 여러 가지가 그녀의 생활을 망치고 있었다.

로베르는 내가 탕송빌에 있는 동안 여러 번 왔다. 그는 몰라보게 변모하고 있었다. 그의 생활은 그를 샤를뤼스 씨처럼 몸을 둔하게 하지 않고, 정반대로 역변화를 그에게 미치어 기병장교와 같은 경

쾌한 풍모를 주었는데 — 하기야 결혼 당시에는 퇴역했지만 — 참
으로 별나게 변하고 있었다. 샤를뤼스 씨가 점점 더 몸이 무거워지
는 동안에, 로베르(물론 로베르 쪽이 훨씬 젊었지만, 하지만 나이
들어 감에 따라 더욱더 그 이상형[理想形]에 가까워지려고 애쓰는
게 여실하였다)는, 마치 어떤 여인이 얼굴 화장을 그만두고 몸매에
정성들이게 되어, 어떤 시기부터 영 마리엔바드 온천장을 떠나지
않듯이(여러 부분의 젊음을 동시에 간직할 수는 없는 만큼 다른 부
분들을 가장 잘 대표할 수 있는 것은 그래도 몸매의 젊음일 것 같
아서), 점점 더 늘씬해지고, 날래졌는데, 이는 곧 같은 악습에서 비
롯한 반대 효과였다. 하기야 이 날램에는 갖가지 심리적인 까닭이
있었다. 곧 남에게 들키지 않을까 하는 두려움, 이런 두려움을 품
고 있는 걸로 보이지 않으려는 욕망, 자기 불만과 권태에서 생기는
안타까움이다. 그에게는 어떤 못된 곳에 가는 습관이 있었다. 그래
서 거기에 출입하는 걸 남의 눈에 띄고 싶지 않아서, 습격할 때처
럼, 자기가 가상(假想)하는 통행인들의 악의에 찬 눈길을 되도록
피하기 위해 마치 날아가듯이 없어져 버리는 것이었다. 그래서 이
돌풍과 같은 행동거지가 그의 몸에 배고 말았다. 그것은 또한, 자
기는 두려워하지 않는다는 것을 나타내려는 사람, 스스로 생각할
시간을 가지려고도 않는 사람의 외면적인 대담성을 나타내고 있었
는지도 모른다. 보다 완전한 이유로서는, 더 나이 들어 갈수록 더
젊게 보이고 싶은 욕망과, 늘 권태를 느끼며, 항상 사물에 싫증나
있는 인간의 초조감, 총명한 사람이 제 능력을 십분 발휘 못 하는
현재의 비교적 한가한 생활에 대해 품는 안타까움을 셈속에 넣어
야 하겠다. 그야 물론 이러한 한가함이 인간을 무기력하게 만드는
수도 있다. 그러나 특히 육체 단련을 즐기게 되고 나서는, 한가로
움은, 스포츠 시간 이외에서도 스포츠화되어, 무기력으로 나타나

지 않고, 권태가 만연할 시간도 여지도 남기지 않으려고 하는 초조한 활동욕이 되어 나타난다.

몹시 통명스럽게 된—적어도 이 유감스러운 형세가 계속되는 동안—로베르는 벗들에게, 예컨대 나의 면전에서 거의 아무런 감정의 표시도 나타내지 않았다. 이에 반해서 질베르트에게 우스꽝스럽도록 과장된 감수성의 선멋을 부리고 있는 게 보기에도 꼴사나웠다. 실제로 질베르트가 그의 관심 밖에 있었던 것은 아니다. 아니 오히려, 로베르는 그녀를 사랑하고 있었다. 하지만 줄곧 그녀에게 거짓말하였다. 그 거짓말의 속바닥까지야 그렇지 않더라도, 적어도 그 이심(二心)은 끊임없이 간파당하곤 하였다. 또 거짓말할 때에, 자기는 어려운 고비를 넘긴 줄 알지만, 실은 질베르트의 마음을 괴롭히고 있다는, 자신의 진정한 슬픔을 우스우리만큼 과장하고 있는 데에 지나지 않았다. 내일 아침, 이 근방 출신인 모씨에게 용무가 있어 파리에 또 가 봐야 하겠다고 말하면서, 로베르가 탕송빌에 왔다. 그 모씨가 파리에서 그를 기다리는 걸로 여기고 있었다. 그런데 그날 저녁 콩브레 근처의 야회에서 바로 그 모씨를 만나, 로베르는 둔한하게도 그 사람에게 알려 두지 않았던 거짓말을, 한 달 동안의 휴양으로 시골에 왔으니까 그때까지 당분간 파리에 돌아가지 않겠다고 그 사람이 말함으로써, 그만 들통이 나고 말았다. 로베르는 얼굴을 붉히고, 질베르트의 우울하고도 꾀바른 미소를 보고, 바보 같은 놈이라고 상대를 욕하면서 그 자리를 빠져나와 아내보다 먼저 집에 돌아가서는, 그가 다시 떠나가는 걸 보고서, 그녀가 사랑받는 몸이 아니구나 생각하지 않도록, 그녀를 괴롭히지 않으려고 거짓말했다는 내용의 쪽지를 그녀의 거실로 보낸 다음(이런 내용은 전부 거짓말로써 그가 썼지만, 요컨대 정말이었다), 그녀의 거실에 들어가도 괜찮은지 물어 보고 오게 하고 나서,

그녀의 거실에서, 반쯤은 진정한 슬픔 때문에 반쯤은 그런 생활에 대한 짜증 때문에, 반쯤은 날로 대담해 가는 계략 때문에, 흐느껴 우는가 하면, 식은땀을 흘리기도 하고, 죽을 날이 머잖았다는 소리를 하는가 하면, 때로는 병이라도 난 듯이 마룻바닥에 쓰러졌다. 질베르트는 이러한 유다른 경우마다, 어느 정도까지 믿어야 하는지, 어느 정도까지 거짓말로 가정해야 하는지 몰라하나, 하여간 전반적으로 보아 자기는 사랑받고 있다, 남편에겐 뭔지 모르는 병이 있는지 모른다는 생각이 들어 그 죽을 날이 가깝다는 예감에 겁이 덜컥 나서, 그 때문에 남편에게 감히 맞서지 않을 뿐만 아니라 그 여행을 그만 둬 달라고도 하지 않았다. 그런데 나는 모렐이, 파리건 탕송빌이건, 생 루네의 사람들이 있는 곳이라면 어디서나 베르고트와 더불어 집안식구 같은 대접을 받게 되었는지, 그 까닭을 더더욱 알 수가 없었다.

프랑수아즈는, 쥐피앙에게 샤를뤼스 씨가 해주었던 일, 모렐에게 로베르 드 생 루가 해준 일을 낱낱이 보아 왔는데, 그것을 게르망트 가문의 몇 대(代)에 다시 나타난 하나의 특징이라고 결정하지 않고, 편견으로 굳어 버린, 도덕심이 철석 같은 그녀는 오히려—르그랑댕이 테오도르를 많이 도와 주고 있듯이—일반이 존중하게 된 하나의 관습이라고 여기고 말았다. 모렐이건 테오도르건 가리지 않고 젊은이에 대해서, "그 젊은이는 고마운 어른을 얻었답니다. 그 어른이 돌봐 주고 많은 도움을 준답니다"고 늘 말하였다. 또 이와 같은 경우에서, 보호해 주는 이들 쪽이, 사랑하고, 괴로워하고, 용서하는 사람이니까, 프랑수아즈는 이런 어른들과 이들에게 유혹받는 미성년자들을 비교할 때, 주저하지 않고 어른들 쪽을 낫게 보아, '마음씨 착한' 이들로 생각하는 것이었다. 프랑수아즈는 르그랑댕을 심하게 곯려 주었던 테오도르를 가차없이 욕했지만, 그래도 그들 관계 성질에 대해서 거의 의심 품을 수 없는 것 같았다. 그 증거로 다음과 같이 덧붙였다. "그 어린 녀석이 좀 양보해야 하는 걸 겨우 깨닫고서 말하기를, '나도 데리고 가요, 무척 귀여워해 드릴 테니, 많이많이 귀애할 테니'라고 하지 뭐예요. 참말이지 그 어른이 착하시니까 테오도르 녀석 주제넘게 기고만장했나 봐요, 머리가 좀 돈 녀석이거든요. 하지만 그 어른은 썩 친절한 분이시라, 나는 자주 자네트(테오도르의 약혼녀)에게 일렀답니다, '아가야, 만일 고생이 심하면 그 어른한테 가 보라구. 그 어른 자신은 방바닥에 주무실망정 네게 침대를 내주실 거야. 테오도르를 무척 애중하시니까 내쫓을 리 만무하지. 결단코 버리시지 않을 거야' 하고요."

마찬가지로 또한 프랑수아즈는, 모렐보다 생 루 쪽을 존중하고 있어서, 모렐이 여지껏 수많은 타격을 입혔는데도 불구하고 후작께서는 어디까지나 모렐 녀석을 고생길에 버려 두지 않는다, 그 어른은 너무나 너무나 착하신 분이니까, 그 어른 몸에 큰 재앙이 닥쳐오지 않는 한 그런 가혹한 짓을 안 하실 거라고 판단하고 있었다.

생 루는 내가 탕송빌에 오래 머무르기를 간청하여, 한번은, 이제는 나를 기쁘게 하려는 기색이라곤 분명히 없었지만, 어쩌다 입 밖에 내기를, 내가 온 게 아내를 어찌나 기쁘게 했던지, 밤새도록 기뻐서 어쩔 줄 몰랐다고 나중에 아내가 말할 정도다, 마침 그날 저녁 아내가 몹시 침울했던 차, 뜻밖에 내가 왔으므로, 기적적으로 아내가 절망에서 구원되었다. 아니 "어쩌면 최악의 사태에서" 구원되었다고 그는 덧붙였다. 생 루는 나에게, 아내에 비한다면, 내가 지금 따로 좋아하는 여인 따위는 금세라도 인연을 끊어도 좋을 만큼 문제도 안 된다고 말하면서, 그토록 아내를 사랑하고 있는 사실을 아내에게 납득시켜 달라고 부탁하였다. "그런데 말야" 하고 그는, 내가 이따금 샤를리라는 모렐의 애칭이, 복권의 번호처럼, 로베르의 입에서 불쑥 튀어나오지 않을까 하는 생각이 들 만큼, 거드름부리는, 속내 이야기하고 싶어 죽겠다는 말투로 덧붙이기를, "자랑할 만하다네. 질베르트를 위해 내가 깨끗이 희생시키려는 그 여인이야말로 내게 애정의 많은 표시를 보여 주었다네. 기특하게 도 딴 사내를 거들떠보지 않거든. 남의 사랑을 받을 만한 재색이 없는 줄 그녀 스스로 알고 있네그려. 내가 첫 사내야. 그녀가 여지 껏 뭇사내를 피해 왔다는 거야. 나와 함께 있고서야 처음으로 행복 을 느낄 수 있다는 사랑스런 편지를 받았을 때, 나도 놀라서 어 리둥절했다네. 물론 나를 얼근히 도취시킬 뻔하였네만, 귀여운 질 베르트가 불쌍하게 눈물짓는 모습을 봐야 한다고 행각하니, 측은 한 느낌을 금치 못하겠더군. 그런데 질베르트에게 뭔가 라셸과 닮 은 점이 있다고 생각하지 않나?" 하고 그는 말했다. 과연, 나는 두 여인이 어렴풋한 닮음에 놀랐는데, 지금 엄밀히 그 닮음을 발견 할 수 있었다. 아마도 얼굴 모습의 어딘가에(예컨대, 질베르트에게 서는 거의 표나지 않는 정도였지만, 히브리 혈통으로 인한 얼굴생 김의 특징 같은) 닮은 데가 있던 탓인지도 모르거니와, 그 때문에 로베르도, 그의 가족들이 결혼하기를 권했을 때, 같은 우연의 조건 하에 질베르트 쪽에 더욱 마음이 끌리게 되었던 것이다. 또한 질베 르트가 이름조차 모르는 라셸의 여러 모습의 사진을 발견해 가지 고 로베르의 마음에 들고자, 이 여배우의 몸에 친숙한 버릇, 늘 머 리칼에 다는 붉은 매듭이랑, 팔에 두른 검은 빌로드 리본을 흉내내 려고 애쓰고, 또 갈색으로 보이게 머리칼을 물들이고 있는 탓이기 도 하였다. 그리고 또, 심뇌가 안색을 어둡게 하는 점을 깨달아 그 것을 고치려고 애쓰기도 하였다. 때로는 얼굴 치장을 지나치게 하였다. 로베르가 하루 동안 머무르고자 탕송빌에 오게 되어 있는 어느 날, 그녀가 옛 모습뿐만 아니라 여느 날의 모습과도 딴판인 어찌나 괴상한 자태로 식탁 앞에 나왔는지, 나는 그 모양을 보고 어리둥절, 내 앞에 어떤 여배우나, 테오도라(옮긴이: Theodora, 500?~548.동로마의 유스티니아누스 1세의 비[妃] 같은 분이 앉아 있는 게 아닌가 하고 아연해지고 말았다. 정신이 들자, 어디가 그렇게 변했는지 알려고 하는 호기심에서 마지못해 그녀를 뚫어지게 바라보았다. 그러다가 나의 호기심은 그녀가 코를 풀었을 때 풀렸다. 면밀한 그녀의 주의에도 불구하고, 현란한 팔레트를 만들면서, 손수건에 흠뻑 묻은 색채를 보고, 그녀가 처덕처덕 바르고 있다는 것을 알았던 것이다. 그래서 그토록 입이 쥐잡아 먹은 고양이 입같이 피로 물들고, 게다가 그 모양이 자기에게 잘 어울리는 줄 여기면서, 애써 그 입가를 방실거리고 있던 것이다. 반면에 기차 시간이 가까워짐에 따라, 질베르트는 남편이 정말 올지, 또는 게르망트 씨가 재치 있게 글본을 만들어 낸, '가지 못함, 거짓말은 나중'이라는 따위의 전문을 안 보낼지 몰라, 그녀의 양볼의 보랏빛 연지가 땀에 연해지고, 눈 언저리에 퍼런 동그라미가 생겨 나가는 것이었다.

"여보게" 하고 로베르는 — 지난날의 자연스러운 정다움과는 심한 대조를 이루는 짐짓 꾸민 다정스러운 투, 알코올이 몸 안에 돈 듯한, 배우가 대사를 주워섬기는 듯한 목소리로 — 나에게 말했다, "질베르트의 행복을 위해서라면 내가 마다할 게 하나도 없네. 나를 위해 그녀가 이만저만 애쓴 게 아니거든. 자네는 모를 테지만." 가장 불유쾌한 것은 뭐니뭐니 해도 자만심이었다. 왜냐하면 생 루는, 질베르트의 사랑을 받고 있다고 자부하고 있는 한편, 자기가 좋아하고 있는 게 샤를리라는 것을 감히 입 밖에 내지 못한 채, 단지 이 바이올리니스트가 그에게 품고 있는 것으로 간주되는 애정을 상세하게 나발 불어 댔기 때문인데, 그것이 전혀 밑도끝도 없이 지어낸 것이 아니더라도 매우 과장된 것인 줄은 생 루 자신도 잘 아는 바이며, 이러한 그에게 샤를리는 날마다 더 많은 금전을 졸라 대고 있었던 것이다. 그리고 생 루는, 파리에 나갈 때 번번이 질베르트를 나에게 맡기는 것이었다. 그런데(내가 아직 탕송빌에 있기 때문에 이야기가 좀 앞서지만) 한번은, 파리의 사교계에서, 그를 멀찍이서 본 적이 있었는데, 거기서 그의 말소리는 무척 생기 있고 매력 있었는데도, 나로 하여금 과거를 되찾게 했다. 나는 그가 얼마나 변모해 가고 있는가를 보고 깜짝 놀랐다. 그는 점점 더 그 모친을 닮아 갔다. 그러나 모친의 날씬하고도 기품 높은, 완벽에 이른 거동은, 이를 이어받은 그에게는, 더할 나위 없이 완전한 훈육의 덕분에, 과장되고 응고되어 있었다. 게르망트네 사람들의 특유한 찌르는 듯한 눈초리는 그가 들어서는 온갖 장소를 두루 시찰하는 듯한 외모를 주었는데, 일종의 버릇과 동물적인 특성으로 인하여, 거의 무의식적으로 그렇게 하는 듯하였다. 게르망트네 사람들의 누구보다도 특이한, 날씨가 안정되어 금빛으로 빛나는 낮 햇볕보다 더욱 특이한, 그의 머리칼 빛깔은, 그것이 움직이지 않는 때조차, 뭔가 아주 이상한 깃털의 색깔을 상기시켜, 그를 희귀한 진종(珍種)으로 만들어 버려, 조류(鳥類)의 수집품으로 간직하고픈 욕심이 일어날 정도였다. 더더구나, 새로 변하는 빛이 회전하고, 이동할 때, 가령 로베르 드 생 루가 야회에 들어오는 모습을 먼저가 있던 내가 목격할 경우, 약간 빠지기 시작한 머리털로 금빛 도가머리를 부드럽고도 자랑스럽게 일으켜 세운 그 머리를 익살맞게 흔들면서, 그 목을 인간의 동작이라고는 보이지 않을 만큼 유연하게, 자랑스럽게, 아양스럽게 전후좌우로 흔드는 꼴을 보고는, 그

꼴이 불러일으키는 반은 사교적이자 반은 동물학적인 호기심과 감탄의 정에, 도대체 내가 생 제르맹 동네에 있는 거냐, 동물원에 있는 거냐, 또는 눈앞에 지체 높은 분이 살롱을 건너가는 것을 구경하고 있는 거냐, 진귀한 새가 새장 속에 거닐고 있는 것을 구경하고 있는 거냐, 마음속으로 물어 보았다. 좀더 상상력을 작용한다면, 지저귐도 깃털에 못지않게 이런 견해를 거들었다. 그는 루이 14세 시대의 것인 줄 알고 허다한 미사여구를 써 가며 말함으로써, 게르망트네 사람들의 버릇을 흉내내고 있었다. 그러나 그 한정할 수 없는 극소한 부분은 샤를뤼스 씨의 버릇이 되어 있었다.

"잠깐 실례하네" 하고 그는, 그 야회의 자리에서 나한테 말했다. 좀 떨어진 곳에 마르상트 부인이 있었던 것이다. "어머니의 환심을 사 놓고 와야 하니까." 그가 끊임없이 나에게 말하던 이 사랑으로 말하면 그에게 유일하게 중요한 것이긴 하지만, 샤를리에 대한 사랑만이 있던 건 아니다. 한 사나이가 갖는 사랑의 종류가 뭐든 간에, 자기가 관계하는 상대의 수에 대해서는 항상 틀린다. 그도 그럴 것이 우정을 나누는 사이를 육체적인 관계를 하는 사이처럼 잘못 해석하기 때문인데, 이는 틀린 덧셈이고, 수에 대한 착각은 또 하나의 관계가 밝혀지면 다른 관계가 제외되는 줄로 아는 데서 생기는데, 이 역시 또 하나의 오산이다. 두 사내가 'X의 애인 말인가…… 나도 그녀를 아네' 하고 말하고서, 쌍방이 다른 이름을 대는 적이 있는데, 그렇다고 두 사내가 틀린 것은 아니다. 사내가 좋아하는 여인이, 사내의 요구를 모조리 채워 주기란 드문 일이어서 사내가 좋아하지도 않는 여인과 관계함으로써 사랑하는 여인을 속이는 수가 있게 마련이다. 생 루가 샤를뤼스 씨에게서 계승한 사랑의 종류로 말하면, 동성애 경향이 있는 남편이 대개 그 아내의 행복을 도모하고 있다고 하는 따위. 그것이 하나의 공통적 원칙이지만, 게르망트네 남자들은 모두가 거기에 예외를 두는 방법을 찾아내고 있었다. 곧 그들은 동성애를 좋아하면서도, 세상에 대해서는 반대로, 여성에 대한 사랑을 가지고 있는 듯이 보이고 싶었던 것이다. 그들은 이 여자 저 여자하고 염문을 퍼뜨려, 그 아내를 절망시키곤 하였다. 쿠르부아지에네 사람들은 더욱 슬기롭게 행동하였다. 젊은 쿠르부아지에 자작은, 이 지상에서, 천지 창조 이래, 동성의 아무개에게 마음 끌리는 게 자기 혼자만이라고 믿어 마지않았다. 이 경향을 악마로부터 온 것으로 여긴 그는, 이와 싸워, 아름다운 여인과 결혼해 여러 자식을 낳게 했다. 그러던 중 사촌 형 중의 하나가 그런 경향이 꽤 흔한 것임을 가르치는 한편, 수고스럽게도 그를 터득시킬 수 있는 여러 곳을 데리고 가기까지 했다. 그 때문에 쿠르부아지에 씨는 아내를 더욱더 사랑하게 되어, 자손의 증산에 더욱 힘을 써서, 아내와 그는 파리의 가장 사이좋은 부부로서 꼽히게 되었다. 생 루의 부부 사이는 결코 그렇지 못하였으니, 로베르가 변태에 만족하지 않고서, 여러 정부를 쾌락없이 부양하면서, 아내를 질투로 못 살게 하였기 때문이다.

모렐이 극도로 검어서, 음양(陰陽)의 천리(天理)가 그렇듯 생 루에게 불가결한 존재인지도 모른다. 그처럼 오래 된 이 집안에서, 금빛의, 블롱드의 총명한, 온갖 위광을 갖추고서 태어난 지체 높은 어른이, 그 마음속에 검은 놈들에 대한 비밀스런 기호를, 남모르게 숨기고 있음을 상상하기 쉽다.

하기야 로베르는 대화중에, 자기가 갖고 있는 이 종류의 사랑에 대해 언급하는 적이 전혀 없었다. 내가 몇 마디 비치기라도 하면, "나, 통 모르겠는데" 하고 그 외알 안경을 끼지 않고 그대로 있을 만큼 초연한 투로 대꾸하였다. "그 따위를 생각해 보지도 않아서 말야. 그 일로 자세한 것을 알고 싶다면 '여보게', 다른 사람에게 물어 보게. 난 군인이야, 한 목표가 있을 따름. 그 따위야 내 관심 밖이지만, 그 대신 발칸 전쟁에 열중하고 있네. 자네도 전에 흥미 있어 하지 않았나, 전투의 어원학을 말야. 그때 자네에게 말하지 않았나, 아무리 정세가 변하더라도 전형적인 전투, 예를 들어 울름 (Ulm) 전투에서의 익상(翼狀), 포위진의 그 대담한 시도가 재현되리라고 말야. 그런데 보게나! 발칸 전쟁이 아무리 특수하더라도 룰레 부르가스(옮긴이: Loullé-Bourgas, 불가리아의 도시. 1912년의 제1차 발칸 전쟁에서 터키군이 대패한 곳)의 전투는 역시 울름 전투의 재판일세, 익상 포위진이야. 나에겐 이런 문제를 말하게나. 자네가 암시하는 따위에 대한 지식이라면, 범어(梵語)에 대한 지식과 마찬가지로 난 백지야."

이와 같이 로베르가 개의치 않는 문제를 질베르트는 반대로, 남편이 파리에 가고 없을 때, 나하고 나누는 담화에서 즐겨 거론하는 것이었다. 물론 그녀는 아무것도 몰랐기 때문에, 하기야 어쩌면 전혀 모르는 척 시치미를 뚝 떼고 있었는지도 모르지만, 결코 남편에 관해서가 아니라, 남에 관해서만 즐겨 언급하는 것이었는데, 거기에서 로베르에 대한 일종의 간접적 변명을 찾아내고 있었거나, 또는 로베르가 그 외숙처럼 그런 문제에 관한 철저한 침묵과, 공공연히 입 밖에 내서 비방하고 싶은 욕구 사이에서 고민하는 습관을, 그녀도 부지불식간에 배웠는지도 모른다. 그 중에서도, 샤를뤼스 씨가 가차없이 비난되었다. 로베르는 질베르트에게 물론 샤를리의 이름을 대지 않았으나, 바이올리니스트한테서 들었던 것을, 여러 모로 꼴을 달리해 그녀에게 되풀이하지 않고서는 못 배겼던 것이다. 한편 샤를리는 자기의 옛 은인인 샤를뤼스 씨를 증오의 대상으로 몰아세웠던 것이다. 질베르트가 하기 좋아하는 이런 대화를 하다 보니, 그에 따라 나도 자연히 알베르틴의 이야기를 꺼냈고, 알베르틴의 이름을 질베르트의 입을 통해서 처음 들었었기 때문에, 그 알베르틴이 전에 질베르트하고 같은 학교 친구였을 적에, 역시 그런 경향이 있었는지 어떤지를 물어 보았다. 질베르트는 이에 대해 나에게 참고가 될 만한 말을 해줄 수 없었다. 하기야 어떤 참고를 제공해 주었던들 내 관심 밖이 된 지 오래였다. 하지만 기억력을 잃은 한 노인이 이따금 여의고 만 자식의 안부를 남에게 물어보듯, 나도 기계적으로 알아보는 습관이 들고 말았던 것이다.

자세히 말할 수는 없으나, 신기한 것은, 알베르틴을 아끼던 모든 이들, 그녀를 미끼로 삼아 그들이 바라는 바를 그녀로 하여금 하게 할 수 있던 모든 이들이 이제와서는, 나의 우의야 언감생심 바라지는 못하나마, 나와의 어떤 교류를 얼마나 청하고, 얼마나 간원하고, 이를테면 얼마나 애원했는가 하는 점이다. 이제 와서는 봉탕 부인이 알베르틴을 나에게 주었던들 금전을 제공할 필요는 없었을 것이다. 아무짝에도 소용없게 되고 나서 나타나는 이와 같은 인생의 재귀(再歸)는 나를 몹시 슬프게 했다. 이 슬픔은, 투렌 지방에서가 아니라 저승에서 나에게 도로 데려다 준들 기쁨 없이 맞이했을 알베르틴의 탓이 아니고, 지금 내가 사랑하고 있는 한 젊은 여인, 좀처럼 만날 수 없는 젊은 여인의 탓이었다.

나는 혼잣말하였다, 만약 이 여인이 죽거나 또는 내가 이 여인을 사랑하지 않게 되거나 하면, 나를 이 여인에게 접근시켰을 이들이 모조리 와서 내 발 아래 몸을 던지리라고. 하지만 그때까지는 사랑함이란 옛 이야기에 흔히 있듯이 마법이 풀릴 때까지 어찌할 수 없는 사물처럼 저주받은 한 운명이라는 점을 나에게 가르쳐 줄 ― 만약 뭔가를 가르친다면 ― 경험을 통해 미혹에서 깨어나지 못한 채, 내 편에서 이들에게 헛되이 작용을 시도하게 마련이었다.

"바로 내가 가지고 있는 책에 그런 문제를 언급하고 있어요" 하고 질베르트가 나에게 말했다. "『금빛 눈의 아가씨』라는 발자크님의 소설인데, 삼촌들에게 지지 않으려고 열심히 파고 있답니다. 하지만 내용이 이치에 안 맞기가, 있음직하지 않기가 아름다운 악몽 같아요. 하기야 여인이 아마 그런 모양으로 남인 여인에게 감시받는 수도 있겠지만, 사내의 감시야 어디 그럴라구요."—"당신이 잘못 생각한 것입니다. 나와 아는 사이의 여인으로, 이 여인을 사랑하는 사내의 손에 마침내 정말로 불법 감금되고 만 여인이 있는걸요. 누구하고도 절대로 못 만나고, 충실한 하인하고 함께가 아니고서는 외출도 못 하던데요."—"어마, 마음씨 고운 당신이니 오죽이나 소름이 오싹 났을까. 로베르와 나는 둘이서 마침 이런 얘기를 했답니다. 당신도 이제 결혼하셔야 한다고요. 그럼 당신의 안댁께선 당신의 병환을 낫게 하실 테고 당신은 당신대로 안댁을 행복하게 해주실 테고."—"웬걸요, 내 성격이 고약해 놔서."—"별말씀을 다 하시네!"—"아니 확실히! 하긴 약혼한 적도 있긴 하지만 잘 안 돼서 그만……."

내 방에 올라가면서, 보랏빛 도는 창문 안, 초록빛 한가운데서 나를 기다리고 있는 성싶은 콩브레 성당을 이번 길에 단 한번도 보러 가지 못했구나 생각하니, 나는 섭섭한 감을 금치 못했다. 나는 혼잣말하였다. '하는 수 없지, 다른 해에 가 보자꾸나, 이 몸이 그때까지 죽지 않는 한.' 나는 죽음 이외의 장애는 생각해 보지도 않았다. 성당의 사망은 상상해 보지도 않았다. 내가 태어나기 전에 오래오래 계속해 왔듯이 성당은 나의 사후에도 오래오래 계속해 나갈 것 같아서.

또 하루는 질베르트한테 알베르틴에 대한 얘기를 꺼내, 알베르틴이 여성을 사랑하였는지 여부를 물어 보았다. "어마, 전혀."—"하지만 전번에, 그녀에게 좋지 못한 경향이 있었노라 말했는데."

―"그런 말을 했다구요, 내가? 잘못 들으셨나 봐, 아무튼 내가 그런 말을 했다손 치더라도 역시 당신의 오해입니다. 아마 내가 그 뜻과는 반대로 젊은이들과의 일시적인 소꿉사랑에 대한 얘기를 오해하셨나 봐. 게다가 그 나이 무렵이니, 십중팔구 그렇게까지 심각했을라구요." 질베르트가 이와 같이 말하는 것은, 지난날 내가 알베르틴의 입을 통해 들었던 대로, 질베르트 자신이 여성을 좋아해서, 알베르틴에게 제의를 했던 사실을 나에게 숨기려는 속셈에서였을까? 아니면(남들이 우리의 삶에 대해 뜻밖에 잘 아는 수가 많으니까), 질베르트도 내가 알베르틴을 사랑했으며 질투했던 일을 알고 있어서(남들이 추측해 볼 재료가 없어서 착오에 빠지기를 우리가 바랄 때 남들이 뜻밖에 우리에 관해 진상을 잘 알고 있을 경우도 있지만, 지나치게 넘겨짚어 추측을 극단적으로 전개했다가 도리어 오류에 빠지는 일이 있기 때문에), 내가 아직 그 상태로 있다고 상상하여, 착한 마음씨에서, 내 눈에 가리개를 ― 질투심이 강한 사람들에 대하여 사람들이 항상 준비해 가지고 있는 그 눈가리개를 ― 두른 것인가? 아무튼 질베르트의 말은, 이전의 '좋지 못한 경향'에서 오늘의 옳은 삶과 품행에 대한 보증에 이르기까지, 질베르트와의 야릇한 관계를 거의 실토하고 말았던 알베르틴이 단언한 것과는 정반대의 코스를 가고 있었다.

질베르트와의 관계에 대한 알베르틴의 단언은 앙드레가 말했던 것과 마찬가지로 나를 깜짝 놀라게 했었다. 그도 그럴 것이 그 아가씨들의 작은 동아리를, 처음에 그녀들과 사귀기 전에는 퇴폐한 동아리로 생각했다 할지라도 부당하게 몹시 퇴폐한 분위기라고 여겼던 장소에서, 얌전하고, 연애의 실재성을 거의 모르는 아가씨를 발견하는 때에 흔히 깨닫듯이 나의 틀린 추측을 알아차리던 참이었으니까. 그러나 친해지고 나서는 최초의 가정을 다시 사실로 삼아 반대쪽 길로 다시 걸어갔었다. 하지만 어쩌면 알베르틴은, 더 경험 있는 척하려고 일부러 그런 말을 나에게 말해, 처음 발베크에서 그 숙덕(淑德)으로 나를 현혹시켰듯이, 이번 파리에서는 그 퇴폐성으로 나를 현혹시키려고 했는지도 모른다. 그리고 내가 여성을 사랑하는 여인들에 대해 말했을 때도 아주 단순히, 그게 뭔지 알지 못하는 외양을 보이지 않으려고 그랬는지 모른다, 마치 회화에서, 푸리에(옮긴이: Fourier, 1772~1837. 프랑스의 사회학자) 또는 토볼리스크(옮긴이: Tobol'sk, 시베리아의 도시)에 대한 말이 나왔을 적에, 아직 그게 뭔지 모르면서도 알아듣는 체하듯이. 아마도 알베르틴은 뱅퇴유 아가씨의 여자 친구와 앙드레 곁에서 살았지만, 그녀들의 물이 배지 않는 벽으로 떨어져 있어, 그녀들한테서 '한 축이 아니다'고 간주되어 왔고, 그러다가 그 좋지 못한 경향에 대해 여러 가지 지식을 갖게 되었던 것은 — 문학자와 결혼한 아내가 스스로 교양 쌓기에 노력하듯 — 하루 빨리 나의 질문에 척척 대답할 수 있게 되어 내 마음에 들려고 했기 때문이고, 마침내 나의 질문이 질투에서 나온 줄 알아채고 나서는 역방향으로 간책을 부리게 되었던 것이다. 질베르트가 나에게 거짓말을 하지 않았다면 말이다. 퍼뜩 다음과 같은 생각, 곧 로베르가 질베르트와 결혼한 것은, 그녀가 흥미를 갖고 있는 방향으로 실없는 이야기를 끌고 갔을 적에, 그녀의 말투에서 여성을 싫어하지 않는 기미를 알았기 때문이며, 그런 아내라면, 그가 의무로 집안에서 부부의 쾌락을 구하지 않더라도 여지껏 해 오듯이 바깥에서 쾌락을 누릴 수 있을 거라고 생각했기 때문일 것이라는 생각이 머리에 떠올랐다. 이 가정은 조금도 이치에 안 맞는 게 아닌 것이, 오데트의 딸이나 그 작은 동아리의 아가씨 같은 여인의 내부에는, 설령 동시는 아닐지라도 교대로 나타나는, 잡다한 병합성(倂合性)이 풍부한 내적 경향이 있게 마련이라, 한 여인과의 관계에서 쉽사리 한 남성에 대한 뜨거운 사랑 쪽으로 옮아갈 수가 있는 법이다. 따라서 일관된 진정한 내적 경향이라는 것을 정의(定義)하기는 언제나 어렵다. [따라서 알베르틴은 내가 그녀와 결혼할 결심을 가지도록 무척 애썼던 거다(그러다가 그녀 자신이 나의 결단성 없고도 공연히 안달복달하는 성격 때문에 스스로 단념하고 말았던 것이다). 알베르틴과의 나의 연애 사건을 판단하는 데, 그것을 외부에서밖에 보지 않게 된 지금에 와서는 사실 이와 같이 매우 간단히 보게 되었다.]

『금빛 눈의 아가씨』를 질베르트가 읽고 있는 중이라서 나는 그것을 빌리고 싶지 않았다. 그 대신, 그녀의 집에서 내가 지낸 마지막 저녁, 잠들기 전에 읽어 보라고 빌려 준 책은 꽤 강하고도 복잡한 인상(하기야 오래 계속되지 않겠지만)을 나에게 주었다. 그것은 공쿠르의 미간일기(未刊日記)의 한 권이었다.

촛불을 끄기에 앞서, 내가 아래 베껴 논 문장을 읽었을 때, 지난날 게르망트 쪽으로의 산책길에서 예감했고, 이번 체류 중에 확인한, 문학에 대한 소질의 결여가, 오늘 밤, 이 체류의 마지막 밤에 임해—습관이 끝머리에 이르러 그 타성(惰性)이 끝나려는 때, 누구라도 자기 반성하면서 밤새우는 출발 전야에 임해—마치 문학이 깊은 진실을 계시하고 있지 않기라도 하듯, 나에게 그다지 유감스럽지 않은 걸로 생각되었다. 동시에 문학이 믿어 마지않던 그대로가 아니어서 슬픈 감이 들었다. 한편, 책에서 이야기하는 아름다운 것들이 내 눈으로 본 것보다 더 아름답지 않다면, 오래지 않아 나를 요양소(療養所)에 가두려고 하는 병약한 몸도 덜 한심스러운 것으로 생각되었다. 그러나 지금, 이 책이 그런 아름다운 것에 대해 이야기하는 것을 읽으니까, 기이한 모순에 의해 그것들이 무척 보고 싶어졌다. 피곤해서 눈이 저절로 감길 때까지 내가 읽었던 문장은 다음과 같았다.

[그저께, 자택의 만찬에 나를 데려가려고 뜻밖에 베르뒤랭이 내 방. 이분은 『평론』지의 고참 평론가로서, 휘슬러에 관한 저술의 저자. 그 독창적인 미국 화가의 능숙한 필법, 착색법도 실답게 그려진 것이 지닌 온 정묘함과 온 예쁨을 아끼는 이 베르뒤랭이라는 분의 명문을 통해 그 묘리가 자주 밝혀졌음. 각설하고, 내가 동행하고자 옷 갈아입는 그 순간에도 그의 이야기는 그칠 줄 몰랐으며 떨리는 목소리로 더듬더듬 읽는 듯한 말투로 속내 이야기한 바에 의하건대, 그가 프로망탱(옮긴이: Fromentin, 1820~1876. 프랑스의 화가, 소설가, 미술평론)의 '마들렌' 여사(옮긴이: 소설 『도미니크』[Dominique]의 여주인공. 여기서는 베르뒤랭 부인을 가리킴)와 결혼한 뒤 곧 붓을 꺾었는바, 그러한 단념은 모르핀의 사용 때문이거니와, 베르뒤랭 자신의 말에 따르면, 그 때문에, 자기 남편이 일찍이 문필에 종사했다는 사실을 모르는 그 마누라의 살롱 단골들 대부분이 샤를 블랑(옮긴이: Charles Blanc, 1813~1882. 프랑스의 예술 평론가), 생 빅토르(옮긴이: Saint-Victor, 1827~1891.프랑스의 수필가), 생트 뵈브, 뷔르티(옮긴이: Burty, 1830~1890.프랑스의 예술 평론가) 등에 대해서 그에게 얘기할 때에, 속으로는 그를 몹시 얕잡아서, 이런 작자하고는 도무지 상대가 안 된다는 듯이 이야기하는 결과를 초래했다고 함. "여보시오, 공쿠르, 당신도 알거니와 고티에도 알고 있지, 나의 미술 평론이 집사람의 동아리에서 걸작이라 믿고 있는 그 가련한 『옛 거장들』(옮긴이: Maîtres d'autrefois, 프로망탱의 미술 평론집)과는 영 달랐다는 점을 말요." 다음에 땅거미 지기 시작한 바깥에 나와 보니, 트로카데로의 탑 근처에 잔양(殘陽) 같은 것이 어렴풋이 감돌아, 옛 과자

점의 까치밥나무 열매의 젤리를 바른 탑들과 흡사한 탑을 이룸. 이 동안에도 한담은 마차 안에서도 계속되고, 우리 둘을 태운 마차가 가는 곳은 콩티 강둑, 거기에 있는 베르뒤랭 부처의 저택은, 소유자 본인의 말에 의하면, 베네치아 대사들의 옛 관저, 또 거기에 있다고 하는 끽연실로 말하면, 어느 유명한 팔라초(옮긴이: palazzo, '궁전'이라는 이탈리아어), 내가 그 이름을 잊었지만, 성처녀(Vierge)의 옥관을 나타내는 우물 둘렛돌로 유명한 팔라초에서 『아라비안 나이트』 식으로 그대로 옮긴 방이라고 함. 그 우물 둘렛돌은 산소비노(옮긴이: Sansovino, 1479~1570. 이탈리아의 조각가)의 최대 걸작임에 추호의 틀림도 없다는 베르뒤랭의 주장인데, 내객들이 여송연의 재를 떠는 데 쓰인다고 함. 청록색으로 흩어진 달빛이, 마치 고전의 그림이 베네치아를 덮어 가리는 색깔과 같고, 그 위에 뚜렷이 윤곽을 드러낸 학사원의 둥근 지붕이, 과르디(옮긴이: Guardi, 1712~1793. 베네치아의 화가)의 그림에서 보는 살루테(Salute) 대성당을 연상시키는 중에 마차를 내리니, 참으로 이 몸, 베네치아의 대운하 가에 있는 환상이 다소 드는구나. 2층에서 강둑이 안 보이는 저택의 구조에, 또 이 댁 주인이 환기시키는 바가 풍부한 이야기투에 환상이 유지되는 중, 주인이 단언하기를, 바크(Bac) 거리라는 이름은 ─ 원! 이런 전고(典故)를 누가 생각했으랴 ─ 옛날하고도 또 옛날, 미라미오느(Miramiones)라 일컫는 교단의 수녀들이 노트르 담 성당의 미사에 참례하러 갈 적에 타고 건너던 바크(bac, 나룻배)에서 유래한다고 함. 이 일대는 쿠르몽네의 아주머님이 이곳에 살고 계실 때, 소생의 어린 시절 거닐던 곳, 그러니 지금 베르뒤랭의 저택에 거의 잇달린 그리운 '프티 댕케르크'의 상점의 간판을 보고서, '새삼 정이' 솟는구나. 이 상점이야말로, 가브리엘 드 생 토뱅(옮긴이: Gabriel de Saint-Aubin, 1721~1776.

프랑스의 판화가)의 연필화와 담채화(淡彩畵) 안에 컷으로밖에는 다른 데 남아 있지 않는 희귀한 상점 중의 하나로, 18세기의 호사 가들이 한가로이 와 앉아, 프랑스와 외국의 예쁘장한 일품(逸品)과 이 프티 댕케르크의 정가 목록(定價目錄)에 기재된 이른바 '제반 미술 최신제작품'(諸般美術最新製作品) 따위를 흥정한 곳인데, 이 정가 목록의 인쇄물을 소장하는 이는, 생각하건대 베르뒤랭과 소 생뿐이 아닐까. 한낱 인쇄물에 지나지 않으나, 루이 15세 치하에 사용하던 계산서, 선박들로 가득한 파도치는 바다, 『굴과 소송인』 의 페르미에 제네로 판(옮긴이: Edition des Fermiers Généraux, 라 퐁텐의 『꽁트집』을 낸 출판사 이름)의 한 삽화에 있는 것 같은 파도 이는 바다를 첫머리에 그린 의장지(意匠紙)같이, 덧없는 걸작 의 한 가지였음. 본댁의 마님께서 소생을 그녀의 옆자리로 데리고 가서, 상냥하게 말하기를, 식탁에는 일본의 국화만을, 진귀한 걸작 품임에 틀림없을 꽃병에 꽂아 장식해 놓았으며, 그 꽃병 중의 하 나, 청동으로 된 것에 새긴 불그스름한 구리의 꽃잎이, 보기에 살 아 있는 꽃의 낙화 같다고 함. 이곳에 참석한 분들은, 의사인 코타 르, 그 안댁, 폴란드의 조각가인 비라도베트스키, 미술 수집가 스 완, 러시아의 한 귀부인, 이름이 기억나지 않는 명문의 대공 부인, 이분은 코타르가 소생의 귀에 대고 속삭인 바로는, 그 오스트리아 의 로돌프 대공에게 총질했다는 분, 이분의 말에 의하면, 소생은 갈리시아(Galicia)와 폴란드의 북부 전토에서 절대적으로 특이한 지위를 얻어, 구혼자라는 것이 소생의 『라 포스탱』(옮긴이: *La Faustin*, 공쿠르 형제의 소설)의 예찬자인지 여부를 알지 않고서 는 결코 약혼을 승낙하지 않는 정도의 아가씨도 있다고 함. "당신 네 서구인(西歐人)들은 이해 못 하실 거예요"라고 결론짓는 듯 내 뱉은 대공 부인은, 참으로 두뇌가 썩 뛰어난 인상을 주었음, "한 작가가 여성의 내심에 그토록 침투되어 있는 것을." 턱과 입술 언저리의 수염을 면도하고, 우두머리 급사 같은 구레나룻이 나고, 생샤를마뉴 축일에 우등생들과 어울리는 고등학교 선생의 농을 은근한 말투로 뇌까리는 남자, 그게 대학교수 브리쇼라는 자임. 베르뒤랭의 입을 통해 소생의 이름이 알려져도, 소생의 저술을 알아 모시는 말 한마디 하지 않아, 소생이 환대받는 이 쾌적한 집 속에까지고의적인 침묵의 반항과 반감을 가져오는, 이와 같은 우리를 적으로 삼는 소르본의 음모에 비분을 금치 못함. 일동이 식탁 앞으로 가니, 오래지 않아 비상한 술을 이어 나르는 접시들, 모조리 참으로 명도공(名陶工)의 일품들, 진수성찬을 드는 동안 애호가다운 까다로운 주의를 기울여, 미술에 관한 한담을 무척 즐겁게 듣도다. ─ 우선 옹정(옮긴이: 雍正, 중국 청[淸]의 세종 황제[世宗皇帝]의 연대) 때 접시의 쪽빛 바탕에 가장자리를 한련꽃 색으로 두르고, 붓꽃을 듬성듬성 뿌린 돋을새김 무늬, 몽모랑시 거리에서 매일 아침잠을 깰 적마다 흘끗 보는 그 동틀녘의 빛을 방불케 하는 여명에, 물총새와 학이 지극히 상징적으로 떼지어 날아가는 광경 ─ 다음에는, 작센 자기의 그 우아한 만듦새는 한층 아리땁고, 깊숙이 고개 숙여 보랏빛으로 바랜 장미꽃, 꽃잎 끝마다 끝이 깊이 갈라지고 포도주 지게미빛을 띤 튤립, 로코코 무늬의 카네이션에 물망초 ─ 세브르 접시의, 촘촘한 빗금으로 그물코 무늬를 음각한 가장자리 장식, 그리고 금테두리, 또는 도톰한 버터빛 바탕에 양각된 금빛 리본의 매듭 ─ 게다가 뒤 바리와 연고가 깊은 뤼시엔(옮긴이: Luciennes, 루이 15세의 애첩 뒤 바리의 저택이 있었던 파리 교외의 마을. 지금의 루브시엔[Louveciennes])의 그 도금양(桃金孃)꽃을 두른 호화로운 은식기 세트, 그러나 그뿐이랴, 이 또한 하나같이 진품(珍品)이랄 수 있는 것은, 이러한 그릇들에 담겨서 나오는 음식들 또한 희한한 것들이었으니, 뭉근한 불에 얹어 흐무러질 만큼 솜씨 좋게 익힌 요리, 파리 사람들이 어떠한 대향연에서도 일찍이 본 적이 없다고 소리 높이 단언할 수 있을 스튜(stew) 요리는, 소생으로 하여금 장 되르(옮긴이: Jean d'Heurs, 공쿠르 형제의 사촌의 소유지 이름)의 노련한 요리사를 생각하게 함. 간 파이만 해도, 보통 푸아 그라(옮긴이: foie gras, '거위의 간'이라는 뜻. 그것을 갈아서 만든 요리)랍시고 내오는 김 빠진 거품 크림 같은 것하고는 전혀 다르며, 단순한 감자 샐러드가 일본의 상아 단추처럼 결이 곱고, 낚아올린 고기에 물을 붓는, 중국 부인의 그 조그만 상아 국자의 손때 오른 대모갑(玳瑁甲) 같은 빛을 띤 감자로 만들어진 예를 소생 그리 많이 보지 못했노라. 앞에 놓인 베네치아의 글라스에는 진다홍 보석을 채웠는가 싶을 정도로, 몽탈리베 씨의 경매장에서 사온 희귀한 '레오빌산(産)' 포도주가 철철 넘게 부어져 있도다. 거기에다가, 간혹 다시없이 호화로운 잔칫상에 오르는, 원양에서 보내 오는 동안에 등뼈 그 등 위에 뼈의 소상(塑像)이 난 그 여러 물 간 것하고는 판이한 혀가자미에다가, 이름난 요리점의 숙수가 화이트 소스라는 이름 아래 그처럼 숱하게 준비하는 그 풀반죽 같은 것이 아니라, 한 파운드에 5프랑짜리 버터로 만든 진짜 화이트 소스를 쳐서, 성화(옮긴이: 成化, 명[明]의 헌종황제[憲宗皇帝]의 연대) 때의 근사한 접시, 살아 있는 갑각(甲殼) 위에 모양을 냈는가 싶을 만큼 정교하게 군데군데에 오톨도톨한 돌기(突起)를 만든 희유한 점묘법(點描法)으로 그려진 대하(大蝦) 떼가 익살스럽게 헤엄쳐 가는 바다의 다홍빛 낙조가 전체에 깔리고, 중국 동자가 낚시질을 하는 그림으로 꾸민 가장자리 장식, 그 낚아올리는 쪽빛 고기 배때기의 은빛 비늘에 어린 자개빛이 보는 눈을 호리는, 그 현란한 접시에 담아 내오는 것을 볼 때, 심안(心眼)을 뛰게 하는 기쁨이라 할까, 고인(古人)이 수연(垂涎)이라는 말로 표현한 목젖이 떨어지는 즐거움이라 할까. 오늘날 어떠한 왕후(王侯)의 진열장에도 소장되어 있지 않은 이러한 명보(名寶)를 수집품에 이와 같은 진미가효(珍味佳肴)를 담으니, 이 아니 극락이냐고 베르뒤랭에게 말하자—"우리 바깥양반을 잘 모르시는 말씀이에요" 하고 안주인은 우울하게 내뱉듯이 말함. 또 안주인은, 그 남편을 마치 그처럼 훌륭한 진품에 무관심한 별쭝난 괴짜라는 듯이 말한다. "괴짜랍니다" 하고 거듭, "네, 그렇다니까요. 노르망디 농터에서 일하는 천한 사람들하고 어울려 서늘한 데서 쭉 들이키는 사과 술 한 병이 더 좋다는 괴짜라니까요"라고 함. 애교 있는 부인은, 짜장 지방색을 좋아하는 말투로, 그 남편과 함께 지낸 노르망디에 대해서 철철 넘치는 감동과 더불어 왈, 영국풍의 광대한 정원, 로렌스(옮긴이: Lawrence, 1769~1830. 영국의 화가)풍의 높다란 수림의 방향(芳香)이 그윽하고, 숲 기슭을 담홍빛 수국으로 자기(磁器) 테두리처럼 둘러친 가운데 저절로 자란 잔디가 삼목 숲의 빌로드를 이루고, 서로 얽힌 두 그루 배나무의 상감(象嵌)이 참으로 장식적인 문장(紋章)처럼 보이는 농가 입구에 유황빛 장미가 자라다 못해 휘늘어진 모양은 명공(名工) 구티에르(옮긴이: Gouthière, 1745?~1813. 프랑스의 금속공예가)가 만든 청동제 벽거리 촛대에 달린 꽃핀 나뭇가지의 활달스러운 늘어짐을 상기케 하는 정원이란다. 또 이 노르망디의 한 곳은, 휴가 차 와서 머무는 파리 사람들 눈에도 절대 안 띌 정도여서, 담을 둘러친 정원 하나하나에 세운 쇠살문에 의해서 은밀히 숨겨져 있는데, 그 쇠살문은 모두 반드시 열어 놓도록 일렀었다고 베르뒤랭 부처는 귀띔해 줌. 해가 떨어져, 만물의 빛은 잠들듯이 사라져 가고, 빛이라곤 바다에서 올 뿐인데, 그 바다도 푸른 기를 띠고 거의 응유(凝乳)처럼 될 무렵("아녜요, 당신이 아시는 그런 바다가 아녜요" 하고 옆자리의 안주인은 플로베르가 우리를, 아우하고 나를 트루빌로 데리고 갔었다는 내 말에 대꾸하여 기를 쓰고 항변함. "아녜요, 절대로 아녜요, 나하고 같이 안 가시면, 도저히 모르세요." 그들은 부처가 숲을 지나 귀가하곤 하였다는데, 담홍빛 명주망사를 펼친 듯 석남(石南) 꽃이 한창 핀 진짜 숲을 지나, 정어리 통조림 공장들의 냄새에 아주 취해 버려, 그 냄새가 남편에게는 밉살스러운 천식 발작을 일으켰다고 함. ─ "그래요" 하고 부인은 강조하며, "거짓말이 아녜요, 진짜 천식의 발작이 일어난답니다." 그 위에 그 다음해의 여름, 부처는 다시 와서, 예술가의 한 무리를 기숙시켜 탄복할 중세기풍의 생활 환경에 젖게 하였는데, 예술가들로서는 옛 수도원을 공짜로 빌려 사는 셈이었다고 함. 사실, 이 부인의 얘기를 듣고 있으려니, 그토록 많은 정말로 뛰어난 인사들의 사회에 드나들면서도, 그 말에 대중 여성의 노골적인 말씨가 약간 남아 있어, 사물을 나타내는 데 눈앞에 환히 보이는 듯한 색채를 갖고 하므로, 그 고장에서 각자가 독방에 들어앉아 공부하면서 보낸 생활을 그녀의 입으로 듣노라면 어쩐지 입가에 침이 흐르는 듯한 느낌이 드는구나. 점심 전에 일동이 난로를 둘씩이나 피운 널찍한 살롱에 모여서 참으로 세련된 한담에, 가끔가다가 오락적인 유희도 섞어 가면서 시간을 보내는 그 광경은 나로 하여금 디드로(Diderot)의 걸작 『볼랑 아가씨에게 보내는 편지』가 불러일으키는 한담을 상기하게 하는구나. 이윽고 점심을 마치면, 일동은 소나기가 쏟아지는 날이라도, 해가 반짝 나기를 기다렸다가 여우볕이 드는 사이에 외출하니, 소나기 뒤의 반짝이는 빛은 햇빛을 걸러서, 18세기에 사랑받던 수목의 '잘생김'을 철책 앞에 세워 놓고 있는 수령 100세인 너도밤나무들의 울퉁불퉁 우람한 마디에서 작은 관목 덤불에 걸쳐 빛의 줄무늬를 긋고, 작은 관목은

636

그 늘어진 가지들 속에 꽃피는 움같이 빗방울을 방울방울 짓더란다. 시원한 산들바람에 발정(發情)하여, 백장미 꽃부리인 앙징스러운 님펜부르크(옮긴이: Nymphenbourg, 도자기 생산으로 유명한 고장으로서, 독일의 바바리아 지방에 있음) 욕조에서 미역감는 피리새의 물장난치는 미묘한 소리를 들으려고 일동이 걸음을 멈추기도 했더란다. 소생이 베르뒤랭 부인에게, 그 고장의 풍경과 꽃들이 엘스티르의 손끝으로 경묘하게 파스텔로 그려졌음을 말하니, "하지만 그걸 전부 그분에게 정통케 한 것은 나예요" 하고, 머리를 화난 듯이 쳐들면서 소리지르기를, "전부 알아 두세요, 전부랍니다, 신기한 구석구석, 온갖 모티프, 나는 그분이 돌아갈 때에 이 점을 면전에서 말해 주었답니다, 안 그래요, 오귀스트? 그분이 그린 모티프는 전부. 오브제(object)로 말하면, 그분도 늘 정통했어요. 이 점은 옳게 인정해야죠. 하지만 꽃의 경우, 그분은 전혀 구경 못 한 것 같아, 당아욱[錦葵]과 접시꽃[蜀葵]도 분간을 못 했으니까요. 곧 이들리지 않겠지만, 그분에게 말리꽃을 알아보도록 가르쳐 준 게 바로 나랍니다." 미술 애호가들이 오늘날 팡탱 라투르(Fantin-Latour)보다도 뛰어난 꽃의 화가로 첫손 꼽히는 그가, 만일 여기 있는 여성이 없었다면, 영영 말리꽃을 그리지 못했을 거라고 생각하니 이 아니 흥미진진하지 않겠는가. "아무렴, 그렇고말고요, 말리꽃을 알아보지 못했다니까요. 장미꽃도, 그분이 그린 건, 모두가 우리 집에서 그린 것, 아니면 내가 가져다 준 것들이랍니다. 우리 집에선 그분을 티슈(옮긴이: Tiche, 엘스티르의 별명. 실은 비슈[biche, 암사슴]가 옳음)라고밖에는 부르지 않았어요. 우리집에서 그분을 위대한 어른으로 대우했나, 코타르에게, 브리쇼에게, 그 밖의 다른 분들에게 물어 보시구려. 그분 자신이 제일 먼저 폭소했을 걸. 꽃꽂이도 내가 그분에게 가르쳐 주었답니다. 처음엔 그분 잘 하지 못했으니까. 꽃다발 하나 제대로 만들지 못했답니다. 선택하는 데 타고난 취미가 없었나 봐요. 그래서 늘 내가 그분에게 '틀려요, 그런 모양으로 그리면 못 써요, 헛수고입니다. 이렇게 그리세요' 하고 일러 줘야 했답니다. 참말이지, 꽃의 배합에 대해서처럼 생활의 배합에 대해서도 우리의 말을 들어서, 그런 더러운 결혼을 하지 않았더라면!"라고 하다가, 돌연, 과거로 향한 몽상에 골똘해 열기 띤 눈, 지골(指骨)을 괴상하게 뻗쳐서 코르사주 소매에 달린 술을 신경질적으로 만지작거리며, 몸을 뒤트는 그 상심하는 자세야말로, 마치 한 폭의 명화임에 틀림없으나, 여성의 수치심과 섬세한 배려가 짓밟힌 사람의, 한 친구로서의 억눌린 분노, 치미는 노기를 이처럼 역력히 읽을 수 있는 희한한 그림은, 생각하건대 아직껏 그려진 게 없다 하겠도다. 게다가 부인은, 엘스티르가 그녀를 위해 그린 훌륭한 초상화, 곧 코타르 일가의 초상화, 화가와의 사이가 틀어진 무렵 뤽상부르 미술관에 기증해 버린 초상화에 대해 언급하기를, 흰 린네르의 그 부글부글한 미감을 나타내기 위해 사내를 야회복 차림으로 하는 착상을 화가에 주고, 여인에겐 빌로드 드레스를 택하여, 융단이며 꽃이며 과일이며, 발레리나의 짧은 스커트 같은 소녀들의 갑사 옷 등, 밝은 색조가 어른거리는 속에서, 그 빌로드 드레스에 묵직한 중점(重點)을 두게 한 것은, 바로 자기였다고 그녀는 실토함. 또한 그 머리 빗는 여인의 화상(畵想)을 준 것도 그녀이며, 그 뒤 착상의 명예는 화가에게만 돌아갔지만, 결국 그 착상은 여인을 나들이 모습으로 그리지 않고, 그 나날의 내적인 생활에서 뜻밖의 모습을 잡아 그리는 데 있었다고 함. "그분에게 자주 말했지만, 머리를 빗거나, 얼굴을 닦거나, 다리를 덥히는 여인이, 남이 안 보는 줄로 여기고 있을 적의 흥미진진한 동작, 사뭇 레오나르도풍의 아취 있는 동작이 무척 많답니다!" 그러나 본디가 몹시 신경질인 아내한테 이러한 분개를 일으킨다는 게 건강상 해롭다는 뜻을 담은 신호를 베르뒤랭이 보냈기 때문에 스완이 소생으로 하여, 여주인이 달고 있는 검은 진주목걸이를 탄복케 함. 그것은 앙리에트 당글르테르(옮긴이: Henriette d'Angleterre, 1644~1670. 오를레앙공의 부인)가 라파예트 부인에게 주었던 것으로, 라파예트 부인의 후손이 이를 경매에 붙였을 적에, 새하얀 그대로, 베르뒤랭 부인이 샀다고 함. 그러던 게, 화재를 만나 검게 됐다는데, 내용인즉, 이제 생각 안 나는 이름의 거리에 베르뒤랭네가 살던 무렵, 그 가옥의 일부가 화재로 타, 화재 후 이 진주가 들어 있는 작은 상자를 찾아내 열어 본즉, 진주가 새까맣게 되어 있더라고 함. "아직도 나는, 틀림없는 라파예트 부인의 어깨에 이 진주가 달린 초상화가 생생히 생각나는군요" 하고 스완은, 좀 어리둥절한 회식자들의 감동 앞에서 강조해 말하기를, "이 진주가 달린 진짜 초상화입니다, 게르망트 공작의 소장품에서." 세계에 둘도 없는 것이라고 스완이 언명하거니와, 소생도 가 볼 예정인 이 소장품은, 이 이름난 공작이, 마음에 드는 조카여서, 그 백모뻘 되는 보세르장 부인, 곧 뒤에 아즈펠드 부인이 되고, 빌파리지 후작 부인과 아노브르 대공 부인의 언니 되는 보세르장 부인에게서 이어받은 것임. 게르망트 공작으로 말하면, 지난날 바쟁이라(이는 사실 공작의 세례명임) 불리던 한창 귀여운 어린애였을 적에, 그 얼굴 모습을 소생의 동생과 소생이 무척 귀여워했도다. 그런데 코타르 의사는, 참으로 명사다운 인품을 나타내는 교묘한 솜씨로, 화제를 다시 진주 이야기로 비약시켜, 그와 같은 큰 재변은, 저 무생물에서 볼 수 있는 변질과 똑같은 현상을 인간의 뇌세포에 일으키는 법이라고 설명하고 나서, 숱한 의사들이 흉내낼 수 없는 진정 철학적인 방법으로써 예증(例證)하였으니, 베르뒤랭 부인의 하인이 그 화재에서 하마터면 죽을 뻔했는데, 하도 놀라서 전혀 딴 사람이 되어, 필적이 아주 달라지는 바람에, 당시 노르망디에 체류 중이던 주인 양주(兩主)는, 그 큰 사건을 알리는 첫 편지를 받았을 때, 틀림없이 어떤 장난꾼이 속이는 줄로만 알았다고 함. 더구나, 필적만 달라진 것이 아니라, 코타르의 말에 의하면, 원래는 술을 못 하던 그 하인이 형편없는 술독이 되었기 때문에, 그만 베르뒤랭 부인도 하는 수 없이 해고했다고 함. 이와 같이 담화의 꽃을 피우다가 안주인의 우아한 눈짓에 따라서, 암시가 풍부한 담론은 식당에서 베네치아의 끽연실로 옮아감. 방에 들어서자, 코타르는 진짜 이중인격자와 접했던 일을 나에게 이야기하고, 그의 환자 중 한 사람의 증상을 들면서 친절하게도, 그 환자를 소생의 집에 데리고 가겠다고 제의함. 환자의 관자놀이에 코타르의 손이 닿기만 해도 금세 두번째 생활이 깨어난다는데, 그 생활을 하는 동안에는, 첫번째 생활을 통 모르거니와 한쪽 생활에서는 매우 착실하건만, 다른 한쪽 생활에서는 금세 고약한 무뢰한이 되어 버려, 절도죄를 저질러 여러 번 잡혀 간 적도 있었다고 함. 이 얘기를 들은 베르뒤랭 부인이, 부질없이 기발한 각색 효과를 노려 그릇된 병리학에 만족하고 있는 연극에, 의학은 더욱더 진실된 소재를 제공할 것이라고 그럴듯한 말을 하자, 그것에 실마리가 되어, 코타르 부인의 입심이 술술 터지기 시작하더니, 그와 흡사한 착상이 자기 아이들이 읽는 야화(夜話)의 인기작가의 아마추어, 스코틀랜드 사람인 스티븐슨에 의해 소설화되었다고 말하니, 그 이름을 들은 스완은 단호한 어조로 "천만에, 참으로 위대한 작가지요, 스티븐슨은. 정말입니다, 공쿠르 씨, 아주 뛰어난, 최상급 작가와 비견할 만한 예술가입니다." 이리하여 소생이, 일동이 담배를 피우고 있는 객실의, 옛 팔라초 바르베리니(옮긴이: Pallazzo Barberini, 바르베리니궁. 바르베리니는 로마의

640

명문으로서, 부호·교황·추기경·대주교 등을 배출함)에서 가져왔다는 방패형 문장이 붙은 널반자에 감탄하면서, 우리가 피우는 '롱드레스'(londrès) 담배의 재에 그을려, 어떤 종류의 수반(水盤)에서 볼 수 있는 흑변(黑變)이 조금씩 생기는 것이 안타까워 탄식하자, 스완은, 그와 똑같은 얼룩이 나폴레옹 1세의 것이었던 책으로서, 이제는 그 반(反)보나파르트주의적 견해에도 불구하고 게르망트 공작의 소유가 된 책에 남아 있으니, 이는 황제가 씹는 담배를 애용했음을 증거하는 바라고 얘기하니까, 코타르가 만사에 참으로 깊은 조예가 있는 호사가답게, 그 얼룩은 전혀 그런 일로 해서 생긴 것이 아니라—"절대로 그런 일로 해서 생긴 것이 아닙니다" 하고 권위 있게 역설하고— 실은 나폴레옹은 간장의 통증을 가라앉히기 위해 늘 감초 정제를 가까이 두어, 싸움터에까지 휴대했던 습관 때문에 생긴 것이니, "왜냐하면 그분은 간장병을 앓았었고, 그 때문에 세상을 떠났으니까요" 하고 의사는 결론을 내림.'

　나는 이 구절에서 중지했다. 내일 떠나야 하고, 게다가 우리가 날마다 24시간의 절반을 쪼개서 봉사해야 하는 또 하나의 주인이 나를 부르고 있는 시간이기도 하였기 때문에. 우리를 속박하는 이 노무는, 우리가 눈 감으면 완수한다. 아침마다 또 하나의 주인에게 우리는 돌아간다. 그렇지 않으면 밤의 강제 노무에 지장이 생기기 때문이다.

　부랴사랴 노무에 몰아넣기 앞서 우선 그 노예를 잠자리에 누이는 주인집에서, 우리가 뭘 했을까, 그게 알고 싶어, 정신이 다시 눈 떴을 때, 꾀빠른 작자들은, 그 노무가 끝날까 말까 해서, 넌지시 형편을 살펴보려고 한다. 그러나 잠은 그것들과 선두를 다투며 와서, 보고 싶어하는 것의 흔적을 지우고 만다. 그래서 수많은 세기 이래, 그 점에 관해 우리는 대수로운 걸 모른다.

나는 공쿠르의 일기를 덮었다. 문학의 불가사의한 마력! 코타르 내외를 다시 만나고 싶었고, 만나서 엘스티르에 관해 자세하게 물어 보고 싶었고, 아직 그대로 있다면 프티 댕케르크 상점을 가 보고 싶었고, 지난날 만찬을 들던 베르뒤랭네 저택을 방문하는 허락을 구하고 싶었다. 그러나 막연한 불안감이 들었다. 물론 나는 여태껏, 내가 혼자 있지 않으면, 듣지도 보지도 못하게 되는 사람이라는 걸 깨닫지 않은 적은 없었다. 한 노부인이 어떤 유의 진주목걸이를 내 눈에 보이려 해도 보이지 않았고, 그것에 대해 떠들어 대는 수다도 내 귀에 들어오지 않았던 거다. 아무튼 일기에 나오는 이들은, 내가 일상 생활에서 잘 알던 이들, 자주 함께 식사하던 이들, 베르뒤랭 부처, 게르망트 공작, 코타르 내외였고, 그 바쟁이 보세르장 부인의 애지중지하는 조카이자 귀여운 꼬마 영웅임을 꿈에도 생각 못 한 나의 할머니의 경우와 마찬가지로, 그들은 저마다 나한테는 평범하게 보였고, 그들마다 나한테는 김 빠진 거품으로 보였던 것이다. 그들마다 갖고 있던 수많은 너절함이 생각났다…….

그 모든 게 다 밤하늘의 별이 되어지이다.(옮긴이: 위고의 『관조시집』(觀照詩集) 중의 한 구절)

탕송빌을 떠나는 전날 밤 읽은 공쿠르 문학에 대해 마음에 생긴 이의를 나는 당분간 그냥 내버려 두기로 했다. 이 회상록 작가에게 현저한 소박스런 개성의 표적 역시 그대로 내버려 두고, 그 위에 여러 견지로 보아 나는 안심할 수 있었다. 우선, 나 개인에 관해서 말하면, 인용한 일기는, 보고 듣고 하는 능력이 나에게 없음을 밝게 보여 뼈저린 느낌이 들었지만, 그렇다고 그런 능력이 나에게 전혀 없는 것은 아니었다. 내 몸 가운데 다소나마 잘 보는 눈을 가진 인물이 있기는 하나 간헐적인 인물이라, 자기의 양식이나 기쁨이 되는 어떤 정수(精髓), 여러 사물에 공통한 보편적인 어떤 정수가 나타나는 때밖에 되살아나지 않았다. 되살아날 때 그 간헐적인 인물은 보고 듣는다, 하지만 그것도 어느 깊이에 이르고 나서였다. 때문에 관찰만으론 아무짝에도 소용없었다. 기하학자가 사물에서 감각적 성질을 제거하며, 그 선의 기체(基體)밖에 보지 않듯이, 남들이 이야기하고 있는 사물은 한쪽 귀로 들어와서는 그대로 한쪽 귀로 나갔으니, 나의 흥미를 끄는 것은, 남들이 말하려는 내용이 아니라, 남들이 그 내용을 말하는 투였기 때문인데, 그 투도 적어도 거기에 말하는 이들의 성격, 또는 우스꽝스러움이 드러나 있는 경우에 한하였다. 다시 말해 그것은, 특수한 기쁨을 나에게 주기 때문에 여지껏 항상 특별히 나의 탐구의 목적이 되어 왔던 대상, 곧 이 존재와 저 존재에도 공통된 점이었다. 그것을 알아차렸을 때 처음으로 내 정신은 ─ 그때까지 남들이 보기에 나의 대화가 생기 있어서, 속으론 정신이 완전히 마비되어 있다는 사실을 남들은 전혀 알아채지 못했지만, 실인즉, 겉으로는 활기 차게 이야기를 하고 있었지만 속으로는 졸고 있던 나의 정신은 ─ 갑자기 기쁨에 넘쳐 먹이를 쫓기 시작하지만, 그러나 그때 추구하는 것은 ─ 가령 온갖 시간과 장소에 공통되는 베르뒤랭네 살롱의 동일성은 ─ 상당히 깊은 곳, 현상의 표면 뒤쪽의 약간 후퇴한 권내(圈內)에 있었다. 그러므로 현상의 표면에 있는 복사(複寫) 같은 아름다움은 내 눈에 띄지 않고 사라진다. 그도 그럴 것이, 여자의 매끈매끈한 뱃속에, 그것을 파먹는 내장의 질환이 있다는 것을 간파하는 외과의사처럼, 나에게는 이미 그런 아름다움에 머무를 능력이 없었기 때문이다. 남의 집 만찬에 가 보았자 아무런 소득도 없었으니, 나는 동석한 손님을 보고 있지 않았다. 보고는 있어도, 사실은 그때 X광선을 비추고 있는 것이었다. 그 결과는, 만찬에서 동석한 손님에 대하여 기울였던 관찰을 죄다 합쳐서 내가 그린 소묘는, 모든 심리학적 법칙의 하나의 종합을 이루는 결과가 되었으니, 거기에는 동석한 손님이 그 화제 속에 보여 준 개인적인 흥미 같은 것은 거의 하나도 들어 있지 않았다. 하지만 그와 같이 개별적으로 안 그렸다 해서, 내가 그린 초상화는 전혀 무가치한 것이었을까? 그런 초상화 중 하나를 회화의 영역에 넣고, 양감(量感) · 광선 · 운동에 관한 어떤 진리를 밝혀 준다면, 그것은 동일 인물을 그려도, 그 필법이 전혀 다르기 때문에, 그 그림에서 생략된 무수한 세부(細部)를 꼼꼼하게 묘사한 다른 초상화에 비해, 반드시 그만 못하다고 할 수 있을까? 첫번째 것을 보고 모델이 밉상이라고 생각하던 이가 두번째 것을 보고는 모델을 곱상이라고 결론지으리라, 고증적이고도 역사적인 중요성을 가질 수도 있으리라. 하지만 그렇다고 반드시 그게 예술의 진리는 아니다. 다음 나의 경조부박으로 말하면, 내가 혼자가 아니 되고 나서는, 금세 곁에 있는 남들을 기쁘게 해주고픈 마음이 들어, 뭔가 예술에 관한 것이나 또는 이전부터 염두에서 떠나지 않는 시새우는 어떤 의심 같은 것을 조사하고자 사교계에 나가는 경우가 아니고는, 남들의 이야기에 귀를 기울여 뭔가를 알려고 하기보다는 스스로 두런거리면서 남들을 흥겹게 만들려고 하였다. 그런데 나는 본다는 게 불가능하였다. 본다는 기쁨이 어느 독서에 의해 내 몸 속에 깨어 있지 않고서는, 또는 보는 대상의 스케치를 미리 나 자신이 그려 내 기뻐한 뒤에 실물과 대조해 보고픈 소망이 들지 않고서는, 본다는 게 불가능하였다. 공쿠르의 구절이 그 점을 가르쳐 주지 않더라도 몸소 알고 있는 바지만, 여러 번 내 주의를 사물이나 인간에게 기울이려 해도 불가능하였다. 그런데 그 형상들이, 일단 어느 예술가의 손에 의해 표현되어 내가 홀로 있을 적에 나타나게 되면, 그걸 되찾기에 천 리를 달려 죽음도 무릅썼을 거야! 그제야 내 상상력이 발동하기 시작해, 그리기 시작하는 것이었다. 그리고 지난해 그 앞에서 하품했던 것을 죽도록 보고파, 미리 눈앞에 그려 보면서 걱정스럽게 독백하는 것이었다(정말 못 보게 되는 것일까? 보기 위해서라면 뭘 마다하랴!), 인물들, 한낱 사교계의 인간에 지나지 않은 인물에 대해 '이제 살아남은 이가 별로 없는 사회의 최후 대표자'라고 치켜올리는 기사를 읽을 때, 틀림없이 읽는 이가 소리칠 거다, '뭐가 어쩌고 저째! 그런 하찮은 인간을 이처럼 과장해서 칭찬하다니! 이러니 내가 신문이나 잡지에서만 읽고 실인물을 본 적이 없었다면, 아는 사이가 아님을 유감으로 생각했을 거야!' 그런데 나는 어떠냐 하면, 그런 기사를 신문에서 읽으면, 도리어 다음과 같은 생각을 하기가 일쑤였다. '아차 ─질베르트나 알베르틴을 다시 만나는 데만 정신 팔려─그 인물에 주의하지 않았다니! 사교계의 진저리나는 놈으로 한낱 괴뢰로밖에 보지 않았는데, 그분이 큰 인물이었구나!' 내가 읽은 공쿠르 문장은 이런 식으로 생각하는 내 성미를 나로 하여금 후회케 했다. 왜냐하면 그 문장에서 내가 다음과 같은 결론을 꺼낼지도 모르기 때문이다. 곧 삶은 독서의 가치를 낮추기를 가르치고 또 작가가 찬양하는 게 대수로운 값어치가 없다는 것을 보인다고. 그러나 동시에 또한, 다음과 같은 결론도 꺼낼 수 있었다. 곧 독서는, 예컨대 우리가 삶의 가치를 바르게 평가할 줄 모르거나, 겨우 서적을 통해서만 삶의 가치가 얼마나 큰지 이해하거나 하는 경우, 반대로 삶의 가치를 높이기를 가르친다고. 엄밀히 말하자면, 우리가 뱅퇴유나 베르고트와 같은 인간과의 교제를 그다지 좋아하지 않았음을 우리

스스로 위로할 수 있는 거다. 뱅퇴유의 수줍어하는 부르주아 근성도, 베르고트의 견딜 수 없는 결점도, 엘스티르의 처음 무렵의 건방진 야비함도 그들의 가치를 어기는 아무런 증거도 아니고, 그들의 천재는 그들 작품에 족히 나타나 있기 때문이다. [그러고 보니 공쿠르의 일기는 베르뒤랭네 집에서 그처럼 약올리는 언사를 스완에게 건넸던 '티슈님'이, 바로 엘스티르임을 나에게 드러냈다. 그러나 숭고한 취미(엘스티르가 도달한 것 같은, 도달하는 이가 드문)에 도달하기에 앞서, 그 동아리 예술가들의 건방진 말투를 써먹지 않은 천재가 있었겠는가? 예를 들어, 발자크의 글월에, 스완이 차마 입에 담지 못할 천한 표현이 뿌려 있지 않은가? 그렇지만 그처럼 고상하고, 그처럼 온갖 타기할 우스꽝스러움에 결벽했던 스완은 아마도 『사촌 누이 베트』나 『투르의 사제』를 쓰지 못했을 것이다.] 그러므로 우리의 마음에 들지 않았던 그들의 사회에 잘못 매력을 부여하는 회상록 작가가 있더라도 그건 조금도 중요하지 않은 문제다. 왜냐하면 설령 회상록의 작가가 틀렸다 해도, 그건 그와 같은 천재를 낳은 삶의 가치를 비난할 아무런 증거도 되지 않을 테니까.

공쿠르 일기의, 무진장한 내용을 이루는 일화, 독자의 외로운 밤의 심심파적거리가 되는 신기한 일화, 그걸 이야기하던 회식자들을 책장을 통해서밖에 알지 못하는 이들로서는, 다 사귀고 싶어할 인물들이었으려만, 나에겐 단 한 토막의 흥미 있는 추억의 흔적조차 남기지 않았던 이들이라는 걸 알았을 때, 경험의 입장을 아주 달리해 본다면, 이 역시 그리 해명할 수 없는 게 아니었다. 공쿠르의 고지식함이 그런 일화의 재미스러움에서, 그 이야기를 한 사람들의 그럴싸한 뛰어남을 결론짓고 있지만, 범용한 인간이 그 생활에서 신기한 일들을 보았거나 남의 입에서 들었거나 한 것을, 다시 그의 표현법으로 이야기할 수도 아주 있을 법하였다. 공쿠르는 사물을 볼 줄 아는 눈을 가진 동시에 들을 줄 아는 귀를 가졌는데, 나는 그럴 줄을 몰랐다. 하기야 그런 사실은 전부 낱낱이 잘 판단해 볼 필요가 있었을 거다. 게르망트 씨만 해도, 보세르장 부인의 비망록에 의하여, 나의 할머니 같은 이는, 무척이나 사귀고 싶어하면서도, 흉내도 낼 수 없는 좋은 본보기로서 자주 나에게 일러 주시곤 했지만, 기품 있는 젊은이의 탄복할 전형이라는 인상은 좀처럼 나에게 준 적이 없었다. 하지만 바쟁이 당시 일곱 살이며, 회상록 작가가 그의 백모였다는 것, 또 몇 개월 뒤에 아내와 이혼하게 되어 있는 남편도 남들 앞에서는 그 아내를 크게 칭찬한다는 예를 생각해 봐야 한다. 생트 뵈브가 쓴 가장 예쁜 시 중의 하나가, 비할 바 없는 재능과 미모로 장식된 한 소녀, 당시 열 살도 안 된 어린 샹플라트뢰(옮긴이: Champlatreux, 생트 뵈브의 서간시(書簡詩) 「부알로의 샘」에 나옴) 아가씨가 샘가에 나타남을 그리고 있다. 천재 시인 노아유 백작 부인이 그 시어머니 되는 샹플라트뢰 가문의 태생인 노아유 공작 부인에게 바치는 존경의 정이 아무리 두텁다 해도, 만일 그 시어머니의 초상을 글로 써야 했다면, 생트 뵈브가 50년 전에 묘사한 것과는 꽤 생생한 대조를 이루었을 거다.

아마도 가장 머리를 어지럽게 했던 것은 중간 존재였다. 다시 말해 신기한 일화를 전할 수 있었다는 사후의 명성보다 더한 뭔가를 후세 사람들의 이야깃거리로 남기면서도 그렇다고 그들이 뱅퇴유나 베르고트의 경우처럼 그 작품으로 판단할 수 있는 방책을 가지고 있는 사람도 아니었다. 그들은 작품을 창작하지 않고, 주로 남의 작품에—그러한 사람들을 극히 평범한 인간이라고 생각한 우리를 매우 놀랍게—영감을 주었기 때문이다. 오래지 않아 미술관에 걸려, 르네상스의 위대한 화가들 이래 가장 우아한 큰 인상을 주는 살롱의 정경이, 실은 우스꽝스러운 프티 부르주아 여인의 살롱이라 해도 그래도 괜찮다. 만약 나와 면식 없는 여인이라면, 그 그림 앞에 섰을 때, 빌로드와 레이스의 화려한 치맛자락 부분이 티치아노의 가장 아름다운 그림의 한 부분에 견줄 만한 그 여성의 비밀, 화가의 기술도 화포도 우리에게 밝혀 주지 않는 보다 귀중한 비밀을 그녀한테서 알아내고 싶은 일념에, 현실에서 그 여인에게 접근할 수 있는 수를 몽상했을 거다. 재주가 뛰어나고, 학식이 많고, 가장 훌륭한 교제를 하고 있을 뿐만 아니라, 오직 자신이 거울이 되어, 비록 평범한 생활일지라도, 그 생활을 묘사할 줄 아는 사람이 베르고트 같은 사람이 된다는 것을(동시대 사람들은 그를 가리켜 재주는 스완만 못하고, 학식은 브레오테만도 못하다고 생각했을지라도), 이미 나까지도 그것을 알고 있었다고 한다면, 더구나 일반 사람들은, 더 자주 화가의 모델이 된 사람들에 대해서도, 같은 말을 할 수 있지 않겠는가. 어떠한 것이라도 그릴 수 있는 뛰어난 화가의 마음속에, 아름다움에 눈떴을 때, 그가 지극히 아름다운 모티브를 찾아낼 수 있을 만큼 고상하고 세련된 분위기에 걸맞은 모델은, 그 화가보다도 약간 부유한 사람들에 의해서 제공되는 법이어서, 자기의 그림 한 폭을 50프랑에 파는 불우한 천재 화가는, 평소 자기의 아틀리에 같은 데서는 볼 수 없는 것 ─ 옛 비단을 씌운 세간들이며, 숱한 램프며, 아름다운 꽃이며, 좋은 과일이며, 고운 드레스 등으로 장식된 살롱 ─ 을, 그런 사람들 집에서 보게 되는데, 비교적 겸손한 그런 사람들은, 정말로 빛나는 계급의 사람들 쪽에서 보면 별로 눈에 안 띄는(그 존재조차도 알려지지 않은) 사람들이니, 도리어 그 때문에, 교황이나 국가 원수들처럼 아카데미 회원인 화가에게 자신의 초상을 그리게 하는 귀족 사회의 사람들보다는, 숨은 화가를 훨씬 잘 알고, 존중하고, 초청하여, 그 그림을 사는 사람들인 것이다. 현대의 고상한 벗을 대표하는 가정, 아름다운 옷치장 따위를 읊은 시는, 후세에 가서는 코트(옮긴이: Cotte, 1863~1924. 프랑스의 화가)나 샤플랭(옮긴이: Chaplin, 1825~1891. 프랑스의 화가)이 그린 사강 대공 부인이나 라 로슈푸코 백작 부인의 초상화에서보다도, 르누아르가 그린 샤르팡티에 서점 주인의 살롱에서 찾아볼 수 있지 않을까? 고상한 벗의 가장 대표적인 시각상을 우리에게 준 화가들은, 그 시대의 멋스러운 사람으로 꼽히지 않았던 사람들한테서 그 미적 여러 요소를 받아들였었다. 그러나 당대의 가장 멋쟁이로 알려진 사람들로서, 새로운 미를 낳는 무명 화가에게 자기를 그리게 하는 일은 거의 없다. 그들은 그와 같은 무명 화가의 캔버스에서 새로운 미를 분간 못 했던 것이다. 하기야 새로운 미는, 병자가 실제로 눈앞에 보이는 듯이 생각하는, 저 주관적인 시각상처럼, 대중의 눈에 어리는 낡아 빠진 아취(雅趣)의 전사지(轉寫紙)에 가려서 좀처럼 나타나지 않는 법이다. 그러나 내가 잘 아는 그 평범한 모델들이, 나를 매료한 그 화면의 배치에 영감도 주고 충고도 주었다는 사실, 그 그림 속 인물의 존재가 단순한 모델이 아니라, 모델 이상의 존재, 곧 자기의 모습을 캔버스에 그리게 하려는 친구 같은 존재였다는 사실은, 나로 하여금 다음과 같은 의문을 품게 하는 것이었다. 곧 발자크가 그 소설에 그리기도 하고, 또는 예찬하는 뜻으로 그 소설을 바친 사람이라는 이유로, 또 생트 뵈브와 보들레르가 자기의 가장 아름다운 시를 보낸 사람이라는 이유로, 면식도 없는 사실을 우리가 유감스러워하는 인물, 더구나 레카미에(Récamier)나 퐁파두르(Pompadour) 같은 부인이 모두 나에게 무의미한 사람으로 보이지 않았던 것은, 혹시 나의 타고난 허약 탓이 아니었을까(그런 생각을 하면 병약한 몸인 것이 더욱 짜증스러워졌고, 내가 잘못 본 모든 사람들을 만나

보기 위해서 돌아갈 수 없는 신세에 못 견디게 화가 났다), 아니면 그런 인물들이 문학의 환상적인 마력에 의해서만 빛이 나기 때문이 아니었을까. 그렇다면, 읽기 위해서는 사전을 바꿀 필요가 있고, 또 병의 악화 때문에 며칠 안 가서 사교계에 고별하고, 여행도 미술관도 단념하고 요양원으로 떠나야 하는 일도 위로가 되었다.

내게 문학의 재능이 없다는 한(恨)을 덜어 주기도 하고 더해 주기도 하는 이런 생각도, 내가 파리를 떠나 어떤 요양원에서 오랜 세월을 지내는 동안(하기야 거기서 나는 쓰는 계획을 일체 단념하고 말았지만) 한번도 내 머리에 떠오르지 않았었다. 그러다가 1916년 초엽이 되자 요양원에 의사가 한 명도 안 남게 되었다. 그래서 나는 파리에 돌아왔는데, 곧 독자도 보게 되려니와, 파리는 1914년 8월에 처음으로 진찰을 받으러 돌아왔다가 다시 요양원으로 되돌아갔을 적의 파리하고는 매우 달랐다.

* * *

내가 두번째로 들어박힌 새 요양소도 결국 첫번째 요양소와 마찬가지로 내 병을 고치지 못한 채, 오랜 세월이 흘러간 뒤 나는 거기를 떠났다. 드디어 파리로 돌아가는 철도의 도정 동안에, 지난날 게르망트 쪽에서 발견했었으며, 탕송빌에서, 밤늦게 드는 만찬에 대 가기에 앞서 날마다 질베르트와 함께 한밤의 산책에서 더욱 구슬프게 깨달았고, 또 이 영지를 떠나는 전날 밤에 공쿠르의 일기의 몇 장을 읽으면서, 거의 문학의 헛됨과 허구라는 점과, 확인했었던 나의 문학적 재능의 결여에 대한 생각, 나 자신의 병약함을 이유로 삼는다면 어쩌면 덜 고통스러울는지 모르나, 그래도 결국 서글프게 하는 데 변함없는 생각, 오래 전부터 뇌리에 들어오지 않던 그 생각이, 비할 바 없어 애처롭도록 강하게 새삼 내 가슴을 때렸다. 그것은, 생각나지만 들판 한가운데 열차가 정거한 때였다. 태양이 철도 선로를 따라 한 줄로 서 있는 수목들의 줄기를 반쯤까지 비추고 있었다. '수목이여' 하고 나는 생각했다, '너는 이제 나한테 무슨 말을 해도 소용없다, 내 마음은 식어 버려서 네 목소리가 귀에 들리지 않는구나. 아닌게 아니라 나는 지금 자연 한가운데 있다, 그런데 내 눈은 너의 빛나는 꼭대기와 그늘진 줄기를 가르는 선을, 차갑고 권태롭게 멀거니 바라볼 뿐이구나, 지난날 나 자신을 시인이라고 믿은 적이 있었는지 모르나, 나는 지금 시인이 아님을 안다. 앞으로 열리는 무미건조한 내 삶의 새 부분에서, 어쩌면 자연 대신에 인간이 내게 영감을 일으킬는지도 모르지. 하지만 내가 자연을 노래할 수 있었을지도 모를 세월은 영영 돌아오지 않으리.' 그러나 자연의 영감이 불가능한 대신에 인간의 관찰이 가능해진다는 그런 위안을 자신에게 주는 건, 단지 자기에게 어떤 위안을 주려고 애쓰고 있는 것에 지나지 않아, 나 자신의 무가치를 아는 데 변함없었다. 만일 내가 참말로 예술가의 영혼을 가졌다면, 낙조에 밝게 늘어선 수목 앞에서, 객차의 발판에까지 뻗은 비탈의 잡초의 가련한 꽃 앞에서 어찌 기쁨을 안 느꼈으랴? 그 꽃잎을 셀 정도인데도, 수많은 문학가 하듯이 그 색깔을 묘사할 마음이 나지 않고 보니, 느끼지 않는 기쁨을 어이 독자에게 전하기를 바랄 수 있는가? 좀 뒤에, 같은 낙조가 어떤 집 유리창에 금빛과 오렌지 빛의 미세한 반점(lentilles, 주근깨)을 체 구멍처럼 내고 있는 광경도 같은 무관심한 마음으로 보았다, 끝으로 시간이 지나 다른 한 채의 매우 색다른 장밋빛 물질로 세운 듯이 보이는 가옥을 보았다. 그러나 나는 그런 갖가지 확인을 한결같이 절대적인 무관심, 마치 어느 부인과 정원을 산책하다가, 유리 조각 하나와 좀 멀찌막이 뭔가 설화석고(雪花石膏)에 비슷한 것을 보고 별난 색깔이구나 생각하면서도 기운 없는 권태에서 벗어나지 못하듯, 하지만 마치, 부인에 대한 예의에서 어떤 한마디를 해서 그 별난 색깔에 주목했음을 나타내려고 지나가는 길에 그 염색된 유리나 석고 조각을 가리키듯, 그와 같은 무관심과 더불어 했었다. 그와 같은 투로, 양심의 거리낌이 없게 하기 위하여, 유리창에 비치는 석양의 반영과 가옥의 투명한 장밋빛을, 마치 나를 따라와서 나보다 훨씬 기쁘게 구경할 수 있는 아무개인 듯 나 자신에게 가리키는 것이었다. 그러나 내가 이런 신기한 광경을 확인시켜 준 동행자는, 이런 구경에 황홀해 하기 쉬운 수많은 사람들에 비하여 틀림없이 감격성이 덜하였으니, 이런 갖가지 저녁놀의 색깔을 지각하는 데 아무런 희열도 품지 않았으니까.

오랫동안 파리를 떠났음에도 내 이름이 명부에 그대로 남아 있어서, 옛 친지들이 나에게 꼬박꼬박 초대장을 보내와, 집에 돌아와서 그런 초대장을 발견했을 때—특히 라 베르마가 그 딸과 사위를 위해 베푸는 다과회, 또 하나는 내일 게르망트 대공 부인 댁에서 여는 마티네의 초대장—차 안에서 숙고했던 구슬픈 사색도 내게 불참을 권하는 동기로선 부족했다. 굳이 사교 생활을 그만둘 필요야 없지 하고 나는 생각하였다, 오래 전부터 날마다 내일은 시작해야겠다고 벼르던 굉장한 '창작'을 할 몸이 아닌 이상, 아니 그럴 자격이 없는 바에야, 또 어쩌면 창작은 현실과 아무 관계가 없으니까 하고. 사실을 말하자면, 이런 이유는 아주 소극적인 이유이며, 단지 이 사교계의 음악회에 나를 보내지 않으려는 이유의 가치를 덜었을 뿐이었다. 한편 나를 거기에 보내려는 적극적인 이유는 그 게르망트라는 이름이었다. 이 이름이 내 머리에서 떠난 지 오래 된

지라 초대장에서 이를 읽었을 때, 지난날 콩브레에서 귀가하기에 앞서 루아조 거리를 지나는 길에, 게르망트 대감, 질베르 르 모베의 그림유리를 어렴풋한 칠처럼 바깥에서 보았을 때 느꼈던 그 이름에 대한 매혹과 뜻을 나에게 다시 가져왔다. 한순간 게르망트네 사람들이 다른 사교인들, 온 생자들, 설령 왕후이건, 그런 사람들에 비교 안 되는 전혀 다른 사람들처럼 새삼 생각되었다. 게르망트네 사람들이 내가 어린 시절을 보냈던 그 우중충한 콩브레 시가의 까다롭고도 덕성스러운 공기의 태내, 조그만 거리 안, 그림유리를 우러러보곤 한 과거로부터 태어난 존재처럼 새삼 생각되었다. 그러면 마치 나의 어린 시절과 그 무렵의 일이 보이는 내 기억의 밑바닥에 가까이 갈 수 있기나 하듯 나는 게르망트네 댁에 가고 싶었다. 그래서 콩브레라는 이름처럼 친숙하고도 신비로운 이 게르망트라는 이름의 철자가 반향을 일으켜, 다시 독립해, 피곤한 내 눈앞에 나와 친지가 아닌 이름을 그려 낸 듯한 착각이 들 때까지 나는 초대장을 계속해 다시 읽었다. [마침 어머니가, 매우 진저리날지 지레 아는 모임, 사즈라 부인 댁의 작은 다과회에 가서, 나는 아무런 거리낌없이 게르망트 대공 부인 댁에 가기로 했다.]

게르망트 대공 댁에 가려고 마차를 탔다. 게르망트 대공이 옛 저택에 살지 않고, 부아의 큰 거리에 지은 으리으리한 저택에 살고 있었기 때문이다. 사교계 사람들의 결점 중의 한 가지는 상대방이 그들을 믿어 주기를 바란다면, 먼저 그들 자신부터 그걸 믿는 마음을 가져야 하고, 적어도 상대방의 믿음의 근본적인 요소를 존중해야 한다는 것을 깨닫지 못하는 점이라 하겠다. 게르망트네 사람들이 일종의 상속권에 의하여 어느 궁전에 사는구나 하고 내가 믿었던 시절, 설령 그렇지 않은 걸 알아도 그렇게 믿어 마지않던 시절에서, 마법사의 또는 선녀의 궁정에 들어가, 일정한 주문을 외지

않고서는 열리지 않는 문을 내 앞에 열리게 하기란, 마법사 또는
선녀 자신과 만나 이야기를 나누는 거나 매한가지로 어려운 일로
생각되었다. 그 전날에 고용되었거나, 또는 포텔 에 샤보 요리점에
서 보내 온 늙은 급사를, 대혁명 이전부터 가족의 시중을 들어 온
하인들의 핏줄이 아들이나 손자이다 하고 나 자신에게 믿게 하기
란 무엇보다 쉬운 일이었고, 또 지난날 베르넴 죈 화방에서 사들인
초상화를 어디까지나 진심으로 선조의 초상화라고 일컫기도 하였
다. 그러나 매력이란 옮겨 부어지지 않고, 회상이란 나눠지지 않게
마련이라, 게르망트 대공이 부아의 큰 거리로 이사함으로써 나의
믿음의 곡두를 손수 깨뜨리고 만 이제는, 대공에게는 대수로운 것
은 남지 않게 되었다. 내 이름을 알리는 목소리의 울림으로 와르르
무너질까 봐 겁나던 천장, 나로서는 아직도 이전의 매력과 두려움
이 부유하는 듯한 천장은 내게 전혀 흥미 없는 한 아메리카 여성의
환영 야회를 덮고 있었다. 물론 사물은 그 자체로서는 능력이 없
고, 우리가 그것을 사물에 주기 때문에, 현재 어떤 부르주아의 젊
은 중학생이 부아의 큰 거리 저택 앞에서, 지난날 내가 게르망트
대공의 옛 저택 앞에서 가졌던 것과 똑같은 감정을 품을지도 모른
다. 그것은 그 중학생이 아직 여러 믿음의 시절에 있기 때문이다.
그런데 나는 이미 그 시절을 지냈고, 그 특권을 잃은 지 오래였다,
마치 유년기가 지나자 마신 우유를 전부 소화할 수 있는 부분으로
분리시키는 유아의 능력을 잃듯이, 유아는 숨도 돌리지 않고 한없
이 젖을 빨아 대는 반면에 어른은 우유를 조금씩 마셔야 한다. 적
어도 게르망트 대공의 거처가 바뀐 결과는, 나를 데리고 온 마차가
나를 태워 그 안에서 내가 이러한 생각을 하면서 가는 도중에, 샹
젤리제 쪽으로 가는 길을 지나가야 하는 요행을 가져 왔다. 그 무
렵 이 일대의 도로 포장은 엉망이었는데, 그러나 일단 마차를 타고

들어서자, 그래도 이제까지의 사색에서 벗어나서, 형용키 어려운 아늑한 느낌이 솟아나, 마치 어떤 공원의 울짱이 열려 있어, 고운 모래나 낙엽으로 덮인 그 차도를 미끄러져 갈 때처럼, 갑자기 마차는 이제까지보다 수월하게, 부드럽게, 소리 없이 굴러가는 듯했다. 육체적으로는 그런 반응이 없었지만, 마치 우리가 새로운 물건을 대했을 때, 자신도 모르는 가운데 하고 있는 적응, 기대의 노력이, 내게는 이미 없어진 것처럼, 갑자기 외부의 장해가 없어지는 것을 느꼈던 것이다. 그때 내가 가고 있는 길은 지난날 프랑수아즈와 같이 샹 젤리제에 갈 적에 잡았던, 그토록 오랫동안 잊고 있었던 길이었다. 땅은 행선지를 알고 저절로 움직여, 그 저항이 없어지고 말았다. 그래서 이제까지 간신히 지상을 활주하던 비행사가, 갑자기 '이륙' 한 것처럼, 나는 잔잔한 추억의 높다란 하늘로 천천히 상승하였다. 파리에서, 이 거리들은 앞으로 항상 나를 위해서, 여느 거리와는 다른 어떤 물질이 되어 떠오를 것이다. 전에 프랑수아즈가 좋아하는 사진이 노점에 걸려 있던 루아얄 거리의 모퉁이에 이르렀을 때, 마차는 몇백 번도 더 돌던 옛날 버릇 때문에, 저절로 돌 수밖에 없는 성싶었다. 내가 지나가는 길은, 이날 외출한 이들이 걸어가는 것과 같은 길이 아니라, 구슬프게 살그머니 미끄러져 가는 한 줄기의 과거였다. 하기야 그 과거는, 나의 애수의 원인이, 안 오지 않을까 봐 걱정하면서 질베르트를 마중 간 그 걸음 — 알베르틴이 앙드레와 같이 가 있다는 소리를 듣고 내가 찾아왔던 어떤 집으로의 접근 — 점심 뒤, 아직 풀 냄새가 풍기는 갓 붙인 「페드르」나 「검은 도미노」의 포스터를 보려고, 내가 그토록 서둘러 정신없이 달음박질하던 때처럼, 오래 가지도 않거니와 결실도 못 맺는 열정을 못 이겨 수천 번 다닌 그런 길이 가진 듯한 철학적인 의미 — 의 탓이었는지 분간하기 어려울 정도로 수많은 갖가지 과거로 만들어져 있었다. 샹 젤리제에 닿자, 게르망트네 집에서 연주하는 합주를 다 듣고 싶은 마음이 그다지 없으므로, 나는 마차를 멈추게 하고, 몇 걸음 걸어 보고자 내려가려는 바로 그 찰나, 똑같이 멈추고 있는 중인 한 대의 마차를 보고 섬뜩했다. 한 사내가 멍청한 눈, 구부러진 허리를 하고, 마차 안 한구석에 앉아 있다고 하기보다 오히려 놓여 있는 듯 타고 있었는데, 얌전히 굴라는 타이름을 받은 어린애인 양 있는 힘을 다 써서 허리를 똑바로 세우려고 하고 있는 성싶었다. 그러나 그 밀짚모자는 더부룩한 백발을 보이고, 흰 수염은 공원에 있는 강신령의 석상에 내린 눈처럼, 턱에서 흘러내리고 있었다. 그것은 여러 사람의 몫의 일을 하는 쥐피앙의 시중을 받고 있는 중풍 걸린 샤를뤼스 씨의 회복기의 모습이었다. 나는 그가 중풍에 걸린 줄 통 몰랐는데(단지 나는 그가 시력을 잃었다는 말을 들었을 뿐이었다. 그런데 실은 시력이 일시적으로 흐렸을 뿐이어서, 다시 매우 똑똑히 볼 수 있게 되었다), 무엇보다도 달라진 것은 그의 머리털이었다. 이제까지는 머리를 염색하고 있었지만, 이제는 그런 수고는 않기로 한 것이 아니라면, 그의 병은, 그 머리에 참으로 급격한 변화를 주었던 것이었으니, 그 몰락한 늙은 공자(公子)에게 굳이 셰익스피어의 리어 왕 같은 위엄을 주기 위해, 이제는 완전히 은빛이 된 숱 많은 머리와 수염에, 그 포화된 금속을 모조리 간헐온천(間歇溫泉)처럼 한꺼번에 분출시켜, 그 금속을 일종의 화학적 침전물처럼, 반짝반짝 선명한 빛을 내게 하고 있었다. 눈도 머리의 그런 전체의 격변, 야금학적(冶金學的) 변질에서 제외되지 않았는데, 다만 역현상으로, 눈 쪽은, 그 광채를 모조리 잃고 있었다. 하지만 가장 측은하게도, 이 광채와 함께 정신적인 거만이 없어졌다는 것, 따라서 샤를뤼스 씨의 육신 생활에, 아니 정신 생활에서마저, 한때는 이 두 가지 생활과 혼연일치를 이루던 오만불손한 귀족적인 긍지가 가뭇없이 되고 말았다는 느낌이 드는 것이었다. 이 순간에 역시 게르망트 대공 댁에 가는 길인지, 생 퇴베르트 부인(남작이 시크한 여인이라고 여기지 않던)이 무개사륜마차를 타고 지나갔다. 어린애의 시중을 들 듯이 남작을 돌보고 있던 쥐피앙이 남작에게, 친지되시는 생 퇴베르트 부인입니다 하고 속삭거렸다. 그러자, 아직 무리인데도 온갖 동작을 다할 수 있는 걸 보이고 싶은 병자의 온 열심과 무한한 고통과 더불어, 샤를뤼스 씨는 모자를 벗고 허리를 굽혀, 마치 상대가 프랑스 여왕이나 되는 듯, 공손히 생 퇴베르트 부인에게 절했다. 샤를뤼스 씨가 억지로 그와 같은 절을 한 데에는, 어쩌면 그로서는 그럴 만한 이유가 있었는지도 모르니, 병자로서는 고통스럽지만, 그와 같은 칭찬 받을 만한 행위가 받는 쪽의 마음을 기쁘게 하여, 더욱더 감동시키리라고 알고 있었나 보다. 병자란 나랏님같이 인사를 과장하게 마련이니까. 또는 어쩌면 남작의 동작 속에 신경과 뇌수의 혼란에서 비롯하는 무질서가 있어 가지고, 그 몸짓이 그가 뜻한 바의 의도를 앞지르고 있었는지도 모른다. 나로 말하면, 오히려 거기에, 이미 저승에 끌려 들어간 망자의 현저한 특징인 거의 육체적인 일종의 유약(柔弱), 생명 실체(實體)의 이탈을 보았다. 머리털의 은광맥의 노출도, 이 같은 무의식적인 사교적 겸양에 비하면, 그다지 심각한 변화를 나타내는 것은 아니었다. 그의 겸손은 온갖 사회적 관계를 전도(轉倒)시킴으로써, 생 퇴베르트 부인 앞에서, 가장 오만하고 체통을 아끼던 자신의 콧대를 꺾어 버렸던 것이다. 아마도 최하급의 미국 여자 앞에서도, 약점을 드러내어 맥없이 굴복하고 말 것이다(따라서 그 여자는 이제까지는 자기를 거들떠보지도 않던 남작에게서 정중한 대접을 받게 될 것이다), 왜냐하면 남작은 아직 살아 있으며, 사고 능력을 잃지 않았기 때문이다. 곧, 지능은 병들지 않았던 것이다. 아무튼, 오이디푸스 왕의 손상된 자존심을 노래하는 소포클레스의 합창보다도, 죽음 자체보다도, 어떠한 추도사보다도, 남작이 채신없이 생 퇴베르트 부인에게 한 겸손한 절은, 지상의 화려한 권세욕, 온갖 인간의 교만한 자랑 같은 것의 처량한 말로(末路)를 말해 주고 있었다. 전 같으면 도저히 만찬을 같이하지 않았을 생 퇴베르트 부인에 대하여, 샤를뤼스 씨가 이제 이마가 땅에 닿도록 고개를 숙였던 것이다. [그는 상대방의 지체를 모르고 절을 했던 것일까(병 때문에 기억의 한 부분이 몽땅 상실되듯이, 사회법전의 조항이, 소멸될 가능성도 있으니까), 또는 지나가는 부인의 신분을 잘 알 수가 없었기 때문에 ─ 잘 알았다면 도도하게 굴었을 테지만 ─ 그것을 얼버무리기 위해서, 겉으로 겸손하게 꾸며 보이는, 어색한 임시변통을 위해 절을 했을지도 모른다. 요컨대 그는, 어머니의 부름을 받은 아이들이, 높은 사람들 앞으로 머뭇거리면서 인사를 하러 오는 그런 정중한 태도로 부인에게 절을 했던 것이다. 이제는 그와 같은 아이들이 지니는 자존심마저도 없는, 그런 한 사람의 아이가 되어 버렸던 것이다.] 전에는 부인에게 경의를 안 보이는 일이 샤를뤼스 씨의 거만한 거드름이었지만, 이제는 남작에게서 경의를 받는 일이 부인의 거만한 거드름이 되었다. 뿐만 아니라, 지난날 생 퇴베르트 부인으로 하여금 믿게 만드는 데에 성공했던 그의 본질인 그 접근하기 어려운 고귀한 기질을, 이제야 샤를뤼스 씨는 남을 어려워하는 수줍음, 흥분해서 주뼛거리면서 모자 벗는 손짓을 통해 단번에 없애 버렸다. 그리고 그 순간 모자에서 흘러 나온 은빛 머리털의 급류는, 상대방에게 경의를 표하느라고 모자를 벗은 채로 있는 동안, 한바탕 보쉬에(Bossuet) 같은 웅변으로 넘쳐 있었다. 쥐피앙이 남작을 부축해 내리고, 내가 남작에게 인사를 하자, 그는 매우 빠른 말을, 뭐라고 지껄이고 있는지 내가 분간 못 하리만큼 알아들을 수 없는 소리로 해서, 내가 세 번이나 되묻자, 그는 안타까움의 몸짓을 지었으나, 아마도 후유증이 있었는지, 놀랍게도 얼굴 쪽은 처음부터 무감각하여 아무런 표정도 보이지 않았다. 그러나 겨우 중얼거리는 말의 최약음(最弱音)에 익숙해지자, 나는 이 병자가 지능을 오롯하게 간직하고 있다는 것을 알아챘다. 그리고 다른 여러 샤를뤼스 씨를 제쳐놓고, 두 부류의 샤를뤼스 씨가 거기에 있었다. 두 부류 중, 지적인 쪽은 자기가 실어증에 걸리기 시작하여 어떤 낱말이나 어떤 철자의 발음이 번번이 다른 소리로 나오는 데에 항상 속을 태웠다. 그러나 그렇게 실수를 하자마자, 잠재의식 쪽의 또 하나의 샤를뤼스 씨는 남의 동정을 갖고도 남을 만큼 충분히 남의 부러움을 사려고, 본래의 샤를뤼스 씨라면 경멸했을 겉멋을 부려, 마치 연주자들을 당황케 하는 오케스트라의 지휘자처럼 시작한 첫마디를 딱 중단하고, 사실 틀리게 말한 낱말을 짐짓 골라서 한 양으로 보이려고, 그것에 딱 들어맞는 다음 말을 솜씨 있게 잇는 것이었다. 기억력도 그 전대로였다. 하기야 왕년의 명석한 두뇌를 그대로 간직하고 있음을 또는 전부 되찾고 있음을 내게 보이려는, 조금도 대단치 않은, 오래 된, 내게 관한 어떤 추억을 일으키게 하여 빌붙으려고 하였지만, 그것이 매우 힘드는 노력 없이는 되지 않았다. 머리도 눈도 움직이지 않고, 그 어조에 단 하나의 억양도 붙이지 안고, 예를 들어, "여기에 있는 광고판, 그렇지, 이것에 붙인 것과 똑같은 광고지 앞에서 당신을 처음 뵈었지, 아브랑슈였던가, 아냐 틀려, 발베크였지" 하고 나에게 말했다. 그리고 그것은 사실 같은 상품의 광고였다.

처음엔 그가 무슨 말을 하는지, 마치 휘장을 전부 친 방안에 들어서자 처음에 조금도 안 보이듯 거의 분간 못 하였다. 그러다가 희미한 빛 속의 눈처럼, 내 귀는 오래지 않아 그 최약음에도 익숙해졌다. 그리고 또 남작이 지껄지껄하는 동안에 그 소리가 점점 더 커져 가는 듯한 생각이 들었다. 그것은 그의 음성이, 약간 신경질적인 걱정 때문에 약해졌다가, 다른 일에 정신이 팔려서, 그만 다른 생각을 하는 동안에, 그 걱정이 사라져 버림으로써, 목소리가 저절로 높아졌을지도 모르고, 또 반대로, 그의 음성이 약한 것은, 그의 실제 증상과 관련이 있었지만, 이야기를 하다가, 고의적이고 일시적인, 어느 쪽이냐 하면 불길한 흥분에 의하여, 곧 아무것도 모르는 사람이라면, '이 사람은 다 나았어, 걱정할 필요는 없어' 하고 말할지도 모르지만, 알고 보면 당장에라도 재발될 병을 도리어 더 도지게 하는, 일종의 흥분에 의하여, 부지중에 음성에 힘이 가해졌을지도 모른다. 어쨌든, 이때 남작은(내가 잘 알아들을 수 있도록 배려까지 하면서) 그 말을 한층 강하게 발음했던 것이다, 마치 날씨 거친 날에, 만조가 용솟음치는 파도의 폭을 좁혀, 한층 강하게 물가를 때리듯이. 그리고 또, 최근에 있었던 그의 발작의 흔적은, 물결에 밀리는 조약돌 같은 소리를, 그 말의 밑바닥에 울리게 하고 있었다. 하지만 아마 자기가 기억력을 잃지 않았음을 내게 더 잘 보이려고선지, 과거의 일을 계속 말하면서, 과거를 구슬픈 투로, 그러나 비애의 정 없이 회상시켰다. 이미 이승에 없는 그의 가족 또는 사교계 인사들의 이름을 모조리 주워섬겼는데, 그들이 이제 이승에 없다는 비애보다도, 그들한테서 살아남았다는 만족감을 품고 있는 성싶었다. 그들의 죽음을 상기함으로써 제 건강의 회복을 더욱 잘 의식하고 있는 성싶었다. 거의 상대를 이겨 낸 듯한 냉혹성과 더불어 한결같은, 약간 더듬거리는 말투, 무덤에서 나오는 듯한 은은한 울림이 나는 말투로 되뇌었다, "안니발 드 브레오테 죽었지! 앙투안 드 무시 죽었지! 샤를 스완 죽었지! 아달베르 드 몽모랑시 죽었지! 보종 드 탈레랑 죽었지! 소스텐 드 두도빌 죽었지!"라고 말할 적마다, 이 '죽었지'라는 낱말은, 그들을 더욱 더 깊게 무덤 속에 처박으려고, 무덤 파는 사람이 던진 보다 무거운 한 삽의 흙처럼 망자 위에 떨어지는 듯한 생각이 들었다.

레투르빌 공작 부인이 이 순간 도보로 우리 곁을 지나갔다. 오랜 병고를 치른 뒤라서, 게르망트 대공 부인 댁의 마티네에 가는 길이 아니었다. 그녀는 지나가다 남작의 모습을 언뜻 보고, 그의 최근의 발작을 모르고서, 단지 인사하려고 걸음을 멈추었다. 이번 병고를 치르고 난 그녀는, 남의 병고에 돈담무심하여, 보아하니 상대를 몹시 측은히 여기는 모양이나, 지긋지긋하다는 듯 참을성 없이 기분 나빠하였다. 남작이 어떤 낱말을 발음하기가 어렵고 틀리는 걸 듣고, 팔이 마음대로 안 움직이는 걸 보고 나서, 그녀는 그와 같은 어이없는 현상의 설명을 구하려는 듯 쥐피앙과 나를 번갈아 바라보았다. 우리가 다 아무 말도 하지 않으니까, 이번엔 샤를뤼스 당자에게, 슬픔에 가득 찬, 동시에 책망에 가득 찬 눈길을 물끄러미 던졌다. 마치 그녀는, 그가 타이도 신발도 없이 외출한 거나 진배없는 별난 꼴로 바깥에서 그녀와 대면했음을 책하는 듯하였다. 남작이 또다시 발음을 틀리게 하자, 공작 부인의 답답함과 분개가 치밀어 올라, 그녀는 남작한테 "팔라메드!"라고 냅다 쏘아 댔다. 그것은, 1분도 참고 기다리지 못하는 이를, 곧 들어오게 하여, 몸단장을 마치는 동안만 기다려 주십사고 말하자, 미안하다는 뜻을 말하기는커녕 비난하려고, 마치 폐를 당하는 쪽에 죄가 있기나 하듯, "허어 참, 폐가 많군요!" 하고 쓰디쓰게 말하는 너무나 신경질적인 인간의 격노와 힐문의 가락이었다. 마침내 그녀는 남작에게, "집에 돌아가시는 편이 좋겠군요"라고 말하면서, 더욱더 마음이 상한 모양으로 우리 곁을 떠났다.

쥐피앙과 내가 잠시 근처를 거니는 동안 샤를뤼스 씨는 의자에 앉아 있겠다고 말하고 나서, 호주머니에서 기도책인 성싶은 책 하나를 간신히 꺼냈다. 나는 어렵지 않게 쥐피앙의 입을 통해 남작의 건강 상태에 관한 자세함을 잘 들을 수 있었다. "오래간만에 같이 얘기하니 퍽 기쁘군요" 하고 쥐피앙은 내게 말했다, "그러나 롱 푸 앙(옮긴이: Rond Point. 원형광장, 로터리) 이상 멀리는 가지 마시자구요. 덕분에 남작께서 지금은 별탈 없지만, 그래도 오랫동안 혼자 내버려 두지는 못합니다. 여전하시거든요, 너무나 인심이 좋으셔서, 가진 걸 몽땅 남에게 주기가 일쑤거든요. 그뿐입니까, 아직도 젊은이처럼 난봉기가 남아 있어, 내가 늘 눈을 크게 뜨고 감시하지 않을 수 없답니다." ─ "남작의 눈이 좋아졌으니 더욱 그렇겠군"라는 나의 대답, "전에 시력을 잃었다는 소문을 듣고 몹시 상심됩디다." ─ "사실 중풍이 거기에도 나타나서, 통 안 보였답니다. 하기야 치료가 용케 효험을 냈지만, 그 치료 중의 여러 달 동안 타고난 소경처럼 통 보지 못했죠." ─ "그럼 적어도 그 동안만은 그 방면의 감시를 하지 않아도 무방했겠네?" ─ "천만의 말씀, 어느 호텔에 닿자마자 저이는 나에게 저 급사는 풍모가 어떠냐고 물어 보곤 한걸요. 소름끼치는 녀석들뿐이라고 내가 확언하곤 하였습니다만. 그래도 어디나 한결같을 수 없다는 걸, 내가 때로는 거짓말을 하는 게 틀림없다는 걸 썩 잘 알아차렸죠. 저 엉큼한 주책바가지가! 게다가 뭔가 특별난 후각을 가졌거든요, 잘 모르지만 어쩌면 목소리를 통해 맡아 내나 봐요. 그러면 나를 화급히 심부름 보내려고 적당히 일을 꾸며 내죠. 어느 날 ─ 이런 일을 말씀드리는 걸 용서하시기를, 하지만 언젠가 우연히 그 '복마전'에 들어오신 당신이고 보니, 뭘 숨기겠습니까, (하기야, 그는 자기가 쥐고 있는 비밀을 진열하는 데 어지간히 몰인정한 만족을 빈번히 느꼈다.) ─ 나는 이른바 화급하다는 심부름을 마치고 돌아왔습니다,

일부러 보낸 심부름인 줄 잘 아는지라 부랴사랴 돌아와서, 남작의 방에 가까이 가니, 그 순간 어떤 목소리가 '뭐요?' 하고 말하는 게 들려요. '뭣, 그럼 처음이었나'라는 남작의 대꾸. 나는 노크 없이 들어갔지요, 그때 내가 얼마나 놀랐는지! 남작은 목소리, 보통 그 나이 또래의 것으로 치고는 과연 굵은 목소리에 속아서(또 그 무렵 남작은 눈 뜬 소경이었다고는 하지만), 전에는 주로 성인 남자만 사랑하던 사람이, 열 살쯤 되어 보이는 아이하고 같이 있었거든요."

그 무렵 남작은 거의 날배나 조울증(躁鬱症) 같은 발작에 빠졌다는 얘기였다. 그 현저한 징후로 말할 것 같으면, 반드시 헛소리를 할 뿐 아니라, 그가 여느 때는 숨겨 왔던 의견, 예를 들어 친독주의를, 제삼자 앞에서 남이 있다는 것도, 매서운 눈이 노려보고 있다는 사실도 잊고서, 큰 목소리로 털어놓는 형편이었다고 한다. 그래서 대전 뒤 오랫동안, 그는 자기 자신을 독일인의 수효 중에 넣고, 독일의 패배를 한탄하며, 오만하게 왈 "두고 보라지, 우리는 복수를 하지 않고서는 못 배긴다 이 말씀야, 왜 그런고 하니, 훨씬 완강히 저항하는 힘을 가지고 훨씬 뛰어난 조직을 가지고 있던 게 우리라는 걸 증명했으니까." 또는 그의 속내이야기가 다른 가락을 띠고, 골이 나서 "모 각하나 모 공작도 어제까지 지껄이던 걸 소생한테 되풀이하려고 오지 않는 게 좋아, 소생은 말씀야, '자네들 역시 나와 한통속이 아닌가' 하고 대꾸해 주고 싶은 걸 이를 악물고 꾹 참고 있으니까"라고 외치는 것이었다. 샤를뤼스 씨가 그와 같이, 이른바 '제정신'이 아닌 순간에, 친독파다운 언사를 입 밖에 냈을 때, 쥐피앙이나 또는 게르망트 부인이나, 그 자리에 있는 주위 사람이, 그런 경솔한 언사를 가로막고, 그다지 친숙하지 않고 입이 싼 제삼자에게, 그 무모한 언사의 변명, 억지로 지어냈지만 그런 대로 체면이 서는 변명을 하는 게 보통이었음은 두말할 나위도 없다.

"저런" 하고 쥐피앙이 소리쳤다. "남작의 곁에서 떨어지고 싶지 않더라니. 저 꼴 좀 보십쇼, 벌써 그 수를 써서 젊은 정원사와 얘기하고 있군요. 그럼 안녕히 계십쇼, 이만 실례하는 게 좋겠습니다, 잠시도 저 병자를 혼자 내버려 두지 말아야지, 이젠 아주 큰 어린애가 되어 놔서."

게르망트 대공 부인 댁에 닿기 좀 앞서 나는 마차에서 다시 내려, 그 전날, 프랑스에서 가장 아름답다는 한 들판에서, 늘어선 수목 위에 낙조와 어둠이 가르는 선을 묘사해 적어 두고 보려고 했던 때의 그 피로와 권태를 다시 생각해 보았다. 물론 그때에 꺼낸 지적인 결론은 오늘 그만큼 잔인하게 내 감수성을 슬프게 하지 않았다. 결론은 그대로 남아 있었다. 그러나 습관에서 벗어나, 다른 시간에 새 장소에 나오는, 평소와 같이 나는 어떤 생생한 기쁨을 느꼈다. 하기야 오늘의 기쁨은, 게르망트네의 부인 댁의 마티네에 간다는, 순전히 경박한 기쁨인 성싶었다. 하지만 경박한 기쁨 이상의 그 무엇에도 도달 못 하리라는 걸 알고 있는 지금에 와서, 그 기쁨을 나 스스로 금해 본댔자 무슨 소용이 있겠는가? 그 풍경의 묘사를 시도하면서, 재능의 유일한 표준이 아니더라도 재능의 첫 표준인 예술적 감격 같은 것을 하나도 느끼지 못했음을 나는 상기해 보았다. 지금 나는 기억 속에서 다른 '스냅 사진', 특히 기억이 베네치아에서 찍었던 몇 가지 스냅 사진을 꺼내 보려고 하였지만, 베네치아라는 낱말이 머리에 떠오르기만 하여도 내 기억은 사진 전람회처럼 권태로운 게 되고 말아, 전에 구경했던 것을 지금 묘사하는데, 면밀하고도 서글픈 눈으로 사물을 관찰한 어제의 그 순간과 마찬가지로, 이미 아무런 흥미도 아무런 재능도 느끼지 않았다. 조금 있으면, 매우 오랫동안 만나지 않던 여러 친구가 내 손을 잡고, 다시는 그렇게 고독하게 지내지 말고 그들을 위해 시간을 내어 달라고 틀림없이 청하겠지. 그들의 청을 거절할 만한 이유가 내게 하나도 없었으니, 나는 이제사, 내가 아무짝에도 소용없는 인간이며, 문학도(너무나 천부의 재능이 없는 내 탓이기도 하고, 만일 문학이 내가 믿어 마지않던 만큼의 참을 과연 지니지 않았다면, 또한 문학의 탓이기도 하지만) 내게 아무런 기쁨도 일으키지 못한다는 점을 파악하였기 때문이다.

베르고트가 나한테 했던 '병약하시다고요, 그러나 안됐다고만 할 수 없는 게, 이지의 기쁨이 당신에게 있으니까'라는 말을 생각해 보니, 베르고트가 나를 얼마나 잘못 보았었는지! 열매를 못 맺는 이 명석함에 얼마나 기쁨이 적었는지! 이따금 기쁨(이지의 기쁨이 아니고)을 느낀 적이 있었더라도, 나는 그것을 그때그때에 다른 여인 때문에 낭비해 왔다고 덧붙여 말해 두겠다. 그래서 운명이 설령 내게 100세의 수명을 더 병약 없이 준다 하더라도, 그것은 한 생존에 길이만 연거푸 덧붙일 뿐, 수명이 더 길어진들 아무런 흥미도 느끼지 않을 테니, 하물며 더욱더 긴 수명이야. '이지의 기쁨'이라니, 나의 명석한 눈이나 이성이 기쁨도 없이 정확히 적어 둔 채 아무것도 낳지 않는 그 차디찬 확인을 내가 과연 그렇게 부를 수 있었을까?

그렇긴 하지만 우리를 구할 수 있는 계시가, 모든 걸 잃은 듯싶은 순간에 이따금 온다. 온갖 문을 다 두드려 보았지만 열리지 않다가, 들어갈 수 있는 단 하나의 문, 100년 동안 찾아본댔자 허탕쳤을 것 같은 문에, 그런지 모르고 부딪치고, 그러자 문은 스르르 열린다. 금방 말한 바와 같은 구슬픈 사념을 머릿속에 굴리면서, 나는 게르망트네 저택의 안마당에 들어갔다. 그런데 방심하여 나는 한 대의 차가 다가오는 걸 보지 못했다가, 운전사의 고함에, 겨우 몸을 재빨리 비켜, 뒤로 물러나는 겨를에, 차고 앞에 깔린 반듯하지 못한 포석에 발부리를 부딪쳤다. 몸의 균형을 다시 잡으려고, 부딪친 것보다 좀 낮게 깔린 다른 포석에 또 한쪽 발을 딛는 순간, 지금까지의 실망은 커다란 행복감, 나의 인생의 각 시기에, 예컨대 발베크의 부근을 마차로 산책했을 적에 내가 인식할 줄로 여긴 수목의 조망이라든가, 마르탱빌 종탑의 조망이라든가, 달인 물에 담근 마들렌의 한 조각 맛이라든가, 그 밖에 내가 얘기한 수많은 감각, 뱅퇴유의 최후 작품에 총합되고 있는 성싶던 감각이 나에게 주었던 것과 똑같은 행복감 앞에 가뭇없이 사라졌다. 마들렌을 맛보던 순간에 그랬듯이, 미래에 대한 온갖 불안, 온 지적인 의혹이 운산무소(雲散霧消)되었다. 아까 나의 문학적 재능의 실재와 문학 자체의 실재에 관해 나를 괴롭힌 의혹은 마법에 걸린 듯 없어지고 말았다. 아까 좀처럼 안 풀리던 난문이, 하등 새로운 따져 봄도 없이, 아무런 결정적인 논증도 찾음 없이, 온 중요성을 잃고 말았다. 물에 담근 그 마들렌 한 조각을 맛보던 날 그랬듯, 그 까닭을 모르는 채 단념하고 마는 짓을, 이번에야말로 결단코 하지 않겠다고 결심하였다. 내가 이제 막 맛본 행복감은 과연 그 마들렌을 먹으면서 맛보았던 그것, 그때에 그 깊은 이유를 추구하기를 후일로 미루던 것과 동일한 것이었다. 단지 순전히 물질상의 다름이, 환기된 심상 속에 있었다. 깊은 하늘빛이 내 눈을 도취케 하였고, 서늘함의 인상이, 눈부신 일광의 인상이 내 주위를 맴돌고, 또 그것을 파악하고 싶어, 마치 그 마들렌의 맛을 음미하면서 그것이 내게 상기시키는 것을 자아에까지 다다르게 하려고 노력했었을 때와 마찬가지로 꼼짝도 하지 않은 채, 수많은 운전사의 무리를 웃겨도 좋다는 각오로, 아까 자세, 한쪽 발이 좀 높은 포석 위에, 또 한쪽 발이 좀 낮은 포석 위에 놓고, 비틀대는 자세 그대로 있었다. 나는 제자리걸음으로 몇 번 다시 디뎌 보았으나 소용없었다. 그러다가 게르망트네의 마티네도 잊어버리고서, 발을 그 모양으로 디딘 채 아까 느낀 감각을 용케 되찾은 건, 다시금 눈부시고도 몽롱한 환상이 나를 스쳐, 마치 나한테 '자네에게 그만한 힘이 있다면 지나가는 결에 나를 붙잡게나, 그리고 내가 자네에게 제출하는 행복의 수수께끼를 푸는 데 애써 보렴' 하고 속삭이는 듯했을 때였다. 그러자 거의 당장, 나는 인식했다, 그것은 베네치아였다. 묘사해 보려고 기쓴 내 노력도, 나의 기억이 찍은 이른바 스냅 사진도, 이때까지 베네치아에 대해 한마디도 들려주지 않았었는데, 지난날 산 마르코 성당의 영세소의 반듯하지 못한 두 포석 위에서 느꼈던 감각이, 그날 그 감각과 결부된 다른 갖가지 감각과 더불어, 지금 베네치아를 나에게 소생시킨 것이었다. 망각한 세월의 계열에 들어가 대기하고 있던 그러한 감각을 한 급작스런 우연이 긴급하게 그 열에서 나오게 한 것이었다. 프티트 마들렌의 맛이 콩브레를 상기시켰던 것도 이와 같았다. 그럼 어째서 콩브레와 베네치아의 심상이, 그 각 순간에, 별다른 표적이 없는데도 나로 하여금 죽음마저 아랑곳하지 않게 만드는 일종의 확신과 같은 기쁨을 가져다 주었는가?

이를 생각하면서, 오늘에야말로 그 대답을 찾고 말겠다고 결심하면서, 나는 게르망트네 저택 안으로 들어섰으니, 그도 그럴 것이, 항상 우리는 내적인 일을 마치기 전에, 지금 맡아 하는 표면상의 소임을 먼저 마치게 마련이라, 이날 초대받은 손님으로서의 소임이 내게 있었기 때문이다. 그러나 2층에 이르자, 우두머리 급사가 나에게 부탁하기를 대공 부인께서 연주 중에 문을 열지 말라고 하셨으니까, 지금 연주하는 곡이 끝날 때까지 잠시 끽연실에 인접한 작은 서재실에 들어가 있으라고 했다. 그런데 바로 이 순간 두

번째 계시가 와서, 반듯하지 못한 두 포석이 준 첫번째 계시를 더 강하게 하고, 내 일을 더 끈기 있게 해 보라고 격려했다. 과연 하인 하나가 잡음을 내지 않으려고 애씀에도 보람없이 숟가락을 접시에 쟁그랑 부딪친 직후였다. 반듯하지 못한 포석이 내게 주었던 것과 같은 유의 행복감이 나를 엄습했다. 내가 느낀 건 이번도 역시 심한 더위의 감각이면서도, 빙 둘러싼 산림의 서늘한 냄새로 눅눅해진 담배연기 냄새가 섞여 있는 점에서, 전혀 다른 감각이었다. 그리고 지금 그렇게 매우 쾌적하게 생각되는 것이, 관찰하는 데 묘사하는 데 지긋지긋했었던 그 늘어선 수목과 동일한 것임을 나는 알아챘다. 나는 그 수목을 앞에 두고 일종의 현기증을 느껴, 열차 안에서 맥주병의 마개를 뽑고 있을 때의 심정이 들었던 것이다. 그토록 접시에 부딪친 숟가락의 쟁그랑 소리와 비슷한 소리는 내가 제정신으로 돌아오기 전에, 그 작은 숲 앞에 기차가 정지하는 동안 차바퀴의 뭔가를 수리하고 있던 철도원의 쇠망치소리의 곡두를 내게 주었던 것이다. 그러고 나서 이날 나를 실망으로부터 끌어내, 문학에의 신뢰를 회복시켜 줄 표징이 자꾸만 불어나갔다고나 할까. 오래 전부터 게르망트 대공을 섬겨 온 우두머리 급사가 나를 알아보아, 서재에 들어가 있는 나에게, 일부러 끽연실에 갈 필요 없게, 비스킷을 담은 그릇과 오렌지 주스를 가져다 줘, 나는 받아든 냅킨으로 입을 닦았다. 그러자 곧, 『아라비안 나이트』에 나오는 인물이, 자기를 멀리 옮겨다 줄 온순한 정령을, 제 눈에만 보이게 출현시키는 주문을 그런지 모르고 정확하게 다 외었을 때처럼, 하늘빛의 세 환상이 내 눈앞에 지나갔다. 그러나 이번엔 맑고 소금기 있는 환상이며, 그것이 푸르스름한 유방 형태로 부풀었다. 그 인상이 어찌나 강한지, 내가 살아 온 과거의 순간이 현재의 순간인 듯, 정말 내가 게르망트 대공 부인의 환대를 받을까 아니면 모든 게 거품처럼 꺼지지 않을까 의심스러웠던 날보다 더 얼떨떨해져, 하인이 이제 막 바닷가로 면한 창문을 열고, 모두가 만조가 된 방파제를 따라 산책하러 내려오라고 나한테 권하고 있는 것만 같은 그런 느낌이 들었다. 입을 닦으려고 집은 냅킨은, 발베크에 도착하던 첫날에, 창가에서 내 몸에 묻은 물기를 닦기가 그토록 힘들던, 풀을 빳빳이 먹인 냅킨과 바로 같은 종류였고, 그리고 이제 게르망트 저택의 책장 앞에서, 주름과 줄이 빳빳이 선 냅킨은, 공작의 꼬리처럼 청록색 바다의 날개를 펼치고 있었다. 게다가 나는, 단순히 그런 색채만을 즐기고 있는 것이 아니라, 그 색채를 떠오르게 하는, 나의 지나간 생활의 온전한 한순간을 즐겼으니, 그 한순간이야말로, 일찍이 색채에 대하여 목마르게 희구하던 것이자, 발베크에서는 어쩐지 지치고 서글픈 그 감정 때문에 마음껏 즐길 수 없었던 것인데, 그것이 지금 외적 지각 속에 있는 어떤 불완전한 것을 떨쳐 버리고, 순수하고도 비구상적으로 나의 가슴을 환희로 부풀게 하였다.

연주되고 있는 곡은 머지않아 끝날 테고, 나는 살롱으로 들어가야만 할 것이다. 그래서 나는 방금 짧은 시간에 세 번이나 느낀 똑같은 기쁨을, 그 본질 속으로 들어가서 되도록 빨리 파악한 다음, 다시 거기에서 끌어내야 할 교훈을 밝혀 내고자 애썼다. 나는 이제 어떤 사물에서 얻은 참된 인상과, 의지를 가지고 상기하고자 애쓸 때에 마음대로 얻을 수 있는 인위적인 인상과의 사이에 있는 극심한 동떨어짐에서 주저하거나 하지는 않았다. 제 자신이 사랑 받았던 지난 나날을 스완이 비교적 무관심하게 얘기할 수 있었던 건, 그 말 밑에 그 지난 나날과는 다른 것을 보고 있었기 때문이고, 또 뱅퇴유의 소악절이 스완에게 급격한 고통을 일으켰던 건, 그것이 그 나날 자체를 그가 느꼈던 그대로 소생시켰기 때문임을 똑똑히 상기하면서 나는, 반듯하지 못한 포석의 감각, 냅킨의 빳빳함, 마들렌의 맛 같은 게 내게 환기시켰던 것은, 내가 여러 번 틀에 박힌 한결같은 기억의 도움으로, 베네치아·발베크·콩브레를 떠올리고자 애쓰던 것과 아무런 관계없다는 걸 너무나 잘 깨달았다. 또 삶이 때론 아름답게 보이더라도, 결국 하찮게 생각되는 건 당분간의 삶과는 전혀 다른 것에 의하여, 곧 삶의 아무것도 간직하지 않은 심상에 의하여 삶을 판단하고 과소평가하기 때문임을 깨달았다. 이 깨달음에 곁들여 내가 겨우 유의한 것은, 실제의 인상들 하나하나 사이에 있는 동떨어짐이란 ─ 삶의 천편일률적인 묘사가 도저히 실제와 비슷할 수 없다는 걸 설명해 주는 동떨어짐이란 ─ 그것은 아마도 다음과 같은 사실에 기인한다는 점이었다. 곧 우리가 생애의 어느 시기에 입 밖에 낸 극히 사소한 말, 매우 미미한 몸짓은, 논리적으로 그것과 아무런 관계 없는 것으로 둘러싸여, 그 위에 관계없는 것들의 반영이 비치고 있다. 과거의 말이나 몸짓을 그렇게 격리시키고 마는 건 지성인데, 뒤에 가서 추리해 보려고 해 본댔자 외부에서는 아무것도 얻지 못한다. 그러나 그 내부에는 ─ 여기저기에, 또는 시골 레스토랑의 꽃이 만발한 생울타리를 물들이는 장밋빛 저녁놀, 시장기, 여자에 대한 욕망, 사치를 좇는 기쁨, 또는 옹딘(옮긴이: ondine, 북유럽 신화에 나오는 물의 요정)의 어깨처럼 물 위에 어른어른 떠오르는 악절의 단편들을 싸면서, 굽이치는 아침의 푸른 파도 같은 것이 있는 ─ 극히 간단한 몸짓이나 말은, 밀봉한 무수한 항아리 속에 들어간 듯이, 갇힌 채로 남고, 그 항아리마다에는, 다른 것하고는 절대로 다른 빛이나 냄새나 기후를 내포한 것이 가득 차 있다. 뿐만 아니라, 끊임없이 변해 온 우리들의 세월과 같은 높이에 배치되어 있는 그 항아리들은, 비록 단순한 꿈이나 신념만의 변화일지라도, 그것을 정확히 나타내면서, 모두 저마다 다른 높이에 위치하여, 우리들에게 변화무쌍한 한 대기(大氣)의 권층(圈層)과 같은 느낌을 주는 것이다. 하기야 이 변화가 우리로 하여금 모르는 사이에 그 항아리들을 완성시켜 왔는지 모른다. 그러나 갑자기 우리에게 되돌아오는 추억과 우리의 현재 상태와의 사이의 동떨어짐은, 다른 시간이나 장소나 세월에서의 두 추억 사이의 동떨어짐과 마찬가지로, 저마다 특수한 개성을 제외하고도 역시 비교되지 않을 정도다. 그렇다, 추억이, 망각의 덕택으로, 그 자신과 현재 순간과의 사이에 전혀 유대를 맺지도, 전혀 연쇄를 잇지도 못하고, 그 자리에, 그 날짜에 머물러, 또는 골짜기의 구덩이 속에 또는 산꼭대기의 맨 끝에서 그 동떨어짐과 고립을 지켜 왔더라도, 갑자기 새로운 공기를 우리에게 호흡시킬 수 있는 건, 바로 그 공기가 지난날 우리가 호흡했던 공기이기 때문이고, 이 공기야말로, 시인들이 낙원에 넘치게 하려고 헛되게 시도했던 것보다 더 맑은 공기, 과거에 이미 호흡한 일이 있고 나서야 비로소 그와 같이 깊은 소생의 감각을 불러일으킬 수 있는 공기이니, 왜냐하면 참된 낙원이란 일단 잃어버린 낙원이기 때문이다.

이러한 생각을 더듬다 보니, 나는 자신이 확고한 결심도 않고, 단지 착수만이 남은 듯이 생각하고 있던 예술 작품이, 커다란 곤란에 봉착하리라는 것을 깨달았다. 왜냐하면 잇따라 연속되는 부분을, 말하자면 질이 다른 재료로 이어 가야만 할 테니까. 재료는 무척이나 다를 것이다. 예를 들어 바닷가 아침의 또는 베네치아 오후의 추억에 알맞는 것으론 명확한 것, 새로운 것도 있고, 투명한 것, 특별한 음향을 내는 것도 있고, 촘촘한 것, 서늘한 것, 장밋빛 도는 것도 있을 테고, 만일 내가 리브벨의 저녁을 묘사하고 싶어한다면, 정원 쪽으로 열린 식당 안에 더위가 차차 녹고, 흐무러지고, 저물어 가기 시작하는 황혼도 있고, 마지막 한 줄기의 저녁놀이 아직

레스토랑의 담장 위의 장미꽃을 비추고 있는 동안 하늘에는 낮의 수채화 흔적이 보이는 황혼도 있는 정도로 재료가 매우 다를 것이다.

나는 빠른 속도로 그런 모든 것들 위를 건성건성 지나쳐, 그 행복감과, 거기에 반드시 따르는 확실성의 원인을 꼭 찾아내야만 한다. 옛날부터 미루고 또 미루어 온 탐구였지만, 오늘은 그 필요를 더한층 절실히 느낀다. 그런데 그 원인을, 나는 저 갖가지 즐거운 인상을 서로 비교함으로써 판별하였는데, 거기에는 현재 순간에 내가 그 갖가지의 즐거운 인상을, 현재의 이 순간에도 아득한 과거의 순간에도 동시에 느껴, 어찌나 과거를 현재로 파고들게 하는지 두 시간 중 어느 쪽에 내가 있는지 나로 하여금 아리송하게 한다는 공통점이 있었다. 사실 그때 내 속에서 즐거운 인상을 음미하고 있는 인간은, 그 인상 속에 있는 옛 어느 날과 현재와의 공통점, 다시 말해 그 인상 속에 있는 초시간적인 영역에서 그 인상을 맛보고 있는 것이고, 이런 인간이 나타나는 것은, 그 인간이 현재와 과거 사이의 저 일종의 동일성에 의하여, 사물의 정수(精髓)를 먹고 살면서, 그 정수를 즐길 수 있는 유일한 환경, 곧 시간 밖으로 나갈 수 있는 경우뿐이다. 프티트 마들렌의 맛을 무의식적으로 느꼈던 순간, 자신의 죽음에 대한 불안이 문득 그친 듯한 생각이 든 까닭은 이로써 알 만하다. 그때의 나라는 인간은 초시간적인 존재였으므로, 따라서 미래의 무상(無常)도 걱정이 되지 않았던 것이다. 이런 인간이 나에게 오거나 나타나거나 한 것은, 반드시 행동을 떠나 있을 때, 직접 향락하지 않을 경우뿐인데, 그때마다 유추(類推)의 기적은, 나를 현재라는 것으로부터 탈출시켰던 것이다. 오직 이 기적만이 나로 하여금 지나간 나날을, 잃어버린 시간을 찾게 하는 힘을 가지고 있었다. 내 기억의 노력이나 이지의 노력은, 그러한 잃어버린 시간의 탐구에 항상 실패해 왔던 것이다.

정신적 생활의 기쁨에 대해서 말한 베르고트의 이야기는 잘못이었다고, 아까 내가 생각한 까닭은, 아마도 그때는, 진정한 정신 생활하고는 아무런 상관도 없는, 지금 내 속에 존재하는 것하고는 아무런 관계도 없는, 논리적인 추리를 정신적 생활이라고 불렀기 때문일 것이다. ―그와 똑같이, 사회나 인생을 따분하다고 생각한 까닭은, 그러한 것들을 진실성이 없는 추억에 따라 판단했기 때문이고, 세 번이나 과거의 실다운 순간이 내 속에 되살아나는 이제는, 살고 싶은 욕망이 샘솟았다.

한낱 과거의 한순간에 불과한 것일까? 그것을 훨씬 초월한 그 무엇이겠지. 과거에도 현재에도 동시에 공통되고, 과거와 현재라는 두 가지보다 훨씬 본질적인 그 무엇이겠지. 이제까지의 생활에서, 그처럼 몇 번씩이나, 현실이 나를 실망케 한 까닭은, 현실을 지각하는 순간에, 아름다움을 즐기는 데 나의 유일한 기관인 상상력이, 그 자리에 없는 것밖에는 상상할 수 없다는 불가피한 법칙에 의하여, 현실에 대해서는 작용할 수가 없었기 때문이다. 그런데 여기에 갑자기, 그 엄격한 법칙의 힘이 자연의 영묘한 계책에 의하여 효험을 잃고, 정지당하고, 그 대신 어떤 감각 ―포크와 해머 소리, 또한 책의 제목 같은 ―이, 과거와 현재 속에 동시에 비쳐지고, 그 때문에 나의 상상력은 과거 속으로 파고들어, 자유롭게 그 감각을 맛볼 수가 있었고, 또 음향이나 린네르 냅킨의 스침 따위로 작동한 나의 감각 기관의 유효한 활동은, 현재에서, 상상력의 꿈에다가, 평소에 상상의 날개를 펼 때에 흔히 상실되는 요소인 실재의 관념을 보탠, 그러한 교묘한 술책 덕분으로, 내 속에 나타난 인간에게, 보통 상태에서는 결코 포착할 수 없는 것, ―번쩍하는 한순간의 지속 ―순수한 상태로 있는 짧은 시간을, 붙잡아, 떼어 내고, 고정시킬 수 있게 해주었다. 사지가 부르르 떨리는 듯한 행복감과 함께, 접시에 닿는 숟가락과 수레바퀴를 두드리는 해머에서 동시에 공통된 음향을 들었을 때, 또 게르망트네의 안마당과 산 마르코 성당의 영세소에 공통된 포석의 반듯하지 못함에 발부리를 채었을 때에 내 몸 안에 되살아난 인간, 그 인간은 사물의 정수만을 양식삼아 먹고, 그 정수 안에서만 삶의 실재, 삶의 환희를 발견한다. 그 인간이 현재를 관찰하려는 데 있어, 감각이 그러한 정수를 가져다주지 못하는 때, 어느 과거를 고찰하려는 데 있어, 이지가 그 과거를 메마르게 하는 때, 어떤 미래를 기대하려는 데 있어, 거기에 의지가 끼여들어, 그 의지가 선정해 둔 타산적이자 인위적인 좁은 목적에 적합한 것만을 남기려 함으로써 현실성을 잃게 된 그런 현재와 과거의 토막으로 미래를 구성하려 들 때, 그 인간은 시들고 만다. 그런데 언젠가 들은, 또는 호흡한 음향이나 냄새가, 현시(現時)가 아니면서도 현실적인, 추상적이 아니면서도 관념적인 현재와 과거의 동시 속에서 다시 들리고, 또는 호흡되자마자, 평소에 숨겨져 있는 사물의 불변한 정수는 저절로 풍겨 나오고, 때로는 오래 전에 죽은 줄로 알았지만 전혀 그렇지 않았던 우리의 실다운 자아는 제공된 천상의 먹이를 받자 눈을 떠, 생기를 띤다. 시간의 세계를 초월한 한순간이, 그 한순간을 느끼게 하려고, 우리들 속에 시간의 세계를 초월한 인간을 다시 창조한 것이다. 그래서 그 인간은, 설령 마들렌의 단순한 맛 속에 그와 같은 기쁨의 이유가 논리상 담겨 있다고는 생각되지 않더라도, 그 기쁨에 확신을 갖는 것이 이해가고, 죽음이라는 낱말이 그 인간으로선 아무 뜻도 없다는 것도 이해할 만하다. 시간 밖에서 사는 몸인데 미래에 대해서 뭘 두려워하겠는가?

하지만, 과거의 한순간을 이처럼 내 몸 가까이에 놓아 준 이 눈

호림, 그것도 현재와 양립하기는 어려워서 오래 가지는 못했다. 물론, 의지적인 기억에 의한 광경이라면 오래 지속시킬 수가 있다. 그것은 그림책을 넘기는 정도의 노력밖에 안 든다. 이와 같이 하여 지난날, 가령 처음으로 게르망트 대공 부인 댁에 가게 되었던 날, 파리에 있는 우리 집의 양지바른 안마당에서, 내 뜻대로 한가로이 콩브레 성당의 광장을, 또는 발베크의 바닷가를 멍하니 바라보았었다, 마치 내가 수집가의 이기적인 즐거움에 잠겨서, 기억의 삽화를 이것저것 분류하다가, '역시 나는 이제까지 여러 가지의 아름다운 것을 보았군' 하고 혼잣말을 하면서, 지난날 유람했던 각지에서 그린 수채화첩을 뒤적여 그날그날의 날씨를 똑똑히 밝혀 냈을 때처럼. 그때 나의 기억은 물론 여러 감각의 차이를 인정하긴 하였으나, 그러나 단지 그 감각들 사이에 동질적인 요소를 배합하는 일밖에 하지 않았다. 그런데 조금 전 경험한 세 가지 회상에서 이제는 그것과 같지 않았고, 거기에서 나는 자아를 실물보다 낮게 생각하는 의식을 품기는커녕, 오히려 이 자아가 현재 거기에 있는지 어떤지조차도 의심했다. 뜨거운 차에 마들렌을 담그던 날과 마찬가지로, 내가 있는 장소의 한복판에(그 장소가, 그날처럼, 파리의 내 방이건, 또는 오늘의 지금같이 게르망트 대공의 도서실이건, 조금 전의 저택의 안마당이건), 자아 속에 어떤 감각(차에 담근 마들렌의 맛, 금속음, 걸음의 감촉)이 생겨나, 그것이 자아 주위에 작은 지대(地帶)를 퍼뜨려, 동시에 다른 장소(레오니 고모의 방, 철도의 객차, 산 마르코의 영세소)에 공통되고 있었다. 이런 이치를 따지고 있는 순간에, 수도관에서 나는 새된 소리가, 여름날 저녁, 발베크의 난바다에서 이따금 들리던 유람선의 기다란 기적과 똑같은 소리를 내어(언젠가, 파리의 큰 레스토랑에서도, 여름의 무더운, 자리가 반쯤 빈 호화로운 식당 풍경이, 이런 느낌을 일으키게 했듯

675

이), 발베크의 늦은 오후의 식당에서의 감각과 너무나도 흡사한 감
각을 느끼게 했다. 그것은 바로, 모든 식탁에 식탁보와 은식기가
갖추어져 있고, 유리를 끼운 커다란 창문은 방파제 쪽으로 활짝 열
려져 있는 가운데, 유리나 석재의 차폐물(遮蔽物)이나 '면'(面)이
라곤 하나도 없는데, 때마침 태양은 서서히 바다 위에 지는 동안에
원양선박(遠洋船舶)들이 울부짖기 시작하는 때였다. 방파제 위를
산책하고 있는 알베르틴이나 그 아가씨 친구들을 쫓아가려면, 내
발목보다 약간 높을 정도의 판자문을 넘어서면 그만이었다. 그 판
자문의 두 접닫이 속에, 연속된 유리문은, 호텔의 통풍을 위하여
모두 함께 격납되어 있었다. 그러나 알베르틴을 사랑했다는 그 괴
로운 추억은 이 감각에 섞여 있지 않았다. 죽은 이들에 대한 괴로
운 추억뿐이다. 그런데 죽은 이들에 대한 추억도 금세 와르르 무너
지고, 그리고 죽은 이들의 무덤 주위에는 이제는 자연의 아름다움,
고요, 대기의 깨끗함조차 없다. 하기야 수도관에서 나는 소리가 이
나에게 느끼게 한 것은, 단순히 과거의 감각의 메아리나 중복이 아
니라, 과거의 감각 그 자체였다. 이번에도 전의 세 경우와 마찬가
지로, 우선 공통적 감각이 그 주위에 옛날 장소를 다시 창조하려고
애쓰는 동안에, 그 장소 대신 지금의 위치를 차지하고 있는 현시
(現時)의 장소는, 그 전체의 저항력을 총동원하여, 노르망디의 해
변이나 철로둑을 파리의 이 저택으로 옮겨 오는 데에 반대하였다.
석양을 맞이하기 위해 제단의 깔개처럼 무늬를 넣어 짠 린네르로
꾸민 발베크의 바닷가 식당은, 이 게르망트 저택의 튼튼한 건물을
열심히 흔들어 대고, 어거지로 문을 밀어 열기 위해, 한순간 내 주
위의 소파를, 어느 날의 파리의 레스토랑의 식탁을 그렇게 했듯이
잠시 덜거덕거리게 하였다. 이와 같은 부활에서는, 공통된 감각의
주위에 재생한 옛날의 아득한 장소는, 번번이 씨름꾼처럼, 한순간

현시의 장소에 덤벼들었다. 현시의 장소가 번번이 이기고, 나에게 가장 아름답게 생각되는 것이 번번이 지고 말았다. 그래서 나는, 한 잔의 차 앞에서나, 반듯하지 못한 포석 위에서나, 황홀 상태에 가만히 있어 가지고, 저 콩브레, 베네치아, 발베크가 나타나 있는 순간을 지속시키려고 달아나 버리면 금세 다시 한 번 나타나게 하려 애썼는데, 그것들은 침입해 왔다가는 물러나고, 일단 일어서도, 과거를 투과하는 그런 새로운 장소 한가운데에, 이윽고 나를 버려 두고 가는 것이었다. 또 만약 현시의 장소가 즉시 승리하지 않았더라면, 내 쪽에서 의식을 잃었을 거라고 생각한다. 왜냐하면 그러한 과거의 재생은, 그것이 지속되는 짧은 동안 하도 완전하여, 가로수를 따라서 뻗은 선로라든가 밀물이라든가를 바라보기 위해서, 우리의 눈에게는, 우리가 있는 가까운 방을 보는 일을 잊게 할뿐더러, 콧구멍에게는, 아득히 먼 옛날 장소의 공기를 마시게 하고, 의지에게는, 그러한 장소가 제출하는 계획 선정을 맡게 하고, 우리의 전신에게는, 그런 장소로 둘러싸여 있다는 생각을 갖게 하거나, 또는 적어도 그러한 장소와 현재의 장소 사이에서 비틀거리게 하여, 마치 잠이 드는 순간에 형용하기 어려운 환영 앞에서 흔히 느끼는 불안정과도 비슷한 일종의 불안정으로 혼절(昏絶)시키기 때문이다.

그러므로 서너 번, 내 속에 되살아난 인간이, 조금 전에 맛보려 한 것은, 아마도 시간이라는 것으로부터 벗어난 실재의 단편이었을 테지만, 그것을 관조(觀照)하기란 영원한 염원이면서도, 오래 계속되지는 않았고, 달아나기 쉬웠다. 그렇지만, 이제까지의 생활에서 동안을 두고 어쩌다가 주어진 이러한 기쁨이, 진실하고도, 자신을 살찌워 주는 유일한 것임을 느꼈다. 다른 기쁨의 비실재적이라는 표징이야 다음과 같은 경우에 비추어 보아도 명백하지 않을

677

까? 우선, 다른 기쁨 속에는 우리를 만족시킬 수 없는 것이 있으니, 가령 사교적인 기쁨만 해도, 고작해야 변변치 못한 음식을 삼켰을 때의 그 불쾌한 오심(惡心)을 일으키고, 우정의 기쁨만 해도 한낱 거짓 꾸밈인 것이, 친구와 한 시간 동안 수다떨려고 일을 한 시간 방치하는 예술가는, 아무리 도덕적인 이유에서 그런다고 해도, 결국 실재하지 않는 그 무엇 때문에 하나의 실재를 희생시키는 어리석음을 알기 때문이고(친구란, 우리가 평생 동안에 빠지기 쉬운, 저 가벼운 광기에 사로잡혔을 때의 벗에 지나지 않아, 그러한 상태란, 우리의 깊은 이지로 생각해 보면, 가구를 살아 있는 물건처럼 여기고 말을 주고받는 미치광이의 착오임을 우리는 안다), 또는 그 소망이 채워진 뒤에 따르는 비애, 예를 들어 알베르틴에게 소개되던 날에 느꼈던 것과 같은 어떤 일—사귀고 싶던 아가씨와 친지가 된다는 일—이 이루어지고 보니, 역시 대수롭지 않다는 느낌이 든 비애가 있기 때문이다. 알베르틴을 사랑했을 때에 겪었을지도 모르는 더욱 깊은 기쁨마저도, 실제로는 그와 반대로밖에 지각하지 못해, 그녀가 외출하고 없을 때에 품는 시름만이 있었으니 그녀가 트로카데로에서 돌아왔던 날처럼, 곧 돌아오리라는 것이 확실할 때에도, 막연한 시름밖에 겪지 않는 듯싶었기 때문이다. 이와는 달리, 나이프 소리라든가 차맛이라든가를 곰곰이 생각할수록, 나는 더욱더 즐거운 흥분에 사로잡히고, 나를 위해 점차로 더해 가는 환희는, 내 방에, 레오니 고모의 방에, 그리고 다음에는 전 콩브레와 그 두 쪽(옮긴이: 스완네 집 쪽과 게르망트 쪽을 가리킴)에 들어오게 했던 것이다. 그러므로 나는 이제, 그런 사물의 정수를 열심히 관철하여, 그것을 움직이지 않는 것에 단단히 매어 둘 결심을 하고 있는 것이었다. 그러나 그 일을 어떻게, 어떤 방법으로 할 것인가? 딴은, 냅킨의 빳빳한 느낌이 발베크를 재현하여, 그 아침 바다의 광경뿐 아니라, 방의 냄새, 풍속(風速), 점심의 식욕, 산책길을 결정 못 하던 일 등, 그런 모든 것이, 천사들의 무수한 날개 같은 린네르의 감촉과 결부되어, 잠시 나의 상상력을 애무했을 때—그리고 두 포석의 반듯하지 못함, 베네치아와 산 마르코에 대한 나의 메마르고도 얄팍한 심상을, 온갖 방향과 온갖 차원으로 신장(伸張)시킨 순간에, 거기서 경험한 모든 감각을 가지고, 나는 광장을 성당과, 부두를 광장과, 운하를 부두와, 그리고 실제로는 정신으로 볼 수밖에 없는 욕망의 세계를 눈에 비치는 모든 것과 연결하면서—특히 내가 좋아하는 봄의 베네치아의 뱃놀이에는 계절 탓으로 갈 수 없을지라도, 적어도 발베크에 다시 가 보고 싶어한 것은 사실이었다. 그러나 그런 생각에는 잠시도 오래 머무르지 않았다. 고장이란 그 이름이 내게 그려 내는 것과 같은 게 아니며, 또 이름도 그 고장을 머릿속으로 그려 냈을 때의 그대로가 아니라는 걸 내가 알고 있을 뿐더러, 또 일반 사람들이 보거나 만지거나 하는, 공통적인 것과는 확연히 구별되는 순수물질로 만들어진 어떤 고장이 내 앞에 펼쳐지기란, 이제는 잠들면서 꾸는 꿈 속에서밖에 거의 없었기 때문이다. 그리고 또, 그와는 다른 심상, 추억의 심상은 어떠한가. 잔뜩 기대했던 발베크의 아름다움만 해도 몸소 가 보니 눈에 띄지 않았고 또 발베크가 나에게 남긴 심상, 곧 추억의 심상 역시, 두번째 체류 때에 다시 찾아낸 심상하고는 이미 다른 것이었음을 나는 알고 있었다. 나는 현실에서 나 자신의 심층에 있는 것에 도달하기가 불가능함을 이제까지 너무도 많이 경험해 왔다. 내가 잃어버린 시간을 되찾게 될 곳은 두번째의 발베크 여행에서도, 질베르트를 만나기 위한 탕송빌 귀성(歸省)에서도 아니었듯이, 이제는 산 마르코 성당의 광장 위에서가 아니었다. 그처럼 낡은 옛날 인상이, 어떤 광장 한모퉁이에, 나 자신의 밖에 존재한다는 곡두를 다시 한번 줄 뿐인 여행은, 결국 내가 찾는 방편이 아닐 거다. 또다시 보기 좋게 속고 싶지는 않았으니. 지금의 나로서는 이제까지와 같이 고장이나 인간을 앞에 놓고 번번이 실망하면서 실현할 수 없다고 여겨 오던 것(단 한 번, 합주를 위한 뱅퇴유의 작품은 이와 반대적인 것을 나에게 일러 주는 듯싶었지만)에 도달함이 정말 가능할지의 여부를 기어이 알아내는 일이 지금의 나에게는 문제였기 때문이다. 그러므로 아무런 이득도 없다는 것을 오래 전부터 알고 있는 방편에 의해, 이 이상은 부질없는 경험을 하고 싶지 않았다. 내가 조정시키고자 애쓰고 있는 그런 인상은, 그 마당에 이르러 직접 접촉할 계제에 이르러 보면, 그저 사라질 뿐, 제대로 끌어낼 수가 없었다. 그런 인상을 더욱 잘 맛보기 위한 유일한 방법은, 그것이 발견되는 자리, 곧 나 자신 속에서 더욱 완전하게 그것과 친숙해져서, 그것을 속속들이 밝게 하도록 노력하는 일이었다. 나는 발베크에서의 즐거움을 인식할 수도 없거니와 알베르틴하고 동거하는 기쁨을 알 수도 없었으니, 그런 기쁨은 나중에 가서야 인식할 수 있었던 것이다. 이제까지 실제로 경험한 범위 안에서, 인생에 대한 환멸, 나로 하여금 인생의 실재가 행동 안에 있는 게 아니라 다른 데 있는 게 틀림없다고 믿게 한 환멸을 요약해 보았을 때, 내가 한 일은 갖가지 실망을 순전히 우연하게 결부시키지 않고, 나의 실존의 상황을 추적하는 데 있었다. 여행의 환멸도 사랑의 환멸도 각각 다른 환멸이 아니라, 육체적인 쾌락이나 실제적인 행동 속에 자기의 힘을 충분히 발휘할 수 없는 우리의 무능력이, 사태에 따라서 취하는 변화무쌍한 양상에 불과하다는 것을 나는 똑똑히 느꼈다. 그리고 숟가락 소리나, 마들렌 맛에서 생긴 초시간적인 그 기쁨에 대해 다시 생각하면서 나는 혼잣말하였다 — '소나타의 소악절이 스완에게 제공한 그 행복감, 그것은 바로 기쁨이 아니었나? 잘못은, 사랑의 쾌락과 동화시켜, 그것을 예술적 창조 속에서 찾아낼 줄 몰랐던 스완에게 있었던 것이다, 그리고 또 칠중주곡의 신비로운 주홍빛 부름이, 소나타의 소악절보다도 초현세적인 것을 나에게 예감시키던 그때의 행복감도 이와 똑같은 것이다. 스완은 그 칠중주곡을 인식 못 하고, 다른 여러 사람들과 마찬가지로, 자기를 위해 마련된 진실이 마침내 계시되기 전에 죽은 게 아닌가? 하기야, 이 진실이 밝혀졌더라도 그에게는 도움이 되지 않았을 거다, 왜냐하면 그 악절은, 사실 어떤 부름을 상징하고 있었을지도 모르지만, 이상한 힘을 만들어 내어, 스완을 팔자에 없는 작가로 만들 수는 없었을 테니까.'

그렇지만 이윽고, 그런 기억의 재현에 대한 숙고 끝에 나는 깨달았다. ─희미한 인상도, 다른 투로 가끔, 이미 콩브레에서 게르망트 쪽으로 산책했을 적에, 그 무의식적인 기억의 방식으로 나의 사념을 부추겼음을. 그러나 그 인상은, 이전의 어떤 감각을 숨기고 있는 것이 아니라, 내가 찾아내려고 애쓰는 하나의 새로운 진실, 소중한 심상을 숨기고 있었다. 다만 그때의 노력이, 무엇인가를 상기하려고 할 때의 그것과 같은 종류의 것이었을 뿐이니, 마치 우리의 가장 뛰어난 사상이, 전에 들은 적이 없지만 우연히 되살아나는, 그리고 귀기울여 자세히 들어 보려고, 악보에 옮겨 보려고 애쓰는, 그런 악절과 비슷한 경우였다. 나는 이미 콩브레에서, 자신의 정신 앞에 어떤 심상을 열심히 고정시키려 했던 일이 생각났다. 그러한 회상은, 내가 이미 당시와 같은 인물로 돌아가 있고, 나의 성질의 근본적인 특징을 집어 내서 보여 준다는 점에서는 기뻤지만, 또한 내가 그때 이후 조금도 진보된 것이 없다는 생각을 하면 슬프기도 했다. 그러나 어쨌든 구름, 삼각형, 종탑, 꽃, 조약돌 같은 것의 심상을 나는 응시하면서, 그 형상 뒤에, 내가 애써 발견해야 할 전혀 다른 그 무엇이 있을 게 틀림없다, 언뜻 보기에 구체적인 것의 형태만 나타낸 것 같은 저 상형문자처럼, 아마도 그 형상 뒤에는 거기에서 번역될 어떤 사념이 있는 게 틀림없다고 느꼈던 것이다. 물론 그런 판독은 힘들지만 그것만이 어떤 진리를 읽게 할 수 있었다. 왜냐하면 이지가 백일하에서, 직접 명료하게 포착하는 진리란, 인생이 어떤 물질적 인상에 의해서 모르는 결에 우리에게 전해 준 진리에 비해 훨씬 깊이가 없는, 훨씬 필연성이 없는 것을 가지고 있기 때문이다. 물리적 인상이라고 한 까닭은 우리의 감각을 통해서 육체적으로 들어왔기 때문이지만, 그러나 우리는 그것에서 정신을 끌어낼 수가 있다. 요컨대 어느 경우에나, 그것이 마르탱빌 종탑에서의 전망이 준 것과 같은 인상이건, 또는 두 걸음걸이의 불균형이나 마들렌의 맛 같은 무의식적 기억이건, 어쨌든 그러한 경우에는, 사색해 보려고 애쓰면서, 감각을 그것과 같은 법칙 같은 사상을 가진 형상으로 번역하도록, 곧 자기 속에서 솟는 감각을, 어둑한 곳으로부터 나오게 하여, 그것을 어떤 정신적 등가물로 전환하도록 노력하지 않으면 안 되었다. 그런데 나에게 유일한 것으로 여겨지는 그 방법은, 예술 작품을 창작하는 일이 아니고 무엇이겠는가? 당장, 그 모든 결과가 벌써 나의 정신 속으로 밀어닥치고 있었다. 곧, 포크 소리나 마들렌의 맛 같은 무의식적 기억이건 또는 복잡하게 얽혀 꽂힌 읽기 어려운 필적을 내 머릿속에 몽롱하게 구성하고 있는 종탑, 잡초 따위 같은 표상(表象), 내가 그 뜻을 모색하고 있는 표상의 도움으로 그려진 진실이건, 그 첫째 특징은, 내가 그것을 마음대로 선택하여 부를 수가 없기 때문에, 나는 어디까지나 수동적으로, 그것들 쪽에서 오면 그대로 맞아들이는 점이었다. 또한 그것이 그것들의 진짜임을 증명하는 낙인일 것이라는 생각이 들었다. 나는 구태여 내가 발부리를 채인 안마당의 반듯하지 못한 그 두 포석을 일부러 찾아갔던 것은 아니다. 하지만 그런 감각에 부딪치고 만 피치 못할 우연의 투야 말로, 바로 그 감각이 소생시킨 과거의, 그 감각이 벗긴 여러 심상의 진실성에 검인을 찍으니, 우리는 빛 쪽으로 다시 떠오르려는 그 감각의 노력을 느끼는 동시에, 되찾은 현실이라는 기쁨을 느끼기 때문이다. 이 감각이야말로, 당시의 갖가지 인상에 의하여 만들어진 화면 전체에 대한 진실성의 검인이며, 이윽고 그 감각에 이어, 당시의 갖가지 인상이, 의식적인 기억이나 관찰이 항상 못 보기 때문에 모르고 있을 빛과 그림자의, 울툭불툭과 생략의, 추억과 망각의, 저 적확한 균형과 더불어 생생하게 재생한다.

그러한 미지의 표징(나의 주의력이 나의 무의식을 탐험하면서, 수심을 재는 잠수부처럼 찾고 부딪치고 더듬으러 가는, 돋을새김 같이 생긴 표징)으로 이루어진 내적인 책으로 말하면, 이것을 읽는데, 해독을 위해 아무도, 어떤 본보기를 가지고서도 나를 도울 수는 없었다. 그것을 읽어 내 것으로 만드는 일은, 어디까지나 일종의 창조적 행위인 만큼, 다른 어떠한 사람을 가지고도 보충할 수 없고, 협력조차도 허용되지 않는 것이었다. 그러므로 얼마나 숱한 사람들이, 그러한 집필을 단념하고, 또 그것을 회피하기 위해 얼마나 많은 노력을 아꼈던가. 드레퓌스 사건이건, 이번 세계대전이건, 아무튼 사변이 일어날 적마다, 작가들은 여러 가지 구실을 붙여, 그런 책의 수수께끼를 풀려고는 하지 않았다. 정의의 승리를 확보하느라고, 또는 국민의 도덕적 일치를 촉구하느라고, 문학 그 자체를 생각할 여유가 없었다. 하지만 이 역시 핑계에 불과하다, 사실은, 특수한 재능, 곧 뛰어난 본능이 없던가 이미 상실했기 때문이다. 왜냐하면 본능은 의무적으로 실행을 강요하지만, 이지는 그런 의무를 회피할 구실을 마련해 주기 때문이다. 다만 핑계는 절대로 예술에 어울리지 않고, 고의로 꾸민 의도는 예술로 꼽히지 않는다. 예술가는 끊임없이 자신의 본능의 목소리에 귀를 기울여야 하며, 그것이 예술로 하여금 가장 현실적인 것, 인생의 가장 엄숙한 도량(道場), 진정한 최후의 '심판'이 되게 한다. 그러한 책이야말로 가장 판독하기 곤란한 책인 동시에, 실재가 우리에게 받아쓰게 강요한 유일한 책이자, 실재 자체가 우리의 마음속에 '인상'을 낳게 한 유일한 책이다. 삶에 의하여 마음속에 남은 사념은 어떤 사념이건, 그 물질적인 형상, 곧 그것이 마음속에 찍은 인상의 자국이, 어디까지나 그 사념의 필연적 진실성을 보증한다. 순 이지에 의해 형성된 사념에는 논리적인 진리, 가능한 진리밖에 없고 그와 같은 사념의 선택은 임의로 할 수 있다. 우리의 이지에 의한 글자로써가 아니라, 사물의 형체로 표현된 글자로 쓰인 책, 그것이야말로 우리의 유일한 책이다. 그렇다고 해서 우리의 이지가 형성하는 사념이 논리적으로 옳지 않다는 말은 아니고, 다만 진실한지 어떤지 모르겠다는 말이다. 오로지 인상만이, 비록 그 내용이 아무리 빈약하고, 그 자국이 아무리 희미할지라도, 진리의 기준이다, 그러므로 인상이야말로 정신에 의해서 파악할 가치가 있는 유일한 것이니, 왜냐하면 인상은, 만약 정신에 의하여 자기 속에 있는 진리를 끌어내 주기만 하면, 그 진리를 한층 큰 완성으로 이끌어, 그것에 순수한 기쁨을 줄 수 있는 힘이 있는 유일한 것이기 때문이다. 인상과 작가의 관계는, 실험과 과학자의 관계와 같다. 단지 지성의 활동이 과학자의 경우는 먼저 오고 작가의 경우는 나중에 오는 차이는 있다. 우리가 자기 자신의 노력에 의하여 판독하고 해명할 필요가 없었던 것, 자기 이전에 명백했던 것, 그런 것은 자기 것이 아니다. 자기 자신에게서 나오는 것이라고는, 자기 속에 있는, 남이 모르는 암흑에서 끌어내는 것뿐이다. [기울어져 가는 석양의 햇살이, 일찍이 생각해 본 적이 없었던 한 시기를, 퍼뜩 상기시킨다. 그것은 어릴 적, 레오니 고모께서 열이 나, 페르스피에 의사가 티푸스인지도 모르겠다는 바람에, 나를 1주일 남짓하게 성당 광장 쪽으로 향한 윌라리의 조그만 방에 지내게 하던 무렵의 일이다. 그 방은 바닥에 에스파르토(옮긴이: esparto, 아프리카산(産) 포아풀과에 속하는 식물로서, 그 섬유는 노끈, 바구니, 올이 굵은 피륙, 종이를 만드는 데에 쓰임) 섬유로 짠 깔개밖에 없었고, 창에는 옥양목 커튼이 노상 햇살에 불평을 하고 있었는데, 나도 그 햇살에는 익숙하지 않아서 애를 먹었었다. 그런데 전에 있던 하녀의 그 좁은 방의 회상이, 느닷없이 내 과거의 생활을 확대하여, 얼마나 여느 부분과는 다른, 아늑한, 긴 연장(延長)을 갖게 하는가를 알면서, 한편, 이와는 대조적으로, 지극히 고귀한 사람의 저택에서 벌어지는, 온갖 사치를 다한 연회가, 나의 이제까지의 생활에 끼친 인상이 얼마나 허망한가를 생각하였다. 그 윌라리의 방에서 약간 섬쩍지근한 단 한 가지는 고가철도(高架鐵道)가 가까운 탓으로, 밤이면 올빼미 우는 소리 같은 기적 소리가 들려 오는 일이었다. 하지만 그 황소 같은 포효(咆哮)도 규칙적인 증기기관에서 나온다는 것을 알고 있었기 때문에, 선사 시대에 매머드가 그 근처를 멋대로 돌아다니면서 부르짖었을 때처럼 무섭지는 않았다.]

이와 같이 나는 이미 결론에 도달해 있었다. 곧, 우리는 예술작품 앞에서 전혀 자유롭지 못하다, 의도한 대로 제작 가능한 것은 아니고, 이미 전에 있었던 것을, 필연성이 있고, 숨겨져 있기 때문에, 마치 자연의 어떤 법칙을 찾아내듯이 발견해야만 한다는 결론에. 그러나 예술이 우리에게 시키는 이 발견은, 요컨대 가장 귀중한 발견일 터인데도, 일반적으로 언제까지나 알려지지 않는 채로 있는 것이 아닐까? 그야말로 우리의 참된 삶, 감각한 대로의 실재

이건만, 우리가 믿고 있는 것과는 매우 달라서 우연이 참다운 추억을 가져다 주는 때, 그와 같은 행복감으로 우리를 채우는 것이 아닐까? 나는 그런 사실을, 이른바 리얼리스트의 예술, 사실주의라는 것의 허위를 통해 확인하였으니, 만약 우리가 자신이 느낀 것에 대하여, 현실하고는 그처럼 동떨어진 표현, 시간이 좀 지나면 현실 그 자체하고 혼동할 표현을 주지 않도록, 일상 생활에서 노력한다면, 리얼리스트의 예술도 그처럼 거짓이 많은 것이 되지는 않을 것이다. 한때 나를 혼란시켰던 갖가지 문학 이론, 특히 드레퓌스 사건을 계기로 하여 비평계에 전개되었다가, 세계대전을 전후하여 재연된 문학 이론, '예술가를 그 상아탑에서 나오게 하는' 경향이 있는 경박하지는 않고 감상적이 아닌, 그러나 대단한 노동 운동을 그린 주제를 다루는 경향이 있는, 군중이 없는 경우엔, 최소한 한가한 이들('솔직히 말하지만 그런 무용지물에 대한 묘사 같은 건 난 흥미 없네'라는 블로크의 말)을 빼놓고, 고귀한 지성인이나 영웅을 그린 주제를 다루는 경향이 있는 문학 이론을 개의치 않아도 무방하다는 느낌이 들었다. 하기는 그런 이론은, 그 논리적 내용을 검토하지 않아도, 이미 그런 이론을 떠받드는 사람들의 열성(劣性)을 명백히 표시하는 성싶었다. 마치 아주 예의바른 어린이가 오찬에 보내졌다가, 그 집사람들이 ─ '죄다 까놓고 말하지요, 우리는 솔직하니까요' 하는 말을 듣고, 그것이 도리어, 아무 말도 않는 순박한 거짓 없는 행위보다 열등한 덕성을 나타내는 걸 지각하듯. 참된 예술은 그처럼 많은 선언을 할 필요 없이, 침묵 속에 완성된다. 게다가, 그런 이론을 따지는 사람들이 도리어, 자기가 심하게 비방하거나 숙맥 대접을 하는 사람의 표현과 이상하리만큼 흡사한 기성품 같은 표현을 쓰는 수가 많았다. 사실, 지적·정신적 노작이 어느 정도나 높아졌는가 판단할 수 있는 건, 미학적 양식에 의해서라기보다 언어의 질에 의해서인지도 모른다. 하지만 거꾸로 이 언어의 질을, [성격을 지배하는 법칙을 연구하는 데도, 진지한 소재도, 경박한 소재도 똑같이 택할 수 있다, 마치 해부학 실습의 조수가 유능한 인간의 신체에 대해서나 멍텅구리의 육체에 대해서나 똑같이 해부학의 법칙을 연구할 수 있듯이. 다시 말해 정신을 지배하는 커다란 법칙은 혈액 순환이라든가 신장의 배설이라든가 하는 법칙과 마찬가지로, 개인의 지적 가치에 준해서 따르는 일은 거의 없다.] 이론가들은 등한시할 수 있다고 여기고, 그런 이론가들을 칭찬하는 사람들은 언어의 질이 커다란 지적 가치를 나타내는 것이라고는 좀처럼 안 믿는데 그러한 가치를 인식하기 위해서는, 그것이 곧바로 표현된 것을 보지 않고서는 납득할 수 없기 때문에, 심상의 미에서 그러한 가치를 추리하기는 불가능하다. 이런 사실에서 지적인 작품을 쓰려는 망측한 유혹이 작가에게 생긴다. 크나큰 상스러움. 이론이나 학설을 나열한 작품은, 정가표를 떼지 않은 상품과도 같다. 지적인 작품은 이치를 따진다, 다시 말해 어떤 인상을 고정시켜 그것을 실제대로 표현하려면, 그 고정에 이르기까지 모든 도정의 상태 하나하나에 골고루 인상을 통과시켜야 하는바, 그러한 귀찮음을 견딜 수 없을 적마다, 이러저리 헤맨다는 뜻이다. 표현할 실재, 나는 이제야 그것을 깨달았는데, 그것은 주제의 외관에 있지 않고 그 인상의 깊이에 있었다. 그 깊이에서는, 나의 정신적 갱생을 위해서 많은 인도주의·애국주의·국제주의와 형이상학적인 담화보다도 귀중했던 그 접시에 닿는 숟가락 소리나 풀먹인 냅킨의 빳빳함이 상징하듯이, 어떠한 외관도 거의 대수롭지 않았다. 그 무렵에 '문체보다도 문학보다도 이젠 생활이 중요하다'는 소리를 들었었다. '피리쟁이'를 반대하는 노르푸아 씨의 간단한 이론까지 전후에 얼마나 화려하게 다시 꽃피었는지는 짐작

687

하고도 남음이 있다. 그도 그럴 것이, 예술적 감각은 없이, 곧 내적 실재에 대해 복종하지 않고, 종잡을 수 없는 예술론을 따지는 능력 밖에 타고나지 못한 사람들 가운데, 조금이라도 현대의 '현실 문제'에 관여하고 있는 외교관이나 재정가인 한, 그런 사람들은 모두, 문학은 일종의 정신적 유희이며, 앞으로는 더욱 쇠퇴할 운명에 있다고 생각하기를 좋아한다. 어떤 사람들은, 사물(事物)의 일종의 영화적 진행을 소설의 수법으로 삼으려 했다. 그러한 관념은 일고의 가치도 없다. 영화의 화면만큼, 실재에서 감지한 것과 거리가 먼 것도 없다.

그런데 바로 이 도서실에 들어오면서 나는 공쿠르가 말한 이 도서실에 있는 훌륭한 초판본 생각이 나서, 여기에 틀어박혀 있는 동안에 잘 보아 두어야겠다는 결심을 했다. 그래서 한편으로는 추리를 계속하면서도, 별다른 주의를 기울이지 않고, 그 귀중한 서적들을 한권 한권 뽑아 보다가 무심코, 그 중 한 권, 조르주 상드의 『프랑수아 르 샹피』를 펼치려는 순간, 지금의 명상과는 너무나 동떨어진 어떤 인상을 받은 듯하여 불쾌하였다. 그러다가 눈물이 주르르 쏟아질 만큼 고조된 감동으로 바뀌었을 때, 그 인상이 지금의 명상과 얼마나 일치하는지 깨달았다. 가령, 초상을 치르는 방에서, 상여꾼들이 관을 아래층으로 들어내리는 준비를 하는 동안, 조국에 이바지한 고인의 맏아들이, 연방 찾아오는 마지막 문상객들과 악수를 하고 있을 때, 갑자기 창 밑에서 악대(樂隊) 소리가 울리는 바람에, 그것을 자기의 슬픔에 대한 무슨 모욕처럼 생각되어, 화가 불끈 치미는데, 알고 보니 그 쿵작쿵 쿵작쿵이 그의 상(喪)을 애도하며, 아버지 유해에 경의를 표하는 연대의 군악인 줄 알자, 그때까지 꾹 참아 온 것이 이제는 눈물로 주르르 흐르는 경우와도 같았다. 그와 같이 나는 지금 게르망트 대공의 도서실에서 한 권의 책의 표제를 읽으면서 느낀 비통한 인상과 내 지금의 명상과 얼마나 일치하는지 깨달았다. 그 표제야말로, 내가 문학에서 찾지 못하던 그 신비의 세계는, 역시 문학 속에 존재하며, 틀림없이 나에게 열린다는 관념을 갖게 해주었던 것이다. 그렇다고 해서, 그것이 무슨 대단한 책은 아니고『프랑수아 르 샹피』였다. 하지만 그 이름은, 게르망트의 이름과 마찬가지로, 나에게는 그 뒤에 친숙해진 그 이름하고 같지는 않았다. 엄마가 조르주 상드의 책을 읽어 주는 동안에,『프랑수아 르 샹피』의 주제 속에 있었던, 알쏭달쏭했던 것의 추억이, 이제 그 표제를 만나자 되살아나서(게르망트라는 이름 역시, 게르망트네 사람들과 오래 못 만났을 적에는 ―『프랑수아 르 샹피』가 소설의 정수를 담고 있듯이 ― 참으로 풍부한 봉건 시대의 꿈을 담고 있었다), 베리 주(州)를 배경으로 삼은 조르주 상드의 전원소설 속에 있는 것과 매우 공통되는 관념과 잠시 갈마들었다. 이것이 연회석상 같은 데서, 사념이 항상 표면에 머물러 있을 때라면, 아마도『프랑수아 르 샹피』에 대해 지껄이건 게르망트네에 대해서 지껄이건, 어느 경우나 콩브레 시절까지 거슬러 올라가지는 않았을 거다. 하지만 지금처럼 혼자 있을 때, 나는 훨씬 더 깊은 곳으로 가라앉는 것이었다. 그런 순간, 지난날 사교계에서 사귄 아무개가, 게르망트 부인의, 곧 그 환등의 인물의 사촌 자매였다는 관념 따위야 알다가도 모르는 일인 듯싶었고, 마찬가지로, 전에 읽은 가장 훌륭한 책조차도, 그 비범한『프랑수아 르 샹피』와 필적 ― 나는 훨씬 낫다고는 말하지 않겠다, 사실은 그럴지라도 ― 한다고는 생각되지 않았다. 그것은 무척이나 오래 된 어릴 적 인상이었다. 유년 시절과 가족과의 온갖 회상이 오밀조밀하게 뒤섞여 있어서, 얼른 분간할 수가 없었던 것이다. 처음 순간에는 화가 나서, 누구야, 이렇게 불쑥 찾아와서 내 기분을 잡치러 온 에트랑제(옮긴이:

étranger, 타인, 이방인, 낯선 사람)는, 하고 나는 의아해 했었다. 그 에트랑제는 나 자신이었다, 그 무렵 나였던 어린이였다, 그런 나를 이제 막 이 책이 내 속에 자아내었으니, 이 책은, 나에 대해서는 그런 소년 시절의 모습밖에 모르기 때문에, 그 책이 지금 당장 불러 낸 것도 어린 시절의 모습이었고, 그 어린이의 눈에만 보이고 싶고, 그 어린이 마음속에서만 사랑받고 싶고, 그 어린이에게만 말을 건네고 싶었던 것이다. 그러므로 어머니가 콩브레에서, 거의 새벽녘까지 목청을 돋우며 읽어 준 이 책은, 나를 위해 그날 밤의 매력을 고스란히 간직해 두었다. 하기야, '경쾌한 필치로' 단숨에 쓴 책이라는 말을 즐겨 쓰는 그 브리쇼의 말을 빌리자면, 조르주 상드의 '필치'는 어머니가 그 문학적 취미를 서서히 바꾸어, 나의 문학적 취미를 따르게 될 때까지, 그처럼 오랫동안 내가 생각해 왔던 정도로, 마술 같은 필치라고는 전혀 생각되지 않았다. 오히려 그것은, 중학생들이 흔히 재미나서 그렇듯이, 부지불식간에 내 쪽에서 충전시킨(옮긴이: 원문은 électriser이니, '충전시키다', '감격시키다'라는 동사. 따라서 '내' 쪽에서 '감격한'이라고 번역할 수도 있음) 필치였다. 그러자 문득, 이제까지 오랫동안 의식한 적도 없었던 콩브레의 무구하고 사소한 일들이 저절로 팔랑팔랑 뛰어올라서 줄줄이 잇따라서, 자력(磁力)이 생긴 붓끝에 걸리러 와서 파르르 떠는 가없는 회상의 사슬 모양으로 되어 갔다.

사물은 그것을 바라본 사람의 눈에 뭔가를 간직하고, 사적이나 그림은 여러 세기에 걸쳐서 숱한 찬미자의 애정과 관조(觀照)가 짜낸 다감한 베일을 쓰고서 우리 앞에 나타난다고 신비를 좋아하는 어떤 종류의 사상가는 믿고 싶어한다. 그런 망상도, 각자에게 유일한 실재인 영역, 그 사람의 고유한 감수성의 영역으로 옮겨진다면 진실이 될 것이다. 그렇다, 이 뜻에서, 오로지 이 뜻에서(하지만 이 뜻도 예상외로 넓구나), 우리가 전에 바라본 사물은, 그것이 다시 바라보일 때, 지난날, 거기에 쏠린 눈길과 함께, 당시 그 눈길을 채 웠던 모든 심상을 다시 우리에게 가져다 준다. 곧 사물은 ─ 가령 그것이 어디에나 흔히 있는, 빨간 표지를 씌운 한 권의 책일지라 도 ─ 일단 우리 눈에 띄면, 우리들 속에서 즉시, 당시의 모든 염 려나 감동과 성질이 똑같은 어떤 비물질적인 것이 되어, 그러한 감 정과 혼연일체가 되고 만다. 전에 어떤 책에서 읽은 어떤 이름은, 그 음절 사이에, 그 책을 읽던 당시의 날씨, 곧 세게 불던 바람이라 든가 화창한 햇살 따위를 내포하고 있다. 그러므로 '사물을 묘사 한다'는 걸로 만족하고 사물의 선과 외면의 빈약한 리스트를 보여 주는 걸로 만족하는 문학은, 리얼리스트의 문학이라 자칭하지만 리얼리티하고는 가장 거리가 먼 것이고, 우리를 가장 메마르게 하 며 비관시키는 문학이니, 왜냐하면 그런 문학은, 사물의 정수를 간 직하고 있는 과거와, 또 사물의 정수를 새삼 음미케 하는 미래와 현재의 자아와의 모든 통로를 난폭하게 끊어 버리기 때문이다. 예 술이라는 이름으로 불릴 만한 예술이 표현해야 할 것은 다름 아닌 이 정수이다. 그리고 비록 그 일에 실패할지라도 역시 그 무력감에 서 하나의 교훈을 끌어낼 수가 있다(이와는 반대로, 리얼리즘의 결 과에서는 그러한 것은 하나도 끌어낼 수 없다), 곧 그 정수라는 것 이 약간 주관적이라서, 남에게는 통하지 않는다는 교훈을.

　게다가 어떤 시기에 본 사물, 읽은 책은, 언제까지나 우리 주위 에 있었던 것하고만 결부되어 남는 것이 아니라, 또한 당시의 우리 의 상태하고도 충실하게 결부되어 남아서, 당시의 우리 감수성이 나 자신을 통해서밖에는 이젠 상기할 수가 없다. 내가 도서실에 들 어가서, 설령 머릿속으로만 『프랑수아 르 샹피』를 되찾는대도, 금 세 내 속에서 한 어린이가 일어나서 내 자리를 차지하니, 그 어린

691

이 혼자만이 『프랑수아 르 샹피』라는 표제를 읽을 권리를 가지고 있어서, 뜰 안에 어떠어떠하던 날씨의 인상 그 자체, 고장과 생활에 관해 그 당시 품었던 꿈 그 자체, 내일에 대한 불안 그 자체를 느끼면서, 그 당시 읽던 그대로 이 책을 읽는다. 만약 내가 다른 시대에 속하는 사물을 다시 본다면, 그때 일어서는 것은, 또 다른 시대의 한 젊은이일 것이다. 오늘의 나 자신은 버려진 하나의 채석장에 불과하며, 거기에는 모두가 비슷비슷한 단조로운 석재(石材)밖에는 없는 줄로 오늘의 나 자신이 여긴다. 그러나 거기에서 하나하나의 추억이, 그리스의 조각가처럼 무수한 상을 새겨 낸다. 우리가 다시 보는 사물 하나하나가 모두 그렇다고 나는 말하련다. 왜냐하면 책은 물건으로서 그런 작용을 하는 한편, 그 책을 펼칠 때의 느낌, 종이의 결까지도 그 속에 하나의 추억을 간직하는 힘이 있어서, 지난날 베네치아에 대한 나의 상상의 묘사, 거기에 가고 싶어 했던 욕망 같은 것에 대한 추억을 보는 것 못지않게 생생하게 간직하고 있기 때문이다. 아니, 오히려 그 이상으로 생생하게 간직하고 있는 수조차도 있다. 왜냐하면 아무개를 회상하는 데 그 사람을 생각하는 걸로 그치지 않고서 그 사진 앞에서 거북하듯 서적 자체의 글이 방해되는 수가 있기 때문이다. 사실, 나의 어린 시절의 숱한 책들, 그리고 슬프구나! 베르고트 자신이 쓴 어떤 책으로 말하면, 피곤한 밤에 그것을 손에 드는 일이 있기는 하지만, 그러나 그것은, 갖가지 사물의 환상을 안고 옛날 분위기를 마시면서 쉬고 싶은 소망에서 열차에 탔을 때와 같은 것에 불과했다. 하지만 찾음으로써 얻어지는 그런 환기(喚起)는 책을 오래 읽음으로써 오히려 방해되는 법이다. 베르뒤랭의 책 중에도 그런 책이 하나 있었다(그것은 이 대공의 도서실에도 간직되어, 지극히 아첨하는 저속한 헌사[獻辭]가 씌어 있었지만), 지난날 질베르트를 만날 수 없는 겨울날이면 구석구석까지 읽어 버리곤 했건만, 이제는 그처럼 좋아하던 대목을 거기에서 다시 찾으려 해도 도저히 가능할 성싶지가 않다. 어떤 낱말이 그런 대목을 생각나게 할 법도 하건만 그것도 불가능하다. 도대체 그런 대목에서 발견했던 아름다움은 어디로 갔는가? 하지만 그것을 읽던 날 샹 젤리제를 덮고 있던 눈은, 책 자체에서 떨어져 버리지는 않아, 나는 언제까지나 그 눈을 보는구나.

그렇기 때문에, 만약 내가 게르망트 대공처럼 애서가가 되고 싶었다면, 어떤 유별난 방법, 곧 책 본래의 가치를 떠난 아름다움을 가볍게 보지 않는 방법, 가령, 애서가가 그 책에 대하여, 어떤 서고들을 거쳐 왔는가를 알거나, 어느 사건의 계기로 어느 군주가 어느 유명 인사에게 선사했다는 유래를 알거나, 경매에서 경매로 건너간 그 책의 내력을 더듬거나 한 일에서 찾아내는, 그런 아름다움을 찾는 방법을 택했을 것이다. 책이 지닌, 말하자면 그런 역사적인 아름다움은 나에게서 상실되지는 않을 것이다. 다만 그런 아름다움은, 차라리 자진해서 나 자신의 생활 역사에서 찾아내지 시시한 호사가가 아니다. 게다가 그런 아름다움을 결부시키는 것은, 흔히 물질적인 인쇄본에 대해서가 아니라, 작품 그 자체에 대해서이며, 콩브레의 나의 작은 방에서, 밤중에 첫 명상에 잠겼던, 그『프랑수아 르 샹피』에 대해서이다. ─그것은 아마도, 내 평생에 가장 감미롭고도 가장 슬픈 밤이었을 것이다. 또 그 방이야말로, 아뿔싸!(신비로운 게르망트네 사람들이, 도저히 접근할 수 없는 존재로 여겨지던 시절에) 양친에게서 처음으로 양보를 얻어 낸 방이며, 그것이 계기가 되어, 나의 건강과 의지의 감퇴, 하기 힘든 일에 대한 날로 더해 가는 단념이 시작되었다고나 할까 ─그런『프랑수아 르 샹피』가 바로 게르망트네 도서실에서 다시 발견되었던 것이다, 오늘이라는 이 가장 근사한 날, 내 사고의 오랜 모색뿐 아니라, 거기에 또 생애의 목적과, 그리고 어쩌면 예술의 목적까지도, 갑자기 내 앞에 환히 비쳐진 이 찬란한 날에. 그런데 인쇄본만 해도, 생생한 말뜻에서 나는 흥미를 느낄 수가 있었을 거다. 곧 어떤 저작물의 초판이 다른 판보다도 귀중하게 되려면, 그 초판을 가지고 처음으로 내가 그 저작을 읽었다는 뜻이 있어야만 했을 거다. 내가 초판본을 찾는다면, 그것은 그 초판본에서 고유한 인상을 받았다는 뜻에서일 거다. 왜냐하면 그 이후의 인상은 이미 고유하지 못하기 때문이다. 소설에 대해서 오래 된 장정본을 수집한다면, 내가 처음으로 소설을 읽던 시대의 장정, 그리고 아버지가 나에게 그처럼 귀 아프게 '몸을 꼿꼿이 펴라'고 하는 말을 듣던 장정, 그런 것을 수집하리라. 처음 만났을 적에 여자가 입었던 옷처럼, 그런 장정은 그 무렵 내가 품었던 사랑이나, 내가 본디대로 되찾으려고 그 위에 수많은 심상을 겹쳐 놓아 와서 나날이 정이 식어 간 아름다움을 되찾는 데 도움이 되리라. 지금의 자아라는 것은 이미 당시의 미를 본 그 자아는 아니다. 당시의 자아는 알고, 지금의 내 자아는 조금도 모르는 그런 것을 불러내기 위해서는 아무래도 지금의 자아는 당시의 자아에 자리를 내주어야만 한다.

그러므로 만약 내가 도서실을 마련한다면, 그것은 더욱 큰 어떤 가치가 있는 것이 되리라. 왜냐하면 지난날 콩브레나 베네치아에서 읽은 책은, 이제는 내 기억을 통해, 생 틸레르 성당, 눈부신 사파이어를 박은 대운하 옆에 있는 산 지오르지오 마치오레 대성당 밑에 정박시킨 곤돌라를, 그런 폭넓은 색채화로 윤색해져, 저 '그림 든 호화본'답게 될 테니까. 그것은 말하자면, 삽화로 아름답게 꾸며진 성서이기도 해서, 애호가가 결코 본문을 읽기 위해 펼치는 책이 아니라, 푸케(옮긴이: Foucquet, 1420~1479. 프랑스의 화가)와 맞먹을 어떤 거장이 손질한, 이 책이 지닌 가치의 전부인, 채색을 다시 한 번 심취하기 위해 펴 보는 책이다. 그렇기는 하나, 전에 읽은 그런 책을, 당시 그 책에 장식되어 있지 않았던 심상의 삽화를 바라보기 위해서만, 지금 펼치는 일도, 나에게는 아직 위험스러울 것 같아서, 내가 이해할 수 있는 이런 유일한 의미에서도, 더더욱 애서가가 되고 싶은 마음은 안 들었을 거다. 정신이 남기는 그런 심상이 정신에 의해서 얼마나 쉽사리 지워지는가를 나는 너무도 잘 안다. 오래 된 심상을, 정신은 그것의 새로운 것으로 대체해 나간다. 새로운 심상은 이미 동일한 재생력이 없다. 그러므로 할머니가 내 생일선물로 주기 위해 두고 간 책꾸러미에서 어느 날 밤 어머니가 꺼낸 그『프랑수아 르 샹피』를 아직 내가 가지고 있다 해도, 나는 결코 그것을 보지 않을 거다. 거기에 오늘날의 나의 인상이 조금씩 서서히 삽입되어 가는 걸 보기가 너무나 겁나고, 또 콩브레의 작은 방에서 그 표제를 판독한 어린이를 다시 한 번 불러내 달라고 그 책에 청할 때, 그 어린이가 이미 그 책의 음성을 못 알아듣고, 불러도 대답 없이, 영원히 망각 속에 묻혀 버리고 말 정도로, 그처럼 그 책이 현재의 것이 되고 마는 꼴을 보기가, 너무나 겁날 테니까.

* * *

그 순간, 우두머리 급사가 와서, "첫 곡목이 끝났으니, 도서실에서 나와 객실에 들어가셔도 좋습니다" 하고 나에게 말했다. 그 말에 나는, 내가 어디에 와 있는지 새삼 생각이 났다. 그러나 고독 중에서 찾아낼 수 없었던 새로운 삶을 향한 이 출발점이 사교의 모임, 사교계에의 복귀에 의하여 제공되었다는 사실로 해서, 이제 막 시작한 내 추리의 흐름은 조금도 흐리지 않았다. 그 사실에는 조금도 이상할 것이 없었으니, 내 가운데 영원한 인간을 소생시킬 수 있는 인상은(지난날 내가 생각했듯이, 어쩌면 지난날의 나에게는 그러했듯이, 이제 겨우 끝났는가 싶은 그 오랜 정지가 아니라, 아마도 내가 조화된 성장을 했더라면, 지금도 역시 그랬을지도 모르듯이) 필연적으로 사교계보다도 고독 쪽에 결부되어 있는 것도 아니었으니까. 그도 그럴 것이, 내가 이와 같은 미적인 인상을 느끼는 건 다음과 같은 경우, 곧 아무리 하찮은 것이라도 현재 느끼는 어떤 감각에 따라서, 그와 비슷한 감각이 저절로 내 가운데 되살아나서, 그 현실의 감각 위에 겹쳐지면서, 그것을 동시에 여러 시기에 고루 미치게 하여, 평소에는 하나하나의 감각이 무수한 공백을 남기고 있는 나의 영혼을 보편적인 본질로 가득 채워 버리는 경우뿐이기 때문에, 그와 같은 감각을 자연 속에 있을 때와 같이 사교계에 있을 때에도 안 받을 리가 없었다. 왜냐하면 그러한 감각은 우연에서 생기는 것으로서, 일상생활의 궤도에서 벗어난 날이면, 오랜 습관이 우리의 신경조직으로 하여금 감지하지 못하도록 막고 있는 지각을, 지극히 단순한 사물에 닿아도 느끼게 만드는 개인적인 흥분도, 틀림없이 그러한 우연을 도와 주고 있을 테니까. 나는 예술 작품에 이르는 길을 가르쳐 주는 것은 오직 하나, 그러한 감각뿐이라는 그 객관적 이유를 찾아내려고 도서실에서 더듬던 사고의 흐름을 계속해 쫓아갔으니, 도서실에 혼자 있을 때와 마찬가지로 여러 손님으로 둘러싸여 객실에 있을 때에도 사념을 계속할 수 있으리만큼 이제는 정신 생활의 시작이 내 몸 구석구석까지 강하게 퍼져 있다는 느낌이 들었으니까. 이렇게 생각하자, 이처럼 숱한 손님들 속에 끼어도, 나는 자신의 고독을 지켜 낼 수 있을 것 같은 생각이 들었다. 왜냐하면 중대한 사건도 외부에서부터 우리의 정신력에 영향을 미치지 못하고, 아무리 서사시적인 시대에 살아도 범용한 작가는 어디까지나 범용한 작가를 못 벗어나기 때문이다. 그와 같은 이유에서, 사교계에서 위험한 것은, 사람들이 묻혀 들이는 부박한 기분이다. 하지만 웅장한 전쟁이 무능한 시인을 반드시 숭고한 시인으로 만들 수만은 없듯이, 사교계도 그 자체만으로 사람을 범용하게 만들 수는 없는 것이다. 이와 같이 하여 예술 작품이 구성되는 일이 이론적으로 바람직한 일인지 아닌지, 그것은 차치하고, 그것은 또한 내가 그러려고 했듯이, 이 점은 금후의 검토에 기대하기로 하고, 나에게 관한 한, 진실로 미적인 인상을 받았던 건, 언제나 이와 같은 것을 감각한 직후였음을 부인하지 못한다. 그와 같은 미적 인상을 받기는 나의 생애에서는 매우 드물었지만 그것이 나의 생애를 지배하여서 실수로 잊어버렸던(앞으로 다시는 그러지 않을 작정이지만) 그러한 몇몇 절정을 나는 과거에서 되찾을 수 있었다. 그것은 특히 나에게만 중요하기 때문에, 나에게 특유한 특징이겠지만, 그렇다 해도, 몇몇 작가에게서 볼 수 있는 그것과 상당히 비슷한 특징, 그다지 현저하지는 않지만 분명히 알아볼 수 있는 특징과 혈연관계가 있다는 사실을 발견하고 나도 안심했다고 말할 수가 있다. 마들렌 과자의 감각과 같은 감각은『무덤 저쪽의 회상록』중의 가장 아름다운 부분과 이어져 있지 않을까? "어제 저녁, 나는 홀로 산책하고 있었다……. 한 그루의 자작나무 꼭대기에 앉은 한 마리의 개똥지빠귀가 지저귀는 소리에, 나는 퍼뜩 명상에서 깨났다. 그 순간 그 마법의 소리가 아버지의 영지를 내 눈앞에 떠오르게 했다. 나는 이 눈으로 최근에 보아 온 처참한 사변도 잊고, 갑자기 과거로 옮겨 가서, 개똥지빠귀 우는 소리를 자주 듣던 그 전원을 다시 보았다." 이『회상록』의 가장 아름다운 몇몇 문장 중에서 가장 아름다운 문장 중의 하나는, 다음과 같은 것이 아닐까? "헬리오트로프(옮긴이: heliotrope, 지치과에 딸린 다년생 풀)의 섬세하고 그윽한 향기가 꽃이 만발한 조그마한 잠두의 화단에서 풍기어 온다. 그것은 조국의 미풍에 실려 온 것이 아니라, 이 유배(流配)된 식물하고는 아무런 상관도 없이 어렴풋한 회상이나 일락하고도 교감(交感)하는 바 없이, 뉴펀들랜드의 거센 바람에 실려 온 것이다. 미인에게 맡아지는 일도 없고, 그 가슴에서 정화되는 일도 없고, 그녀가 밟는 길을 따라서 퍼지는 일도 없는 이 향기, 여명과 문화와 인간 사회로 변한 그 향기 속에는, 아쉬움, 결핍, 청춘의 온갖 우수가 서려 있었다." 프랑스 문학의 걸작 중의 하나인 제라르 드 네르발(옮긴이: Gerard de Nerval, 1808~1855. 프랑스의 시인, 독일 문학의 번역가, 미쳐서 목매달아 죽음)의 『실비』에는, 콩부르에 관해서 이야기하는 책 『무덤 저쪽의 회상록』과 마찬가지로, 마들렌의 맛이나 '개똥지빠귀의 지저귐'과 같은 종류의 감각이 내포되어 있다. 마지막으로 보들레르에 이르러서는, 이런 어렴풋한 추억은 더욱 수두룩하고, 분명히 우연의 횟수도 적기 때문에, 나의 생각으로는 확고부동한 것이다. 이 시인이야말로, 충분한 시간을 두고 고르고 골라서, 가령 여자 냄새, 머리털 냄새나 유방 냄새에서, '한없이 둥근 창궁(蒼穹)'(옮긴이: l'azur du ciel immense et rond, 「머리털」 중의 한 구절)이나 '함선기와 돛대로 가득한 항구'(옮긴이: un port rempli de flammes et de mâts, 「이국의 향기」 중의 한 구절) 등을 그에게 환기시키는 영묘한 유사(類似)를 의식적으로 추구한다. 나는 전치(轉置)된 감각이, 이와 같이 하여 그 밑바닥에 숨어 있는 보들레르의 시편(詩篇)을 상기하려고 애쓰면서, 자신을 이토록 고귀한 문학적 계열 속에 나를 위치시킴으로써, 추호의 망설임도 없이 착수하려는 작품에는, 노력을 기울일 만한 가치가 있다는 확신을 품으려고 할 즈음, 도서실에서 아래층으로 통하는 계단을 다 내려온 나는 넓은 객실 안, 향연 한가운데에 서 있다는 사실을 문득 깨달았다. 그것은 과거에 내가 참석했던 어느 향연하고도 많이 다른 것으로 보였고, 특별한 광경을 나타내는 동시에 새로운 의미를 띠기 시작하고 있었다. 사실, 넓은 객실로 들어서는 순간부터, 나는 방금 세운 계획을 그대로 가슴에 단단히 품고는 있었지만, 무대 위에서처럼 뜻밖의 급변이 일어나, 그것이 나의 계획에 거역하여 다시없이 중대한 항의를 하게 내세우려고 하였다. 물론 그것은 틀림없이 내가 물리칠 수 있는 항의일 테지만, 예술 작품의 조건에 대해서 마음속으로 곰곰이 생각하는 동안에도, 가령, 나를 망설이게 만들기에 알맞은 이유를 100번이나 되뇌이면서, 끊임없이 나의 추리를 가로막으려 들었다.

처음에 나는, 어째서 이 댁의 주인이나 내빈 각자를 누구인지 알아보는 데 내가 망설였는지, 어째서 저마다 얼굴을 완전히 딴 판으로 보일 만큼, 하나같이 머리에 분가루를 뿌리고, '점잔을 빼고' 있는지, 영문을 몰랐다. 손님들을 접대하는 대공에게는, 처음 만났던 무렵에 보이던, 동화 속의 임금님 같은 그 호인다운 모습이 아직 남아 있었지만, 지난날 그가 손님에게 강요했던 예의 범절을 이번엔 몸소 지키는지, 흰 턱수염을 이상하게 기르고, 발에는 납으로 댄 신바닥 같은 것을 무거운 듯이 질질 끌고 있어서, 보기에 「인생의 일곱 고개」의 노인역으로 분장하고 있는가 싶었다. [그의 콧수염도, 마치 콧수염 자리에 『엄지동자』(옮긴이: Petit Poucet, 페로[Perrault, 1628~1703]의 동화)의 숲에 내린 서리가 남아 있듯이 희었다. 콧수염이 굳어진 입에는 거추장스러운 듯, 효과를 거둘 수만 있다면 당장에라도 없애 버릴 것만 같았다.] 사실 말이지, 얼굴 모습의 두서넛 비슷한 점에서 동일 인물이라 추측하고 단정한 덕분에 나는 그 사람이구나 알아보았을 뿐이다. 나는 그 작은 프장사크가 얼굴에 무엇을 발랐는지는 모르지만, 다른 사람들이 턱수염의 반쯤, 또는 콧수염만 희어지고 있는데, 그는 그러한 빛깔에 아랑곳없이, 잔뜩 공을 들여서 얼굴을 온통 주름투성이로, 눈썹을 죄다 곤두서게 만들었는데, 그 모양은 그에게는 맞지 않는 분장이어서, 얼굴이 굳어지는 청동색이 되는 동시에 몹시 유체스럽게 보이는 효과를 내어, 도저히 젊은이라고는 생각되지 않을 정도로 늙수그레하였다. 그리고 또 나는, 코밑에 은백색 대사형(大使型) 수염을 기른 체소(體小)한 노인을 샤텔로 공작이라고 부르는 소리를 듣고 깜짝 놀랐는데, 겨우 옛 모습이 남아 있는 눈 한구석에서, 언젠가 빌파리지 부인을 방문했을 때 한 번 본 적이 있는 젊은이인 줄 알아보았다. 이런 가장을 벗기고, 본바탕대로 남은 얼굴 모습을 기억의 수고로 완전히 복원하고자 애쓴 끝에 간신히 누구라는 것을 알아볼 수 있었던 최초의 인물에 대해서 내가 생각한 것은, 누구라는 것을 알아보기에 앞서 우선 누구일까 하고 주저할 만큼 교묘하게 변모시킨 그 솜씨에 대한 칭찬이었을 것이 틀림없고, 또한 아마도 그랬을 거다. 그러한 주저는, 그 자신의 배역과는 아주 다른 인물로 분장한 명배우가 무대에 나타날 때에 관객에게 주는 느낌 같은 것이니, 관객은 프로그램에 의하여 미리 알고 있으면서도, 잠시 동안 박수도 잊고 어리벙벙해 한다.

이런 점으로 보아 가장 비범한 이는 나 개인의 적수인 아르장쿠르 씨로서, 그야말로 그 마티네의 인기를 독차지하는 존재였다. 이제 겨우 희끗희끗해진 자기의 턱수염 대신, 믿어지지 않을 만큼 희고 얄궂은 수염을 이상야릇하게 기르고 있을 뿐 아니라, 또한(여러 가지의 사소한 육체상 변화는 사람을 작게 보여지게도 하고 크게 보여지게도 할 뿐 아니라, 표면에 나타난 그 사람의 성격이나 인품마저도 일변시키는 만큼) 그의 위엄, 딱딱한 점잔 등은 아직도 내 기억에 남아 있건만, 이제 존경심 따위는 털끝만큼도 자아낼 수 없는 늙은 거지가 되어 버렸을 뿐더러, 자기가 분장한 망령든 영감 역을 박진감 넘치게 연기하다 보니, 수족은 후들후들 떨리고, 언제나 거만한 얼굴의 표정은 축 처진 채 어리석은 지복(至福)에 어쩔 줄 몰라 희죽희죽 웃고 있었다. 변장술도 이쯤 되면, 변장의 단계를 넘어서 변신이 된다. 사실, 이 형용키 어려운, 그림 같은 연기를 보여 주는 사람은 다름 아닌 아르장쿠르 씨라는 사실이 몇 가지의 사소한 점으로 증명됐댔자 소용없는 노릇이니, 만약 내가 알고 지내 온 아르장쿠르 씨의 얼굴을 다시 찾아내고 싶었다면 얼마나 많은 얼굴 모습들을 차례차례 건너가야 하였을까, 그토록 그는 달라져 있었다. 분장을 할 때에, 마음대로 사용할 수 있는 것이라곤 오직 자기 자신의 육체밖에 없건만! 그것이야말로, 분명히 그가 감쪽같이 해낼 수 있는 변장의 극치였다. 오만불손한 얼굴로, 활 모양으로 잔뜩 뒤로 젖뜨린 상반신도, 이제는 이미 흐느적거리는 흐슬부슬한 넝마에 불과하였다. 전에는 가끔 그 거만을 잠시 누그러뜨리기도 하던 아르장쿠르 씨의 어떤 미소를 겨우 상기해 본들, 흐슬부슬한 헌옷 장수다운 그 미소의 싹이 지난날의 단정한 신사 몸 속에 있었다고 어찌 이해할 수가 있겠는가. 하지만 아르장쿠르가 여전히 같은 의사로 미소짓고 있거니 가정하더라도, 변모가 너무도 심해서, 미소를 나타내는 눈의 본질마저 달라지고 표정도 일변하여 딴 사람 같았다. 날벼락을 맞긴 했으나 예의 바른 샤를뤼스 씨가 비극적인 의미에서 그러하듯이, 선의로 가득 찬 자신의 희화(戱畵) 속의 인물이 된 이 희한하게 노망 든 사람 앞에서 나는 웃음을 그치지 못했다. 라비슈(Labiche)에 의해서 과장된 르냐르(Regnard) 풍으로, 다 죽게 된 광대 가수가 완전히 몸에 밴 아르장쿠르 씨는, 시시한 사람의 인사에 대해서도 성의껏 모자를 벗는 리어 왕 역을 맡은 샤를뤼스 씨와 같이 부드럽고 붙임성도 있었다. 그러나 나는, 그가 보여 주는 괴이한 모습에 대하여 찬사를 보내고 싶은 생각이 나지 않았다. 그에게 대한 나의 옛 반감이 그러지 못하게 한 것이 아니었다. 왜냐하면 그는 분명히 옛날과는 판이하게 달라져서, 나는 평소의 아르장쿠르 씨가 거만하고 툭하면 대들고 위험스럽기 그지없던 만큼이나 지금은 싹싹하고도 온화하고 독 없는 딴 사람 앞에 있는 듯한 환상을 안고 있었기 때문이다. 너무도 딴 사람이 되어 있기 때문에 이루 말할 수 없으리만큼 낯을 찌푸린 익살맞고 새하얀 이 인물, 어린애로 돌아간 두라킨 장군을 닮은 이 눈사람 영감을 보노라면, 인간도 어떤 곤충처럼 완전한 변태(變態)가 가능할 듯싶었다. 나는 과학 박물관의 박물학 교육 전시실에서, 곤충의 온갖 모습 중에서 가장 신속하고 확실한 변화의 완료를 관찰하고 있는 듯한 느낌이 들어서, 꿈틀거린다기보다 오히려 바르작거리는 이 말랑말랑한 번데기 앞에서는 언제나 아르장쿠르 씨가 내게 일으켰던 느낌을 느낄 수 없었다. 하지만 나는 침묵을 지켜 인체의 변형이 야기될 수 있는 한계를 넓힌 성싶은 기이한 모습을 보여 준 데 대하여, 나는 아르장쿠르 씨에게 별다른 치하를 하지는 않았다.

아닌게 아니라, 극장의 무대 뒤라든가 가장 무도회의 회장 같은 데에서는 예의상, 가장한 당자가 누구인지 좀처럼 알아보기 힘든 걸 과장하거나, 거의 알아볼 수 없다고 단언하기가 일쑤이다. 그러나 여기서는 그와 반대로, 변장한 사람들을 되도록 모른 체하라고 본능이 일러줘, 나는 그 변장이 하고 싶어서 한 짓이 아니니까 칭찬할 것이 못 되는 걸 알아채고, 그러다가 마침내, 이 객실에 들어설 때에는 생각지도 않았던 사실, 오래 출입하지 않다가 오래간만에 사교 석상에 나오면, 낯익은 사람이라고는 두셋밖에 없는 간단한 모임일지라도, 이제까지 가장 성공한 가장 무도회 같은 효과를 낳는다는 사실, 그런 모임에서 남들을 보고 사뭇 진지하게 '당황해' 지는데, 그러한 얼굴은 오랫동안을 두고 본의 아니게 만들어진 것인 만큼, 모임이 끝났다고 해서 깨끗이 씻어지는 게 아니라는 것을 생각해 냈다. 남들을 보고 당황해 할 뿐일까? 유감이지만 우리 자신도 남들을 당황케 한다. 왜냐하면 남들 얼굴에 마땅한 이름을 붙이는 데 내가 느낀 것과 같은 곤란을, 내 얼굴을 언뜻 본 남들도 모두 느끼는지, 그런 얼굴은 생전 처음 본다는 듯이 거들떠보지도 않거나, 지금의 내 모습에서 다른 추억을 찾아내려고 하였기 때문이다.

질베르트 드 생 루가 나에게 "함께 레스토랑으로 식사하러 가실까요?" 하고 말했다. 내가 "젊은 남자하고 단둘이서 식사하러 가도 염려 없다고 생각하신다면" 하고 대답하자, 주위의 사람들이 모두 웃는 바람에 나는 얼른, "아니 늙은이하고 함께" 하고 덧붙였다. 일동을 웃긴 그 언사는 언제까지나 나를 어린이로 여기던 어머니가 나를 두고 말할 때에 씀직한 언사임을 깨달았다. 그래서 나는 내 나이를 판단하는데 어머니와 똑같은 관점에 서 있음을 퍼뜩 알아차렸다. 아주 어릴 적부터 나에게 일어났던 갖가지 변화를, 어머니처럼 적어 두었다 쳐도, 이미 이제 이르러서는 그것도 낡아 빠진 변화인 것이다. 나는 여전히 실제보다도 사뭇 몇 해씩 앞질러서 한때 남들로 하여금 '얘는 이미 어엿한 청년이지요' 하는 말을 하게 만드는 그 변화의 시기에 머물러 있었던 것이다. 나는 아직도 변화를 생각하였는데, 이번은 한량없이 뒤늦게(en prenant de l' avance(앞질러)와 대조되는 avec immense retard(한량없이 뒤늦게)를 의역하면 '젊은 시절은 이미 지나간 지 오래'라는 뜻을 말함). 나는 자신이 얼마나 달라졌는지 알아차리지 못했다. 하지만 요컨대, 방금 폭소를 터뜨린 사람들은 대관절 나의 어디에서 변화를 보았을까? 나의 머리는 아직 반백도 아니고 콧수염도 검은데, 나는 그들에게 그런 끔찍한 사실에 대한 증거가 어디에 나타나 있는지 물어 보고 싶었다.

[그리고 이제야말로 나는, 늙음이 뭔지 이해하였다. 온갖 현실 중에서, 아마도 평생 동안에 우리가 가장 오래 계속해서 그 추상적인 관념을 지키는 현실인 늙음, 달력을 보거나, 편지에 날짜를 적거나, 우리의 친구나 그들의 자녀가 결혼하는 것을 보면서도, 공포나 게으름 때문에 그런 사실들이 지니는 의미를 이해하지 못하는구나, 우리가 이제 전혀 딴 세상에 살고 있다는 것을 가르쳐 주는 아르장쿠르 씨의 그림자처럼 생소한 그림자를 보는 날까지, 그리고 또, 우리의 여자 친구의 손자, 우리가 본능적으로 동료로 대하고 있는 청년이, 마치 할아버지처럼 보이는 우리에게 마치 놀림이라도 받고 있는 듯이 미소짓는 날까지. 나는 죽음, 사랑, 정신의 환희, 고뇌의 효험, 천직 등이 뜻하는 바른 뜻을 이해하였다. 왜냐하면 비록 이름이 나에게서 그 개성을 잃었다 할지라도, 낱말이 그 온갖 뜻을 나에게 보여 주었으니까. 심상의 아름다움은 사물 뒤에 깃들이고, 관념의 아름다움은 사물 앞에 깃들인다. 따라서 전자는 우리가 사물에 도달하자 매력을 잃지만, 후자는 우리가 사물을 넘고 나서야 비로소 이해된다.]

방금 한 끔찍한 발견은 주로 내 책의 같은 소재에 관한 방면에서 나에게 도움이 될 것이다. 나는 그 소재를 진실로 완벽한 인상, '시간'의 권외에 있는 인상만으론 구성할 수 없다고 판단했기 때문에, 내가 그것들에 끼울 작정으로 있는 갖가지 진리 중, 인간이나 사회나 국민이 그 속에 잠겨서 변화하는 '시간', 그 '시간'과 관계가 있는 인상 또한 큰 위치를 차지하게 될 것이다. 나는 인간이 겪는 그러한 달라짐, 그 여러 새로운 예를 매분마다 보고 있는 달라짐을 구경하는 데만 정신 팔리고 싶지 않았다. 그 증거로, 일시적 방심쯤으로 멈추지 않을 만큼 단호하게 걷기 시작한 나의 작품을 전심전력 구상하면서도, 나는 계속해 친지들과 인사도 담소도 하였기 때문이다. 하기야 늙음은 누구에게나 비슷한 투로 나타나 있는 것은 아니었다. 나는 누군가가 내 이름을 묻는 걸 보고, 묻는 이가 캉브르메르 씨라고 옆사람이 나에게 일러 주었다. 그러자 그는 나를 알아보았다는 걸 나에게 보여 주려고, "여전히 그 천식에 고생하시나요?" 하고 물었다. 그렇다는 내 대답에 대하여, "그건 장수하는 데에는 별로 지장이 안 되지요" 하고 그는 내가 분명코 100세나 되는 듯 말했다. 나는 그의 얼굴 모습의 두세 가지 특징, 나의 옛 기억(그의 풍채라고 일컫는)의 종합, 그 나머지는 모든 점에서 다른 그 종합 속에 사념을 통해 들어맞힐 수 있는 두세 특징을 눈여겨보며 그에게 이야기하였다. 그러나 그는 슬쩍 얼굴을 약간 돌렸다. 그러자, 그 볼에, 눈이며 입을 열기가 거북할 정도로 커다란 붉은 고름집이 달려 있어 전혀 딴 사람으로 보였다. 그래서 나는, 그 면종(面腫) 같은 것을 차마 볼 수가 없어서, 그저 어이없이 멍하니 서 있었다. 그로서는 그 면종에 대한 이야기야말로 맨 먼저 나에게 해야 되지 않았을까 싶었다. 그러나 그는 대범한 병자이기나 한 듯이, 면종에 대해서는 비추지도 않고 웃고만 있기 때문에, 나는 그 종기에 대해서 묻지 않는다면 몰인정해 보이고, 묻는다면 눈치가 없어 보이지 않을까 켕겼다. "나이를 먹을수록 천식의 발작은 좀 뜸하지 않습니까?" 하고 그는 계속해 천식에 관해 내게 물었다. 그렇지 않다고 나는 대답했다. "허어! 하지만 내 누이동생은 옛날에 비해 눈에 띄게 적어졌는데요" 하고 그는 시비조로, 마치 내 경우와 자기 누이동생의 경우가 다를 리가 만무하다는 듯이, 또 나이는 일종의 양약(良藥)인지라, 고쿠르 부인에 잘 듣던 것이 나라고 해서 안 들을 리가 만무하다는 듯 나에게 말했다. 캉브르메르 르그랑댕 부인이 다가왔기 때문에, 나는 그녀의 남편 얼굴에서 주목한 것에 대해서 한마디 동정하는 말을 하지 않으면 매정해 보일 것만 같아서 더욱더 조마조마했지만, 막상 그 말을 맨 먼저 꺼내지 못하였다. "저이를 만나니 기쁘세요?" 하고 부인이 나에게 말하였다. —"부군께서는 건강하시군요?" 하고 나는 모호한 어조로 대꾸했다. —"그럼요, 과히 나쁘지 않죠, 보시는 바와 같아요." 나의 눈을 돌리게 했던 그 종기가 그녀의 눈에는 띄지 않았던 것이다. 그것은 바로 '시간'이 후작의 얼굴에 씌운 '시간'의 가면 중의 하나이지만, 서서히 조금씩 부어 올랐기 때문에, 후작 부인의 눈에는 띄지 않았던 것이다. 캉브르메르 씨가 나의 천식에 대한 질문을 냈으므로, 이번에는 내가, 후작의 모친께서 아직 생존해 있는지의 여부를 누군가에게 넌지시 물을 차례가 되었다. 아직 생존해 있었다. 흘러간 시간을 재량하는 데 첫걸음만 힘겹다. 처음에는 숱한 세월이 지나갔다는 상상을 하는 데에 우리는 많은 곤란을 느낀다. 13세기를 그처럼 아득한 옛날일 줄은 생각도 안 해 보았건만, 나중에 가서는, 아직 13세기의 성당이 꽤 많이 남아 있으리라는 생각은 좀처럼 하기 어렵다. 그렇지만 프랑스에는 13세기의 성당은 수없이 많다. 젊은 시절에 대해서 잘 아는 어떤 사람이 60세가 되었다는 말을 들어도 좀처럼 납득되지 않지만, 그로부터 15년 뒤에, 그 사람이 아직 살아 있을 뿐 아니라, 75세밖에 안 됐다는 말을 들으면 더욱더 이해를 잘 못하는 사람들의 마음에 생기는 그 완만한 작용이 잠시 동안 내 마음속에도 생겼다. 나는 캉브르메르 씨에게 모친의 안부를 물었다. '여전히 기가 막히지요' 하는 대답에서 그가 사용한 형용사는, 늙은 육친을 혹독하게 다루는 종족과는 달리, 가령 노인의 귀가 밝다든가, 노인이 걸어서 미사에 간다든가, 침착하게 초상의 슬픔을 견딘다든가 하는 순전한 육체적 능력의 행사(行使)가, 자녀들 눈에는 놀라운 정신적 아름다움으로 비치는 그런 가정에서 노인에 대해서 쓰이는 말이었다.

[여자들 중에는 화장으로 인해 오히려 늙음을 드러내는 이가 있는데, 남자들 중에는 도리어, 이제까지 늙음이 드러나 보이지 않던 얼굴에, 화장을 안 함으로써 늙음이 나타나고, 남에게 잘 보이고 싶은 기력도 잃어, 화장을 안 하면서부터 완전히 딴 사람으로 보이는 사람이 있다. 르그랑댕은 그 중의 한 사람이었다. 화장을 했으리라고는 꿈에도 생각지 않았던 입술이나 뺨의 장밋빛이 없어진 탓으로, 그의 얼굴에는 잿빛이 돌았고, 석조상(石彫像)처럼 또렷한 굴곡이 나타나 있었다. 그에게서는 화장을 하고 싶은 의욕뿐 아니라 미소를 짓거나 눈을 반짝이거나 재치있는 이야기를 하고 싶은 의욕마저도 없어지고 말았다. 몰라보게 창백하고 파리하여, 마치 저승에서 불려온 음귀의 헛소리 같은 말을 띄엄띄엄 지껄이는 그를 보고 놀라지 않는 사람은 없었다. 그가 어쩌다가 활기나, 유창한 언변이나 매력 등을 잃었는지 누구나 의아해 하였다. 마치 생전에는 재기 발랄하던 사람이 지금은 보잘것없는 '혼백' 앞에서 자문자답하듯이(하기야 강령술사[降靈術師]가 이 '혼백'에게 여러 가지 질문을 던지면, 그것이 재미있게 전개되는 수도 있지만). 그러다가 사람들은, 연지를 바른 날렵한 그 르그랑댕을 창백하고 처량한 그의 유령이 되게 한 원인은 바로 늙음이구나 생각하였다.

그런데 어떤 사람의 경우는, 머리도 아직 세지 않은 수가 있다. 그래서 나는, 상전에게로 가서 귀엣말을 하는 것을 보고, 그가 게르망트 대공의 늙은 하인이라는 것을 알아보았다. 머리고 뺨이고 가릴 것 없이 어디에나 곤두서 있는 그의 뻣뻣한 털은 여전히 장밋빛 도는 다갈색이어서, 게르망트 대공처럼 물을 들인 것이 아닌가 하는 의심을 품을 여지도 없었다. 그렇다고 해서 덜 늙어 보이는 건 아니었다. 다만 그것은, 겨울이 다가와도 변하지 않는, 가령, 이끼나 바위 옷이나 그 밖의 여러 가지가 식물계에 있듯이, 인간의 세계에도 그런 종류가 있다는 걸 느끼게 할 뿐이었다.]

그 밖의, 얼굴은 그대로 있는 손님들의 경우라도, 그들이 걸어야 하였을 때 비로소 거북스러운 듯이 보였다. 처음에는 다리가 아파서 그런 줄 알지만, 조금 뒤에는, 늙음이라는 것이 그들의 구두바닥에 납을 붙였구나 하고 이해가 가는 것이었다. 또 아그리장트 대공처럼 노경(老境)으로 접어들면서 풍채가 좋아진 사람도 있다. 큰 키에 날씬하고 흐릿한 눈에, 영구히 불그스름한 대로 있을 성싶은 머리칼을 한 이 사람은, 곤충의 변태와 비슷한 변신에 의하여, 너무나 오랫동안 남의 눈에 띄어 온 그 붉은 머리칼이 낡은 탁자보처럼 백발이 된 노인으로 탈바꿈하고 있었다. 그의 가슴팍은 몰라보게 튼튼하고 거의 군인처럼 허위대가 좋아져서, 내가 익히 아는 연약한 번데기를 몽땅 터뜨릴 수밖에 없었을 것이다. 짐짓 점잔 빼는 티가 눈가에도 어려서, 그것이 아무에게나 머리를 끄떡거리곤 하는 새로운 호의의 기색과 뒤섞여 있었다. 어쨌든 튼튼하기가 바위 같은 현재의 대공과 나의 기억 속에 있는 대공의 초상 사이에는, 어떤 비슷함이 남아 있어서, 나는 '시간'의 독창적인 경신력에 놀랐다. '시간'은 인간의 단일성(unité)과 생명의 법칙을 존중하면서도, 이와 같이 외면을 바꾸어, 동일 인물의 연속적인 두 모습 속에 대담한 대조를 들이미는 것이다. 왜냐하면 대다수의 사람은 그가 누구임에 틀림없다고 확인되지만, 꼼꼼하지 않은데다 심술궂은 화가가, 어떤 사람의 얼굴 모습을 일부러 생략하거나, 또 어떤 사람의 눈을 어둡게 하거나 하면서 그린, 정말로 서투른 그 사람들의 초상화가 전람회에 모여져 있는 것이나 다름없으니까. 이런 화상(image)을 내 기억의 눈 안에 있는 모습(image)과 비교한다면 맨 나중에 보이는 것이 나의 마음에 안 들었다. 우리는 여러 장의 사진 중에서 친구가 골라 가지라고 부탁하는 사진이 마음에 안 들어서 사양하는 수가 흔히 있다. 나는 누구에게나, 그 사람이 보여 주는 본인의 영상(image)을 보면서, '아냐, 이게 아냐. 당신은 이처럼 잘 생기지 않았어. 이건 당신이 아냐' 하는 말을 해주고 싶어진다. 하지만 아무리 나라도 '쭉 곧은 당신의 아름다운 코 대신, 당신 얼굴에서는 본 적도 없는, 춘부장의 매부리코가 되고 말았군요' 하는 말을 덧붙이지는 못한다. 사실, 이것은 새로운, 집안 내림의 코이다. 간단히 말하면, '시간'이라는 예술가가, 그러한 모든 모델들을 누구인지 알아볼 수 있도록 '그려' 내지만 그것이 흡사하지 않은 까닭은 '시간'이 모델들에게 아첨하기 때문이 아니라 모델들을 늙게 하기 때문이다. 그런데다, 이 예술가는 아주 느리게 일을 한다. 이리하여, 내가 베르고트를 처음 만나던 날, 질베르트의 얼굴에서 보일까 말까 나타난 초벌 그림을 언뜻 본 적이 있는 그 오데트 얼굴의 복사를, 마침내 '시간'이, 빼낸 듯이 닮은 데까지 밀고 나갔으니, 마치 하나의 작품을 가까이 두고서 해마다 조금씩 완성해 가는 화가처럼.

나는 여러 손님들에 대해서, 마침내 그가 누구인지 알아보았을 뿐 아니라, 옛날과 다름없는 모습을 알아볼 수도 있었다. 가령 스키는 말라 빠진 꽃이나 과일처럼 변해 있었다. 그는 나의 예술 이론을 확증하면서도, 아직 형태를 이루지 못한 시험의 영역에 머물러 있었다(그는 내 팔을 잡고 말했다 '난 그 곡을 여덟 번이나 들었다네⋯⋯'). 전혀 아마추어가 아닌 다른 사람들은 사교계의 인사들이었다. 그러나 그들 역시 늙음에 의해서 성숙되는 일없이, 처음

생긴 주름살의 동그라미[圓周], 백발의 호상(弧狀)에 둘려 있는 그 혈색 좋은 얼굴에는 18세의 활기가 남아 있었다. 그들은 노인이 아니라, 말라 비틀어진 18세 젊은이였다. 그와 같은 삶의 시듦을 지우기는 별로 수고스럽지 않으니, 죽음이 그 얼굴에 젊음을 회복 하는 데에는, 마치 조그만 얼룩 때문에 옛날처럼 산뜻해 보이지 않 는 초상화를 씻는 정도의 품도 들지 않는다. 나는 또, 유명한 노인 의 소식을 듣기가 무섭게, 그 사람의 친절이나 공평이나 온정 등에 기대를 걸 경우, 우리가 속는 곡두에 대해서 생각해 보았다. 그도 그럴 것이, 40년 전에 형편없는 망나니 청년이었다고 치면, 지금 도 당시의 허영심이나 두 마음, 오만, 속임수 등을 그대로 지니고 있지 않다고 가정할 근거는 전혀 없다는 것을 깨달았기 때문이다.

그야 어쨌건, 이상과 같은 사람들하고는 전혀 딴판인 몇몇의 남 녀와 나는 이야기해 보고 놀랐는데, 인생에 환멸을 느끼고 자신들 의 자만심을 잃어선지, 아니면 소망이 이루어짐으로써 자기들의 냉혹성이 누그러져서인지, 전엔 귀찮은 사람이었지만 지금은 그러 한 결점이 거의 다 없어졌다고 해도 무방한 사람들이었다. 이제는 싸움도 허세도 필요치 않은 훌륭한 결혼이라든가, 아내의 영향이 라든가, 경망된 청춘이 외곬으로 믿는 가치하고는 다른 가치에 대 해서 서서히 터득한 식견으로 말미암아 그들의 성격이 누그러지고 그들의 장점이 발휘된 것이다. 그들이 늙어 갈수록 인품이 달라지 는 듯 보이는 것은, 깊어 가는 가을과 더불어 빛이 더해 가는 나무 들이 그 본질은 변하고 있는 듯 보이는 것과도 흡사하다. 그들에게 는 노경에 이른 인품이 참으로 명백히 나타나 있었는데, 그러나 정 신적인 그 무엇으로서 나타나 있었다. 또 다른 사람들에게는 오히 려 그것은 전혀 새로운 육체적인 인품으로서(가령 아르파종 부인) 나타나, 나에게는 낯선 사람인 동시에 낯익은 사람같이 생각되었다. 낯선 사람같이 내가 그분이 누구라는 걸 추측할 수 없었기 때문이고, 나는 그 여자의 인사에 응하면서 짐작되는 서너 사람(하기야 그 중에 아르파종 부인은 안 끼여 있었지만) 중의 대체 누구하고 열심히 인사를 나누고 있는지를 알려고 망설이는 나의 정신의 작용을, 본의 아니게도 상대방에게 보이는 결과가 되고 말았고, 게다가, 나의 그 열띤 인사에는 틀림없이 상대방 사람도 놀랐을 것이, 누군지를 몰라서 그처럼 주저하고 있는 참이어서, 만약 상대방이 특히 절친한 사람이라면 너무 서먹서먹하다고 생각할까 꺼리는 마음에서, 나는 나의 자신 없는 눈길을 벌충하기 위하여 악수에 더욱 힘을 주고 덤으로 미소까지 곁들였기 때문이다. 그것은 내가 이 인생에서, 꼬장꼬장한 노파들에게서 자주 보아 온 것이지만, 그때는 그런 노파들이 몇십 년 뒤의 아르파종 부인의 얼굴과 똑같으리라고는 나는 미처 몰랐던 것이다. 지난날 내가 익히 알던 것과 부인의 용모가 어찌나 달랐는지, 그녀는 몽환극(夢幻劇) 속의 인물처럼, 처음에는 젊은 아가씨로서, 다음에는 허우대 좋은 마님으로서 나타났다가, 오래지 않아 아마도 허리가 꼬부라진 지척거리는 노파로서 다시 등장할 운명을 타고난 여자인 듯했다. 마치 그녀는 헤엄에 지친 사람이 이제는 아득히 멀어진 해안을 바라보기만 하면서, 집어삼킬 듯이 밀어닥치는 세월의 파도를 간신히 밀어내는 것과도 같았다. 그렇지만 나는, 예전의 형태를 이제까지 간직하지 못하는 미덥지 못한 기억처럼 흐리마리하고 막연한 그녀의 얼굴을 유심히 바라본 덕분에, 노령이 그 뺨에 그려 넣은 몇 개의 네모꼴이나 여섯모꼴을 지우는 놀이에 골몰하다가, 드디어 거기서 뭔가 옛 모습을 찾아내는 데에 성공했다. 하기야 나이가 여자의 뺨에 그려 넣는 것은, 언제나 기하학적 도형으로 정해져 있는 것은 아니다. 게르망트 공작 부인의 뺨은 거의 옛날과 다름없었지만, 그래도

이제는 누가(nougat)처럼 여러 가지 것의 혼합물이 되어, 거기에
는 동록자국, 잘게 부순 조가비의 장밋빛 조각, 겨우살이 열매보다
도 작고 유리구슬보다도 불투명한 이루 형용키 어려운 뾰루지 같
은 것이 똑똑히 보였다.

　나는 질베르트가 다가오는 것을 보았다. 생 루의 결혼이 바로 어
제 일처럼 생각되는 나, 당시의 여러 가지 생각을 오늘 아침에도
그대로 가지고 있던 나는 그녀의 옆에 열여섯 살 가량의 소녀, 그
훤칠하게 자란 키가, 보고프지 않던 그 '시간'의 거리를 재어 보여
주는 아가씨가 있는 걸 보고 소스라치게 놀랐다. 빛깔이 없고 잡을
길 없는 '시간'이 그것을 이 눈으로 보고, 이 손으로 만지게끔, 그
아가씨의 모습으로 구현(俱現)시켜, 아가씨를 하나의 걸작으로 만
들어 냈는데, 한편, 평행하게 내 몸엔 슬프게도 '시간'은 그 작품
을 다 마쳤을 뿐이었다. 이 사이에 생 루 아가씨는 내 앞에 와 있었
다. 그 오목한 눈은 맑고도 날카롭게 찌르는 듯하였고, 새의 부리
처럼 약간 굽은 콧날의 곡선은 스완의 코와 닮지 않고 생 루와 꼭
닮아 예쁘장하였다. [어머니와 할머니의 코를 모형으로 삼아서 만
들었는가 싶은 그 코는, 코 밑의, 짧지는 않지만 수려하고, 완전히
수평을 이룬 그 선에서 정확하게 멈추어 있어서 나는 경탄했다. 그
처럼 특징 있는 선은, 오직 그 선만 보고서도, 몇천의 상 중에서 그
하나의 상만을 정확하게 골라낼 수 있을 것이다. 나는 자연이, 어
머니 때처럼 할머니 때처럼, 이 소녀의 경우에도 때맞추어 나타나
서, 독창적인 대조각가처럼 이렇게 힘차고 생동감 넘치게 정을 내
리친 사실에 감탄했다.] 그 게르망트 정신은 찾아볼 길 없었으나,
날아가는 새와도 같이 눈이 날카로운 예쁘장한 머리는 다시 날아
와서 생 루 아가씨의 어깨에 내려 앉아, 그 아버지와 가까웠던 사

람들의 마음을 감개무량케 하였다. 나는 매우 아름답고 장래가 유망한 아가씨로 생각하였고, 내가 잃어버리고 만 세월 자체로 빚어진, 미소 어린 이 아가씨야말로 내 젊음과도 비슷하였다.

요컨대 이 '시간'의 관념은 나에게 가장 귀중한 것이자, 자극물이었으니, 이제까지의 생애에서, 가령 게르망트 쪽을 산책하는 도중이나, 빌파리지 부인과 함께 마차를 몰고 다닌 도중에, 번쩍하는 번개불같이 인생을 살 만한 값어치가 있다고 간주케 한 것에 도달하고 싶다면, 지금이야말로 착수할 때라고 나한테 일러 준 것 역시 '시간'의 관념이었다. 더더구나 우리가 어둠 속에서 지내는 삶이 밝혀지고, 끊임없이 왜곡되는 삶을 진정한 본연의 모습으로 되돌아오게 할 수 있는 성싶은, 요컨대 책 속에서 삶이 실현될 성싶은 이제, 삶은 얼마나 살 만한 것으로 여겨지는가! 그러한 책을 쓸 수 있는 사람은 얼마나 행복할까 하고 나는 생각하였다. 그 사람 앞에는 어떤 고초가 있을까! 그러한 책을 이해시키기 위해서는, 가장 고상한 여러 가지 예술에서 보기를 빌려 와야 할 것이다. 왜냐하면 게다가 입체의 체적 같은 볼륨을 나타내기 위해 각 인물을, 가장 대조적인 용모를 가지고 작품 속에 등장시키지 않으면 안 되는 그 작가는, 공격에 대처하듯이 끊임없이 힘을 재집결하고, 세심하게 그 책을 준비하고, 고생을 견디듯이 이것을 견뎌 내고, 이것을 법칙처럼 받아들이고, 성당처럼 건축하고, 섭생을 준수하듯이 이를 준수하고, 장애물을 극복하듯이 이를 극복하고, 우정을 정복하듯이 이를 정복하고, 어린애에게 영양을 주듯이 이것에 영양을 주어, 한 우주를 창조하듯이 이를 창작하는 동시에, 아마도 다른 세계에서나 설명을 찾을 수 있을 그 신비, 그것이 예감되면 예술과 인생에서 가장 우리가 감동하는 그 신비를 공연히 포기하는 일이 없도록 해야 되기 때문이다. 그리고 이처럼 위대한 책에서는, 그 건축가의 계획이 웅대하기 때문에, 밑그림이 그려질 만한 여유밖에 없는 부분도 있고, 어쩌면 영원히 완성되지 않는 부분도 있으리라. 사실, 미완성인 채로 있는 장대한 성당이 얼마나 많은가! 우리는 그런 책을 길러 내고, 그 약한 부분을 보강하여 그것을 지키지만, 그것은 마침내 스스로 성장하여, 우리의 무덤을 지정하고, 소란으로부터 그 무덤을 지키는 동시에 얼마 동안 망각을 막아 준다. 그런데, 나 자신의 이야기로 돌아오면, 나는 자신의 책에 대해서 가장 겸허하게 생각했다. 그것을 읽은 사람들을 나의 애독자로 생각한다고 말하는 건 잘못이다. 왜냐하면 앞에서도 말했듯이, 그들은 나의 독자가 아니라 그들 자신의 독자일 테니까. 나의 책은, 콩브레의 안경점 주인이 손님 앞에 내놓는 확대 유리알과도 같이 일종의 확대경에 지나지 않아, 나의 책은 그 덕분에 그들 자신을 읽는 방편을 내가 제공해 주는 구실을 한다. 그러므로 나는 그들에게 나에 대한 칭찬도 비방도 요구하지는 않을 테고, 다만 내가 쓴 그대로인지 아닌지, 그들이 그들 자신 속에서 읽는 낱말들이, 내가 쓴 낱말대로인지 아닌지를 나에게 말해 보라고 청하리라(하기야 이 점에서 일치하지 않는 수도 있을 수 있지만, 그것은 반드시 내가 쓴 게 틀려서 그런 것이 아니라, 간혹, 독자가 자기 자신을 자세히 읽기 위한 눈으로서는 나의 책에 부적당한 눈이기 때문일 경우도 있으리라). 그리고 장차 내가 몰두하게 될 일을 보다 정확하게 머릿속에 그려 감에 따라, 끊임없이 비유를 바꾸면서, 나는 프랑수아즈가 지켜보는 가운데, 내가 칠을 하지 않은 커다란 책상 앞에 앉은 모습을 생각해 보았다. 우리와 가까운 곳에서 사는 얌전한 사람들이 다 그렇듯, 우리가 할 일을 어느 정도 직감하는(또 나는 알베르틴을 망각한 나머지 그녀한테 했었을지도 모르는 프랑수아즈의 부당한 소행도 용서했으므로) 프랑수아즈 곁에서, 사뭇 그녀처럼

(적어도 프랑수아즈가 일찍이 그랬듯, 왜냐하면 지금은 늙어서 눈이 조금도 안 보이니까) 일하겠다. 곧, 보충 원고를 여기저기에 핀으로 찔러 놓고 나는 나의 책을 지어 가겠다. 감히 대망을 품고 대성당을 짓듯이, 라고는 말하지 못하지만, 그저 한 벌의 옷을 짓듯이 지어 가겠다. 프랑수아즈의 말마따나 '휴지'에 불과한 나의 원고가 깔축없이 내 곁에 있지 않아서, 필요한 부분이 없거나 하면, 나의 짜증스러운 심정을 프랑수아즈는 잘 알아 주겠지, 필요한 굵기의 실과 단추가 없으면 바느질은 할 수가 없다고 입버릇처럼 말하던 프랑수아즈였으니까, 또 나하고 생활을 같이 해 왔기 때문에 문학에 대해서는, 총명한 대부분의 사람들보다도 정확한, 하물며 바보스런 사람하고는 비교도 안 되는 일종의 본능적인 이해심을 가지고 있으니까, 그래서 내가 지난날 『피가로』지에 논문을 썼을 때, 늙은 우두머리 급사는, 해 본 적도 없거니와 생각해 본 적도 없는 일에 따르는 고생과, 그리고 '그처럼 재채기가 나오니, 얼마나 괴로우시겠어요' 하는 사람처럼, 자기에게 없는 버릇에 대한 괴로움을 약간 과장해 보이는 그 동정어린 표정을 지으면서 작가를 진심으로 딱하게 여겨 '얼마나 골치 아픈 일이람' 하고 말했지만 그와는 반대로 프랑수아즈는 나의 행복감을 꿰뚫어 보고, 내가 하는 일을 존경하고 있었다. 그리고, 프랑수아즈는 내가 항상 글을 쓰기 전에 블로크에게 글의 내용을 말해 버리는 데에 화가 나서, 내가 앞지름을 당할까 걱정이 되어 "그 따위들을 모조리 좀더 경계하셔야죠, 베껴먹기들이니까요" 라고 말하곤 하였다. 게다가, 블로크는 실제로, 나에게서 들은 복안이 재미있을 성싶으면, "거 참 이상한걸, 나도 대체로 그와 똑같은 걸 썼거든, 그걸 자네한테 읽어 주어야겠군" 하면서 과거로 거슬로 올라가서 알리바이를 세웠다(아직 나에게 읽어 줄 수는 없었을 테지만, 그날 밤에라도 서둘러 쓸

작정이어서).

프랑수아즈의 이른바 도련님의 '휴지'라는 그 원고는 풀칠하여 한 장에 또 한 장을 이어붙여 오는 바람에 군데군데 너덜해지고 말았다. 요긴할 때, 프랑수아즈는 나를 도와 배접을 해줄지도 모르지 않는가? 마치 옷의 해진 부분에 헝겊을 대거나, 내가 인쇄공을 기다리듯이 유리장이를 기다리면서, 부엌의 깨진 유리 대신에 신문지 조각을 바르듯이.

[벌레먹은 나무처럼 구멍투성이가 된 나의 노트를 가리키면서 프랑수아즈는 말하곤 하였다. "좀이 죄다 쓸았군요. 보세요, 이건 끔찍하네요, 이 종이 귀퉁이는 영락없는 레이스 같네요" 하고 나서, 재봉사처럼, 이리 보고 저리 살피면서, "이건 수선 못 한다고 봐요, 이젠 글렀어요, 원통해라, 도련님의 제일 고운 사념이 적혀 있는 놈인지도 모르는데, 콩브레에서 말들 하듯이, 좀같이 눈이 밝은 모피 상인이란 없거든요. 고놈은 언제나 가장 좋은 피륙을 쏠거든요."]

게다가, 이 책에서는, 숱한 젊은 아가씨들, 숱한 성당, 숱한 소나타를 바탕삼은 단 하나의 소나타, 오직 하나의 성당, 오직 한 사람의 아가씨를 지어내는 데에 이바지한 무수한 인상에 의해서(인간이건 사물이건), 각 개성이 만들어지니까, 나는 내 책을, 프랑수아즈가 고르고 고른 고기토막을 듬뿍 넣고 고아서 젤리(옮긴이: gelée, 과일, 고기 등을 고아서 묵같이 굳힌 음식)의 풍미를 짙게 만든 그 쇠고깃국, 노르푸아 씨가 칭찬해 마지않던 쇠고깃국의 조리법과 같은 식으로 지어내는 게 아닐까? 그리고 나는 게르망트 쪽을 산책하면서 그처럼 염원하던 일을 드디어 실현하려다. 당시 나는, 그것은 도저히 가망이 없는 일로 생각했었다. 가령, 어릴 적에 산책에서 집으로 돌아가면서, 나는 어머니에게 입맞추지 않고

716

서 잠드는 데 익숙해지기가 영영 불가능하다고 여겼듯이, 또는 그 뒤, 알베르틴이 동성을 사랑한다는 생각에 익숙해지기가 영영 불가능하다고 여겼듯이. 하기야 나는 알베르틴에게 그런 생각이 있는 줄도 모른 채, 마침내 그런 생각을 가지고 지내게 되었지만, 왜냐하면 우리 최대의 불안은 우리 최대의 희망과 마찬가지로, 우리의 힘 이상의 것은 아니며, 우리는 필경에는 불안을 극복하고, 희망을 실현할 수 있기 때문이다.

그렇다. 아까 내가 품었던 그 '시간'의 관념은, 지금이야말로 그 작품에 착수할 때라고 나에게 일러 주었다. 시기는 무르익었던 것이다. 객실로 들어서자, 노역으로 분장한 얼굴로부터 잃어버린 시간의 관념이 주어지자마자, 내가 불안에 사로잡힌 것은 당연한 노릇, 그런데 아직 시간적 여유가 내게 남아 있을까? 정신엔 정신의 풍경이 있는데, 정신은 잠시밖에 그것을 관조하지 못한다, 나는 바위나 나무들의 장막으로 시야가 가려진 호수가 내려다보이는 길을 오르는 화가처럼 살아 왔다. 바위 사이나 나무 사이를 통해서, 호수가 흘끗 보이곤 하다가, 호수 전경이 보인다, 화필을 잡는다. 그러나 이미 지척을 분간할 수 없는 밤이 내리기 시작한다. 그 위에 해가 다시 떠오르지 않는 밤이! 우선 내 나이로 보아 아직 앞으로 몇 해 더 살 것 같지만, 아무것도 시작하지 않은 지금으로서는 어쩐지 불안하였다, 몇 분 안으로 나의 마지막 때가 울려 퍼질지도 모르니까. 과연 나는 한 육신을 가진 인간이라는 이 점, 곧 안팎으로 이중의 위험에 끊임없이 위협받고 있다는 이 점에서부터 출발해야만 했던 것이다. 하기야 안팎의 위험이란, 다만 말의 편의를 위해 그렇게 말했을 뿐이지만, 왜냐하면 내부의 위험도, 가령 뇌일혈처럼, 육신과 관계되는 것으로서, 역시 외부적인 위험이기 때문이다. 그리고 한 육신을 지닌다 함은 정신에게는 크나큰 위협이다.

생각하는 인간의 생활이란, 정신 생활의 구조상에서 아마도 물질적인 동물적 생활의 경이적인 완성이라고 하기보다, 차라리 군생(群生)하는 원생동물의 공서(共棲)나 고래의 몸처럼 아직도 유치한 미완성이라고 해야 옳을 것이다. 육신은 정신을 요새 속에 가둔 것이나 다름없다. 마침내 요새는 사면팔방으로 포위되어, 정신은 결국 항복이 불가피해진다.

그런데 생략하고, 정신을 위협하는 두 가지 위험을 구별한 다음, 우선 외부의 위험에서 시작한다면, 나의 생애에서 이미 다음과 같은 일이 자주 있었음을 기억하고 있으니, 곧 어떤 사정으로 육신 활동이 모조리 멎었는데도, 오로지 지적인 흥분이 나를 사로잡고 있을 경우, 가령 리브벨의 레스토랑에서 근처 카지노에 가려고, 거나하게 취해 마차를 타고 떠났을 때, 나는 그때에 사고한 대상이 매우 명확하게 의식할 수 있었다는 사실, 그 대상이 사고 속으로 들어오지 않는 거나, 그것이 내 육신과 함께 없어지는 거나 모두가 우연에 달려 있구나, 깨달았던 일 따위를 기억하고 있다. 당시 나는 그런 일을 별로 개의치 않았다. 도연(陶然)한 기쁨에 마음은 들뜨고 속은 편하였다. 그 기쁨이 순식간에 사라져서 허무해지건 말건, 내 알 바는 아니었던 것이다. 그러나 지금은 그렇지가 않았다. 그것은, 내가 느끼고 있는 행복이, 우리를 과거로부터 외따로 떼어 놓는 순 주관적인 신경의 긴장에서 비롯하지 않고, 그와는 반대로 정신의 영역이 넓어져서, 거기에 과거가 다시 형성되어 가지고서 현실화되어, 슬프게도 잠시나마 그 과거가 내게 영원한 가치를 주는 데에서 비롯하기 때문이다. 나는 나의 보배로 부유하게 만들어 줄 수 있을 만한 이들에게 이 영원한 가치를 물려주고 싶었다. 물론, 내가 도서실에서 느낀 것, 소중하게 간직하려 했던 것, 이것 또한 기쁨임에는 틀림없었으나, 그것은 이미 이기적인 기쁨이 아니라, 적어도 남에게 유익한 이기주의에 속하는 기쁨이었다(왜냐하면 결실이 풍부한 자연계의 애타주의는 모두 이기적인 형태 밑에 발전하고 있건만, 이기적이 아닌 인간의 애타주의는, 가령, 가장 중요한 창작을 중지하고서, 불행한 친구를 맞거나, 공직을 맡거나, 선전문을 쓰거나 하는 작가의 애타주의처럼, 도무지 열매를 맺지 못하기 때문이다). 이제 나는, 리브벨에서 돌아오는 길에 곧잘 빠지곤 하던 그 자포자기한 심정이 들지는 않았다. 내가 자신 속에 (마치 일시적으로 맡아 가지고는 있지만, 아무 때고 수취인인 남의 손에 고이 내주기로 되어 있는 무슨 깨지기 쉬운 귀중품처럼) 지니고 다니는 그 작품으로 뿌듯한 느낌이 들었던 것이다. 지금 한 작품을 지니고 다닌다는 의식은, 나로 하여금, 치명적인 것이 될 수도 있는 사고(事故)를 더욱 두려워하게 만들어(그 작품이 나에게는 필요하고도 영속적인 것으로 여겨지는 만큼), 그러한 사고를 나의 염원이나 사고(思考)의 비약하고는 모순되고 부조리한 일이라는 생각마저 갖게 하지만, 그렇다고 일어나지 말라는 법도 없으니, 사고는 물질적인 원인 때문에 일어나는 것이므로, 그것과는 정반대적인 의지(그것하고는 무관계한 사고 때문에 결딴이 나는 의지)가 피하고 싶어하는 바로 그때에 일어날 수 있기 때문이다. 나의 두뇌야말로 매우 종류가 많은 귀중한 광맥이 넓은 지역에 매장되어 있는 풍부한 광맥임을 나는 잘 알고 있었다. 그러나 그것을 채굴할 시간이 과연 나에게 있을까? 체굴할 수 있는 인간은 겨우 나 혼자였다. 두 가지 이유에서, 곧 나의 죽음과 함께, 광석을 파낼 수 있는 단 한 사람의 광부가 없어질 뿐만 아니라, 광맥 자체도 가뭇없어지고 마니까. 그런데 이따가, 내가 집으로 돌아가는 도중, 내가 탄 자동차가 다른 자동차와 충돌하면, 나의 육신은 그만 부서지고, 나의 정신은 거기서 생명이 물러나가 버려, 바르르 떠는 부서지기 쉬운 뇌수로 감싸 불안스럽게 온실에 넣어 두고 있는 새로운 관념을 여지껏 책 속에 더욱 안전하게 옮겨 놓을 틈이 없어서, 그와 동시에 영원히 포기하지 않을 수 없을 테지. 그런데 위험에 대한 이 당연한 공포는, 이상하게도, 방금 내가 죽음의 관념에 흔들리지 않게 된 그 순간에 나의 마음속에 생겨났다. 내가 가뭇없어진다는 두려움은, 내가 질베르트나 알베르틴에게 새로운 연정을 느낄 적마다 나를 겁나게 했던 것이니, 두 여인을 사랑하던 인간이 언젠가는 사랑하지 않게 된다는 관념, 이것 역시 일종의 죽음 같은 것인데, 그러한 관념을 나는 견딜 수 없었기 때문이다. 그러나 그러한 두려움도, 되풀이 되는 바람에, 저절로 자신이 넘치는 조용한 마음으로 변하곤 하였다.

　일부러 뇌의 돌발적인 증상이라는 말을 할 필요도 없었다. 마치 허섭쓰레기를 치우다가, 이미 까맣게 잊어버린 채 찾을 생각도 안 했던 물건을 찾아내듯, 어떤 우연으로 퍼뜩 생각나지 않는 한 모든 것을 깨끗이 잊어버림으로써, 또 어쩐지 머릿속이 텅 비어서 자각되는 여러 가지 징후로 보아, 아무래도 나는, 자꾸만 재물이 새어 나가는 부서진 금고를 가진 축재가(蓄財家)처럼 되고 만 듯하였다. 얼마 동안 그런 재물의 상실을 슬퍼하는 자아가 있지만, 얼마 안 가서 기억이 스스로 물러가면서 그 자아마저 빼앗아 가는 걸 나는 느꼈다.

　그 무렵 죽음의 관념은 이렇듯 연정을 우울하게 했는데, 이미 꽤 오래 전부터 사랑의 회상에 힘입어, 나는 죽음을 두려워하지 않게 되었다. 왜냐하면 죽음이란 새로운 것도 아무것도 아닐뿐더러, 이미 어린 시절부터 나는 여러 차례 죽었었다는 사실을 나는 잘 알고 있었기 때문이다. 그리 오래지 않은 과거를 예로 들어 보아도, 나는 자신의 목숨보다도 알베르틴을 더 아끼지 않았던가? 그 무렵의 나로선, 그녀에 대한 사랑을 지속하지 않는 '나'라는 인간을 생각할 수가 있었을까? 그런데 이제 나는 그녀를 사랑하지 않고, 나는 이제 그녀를 사랑했던 인간이 아니며, 그녀를 사랑했던 적도 없는 다른 사람이 되고, 이 딴 사람이 되고 말았을 때, 나는 그녀를 사랑하지 않게 되었다. 그런데 그처럼 딴 사람이 되어도, 알베르틴을 사랑하지 않게 되어도, 나는 고통을 느끼지 않았다. 그리고 바른 말이지, 장차 내 육신이 가뭇없어진다는 것도, 옛날의 나에게 언젠가는 알베르틴을 사랑하지 않게 되리라는 생각이 슬프게 여겨지던 데에 비하면, 도무지 슬픈 일로 보이지 않았다. 아무튼 지금의 나에게는 이미 그녀를 사랑하지 않는다는 사실 따위는 전혀 문제가 되지 않았다! 이런 잇따르는 죽음에 의하여 소멸되고 말 내가 그처럼 두려워했던 죽음, 일단 죽음이 끝나자마자, 그리고 죽음을 두려워하던 것이 이미 죽음을 느끼지 않게 되자마자, 지극히 냉정하고 지극히 온화해지는 죽음은, 얼마 전부터 나에게, 죽음을 두려워하는 게 얼마나 슬기롭지 못한 생각인가를 깨닫게 해주었다. 그런데 조금 전부터 죽음이 나에게 아무래도 좋게 된 바로 그때에, 다른 형태로 나는 다시금 죽음을 두려워하기 시작하였다. 나 자신 때문이 아니라, 사실 나의 책 때문이니, 그 책을 꽃피우게 하려면 이토록 숱한 위험에 위협당하고 있는 그 생명이, 적어도 앞으로 얼마 동안은 꼭 필요했기 때문이다. 빅토르 위고는 읊었다.

풀은 돋아나야 하고 아이들은 죽어야 한다.
(Il faut que l'herbe pousse et que les enfants meurent)

그러나 나는 이렇게 말하고 싶다, 인간이 죽는 것도, 온갖 고뇌를 다 겪고 나서 우리가 죽는 것도, 모두가 장차 망각의 풀이 아닌 영원의 풀을, 결실이 풍부한 예술 작품의 무성한 풀을 돋아나게 하여, 그 밑에 잠드는 사람들을 아랑곳없이 후세 사람들이 「풀밭 위에서의 점심」(옮긴이: déjeuner sur l'hrebe, 프랑스의 화가 마네[1832~1883]의 작품명)을 즐겁게 들러 찾아오도록 하기 위해서이니, 이야말로 잔인한 예술의 법칙이다라고.

외부의 위험에 대해서 나는 이미 말했다. 그러나 아직 내부의 위험도 있다. 외부로부터의 사고를 용케 모면했다 할지라도, 그 책을 쓰는 데에 필요한 몇 달이 흘러가기 전에 내 안에서 돌발한 사고, 내부에 생긴 어떤 이변 때문에 이 모처럼의 은혜를 이용 못 하고 말지 누가 알겠는가.

조금 뒤에, 샹 젤리제를 통해 집으로 돌아가다가 — 지난 어느 날 오후 할머니는 이 샹 젤리제에, 그것이 마지막 산책이 될 줄이야 꿈에도 모르고 또 최후의 시각을 울리고자 시계의 태엽이 돌기 시작한 점에 바로 바늘이 와 있는 줄 우리들처럼 꿈에도 모른 채, 나하고 함께 샹 젤리제에 산책을 왔다가 죽을병이 들었었는데 — 그 할머니와 똑같은 병으로 내가 쓰러지지 않을 거라고 누가 장담하겠는가? 마지막 시각을 알리는 첫번째 소리가 나기 전의 1분은 거의 다 지나가고, 당장에라도 그 첫번째 소리가 울릴 것 같은 공포, 나의 뇌수 속에서 요동하는 중인 듯한 이 졸도에 대한 공포는, 어쩌면 바야흐로 일어나려 하는 일에 대한 막연한 의식 같다고도, 동맥이 약해지기 시작한 뇌의 불안정한 상태가 의식 속에 반영된 것 같다고도 할 수 있으니, 그것은 가령, 부상자들이 아직 정신도 똑똑해서, 의사는 삶에 대한 의욕을 가지라고 아무리 그를 속이려 들어도, 그는 죽음이 다가오는 것을 알아채고는, '나는 죽어요, 각오했어요'라고 말하고, 영별의 편지를 아내에게 쓰면서, 갑자기 죽음을 받아들이는 경우와 마찬가지로, 있을 수 없는 일이 아니다.

그리고 과연, 앞으로 틀림없이 일어날 일에 대한 이 야릇한 지각은, 책을 착수하기 전에, 그리고 엉뚱한 형태로 나타난 기이한 사태에 의하여 나에게 주어졌다. 어느 날 저녁, 내가 외출한 곳에서 만난 친구들은, 내 안색이 전보다 좋아지고, 머리칼이 여전히 검다면서 놀랐다. 그런데 계단을 내려오면서, 나는 세 번이나 굴러 떨어질 뻔했다. 그것은 겨우 2시간 정도의 외출이었으나, 집에 돌아오자, 기억도 사고력도 없어지고, 몸에 힘도 빠져서, 인제 아무것도 하기가 싫어졌다. 누가 와서, 만나련다, 왕에 등극시키련다, 포박하련다, 구류하련다 해도 나는 말 한마디 없이, 눈도 뜨지 않은 채 마치 배멀미에 녹초가 된 사람이 카스피 해를 건널 때, 바다에 던져 버리겠다고 엄포한다고 해도 변변히 저항도 못 하듯이, 멋대로 하게 내버려 두었을 거다. 분명히 말하거니와, 나에게는 이렇다 할 병은 없었지만, 마치 이제까지 꼬장꼬장하던 노인이 넓적다리를 부러뜨렸거나 소화불량에 걸렸거나 해서 얼마 동안 자리에 눕게 되자, 그날부터 이미 피할 길 없게 된 죽음에 대한, 길건 짧건 고사하고 한낱 준비에 지나지 않는 여생을 보내지 않을 수 없게 되듯, 이제 아무것도 할 기운이 없는 듯한 느낌이 들었다. 여러 가지 '나' 중의 하나인 '나', '외식'(外食)이라고 불리는 그 야만인의 잔치 — 거기서는 새하얀 셔츠를 입은 남자들에게도, 깃털 장식을 단 반쯤 나체가 된 여자들에게도, 가치 관념이 워낙 전도되어 있기 때문에, 승낙해 놓고도 만찬에 오지 않는 작자들이나, 로티(옮긴이: rôti, 구운 고기 요리)가 나올 때에나 얼굴을 내미는 작자들은, 그 만찬이 진행되는 동안, 최근에 죽은 사람들만큼이나 함부로 입에 담는 불륜한 행실보다도 더 고약한 죄를 지은 셈이 되어, 불참한 변명으로서는 오직 죽든가 중병을 앓는 수밖에 없는데, 그나마 자기 대신 14번째 손님을 초대할 수 있는 여유를 두고 자기가 죽어 가고 있다는 사실을 정확하게 알렸을 때에 한한다는 따위의 규칙이 있는 잔치—에 자주 참석했던 나 중의 하나인 나는, 그러한 자질구레한 문제에만 신경을 쓰느라고 기억 쪽은 비어 있는 상태였다. 그 대신에 또 하나의 나, 작품 생각을 하고 있던 나 쪽의 기억은 정확하였다. 몰레 부인의 초대를 받았다는 사실도, 사즈라 부인의 아들이 죽었다는 사실도 알고 있었다. 그러나 이런 일에 시간을 쓰고 난 뒤에는, 단말마의 고통 동안의 내 할머니처럼, 혀가 굳어 말도 못 하고, 우유도 마실 수 없게 되는 것이었지만, 그래도 나는 몰레 부인에게는 못 간다는 답장을 띄우고, 사즈라 부인에게는 조위 편지를 부치기로 작심했었다. 그러나 잠시 후에는 벌써 할 일을 잊어버리고 말았다. 고마운 망각, 작품을 둘러싼 기억이 눈을 뜨고 있다가, 나에게 할당된 나머지 시간을 작품의 기초 공사에 쓰려고 하였기 때문이다. 공교롭게도, 글을 쓰려고 공책을 꺼내는 결에 몰레 부인의 초대장이 내 앞에 빠져 나왔다. 그러자 대번에, 잊어버리기 잘 하지만 또 하나의 '나' 보다도 우세한 '나'가, 외식하는 꼼꼼한 야만인이면 누구나 그렇듯이, 공책을 밀어 놓고, 몰레 부인에게 보낼 편지를 쓰기 시작하였다(하기야 몰레 부인은, 내가 건축가의 일보다 먼저 초대장에 대한 답장을 썼다는 사실을 알면, 아마 나를 높이 평가할 테지만). 답장 중의 한마디에서 나는 문득 사즈라 부인이 아들을 잃었다는 사실이 생각나서, 나는 부인에게도 편지를 썼다. 이와 같이 예절 바르고 다정다감하다는 걸 보이려는 부자연스러운 의리 때문에 참된 의무를 희생시키고 난 다음, 나는 기운 없이 나가떨어져 눈감고 1주일 동안을 허송세월하였다. 그렇지만 참된 의무를 희생시키려 하는 그 부질없는 의무가 잠시 뒤 내 머리에서 나가 버리자, 이번에는 작품 구축이라는 생각이 한시도 내 뇌리를 안 떠났다. 나로서는 이렇게 구축되어 가는 것이,

거기서 신자가 서서히 참을 배우고 조화를 발견하는 그런 성당, 곧 앙상블의 대계획이 되느냐, 아니면 외딴 섬의 꼭대기에 있는 드루이드교(옮긴이: Druidism, 로마 시대에 켈트 민족의 이교 성직자인 드루이드가 창시한 갈리아. 영국 등에서 신봉된 종교 단체로서 영혼의 불멸과 윤회 전생을 믿었음)의 유적처럼 영영 찾는 사람도 없는 것이 될지, 그것은 알 길이 없었다. 그러나 나는 이 일에 힘을 기울이기로 결심하였고, 그 힘은 건물의 외부가 완성되자, 나에게는 '관 뚜껑'을 닫을 만한 여유나마 남겨 주려는 듯이, 아쉬움을 남긴 채 쇠잔해 갔다. 얼마 안 가서 나는, 약간의 초고를 보여 줄 수 있었다. 아무도 전혀 이해해 주지 않았다. 이윽고 내가 성당 내부에 새기기로 작정하고 있는 여러 가지 참을 지각(知覺)한 데 대해서 호의를 보여 준 사람들도 내가 그런 참을 '현미경'을 통해서 발견했음을 축하했는데, 나는 그와 반대로 '망원경'을 사용하여, 아득히 멀리 있기 때문에 실제로는 아주 작아 보이는 것, 그러나 그 자체가 하나의 세계를 이루고 있는 것을 알아차렸던 것이다. 내가 위대한 법칙을 탐구하고 있을 때에도, 남들은 나를 미주알고주알 캐는 놈이라고들 하였다. 하기야 내가 미주알고주알 캐 보았자 무슨 소용이 있겠는가? 나는 젊어서부터 문장에 능란해서, 베르고트도 나의 학생 시절의 문장을 '나무랄 데 없다'고 말했었다. 하지만 나는 공부도 않고 게으름과 방탕과 병과 걱정, 괴벽 속에 살아오다가, 죽기 전날 밤에야, 작가 생활의 묘리 하나도 모른 채 작품에 손대고 있었다. 나는 이제 사람에 대한 신의하고도, 자신의 생각이나 작품에 대한 의무하고도 마주 대할 기력이 있다고는 생각하지 않았다. 하물며 그 양쪽에 대해서는 더더구나, 전자에 관해서는, 써야 할 편지를 잊는 일이 나의 부담을 다소 덜어 주었다. 그러나 한 달쯤 지나자, 갑자기 연상이 회한과 함께 추억을 소생시켜서 나는 자신의 무력을 느끼고 낙심하였다. 나는 나에게 가해진 비평에 무관심함에 스스로 놀랐거니와, 그것은 계단을 내려오는데 다리가 후들후들 떨리던 그날 이후, 만사에 무관심해져서, 장차 최후의 큰 휴식이 찾아오기까지 내가 오직 휴식밖에 바라지 않았기 때문이다. 내가 현역 엘리트의 찬의에 무관심했던 것은, 앞으로 사람들이 내 작품에 대해서 틀림없이 품게 될(것으로 생각되는) 감탄을, 사후로 이월(移越)하고 있었기 때문은 아니다. 내가 죽은 뒤에 나타날 엘리트는 그들 좋을 대로 생각할 테지만, 그런 일은 더더구나 내 알 바 아니다. 사실, 내 작품에 대해서 생각하고, 답장을 써야 할 편지에 대해서 생각하지 않았다면 그것은 그 게으렀던 시기처럼, 또 얼마 뒤에 계단의 난간을 붙잡아야만 했던 그날까지의 작업 시기처럼, 이 두 가지 일 사이에 경중의 차를 두었기 때문은 아니다. 나의 기억의 구조, 나의 집념의 구조는 나의 작품과 밀접하게 연관되어 있어서, 그 때문에 아마도 받은 편지가 곧 잊혀지는 것과는 반대로, 작품에 대한 나의 사념은 부단히 발전하면서, 여전히 머릿속에 있었나 보다. 그러나 그것마저도 나에게는 귀찮아지고 말았다. 나에게는, 마치 죽어 가는 어머니가 주사를 맞는다, 부항을 붙인다 하는 틈틈이, 기진해 가면서도 끊임없이 돌봐 주어야 하는 아들과 똑같았다. 어머니는 아마 아직도 아들을 사랑할 테지만, 이제는 아들을 돌보는 일을 제 힘에 부치는 의무로 알 따름이다. 내게서 작가로서의 역량은, 작품의 이기적인 까다로운 요구를 더 이상 감당하지 못하였다. 계단에서 그런 일이 있고부터는, 사교상의 어떠한 일도, 어떠한 행복도, 비록 그것이 남들의 친절이나, 내 작품의 진전이나, 명예에 대한 기대에서 온 것이라 할지라도, 이미 따뜻하게 해줄 수도, 기운을 북돋우어 줄 수도, 어떤 희망을 품게 할 수도 없는 희미한 햇빛만큼밖에 내게 오지 않았으나, 그렇게 희미하기는 해도, 자꾸만 감기는 나의 눈, 그래도 너무 눈이 시어서 나는 늘 벽 쪽으로 몸을 돌리곤 하였다. 그러다가도, 나의 입술이 약간 움직인 것 같은 느낌이 드는 것으로 보아, 어떤 부인이, "저의 글월에 대한 답서를 못 받음에 적지 않게 놀라웠어요" 하는 편지를 보내 왔을 때, 아마도 내 입가에는 아주 가느다란 미소가 떠올랐던 모양이다. 하지만 나는, 그런 일로 편지 생각이 나서 답장을 써 보냈다. 남들이 나를 배은망덕하다고 여기지 않도록, 전에 남들이 내게 보여 준 친절에 못지 않은 나의 현재의 친절을 다하려고 안간힘을 썼다. 이리하여 나는, 죽어 가는 나의 생명에, 인력을 초월한 인생의 피로를 강요하여 나 자신을 괴롭혀 왔다. 기억 상실은 인간에 대한 나의 의리를 끊어 버리는 데에 약간의 도움이 되었고, 그 대신 나의 작품에 대한 의무가 들어섰던 것이다.

이 죽음의 관념은, 사랑이 그러했듯이, 내 몸 속에 정착했다. 물론 죽음을 좋아해서가 아니지, 나는 죽음을 죽일 듯이 싫어하였으니까. 하지만 아직 사랑하지 않는 여인의 이모저모를 생각해 보듯이, 아마도 가끔 죽음의 이모저모를 생각해 본 뒤라서 그런지 모르지만, 지금은 죽음에 대한 사념이 뇌리의 가장 깊은 층에 찰싹 들러붙어서 먼저 이 죽음의 관념을 거치지 않고선 무엇에나 몰두할 수 없다시피 되고, 내가 아무것에도 몰두하지 않은 채 그저 허송세월을 보내고 있을 때에도 죽음의 관념은 자아의 관념과 마찬가지로 줄곧 내게 달라붙어 있었다. 내가 거의 죽은 상태가 되었던 그날, 다시 말해 계단을 내려가지 못하거나, 이름이 생각나지 않거나, 침대에서 일어날 수가 없거나 하는 죽음의 징후가 있던 날, 벌써 내가 거의 죽었다는 죽음의 관념이, 지각되지 않는 똑같은 추리력을 통해 야기되었다고는 나는 생각하지 않고, 오히려 그런 징후가 한꺼번에 닥쳐와서 정신이라는 그 큰 거울이 새로운 현실을 불가피하게 비추어 냈다고 생각한다. 그렇지만 내가 걸린 병에서, 어떻게 사람이 아무런 예고도 안 받고 완전한 죽음으로 건너갈 수 있는지, 나는 소식 불통이었다. 그러자, 나는 남들을, 그들의 병과 그들의 죽음 사이의 틈새가 별로 이상해 보이지도 않는데, 매일처럼 죽어 가는 이들을 생각해 보았다. 죽을 때가 임박했다고 굳게 믿는 이들도, 어떤 말이 안 나오는 것은 발작, 실어증의 발작하고는 아무런 관계도 없이, 혀의 피로, 말더듬이와 비슷한 신경 상태, 소화 불량에 따르는 쇠약에서 온 것이라는 생각이 들기 쉽듯이, 나는 자신의 죽음은 믿으면서도, 하나하나 떼어놓고 보면, 이런 병이 죽을 병으로 생각되지 않는 까닭은(희망에 속고 있다기보다는), 단지 내가 그런 병을 안쪽에서 보고 있기 때문이라는 생각까지 해 보았다.

　내가(초판에 따름. 플레이아드판의 주[註]에도 언급되어 있음. 플레이아드판대로 번역하면 "내가 써야 할 것은 다른 것, 더 길고, 훨씬 많은 사람을 위한 것이었다.") 써야 할 것은, 죽어 가는 병사가 아내에게 쓰는 영별의 글과는 달리, 많은 사람들에게 보내는, 더욱 긴 것이었다. 쓰자니 만리장성. 나는 낮에는 잠을 자도록 한껏 노력해야지. 일은 밤에만 하게 될 테지. 그러나 숱한 밤이, 아마도 백 날 밤이, 어쩌면 천 날 밤이 필요할걸. 아침, 내가 이야기를 중단할 때, 샤리야르 왕(옮긴이: Sultan Shahriyar, 『아라비안 나이트』에 나오는 임금)만큼 너그럽지 않은 나의 운명의 주님께서, 과연 나의 사형 집행을 연기하여, 그날 밤에 다시 그 다음 이야기를 하도록 허락할지 어떨지 전혀 알 도리가 없는 불안 속에서 나는 살겠구나. 『아라비안 나이트』, 이 역시 밤 동안에 쓰인 생시몽의 『회상록』, 천진난만한 동심에서, 내 사랑에 집착하듯이 지나치게 소중히 여겨, 그것 아닌 다른 책은 무서워서 상상도 할 수 없으리만큼 좋아하던 책, 어쨌거나 그러한 책을 나는 새로 쓰려고 하는 게 아니다. 하지만 엘스티르나 샤르댕처럼, 우리는 좋아하는 것을 우선 버리지 않고서는, 좋아하는 것을 다시 만들어 낼 수가 없다. [물론 나의 책 역시, 나의 육신의 존재처럼 언젠가는 소멸될 것이 틀림없다. 하지만 깨끗이 단념하고 죽어야 한다. 사람은, 10년 안에, 자기의 책은 100년이 못 가서 없어진다는 생각을 받아들인다. 영원한 지속은 인간에게나 책에게나 다같이 불가능하다.] 나의 책은 아마도『아라비안 나이트』만큼 길어질 테지만, 판이한 내용으로 될 것이다. 아닌게 아니라, 어떤 작품을 좋아하면, 우리는 그것과 똑같은 것을 만들려고 하지만, 한때의 애착은 희생시켜야 하고, 자기의 취향 따위는 생각하지 말아야 하며, 오직 우리에게 편애(偏愛) 같은 것을 요구하지 않는 진리, 편애 같은 것을 염두에도 없게 하는 진리만 생각해야 한다. 버렸던 것과 가끔 만나게 되는 건, 진리를 추구할 경우뿐이고, 잊어버리고 나서야, 시대가 다른『아라비안 나이트』도, 생 시몽의『회상록』의 신작도 쓸 수가 있다. 그런데 아직 나에게 틈이 있을까? 너무 늦지 않은가?

나는 스스로 '아직 틈이 있는가' 하고 물었을 뿐 아니라, 또한 '그럴 만한 건강 상태에 있는가'라고도 물었다. 병은 양심의 엄격한 지배자처럼, 나를 사교계에서 죽은 거나 진배없이 하여 나의 도움이 되었다(그도 그럴 것이 '한 알의 밀이 땅에 떨어져 죽지 아니하면 한 알 그대로 있고 죽으면 많은 열매를 맺으리라'고 하였으니까). 또한 병은, 게으름이 사물을 쉽게 판단하는 버릇을 막아 준 다음, 아마도 나를 게으름에서 지켜 주려 하여선지, 병은 나의 기력을 소모시켜 버렸고, 오래 전부터, 특히 내가 알베르틴을 사랑하지 않게 되었을 때에 깨달았듯이, 나의 기억력마저 고갈시켜 버렸다. 그런데 계속해서 깊이 파고 들어가고, 밝혀 내고, 지적 등가물(等價物)로 변형시켜야 하는 인상의 기억을 가지고 하는 재창조는,

아까 도서실 안에서 착상한 것과 같은 예술 작품의 조건 중 하나,
사뭇 그 작품의 정수(精髓)가 아닐까? 아! 아까 『프랑수아 르 샹피』
가 눈에 띄었을 때 떠오른 옛날의 그 밤의 기운이 지금도 그대로
나에게 있다면! 어머니가 나에게 양보한 그 밤부터, 나의 의지, 내
건강의 쇠퇴가 할머니의 고질병과 함께 시작되었던 것이다. 어머
니 얼굴에 입술을 대지 않고선 이튿날 아침까지 기다리는 일은 견
딜 수가 없어서, 내가 과감한 결심을 하고, 침대에서 뛰어내려 잠
옷 바람으로 달빛 새어 드는 창가까지 가서, 스완 씨가 돌아가는
기척이 날 때까지 꼼짝 않고 있었을 때, 모든 것이 결정되었던 것
이다. 식구들이 스완 씨를 배웅하는 바람에, 문이 열리는, 방울이
울리는, 닫히는 소리가 들려 왔었지…….

그래서 나는 문득 생각했다, 내게 아직도 내 작품을 완성할 힘이
있다면, 내 작품의 관념과 그 현실화의 가능성에 대한 염려를 오늘
날 동시에 내게 안겨 준 이 마티네야말로 — 지난날 콩브레에서 나
에게 영향을 주었던 나날처럼 — 반드시 맨 먼저 작품 속에, 지난
날 콩브레의 성당에서 내가 예감했던 꼴(forme), 평소에 우리 눈에
안 보이는 '시간'의 꼴을 똑똑히 표시하리라고.

물론, 이 세계의 실상(實相)을 우리에게 왜곡되게 보여 주는 우
리의 감각이 범하는 오류는 이 밖에도 허다하다(이 점에 대해서는,
이 이야기의 여러 가지 에피소드가 이미 나에게 증명했음을 독자
는 보아 왔다.) 하지만 결국, 내가 한층 정확을 기하려는 인생 화집
에서는, 부득이한 경우에는 나는, 소리가 나는 곳을 바꾸지 않도록
할 수도, 그 소리를 원인에서 분리하지 않도록 할 수도(하기야 나
중에 가서는 지성이 그 소리를 원인 옆에 놓아두지만) 있을 것이
다, 비록, 방 한가운데 빗소리를 주룩주룩 내거나, 펄펄 끓는 탕약
을 소나기로 안마당에 쏟아지게 하거나, 이것은 화가들이 흔히 구

사하는 수법, 가령, 원근법의 법칙이나, 색채의 강약이나, 첫눈에 일으킨 곡두 등이 우리에게 어떤 효과를 주는가의 계산에 따라서, 범선이나 뾰족한 봉우리를, 또는 매우 가까이, 또는 매우 멀리 보이게 하는(그것을 이윽고 이지가 때로는 엄청나게 먼 곳으로 이동시키지만) 수법에 비해 별로 기발하지는 않다 할지라도. 오류는 더 심하겠지만, 나는 남들이 흔히 그렇게 하듯이, 실제상의 코나 뺨이나 턱은 무시하고, 고작 우리의 욕망의 그림자가 희롱할 뿐인, 지나가는 여자의 텅 빈 얼굴에다가, 갖가지 이목구비를 쉬지 않고 붙여 줄지도 모른다. 그보다도 더 중대한 일이거니와, 동일한 얼굴에다가, 그 얼굴을 보는 눈에 따라서, 그 눈이 거기서 판독하는 용모의 뜻에 따라서, 또 같은 눈이라도, 희망이나 공포에 따라서, 또는 거꾸로 서른 해에 걸쳐서 나이로 말미암은 변화를 숨기는 애정이나 습관에 따라서일지라도, 같은 얼굴에 적당히 맞출 100가지 가면을 마련할 틈이 나에게 없다 해도, 그리고 또 그렇게 하지 않으면 모든 것이 부자연한 거짓이 됨을, 나하고 알베르틴의 관계에서도 충분히 볼 수 있었던 바이지만, 어떤 사람들을 밖에서 보이는 대로 나타내는 것이 아니라, 그들의 극히 사소한 행위가 치명적인 고뇌를 불러일으킬 수도 있는 우리의 내부에서 내가 나타내려고는 않는다 할지라도, 그리고 또, 우리 감수성이 지닌 압력의 변동에 따라서, 또는 한 조각의 위험한 구름도 순식간에 거대해지건만, 개었다는 확신 밑에서는 사물이 아주 작게 보이는 우리 마음의 날씨에 따라서, 정신의 하늘의 빛을 바꿀 궁리를 하지 않는다 해도, 그리고 또 내가, 모든 것이 죄다 그려져야 하는 인생 화집 속에 그러한 변화나 그 밖의 숱한 변화(현실을 그리기로 하면, 그러한 것이 필요하다는 사실은, 이 이야기 속에서 밝혀졌다)를 가져올 수 없다 할지라도, 적어도 나는 그 화집 속에서 인간을, 무엇보다도, 몸의 길이를 가진 것으로서가 아니라, 세월의 길이를 가진 것으로서, 곧 자꾸만 커지다가 마침내는 자기 자신을 짓누르고 마는 짐을, 어디를 가나 같이 끌고 가야 하는 것으로 묘사하는 일에 소홀하지 않으리라.

하기야, 우리가 끊임없이 넓어져 가는 한 자리를 '시간' 속에 차지하고 있음은 누구나가 느끼고, 또 그 보편성은, 내가 애써 해명해야 할 것이, 누구나 어렴풋이 짐작하고 있는 진리라는 뜻에서 오로지 나를 기쁘게 하였을 따름이었다. 우리가 '시간' 속에 한 자리를 차지함은 누구나 느끼고 있을 뿐만 아니라, 그 자리는, 우리가 공간 속에 차지하는 장소를 재듯이, 극히 단순한 사람도 어림잡아 잰다. 특수한 통찰력 없이, 모르는 두 사나이를, 둘 다 검은 수염 또는 면도를 깨끗이 한 두 사나이를 보는 이는, 한 사나이는 스무 살 가량이고 또 한 사나이는 마흔 살 가량이라고 말할 것이다. 물론 이러한 나이에 대한 견적에서 종종 틀리지만, 우리가 그렇게 견적할 수 있다고 믿는 그 자체가 나이를 뭔가 잴 수 있는 것으로 생각하고 있음을 뜻한다. 검은 코밑 수염을 기른 두 사나이 중의 두 번째 사나이는 실제보다 스무 살을 더 붙인 셈이 된다.

내가 내 작품 속에서 두드러지게 나타내고자 한 것은, 김 빠진 '시간'의 관념, 우리에게서 분리되지 않은 지나간 세월의 관념이었다. 그런데 지금 대공 부인 댁에 있으면서, 스완 씨를 배웅하는 식구들의 저 발소리, 드디어 스완 씨가 떠나 버려 어머니가 2층으로 올라오려는 기척을 알리는 작은 방울의 짤랑짤랑 하는 금속성의, 끊임없이 울리는, 요란한, 산뜻한 그 소리를 나는 다시 들었다. 아득히 먼 과거에 있었던 소리건만 나는 옛소리 그대로 들었다. 이때 방울 소리를 들은 순간과, 게르망트네의 마티네 사이에 당연히 끼여 있어야 할 모든 사건들을 생각하면서, 나에게는 그 방울의 요란스러운 소리를 바꿀 재주도 없는 채, 지금도 내 마음에 울리는 것은, 틀림없는 그 작은 방울이라는 생각을 하자, 나는 등골이 오싹했으니, 왜냐하면 어째서 그것이 사라졌는지 잘 생각이 나지 않아서, 그 방울인지를 다시 들어 알고 똑똑히 듣기 위해서는, 내 주위에서, 가면이라도 쓴 듯이 변모해 버린 사람들이 나누는 이야기 소리를 듣지 않으려고 기를 써야 했기 때문이다. 그 방울 소리를 좀더 가까이 들으려면, 나는 나 자신 가운데로 다시 내려가야만 했다. 따라서 그 방울 소리는 언제나 내 가운데 있었고, 또한 그 방울 소리와 현재의 순간 사이에는, 내가 짊어지고 다니는 줄도 몰랐던 무한히 펼쳐진 온 과거가 있었던 것이다. 그 방울이 울렸을 때, 나는 이미 존재하였고 그리고 그때부터 그 방울 소리가 또다시 들리는 것으로 보아, 중단된 적이 없었던 게, 내가 생존하기를, 생각하기를, 자아를 의식하기를 잠시도 멈추지 않았던 게 틀림없으니, 그 아득한 순간은 여전히 나 자신과 단단히 연결되어 내 가운데로 깊이 내려가기만 하면, 아직도 그리로 되돌아갈 수 있었기 때문이다. 그리고 인간의 육신이 그 육신을 사랑하는 사람들에게 그토록 상처를 입힐 수 있는 까닭은, 인간의 육체가 이와 같이 과거의 시간을 간직하고 있기 때문이며, 육신을 사랑하는 이들로서는 이미 가뭇도 없지만 질투하는 나머지, 소중히 여기는 육신의 파괴마저도 바라는 정도의 사나이, 극진히 사랑하는 육신을 시간의 영역에 매어 놓고 응시하는 사나이로서는 참으로 잔인한, 그 숱한 욕망의 추억을 지니고 있기 때문이다. 왜냐하면 죽으면 '시간'은 육신을 떠나고, 그리고 몹시 빛 바랜 시시한 추억은, 이제 이승에 없는 '여인'에게서 사라지는 동시에 아직 여전히 그 추억에 시달리고 있는 사나이들에게서도 마침내는 사라지고, 살아 있는 육신의 욕망이 더 이상 추억을 기르지 않게 될 때, 그러한 추억도 마침내 소멸하고 말 테니까.

이토록 장구한 시간의 흐름이 나를 통해 단 한번의 중단도 없이 존속되고, 생각되고, 분비되었음을, 그 시간의 흐름은 나의 삶이자 나 자신이었음을, 그뿐만 아니라 나는 그 온 시간을 줄곧 내게 메어 두어야 했음을, 그것이 나를 받쳐 주었음을, 머리가 뱅뱅 도는 이 시간의 꼭대기에 올라앉은 나임을, 시간을 옮겨 놓지 않고선 몸을 움직일 수 없었음을 깨닫자, 나는 질겁과 피로를 느꼈다. 멀리 떨어져 있으면서도 내 안에 있는 콩브레의 정원에서 내가 조그만 방울 소리를 듣던 날, 그것은 내가 가지고 있는 줄 모르던 그 망망한 차원(次元)의 기점이었다. 나는 내 발 밑—사실은 나의 안이지만—에 마치 몇천 길의 골짜기를 굽어보듯이, 무수한 세월을 바라보자 어지러웠다.

의자에 앉은 게르망트 공작을 바라보고, 나보다 훨씬 많은 세월을 발 아래 가지고 있으면서도 별로 늙지 않은 사실에 나는 탄복했었는데, 그 공작이 몸을 일으켜 허리를 똑바로 펴려고 하자, 왜 다리가 후들후들, 마치 젊은 신학생들이 몰려와서 둘러싸인 대주교, 튼튼한 것이라곤 가슴에 달린 금속 십자가뿐인 노 대주교의 다리처럼 후들후들 흔들거렸는지, 또 쉴새없이 커 가는 살아 있는 장대 다리, 때로는 종탑보다 더 높아져서 드디어 위태스러워 걷지도 못하게 되는 찰나 쿠당탕 떨어지고 마는, 장대 다리 위에 인간이 올라앉아 있기나 한 듯, 어째서 공작은 다니는 사람도 드문 여든세살이라는 상상봉 꼭대기에 나뭇잎처럼 떨지 않고서는 올라갈 수 없었는지를 이제야 알게 되었다. 나는 나의 장대 다리 역시 발 아래에서 드높이 뻗어 있다는 생각을 하자 몸서리가 났다, 이미 까맣게 멀리까지 내려가 있는 그 과거를 자신에게 오래 붙들어 매어 둘 힘이 아직 내게 있을 성싶지가 않아서. 적이나 나에게 작품을 완성시킬 만한 오랜 시간(longtemps)이 남아 있다면, 우선 거기에(괴물과 비슷한 인간으로 만들지도 모르지만), 공간 속에 한정된 자리가 아니라, 아주 큰 자리, 그와 반대로 한량없이 연장된 자리—세월 속에 던져진 거인들처럼, 여러 시기 사이의 거리가 아무리 멀고 큰들, 수많은 나날이 차례차례 와서 자리잡는 여러 시기에 동시에 닿기 때문에— '시간'(Temps) 안에 차지하는 인간을 그려 보련다.

작품해설

작가와 작품

빛깔이 없고 잡을 길 없는 시간,
그 구명을 위한 노력과 결과

현대 문학에서 차지하는 위치

성좌에도 이름을 붙이곤 하던 우리의 습성
그러기에 보병좌(寶瓶座)와 산양좌 사이에 다리를 하나
놓자는 거요.
다리의 이름을 시간이라고 불러 봅시다.
다리 밑에 흐르는 별자리의 섬광이야
허(虛)에 깜박거리는 우리의 곡두라고 해 둡시다.

이러한 시간, 《잃어버린 시간을 찾아서》를 숨 거둘 때까지 규명
하며 쓰고 또 쓴 프루스트의 모습은 오늘날에 와서도 뭇 사람들의
눈에 새롭게 보인다.

작가의 사후 명성은 갖가지 곡선을 그리고 또 서로 엇갈린다. 프
루스트의 경우 1950년 무렵부터 명성이 높아지기 시작해서 지금

더욱더 상승일로에 있다. 그의 영광의 빛을 별빛에 비유한다면 혹성의 빛이 항성의 빛으로 변했다고 하겠다. 사실 프루스트의 영광은 그 빛을 결코 잃지 않을 것이다, 발자크나 셰익스피어, 세르반테스나 도스토예프스키의 빛처럼. 이러한 현실에 대해 1963년, 『스완네 집 쪽으로』 간행 50년을 기념하여, 프랑스의 한 문예 주간지가 프루스트 특집을 냈는데, 거기에 다음 같은 글이 있다. "지금 우리는 마르셀 프루스트를 벗어날 수 없다, 고전을 벗어날 수 없듯이. 사실 프루스트는 오늘날 어디에나 있다. 현대 프랑스 작가와 그 밖의 여러 나라의 수많은 작가가 프루스트와 무연일 수 없다. 프루스트의 작품을 읽는다 안 읽는다, 안다 모른다 따위의 단순한 문제로 그치는 게 아니라, 바라건 바라지 않건, 또는 부정하건 긍정하건, 아무튼 프루스트와 자기 사이의 상관 관계를 한번쯤 측정하여 확인할 필요가 있다."

제2차 세계대전 직후인 1945년, 장 폴 사르트르가 『현대』(*Les Temps Modernes*)지 창간사에서 부르주아지와 그 문화를 부정하고, 정치 참여와 사회주의로 향하는 역사철학의 이름 밑에 분석적 정신이나 내면 세계를 부르주아지의 특성으로 단정하고, 이를 부정하는 입장에서 프루스트의 작품을 논란했을 때, 실인즉 사르트르는 프루스트를 망각의 심연에서 구출했던 것이다. 그도 그럴 것이, 부정의 대상으로서도, 그 업적을 계승할 선구자로서도 프루스트는 엄연히 살아 있었기 때문이다. 오늘날도 '두 번 다시 되풀이 못 할 시도를 철저히 행한 부러운 작가'인 프루스트에 대한 저술·논고·연구 논문이 쏟아져 나오고, 최근에 라루스(Larousse)사에서 새로 편집되어 출판된 대형판 상·하권 『프랑스 문학사』의 표지 상권에 데카르트의 초상이, 하권에 프루스트의 초상이 나 있음을 보건대, 오늘날 이 두 사람이 프랑스의 사상과 문학을 세계에 대표하는 결정적인 상징이라고 하겠다. 그런데 이와 같이 위대한 작품 《잃어버린 시간을 찾아서》를 쓴 프루스트가 늘 병약했으며, 마흔 살이 되도록 주위 문인들로부터 사교계에 드나드는 속물 (snob)이라고 무시된 존재였다는 것은 흥미로운 일이다.

출생과 성격 형성

일리에(Illiers, 소설에 나오는 콩브레)의 토박이 프루스트 가문은 시대의 흐름에 따라 영고 성쇠를 겪었다. 마르셀의 할아버지가 되는 분은 일리에에서 잡화상이자 양초 제조인으로 두 자녀를 두었는데, 아들 아드리앙(Adrien)과 일리에에서 가장 유복한 상인 쥘 아미오에게 시집간 외동딸 엘리자베트이다. 마르셀의 아버지인 아드리앙 프루스트는 그 혈족 중에서 고향을 떠난 첫 사람이었다. 그는 성직자가 되려고 샤르트르 학원의 급비생이 됐다가 오래지 않아 이 신학교를 그만두고 신앙을 간직한 채로 의학 연구의 길을 택했다. 파리에 나와 의학을 전공하여 1862년 자연성 기흉(自然性氣胸)에 관한 논문으로 의학 박사 학위를 받아 1866년 대학 의학부 교수 자격을 받고, 같은 해 19세기 말에 네 번 창궐했던 콜레라의 세번째 유행이 프랑스까지 파급됐을 때, 자신의 의무를 다한 점으로 이목을 끌었다. 그는 자신이 다룬 환자들이 수없이 죽어 가는 걸 보고서, 깊이 생각한 결과, 콜레라는 하나하나 치료하거나 예방할 수 없다는 결론을 내렸다. 무릇 위대한 전문가의 삶에는 영감이 번쩍하는 순간, 다시 말해 인류를 위해 일하고 싶다는 소망과 사사로운 야망이 착잡하게 엉키는 순간이 있는데, 그때에 한 삶을 걸 사업이 계시된다. 프루스트 박사는 콜레라가 유럽에 침입하는 길을 차단함으로써 전체를 이 전염병에서 구하고자 결심했다. 이 일에 성공한 그는 1870년 8월, 황후 외제니가 손수 내리는 레지옹 도뇌르 훈장을 받아 입신 출세하고 나서, 같은 해 수려한 얼굴 모습에 빌로드 같은 눈을 한 젊은 아가씨, 잔 베유(Jeanne Weil)를 만나 사랑하는 사이가 되어 마침내 결혼했다.

잔 베유는 유태계 가문의 딸로, 그녀의 아버지 나테 베유(Nathé Weil)는 유복한 주식 중개인이었으며, 보기에 무뚝뚝한 성미였으나 마음씨 착한 분이었다. 그녀의 어머니는 결혼 전 이름이 아델 베른카스텔(Adèle Berncastel)이고, 남편이 유아독존인데다가 무뚝뚝한 반면에 그녀는 다정하고 부드러워 자기 희생을 마다하지 않은 여성이었다. 음악과 문학을 좋아하고 특히 세비녜 부인의 서간집을 애독하였다.

결혼 후 프루스트 부인은 바로 파리 농성(籠城), 휴전, 코뮌의 바리케이드 전, 시민 소개(疏開), 개와 쥐의 고기마저 가게에 나왔다고 하는 프랑스 근대사상 최악의 시기에 임신하여 어려운 상황에 처했었다. 그때 프루스트 박사는 서른일곱 살, 잔은 스물두 살이었으며, 프루스트 부인은 오퇴유 마을의 친정 숙부집에 의지하게 됐다. 이 집에서 1871년 7월 10일 마르셀 프루스트(Marcel Proust, 1871~1922)가 태어났다.

마르셀은 일생 동안 외가와 밀접한 관계를 지녔다. 외가 일족을 통해 유태계 프랑스 부르주아지의 풍습이나 성격의 여러 특징을 알았고, 또 그 자신도 육체적으로나 정신적으로 그런 여러 특징을 이어받았는지도 모른다. 또한 마르셀이 가장 순수한 서유럽적이자 프랑스적인 혈통을 이어받았다는 것은 부정할 여지가 없다. 그는 프랑스의 고전으로 길러졌으며, 보스 고장의 농부들이 늘 쓰는 말씨를 섞어 싱싱하고도 힘찬, 고전적인 프랑스 언어를 입으로 말하기도 하고 글로 옮기기도 했다. 나중에 평론가 티보데는 역시 유태계의 모친을 두었던 몽테뉴와 프루스트의 공통점을 적절하게 지적했다. 그들의 공통점은 "보편적인 호기심, 편력하는 숙고에 대한 취미, 동적인 심상에 대한 기호이다. 외형을 이루는 것, 사물의 껍질은 그들에게 겉을 나타내는 것에 지나지 않고, 그것들을 통해 내면적인 움직임을 탐구하는 것이 문제다. 몽테뉴나 프루스트나 베르그송 같은 사람들은 우리의 풍성하고도 복잡한 문학적인 우주 안에, 프랑스족과 셈족의 혼혈이라고 일컬을 만한 것을 만들어 낸다……." 문학에서도 유전학에서와 마찬가지로, 혼혈은 건전한 결과를 가져온다. 그럼으로써 정신의 비교 기준이 생겨 올바른 판단을 하게 되는 것이다.

전형적인 프랑스 시골의 토착적이면서도 보수적인 생활의 분위기(아버지 쪽)와 부유한 주식 중개인 생활의 공기(어머니 쪽), 전통적인 가톨릭교와 유태교, 구약(舊約)과 신약(新約), 이러한 상반된 두 가지는 마르셀 프루스트의 마음속에 평생토록 일종의 불협화음을 자아낸 것 같다. 그는 가톨릭교의 영세는 물론이고 견진 성사도 받아 그것이 자랑이기도 하였거니와, 가톨릭 정신은 그의 미적 감각을 길러 나갔지만, 또 한편 자신의 종교를 포기하지 않던 어머니를 통해 끊임없이 가톨릭과는 다른 것, 이단적인 것(특히 소돔과 고모라 주민)에 자기가 속해 있음을 계속해서 의식해 나간다. 이와 같은 두 문화, 두 핏줄 사이에 끼여, 더더구나 유태계인 어머니 쪽을 더욱 의지처로 삼아 성장한 데서 더욱더 작품의 깊이가 생겨났는지도 모른다.

일곱 살 때, 마르셀의 심상(心想)에 지대한 영향을 끼친 사건이 일어난다. 이 사건으로 말미암아 마르셀은 사랑이 비난을 받으며, 행복은 이승에 없다는 걸 깨닫는다. 오퇴유 집에서 어느 여름밤,

마르셀의 어머니는 남편의 동료 의사를 접대하기에 바빠서, 마르셀의 침실에 올라와 여느 때처럼 잘 자라는 입맞춤을 그에게 해줄 수가 없었다. 심신이 산란한 마르셀은 달빛이 휘영청한 뜰 안의 사람 그림자를 물끄러미 바라본다. 어른들은 나무 밑에서 식후의 술을 마시며 얘기를 나누고 있다. 마르셀의 머릿속에서 갖가지 생각이 경주를 한다. 결국 절망한 나머지 마르셀은 창문을 덜커덩 열어젖뜨리고서 "엄마, 잠깐 올라와 줘" 하고 외친다. 남편의 다정한 참견도 있고, 또 더 난처한 일이 벌어질지도 몰라 어머니는 마르셀의 방에 올라가 달래 주려고 한다. 마르셀은 히스테릭하게 와락 울음을 터뜨리고 만다. 이 정경은 이 소설의 제1편 '콩브레'에 나오는데, 프루스트 자신이 지적하듯 그의 생애에서 하나의 전기가 되었다. 까닭인즉 "사랑의 번뇌를 알게 된 것이 이날부터였으며, 또 어머니가 그의 의지력을 단련시키는 일을 그만 단념한 것도 이 밤부터였기 때문이다."

역시 오퇴유에서 생긴 일로, 아홉 살인 마르셀은 집안 사람들과 불로뉴 숲을 산책하고 돌아오는 길에 호흡 곤란의 발작을 일으켜, 어쩔 줄 몰라하는 아버지 앞에서 기침으로 숨이 넘어가는 듯한 고통을 겪는다. 한평생 그를 괴롭힌 천식이 시작된 것이다. 의학상으로 봐서 그의 병은 의지와는 아무 상관 없으며 글자 그대로 질병이었다. 천식 환자의 대다수는 그 유년기에 모친의 애정을 지나치게 받거나 또는 받지 못한 사람들이라고 하는데, 마르셀은 이 같은 일설의 산 증거라고 하겠다. 플로베르나 도스토예프스키 같은 간질로 고생한 대작가들이 있는데, 그들의 고질병은 그들의 예술과 뗄 수 없는 깊은 관계가 있는 성싶다. 천식은 프루스트의 간질이었다.

프루스트 일가는 따뜻하게 결합되어 있어서 거기서는 전통적인 도덕이 하나도 의문시되지 않았다. 세상과 자기의 참된 모습을 발견하는 일이 머잖아 마르셀에게 가져다 준 비극은 어머니와 할머니의 자애로움, 이 두 분의 고귀한 정신, 이 두 분의 도덕률에 의해 세상 풍파에서 보호된 가정 생활이 그를 길러 온 것과, 그 반면에 존재하는 엄한 현실, 때론 비속하고도 견디기 힘든 현실 사이의 그 무참한 대조를 통해 설명될 수 있다.

이 두 여성은 자신들과 똑같은 정신을 가진 상처 입기 쉬운 마르셀을 진심으로 사랑하여 응석부리게 내버려 두었다. 그 응석둥이 마르셀은 어떠했는가? 그 당시 학교에 다니는 여학생들이 남학생들에게 앙케트를 냈는데, 그 물음에 열네 살인 마르셀이 답한 글이 남아 있다. "'그대에게 가장 비참한 일은?—어머니와 떨어져 있는 것', '어디에 살고 싶나?—이상의 나라에서라기보다 내 이상의 나라에서' '못된 인간이란 어떤 사람을 두고 하는 말인가?—애정의 따사로움을 느끼지 못하는 사람을 두고 하는 말'"이라고 적혀 있다. 애정의 따사로움을 느끼지 못하는 인간에 대한 공포감, 이 두려움은 마르셀의 일생을 통해 조금도 변하지 않는다. 남의 입장이 되어 봐라, 남의 마음을 언짢게 해서는 못쓴다, 남의 마음을 기쁘게 해줘야 한다는 그의 마음씨는, 나약하고도 병약한 인간에게 요긴한 애정을 얻어, 그것을 잃지 않으려는 소망에서 온 동시에 세밀하게 남의 고뇌와 욕망을 마음속에 그려 낼 줄 아는 민감하고도 정확한 상상력에서 비롯한다고 하겠다. 더욱이 타고난 민감성이 천식이라는 고질병 탓으로 더욱 예민해졌을 것이다. 그가 일생을 통해 변함없이 사랑한 유일한 여성은 어머니뿐이었다. 다만 그는 늙어 가는 어머니를 꿋꿋하게 받들어 모시는 애정으로 사랑한 게 아니라 응석부리는 애정으로 사랑했다. 의지력의 결핍, 이 의지력의 결핍과 일생 동안 싸워 마침내《잃어버린 시간을 찾아서》를 창작해 냄으로써, 프랑스에서 콜레라를 막은 아버지의 아들답게,

또 "아버님이 환자들에게 쏟으셨던 만큼의 열성을 나도 내 작품에 쏟고 있다는 확신만 있다면" 하고 탄식했다지만, 결과적으로 그 열 배, 아니 백 배나 더 열성과 의지를 발휘해서 이겨 낸 것이니 그 것은 마르셀 프루스트의 운명이었다.

프루스트의 어린 시절은 네 토막 배경에서 지나가고, 그것들은 그 예술을 통해 장소가 옮겨지고 변형되어 작품에서 보다시피 우리에게 친숙한 것이 된다. 첫 무대는 파리로 말제르브 큰 거리, 사뭇 부르주아다운 사치스런 집안에서 부모 슬하에 살았다. 오후가 되면 샹 젤리제로 나가 소녀들을 만나서는 단시일에 사귀어 같이 어울려 논다. 그 소녀들의 모습이 한 덩어리로 뭉쳐 후에 작중 인물 질베르트가 된다.

두번째 무대는 일리에(작품 중의 콩브레, 현재 마르셀 프루스트를 기념하여 콩브레로 개명)로서, 프루스트 일가는 아미오 고모님(작품 중의 레오니 고모) 댁에서 휴가를 보낸다. 어린 그는 여기서 부활절 무렵의 아가위나 미나리아재비, 여름에는 개양귀비나 밀이삭을 만나고, 또 까마귀들이 점점이 앉아 있는 슬레이트로 인 두건을 쓰고 가옥이라는 양떼를 지키는 목자와 같은 언제나 변함없이 예스런 성당의 모습을 본다는 비할 바 없는 큰 기쁨을 갖는다.

세번째 무대는 오퇴유 마을에 있는 외할아버지 동생, 곧 외종조부(작품 중에서 아돌프 종조부)의 집(여기서 태어남). 이곳에서 무더운 여름 나날에 피서하곤 하였는데, 이 집도 작중의 콩브레 집의 정원 구성에 한몫을 한다. 외종조부 루이 베유는 나이 든 홀아비로 호화로운 생활을 보내며 많은 여성들과 친하게 지냈다. 그래서 마르셀의 집안 어른들의 빈축을 샀는데, 이분 댁에서 마르셀 어린이는 자기를 귀여워해 주는 아름다운 부인네들과 종종 만났다. 그 중의 한 사람, 멋진 고급 창부인 로르 에이망(Laure Hayman)은 어느 영국 화가의 딸로, 오데트 드 크레시(작중에 나오는 스완 부인의 전신)의 첫 세포라 하겠다.

끝으로 여름의 일부를 마르셀은 할머니와 함께 영불 해협 연안의 바닷가에서 보내곤 했다. 어떤 때는 트루빌(Trouville), 어떤 때는 디에프(Dieppe), 나중에 카부르(Cabourg)에서 보냈다. 이렇게 해서 소설에 나오는 바닷가 발베크가 생겨난다. 그러나 마르셀의 눈에 비친 풍경이 아름답다고 해서 그 자체가 뛰어난 풍경이거나 세상에 둘도 없는 정원이거나 바닷가이거나 들판이거나 한 것은 아니다. "단 하나의 우주가 있는 게 아니라 개인의 수효만큼 아주 다른 우주가 있다."『독서의 나날』에서 프루스트 자신이 이렇게 얘기하고 있다. "우리는 밀레가(화가가 가르치는 것이나 시인이 가르치는 것이나 매한가지) 그「봄」에서 보여 주는 들판을 직접 가 보고 싶고, 또 클로드 모네가 아침 안개 사이로 어슴푸레하게 그린 강굽이, 센 강가에 모네가 데려다 주기를 바란다. 그런데 사실 그런 장소가 제재(題材)로 선택된 것은 그저 우연한 연고나 혈연 관계 때문이다. 연고자가 우연히 나날을 보내고 묵을 기회를 주어 밀레나 클로드 모네가 다른 어디보다 이 길, 이 정원, 이 들판, 이 강굽이를 택하게 된 것이다……" 이처럼 프루스트가 그린 들판, 바닷가는 결코 일리에에만 있는 것도 카부르에만 있는 것도 아니다. 도처에 있다. 단지 우리는 그런 들판과 바닷가를 구경한 적이 있건만 다 잃어버리고 만다. 그것을 잃어버리지 않으려는, 또는 되찾으려고 하는 작업이 예술이라 하겠다. 한 가지 지적해 둘 것은 프루스트가 제1편에서 종탑을, 제2편에서 세 그루 나무를 묘사하는 장면을 마차를 타고 움직이는 상태에서 그렸다는 사실이다. 그러고 보면 그의 중요한 묘사는 거의 마차·기차·자동차를 타고서 보는 시점에서 묘사하는 경우가 많은데, 그것은 그의 고질병인 천식 때문에 걸어서 멀리 가는 적이 드물었던 탓이기도 하지만, 사물을 고정 상태에서 보기보다 동적 상태에서 보려는 의도였다고 생각된다 (드가의 그림이 그렇듯이).

철들기 시작하면서 마르셀의 마음속에는 글 쓰고 싶다는 욕망과 특히 사물 밑에 숨어 있는 듯 갇힌 아름다움을 파악하고 싶다는 욕망이 있었다. 그러나 형태와 냄새 또는 색채의 인상에 의해 의식에 가해진 의무, 다시 말해 그 인상들 뒤에 숨은 뜻을 인식하려고 애쓰는 것이 너무나 힘들어 그만두곤 하다가, 어느 날 타고 가는 마차의 움직임과 길의 굴곡에 따라 번갈아 위치를 바꾸는 듯한 세 종탑을 들판 저쪽에서 바라보고 무엇이라 말할 수 없는 행복을 느꼈을 때 용기를 내어 적어 본다. 이 글이 『스완네 집 쪽으로』에 수록된 그 유명한 단문이다. 이날이야말로 마르셀 프루스트가 태어난 날이다. 다시 말해 시인의 책임이란 받은 인상을 끝까지 추구하는 일이고, 더할 나위 없이 초라한 사물도 만일 시인이 '그것에 정신성을 주는' 데, 곧 '혼을 불어넣는' 데에 성공한다면 그것은 이 세상의 비밀을 밝혀 주는 것임을 익히 인식한 작가, 마르셀 프루스트가 탄생한 것이다.

과도기의 사회 생활

1882년 열한 살 때, 건강이 좋지 않고 천식이 발작하곤 하였으나 마르셀은 부르주아적 색채가 짙으며, 수많은 작가, 곧 생트 뵈브, 베를렌, 베르그송의 출신교이고, 말라르메가 영어를 가르치고 있던 콩도르세 국립 고등중학에 입학하고(1889년까지 재학) 남들과 똑같은 과정을 밟아 우수한 성적을 얻기도 했다. 이 학교에서는 다른 학교와는 달리 박식하고도 고전적인 풍이 아닌 현대적이고 재치 있는 세기말류의 문학을 중요시하였다. 마르셀은 급우들끼리 내는 동인지에 글을 쓰기도 하고, 샹 젤리제에 사는 예쁜 소녀 마리 드 베나르다키(Marie de Benardaky)와 첫사랑에 빠지기도 한다. 그는 이 무렵 이미 어머니에게서 이어받은 조숙한 재능과 더불어 고전 작품을 읽고, 그 당시의 현대 작가들, 바레스 · 프랑스 · 르메트르 · 마터링크도 읽는다. 그는 특히 『아라비안 나이트』의 애독자이며 번역서로는 디킨스 · 토머스 하디 · 스티븐스 · 조지 엘리엇을 읽었다. 르콩트 드 릴과 그리스 · 라틴 고전 공부의 영향으로, 제2학급 무렵 마르셀에게 약간 현학자적인 버릇이 생겼는데, 이 버릇을 나중에 가서 소설 중의 블로크라는 친구의 입을 통해 사용하여 익살을 부린다.

마르셀은 정신이 조숙하여 학우들을 놀라게 하였다. 그들 중에서 가장 총명한 친구들도, 기묘한, 하지만 의심할 나위 없는 천재 앞에 있다는 미묘한 느낌을 경험한다. 그러나 침착하지 못하고 격하기 쉽고 신경질적인 그의 다정다감은 그들을 놀라게 했다. 이 무렵부터 마르셀은 이미 그에게 특유한 산문, 이음자리도 없이 까다롭게 얽힌 글을 썼다. 한 문장이 백 마디 가량이나 길게 뻗어 행바꿈도 전혀 없다. 이런 작문 중의 하나가 오늘까지 남아 있는데 코르네유와 라신에 관한 글이다. 제2편 제2부 '고장의 이름 — 고장'에 나오는 작문, 지옥에 있는 소포클레스가 라신에게 보내는 그 유명한 편지 '친애하는 벗이여'로 시작하는 그 편지를 지젤의 손을 통해 썼을 때, 아마도 이 글을 이용했나 보다(국일미디어판 제4권 374쪽 참조).

그의 수사학급의 선생, 막심 고셰(Maxime Gaucher)는 문예 비평가로 매우 자유스럽고 다정스러운 정신의 소유자인데, 그는 마침내 마르셀의 재능을 높이 사, 숙제의 형식이 아닌 숙제를 마르셀한테서 받아, 야유하거나 갈채하는 학급 전원 앞에서 그것을 큰 소리로 읽히기까지 했다. 그 결과로 두 달쯤 지나자 한 다스 정도의 바보들이 퇴폐적인 문체로 글을 쓰게 되었다고 한다.

종합 시찰 날, 고세는 장학관이자 대중 시인이기도 한 외젠 마뉘엘(Eugéne Manuel)의 면전에서 마르셀에게 작문 하나를 읽게 했다. 다 듣고 난 이 대중 시인이 노기충천 "선생 학급의 열등생 중 더 바르고 명석하게 프랑스 말을 쓰는 학생이 한 명쯤은 있을 것 같은데?" 하고 묻자, 고세는 대답하기를 "장학관님, 내 학생 중에는 마뉘엘식(교과서대로의) 프랑스 말을 쓰는 사람은 하나도 없는 걸요"라고 했다고 한다. 1888년 학기의 시험에서 마르셀은 작문이 수석, 라틴어와 그리스어에서 3등이라는 성적을 얻는다. 그리고 그해 10월, 마르셀은 마리 알퐁스 다를뤼(Marie Alphonse Darlu)가 담임인 철학급에 들어갔다. 뜨겁고 입정 사납고 사람들의 정신을 번쩍 눈뜨게 하는 이 남부 프랑스 태생, 마치 요술쟁이처럼 실크 해트에서 철학의 모든 체계를 튀어나오게 했다는 그는 그 실크 해트를 교단 위에 놓고 있다가 뭔가 논증이 필요할 때 그것을 번번이 보기로 인용했다, 마치 실물의 실존을 증명하려고 할 적에 세잔이 사과를 탁자 위에 놓고 정물화라는 새 분야를 개척했듯이, 또는 말라르메가 시 한 편에 온 우주를 담으려고 했듯이. 그는 칸트 학파로, 프루스트의 사고 방식, 인생관에 지울 수 없는 영향을 주었다. 외적 세계의 실재(實在)에 대한 강의에서 그는 그 주제를 전개하는 데 시적인 방법을 썼는데, 그 덕분에 마르셀은 후에 가서, 그 때까지 주로 철학자에게만 속한 분야와 문체를 소설 안에도 섞어 넣는 기술, 곧 예술 작품이 위대한 것이 되려면 단지 시적이라든가 윤리적이라는 것만으론 부족하고, 형이상적이어야 한다는 점을 깨달아 그것을 쓸 줄 아는 기술을 배웠다. 그리고 《잃어버린 시간을 찾아서》의 가장 심원한 테마는 바로 순 형이상적 참의 계시이다. 마르셀은 이미 흐리멍덩한 감각만으로 만족하지 않고, 그 감각의 뜻을 찾아내 표현하는 일이야말로 자신의 의무라고 느낀 것이다. 만일 소설 중의 '나'가 마르탱빌의 종탑이나 프티트 마들렌 과자 맛 속에서 발견한 신비로운 기쁨에 만족하지 않고, 그 비밀을 정복하기까지 집요하게 따졌다고 한다면, 그것은 적어도 부분적으로 다를뢰의 가르침 덕분이다. 그렇지만 다를뢰가 그 학생에게 준 자질은 이미 마르셀이 지니고 있던 것으로, 단지 풀려나기를 기다리고 있던 게 틀림없다. 감각적 세계의 비실재성(非實在性), 기억, 시간에 관한 그 길고 긴 명상의 걸쇠를 벗긴 이가 다름 아닌 다를뢰였다. 그리고 생애를 통해 프루스트는 여러 사상 체계에 흥미를 품었다. 그리하여 그 시대의 가장 뛰어난 철학, 베르그송 철학의 주요 테마를 나중에 소설이라는 예술에 도입하게 된다.

마르셀은 열일곱 살 때부터 문학 살롱에 대한 기호를 나타냈다. 학우들 중의 한 친구, 가스통 드 카이야베의 모친(아르망 드 카이야베)의 살롱에는 아나톨 프랑스가 드나들었다. 이분의 집에서 마르셀은 여류 화가 마들렌 르메르(Madeleine Lemaire)와 사귀었는데, 이 여인의 아틀리에가 바로 살롱이 되기도 했다. 친구인 자크 비제의 모친은 「카르멘」의 작곡자 조르주 비제의 미망인으로, 재혼해서 스트로스 부인이 되어 특이한 살롱을 열고 있었고, 또 한 분의 길잡이 '아카데미 회원들의 창부'라고 불리던 로르 에이망의 살롱에도 드나들었다. 로르 에이망은 마르셀을 도련님같이 다뤄 서로 평생토록 사이가 좋았다. 이 여인을 통해 그 당시의 현대 작가인 폴 부르제와 사귀기도 했다. 스트로스 부인은 그 무렵 마흔네 살로 아직도 아름다웠고, 깊은 교양이야 없었지만 매력 있는 기발한 착상과 위트가 넘쳤다고 한다. 마르셀은 이 여성들을 그야말로 꽃으로 덮다시피 했는데, 부모에게서 타 쓰는 적지 않은 용돈을 꽃을 사는 데 다 쓰다시피 했다. 이런 탓으로 마르셀이 뒤에 문단에 첫발을 들여놓았을 때, 그는 속물, 세속의 환락을 좇는 놈팽이라는 욕을 먹고, 홧김에 한번은 어엿한 결투까지 하게 된다. 그렇지만 마르셀을 철저하게 멸시한 작가들 중 그 누가 작가로서의 그에게 대적할 수 있었는가? 한 작가의 손으로 묘사된 인간 무리보다 그것들을 관찰하고 표현하는 방법 쪽이 더 중요하지 않겠는가?

"갈색으로 금빛 나는 늘 젖어 있는 눈…… 자기가 인식한 온갖 사물에서 솟아난 슬픔이 생생한 장난기와 섞여 있고, 언뜻 마음을 다시 잡아 전적인 무관심을 가장하려고 하나, 열의나 몽상이나 한 없는 계획에 반짝이는 집요한 눈길"을 한 마르셀은 머리털이 검고 숱이 많아 늘 더부룩하였다. 약간 지나치게 화려한 넥타이를 매고 단춧구멍에 난초꽃 한 송이를 꽂고, 언뜻 보아 오스카 와일드를 방불케 하는 멋쟁이 취미와 무기력의 혼합인 모습으로 사교계에 드나들던 그는 남들의 아낌을 받고, 또 그 마음씨 탓으로 남들의 마음에 들려고 애쓰기도 하고, 극진한 예절을 차리기도 하고, 또 애정마저 기울였다. 그렇지만 그의 은근한 외모에는 이따금 비꼼이 섞인다. 그의 문장에 나타나는 해학맛도 여기서 생겨난다. 《잃어버린 시간을 찾아서》 전편을 통해 구절마다 풍기는 그 해학맛이란 옥같이 맑고 구수하니, 씹으면 씹을수록 단물이 나오는 맵싸하고도 단 고추 같다. 예를 들어 무식하기 짝이 없는 하녀인 프랑수아즈의 일거일동을 빌려서 이 세상의 좀더 중대하고도 큰 사건이나 정치, 사회, 이기심, 살육 따위를 풍자하는 장면을 읽다가 모르는 사이에 배꼽이 빠지도록 웃음이 터져나올 만큼 익살맞다. 과연 프랑수아 라블레의 나라 사람다운 익살이다. 귀족 사회와 신흥 재벌 사회의 타락한 생활이나 그들의 이기심, 무위와 맞서, 자기 어머니와 할머니 같은 보통 사람들이 지닌 빈틈없는 착함, 또 하녀인 프랑수아즈와 같은 가난한 사람들의 양식(bon sens), 레오니 고모 같은 병약한 몸이면서도 병석에 누워(만년에 이르러 마르셀 자신도 그렇게 되었듯) 온 동네의 하루를 걱정하지 않고서는 못 배기는 마음씨, 또 그가 참된 프랑스 민중이라고 부른 이들의 드높은 생활 태도를 대조해 보지 않을 수 없었던 것이다. 그러기에 사교계는 마르셀에게 관찰의 장소로서 필요한 곳이었다.

사교계에 막 발을 들여놓았을 무렵을 전후해서, 수많은 부인네들 사이를 들락거리는 구변 좋고 어리광부리는 시동(侍童), 치맛자락에 휘감기기를 무척 좋아하는 귀여운 어린이, 여성의 의상이나 몸단장에 관한 것이라면 뭐든지 다 아는 어린이, 늘 어머니의 스커트에 휘감겨 있는 어린이인 마르셀은 자기 몸 속에서, 제 자신한테나 남들한테나 이상하며 죄 많은 일로 생각되는 본능을 알아보고 심각한 고뇌를 느낀다. 그것은 천지가 무너지는 경악이자 낙심이었을 것이다. 그의 발표되지 않은 노트에 다음 같은 글이 있다. 감정적인 성도착의 경향이 때묻지 않은 마음속에 어떻게 해서 싹터 나왔는지 잘 드러나 있다.

어떤 유의 사내들은 그런 줄 깨닫지 못한 채 그들의 욕정의 대상이 여성이 아니라는 걸 모르고 지내 친구와 시를 읽거나 외설스러운 삽화를 볼 때, 그 친구의 몸에 바싹 몸을 붙이고 그러한 동성에 대한 접촉감이 여성에 대한 욕정과 일치하는 줄로 여겨 왔다. 문학·미술·역사·종교에서 연이어 주어진 사랑의 그림을 보고 느꼈던 것을 돌이켜보아, 그들이 그 느낌을 결부시킨 대상이 남과 같지 않음을 깨닫지 못하고, 온갖 특징을 그들의 경우에 적용하여 그

혼란 탓으로 그들의 악습을 월터 스콧풍의 공상, 보들레르풍의 세련, 기사도의 명예, 신비 사상의 침울, 그리스의 조각가나 이탈리아의 화가의, 그 형상의 순수성 같은 것으로 장식하게 되고⋯⋯ 자기들은 다른 인간과 하나도 다르지 않다, 왜냐하면 자기들과 조금도 다르지 않은 슬픔이나 근심이나 실망은 쉴리 프뤼돔한테서도 뮈세한테서도 발견되니까 하고 납득하는 것이다. 그렇지만 본능적으로 그들은 '제 번뇌'를 입 밖에 내기를 꺼린다. 마치 도벽이 있는 사람이 여지껏 제 못된 버릇을 알아차리지 못하고 뭔가를 훔치고⋯⋯ 그것을 비밀로 해 두듯이.

또 다음과 같은 글도 있다. "윤리 문제가 온갖 '고민의 힘'을 다하여 제기되는 것은 아마도 실제로 죄악투성이의 생애를 보낸 사람들의 마음속에서뿐일 것이다. 이 문제에 대해 예술가는 자기의 사사로운 생활면에서가 아니라, 그에게 참된 생활면에서 하나의 해결, 일반적인 문학적 해결을 내린다. 마치 그리스도 교회의 위대한 박사들이 아주 선량한 분들이면서도 먼저 인간의 갖가지 죄업을 몸소 아는 일부터 시작해 거기서 그들의 사사로운 높은 덕을 쌓아올렸듯이, 위대한 예술가는 마음이 고약한 인간이라도 간혹 자기의 악덕을 모든 세상 사람들의 윤리적인 규율을 안출하는 실마리로 쓴다⋯⋯" 후에 그의 소설에서 저주받은 욕정은 회한과 굴욕투성이가 된다.

대학 입학 자격을 얻고 나서, 그는 징병 검사도 받기 전에 오를레앙의 보병 제76연대에 입대했다. 다음해 폐지하기로 된 지원병 제도를 이용하기 위해서이며, 이 은전을 입은 자는, 보통 병역 의무 연한이 5년인데, 1년만 복무하면 되었다. 아버지의 주선으로 별탈 없이, 또 불평 한마디 없이 군대 생활을 잘 해냈다. 이 무렵 어머니가 아들에게 보낸 편지 중에 다음 같은 글이 있다. 세비녜 부인 글의 애독자다운 글이다.

드디어 한 달이 지났구나. 이제 남은 과자 11개만 먹으면 되는 구나, 그것도 한둘은 휴가 동안에 없어질 테고. 네 복무 기간을 단축하는 방법을 생각해 본 거란다. 네가 아주 좋아하는 초콜렛 열한 개를 보내니 받아라. 그리고 매달 그믐에 하나씩 먹도록 하렴. 그럼 다달이 빨리 지나는 데 놀라겠지 ─ 네 귀양살이도 그래서 빨리 끝나겠지…….

그러나 마르셀에게 병영 생활은 귀양살이기는커녕 깨가 쏟아지는 즐거운 생활이었다. 하기야 행군이나 고된 훈련을 면제받은 덕인지도 모른다. 어디를 가나 마르셀은 특별 취급을 받았다, 그 고질병 또는 타고난 인복(人福) 덕분에. 일요일에는 외출 허가를 받아 파리에 나와 지냈는데, 친구들과 만나는 게 낙이었다. 가끔 그는 아르망 드 카이야베 부인을 방문했다. 마르셀은 그 집에서 사귄 아나톨 프랑스의 문체에 탄복해 마지않았으며, 프랑스는 작중 인물 베르고트의 여러 모델 중의 하나가 된다. 첫 대면 장면은 제2편 제1부 '스완 부인의 주위'의 첫머리에 나온다. "자네는 지적인 것을 매우 좋아하는 모양인데"라는 프랑스의 말에, 마르셀은 "나는 전혀 지적인 것을 좋아하지 않습니다. 나는 생활과 행동만을 좋아할 따름입니다" 하고 대답했다. 이 말에는 거짓이 없다. 그에게 지성이란 의당히 타고난 것이라, 그는 그러한 활동을 거의 높이 평가하지 않았다. 그와 반대로 본능에 사는 아름다움을 그는 부러워하고 찬미하였다. 그래서 병영 생활이 그의 마음에 들었다.

1890년 군대에서 나오자 마르셀은 아버지 말을 들어 정치학 학교(École des Sciences Politiques)에 입학했다. 틈나는 대로 마르셀은 비노 거리에 있는 테니스장에서 가스통 드 카이야베나 그 친구들과 어울리며, 몸이 약해 경기에 나서진 못했으나, 잔심부름을 하거나 또는 그 능숙한 화술과 흉내내기로 나무 그늘에서 자기 주위에 젊은 아가씨들과 젊은 아낙네들의 서클을 이끌었다. 그는 부모를 설득해, 결국 소르본의 강의에도 나갔다. 여기서 그는 앙리 베르그송을 스승으로 모시게 되었다. 베르그송은 1891년, 마르셀 어머니의 질녀뻘 되는 뇌비르제 아가씨와 결혼하여 마르셀의 매형뻘이 되었는데, 그는 다를뤼와 마찬가지로 시와 철학의 필연적인 결합을 믿는 철학가였다.

병역에 잇따른 4~5년간은 표면적으론 마르셀한테 계속 헛되이 잃어버린 세월이었다. 그러나 실제로는 자기의 꿀을 수확하고, 인물과 인상으로 그의 꿀통을 채우고 있었다. 그의 주위에서는 문학계도 정계도 허다한 유파와 당파를 만들어 내었다. 자연주의도 상징주의도 서로 세대의 융성을 다투고 있었다. 마르셀로 말하면 그는 어떤 교의(dogme)에도 거의 흥미가 없었다. 일리에나 카부르 바닷가에서 자연계의 갖가지 심상을 저장했듯이 파리에서는 예술 작품을 분석하고 그럼으로써 지식을 쌓고자 노력했다. '하나님 다음으로 장미꽃을 많이 만든' 수채화가인 마들렌 르메르의 살롱에서 마틸드 공주(Princesse Mathilde, 1820~1904. 제롬 보나파르트의 딸, 곧 나폴레옹의 조카딸)와 사귀었는데, 이분 댁에는 지난날 플로베르, 르낭, 생트 뵈브, 텐, 뒤마 피스, 메리메와 에드몽 드 공쿠르 같은 작가들이 드나들어, 친구들이 '예술의 성모'라고 불렀다. 작중에 실명으로 나와 재미난 장면을 보여 준다. 이 공주는 오동통한 몸매가 백부인 나폴레옹을 빼낸 듯이 닮았다고 하는데 입버릇처럼 "그분이 없었더라면 우리 가족은 지금쯤 거리에서 굴이나 팔았을걸" 하고 무뚝뚝하고도 병사 같은 말씨로 말했다고 한다.

1893년, 마들렌 르메르의 집에서 마르셀은 걸물 로베르 드 몽테스키우(Robert de Montesquiou)를 만났는데 이 인물은 대귀족이자 시인으로(당시 서른여덟 살), "그의 모든 제자들이 그의 머리를 쳐드는 투, 상반신을 뒤로 젖히는 모습을 모방했고, 그 건방짐 자체마저 남을 호렸다"(프랑수아 모리아크의 『프루스트네 집 쪽으로』 중에서). 또 절반은 근위 기병 같고 절반은 궁전 사제 같은, 남을 호리는 엄청난 탐미주의자이자, 위스 망스의 『거꾸로』(A Rebours)의 주인공 데 제생트(Des Esseintes)의 모델이기도 한 몽테스키우는 베를렌과 말라르메의 옹호자이기도 하였다. 마르셀은 그와 처음 만났을 때부터 앞으로 제 사교 생활과 저작을 위해서 이 같은 인물에게서 무엇을 얻어 낼 수 있는지 간파했다. 그는 몽테스키우가 늘 신경 쓰는 칭찬받고 싶다는 갈망을 재빨리 알아채 그의 비위를 곧잘 맞췄으니, 그 당시 가장 배타적인 귀족 사회에 드나들기 위해서였다. 1894년에는 조숙하고 감정이 예민하여 명암에 능통한 다재다능한 작곡가 레이날도 앙(Reynaldo Hahn)과 사귀어 문학 생활에서 지지자를 얻었다.

1년 남짓 다를뤼 교수의 개인 지도를 받았던 마르셀은 1895년 시험에 합격해 철학으로 문학사가 됐다. 그해 6월, 익살스러운 마르셀의 도서관 사서 생활이 시작된다. 일정한 직업을 택하기를 입이 닳도록 바라는 아버지를 만족시키려는 지극한 효심에서, 마르셀은 마자린 도서관(지난날 생트 뵈브가 사서이던 도서관)의 '무급 조수'라는 고상한 자리를 얻는 시험을 보아 어른들의 도움으로 거뜬히 합격하여(하기야 지원한 사람이 단 한 사람이었지만) 직장이랍시고 출근하기는 하는데, 세상에서 둘도 없이 태만하고 늑장을 부려 남이 보기에 민망할 정도이며, 머리가 돌 지경으로 바쁜 동료들을 붙잡고 그 특유한 말재주를 부리며 수다떨어 일에 방해가 되는 게 고작이었다. 하루 근무 시간은 5시간, 출근은 매주 이틀, 많아야 3일. 나가다 말다 하는 알뜰한 직장에서 그는 곧 1년간 푹 쉬는 휴가를 받아 낸다. 도서관장이 보기에 마르셀 젊은이는 마음씨야 비단결 같을지 모르나 아무짝에도 쓸데없는 인간으로 보여 거추장스러운 생각이 든 판에 고단하여 쉬겠다고 나서니 어서 쉬라고 할 수밖에. 그러나 마르셀의 안목은 이만저만하게 트이지 않아, 뤼시앙 도데가 그를 도서관으로 찾아가서 루브르 미술관이나 코메디 프랑세즈의 고전극 낮공연에 끌고 나가면 마르셀은 한쪽 손에 기침을 멈추는 물약이 든 분무기를 들고, 그림 앞에서 장광설을 늘어놓으며, 이탈리아 화가 프라 알제리코의 밝고 맑은 색채, 또는 렘브란트의 「철학자」의 차이 따위를 설명해 주었다. "그는 뛰어난 미술 비평가였다. 그때엔 아무도 그 점을 알아채지 못했다. 그가 한 폭의 그림에서 발견한 것은 모두 회화론으로서나 인식론으로서나 손색없는 것이었다."

작품 활동, 러스킨과의 해후

외할머니가 그토록 기대하시고 가슴아파해 주시던 대로 일하며 행동하는 게 어렵다는 것을 여전히 통감해 오던 중 마르셀은 외할머니가 돌아가신 다음해 1896년에 첫 작품 『즐거움과 나날』(*Les Plaisirs et les jours*)을 그야말로 억지로 낸다. 마들렌 르메르의 삽화, 아나톨 프랑스의 머리말, 레이날도 앙의 악보를 곁들인 호화판으로 자비 출판이었다. 값도 비싼 편이어서 냉혹한 비평가의 빈축을 마땅히 받을 만하였다. 아무리 귀신 같은 비평가라도 이 작자가 훗날 문학에서 위대한 창조자, 혁신가가 되리라는 예상을 꿈엔들 생각할 수 없었으리라. 그러나 그 속에도 내일의 거장을 예고하는 해양화(海洋畵), 풍경화가 보인다.

사교계에서 마르셀은 초기 친구들 외에 새 친구가 늘어났다. 프랑스 최후의 낭만파 여류 시인, 발랄하고도 빛나는 가인(佳人)이며 바늘같이 따끔하게 찌르는 재치의 소유자 노아유(Anne de Noailles, 1876~1931)와 친하게 되어, 부인은 오래지 않아 프루스트의 '뛰어난 지성, 놀라울 정도로 세련된 부드러운 심정, 희귀하게 타고난 재능'을 아끼게 된다. 레이날도 앙의 사촌 누이뻘 되는 마리 노들링어(Marie Nordlinger)는 영국 태생으로 그림과 조각을 공부하려고 어둠침침한 맨체스터(Manchester)에서 파리에 온 아가씨였다. 키가 작고 화사한 몸매에 섬세한 손과 검은 눈, 도톰한 입술을 한 그녀의 표정은 따뜻한 성실성과 뛰어난 지성을 느끼게 하였다. 그녀가 파리에 1년 반을 있는 동안 마르셀과 그녀는 자주 만나, 자유시에 대해서, 은유에 대해서, 또는 상징주의나 고딕 양식의 성당에 대해 이야기하였다.

프루스트가 단편집 『즐거움과 나날』의 실패도 잊어버리고, 그때 한창 쓰던 중인 『장 상퇴유』의 장차 영광만을 꿈꾸고 있던 1897년 2월, 『르 주르날』(le Journal)지에 퇴폐파의 소설가로 악명 높은 고십(gossip) 기자 장 로랭이 써낸 평문 때문에 그와 결투를 하게 된다. 장 로랭은 그 친구인 도아장(Doasan, 당시 성도착자) 남작처럼 무른 살이 찐 성도착자이며, 마약 중독자이고 얼굴에 크림이나 분가루를 바르고 손가락에 반지를 여러 개 끼는 놈팡이였다. 초록은 동색이라 몽테스키우 백작은 로랭의 시 "비좁은 이마에 큼직한

759

눈동자 / 타락한 신들이 좋아하는 수동체여라……"는 시구에 강한 호기심이 들어 그를 초대해서 술자리를 같이 했는데, 나중에 무슨 이유인지 모르지만 사이가 틀어져, 몽테스키우 백작은 그의 글 화살을 받기에 이르렀다. 이 화살 중의 하나가 1896년 6월에 발간된 몽테스키우의 시집 『푸른 수국』에 대한 장 로랭의 혹평이었다. 공교롭게도 이 시집의 머리말에 프루스트의 이름이 실리고, 더더구나 그에 대한 찬사까지 끼여 있었다. 장 로랭은 이것을 읽고 몽테스키우와 프루스트 사이가 친밀한 관계인 줄 독단하고 별러 오다가, 1897년 2월 3일 『르 주르날』지에 프루스트에 대한 중상문(中傷文)을 발표했다. "우아와 섬세를 가장한 엉터리, 참으로 헛된 부드러움과 재치부리는 과장된 문체의 부질없는 유희, 그리고 여백에는 내던져진 상징처럼 르메르 부인의 꽃. 마르셀 프루스트 씨는 그래도 아나톨 프랑스의, 다시 말해 피에르 루이스도 모리스 바레스도 받아 내지 못한 서문을 얻어 냈다. 그러나 이것이야말로 세상이 돌아가는 형세이니, 마르셀 프루스트 씨는 다음 작품을 위해 고집불통인 알퐁스 도데 씨의 서문도 받아 내리라, 도데 씨는 르메르 부인에게도 아들인 뤼시앙에게도 딱 부러지게 거절 못 할 테니까." 몇십만이 넘는 『르 주르날』 신문의 독자 중, 이 글이 프루스트와 뤼시앙 도데를 상대로 한 공공연한 중상모략인 줄 모르는 사람이 있었다면, 어지간히 눈치 없는 독자라고 하겠다. 프루스트는 몽테스키우 덕분에 공연한 중상모략을 받은 셈이다. 이 중상에 응하는 방법이 더 이상 근거 없는 중상을 못 하도록 상대의 입과 손과 숨통을 끊는 결투였다. 그래서 사흘 후 난생 처음이자 마지막인 결투를 권총으로 하게 됐는데, 딱 한 가지 걱정이 마르셀한테 있었다. 다름이 아니라 결투 시각이 아침나절로 정해지지 않을까 하는 걱정이었다. 이 무렵 자기도 모르는 사이에 밤에 깨어나 낮에 자는 버릇이 들어 있었기 때문이다. 그는 아침 8시에 잠자리에 들어 오후 3시쯤에 일어나는 별난 습관을 죽을 때까지 버리지 못했다. 남보기에 나약한 마르셀이 이 결투에서 나타낸 사나이다운 배짱(하기야 두 사람 다 머리털 하나 상처 입지 않았으나)은 이 무렵 들끓던 드레퓌스 사건을 계기로 더욱 두드러지게 나타났다. 어머니를 지극히 아끼는 마르셀은(물론 정의감에 불탄 것도 확실하지만) 그때 급격히 번진 반유태주의에 맞서지 않고선 못 배겼다. 이 입장을 지키기 위해서라면 상대가 아무리 지체 높고 학식 있고 재력 있고 권력 있고 이름난 사람이라도 맞싸워 나갈 배짱이 마르셀에겐 차돌같이 굳어 있었다. 아나톨 프랑스와의 관계도 이 공동 투쟁 덕분에 논쟁이 계속되는 동안 강화되었다.

1899년 스물여덟 살 때, 프루스트는 그의 삶과 예술에서 큰 소임을 맡게 되는 한 발견을 한다. 존 러스킨(John Ruskin)의 저작을 본격적으로 읽은 것이다. 프루스트가 러스킨에 대해 알게 된 것은 정치 학교에 다닐 적에 폴 데자르댕(Paul Desjardins) 교수가 편집하는 정기 간행물 『도덕적 행동을 위한 동맹 회보』를 통해서였다. 이 회보를 정기 구독해 온 프루스트는 이 잡지에서 러스킨 저술의 짧은 발췌의 번역을 읽어 오다가, 노들링어를 통해 그녀의 고향에서 지낸 바 있는 러스킨에 대한 귀중한 소식을 듣게 되어 더욱더 친근감을 느꼈다. 1900년 4월 발행한 어느 잡지에 발표된 러스킨에 대한 글을 보면 "아름다움이 주는 기쁨 때문에만 아름다움을 좋아하는 것은 결코 결실이 풍부한 사랑의 투가 아니다. 행복을 행복 자체로서 추구한들 권태밖에 얻지 못해 그것을 찾아내려면 그 밖의 것을 찾아내야 하듯, 심미적인 기쁨이란 우리가 아름다움을 그 자체 때문에 뭔가 우리들 바깥에 존재하는 현실적인 것, 그것이 우리에게 주는 기쁨보다 훨씬 더 중요한 뭔가로서 추구하였을 때에 이를테면 덤으로 주어지는 것이다. 그리고 예술 애호가 또는 탐미주의자이기는커녕 러스킨은 바로 그 반대였기 때문에 제 자신의 천분을 통해 온갖 쾌락의 헛됨을 알아보고 동시에 자기 곁에 영감을 통해 직관적으로 지각되는 영원의 실재(實在)가 존재함을 알아채던 그 칼라일풍의 인간의 한 사람이었다……. 그와 같이 그가 제 생애를 바치게 된 그 아름다움은 그의 인생을 매혹하는 향락의 대상으로서가 아니라, 인생보다 더욱 중요한, 그 때문이라면 제 목숨을 버려도 좋다고 생각한 하나의 실재로서 지각된 것이었다. 칼라일과 마찬가지로 러스킨에게는, 시인이란 자연의 지시에 따라 크건 작건 그 비밀의 중요한 부분을 기록하는 일종의 서생(書生)이기 때문에 예술가가 지킬 첫 의무는 이 성스러운 메시지에 제멋대로 덧붙이는 따위를 절대로 하지 않는 데 있다"고 쓸 정도로 러스킨에게 이끌린 나머지 프루스트는 러스킨의 두 저서『아미앵의 성서』와『참깨와 백합』을 노들링어의 도움을 얻어 여러 해에 걸쳐 번역하고, 서문을 쓰고, 본문보다도 더 세밀한 주를 달았다. 어머니의 도움도 이만저만 큰 것이 아니었다. 아들의 영어 실력보다 월등히 위였으니까. 아무튼 프루스트로 하여금 사물을 한층 더 똑똑하고 바르게 보게 하는 밝은 눈을 가지게 한 것도, 예술 작품(조각, 그림, 성당 건물, 금은 세공품, 음악 등등)을 이해하는 데 필요한 안목을 넓혀 준 것도 러스킨이지만, 이 스승보다 더 세밀하고도 바르게 아가위꽃, 숲, 구름, 바다의 물결, 호수의 물무늬, 수련, 시냇물의 흐름, 한마디로 말해 자연을 관찰하고 자기의 살과 피로 묘사해 낼 수 있게 되고, 베네치아의 돌의 속삭임, 뭇 화가와 조각가의 작품들의 뜻을 옳게 감지하게 되어, 그 느낀 바를 문필 끝으로 옮기는 실력을 기르게 되었다. 그도 그럴 것이 이미 그의 몸 안에 흐르고 있는 피는 보들레르, 발자크, 스탕달, 플로베르, 라신, 생 시몽, 세비녜 부인, 몽테뉴, 라블레, 비용 같은 전통적인 혈맥의 것이며, 거기에다 역사상 가장 먼저 유일신(唯一神)을 믿어 온 유태의 피가 섞여 있었기 때문이다. 릴케가 로댕의 사사에서 배운 점과 마찬가지로, 이를테면 마르셀은 한 고대 조각에 등불을 비춰, 밝은 데서는 보이지 않던 그 면 하나하나의 특이함, 명암의 뚜렷함, 미처 듣지 못했던 돌덩어리의 비어(秘語), 돌의 속삭임을 알아들어 공명하는 자세가짐이자 존중하는 마음씨를 터득하였던 것이다. 《잃어버린 시간을 찾아서》가 발간되자, 이를 애독해 마지않던 릴케가 그의 『형상시집』이나 후기 시문(詩文)에서 사물에 어떤 꼴(forme)을 부여코자 한 것은 제멋대로 억지로 한 것이 아니고, '열려 있는 세계를 보는 눈으로, 그 개체에 숨어 있는 영원에의 길'을 노래하고자 하였기 때문이다. 이지(理知)의 고정화·객체화에 맞서는 반항과 극복의 이와 같은 시도는 베르그송 철학에서는 대상의 직관에 의한 파악으로 나타나고, 또 보들레르에게는 자연과의 교감(correspondance)으로 나타나고, 도스토예프스키에게서는 고뇌에 대한 긍정에서 나타나고, 로맹 롤랑의 경우는 개체(個體)를 통한 위니테(unité, 진여·조화)에 이르는 것, 불교에서 말하는 범천(梵天, Brahman) 또는 우주아(宇宙我, Atman)에의 합치에서 나타난다. 한마디로 말해서 프루스트는 현실을 앞에 놓고 자기 이지의 온갖 개념에서 탈피하기 시작하였던 것이다. 그러나 《잃어버린 시간을 찾아서》의 지주가 되는 무의식적인 기억에 의한 상기를 터득하기엔 일렀고, 그의 체험이 아직 '낭비된 시간'에 한정되어 있어서 '잃어버린 시간'이라는 발상을 하기에도 일렀다.

프루스트는 친구에게 이렇게 썼다. "러스킨이 어느 구절에선가 진술한, 우리가 날마다 명심해야 할 숭고한 말이 있네. 그것은 신의 두 가지 대계(大戒)란 '아직 빛이 있는 동안에 일할지어다', '그

대가 아직 신의 자비로움을 입을 수 있는 동안에 일할지어다'라고
한 말이지." 여기가 참된 프루스트의 모습이 보이고, 그 자신도 이
말 속에서 자기 모습을 발견했다. 5~6년 동안 러스킨 연구에 몰
두함으로써 프루스트는 크게 성장해 가고, 해 보고 싶은 산 번역,
성실하고도 인정(人情)같이 성실한 번역, 생생한 번역을 해냈다.
그러나 번역자가 원작보다도 우수한 머리말과 주를 달아 원문을
풍요케 하는 경우, 이것을 번역이라 하기엔 좀 부족하다. 그 이후
프루스트는 본질적으로 사물을 이해하였다. 그는 러스킨 덕분에
작품의 소재는 하나도 중요하지 않다는 것을 배웠다.

잃어버린 시간에의 회귀

사물을 보는 눈을 계발하고 체험을 쌓는 사이 1903년에 아버지
가 사망했다. 마르셀은 1904년, 메르퀴르 드 프랑스(Mercure de
France) 출판사에서 발간된 러스킨 저 『아미앵의 성서』의 번역을
"1903년 11월 24일 일하다가 쓰러져 같은 달 26일에 이승을 떠난
나의 부친의 추억을 위해 진심으로 이 번역을 바침"이라는 헌사문
으로 아버지에게 바쳤다. 1905년 9월에 들어서 마르셀이 어머니
와 함께 요양지 에비앙에 갔을 적에 어머니가 심한 요독증의 발작
을 일으켰다. 마르셀은 동생한테 이를 알리고, 로베르는 즉시 와서
어머니를 파리로 모셔 가서 치료받기로 정했다. 아들의 병 간호를
하러 에비앙에 왔던 몸이 오히려 더 큰 병을 얻어 아들의 간호도
못 하고 또 하나의 아들의 부축으로 파리의 집에, 제 집에서 죽으
려고 돌아가는 처량한 모양을 큰아들에게 보이기 싫어, 큰아들이
기차까지 배웅하겠다는 걸 못 하게 하고서 "나는 이제 아무 일도

못 해. 네 병 간호도 못 하게 됐으니까 파리에 돌아간다"고 엄한 말투로 마르셀에게 말했다. 며칠 동안 겉으로 차도가 있는 듯하다가 9월 26일 어머니는 돌아가셨다. 갑자기 '시간'을 잃은 것이다.

아직 이틀 동안 마르셀의 어머니는 마르셀의 소유였다. 어머니는 만년의 그녀를 늙어 보이게 한 군살이 며칠 사이에 쑥 빠져, 마르셀이 그 옆에서 밤샘을 한 주검은 잘 자라는 밤인사의 입맞춤을 해주던 젊던 어머니의 모습 그대로였다. 지금 잘 가시라는 인사의 입맞춤을 하는 편은 마르셀이었다. "오늘 아직 어머니는 나의 것입니다. 돌아가시긴 하였지만 나의 입맞춤을 받아 주시니까. 그러나 이제 영원히 나는 어머니를 잃습니다"라고 마르셀은 노아유 부인에게 쓴 바 있다.

마르셀의 어머니는 그 애정이 오랫동안 마르셀을 속이지 않던 유일한 분이었다. 어머니는 모든 것을 이해하고 용서했다. 어머니가 돌아가신 후, 도대체 누가, 언제까지나 어린이인 마르셀을 그와 같은 어린이로 다뤄 그에게 '아가는 바보, 아가는 얼간이!' 하고 불러 줄 것인가?《잃어버린 시간을 찾아서》제4편에 실린 『마음의 간헐』이 이 무렵 마르셀의 심정에 일어난 고금에 다시없는 애도사다. 마르셀은 절망과 망각, 병세의 후퇴와 재발을 겪는다. 그의 슬픔은 부모―두 분 다 그토록 아들의 영리함을 자랑삼았건만―를 실망시키고 말았다는 회한으로 말미암아 더하였다. 그러나 그는 이렇게도 말하고 있다. "하지만 어머니께서 나의 장래에 대해 꿈을 잃지 않으셨던 일을 생각해 보는 것은 내겐 크나큰 기쁨입니다."

작품에 착수할 기운과 그것을 충분히 해내겠다는 의지를 그에게 준 것은 어머니가 평생토록 변함없이 유지한 꿈을 배반해선 못쓴다는 염원과 양심의 가책이었다고 하는 게 옳다. 그러나 1905년에 벌써 노트는 수십 권이 넘었다. 프루스트가 창조하려는 세계는 아직도 형태가 안 보이고, 희끄무레한 성운처럼 정신의 먼 원경에 어렴풋이 나타나 있는 데 불과했으나 그 세계가 형성될 소재나 또 소재를 살릴 천재는 이미 확고히 존재하였다. 어린 시절을 지낸 메제글리즈 쪽과 게르망트 쪽, 어린 시절의 천국, 어머니의 사망은 그를 이 어린 시절의 천국에서 추방하였다. 따라서 천국을 다시 만들어 낼 때가 왔다. 그는 아버지에게서 확실한 진단력과 과학적인 정신을 이어받고, 어머니한테서 직관과 섬세한 취미를 이어받았다. 문체도, 교양도, 그림이나 음악이나 건축에 대한 지식도 갖췄다. 풍부하고도 명확한 어휘도 제 것으로 만들었다. 특히 수많은 심상과 회화로 가득 찬 놀라운 기억력을 길러 왔다. 소년기에서 청년기를 통해 저축한 수확을 대다수의 사람들처럼 젊은 시절의 처치 곤란한 작품 속에 뿌리는 따위의 헛된 짓도 하지 않은 채였다. 막상 시도하는 나이에 이르러 그의 곳간은 가득 차 있었다. 마지막으로 그는 부모에게서 책임감을 짊어졌는데, 이것 없인 예술가건 행동가건 큰일을 해내지 못한다.

1907년 1월 하순의 어느 날 아침, 프루스트는『피가로』(Figaro)지에 실린 「광기의 비극」이라는 기사를 읽고 깜짝 놀라는 동시에 남의 일 같지 않은 생각이 들었다. 아들이 제 생모를 죽인 사건인데, 이 미친 아들과는 안면이 있는 사이여서 더더구나 그랬다. 앙리 방 블라렌베르그라는 사람인데, 그 어머니를 칼로 찔러, "앙리 앙리, 이게 무슨 짓이냐, 내게 어쩌자고 이런 짓을 했느냐?"라는 비명을 지르며 그 어머니는 두 손을 쳐들어 허공을 짚다가 쓰러져 죽은 사건이다. 경찰이 잠근 문을 부수고 아들의 방에 들어가 보니, 아들은 아직 의식이 남아 침대 위에 쓰러져 있었다. 앙리 방 블라렌베르그는 제 손으로 제 몸을 칼로 찌르고 서투르게 권총을 입에 대고 쏘았던 것이다. 그 얼굴은 반쯤 뭉개지고 왼쪽 눈알이 베개 위에 튀어나와 있었다. 경찰이 그의 어깨를 잡아 흔들며 "들리나, 대답해 보게!" 하고 외쳤다. 그러나 살인자는 아직 남은 한쪽 눈을 겨우 떠서 허공을 물끄러미 보더니 이윽고 아주 감아 버렸다.

닷새 후, 『피가로』지의 주필에게서 이 사건에 대한 감상문을 청탁받은 프루스트의 글이 조간에 실렸다.

"이게 무슨 짓이냐, 내게 어쩌자고 이런 짓을 했느냐?"—잘 생각해 보면 진실로 애정 깊은 어머니치고 임종날, 아니 흔히 그 전에 이런 비난을 아들에게 하지 않을 어머니란 한 사람도 없을지 모른다. 요컨대 우리는 나이 들어 가면서 우리를 아껴 주는 모든 분에게 걱정을 끼침으로써 또는 그 애정을 자극하며 끊임없이 불안에 떨게 함으로써 그분들을 조금씩 조금씩 죽어 간다. 만약 우리가 극진히 사랑하는 몸 속에서, 그것을 활기 띠게 하는 고달픈 애정에 의해 오래 계속된 파괴 작용을 눈으로 볼 수 있다면, 혹은 시들어 버린 눈, 오래오래 검었다가 몸의 다른 부분과 똑같이 희끗해지기 시작한 머리칼, 굳어 가는 동맥, 막힌 콩팥, 삶 앞에서 기가 꺾인 기력, 느릿하고도 무거워 보이는 걸음걸이, 전에 그토록 꾸준히 기고만장한 희망 쪽으로 달려갔건만 이제 아무 희망도 남아 있지 않은 걸 아는 정신, 결코 마르지 않을 성싶었건만 이제 아주 말라 버린 타고난 쾌활성 따위를, 만약에 우리가 방 블라렌베르그가 피투성이로 죽어 가는 생모의 모습을 보았을 적에 드러났을 게 틀림없는 그 같은 제정신이 번쩍 드는 순간에 볼 수 있다면, 그때에 우리도 제 몸에 스스로 비수를 찌르고 싶으리라. 대다수 인간의 경우, 이토록 괴로운 비전(vision)은 사는 기쁨의 첫 햇살에 당장 사라진다. 그러나 어떤 기쁨이 어떤 사는 보람이, 어떤 인생이 이 비전에 맞설 수 있겠는가? 그 비전과 기쁨, 그 어느 편이 참된 것인가? 참이란 그 어느 쪽인가?

이 글은 프루스트가 자신의 처량한 신세를 한탄하면서 쓴 것임에 틀림없다. 물론 그는 비수를 휘둘러 생모를 죽이는 따위의 짓이야 하지 않았다. 그러나 많은 걱정을 끼쳐 드리고 서른 살이 넘도록 응석을 부리며, 남이 보기에 하는 일 없이 빈둥빈둥 놀며 나날이 조금씩 조금씩 어머니를 죽여 왔다는 자책감을 떨쳐 버릴 수 없었던 것이다. 이 글은 제 잘못의 고백이며, 이 고백을 만천하에 한 이날이야말로 그의 삶의 분수령이기도 하였다. 처음으로 제 잘못을 자각한 프루스트는 현실 세계에서는 선의(善意)와 근심과 자기 희생 위에 세워지는 그 세계를 알 방편이 없다는 걸 깨닫는다. 그 같은 이상이 한 몸에 구현되어 있는 성싶던 분, 어머니가 살아 있는 동안 그런 세계의 존재를 아무래도 부정할 수 없었다. 그런데 어머니는 안 계시다. 이제부터 추구할 어떤 행복이 남아 있을까? 사교계에서의 성공인가? 그런 따윈 쓴맛 단맛 다 보고 그 허식의 맛도 보았다. 이성간의 사랑인가? 그것이라면 이미 마음 편히 기쁨을 누리지 못하는 저주받은 몸이 아닌가! 신에 대한 희망일까? 믿고 싶은 마음은 태산 같으나 어찌 완전히 믿을 수 있겠는가? 단 하나 남은 길은 비현실적 세계로 도피하는 것이다. 마르셀 프루스트는 남들이 종교에 입문하듯 문학 세계에 몰입하려고 한다.

1908년, 쓰고 있던 소설을 일단 중지하고 전혀 의도를 달리한 책을 계획하기 시작했다. 지난해 『피가로』지에 모작문(模作文) 2편을 발표했거니와 1908년 2월 역시 『피가로』지에 르무안 사건(인공 다이아몬드를 발명했다고 떠들어 대어 거액을 사취한 사건)을 주제로 삼은 세 편의 모작문을 발표했다. 그러고 나서 11월 생트 뵈브에 관한 연구를 마치려고 계획했다. 흔히들 프랑스의 비평가 중에서 가장 믿을 만한 권위자로 여겼던 생트 뵈브가 프루스트의 안목으로 보기엔 아주 형편없는, 얼마나 문학을 바르게 볼 줄 모르는 속물이었는지 따짐으로써, 모든 독자를 소경으로 만든 잘못된 문학관을 공격하려는 의도였다. 이것은 앞으로 나올 제 작품에 대한 일종의 준비 작업이었다. 말하자면 예술 창조의 참다운 본성을 보임으로써 제 자신의 소설을 받아들일 터전을 닦아 놓자는 준비 작업이었다.

1909년 정월 눈 내리는 날 밤, 프루스트가 눈 덮인 오스망 거리를 터벅터벅 걸어 밤늦게 집에 돌아와서, 침실에 들어가 아직 추위에 덜덜 떨면서 등잔불 빛으로 책을 읽기 시작했을 때, 가정부 셀린이 홍차 한 잔을 마시라고 고집세게 주인에게 권했다. 이렇게 해서 제1편 『스완네 집 쪽으로』에 나오는 프티트 마들렌 과자의 경험을 하게 된다. 소설에 나오는 '나'의 경우와 마찬가지로 프루스트에게 이 체험은 살아오는 중에 여러 번 되풀이 겪은 것과 똑같은 성질을 띠고 있었다. 그때 그가 알아본 것은 현재 하고 있는 탐구, 예술적 창조 본질에 대한 탐구의 상징뿐이었다. 그도 그럴 것이 무의식 기억의 작용은 며칠 전에 그가 그것에 대해 쓴 예술의 두 면, 곧 나의 속 깊이 숨은 현실의 순수 감각과 현재와 과거의 두 감정 사이에 있는 친근성의 발견을 결부시키는 것이었으며, 프루스트의 타고난 재능, 두 사상, 두 감각을 결부시키는 유대를 발견하는 능력을 마음껏 발휘케 할 열쇠였다. 바로 이것이야말로 1895년 『장 상퇴유』를 쓰기 시작하면서 자신의 소설 창조에 꼭 요긴한 것으로 찾아온 열쇠였건만 그는 아직 그 점을 깨닫지 못하다가, 7월 4일에서 6일까지 꼬박 3일 동안 「생트 뵈브를 반박함」을 끝맺는 동시에 《잃어버린 시간을 찾아서》의 지주가 될 열쇠를 찾아냈다. 곧

'나' 라는 인물이다. 그러자 그는 그 밖의 일을 그만두고 《잃어버린 시간을 찾아서》를 본격적으로 쓰기 시작했다. 아니 모자이크를 만들듯이 배치하기 시작했다는 게 옳은 말이다. 왜냐하면 20권이 넘는 노트엔 소설의 초고가 여백 없이 차 있었으니까. 이렇게 그를 창작에 몰두시킨 것은 병약한 그에게 붙어다니는 죽음의 그림자였는지도 모른다. 초기 작품 『즐거움과 나날』에서도 이미 이 무렵부터 프루스트가 이상하리만큼 죽음에 사로잡혀 있는 걸 보여 준다. 평생 동안 변함없이 천진스러운 성품을 지녀 온 프루스트는 죽음의 그림자 때문에 젊어서 노성(老成)한 작가이기도 하다.

실내 벽에 코르크를 대어 주위의 소음을 방지하고 덧문마저 달아 냄새가 하나도 나지 않게 하고서 두문불출, 신들린 듯이 쓰고 또 쓴다. 1909년 말에서 1922년까지(죽을 때까지)《잃어버린 시간을 찾아서》를 써 나갔다. 그는 자기의 작품이 뛰어난 것을 스스로 잘 알고 있었다. 왜냐하면 발자크·플로베르·공쿠르 형제·르낭의 모작문을 발표한 적이 있는 프루스트는 이 위대한 작가들을 속속들이 아는 뛰어난 문예 비평가였기 때문에(사실 이 《잃어버린 시간을 찾아서》의 모체라고 할 수 있는 소설체로 된 「생트 뵈브를 반박함」은 이와 같은 문예 비평가의 입장에서 쓴 것이었다), 자기 자신도 프랑스 문학에서 가장 중요한 금자탑의 하나를 세운 것을 모를 리가 없었던 것이다. 그런데 이 작품을 어떻게 해서 세상 빛을 보게 하느냐? 큰일이었다. 수완 있는 작가나 출판사는 프루스트를 한낱 속물, 부유한 호사가로 알고 있으니!

그는 친구의 도움을 얻어 제1편의 원고를 그 당시 새로 생기고 그의 뜻에도 맞는 N.R.F.(신프랑스 평론)사로 보냈다. 그 당시 N.R.F.사의 우두머리 격인 앙드레 지드는 이 작품을 읽다가 레오니 고모의 머리 묘사 구절에서 제 성미에 맞지 않는 낱말이 튀어나와 다 읽어 보지도 않고 거절해 버렸다. 또 한 군데 출판사에서는 다 읽어 본 모양이어서 예절바른 편지를 보내 왔는데, 독자가 읽어 온 것과는 유달리 별다르고 그토록 부피 큰 책을 출판할 수 없다는 내용이었다. 1913년 프루스트는 하는 수 없이 그라세(Grasset) 사를 통해 자비로 출판했다.

이 책이 나오자 예상 밖으로 평도 좋고, 재판까지 해서 1914년 1월 N.R.F..지에 앙리 게몽이 쓴 『스완네 집 쪽으로』에 관한 평이 실렸다. N.R.F.사의 실질적인 편집장인 자크 리비에르는 복주머니를 놓친 데 화가 나서 앙드레 지드에게 프루스트의 작품을 다시 읽어 보기를 권했다. 권에 못 이겨 다시 읽어 본 지드는 그제야 감동하고 말아 그 즉시 프루스트에게 사과 편지를 보냈다. 글의 내용은 대략 다음과 같다.

며칠 전부터 나는 대형(大兄)의 책을 손에서 놓지 못합니다. 나는 더할 나위 없는 즐거움을 맛보면서 탐독하고 있습니다. ……이 책의 출판을 거절했던 일은 N.R.F.사가 범한 최대의 과오이며, 또한(나는 그것에 매우 큰 책임이 있다고 자책하므로) 내 생애의 가장 뼈아픈 후회, 가장 큰 양심의 가책의 한 가지로 남을 것입니다. ……내가 보기에 대형(大兄)은 X 부인이나 Z 부인 댁에 드나드는 분이며, 『피가로』지에 기고하는 분인 것 같았습니다. 솔직히 말해서, 속물, 사교계의 아마추어 작가, 우리 N.R.F.사에는 당치도 않은 분으로 보였던 것입니다. ……그런데 이제는 대형의 책을 좋아한다는 말로는 충분치 못합니다. 이 책에 대해 또한 대형에 대해, 일종의 특이한 애정 · 존경 · 편애로 강하게 끌리고 있음을 느낍니다…….

그래서 1914년 6 · 7월호 N.R.F.지에 『게르망트 쪽』의 단편이 실린다. 이해 8월 4일 제1차 세계대전이 일어나 N.R.F.는 휴간되고 따라서 그의 작품의 출판도 중지된다. 처음에 전3편으로 끝낼 예정이던 《잃어버린 시간을 찾아서》는 만일 『꽃피는 아가씨들 그늘에』가 1913년에 발표되었더라면, 또는 역시 완성 못 한 『게르망트 쪽』과 함께 다음해 1914년에 간행되었더라면, 지금 우리가 알고 있는 형태의 《잃어버린 시간을 찾아서》의 위대성은 돌이킬 수 없는 손상을 입었을 것이다. 1914년 이후에 겪은 프루스트의 새로운 고뇌가 그를 더욱 성숙시켜 중요한 소재를 가져다 주었다. 제1편의 교정을 보았을 때 "나는 교정하면서 새 책을 썼습니다"라고 스스로 말할 정도로 그는 추고 · 정정 · 가필의 명수였다. 양적으로나 질적으로나 이 소설의 가필은 방대하고도 뿌리 깊은 것이었다. 1909년에서 1912년에 걸쳐 쓰인 초고는 위대성으로 가는 그의 도정의 중도에 지나지 않았다. 그것이 이미 천재의 작품이던 것은 물론이지만 그러나 아직 걸작은 아니었다. 1913년에서 1922년까지 10년 동안의 추고에 의해 프루스트는 드디어 이상적인 형태에 도달할 수 있었다. 1909년에서 1912년까지의 초고는 그 이상적 형태의 첫 소묘에 지나지 않았다. 그의 소설은 안쪽에서 변화하지 않으면 안 되었던 것이다. 그래서 다음 같은 전7편의 방대한 부피로 늘어났다.

제1편 『스완네 집 쪽으로』
제2편 『꽃피는 아가씨들 그늘에』
제3편 『게르망트 쪽』
제4편 『소돔과 고모라』
제5편 『갇힌 여인』

제6편 『사라진 알베르틴』(일명 달아난 여인)

제7편 『되찾은 시간』

1916년, 차후로 전 작품을 N.R.F.사에서 발간하기로 계약한 바에 따라, 1919년 N.R.F.사에서 『스완네 집 쪽으로』의 신간을 발간한 데 뒤이어 제2편 『꽃피는 아가씨들 그늘에』를 발간했다. 레옹도데의 알선으로 제1회 공쿠르상을 받기도 하였고 아버지와 마찬가지로 훈장을 받기도 했다. 작품은 삽시간에 프랑스뿐 아니라 영국, 미국, 독일에서 독자층을 얻어 나갔다. 이 작품의 첫 몇 편이나오자, 온 세계는 한 위대한 작가를 보았다고 하기보다 세계 문학사에 아주 새로운 기원을 가져다 준 드물게 보는 발견자를 눈앞에보는 느낌이 들었던 것이다. 그것은 하나의 경악이었다. 이 발견자가 가는 길은 여태껏 보이지 않던 확 트인 길, 그것은 머잖아 카프카, 사르트르, 카뮈, 베케트(탁월한 『프루스트론』을 씀)와 앙티 로망의 여러 작가들이 푯말로 삼은 길이기도 하다.

이러한 영광은 1919년에 왔는데, 프루스트의 죽음은 1922년에왔다. 그의 작품이 광범위한 독자층을 얻었을 때 그의 여명은 얼마남지 않았고, 그 자신도 이 점을 잘 알고 있었다. 그는 끊임없이 질병과 죽음과 맞서 몸져누운 채 원고를 추고하고 가필하고 손질하여 완성해 나갔다. 죽기 전에 작품을 완성 못 할까 봐 병약한 몸을돌보지 않고 일에만 몰두하였기 때문에 병은 더욱더 악화되어 갔다. 그가 몸조리에 좀더 신경을 썼다면 아마 몇 해 더 살았으리라. 그러나 무엇에(검은 옷을 입고 얼굴이 시커먼 여인에게) 쫓긴 듯이신들린 사람 모양으로 무리하다가 드디어는 폐의 종양이 터져 급히 달려온 동생 로베르 프루스트의 팔 안에서 마침내 숨을 거두었다, "마구 움직이게 해서 미안해 형, 아프지?"라는 동생의 물음에

"응, 로베르, 무척!" 하고 대답하다가 "엄마!"라는 마지막 말을 남긴 채. 폐렴에 걸리기 며칠 전 원고에는 이렇게 썼다고 한다 — 'fin'(끝).

죽은 작가는 지금 흰 침대에 누워 합장한 손에 오랑캐꽃을 안고 있고, 옆에 성수(聖水)를 뿌리는 기구가 놓여 있다. 그의 방에 처음으로 신선한 공기가 흘러들어오고, 밝은 햇볕이 비치고, 그는 조화(弔花)로 둘러싸여 있는데, 그러한 꽃들이 이제는 그의 천식의 발작을 일으키지 않았다. 온화한 표정, 되찾은 젊음, 그리고 희미한 미소도 이제는 가뭇없이 사라지고, 뺨이 다시 오목하게 되어 분해의 징후로 이가 드러나기 시작하고 있었다. 그러나 프루스트의 탄생과 더불어 열린 위대한 고리—《잃어버린 시간을 찾아서》의 완성이라는 정신적인 승리에 의해서도 아직 완전치 못한 채로 남은 고리—가 드디어 지금 완성되어 합친 것이다. 이제야 그 자신이 예언한 대로, 그의 작품뿐 아니라 그의 삶 또한 영원한 생명을 얻어 두 길이 엉겨 합류한 것이다. 메제글리즈 쪽의 길과 게르망트 쪽의 길, 다시 말해 타고난 자아와 후천적으로 획득해 나가는 자아는 항상 마지막에 가서 하나로 합치게 마련이다, 위대한 인간의 경우는 그 예술 작품에서, 보통 사람의 경우는 죽음에서. 그러나 그 합류점을 찾아내려면 우리는 먼저 그 두 길을 가야 한다, 인간과 장소와 사물 가운데, '시간' 안에서. ─조지 D. 페인터

작품 중에서 프루스트가 그린 탁월한 작가 베르고트의 죽음의 장면을 추고하기 위해 그가 죽음의 자리에서 그야말로 죽음과 씨름하면서 구술 필기시켰던 일은 유명한 일화이다. 그 문장을 그의 죽음을 애도하는 뜻으로 적어 둔다.

그는 숨져 있었다. 영영 죽었나? 누가 그렇다고 단언할 수 있나? 물론, 심령술의 실험도 종교의 교리와 마찬가지로 영혼 불멸의 증거를 보이지 못한다. 단지 말할 수 있는 것은, 이승에서는 마치 전세에서 무거운 의무를 짊어지고 태어났기나 한 듯이 만사가 경과한다는 점이다…….

베르고트라는 육신은 묻혔다. 그러나 장례식날 밤이 깊도록 책방의 환한 진열창에, 그 저서가 세 권씩 늘어놓여 날개를 펼친 천사처럼 밤샘하고 있는 게, 이제 이승에 없는 이를 위한 부활의 상징인 듯싶었다.

— 제5편 『갇힌 여인』 중에서

작품의 바탕

프루스트가 베르고트의 죽음 장면에서 묘사한 대로 '부활의 상징'인 《잃어버린 시간을 찾아서》에 관한 몇 가지 고찰을 해 보기로 한다. 전7편으로 된 대소설 《잃어버린 시간을 찾아서》는 설화자 '나'가 침상에서 깨어나는 순간의 '어떤 현재'에서의 독백으로 시작된다. 전체를 살펴보면 1인칭의 자전적인 회상 소설로 보이지만 종래 소설과는 본질적으로 다른 매우 복잡한 구조 위에 이룩된 총합적인 예술 작품으로서 인간 존재의 밑바닥을 파헤치고, 자아와 우주의 관계를 뱀이 제 꼬리를 문 형태인 동그라미 모양으로 파악하고자 한 다차원적인 20세기의 새로운 소설이다. 처음 프루스트는 시간과 기억을 날과 씨로 삼은 베르그송적 소설을 시도해 보려고 했다가 작품이 진행됨에 따라 베르그송 철학에 없는 '상기 안 되는 기억'의 방대한 차원까지 인식의 가능성이 전개되어 나아가기에 이르렀다.

그의 작품의 바탕이 되는 것은 무의식의 기억에 의한 상기다. 따라서 이 작품의 지주인 '나'(Je)가 나온다, 다시 말해 나 없으면 상기도 없으니까. 그런데 이 '나'는 좀 묘한 존재다. 작중 콩브레의 한 장면에 나오듯이 종탑 위에서 들판을 바라볼 때, 그 종탑 위에 있는 동시에 구경하고 있는 대상인 들판의 여러 사물 가운데도 존재하는 '나'다. 또 이 작품에서 '나'라는 존재만큼 묘사되고 있지 않은 인물도 따로 없다. 예를 들어 'Longtemps je me suis couché de bonne heure'(오래 전부터 나는 일찍 잠자리에 들어왔다)라는 참으로 잔잔한 가락이 나오는데, 이 '나'는 도대체 누구이며 이름은 무엇인지, 젊었는지 나이가 들었는지 통 알 도리가 없다. 그 '나'라는 눈을 통해 본 대상의 묘사 여하에 따라, 독자는 '나'라는 존재가 있는 공간이나 보내고 있는 시간을 짐작할 따름이다. '나'라는 존재는 사물과 여러 감각과 심리를 찍어 내는 일종의 촬영기에 지나지 않는다. 한마디로 말해 '부재'다. 예외가 단 두 군데 있다. 제5편 『갇힌 여인』 중에서 마르셀이라는 이름이 남의 입을 통해 튀어나온다(또 제1편 제2부 '스완의 사랑'만이 이 소설에서 유독 3인칭 소설이다). 이 무명의 '나'(설화자)는 현실의 존재가 아니다. 더구나 프루스트 자신도 아니다. 굳이 캐면 의식 존재로서의 주인공을 가리키는데, 동시에 독자의 의식과 접하는 매개 소임을 맡아 한다. 곧 허구(픽션)의 지주다. 그렇기 때문에 독자는 '나'라는 존재에 구애받지 않고 설화자가 묘사해 나가는 사물에 직접 파고들어가도 무방하며, 거리낌없이 과거에서 현재로, 현재에서 과거로 오락가락할 수 있다. 첫머리에 나오는 방들에 대한 구절을 보면, 프루스트가 이 작품의 기둥으로 삼은 공간과 시간을 초월한 '나'를 실감할 수 있다. 곧 그것은 의식의 대명사라고 하겠다, 본래 의식에는 일정한 이름이 없으니까. 그리고 그것은 답사자(說話者), 영상(주인공), 창조자(프루스트), 외관(實生活者로서의 프루스트)이기도 하다. 그럼 프루스트가 이와 같은 '나'(의식)를 찾아낸 경위를 인용해 보자.

나는 켈트인의 신앙을 매우 옳다고 생각한다. 켈트인의 신앙에 따르면, 우리가 여읜 이들의 혼이 어떤 하등물, 곧 짐승이나 식물이나 무생물 안에 사로잡혀 있어, 우리가 우연히 그 나무의 곁을 지나가거나, 흔히 갇혀 있는 것을 손에 넣거나 하는 날, 이는 결코 많은 사람에게 일어나는 일이 아니지만, 그러한 날이 올 때까지는 완전히 잃어져 있다. 그런데 그런 날이 오면 죽은 이들의 혼은 소스라치며 우리를 부른다. 그리고 우리가 그 목소리를 알아들으면 마술 결박은 금세 풀린다. 우리에 의해서 해방된 혼은 죽음을 정복하고 우리와 더불어 다시 산다. 우리의 과거도 그와 마찬가지다. 과거의 환기는 억지로 그것을 구하려고 해도 헛수고요, 지성의 온갖 노력도 소용없다. 과거는 지성의 영역 밖, 그 힘이 미치지 못하는 곳에, 우리가 꿈에도 생각하지 못했던 어떤 물질적인 대상 안에(이 물질적인 대상이 우리에게 주는 감각 안에) 숨어 있다. 이러한 대상을, 우리가 죽기 전에 만나거나 만나지 못하거나 하는 것은 우연에 달려 있다.

이러한 '우연'으로 어느 날 프티트 마들렌이라는 과자의 한 조각이 부드럽게 되어 가고 있는 차를 한 숟가락 기계적으로 입술로 가져가서 그 체험을 겪는다(국일미디어 판 제1권 66쪽 참조). 이런 상기 작용은 어째서 힘찬가? 강한 감동에서 비롯하지 않을 경우에는 흔히 사라지기 쉬운 추억의 심상이 이 경우에는 현재의 감동을 바탕삼고 있기 때문이다. 일단 과거의 영상이 현재의 감동과 결부되자 시간을 초월한 한 창조물, 곧 작자의 삶이 약동하는 모습을 형성한다. 이런 뜻으로 《잃어버린 시간을 찾아서》는 1인칭 소설이지만 어디까지나 허구이며, 따라서 여기서부터 예술 작품의 영역이 열린다.

"무의식적으로 상기된 과거사는 이 책의 줄기에 지나지 않습니다. 이 줄기가 받치고 있는 것은 현실의 정열에 넘치는, 귀형이 나에 대해서 알고 있는 것들과는 아주 동떨어진, 그리고 내 생각으론 그보다 더 뛰어난 것으로, 섬세하다든가, 세련되었다든가 하는 형용사보다는 생생하다든가, 진실하다든가 하는 형용사에 더 어울리는 것들입니다(진실하다고 해서 그것이 사실로 있었다는 뜻이야 아니지만)."

— 『프루스트의 수첩』에서

과거 사실에 충실하지 않아도 되는 대가로, 다시 말해 잃어버린 시간에서 허구로 옮겨 가는 자유를 얻은 대가로, 주어진 자유를 바르게 사용해야 한다는 의무가 생긴다. 프루스트는 어려서부터(의식하지 않고) 이러한 의무감을 느껴 왔다. 사물의 아름다움을 보고 황홀해 하는 데 그칠 뿐만 아니라(사실 프루스트는 고운 꽃이나 풍경을 보고는 동행자가 있거나 말거나 황홀 상태에 빠져 말을 건네도 알아듣지 못한 채, 보고 있는 그 대상과 일종의 교감 상태에 빠져 있는 게 한두 번이 아니라서 그런 징후가 나타나면 동행하던 친구도 그 상태를 존중하여 방해하지 않았다고 한다) 그 사물에 숨어 있는 뜻을 알아듣고 '무엇'을 창조해야 한다는 의무감을 느껴 왔다. 그 '무엇'은 한마디로 말해 위니테(unité) — 예술이건 종교건 철학이건 그 진정한 목적인 자기 표현, '나' 아닌 '나'를 찾아내 만물이 한덩이가 되어 거기서 느끼는 바를 표현하고자 고행하는 길 끝에 있는 위니테, 불교에서 말하는 공(空) — 따라서 《잃어버린 시간을 찾아서》는 작자가 그 험한 길을 걸어가는 기록이라고도 하겠다. 그는 말하기를 어린 시절에 보고 듣고 한 것밖에 신뢰의 정을 가질 수 없다고 했다. 지독하리만큼 속물이었던 프루스트를 구한 것은 이러한 믿음이다. 한 포기의 풀이나 한 그루 나무나 나비나 아무리 사소한 것일지라도 그것을 아주 생생한 모습으로, 눈물겹도록 다정한 마음씨로 그려 내어, 독자로 하여금 눈앞에 그것을 보는 듯, 아니 그것들과 귓속말을 나누고 있는 듯한 착각을 일으키게 하는 것도 다 이러한 그의 믿음 덕분이다. 그것은 하나의 은총이다. 하기야 그의 눈의 각도는 다양하다. 어느 누구의 눈도 아닌 바로 프루스트의 눈이다. 자기의 온 삶을 헌신짝같이 내던지고 비로소 얻은 눈이다. 어린 시절에는 사물을 보는 눈이 맑고 순수해 모든 게 신기하게 보인다. 모든 게 경악이다. 알랭(Alain)도 말했듯이 시란 어린 마음에 비친 영상이다. 그러나 그 영상을 어떤 재료(말, 물감, 돌, 나무, 소리 같은)로써 표현하려면 자기 힘에 겨운 느낌이 들게 마련이다. 곧 불능감이다. 프루스트는 '나'를 어둠 속에 꿈틀거리는 유충의 상태에 놓고, 점차로 빛 쪽으로 향해 기어가면서 여러 번 천직의 계시에 접하나 끊임없이 현실에 의해 좌절되곤 하는 무력한 정신 상태를 그린다. 이런 권태와 무력감을 극복해 나가는 게 이 소설의 주된 줄거리다. 다시 말해서 잃어버린 시간을 되찾는 과정의 수기라고 하겠다, 미학적 · 과학적 · 철학적인 교양으로 넘치는.

『잃어버린 시간을 찾아서』의 구성

이 방대한 작품의 전편(全篇)의 소재와 줄거리를 요약해 적어 보겠다.
이 발췌집(拔萃集)을 총체적인 모습으로, 읽어 가는 데 도움이 될 테니까!

제 1 편 『스완네 집 쪽으로』
Du côté de chez swann

제 2 편 『꽃피는 아가씨들 그늘에』
A l' ombre des jeunes filles en fleurs

제 3 편 『게르망트 쪽』
Le côté de Guermantes

제 4 편 『소돔과 고모라』
Sodome et Gomorrhe

제 5 편 『갇힌 여인』(『소돔과 고모라』 III)
La Prisonniére

제 6 편 『사라진 알베르틴』(일명 달아난 여인)
Albertine disparue. La fugitive

제 7 편 『되찾은 시간』
Le temps retrouvé

제1편 스완네 집 쪽으로 — 1913년 출간

제1부 콩브레

I

전편의 서곡이자 제1편의 서장이기도 하다. 대략 1910년 전후, 파리에 있는 '나'의 침실. 깨어나는 결에 느끼는 거처의 어렴풋함이 '내'가 여태껏 살아왔던 여러 방, 탕송빌에서 묵던 방, 발베크에서 묵던 호텔 방, 고장과 생활의 토막을 줄이어 상기시킨다. 콩브레에서 지낸 어린 시절의 회상, 외조부모, 대고모, 레오니 고모, 부모, 가끔 찾아오는 손님인 스완, 그 내방 탓에 어머니를 빼앗기는 고뇌, 어느 날 밤 '나'의 절망을 구하는 『프랑수아 르 샹피』의 낭독 — 이러한 추상은 의식적인 토막난 한 단편에 지나지 않는다. 어느 날 차에 담근 프티트 마들렌 과자의 한 조각 맛이 옛 콩브레 시절에 '내'가 느낀 감각과 동일한 감각을 일으켜, 당장 콩브레 전체를, 뒤이어 거대한 과거 전체를 과거 그 자체의 본질 가운데 떠오르게 한다 — 무의식적인 회상의 야릇한 마력.

II

어린 시절을 보낸 콩브레의 묘사. 레오니 고모와 하녀인 프랑수아즈를 둘러싼 건실한 시골 생활. 콩브레 성당, 시간의 커다란 차원에 대한 첫 예감. 아돌프 종조부 댁에서 만난 장미 빛깔 부인(스완의 아내 오데트)에 대한 암시. 독서. 당시의 현대 작가 베르고트의 작품을 읽음. 학교 친구인 블로크. 콩브레 근방에 사는 작곡가 뱅퇴유와 그 딸을 만남. 르그랑댕의 속물 근성. 산책의 두 방향, 곧 메제글리즈 쪽(스완네 집 쪽)과 게르망트 쪽. 아가위 울타리 너머로 스완과 오데트 사이의 딸인 질베르트의 모습을 바라본다. 또 거기에 와 있는 누군지 모르는 사내(샤를뤼스 남작)를 언뜻 본다. 혼자 산책하는 도중에 느끼는 시골 아가씨에 대한 첫 욕망, 뱅퇴유 아가씨의 변태 성욕(사디즘) 장면을 우연히 엿봄. 게르망트 쪽으로 산책, 비본 내를 거슬러 올라간다, 수련. 문학을 전공하려는 소망, 자기 재능에 대한 의혹. 전설의 옷을 걸친 고귀한 게르망트 공작 부인에 대한 공경. 마차의 이동에 따른 마르탱빌과 비외비크의 세 종탑의 인상, 그 선의 배후에 있는 것 — 숨은 참 — 이 주는 기쁨, 그 인상을 단편적으로 노트한다. 이 두 방향은 '나'의 삶에 대한 무의식적인 참을 암시한다.

제2부 스완의 사랑

'내'가 태어날 무렵에 있던 일, 부유한 주식 중매인의 아들로 유태 핏줄인 미술 애호가 스완과 고급 창부의 결혼 전 정사를 집안 어른들한테서 들어왔다. 그 회상을 하나의 삽화로써 객관적으로 3인칭 서술 작품으로 구성한다. 친구의 소개로 우연히 알게 된 오데트의 안내로 스완은 속된 부르주아의 살롱, 베르뒤랭 부인의 작은 동아리에 가입한다. 처음 가 본 만찬회에서 연주된 뱅퇴유의 소악절이 이들 두 사람을 육체적으로 결부시키는 계기가 된다. 오데트에 대한 스완의 열정이 스완의 고상한 취미를 변하게 한다. 오데트는 포르슈빌 백작과도 사귄다. 샤를뤼스 남작의 등장. 스완은 베르뒤랭 부인의 살롱 분위기에서 소외된다. 질투, 고뇌, 스완의 성격 변화. 생 퇴베르트 부인의 야회, 다시 뱅퇴유의 소악절을 듣는다. 오데트에 대한 스완의 사랑은 마침내 무관심으로 끝난다.

제3부 고장의 이름 — 이름

'나'는 이름을 통해 꿈꾼다. 노르망디 지방의 발베크 해안, 피렌

782

체, 베네치아 등등의 이름이 주는 시적인 분위기. 랭보가 이미 시도한 바 있는 모음이 지니는 색감 풀이. 여행 계획은 병약 탓으로 실현 안 된다. 스완은 오데트에게 무관심하게 된 후 그녀와 결혼했는데, 둘 사이에서 태어난 질베르트는 샹 젤리제 공원에서 '나'와 소꿉동무가 된다. '나'의 마음속에 싹트는 첫사랑. 첫 고뇌. 스완 부인을 비롯해서 여러 멋진(chic) 여성들을 구경하려고 불로뉴 숲의 아카시아 가로숫길에 가곤 한다. 회상은 다시 제1부 서장의 시절로 되돌아간다. 가을의 어느 날 '나'는 오랜만에 병실에서 나와, 루이 16세의 왕비 마리 앙투아네트가 만든 인공촌(人工村) 베르사유의 프티 트리아농으로 단풍 구경하러 가는 도중, 아카시아 가로숫길을 지나며 그 세월의 변화에 깊은 애수를 느낀다.

제2편 꽃피는 아가씨들 그늘에 ― 1919년 출간

제1부 스완 부인의 주위

1890년 무렵, 파리에 있는 어린 '나'는 라 베르마가 연기하는 라신 작 「페드르」를 구경하고 회의를 느낀다. 전직 외교관인 노르푸아 후작이 아버지가 베푸는 만찬회에 온다. '나'의 문학 지망이 화제에 오른다, 깊은 실망. 파리에 있는 스완네 집에 드나들어 질베르트의 부모와 친하게 되고, 거기서 문호 베르고트를 만나나, 그 풍모에 환멸. 인물 성격에서 일어나는 방향 전환과 변화. 블로크의 안내로 창녀 소굴에 몇 차례 가게 된 '나'는 거기서 유태 핏줄인 라셀을 알게 된다. 질베르트와의 불화. 이별의 괴로움과 망각의 고르지 못한 진행에 대한 가벼운 소묘.

제2부 고장의 이름 ─ 고장

외할머니와 함께(프랑수아즈 동반) 처음으로 노르망디 해안의 발베크로 출발함. '나'는 가는 도중 새벽에 기차가 정지한 두 산간의 작은 정거장에서 우유 파는 시골 아가씨를 보고 향토색이 예술 작품에 미치는 영향을 생각해 봄. 발베크의 성당을 구경. 발베크 해안에 있는 그랑 호텔에 묵는다. 게르망트 공작 부인의 백모이자, '나'의 할머니의 학창 친구 빌파리지 부인을 만나 마차로 여러 번 산책. 그 산책길에서 목격한 세 그루 나무가 돌연 뭔가 계시하는데, 이 숨은 뜻을 파악하지 못한 채 다음으로 미루고 만다. 게르망트 가문의 귀공자이자 빌파리지 부인의 외종손인 로베르 드 생 루와 급속히 친밀해진다. 블로크네 집에서의 저녁 식사. 게르망트 가문의 특출한 인물로, 생 루의 외숙부뻘 되는 샤를뤼스 남작에게 소개됨. 샤를뤼스의 사람됨이 약간 비침, 그의 능변의 첫 발휘. 바닷가의 젊은 아가씨들. 화가 엘스티르와 사귀게 되고, 그 아틀리에를 방문. 그 아틀리에에서 바닷가 아가씨들 중의 하나 알베르틴을 만남. 아가씨들과 바닷가 절벽 위에서 놀기도 하고, 마차를 타고 산책도 하다가 '나'의 연정은 알베르틴에게 기울어 간다. 알베르틴이 호텔의 침대에서 '나'의 입맞춤을 냅다 초인종을 울리면서 거절한다. 발베크의 한 여름의 끝.

제3편 게르망트 쪽 ─ 1920년 출간

I

파리, 게르망트 저택의 별채에 '우리' 가족이 이사 온다. 새로 이사 온 데 대한 프랑수아즈의 넋두리, 그녀의 넋두리는 게르망트 저택의 안마당 한구석에 터잡은 조끼 장색(匠色)인 쥐피앙의 싹싹한 인사로 중단됨. 오페라 극장에 가서 라 베르마의 「페드르」를 다시 구경하고서 그 연기력의 진미를 비로소 알게 됨. 오페라 극장의 장내를 바다 안팎으로 비유하여 묘사한 글의 묘미. 그 자리에 와 있는 게르망트 공작 부인과 그 사촌 동서 되는 게르망트 대공 부인의 모습을 우러러보며 그 아름다움을 비교. 게르망트 공작 부인이 아침 산책하는 모습을 지켜보고는 '나'의 심장은 고동친다. 동시에르에서 군무에 종사하는 생 루를 찾아가, 그의 외숙모인 게르망트 공작 부인을 엉뚱한 구실로 꾸며 대어 소개해 달라고 조른다. 병영 생활의 묘사. 군사학. 파리에 돌아와 생 루와 함께 그의 정부를 만나러 가 보니 뜻밖에도 그 정부는 라셀이고, 배우로 둔갑해 있음. 빌파리지 부인을 방문, 그 자리에서 게르망트 공작 부인에게 소개됨. 드레퓌스 사건에 대한 대화. 샤를뤼스 남작이 '나'에게 기괴한 우정을 청함. 할머니의 노쇠가 눈에 띄게 두드러짐. 할머니가 샹 젤리제에서 가벼운 뇌일혈의 발작을 일으킴.

Ⅱ

제1장: '나'는 발작을 일으킨 할머니를 E……교수한테 모시고 감. 할머니에 대한 애정이 깊어짐. 베르고트가 자주 찾아옴. 명의 디욀라푸아 교수의 진찰. 할머니의 임종과 죽음.

제2장: 찾아온 알베르틴과 처음으로 입맞춤. 불로뉴 숲과 생 클루에 그녀와 함께 산책. 생 루와 함께 만찬. 생 루의 여러 친구들에게 약속한 부유한 결혼의 예측. 게르망트 공작 부인의 야회(夜會). 파름 대공 부인 앞에서의 게르망트네 사람들의 재치. 방문을 한 '나'에게 보인 샤를뤼스 씨의 기괴한 행동. 게르망트 공작 부처를 방문.

제4편 소돔과 고모라 — 1922년 출간

I

하늘의 불에서 벗어난 소돔 주민의 후예인 암사내들의 첫 출연. "계집은 고모라를 가지고 사내는 소돔을 가지리라"라는 알프레드 드 비니의 시구를 첫머리에 인용하고, 샤를뤼스 남작과 조끼 장색인 쥐피앙 사이에 벌어지는 남색(男色)의 장면을 중심으로 성도착증과 도착자에 대한 이론적 고찰로 끝난다.

II

제1장: 게르망트 대공 부인 댁의 야회. 소돔의 남자들의 비밀스러운 움직임. 사교계에서의 샤를뤼스 남작. 어느 의사. 보구베르 부인의 특징 있는 얼굴. 아르파종 부인. 위베르 로베르의 분수. 스완과 게르망트 대공의 야릇한 대화. 전화하는 알베르틴. 마지막이자 두번째인 발베크 체재를 앞두고 여기저기를 방문. 발베크에 도착. 알베르틴에 대한 시새움. '나'의 부박(浮薄)한 사교성.

마음의 간헐

전편의 뿌리가 되는 중요한 대목. 두번째로 발베크에 도착한 첫날 밤. 편상화의 끈을 풀려고 허리를 굽힌 순간 느닷없이 일어나는 무의식적 회상에 의해 처음으로 할머니의 죽음에 대한 실감이 나서, 기세 사나운 오열에 사로잡히며 부화(浮華)한 정신이 엄숙한 정화를 받는다. 발베크의 모든 것이 할머니의 추억과 결부되어 '나'를 괴롭힌다. 어머니가 발베크에 도착. 할머니의 죽음을 슬퍼하는 어머니의 모습에 이상한 변화가 보여 거의 할머니의 고뇌하는 모습 같은 고귀한 영적인 존재인 듯싶다. 이따금 고통이 가라앉아 차츰 침착해진다. 알베르틴이 찾아와서 한결 더 심정이 평온해진다. 봄 소나기 속에 보는 노르망디의 한창 꽃핀 사과밭.

제2장: '나'는 매일같이 알베르틴과 지낸다. 그녀의 품행에 대한 첫 의혹, 거짓말의 첫 발각. 동성에 대한 그녀의 변태적 경향이 '나'의 눈에 뚜렷이 드러나, '내' 마음속에 부글부글 끓어오르는 고모라 여인에 대한 시새움. 캉브르메르 부인. 니생 베르나르 씨의 쾌락. 동시에르 역에서 두 소돔 사내(샤를뤼스와 모렐)의 해후 상봉. 모렐의 괴상한 성격에 대한 첫 소묘. 바이올리니스트인 모렐이 '나'의 종조부 아돌프의 하인의 아들임을 알게 됨. 베르뒤랭 부인의 세든 별장에서 그 작은 동아리와 샤를뤼스 씨, 모렐 등등과 함께 식사함.

제3장: 알베르틴과 매일같이 자동차 드라이브. 애정이 깊어 가는 동시에 절교하고 싶은 생각이 불쑥불쑥 일어난다. 모렐에 대한 샤를뤼스 남작의 괴로운 애정. 이 비속한 모렐을 제 곁에 다시 데려오려고, 샤를뤼스 남작은 배꼽이 빠질 거짓 결투를 생각해 낸다. 게르망트 대공과 모렐과의 앙천대소할 짧은 관계. 알베르틴과 의혹이 수두룩한 결혼을 하다니, 몸서리나도록 무시무시한 일로 여겨지기도 한다.

제4장: 알베르틴과 절교하려는 때 그녀의 입에서 뱅퇴유 아가씨와 동성애하던 여자 친구와 아는 사이라는 걸 들음. 이에 '나'의 마음속에, 콩브레에서 어린 시절에 언뜻 엿본 뱅퇴유 아가씨의 사디즘의 장면이 되살아나, 알베르틴의 품행에 대한 의혹이 검은 비구름같이 뭉게뭉게 일어난다. 질투한 나머지 '나'는 그날 밤 울고 불고 어머니한테 알베르틴과 당장 결혼하겠다고 졸라 댄다. '나'에게 남은 유일한 소망이란 알베르틴을 '나'의 집으로 데리고 가서 세상과 격리시키는 일. 할머니의 죽음을 슬퍼하는 어머니.

'나'는 깊은 슬픔과 죄의식에 싸이면서 발베크를 떠난다.

제5편 갇힌 여인(『소돔과 고모라』 III 제1부) ─ 1923년 출간

알베르틴을 파리에 데려와서 보내는 동거 생활, 한결같이 평화스러운 생활 같지만, 이 잔잔한 생활 속에 끊임없이 나타나는 남들의 모습, 간헐적인 질투. 꽃피는 다른 아가씨들 및 뱅퇴유 아가씨의 여자 친구와 알베르틴의 관계에 대한 의혹. 소름끼치는 파리의 고모라 여성에 대한 두려움. 이 때문에 '나'의 오랜 소망이던 베네치아 여행을 단념해야 하는 권태감. 알베르틴의 거짓말이 연이어 생기는 경위. 잠자는 알베르틴의 모습. 피아노 치는 그녀의 모습. 그녀의 마음속에 생긴 여러 변화를 갖가지로 추측하지만 파악하지 못하는 안타까움. 알베르틴이 부르는 애칭에 의하여 '나'의 이름인 마르셀이 처음으로 드러남. 장사치들의 외침 소리. 어느 날 베르고트가 사망한 것을 앎. 알베르틴의 봄 날씨와도 같은, 뜬구름과도 같은 거짓말. 쥐피앙의 질녀와 모렐의 관계. 작고한 뱅퇴유의 작품을 그 딸의 여자 친구가 공들여 정서해서 비로소 세상 빛을 보게 되고, 그 연주가 베르뒤랭네 집에서 열리는고로, '나'는 오랜만에 방문하는데, 목적은 음악을 듣는 게 아니라, 과연 알베르틴과 고모라의 관계가 있음직한 그 여자 친구가 정말 오는지 알아내는 데 있다. 게다가 그 야회를 주재하는 이가 다름 아닌, 격을 낮추게 된 샤를뤼스 남작. 샤를뤼스의 유수 같은 능변(약간 노망기 있는). 화가 난 베르뒤랭 부인이 샤를뤼스와 모렐을 충돌시킨다. 쩔쩔매는 샤를뤼스. 샤를뤼스와 베르뒤랭네 동아리의 결렬. 알베르틴에게 도스토예프스키와 렘브란트의 비교(如一成에 관한), 세비녜 부인과 도스토예프스키의 비교를 들려줌. 인간이 뭔가를 좋아함은 그 속에 가까이 갈 수 없는 어떤 것을 추구하는 경우만이고, 소유하지 못하는 것밖에 좋아하지 않는구나, 영구히 계속되는 인간의 욕망, 그 포만과 감퇴의 간헐 작용을 '나'는 느껴, 사랑이란 마음속에 감촉하는 시간과 공간임을 깨달음. 질투가 가라앉는 동시에 결혼에 대한 욕망도 식는다. 봄이 와서 베네치아로 여행하고 싶은 마음이 더 간절해진다. '나'는 알베르틴과 서로 원망 없이 작별하는 시기를 기다린다. 그런 어느 날 쪽지를 남기고 알베르틴이 사라짐.

제6편 사라진 알베르틴 ─ 1925년 출간
(일명 달아난 여인, 『소돔과 고모라』 Ⅲ 제2부)

무슨 짓을 해서라도 그녀를 다시 데려오고 싶은 마음에 동거하던 방마다 견딜 수 없는 고통을 불러일으킨다. 생 루에게 다시 데려와 달라고 부탁해 보았으나 헛수고. 남의 것이 되느니 차라리 죽어 주었으면 한다. '나'의 스승 격인 스완이 겪은 바 있는 애증 지옥을 두루 배회하던 어느 날, 돌연 그녀가 말 타고 산책하는 도중 떨어져 죽었다는 소식을 그녀의 숙모에게서 받는다. 절망. 사랑이 되살아나 모든 게 회상거리가 된다. 죽었음을 앎으로써 알베르틴이 생시보다도 더욱 생생하게 느껴진다. 과거의 순간이 죽은 이를 한토막 한토막 소생시키며 그 한토막 한토막을 잃었다는 슬픔에 잠기게 한다. 우두머리 급사인 에메에게 부탁했던 그녀의 품행에 관한 조사가 그제야 보고되어, 그녀의 바르지 못한 행실이 폭로됨. 질투와 애정의 역습. 그녀를 생각지 않으려면 만사를 잊어야 하고, 잊으려면 '나' 자신이 죽어야 한다. 이러한 죽음이 기억의 일반 법칙에 따라 서서히 실행되어 나가서 습관이 기억력을 나날이 약하게 한다. '내'가 마르탱빌의 종탑에 대해 쓴 글이 『피가로』지에 실림. 게르망트 댁을 방문하고, 거기서 몰라보리만큼 변한 질베르트를 만남. 스완이 죽은 후, 오데트가 포르슈빌과 결혼하여, 따라서 질베르트는 포르슈빌 백작 아가씨가 된 것이다. 베네치아 여행. 몇 주일 묵는 동안에 느끼는 베네치아의 인상, 콩브레와 비교. 빌파리지 부인과 노르푸아 씨를 만남. 틀림없이 죽은 알베르틴한테서 전보가 옴. 베네치아의 여러 풍경이 덧없는 걸로 생각됨. 생 루는 질베르트와 결혼한다. 세월은 흘러 변해 간다. 생 루의 육체적 변화. '나'는 콩브레 근방 탕송빌에 있는 질베르트의 새 가정에 묵는다.

제7편 되찾은 시간 ― 1927년 출간

생 루의 성격 변화. 생 루는 모렐과 소돔의 쾌락을 즐기며, 질베르트를 괴롭힌다. 옛 귀족의 후예에게 나타나는 복잡한 유전. 탕송빌을 떠나는 마지막 날 밤, 공쿠르의 『미발표 일기』(베르뒤랭네 야회를 묘사한 글)를 읽고, 문학에 대한 소질이 없음을 생각해 본다. 드디어 글 쓰는 계획을 단념하고 긴 요양 생활을 하러 파리로 떠난다. 그 사이 제1차 세계대전이 일어남. 1916년, 다시 파리에 돌아온 지 얼마 안 되는 어느 날 저녁, 베르뒤랭 부인을 만나러 외출한다. 사교계의 몰락. 가는 도중에 노상에서 샤를뤼스를 만남. 샤를뤼스는 독일 편. 내습하는 독일 비행기와 그 탑승자에 대한 샤를뤼스의 예찬. 음료를 마시려고 들른 호텔이 하필이면 쥐피앙이 샤를뤼스 남작의 노후의 낙을 위하여 경영하는 소돔의 소굴이라니. 프로메테우스처럼 묶인 샤를뤼스 남작이 젊은 사내에게 채찍으로 맞고는 피를 흘리면서 즐기는 모양을 엿봄. 생 루의 전사. 두번째 전지 요양도 신통치 않아, 종전 후 다시 파리로 돌아오는 도중, 기차 안에서 석양에 물든 나무들을 보고 깊은 감회에 젖음. 집에 와 보니 게르망트 대공 부인한테서 마티네 초대장이 와 있다. 샹 젤리제에서 중풍이 들고 비참하게 노쇠한 샤를뤼스가 어린애처럼 쥐피앙의 시중을 받는 모습을 목격함. 대공 부인 저택의 문전에 내린 '나'는 문학적 재능의 고갈에 대해 생각하면서, 안마당으로 들어가다 어쩌다 반듯하지 않은 포석(鋪石)에 발부리를 부딪친다. 겨를에 다른 포석에 또 한쪽 발을 딛는 순간, 지금까지의 실망이 커다란 행복감에 가뭇없이 사라진다. 반듯하지 못한 포석의 감각이 베네치아의 산 마르코 성당 영세소의 포석의 감각에 이어지고, 그 위에 그날 이 감각과 결부되었던 다른 모든 감각과 더불어 베네치아를 완전하게 소생시킨다. 프티트 마들렌의 맛이 콩브레를 소생시켰던 것과 똑같은 무의식적인 회상이 나타난 것이다. 그런데 왜 콩브레와 베네치아의 심상이 그 각 순서에 다른 표적이 없는데도 '나'로 하여금 죽음마저 아랑곳하지 않게 하는 일종의 확신과 같은 기쁨을 가져다 주었나? 이를 생각하면서 오늘에야말로 그 대답을 찾고 말겠다고 결심하면서 저택 안으로 들어선다. 계시(啓示)가 계속해서 일어난다. 접시에 숟가락이 닿는 소리, 풀먹인 냅킨의 빳빳함, 수도관이 삐삐거리는 소리, 그리고 서고(書庫)에서 다시 보는 『프랑수아 르 샹피』 따위가 저마다 동일한 인상을 바탕삼아 과거와 현재의 어떤 초시간적인 공통장(共通場)에 존재의 정수(精髓), 실다운 실존을 계시한다. 오로지 이 기적만이 참된 과거, 잃어버린 시간을 되찾는 힘을 갖는다. 그러한 감각, 인상을 그것과 동일한 사상을 가진 형상으로 번역하는 것, 다시 말해 고뇌로 가득

791

찬 정신적 등가물(等價物)로 전환하는 것이야말로 잃어버린 시간을 되찾는 유일한 방편이자, 예술이 존재한 이래 여태껏 실현치 못한 예술 작품이 완성되는 유일한 방법이 아니겠는가? 미지의 표상의 성숙으로 인해 정신 안에 스스로 수태(受胎)되는 서적의 발견이야말로 참된 창조다. '나'는 여기서 천직의 계시를 받아, 영원한 동경을 실현할 실다운 책의 구상을 얻는다. 그것은 '나'의 기쁨과 슬픔의 수많은 추상(追想)이 일종의 배아(胚芽)로 저장되어 있는 그 온 생활을 주관적으로 표현하는 것, 그리고 그 주관에 보편성을 갖게 하는 일이다. 실재(實在)는 순전히 정신적인 것이다. 예술가는 그 정신의 깊음을 깨달아야 한다. 그리고 그 깊음에서 얻은 정신적 실재를 온 영혼을 위하여 영원의 획득물로서 작품 위에 쌓아 올려야 한다. 이러한 생각에 잠겨 있던 '나'는 객실에 들어서자 심한 동요를 느낀다. 마치 가면 무도회에 들어온 듯한 인상, 그만큼 옛 친지의 모습이 변해 있다. 새삼 '내' 나이를 실감한다. 게르망트 공작 부처의 늙은 모습을 바라본다. 놀랍게도 살롱의 주인공 게르망트 대공 부인은 이전의 베르뒤랭 부인이고, 게르망트 공작의 정부는 이전의 스완 부인이다. 죽은 로베르 드 생 루와 질베르트 사이의 태생인 생 루 아가씨가 '나'에게 소개된다. 열여섯 살 남짓한 소녀. '게르망트 쪽'과 '스완네 집 쪽'이 무수한 경로를 거친 끝에 마침내 이 소녀 하나로 맺어진 것이다. '시간'이 낳은 걸작인 것이다. 그러자 "지금 대공 부인 댁에 있으면서, 스완 씨를 배웅하는 식구들의 저 발소리, 드디어 스완 씨가 떠나 버려 어머니가 2층으로 올라오려는 기척을 알리는 작은 방울의 짤랑짤랑하는 금속성의 끊임없이 울리는, 요란한, 산뜻한 그 소리를 나는 다시 들었다. 아득히 먼 과거에 있었던 소리건만 나는 옛 소리 그대로 들었다. 멀리 떨어져 있으면서도 내 안에 있는 콩브레의 정원에서 내가 조그만 방울 소리를 듣던 날, 그것은 내가 가지고 있는 줄 모르던 그 망망한 차원(次元)의 기점이었다. 나는 내 발 밑 ─ 사실은 나의 안이지만 ─ 에 마치 몇천 길의 골짜기를 굽어보듯이, 무수한 세월을 바라보자 어지러웠다."

"적이나, 나에게 작품을 완성할 만한 오랜 '시간'이 남아 있다면, 우선 거기에(괴물과 비슷한 인간으로 만들지도 모르지만), 공간 속에 한정된 자리가 아니라, 아주 큰 자리, 그와 반대로 한량없이 연장된 자리 ─ 세월 속에 던져진 거인들처럼, 여러 시기 사이의 거리가 아무리 멀고 큰들, 수많은 나날이 차례차례 와서 자리잡는 여러 시기에 동시에 닿기 때문에 ─ '시간' 안에 차지하는 인간을 그려 보련다."

발레리가 『바리에테』(Variété) 가운데 「프루스트 송(頌)」에서 말하기를 "프루스트의 《잃어버린 시간을 찾아서》는 그 단편 하나하나마저 흥미진진하다. 독자는 손이 가는 대로 펴서 읽어 보아도 무방하다. 거기엔 생명력이 넘치고 있다"고 했는데, 옳은 말이다. 왜냐하면 이 소설은 기존 소설과는 달리, 사물 하나하나에 작자가 온 성실성을 부여하고 있기 때문이다. 아가위꽃, 수련, 돌 하나, 풀 한 포기에 대해서도 프루스트는 있는 정성을 다해 아끼고 적확(的確)한 말로 표현하려고 애쓴다. 사물에 대한 이와 같은 경건한 자세를 취하는 예술은 종교와 유사하다. 역자는 이제 프루스트를 잘 이해하고 있는 앙드레 모루아의 글을 인용하는 것으로 이 글을 마무리하려 한다.

"이와 같은 은총의 순간에서의 예술가의 심오한 경지는, 신을 믿는 자의 경지에 참으로 가깝다."

스완네 집 쪽으로(1913년 출간)

DU CÔTÉ DE CHEZ SWANN

제1편의 제2부 스완의 사랑과 제3부 고장의 이름의 발췌는 생략하고, 그 대신 이 대하소설의 뿌리가 되는 제1부 콩브레 1, 2와 제2부와 제3부의 풀이를 하는 편이 이 거창한 작품을 짧은 시간에 쉽사리 이해하는데 도움이 될 성싶어, 내 나름대로 풀이해보겠다.

며칠 전 시장 거리를 거닐다가 '흑염소 중탕'이라는 간판이 나붙은 가게 앞에서 잠시 걸음을 멈췄다. 흰 타일을 깨끗하게 바른 부뚜막에 윤이 번드르르 나는 가마솥이 대여섯 가지런한데, 누린내와 뼈다귓국 고는 냄새가 물큰 나는 뿌연 김 속에 칠흑같이 검은 염소 한 마리가 그 부뚜막 허리에 몸을 바싹 붙이고서, 그 따스함이 사지에 스며들어 사뭇 쾌적한 듯이 새까만 눈동자를 껌벅거리고 있었다. 가마솥에 들어갈 차례를 기다리는 동안의 추위를 덜려는 염소의 동작, 몸을 더욱 부뚜막 허리에 바싹 대는 짓을 물끄러미 바라보다가, 문득 이런 광경을 프루스트가 보았다면 어떤 모양으로 표현했을까 하는 부질없는 생각을 해 보았다.

의당 국일미지어 판 제1권 174쪽에 나오는 병아리 죽이는 장면 같은 식으로 상대성 원근 관점에서 묘사했을 거라는 생각이 든다.

곧 '도마나 식칼이나 희생물이나 동일함'을 지각하는 상대성 원근 관점에서 묘사했을 거라는 생각이 든다(지각이라는 말이 나왔으니 말인데 프랑스 말에서 '지각하다'는 동사에 해당하는 percevoir를 우리말로 풀이하면 'perce-꿰뚫어, voir-보다'가 된다).

무심코 상대성 원근 관점이라고 쓰고 보니 나 자신 좀 얼떨떨한 감이 들어, 뭘 지적하려고 이런 딱딱한 낱말을 썼을까 하고 머리를 갸우뚱하다가 사전을 찾아보니 '상대성 이론'이라는 항목이 눈에 띈다.

상대성 이론:[theory of relativity] 〖물〗 1905년 독일의 물리학자 아인슈타인이 주장한 학설. 빛의 매질(媒質)로서의 에테르의 존재를 부정하고, 광속도(光速度)가 모든 관측자에 대하여 같은 치(値)를 가진 것으로 보고, 또 자연 법칙은 서로 같은 양식으로 운동하는 관측자에 대하여 같은 형식을 보존한다는 원리를 기초로 하여 세운 특수 상대성 이론. 이 이론에 의하여 시간과 공간은 서로 밀접하게 연결되어 이른바 4차원의 세계를 구성함.

이라고 적혀 있다. 물리학에 생소한 역자지만 이 풀이를 읽고 깨달은 것은, 아인슈타인이 이런 이치를 주장한 시기가 바로 프루스트가 '나'라는 의식의 대명사를 찾아내기에 암중 모색하던 시기와 거의 같다는 점이다. 그래서 프루스트와 아인슈타인이 비교된 일이 있지 않을까 하는 호기심에 곁에 있는 책들을 뒤적거려 보니 아니나 다를까 있었다. 카미유 베타르(Camille Vettard)가 쓴 『프루스트와 아인슈타인』이라는 평론이다. 사실 『잃어버린 시간을 찾아서』는 안쪽으로 흰 공간, 시공 연속체(時空 連續體, 시간 공간의 4차원 연속체) 안에서 팽창하기도 수축하기도 하는 우주를 대상삼은 상대성 원근 관점의 그림, 즉 프루스트의 4차원 세계의 그림이다.

프루스트가 산전수전 다 겪은 끝에 터득한 원근 관점(perspective), 사물이나 심리를 꿰뚫어보며 그것을 표현하는 데 원근법에 따라 묘사하는 관점은, 랭보가 그 『지옥에서 지낸 한 철』(Une saison en enfer)이나 『계시』(L'illumination)에서 취한 견자(見者)의 태도와 일맥상통한다(프랑스 말에서 '견자'(見者)에 해당하는 voyant은 우리말로 '선지자', '천리안'이라는 뜻도 된다). 여느 눈에 좀체 안 보이는(아니, 흔히 보이지만 그저 무심히 보는) 현실을 똑바로 볼 줄 아는 눈, 사물의 껍질 속에 숨어 있는 진실을 꿰뚫어보는 천리안이 직관한 신기한 세계(아니, 흔한 세계)의 정경은 읽어 갈수록 아기자기하고 재미나다.

시인이건 소설가이건 화가이건 음악가이건, 그 나름대로 대상을 보는 각도가 있다. 저마다 관점이 있게 마련이다. 하지만 단순히 시각상 관점의 문제일까? 아니다, 표현의 문제가 남아 있다, 예술가의 참된 작업이란 이미 있는 아름다움을 수집하는 것이 아니라 새로운 아름다움을 만들어 내는 데 있으니까.

유산처럼 이어받은 갖가지 관념과 스스로 찾아낸 느낌이 자기 정신 속에서 조화되지 않아 심적 갈등에 괴로워서 야수같이 방안을 오락가락하는 탐구자의 모습이야말로, 이데(idée)와 직결되는 형태를 탐구하는 모습이야말로, 눈앞의 대상을 형성하고 있는 본질적인 구조로, 대상을 주위의 세계에서 구별하는 기본적인 형태로 탐구하는 모습이라고 하겠다.

'눈은 형태를 왜곡하고, 정신은 형태를 창조한다'는 말마따나 형태를 파악한다는 것은 단순히 시각(vision)만의 문제가 아니다. 기하학의 세계와 상통하는 지적인 정신 작용의 문제이기도 하다.

그래서 색채와 형태의 통일로 이룬 새로운 공간을 확립하고 그 안에 시간의 표를 찍고, 현실 감각을 실현하는 일이 프루스트가 일생을 걸고 한 작업이었다. 그것이 바로 프루스트의 4차원 세계였다.

태초에 하나님이 천지를 창조하시기 전에 세상이 혼돈(카오스)하였듯이 프루스트의 4차원 세계의 첫 대문 안은 어두컴컴하고 무질서하기 짝이 없다. 그렇지만 이 소설 7편을 모두 읽고 나서 다시 처음부터 읽어 보면, 군더더기라곤 한마디도 없는 데 새삼 놀란다. 그 보기를 몇 가지 들어 보자. 첫마디 '오래 전부터'(Longtemps은 '오래', '오랫동안'이라는 뜻의 부사, 풀이해서 long은 '긴', temps은 '시간')라는 잔잔한 가락이 울리는데, 이 울림은 7편이 다 흘러가도록 쭈욱 여운을 내다가 제7편 끝머리에 가서 세 번 '탕(temps) —탕—탕' 하고 마치 심포니의 피날레처럼 울린다. 그리고 이 '오래 전부터'란 언제부터 언제까지를 말하며, 또 '나'라는 존재가 이 글을 어디서 어느 때에 쓰고 있는지 알 길 없이, 일찍 잠자리에 들어 오밤중에 깨어나는 결에 잠자리 속에서 육신의 감촉으로 의식되는 두서 없는 일, 여러 침실, 지난날 묵던 방들에 대해 애매하기 짝이 없는 잠꼬대 같은 소리를 하다가 아무렇지 않게 불쑥, "나는 시골에 있는 생 루 부인 댁, 나의 방에 있다"(국일미디어 판 제1권 12쪽)는 지적으로써 허공에 뜬 듯한 글을 이야기의 시간에 결부시킨다. 이 귀절까지 써 온 복합과거(프랑스 문법에서 복합과거는 과거의 동작이나 상태를 말하는 사람의 기억에 있는 사실로, 겪은 사실로 서술하는 시제를 말한다)는 버리고, 이 원문만은 반과거(半過去, 과거에서의 현재를 나타내는 시제)로 되어 있어서 '나'라는 존재가 생 루 부인의 시골집에 묵었던 과거사를 상기하고 있음을 뜻하는데, 그 시골집에 묵은 일인즉 제7편 『되찾은 시간』의 서두에 나오는 대목이고 보니, 적어도 이 '콩브레'의 첫머리 잠에서 깨어나는 비몽사몽간의 장면은 이 소설의 수많은 사건이 거의 다 지난 다음에 생긴 일임을 나타낸다고 하겠다. 그리고 말끔히 잠에서 깨어나 흘러간 옛집의 생활, 콩브레에 있는 레오니 고모 댁에서 날마다 땅거미가 질 무렵부터 잠자러 갈 때까지의 불안을 마치 눈앞에 벌어지는 일인 듯이, 현재의 일인 듯이 서술하다가 갑자기, "이 일이 있은 지 오랜 세월이 흘러갔다. 아버지가 손에 든 촛불이 올라오는 것이 보인 그 계단의 벽은 이미 오래 전에 없어졌다. 나의 몸 안에서도, 언제까지나 계속되리라 믿고 있던 허다한 것이 허물어지고, 새로운 것이 지어져, 그것이 그 당시에 예상할 수 없었던 새로운 고통과 기쁨을 낳았고, 그와 동시에 옛것은 이해하기 어렵게 되어 버렸다"(국일미디어 판 제1권 55쪽)는 말이 나와 비로소 독자는 '나'라는 존재의 현재 위치를 똑바로 보게 된다. 그럼 이 현재란 어느 때인가? 그것은 '나'라는 존재가 제7편 마지막 장면에서 겪는 체험을 치르고 나서 이 소설을 쓰기 시작할 무렵의 현재를 말한다. 왜냐하면 "어렵게 되어 버렸다"는 말끝에, "하지만 요즘, 귀를 기울이면 매우 똑똑하게 다시 들려 오기 시작한다, 아버지 앞에서는 기를 쓰고 참다가 엄마와 단둘이 되고 나서야 비로소 터져나온 그 흐느낌"이라는 구슬픈 가락이, 길고 긴 대하 소설을 지나 제7편 끝머리에 가서 "그런데 지금 게르망트 대공부인 댁에 있으면서, 스완 씨를 배웅하는 식구들의 저 발소리, 드디어 스완 씨가 떠나 버려, 어머니가 2층으로 올라오려는 기척을 알리는 작은 방울의 짤랑짤랑하는 금속성의, 끊임없이 울리는, 요란한, 산뜻한 그 소리"(국일미디어 판 제11권 496쪽)와 서로 메아리치고 있어서, '나'라는 존재가 시간을 되찾는 작업을 하려는, 아니, 하고 있음을 나타내고 있기 때문이다.

또, 국일미디어 판 제1권의 69쪽에 "그런데 레오니 고모가 나에

게 준, 보리수꽃을 달인 더운물에 담근 한 조각 마들렌의 맛임을
깨닫자(왜 그 기억이 나를 그토록 행복하게 하였는지 아직 모르고,
그 이유의 발견도 먼 훗날로 미루지 않으면 안 되었으나), 즉시 거
리로 면한, 고모의 방이 있는 회색의 옛 가옥이 극의 무대 장치처
럼 나타나……"라는 구절이 있는데, 이 괄호 안의 글은 두말할 나
위 없이 이런 기억이 어째서 자기를 행복하게 하였는지 그 이유를
이미 깨달은 '나'라는 존재가 쓴 것이다. 그리고 '나'라는 존재가
이를 깨달은 것은 제7편에 나오는 게르망트 대공네의 마티네에서
다. 이 마티네에서 '나'라는 존재는 반듯하지 않은 포석의 감촉,
냅킨의 빳빳함, 접시에 닿는 숟가락 소리 같은 하찮은 것이, 바로
마들렌의 맛과 똑같은 강한 기쁨을 주는 데 놀란다.

"그런데 그 원인을, 나는 저 갖가지 즐거운 인상을 서로 비교함
으로써 판별하였는데, 거기에는 현재 순간에 내가 그 갖가지의 즐
거운 인상을, 현재의 이 순간에도 아득한 과거의 순간에도 동시에
느껴, 어찌나 과거를 현재로 파고들게 하는지 두 시간 중 어느 쪽
에 내가 있는지 나로 하여금 아리송하게 한다는 공통점이 있었다
…… 사지가 부르르 떨리는 듯한 행복감과 함께, 접시에 닿는 숟
가락과 수레바퀴를 두드리는 해머에서 동시에 공통된 음향을 들었
을 때, 또 게르망트네의 안마당과 산 마르코 성당의 영세소(領洗
所)에 공통된 포석의 반듯하지 않음에 발부리를 채었을 때에 내 몸
안에 되살아난 인간, 그 인간은 사물의 정수만을 양식삼아 먹고,
그 정수 안에서만 삶의 실재, 삶의 환희를 발견한다. 그 인간이 현
재를 관찰하려는 데, 감각이 그러한 정수를 가져다 주지 못하는
때, 어느 과거를 고찰하려는 데, 이지가 그 과거를 메마르게 하는
때, 어떤 미래를 기대하려는 데, 거기에 의지가 끼여들어, 그 의지
가 선정해 둔 타산적이자 인위적인 좁은 목적에 적합한 것만을 남

기려 함으로써 현실성을 잃게 된 그런 현재와 과거의 토막으로 미래를 구성하려 들 때, 그 인간은 시들고 만다. 그런데 언젠가 들은, 또는 호흡한 음향이나 냄새가, 현시가 아니면서도 현실적인, 추상적이 아니면서도 관념적인 현재와 과거의 동시 속에서 다시 들리고, 또는 호흡되자마자, 평소에 숨겨져 있는 사물의 변하지 않는 정수는 저절로 풍겨 나오고, 때로는 오래 전에 죽은 줄로 알았지만 전혀 그렇지 않았던 우리의 실다운 자아는 제공된 천상의 먹이를 받자 눈을 떠, 생기를 띤다. 시간의 세계를 초월한 한순간이, 그 한순간을 느끼게 하려고, 우리들 속에 시간의 세계를 초월한 인간을 다시 창조한 것이다. 그래서 그 인간은, 설령 마들렌의 단순한 맛속에 그와 같은 기쁨의 이유가 논리상 담겨 있다고는 생각되지 않더라도, 그 기쁨에 확신을 갖는 것이 이해 가고, 죽음이라는 낱말이 그 인간에게는 아무 뜻이 없다는 것도 이해할 만하다. 시간 밖에서 사는 몸인데 미래에 대해서 뭘 두려워 하겠는가?"(국일미디어 판 제7편 11권『되찾은 시간』258~259쪽)

이 대목이 바로 '그 이유의 발견도 먼 훗날로 미루고……'의 대답이다. 이미 이런 대답을 얻고 나서, 사물이 명확히 정착하고 지각되는 건, 영원의 형상(形相, forme), 곧 예술의 양상(樣相, forme)에서뿐이므로, 기억에 의하여 잃어버린 갖가지 인상을 다시 창조하며, 원숙기에 이른 한 인간의 기억이라는 거대한 광맥을 채굴해서 그것을 예술 작품으로 만들어 내는 작업, 시간에 맞서는 정신의 투쟁, 한 몸을 바친 집요한 노력 끝에 콩브레의 삼라만상의 꼴(forme)이, "마치 일본 사람이 재미있어하는 놀이, 물을 가득 채운 도자기 사발에 작은 종이 조각을 담그면, 그때까지 구별할 수 없던 종이 조각이 금세 퍼지고, 형태를 이루고, 물들고, 구분되어, 꿋꿋하고도 알아볼 수 있는 꽃이, 집이, 사람이 되는 놀이를 보는 것처럼, 이제야 우리들의 꽃이란 꽃은 모조리, 스완 씨의 정원의 꽃이란 꽃은 모조리, 비본 내[川]의 수련화 마을의 선량한 사람들과 그들의 조촐한 집들과 성당과 온 콩브레와 그 근방, 그러한 모든 것이 형태를 갖추고 뿌리를 내려, 마을과 정원과 더불어 나의 찻잔에서 나왔다"(국일미디어 판 제1권 70쪽).

제1부 콩브레

일리에에 살던 마르셀의 친할아버니는 일찍 죽고(1855년 10월 2일), 친할머니가 몸소 잡화상을 경영하다가, 아들(마르셀의 아버지)이 의사로 성공해 생활비를 보내 오게 되자, 조그만 아파트에 이사해 한가하게 살았다. 아버지의 누이동생 엘리자베트(소설에 나오는 레오니 고모)는 일리에에서 손꼽힐 정도로 부유한 직물상인 쥘 아미오와 결혼해 널따란 집에서 살았는데, 마르셀이 어렸을 적에 프루스트의 식구들이 부활절이나 여름 방학에 와서 지내는 곳이 바로 이 아미오 고모부 댁이었다. 소설에도 나오듯이 엘리자베트 고모가 식사하러 아래층 식당에 내려올 만큼, 아니 식사를 들 만큼 자기의 건강 상태가 좋다고 여긴 것은 첫 몇 해 동안이고, 고모는 우선 일리에에서, 다음에는 자기 집에서, 그 다음에는 자기 방에서, 다음에는 자기 침상에서 떠나려 하지 않게 되었다. 고모가 먹는 것이라곤 약수와 보리수꽃을 달인 더운물, 그리고 그 마들렌 과자 몇 조각뿐이었다. 왜 이런 하찮은 일을 지적하나 하면, 그녀의 조카(마르셀) 역시 후에 가서 자기 방에서 좀체 나오지 않고, 먹는 것이라곤 진한 커피와 우유와 몇 조각 빵뿐이고, 고질병을 안은 채, 몸조리했더라면 몇 해 더 살았을지도 모르는데 전혀 약을 못

쓰게 하고서 죽게 한, 그 유전성 신경 쇠약, 우울증에서 생긴 동시에 진짜 탈이기도 한 병이 그에게 유전된 것이, 다정다감한—그렇지만 그의 나약함을 기르는 데 이바지한—그의 어머니 쪽에서가 아니라, 쾌활하고 외향성인 아버지 쪽에서 왔다는 사실이 운명의 장난치고 좀 지나치게 익살맞기 때문이다. 아무튼 '콩브레'에 등장하는 식구들의 가족 관계가 처음 읽기에는 복잡하므로 알기 쉽게 표를 만들어 보았다.

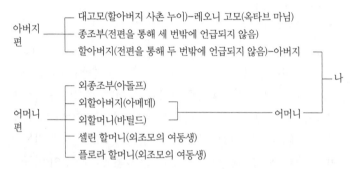

외조부모가 외손자의 고모 집에 가서 부활절이나 여름 휴가를 보내다니 있을 법한 일이 아니고 순전히 허구다. 친할머니에 대해선 한 마디도 없고, 엘리자베트 고모를 실제로 존재하지 않는 할아버지의 사촌누이(대고모)의 딸로 둔갑시키고, 파리의 근교 오퇴유에 있는 외종조부 댁에서 일어난 일들을 콩브레의 고모 집에 몽땅 옮겨 놓아 자연히 나오는 인물들까지, 붓끝으로 하는 수 없이 이 4차원 세계의 어귀에 이사 온 것이다.

또 거대한 여러 홍예가 제1편을 받치고 있는데 그것이 마지막 편에 가서 우아한 선을 드러낸다. "전에 『스완네 집 쪽으로』를 읽었던 독자는 루앙 대성당 안에 들어가는 책 가게 어귀에서 들어가는 참관자처럼 전체 계획(plan)을 이해할 수 없었다. 이와는 반대로 작품이 완성되니까 독자는 거기에 슬쩍 숨겨진 균제(均齊), 한 익면(翼面)에서 또 하나의 익면으로 상응하는 수많은 세부, 장차 첨두 홍예(ogive)를 놓기 위해 공사의 시작부터 놓인 수많은 대치석(待齒石, pierrer d'attent)을 발견하고는, 프루스트의 정신이 이 거대한 건물(이 소설)을 하나의 덩어리(bloc)로 간주한 데 눈이 휘둥그레진다. 서곡에서 간단히 제시되다가 교향곡 자체가 되어 크게 부풀어올라 드디어 그 광포한 트럼펫의 음색으로 모든 악기의 음향을 주도하게 되는 음악의 테마처럼, '콩브레'에서 흘깃 모습을 보이기만 한 인물도 오래지 않아 주역의 한 사람이 된다. 그 예가 장밋빛 귀부인, 그녀는 미스 사크리팡으로, 오데트 크레시 스완 부인으로, 포르슈빌 부인으로, 게르망트 공작의 정부로 된다. 프루스트가 그 길고 긴 비유의 하나를 이끌어 내려 할 적에 그는 앞 구절 속에 미리 다음의 가락을 예고하는 몇 마디를 슬쩍 끼워 놓음으로써 전주(前奏)를 준비하고 있듯, 그 작품의 본질적인 여러 테마는 『스완네 집 쪽으로』속에 지시되고, 이윽고 그것들이 강화되어 『되찾은 시간』속으로 되돌아온다"(앙드레 모루아의 『프루스트를 찾아서』중에서)라는 지적마따나, 그저 소홀히 읽어 넘기기 쉬운 대목에도 미리 짜 놓은 치밀한 숫자와 기하학적인 선을 그려 놓는 게 프루스트의 소설 작법이다.

제1부 '콩브레'는 이를테면 이 소설의 고향이다. 아무리 못된 인간이라도 자기 고향을 나쁘게 말하는 사람은 없다고 본다. 또 자기의 고향(마음의 고향)만은 세상에 둘도 없이 산천이 아름답거니와, 아무리 세상 인심이 야박하고도 모질다 하나 자기 고향만은 인심이 후한 착한 사람들이 사는 고장이라고 생각하기 쉽고 또 굳이 그렇게 생각하려고 들게 마련이다. 이러한 고향 콩브레에 와서 지내는 어린 마르셀이 가족과 함께 또는 혼자서 즐겨 택한 두 산책길

이 있다. 이 길은 고모 집에서 나오면 상반되는 쪽으로 나 있어서 그 길의 종점만큼 이 세상에서 아주 동떨어진 두 지점이 없을 거라고 생각되는 두 방향이다. 고모 집의 대문으로 나가면 메제글리즈 쪽(스완 씨의 소유지 앞을 지나가기 때문에 이게 '스완네 집 쪽으로'라고도 불리고)으로 가게 되고, 고모 집 야채밭 뒷문으로 나가면 게르망트 쪽으로 가게 된다(국일미디어 판 제1권 193쪽 참조).

이 두 방향이 상징하는 것은 여러 가지이다. 선천적인 것과 후천적인 것, 귀족 사회와 부르주아 사회, 음양, 선악 따위, 언뜻 보기에 양극 같은데 종국에 가서는 서로 합치고 마는 것들, 곧 '도마나 식칼이나 희생물이나 동일하다'는 것을 상징한다. 이 점을 밝히는 말이 제7편에 가서 질베르트(생 루 부인)의 입을 통해 나온다. "그녀가 먼저 내게 말을 건네면서, '그다지 배고프지 않다면, 또 아직 너무 늦지 않다면, 이 길을 왼쪽으로 잡아들어가다가 다음에 바른쪽으로 돌아가면, 15분도 채 못되어 게르망트에 닿아요.' 또 '원하시면 오후 일찍 함께 출발해 가지고 메제글리즈를 지나 게르망트에 갑시다, 이 길이 가장 좋거든요.' 이 말은, 내 어린 시절의 관념을 모조리 뒤집어 엎어 놔, 이 두 방향은 내가 여긴 바대로 못 합치는 게 결코 아니었다는 점을 가르쳐 주었다."(국일미디어 판 제11권 9쪽)

이런 난해하기 짝이 없는 이치를 떠나, 우리는 우선 프루스트의 어린 시절의 관념에서 샘물같이 솟아나 졸졸 흘러가는 이 두 길의 아름다운 풍경에 그저 몰입하자, 철학이니 미학이니 인생이니 따지지 말고, 이 풍경을 그린 글의 아름다움에 끌린 사람들이 세계 곳곳에서는 일부러 일리에에 가서 현지 답사를 한 다음, 이구동성으로 감탄하는 말인즉, '참말 똑같다'는 한마디라고 한다. 역자가 읽어 본 프루스트 연구가들의 이 대목에 대한 글도 거의 같은 의견인데, 특히 조지 D. 페인터의 글을 인용해 보겠다.

"언뜻 보기에, 일리에라는 실재 시골 풍경이 콩브레라는 신화적이자 보편적인 풍경과 이토록 똑같은 데 깜짝 놀란다. 그리고 확실히 글자대로 진실이 관념적인 진실과 이토록 일치하는 대목은 『잃어버린 시간을 찾아서』 전체에서 여기말고 따로 없다. 그 원인의 한 가지는, 프루스트가 일리에를 본 게 어린 시절이었다는 사실일지도 모르는 것이, 어린 눈에는 사물과 상징이 똑같은 것으로 보이므로, 나중에 가서 단지 비물질적인 진리를 가릴 소임밖에 못 하게 되는 눈에 보이는 것(시각적 사물)이, 아직 그 진리를 드러내 보이는 힘을 지니고 있기 때문이다. 또 다른 이유인즉, 프루스트가 콩브레에 대해 글 쓴 것이 오랜 세월이 흘러간 다음, 곧 기억이 그 할 일을 다 마치고 나서 본질적이 아닌 것을 취사 선택한 연후였다는 사실이다……. 아무개 말마따나 일리에는 흔히 있는 작은 시골 시가에 지나지 않을지 모른다. 그런데 만약 프루스트가 흔히 있는 그런 다른 시골 시가에서 어린 시절의 부활절이나 방학을 보냈더라도, 그는 다른 상징에서 똑같은 진리를 꺼냈을 것이다. 그렇지만 답사하는 이라면 누구나 다 콩브레의 성당이나 회색빛을 띤 거리나 여러 정원을 일리에에서 볼 수 있다. 마을들의 세 종탑은 그 기묘한 발레를 여전히 공연하고, 기복이 심한 들판을 가로질러, 또 좁은 냇가를 따라 난 두 길은 여전히 정반대 방향으로 뻗은 듯이 보이지만 하나로 합치고 있다. 실제로 있는 일리에 지형 속에 콩브레라는 상징적 풍경이 지닌 신비한 뜻이 이미 잠재해 있었던 것이다. 그렇긴 하지만 일리에와 콩브레 사이에는 실제로 크나큰 다름이 있다."

이 다름이 뭔고 하니, 프루스트의 소설 작법 중의 하나, 옮겨 놓기와 바꿔 놓기(transposition), 또는 여러 실재 인물을 한데 묶은 종합 인간을 등장 인물로 내놓기에 따라, 콩브레가 노르망디나 샹파뉴 지방에 있는 듯이 표시한 점, 거리 이름을 바꾸고, 새로 만들어 내고, 또 있지도 않은 생 탕드레 데 샹 성당을 들판 한가운데 우뚝 세운 점, 그것이 어찌나 독자들에게 감명을 주는지, 실제로 있거니 여겨 프랑스에서 유식하다는 이들마저 어디에 그런 성당이 있는지 서로 물어 보았다는 정도이고 보니, 마르셀의 동생 로베르마저 샤르트르 성당을 구경하면서 무심코 '형님의 생 탕드레 데 샹 성당이다'라고 소리질렀다고 한다. '단 하나의 성당을 묘사하려면 수많은 성당을 보아 둬야 한다'는 프루스트 자신의 말마따나, 생 탕드레 데 샹 성당은 여러 성당을 합쳐 지어낸 프루스트의 순 창조물이다. 또 이 성당이 상징하는 것은 프랑스 고유의 전통미, 특히 향토색 짙은 전통미이다. 그리고 콩브레의 생 틸레르 성당만 해도, 노르망디 지방의 디브(Dives)나 리지외(Lisieux) 성당에서 따 온 마루 대치석이 있고, 그림 유리창은 에브뢰(Évreux)나 퐁 토드메르(Pont-Audemer)나 파리의 생트 샤펠(Sainte Chapelle)의 종합이라고 한다. 콩브레라는 고장 이름만 해도, 일리에의 근방, 메제글리즈(Méséglise)에서 몇십 리 거리에 있는 마을 콩브르(Combres)에서 따 온 것인데, 샤토브리앙이 어린 시절을 보내던 브르타뉴 지방의 콩부르(Combourg)를 연상시키고, 노르망디 지방의 리지외 근방엔 글자 그대로의 콩브레(Combray)라는 마을이 있다고 한다.

인물도 마찬가지다. 극중의 대부분이 인물이 한 막(幕)에 등장하듯이, 파리나 그 밖의 고장에 사는 인물들도 콩브레 근방에 별장 또는 땅을 소유하는 부르주아나 귀족으로 얼굴을 내민다. 스완, 르그랑댕, 게르망트 공작부인, 또한 샤를뤼스까지 등장한다. 뱅퇴유 작곡가와 그 딸, 그리고 그 여자 친구를 비롯해서 보기에 아무리 미미한 등장 인물일망정 이 대하 소설이 흐르는 물줄기의 크고 작은 굽이가 된다. 예를 들어 뱅퇴유 아가씨의 사디슴이 앞으로 어떤 형태로 벌어지며, 또 그것이 뱅퇴유의 사후 명성에 어떠한 영향을 주는지 제5편 『갇힌 여인』에 가서야 비로소 밝혀진다. 한마디로 말해 '콩브레'는 이 소설 전체의 축도(縮圖)로, 모든 테마와 사건의 싹이 돋아나기 시작하는 4차원의 터전이다.

제2부 스완의 사랑

프루스트가 『잃어버린 시간을 찾아서』를 본격적으로 착수하기 전까지 써 온 것 중에 스완이라는 인물을 주인공으로 삼아 쓴 장편 소설의 흔적이 이 '스완의 사랑'이라고 프루스트의 연구가들은 말한다. 예를 들어 "여기에 간주곡이 끼여든다. 이것은 외떨어진 하나의 작은 장편 소설 같은 것, 이 '스완의 사랑'은 아마도 이전 건축물의 흔적이며, 스완이 작품 전체의 유일한 주인공이 될 시기에 계획된 부문으로, 마치 고딕식 대성당의 지하실에, 전에 똑같은 곳에 있던 이교(異敎) 사원 또는 로마네스크 양식 성당이 남아 있듯이 그대로 남아 있는 부분이다"라는 해석이 있다. 프루스트가 무의식 기억에 의한 계시로 시간을 초월한 '나'를 찾아내기 전까지 쓰다가 포기한 『장 상퇴유』나 『생트 뵈브를 반박함』이 이 『잃어버린 시간을 찾아서』의 모체랄 수 있어서, 거의 똑같은 소재와 거의 똑같은 성격의 인물과 똑같은 이름들도 나오는데, 그렇다고 해서 이 '스완의 사랑'이 그 흔적이라고 꼬집어 말하는 건 좀 어색한 해석이 아닐까? 왜냐하면 역자가 보기에 프루스트가 이 간주곡을 3인칭 소설로 꾸민 것은 일부러 그렇게 한 세밀한 구도에서라고

807

본다. 단테가 『신곡』에서 지옥과 연옥을 편력하는 데 길잡이로 베르길리우스를 택했듯이, 프루스트가 자기 머릿속에서 지어낸 스완이지만, 또한 찾아낸 소설 중의 '나'의 장차 인생 행로의 길잡이로 그를 모시며, 그의 애증 지옥의 그림을 따로 그려 묶어 두는 편이 작품 전체 구성으로 보아 적당하고, 세대 차이를 뚜렷이 긋는 장점도 있었기 때문이라고 본다. 그래서 '또 이 작은 시가를 떠난 지여러 해 후, 추억의 연합에 의해, 내가 태어나기 전, 스완이 치른 어느 사랑에 대해 알게 된 일들'을 쓴 것이 이 줄기다.

이것을 이 대하 소설의 두 방향(스완네 집 쪽과 게르망트 쪽) 중의 한쪽의 기점으로 보아도 무방한 것이, 부르주아 사회를 대표하는 베르뒤랭 부처를 비롯해 그 집의 동아리, 코타르 의사, 비슈 화가(나중에 엘스티르), 고고학자 사니에트, 대학 교수 브리쇼 같은 인물들이 등장하기 시작하기 때문이다. 그리고 '내'가 사춘기에 이르러 이성을 사랑하며 번민하는데, 그 본보기로 삼아 반성해 보는 대상이 이 '스완의 사랑'이고, 또 스완에게 일종의 영원으로 들어가는 문을 여는 것은 심미적인 감정인데, 스완은 창작가가 못 되므로 글 쓰는 수고를 통해서가 아니라 음악을 듣거나 그림을 보거나 함으로써 시간을 초월하는 것으로 보아 '내'가 하마터면 그렇게 됐을 법한 본보기, '나'의 길잡이라 아니 할 수 없다. 향기같이 가볍고 은밀히 속삭이는 뱅퇴유 아가씨의 소나타 소악절이 연주되는 가운데 스완의 사랑이 발병부터 쾌차까지 자세하게 분석된다.

제3부 고장의 이름 — 이름

다시 '나'에 대한 회상으로 돌아온다. 가 보지 못한 고장, 사귀지 못한 사람, 구경 못 한 연극에 대한 동경, 미지수이기에 더더욱 가 보고, 알고, 차지하고 싶다. 소설의 줄거리야 직접 독자가 읽도록 하고, 질베르트의 모델에 대해 몇 마디 하겠다.

질베르트의 모델은 적어도 서너 명은 되는데, 그 이름은 마리 드 베나르다키, 또 하나는 친구인 가스통(Gaston)의 약혼녀인 잔 푸케(Jeanne Pouquet, 이 아가씨에 대해서는 나중에 말하겠다), 또 하나는 앙투아네트 포르(Antoinette Faure)이다.

마르셀은 콩도르세 학교에 다니면서, 그의 잃어버린 낙원 중의 하나인 샹젤리제에 가서 급우들이나 동네 소녀들과 같이 놀았다. 사내 친구들 중에는 장차 '학자, 철학자, 실업가, 의학 박사, 기사, 경제학자, 정치가, 대사, 법률가, 장군'감들이 있고, 소녀들 중에는 그 당시 국회의원으로 10년 후 공화국 대통령이 된 분의 딸인 앙투아네트 포르가 있다. 마르셀보다 한 살 위였다. 마르셀은 이미 시를 암기하는 놀라운 능력을 발휘해서 자기가 좋아하는 시인들의 작품을 앙투아네트에게 외어 준다. 마르셀은 이미 베를렌의 작품을 읽었지만 상징파 시대가 아직 오지 않던 시절이라, 현존하는 시인들 중에서 그가 가장 열광적으로 좋아하던 이는 고답파(高踏派) 최대 시인 르콩트 드 릴이었다. 그래서 이 르콩트 드 릴이 산문으로 번역한 『오디세이아』와 『일리아드』는 블로크가 즐겨 쓰는 호머 풍의 말씨의 재료가 된다. 마르셀은 손짓 발짓을 하면서 다 외우고 나서, 멍청하게 듣고만 있는 앙투아네트에게 "어때 좋지" 하고 물었다고 한다. 한편 앙투아네트는 마르셀을 눈살 하나로 좌지우지 하였다고 한다. 그러다가 더 자라서 마르셀은, 폴란드의 귀족으로 차(茶) 장사로 부자가 된 니콜라 드 베나르다키의 딸인 마리 드 베나르다키와 아주 친해지는데, 소설에 나오는 샹 젤리제의 장면들은 이 무렵의 정경이라고 한다.

이 『스완네 집 쪽으로』는 《잃어버린 시간을 찾아서》 전편을 통해 딱 한 군데, '내'가 시간의 심연에서 솟아올라 현재 글 쓰고 있는 자기 모습을 똑바로 바라보는 '올해 11월 초의 어느 날 아침' 이라는 때를 가리키는 대목으로 끝나는데, 이 올해란 앞뒤 상황으로 보아 1912년을 가리키는 말이다. 사실 프루스트는 질베르트에 관련되는 이 삽화를, 1912년의 불로뉴 숲과, 그가 지난날 레오니 클로메닐(Léonie Clomesnil, 빈의 태생인 고급 창부로, 마르셀은 그녀가 날마다 오후, 마차로 불로뉴 숲의 아카시아 길을 지나는 것을 목격했는데, 그녀는 긴 스커트 자락으로 길 먼지를 쓸면서 마릴린 먼로 같은 독특한 걸음걸이로 산책하였다고 한다. 마르셀이 그녀를 찬미하는 편지를 써 보내자 그녀 쪽에서도 꼬박꼬박 답장을 보내 왔고, 마르셀이 자기 사진을 보내자 그녀 쪽에서도 자기 사진을 여러 장 보내 와서 마르셀은 그것을 신주 모시듯 사진첩에 붙여 놓고 세상 떠날 때까지 간직했다고 한다)이 지나가는 모습을 보곤한 1888년(열일곱 살 때)의 불로뉴 숲과 비교하는 것으로 일단 제1편에서 끝맺기로(제2편에서 다시 시작하기로) 작정하고 오랜만에 외출해 실지(實地) 답사하고 왔는지도 모른다. 유수 같은 세월이 눈 깜짝할 사이에 어느덧 스무 해 남짓 흘러가, 내가 전에 감지하던 현실이 이제는 존재하지 않았다…… 우리가 안 지 오래 된 곳들은 단지 공간의 세계에 속하는 것만이 아니다. 단지 우리가 편의상으로 공간의 세계에 배치할 따름이다. 그런 곳들은 그 당시의 우리의 삶을 구성하던 잇달린 인상 한가운데 있는 얇은 한 조각에 지나지 않았던 것이다. 어떤 형상에 대한 회상은, 어떤 한순간에 대한 그리움에 지나지 않는다. 가옥들도, 길도, 큰 거리도, 덧없는 것, 아아! 세월처럼.'(국일미디어 판 제2권 맨 마지막)

제 4 편

소돔과 고모라(1922년 출간)

SODOME ET GOMORRHE

단테는 『신곡』 지옥편 제7환(環) 제15곡에서 "언덕 위를 걸어오는 한 무리 영혼들과 우리가 마주쳤는데, 그들은 누구나 다 마치 밤 되어 초승달 아래에서 사람을 보듯 우리를 익히 보며 '옷 짓는 늙은이 바늘귀 다루듯'이 우리를 보고 눈썹 끝을 곤두세우더라"(崔玟順 역)고 성도착자들의 눈길을 묘사했는데, 이와 똑같이 프루스트도 '재봉사' 쥐피앙과 샤를뤼스 남작의 첫 대면을 다음같이 묘사하고 있다. "서로 마주 대면하여, 남작은 반쯤 감은 눈을 돌연 크게 뜨고 이상한 주의를 기울여 제 가게의 문턱 위에 있는 옛날 재봉사를 바라보는 한편 상대도 돌연히 샤를뤼스 씨 앞에 못 박혀, 식물처럼 뿌리내린 듯, 얼떨떨한 모습으로 늙어 보이는 남작의 비대한 몸을 물끄러미 바라보고 있었다. 그러나 더욱 놀라운 일은, 샤를뤼스 씨의 태도가 변하자, 마치 어떤 비술법에 따르듯 쥐피앙의 태도 역시 곧 샤를뤼스의 그것에 어울리기 시작했다. 남작, 이번에는 그가 감촉한 인상을 감추려고 애쓰는 그 짐짓 꾸민 무관심에도 불구하고, 그 자리를 떠나기가 매우 섭섭한 듯 왔다갔다하며, 그 눈동자의 아름다움을 더욱 강조하려는 생각을 품고 있는 투로 허공을 쳐다보며, 잘난 체하는 소홀한, 우스꽝스러운 모양을 지었다. 그런데 쥐피앙, 내가 늘 보아 온 겸손하고도 선량한 모양을 당장 버리고 — 남작과는 아주 대조적으로 — 머리를 쳐들고, 상체에 거만스러운 자세를 취하고, 한쪽 주먹을 볼꼴사납게 건방지게 허리 위에 놓고, 궁둥이를 불쑥 내밀고, 조물주의 섭리로 뜻밖에 나타난 땅벌을 향하여 난초 꽃이 하는 듯한 교태스러운 자세를 지었다"(국일미디어 판 제7권 11~12쪽). 이와 같은 구절을 읽는 사람치고 아니 놀랄 사람은 아마 없을 거다. 프루스트 자신도 이 제4편 『소돔과 고모라』가 출간되는 날, 옛 친지들은 물론이려니와 이제까지 얻은 수많은 독자에게서도 입에 담지 못할 욕설과 비난, 절교를 당할 각오를 단단히 한 연후에 과감히 발표했다. 그도 그럴 것이 구약 성서 시대, 아니 태곳적부터 엄연히 비밀스럽게 해 온 인간의 악벽을 적나라하게 폭로한다는 것은 프루스트 세대의 사람들에게는 인간 전체에 대한 일종의 모독같이 생각될 것이 틀림없었기 때문이다. 프루스트의 어머니가 생존해 있었다면 프루스트 역시 이 작품을 내놓지 못했을 거다. 그러나 프루스트에겐 꺼릴 사람이 하나도 없었다. 또 처음부터 구상해 이미 제1편부터 여기저기 뿌려 놓은 큰 테마 중의 하나, 소돔과 고모라의 후예들(프루스트 자신도 그 중의 한 사람)의 처절한 생활과, 생지옥 같은 진상을 그대로 묻어 버리기엔 진실을 탐구하는 예술가에게는, 특히 프루스트같이 일생을 한 작품에만 바친 사람에게는 성도착이라는 악덕보다도 더 큰 악덕으로 생각되었을 거다. 그런데 프루스트의 예상과는 다른 현상이 일어났다. 이 소돔에 관한 장(章)은 '도덕적'이라고 하여 격찬되고 또는 '과학적'이라고 하여 정당화되었다. 갈리마르 출판사의 편집 책임자인 리비에르 자신도 이 장이 간행되기 1주일 전에야 읽고는 크게 놀랐노라고 말하고는 "당신이 소돔 족속을 묘사한 무시무시한 페이지(그것이 공정하니만큼 더욱더 무시무시한 페이지)를 읽는 데 일종의 복수심을 느꼈습니다"라고 고백했다. 리비에르는 소박하게도 프루스트가 소돔 족속 중의 하나라는 걸 아직 눈치채지 못하고, 그리고 지드의 천분에 대한 그의 탄복의 정이야 성실하였지만, 그 정이 지드의 품행에까지는 뻗지 않았으며, 더군다나 지드의 친구인 성도착자들에겐 전혀 그렇지 않았다. 리비에르는 이렇게 썼다, "나는 내 주위에서 사랑의 개념을 그르치는 이야기를 너무나 자주 들어 와서 당신같이 건전하고 균형 잡힌 분이 그것에 대해 말하는 것을 듣는 데 감미로운 긴장의 풀림을 아니 느낄 수 없었습니다." 그리고 프루스트가 학생 시절부터 사귀어 왔으며, 생모가 돌아가신 후에는 친어머니같이 다정하게 대해 준 스트로스 부인 같은 분도 다 죽어 가는 병석에서 이 책을 받아 보고 하나도 불쾌한 느낌이 들지 않아, 이 책에 대한 감상을 일부러 편지로 써 보낼 정도로 악평은커녕 오히려 더 프루스트라는 한 작가에 대한, 프랑스 국내는 물론, 미국·영국·독일 같은 나라에서 찬사와 탄복은 더해 갔을 뿐이다. 이제는 한 작가에 대한 존경이 아니라 가시밭길을 걸어가는 거룩한 인간에 대한 존경심이 우러나온 것이다. 제3편까지 너울을 쓰고 온 샤를뤼스 남작은 본편의 전반에서 쥐피앙과 관계하고 후반에 가서 샤를리 모렐과 관계함으로써(또는 일방적으로 좋아함으로써) 그 본성이 드러난다.

이 소돔 족속은 "그 기질이 여성적이라는 바로 그 때문에 사내다움을 이상으로 삼고, 실생활에서는 겉으로만 다른 남성과 닮은,

보기에 모순투성이 인간. 이 종족의 각자는 우주 만물을 보는 그 눈 속에, 눈동자의 결정면(結晶面)에 음각된 실루엣을 끼고 있다. 이 실루엣은 이들에게는 아름다운 님프가 아니라, 잘생긴 소년이다. 이 종족은 저주를 받아, 거짓말과 거짓 맹세 속에 살아가야 하는 종족이다. 왜냐하면 그들은 자기의 욕망이, 이 세상 모든 생물의 삶에서 최대의 즐거움인 욕망이, 벌받아야 할 수치스러운 것임을 알고 있기 때문이다. 그들은 자기의 신을 부인해야 하는 종족이다. 왜냐하면 그들이 비록 그리스도 신자일지라도, 피고로서 법정에 불려나갔을 때, 그들은 그리스도와 그 이름 앞에, 그들의 생명 자체인 것을 억울한 누명으로서 변명해야 되기 때문이다. 어미 없는 아들, 어미가 있어도 그 어미한테 평생토록, 그리고 어미의 눈을 감겨 줄 때까지 거짓말을 해야 하니 결국 어미 없는 아들이다. 자주 인정받는 그들의 매력과 흔히 느끼게 하는 착한 마음씨가 아무리 우정을 불러일으켜도 결국 그들은 우정 없는 벗이다. 거짓말 덕택으로밖에 잘 자라지 않는 교제, 또 신뢰와 성실을 보이려고 해보는 첫 충동이 상대한테 혐오와 더불어 거부되는 교제를 우정이라 부를 수 있겠는가? 상대가 공평하고도 동정 깊은 정신의 소유자가 아닌 한"(국일미디어 판 제7권 25쪽). 이 대목은 프루스트의 사생활을 이해하는 데 열쇠가 된다. 왜 이런 말을 하느냐 하면, 앙드레 지드, 보들레르, 셰익스피어, 더 올라가 소크라테스 같은 성도착자들도, 그 타기할 악습은, '나 역시 초록 동색이오' 하고 과감히 내뱉는 사람이 프루스트 이전에 없었고, 또 이 저주받은 습성을 타고난 가련한 인간의 유황(硫黃) 도가니, 본편의 I에서 보는 바와 같은 비참한 삶을 몸소 겪어 생생하게 그렸는데, 그리는 수법에서, 하늘 나라에서 때묻지 않고 하강한 선남선녀들의 자연에 맞는 당연지사보다 더 구역질이 안 나는 표현이고, 어디까지나 생물학적(生物學的)인 견해에 입각한 서술, 인간을 식물에 비유하는 채집가(採集家), 정신상의 박물학자의 정밀한 관찰을 붓끝으로 옮기는 묘미에 아니 놀랄 수 없기 때문이고, 또 이 『잃어버린 시간을 찾아서』를 창작함으로써 하마터면 샤를뤼스 씨 같은 불쌍한 인간으로 세상을 하직할 뻔한 습성을 극복해, 죽는 마지막 순간까지 절식·금욕·고독·병고를 이겨 낸 프루스트의 초인간적인 극기에 새삼 감탄하기 때문이다. "소설 중에서 프루스트는 자신의 성도착을 샤를뤼스 씨에게 옮겨 놓고, 분열된 자신의 성질 중에서 참으로 이성을 좋아하는 부분을 본떠서 '나'를 창조했다. 그는 속물 근성이나 잔혹성과 마찬가지로, 동성애를 원죄의 보편적인 상징으로서 이용했다. 만일 프루스트가 글자 그대로 사실을 말하여 남성에 열중하는 〈나〉의 모습을 묘사했다면, 그는 제 작품의 상징적 진리를 파괴하는 꼴이 되었을 거다. 프루스트는 회개의 정으로 가득한 성도착자이고, 지드는 의기양양한 성도착자였다"(조지 D. 페인터의 글). 지드의 입장에서 보면 이 소돔 주민에 의한 소돔 족속의 고발은 일종의 배신인 동시에 위선이었다. 국일미디어 판 제7권 319쪽에 셀레스트 알바레라는 본명으로 나오는 부인, 프루스트의 가정부였던 여인이 회고담으로 한 말에 따르면, "두고 보라지. 셀레스트, 앙드레 지드야말로 젊은이들에게 가장 심각한 도덕적 해악을 끼친 인물이라는 사실이 드러나게 될 날이 올 거요"라고 프루스트는 어느 날 말했다. 같은 성도착자이긴 하지만 프루스트와 앙드레 지드의 다른 점은 이렇듯 뚜렷하다.

마음의 간헐

순수한 육친 사랑의 칸타타, 마치 비 온 뒤의 봄하늘같이 아름다

운 삽화인데, 『잃어버린 시간을 찾아서』 전편의 한가운데에 있는
이 부분이야말로 프루스트가 처음부터 아껴 둔, 전편의 뿌리가 되
는, 이를테면 프루스트 문학의 진수라고 할까! 전편에 걸쳐 푸가
(fuga)의 기법처럼 끊임없이 되풀이되는 프루스트다운 테마 중의
하나, 마음의 간헐성 이론은 할머니의 죽음의 무의식적 상기를 둘
러싸고 단단히 여기에 뿌리내린다. 이 짧은 1장은 의식의 지속을
그리는 데 뛰어난 구성미가 있다. 죽음과 기억과 바다와 잠과 꿈과
봄 기운이 자아내는 이 매혹된 영혼의 이야기는 현대의 신화라고
해도 과언이 아니다. 이 구성은 더욱 긴 삽화, 『스완의 사랑』과도
상통하고, 앞으로 나올 제6편 『사라진 알베르틴』의 구성과도 상통
한다. 바흐의 둔주곡을 듣는 느낌이 드는 이 1장은 우리 삶의 하루
의 도정(코스), 아니 일생의 길을 보여 주는 것인지도 모른다. 그리
고 비장한 내용인 만큼 일부러 익살스러운 귀절을 곁들인 알뜰살
뜰함을 주목하기를.

  '나'는 두번째로 발베크에 도착한 첫날 밤 "편상화의 첫 단추에
손을 대자마자, 뭔지 모를 신성한 것의 출현으로 가득 차 나의 가
슴은 부풀어, 흐느낌에 몸 흔들리고, 눈물이 눈에서 주르르 흘러나
왔다. 지금 막 나를 도우러 와서 영혼의 메마름을 구해 준 것은, 몇
해 전, 비슷한 슬픔과 외로움의 한순간에, 나[自我]를 하나도 갖지
않던 한순간에, 내 안에 들어와 나를 자신에게 돌려준 것과 같은
것, 나이자 나 이상의 것(알맹이를 담고 있으면서 알맹이보다 더
큰 그릇, 그리고 그 알맹이를 내게 가져다 주는 그릇)이었다. 나는
이제 막, 기억 속에서, 그 처음 도착하던 저녁 그대로의 할머니의,
피곤한 내 몸 위에 기울인, 부드러운, 염려스러운, 낙심한 얼굴을
언뜻 보았다. 그것은 여지껏 그 죽음을 애도하지 않음에 스스로 놀
라며 뉘우치던 그 할머니, 이름뿐인 할머니의 얼굴이 아니라, 나의

진짜 할머니의 얼굴이었다"(국일미디어 판 제7권 208쪽). 이제야 할머니의 죽음에 대한 실감이 늦게나마 나서, 기세 사나운 오열에 사로잡히면서 그 부화스러운 정신이 엄숙히 정화(淨化)된다. 그것은 '나의 전인간적 전복'이다. 발베크에서 보고 듣는 접촉하는 온갖 사물이 할머니의 추억과 결부되어 울린다. 첫번째 꿈에서 아버지보고 "빨리, 어서 할머니가 계신 곳에, 나를 데려다 줘요"라고 말한다. 그러나 아버지는 "하지만…… 네가 할머니를 알아볼지 모르겠다…… 이전 그대로의 할머니가 아냐, 만나 뵈는 게 오히려 고통스러울걸. 또 번지도 똑똑하게 생각나지 않고 말야." — "하지만 아버지는 아시죠. 죽은 사람들이 이미 살아 있지 않다는 건 정말이 아니라는 걸. 역시 정말이 아니군요. 그런 말들을 하지만 할머니는 여전히 살아 계시니까"(국일미디어 판 제7권 215쪽). 이런 구절은 죽은 아내를 찾아 명부(冥府)에 내려간 오르페우스의 애절한 하소연, 아니 죽은 어머니의 혼백을 구하려고 지옥에 내려간 목련존자의 애절한 호소를 읽는 느낌이 드는 말이다.

어머니가 발베크에 도착한다. 할머니의 죽음을 슬퍼하는 어머니의 모습 "당신 어머니의 '어떤 날씨라도 양산'을 손에 들고, 검은 옷 차림으로, 소심하고도 경건한 걸음걸이로, 자기보다 먼저 그리운 이의 발이 밟았던 모래 위를 걸어가는 어머니…… 그 모습은 물결이 되올릴지도 모르는 주검을 찾으러 가는 것 같은 어머니의 모습"은 거의 할머니의 고상(苦像) 같은 영적 존재가 되었다. 모래 언덕 속에 잠시 길게 누워 있으려니 스스로 잠이 들어 꿈속에서 팔걸이의자에 앉은 할머니가 나타났다. "그래서 나는 아버지를 옆으로 끌고 가서, '역시 그렇죠, 할 말이 없죠, 할머니는 하나하나 정확히 알아들으셨습니다. 이것은 완전히 살아 있는 이의 모습입니다. 망자는 살아 있지 않다고 우기는 사촌을 오게 할 수 있다면! 할머니는 죽은 지 1년이 가깝도록 결국 여전히 살아 계십니다. 그런 데 왜 나에게 입맞추려고 하시지 않을까?' — '보렴, 불쌍하시게도 머리가 축 늘어졌구나.' — "하지만 당장이라도 샹 젤리제에 가고 파하실 거야.' — '정신 나간 소리.' — "정말 아버지는 그런 게 할 머니의 몸에 해롭다고, 할머니를 더 죽게 할지도 모르는 일이라고 생각하시는군요? 할머니가 이제는 나를 사랑하지 않다니 그럴 리 없어요. 입맞춰도 소용없을까요, 다시는 영영 내게 미소해 주시지 않을까요?" — '하는 수 없단다. 죽은 사람은 죽은 사람이다'"(국 일미디어 판 제7권 238쪽). 이런 꿈속의 소망과 꿈속에서도 냉철 한 지성을 가진 아버지의 단언은 두고두고 현실에서도 마음의 간 헐로 나타나, 제7편 『되찾은 시간』 중에도 윤리적인 속죄감을 피 를 토하듯 쓴 구절, "내 곁에서 단말마의 고통으로 죽어 가는 모양 을 그토록 먼산 바라보기로 내가 바라본 그 할머니! 오! 나 따위는, 내 작품이 완성되는 날, 그 속죄로 백약이 무효인 상처를 입어 오 랫동안 신음하다가 아무도 돌보지 않는 가운데 죽어도 싸다!"(국 일미디어 판 제7편 11권 299쪽)라는 절규에서도 여실히 본다. 할 머니나 어머니를 그 분들이 돌아가실 때까지 속만 썩여 드렸다는 죄책감, 제 자신의 타고난 못된 버릇을 할머니나 어머니가 아시면 어떠했을까 하는 속죄감은 끝내 가시지 않고 만 것이다.

간헐적으로 고통이 가라앉아 차차 '나'는 침착해진다. 알베르틴 이 찾아와 더욱 심정이 안정되어 간다. 봄 소나기 속에 보는 노르 망디의 한창 꽃핀 사과밭, "빗발이 모든 수평선에 줄무늬를 넣고, 사과나무들의 줄을 회색 망 속에 가두었다. 그러나 사과나무들은, 쏟아지는 소나기를 받아 얼음처럼 차가워진 바람 속에, 그 한창 꽃 핀 장밋빛의 아름다운 모습을 그대로 계속해서 세우고 있었다. 그 것은 어느 봄날의 낮이었다"(국일미디어 판 제7권 240쪽).

역자 후기

지난 1998년 『잃어버린 시간을 찾아서』의 완역본 전7편 11권의 번역 출간 후 독자들의 반응은 크게 두 부류로 나뉘었다. "『잃어버린 시간을 찾아서』 전11권을 읽고 20세기 문학의 최고 정점이라 할 수 있는 프루스트 작품에 완전히 매료되는 계기가 되었다"와 "이 책 전권을 모두 읽고 싶지만 분량이 너무 방대해 미처 읽을 여유가 없다"라는 것이다.

물론 30년의 번역기간을 들여 이 도서를 완간한 후 나름대로 작가로서 의미를 갖고 있었지만, 이 작품을 한 권으로 읽을 수 있으면 좋겠다는 독자들의 끊임없는 요청을 그대로 묵과할 수만은 없다는 생각이 들었다. 다시 말해 그들의 입맛에 맞게 재번역하고, 편집하면서도 얼마든지 프루스트 작품의 진가를 보여줄 수 있으리라는 확신이 있었기 때문이다.

그러나 정작 30년이 넘는 세월을 프루스트와 함께 살아온 나에게도 이렇듯 방대하고도 속깊은 작품을 책 한 권에 담고자 하는 일은 결코 쉽지 않았다.

처음에 독자들의 요청에 쉽게 응하지 못했던 이유도 전7편에 이르는 방대한 작품의 작품성을 훼손하지 않고, 한 권으로 엮는 취지를 제대로 살려야 한다는 부담감이 컸고, 다시금 프루스트의 섬세한 문체를 생생하게 번역하는 일, 잘못된 곳을 바로잡는 것 등 어느 하나 만만한 작업이 아니었기 때문이다. 실제 한 권으로 엮는 이 일은 내 나이를 감안하더라도 전편을 완역할 때보다 훨씬 더 힘들었던 것 같다.

허나 고진감래(苦盡甘來)라 했던가!

1954년 N.R.F.사에서 발간한 플레이아드(Pléiade) 문고판 『A la recherche du temps perdu』(전7편)에 기초하여 발췌본을 짜놓고 보니 이 한 권으로도 새삼 프루스트의 사람됨과 그의 작품이 한량없는 감동을 불러일으켜 프루스트를 사랑하는 한 사람으로서 참으로 기쁜 일임을 확신하게 되었다.

한 권으로 엮는 방법으로는 1편에서 7편에 이르는 각 테마와 문장을 중심으로 의식 흐름의 발전 단계를 더듬어가는 발췌 형식을 취했다. 이 작품은 전통적인 소설기법에서 크게 벗어나 인간 심리의 내면 탐구와 보편성을 자연스러운 의식 흐름에 따르고 있으며, 소설적인 줄거리에 크게 의존하지 않고 있기 때문에 이야기의 줄거리를 간추려서 재구성하는 방법은 피했다. 다만 작품 전체의 줄거리를 충분히 이해하도록 고려하고 발췌하여 전체 구성과 완결성을 최대한 유지했다.

이 책은 무의식의 내면세계를 훌륭하게 표현해낸 프루스트의 문체 중 가장 좋은 문장만을 담음으로써 가히 『잃어버린 시간을 찾아서』의 결정판이라 할 만하다.

아마도 독자들은 프루스트의 특성과 무의식적인 향기가 고스란히 담긴 이 한 권을 통해 작품 전체를 읽는 감동과 프루스트 문학의 진수(眞髓)를 맛보게 될 것이다. 작품의 문장 하나하나, 단락 하나하나가 충분히 음미해볼 값진 보석과 같아 마치 수상록(隨想錄)이나 명상집(冥想集)을 읽는 듯할 것으로 보인다.

아울러 독자들이 이 책을 읽고 나서 곧 전7편의 완역본에 도전함으로써 프루스트에게 한발짝 더 다가설 수 있기를 간절히 바라는 바이다.

김창석

프루스트 연보

- 1871년(0세):7월 10일, 파리 교외(현재는 시내) 라 퐁텐 거리 96번
  지(외종조부의 집)에서 마르셀 프루스트는 태어나다. 아버지
  는 의학박사인 아드리앵 프루스트이고, 어머니는 유태계 여
  인으로 잔 베유인데, 1870년에 결혼한 그들은 당시 아버지
  가 37세, 어머니가 22세였다.
- 1873년(2세):동생인 로베르가 태어났다. 형과는 대조적으로 튼튼하
  고 명랑한 성품이라 뒤에 아버지의 뒤를 이어 의학박사가 되
  고 형이 죽은 다음에는 그 서간집을 편집하다.
- 1880년(9세):어느 날 부모와 함께 불로뉴 숲을 산책하고 돌아왔을
  때 천식의 첫 발작이 일어나 끝내 생전의 고질병이 되다.
- 1882년(11세):콩도르세 중학에 입학.
- 1883년(12세):소년 시대의 프루스트는 매일같이 샹 젤리제 공원에
  나타나 수많은 소녀들과 논다. 그때의 추억이 《잃어버린 시
  간을 찾아서》 속에 살아 있다(제1편 3부 '고장의 이름—이
  름', 제2편 1부 참조).
- 1886년(15세):소꿉친구 마리 드 베나르다키 아가씨에게 애정을 기
  울이다.
- 1887년(16세):콩도르세 중학의 수사학급(修辭學級)에 들어가 고세

의 가르침을 받음. 평론가이기도 한 고세한테 문재가 뛰어남을 인정받다.

- 1888년(17세): 철학급에 들어가 다를뤼 교수의 가르침을 받아 큰 영향을 받는다. 자크 비제, 로베르 드 플레르, 다니엘 알레비와 사귀고 그들과 함께 『르뷔 릴라』(교내 잡지)를 창간하다.
  이 무렵부터 친구들의 모친의 소개로 사교계에 드나들기 시작한다. 여류화가 마들렌 르메르, 『카르멘』의 작곡가인 비제의 미망인으로서 재혼한 스트로스 부인(자크 비제의 어머니)과 알게 되어 그 살롱에 출입하다.

- 1889년(18세): 철학급을 마치고, 논문에서 명예상을 받다. 콩도르세 중학을 졸업. 대학입학 자격을 받고 나서 1년 안에 지원병 제도가 폐지된다는 법령을 보고 군대에 지원하여 징병검사도 받기 전에 오를레앙의 보병 76연대에 보내지다. 병약한 탓에 행군과 고된 훈련을 면하다. 군대에서 로베르 드 비와 사귀다. 일요일마다 외출하여 파리에서 보내고 카야베 부인의 살롱을 방문하고, 그 아들 가스통 드 카야베와 사귀고, 그 약혼녀인 잔 푸케에게 반하다. 이 살롱에서 아나톨 프랑스와 아는 사이가 되다.

- 1890년(19세): 11월에 병역을 마치고 파리 대학 법학부, 정치 학원에 입학. 이 무렵 폴 데자르댕 교수가 하는 강의에서 러스킨에 대해 알게 된 듯하다.

- 1891년(20세): 마틸드 공주, 스트로스 부인, 마들렌 르메르 부인, 카야베 등의 살롱에 드나들며 사교 생활을 계속하다. 앙리 4세 중학교 교수 앙리 베르그송과 루이즈 뇌뷔르제 아가씨(마르셀 모친의 조카딸의 결혼에 들러리를 맡아 하다. 이 무렵 로르 에망(오데트의 모델 중 하나)을 알게 된 듯하다.

- 1892년(21세): 봄에, 세비녜 백작 부인에게 플라토닉한 애정을 쏟다. 친구들과 같이 잡지 『향연』(饗宴)을 창간하다. 여기에 실린 작품들은 뒤에 대부분이 『즐거움과 나날』에 다시 실리다. 5월 5일자 『문학과 비평』지에 『동방의 갖가지』를 발표.

- 1893년(22세): 『향연』은 자금난 때문에 제8호로 폐간되다. 『르뷔 블 랑슈』지에 몇 가지 소품을 발표, 5월경 마들렌 르메르 부인 의 살롱에서 시인 로베르 드 몽테스키우를 알게 되어, 이 퇴 폐적인 세기말의 성도착 귀족한테 별난 흥미를 느껴 오래도 록 기괴한 우정이 계속 되다. 10월, 법학사 시험에 합격.
- 1894년(23세): 작곡가 레이날도 앙과 알게 되고, 이를 통해 레옹 도 데와 친교를 맺다. 8~9월 마들렌 르메르의 성관에 체류하다 가 돌아오는 길에 트루빌에서 지내다. 10월 15일, 드레퓌스 대위가 체포되다. 그는 열렬한 드레퓌스파가 되다.
- 1895년(24세): 3월 문학사 시험에 합격. 아버지의 성화와 신신부탁 에 그만 꺾여 마자린 도서관의 무급 촉탁이 되었지만, 곧 1 년간 휴가를 거뜬히 얻어내고, 그 뒤 1년마다 휴가를 다시 얻어 내다가 그 짓조차 귀찮아 아주 그만두다. 9~10월 하순 까지 앙과 함께 브르타뉴를 여행. 외할머니가 돌아가심. 『골 루아』 신문 기고.
- 1896년(25세): 이 해부터 1899년 말까지, 그가 죽은 다음에 『장 상 퇴유』(갈리마르 출판사에서)라는 제목으로 발간하게 되는 미 완성의 소설을 구상하기 시작하다.

메네스트렐(Ménestrel) 출판사에서, 프루스트의 네 편 시에 의한 레이 날도 앙의 피아노곡 『화가의 초상』을 출판하다(시의 제목은 알베르 귀프, 폴 포테, 반 다이크, 앙투안 바토). 이 시는 『즐거움과 나날』에 다시 실리다. 5월 10일, 외종조부인 루이 베이유가 죽다. 마르셀은 루이 베유(이 소설에서 아돌프 종 조부로 나오는)의 애인이던 로르 에망에게 이 부고를 보냈는 데, 에망은 장례식 남 이목을 꺼려 나오지 않고 그 대신 묘에 화환을 보내 애도하다. 6월 13일, 카르망 레뷔 서점에서 마 르셀 프루스트의 첫 저작 『즐거움과 나날』 출간. 마들렌 르 메르의 삽화, 아나톨 프랑스의 서문, 레이날도 앙의 악보를 곁들인 호화판으로 자비 출판. 7월 15일 『르뷔 블랑슈』지에 서 『모호성에 반박함』을 발표. 12월 레이날도 앙의 집에서

레이날도 앙의 사촌 누이 마리 노어들링거를 만나다. 이 무렵 여류 시인 노아유 백작 부인과 친지가 된 듯하다.

- 1897년(26세): 1월 『르뷔 다르 드라마틱』지에 「예술가의 실루엣」을 발표. 2월 5일, 장 로랭과 결투. 원인은 『에코 드 파리』 지상에서 마르셀의 『즐거움과 나날』의 출판에 대한 장 로랭의 모욕 때문. 두 사람 모두 무사.

- 1899년(28세): 러스킨의 저작을 읽고 큰 감명을 받아 마리 노어들링거의 조력을 얻어 번역을 하기 시작하다. 에미앙에 체재하다.

- 1900년(29세): 프루스트네 집안은 쿠르셀(Courcelles) 거리 45번지로 이사. 이 무렵 루마니아 귀족 비베스코네 사람들과 사귀다. 1월 20일, 러스킨 사망. 러스킨에 관한 첫 저술 『러스킨 풍의 순례(巡禮)』를 『피가로』지에 기고. 어머니와 동행하여 베네치아 파도바에 여행. 동행한 마리 노어들링거의 도움으로 『아미앵의 성서』의 번역을 고치다.

- 1901년(30세): 9월 초순경 아미앵의 성당에 구경하러 가서, 러스킨의 발자취를 밟다.

- 1902년(31세): 러스킨의 『아미앵의 성서』를 번역함에서, 성서 연구를 철저히 하다. 샤를 아스가 죽다. 벨기에와 네덜란드 여행.

- 1903년(32세): 『피가로』지에 살롱에 관한 평문을 3편 기고. 11월 22일 아버지 사망. 여배우 루이자 드 모르낭과 아는 사이가 되어 급속히 친해지다.

- 1904년(33세): 『피가로』지에 살롱에 관한 평문을 3편 기고. 3월 메르퀴르 드 프랑스 출판사에서 러스킨 저 『아미앵의 성서』의 번역을 출판하다. 장문의 머리말과 상세한 역주가 딸린 노작. 앙리 베르그송은 아카데미 석상에서 마르셀의 『아미앵의 성서』의 번역에 관한 보고를 하다. 평론 「대성당의 죽음」을 발표하여 교회를 두둔하다. 친구의 요트로 브르타뉴 해안을 돌아다니다.

- 1905년(34세): 9월 15일 『르네상스 라틴』지에 「독서에 관해서」를 발

표. 이 글은 나중에 러스킨의 『참깨와 백합』의 번역 책의 머리말이 되다. 『피가로』지에 「독서에 관해서」를 극찬하는 글이 실리다. 9월 초순 어머니와 함께 에비앙에 갔다가 어머니가 요독증을 일으켜 9월 13일에 파리에 돌아왔는데, 9월 26일 어머니는 그만 세상을 떠나다. 비탄에 잠겨 12월부터 이듬해 1월까지 요양원에 입원하다.

- 1906년(35세) : 1월, 노아유 백작 부인에게 어머니에 대한 추억이 느닷없이 떠오름을 하소연한다. 훗날 《잃어버린 시간을 찾아서》 제4편 『소돔과 고모라』(Ⅱ) 중 '마음의 간헐'에서 이 문제를 다루고 있다. 5월 메르퀴르 드 프랑스 출판사에서 러스킨 저 『참깨와 백합』의 번역(머리말·역주) 출판. 8월부터 12월까지 베르사유에 체재하다. 그 동안 오스망 거리 102번지 아파트를 세내어 실내장식을 고치게 하다.

- 1907년(36세) : 『피가로』지에 모작문(模作文) 2편을 발표, 8월 초순부터 9월 중순까지 카부르에 체재. 운전사 아고스티넬리를 고용하여, 노르망디를 자동차로 드라이브, 특히 성당 건축을 구경하다.

이 해부터 《잃어버린 시간을 찾아서》를 구상하기 시작한 듯하다.

- 1908년(37세) : 『피가로』지에 전기 기사 르무안의 가짜 다이아 사기 사건을 주제로 삼은 세 편의 모작문, 2월 22일엔 발자크, 파게, 미슐레, 콩쿠르 형제의 모작문을, 3월 14일엔 생트 뵈브, 플로베르의 모작문을, 3월 4일엔 르낭의 모작문을 발표. 생트 뵈브에 관한 평론을 쓰기 시작하다.

- 1909년(38세) : 고질병으로 건강 악화. 3월 6일, 『피가로』지에 「르무안 사건」(앙리 드 레니에의 모작문)을 발표. 이 해의 초순에 홍차에 담근 빵 맛이 과거의 기억을 재현하는 경험을 한 듯함. 생트 뵈브를 반박한다는 형태로 구상된 작품을 포기하고, 지금 우리가 읽는 《잃어버린 시간을 찾아서》의 형태로 되는 소설에 전력을 쏟기 시작함. 사교 생활도 그만두고 11월 레이날도 앙과 조르주 드 로리스(Georges de Lauris)에게

작품의 첫머리를 낭독해 주다.

- 1910년(39세): 실내의 벽에 코르크를 대어 주위의 소음을 막고서 두 문 불출, 작품에 몰두. 러시아 발레를 관람하다. 니진스키와 사귀다. 여름, 카부르에 체재.

- 1911년(40세): 2월 20일 드뷔시의 『펠레아스와 멜리장드』를 듣고 감동.

- 1912년(41세): 『피가로』지에 쓴 것을 발췌하여, 3월 『흰 아가위꽃과 붉은 아가위꽃』, 6월 『발코니의 햇볕』, 9월 『마을의 성당』을 발표. 작품은 부풀어 천삼백 장에 이르다. 실직한 아고스티넬리를 정서 일이나 맡아 보라고 그 아내와 함께 고용하다.

- 1913년(42세): 작품 완성에 전력을 기울이는 한편, 발간할 출판사를 물색하기 시작하다. 이전에 카부르에서 만난 적이 있는 N.R.F.(새 프랑스 평론)사의 주인 가스통 갈리마르에게 직접 편지를 보내 보고, 메르퀴르 드 프랑스 및 두서너 출판사에 교섭해 보았으나 거절당하고 만다. 3월 11일, 드디어 그라세 (Grasset) 출판사와 자비 출판의 계약을 맺다. 퇴고가 시작되다. 장 콕도도 격려해 마지않다. 11월 8일, 《잃어버린 시간을 찾아서》 제1편 『스완네 집 쪽으로』가 출판되다(베르나르 그라세 출판사 간).
  셀레스트 알바레가 가정부로 고용되다.

- 1914년(43세): 1월 1일 N.R.F.지에서 앙리 게옹(Henri Ghéon)의 『스완네 집 쪽으로』에 대한 평을 발표, 젊은 세대의 가장 특징적인 문학이라고 극찬함. N.R.F.의 총수격인 앙드레 지드가 출판 거절에 대한 정중한 사과 편지와 함께 앞으로 《잃어버린 시간을 찾아서》의 출판 허락을 간절하게 요청해 오다. 앞서 거절했던 다른 출판사들(메르퀴르 드 프랑스, 파겔, 올랑도르프 등)에서도 똑같은 신신부탁을 해 오지만 거절하다. 5월 30일, 비행사를 지망한 아고스티넬리가 두번째 단독 시험 비행 중 바다에 떨어져 사망. 6월과 7월, 2회에 걸쳐

N.R.F.지에 『게르망트 쪽』의 발췌를 발표. 제1차 세계대전 때문에 출판계는 문닫다.

• 1915년(44세) : 작품을 다시 손질하기 시작하다. 이로 인해 방대한 분량으로 늘어나다. 동생 로베르는 전선 병원에 근무하는 한편, 많은 친구들이 출전하고, 그 중에는 전사하는 친구도 나오다. 프루스트는 작품에 가필을 계속하다.

• 1916년(45세) : 작품은 마구 부풀어서, 이 방대한 작품을 N.R.F.에서 발간하기로 결정하다. 이 교섭에서 그라세 출판사의 태도는 출판사의 귀감이 될 만하도록 사리판단이 옳아서, 그 때문인지 모르지만 현재 그라세 출판사는 갈리마르 출판사 못지않게 융성하다.

• 1917년(46세) : N.R.F.사에서 첫 교정쇄(제2편 『꽃피는 아가씨들 그늘에』가 나오기 시작하다. 안질(眼疾)의 계속으로 고생.

• 1918년(47세) : 1월, "4~5천 장의 교정을 하지 않으면 안 된다네" 하고 친구에게 실토하는 것으로 보아, 그 작품이 어느 정도로 방대해 가는가를 짐작할 수 있다. 1월 30일, 31일, 첫 파리 대공습(이 장면은 제7편 『되찾은 시간』에 나온다). 3월경 실어증(失語症)과 안면 신경마비의 고통에 시달리다. 11월 11일, 종전(終戰). 11월 30일(인쇄 마친 일자), 제2편 『꽃피는 아가씨들 그늘에』(Ⅰ)를 N.R.F.에서 발간하다.

• 1919년(48세) : 6월, N.R.F.사에서 『스완네 집 쪽으로』(Ⅰ·Ⅱ)의 신간을 발행. 6월에 N.R.F.사에서 『꽃피는 아가씨들 그늘에』(Ⅱ)와 『모작과 잡록』(전에 쓴 모작문과 러스킨의 두 번역에 붙인 서문)을 발간. 11월 10일, 『꽃피는 아가씨들 그늘에』가 공쿠르 상을 수상하다.

『아침』지에 『베네치아에서의 빌파리지 부인』을 발표.

• 1920년(49세) : N.R.F.사에서 『꽃피는 아가씨들 그늘에』의 호화판, 『게르망트 쪽』(Ⅰ) 발간. 「플로베르의 문체에 대해서」 발표, 레지옹 도뇌르 훈장을 받다.

• 1921년(50세) : 1월, 「죽음의 고뇌」(『게르망트 쪽』(Ⅱ)의 단장(斷章),

「입맞춤」(『게르망트 쪽』)(Ⅱ)의 단장)을 N.R.F.지에 발표. 제3편 『게르망트 쪽』(Ⅱ), 제4편 『소돔과 고모라』(Ⅰ) 발간. 6월, 『보들레르에 대해서』를 N.R.F.지에 발표. 9월, N.R.F.지로부터 「도스토예프스키론(論)」을 청탁받았으나 작품 완성에 전력을 기울이기 위해 거절. 5월 하순경 죄 드 폼 미술관을 찾아 네덜란드파 전람회의 페르 메르의 그림을 감상하다가, 회장에서 몸의 불편을 느꼈는데, 이때의 경험이 작중 인물 베르고트의 죽음 장면(제9권 244~45쪽 참조)을 그리는 데 도움이 됨. 10월, N.R.F.지에 「마음의 간헐」(『소돔과 고모라』(Ⅱ)의 단장)을 발표, 12월, 29년 가까이 마르셀과 기괴한 교제를 계속해 온 로베르 드 몽테스키우 사망.

• 1922년(51세):5월, 로르 에망은 마르셀이 소설 중의 인물 오데트의 모델에 자기를 삼았다고 분개하는 편지를 보내와 마르셀은 이에 정중한 해명을 적어 보내다.

9월, 영국에서 Scott Moncrieff의 《잃어버린 시간을 찾아서》의 영역판이 나오기 시작하다(이것을 바탕으로 다시 플레이아드판을 대본(臺本)으로 삼은 것이 영역(英譯)으로 1982년에 나와서, 이번 다시 고치는 데 적잖게 도움이 된 사실을 적어 두다). 마르셀은 로맹 롤랑의 『장 크리스토프』를 번역한 Gilbert Cannan이 해주기를 바랐으나 이 사람은 자살해서 뜻을 이루지 못하다. 5월 3일, 제4편 『소돔과 고모라』(Ⅱ) 발간. 10월, 기관지염을 앓아 고열 때문에 일을 못 함. 11월 18일, 가정부이자 조수인 셀레스트를 데리고 새벽 3시경까지 제5편 『갇힌 여인』을 퇴고하다가 극심한 피로로 호흡 곤란을 일으켜 같은 날 오후에 사망.

11월 26일자 『피가로』 문예 부록에 주필의 손으로 프루스트에 대한 추도사, 사진, 『갇힌 여인』의 단편이 실리다.

• 1923년:1월, N.R.F.지는 '프루스트 호(號)'로서 전호를 그에게 바쳐, 여러 인사들의 추억과 비평을 싣다.
『갇힌 여인』 발간.

- 1924년 : N.R.F.사에서『즐거움과 나날』발간.
- 1925년 : 제6편『사라진 알베르틴』(일명 달아난 여인) 발간. 이 해부
  터 피에르캥 저『마르셀 프루스트 — 그 생애와 작품』을 비롯
  해서, 프루스트에 관한 연구와 회상기, 평전이 나오기 시작
  하다.
- 1926년 : 독일어 번역판이 나오기 시작하다.
- 1927년 : N.R.F.사에서 제7편『되찾은 시간』발간. 이로써《잃어버린
  시간을 찾아서》가 완간되다.
  동사(同社)에서 마르셀 프루스트 총서가 간행되었는데, 제1
  권은『프루스트 송(頌)』으로 1923년 N.R.F.지 '프루스트 호'
  의 재간인데, 1935년의 제8권『프루스트의 우정』까지 계속
  출간하다.
- 1930년 : 마르셀의 동생인 로베르 프루스트와 폴 브라크가 편집한
  『서간 전집』제1권이 간행되다. 1936년 제6권까지 계속해서
  간행되다.
- 1935년 : 마르셀의 동생인 로베르 프루스트 사망.
- 1949년 : 앙드레 모루아 쓴『프루스트를 찾아서』간행되다.
- 1950년 : 프루스트 협회가 창설되다.
- 1952년 : 갈리마르 사에서『장 상퇴유』(발표되지 않은 원고를 재구
  성한 것) 발간.
- 1952년 : 갈리마르사에서『생트 뵈브를 반박함』간행(역시 발표되지
  않은 원고를 재구성한 것). 갈리마르사 간, 플레이아드 문고
  판《잃어버린 시간을 찾아서》(전3권)가 출간되다. 피에르 클
  라라크와 앙드레 페레에 의해 원고, 사진판, 교정쇄, 그 밖의
  재료를 검토하여 될 수 있는 한 작자의 의도에 따라 복원된
  것이다. 현재까지 이것이 가장 권위 있는 결정판이라고 평가
  하다.

김창석(金昌錫)

1923년 서울에서 출생하여 일본 아테네 프랑세를 졸업하였으며, 1946년 동인시지(同人詩誌)『형상(形像)』에 참여하였다. 시집으로『하루』가 있으며,『현대시학』지에 연재시「조율(調律)」, 소시집「뜻」, 연재수필「시혼의 풍경(詩魂의 風景)」등을 게재했다. 역서로 피에르 루이스『빌리티스의 노래』, 로맹 롤랑『장 크리스토프』전 10편,『매혹된 영혼』전 4편, 발자크『골짜기의 백합(百合)』외 다수가 있다.

**한권으로 읽는
잃어버린 시간을 찾아서**

초　판 1쇄 발행 · 2001년 11월 25일
개정판 1쇄 발행 · 2022년 12월 01일
개정판 2쇄 발행 · 2024년 06월 10일

지은이 · 마르셀 프루스트
옮긴이 · 김창석
펴낸이 · 이종문(李從聞)
펴낸곳 · 국일미디어

등　록 · 제406-2005-000025호
주　소 · 경기도 파주시 광인사길 121 파주출판문화정보산업단지(문발동)
사무소 · 서울시 중구 장충단로8가길 2(장충동 1가, 2층)

영업부 · Tel 02)2237-4523 | Fax 02)2237-4524
편집부 · Tel 02)2253-5291 | Fax 02)2253-5297
평생전화번호 · 0502-237-9101~3

홈페이지 · www.ekugil.com
블 로 그 · blog.naver.com/kugilmedia
페이스북 · www.facebook.com/kugilmedia
E-mail · kugil@ekugil.com

ISBN 978-89-7425-868-9 (03860)